Die deutsche Freimaurerei in der langen Jahrhundertwende

Zivilisationen & Geschichte

Herausgegeben von
Ina Ulrike Paul und Uwe Puschner

Band 76

Jahresgabe 2022 für die Mitglieder der
Freimaurerischen Forschungsgesellschaft und
Forschungsloge Quatuor Coronati e.V.
(Unverkäuflicher Sonderdruck)

Zu Qualitätssicherung und Peer Review der vorliegenden Publikation

Die Qualität der in dieser Reihe erscheinenden Arbeiten wird vor der Publikation durch einen Herausgeber der Reihe geprüft.

Notes on the quality assurance and peer review of this publication

Prior to publication, the quality of the work published in this series is reviewed by one of the editors of the series.

Manuel Pauli

Die deutsche Freimaurerei in der langen Jahrhundertwende

(1860 – 1935)

PETER LANG

Bibliografische Information der Deutschen Nationalbibliothek
Die Deutsche Nationalbibliothek verzeichnet diese Publikation
in der Deutschen Nationalbibliografie; detaillierte bibliografische
Daten sind im Internet über http://dnb.d-nb.de abrufbar.

Der Autor wurde durch das Elsa-Neumann-Stipendium des Landes
Berlin (NAFOEG) unterstützt. Die vorliegende Veröffentlichung wurde
ermöglicht durch Unterstützung der Freimaurerischen Forschungsgesellschaft
Quatuor Coronati e. V. und der Akademie forum masonicum e. V.

Umschlaggestaltung:
© Olaf Gloeckler, Atelier Platen, Friedberg

Umschlagabbildung:
Lovis Corinth, Die Logenbrüder, 1898/99, Leinwand, 113 cm x 162,5 cm,
Städtische Galerie im Lenbachhaus und Kunstbau München.

ISSN 1867-092X
ISBN 978-3-631-87931-3 (Print)
E-ISBN 978-3-631-87881-1 (E-Book)
E-ISBN 978-3-631-87932-0 (EPUB)
DOI 10.3726/b19880

Peter Lang – Berlin · Bern · Bruxelles · New York ·
Oxford · Warszawa · Wien

Diese Publikation wurde begutachtet.

www.peterlang.com

Inhalt

Résumé

La franc-maçonnerie n'a pas de mystère, elle *est* un mystère – comme dit un proverbe commun entre les francs-maçons allemands au 19e siècle.

La thèse de doctorat présente contribue à un plus grand éclaircissement de ce mystère. Sur la base de publications maçonniques se forme ainsi l'histoire de la 'communauté imaginée' maçonnique allemande pendant la longue fin du siècle entre les années 1870 et 1930.

Vers le milieu du 19e siècle les francs-maçons allemands commencèrent à s'organiser en dehors les grandes loges qui existaient sans être liées entre elles et au-delà de leurs frontières. C'est ainsi que la franc-maçonnerie allemande se conçut en 'communauté imaginée'. Autres tentatives de réaliser cette idée ne répondirent pourtant pas trop souvent aux espérances. Trop de divergences existèrent entre les conceptions de franc-maçonnerie, en plus depuis qu'il fallut tenir en compte les grandes loges avec leurs traditions, intérêts et exigeances de souveraineté distinctifs.

En conséquence la thèse de doctorat présente est en grande partie une histoire des disputes sur la nature et l'importance de la franc-maçonnerie.

La mise au point sur les lignes de conflits intérieurs et les maintes tentatives d'arriver à une identité commune permet une meilleure compréhension des forces motrices derrière le développement historique de la franc-maçonnerie allemande. En resultèrent de nouvelles perspectives particulièrement sur le développement radical-nationaliste pendant les années 1920.

Abstract

Freemasonry, rather than being merely secretive, is a big mystery in itself – or so went a popular saying among German freemasons in the 19th century. This dissertation sheds further light on that mystery, by closely examining masonic media, thus writing a history of the 'imagined community' of German freemasonry during the 'long turn of the century', that is the years stretching roughly from the 1870s to the 1930s.

Beginning around the middle of the 19th century, German-speaking freemasons started to organize outside and across the borders of their distinct grand lodges, thus forming the nucleus of an 'imagined community' of German freemasonry. Further attempts at translating this idea into manifest reality regularly fell short. Too varied were the views on freemasonry, especially since the grand lodges had also entered the picture with their distinct traditions, interests and claims of sovereignty. Consequently, this dissertation is in large parts a history of the central conflicts and controversies over the essence and meaning of freemasonry.

Focusing on these internal differences and on the multifaceted attempts at identity-formation allowed for new insights and a better understanding of the dynamics that shaped the history of freemasonry in Germany, especially regarding its turn to radical nationalism in the 1920s.

Zusammenfassung

Die Freimaurerei hat kein Geheimnis, sie ist ein Geheimnis – so jedenfalls ein geläufiges Sprichwort unter deutschen Freimaurern im 19. Jahrhundert. Die vorliegende Dissertation trägt dazu bei, dieses Geheimnis weiter zu erhellen. Auf Grundlage der masonischen Publizistik entstand dabei eine Geschichte der deutschfreimaurerischen ‚imagined community' in der ‚langen Jahrhundertwende' zwischen den 1870er und den 1930er Jahren.

Um die Mitte des 19. Jahrhunderts begannen deutschsprachige Freimaurer damit, sich außerhalb der getrennt voneinander existierenden Großlogen und über deren Grenzen hinweg zu organisieren. So begann sich die deutsche Freimaurerei als ‚imagined community' zu formieren. Weiteren Versuchen, diese Idee Wirklichkeit werden zu lassen, blieben jedoch immer wieder hinter den Erwartungen zurück. Zu divergent waren die Ansichten über Freimaurerei, erst recht, seit mit den Großlogen auch deren distinkte Traditionen, Interessen und Souveränitätsansprüche zu berücksichtigen waren. Folglich ist die vorliegende Dissertation über weite Strecken eine Geschichte der Auseinandersetzungen über das Wesen und die Bedeutung der Freimaurerei.

Dieser Fokus auf die inneren Konfliktlinien und die zahllosen Versuche, zu einem gemeinsamen masonischen Selbstverständnis zu gelangen, ermöglichte ein besseres Verständnis der Triebkräfte hinter der historischen Entwicklung der deutschen Freimaurerei. Insbesondere hinsichtlich der radikalnationalistischen Entwicklung in den 1920er Jahren ergaben sich so neue Einsichten.

Zum Titelbild

Das Titelbild zeigt ein Gemälde von Lovis Corinth (1858 – 1925), einem der bedeutendsten deutschen Vertreter des Impressionismus. Der aus Ostpreußen stammende Corinth hatte zunächst an der Kunstakademie Königsberg studiert. Von dort aus führte ihn sein Weg über mehrere Stationen nach München, wo er auch mit der Freimaurerei in Berührung kam. Er wurde Mitglied der Loge „In Treue fest", in deren Haus sich auch sein Atelier befand. Hier entstand 1898/99 das Gemälde, das dieses Buch schmückt.

Abseits vom Titel weist kaum etwas an „Die Logenbrüder" auf die Freimaurerei hin. Einzig eine kaum erkennbare Inschrift im Hintergrund gibt verschlüsselt Auskunft: ein Quadrat, gefolgt von i T f (für „in Treue fest"), daneben ein Hexagramm. Anstatt alles hinter der ikonischen Bildsprache der Freimaurerei zurücktreten zu lassen, richtet Corinth seinen Fokus auf die Brüder, die er trotz der gedrängt wirkenden Komposition individuell zu porträtieren scheint.

„Die Logenbrüder" ist heute Teil der Sammlung der Städtischen Galerie im Lenbachhaus in München.[1]

1 Lovis Corinth, Die Logenbrüder, 1898/99, Leinwand, 113 cm x 162,5 cm, Städtische Galerie im Lenbachhaus und Kunstbau München. Online: <https://www.lenbachhaus.de/entdecken/sammlung-online/detail/die-logenbrueder-30003454> (zuletzt 04.03.2022). Hier verwendet unter Creative Commons BY-SA 4.0, <https://creativecommons.org/licenses/by-sa/4.0/deed.de> (zuletzt 04.03.2022).

Danksagungen

„*Das* ist doch mal ein wirklich interessantes Thema!“ So oder ähnlich waren in den vergangenen Jahren häufig die Reaktionen, die ich auf mein Forschungsthema zu hören bekam. Dem kann ich nach all der Zeit des thematischen Tunnelblicks noch immer uneingeschränkt zustimmen, was keine Selbstverständlichkeit ist. Ich hoffe, dass nicht nur die Themenstellung, sondern auch die resultierende Untersuchung interessant ist. Soweit sie die Erwartungshaltungen erfüllt, ist das auch der Unterstützung, Aufmunterung und kritischen Begleitung zahlreicher Personen und Institutionen geschuldet, denen zu Danken an dieser Stelle angemessen ist.

Allen voran gilt mein Dank natürlich Prof. Dr. Uwe Puschner, der diese Arbeit begleitet und als Erstgutachter entgegengenommen hat. Schon bei unserem ersten Kontakt im Sommer 2015 brachte er meinem Vorhaben großes Interesse entgegen, was sich zu meinem großen Glück in einem vertrauensvollen Betreuungsverhältnis fortsetzte, von dem ich und die Arbeit immens profitiert haben. In besonders guter Erinnerung bleibt mir auch Herrn Puschners Doktorandenkolloquium, wo ich mehrfach Gelegenheit hatte, die Fortschritte meiner Forschung zu präsentieren und konstruktives Feedback zu erhalten. Dafür sowie für zahlreiche Hinweise, kritische Rückmeldungen und nicht zuletzt für die herzliche Aufnahme in den Kreis der Puschner-Schüler bedanke ich mich bei allen Teilnehmern.

An zweiter Stelle gilt mein Dank Prof. Almut-Barbara Renger, die trotz Zeitdruck die Zweitbegutachtung übernahm.

Große Dankbarkeit empfinde ich weiterhin dafür, dass mir von 2018 bis 2020 durch das Elsa-Neumann-Stipendium des Landes Berlin ein sorgenfreies Forschen ermöglicht wurde.

Weiterhin gilt mein Dank den vielen Mitarbeitern der konsultierten Archive und Bibliotheken. Allen voran ist hierbei Peter Wiegmann von der Royal York Bibliothek im Logenhaus Berlin zu nennen, der mir den Weg zu den umfangreichen Quellenbeständen seiner Bibliothek wies. Im gleichen Atemzug sei Thad Peterson vom Deutschen Freimaurermuseum e. V. in Bayreuth genannt, der mich am heißesten Wochenende des Jahres 2019 trotz drückender Hitze in der Museumsbibliothek willkommen geheißen hat.

Großen Dank schulde ich schließlich auch unzähligen Freimaurerbrüdern, die mir nicht nur mit wertvollen Hinweisen zur Seite sprangen, sondern mich auch durch ihre Begeisterung und ihr Interesse an meiner Forschung anspornten. In diesem Zusammenhang gilt mein Dank insbesondere dem deutschen freimaurerischen Bildungswerk „Akademie Forum Masonicum e. V.“ und dessen Vorsitzenden Dieter Ney. 2019 hatte ich die große Freude, hier Auszüge meiner Forschungsarbeit präsentieren und zur Diskussion stellen zu dürfen. Zudem hat die „Akademie“ die Veröffentlichung dieses Buchs durch die großzügige Übernahme der Druckkosten unterstützt, wofür ich ihr gar nicht genug danken kann. Daneben wurde die Veröffentlichung durch die großzügige

Unterstützung der freimaurerischen Forschungsgesellschaft „Quatuor Coronati e. V." ermöglicht, der hiermit ebenso mein Dank ausgesprochen sei.

Für moralische Unterstützung und eine Freundschaft, die mir auch dann noch die Treue hielt, wenn von mir jedes Lebenszeichen ausblieb, danke ich Andreas Plöger, Janine Swoboda, Katharina Vnoucek und Florian Wasmeier.

Der allergrößte Dank gilt schließlich meinen Eltern, die mich immer unterstützt und gefördert haben, sowie dem wichtigsten Menschen in meinem Leben, meiner Partnerin Maria Adam. Ohne ihre bedingungslose Liebe und Unterstützung in allen Lebenslagen wäre die vorliegende Arbeit gar nicht möglich gewesen.

Abkürzungsverzeichnis

3WK	Große National-Mutterloge zu den drei Weltkugeln
AASR	Alter und Angenommener Schottischer Ritus
ADV	Alldeutscher Verband
AFL	Allgemeine Freimaurer-Liga
AfS	Archiv für Sozialgeschichte
AMI	Association maçonnique internationale
APuZ	Aus Politik und Zeitgeschichte
AQC	Ars Quatuor Coronatorum
BArch	Bundesarchiv
BFFK	Blätter für fränkische Familienkunde
CG	Comenius-Gesellschaft
DAG	Deutsche Adelsgenossenschaft
„Deutsche Bruderkette“	Großloge „Deutsche Bruderkette“
„Drei Weltkugeln“	Große National-Mutterloge zu den drei Weltkugeln
DRW	Deutsches Rechtswörterbuch
DVSTB	Deutschvölkischer Schutz- und Trutzbund
FzaS	Freimaurerbund zur aufgehenden Sonne
Gestapo	Geheime Staatspolizei
GG	Geschichte und Gesellschaft
GLDB	Großloge „Deutsche Bruderkette“
GLKFzB	Große Loge von Preußen, genannt „Kaiser Friedrich zur Bundestreue“
GLL	Große Landesloge der Freimaurer von Deutschland [*ab 1930 mit dem Zusatz:* Deutsch-Christlicher Orden]
GLLvS	Große Landesloge von Sachsen
GLvB	Großloge „Zur Sonne“ in Bayreuth
GLvD	Große Freimaurerloge „Zur Eintracht“ in Darmstadt
GLvF	Große Mutterloge des Eklektischen Freimaurerbundes in Frankfurt am Main
GLvH	Große Loge von Hamburg
GLvPr	Große Loge von Preußen, genannt zur Freundschaft [*bis 1915:* Royal York zur Freundschaft]

GOdF	Grand Orient de France
Große Landesloge	Große Landesloge der Freimaurer von Deutschland [*ab 1930 mit dem Zusatz:* Deutsch-Christlicher Orden]
Große Landesloge von Sachsen	Große Landesloge von Sachsen
Große Loge von Hamburg	Große Loge von Hamburg
Große Loge von Preußen	Große Loge von Preußen, genannt zur Freundschaft [*bis 1915:* Royal York zur Freundschaft]
Großloge von Bayreuth	Großloge „Zur Sonne" in Bayreuth
Großloge von Darmstadt	Große Freimaurerloge „Zur Eintracht" in Darmstadt
Großloge von Frankfurt	Große Mutterloge des Eklektischen Freimaurerbundes in Frankfurt am Main
HA	Historische Anthropologie
HZ	Historische Zeitschrift
IASL	Internationales Archiv für Sozialgeschichte der deutschen Literatur
IF	Zeitschrift für internationale Freimaurerforschung
IfZ	Institut für Zeitgeschichte
JASO	Journal of the Anthropological Society of Oxford
JfA	Jahrbuch für Antisemitismusforschung
JGMOD	Jahrbuch für die Geschichte Mittel- und Ostdeutschlands
JMEH	Journal of Modern European History
JMH	Journal of Modern History
JRFF	Journal for Research into Freemasonry and Fraternalism
JSHJ	Journal for the Study of the Historical Jesus
„Kaiser Friedrich zur Bundestreue"	Große Loge von Preußen, genannt „Kaiser Friedrich zur Bundestreue"
KAS	Konrad-Adenauer-Stiftung
KZ	Konzentrationslager
KZfSS	Kölner Zeitschrift für Soziologie und Sozialpsychologie
LdF	Lessingbund deutscher Freimaurer
NDO	Nationalverband Deutscher Offiziere
NS	Nationalsozialismus, nationalsozialistisch

NSDAP	Nationalsozialistische Deutsche Arbeiterpartei
PVS	Politische Vierteljahresschrift
QC	Quatuor Coronati (Deutschland)
RBHC	Revue Belge d'Histoire Contemporaine
REHMLAC+	Revista de Estudios Históricos de la Masonería Latinoamericana y Caribeña plus
RFSS	Reichsführer SS
RGG	Religion in Geschichte und Gegenwart
RSHA	Reichssicherheitshauptamt
SA	Sturmabteilung der NSDAP
SD	Sicherheitsdienst des RFSS
SDHA	SD-Hauptamt
SGL	Symbolische Großloge von Deutschland
SPD	Sozialdemokratische Partei Deutschlands
SS	Schutzstaffel der NSDAP
StA Ludwigsburg	Staatsarchiv Ludwigsburg
SZRKG	Schweizerische Zeitschrift für Religions- und Kulturgeschichte
TAU	*Periodikum der Forschungsloge Quatuor Coronati*
UFL	Universala Framasona Ligo
UFO	Unabhängiger Freimaurer-Orden
UGLE	United Grand Lodge of England
ZfR	Zeitschrift für Religionswissenschaft
ZIG	Zeitschrift für Ideengeschichte
ZjR	Zeitschrift für junge Religionswissenschaft
ZKG	Zeitschrift für Kirchengeschichte
ZRGG	Zeitschrift für Religions- und Geistesgeschichte

Einleitung

„Der Freimaurer-Orden ist eine Verbindung, deren Zweck darauf gerichtet ist, durch die ihr eigenthümliche Lehr- und Uebungsweise, Religiosität, Sittlichkeit und Humanität zu befördern und Weisheit des Lebens zu lehren und zu üben.“[2]

„Der Bund der Freimaurer ist ein menschlich-brüderlicher Verein freier Männer zur Wahrung und Pflege edler Humanität.“[3]

„Der Freimaurer-Ritterorden ist eine auf vaterländischer und christlicher Grundlage beruhende Verbrüderung freier Männer, geschlossen zur Ehre Gottes, zur eignen Veredlung und zur Veredlung der Brüder, zur Förderung der allgemeinen Liebe und zur Erhöhung der Würde und des Wohles der Menschheit.“[4]

1. Die Freimaurerei ist ein Geheimnis

Die diesem Kapitel vorangestellten Zitate aus freimaurerischen Satzungen des 19. und frühen 20. Jahrhunderts geben einen Eindruck sowohl von der Schwierigkeit, das Wesen der Freimaurerei zu bestimmen, als auch von der Vielfalt der freimaurerischen Selbstverständnisse in diesem Zeitraum. Sie sind die Spitze eines Eisbergs, der nahelegt, dass sich diese besondere Form der Geselligkeit nicht auf *eine* Definition, auf *einen* überzeitlichen Wesenskern festlegen lässt, auch wenn es an solchen Definitions*versuchen* in der über 300jährigen Geschichte der Freimaurerei nicht gemangelt hat.

Insbesondere zeigen die Zitate, dass sich die Freimaurerei stets veränderte, entgegen dem von ihr gepflegten Mythos der Unwandelbarkeit.[5] Tatsächlich ist die Geschichte der Freimaurerei eine Geschichte ihres ständigen Wandels, eines Wandels nicht nur

2 Statuten des Bundes der Freimaurer der Großen National-Mutterloge der Preussischen Staaten, genannt: zu den drei Weltkugeln, Berlin [1865], S. 7.

3 Verfassung der am 21. Januar 1741 gestifteten Bundes- und Großloge „Zur Sonne“ in Bayreuth, Bayreuth 1905, S. 15.

4 Gesetzbuch der Großen Landesloge der Freimaurer von Deutschland, Berlin ^{2}[1925], S. 3.

5 Der englische Freimaurerforscher John Hamill spricht von dem „wonderful shibboleth that Freemasonry never changes“, zit. n. Prescott: British Freemasonry, S. 9.

ihrer äußeren Formen, sondern viel grundlegender noch ihrer Selbstverständnisse, die es schier unmöglich machen, von *der* Freimaurerei im Singular zu sprechen.

Florian Maurice hat schon vor etlichen Jahren auf die freimaurerische Wandlungsfähigkeit hingewiesen. In seiner Monographie zu freimaurerischen Reformbemühungen um 1800 resümierte er, dass die Freimaurerei kein hermetisch abgeschlossener Raum sei, sondern in einem dialektischen Verhältnis zur Außenwelt stehe, welches ihr ermögliche, Stimuli aufzunehmen und somit „ihr Gesicht mit den Bedürfnissen der Zeit [zu] wandeln."[6] Im Gegensatz zu ihrem Anspruch sei sie also „nicht mit festgelegten Inhalten verbunden", sondern ein Raum, in dem die verschiedensten Deutungen und inhaltlichen Ausgestaltungen möglich seien; ein Raum, der jedoch nicht einfach leer sei, sondern dessen Inventar hinreichend vieldeutig und unbestimmt sei, um „den Vorgang der ständigen Gestaltung und Wandlung" sowohl zu ermöglichen, als auch unsichtbar zu machen.[7] „Die Unbestimmtheit und Vieldeutigkeit der Begriffe und Symbole machte es möglich, daß man von außen hineintrug, was man im Inneren zu finden wünschte, und schließlich glauben konnte, es dort vorgefunden zu haben."[8]

Stephan Gregory wiederum hat gezeigt, dass diese Aneignungs- und Adaptionskultur in der freimaurerischen Geheimnisökonomie selbst angelegt ist. Im Zentrum der freimaurerischen Vergesellschaftung steht ein nur im masonischen Innenraum geteiltes Geheimnis, wodurch sich dieser Innenraum von einer profanen Außenwelt abgrenzt und so Vertrauen und Verbundenheit unter den Freimaurern herstellt. Im Initiationsritual überschreitet ein sogenannter Suchender diese Schwelle zwischen Außen und Innen, wird in eine Loge aufgenommen und gilt fortan als Bruder Freimaurer.[9] Der Soziologe Georg Simmel hat diese Vergesellschaftungsfunktion des Geheimnisses bereits Anfang des 20. Jahrhunderts beschrieben und analysiert.[10] Gregory geht nun noch einen Schritt weiter, indem er auch das Geheimnis selbst nicht mehr substantialistisch, sondern funktionalistisch denkt. Was ihm zufolge die freimaurerische Geheimniskultur ausmacht und von anderen Formen geheimniszentrierter Vergesellschaftung unterscheidet, ist nicht ein bestimmter geheimer Inhalt, sondern das Geheimnis als Selbstzweck. Das freimaurerische Geheimnis ist nach Gregory „eine Art Leerform",[11] die jedoch nicht als eine solche erfahren wird, denn auch die Freimaurer unterliegen der „substantialistische[n] Illusion"[12] und befüllen in der Aneignung des rein funktionalen freimaurerischen Geheimnisses diese Leerform stets aufs Neue. Die Kunst der

6 Maurice: Freimaurerei, S. 395.
7 Ebd., S. 399.
8 Ebd.
9 Vgl. Önnerfors: Freemasonry, S. 10; Frenschkowski: Geheimbünde, S. 39–41. Zu Begriffen der freimaurerischen Kunstsprache vgl. das Glossar im Anhang.
10 Simmel: Soziologie, S. 267–317. Zur Vergesellschaftungsfunktion des Geheimnisses vgl. auch Hoffmann: Geselligkeit, S. 207; Schindler: Freimaurerkultur; Koselleck: Kritik und Krise, S. 61–68.
11 Gregory: Mysterienfieber, S. 48.
12 Ebd., S. 108.

Freimaurerei wird bei Gregory dadurch zur „Montage von Geheimnisattraktionen".[13] Gregorys anspruchsvolle kulturtheoretische Analyse lässt sich vielleicht am prägnantesten mit einem unter deutschen Freimaurern im 19. Jahrhundert geflügelten Wort zusammenfassen, in dem sich die Ahnung von der fordernden Leere des freimaurerischen Geheimnisses ausdrückte: „Die Freimaurerei hat kein Geheimniss; sie ist aber ein Geheimniss."[14]

Historisch betrachtet lag in der inhaltlichen Flexibilität bei gleichzeitiger fiktiver Unwandelbarkeit eine Stärke. Sie ermöglichte, dass sich ein alter Traditionsverband wie die Freimaurerei sowohl in der zeitlichen wie auch in der räumlichen Ausbreitung stets auf neue Gegebenheiten und Erfordernisse einstellen und somit seinen Fortbestand sichern und seine Verbreitungsmöglichkeit steigern konnte. Allerdings lag darin auch Konfliktpotential, denn die verschiedenen so entstehenden Varianten mussten nicht zwangsläufig miteinander kompatibel sein. Sie konnten zu ganz unterschiedlichen Ansichten über Wesen, Zweck, Ziel und Einrichtung der – dem Anspruch nach – identischen Sache kommen. Solche Differenzen belasteten die Freimaurerei als ‚imagined community',[15] deren universaler und unitarischer Anspruch in den Ritualtexten formuliert wurde, etwa wenn es hieß: „Die Freimaurerei ist allgemein, sie erstreckt sich über den ganzen Erdboden und alle [Brüder] auf demselben machen nur eine Loge aus".[16]

Die so entstehenden Spannungen entluden sich in der Geschichte der Freimaurerei immer wieder, teils in produktiver, teils in destruktiver Weise. Wie ein Schatten begleiten Selbstverständnis- und Abgrenzungsdiskussionen die Freimaurerei, trotz des in der Rede von „Brüderlichkeit" gegebenen Harmonieversprechens.

1.1. Theoretische und methodische Perspektive

All das ist Grund genug, den Fokus neu auszurichten, weg von der Frage nach dem vermeintlich ‚eigentlichen' Wesen der Freimaurerei, die auch in der akademischen Freimaurerforschung ihren Niederschlag gefunden hat.[17] Stattdessen empfiehlt es sich, die Auslegungs- und Aushandlungsprozesse in den Blick zu nehmen, mit denen die Freimaurerei sich immer wieder aufs Neue über ihr Wesen verständigte. Erst wenn man den Wandel nicht mehr als Geschichte der Devianz und die Aushandlungsprozesse nicht mehr nur als Phänomene zweiter Ordnung begreift, sondern als Wege ins Zentrum der Freimaurerei, wird man dieser als historischem Objekt gerecht.

13 Gregory: Mysterienfieber, S. 19.

14 Fischer: Briefe, S. 12.

15 Zum Konzept der „imagined community" vgl. Anderson: Imagined Communities. Zur Freimaurerei als „imagined community" vgl. Baycroft: Nationalism; Hoffmann: Geselligkeit, S. 24.

16 Die Passage stammt aus dem Ritual der Großen Loge von Hamburg, zit. n. Uhlmann: Werklehre, S. 225. Ähnliche Passagen finden sich auch in den Ritualen anderer Systeme, vgl. ebd., S. 224–232.

17 Roland Hoede hat 2002 gar von einem „definitorischen Konflikt" in der Freimaurerforschung gesprochen, vgl. Hoede: Selbstverwirklichung, S. 123 f.

Das bedeutet, sich der Freimaurerei nicht in erster Linie als Arkangesellschaft zu nähern, deren statisches Wesen sich den Mitgliedern mittels ritueller Einweihung und Progression durch verschiedene Grade enthüllt, sondern sie als Diskursgemeinschaft zu verstehen, die sich über das Wesen ihrer freimaurerischen ‚imagined community' austauscht und dieses Wesen so immer wieder aufs Neue erst bestimmt.

Unter dieser Maßgabe ist es nur von begrenztem Nutzen, den Quellenkorpus auf Ritualtexte und Katechismen zu beschränken, wie es etwa Christian Braun in seiner Studie „Zur Sprache der Freimaurerei" tut. Braun liegt zwar nicht falsch, wenn er diese Quellenauswahl mit der zentralen Bedeutung der rituellen Arbeit für die freimaurerische Sozialisation begründet. Die dadurch unbeachtet bleibenden Texte sind jedoch eben gerade nicht lediglich „sekundäre und tertiäre Abbilder" der Freimaurersprache, wie Braun meint, sondern neben dem persönlichen Austausch in der Logengemeinschaft die zentralen Orte, wo das Wesen der Freimaurerei konstruiert und somit auch der Interpretationsspielraum für die Rituale und Symbole abgesteckt wurde.[18] Denn bei aller von der Freimaurerei betonten Dogmenlosigkeit, die sich gerade in der Verwendung von interpretationsbedürftigen Symbolen ausdrückt, gab es doch gewisse Spurrillen, das heißt ausgetretene Pfade der Aneignung und Auslegung, die sich mit dem Ideenhistoriker John G. A. Pocock als unterschiedliche Sprachen verstehen und so in Texten greifbar machen lassen.

Sprache in diesem Sinne meint jede „institutionalized mode of speech", also implizite abstrakte Regelsysteme sprachlicher Kommunikation, bestehend „aus einem bestimmten Vokabular, aus rhetorischen Konventionen, Argumentationsmustern, aber auch inhaltlichen Vorannahmen, Leitmotiven etc."[19] Die so verstandene Sprache gibt dem individuellen Sprecher nicht einfach ein beliebig formbares Mittel zur Verwirklichung seiner kommunikativen Intentionen an die Hand, sondern drückt der Kommunikation ihren Stempel auf, indem sie die mit ihr möglichen Sprachhandlungen einschränkt, wodurch erst der Raum für sinnhaftes sprachliches Handeln geschaffen wird. Sie ist, so eine Formulierung Pococks, die Matrix, innerhalb derer Texte stattfinden.[20]

Die Aufgabe der Geschichtsforschung ist daher die Untersuchung historischer Texte auf die zugrundeliegenden Konventionen, Argumentationsmuster, Vorannahmen, Leitmotive und die mit ihnen versuchten und verwirklichten Sprachhandlungen. Die (Ideen-)Geschichte wird somit zu einer „history of language games and their outcomes."[21] Daran orientiert sich auch die vorliegende Arbeit, um in diesem Zugriff die Selbstverständnisse, Aushandlungsprozesse und Wandlungen in der deutschen Freimaurerei der langen Jahrhundertwende offenzulegen.

---

18 Braun: Sprache der Freimaurerei, S. 108.

19 Pocock: Concept of a Language, S. 88; Stollberg-Rilinger: Einleitung, S. 22 f.

20 Pocock: Texts as Events, S. 113.

21 Ebd., S. 111. Zu dieser methodischen Schule vgl. auch Mulsow, Martin/Mahler, Andreas (Hg.): Die Cambridge School der politischen Ideengeschichte, Frankfurt am Main 2010; Pocock: Politics, Language and Time; Tully (Hg.): Meaning; Bevir: Role of Contexts; ders.: Logic of the History of Ideas.

1.2. Untersuchungszeitraum

Die lange Jahrhundertwende wurde erstmals 1990 in einem Sammelband zur Geschichte der Moderne als eigene Epoche vorgeschlagen und hat seither als Periodisierungskonzept in mehreren Studien Anwendung und Adaption gefunden.[22] Ähnlichkeit besteht auch zu Ulrich Herberts Konzept der Hochmoderne und dem aus der Kunstgeschichte entlehnten, von Detlev Peukert popularisierten Konzept der klassischen Moderne.[23]

Die lange Jahrhundertwende muss jedoch nicht notwendigerweise von modernisierungstheoretischen Vorannahmen aus gedacht werden. Vielmehr geht es grundsätzlich darum, den Blick für längerfristige Entwicklungslinien und die sich aus Kontinuität, Wandel und Umbruch ergebende Dynamik der Geschichte zu öffnen.[24] Das bedeutet insbesondere, eingeschliffene und festgefahrene Deutungsschemata zu überwinden, indem die üblichen Zäsuren eingebettet und die von ihnen geprägten Periodisierungskonzepte aufgebrochen werden. Vor allem betrifft das die noch immer übliche Fokussierung auf den Ersten Weltkrieg als ‚Urkatastrophe', die ein ‚langes 19. Jahrhundert' von einem ‚kurzen 20. Jahrhundert' scheidet, womöglich noch konkret festgemacht an einem ‚Epochenjahr 1917'.[25] Das Konzept der langen Jahrhundertwende öffnet hier den Blick für eine differenzierte Neubewertung.

Die geläufige Definition, wonach unter langer Jahrhundertwende „das halbe Jahrhundert zwischen 1880 und 1930" zu verstehen sei,[26] ist somit gerade nicht als striktes Korsett gedacht, welches die Untersuchung zwischen willkürlich gewählten Stichdaten einschnürt, sondern als Zugriff, welcher Entwicklungslinien folgt, ohne sich durch in Stein gemeißelte Grenzmarken einengen zu lassen. Daher sollen in dieser Arbeit unter langer Jahrhundertwende bewusst unscharf die Jahrzehnte um die kalendarische Wende vom 19. zum 20. Jahrhundert verstanden werden.

Veranschaulicht man sich die so eingenommene Perspektive als Blick durch eine Linse, dann liegt deren Fokus nicht in einem Anfangs- oder Enddatum, sondern auf der kalendarischen Jahrhundertwende. Die höchste Auflösung haben die Jahrzehnte unmittelbar um das Jahr 1900, während die Schärfe mit zunehmender Entfernung von diesem Brennpunkt in beide Richtungen abnimmt. Für die vorliegende Arbeit bedeutet das, dass zwar im Ganzen ein Zeitraum zwischen den 1860er und den 1930er Jahren erfasst wird, dass der eigentliche Fokus der Untersuchung jedoch etwa zwischen Mitte der 1880er und Ende der 1920er Jahre liegt.

---

22 Vgl. Bruch/Nitschke/Ritter/Peukert (Hg.): Jahrhundertwende, 2 Bde. Überlegungen zum Konzept der „langen Jahrhundertwende" auch bei Becker: Moderne, S. 9–12; Bauer: 19. Jahrhundert, S. 96–110.

23 Vgl. Herbert: Europe in High Modernity; Peukert: Weimarer Republik.

24 Vgl. Becker: Moderne, S. 10.

25 Vgl. hierzu auch Koch/Kaufmann/Werber: Zäsuren.

26 Becker: Moderne, S. 9.

1.3. Forschungsstand

Die bisherige Freimaurerforschung hat sich kaum mit dem so umrissenen Zeitraum befasst. Der Fokus lag eher auf der Frühzeit der Freimaurerei im 18. Jahrhundert. Hier wirkt sich auch ein freimaurerisches Geschichtsbild aus, das in den Debatten des 19. Jahrhunderts geprägt wurde: ein Niedergangsnarrativ, welches das 18. Jahrhundert zum goldenen Zeitalter der Freimaurerei (v)erklärte, im 19. hingegen in erster Linie Erstarrung und Epigonentum sah. Obwohl mit Reinhart Kosellecks Dissertation „Kritik und Krise" schon 1959 Anknüpfungspunkte für die Bürgertumsforschung aufgezeigt wurden, blieb das 19. Jahrhundert als ‚bürgerliches Zeitalter' auch von der Fachwissenschaft größtenteils ausgeklammert. Das resultiert in einer übersichtlichen Forschungslage, insbesondere zu der Zeit vor 1918.

Neben einer älteren, nur teilweise zuverlässigen Darstellung aus der Feder des Freimaurers Bruno Peters liegt lediglich eine Monographie von Stefan-Ludwig Hoffmann vor, die sich der Freimaurerei im Rahmen einer politischen Kulturgeschichte widmet.[27] Indem Hoffmann das Bürgertum nicht in erster Linie als soziale, sondern als kulturelle Formation begreift, bildet bei ihm die Frage nach den Einübungsstätten jener Kultur der Bürgerlichkeit den Ausgangspunkt der Untersuchung. Als einen solchen Raum begreift er die Freimaurerlogen, die damit ins Zentrum einer Kulturgeschichte des deutschen Bürgertums rücken. Bürgerlichkeit und Freimaurerei, so kann Hoffmann überzeugend zeigen, beeinflussten sich nicht einfach nur gegenseitig, sondern waren aufeinander bezogene und auseinander schöpfende kulturelle Größen. Während Hoffmann diese Verzahnung und die Wechselwirkungen differenziert nachzeichnet, bleiben jedoch die innerfreimaurerischen Spannungen zwar nicht un-, aber doch vergleichsweise unterbelichtet. Ohne hinter seine zu Recht in zahlreichen Rezensionen als Grundlagenstudie gewürdigte Arbeit und ihre zentralen Einsichten zurückzufallen, wird in der vorliegenden Arbeit das Hauptaugenmerk auf jenen Spannungen und den daraus sich ergebenden Impulsen und Entwicklungen liegen.

Neben Hoffmanns Monographie gibt es einige Forschungsaufsätze zur deutschen Freimaurerei des 19. Jahrhunderts, mit insgesamt überschaubarem Ertrag.[28] Vereinzelte Aufsätze behandeln Spezialfragen, können aber die Lücken nicht ausfüllen.

Positiv hervorzuheben ist Joachim Bergers Forschung zum freimaurerischen Internationalismus zwischen 1845 und 1935, die sich in einer Reihe von Aufsätzen und jüngst in einer umfangreichen Monographie niedergeschlagen hat. Seine zentrale These lautet, dass sich im „Prisma des Internationalismus [...] zentrale Charakteristika und Wandlungsprozesse der Freimaurerei in ihrer europäischen Ausdifferenzierung"

27 Peters: Freimaurerei; Hoffmann: Geselligkeit.

28 Vgl. z. B. Hammacher: Freimaurerei, wo vor allem Fragehorizonte aufgewiesen und mögliche Untersuchungsachsen in das ‚unbekannte' masonische 19. Jahrhundert skizziert werden. Auf weitere erwähnenswerte Ausnahmen von dieser Regel wird an gegebener Stelle verwiesen. Für einen Überblick über die wichtigsten internationalen Fachzeitschriften zur Freimaurerforschung vgl. Önnerfors: Institutionen.

erfassen lassen.[29] Dabei geht er stellenweise auch auf die deutsche Freimaurerei ein, kann diese jedoch aufgrund des transnationalen Zuschnitts nicht in ihrer vollen Komplexität würdigen. Das fällt insofern ins Gewicht, als die deutsche Freimaurerei nach Bergers eigener Einschätzung um die Jahrhundertwende einen Platz zwischen den globalen masonischen Lagern einnahm und in ihrer Zerfaserung die gesamte „Bandbreite der europäischen Freimaurereien" widerspiegelte.[30] Mithin fehlt also eine Perspektive, die sich ganz auf die deutschen Freimaurereien und ihre eigenen Identitätsdiskussionen konzentriert. Diese nimmt die vorliegende Arbeit ein, mit der Folge, dass Stimmen aus dem Ausland und der Blick über den nationalen Tellerrand nur insoweit vorkommen, als sie in den deutschen Debatten rezipiert wurden oder für sie ein relevanter Impulsgeber waren.

Anders als für das 19. Jahrhundert, sind für die Zeit nach Ende des Ersten Weltkriegs bis zum Verbot der Freimaurerei im Nationalsozialismus eine Reihe von Forschungsarbeiten zu verzeichnen. Die Pionierarbeit hierzu stammt von Helmut Neuberger und erschien bereits 1980, zwei Jahre später gefolgt von einem Aufsatz Wolfgang Fenners und Joachim Schmitt-Sasses in einem Sammelband zum Ende der Weimarer Republik.[31] Gesteigerte Aufmerksamkeit wurde diesem Zeitraum dann seit Ende der 1990er Jahre durch eine Reihe von Untersuchungen zuteil.[32] In all diesen Arbeiten erscheint die Zwischenkriegszeit als Krisenzeit der deutschen Freimaurerei, die zwischen Angriffen von rechts und der eigenen politischen Verortung im deutschnationalen Kräftefeld zerrissen war.

So fügt sich die Entwicklung der deutschen Freimaurerei in der Zwischenkriegszeit – unabhängig davon, wie sie im Einzelnen gedeutet wurde – nahtlos in das zuvor skizzierte Niedergangsnarrativ: ein im 19. Jahrhundert orientierungslos gewordener Freimaurerbund sei immer mehr auf Abwege geraten, bis er sich in den 1920er Jahren im antidemokratischen rechten Lager wiederfand. Vor allem Neubergers Arbeit ist voll von Formulierungen, die sich in eine derartige Großerzählung einfügen, etwa wenn der nichtanerkannte „Freimaurerbund zur aufgehenden Sonne" als „einzig erwähnenswerter Vertreter *echter* [...] Freimaurerei" bezeichnet wird, dessen „tolerante und übernational humane Haltung" die „selbstverständliche freimaurerische Pflicht" gewesen wäre – ein ahistorisches Urteil, das gerade nicht dem zeitgenössischen Freimaurerdiskurs Rechnung trägt, sondern anachronistisch ein freimaurerisches Selbstbild post-1945 als überzeitlich gültige Ontologie der Freimaurerei zugrunde legt.[33] Die Arbeit, die den Anstoß zur Dekonstruktion des Opfernarrativs der bundesrepublikanischen Freimaurerei gab, kommt hier selbst über deren Argumentation nicht hinaus.

---

29 Berger: Internationalismus, S. 11.

30 Ebd., S. 133–135.

31 Vgl. Neuberger: Winkelmaß; Fenner/Schmitt-Sasse: Freimaurer.

32 Vgl. v. a. Melzer: Konflikt. Auf weitere einschlägige Literatur wird an gegebener Stelle hingewiesen. Vgl. aber auch die älteren Forschungsberichte Melzer: Völkische Freimaurerei; ders.: Spannungsfeld; Reinalter: Freimaurerei und Nationalsozialismus.

33 Neuberger: Winkelmaß, S. 43 f. [Herv. M. P.].

2. Deutsche Freimaurereien und deutsche Freimaurerei

Schon seit dem ausgehenden 18. Jahrhundert war im späteren Gebiet des Deutschen Reichs das Nebeneinander verschiedener Freimaurerei*en* besonders ausgeprägt. Im Anschluss an die erste Großlogengründung in London um 1717 durch den Zusammenschluss von vier bereits bestehenden Logen hatte sich die Freimaurerei weitgehend unreguliert über die englischen Kolonien und den europäischen Kontinent ausgebreitet.[34] 1737 kam es zur Logengründung in Hamburg und in rascher Folge zur weiteren Ausbreitung und Popularisierung auf dem Gebiet des Heiligen Römischen Reichs. Turbulente Jahrzehnte folgten, freimaurerische „Systeme"[35] entstanden und vergingen, Neugründungen und Verbote, interne Spannungs- und externe Konjunkturkurven wechselten sich ab, bis ab Ende des 18. Jahrhunderts eine institutionelle Konsolidierung in Form souveräner Großlogen eintrat. Als Folge von Kleinstaaterei und ‚später' Reichseinheit bestanden im deutschen Kaiserreich des ausgehenden 19. Jahrhunderts schließlich acht solcher Großlogen sowie fünf unabhängige Einzellogen nebeneinander, allesamt mit je eigener Tradition und eigenen Souveränitätsansprüchen.

Im Einzelnen waren dies – in Berlin – die „Große National-Mutterloge zu den drei Weltkugeln", die „Große Landesloge der Freimaurer von Deutschland", die „Große Loge von Preußen" (bis 1915 mit dem Zusatz „Royal York zur Freundschaft"), weiterhin die „Große Mutterloge des Eklektischen Freimaurerbundes" in Frankfurt am Main, die „Große Loge von Hamburg", die „Großloge ‚Zur Sonne' " in Bayreuth, die „Große Freimaurerloge Zur Eintracht" in Darmstadt und die Dresdner „Große Landesloge von Sachsen".[36] Diese acht waren seit 1872 lose verbunden im Deutschen Großlogenbund, der sich jährlich unter wechselndem Vorsitz zu Großlogentagen traf. Die fünf unabhängigen Logen, sämtliche im mitteldeutschen Raum situiert, waren „Minerva zu den drei Palmen", „Balduin zur Linde", „Archimedes zu den drei Reißbrettern", „Karl zum Rautenkranz" und „Archimedes zum ewigen Bunde".[37] Sie waren – trotz mehrfacher

34 Das 1738 erstmals genannte Gründungsjahr 1717 ist in jüngerer Forschung in Zweifel gezogen worden, vgl. Prescott/Sommers: Searching; Dachez: Le ‚non-événement' de 1717.

35 Als Systeme oder Lehrarten werden die distinkten rituellen und ideellen Ausprägungen der Freimaurerei bezeichnet.

36 Im Fließtext dieser Arbeit werden Kurznamen, in den Fußnoten Akronyme verwendet, die im Abkürzungsverzeichnis aufgeschlüsselt werden.

37 Zu den Großlogen und Logen im Überblick vgl. Knak: Führer; Taute: Organisation; Fischer: Historisch-dogmatische Darstellung; Endler/Schwarze: Freimaurerbestände, Bd. 1, S. 63–352, wo auch die Großmeister mit ihren Amtszeiten aufgelistet werden. Vgl. auch Reinalter: Internationale Verbreitung. Für einen Überblick über den Mitgliederbestand der Großlogen vgl. Peters: Freimaurerei, S. 270 u. Hoffmann: Geselligkeit, S. 350–352.

Versuche, dies zu ändern – bis Ende des Ersten Weltkriegs keine Mitglieder des Großlogenbundes, aber in dessen Statuten explizit anerkannt.[38]

Mit der Anerkennung attestierten sich (Groß-)Logen gegenseitig, rechtmäßige Freimaurerkörperschaften zu sein, wobei im Umkehrschluss *nicht* galt, dass einer nichtanerkannten Körperschaft oder gar deren Mitgliedern grundsätzlich der freimaurerische Charakter abgesprochen wurde. Anerkennung war in erster Linie ein Paradigma der *institutionellen* Beziehungen und daher auch vornehmlich von institutionellen Erwägungen bestimmt. Als Ausdruck der Konsolidierung der Freimaurerei in voneinander unabhängige Körperschaften mit oft eifersüchtig verteidigten geographischen Einflusssphären („Sprengeln") stand deren Souveränität und Entscheidungsautonomie im Mittelpunkt. Das führte dazu, dass im 19. Jahrhundert nicht *ein* zusammenhängendes Anerkennungsnetz entstand, sondern jede Großloge ihr eigenes knüpfte und dabei nach eigenem Ermessen Anerkennung aussprach, verweigerte, zurücknahm oder erbat. Die so entstehenden Netze mochten sich in vielen Fällen überlappen, deckungsgleich waren sie jedoch nicht, und noch nicht einmal die United Grand Lodge of England, die weithin als ‚Mutterloge der Welt' galt, bildete einen allen Netzen gemeinsamen Knotenpunkt.[39]

Erst Entwicklungen der langen Jahrhundertwende führten zu Versuchen der großlogenübergreifenden freimaurerrechtlichen Normierung, in deren Zuge sich Fragen der freimaurerischen Legitimität und damit Fragen nach dem Wesen der Freimaurerei in den Vordergrund schoben. Auf sie wird in dieser Arbeit noch zurückgekommen.

Ihrem bürgerlichen Profil entsprechend war die Freimaurerei im 19. Jahrhundert ein exklusiv-männliches und vorwiegend urbanes Phänomen.[40] In allen Staaten des Deutschen Reiches und all seinen größeren Städten fand sich Ende des 19. Jahrhunderts mindestens eine Loge. Geographische Schwerpunkte ergaben sich aus der Geschichte und Ausbreitung der Freimaurerei im 18. Jahrhundert und aus dem konfessionellen Profil Deutschlands. Für das Jahr 1894 liegen umfangreiche statistische Angaben vor. Die höchste Logendichte wiesen in jenem Jahr die norddeutschen Stadtstaaten Hamburg, Bremen und Lübeck auf, die geringste hingegen das agrarische und katholische Bayern.[41] Besondere Schwerpunkte lagen auch in Preußen und Sachsen, wo es im

38 Vgl. § 1 des Großlogenbundstatuts, abgedr. in Runkel: Geschichte, Bd. 3, S. 440–442, hier S. 440.

39 Nach einer tabellarischen Übersicht bei Bruno Peters bestand etwa 1884 kein Anerkennungsverhältnis zwischen den GLvF, GLvB, GLvD und GLLvS einerseits, der UGLE andererseits, ohne dass deren Legitimität in Frage stand, vgl. Peters: Freimaurerei, S. 275.

40 Das 18. Jahrhundert und zuvor hatte auch Frauen in der Freimaurerei gekannt, was erst gegen Ende des 19. Jahrhunderts wieder aufkommen sollte. Vgl. dazu auch Kap. 6.2 u. Seidler: Frauen und Freimaurerei. Zum Berufs- und Sozialprofil der deutschen Großlogen vgl. Peters: Freimaurerei, S. 271 u. 273 f.; Hoffmann: Geselligkeit, S. 354.

41 Vgl. Fischer, Paul: „Zur Statistik der deutschen Freimaurerei", in: Latomia 25 (1894), S. 195–197, hier S. 196. Siehe auch Rackhorst: Logenkarte, die auch abgedr. ist in Back-Vega: Märchen, S. 40 f.

selben Jahr in absoluten Zahlen die meisten Logen gab.[42] Im gesamten Reichsgebiet kam auf je 124.172 Einwohner eine Loge und auf je 1.081 Einwohner ein Freimaurer.[43] Die durchschnittliche Größe der Logen schwankte dabei beträchtlich. Insbesondere in Mitteldeutschland gab es wahrhafte Giganten mit bis zu 622 Mitgliedern (Loge „Zu den drei Schwertern und Asträa zur grünenden Raute" in Dresden, Große Landesloge von Sachsen).[44] Der Großteil der deutschen Brüder (55,22 %) war jedoch in kleineren Logen bis 100 Mitglieder organisiert.[45]

Die Gesamtmitgliederzahl der anerkannten Logen wuchs – von kleineren Schwankungen im Ersten Weltkrieg abgesehen – während des gesamten Kaiserreichs und in fast allen Reichsteilen stark an, von 35.060 Brüder im Jahr 1871 auf 58.505 im Jahr 1917.[46] Darin spiegelte sich auch das allgemeine Bevölkerungswachstum, das jedoch im Jahrzehnt von 1900 bis 1910 deutlich übertroffen wurde.[47] 1911 rangierte Deutschland damit im internationalen Vergleich auf Platz drei hinter den USA und England, was Freimaurer in absoluten Zahlen anging.[48] Auch in der Weimarer Republik setzte sich der Trend zunächst fort, so dass die Bruderkette im Jahr 1925 einen Höchststand von mehr als 82.000 Mitgliedern zählte. Erst in der zweiten Hälfte der 1920er Jahre setzte dann ein Mitgliederrückgang ein, der die verschiedenen Großlogen unterschiedlich stark betraf und sich Ende der Dekade insgesamt verstetigte.[49] Die mitgliederstärksten Großlogen waren seit Gründung des Großlogenbundes die „Drei Weltkugeln" und die Große Landesloge, wobei Erstere fast durchgehend in Führung lag. Zusammen mit der dritten Berliner Großloge, der Großen Loge von Preußen, vereinten sie durchgehend über zwei Drittel aller deutschen Freimaurer, auch wenn die Große Loge von Hamburg, die Großloge von Frankfurt und die Großloge von Bayreuth aufholten und beispielsweise von 1871 bis 1914 deutlich größere relative Zuwachsraten verzeichneten.[50]

42 Vgl. Fischer, Paul: „Zur Statistik der deutschen Freimaurerei", in: Latomia 25 (1894), S. 195–197, hier S. 196.

43 Vgl. ebd. u. ders.: „Zur Statistik der deutschen Freimaurerei", in: Latomia 22 (1895), S. 171–173, hier S. 171.

44 Vgl. Fischer, Paul: „Zur Statistik der deutschen Freimaurerei", in: Latomia 11 (1895), S. 86 f., hier S. 86.

45 Vgl. ebd.

46 Vgl. die Tabelle bei Hoffmann: Geselligkeit, S. 350–352. Eine nach den einzelnen Bundesstaaten differenzierte Aufstellung des Zuwachses von 1852 bis 1894 bei Fischer, Paul: „Zur Statistik der deutschen Freimaurerei", in: Latomia 21 (1895), S. 165 f., hier S. 166.

47 Vgl. Kneisner, Friedrich: „Die Statistik der deutschen Freimaurerei", in: Mitteilungen aus dem VdF (1918/19), S. 122–141, hier S. 131. Zur demographischen Entwicklung Deutschlands, insbes. den Boomjahren 1900 – 1910, vgl. Ehmer: Bevölkerungsgeschichte, S. 7 und 17.

48 Vgl. „Eine Freimaurerstatistik für das Jahr 1911", in: Freimaurer-Zeitung 41 (1912), S. 324 f.

49 Vgl. Neuberger: Winkelmaß, S. 57–62. Zur Mitgliederentwicklung in der Weimarer Republik vgl. Kap. 12.

50 Vgl. die tabellarischen Aufstellungen zu Mitgliederzahlen und -bewegungen der deutschen Großlogen bei Hoffmann: Geselligkeit, S. 350–353. Zur relativen Zunahme der Logen zwischen 1878 und 1916 vgl. Kneisner, Friedrich: „Die Statistik der deutschen

Verluste schrieben im gleichen Zeitraum nur die sehr kleine Großloge von Darmstadt und die fünf unabhängigen Logen.[51]

Während im restlichen Europa die Trennlinien zwischen den unterschiedlichen freimaurerischen Obedienzen zumeist entlang der nationalen Grenzen verliefen, liefen sie in Deutschland also quer durch das Reichsgebiet und mitunter quer durch ein und dieselbe Stadt. Diese Nähe förderte das Bewusstsein für die innerfreimaurerischen Differenzen, die noch nicht einmal vor der Logentüre Halt machten, da ja auch die einzelnen Mitglieder in ihrer individuellen Aneignung der Freimaurerei zu divergenten Ansichten kommen konnten. So hieß es in einer Freimaurerzeitschrift 1885 beinahe resigniert: „Es gibt keinen Lehrsatz in der Fr[ei]m[aure]rei, der nicht von der einen Seite als unverrückbar hingestellt, von der andern auf das Lebhafteste bestritten wäre."[52]

Die aus all dem sich ergebende Auseinandersetzung über das Wesen der Freimaurerei wurde noch zusätzlich intensiviert durch den Traum der nationalen freimaurerischen Einheit. Mit der Hochphase der nationalen Bewegung um die Mitte des 19. Jahrhunderts erfuhr er einen kräftigen Schub, der unter anderem Ausdruck im Aufstieg einer obedienzübergreifenden deutschsprachigen freimaurerischen Publizistik fand.

Ähnlich wie die Massenpresse die Idee der Nation als fiktive Handlungseinheit zugleich förderte und verkörperte, förderte und verkörperte die freimaurerische Presse und Publizistik die Vorstellung der einen geeinten Freimaurerei, trotz oder sogar wegen der fehlenden institutionellen Einheit.

Insbesondere die vermehrte Gründung unabhängiger Freimaurerzeitschriften seit der Jahrhundertmitte weist auf ein Bedürfnis der freimaurerischen Basis hin, sich selbst zu organisieren, ein Forum der Kommunikation abseits der trennenden Systemgrenzen und damit eine neue Form der gesamtdeutschen freimaurerischen Öffentlichkeit zu schaffen.[53]

Hatte ein Bruder sich noch 1842 wegen der regelmäßigen Herausgabe eines Taschenbuchs für Freimaurer gegen solche Stimmen wehren müssen, die in dieser Veröffentlichung „etwas, in Bezug auf das maurerische Verhältniß, Unstatthaftes oder sonst Tadelnswerthes" sahen,[54] waren in der zweiten Hälfte des Jahrhunderts Periodika und anderweitige Veröffentlichungen von Brüdern für Brüder nicht mehr aus dem Bundesleben wegzudenken. Ende der 1860er Jahre konstatierte ein Beobachter: Die

---

Freimaurerei", in: Mitteilungen aus dem VdF (1918/19), S. 122–141, hier S. 138. In absoluten Zahlen stellte jedoch die GLL alle übrigen Großlogen in den Schatten, sowohl was den Mitglieder-, als auch was den Logenzuwachs anging.

51 Vgl. Hoffmann: Geselligkeit, S. 350–353.

52 Hieber, [Otto]: „Wie haben wir unsere Akten aufzufassen?", in: Zirkelkorrespondenz 3 (1885), S. 176–184, hier S. 177.

53 Vgl. auch den programmatischen Auftaktartikel der unabhängigen „Freimaurer-Zeitung" [Fischer, Rudolph Richard]: „An ihre Brüder", in: Freimaurer-Zeitung 1 (1847), S. 1–5.

54 „An die Leser", in: Asträa. Taschenbuch für Freimaurer auf das Jahr 1842 und 1843, S. 5–10, hier S. 9.

„maur[erische] Presse hat sich allmählich zu einem wesentlichen Factor im maur[erischen] Leben emporgeschwungen."[55]

Was zuvor überwiegend auf die einzelne Loge als Treffpunkt zum brüderlichen Gespräch oder auf die Korrespondenz zwischen einzelnen Mitgliedern und oftmals auf Angehörige derselben Großloge beschränkt war, wurde durch das industrialisierte freimaurerische Presse- und Buchwesen auf eine neue qualitative und quantitative Ebene gehoben. Die Publizistik stellte einen gemeinsamen Möglichkeitsraum von Aussagen her und bot – mehr als die zerfaserten Institutionen – ein gemeinsames Forum, in dem die ‚imagined community' der (deutschen) Freimaurerei greifbar und erfahrbar wurde.[56]

Die freimaurerische Publizistik ist somit nicht nur Spiegel oder Dokument ihrer Zeit. In ihr und durch sie konstituierte sich die deutsche Freimaurerei als Diskursgemeinschaft.[57] Wenn man von *der* deutschen Freimaurerei im Singular überhaupt sprechen mag, dann ist sie hier zu finden. Das macht die freimaurerische Publizistik zur wertvollen Quelle und zur hauptsächlichen Quellengrundlage der vorliegenden Arbeit, die durch sie die innerfreimaurerischen Diskussionen und Aushandlungsprozesse untersucht, in denen die polyglotte Diskursgemeinschaft versuchte, zu einer gemeinsamen Sprache zu finden.

Da diese Prozesse nicht im luftleeren Raum eines platonischen Ideenreiches, sondern innerhalb bestimmter sozialer, kultureller und institutioneller Konstellationen stattfanden, müssen auch diese Konstellationen und die sich ergebenden Wechselwirkungen berücksichtigt werden. Dementsprechend werden zugleich diese historischen Kontexte rekonstruiert, so dass ein umfassendes, wenngleich nicht erschöpfendes Panorama entsteht.

Die Arbeit wird dabei weitgehend einem chronologischen Aufbau folgen, beginnend mit der Formierung der deutschfreimaurerischen Einheitsbewegung in den 1860er Jahren und endend im Nationalsozialismus. Dabei werden jedoch stellenweise thematische Schwerpunkte gesetzt, die das chronologische Korsett aufbrechen und die genealogische durch eine systematische Perspektive ergänzen. Bewusst knapp gehaltene Zusammenfassungen am Ende der sechs Hauptabschnitte vermitteln einen schnellen Überblick der in ihnen erarbeiteten Ergebnisse und sollen die zielgerichtete Lektüre erleichtern.

---

55 „Flüchtige Gedanken über die maurerische Presse und ein Johannisbericht aus einer kleinen Loge", in: Freimaurer-Zeitung 32 (1869), S. 253–256, hier S. 253.

56 Vgl. analog auch Bruch: Gesellschaftliche Funktionen, S. 158, wo das amorphe ‚Bildungsbürgertum' als „kommunizierende Gesinnungsgemeinschaft" verstanden wird, die sich über das Medium der Kulturzeitschrift konstituiert. Zu Aufstieg und Bedeutung der Druckmedien im 19. Jahrhundert vgl. Kraus: Kultur, Bildung und Wissenschaft, S. 3 f.

57 Vgl. Foucault: Ordnung, S. 27. Vgl. dazu auch Schöttler: Linguistic turn, S. 140 f.; Landwehr: Geschichte des Sagbaren, S. 83–86.

3. Prolegomena zur freimaurerischen Publizistik

Die zentrale Rolle, die der freimaurerischen Publizistik für diese Arbeit zukommt, lässt einige Anmerkungen zur Einordnung und Beurteilung des Quellenwerts angezeigt erscheinen. Dies umso mehr, als sie in der bisherigen Freimaurerforschung nur selten Beachtung gefunden hat.

Ihr Aufstieg zur Herzkammer einer deutschfreimaurerischen Diskursgemeinschaft begann Mitte des 19. Jahrhunderts mit der Gründung großlogenunabhängiger Freimaurerzeitschriften aus dem Geist obedienzübergreifender Einheit. Die ältesten und langlebigsten dieser unabhängigen Blätter waren die als gemäßigt konservativ geltende, 1847 gegründete Freimaurer-Zeitung, die elf Jahre später ins Leben gerufene, entschieden reformorientierte Bauhütte und schließlich die 1878 als moderate Alternative zu Letzterer gegründete Latomia.[58] Alle drei Zeitschriften erschienen wöchentlich und wurden zur Blaupause für nach und nach entstehende Großlogenzeitschriften. Essays, Kommentare, Vortragsmanuskripte, und Debattenbeiträge zu allerlei freimaurerisch relevanten oder interessanten Themen fanden in diesen freimaurerischen Kulturzeitschriften ebenso ihren Platz wie Notizen, Berichte und Ankündigungen zu Vorgängen in der freimaurerischen Welt. Ebenfalls Teil aller Freimaurerzeitschriften waren ausgedehnte Presseschauen, in denen über erwähnenswerte Artikel sowohl der freimaurerischen als auch der profanen Presse berichtet wurde. Wer also nicht alle 52 deutschsprachigen Periodika bezog, die nach Markus Hänsel-Hohenhausens Bibliographie der deutschsprachigen Freimaurerzeitschriften in den Jahren zwischen 1880 und 1900 existierten, konnte sich so dennoch über Beiträge der gesamten Bandbreite unterrichten.[59] Auch parallel oder zeitversetzt in mehreren Zeitschriften veröffentlichte Artikel waren die Regel.

Der Aufstieg der freimaurerischen Publizistik beschränkt sich aber nicht auf den Zeitschriftenmarkt, sondern zeigt sich auch in einer Unmenge an sogenannter grauer Literatur sowie in zahlreichen monographischen Veröffentlichungen, die in den Zeitschriften beworben und besprochen wurden und die zu einer neuen Aufmerksamkeit für die Logenbibliotheken führten.[60] 1895 entstand eine „Vermittlungsstelle zum Ein- und Austausch fr[ei]m[aure]rischer Bücher etc.", die als eine Art Tauschbörse zwischen

58 Die weltanschauliche Einordnung ist zeitgenössischen Einschätzungen entnommen, vgl. u. a. „Ueber die mrische Zeitungsliteratur", in: Dresdener Logenblatt 167 (1890), S. 1558–1562.

59 Vgl. Hänsel-Hohenhausen: Freimaurer-Zeitschriften. Hänsel-Hohenhausen schätzt die Anzahl der Beiträge in allen von ihm verzeichneten Zeitschriften auf 60.000 bis 70.000. Vgl. zu Freimaurerzeitschriften auch „Presse", in: Allgemeines Handbuch (3. Aufl.), Bd. 2 (1901), S. 185–187; Wolfstieg (Hg.): Bibliographie, Bd. 1 (1911), S. 26–50. Zum Quellenwert serieller Publikationen vgl. auch Schöttler: Historians and Discourse Analysis, S. 52.

60 Als ‚graue Literatur' werden solche Publikationen bezeichnet, die außerhalb des Buchhandels erscheinen, vgl. Gantert: Bibliothekarisches Grundwissen, S. 78 f.

den Logenbibliotheken fungierte und zu diesem Zweck regelmäßig Dubletten- und Desideratenlisten veröffentlichte.[61] Bis 1900 hatte sie bereits fünf solche Listen ausgegeben und durch Vermittlung von rund 800 Büchern pro Jahr „viel zur Hebung der Büchereien in den Logen beigetragen".[62]

Um sich in der Flut an Veröffentlichungen einen Überblick zu verschaffen, blühte auch die bibliographische Arbeit auf, die ihren Höhepunkt 1911 bis 1913 in der zunächst dreibändigen „Bibliographie der Freimaurerischen Literatur" erreichte, die 1926 noch einen Ergänzungsband erhielt.[63] Mit der Bibliographie war ein Projekt verwirklicht, das lange schon herbeigesehnt und mit Bedeutung für die freimaurerische Einheit aufgeladen worden war. Bereits 1886 hatte es in einer Freimaurerzeitschrift geheißen, eine „Bücherkunde der gesamten Freimaurer-Literatur" wäre „ein schönes Zeugnis von der Einheit der deutschen Brüderschaft".[64] Anlass dieser Zeilen war die Veröffentlichung von Reinhold Tautes „Maurerische[r] Bücherkunde" gewesen, die als Supplement zur längst überholten, 40 Jahre älteren Freimaurerbibliographie von Georg Kloß gedacht war.[65] Weitere Ergänzung erfuhr Kloß 1892 durch Heinrich Boos und 1897 nochmals durch Taute, der weitere bibliographische Arbeit anmahnte und weitere zehn Jahre später mit einer liebe- und mühevoll kommentierten Zusammenstellung von fast 450 Geheimbundromanen des 18. Jahrhunderts nochmals selbst ablieferte.[66] Zu diesem Zeitpunkt war indes die Erstellung der dreibändigen Bibliographie bereits in vollem Gange.[67] Bei Fertigstellung des Registers für die ursprünglichen Bände zählte sie schließlich 43.317 Titel.

Nur selten waren diese Schriften für ein breites Publikum gedacht. Die meisten richteten sich ausschließlich an Brüder anerkannter Logen. Entsprechend erschienen sie größtenteils im Selbstverlag oder in einem von mehreren freimaurerischen Kleinverlagen. Eine ungünstige Quellenlage steht einer eingehenderen Untersuchung dieser Kleinverlage vielfach hinderlich im Weg, so dass die Forschungslücke, auf die Gangolf Hübinger schon 2001 hingewiesen hat, bis auf weiteres bestehen bleiben muss.[68]

Im Zuge von Debatten über eine aktivere Öffentlichkeitsarbeit kam es in der langen Jahrhundertwende jedoch auch zu einigen wenigen Veröffentlichungen in größeren Publikumsverlagen. Insbesondere ist hier Eugen Diederichs zu nennen, *der* Kulturverleger der Jahrhundertwende. Thematisch passte die Freimaurerei gut in sein Verlagsprogramm, das das gesamte Spektrum der „‚vagierenden' Religiosität" und

---

61 Vgl. Reinhold: „Einiges über Logen-Bibliotheken und die ‚Vermittlungs-Stelle zum Ein- und Austausch frmrischer Bücher etc.' ", in: Bundesblatt 9 (1896), S. 241–252.

62 „Vermittlungsstelle", in: Allgemeines Handbuch (3. Aufl.), Bd. 2 (1901), S. 489.

63 Wolfstieg (Hg.): Bibliographie, 3 Bde.; Beyer (Hg.): Bibliographie.

64 Schulze, Karl: „Maurerische Bücherkunde", in: Zirkelkorrespondenz 2 (1886), S. 149–152, hier S. 152.

65 Taute: Bücherkunde.

66 Boos: Katalog; Taute: Freimaurer-Bibliographie, der Appell ebd., S. 1–3; Taute: Ordens- und Bundes-Romane.

67 Zur Entstehungsgeschichte vgl. Wolfstieg: Bibliographie, Bd. 1 (1911), S. IIIf.

68 Hübinger/Müller: Verlage, S. 394.

kulturreformerischen Suchbewegungen der Jahrhundertwende bediente.[69] Daneben mag es geholfen haben, dass Diederichs selbst Freimaurer war – ein Umstand, der in der zahlreichen Forschungsliteratur zu ihm zwar Erwähnung, kaum jedoch größere Aufmerksamkeit erfährt.[70] Trotz der thematischen und persönlichen Nähe, die Diederichs – ganz der geschickte Geschäftsmann – durchaus für Werbezwecke in Freimaurerkreisen zu nutzen wusste,[71] blieben die masonischen Veröffentlichungen in seinem Haus jedoch auf wenige Titel vor dem Ersten Weltkrieg beschränkt, was womöglich mit Diederichs schwindendem Interesse an der Freimaurerei zu tun hatte.[72]

Neben ihrer Quantität war die deutsche freimaurerische Publizistik in Freimaurerkreisen auch für ihre Qualität hochgeschätzt und genoss weit über die deutschen Sprachgrenzen hinaus einen exzellenten Ruf. Stolz referierte die FREIMAURER-ZEITUNG im September 1866 zum Beispiel das anerkennende Urteil des englischen FREEMASONS' MAGAZINE, demzufolge die Freimaurerpublizistik in Deutschland so fruchtbar sei wie kaum irgendwo sonst.[73] Noch schmeichelhafter äußerte sich einige Jahrzehnte später der englische „Pro-Großmeister"[74] Arthur Russell, 2. Baron Ampthill bei einem offiziellen Treffen mit deutschen Großlogenvertretern. Ampthill verbeugte sich tief vor der deutschen Freimaurerliteratur und erklärte,

> daß die englische Freimaurerei wohltäte, wenn sie an der Verfahrungsart deutschen Denkens sich erleuchtete [...]. Sie könnten uns in der Theorie leiten. Gerade so wie die Weisheit des Ostens nach Europa kam und nach Jahrhunderten von Europa nach Asien wieder zurückgenommen wurde, könnten Sie uns das Resultat des reifen Nachsinnens über die Grundsätze, die Sie von uns vor hundert Jahren angenommen haben, zurückbringen.[75]

---

69 Zu Diederichs vgl. u. a. Ulbricht/Werner (Hg.): Romantik; Viehöfer: Verleger; Hübinger (Hg.): Versammlungsort; ders.: Kulturkritik; ders.: Verlag. Zur „‚vagierenden' Religiosität" vgl. Nipperdey: Religion im Umbruch, S. 124.

70 Vgl. v. a. Heidler: Verleger, S. 301 f.; Müller: Idealismus, S. 180.

71 Andreas Meyer gibt einen Werbebrief wieder, den Diederichs 1912 anlässlich des Oktoberhefts der eben erst von ihm übernommenen Zeitschrift „Die Tat" an Freimaurerlogen versandte. Darin preist er die Neuausrichtung der „Tat" an und prognostiziert ihre Entwicklung zur „erste[n] Monatsschrift im Sinne des freimaurerischen Gedankens". (Tatsächlich blieb es bei einem längeren Aufsatz, vgl. Horneffer, Ernst: „Die Freimaurerei und die religiöse Krisis der Gegenwart", in: Die Tat 7, 8 (1912), S. 307—334, 383—401). Vgl. Meyer: Verlagsgründer, S. 54 f.

72 Vgl. Heidler: Verleger, S. 301.

73 „Ein englisches Urtheil über die deutschen freim. Schriften der letzten 10 Jahre", in: Freimaurer-Zeitung 39 (1866), S. 306—308, hier S. 306.

74 Der Pro-Großmeister ist der geschäftsführende Großmeister der UGLE, solange ein Mitglied der königlichen Familie das Großmeisteramt repräsentativ bekleidet.

75 Die Ansprache Lord Ampthills in deutscher Übersetzung als Anlage A zu „Amtlicher Bericht der drei altpreussischen Grossmeister über Verlauf und Ergebnis ihres Besuchs

Trotz solch überschwänglicher Urteile stellt sich jedoch die Frage, wie weit freimaurerische Druckerzeugnisse nicht nur verteilt oder publiziert, sondern auch tatsächlich rezipiert wurden. Auflagenhöhen oder die Zahl von Abonnenten sind meist nicht zuverlässig in Erfahrung zu bringen. Ab 1894 führte zwar das „Adressbuch der Deutschen Zeitschriften und der hervorragenden politischen Tagesblätter" eine eigene Rubrik für „Freimaurer- etc. Blätter" ein, doch fehlt dort der Großteil der Freimaurerzeitschriften und nur bei den wenigsten sind Auflagenzahlen angegeben.[76] Selbst solche nicht verifizierbaren Auflagenzahlen lassen nur indirekte Rückschlüsse auf die Zirkulation und das tatsächliche Leseverhalten zu. So wurde etwa häufig empfohlen, innerhalb der Logen Blätter auszutauschen und weiterzugeben oder sich in informellen Lesezirkeln mit Brüdern zusammenzutun, da sich so erfahrungsgemäß die Verbreitung der Texte steigern lasse.[77]

Zeitgenössische Klagen, dass all die Schriften zur Freimaurerei zu wenig gelesen würden, stehen zu sehr in der Tradition einer bildungsbürgerlichen Krisenrhetorik, als dass man ihnen blind Glauben schenken sollte.[78] Im Gegenteil! Nach der Menge an Publikationen und der Anzahl und Langlebigkeit eines festen Kerns freimaurerischer Periodika zu urteilen, stand es um die Jahrhundertwende ausgesprochen gut um die masonische Publizistik. Bis in den Ersten Weltkrieg hinein ist sie gekennzeichnet von einer Flut an jährlichen Neuerscheinungen, die Gründung neuer Zeitschriften und die Ausweitung und Pluralisierung des Angebots. Das ist einerseits sicherlich Folge der Debattenfreudigkeit der deutschen Freimaurerei, andererseits auch zwangsläufig Zeugnis der Absatzfähigkeit ihrer publizistischen Produkte.

Trotz der nicht genau messbaren und in ihrer Breite entsprechend unbestimmten Rezeption stellt die Publizistik für den Freimaurerdiskurs eine bestechende Quelle dar. Das liegt neben dem bereits Gesagten auch an den Inhalten. Da die Freimaurerzeitschriften nur einen sehr kleinen redaktionellen Mitarbeiterstab hatten, waren sie auf die Einsendung von zu veröffentlichenden Texten angewiesen. Neben speziell für die Zeitschriften verfassten Aufsätzen umfasste das auch zahlreiche in den Logen gehaltene Vorträge und Ansprachen. Hinzu kamen Mitteilungen, Ankündigungen und Verlautbarungen aus den verschiedenen Körperschaften sowie Leserbriefe und Repliken. Die Publizistik wurde so zum Bindeglied der verschiedenen Ebenen, von den einzelnen Brüdern über die örtlichen Logen bis hinauf zu den Großlogen, und verknüpfte die auf diesen Ebenen geführten Diskussionen miteinander.

---

bei der Grossloge von England vom 18. bis 22. Juni 1912", in: Am rauhen Stein 8 (1912), S. 251–253. In Auszügen auch wiedergegeben in Keller: Einführung, S. 114 f.

76 Vgl. Sperling (Hg.): Adressbuch, S. 28. Aufgezählt finden sich nur neun Blätter, davon nur fünf eindeutig als deutsche Freimaurerblätter identifizierbar. Die nicht verifizierbaren Angaben zur Auflage liegen zwischen hohem drei- und mittlerem vierstelligen Bereich. Vergleichbares gilt auch für die Folgejahre.

77 Vgl. u. a. Knak: Führer, S. 115.

78 Vgl. z. B. Vetter-Thomas, Heinrich: „Kann die maurerische Presse zu grösserer Bedeutung gebracht werden?", in: Bauhütte 34 (1905), S. 265–267, hier S. 266.

Basis und Autorität

„der leitende Grundsatz eines Ordens ist die absolute Unterordnung der einzelnen Glieder [...]. Eine solche Ordnung ist aber im Freimaurerbunde [...] nicht vorgeschrieben“[79]

„Die Basis der weitesten Gemeinschaft ist keine andere, als jene Liebe selbst, deren Wille und Streben Vereinigung ist“[80]

4. Die Formierung der deutschen Freimaurerei

Folgt man der freimaurerischen Eigengeschichtsschreibung aus der Zeit der Jahrhundertwende, so lag der Ausgangspunkt für die Einigung der deutschen Freimaurerei im Jahr 1845. Nachdem schon länger der Wunsch nach einer Generalversammlung aller deutschen Logen gewachsen war, sei in jenem Jahr anlässlich der Einweihung eines Standbildes zu Ehren des mittelalterlichen Straßburger Dombaumeisters in Steinbach bei Baden-Baden der Grundstein des Einigungswerks gelegt worden.[81] Dass das Treffen in Steinbach eine deutsch-französische Kooperation gewesen war, deren Impulse sich binnen weniger Jahre wieder im Sande verliefen, war den späteren Geschichtsschreibern der Einheitsbewegung keine Erwähnung wert.[82] Es passte nur bedingt in das Narrativ nationaler Einigung.

Realistischer war die Einschätzung des Stuhlmeisters einer Ratiborer Loge, der zu Beginn des 20. Jahrhunderts rückblickend die Anfänge der deutschfreimaurerischen Einheitsbewegung in den 1860er Jahren verortete.[83] 1861 gründete sich der „Verein

79 Henne am Rhyn: Freimaurerei, S. 6.
80 Seydel, Rud[olf]: „Kritik und Fortbildung des Lessing'schen Begriff von FrMrei in Ernst und Falk“, in: Mitteilungen aus dem VdF (1862), S. 16–26, hier S. 25.
81 Vgl. z. B. Findel: Geschichte der Freimaurerei (1878), S. 543 f.; Neumann: 1717 - 1917, S. 65.
82 Vgl. Berger: Internationalismus, S. 166–168.
83 Vgl. [Knape]: Wert, S. 7 f. Auch die einschlägigen freimaurerischen Enzyklopädien kannten erst ab der Jahrhundertwende Einträge zur deutschfreimaurerischen Einheitsbewegung, vgl. (ohne Einträge) Freimaurer-Lexicon (1818); Encyclopädie der Freimaurerei (1822 - 1828); Allgemeines Handbuch (^{2}1863 - 1867) u. „Einigungsbestrebungen der deutschen Freimaurer“, in: Allgemeines Handbuch (3. Aufl.), Bd. 1 (1900), S. 220 f.

deutscher Freimaurer" (VdF), der sich in seinen Statuten als „Bund für den Bund" explizit oberhalb der institutionellen Trennlinien präsentierte und sowohl die nationale Perspektive als auch die Konzentration auf die freimaurerische Basis bereits im Namen trug.[84]

Spätestens mit der Gründung des VdF nahmen auch in der seit einigen Jahren an Bedeutung gewinnenden unabhängigen Freimaurerpresse Artikel zur deutschfreimaurerischen Einheitsfrage deutlich zu. Hier tauschte sich die Bruderkette außerhalb der Systemgrenzen über Wesen und Zustand ihrer ‚Königlichen Kunst' (d. h. der Freimaurerei) aus, wobei eine Unterscheidung zwischen der Freimaurerei an sich und dem zerfaserten Logentum zugleich Grundlage der obedienzübergreifenden Verständigung und Ausgangspunkt weiterreichender Forderungen wurde. Diese im bildungsbürgerlichen Idealismus wurzelnde Trennung von Idee und Verkörperung ließ es nämlich als denklogische Schlussfolgerung erscheinen, die Verkörperung von den angehäuften Mängeln zu reinigen und sie der reinen Idee anzugleichen, sie also zu reformieren.[85] Aus der Rückbesinnung und Rückführung des Logentums auf die Idee der Freimaurerei würde die darin angelegte Einheit entstehen, so der leitende Grundgedanke. Die Einheitsbewegung führte so zu Reformvorschlägen und -forderungen und wuchs sich zu einer Reformbewegung aus, die ihr Recht nicht von dieser oder jener Körperschaft ableitete, sondern von der Freimaurerei an sich, was auch bedeutete, dass die Reform nicht – wie es noch 1844 in einem Text geheißen hatte – „[v]on den hohen Obern unseres Ordens" ausgehen müsse, sondern von der breiten freimaurerischen Basis.[86]

Dabei gab es nicht *das* freimaurerische Reformprogramm, sondern immer wiederkehrende Problemfelder, die als Reflexionskategorien den Diskurs bestimmten – innerfreimaurerische Bruchlinien, denen für die Frage der Reform und der Einheit besonderes Gewicht beigemessen wurde. Nicht die einzigen, aber die wichtigsten dieser Problemfelder, sowohl gemessen an der zeitgenössischen Aufmerksamkeit als auch mit Blick auf die weitere Entwicklung, waren die Frage der freimaurerischen Religiosität und die der inneren Strukturen.

4.1. Konfliktfeld Religiosität

Christliches und humanitäres Prinzip

Die Frage der freimaurerischen Religiosität war insbesondere deswegen fundamental, da sie mit der Frage der Aufnahmevoraussetzungen verbunden war, in der sich zwei

---

84 Vgl. § 1 der Statuten des VdF, abgedr. u. a. in: Bauhütte 22 (1861), S. 171 f., hier S. 171.

85 Zu dieser idealistischen Unterscheidung vgl. z. B. „Freimaurerei und Loge", in: Freimaurer-Zeitung 15 (1861), S. 113–115.

86 „Ueber den Vorwurf, daß die Freimaurerei nicht mit der Zeit fortgehe", in: Asträa. Taschenbuch für Freimaurer auf das Jahr 1844 und 1845, Sondershausen 1844, S. 92–109, hier S. 100 f. Vgl. zum Kontrast dazu „Einfache Gedanken über Reformen im Freimaurerbund", in: Freimaurer-Zeitung 1 (1865), S. 1–3, hier S. 2: „die einzelnen [Logen] und in diesen die Br[üde]r [sind] die Factoren der Reform."

Paradigmen unvereinbar gegenüberstanden: einerseits das „humanitäre Prinzip", das grundsätzlich alle Menschen für gleichermaßen geeignet ansah, in eine Freimaurerloge aufgenommen zu werden, andererseits das „christliche Prinzip", das ein Bekenntnis zum christlichen Glauben zur Aufnahmevoraussetzung machte.[87] Nominell galt das christlich-überkonfessionell, tatsächlich jedoch war die Freimaurerei (auch in den Logen humanitären Prinzips) stark (kultur-)protestantisch gefärbt und blieb das auch. Das ergab sich schon aus der sozialen Basis im bürgerlichen Milieu und verstärkte sich im Verlauf des 19. Jahrhunderts noch durch den katholischen Antimasonismus, der sich mit dem Kulturkampf intensivierte.[88]

Zu Beginn des 19. Jahrhunderts hatte das christliche Prinzip noch in allen anerkannten deutschen Logen geherrscht. De facto richtete es sich vor allem gegen assimilierte oder assimilierungswillige Juden, die darum teilweise begannen, ihre eigenen Logen zu gründen. So beispielsweise die 1807 mit Patent des Grand Orient de France gegründete Loge „Zur aufgehenden Morgenröthe" in Frankfurt am Main (ab 1817 unter Obedienz der United Grand Lodge of England) und die daraus hervorgehende Loge „Zum Frankfurter Adler".[89]

Bis zur Mitte des 19. Jahrhunderts wurden diese jüdischen Logen von den Logen christlichen Prinzips isoliert und ausgegrenzt, denn obwohl die freimaurerische ‚Judenfrage' schon seit Ende des 18. Jahrhunderts diskutiert wurde, dauerte es bis in die 1840er Jahre, bis sich ein grundsätzlicher Wandel abzuzeichnen begann.[90] 1841 nahm eine Tochterloge der Großen Loge von Hamburg erstmals einen jüdischen Suchenden auf. 1844 gab dann die Großloge von Frankfurt das christliche Prinzip auf, was zur Abspaltung einiger Tochterlogen führte, die sich als Großloge von Darmstadt konstituierten. Nach und nach folgten jedoch die meisten deutschen Großlogen dem Hamburger und Frankfurter Vorbild und 1873 erlaubte schließlich auch die Großloge von Darmstadt die Aufnahme von Juden.[91]

Nur die beiden mitgliederstärksten Großlogen, die „Drei Weltkugeln" und die Große Landesloge in Berlin, hielten noch am christlichen Prinzip fest. Die dritte preußische Obedienz, die Große Loge von Preußen, gewährte Juden seit 1872 immerhin die Aufnahme in die Johannisgrade, also die drei grundlegenden Einweihungsstufen der Freimaurerei.[92] Doch auch die Großloge „Drei Weltkugeln" signalisierte mehrfach

87 Vgl. exemplarisch „Welches Princip sollte in der k. K. der FrMrei fortan herrschen?", in: Bauhütte 15 (1860), S. 116–118.

88 Hierzu sowie zum freimaurerischen Gegenstück, dem Antikatholizismus, vgl. Kap. 11.3. Zum Kulturprotestantismus vgl. insbes. Hübinger: Bürgerkirche; ders.: Kulturprotestantismus und Politik.

89 Zu den Frankfurter „Judenlogen" vgl. Katz: Jews, S. 54–72; Haase: Juden; Hopp: Bürgertum, S. 128–131.

90 Vgl. Seidler: Juden, S. 37–69 u. 78–83; Katz: Jews, S. 11–53; ders.: Admission; Hoffmann: Weltbürger; ders.: Bürger zweier Welten; ders.: Geselligkeit, S. 176–202.

91 Vgl. Seidler: Juden, S. 78–208, zu den genannten Eckdaten insbes. S. 90, 93, 101; Katz: Admission.

92 Vgl. Seidler: Juden, S. 171. Zu den Johannisgraden vgl. Übersicht über die Gradstruktur im Anhang.

ihre grundsätzliche Änderungsbereitschaft. Anträge zur Abschaffung des christlichen Prinzips scheiterten zwar immer wieder und Tochterlogen, die sich eigenmächtig darüber hinwegsetzten, wurden sanktioniert, aber die Kräfteverhältnisse verschoben sich zusehends. Als die gesetzgebende Versammlung der „Drei Weltkugeln" am 20. Mai 1876 zusammentrat, um zum wiederholten Mal über die Abschaffung des einschlägigen Paragraphen der Großlogenverfassung abzustimmen, votierten 88 Vertreter für dessen Streichung und nur noch 57 dagegen. Haarscharf war damit jedoch die erforderliche Zweidrittelmehrheit verfehlt, so dass das christliche Prinzip weiterhin galt.[93]

Neben solchen knappen Mehrheiten hing die Beibehaltung des christlichen Prinzips auch mit Interventionen von (nicht institutioneller, aber doch dem Ansehen nach) höchster Stelle zusammen. Kaiser Wilhelm I., der als Protektor der Freimaurerei in Preußen Mitglied der drei Berliner Großlogen war, ließ wiederholt wissen, dass er den Tag nicht erleben wolle, „an welchem Nicht-Christen [...] in den Freimaurer-Orden sich aufnehmen lassen", und drohte sogar mit dem Entzug des staatlichen Privilegiums, das die rechtliche Existenzgrundlage der Logen in Preußen war.[94]

Herrschte somit auch Druck von oben, am christlichen Prinzip festzuhalten, so wurde zugleich der Gegendruck von außen größer. Zum einen nahm die Anzahl an jüdischen Brüdern in den deutschen Staaten durch die Entwicklungen in den übrigen Großlogen unweigerlich zu – Brüder, die darauf zählten, als Besucher auch in christlichen Logen willkommen geheißen zu werden. Die „Drei Weltkugeln" und die Große Landesloge hatten sich um die Jahrhundertmitte, als in den nichtpreußischen Großlogen das christliche Prinzip nach und nach aufgegeben wurde, mühsam dazu durchgerungen, diesen jüdischen Brüdern das traditionelle Besuchsrecht zuzugestehen.[95]

Zum anderen kam auch Druck aus dem Ausland, etwa aus England, von wo man den preußischen Kronprinzen und stellvertretenden Protektor Friedrich Wilhelm mit unbequemen Fragen zur exklusiven Haltung der preußischen Großlogen konfrontierte und ihm deshalb sogar den Logenbesuch verwehrte.[96] Druck kam auch aus den USA, wo die Großloge von New York auf eine Veränderung in Preußen pochte.[97] Und Druck kam schließlich auch aus den Niederlanden, von wo ein großmeisterlicher Brief 1881 mit Verurteilung der ausschließenden Praxis und Aufforderung zu deren Beendigung eintraf. Die Antwort der „Drei Weltkugeln" stimmte hoffnungsvoll, als sie zwar keine Veränderung an den üblichen legislativen Wegen der Großloge vorbei versprechen konnte, dem niederländischen Großmeister jedoch zustimmte, dass „die Ausschliessung der Israeliten von der Aufnahme in unsere Logen [...] nicht vereinbar mit dem Grundwesen der Freimaurerei" sei.[98]

---

93 Vgl. das ausführliche Kapitel zur 3WK in Seidler: Juden, S. 114–140, hier insbes., S. 135.

94 Brief Wilhelms I. an Friedrich August von Etzel vom 02.06.1876, zit. n. Hoffmann: Geselligkeit, S. 184. Vgl. auch Hoffmann: Bürger zweier Welten, S. 106 f. Zur Rechtsstellung der preußischen Logen ausführlich in Kap. 10.1.

95 Vgl. Seidler: Juden, S. 120 f. u. 145 f.; Hoffmann: Geselligkeit, S. 121 f.

96 Vgl. Seidler: Juden, S. 118.

97 Vgl. ebd.

98 Brief vom 28.09.1881, zit. n. ebd., S. 136 f.

Nur die Große Landesloge vertrat einen strikten Standpunkt, indem sie die Unabänderlichkeit ihrer Prinzipien betonte und erklärte, ihre Ordenslehre wurzele vom Grunde auf im Bekenntnis zu Jesus Christus, was die Aufnahme von Juden zwangsläufig ausschließe.[99]

Grund für die das ganze Jahrhundert über mit schwankender Konjunktur geführte Debatte zur freimaurerischen ‚Judenfrage' war in erster Linie die staatsrechtliche Judenemanzipation, die in den deutschen Staaten seit Beginn des Jahrhunderts nach und nach Raum gegriffen hatte.[100] Und wie die Diskussion über die rechtliche Gleichstellung der Juden, war auch die Diskussion über die freimaurerische ‚Judenfrage' begleitet von antisemitischen Untertönen.[101]

Freimaurerei im religiösen Wandel

Noch zusätzlich verkompliziert wurde die Beantwortung der Gretchenfrage nach dem rechten Verhältnis zur Religion durch einen tiefgreifenden kulturellen Wandel, der eine beispiellose Pluralisierung und Ausdifferenzierung des religiösen Feldes bewirkte.

In Folge der Aufklärungstheologie hatte sich Religion, hatten sich Frömmigkeitspraktiken und religiöse Semantik zunehmend verändert. Seit Mitte des 18. Jahrhunderts entstand ein „positionell zunehmend differenzierterer literarischer Glaubensmarkt",[102] der dem gebildeten Lesepublikum eine vorher nicht gekannte Bandbreite religiöser Sinnangebote unterbreitete. Die Säkularisierung, vielfach anhand des Rückgangs von Abendmahlsbesuch und Kirchenbindung erörtert, zeigt sich bei näherer Betrachtung als religiös durchaus produktiv.[103] Nicht ein Rückgang der Frömmigkeit, sondern deren Wandel, der Rückzug des Religiösen in die von der Öffentlichkeit mehr und mehr getrennte private Sphäre und damit in den Verfügungsbereich individueller und subjektiver Sinnkonstruktion, ist die religionsgeschichtliche Signatur der Epoche. Prägnant fasst Andreas Holzem die zugrundeliegende Dynamik zusammen: „Religiosität und Glauben wurden vom äußeren Vollzug auf den inneren Nachvollzug verlagert."[104]

---

99 Vgl. „Nichtchristen. Hochgrade", in: Freimaurer-Zeitung 25 (1862), S. 196–198, hier S. 196. Vgl. Zur Haltung der GLL auch Seidler: Juden, S. 141–164.

100 Vgl. Katz: Jews, S. 4; Hoffmann: Geselligkeit, S. 73–78. Als Überblick zur Judenemanzipation vgl. Volkov: Juden, S. 8–20 u. 102–106.

101 Ausführlich behandelt bei Katz: Jews, 1–147. Vgl. auch Kap. 10.4 u. Hoffmann: Geselligkeit, S. 176–202; Zumbini: Wurzeln, S. 596–603. Zum Verhältnis von modernem Antisemitismus und Judenemanzipation vgl. u. a. Pulzer: Antisemitismus; Weyand: Wissenssoziologie.

102 Graf: Zur Einführung, S. IX.

103 Zu den Entkirchlichungstendenzen vgl. Hölscher: Religion, insbes. S. 596–607; Nowak: Christentum in Deutschland, S. 185 f. Zur kritischen Neubewertung der Säkularisierung vgl. Borutta: Säkularisierungstheorie; Hübinger: Säkularisierung; Blaschke: 19. Jahrhundert; Schieder: Sozialgeschichte, S. 18; Ziemann: Säkularisierung, insbes. S. 490–501.

104 Holzem: Personen, S. 244.

Emanzipiert vom kirchlich-institutionellen Rahmen wurde die individuelle religiöse Sinnsuche und -findung zu einem Kern bürgerlicher Reflexionskultur.[105] Diese Entwicklung fand Ausdruck im Modewort „Religiosität". Es bezeichnete keine dogmatisch-theologische und im kirchlich-rituellen Rahmen sich äußernde Frömmigkeit, sondern die individuelle Auslegung und Aneignung religiöser Vorstellungswelten, die je nach persönlicher Gewichtung mit einer weltlichen Orientierung an bürgerlichen Tugenden in Eins fallen oder einen transzendenten Bezugspunkt betonen konnten.[106]

Allerdings führte genau das auch zu neuen Spannungen. Folgt man der einflussreichen Arbeit Charles Taylors über das ‚säkulare Zeitalter', dann führte das offene Aufeinandertreffen ganz unterschiedlicher Glaubens- und Frömmigkeitsformen zu einer ‚Fragilisierung' von Religion, indem ihre Unangreifbarkeit im Meer der konkurrierenden religiösen Angebote unterging.[107] Je mehr sich Glaubensvorstellungen und Frömmigkeitspraktiken individualisierten und ausdifferenzierten, desto mehr wurde Religion zu einem unscharfen Kategorialbegriff, der auch Gegensätzliches und sogar die eigene Negation umfasste.[108] Im „sich nach allen Seiten ausdehnende[n] Universum der Religion"[109] wuchsen so auch die Widersprüche und Reibungsflächen, insbesondere in der Freimaurerei.

Diese zeigte sich zu einem beträchtlichen Teil durchaus als gleichermaßen empfänglich und aufgeschlossen gegenüber dem religiösen Wandel. Mit ihrer subjektiven initiatischen Erfahrung und einer aus dem Zeichenvorrat abendländischer Religionsgeschichte schöpfenden, aber prinzipiell deutungsoffenen Symbolsprache bot sie den idealen Nährboden für die „unsichtbare Religion" des in ihr versammelten Bürgertums.[110]

Die privatisierte Religiosität schmiegte sich eng an ein in weiten Teilen der Freimaurerei gepflegtes Menschheitspathos sowie an das humanistische Bildungsideal des Bürgertums an und wertete ‚Humanität' so zu einem Schlüsselbegriff freimaurerischer Religiosität auf. Religion wurde in diesem Zugriff als Frage nach dem „innersten Wesen des Menschen und der Menschheit" verstanden, wie es 1854 im Vorwort zu einer Sammlung von Logenvorträgen mit dem programmatischen Titel „Die Humanität als Religion" hieß.[111] Im Umkehrschluss gehörte damit Religiosität zur „harmonische[n] Ausbildung aller Kräfte und Eigenschaften, die den Menschen zum Menschen machen"[112] – nicht als Teil einer freimaurerischen Orthodoxie, sondern als Teil eines

---

105 Vgl. Hübinger: Kulturprotestantismus und Politik, S. 23; Hölscher: Religion; ders.: Säkularisierungsprozesse; ders.: Religiosität.

106 Zur Begriffsgeschichte von „Religiosität" vgl. ausführlich Alexander/Fritsche: Religion und Religiosität; Hölscher: Religiosität, S. 209; ders.: Religion, S. 617–621.

107 Vgl. Taylor: Säkulares Zeitalter, S. 887–889.

108 Vgl. Hölscher: Religiöse Begriffe.

109 Nowak: Christentum in Deutschland, S. 16.

110 Vgl. Luckmann: Unsichtbare Religion.

111 Hirsch: Humanität, S. I. Zur bürgerlichen ‚Bildungsreligion' vgl. Kraus: Kultur, Bildung und Wissenschaft, S. 12.

112 „Aufgabe des Freimaurer-Bundes in der Jetztzeit, seine Stellung zu den Interessen des Tages und zum Geiste der Zeit", in: Freimaurer-Zeitung 33 (1862), S. 261–263, hier S. 262.

Menschenbildes. Die Konzentration auf das ‚Allgemein-' oder ‚Reinmenschliche' wurde somit zur „Bethätigung des Göttlichen im Menschen",[113] Humanität zur Religion an sich. „Was unsere Vorfahren allgemeine Religion genannt haben, nennen wir Humanismus",[114] meinte dann auch eine einflussreiche Stimme des Reformlagers.

Diese aus dem aufgeklärten Religionsdiskurs stammende Anthropologisierung schloss nahtlos an den auf alle Menschen verweisenden Kollektivbegriff ‚Humanität' an, der auch in der Begriffsbildung ‚humanitäres Prinzip' im Zentrum stand. Romantik und deutscher Idealismus hatten die anthropologische Wende jedoch noch fort- und über den Aufklärungsrationalismus hinausgeführt, indem sie Religion und Innerlichkeit auch metaphysisch aufeinander bezogen. Das menschliche Innere wurde hierbei zum „Berührungspunkt [...] von göttlichem und menschlichem Geist", wodurch die Versenkung in das eigene Innere die äußere Kulthandlung ersetzte.[115] Prägnant brachte das die Freimaurer-Zeitung auf den Punkt, als sie 1861 schrieb, der Mensch gelange erst „durch Einkehr in [sein] Inneres [...] zum Bewußtsein [seines] wahren Verhältnisses zu Gott und Welt".[116] Die Freimaurerei wiederum präsentierte sich als eine Pflegestätte dieser Innerlichkeit, als „Hochschule" des deutschen Idealismus, dessen Säulenheiliger Johann Gottlieb Fichte ebenso zu den viel beschworenen berühmten Logenmitgliedern der Vergangenheit gehörte wie der ‚Prediger der Humanität' Johann Gottfried Herder.[117]

Die religiöse Adaptionsbereitschaft zeigte sich auch in der Auslegung freimaurerischer Symbolik, die teilweise ganz explizit ‚humanisiert' wurde, etwa wenn der biblische Tempel Salomos, eines der zentralen Sinnbilder der Freimaurerei, als „Tempel der Humanität" apostrophiert wurde. Im „Allgemeinen Handbuch der Freimaurerei" hieß es 1867 dazu:

> In neuerer Zeit pflegt man das Symbol [des salomonischen Tempels, M. P.] vielmehr von dem moralischen Tempelbau, dem Bau eines Tempels Gottes im Herzen des Menschen und der Menschheit zu verstehen, zu welcher metaphorischen Deutung auch mehrere Stellen des Neuen Testaments [...] Anlass geben.[118]

---

113 „Ueber Zweck und Bedeutung der maurerischen Arbeiten", in: Freimaurer-Zeitung 42 (1861), S. 336–338, hier S. 338.

114 Findel: Humanismus, S. 11. Humanitär und humanistisch wurde in der deutschen Freimaurerei bis ins 20. Jahrhundert synonym verwendet.

115 Flückiger: Theologie, S. 2. Vgl. auch Holzem: Personen, S. 245. Zur theologischen Bedeutung des deutschen Idealismus vgl. Anz: Idealismus. Zur Bürgerlichkeit von Idealismus und Innerlichkeit vgl. Kittsteiner: Idealismus; Habermas: Rituale.

116 „Ueber Zweck und Bedeutung der maurerischen Arbeiten", in: Freimaurer-Zeitung 42 (1861), S. 336–338, hier S. 337.

117 Zur freimaurerischen Rezeption Fichtes und Herders im 19. Jahrhundert vgl. exemplarisch Reitzenstein: Fichte; ders.: Herder. Zu Herders Humanitätsphilosophie und deren Einfluss auf das Bildungsbürgertum vgl. Zaremba: Herder. Prediger der Humanität; Binkelmann/Stolz: Briefe; Bödeker: Menschheit, S. 1090–1102; Kantzenbach: Konturen. Die Bezeichnung der Freimaurerei als „Hochschule" des Idealismus bei Schultze: Kulturaufgaben, S. 61.

118 „Tempel", in: Allgemeines Handbuch (2. Aufl.), Bd. 3 (1867), S. 360. Zum Symbol des salomonischen Tempels vgl. auch Binder: Freimaurer, S. 13–25.

Obwohl das Humanitätspathos sich in allen Obedienzen großer Beliebtheit erfreute, zeigten sich nicht alle Teile der Bruderschaft gleichermaßen rezeptiv für die religiösen Verschiebungen. Die „Verflüchtigung der Religion ins Religiöse"[119] relativierte traditionelle Glaubensgewissheiten, was die auf diesen Gewissheiten aufbauenden freimaurerischen Selbstverständnisse in Bedrängnis brachte und daher teilweise als Bedrohung des freimaurerischen Wesenskerns verstanden wurde. Symbole wie der Allmächtige Baumeister aller Welten konnten zwar als religiöse Leerformeln verstanden werden, die dem Individuum Raum zur eigenen Deutung gaben, aber gerade die Frage nach den Grenzen dieses Interpretationsspielraums war ein andauernder Konfliktherd.

Nur wenige waren dabei so unverblümt wie jener Bruder, der 1866 auch tatsächlich fordernd von einem „maurerische[n] Dogma" und einem „unserm Bunde [...] zu Grunde liegende[n] dogmatische[n] Begriff" von Gott sprach.[120] Geläufiger war vielmehr die zur Worthülse verkommende Beschwörung einer religiösen Dogmenlosigkeit, hinter der sich tatsächlich die Aushandlung freimaurerisch-religiöser Orthodoxie abspielte.

So konnte beispielsweise in ein und demselben Beitrag „Kein Autoritätsglaube, keine Ketzerei, keine starre Dogmatik!" als Grundlage freimaurerischer Religiosität verkündet und wenige Zeilen später vor Abweichungen von tradierten monotheistischen Gottesbildern gewarnt werden: „Keine philosophische oder physiologische Absetzung Gottes! [...] Keine Verflachung [...] in abstracte Begriffe, sondern Verehrung desselben als Lenkers [sic!] der Welt".[121]

Am anderen Ende des Meinungsspektrums stand die Freiburger Loge „Zur edlen Aussicht", die 1865 mit einem Reformprogramm an die masonische Öffentlichkeit trat, in dem sie forderte, die freimaurerischen Formen freizugeben, um so am eigentlichen Wesen der Freimaurerei festhalten zu können: „Im Wesen liegt ihre Einheit, die nur innerlich sein kann, und in der Form ihre Mannigfaltigkeit, die äusserlich ist."[122] Ihre Forderungen hatten die Freiburger in einem eigenen Reformritual umgesetzt, das unter anderem die seit dem 18. Jahrhundert zum Kernbestand freimaurerischer Symbolik zählende Bibel durch ein unbeschriebenes weißes Buch ersetzte, auf dem in goldenen Lettern einzig das Wort ‚Gott' prangte.[123] Die Freiburger wollten das keineswegs als Abkehr von der Religion oder als deren Verflachung verstanden wissen, sondern als ihre zeitgemäße freimaurerische Umsetzung. Die Freimaurerei kenne eben keine bestimmte Religion, hieß es erläuternd, sondern nur „die Religion als solche", weshalb auch ihre religiösen Symbole den nötigen Freiraum dafür geben müssten, dass „ebenso

---

119 Vgl. Knoblauch: Verflüchtigung der Religion ins Religiöse.

120 „Kurzer Bericht über das neue Ritual des 1. Grades der Freib. [Loge] zur edlen Aussicht", in: Freimaurer-Zeitung 29 (1866), S. 225–227, hier S. 226 f.

121 [Smitt, Willem]: „Reform", in: Freimaurer-Zeitung 20 (1865), S. 153–156, hier S. 154.

122 „Programm zur Reform", in: Freimaurer-Zeitung 15 (1865), S. 113–118, hier S. 114.

123 Vgl. System der Freimaurerei der Loge ‚zur edlen Aussicht' in Freiburg im Breisgau. Einleitung und erster Grad, Freiburg i. Br. 1866, S. 7 f.

ein Christ, ein Jude, ein Mohamedaner, ein Heide, wie ein Monotheist, Deist, Pantheist, ja sogar Atheist" sie anerkennen könne.[124]

Dass hier sogar explizit Atheisten angesprochen wurden, war insofern mutig, als die Ausweitung des religiösen Feldes auch mit einer rhetorischen Aufrüstung einherging, in deren Zuge insbesondere der Vorwurf der Gottlosigkeit Hochkonjunktur hatte. Der Kampfbegriff des Atheismus setzte dabei Abweichungen von den tradierten religiösen Vorstellungen mit „Frivolität, Unkeuschheit, Vermessenheit, Lieblosigkeit, Egoismus", kurz mit „sittliche[r] Verkehrtheit" gleich und konstruierte so eine Unvereinbarkeit mit der Freimaurerei.[125] Doch regte sich gegen die Atheistenriecherei auch Widerspruch, wie nicht nur das Freiburger Ritual zeigt. Der Vorwurf der Gottlosigkeit werde ja doch immer wieder vor allem gegen jene geschleudert, die lediglich „nicht gerade die Formeln [...] aussprachen, die von irgend einer Partei gewünscht wurden,"[126] stellte sich beispielsweise ein Beitrag in der Bauhütte vor Brüder, deren Überzeugungen aus der (theistischen) Norm fielen. An anderer Stelle im gleichen Blatt wurde bedauert, dass just in der Zeit, wo sich sogar die protestantische Kirche von Dogmenzwang zu befreien beginne und anerkenne, „dass es ein Christenthum auch ohne Christus gebe", sich im Freimaurerbund solche überkommenen Ausschließungstendenzen breit machten.[127]

Im Streit um die religiösen Grundlagen, die Zulassung von (tatsächlichen oder vermeintlichen) Atheisten und die freimaurerische Judenemanzipation stand immer wieder ein Text ganz besonders im Mittelpunkt: die sogenannten „Alten Pflichten". Sie waren Teil des 1723 von dem schottisch-presbyterianischen Prediger James Anderson für die weltweit erste Großloge verfassten Konstitutionenbuchs und galten weithin als eine Art freimaurerisches Grundgesetz.

Durch die kulturelle Brille des 19. Jahrhunderts betrachtet erschienen die darin getroffenen Aussagen zu den freimaurerischen Pflichten gegenüber Gott und der Religion jedoch keineswegs als eindeutig. Einerseits hieß es, der Maurer sei gebunden, „dem Sittengesetz zu gehorchen, und, wenn er die Kunst recht versteht, wird er weder ein dummer (stumpfsinniger) Gottesleugner, noch ein Wüstling ohne Religion sein".[128] Andererseits wurde der Freimaurer wenige Zeilen später nur zu derjenigen Religion

---

124 „Programm zur Reform", in: Freimaurer-Zeitung 15 (1865), S. 113–118, hier S. 114.

125 „Können Atheisten in g[erechten] u[nd] v[ollkommenen] Freimaurerlogen Aufnahme finden?", in: Bauhütte 18 (1863), S. 137–140, hier S. 138. Zum Religions- und Säkularismusdiskurs des 19. Jahrhunderts vgl. Habermas: Kulturkämpfer, auch wenn ausgerechnet Habermas' Verortung der Freimaurerei in diesem diskursiven Feld nicht fundiert und irreführend ist. Zum ‚Atheismus' im deutschen Kaiserreichs vgl. auch Staudinger: Gottesgnadentum.

126 „Was allein gilt der Mrei für ketzerisch?", in: Bauhütte 45 (1860), S. 353–355, hier S. 354.

127 „Zur Atheismusfrage", in: Bauhütte 21 (1863), S. 163–165, hier S. 163. Tatsächlich machten sich auch in der protestantischen Theologie immanente Gottesvorstellungen bemerkbar, was innerprotestantische Kulturkämpfe befeuerte, vgl. Flückiger: Theologie, S. 3; Drehsen/Sparn: Moderne, S. 18 f.; Graf: Einleitung.

128 Fischer: Alte Pflichten, S. 5. Fischer legte hier eine 1806 von Friedrich Ludwig Schröder in Auftrag gegebene Übersetzung des Texts der englischen Erstausgabe von 1723 zugrunde.

verpflichtet, „in welcher alle Menschen übereinstimmen [...]: das heisst, sie sollen gute und treue Männer sein oder Männer von Ehre und Rechtschaffenheit – durch was für Benennungen oder Glaubensmeinungen (Ueberzeugungen) sie auch sonst sich unterscheiden."[129]

Die nicht nur der zeitgenössischen Übersetzung geschuldete Ungelenkheit der Formulierung ließ genug Raum für gegensätzliche Interpretationen. Waren die „Alten Pflichten" den einen die Vollmacht zum Ausschluss von Atheisten, sahen sich die anderen in ihrer humanitären Perspektive bestätigt. Während für den Autor eines Beitrags in der FREIMAURER-ZEITUNG mit der allgemeinen Religion in der alle Menschen übereinstimmen eindeutig keine „kirchlich-religiöse Ueberzeugung", sondern nur die Liebe zwischen den Menschen gemeint sein konnte, waren sich die Verfechter einer christlichen Grundierung sicher, dass nur das Christentum als allgemeine Menschheitsreligion gelten konnte.[130] Dabei sei jedenfalls nicht an eine Aufnahme von Juden gedacht worden, schlug Alexis Schmidt von der Großen Landesloge die Brücke zum christlichen Prinzip seiner Obedienz.[131] Ihm zufolge waren die „Alten Pflichten" ohnehin nur Ausdruck eines aufklärerischen Zeitgeists und damit nichts als eine freimaurerische Modeerscheinung des frühen 18. Jahrhunderts, mit der man schon um 1740 wieder „ziemlich fertig" gewesen sei.[132] In deutlichem Kontrast zur ‚Dürftigkeit' dieser Zeitgeist-Maurerei stünde hingegen das System der Großen Landesloge, dessen Wurzeln angeblich weit über die englische Werkmaurerei hinausreichten, weshalb die „Alten Pflichten" generell keine Gültigkeit für die Große Landesloge hätten.[133] Von

---

In Klammern hatte er Abweichungen aus einer Übersetzung von Karl Christian Friedrich Krause von 1810 ergänzt. Das englische Original dazu: „A Mason is oblig'd, by his Tenure, to obey the moral Law; and if he rightly understands the Art, he will never be a stupid Atheist, nor an irreligious Libertine", vgl. Anderson: Constitutions, S. 50.

129 Fischer: Alte Pflichten, S. 5. Englisch: „only to oblige them to that Religion in which all Men agree [...]; that is, to be good Men and true, or Men of Honour and Honesty, by whatever Denominations or Persuasions they may be distinguish'd", vgl. Anderson: Constitutions, S. 50.

130 „Glaube oder Liebe – was einigt die Menschheit?", in: Freimaurer-Zeitung 40 (1865, S. 313–315, hier S. 313 u. Schmidt, Alexis: „Die ‚alten Pflichten' und ihre Beziehungen zur Landesloge von Deutschland", in: Zirkelkorrespondenz 7–9 (1874), S. 171–187, hier S. 181.

131 Ebd. Tatsächlich hatte sowohl die „Premier Grand Lodge of England" als auch die „Antient Grand Lodge of England" schon in den ersten Jahren ihres Bestehens auch Juden aufgenommen (die ungewohnte Schreibweise „Antient" stammt aus dem Scots), vgl. Shaftesley: Jews.

132 Schmidt, Alexis: „Die ‚alten Pflichten' und ihre Beziehungen zur Landesloge von Deutschland", in: Zirkelkorrespondenz 7–9 (1874), S. 171–187, hier S. 184.

133 Ebd., S. 187. Nach zeitgenössischen Berichten über die geheim gehaltene Ordenslegende sollen den Bauhütten die Ordensgeheimnisse der Tempelritter durch einen vor der Verfolgung aus Frankreich geflohenen Ordensprior zur Verwahrung übergeben worden sein, vgl. „Andeutungen über Ordenssagen und Geheimlehren der beiden deutschen Hochgrad-Grosslogen", in: Freimaurer-Zeitung 4 (1889), S. 25–29, hier S. 26.

dieser beanspruchten Sonderstellung der Großen Landesloge spannt sich ein Bogen zur zweiten überdauernden Grundsatzfrage.

4.2. Konfliktfeld innere Strukturen

Hochgrade und Johannisgrade

Das zweite hauptsächliche Problemfeld deutschfreimaurerischer Selbstverständnisdebatten war die Frage nach den inneren Strukturen der Freimaurerei. Insbesondere betraf das das sogenannte Gradwesen. Gemeinsame rituelle Grundlage aller anerkannten Großlogen sind die drei grundlegenden Grade der Freimaurerei, die sogenannten Johannis- oder Werkmaurergrade Lehrling, Geselle und Meister. Die meisten der deutschen Großlogen beschränkten sich auf diese drei Grade. Daneben bestanden jedoch Hochgradsysteme, die den drei Werkmaurergraden weiterführende rituelle Stufen in verschiedener Anzahl folgen ließen, in Deutschland prominent vertreten durch die beiden größten Großlogen, die „Drei Weltkugeln" mit insgesamt sieben und die Große Landesloge mit insgesamt neun Graden. Die dritte Berliner Großloge, die Große Loge von Preußen, nahm eine Sonderstellung ein, da sie zwar ebenfalls zwei weitere Stufen nach dem Meistergrad kannte, diese jedoch selbst nicht als (über dem Johannis-Meistergrad stehende) Hochgrade verstanden wissen wollte. Ihre ‚Inneren Oriente' erfüllten die gleiche Funktion, die im System der Großen Loge von Hamburg die an den Meistergrad anschließenden Engbünde innehatten: „Einsicht in das Wesen, die Entstehung und Entwicklung aller Logensysteme [...] und das Wesen des Bundes" zu fördern.[134] Darauf aufbauend war der ‚Innerste Orient' als „oberste maurerisch-wissenschaftliche Abteilung" der Großloge mit der Überwachung und Fortbildung des Systems der Großen Loge von Preußen betraut.[135]

Die Debatte über freimaurerische Hochgrade reicht bis in die zweite Hälfte des 18. Jahrhunderts zurück, die in Bruderkreisen des Untersuchungszeitraums weithin als „Zeitalter der Verirrungen" gesehen wurde.[136] Das Florieren verschiedener Hochgradsysteme in dieser Zeit wurde als deviante Erscheinung in der Geschichte der Freimaurerei verstanden, als das Werk von Schwindlern und Folge jesuitischer Unterwanderung.[137] Die Hochstapeleien solch illustrer Personen wie Johann Georg Schrepfer, Giuseppe

134 Knak: Führer, S. 61.

135 Ebd. Zum inneren Aufbau der GLvPr vgl. auch Endler/Schwarze: Freimaurerbestände, Bd. 1, S. 174–176. Ein Überblick über die in Deutschland vertretenen Hochgrade auch bei Endler/Schwarze: Freimaurerbestände, Bd. 2, S. 15–19. Vgl. außerdem die Übersicht zur Gradstruktur im Anhang.

136 Vgl. u. a. Findel: Geschichte der Freimaurerei (1907).

137 Zum hierbei stark mitschwingenden Antijesuitismus des deutschen Bürgertums, vgl. Anm. 1423.

Balsamo alias Cagliostro und Georg-Friedrich von Johnssen (auch Johnson) schienen diese Einschätzung der Epoche in markanter Weise zu bestätigen.[138] Im Zentrum stand jedoch der Baron von Hund, der sich als ‚Ritter von der roten Feder' um die Mitte des 18. Jahrhunderts daran gemacht hatte, im deutschen Raum die VII. Ordensprovinz des vermeintlich im Verborgenen fortgeführten Tempelritterordens aufzubauen, diesen auf die Freimaurerei aufzusatteln und den drei Johannisgraden überzuordnen.[139]

Der Zerfall dieses äußerst einflussreichen Systems der sogenannten Strikten Observanz in den 1780er Jahren hatte umfassende freimaurerische Reformbemühungen zur Folge gehabt. Die spätere Großloge von Frankfurt hatte sich durch ein Rundschreiben präformiert, in dem dazu aufgefordert worden war, eklektisch das Gute der alten (also der vor-templerischen) Freimaurerei zu sammeln und zur Grundlage eines Neuanfangs zu machen. Ignaz Aurelius Feßler und Johann Friedrich Zöllner hatten sich in Berlin, Friedrich Ludwig Schröder in Hamburg ihrerseits an die Überarbeitung der Rituale und Statuten gemacht und damit die Grundlagen der Systeme der Großen Loge von Preußen, der „Drei Weltkugeln" und der Großen Loge von Hamburg geschaffen.[140]

Die Hochgradfrage drehte sich somit seit dem Ende des 18. Jahrhunderts nicht einfach nur darum, ob es rituell bearbeitete Stufen jenseits des dritten Grades geben solle, sondern allgemeiner um das Wesen der Freimaurerei. Für die Johannissysteme war die gesamte Lehre in den drei Werkmaurergraden enthalten, deren Schlussstein der Meistergrad darstellte. Hochgradsysteme hingegen sahen in den darüber hinausreichenden Graden die Vervollständigung, wenn nicht gar erst die eigentliche Vermittlung der freimaurerischen Lehre, in den Johannisgraden lediglich eine Vorstufe oder Hinführung.

Als eine solche Grundlagenfrage drängte sich die Hochgradthematik gerade auch der progressiven Reformbewegung auf, der die Hochgrade all das zu verkörpern schienen, was sie kritisierte. So etwa, wenn es um einen zeitgemäßen Umgang mit den freimaurerischen Formen und der freimaurerischen Geheimhaltung ging. Forderungen wie die Rudolf Seydels, der 1863 mit der kompletten Aufgabe des Arkanums liebäugelte, waren dabei seltene Extremmeinungen.[141] Dass die Freimaurerei „nicht mehr als Geheimbund, sondern als eine geschlossene Gesellschaft" anzusehen sei, wie Seydel ebenso forderte, war hingegen durchaus mehrheitsfähig.[142] Weit verbreitet war das Ansinnen, die Arkandisziplin eher als eine symbolische Praxis und Traditionspflege zu

---

138 Vgl. u. a. Bauer/Müller: Johnssen.

139 Vgl. Reinalter: Hund und Altengrotkau. Zu von Hunds System der ‚Strikten Observanz' liegt inzwischen einiges an Forschung vor. Für einen – jedoch in Teilen schon wieder überholten – Forschungsüberblick vgl. Schüttler: Verhältnis, S. 144–146.

140 Zum „eklektischen Rundschreiben" vgl. Endler/Schwarze: Freimaurerbestände, Bd. 1, S. 222 f. Feßlers Wirken ist ausführlich dargestellt in der bereits zitierten Arbeit Maurice: Freimaurerei, S. 57–73, 200–235 u. 314–365 wo auch weitere Reformbemühungen um 1800 behandelt werden.

141 Vgl. [Seydel, Rudolf]: „Womit soll die Reform im Maurerbunde den Anfang machen?", in: Bauhütte 9 (1863), S. 65–67.

142 Ebd., S. 66.

verstehen und auf rituelle Kernbestände wie die Erkennungszeichen zu beschränken.[143] Dazu im Gegensatz stand die strenge Arkandisziplin der Hochgrade, wo der Geheimhaltung auch zur Sicherung der ordensinternen Hierarchie weiterhin eine zentrale Funktion zukam.[144]

Vielfach wurde auch die Auseinandersetzung um das christliche Prinzip mit der Hochgradfrage verknüpft, da die deutschen Hochgradsysteme sich als explizit christliche Vollendung der Freimaurerei verstanden. Teilweise wurde von den christlichen Großlogen gerade mit der Beibehaltung ihrer christlichen Hochgrade gegen eine Öffnung für Nichtchristen argumentiert, so dass die Kritik an Hochgraden und die Kritik am christlichen Prinzip in weiten Teilen als ein zusammenhängender Komplex verstanden werden konnte.

Ein Bruder aus Zittau – um nur ein alle genannten Punkte vereinendes Beispiel zu zitieren – meinte 1863 in einer Zuschrift an die FREIMAURER-ZEITUNG: „Die Hochgrade allein sind es, die das christlich-dogmatische Princip sowie das Band- und Flitterwesen und schwülstige Rituale ohne Kraft und Saft in die Logenwelt gebracht haben."[145]

Orden oder Bund

Die Frage des institutionellen inneren Aufbaus der Freimaurerei und die Hochgradfrage im Besonderen waren vor allem auch Fragen nach Autorität und Macht. Wem stand zu, sich an die organisatorische Spitze zu stellen, und wieviel Kompetenzen sollte eine solche Spitze überhaupt haben? Wenn die Hochgrade tatsächlich *über* den Johannisgraden standen, dann konnte auch die Leitung und Regierung der Logen nur Hochgradbrüdern zustehen. So war das etwa bei den „Drei Weltkugeln" geregelt, vor allem aber in der Großen Landesloge, die für viele Reformer ohnehin ein rotes Tuch war.[146]

Die Große Landesloge war 1770 in Berlin vom preußischen Militärarzt Johann Wilhelm Kellner von Zinnendorf gegründet worden, der in den 1760er Jahren die Strikte Observanz kennengelernt hatte. Mit dieser unzufrieden beschaffte er sich ein freimaurerisches Patent aus Schweden, für ein von Carl Friedrich Eckleff entwickeltes, exklusiv christliches Hochgradsystem, und installierte auf Grundlage dieser ‚Eckleffschen Akten' die Große Landesloge in Berlin.[147]

143 Vgl. z. B. Fischer: Freimaurer-Gelübde.

144 Zur Herrschaftsfunktion von Gradhierarchien vgl. Hahn: Aspekte, S. 29.

145 Habenicht: „Zur Reformfrage", in: Freimaurer-Zeitung 26 (1863), S. 202 f., hier S. 202.

146 Vgl. exemplarisch die zahllosen Bücher J. G. Findels, der unermüdlich gegen „Die Schule der Hierarchie und des Absolutismus in Preußen" (Leipzig 1870) und die „Die Aftermaurerei und das Winkel-Logentum der Gr. Landesloge v. D. in Berlin" (Leipzig ^{2}1903) – so der Titel zweier seiner Bücher – wetterte. Nicht alle Beiträge waren so polemisch wie Findel, vgl. auch zahllose Artikel in der unabhängigen Freimaurerpresse, z. B. „Die Stellung der Grossen Landesloge von Deutschland im Freimaurerbunde", in: Bauhütte 25 (1862), S. 193–195.

147 Vgl. Bogdan: High Degrees, S. 13 f.; Hoyos: Rites, S. 365–367; Frick: Erleuchteten, S. 286–303; Julich: Grosse Landesloge.

Die Große Landesloge umfasste über die drei Johannisgrade hinaus sechs weitere rituelle Stufen, pflegte den Mythos der Templernachfolge und verstand sich explizit als einen christlichen Orden mit hierarchischem Aufbau und zentraler obrigkeitlicher Leitung. An der Spitze der Johannislogen standen Logenmeister (das Äquivalent zum Meister vom Stuhl anderer Freimaurersysteme), die bereits die Andreasloge (vierter und fünfter Grad) durchlaufen haben und in ihrem Amt vom Landesgroßmeister bestätigt werden mussten. Der Landesgroßmeister (das Äquivalent zum Großmeister anderer Systeme) wurde umgekehrt auf je drei Jahre durch die Vorsitzenden Johannis- und Andreasmeister gewählt. Ihm oblag die Leitung der Johannis- und Andreaslogen und die institutionelle Leitung der Großen Landesloge. An die Andreasloge schloss sich das Ordenskapitel (sechster bis neunter Grad) als eigentlicher Kern des Systems an. Ihm vor und damit an der Spitze des gesamten Systems, mit letzter Autorität in Fragen der Lehre und des Rituals, stand der auf Lebenszeit bestimmte Ordensmeister, der durch einen Ordensrat unterstützt wurde und der die Wahl des Landesgroßmeisters bestätigte.[148]

Mit ihrem sich im freimaurerischen Selbstverständnis deutlich absetzenden System und dem historischen Anspruch, die einzig rechtmäßige, wahre und vollkommene Freimaurerei zu repräsentieren, hielt die Große Landesloge eine vornehme, aber kritische Distanz zu den übrigen deutschen Großlogen. Offene Feindseligkeiten, die das gesamte 18. Jahrhundert bestimmt hatten, gehörten zwar Mitte des 19. Jahrhunderts der Vergangenheit an – in Preußen nicht zuletzt dank des vereinigenden Bands des königlichen Protektoriums. Aber noch 1879 wurden die Instruktionsvorträge des für die Ordensgeschichte höchstbedeutsamen Christian Freiherr von Nettelbladt unter dem Titel „Geschichte Freimaurerischer Systeme in England, Frankreich und Deutschland" neu aufgelegt, in denen sich das Selbstverständnis der Großen Landesloge durch wenig schmeichelhafte Ausführungen zu den übrigen Freimaurersystemen zeigte.[149] Die Freimaurerei der Großloge von Frankfurt bezeichnete Nettelbladt etwa als „verfehlt" und nach den Schröderschen Ritualen arbeitenden Freimaurern hielt er entgegen, sie erführen nichts davon, was echte Freimaurerei sei – ein Urteil, welches er gleich noch auf das Feßlersche System der Großen Loge von Preußen ausweitete.[150] Nettelbladt ließ darüber hinaus keinen Zweifel daran, dass er sich als Mitglied der „einzigen, gesetzmässigen erlaubten und mit Berechtigung und Ordenskenntniss versehenen maurerischen Behörde in Deutschland" sah und dass „alle andern Grosslogen [...] ungesetzlich und eigenmächtig" seien, woran auch die Erlaubnis des gegenseitigen Besuchs nichts

148 Zu Aufbau und Organisation der GLL vgl. „Berlin", in: Allgemeines Handbuch (3. Aufl.), Bd. 1 (1900), S. 87–100, hier S. 94; Endler/Schwarze: Freimaurerbestände, Bd. 1, S. 103–105.

149 Nettelbladt hatte zwischen 1818 und seinem Tod 1843 die Akten der GLL einer grundlegenden Redaktion unterzogen sowie die Rituale und die inneren Strukturen der GLL überarbeitet, vgl. Dirksen: Nettelbladt, S. 236–240. Zu den Feindseligkeiten des 18. Jahrhunderts vgl. auch Endler/Schwarze: Freimaurerbestände, Bd. 1, S. 96.

150 Nettelbladt: Geschichte, S. 489, 605 f., 649.

ändere, denn diese sei nur „ein zweckmässiges Mittel", keine Beglaubigung der freimaurerischen Rechtmäßigkeit.[151]

Die Neuauflage ist keinesfalls nur als Nachdruck eines historisch bedeutsamen Dokuments ohne weiteren Hintergedanken zu verstehen. Bereits das neu verfasste Vorwort stellte den Anspruch klar: es gehe darum, der „gegnerische[n] Anschauung" – gemeint war die Johannisfreimaurerei, die sich nicht auf christliche Ritterorden berief – nicht weiter das Feld zu überlassen und der „Nichtachtung der von der Gr[oßen] Landesloge bewahrten Ueberlieferungen" entgegenzutreten.[152] Nettelbladt zeige, so das Vorwort weiter, „was nicht Freimaurerei ist".[153]

Solchen Hochgradsystemen standen die Johannissysteme mit flacheren Hierarchien und einem Gleichheitsideal gegenüber, demzufolge die Regierung der Logen allen Brüdern im Meistergrad zustand. Die Ordensidee fand ihr Gegenstück in der Bundesidee, die sich in mitunter sehr liberalen Großlogenstrukturen ausdrücken konnte. Beispielsweise in der Großloge von Bayreuth, die seit ihrer Verfassungsreform von 1868 als liberalste unter den anerkannten deutschen Großlogen galt,[154] war die Großloge keine über den Logen stehende und diese regierende Körperschaft, sondern ein Zusammenschluss weitgehend eigenverantwortlicher Mitgliedslogen, die sich auf regelmäßigen Versammlungen berieten und eine Großlogenleitung, bestehend aus Großmeister und Großbeamten, aus ihrer Mitte wählten.

Die Frage der Organisationsform war für die Einheits- und Reformbewegung konstitutiv, da sie erst die Türe für die Selbstorganisation der Basis öffnete. Der Anspruch, von unten zu verwirklichen, was von oben nicht erreicht werden konnte, legitimierte sich aus einem Verständnis von Freimaurerei, das Eigenverantwortlichkeit vor hierarchischen Ordnungs- und Verordnungsprozessen den Vorzug gab. Die Graswurzelbewegung neigte damit schon durch ihr Bestehen zum liberalen Bundesmodell, zu einer Demokratisierung der Strukturen und damit zur Schwächung der Großlogenspitzen. Der Schweizer Freimaurer Josef Schauberg, der sich als Mitgründer des VdF und als Autor eines zweibändigen Handbuchs der freimaurerischen Symbolik um die Bruderschaft verdient machte, schrieb beispielsweise 1865 „Ueber die rechtlichen Grundgedanken der Reformbewegung der deutschen Maurerei", dass die „monarchisch-aristokratische Form und Regierung" der Großlogen abgelegt und „durch eine rein demokratische ersetzt" werden sollte, da dies der freimaurerischen Idee mehr entspreche.[155] Auch deswegen wurde die Reformbewegung, die sich explizit außerhalb der überkommenen Strukturen und teilweise in bewusstem Gegensatz zu diesen organisierte, von den Großlogenleitungen mitunter misstrauisch beäugt. So bewegte sich die Haltung der

151 Nettelbladt: Geschichte, S. 633 u. 648.

152 Ebd., S. VI.

153 Ebd., S. VII.

154 Zur zeitgenössischen Beurteilung vgl. z. B. Selter, Paul: „Die neue Verfassung der Grossloge ‚Zur Sonne'", in: Leuchte 10 (1926), S. 109—111, hier S. 109.

155 Schauberg, [Josef]: „Ueber den rechtlichen Grundgedanken der Reformbewegung der deutschen Maurerei", in: Bauhütte 36 (1865), S. 281—284, hier S. 281.

Großlogen gegenüber dem 1861 gegründeten VdF zwischen skeptischer Distanz und offener Ablehnung.[156]

4.3. Antwort von oben – der Deutsche Großlogenbund

Die Reformbewegung hatte nicht nur mit massiver Gegenwehr zu kämpfen. Die Basisorganisation rief auch eigene Initiativen der Großlogenleitungen hervor. Der Großmeister der Großen Landesloge von Sachsen Gustav Heinrich Warnatz wandte sich Ostern 1868 mit einem Zirkular an seine Amtskollegen bei den übrigen deutschen Großlogen. Darin sprach er offen den „Geist des Reformierens“[157] an. Dieser sei wohlgemeint, aber dennoch eine Bedrohung für den „bereits vorhandenen großen Bau“.[158] Entsprechend regte er eine eingehende Auseinandersetzung mit den erhobenen Forderungen und Bestrebungen an. Zu diesem Zweck fand in Folge des Rundschreibens noch im selben Jahr ein erstes Treffen der Großmeister statt. Auch auf diesem Großmeistertag kam Warnatz wieder auf das angeschnittene Thema zu sprechen. Erneut wies er auf die Reformbewegung hin, „welche nicht völlig von den Logen selbst ausgeht“, womit er zugleich die Stoßrichtung gegen die eigenmächtige Selbstorganisation außerhalb der etablierten freimaurerischen Strukturen vorgab.[159] In Auseinandersetzung mit den berechtigten Kritikpunkten der Reformwilligen sei es Aufgabe jeder Großloge, dafür zu sorgen, dass „der alte, hehre Bau in seinen Grundfesten nicht wankend gemacht, sondern gefördert werde, und wo er dessen bedarf, neuen Mörtel und neue Stützen erhalte“.[160]

In den Folgejahren fanden weitere Großmeistertage statt und 1870 wurde schließlich die Gründung eines Deutschen Großlogenbundes beantragt, die im Folgejahr beschlossen und im Jahr darauf durchgeführt wurde. Der erste Großlogentag dieses Großlogenbundes fand schließlich Anfang Juni 1873 in Bayreuth statt.[161]

Eine wirkliche Einheit war durch den Großlogenbund, der eher ein Forum der weiterhin souveränen Großlogenleitungen war, zwar nicht verwirklicht, dennoch war er ein bedeutender Schritt hin zur Aneignung und dadurch Einhegung der Einheits- und Reformsemantik durch die Großlogen, die – so Warnatz – „die Reformbewegung nicht

---

156 Vgl. Hoffmann: Geselligkeit, S. 120; Endler/Schwarze: Freimaurerbestände, Bd. 1, S. 401 u. 411.

157 Rundschreiben abgedr. in Runkel: Geschichte, Bd. 3, S. 430—433, hier S. 431.

158 Ebd., S. 432.

159 Ansprache Warnatz‘ auf dem ersten Großmeistertag an Pfingsten 1868 in Berlin, abgedr. in: ebd., S. 433—436, hier S. 433.

160 Ebd.

161 Vgl. „Deutscher Grosslogenbund“, in: Allgemeines Handbuch (3. Aufl.), Bd. 1 (1900), S. 188—190; Runkel: Geschichte, Bd. 3, S. 429—444; Endler/Schwarze: Freimaurerbestände, Bd. 1, S. 411 f. Anders als Peters: Freimaurerei, S. 72—79 meint, war der Großlogenbund somit nicht in erster Linie Resultat einer freimaurerischen Reichsgründungseuphorie.

Parteien außerhalb der Logen überlassen, sondern mit ihren Tochterlogen selbst in die Hand nehmen" wollten.[162]

4.4. Der Kronprinz und die Basisbewegung

Die Gründung des Großlogenbundes, insbesondere die Beteiligung der Großen Landesloge, die dem Projekt von Beginn an ablehnend gegenübergestanden hatte, war nicht zuletzt auch einem prominenten Unterstützer der Einheits- und Reformidee zu verdanken: Kronprinz Friedrich Wilhelm von Preußen.

Der Kronprinz war 1853 in die Freimaurerei aufgenommen worden. Obwohl die Berliner Großmeister schon im Vorjahr den Wunsch geäußert hatten, Friedrich Wilhelm möge in alle drei preußischen Systeme zugleich initiiert werden, fand die Aufnahme auf Betreiben seines Vaters ins System der Großen Landesloge statt.[163] 1860 wurde er zu deren Ordensmeister und 1861, nachdem sein Vater König von Preußen geworden war, übernahm Friedrich Wilhelm das Amt des stellvertretenden Protektors der preußischen Freimaurerlogen. Wie sein Vater Wilhelm war der Hohenzollernprinz ein begeisterter Freimaurer. Doch anders als sein Vater begann er mit dem strikt hierarchischen Ordenssystem der Großen Landesloge zu fremdeln. Auf deren Hundertjahrfeier am 24. Juni 1870 hielt der Kronprinz eine aufrüttelnde Rede, in der er seine Ansichten darlegte.[164]

In ihr bekundete Friedrich Wilhelm seine Überzeugung von der Einheit der Freimaurerei, einer Einheit, legte er den Finger in die Wunde der versammelten Großlogenvertreter, die vielfach durch „Eitelkeit, die da glaubt, allein die ganze und echte Wahrheit zu besitzen, und allein für die Wahrheit die echte und richtige Form anzuwenden", untergraben werde.[165] Er empfahl allen voran seiner eigenen Großloge mehr Offenheit und größere Bereitschaft, die eigenen Traditionen mitzuteilen und kritischer Prüfung zu unterziehen. Die Zeiten, in denen Autorität genügt hätte, seien vorbei: „[I]n unseren Tagen [sind] die Forschungen der historischen Kritik zu einer Macht geworden, der sich auch die heiligsten Überlieferungen nicht mehr entziehen können."[166] Um seine Worte zu unterstreichen, brach er selbstbewusst mit der traditionell gepflegten Verschlossenheit des Ordens, indem er „ein bisher geheim gehaltenes historisches Dokument" – den Freibrief, den Zinnendorf zur Errichtung der Großen Landesloge in Schweden erworben hatte – „zum ersten Zeichen eines freieren Flügelschlages in dem neuen Jahrhundert" vorlesen ließ.[167]

Über die Forderung nach Freiheit der Erforschung des Systems der Großen Landesloge ging er schließlich noch mit einem Plädoyer für die Johannismaurerei hinaus. Man

162 Ansprache Gustav Warnatz' zit. n. Runkel: Geschichte, Bd. 3, S. 433–436, hier S. 434.

163 Zum Kronprinz als Freimaurer vgl. Kohut: Hohenzollern, S. 190–244.

164 Die Rede ist wiedergegeben in ebd., S. 198–210; Peters: Freimaurerei, S. 283–291, wo auch weitere Abdrucke in der maurerischen Eigengeschichtsschreibung und Presse verglichen werden.

165 Kohut: Hohenzollern, S. 201.

166 Ebd., S. 204.

167 Ebd.

müsse „den Gedanken auch in unserer Großloge immer mehr zur Geltung kommen lassen, daß in unserer Zeit die Johannisloge das Hauptaugenmerk in der Freimaurerei sein, das Hauptgewicht erlangen muß“[168] – ein direkter Angriff auf die Ordens- und Hochgradtradition, die in den Johannisgraden ja nur den Vorhof des eigentlichen freimaurerischen Baus erblickte.

Die Rede wirkte trotz ihrer besonnenen Art wie ein Donnerschlag. Die Große Landesloge rief zwar in Reaktion auf die Forderung des Kronprinzen 1872 mit der ZIRKELKORRESPONDENZ eine eigene Zeitschrift ins Leben,[169] aber in den 1870er Jahren entfaltete sich ein Skandal um die Forschungsarbeiten des Ordensratsmitglieds Gustav Adolf Schiffmann. Der Stettiner Pastor Schiffmann legte 1873 in mehreren internen Vorträgen die bisherigen Ergebnisse seiner ihm vom Kronprinzen aufgetragenen Forschung vor, in denen er Zweifel an der historischen Verlässlichkeit der Ordenslegende und damit am Lehrgebäude der Großen Landesloge anmeldete.[170] Großer Widerstand machte sich im Ordensrat der Großen Landesloge gegen weitere Nachforschungen breit und aus Protest gegen diesen Umgang mit seinem Vertrauten legte der Kronprinz schließlich 1874 sein Amt als Ordensmeister nieder, weil – wie er begründete – sein Name nicht dazu dienen solle, „Unhaltbares mit ihm wie mit einem Schilde zu decken“.[171] Er blieb jedoch weiterhin Freimaurer und stellvertretender Protektor, wobei er bei mehr als einer Gelegenheit seine Vorliebe für die Johannisgrade und eine Reform der Freimaurerei durchblicken ließ.[172] Schiffmann indes wurde 1876 unter einem Vorwand seiner Logenämter enthoben und aus der Großen Landesloge ausgeschlossen, nachdem ihm schon zuvor eine Gesetzesänderung die in greifbare Nähe gerückte Sukzession ins Amt des Ordensmeisters verbaut hatte.[173] Nunmehr wurde der Ordensmeister durch

---

168 Kohut: Hohenzollern, S. 208.

169 Zunächst verstand sie sich als Organ zum Austausch über die Ordenslehre und erschien nur für vorsitzende Meister der Johannislogen. Nach und nach adaptierte jedoch auch die anfänglich noch „Zirkelcorrespondenz“ (hier durchgehend mit k) geschriebene Zeitschrift das Konzept der freimaurerischen Kulturzeitschrift und erschien schließlich ab 1901 für alle Brüder.

170 Vgl. „Schiffmann, Gustav Adolf“, in: Allgemeines Handbuch (3. Aufl.), Bd. 2 (1901), S. 315 f.

171 Kohut: Hohenzollern, S. 213. Auch Friedrich Wilhelms Tagebücher offenbaren seine Enttäuschung über das Intrigenspiel in der GLL, vgl. etwa den Eintrag zum 07.10.1873 in Baumgart (Hg.): Kaiser Friedrich III., S. 195, wo er von „Cabalen Wirthschaft“ spricht, der er durch die geplante Niederlegung seines Amtes aus dem Weg gehen könne, um so seine „freisinnigen Bestrebungen der gesammten Fr[ei]M[aurerei] zuwenden“ zu können.

172 Vgl. z. B. seine Äußerungen beim Besuch der Hannoveraner Logen 1881 und anlässlich der Einweihung eines neuen Logenhauses in Berlin 1883, wiedergegeben in Kohut: Hohenzollern, S. 219 u. 233.

173 Da auch die unabhängige Freimaurerpresse über die Spannungen in der GLL berichtete, wurde Schiffmann der Bruch des Arkanums vorgeworfen, vgl. „Schiffmann, Gustav Adolf“, in: Allgemeines Handbuch (3. Aufl.), Bd. 2 (1901), S. 315 f., hier S. 316. Vgl. auch Endler/Schwarze: Freimaurerbestände, Bd. 1, S. 89 f. u. 100.

die Ritterkreuzträger (eine exklusive Ehrenstufe der Großen Landesloge) gewählt, was einen radikalen Bruch wie den, welchen man von einer Ordensmeisterschaft Schiffmanns befürchtete, ausschließen sollte. Ironischerweise ging somit just vom Widerstand gegen die reformistischen Einflüsse eine Veränderung der Ordensstruktur in zumindest bedingt demokratische Richtung aus. Schiffmanns Stettiner Loge, die sich hinter ihn stellte, wurde kurzerhand suspendiert und schied daraufhin aus der Großen Landesloge aus, um sich der Großen Loge von Preußen anzuschließen.[174] Von den Intrigen unangefochten fuhr Schiffmann mit seinen Forschungen fort und veröffentlichte ab 1878 in drei Büchern seine Erkenntnisse zur Entstehung der Hochgrade, die er im Frankreich des 18. Jahrhunderts verortete.[175]

In seinen Büchern widerlegte Schiffmann nicht nur die für die Hochgrade der Großen Landesloge grundlegende Behauptung einer historischen Traditionslinie zwischen dem mittelalterlichen Templerorden und der Ordensmaurerei, er argumentierte auch gegen die im Reformlager verbreitete These vom jesuitischen Ursprung der Hochgrade. Wohl am signifikantesten war der Nachweis, dass die Nettelbladtsche Redaktion der ersten Hälfte des 19. Jahrhunderts tief in das Ordenssystem eingegriffen hatte, wodurch Schiffmann die von der Großen Landesloge eingenommene Pose des Bewahrers einer unveränderten alten Ordenstradition unterhöhlte. Nebenbei dekonstruierte Schiffmann auch noch deren religiösen Kern, indem er die recht modernen literarischen Quellen identifizierte, aus denen die angeblich bis auf Jesus zurückreichende christlich-esoterische Ordenslehre zusammengeflickt worden war.[176] „Alles, was die Grosse Landesloge über eine Geheimlehre erzählt", fasste Schiffmann zusammen, „ist Erdichtung, welche mit den sicheren historischen Wahrheiten in offnem Widerspruch steht."[177]

Nach diesem vernichtenden Urteil war es überraschend, dass noch im Jahr des Erscheinens dieser Zeilen der Ausschluss Schiffmanns rückgängig gemacht wurde.[178] Womöglich erhoffte man sich so, wieder die Kontrolle über Schiffmanns Veröffentlichungen zu gewinnen. Immerhin hatte er in der Einleitung zu einem seiner Bücher erklärt, durch seinen Ausschluss sei er nicht mehr an die Verpflichtungen gegenüber der Großen Landesloge gebunden,[179] die auch das großmeisterliche Imprimatur umfassten. Schiffmann starb im Folgejahr, kurz vor seinem 69. Geburtstag. Die Wiedererlangung des Zensurrechts über seine freimaurerisch-schriftstellerische Produktion – falls dies der Grund für die Revision des Ausschlusses gewesen war – hatte sich damit erübrigt. Eine andere Art der späten Genugtuung konnte Schiffmann nicht mehr erleben. 1888 gab die Große Landesloge aufgrund der Forschungsarbeiten des

174 Vgl. „Schiffmann, Gustav Adolf", in: Allgemeines Handbuch (3. Aufl.), Bd. 2 (1901), S. 315 f., hier S. 316.

175 Schiffmann: Ramsay; ders.: Frankreich; ders.: Rittergrade.

176 Vgl. Schiffmann: Rittergrade, S. 89–110.

177 Ebd., S. 104.

178 Vgl. „Schiffmann, Gustav Adolf", in: Allgemeines Handbuch (3. Aufl.), Bd. 2 (1901), S. 315 f., hier S. 316.

179 Schiffmann: Rittergrade, S. III.

Historikers Konrad Schottmüller, selbst Mitglied einer Berliner Tochterloge, offiziell die Behauptung einer historischen Abstammung vom mittelalterlichen Templerorden auf.[180] Da sich die höheren Grade teilweise explizit auf diesen bezogen, wurde sie jedoch als ritueller Bestandteil des Ordenssystems beibehalten, nur eben nicht mehr mit offen vertretenem Anspruch auf Historizität.

Trotz der Vorgänge der Causa Schiffmann, die die deutsche Freimaurerei in den 1870er Jahren in Atem hielt, zeigt dieses – zumindest offizielle – Abrücken von der vehement verteidigten Templertradition, dass seit der Rede des Kronprinzen 1870 und mit der Gründung des Großlogenbundes 1872 nach und nach der Reformgeist bis in die Entscheidungsebene noch der (im freimaurerischen Sinne) konservativsten Institutionen vordrang.

Das bildete sich auch sprachlich, an der Verwendung des Lexems „Reform", ab. Während sich Schiffmann und Friedrich Wilhelm in den 1870er Jahren noch gegen dessen affirmative Verwendung hatten abgrenzen müssen, um mit ihren Aussagen nicht von vornherein über Gebühr anzuecken,[181] umarmte Otto Hieber, der sich später als bedeutender Exeget der Ordenslehre der Großen Landesloge einen Namen machte, 1886 das Wort, nur um es im gleichen Atemzug in der zugestandenen Reichweite auf ein absolutes Minimum einzugrenzen.[182] Die Vorstellungen gingen also nach wie vor auseinander, aber die Reformsemantik hatte sich einen festen Platz in der Sprache der Freimaurerei erobert. So konnte trotz heiß diskutierter Meinungsverschiedenheiten das Bundesblatt der „Drei Weltkugeln" in seinem ersten Jahrgang 1887 konstatieren, dass sich mittlerweile alle Großlogen einig seien „in der Anerkennung, dass Reform, d[as] h[eißt] doch Besserungen an und in uns selbst unbedingt nöthig sind."[183]

---

180 Schottmüller: Untergang. Zur Diskussion dieses Werks in der GLL vgl. z. B. Schmidt, Alexis: „Über Professor Schottmüllers Werk: ‚Der Untergang des Templer-Ordens'", in: Zirkelkorrespondenz 3 (1887), S. 170–213; „Prof. Dr. Schottmüllers Werk, ‚Der Untergang des Templer-Ordens'", in: Zirkelkorrespondenz 1/2 (1889), S. 160–163. Vgl. auch Endler/Schwarze: Freimaurerbestände, Bd. 1, S. 100.

181 Sowohl Schiffmann als auch Friedrich Wilhelm grenzten sich dadurch von der Reformbewegung ab, dass sie ihr Streben als Bewahrung des wesentlichen Kerns der Freimaurerei darstellten, vgl. Kohut: Hohenzollern, S. 206 u. eine Rede Schiffmanns, wiedergegeben in Findel: Anti-Schiffmann, S. 5–8, hier S. 6 f.

182 Vgl. Hieber, [Otto]: „Zur maurerischen Reformfrage", in: Zirkelkorrespondenz 4 (1886), S. 254–276.

183 „Unsere nächsten Ziele", in: Bundesblatt 1 (1887), S. 12–29, hier 17.

5. Basisarbeit zwischen Rückzug und Offensive

Durch Selbstorganisation war eine deutschfreimaurerische Öffentlichkeit entstanden, die die Reformsemantik und die Einheitsperspektive von der Basis bis in die Entscheidungsebene der Großlogen trug. Aber auch die Einhegungsbemühungen der Letzteren zeigten zunächst Erfolg.

Nach den teilweise heftigen Auseinandersetzungen der 1860er und frühen 1870er Jahre war zunehmend Ermüdung und ein Zug der Ruhe in die Bruderkette eingekehrt. Die kämpferische Leidenschaft von einst war mehr und mehr der Harmoniebedürftigkeit und Selbstgenügsamkeit gewichen. Des Streits überdrüssig durchwehte ein um Konfliktvermeidung bemühtes Pathos der Bruderliebe nun die freimaurerische Diskursgemeinschaft, die die Klippen der Kontroverse zu umfahren suchte, froh darüber, sich in ruhigen Gewässern erholen zu können, während man auf die Vollendung der Einheit durch den Großlogenbund wartete.

Doch unterhalb der spiegelglatten Oberfläche brodelte es. Die scheinbare Harmonie wurde durch eine kleine, aber wachsende Schar von ‚Störenfrieden' bedroht, die sich nicht mit dem Zurücksinken der Basis in Passivität und Quietismus zufriedengaben. Was den einen die Verwirklichung des Friedenstempels schien, war ihnen nichts als Friedhofsruhe. Dass die Großlogentage mehr und mehr von ihrer Bedeutung einbüßten, liege daran, so zum Beispiel Otto Heinrichs in der Bauhütte, dass „man allem Kitzlichen vorsichtig aus dem Wege geht".[184] War denn die Einheit schon verwirklicht? War – was noch wichtiger schien – die Einigkeit über freimaurerische Grundlagen erreicht? Noch immer bestanden die acht Großlogen und die fünf unabhängigen Logen, die sich 1884 ihrerseits zu einem Logenbund zusammenschlossen,[185] nebeneinander. Noch immer pflegten die Berliner Großlogen ihre Hochgrade. Und noch immer scheiterten die 1870 auf dem Großmeistertag in Hamburg verabschiedeten „Allgemeinen maurerischen Grundsätze" an ihrem namensgebenden Anspruch auf Allgemeinverbindlichkeit, weil die zwei größten Großlogen an ihrem christlichen Prinzip festhielten.[186]

Die 1880er Jahre wurden so zu einer Zeit erneuten Ringens und erneuten Formierens, die rückblickend als Inkubationsphase für die umtriebigen Jahre des wilhelminischen Kaiserreichs erscheinen. Sie lassen sich anschaulich anhand zweier Kristallisationspunkte ergründen: einerseits an Joseph Gabriel Findel, der als Herausgeber der unabhängigen Bauhütte und als freimaurerischer Intellektueller über mehrere Jahrzehnte

184 Heinrichs, Otto: „Späne", in: Bauhütte 40 (1885), S. 315 f., hier S. 316.

185 Vgl. „Ein neuer Logenbund", in: Bauhütte 4 (1884), S. 30.

186 Die „Allgemeinen Grundsätze" sahen in § 3 Absatz 2 ausdrücklich vor, dass das Glaubensbekenntnis für die Aufnahme irrelevant sei. Sie sind vollständig wiedergegeben u. a. in Fischer: Grosslogenbund, S. 3 f.

eine der zentralen Triebkräfte masonischer Ideenzirkulation war, andererseits am „Lessingbund deutscher Freimaurer", einer Neugründung Findels Mitte der 1880er Jahre zur Bündelung der reformorientierten Kräfte.[187]

5.1. J. G. Findel gegen den masonischen Konservatismus

Joseph Gabriel Findel, ein Urgestein und Spiritus Rector der Reformbewegung, war seit Jahrzehnten als Starrkopf berüchtigt, der jeden Fehdehandschuh aufzunehmen und selbst munter auszuteilen bereit war. Das hatte ihm nicht nur Freunde eingebracht. 1878 war er aus dem Vorstand des VdF gedrängt worden, offiziell wegen einer Formalie. Tatsächlich war jedoch die Kritik an seiner Person schon länger gewachsen, noch unterfüttert durch Gerüchte über seine Nähe zur Sozialdemokratie.[188] Denn obwohl Findel bei Wahlen mehrfach für liberale Parteien kandidiert hatte, hatte er auch für ein politisches Zweckbündnis zwischen bürgerlicher Fortschrittspartei und Sozialdemokratie gegen reaktionäre Kräfte geworben und geschäftliche Beziehungen zum sozialistischen Politiker August Bebel gepflegt.[189] Den Ausschlag für die mit der bürgerlichen Revolutionsangst spielende Diffamierung hatte allerdings etwas anderes gegeben. Zwei 1878 auf Kaiser Wilhelm I. verübte Attentatsversuche hatten nicht nur ein rigoroses staatliches Vorgehen gegen die Arbeiterbewegung zur Folge gehabt, sondern auch für Entsetzen und Empörung in Freimaurerkreisen gesorgt. Unerschrocken hatte Findel sich trotz dieser Stimmungslage *gegen* eine antisozialistische Frontstellung der Logen ausgesprochen und auf der unbedingten weltanschaulichen – auch politischen – Gewissensfreiheit als freimaurerischem Grundsatz beharrt.[190]

Dem Bruch mit dem VdF folgten weitere persönliche Zerwürfnisse mit ehemaligen Weggefährten wie August Benvenuto Cramer und Willem Smitt. Mit beiden lieferte sich Findel in den Folgejahren eine publizistische Fehde in den Spalten der unabhängigen Freimaurerpresse, die sogar einen offenen Brief mehrerer Logen an die involvierten

---

187 Vgl. zum hier verwendeten Intellektuellenbegriff Hübinger: Ideenzirkulation, S. 121.

188 Zum Wechsel an der VdF-Spitze vgl. „Vereinsmitteilungen", in: Bauhütte 17 (1878), S. 133. Zu wachsenden Spannungen im Vorfeld vgl. z. B. „Feuilleton", in: Bauhütte 12 (1878), S. 99 sowie die späteren Darstellungen aus Findels Sicht Findel: Dunkle Punkte, S. 29–55; ders.: „Ein Stück notgedrungener Selbstbiographie", in: Bauhütte 16 (1885), S. 121–124, hier S. 121.

189 Vgl. Findel: Sozialdemokratie. Zu den geschäftlichen Kontakten vgl. Findel: „Ein Stück notgedrungener Selbstbiographie", in: Bauhütte 16 (1885), S. 121–124, hier S. 123; Leesch: Vorwärts, S. 60.

190 Vgl. z. B. [Findel]: „Die Freimrei und die sociale Frage", in: Bauhütte 37 (1878), S. 298–300. Zu antisozialistischen Verlautbarungen vgl. z. B. „Freimaurerei und Sozialdemokratie", in: Latomia 17 (1878), S. 129–132, hier S. 129: „Es ist frmr Pflicht, die Sozialdemokraten mit aller Kraft zu bekämpfen". Zur Ära der Sozialistengesetze vgl. Ullmann: Politik, S. 21–23.

Redaktionen zur Folge hatte, der wegen des unbrüderlichen Tonfalls mit Kündigung der Abonnements drohte.[191]

In der Auseinandersetzung ging es letztlich um das Erbe der Reformbewegung, wobei alle Beteiligten dem jeweiligen Gegenüber vorwarfen, ein Verräter oder Verderber der alten Ideale zu sein, während sie für sich selbst absolute Prinzipientreue beanspruchten.[192] Mit besonderer Vorliebe hielt Findel seinen Gegnern dabei frühere Aussagen aus deren eigener Feder entgegen, die in Widerspruch mit ihren inzwischen vertretenen Positionen standen, während sie sich mit Findels Ansichten deckten. Mit einer solchen Inkonsistenz konfrontiert räumte Willem Smitt 1885 zähneknirschend ein: Er habe seine Ansichten geändert und sei über die Jahre „immer conservativer" geworden.[193] Er versuchte zwar anschließend, den Spieß umzudrehen, und Findel für seine Starrköpfigkeit zu tadeln, doch letztlich bestätigte er damit nur Findels Argument: nicht der streitbare Herausgeber der BAUHÜTTE war ein Abweichler, sondern seine Kritiker.

Der Konflikt mit Cramer und Smitt war für Findel jedoch nur Teil eines größeren Kampfes. In seinen Augen hatte sich seit Gründung des Großlogenbundes die „geistige Temperatur" in der Freimaurerei geändert und eine „Krankenluft" Einzug gehalten.[194] Verantwortlich machte er dafür eine „Unterströmung", die „auf Betonung des christlichen Prinzips, auf Restaurierung von Autorität und Disziplin, direkt gegen die Geistesfreiheit, gegen die Meinungsfreiheit, gegen alle Reformbestrebungen, gegen die freisinnige Bundespresse" gerichtet sei.[195]

Sieht man von den konspirationistischen Untertönen ab, so konnte diese Beobachtung sich durchaus auf mehr stützen als nur verletzte Eitelkeit. Seit Gründung des Großlogenbundes hatte sich tatsächlich ein Wandel vollzogen, den der Historiker Todd H. Weir vor wenigen Jahren als konservative Wende der deutschen Freimaurerei bezeichnet hat.[196] Weir bezieht sich damit in erster Linie auf das freimaurerische Verhältnis zur Religion, aber der Wandel umfasste noch eine zweite Dimension: die der freimaurerischen Autorität.

Da der Großlogenbund nur ein lockerer Zusammenschluss souveräner Großlogen war, der in seinen Statuten explizit Lehre und Ritual der Freimaurerei von der Verhandlung ausschloss, war er in seiner Arbeit an der Einheit oder Einigkeit auf andere, pragmatischere Wege angewiesen.[197] Ende der 1870er Jahre trat dabei die Schaffung eines

---

191 Vgl. „Die Logen und die mrische Presse", in: Bauhütte 3 (1886), S. 17–19. Der Brief abgedr. ebd., S. 17.

192 Vgl. z. B. Smitt, Willem: „Die Alten Pflichten", in: Freimaurer-Zeitung 30 (1884), S. 233–235, hier S. 234; [Findel]: „Ein konservatives Programm", in: Bauhütte 30 (1886), S. 233–235.

193 Smitt, Willem: „Eine Erklärung ein für allemal", in: Freimaurer-Zeitung 46 (1885), S. 368.

194 Findel: „Eine unheilvolle Mythe", in: Bauhütte 33 (1884), S. 257 f., hier S. 257.

195 [Findel]: „Ein konservatives Programm", in: Bauhütte 30 (1886), S. 233–235, hier S. 234.

196 Vgl. Weir: Säkularismus, S. 195; ders.: Secularism, S. 196 f.

197 Vgl. § 8 des Großlogenbundstatuts, abgedr. in Runkel: Geschichte, Bd. 3, S. 440–442, hier S. 441.

gemeinsamen deutschen Freimaurerrechts in den Mittelpunkt – ein zähes Unterfangen, da aufgrund der Souveränität der Bundesgroßlogen für jeden legislativen Beschluss Einstimmigkeit nötig war.

Findel warnte eindringlich vor dieser Entwicklung, die mit einem Ausbau der Macht und Autorität der institutionellen Spitze(n) der deutschen Freimaurerei einherging und ihm daher als autoritär und reaktionär erscheinen wollte.[198] Wo nicht eine Verständigung über Wesen und Zweck der Freimaurerei die Grundlage für Normsetzung war, da konnte die legislative Tätigkeit nur auf angemaßter Autorität beruhen – eine Auffassung, die noch 1877 von August Benvenuto Cramer vertreten worden war.[199] Mittlerweile schien diese Ansicht gemeinsam mit dem geschmähten Findel in die Schmuddelecke abgeschoben.

Einen Beleg für die von ihm so bezeichneten „großmeisterlichen Umsturztendenzen"[200] fand Findel insbesondere in dem seit 1884 vom Großlogenbund verfolgten Projekt der Schaffung eines ‚Verfahrens bei Verletzung maurerischer Pflichten', welches die freimaurerische Basis dem sanktionierenden Zugriff von oben ausgeliefert hätte. Als die Großloge von Frankfurt 1886 einem Entwurf wegen Unvereinbarkeit mit den „Alten Pflichten" nicht zustimmte, machte unter den übrigen Großmeistern die Rede von ‚Neuen Pflichten' die Runde.[201] Und als das Gesetz dann 1888 im Großlogenbund an der Stimme der Großloge von Bayreuth endgültig scheiterte, sich die übrigen sieben Großlogen aber kurzerhand darauf einigten, es je für sich umzusetzen und dadurch am Großlogenbund vorbei rechtliche Fakten zu schaffen,[202] unterstrich das Findels Kritik: Nicht um einen weiteren Ausbau des Großlogenbundes im Sinne der freimaurerischen Einheit war es gegangen, sondern um Macht und Handhabe über die freimaurerische Basis.

Dem Alt-48er Findel konnte all das nicht anders als reaktionär vorkommen. In einem Vortrag entwickelte er daher seine Ansichten über „Autorität und Freiheit in ihrer Beziehung zur k[öniglichen] K[unst]": die Freiheit von der er spreche und die der Freimaurerei zieme, sei „Gebundenheit an das *innere* Gesetz; ihre Voraussetzung ist Handeln aus eigenen Beweggründen".[203] Dadurch gerate sie in einen „direkten

198 Vgl. z. B. der Kommentar zum Großlogentag 1886: „Logenberichte und Vermischtes", in: Bauhütte 26 (1886), S. 208.

199 Vgl. Cramer, [August] Benvenuto: „Ueber die praktische Formulirung des Zwecks der Frmrei", in: Freimaurer-Zeitung 7 (1877), S. 52–55, hier S. 52.

200 „Ein konservatives Programm", in: Bauhütte 30 (1886), S. 233–235, hier S. 233.

201 Vgl. „Logenberichte und Vermischtes", in: Freimaurer-Zeitung 26 (1886), S. 208.

202 Vgl. „Aus dem Protokoll über die Verhandlungen des Gr. Logentages", in: Freimaurer-Zeitung 28 (1888), S. 219–222, hier S. 219–221. Durch die Umsetzung der sieben zustimmenden Großlogen hätte man, in den Worten eines 3WK-Abgeordneten, „das erreicht, was wir uns durch den Widerspruch einer einzelnen Gross-Loge nicht wollen vorenthalten lassen", vgl. ebd., S. 220.

203 [Findel]: „Autorität und Freiheit in ihrer Beziehung zur k. K.", in: Bauhütte 17 (1884), S. 130–133, hier S. 130 [Herv. i. O.].

Gegensatz gegen das Prinzip der Autorität", das er kulturkämpferisch abwatschte: „Wer Autorität sagt, der sagt Papst, oder er sagt gar nichts."[204]

Dem widersprach unter anderem ein Artikel in der FREIMAURER-ZEITUNG. Findels Freiheitsverständnis sei ungeeignet für die Freimaurerei, weil es auf „fortgeschrittensten Liberalismus" hinauslaufe.[205] In der Freimaurerei gehe es um die Erziehung zu „umfassender treuester Pflichterfüllung, im Gehorsam bis zum Tode", nicht um eine gegen Autorität gerichtete Freiheit des Individuums, argumentierte der Beitrag.[206] Der freimaurerische Freiheitsbegriff stehe daher nicht im Gegensatz zu Autorität, sondern sei dessen Ergänzung, nämlich nichts als „das absolute Recht jedes einzelnen Menschen, immer und überall seine Pflicht zu thun".[207] Dieses autoritäre Verständnis von Freimaurerei wurde noch unterstrichen durch Wortmeldungen, die unter anderem auf eine „rücksichtslosere Handhabung" des Aufsichts- und Rügerechts der Stuhlmeister drängten.[208] Bruderliebe und Toleranz seien hingegen zurückzustellen, weil sie einem Durchgreifen von oben im Wege stünden.[209]

Während Findel Freimaurerei also von der Autonomie der einzelnen Freimaurer aus dachte und daher auf größtmögliche Liberalität pochte, insistierten seine Kritiker auf die Autorität der Großlogen und die Unterordnung und Pflichterfüllung der Brüder.

Aber nicht nur in Fragen der Liberalität meinte Findel eine Veränderung wahrzunehmen, sondern auch in Sachen Religiosität, wo er eine Tendenz zur theistischen Vereindeutigung, ja sogar zur christlichen Vereinnahmung festzustellen glaubte. Auch diese Veränderung führte er auf eine „Unterströmung" zurück, die schon seit Mitte der 1870er Jahre an der ‚Verchristlichung' der Freimaurerei arbeite.[210] Tatsächlich war es weniger verschworenes Wirken der christlichen Logensysteme, als eine Gewichtsverschiebung im Diskurs, die nicht in Berlin ihren Ausgang genommen hatte, sondern in London und Paris.

Der noch näher zu behandelnde Abbruch der Beziehungen zwischen der United Grand Lodge of England und dem Grand Orient de France 1877/78 in Folge des französischen Bekenntnisses zu unbedingter Gewissensfreiheit war ein Richtspruch mit Signalwirkung.[211] Das Gewicht hatte sich dadurch von einer an den bürgerlichen Normen orientierten Orthopraxie hin zu einer protestantisch gefärbten freimaurerischen

---

204 [Findel]: „Autorität und Freiheit in ihrer Beziehung zur k. K.", in: Bauhütte 17 (1884), S. 130–133, hier S. 130.

205 Förster: „Die Freimaurerei und das religiöse Bekenntnis", in: Freimaurer-Zeitung 6 (1886), S. 41–45, hier S. 41.

206 Ebd., S. 42.

207 Ebd.

208 „Einige Bemerkungen über die deutsche Loge", in: Freimaurer-Zeitung 20 (1887), S. 153–158, hier S. 154.

209 Ebd.

210 Vgl. [Findel]: „Die Unterströmung in der Deutschen Maurerwelt", in: Bauhütte 23 (1885), S. 177–180.

211 Zu diesem Bruch zwischen der englischen und der französischen Freimaurerei vgl. Kap. 7.3.

Orthodoxie verschoben. Auch wenn die Entscheidung Londons maurerrechtlich keine Konsequenzen für die deutschen Obedienzen hatte, so strahlte doch durch die Leuchtturmfunktion der englischen Großloge fortan ein wärmeres Licht auf jenes Verständnis von Freimaurerei, das schon immer einen theistisch(-christlichen) Kern betont und diesen in den kontrovers geführten Diskussionen um die religiösen Grundlagen der Freimaurerei verteidigt hatte. Der konsequente religiöse Indifferentismus, für den Findel und die Bauhütte standen, geriet hingegen unter Ketzerei- und Atheismusverdacht.

Es gab zwar auch solche Wortmeldungen, die Schmähungen der Gottlosigkeit ablehnten und an die freimaurerische Toleranz gemahnten, geläufiger waren jedoch Stimmen wie die eines Leipziger Bruders, der 1886 mit unmissverständlichem Verweis auf Findel all jene als „[f]aule Steine“ am freimaurerischen Tempelbau bezeichnete, die angeblich den „Glauben an das einige höchste Wesen“ leugneten.[212] Dass der bekennende Deutschkatholik Findel viele Jahre den Vorsitz seiner Gemeinde in Leipzig innegehabt hatte, beirrte seine Ankläger nicht.[213]

Mehr als mit der Abwehr der persönlichen Angriffe war Findel indes damit beschäftigt, mit gewohnter Vehemenz seine Positionen argumentativ zu unterfüttern und den Tendenzen zur monotheistischen Vereinnahmung der Freimaurerei den Widerspruch zur freimaurerischen Tradition nachzuweisen. Wie ein Archivar trug er entsprechende Belege zusammen, zitierte aus alten Artikeln der ihn nun kritisierenden Brüder, verwies auf früher gefasste Beschlüsse und programmatische Texte und sammelte einschlägige Meldungen auch aus anderen Ländern. So übersetzte er unter anderem 1886 einen Artikel aus dem Detroit Freemason, in welchem ein Bruder auf der Basis von Ritualmanuskripten des frühen 18. Jahrhunderts argumentierte, dass die Bibel erst nach 1730 zu einem Kernbestandteil der rituellen Logeneinrichtung geworden war.[214]

5.2. Der „Lessingbund“ und die Rückkehr zu aktiver Basisarbeit

Die Agitation Findels erschöpfte sich nicht in harscher Kritik und scharf formulierten Schriften. Die Überzeugung, dass die Freimaurerei in ihrer gegenwärtigen Entwicklung hinter ihren Ansprüchen und Möglichkeiten zurückbleibe, ja nicht einmal ein Gespür für dieses Zurückbleiben habe und immer mehr ins Hintertreffen zu geraten drohe, all das ließ in Findel den Plan zur Gründung einer neuen obedienzübergreifenden Basisvereinigung als Sammelpunkt reformorientierter Brüder wachsen. Sie sollte in die Fußstapfen des VdF treten, der im Urteil der Bauhütte seine besten Tage hinter sich hatte

212 Vgl. Mehner: „Faule Steine“, in: Freimaurer-Zeitung 14 (1886), S. 105–110, hier S. 107. Dahingegen die Mahnung an Toleranz z. B. bei Fensch, L[udwig]: „Religion, Politik und Loge“, in: Freimaurer-Zeitung 12 (1884), S. 89–91.

213 Vgl. Findel, J. G.: „Mein Lebensweg“, in: Signale für die deutsche Maurerwelt 4 (1906), S. 34 f., hier S. 34. Zum Deutschkatholizismus vgl. Vögler: Religion und Politik, S. 86 f.; Halder: Gemeinschaften, S. 443.

214 Vgl. Norton, Jacob: „Ist die Bibel eine alte Landmarke?“, in: Bauhütte 35 (1886), S. 276 f.

und unter der Losung „geduldig [...] warten, was von oben geschieht“[215] passiv vor sich hinsiechte.

Im Februar 1884 rief Findel somit die „Pioniere der fortschreitenden Entwicklung“ unter der Parole „‚Neubelebung des Bundes auf Grund der Gewissensfreiheit und Allgemeinheit‘ “ zu einem engeren Zusammenschluss in einer „freie[n] Vereinigung vertrauter Brüder“ auf.[216] Das Interesse war groß. Innerhalb kurzer Zeit meldeten sich fast drei Dutzend Brüder, so dass schon im März die Gründung der Vereinigung angekündigt werden konnte.[217] Nachdem eine Reihe von Vorschlägen zur Namensgebung diskutiert und verworfen worden war, schlug Findel eine Bezugnahme auf Gotthold Ephraim Lessing vor, da dieser für „Wahrheitsliebe, Geistesfreiheit, kühne Forschung, echte Toleranz“ und dergleichen mehr stehe, und somit „unser ganzes Programm“ enthalte.[218]

Findel konnte auf eine seit Jahrhundertmitte zu einem regelrechten Lessing-Kult angewachsene Rezeption des bedeutenden Schriftstellers und Freimaurers aufbauen. „Nathan der Weise“ galt vielen Brüdern als vollkommenster Ausdruck der freimaurerischen Toleranzidee und insbesondere Lessings Prosaschrift „Ernst und Falk. Gespräche für Brüder Freymäurer“ hatte einen festen Platz im Kanon freimaurerischer Reflexions- und Erbauungsliteratur.[219]

Im Oktober 1884 erfolgte schließlich die offizielle Gründung des „Lessingbundes deutscher Freimaurer“, der bereits 92 Mitglieder vorzuweisen hatte – beinahe eine Verdreifachung innerhalb eines halben Jahres, und das noch vor offizieller Konstituierung. Über die Hälfte der Mitglieder kam aus den Großlogen von Hamburg (25) und Bayreuth (24), gefolgt von Brüdern der „Drei Weltkugeln“ (14). Im Mittelfeld tummelten sich die Große Landesloge von Sachsen, die Großloge von Darmstadt und die Großloge von Frankfurt mit je fünf und die Große Loge von Preußen mit sechs Brüdern. Schlusslicht der deutschen Großlogen bildete die Große Landesloge mit einem Bruder. Darüber hinaus konnte sich der Lessingbund über sieben Brüder aus dem Ausland freuen, nämlich je zwei aus Ungarn und Italien sowie je einen aus Frankreich, der Schweiz und Rumänien.[220]

Doch bereits im Frühsommer 1885 brauten sich dunkle Wolken zusammen. Führende Stimmen der Großen Loge von Hamburg und der Großloge von Darmstadt

---

215 „Von unten herauf“, in: Bauhütte 43 (1885), S. 337–339, hier S. 338.
216 [Findel]: „Sammel-Ruf“, in: Bauhütte 7 (1884), S. 49.
217 [Findel]: „Freimaurer-Vereinigung Zeitgeist“, in: Bauhütte 13 (1884), S. 97.
218 [Findel]: „Freimaurer-Vereinigung Zeitgeist“, in: Bauhütte 14 (1884), S. 112.
219 Vgl. v. a. Dziergwa: Lessing; Berger: Internationalismus, S. 523; ders.: Hero-worship, insbes. S. 123. Bergers Hinweis, dass Lessing von den christlichen Berliner Großlogen nicht als Ahnherr rezipiert worden sei, lässt sich hingegen nicht aufrechterhalten, vgl. z. B. Müller, Lucian: „Zu Lessings Gedächtnis“, in: Zirkelkorrespondenz 2 (1929), S. 44–48; Hieber, Otto: „Gotthold Ephraim Lessing“, in: Mecklenburgisches Logenblatt 7 (1928/29), S. 120–122.
220 Vgl. „Die Versammlung des Lessingbundes in Darmstadt. Auf Grund der Niederschrift des Br Engelborn“, in: Bauhütte 42 (1884), S. 329 f., hier S. 330.

warfen dem Lessingbund „Sonderbündelei“ vor und erklärten ihn zur Gefahr für die Logen, Großlogen und die Freimaurerei an sich.[221]

Auf Antrag der „Drei Weltkugeln“ befasste sich schließlich auch der Großlogenbund mit dem Lessingbund und kam zu der Ansicht, dessen Bestrebungen stünden im Gegensatz zur bestehenden Organisation der Freimaurerei und seien nicht als berechtigt anzuerkennen. Die Bundesgroßlogen wurden angehalten, „auf die Brüder dahin zu wirken, dass dieselben ihre Kräfte nicht in sonderbündlerischen Bestrebungen zersplittern“.[222] Noch im selben Jahr folgte dann auch die Großloge von Frankfurt dem vorgezeichneten Weg. Ihr Großmeister verwahrte sich gegen die Reformarbeit des Lessingbundes und sprach wortwörtlich ein „Anathema“ aus.[223]

Bei der sich schließenden Front wollte oder konnte auch der VdF nicht abseitsstehen. Dessen Bemühungen, die fundamentalen Unterschiede zwischen sich selbst und dem Lessingbund nachzuweisen, wurden in der Bauhütte durch eine ausführliche Gegenüberstellung der Positionen beider Vereine aus deren Jahrbüchern beantwortet, die stattdessen zahlreiche Gemeinsamkeiten hervorhob.[224] Solche Gemeinsamkeiten mussten nicht erst mühsam konstruiert werden und waren kein Zufall. Findel hatte bei der Gründung des Lessingbundes aus seinen Erfahrungen beim Aufbau des VdF geschöpft und bewusst an diesen angeknüpft, so dass sich sein neuer Verband glaubwürdig als unverbrauchter und konsequenter ideeller Nachfolger des VdF präsentieren konnte.[225] Dass auch dieser nach seiner Gründung von den Großlogen abgelehnt worden war, sich dann jedoch durch erfolgreiche Arbeit und Mitgliederzuwachs als feste Größe hatte etablieren können, unterstrich den Anspruch des Lessingbundes, das Erbe des älteren Vorgängers angetreten zu haben und diente zur Selbstvergewisserung angesichts des scharfen Gegenwinds.[226]

So zeigte sich denn auch zwischen erstem und zweitem Jahrbuch 1884 und 1886 (1885 war keines erschienen) nahezu eine Verdopplung der Mitgliederzahl.[227] Währenddessen schrieb der VdF erstmals rückläufige Zahlen. Zwischen 1880 und 1890 verlor er insgesamt elf Prozent seiner Mitglieder.[228] Das kratzte noch lange nicht an den

221 „Lessingbund deutscher Frmr.“, in: Bauhütte 22 (1885), S. 169–171, hier S. 169; „Logenberichte und Vermischtes“, in: Bauhütte 13 (1885), S. 102.

222 „Lessingbund deutscher Frmr.“, in: Bauhütte 26 (1885), S. 201.

223 Zit. n. „Ein großmeisterliches Anathema aus – Missverständnis“, in: Bauhütte 46 (1885), S. 361 f., hier S. 362.

224 Vgl. Heinrichs, Otto: „Späne“, in: Bauhütte 36 (1885), S. 284 f.

225 Vgl. z. B. „Die Jahresversammlung des Lessingbundes in Würzburg“, Beilage zu Bauhütte 20 (1886), S. [4]. Falsch liegt daher Albrecht: Tempelbau, S. 101, wo der VdF als Vorläufer und Vorbild ignoriert und der LdF als *erste* Initiative dieser Art nach Reichsgründung bezeichnet wird.

226 Vgl. z. B. Akiba, Ben: „Eine geschichtliche Rückschau. Alles schon einmal dagewesen“, in: Bauhütte 8 (1889), S. 61 f.

227 Vgl. „Mitglieder-Verzeichniss“, in: Jahrbuch des LdF 1 (1884), S. 47–53; „Mitglieder-Verzeichniss“, in: Jahrbuch des LdF 2 (1886), S. 88–99.

228 Vgl. Taute, Reinhold: „Der Mitgliederbestand des Vereins deutscher Freimaurer von 1865 – 1911“, in: Leuchte 9 (1911), S. 125. Nach einer Meldung in der „Bauhütte“ von

Mehrheitsverhältnissen. Der VdF hatte nach wie vor gut achtmal so viele Mitglieder wie der Lessingbund. Ein Trend war jedoch erkennbar.

Im Oktober 1887 fand die alljährliche Versammlung des Lessingbundes in Jena statt. Die hiesige Loge „Karl August zu den drei Rosen“ (Große Loge von Hamburg) hatte den Brüdern Tür und Tor geöffnet und bei gehobener Stimmung, wie der Bericht in der Bauhütte vermerkte, gingen die versammelten Mitglieder an die Verhandlungen über ein gemeinsames Vereinsprogramm. Trotz all der negativen Urteile über die vermeintlichen Bestrebungen des Lessingbundes hatte dieser sich bislang auf ein solches nämlich noch gar nicht geeinigt. Aus dem Vorjahr existierte lediglich ein Thesenpapier, das als Ziel und Zweck der Freimaurerei einerseits „die geistig-sittliche Hebung der Br[uder]schaft und die Vervollkommnung des Bundes“, andererseits die „Förderung aller humanen und zivilisatorischen Bestrebungen der Menschheit durch Belehrung und thatkräftiges Wirken“ nannte.[229]

Ein Vortrag auf der Jahresversammlung empfahl zur Anregung der freimaurerischen Tätigkeit auch die Besprechung politischer und religiöser Themen in den Logen, was breite Zustimmung unter den Teilnehmern fand.[230] Die Kritiker des Lessingbundes waren hingegen entsetzt und sahen sich in ihren schlimmsten Befürchtungen bestätigt. Das Schreckensbild, das man über die letzten drei Jahre vom Lessingbund gezeichnet hatte – hier lag der Beweis für dessen Richtigkeit. Nun schien die seit Jahren den romanischen Großlogen vorgeworfene Profanierung der Freimaurerei auch in Deutschland angekommen zu sein.[231]

Die Reaktionen ließen nicht lange auf sich warten, wobei die Große Loge von Hamburg das Heft des Handelns an sich riss. Zunächst erteilte ihr Großmeister Eduard Zinkeisen Anfang November der gastgebenden Jenaer Loge eine Rüge, die diese jedoch als „eine Verletzung sowohl unserer Personen, als unserer Gewissens- und Denkfreiheit“ entschieden zurückwies.[232] Sie hatte nach dem ihr zustehenden Hausrecht gehandelt, gegen keinerlei Beschlüsse oder Gesetze ihrer Großloge verstoßen und nach traditionellem Maurerrecht besuchende Brüder willkommen geheißen. Aus dieser Rechtssicherheit heraus forderte die Loge die formelle Rücknahme der Rüge.[233] Doch es sollte anders kommen.

Auf der Verhandlung der Großen Loge von Hamburg im Februar 1888 kam ein Antrag zur Abstimmung, der eine Mitgliedschaft im Lessingbund für unvereinbar mit der Mitgliedschaft in der Freimaurerei erklärte und betroffene Brüder vor die Wahl

---

1886 zählte der VdF seit 1883 einen Rückgang von 169 Mitgliedern, vgl. „Logenberichte und Vermischtes“, in: Bauhütte 13 (1886), S. 103.

229 „Preis-Ausschreiben“, in: Bauhütte 43 (1886), S. 337 f. hier S. 337.

230 Vgl. „Lessingbund deutscher Freimaurer“, in: Bauhütte 42 (1887), S. 329–334, hier S. 330.

231 Zwischen 1854 und 1874 waren beispielsweise die Beziehungen zum GOdB abgebrochen gewesen, da dessen Großmeister der Behandlung religiöser und politischer Themen in den Logen Raum gegeben hatte, vgl. Steffens: Freimaurer, S. 328 f.

232 „An die ehrw. Grosse Loge zu Hamburg“, in: Bauhütte 50 (1887), S. 393–395, hier S. 395.

233 „Hamburg wider Jena“, in: Bauhütte 51/52 (1887), S. 401–403, hier S. 402.

zwischen Großloge und Lessingbund stellte – eine „Verirrung", tobte Findel, wie sie ihm seit 30 Jahren in der Freimaurerei nicht untergekommen sei.[234] Rechtzeitig vor der Versammlung war noch eine Denkschrift des Hamburger Ehrengroßmeisters Friedrich Glitza gegen den Lessingbund erschienen. Findel, nach dem Prinzip ‚Angriff ist die beste Verteidigung', bezichtigte Glitza daraufhin, sich mit seiner Verketzerung abweichender Meinungen auf eine Stufe mit der Inquisition zu stellen: „nicht im Kampfe mit geistigen Waffen sucht Ihr Euer Heil, sondern im Zwang, in der Bevormundung, in der äusseren Vergewaltigung!"[235] Besonnener, aber nicht minder deutlich verwahrte sich auch ein Jenaer Lessingbruder als promovierter evangelischer Theologe und Vertrauensmann der konservativen Partei gegen Glitzas „völlig unbewiesene Verdächtigungen" des Atheismus und Radikalismus.[236] Doch weder diese Stimmen, noch bei der Verhandlung der Großloge persönlich vorgetragene Erklärungen und Vermittlungsangebote von Lessingbündlern hielten die Große Loge von Hamburg davon ab, am 4. Februar 1888 mit 24 von 35 Stimmen den Antrag anzunehmen und ihre Mitglieder somit vor die Wahl zu stellen.[237]

Eine Reihe von Brüdern kehrte daraufhin notgedrungen dem Lessingbund den Rücken, nicht jedoch, ohne der Großloge ihren Unmut über den Beschluss und ihre anhaltende Sympathie für das in Jena erarbeitete Vereinsprogramm mitzuteilen.[238] Etliche bezogen von nun ab als Nichtmitglieder die Jahrbücher des Lessingbundes und zeigten sich ihm durch Zuschriften und Spenden weiterhin verbunden.[239] Die Loge „Zur Brüderlichkeit" in Bukarest erklärte noch im Februar geschlossen ihren Austritt aus der Großen Loge von Hamburg, während Anmeldungen von Bukarester Brüdern beim Lessingbund eingingen.[240] Die Nachricht aus Rumänien blieb nicht die einzige Reaktion aus dem Ausland. Auch der Grootoosten der Nederlanden und die Schweizer Großloge „Alpina" zeigten ihre Solidarität mit dem Lessingbund, zu dessen Werdegang sie sich schon in den Vorjahren mehrfach zustimmend eingelassen hatten.[241]

Einen ähnlichen Schritt wie die Bukarester Brüder gingen indes auch die Jenaer Lessingbündler, die zwar zunächst unter Protest ihre Mitgliedschaft im Lessingbund niedergelegt, kurz darauf aber auch ihrer Großloge den Rücken gekehrt hatten und nun die Möglichkeit einer Logenneugründung sondierten. Dabei kam ihnen eine Mischung aus Opportunismus und Solidarität entgegen. Die Bamberger Loge „Zur Verbrüderung an

---

234 Vgl. [Findel]: „Logenberichte und Vermischtes", in: Bauhütte 2 (1888), S. 16.

235 Findel, J. G.: „Eine Beleuchtung der ‚Denkschrift über den Lessingbund' von Br Friedr. Glitza", in: Bauhütte 4 (1888), S. 25–28, hier S. 27.

236 Ritter, B.: „Erklärung", in: Bauhütte 3 (1888), S. 24.

237 Vgl. „Logenberichte und Vermischtes", in: Bauhütte 7 (1888), S. 59.

238 Vgl. ebd., S. 59 f.

239 Vgl. „Jahresversammlung des ‚Lessingbundes' in Hof", in: Bauhütte 41 (1888), S. 325–329, hier S. 328 und „Logenberichte und Vermischtes", in: Bauhütte 8 (1888), S. 67.

240 Vgl. „Los von Hamburg!", in: Bauhütte 13 (1888), S. 101 f. Zu Neuanmeldungen aus Bukarest vgl. „Lessingbund deutscher Freimaurer", in: Bauhütte 13 (1888), S. 101.

241 Vgl. „Logenberichte und Vermischtes", in: Bauhütte 19 (1888), S. 155 und „Logenberichte und Vermischtes", in: Bauhütte 9 (1888), S. 76.

der Regnitz“ (Großloge von Bayreuth) solidarisierte sich im März mit den Bestrebungen des Lessingbundes und verurteilte den Hamburger Beschluss, der „auf Unterdrückung der freien Meinungsäusserung und Unterdrückung jedes Strebens nach zeitgemässer Fortbildung“ hinauslaufe.[242] Die Bamberger forderten von der eigenen Großloge, den Brüdern und Logen, welche sich diesem Zwang zu entziehen gedächten, Förderung und Entgegenkommen zu zeigen. Mehrere Tochterlogen der Großloge von Bayreuth schlossen sich in den folgenden Wochen der Bamberger Resolution an.[243] Die Solidaritätswelle war spürbar und lässt sich anhand der Mitgliederverzeichnisse des Lessingbundes vor und nach der Hamburger Entscheidung auch in Zahlen nachvollziehen. Das Jahrbuch für 1887 weist 188 Brüder aus, das des Folgejahres nur acht weniger, obwohl nach der älteren Liste 41 Brüder zur Großen Loge von Hamburg gehört hatten.[244]

Die Jenaer Angelegenheit drohte für die Große Loge von Hamburg, die sie mit ihrem Beschluss eigentlich hatte erledigen wollen, zu einem kleinen Desaster zu werden. Keine andere Großloge folgte dem von ihr eingeschlagenen Weg, trotz oft vergleichbarer Ablehnung des Lessingbundes. Als die Großloge von Bayreuth dann die vorhersehbaren Pläne zur Gründung einer Jenaer Loge durch die dissentierenden Brüder mitteilte, setzte die Große Loge von Hamburg alles daran, das zu verhindern – letztlich ohne Erfolg. Ihrem liberalen Selbstverständnis entsprechend gab die Großloge von Bayreuth die Entscheidung in die Hände ihrer Tochterlogen, die mit überwältigender Mehrheit für die Gründung stimmten.[245] Mehr als zwei Jahre nach der Hamburger Erklärung gegen den Lessingbund konnten die deswegen ausgetretenen Jenaer Brüder im April 1890 endlich das Licht in ihre neue Loge einbringen.[246] Die Solidarisierungseffekte der freimaurerischen Basis sowie die liberale und pragmatische Großlogenpolitik Bayreuths hatten über die strikte Ausgrenzungsstrategie der Großen Loge von Hamburg triumphiert.

So zeigt sich am Tauziehen um die Jenaer Loge letztlich die Erosion der gemeinsamen Front gegen den Lessingbund. Die Logengründung von 1890 war aber nur Teil einer grundlegenderen Entwicklung, die sich einmal mehr besonders an der freimaurerischen Presse ablesen lässt. Waren die Lessingbündler beispielsweise in der Freimaurer-Zeitung anfänglich als Teil einer von Findel angeführten „maurerischen Umsturzpartei“ und als „Feinde in unserm eignen Fleisch und Blut“ diffamiert worden,[247] so wurde ihnen Ende der 1880er Jahre in der gleichen Zeitschrift „in aufrichtiger

242 „Logenberichte und Vermischtes“, in: Bauhütte 15 (1888), S. 114 f., hier S. 115.
243 Vgl. z. B. „Logenberichte und Vermischtes“, in: Bauhütte 20 (1888), S. 162.
244 Vgl. Taute, Reinhold: „Statistisches über den ‚Lessingbund‘ “, in: Bauhütte 13 (1888), S. 104 sowie „Mitglieder-Verzeichniss“, in: Jahrbuch des LdF 3 (1887), S. 36–46 und „Mitglieder-Verzeichniss“, in: Jahrbuch des LdF 4 (1888), S. 31–41.
245 Vgl. „Die Loge ‚Friedrich zur ernsten Arbeit‘ in Jena“, in: Bauhütte 41 (1889), S. 327 f.
246 Vgl. „Die Logenweihe in Jena“, in: Bauhütte 19 (1890), S. 145–148.
247 Pilz, [Carl]: „Hat die Freimaurerei nöthig, um ihre Zukunft besorgt zu sein“, in: Freimaurer-Zeitung 19 (1885), S. 145–149, hier S. 146.

Verehrung“ die Bruderhand gereicht.[248] Das war mehr als nur ein Wandel der Gesprächskultur oder ein Strategiewechsel, der den inneren Gegner durch Umarmung statt durch Ausgrenzung stillzustellen versuchte. Es war ein Wandel des Sagbaren. So räumte das Bundesblatt der „Drei Weltkugeln“ schon 1888 ein, man habe sich in der deutschen Freimaurerei zu lange „einem beschränkten und beschränkenden Konservatismus hingegeben, welcher unsere Maurerei zeitweilig geradezu in tiefen Schlaf sinken liess.“[249] Zwei Jahre später näherte sich sogar der Großmeister der „Drei Weltkugeln“ Friedrich Fredericks den Positionen des Lessingbundes an, als er erklärte: „Bedenken gegen Verhandlungen über Religion und Politik oder über religiöses und politisches Leben sind in unserem Gebrauchthum nie gewesen, wenn man dieselben von dem richtigen Gesichtspunkt aus fasst.“[250] Diesen ‚richtigen Gesichtspunkt‘, namentlich die Umgehung von Tages- und Parteipolitik, wollte Fredericks zwar als Unterschied zum Lessingbund verstanden wissen, tatsächlich entsprach das jedoch genau dessen Standpunkt.[251] So nahm die Bauhütte begeistert von Fredericks Artikel Notiz, zitierte ihn in Gänze und nahm ihn zum Anlass, zu verkünden, dass sich der Großmeister der „Drei Weltkugeln“ in voller Übereinstimmung mit dem Lessingbund befinde.[252]

Abseits von allem Triumphalismus war Fredericks Stellungnahme ein durchaus weitgehendes – wenn auch nicht als solches gedachtes – Ein- und Zugeständnis, und das vom Großmeister der ältesten und größten deutschen Großloge. Die Auseinandersetzung mit zuvor tabuisierten Themen im Kreis der Loge hatte dadurch so etwas wie eine großmeisterliche Adelung erfahren. Vielleicht am deutlichsten zeigte sich dieser Wandel in der zuvor als erster Schritt der Politisierung vehement bekämpften Behandlung der sozialen Frage, die ab Anfang der 1890er Jahre zu einem Lieblingsthema der deutschen Freimaurerei wurde.[253]

Der Lessingbund selbst konnte sich angesichts dieses Umschwungs in seinem Jahrbuch 1892 eine kleine Polemik nicht verkneifen:

> es macht einen geradezu komischen Eindruck wie eben diejenigen, welche noch im Jahre 1887 nicht genug wettern konnten gegen das frevelhafte Bestreben, durch die Besprechung socialer Fragen ‚Zwietracht in die Logen hineinzutragen‘, jetzt nachdem ‚von oben‘ gesprochen wurde, am allereifrigsten beflissen sind, die Beschäftigung mit diesen Fragen geradezu als höchste Aufgabe der M[aure]rei zu erklären.[254]

---

248 Anlässlich der Besprechung einer programmatischen Schrift aus LdF-Kreisen, vgl. „Literatur“, in: Freimaurer-Zeitung 49 (1888), S. 389 f., hier S. 390. Bei der besprochenen Schrift handelt es sich um Maier: Weltliche Freimaurerei.

249 „Neue Aufgaben“, in: Bundesblatt 3 (1888), S. 61–72, hier S. 61.

250 Fredericks, [Friedrich]: „Politik und Religion in der Loge“, in: Bundesblatt 1 (1890), S. 16 f., hier S. 16. Zur masonischen Vita Fredericks vgl. Peters: Berliner Freimaurer, S. 25 f.

251 Vgl. z. B. Harmening: „Schlussakte zur Sache Hamburg wider Jena“, in: Bauhütte 12 (1888), S. 94–99, insbes. S. 96–98.

252 Vgl. [Findel]: „Br Fredericks und der Lessingbund“, in: Bauhütte 3 (1890), S. 17 f.

253 Vgl. Kap. 6.2.

254 Maier, Gustav: „Der Lessingbund Deutscher Freimaurer. Eine historisch-kritische Studie“, in: Jahrbuch des LdF 7 (1891), Leipzig 1892, S. 1–33, hier S. 11.

‚Von oben gesprochen' – das verwies auf Wilhelm II. Vor dem Hintergrund einer Streikwelle wenige Monate nach seinem Herrschaftsantritt hatte er sich der sozialen Frage angenommen, worüber der Konflikt mit Otto von Bismarck eskaliert war, was schließlich in der Entlassung des alten Reichskanzlers und dem Beginn des ‚Neuen Kurses' in der Innenpolitik mündete.[255]

Das wirkte, wie der Lessingbund zutreffend feststellte, in Form einer Kurskorrektur auch in die Freimaurerei hinein. Im Jahrbuch des Lessingbundes hieß es: „seitdem in verdienstlicher Weise unser junger Kaiser die Nothwendigkeit der Beschäftigung mit socialen Fragen nachdrücklich hervorgehoben hat, hat sich auch in den Logen der Wind vollständig gedreht."[256]

Doch der Umschwung lässt sich nicht auf eine Determinante alleine zurückführen. Schließlich ging es ja nicht nur um ein erwachtes Interesse an der sozialen Frage, sondern um eine grundlegende Rekalibrierung dessen, was in den Aushandlungen über Freimaurerei sagbar war. Dementsprechend müssen die Gründe für den Umschwung in einem breiten Zusammenspiel mehrerer Faktoren gesucht werden.

In der Rückschau jedenfalls deutete Robert Fischer 1891 an, dass bereits die Tode Wilhelms I. und Friedrichs III. zu einem fundamentalen Umdenken gezwungen hätten. Durch die Gunstbezeugungen der beiden Kaiser sei man „verwöhnt und dadurch in gewisser Beziehung ebenfalls eingeschläfert worden".[257] Mit dem Tod der beiden bekrönten Brüder, dem dadurch bedingten vorübergehenden Wegfall des von diesen gewährten Schutzes (erst 1894 wurde das preußische Protektorium wiederhergestellt) und einer bald einsetzenden öffentlichen antimasonischen Kampagne,[258] wurde sich die Freimaurerei schlagartig ihrer – gemessen am eigenen Selbstbild – relativen Randständigkeit in der Gesellschaft bewusst.

Wenngleich das Drei-Kaiser-Jahr 1888 somit einen zeitlichen Orientierungspunkt bietet und der Tod der beiden Protektoren auf dem Kaiserthron als Katalysator der Umbesinnung gewirkt haben mag, so wäre jedoch der Eindruck eines *sprunghaften* Wandels überhaupt verfehlt. Vielmehr ist dem gegen alle Widerstände auf seinem Recht beharrenden Lessingbund und seiner ausdauernden Arbeit ein bedeutender Anteil an der Entwicklung zuzugestehen.

Auch wenn er in der kurzen Zeit seines Bestehens nie einen signifikanten Teil der Bruderschaft umfasste – der Höchststand war 1886 mit 197 Mitgliedern erreicht[259] –, so

---

255 Knapper Überblick bei Ullmann: Politik, S. 25 u. 33 f.

256 Maier, Gustav: „Der Lessingbund Deutscher Freimaurer. Eine historisch-kritische Studie", in: Jahrbuch des LdF 7 (1891), Leipzig 1892, S. 1–33, hier S. 11.

257 Fischer, Robert: „Jahres- und Kassenbericht", in: Mitteilungen aus dem VdF (1891/92), S. 16–25, hier S. 18.

258 Vgl. Kap. 11.3.

259 Vgl. „Die Jahresversammlung des Lessingbundes in Würzburg", Beilage zu Bauhütte 20 (1886), S. [2]. Das scheint ein vorübergehender Höchststand gewesen zu sein, den der LdF nicht lange halten konnte. Das Mitgliederverzeichnis desselben Jahres zählt nur 193 Mitglieder, vgl. „Mitglieder-Verzeichnis", in: Jahrbuch des LdF 2 (1886), S. 88–99.

darf sein Anteil an der Entwicklung nicht unterschätzt werden. Die Wachstumsraten waren trotz des Widerstands der Großlogen und von zwei der drei unabhängigen Zeitschriften enorm. Offensichtlich bediente er ein Bedürfnis in der Bruderschaft, das in dem knappen Jahrzehnt seines Auftretens in den Logen und im VdF nicht erfüllt wurde.

Zwar war die Kritik an den gegenwärtigen Zuständen auch vor Findels Gründungsaufruf nicht komplett verschwunden gewesen, aber sie führte ein seit Ende der 1870er Jahre zunehmend abgedrängtes Schattendasein. Auch die Idee der Reform war nicht aufgegeben, aber dafür von den Großlogen und dem Großlogenbund angeeignet worden und hatte sich dadurch mehr und mehr in dem von ‚oben‘ verfolgten institutionellen Ausbau erschöpft. Findels unermüdliches Wirken weckte die Reformbewegung aus diesem Dornröschenschlaf und belebte die deutsche Freimaurerei, was er sich beziehungsweise dem Lessingbund 1888 auch selbstbewusst auf die Fahnen schrieb.[260]

Das manchmal unwirsche Auftreten und die beharrliche Infragestellung des Status quo zwangen gerade den Kritikern der ‚Findelpartei‘ eben jene Auseinandersetzung auf, die nach der heißen Phase der Reformbewegung ab Mitte der 1870er Jahre abgekühlt und auf Eis gelegt worden war. Die entstehende Reibung und die hitzigen Debatten tauten den Diskurs auf und legten so die Grundlage für die umtriebigen Jahre des wilhelminischen Kaiserreichs. Dass in diesen knapp drei Jahrzehnten eine lebhafte Basisarbeit und ein kontroverser Austausch stattfand, dass viele der in den 1880er Jahren unbequemen Meinungen und Problemstellungen zu Selbstverständlichkeiten wurden und sich auch der VdF wieder dem Projekt der engeren Vereinigung und Reform zuwandte, ist in bedeutenden Teilen ein Verdienst Findels und des Lessingbundes.

Doch konnte Findel dafür keine Lorbeeren einsammeln. Die schon Ende 1888 angedachte Verschmelzung des Lessingbundes mit dem wiedererwachten VdF kam nicht zustande.[261] Das letzte Lessingbund-Jahrbuch existiert für das Jahr 1891 und verzeichnet nur noch 159 Mitglieder.[262] Eine womöglich letzte Jahresversammlung fand im Herbst 1893 in Offenbach statt, dann verliert sich seine Spur.[263] Findel musste 1891 die Bauhütte, die er 33 Jahre lang herausgegeben hatte, an eine von Brüdern gebildete Aktiengesellschaft veräußern, die jedoch versicherte, die Zeitschrift als „ein Organ der freisinnigen, humanistischen Freimaurerei in allen ihren Richtungen“ weiterführen zu wollen.[264] Sein Ersatzprojekt, die Zeitschrift Signale für die Maurerwelt, war zwar ein ‚echter Findel‘, insofern auch sie vor spitzen Formulierungen sprühte. Gleichwohl

260 Vgl. „Der deutsche Grosslogentag und der Lessingbund“, in: Bauhütte 6 (1888), S. 48–50, insbes. S. 49.

261 Vgl. den Briefwechsel zwischen Findel und dem Vorsitzenden des VdF Emil Rittershaus, abgedr. in: Bauhütte 45 (1888), S. 357 f.

262 Vgl. „Mitglieder-Verzeichniss“, in: Jahrbuch des LdF 7 (1891), Leipzig 1892, S. 63–73.

263 Vgl. den kurzen Bericht von der Jahresversammlung in: Bauhütte 49 (1893), S. 391 f., wo von Auflösungserscheinungen keine Spur ist. Vgl. auch Albrecht: Tempelbau, S. 101–112, der mutmaßt, der LdF habe sich im Winter 1893/1894 selbst aufgelöst, ebd., S. 111 Anm. 38.

264 „An die Leser!“, in: Bauhütte 27 (1891), S. 209.

erreichte sie nicht mehr die Größe und Bedeutung der BAUHÜTTE. Findels Tatendrang fand daneben nochmals ein Ventil in unrühmlichen Interventionen im noch zu behandelnden Settegaststreit und im ebenfalls an anderer Stelle thematisierten Kampf gegen den antimasonischen Taxil-Schwindel.[265] 1905 starb Joseph Gabriel Findel als wohl produktivster deutscher freimaurerischer Schriftsteller des 19. Jahrhunderts, dessen Bücher zahlreiche Auflagen und Übersetzungen in mehrere Sprachen erlebten, um bald nur noch für seine aufbrausende Persönlichkeit erinnert und schließlich vergessen zu werden.[266]

---

265 Zum Settegaststreit vgl. Kap. 7.1, zum Taxil-Schwindel Kap. 11.3.

266 Vgl. „Findel, Gottfried Josef Gabriel", in: Internationales Freimaurerlexikon, Sp. 478–480. Laut Nachruf des VdF wurde allein seine mehrbändige „Geschichte der Freimaurerei" in sechs Sprachen übersetzt, vgl. „† Br. J. G. Findel", in: Mitteilungen aus dem VdF (1905/06), S. 109–112, hier S. 111.

Zusammenfassung: Basis und Autorität

Die seit dem 18. Jahrhundert im deutschsprachigen Raum präsente Freimaurerei hatte sich bis ins 19. Jahrhundert in distinkte Lehrarten und mehrere voneinander unabhängige Großlogen ausdifferenziert. An der Basis dieser Großlogen organisierte sich ab etwa Mitte des 19. Jahrhunderts eine Graswurzelbewegung, die auf Vereinigung über die obedienziellen Grenzen hinweg drängte. In einem rasch aufblühenden Publikationswesen und schließlich im VdF schuf sie sich eigene Räume, in denen sich die Brüder nicht nur als Angehörige einzelner Großlogen, sondern als geeinte Bruderschaft erfahren konnten.

Die sich so herausbildende Diskursgemeinschaft verstand sich zunächst als Reformbewegung, die auf die Einlösung freimaurerischer Ideale pochte. Das führte zu kontroversen Diskussionen über das Wesen und den Zweck der Freimaurerei. Insbesondere über Fragen nach dem rechten freimaurerischen Verhältnis zu Religion und Religiosität sowie über Fragen des inneren Aufbaus und der institutionellen Strukturen wurde mitunter heftig gestritten.

Diese Debatten und die Kritik an den freimaurerischen Verhältnissen riefen die Großlogenleitungen auf den Plan. Als Reaktion auf die Graswurzelbewegung entstand Anfang der 1870er Jahre der Deutsche Großlogenbund als ein loses Bündnis der Großlogenleitungen. Er setzte sich an die Spitze der Einheitsbewegung und hegte sie dadurch ein. Als sich jedoch in den 1880er Jahren mehr und mehr zeigte, dass der Großlogenbund die in ihn gesetzten Hoffnungen auf weitere Vereinigung der deutschen Freimaurereien nicht erfüllte und sich vielmehr als Bewahrer des institutionellen Status quo entpuppte, regte sich die größtenteils zur Ruhe gekommene Basisbewegung erneut. Ende der 1880er Jahre hatte sich die Einheits- und Reformbewegung revitalisiert und war nun bereit, dort weiterzumachen, wo sie in den 1870er Jahren aufgehört hatte.

Einheit und Reform

> *„Die Pläne der Menschen sind Vielheit; der Plan unseres Baues ist Einheit."*[267]
>
> *„Schlimm wird die Sachlage erst dann, wenn man in Routine und Bequemlichkeit versinkt, wenn Worte wie ‚Fortschritt' einen häßlichen Klang annehmen, und Reformer von vornherein als Störer der Ruhe und des Friedens angesehen werden".*[268]

6. Deutsche Freimaurerei im Zeitalter der Kulturkrise

Ende der 1880er Jahre hatte sich der Wind zu drehen begonnen. Der Quietismus, der nach Gründung des Großlogenbundes in weiten Teilen der freimaurerischen Basis Einzug gehalten hatte, war neuem Tatendrang gewichen, damit aber auch neuer Verunsicherung über das gemeinsame Fundament, über die Zukunftsperspektiven und über den gegenwärtigen Zustand der deutschen Freimaurerei. „Die Thatsache lässt sich nicht wegleugnen", diagnostizierte 1892 ein Artikel in der Latomia, „dass ein Zug der Unruhe, der Unzufriedenheit durch die M[aure]rwelt geht".[269] Solche und ähnliche Äußerungen waren nicht nur Ausdruck der freimaurerischen Identitätsungewissheit, sondern allgemeiner noch jener Krisenstimmung, die sich am Ausgang des 19. Jahrhunderts im Bürgertum ausbreitete.

Der soziokulturelle Auf- und Durchbruch zur modernen Massengesellschaft – „Masse" und „modern" selbst sind Leitvokabeln dieser Jahre[270] – bedeutete durch die Auflösung gefühlter gesellschaftlicher Homogenität auch die Erosion alter Leitbilder und Verbindlichkeiten, auf die das Bürgertum bislang seine kulturelle Hegemonie gestützt hatte. Insbesondere die Nivellierung der klassischen bürgerlichen

267 Krebs, Johann Baptist: Lichtstrahlen vom Orient. Philosophische Betrachtungen für Freimaurer, Leipzig [1899], S. 130.

268 Cramer, [August] B[envenuto]: Der Verein deutscher Freimaurer und seine Bestrebungen zur Reform des Logenwesens. Eine Festschrift zum 25jährigen Bestehen des Vereins, Leipzig 1886, S. 14.

269 „Die Freimaurerei bedarf der That", in: Latomia 15 (1892), S. 116 f., hier S. 116.

270 Vgl. Bruch: Zug der Millionen; Maase: Grenzenloses Vergnügen. Zu „Moderne" vgl. Gumbrecht: Modern.

Distinktionskriterien Bildung und Kultur wurde als Bedrohung der eigenen Stellung wahrgenommen.[271] Noch zusätzlich unterstrichen wurde das Krisenempfinden von politischen Entwicklungen. Eine Fundamentalpolitisierung der Gesellschaft läutete das Ende der bürgerlichen Honoratioren- und den Beginn der Massenpolitik ein, was den bereits kriselnden bürgerlichen Liberalismus weiter schwächte und den Aufstieg der Sozialdemokratie förderte.[272]

Mit dem Verlust der Deutungshoheit im Kulturprozess begann sich ein Krisendiskurs in zuvor nicht gekanntem Umfang Bahn zu brechen, der zwar die antibürgerliche Pose pflegte, seine Wurzeln und seinen Resonanzboden jedoch im Bürgertum hatte.[273] Debatten über die normativen Grundlagen der Kultur unter den Bedingungen der Moderne waren die Folge. ‚Kultur' wurde zum Schlüsselwort der Dekade, das als „zentrale Kategorie zur Dimensionierung gesamtgesellschaftlicher Wirklichkeit"[274] in aller Munde war.

Die zahlreichen, auch in der Logenpresse immer wieder erhobenen Klagen – über Materialismus und Mammonismus, Flachheit und Selbstbezogenheit, Massenkultur und Konsum, und vieles weitere – bildeten dabei nicht nur ab, wogegen man sich im Einzelnen wandte. Als „zeittypische Muster kultureller Desorientierung"[275] sind sie vielmehr auch *ex negativo* Ausdruck der Sehnsucht nach einem verbindlichen Wertehimmel, dessen schiere Möglichkeit durch die rasanten politischen, sozialen und kulturellen Entwicklungen verloren gegangen zu sein schien, um stattdessen den Blick auf eine gähnende Leere und Beliebigkeit moderner Existenz freizugeben.

Mehrere zusammenhängende Antagonismen durchzogen die kulturkritischen Gegenwartsdeutungen, die sich oft auf diskursleitende Dichotomien herunterbrechen lassen: Idealismus gegen Materialismus, Persönlichkeit gegen Masse, Gemeinschaft gegen Gesellschaft, oder – als einer der wichtigsten Fixpunkte – Kultur gegen Zivilisation.[276] Vor allem die Zurückweisung der zunehmend als ‚westlich' gebrandmarkten Aufklärung war ein roter Faden, der sich durch zahlreiche Wortmeldungen zog und etliche Diagnosen aneinander schnürte. Dahinter verbarg sich insbesondere die Abkehr vom Fortschrittsglauben, der „in vieler Hinsicht das geistige Fundament des bürgerlichen Weltbildes" gewesen war, sowie ein Antiintellektualismus, der das Primat der Ratio negierte und an seine Stelle einen neuen Mythos setzen wollte, und nicht zuletzt eine Distanzierung vom Liberalismus, der sowohl als soziokulturelles Paradigma, wie auch als politisches und wirtschaftliches

271 Vgl. Bollenbeck: Bildung, S. 239 f. et passim; Mommsen: Auflösung.
272 Vgl. den konzisen Überblick bei Ullmann: Politik, S. 32–35 u. 80–83.
273 Vgl. Bollenbeck: Kulturkritik, S. 22; Nipperdey: Bürgertum, S. 73; Schäfer: Geschichte des Bürgertums, S. 172; Heidbrink: Aufstand; Siegrist: Bürgerlichkeit; Werber: Einleitung.
274 Bruch/Graf/Hübinger: Einleitung, S. 12.
275 Ebd., S. 10.
276 Vgl. Schmoll gen. Eisenwerth: Vorwort, S. Xf.; Bollenbeck: Kulturkritik, S. 200; Beßlich: Kulturkrieg, S. 25 f. Nach Berlan: Kulturkritik, S. 41 war besonders die deutsche Kulturkritik von Versuchen geprägt, der Krise durch theoretische Erfassung Herr zu werden.

Programm seit Mitte der 1870er Jahre deutlich an Strahl- und Anziehungskraft verloren hatte.[277]

In der Forschung stand lange Zeit diese antiliberale, pessimistische Seite der Kulturkritik im Zentrum der Aufmerksamkeit.[278] Inzwischen ist jedoch die Deutung vom antimodernen deutschen Kulturpessimismus, der das Bürgertum auf lange Sicht in Hitlers Arme trieb, relativiert. Das allzu schnell und plakativ gebrauchte Adjektiv ‚antimodern' fiel einer differenzierten Neubewertung der Modernität des Kaiserreichs zum Opfer.[279] Das nicht nur Verfall und Krise, sondern auch Reform und Aufbruch atmende wilhelminische Deutschland lässt sich, auch in seinen kulturpessimistischen Teilen, durchaus treffend als „Laboratorium der Moderne", wenn nicht gar als „the modernist nation par excellence" beschreiben.[280]

Ebenso haben inzwischen zahlreiche Arbeiten darauf hingewiesen, dass es in Deutschland neben dem Kultur*pessimismus* auch einen Kultur*optimismus* gab – oft im gleichen Atemzug.[281] Die empfundene Krise wurde nicht nur als Niedergang, sondern auch als Bewährungsprobe und Geburtswehen von etwas Neuem verstanden. Bis heute ist die für das Ende des 19. Jahrhunderts geprägte Bezeichnung ‚Fin de Siècle' synonym mit diesem Oszillieren zwischen Defätismus und Aufbruch, zwischen Lust am Niedergang und euphorischer Zukunftserwartung.[282] Die „potenzierte Ambivalenz"[283] der Moderne drückte sich gerade in der Verschmelzung solcher semantischer Gegensätzlichkeiten aus. Die wilhelminischen „Uebergangsmenschen", als die der Schriftsteller Hermann Conradi 1889 seine Zeitgenossen bezeichnete, wähnten sich in einem Schwebezustand, in dem vieles im Niedergang begriffen, dadurch aber auch alles in einem zu gestaltenden Neuanfang möglich schien.[284]

---

277 Mommsen: Bürgerliche Kultur, S. 16. Zum Fortschrittsglauben grundlegend Loewenstein: Fortschrittsglaube. Zum Ende des Fortschrittsoptimismus vgl. auch Heidbrink: Melancholie und Moderne, insbes. S. 63–79. Zu den bürgerlichen Krisentopoi vgl. Ketelsen: Literatur, S. 33.

278 Vgl. insbes. Stern: Kulturpessimismus; Volkov: Antimodernism.

279 Vgl. Dickinson: Reform u. bereits Volkov: Antimodernism, S. 326 f. Zur Frage der Modernität des Kaiserreichs vgl. Frie: Kaiserreich, S. 108–117; Blackbourn/Eley: Mythen; Evans (Hg.): Wilhelmine Germany; Eley/Jenkins/Matysik: Introduction.

280 Vgl. Puschner/Stange-Fayos/Wimmer (Hg.): Laboratorium der Moderne; Jefferies: Imperial Culture, S. 221.

281 „Wer die Behauptung vertrat, das geistige und kulturelle Leben sei vom Verfall gekennzeichnet, verkündete häufig als nächstes, daß eine Wiederbelebung bereits im Gange sei", vgl. Ringer: Gelehrten, S. 232; Jefferies: Imperial Culture, S. 142 f., dort auch Hinweise auf die englischsprachige Forschungsliteratur.

282 Zu Begriff und Epochenbezeichnung des ‚Fin de Siècle' vgl. u. a. Schalk: Fin de Siècle; Rasch: Fin de siècle.

283 Drehsen/Sparn: Moderne, S. 12.

284 Vgl. Conradi: Kandidat. Vgl. auch die an diese Formulierung anknüpfende Arbeit Doerry: Übergangsmenschen.

Die Freimaurerei blieb von diesem unruhigen Flimmern der Jahre um 1900 nicht unberührt. Auch sie erfuhr die Friedensjahre des Wilhelminismus als eine doppelgesichtige Zeit, deren überschäumende Energien und widersprüchliche Potenziale die neu erwachte Basisarbeit anregten.

6.1. Das Logenwesen in der Krise

In einer regelrechten Tirade gegen Gier, Eitelkeit, Sinnlichkeit, Konkurrenzdenken und dergleichen mehr geißelte August Benvenuto Cramer 1889 in den Mitteilungen aus dem VdF, was er als kulturelle Verfallserscheinungen der Gegenwart wahrnahm, nur um gleich darauf zu betonen, dass es verfehlt wäre, diese Gegenwart nur als eine Zeit des Niedergangs anzusehen. Vielmehr befinde man sich in einer „Uebergangsepoche", in der sich eine moralische und soziale Wiedergeburt vorbereite, bei der die Freimaurerei nicht abseitsstehen könne.[285] Wie er sahen das zahllose Brüder. Als ‚Laboratorium der Bürgerlichkeit'[286] verortete sich die Freimaurerei selbst gewissermaßen im Zentrum der kulturellen Krise – als Berufene, aber auch als Betroffene, denn die in Bedrängnis geratene Kultur der Bürgerlichkeit war im Wesentlichen auch die Kultur der Logen. Wachgerüttelt durch die Auseinandersetzungen der 1880er Jahre ging die Freimaurerei nun an die kulturkritische Bestandsaufnahme und kam immer wieder zur gleichen Diagnose: „Unser Logenwesen ist krank".[287]

Dabei stand es augenscheinlich nicht gerade schlecht um die Logen, jedenfalls wenn man sich die Mitgliederentwicklung vor Augen führte. In regelmäßigen Abständen informierten tabellarische Aufstellungen und statistische Übersichten über den laufenden Zustrom neuer Interessenten, der die Gesamtmitgliederzahl der anerkannten Logen in Deutschland zwischen 1871 und 1900 von 35.060 auf 47.710 ansteigen ließ.[288] Paul Fischer eröffnete einen besonders umfangreichen mehrteiligen Artikel „Zur Statistik der deutschen Freimaurerei" 1894 mit der Anmerkung: „wenn es auf das numerische Wachsthum allein ankäme", dann bräuchte man „allen pessimistischen Stimmen nur die Ergebnisse der Statistik entgegenzuhalten".[289] Sie enthülle „viel Beruhigendes" – eben das anhaltende Wachstum und die fortschreitende Ausbreitung der Freimaurerei, die mittlerweile in allen deutschen Staaten vertreten war und sogar 14 Auslandslogen unter deutscher Obedienz zählte. Man müsse indes „nicht wiegen, sondern wägen".[290] Und da fiel die Bilanz in den Augen etlicher Brüder weniger positiv aus.

---

285 Vgl. Cramer, [August] Benvenuto: „Weltverbesserung durch Freimaurer", in: Mitteilungen aus dem VdF (1889/90), S. 49–58, hier S. 51 f.

286 Vgl. Hoffmann, Politik, S. 115.

287 „Irrungen – Wirrungen", in: Latomia 9 (1890), S. 72.

288 Vgl. die Tabelle zur Mitgliederentwicklung bei Hoffmann: Geselligkeit, S. 350–353.

289 Fischer, Paul: „Zur Statistik der deutschen Freimaurerei", in: Latomia 25, 26 (1894), S. 195–197 u. 205 f., hier S. 195.

290 Ebd.

„Das Menschenmaterial der Loge ist, wenn wir die Br[uder]kreise des vorigen Jahrhunderts mit denen der Gegenwart vergleichen, nach Quantität und Qualität ein ganz anderes geworden",[291] urteilte etwa ein Bruder 1888. Insbesondere das Ausbleiben des Interesses bestimmter gesellschaftlicher Kreise bereitete Kopfzerbrechen. Was der Freimaurerei der Gegenwart fehle, sei „die Theilnahme der höheren und auf die geistigen und moralischen Interessen der Nationen einflussreichsten Kreise an den Arbeiten der Logen", erklärte 1889 der Ordensmeister der Großen Landesloge.[292] Besonders im Vergleich zu der zum ‚goldenen Zeitalter' verklärten Epoche ein Jahrhundert früher, als ‚Geistesheroen' wie Lessing, Herder, Fichte und Goethe dem Bund angehört hatten, fiel das Fernbleiben kultureller und intellektueller Eliten ins Gewicht. Und dieses Fernbleiben wurde als Symptom und als Grund für die zunehmend verloren gegangene Fühlung mit der Gegenwart und den schmerzhaft empfundenen Relevanzverlust der Logen seit jenen großen Tagen gedeutet.

Ein detaillierter Vergleich, der das Berufsprofil der „Drei Weltkugeln"-Mitglieder im Maurerjahr[293] 1809/10 und 1894/95 gegenüberstellte, sollte 1896 Aufklärung schaffen. Im untersuchten Zeitraum war die Großloge von 4.413 auf 13.572 Mitglieder und von 57 auf 124 Tochterlogen gewachsen. Der Anteil Adeliger hingegen war im gleichen Zeitraum von 831 auf 192 gesunken. Ebenso dramatisch war der Rückgang Geistlicher auf gerade einmal 0,4 Prozent der Mitglieder, was nur noch einem Zehntel ihres Anteils von 1809/10 entsprach. Den Rückgängen stand eine deutliche Zunahme von Mitgliedern aus dem Lehrerstand sowie von Fabrikanten, Handwerkern, Ingenieuren und Rentnern gegenüber. Die Mitgliederzahlen von Angehörigen des Beamtenstands wiederum waren zwar gestiegen, jedoch hinter der allgemeinen Zuwachsrate zurückgeblieben.[294] Insgesamt beobachtete das Bundesblatt eine „gedeihliche Ausbreitung der Freimaurerei im gebildeten Mittelstande" und deutete die Verschiebungen im beruflichen Profil der Bruderschaft als Folge der wirtschaftlichen Entwicklung.[295] Von einem „Herabsinken des Bundes auf ein tiefes Niveau" könne alles in allem also „keine Rede" sein, schloss der Aufsatz optimistisch.[296]

Wirklich beruhigen konnten derartige statistische Analysen das allgemeine Krisengefühl jedoch nicht. *Gerade* die hohen Zuwachsraten machten etlichen Brüdern Sorge. 1890 etwa hieß es in einem Brief an die Latomia:

> Wären wir nur weniger! Unsere grosse Zahl ist unsere Schwäche. Jeder ‚unbescholtene' Mann wird aufgenommen, anstatt nur charaktervolle Männer anzunehmen. Bei

291 „Ueber die maur. Reform", in: Latomia 5 (1888), S. 33–37, hier S. 35.

292 Schmidt, Alexis: „Stellung und Aufgabe der deutschen Freimaurerei in der Gegenwart", in: Latomia 13 (1889), S. 97–103, hier S. 97.

293 Nach freimaurerischer Zeitrechnung reicht ein Maurerjahr von Johannistag zu Johannistag (24. Juni), vgl. „Johannisfest", in: Internationales Freimaurerlexikon, Sp. 782 f.

294 Vgl. „Die Mitglieder der Logen nach Berufsarten", in: Bundesblatt 1 (1896), S. 16–23, insbes. die Aufschlüsselung der Daten auf S. 17 f.

295 Ebd., S. 21.

296 Ebd., S. 23.

> so vielen Leistungsunfähigen verflacht die k[önigliche] K[unst], werden wir saft- und kraftlose Humanitätsphrasenhelden, und gehen dem Ende entgegen.[297]

Zu Bedenken über Eignung und Motivation der neu hinzukommenden Brüder gesellte sich die Klage über die Lauheit der bereits aufgenommenen. Die Logen würden nur von einem guten Drittel der Mitglieder regelmäßig besucht und viele verkämen zu „Kasinos höheren Stils", in denen Billard- und Kartenspiel den prominentesten Platz einnähmen.[298]

Neben den nur sporadisch am Logenleben teilnehmenden Brüdern und jenen, die der Loge von vornherein fernblieben, widmete sich die selbstkritische Bestandsaufnahme auch den Enttäuschten, die der Freimaurerei wieder den Rücken gekehrt hatten. Anlass gaben dazu vor allem Bücher für ein profanes Publikum, in denen ehemalige Freimaurer ihrem Unmut Luft machten und die Logen als überkommene Clubs bequemlicher Greise darstellten. Kurz nach der Jahrhundertwende veröffentlichte Albert Ludwig Daiber die Polemik „Elf Jahre Freimaurer" und wenige Jahre später folgte Otto Milim mit „25 Jahre Freimaurer", das im Untertitel „Erlebnisse und Enttäuschungen eines alten Logenbruders" versprach.[299]

Diesen autobiographischen Abrechnungen zufolge seien die Freimaurer gerade keine idealistischen Wahrheitssucher gewesen, sondern Männer „ohne jegliche Spur eines idealen Sinnes, geschweige denn eines Strebens nach Selbsterkenntnis".[300] Männer, die „wenig geeignet erscheinen wollten, die hohen Ideale in sich aufzunehmen".[301] Stattdessen schilderten Milim und Daiber Brüder, die sich zur „Höhe philisterhafter Überhebung und dreister Moralheuchelei verstiegen" und Logen, deren geistiges Leben sich in „Kleinigkeitskrämerei [...] und Phrasengedresch" erschöpfe.[302] Die Rituale seien nichts als kindischer „Hokuspokus", der „jedem Unbefangenen Tränen der Heiterkeit in die Augen treiben" müsse.[303] Daibers Schlusswort fasste zusammen: „Die Freimaurerei hat sich überlebt und paßt in ihrer Form und in ihren Gebräuchen nicht mehr in unsere Zeit."[304]

Auch abseits solcher Literatur mangelte es nicht an Stimmen, die gegen die Freimaurerei polemisierten und ihr jegliche Gegenwartsrelevanz absprachen. Mit gewissem Masochismus trugen die maurerischen Zeitschriften einschlägige Wortmeldungen zusammen. Selbst die historische Bedeutung der Freimaurerei wurde dabei zunehmend

---

297 „Das Frmrsein en masse", in: Latomia 10 (1890), S. 79.

298 „Demokratische Strömungen in der deutschen Freimaurerei", in: Mitteilungen aus dem VdF (1890/91), S. 57–63, hier S. 58. Zur Besuchsfrequenz vgl. eine vielzitierte statistische Auswertung der Bauhütte 12 (1884), S. 95.

299 Daiber: Elf Jahre; Milim: 25 Jahre.

300 Daiber: Elf Jahre, S. 31.

301 Milim: 25 Jahre, S. 8.

302 Ebd., S. 53; Daiber: Elf Jahre, S. 35.

303 Milim: 25 Jahre, S. 11 f.

304 Daiber: Elf Jahre, S. 80.

von der profanen Öffentlichkeit ironisiert oder gar ignoriert, wie der freimaurerische Geschichtsschreiber Heinrich Boos missmutig feststellte.[305]

Die Ansicht, schlicht den Anschluss an die Gegenwart verloren zu haben, drängte sich auch vielen noch aktiven und überzeugten Brüdern auf. Insbesondere angesichts des immer wieder bemühten Vergleichs mit der vermeintlichen Hochzeit um 1800 konnte es so erscheinen, als sei die Freimaurerei nur noch ein überholtes Relikt aus alter Zeit. Anknüpfend an die wiederbelebte Reformbewegung wurde dieses Epigonentum indes nicht der Freimaurerei an sich angelastet. Deren Bedeutung schien den aktiven Brüdern selbstevident, *gerade* in Zeiten der kulturellen Krise. Als das wahre Problemkind wurde – wie 30 Jahre zuvor – die Verkörperung der Idee ausgemacht, also das Logenwesen, das nicht mit der Zeit gegangen und dessen nachhaltige und tiefgreifende Reform durch die vorausgegangenen Jahre der Passivität verschlafen worden sei.[306]

6.2. Diskussionen und Ansätze zu einer Reform

Die pathologisierende Diagnose einer Krankheit des gegenwärtigen Logentums mündete letztlich in einer zentralen Frage, die August Benvenuto Cramer 1892 auf der VdF-Jahresversammlung folgendermaßen formulierte: „was verhilft uns zur Gesundung?"[307] Sie regte bis in den Ersten Weltkrieg hinein zahlreiche kulturkritisch gefärbte Diskussionen über das Wesen der Freimaurerei und Initiativen zur Reform des Logenwesens an.

Zwischen Innen- und Außenarbeit

Besondere Aufmerksamkeit galt dabei der sogenannten Innenarbeit. Wenn die Logen den Anschluss an die Gegenwart verloren hatten und nur noch Stätten der Zerstreuung waren, dann musste eine Reform genau hier ansetzen, im Innenraum, wo die Freimaurerei gepflegt, gelebt und eingeübt werden sollte.

Vornehmlich der VdF fühlte sich hier zur Arbeit berufen, da seine Satzung als Vereinszweck bestimmte, in „freimaurerisch-öffentlicher Weise für das Gedeihen des Freimaurertums" zu wirken.[308] Ab 1892 versuchte ein eigens dafür eingesetzter literarischer Ausschuss durch zahlreiche Publikationen, die den Logen teilweise kostenlos zur Verfügung gestellt wurden, dem Logenwesen neues Leben einzuhauchen und die freimaurerische (Selbst-)Erziehung der Brüder anzuregen.[309]

---

305 Boos: Geschichte, S. IV.

306 Vgl. z. B. Kippenberg: „Die Berechtigung des Maurerthums in der Gegenwart", in: Latomia 13, 14 (1888), S. 97—100, 108—110; „Die überlebte Sache der Freimaurerei", in: Latomia 22 (1898), S. 169 f.

307 Cramer, [August] Benvenuto: „Plan der maurerischen Reform", in: Mitteilungen aus dem VdF (1892/93), S. 48—63, hier S. 51.

308 Die Satzung ist abgedr. u. a. in Mitteilungen aus dem VdF 1906 – 1907, S. 24—29.

309 Vgl. [Protokoll], in: Mitteilungen aus dem VdF (1892/93), S. 2—16, hier S. 7 f. Vgl. zum literarischen Ausschuss auch Fischer, Robert: „Die Bildung eines literarischen Ausschusses", in: Mitteilungen aus dem VdF (1892/93), S. 42—47.

Das bedeutendste Projekt des literarischen Ausschusses – neben der „Bibliographie der Freimaurerischen Literatur" – war die Neuauflage des „Allgemeinen Handbuchs der Freimaurerei".[310] Es war zuletzt 1863 bis 1867 als dreibändige, vollständig überarbeitete zweite Auflage der 40 Jahre älteren Lenningschen „Encyclopädie der Freimaurerei" erschienen und galt auch im Ausland als unverzichtbares Nachschlagewerk.[311] Nachdem Verhandlungen mit dem Verleger Brockhaus gescheitert waren, kaufte der VdF die Verlagsrechte selbst auf und machte sich an die Überarbeitung, die von 43 Brüdern aller deutschen Systeme erledigt wurde.[312] 1900 bis 1901 erschien dann die Neuauflage im Eigenverlag des Vereins und stellte ein umfassendes Kompendium der deutschen freimaurerischen Wissensordnung dar.

Das Gefühl des Abgehängtseins legte jedoch auch im Innenraum einige Veränderungen nahe, insbesondere was das freimaurerische Themenspektrum zur Besprechung in den Logen anging. Als durchaus programmatisch kann eine VdF-Broschüre von 1895 aus der Feder von Robert Fischer angesehen werden, die in ihrem Titel „Praktische Winke zur Hebung des Logenlebens" versprach. Neben der Besprechung freimaurerischer Geschichte und Symbolik empfahl Fischer darin vor allem eine rege Auseinandersetzung mit aktuellen Kulturfragen.[313] Einst im Kampf gegen den Lessingbund als Profanierung verketzert, wurde der Blick über den Tellerrand zentral für die freimaurerische Suche nach einem Platz in der sich verändernden Gegenwart.

Das zeigte sich insbesondere auch in einem weiteren Projekt des literarischen Ausschusses. 1892 war dort die Idee für ein Wanderrednerprogramm aufgekommen, das jedoch zunächst nach einer einjährigen Pilotphase wieder zurückgestellt worden war.[314] 1907 schien dann allerdings die Zeit reif und das Programm konnte erfolgreich anlaufen.[315] Aus einem Angebot von anfänglich 18, im Folgejahr bereits 27 Brüdern konnten Logen sich Referenten einladen, um dem „geistigen Leben in ihnen einen kräftigeren Impuls [zu] geben".[316] Das Themenangebot deckte eine große Bandbreite ab,

310 Zur Bibliographie vgl. Kap. 3.

311 Vgl. Fischer, Robert: „Die Bildung eines literarischen Ausschusses", in: Mitteilungen aus dem VdF (1892/93), S. 42–47. Zur Anerkennung im Ausland vgl. Meldung unter „Germany", in: AQC 13 (1900), S. 134.

312 Verzeichnis der Mitarbeiter in Allgemeines Handbuch (3. Aufl.), Bd. 2 (1901), S. [640]. Zur Entwicklung des Projekts vgl. diverse Berichte des literarischen Ausschusses in den Mitteilungen aus dem VdF zwischen 1892 und 1899.

313 Vgl. Fischer, Robert: Praktische Winke zur Hebung des Logenlebens, Leipzig 1895, S. 5 f.

314 Vgl. Fischer, Robert: „Die freimaurerischen Wanderredner", in: Mitteilungen aus dem VdF (1892/93), S. 70–75; Fischer, Robert: „Bericht des literarischen Ausschusses", in: Mitteilungen aus dem VdF (1893/94), S. 53–56.

315 Vgl. Köhler, Gustav: Die Frage der Logen-Wanderredner und die Aufgaben der Humanisierung des Volkes", in: Mitteilungen aus dem VdF (1907/08), S. 48–75.

316 „Wander-Logenredner", in: Mitteilungen aus dem VdF (1907/08), S. 187–193, hier S. 187 f. Für die Liste der Wanderredner vgl. ebd. Für das Folgejahr vgl. „Logen-Wanderredner", in: Mitteilungen aus dem VdF (1908/09), S. 147–155.

wobei Vorträge mit Bezug zur gegenwärtigen Kulturentwicklung besonders zahlreich angeboten und auch am stärksten nachgefragt waren.[317]

Die nicht nur aus dem VdF kommenden Impulse zeigten schnell Wirkung. Immer mehr Logen gingen seit Beginn der 1890er Jahre dazu über, Diskussionsabende einzurichten und das Themenspektrum ihrer Logenvorträge zu erweitern. Bei so viel und so offensichtlicher Verklammerung mit der profanen Außenwelt wurde es manchem Bruder dann aber doch flau im Magen. Einer polemisierte in der BAUHÜTTE angesichts des grassierenden Kulturfiebers mit feiner Ironie gegen Vorträge über moderne Kunst, Musik, Literatur und Philosophie.[318] Andere sträubten sich offensiver gegen den neuen Geist. Ein Bruder setzte sich etwa im BUNDESBLATT der „Drei Weltkugeln" zur Wehr, indem er die Notwendigkeit für ein Arrangement mit der Gegenwart überhaupt bestritt. Freimaurer hätten lediglich idealistische „Zeugen" in einer „materiell gerichteten Zeit" zu sein.[319] Ganz ähnlich empfahl ein Beitrag in dem mit der Großen Landesloge affiliierten SCHLESISCHEN LOGENBLATT resigniert, die freimaurerischen Ideale in eine bessere Zukunft hinüberzuretten.[320]

Doch eben jene Zukunft war es, welche in den Augen vieler Brüder auf dem Spiel stand. „Die Freimaurerei hat eine große Vergangenheit, eine zweifelhafte Gegenwart und keine Zukunft" war ein geflügeltes Wort, das die empfundene Dringlichkeit vor Augen führte.[321] Die Zeichen der Zeit zu überhören, sich abzukapseln in unzeitgemäßen Einrichtungen, um sich im Glanz vergangener Größe zu sonnen, erschien da als sicherer Weg in die völlige Belanglosigkeit. Weniger alarmistisch brach auch der Großmeister der „Drei Weltkugeln" Karl Gerhardt eine Lanze für den Fortschritt: „Die freimaurerische Weltanschauung ist wie das gesammte Geistesleben ein stetig Werdendes, niemals irgend ein Abgeschlossenes. Gerade in ihrer Entwicklungsfähigkeit nach dem Stande der geistigen Kultur liegt ihr grosser Vorzug."[322]

317 Gefragte Titel waren z. B. „Die Stellung der Freimaurerei in der heutigen Kultur", „Das freimaurerische Kulturideal", „Freimaurerei und Kulturfortschritt". Rednerliste mit angebotenen Vortragstiteln abgedr. in: „Wander-Logenredner", in: Mitteilungen aus dem VdF (1907/08), S. 187–193. Zur Nachfrage und den meist engagierten Wanderrednern vgl. Schwabe, J. C.: „Arbeitsamtsbericht 1912/13", in: Mitteilungen aus dem VdF (1913/14), S. 179–191, hier S. 189.

318 „Die Freimaurerei – den Freimaurern!", in: Bauhütte 38 (1899), S. 300 f., hier S. 300.

319 „Die Versammlung des Westpreussisch-Pommerschen Logenverbandes zu Danzig am 20. Mai 1894", in: Bundesblatt 12 (1894), S. 305–319, hier S. 309.

320 Fischer, Robert: „Ueber den Rückgang der intelligenten Kräfte im Freimaurerbund", in: Schlesisches Logenblatt 22 (1896), S. 173–177, hier S. 174. Ähnlich Hertzberg, G[ustav]: „Die Stellung der Freimaurerei in der Gegenwart und ihre Gegner", in: Latomia 16 (1893), S. 122–125, hier S. 123.

321 Vgl. z. B. „Die Zukunft des Logentums", in: Am Reissbrette 11 (1906), S. 81–86, hier S. 81.

322 Gerhardt: „Zur Förderung der Einigung in der Deutschen Freimaurerei", in: Bundesblatt 15 (1896), S. 433–491, hier S. 443. Zur masonischen Vita Gerhardts vgl. Peters: Berliner Freimaurer, S. 27.

Die verlorene Fühlung mit der Außenwelt betraf aber nicht nur die in den Logen verhandelten Themen, sondern insbesondere auch das Verhältnis zur Öffentlichkeit. „Unsere Institution ist nicht lebensfähig ohne Anerkennung seitens der öffentlichen Meinung“,[323] brachte einer der zahlreichen Beiträge das Problem auf den Punkt. Ein 1892 in der Latomia abgedruckter Vortrag stieß ins selbe Horn und suggerierte bereits eine Lösung: „Unsere Zeit ist eine Zeit des Ringens um die Geltung, um die Werthschätzung; aber nur derjenigen Institution wird Werth zuerkannt, die sich Verdienste erwirbt.“[324] Die ‚Königliche Kunst‘ sollte also praktisch werden, sollte sich mehr öffnen und in die Gesellschaft hineinwirken, um ihre einstige Relevanz wiederzugewinnen.

Wie populär das Verlangen nach einer aktiven Rolle der Freimaurerei in den Umbrüchen der Gegenwart war, zeigt sich vermutlich am deutlichsten darin, dass selbst Verteidiger der freimaurerischen Zurückgezogenheit versuchten, ihre Vorstellungen wenigstens sprachlich in das neue Gewand zu kleiden. So wurde etwa in der Zirkelkorrespondenz ein Reformprogramm der Großen Landesloge vorgestellt, das zwar ganz auf eine Verbesserung weltabgewandter Innenarbeit setzte, dies aber unter der geschickt gewählten Überschrift tat: „Was können und müssen die Freimaurer thun, damit die Freimaurerei eine grössere Machtstellung gewinne?“[325]

Zurückgezogenheit konnte jedoch nicht mehr allgemein überzeugen. „Mit der sogenannten inneren Arbeit, auf welche sich so manche M[aure]r gerne zurückziehen, kann ich mich, so leid es mir thut, nicht abfinden lassen“, protestierte ein Münchener Meister vom Stuhl in der Latomia und sprach damit etlichen Brüdern aus der Seele.[326]

Die Befürworter eines weiteren Heraustretens plädierten dabei in den meisten Fällen keineswegs für eine Profanierung der Freimaurerei durch Preisgabe ihrer Rituale oder Umwandlung in politische Vereine und Diskussionsclubs, wie die in der Auseinandersetzung mit dem Lessingbund geprägte Rhetorik ihrer Kritiker nahelegte. Vielmehr sahen auch sie in den Logen in erster Linie Räume zur Pflege des weiterhin schützenswerten freimaurerischen Brauchtums.[327] Aber in der symbolischen und rituellen Praxis *allein* konnten die Anhänger der Außenarbeit kein ausreichendes Mittel, keine wirksame pädagogische Methode mehr für die Pflege freimaurerischer Gesinnung erkennen. Der dröge „Schematismus“[328] des rein rituellen Arbeitens und dessen „schablonenhaftes

323 „Die Freimaurerei und ihr möglicher Werth für unsere Zeit“, in: Latomia 9 (1892), S. 65–67, hier S. 67.

324 Schultz, E. W.: „Wie kann die Werthschätzung der Logen in der öffentlichen Meinung erhöht werden?“, in: Latomia 6 (1892), S. 43–45, hier 45. Vgl. auch Cronemeyer: „Die Freimaurerei bedarf der That“, in: Latomia 15 (1892), S. 116 f.

325 Vgl. Begemann, Wilhelm: „Was können und müssen die Freimaurer thun, damit die Freimaurerei eine grössere Machtstellung gewinne?“, in: Zirkelkorrespondenz 1/2 (1889), S. 120–143, auch abgedr. in: Latomia 13 (1889), S. 103 f.

326 Koeppel, S.: „Ein Programm für die Logenarbeit“, in: Latomia 8 (1890), S. 57 f., hier S. 57.

327 Vgl. z. B. „Welchen Anteil sollen die Grosslogen an den religiösen, politischen, socialen Fragen der Gegenwart nehmen?“, in: Bauhütte 40 (1895), S. 317–318, hier S. 318.

328 „Die Neubelebung des Freimaurerbundes“, in: Latomia 2 (1891), S. 11–14, hier S. 13.

Verfahren“[329] habe vielmehr erst dazu geführt, dass das geistige Leben in den Logen darniederliege. Es habe die Brüder zu „Gewohnheitsmenschen“[330] gemacht, die ihre freimaurerische Arbeit mit Ausübung der formellen Seite für getan hielten, anstatt sie als Anregung zu weiterem Werden und Wachsen zu verstehen. So sei die Pflegestätte der lebendigen freimaurerischen Idee zu einer „abstrakten Logenfr[ei]m[aure]rei“[331] verkommen, die von den wertvollen Brüdern und höheren Schichten entfremde. Aufgabe der Freimaurerei müsse es daher nun sein, ihre ängstliche „Flucht vor der Öffentlichkeit“[332] zu beenden, ihre Abgeschlossenheit zu überwinden, hinauszutreten in die Fülle des Lebens und Fühlung zu nehmen mit den Kulturfragen der Gegenwart.

Mögliche Aufgabenbereiche und Anknüpfungspunkte sahen die Befürworter einer solchen Außenarbeit im kulturkritischen Flimmern ihrer Gegenwart genug. Bedeutete das Fin de Siècle „Abwendung vom Idealismus“,[333] wie auf einer Jahresversammlung des VdF ausgeführt wurde, so war die Freimaurerei als Hochburg jenes Idealismus wie niemand sonst berufen, sich dem entgegenzustellen und ein Antidot zu den kulturellen Verfallserscheinungen zu bieten. Aufgabe freimaurerischer Werktätigkeit sei es, „unserer immer mehr ins Alltägliche, Materielle versinkenden Welt wiederum ein gemeinsames Ideal schaffen zu helfen“.[334] Stützen konnte man sich mit solchen Aufrufen zu aktiver Kulturarbeit auch auf 1874 vom Großlogenbund verabschiedete Thesen zur freimaurerischen Arbeit, in denen die Logen dazu aufgerufen wurden, die „Beziehungen zu den ethischen Lebenskreisen und Kulturbestrebungen in den Brüdern zum klaren Bewusstsein zu bringen“.[335]

So wurde die Frage nach der richtigen Form freimaurerischer Außenarbeit und Werktätigkeit in den 1890er Jahren zu einem der Hauptthemen, das bis in den Weltkrieg hinein nicht mehr verschwinden sollte. Die dezisionistische Sehnsucht nach Praxis wurde vielleicht von niemandem so präzise auf den Punkt gebracht, wie von dem

---

329 „Schaffen wir in unserem Bunde eine ‚öffentliche Meinung‘ “, in: Latomia 7 (1891), S. 51–54, hier S. 53.

330 Ebd., S. 53. Vgl. auch „Reform-Diskussion“, in: Latomia 24 (1893), S. 186–190, hier S. 186.

331 „Die alte Freimaurerei und ihre modernen Aufgaben“, in: Latomia 18 (1890), S. 147–150, hier S. 149. Vgl. auch Kippenberg, A.: „Die Berechtigung des Maurerthums in der Gegenwart“, in: Latomia 18 (1888), S. 97–100, hier S. 99.

332 Vgl. Vetter-Thomas, H.: „Die Flucht vor der Oeffentlichkeit“, in: Latomia 5 (1904), S. 33–37.

333 Fensch: „Pflege des Idealismus durch die Freimaurerei“, in: Latomia 1 und 2 (1895), S. 1–4, 9–11, hier S. 9.

334 Maier, Gustav: „Gedanken über Freimaurerei und Loge“, in: Bauhütte 31 (1899), S. 241–243, hier S. 242.

335 Vgl. § 3 der Thesen zur Maurerarbeit vom 24.05.1874, zit. n. Fischer: Grosslogenbund, S. 7. Vgl. auch Reinhardt, A[ugust] von: „Welche Aufgaben hat die Freimaurerei der Gegenwart in Betreff der sozialen Frage?“, in: Latomia 22 (1893), S. 169–172, hier S. 169.

Bremerhavener Pastor und Freimaurer Eberhard Cronemeyer: „die Fr[ei]m[aure]rei bedarf der That, der *lebendigen* That, nicht der todten Werke."[336]

Der außergewöhnlichste Vorschlag für eine solche befreiende Tat stammte von Felix Possart, Meister vom Stuhl einer Berliner Tochterloge der Großen Landesloge. Er regte schon Ende der 1880er Jahre an, entlang der Ost- und Westgrenze des Reiches freimaurerische Lazarette einzurichten, die im Falle eines erwarteten Krieges einen essentiellen und sichtbaren Beitrag leisten könnten.[337] Breite Unterstützung konnte der Vorschlag nicht generieren, aber „die Idee, dass wir mit vereinten Kräften etwas thun müssen, um uns wieder als Kulturfaktor zu rehabilitieren, bleibt unumstösslich richtig",[338] urteilte etwa der VdF.

Auch vor diesem Hintergrund ist der bereits erwähnte Umschwung bezüglich der sozialen Frage zu sehen, die nun immer mehr als genuin freimaurerisches Wirkungsfeld entdeckt wurde. „Gemeinsame Arbeit für die hülfsbedürftigen Menschen ist der beste Weg zur Grösse und Einigung aller Logen", hieß es dazu 1891 im BUNDESBLATT.[339]

Im Zuge dieser Bemühungen verstärkte sich auch das karitative Engagement. Ein Schwesternhaus für hilfsbedürftige Freimaurerwitwen und ein Altersheim für Freimaurer wurden eröffnet, vielerorts wurden freimaurerische Vereine zur Unterstützung von in wirtschaftliche Not geratenen Brüdern und ihren Angehörigen ins Leben gerufen, ein Verein „Kinderfürsorge" kümmerte sich um Kurplätze für kranke Kinder, ein Alumnatverein eröffnete ein Schülerheim und dergleichen mehr.[340]

Paul Knak zählte 1918 insgesamt 1.702 mildtätige freimaurerische Stiftungen mit einem geschätzten Gesamtvermögen von acht bis neun Millionen Mark, von denen rund 300.000 Mark jährlich für karitative Zwecke aufgewendet wurden.[341] Die bedeutendste Gründung war die vom Großlogenbund verwaltete Victoria-Stiftung zur Unterstützung bedürftiger Witwen und Waisen von deutschen Freimaurern, ins Leben gerufen schon 1883 anlässlich der Silberhochzeit des damaligen Kronprinzen Friedrich Wilhelm und seiner Ehefrau Victoria, nach der die Stiftung benannt war.[342]

---

336 Cronemeyer, [Eberhard]: „Die Freimaurerei bedarf der That", in: Latomia 15 (1892), S. 116 f., hier S. 116 [Herv. i. O.]. Zu dieser Sehnsucht nach Taten als Ausdruck des kulturkritischen Diskurses vgl. Beßlich: Kulturkrieg, S. 6; Graf: Zukunft, S. 275–282.

337 Possart entwickelte seine Idee in einem Vortrag, der anschließend in der Presse besprochen wurde, vgl. z. B. „Zur Frage der mrischen Werkthätigkeit", in: Bundesblatt 20 (1889), S. 506–518, hier S. 507.

338 „Jahresbericht", in: Mitteilungen aus dem VdF (1889/90), S. 19–26, hier S. 23.

339 Scholtz: „Ist es zu erstreben, dass den Logen in Thüringen die erwünschte möglichste Werthschätzung von den Profanen und der öffentlichen Meinung gewährt werde? Welche Mittel und Wege erscheinen hierzu besonders empfehlenswert?", in: Bundesblatt 20 (1891), S. 461–471, hier S. 467.

340 Vgl. Knak: Führer, S. 110–113.

341 Vgl. ebd., S. 107.

342 Vgl. ebd., S. 108 f.; „Viktoria-Stiftung", in: Allgemeines Handbuch (3. Aufl.), Bd. 2 (1901), S. 514. Vgl. auch: Die Victoria-Stiftung der deutschen Freimaurer 1883 - 1913, [Berlin] [1913]; Endler/Schwarze: Freimaurerbestände, Bd. 1, S. 361–364.

Dass ein Großteil dieser Gründungen sich der Unterstützung hilfsbedürftiger Brüder und ihrer Angehörigen widmete, war durchaus so beabsichtigt. Breitenwirkung oder allgemeine soziale Fürsorge waren keine leitenden Motive. Vielmehr entsprach es dem Selbstverständnis, dass karitative Arbeit der Freimaurerei zwar zieme, aber nicht ihr Zweck sei.[343] Groß angelegte, über die eigenen Kreise hinausreichende Wohlfahrt wurde nicht als genuin freimaurerische Aufgabe verstanden. Mit gewissem Dünkel blickte man daher auch auf die englische Freimaurerei, weil bei dieser ‚charity' einen hohen Stellenwert einnahm.[344]

Mit Lessing verfügte man über einen gerne zitierten Kronzeugen für den ‚richtigen' Stellenwert karitativer Arbeit. In seinen Ende der 1770er Jahre erschienenen Freimaurergesprächen ließ er den Protagonisten Falk über die guten Taten der Freimaurer sagen: „die wahren Thaten der Freymäurer zielen dahin, um größten Theils alles, was man gemeiniglich gute Thaten zu nennen pflegt, entbehrlich zu machen."[345] Nicht Gutes zu tun, sondern Menschen zum Gutsein anzuleiten und gute Taten zu begünstigen, das war also Sinn und Wesen der Freimaurerei, so die populäre Lesart am Ausgang des 19. Jahrhunderts.[346]

Die soziale Frage wurde dementsprechend nicht als ein Problem der allgemeinen Wohlfahrt gesehen, sondern als eines der gesellschaftlichen Verhältnisse. Anders als die sozialistische Arbeiterbewegung wurden diese aber nicht materialistisch verstanden, sondern idealistisch, wodurch sich eine klare Grenze zur tabuisierten politischen Agitation ziehen ließ. Indem man sie als Problem der Sittlichkeit und Kultur fasste, wurde die soziale Frage des allzu offen Politischen entkleidet.

Schon früh hatte sich ein Bruder dahingehend im Bundesblatt eingelassen: nicht weil die sozialen Zustände gesunken, sondern weil die „ethischen Anforderungen" gestiegen seien, träten die wirtschaftlich-sozialen Kämpfe so sehr in den Vordergrund.[347] Die Freimaurerei, als „Trägerin des Humanitätsideals", habe an diesem Fortschritt wesentlichen Anteil gehabt und stehe entsprechend nun auch in der Schuld, „zur Lösung der damit erwachsenen Aufgaben nach ihren besten Kräften beizutragen."[348] Dass sich ihr wirtschafts*politische* Fragen dabei verböten, sei klar. Was übrig bleibe, sei das „grosse Feld des Ethischen".[349]

Soziales Engagement in diesem Sinne wurde zudem als Mittel im Kampf *gegen* die Sozialdemokratie verstanden, die sich die schlechte soziale Lage der Arbeiter zunutze

343 Vgl. z. B. Werner, Josef: „Ueber praktische Maurerei", in: Bundesblatt 6 (1887), S. 151–157, hier S. 152; Eras: „Die Thaten der Freimaurer", in: Latomia 19 (1902), S. 147 f.

344 Vgl. z. B. Scholz: „Über Einigungsbestrebungen", in: Latomia 15 (1898), S. 113–116, hier S. 114.

345 Lessing: Ernst und Falk, S. 17 f.

346 Vgl. die Erläuterung von Theodor Merzdorf in Lessing: Ernst und Falk, S. 51–53. Vgl. auch Smitt: Katechismus, S. 146.

347 „Das Verhältniss der Freimaurerei zu den sozialen und wirthschaftlichen Fragen", in: Bundesblatt 4, 5 (1887), S. 106–115, 132–147, hier S. 112 f.

348 Ebd., S. 113.

349 Ebd., S. 114.

mache. Ihr den Boden zu entziehen, sei Aufgabe aller Logen. Gerade *weil* die Freimaurerei ein „konservatives Element" und (in Preußen) innig mit dem Haus Hohenzollern verbunden sei, erwachse ihr also die Pflicht, auf sozialem Gebiet tätig und so zu einem Zentrum im Kampf gegen die Sozialdemokratie zu werden.[350]

Auch dieser Kampf gegen die Sozialdemokratie wurde jedoch des allzu offen Politischen entkleidet. So wurde sie nicht als politische Partei angegriffen – im Gegenteil erkannten etliche Brüder in ihren „Tendenzen und Zielen", also der Verwirklichung der menschlichen Gleichheit, eine „direkte Verwandtschaft mit der Freimaurerei".[351] Allerdings verfolge die Sozialdemokratie dieses Ziel auf Grundlage einer materialistischen, gottlosen Weltanschauung und sei somit eine Mogelpackung – sie könne die sozialen Probleme in dieser Weise gar nicht lösen.[352] Nur durch Bildung und Erziehung sei den sozialen Verwerfungen sinnvoll zu begegnen – Idealismus statt Materialismus, Kultur statt Politik, so lautete letztlich das typisch bürgerliche freimaurerische Sozialprogramm.[353]

Erneut war es allen voran der VdF, der dabei die geistige Führung übernahm. Insbesondere Diedrich Bischoff tat sich in der theoretischen Fundierung der antisozialistischen freimaurerischen Sozialarbeit hervor.

Der gebürtige Bremer hatte nach dem Jura-, Volkswirtschafts- und Philosophiestudium und dem Erwerb des Doktors der Rechte Karriere im Banken- und Versicherungswesen in Leipzig gemacht. 1893 noch in Bremen in die Freimaurerei aufgenommen, wechselte er 1898 in Leipzig zu einer der örtlichen Tochterlogen der Großen Landesloge von Sachsen und trat im selben Jahr in den VdF ein, in dem er innerhalb weniger Jahre zu einem der wichtigsten Köpfe wurde.[354] Ab 1905 war er Mitglied im Vereinsvorstand, ab 1910 dann für fast zwei Jahrzehnte dessen Vorsitzender.

Bischoff genoss einen exzellenten Ruf als freimaurerischer Denker und prägte durch unermüdliche publizistische und rednerische Tätigkeit das Bild der deutschen Freimaurerei nach innen und außen. Seine diesbezüglichen Sporen verdiente er sich um die Jahrhundertwende mit mehreren Schriften zur sozialen Frage, die bereits alle Strukturmerkmale seines weiteren freimaurerisch-schriftstellerischen Schaffens beinhalteten: ein zielsicher die gängigen Schlagworte der Zeit zu bedeutungsschwer klingenden Texten kompilierender Stil, den Wolfgang Dittrich treffend als ebenso effektvolle wie

350 „Das Verhältniss der Freimaurerei zu den sozialen und wirthschaftlichen Fragen", in: Bundesblatt 4, 5 (1887), S. 106—115, 132—147, hier S. 141.

351 Loewenstein, Paul: „Wie stehen sich Freimaurerei und Socialdemokratie gegenüber?", in: Bauhütte 18 (1895), S. 141—143, hier S. 141.

352 Vgl. z. B. Loewenstein, Paul: „Wie stehen sich Freimaurerei und Socialdemokratie gegenüber?", in: Bauhütte 19 (1895), S. 146—148, hier S. 146 f.

353 Vgl. z. B. auch Cahm, Albert: „Was kann die Freimaurerei im Kampfe der socialen Klassen thun?", in: Bauhütte 13 (1897), S. 101 f. Zur Einordnung als typisch bürgerlich vgl. Reimers: Volksbildungs- und Volkshochschulbewegung, S. 355.

354 Vgl. „Bischoff, Diedrich", in: Internationales Freimaurerlexikon, Sp. 184 f. Erstmalige Erwähnung im Mitgliederverzeichnis des VdF, vgl. „Mitglieder-Verzeichniss", in: Mitteilungen aus dem VdF (1898/99), S. 61—121, hier S. 99.

inhaltlich unbestimmte Rhetorik charakterisiert hat, und der wohl gerade deswegen in der notorisch uneinigen deutschen Freimaurerei gut ankam.[355]

In „Echte und falsche Gerechtigkeit“ legte Bischoff 1898 dar, warum der Sozialismus einer Lösung der sozialen Frage im Weg stehe und daher bekämpft und überwunden werden müsse.[356] In „Der sociale Gedanke der Freimaurerlehre“ führte er im Folgejahr aus, dass „Arbeit des Menschen am Menschheitsbau“, also „Förderung des Menschheitswohles“, der Zweck der Freimaurerei sei.[357] In „Maurertum und Menscheitsbau“ rundete er schließlich 1900 seine Arbeit mit einem Plädoyer für einen freimaurerischen Bildungsimperativ ab. Die Freimaurerei dürfe sich ebenso wenig in der Pflege eines „historischen Reliquiendienstes“[358] wie in karitativer Notlinderung erschöpfen. Ihre Aufgabe sei vielmehr die Verbreitung „eine[r] bestimmte[n] Bildung des menschlichen Verstandes und Gemütes, die zu der dem Menschheitswohl dienlichen Arbeit am Menschheitsbau fähig und willig macht“.[359] Vornehmlich bedeute das für den Freimaurer Selbsterziehung, aber erwachse daraus auch die „socialpädagogische Pflicht“ zur „Volkserziehung“.[360] Folgerichtig plädierte er für ein aktives Heraustreten der Freimaurerei in die Öffentlichkeit.

Seine Ansichten legte Bischoff auch auf der VdF-Jahresversammlung 1905 dar und drängte dort auf einen Etat von 5.000 Mark, um in diesem Sinne tätig zu werden.[361] Die Versammlung bewilligte das Geld und setzte ein Arbeitsamt zu dessen Verwaltung und Verwendung ein. Im Folgejahr wurde ein von dem Geld finanziertes Preisausschreiben zur Frage „Wie lässt sich durch eine Reform unserer Volkserziehung auf eine Beseitigung unsres sozialen Niederganges, auf eine Gesundung unseres Volkslebens hinwirken?“ öffentlich ausgeschrieben.[362] Von den bis zum Stichtag am 1. April 1908 eingehenden 81 Arbeiten wurden schließlich gleich drei mit dem Preisgeld von je 1.000 Mark ausgezeichnet.[363]

Noch während das Preisausschreiben lief, hatte das Arbeitsamt bereits das nächste Projekt gestartet. In zwei Gutachtensammlungen wurden 1908 und 1910 die Positionen der deutschen Bruderschaft zu Grundlagen und Mitteln freimaurerischer Volkserziehungsarbeit ergründet. In der Absicht, ein Meinungs- und Stimmungsbild zu erstellen und den weiteren Austausch der Brüder in dieser Sache zu fördern, versammelte der

---

355 Vgl. Dittrich: Verein deutscher Freimaurer, S. 59.

356 Vgl. Bischoff: Gerechtigkeit.

357 Bischoff: Gedanke, S. 7.

358 Bischoff: Maurertum, S. 275 f.

359 Ebd., S. 216.

360 Ebd., S. 196 u. 251.

361 Vgl. Bischoff, Diedrich: „Einiges über den heutigen Beruf des Vereins deutscher Freimaurer“, in: Mitteilungen aus dem VdF (1905/06), S. 39–56, hier S. 53.

362 Vgl. Taute, Reinhold: „Rechenschaftsbericht 1907/08“, in: Mitteilungen aus dem VdF (1907/08), S. 23–38, hier S. 30.

363 Vgl. Taute, Reinhold: „Rechenschaftsbericht für 1908/09“, in: Mitteilungen aus dem VdF (1908/09), S. 46–59, hier S. 55 f.

VdF die Stimmen von 33 renommierten Brüdern der verschiedenen Lehrarten auf insgesamt nicht ganz 200 Seiten.[364]

Die beiden unentgeltlich an alle deutschen Logen versandten Gutachtensammlungen zeigten eine weitgehende Übereinstimmung in der Ansicht, dass die Freimaurerei berufen sei, für die Volkserziehung zu wirken. Einigkeit herrschte auch darüber, dass die Aufgabe der Logen dabei in erster Linie die Erziehung der eigenen Mitglieder sei, wobei manche Gutachten das Gewicht eher auf „Gemütspflege“, andere hingegen eher auf „verstandesmässige Ausbildung“ legten.[365] Darüber hinaus befürworteten fast alle Gutachten eine freimaurerische Außenarbeit. Nur zwei der insgesamt 33 Gutachten sprachen sich *gegen* eine solche aus.[366]

Soweit eine nach außen gewandte Erziehungsarbeit befürwortet wurde, bestand weiterhin Konsens, dass diese in erster Linie durch das Wirken und Vorbild der einzelnen Brüder zu geschehen habe. Daneben wurden unter anderem Schule, Kirche und Familie als wesentliche Träger sozialer Erziehungsarbeit genannt, weswegen ein engeres Verhältnis zu kirchlichen Vereinen und Einrichtungen sowie ein verstärktes Hinzuziehen von Lehrern und Ehefrauen vorgeschlagen wurde.[367] Überhaupt wurde vielfach mehr Öffentlichkeit angeraten. Eine weitere Lockerung der teilweise noch streng gehandhabten Geheimhaltung von Idee und Zweck der Freimaurerei wurde ebenso gefordert wie bessere Pressearbeit und öffentliche Veranstaltungen.[368]

Das Ziel der Gutachtensammlungen war nicht nur, ein Stimmungsbild zu erstellen und den brüderlichen Austausch zu fördern, sondern war Praxis. Der VdF zog für sich schon nach der ersten Gutachtensammlung das Fazit, dass neben der vertieften weiteren Erörterung des Themas vor allem die Unterstützung bereits bestehender Volksbildungsinitiativen sowie die Aufklärung der profanen Öffentlichkeit über die Freimaurerei in gemeinverständlichen Darstellungen weiter zu verfolgen sei, und bemühte sich in den Folgejahren in diesem Sinne eine praktische Arbeit zu entfalten.[369]

Unter anderem wurde die Stiftung eines jährlich zu vergebenden Preises für Volkserziehungsbestrebungen, eine Art „Nobel-Stiftung für unser gemeinnütziges Leben“,[370] angedacht, was sich jedoch im Sande verlief. Zugleich startete der VdF 1910 den Versuch, eine Art Pressebüro einzurichten, das freimaurerische Informationen und Inhalte an etwa 2.000 deutsche Zeitungen versenden würde, doch ebenfalls mit nur mäßiger

---

364 VdF (Hg.): Volkserziehung; VdF (Hg.): Volksbildungsarbeit.

365 Ebd., S. III.

366 Es waren dies die Gutachten von Oskar Erstling aus Wien und Hugo von Kupffer aus Berlin in ebd., S. 25–39 u. 68–74.

367 Vgl. VdF (Hg.): Volkserziehung, S. 17–19; VdF (Hg.): Volksbildungsarbeit, S. 1–4 u. 76–79.

368 Vgl. ebd., S. 17–21 u. 89 f.

369 Knape, [Eduard]: „Bericht, betreffend die eingegangenen zwölf Gutachten über die Frage: In welchem Sinne und auf welchem Wege können und sollen die Logen Einfluss auf die Volkserziehung ausüben?“, in: Mitteilungen aus dem VdF (1908/09), S. 98–110, hier S. 110.

370 Schultze, Ernst: „Kulturaufgaben der Freimaurerei“, in: Mitteilungen aus dem VdF (1911/12), S. 64–88, hier insbes. S. 85–88, hier S. 79.

Resonanz.[371] Mehr Erfolg hatte der VdF einmal mehr mit eigenem publizistischem Wirken. So regte er populäre Darstellungen und Aufklärungsschriften über die Freimaurerei an, beziehungsweise erwarb solche, um sie an öffentliche Bibliotheken und Lesehallen zu verteilen.[372] Insbesondere rühmte sich das Arbeitsamt des VdF 1913, auf diese Weise Büchereien studentischer Korporationen bestückt zu haben, was als Erfolg auf dem in jenen Jahren besonders ins Auge gefassten Gebiet der ‚Missionsarbeit' unter Jugendlichen gewertet wurde.[373] Sogar der lange schon gehegte, aber bislang stets zurückgestellte Plan zur Schaffung einer freimaurerischen Zeitschrift für die Öffentlichkeit nahm erstmals konkrete Gestalt an, auch wenn es zunächst bei einer Aufsatzsammlung in Form von vier Heften unter dem Titel „Der freimaurerische Gedanke" blieb, die 1912 bis 1914 im Verlag Eugen Diederichs erschienen.[374]

Angesichts der zahlreichen Projekte des VdF warnte das Arbeitsamt 1913 davor, sich nicht zu verzetteln.[375] Seit 1908 drückte sich das arbeitsame Selbstverständnis des VdF in einem neuen Wahlspruch aus: „Durch Arbeit zur Einigkeit!"[376]

Die Frage sozialer Öffnung

In Zusammenhang mit den gesellschaftlichen Entwicklungen und der Rekalibrierung des Verhältnisses zwischen Freimaurerei und Außenwelt stellte sich nicht nur die Frage nach mehr Öffentlichkeit, sondern auch die nach einer weiteren Öffnung der Logen.

Die Logen waren als Räume einer gehobenen urbanen Geselligkeit den kleinbürgerlichen Schichten weitgehend, den unterbürgerlichen Schichten überhaupt verschlossen. Auch die sich in der Jahrhundertwende häufenden Überlegungen zur Senkung

371 Zu den Plänen vgl. „48. Jahresversammlung des Vereins deutscher Freimaurer", in: Mitteilungen aus dem VdF (1910/11), S. 1–40, hier S. 26 f. Zur ernüchternden Bilanz nach einem Jahr Testlauf vgl. Clausen, Ernst: „Arbeitsamtsbericht", in: Mitteilungen aus dem VdF (1911/12), S. 107–121, hier S. 110 und „Logenberichte und Vermischtes", in: Bauhütte 32 (1911), S. 259.

372 Vgl. Schwabe: „Arbeitsamtsbericht 1912/13", in: Mitteilungen aus dem VdF (1913/14), S. 179–191, hier S. 182 f.

373 Vgl. ebd., S. 179–191. Zur ‚Missionsarbeit' vgl. z. B. Erlenmeyer, Albrecht: „Welche Möglichkeiten sind vorhanden, die akademische Jugend über den freimaurerischen Humanitätsgedanken aufzuklären?", in: Mitteilungen aus dem VdF (1910/11), S. 87–96, der den Anstoß zu einer mehrjährigen Diskussion gab.

374 VdF (Hg.): Der freimaurerische Gedanke, 4 Hefte, Jena 1912 – 1914.

375 Vgl. Schwabe: „Arbeitsamtsbericht 1912/13", in: Mitteilungen aus dem VdF (1913/14), S. 179–191, hier S. 191. Die Ressourcen des VdF werden veranschaulicht durch die im Jubiläumsjahr 1911 veröffentlichten Ausgaben in den 50 Jahren seines Bestehens. Seit 1861 hatte der VdF 74.638 Mark für wohltätige Zwecke, 81.399,39 Mark für Drucksachen und 58.079,28 Mark zur Förderung der maurerischen Wissenschaft ausgegeben, vgl. Meldung unter „Logenberichte und Vermischtes", in: Bauhütte 46 (1911), S. 364.

376 Vgl. Bischoff, Diedrich: „Durch Arbeit zur Einigkeit", in: Freimaurer-Zeitung 1 (1909), S. 1–8.

der Eintrittsschwelle, zum Beispiel durch niedrigere Aufnahmegebühren und Mitgliedschaftsbeiträge, richteten sich vor allem auf wirtschaftlich schwache Angehörige der gebildeten Stände.[377] Entgegen aller Klagen über zu laxe Aufnahmepolitik behielten die Logen ihr im Verlauf des 19. Jahrhunderts herausgebildetes gutbürgerliches Sozialprofil.

Die Überlegungen zur Lösung der sozialen Frage durch freimaurerische Erziehung stellten diese soziale Exklusivität jedoch implizit immer mehr in Frage. Wenn die sozialen Probleme eigentlich Probleme der Kultur und Bildung waren, die Logen aber jene Kultur und Bildung vermittelten, dann drängte sich zur Lösung die Aufnahme von Angehörigen der sozial schwachen Schichten auf. In anderen europäischen Ländern gingen die Freimaurereien vereinzelt tatsächlich dazu über, direkt und offensiv um Angehörige der Arbeiterklasse zu werben.[378]

In Deutschland hingegen bestand weitgehend Einigkeit, dass für die Aufnahme in eine Loge von einer gewissen „geistigen Qualification" und „socialen Höhe" nicht abgesehen werden könne.[379] „Die Loge ist und muss bleiben eine exclusive Gesellschaft, eine Geistesaristokratie und Kunstgenossenschaft, die den Menschheitsbund zwar will, aber nicht in sich darstellt", erklärte etwa Otto Hieber nachdrücklich.[380]

Die Mahnung, dass nicht nur die Loge im Volk, sondern auch das Volk in der Loge sein müsse, blieb auf den Raum der Ideen beschränkt.[381] Die soziale Frage galt es zu lösen, nicht sie in die Logen zu tragen. So wird letztlich das große Interesse an Volkserziehungsarbeit auch als ein typisch bürgerliches Krisenmanagement im Angesicht sozialer und kultureller Umschichtungs- und Transformationsprozesse gesehen werden müssen.[382]

Neben der gutbürgerlichen geriet auch die männliche Exklusivität unter Druck. Dass im aufblühenden bürgerlichen Vereinswesen auch Frauen ihren Platz einforderten und sich eroberten, brachte den menschheitlichen Pathos der Logen in Bedrängnis.[383] Und auch in der Geschlechterfrage führte das Beispiel anderer Länder, aber auch die freimaurerische Geschichte den Brüdern vor Augen, dass Frau und Loge sich keineswegs ausschließen mussten.[384] In ihrem siebten Jahrgang griff die bürgerliche

---

377 Vgl. z. B. Hoefslin, G. von: „Aufnahme, Beförderung und Leben in den Logen – eine Geldfrage!", in: Bauhütte 1 (1890), S. 2–7.

378 Vgl. z. B. die Notiz zu „Arbeiterlogen in Spanien", in: Am Reissbrette 7/8 (1913), S. 73.

379 „Freimaurer-Eigenschaften", in: Bauhütte 49 (1896), S. 385–387, hier S. 386. Mit gleicher Begründung auch Dahms, R.: „Weiteres über Idealismus in der Freimaurerei", in: Bundesblatt 14 (1893), S. 364–371, hier S. 369 f.

380 Hieber, Otto: „Acht Antithesen zu den Coburger Thesen des Brs Fischer (Gera)", in: Bundesblatt 5 (1898), S. 94–103, hier S. 100.

381 Vgl. VdF (Hg.): Volkserziehung, S. 63.

382 Vgl. dazu auch Wietschorke: Ins Volk gehen.

383 Vgl. Schwab, Eugen: „Was können wir von der deutschen Gesellschaft für ethische Kultur lernen?", in: Bauhütte 12 (1893), S. 92–95, hier S. 94.

384 Die Brüder der 1890er Jahre entdeckten beispielsweise die gemischtgeschlechtliche Adoptionsmaurerei des 18. Jahrhunderts als Thema, vgl. z. B. Roegglen: „Adoptionsmaurerei

Frauenzeitschrift Die Frau das Thema in einem zweiteiligen Artikel auf und berichtete über historische Formen gemischtgeschlechtlicher Logengeselligkeit.[385]

Doch ebenso wenig wie eine soziale Öffnung stand in Deutschland eine Öffnung der Logen für Frauen zu irgendeinem Zeitpunkt ernsthaft zur Debatte. In der deutschen Freimaurerei wie auch der wilhelminischen Gesellschaft blieb die Geschlechtergrenze in letzter Konsequenz unüberwindlich. Sie war, mehr noch als konfessionelle, nationale oder ‚rassische' Grenzen, im Verständnis des bürgerlichen 19. Jahrhunderts absolut. Vorstellungen typisch männlicher und typisch weiblicher Charakteristika, die sich diametral gegenüberstanden und dadurch komplementär ergänzten, wurden seit der Aufklärungsanthropologie als natürliche duale Ordnung der Menschheit angesehen.[386] In einer Zeit rasanten Wandels in allen Lebensbereichen hatte diese duale Geschlechterordnung Ewigkeitswert, wurde als „einzige Gewißheit [...], auf die man sich auch in Zukunft würde verlassen können" festgeschrieben und somit zu einem Fixpunkt einer immer unsteter und unübersichtlicher werdenden Welt aufgewertet.[387] So auch in den Freimaurerlogen, deren Auseinandersetzung mit der Frauenfrage in erster Linie Krisenmanagement angesichts des von anderen Vereinen vorgeführten Widerspruchs zwischen dem allgemein-menschheitlichen Anspruch der Freimaurerei und der männlichen Exklusivität der Logengeselligkeit war.[388]

Bestenfalls vermochten kühne Utopisten sich vorzustellen, dass sich irgendwann in ferner Zukunft durch den Eintritt von immer mehr Frauen ins Erwerbsleben die Beteiligung von Frauen auch an der freimaurerischen Arbeit von selbst ergeben würde.[389] Für den Moment sollte die Hinzuziehung der Frauen zu freimaurerischer Arbeit aber höchstens in profanen Vereinen stattfinden, die an die Logen angegliedert würden.[390]

Geläufig war jedoch die Einbindung der Ehefrauen (im masonischen Sprachgebrauch ‚Schwestern') in das soziale und kulturelle Leben der Logen. Schon seit den 1860er Jahren hatten sogenannte Schwesternfeste an Popularität gewonnen, gesellige Abende im

---

und Frauenfrage", in: Mitteilungen aus dem VdF (1901/02), S. 40–48. Zur Öffnung gegenüber Frauen im Ausland vgl. z. B. „Frauen in der Freimaurerei", in: Freimaurer-Zeitung 8 (1892), S. 62–64.

385 Katscher, Leopold: „Die Frauenwelt und die Geheimgesellschaften", in: Die Frau 9, 10 (1899/1900), S. 554–560 u. 613–619. Zur Frauenbewegung und der genannten Zeitschrift vgl. Stange-Fayos: Frauenbewegung.

386 Vgl. etwa Hoffmann, L.: „Zur Frage des Frauenstudiums", in: Bauhütte 2 (1896), S. 11–14, hier S. 12 f. Zur Etablierung der dualen Geschlechterordnung vgl. Honegger: Ordnung; Wetterer: Konstruktion; Schaser: Geschlecht, S. 172 f.; Frevert: Mann und Weib, insbes. S. 133–165.

387 Frevert: Geschlechterordnung, S. 161.

388 Vgl. zur freimaurerischen Frauenfrage insbes. auch Hoffmann: Geselligkeit, S. 237–247; Hoffmann: Unter Männern.

389 Vgl. z. B. Neumann, Otto Philipp: „Die Königliche Kunst der Freimaurerei und die Frau", in: Freimaurer-Zeitung 4 (1914), S. 25–28.

390 Vgl. z. B. einen Aufruf aus dem „Hamburger Logenblatt", der in der „Freimaurer-Zeitung" und der „Bauhütte" nachgedruckt wurde, in Letzterer als „Die Mitbeteiligung

Logenhaus, zu denen die Damen ihre Ehemänner begleiten durften.[391] Mitunter wurden anlässlich solcher Feste gar eigens dafür entworfene Rituale aufgeführt, die sich an die freimaurerischen Rituale anlehnten, ohne das Arkanum zu berühren.[392] Solche Rituale und die Schwesternfeste überhaupt dienten der Stabilisierung und Selbstaffirmation der männlichen Exklusivität. Die Schwesternrituale unterstrichen gerade dadurch, dass sie eben *nicht* an das Arkanum rührten, die Grenze zwischen dem männlich-exklusiven Innenraum und der profanen Außenwelt. Sie sind damit Teil der Dynamik des „Zeigens und des Verbergens", durch die Geheimhaltung erst zur Vergesellschaftungspraxis wird.[393] Ein Geheimnis, von dessen Existenz niemand weiß, kann auch nicht zur Distinktion dienen.

Die Schwesternrituale und Schwesternfeste dienten noch in einem weiteren Sinne der Stabilisierung und Selbstaffirmation, nämlich dadurch, dass den Ehefrauen bei diesen Gelegenheiten die Freimaurerei als notwendigerweise männliche Praxis präsentiert und so in der dualen Geschlechterordnung verankert wurde.[394] Frauen vollbrächten nach einer immer wieder in leichter Variation auftauchenden Erläuterung freimaurerische Arbeit durch Erfüllung ihrer natürlichen Mutterrolle im familiären Raum, während Männer hierfür einer separaten männlichen Wirkstätte, abseits dieser weiblichen Sphäre, abseits aber auch der profanen Welt des Brotberufs bedürften – einer Wirkstätte, die ihnen die Freimaurerlogen böten.[395] So produzierten und reproduzierten die Logen die duale anthropologische Ordnung, welche im 19. Jahrhundert zu einer Konstante bürgerlichen Lebens geworden war.

Nicht jede Schwester wollte sich jedoch mit „altväterischer ‚Galanterie' " abspeisen lassen, wie der Beitrag einer Frau Rosa Feist aus Berlin in der Leuchte 1913 beweist.[396] Nur in der Funktion als Ehefrau, als Anhängsel der Männer akzeptiert zu werden und selbst das nur zu geselligen Stunden, nicht bei der eigentlichen Arbeit, prangerte sie als „Unrecht" und „Geringschätzung des Weibes" an – und das gerade da, wo vereinte Arbeit und Streben nach den edelsten Zielen gepredigt werde: „Die schönen Worte können uns nicht täuschen. Die waren stets für die Frauen da, wenn man ihr [sic!]

---

der Schwestern an der Geselligkeit und an der Werkthätigkeit in der Loge", in: Bauhütte 31 (1899), S. 248.

391 Hoffmann: Geselligkeit, S. 244 f. skizziert den typischen Verlauf eines solchen Schwesternfestes.

392 Vgl. z. B. „Ritual für eine Schwesternarbeit", in: Freimaurer-Zeitung 13 (1903), S. 98–100.

393 Vgl. Gregory: Mysterienfieber, S. 215 u. 230; Hoffmann: Geselligkeit, S. 247–254.

394 Explizit dazu Neumann, Otto Philipp: „Die Königliche Kunst der Freimaurerei und die Frau", in: Freimaurer-Zeitung 5 (1914), S. 34–36, hier S. 35: „Die Frau soll mit den Zielen der Fr[ei]m[aure]rei und den Tendenzen bekannt sein."

395 So eine sich nahezu universell durch die abgedruckten Schwesternfestreden ziehende Erklärung, vgl. exemplarisch Wittstock, Alb.: „Die Schwestern als Mitarbeiterinnen am grossen Werke. Vortrag beim Schwesternfeste der L. Balduin z. L.", in: Freimaurer-Zeitung 2 (1895), S. 9–15.

396 Feist, R.: „Frauengedanken über die Nichtaufnahme ihres Geschlechtes in die Loge", in: Leuchte 3 (1913), S. 25 f., hier S. 25.

Menschenrechte, die man für den Mann als selbstverständlich forderte, absprach."[397] Solche Kritik blieb jedoch die Ausnahme. Üblicherweise wurden Frauenstimmen – sofern sie sich überhaupt zu Wort meldeten – nur wahrgenommen, wenn sie die Rechtfertigung der freimaurerischen Geschlechtsexklusivität affirmativ zurückspiegelten und die ihnen zugewiesene Rolle annahmen.[398]

Und auch der Einspruch der Schwester Feist wurde – selbst in der ausgesprochen progressiven Leuchte – nur zusammen mit einem gut eineinhalbmal so langen Nachwort des Herausgebers Fritz Rackhorst veröffentlicht, der die erhobenen Vorwürfe kommentierte und einzuhegen versuchte. Die Kritik der Ausschließungspraxis wurde darin in der üblichen Weise beantwortet, durch deren Begründung als pragmatische Schlussfolgerung aus den scheinbar natürlichen Eigenarten von Mann und Frau.[399] Auf die Kritik an dieser Begründung wurde hingegen überhaupt nicht inhaltlich eingegangen. Sie wurde vielmehr geschickt umgebogen, indem sie zum Anlass gemacht wurde, die Brüder zum weiteren Nachdenken darüber aufzufordern, wie man die Schwestern weiter zu freimaurerischem Fühlen, Denken und Handeln „erziehen" könne, „ohne ihnen die Pforten zu unseren rituellen Arbeiten zu öffnen".[400]

Organisationsstrukturen auf dem Prüfstand

Die Diskussionen über die ideelle Verortung der Freimaurerei in der sich rapide verändernden Welt der Jahrhundertwende wirkten sich auch auf Fragen des institutionellen Unterbaus aus, wie sie zugleich von Umbauten und Gewichtverschiebungen in diesem Unterbau beeinflusst wurden.

Findels Institutionenkritik der 1880er Jahre folgend entspann sich beispielsweise die Reformdiskussion auch über Beschaffenheit und Bedeutung des Logenwesens, wobei besonders die Großlogen unter Beschuss gerieten. Während die einen unzufrieden waren, weil sie sich wünschten, die Großlogen würden aktiver „schöpferisch und die Br[uder]schaft belebend"[401] tätig werden, waren andere der Ansicht, es würde schon zu viel regiert und die Großlogen sollten sich gefälligst auf Verwaltungsangelegenheiten beschränken und die einzelnen Logen ansonsten in Ruhe arbeiten lassen.[402]

---

397 Feist, R: „Frauengedanken über die Nichtaufnahme ihres Geschlechtes in die Loge", in: Leuchte 3 (1913), S. 25 f., hier S. 25 f.

398 Vgl. z. B. „Ansprachen einer Schwester", in: Freimaurer-Zeitung 19 (1900), S. 149 f. Das gilt selbst für einen Beitrag wie Frischauer, Charlotte: „Die Zugehörigkeit der Frauen zur Freimaurerei. (Gedankensplitter einer Frau)", in: Freimaurer-Zeitung 30 (1902), S. 235–238, der zwar einerseits das Recht der Frau auf Mitwirkung einforderte, andererseits jedoch die durch die Initiation gezogene Trennlinie akzeptierte und mit der eigenen Mitwirkung nicht eine *im* Tempel, sondern eine *außerhalb* dessen, im Geiste der Freimaurerei, meinte.

399 [Nachwort zu] Feist: „Frauengedanken", in: Leuchte 3 (1913), S. 26–28.

400 Ebd., S. 28.

401 „Die alte Freimaurerei und ihre modernen Aufgaben", in: Latomia 19 (1890), S. 147–150, hier S. 148.

402 Vgl. ebd., S. 147.

Vor allem richtete sich die Institutionenkritik gegen jene Idee von freimaurerischer Organisationsstruktur, die in den Großlogen eine doktrinäre Oberbehörde statt nur ein „Organ der Gesammtheit der Logen“[403] sah. In anderen Worten: es ging um die alte Machtfrage von zentral und obrigkeitlich regiertem Orden oder dezentral und gemeinschaftlich organisiertem Bund.

„Sollen wir weiter kommen,“ hielt daher das BUNDESBLATT der „Drei Weltkugeln“ bereits 1888 den unzufriedenen Stimmen entgegen, „dann muss vor Allem mit jenem verhängnisvollen Vorurtheile [...] gebrochen werden: dass die Grosslogen und ihre Leiter dem wahren Fortschritt hinderlich wären“.[404] Tatsächlich vollzog sich bei den Berliner Großlogen um die Jahrhundertwende ein Reformprozess, dem die Großlogenleitungen keineswegs hinderlich im Weg standen, sondern der von ihnen sogar angestoßen wurde. Die Großlogen selbst hätten, so das BUNDESBLATT 1894, die Reformbedürftigkeit ihrer Systeme erkannt und schließlich gehandelt.[405]

Die Großloge „Drei Weltkugeln“ nahm beispielsweise eine umfassende Überarbeitung ihrer Verfassung und Rituale vor, um sie „den Anschauungen unserer Zeit“ anzupassen.[406] Die Hochgrade waren schon mit der Verfassungsrevision von 1884 ihrer privilegierten Stellung weitgehend enthoben worden, sowohl was Gesetzgebung und Führung der Großloge anging als auch im Hinblick auf die freimaurerische Lehre. Im Selbstverständnis waren sie nurmehr Erkenntnisstufen, ohne den Anspruch, über den Johannisgraden zu stehen.[407]

Auch in der Großen Landesloge kam es zu Reformen. Die Rituale wurden in Folge der Abkehr von der Templerlegende überarbeitet, um die vormals behauptete Templer-Kontinuität historisch zu ‚entschärfen‘.[408] Und ab 1895 wurde versucht, auch in den Statuten und Institutionen der Großen Landesloge Umbauten durchzuführen, welche die Johannislogen als Basis stärken und mehr in die Großlogengeschäfte einbeziehen sollten – ein Prozess, der 1906 zu einem neuen Verfassungsgesetz führte.[409]

Nicht zu Unrecht führte die Große Landesloge ihre Reformen auf die Impulse des Kronprinzen Friedrich Wilhelm zurück. Vor seinem „glänzende[n] Programm der Regeneration des Ordens“ – der Brandrede von 1870 – seien in der Großen Landesloge „dem eifrigen und denkenden Bruder [...] die Flügel gebunden“ gewesen und die Langeweile

---

403 „Der Stand der maur. Reformsache vor einem Vierteljahrhundert“, in: Latomia 3 (1891), S. 30–33, hier S. 30.

404 „Neue Aufgaben“, in: Bundesblatt 3 (1888), S. 61–72, hier S. 63.

405 Vgl. „Zum neuen Jahre“, in: Bundesblatt 1 (1894), S. 3–6, hier S. 4 f.; „Unsere nächsten Ziele“, in: Bundesblatt 1 (1887), S. 12–29, insbes. S. 24.

406 „Neue Aufgaben“, in: Bundesblatt 3 (1888), S. 61–72, hier S. 61. Zu den Ritual- und Instruktionsreformen vgl. die Vorüberlegungen ebd., S. 69–71.

407 Vgl. Gerhardt: „Zur Förderung der Einigung in der Deutschen Freimaurerei“, in: Bundesblatt 15 (1896), S. 433–491, hier S. 473 f.

408 Vgl. Julich: Grosse Landesloge, S. 273.

409 Vgl. zu diesem und den vorausgehenden Anläufen Metzener: „Die Verfassung der Großen Landesloge der Freimaurer von Deutschland“, in: Zirkelkorrespondenz 11/12 (1906), S. 382–387.

habe sich in die „allzu stillen Tempel“ geschlichen, hieß es etwa 1888 in der ZIRKELKORRESPONDENZ.[410] Die heftigen Widerstände, die dem neuen Kurs Friedrich Wilhelms über fast zwei Jahrzehnte entgegengesetzt worden waren, ließ man stillschweigend unter den Tisch fallen.

Als einzige der drei Berliner Großlogen nahm die Große Loge von Preußen in den letzten zwei Dekaden des 19. Jahrhunderts keine bedeutenden reformerischen Eingriffe vor. Sie hatte diese bereits früher hinter sich gebracht. Schon zwei Jahre nach dem Abgang Ignaz Aurelius Feßlers 1802 waren dessen Hochgrade abgeschafft und an deren statt das System der Inneren und Innersten Oriente errichtet worden.[411] 1872 war dann die Zensur beendet, das christliche Prinzip aufgegeben und das Ordens- durch das Bundesverständnis ersetzt worden.[412]

Weitergehende Reformversuche Ende der 1880er Jahre, die unter anderem die vielfach nur de jure vollzogene Abkehr vom christlichen Aufnahmeprinzip zur vollen Geltung bringen sollten, wurden abgeblockt.[413] Sie lenken den Blick von der organisatorischen Annäherung der Systeme zurück auf die Unterschiede, die Bruchlinien und die Grenzen der Reformbereitschaft.

Die Große Landesloge beharrte trotz aller Veränderungen und auch trotz der Übernahme der Reformsemantik auf ihrem christlichen Ordensprinzip und machte immer wieder unmissverständlich klar, dass in dieser Hinsicht keine Kompromisse von ihr zu erwarten waren. Gerade angesichts offensichtlicher Veränderungsprozesse wurde das Selbstbild der Unwandelbarkeit nun noch mehr als zuvor – sofern das überhaupt möglich war – an das christliche Selbstverständnis gebunden. Dieses sei der „Fels von Erz“, auf dem die Große Landesloge stehe und mit dem sie falle.[414] Auch in den „Drei Weltkugeln“ war die mehrfach ins Auge gefasste und zuletzt nur noch am hohen Quorum gescheiterte Abschaffung des christlichen Prinzips ins Hintertreffen geraten und letztlich aufgegeben worden.[415] Diese Konsolidierung des christlichen Prinzips hing mit der Rückkehr der freimaurerischen Religionsdiskussion im Fin de Siècle zusammen.

---

410 Possart, Felix: „Kronprinz Friedrich Wilhelm als Freimaurer“, in: Zirkelkorrespondenz 1 (1888), S. 1–17, hier S. 8 f. Ähnlich äußerte sich der spätere Landesgroßmeister [Gartz, Karl]: „Die Große Landesloge in den letzten 25 Jahren“, in: Zirkelkorrespondenz 1 (1891), S. 67–82, hier S. 68.

411 Vgl. Flohr: Geschichte, S. 50; Flohr: Grundsätze, S. 19 f.; Endler/Schwarze: Freimaurerbestände, Bd. 1, S. 168. Zum Aufbau der GLvPr vgl. Kap. 4.2 und die Übersicht zur Gradstruktur im Anhang.

412 Vgl. „Berlin“, in: Allgemeines Handbuch (3. Aufl.), Bd. 1 (1900), S. 87–100, hier S. 96.

413 Vgl. dazu Kap. 7.1.

414 Hieber, Otto: „Acht Antithesen zu den Coburger Thesen des Brs Fischer (Gera)“, in: Bundesblatt 5 (1898), S. 94–103, hier S. 101.

415 1884 stand das christliche Prinzip ein letztes Mal zur Abstimmung. Gegenüber den 1870er und frühen 1880er Jahren (vgl. Kap. 4.1) hatte sich der Wind nunmehr komplett gedreht. Nur noch 23 Brüder stimmten für ein Ende der Ausschließungspraxis, 85 für deren Beibehaltung, vgl. Seidler: Juden, S. 136 f.

6.3. Die Freimaurerei in der ‚religiösen Krisis‘

Als Teil der allgemein empfundenen Kulturkrise erlebte in der Jahrhundertwende auch die Religionsthematik eine Hochkonjunktur.[416] Religiöse Semantik war allgegenwärtig und belegt, wie tief verwurzelt die Sinnsuche nach wie vor in religiösen Denkkategorien war. Friedrich Wilhelm Graf spricht zu Recht von einer zweiten Sattelzeit der Religionssemantik um 1900, in der sich die Prozesse autonomer religiöser Sinnkonstruktion weiter verdichteten und überschäumten.[417]

Auch die deutsche Freimaurerei erfuhr die Jahrhundertwende als „religiöse Krisis“, in der sich je nach Blickwinkel ein Niedergang, eine Transformation oder ein Wiederaufstieg der Religion – manchmal alles drei zugleich – vollzog.[418] Im Zuge dessen brachen die ungeklärten Gegensätze wieder auf und belasteten erneut die Einigung über Wesen und Zweck der Freimaurerei. Im Zentrum der Auseinandersetzungen stand der Begriff ‚Humanität‘.

Als Schlüsselbegriff freimaurerischer Religiosität war ‚Humanität‘ schon lange mit der ungelösten Streitfrage des angemessenen freimaurerischen Religionsverständnisses verbunden und spiegelte sich auch in der Begriffsbildung ‚*humanitäres* Prinzip‘. Unabhängig von dieser ‚Prinzipienfrage‘ hatte sich ‚Humanität‘ aber auch zu einem gemeinsamen sprachlichen Fixpunkt der deutschen Freimaurerei entwickelt, in dem sich ideelle Einheit gewissermaßen simulieren ließ.

Diese scheinbar widersprüchliche Doppelrolle lässt sich mit dem von Joachim Berger ins Spiel gebrachten Konzept des ‚leeren Signifikanten‘ erklären, das auf den argentinischen Gesellschaftstheoretiker Ernesto Laclau zurückgeht. Ein leerer Signifikant ist demnach „a universal term intended to remove all internal differences within a system“ und entsteht dadurch, dass „the signifiers empty themselves of their attachment to particular signifieds and assume the role of representing the pure being of the system – or, rather, the system as pure Being.“[419] In anderen Worten: ‚Humanität‘ war gerade deswegen in aller Brüder Munde, weil sie inhaltlich hinreichend unbestimmt, beziehungsweise in ihrer Bestimmung hinreichend flexibel war, um für freimaurerische Programmatik überhaupt stehen zu können.

Deutlich wird das insbesondere am Eintrag zu „Humanität“ im „Allgemeinen Handbuch der Freimaurerei“ von 1900. Während bei der vorhergehenden Auflage der Schwerpunkt noch auf dem menschheitlichen Kollektivbegriff gelegen hatte, stand nunmehr eine Tautologie im Mittelpunkt. Die „Summe aller maurerischen Aufgaben“ sei demnach „Bildung zur Humanität“, die durch „Anbildung wahrer H[umanität]“

---

416 Vgl. Bruch/Graf/Hübinger: Einleitung, S. 18; Graf: Alter Geist, S. 225.

417 Vgl. ebd., S. 221 f.

418 Vgl. z. B. Der freimaurerische Gedanke in der religiösen Krisis der Gegenwart. Vortrag zur 50. Jahresversammlung des Vereins deutscher Freimaurer, Leipzig [1911].

419 Berger: œuvre, S. 231 f.

erfolge – ein nur noch auf sich selbst rückverweisender Bildungsimperativ und gerade deshalb geeignet als universale Zweckbestimmung der Freimaurerei.[420]

Aber die Leere des Signifikanten stellte sich in den 1890er Jahren zunehmend als ein ‚Horror Vacui' heraus, als eine fordernde Leere, die nach inhaltlicher Ausdeutung verlangte. Der Großmeister der „Drei Weltkugeln" Fredrichs dazu 1887: „Dass das Ziel und die Aufgabe der Freimaurerei Bildung und Erziehung zur Humanität ist, darüber herrscht im Allgemeinen keine Meinungsverschiedenheit. Aber was die inhaltliche Bestimmung dieses Begriffes betrifft, darüber gehen die Ansichten auseinander."[421] Die Versuche, über den unterbestimmten Begriff der Humanität einen gemeinsamen ideellen Bezugspunkt zu schaffen, stießen immer mehr an die Grenzen der unterschiedlichen Haltungen zur Religion.

Deutlich zeigte sich das bei Versuchen, das Verhältnis von Humanität und Christentum – und darin auch das Verhältnis von Freimaurerei humanitären und christlichen Prinzips – näher zu bestimmen. Otto Philipp Neumann schlug im Bundesblatt eine Art freimaurerische Mengenlehre vor, die er mit dem einprägsamen Bild zweier Kreise visualisierte: ein kleiner Kreis, der die Freimaurerei christlichen Prinzips repräsentierte, und ein größerer Kreis, der auch den kleineren einschloss und die Freimaurerei humanitären Prinzips darstellte.[422] Das tilgte die disjunktive Gegenüberstellung beider Prinzipien, machte allerdings das Christentum zu nichts als einer Teilmenge der Humanität. Die Freimaurerei habe mit dem Christentum „ebensowenig oder ebensoviel zu thun wie mit irgend einer anderen der bestehenden Religionen", fasste ein anderer Bruder die gleiche Vorstellung zusammen.[423] In genau entgegengesetzter Laufrichtung versuchte unter anderem der Großmeister der „Drei Weltkugeln" Friedrich Frederichs Humanität und Christentum zu integrieren, indem er erklärte, „dass das wahre Wesen der Humanität nur in der reinen Lehre Christi vorhanden ist, wie wir sie aus den synoptischen Evangelien schöpfen".[424] Humanität – *wahre* Humanität – bedeutete nach dieser Lesart also Christentum.

Obwohl die beiden gegensätzlichen Ansichten implizit oder explizit auch Aussagen über die unversöhnlichen Aufnahmeprinzipien machten, richtete sich die Zustimmung zu ihnen nicht zwangsläufig entlang der Obedienzgrenzen aus. Otto Philipp Neumann war etwa Mitglied einer Glogauer Loge unter Friedrich Frederichs Obedienz.[425] Umgekehrt war der kurzlebige „Einheitsbund deutscher Freimaurer", der Ende der 1890er

420 „Humanität", in: Allgemeines Handbuch (3. Aufl.), Bd. 1 (1900), S. 466–468, hier S. 468. Vgl. auch Bödeker: Menschheit, S. 1092.

421 Frederichs, Friedrich: „Ueber den Begriff der Humanität", in: Bundesblatt 3 (1887), S. 75–83, hier S. 76.

422 Neumann, Otto Philipp: „Die Ringe", in: Bundesblatt 5 (1911), S. 130–137.

423 Corens, Matthias: „Freimaurerei und Christentum", in: Bauhütte 45 (1898), S. 353–355, hier S. 354.

424 Frederichs, Friedrich: „Ueber den Begriff der Humanität", in: Bundesblatt 3 (1887), S. 75–83, hier S. 81.

425 Vgl. „Neumann, Otto Philipp", in: Internationales Freimaurerlexikon, Sp. 1106.

Jahre für einen an das Christentum rückgebundenen Humanitätsbegriff warb, eine Gründung aus Kreisen der Großen Loge von Hamburg.[426]

Angesichts der erneut hervorbrechenden Differenzen verlor ‚Humanität‘ die Fähigkeit, als formelhafte Wesensbestimmung die schon seit Jahrzehnten bestehenden Brüche notdürftig zu kitten. Das Resultat war eine Wiederbelebung der alten Diskussionen über das rechte freimaurerische Verständnis von Religion, die vor dem Hintergrund der empfundenen religiösen und kulturellen Krise mit neuer Verbissenheit geführt wurden.

In humanitär gesinnten Kreisen überwogen Optimismus und Tatendrang angesichts eines wahrgenommenen „mächtige[n] Sehnen[s] nach neuen religiösen Formen“, das über die „alte religiöse Ausdrucksweise“ hinausstrebe.[427] Die in Bewegung geratene religiöse Kultur wurde als Anzeichen für die Überwindung einer materialistischen und als Drang zu einer neuen, einer idealistischen und undogmatisch-religiösen Stufe der Kulturentwicklung gesehen, als deren Geburtshelferin und Sachwalterin die Freimaurerei besonders berufen sei. Es galt nun, sich an die Spitze dieser Entwicklung zu setzen und „allen denen, die in der Kirche und den alten religiösen Formen keine Befriedigung mehr finden“, eine Heim- und Wirkstätte zum Wohle dieser religiösen Wiedergeburt zu bieten.[428] Folglich strebten diese Stimmen an, das Wesen der Freimaurerei so weit und abstrakt zu fassen, dass die freiwerdenden religiösen Potenziale in ihr Platz und Ausdruck finden konnten. Die Freimaurerei sollte „*Ein* Haus für *alle* Menschen, *Ein* Tempel für *jedes* Gottempfinden“ sein.[429] Und selbst dieses *Gott*empfinden wurde dabei – wie schon 30 Jahre zuvor – immer häufiger mit einem Fragezeichen versehen. Ein Beitrag in der LEUCHTE argumentierte beispielsweise, dass Religion nicht zwangsläufig (Mono-)Theismus bedeute und die Freimaurerei sich ja gerade deswegen in Symbolen ausdrücke, weil Worte und Begriffe wie ‚Gott‘ zu eng für sie seien.[430] Ein anderes Blatt erklärte gar, dass Atheisten oft „die ernstesten Gottsucher“ seien, weil sie sich eben nicht mit einem Gott zufrieden gäben, der lediglich eine „ins Unermeßliche potenzierte Menschengestalt“ sei.[431]

---

426 Vgl. „Einheitsbund deutscher Freimaurer“, in: Allgemeines Handbuch (3. Aufl.), Bd. 1 (1900), S. 220; „Einheitsbund deutscher Freimaurer“, in: Internationales Freimaurerlexikon, Sp. 406 f.; Was will der Einheits-Bund Deutscher Freimaurer?, Braunschweig 1897; Portig: Humanität und Humanitätsmaurerei, S. 105–116.

427 Weiß, Karl: „Die Freimaurerei in den religiösen Wirren der Gegenwart“, in: Leuchte 12 (1912), S. 146–151, hier S. 146.

428 Ebd., S. 149. Vgl. auch Neumann, Otto Philipp: „Zukunftsreligionen“, in: Freimaurer-Zeitung 22 (1909), S. 165–167; „[Gutachten von] Br Otto Heinichen“, in: VdF (Hg.): Religiöses Bedürfnis, S. 55–70, hier S. 69 f.

429 „[Gutachten von] Br Paul Selter“, in: VdF (Hg.): Religiöses Bedürfnis, S. 156–166, hier S. 166 [Herv. i. O.].

430 Vgl. Bergen, Leo Paul van den: „Historische oder innere Hemmungen? II.“, in: Leuchte 8 (1913), S. 101–103, hier S. 102.

431 Riegel, Jul.: „Freies Denken und Freimaurerei, unter besonderer Berücksichtigung der Religion“, in: Freimaurer-Zeitung 8, 9, 10 (1909), S. 58 f., 65–67 u. 75–79, hier S. 76.

Religion im Sinne der Freimaurerei wurde folglich vielfach nicht an mehr oder weniger bestimmte Gottesvorstellungen geknüpft. Der Pfarrer Ludwig Klapp, ein Mitglied der Großen Loge von Hamburg, argumentierte stattdessen in der Freimaurer-Zeitung, dass jeder Impuls, „die Idee des Guten zu realisieren, jede Begeisterung für das Ideal" als religiös anzusehen sei.[432] Ganz ähnlich wollte der Ehrengroßmeister der Großloge von Bayreuth August von Reinhardt im selben Blatt jede Arbeit an der Vollendung des Einzelnen und der Gesellschaft als Gottesdienst im Sinn der Freimaurerei verstanden wissen.[433]

Doch wo die einen erste Anzeichen einer religiösen Transformation und einer idealistischen Wiedergeburt zu erblicken glaubten, sahen andere nichts als die Modeerscheinungen eines dekadenten Zeitgeists und Zerfallsprodukte einer Kultur, die sich von Gott entfernt hatte. Die Versuche, das Fundament der Freimaurerei in ein grundlegend gewandeltes religiöses Koordinatensystem zu übertragen, wurden als Einfallstor für Materialismus und Atheismus, wenn nicht gar als antireligiös und antichristlich gebrandmarkt – und waren gerade deswegen in den Augen ihrer Kritiker ein Auswuchs *falsch verstandener* Humanität. So wies August Wolfstieg von der Großen Loge von Preußen öffentlich derartige Versuche zurück. Freimaurerei ohne Christentum sei „eine Leuchte ohne Licht", erklärte er in den Preussischen Jahrbüchern und ergänzte in der Logenpresse noch, die „sog[enannte] Humanitätsmaurerei" habe das Christentum *eliminiert* und an seiner Stelle ein Vakuum hinterlassen, in das nun jeder alles hineinsetze, nur eben nicht mehr christliche Weltanschauung.[434]

Das Festhalten am Ideal religiöser Homogenität wurde bald auch nationalistisch überformt. Die Ausbildung des Einzelnen zu einer „ethischen Persönlichkeit" sei „[n]ur auf dem Grund und Boden der Nationalität" und bei einer „gewissen Gleichheit der religiösen Anschauungen" möglich, hieß es etwa 1898 im Bundesblatt.[435] Im gleichen Blatt fanden sich inzwischen auch Darlegungen, die die Freimaurerei in eine nationalprotestantische Geschichtstheologie einschrieben, die von Jesus über die Germanen bis zur christlichen preußischen Freimaurerei reichte.[436]

---

432 Riegel, Jul.: „Freies Denken und Freimaurerei, unter besonderer Berücksichtigung der Religion", in: Freimaurer-Zeitung 8, 9, 10 (1909), S. 58 f., 65–67 u. 75–79, hier S. 75.

433 Reinhardt, August von: „Das Verhältnis des Menschentumsgedankens zu dem Gottesgedanken im Freimaurerbunde. In kurzen Leitsätzen dargestellt", in: Freimaurer-Zeitung 37 (1907), S. 291 f., hier S. 291.

434 .·. [= August Wolfstieg]: „Christenthum, Humanität und Freimaurerei", in: Preußische Jahrbücher 99 (1900), S. 21–41, hier S. 37 u. Wolfstieg, August: „Zur Abwehr", in: Freimaurer-Zeitung 13 (1901), S. 98–101, hier S. 100. Zur masonischen Vita Wolfstiegs vgl. Peters: Berliner Freimaurer, S. 70.

435 Dahms, Rudolf: „Noch einmal über höhere Grade", in: Bundesblatt 9 (1898), S. 201–214, hier S. 211 f. Vgl. auch Bode: Altar, z. B. S. 35: „Humanität hat nichts zu tun mit der Allerweltsschwärmerei, die die Millionen umarmen will und darüber der eigenen nächsten Umgebung vergißt."

436 Vgl. „Betrachtungen zur Geschichte der Freimaurerei", in: Bundesblatt 1 (1888), S. 8–26. Zum Nationalprotestantismus vgl. Kap. 10.4.

Insbesondere die Große Landesloge wähnte sich in einem Kulturkampf gegen die „religionslosen"[437] Brüder. Deren falsches Humanitätsverständnis sei erst durch die Aufklärung in die Freimaurerei getragen worden und mache sie zu erbitterten Gegnern des Christentums.[438] So lange das „Humanitätsbanner" wehe, würde es nur immer wieder „Auswüchse" wie die „Beseitigung des Gottesglaubens, der Bibel u[nd] s[o] w[eiter]" geben, warnte Otto Hieber 1898.[439] Im selben Jahr zog bereits ein Beitrag in der Zirkelkorrespondenz eine rote Linie: „Jede Annäherung an die Humanitätsmaurerei kommt einer Preisgabe des eigentlichen Wesens des Freimaurer-Ordens, der Aufgabe der ihm eigentümlichen Weltanschauung gleich."[440] Freimaurerei, so setzte die Große Landesloge dieser aufklärerischen Humanitätsmaurerei entgegen, sei nur auf der sicheren religiösen Grundlage des Christentums möglich. Dieses sei „die Vollendung des Göttlichen im Irdischen. Es steht fest für alle Zeiten. Die Humanitätsidee aber ist etwas Schwankendes, dem Zeitgeist Unterworfenes".[441]

Wie diese Zeilen andeuten, war die Semantik von Unwandelbarkeit vor allem als Antidot zur religiösen Fragilisierung gedacht. Noch deutlicher wurde das im Mecklenburgischen Logenblatt der Großen Landesloge artikuliert:

> Die Strömung der Zeit ist gottlos, und viele Br[üde]r halten es für die Aufgabe der Fr[ei]m[aure]rei, allen modernen Strömungen zu folgen. Wir indes halten den Fr[ei]m[aure]rorden für berufen, in dem Strome der Vergänglichkeit der feste Hort des Unvergänglichen zu bleiben, wie ein Fels im Meere allen Strömungen des Unglaubens Widerstand zu leisten.[442]

Das bloße Versprechen eines von den (a-)religiösen Zumutungen der Gegenwart entrückten heiligen Raumes, wo unverbrüchlich an einer zeitlosen göttlichen Lehre festgehalten werde, diente als fester Anker in stürmischen Zeiten. Als Ankerkette diente indes die Behauptung der Dogmenlosigkeit, was bei Verteidigern der christlichen Freimaurerei zu recht eigenwilligen Blüten führen konnte. So schrieb etwa ein Bruder 1910

---

437 „Die Einheitsbestrebungen in der deutschen Freimaurerei und die Große Landesloge", in: Zirkelkorrespondenz Februarheft (1898), S. 54–60, hier S. 56.

438 Toepel: „Christentum und Humanität", in: Zirkelkorrespondenz 9 (1902), S. 266–280, hier S. 271 f. Vgl. auch Metzener: „Die Aufgabe der Freimaurerei", in: Zirkelkorrespondenz 17 (1902), S. 541–545, hier S. 542.

439 Hieber, Otto: „Acht Antithesen zu den Coburger Thesen des Brs Fischer (Gera)", in: Bundesblatt 5 (1898), S. 94–103, hier S. 101. Vgl. zur Ablehnung der humanitären Zweckbestimmung auch „Ist Humanität Zweck der Freimaurerei?", in: Zirkelkorrespondenz 2 (1890), S. 143–158.

440 „Die Einheitsbestrebungen in der deutschen Freimaurerei und die Große Landesloge", in: Zirkelkorrespondenz [2] (1898), S. 54–60, hier S. 59 f.

441 Hieber, Otto: „Acht Antithesen zu den Coburger Thesen des Brs Fischer (Gera)", in: Bundesblatt 5 (1898), S. 94–103, hier S. 101.

442 Zit. n. „Einigung im Geiste", in: Freimaurer-Zeitung 35 (1908), S. 274–279, hier S. 276. Dort auch weitere Stimmen der Debatte aus verschiedenen freimaurerischen Zeitschriften.

im BUNDESBLATT: „Der Glaube an Gott und die Unsterblichkeit ist kein *Dogma*, sondern ein *Fundamentalsatz* unserer christlichen Weltanschauung."[443] Obwohl die hier unfreiwillig auf den Punkt gebrachte Selbstwidersprüchlichkeit nicht unbemerkt blieb, wurde an der Semantik der Dogmenlosigkeit gegen alle Kritik und Polemik festgehalten. Sie bot den nötigen Schutzschild gegen die Wandlungen, die das Christentum selbst durchmachte, denn auch jenseits neuer Heilslehren und alter konfessioneller Gegensätze stand die Behauptung eines unwandelbaren Christentums in schreiendem Widerspruch zu den Erfahrungen der Zeitgenossen.

Um die Jahrhundertwende nahm die bildungsbürgerliche Öffentlichkeit Anteil an einer Reihe theologischer Debatten, die das Vertrauen in einen überzeitlichen Kern des Christentums immer mehr unterhöhlten.[444] Einer jener Brüder, die die theologischen Debatten aufmerksam verfolgten und in ihre freimaurerische Reflexion zu integrieren suchten, war Otto Philipp Neumann. Gerade das machte ihn zu einem scharfen Kritiker der Großen Landesloge. Mehrfach attestierte er ihr Ignoranz gegenüber just der Religion, auf die sie sich so emphatisch berief, und hielt ihr vor, sich in eine Sackgasse manövriert zu haben: „Die Grosse Landesloge hat sich festgefahren, inhaltlich und wissenschaftlich ist sie starr und dogmatisch [...]. Sie kann nicht vorwärts und rückwärts."[445] Ohne Klärung ihrer religiösen Grundlagen sei sie unglaubwürdig, weil die phrasenhafte Berufung auf ‚die Lehre Jesu wie sie in der Bibel enthalten sei' angesichts der historisch-kritischen Bibelforschung keine greifbare Bedeutung mehr habe.[446] Eine Klärung würde hingegen schnell die Unhaltbarkeit nicht nur des tatsächlich vertretenen Christentums im Lichte des aktuellen theologischen und historischen Wissensstandes offenbaren, sondern auch den Widerspruch zur behaupteten Dogmenlosigkeit.[447]

Ähnlich kritisch äußerte sich auch Oskar Henke, der seit 1902 als Obermeister des Inneren Orients der Großen Loge von Preußen selbst in die exklusiv-christlichen höheren Weihen eines der preußischen Systeme vorgedrungen war. Das verlieh seiner Kritik zusätzliches Gewicht. Als promovierter Theologe lehnte er in scharfen Worten die Rede von einem undogmatischen Christentum wie auch die von einer notwendigerweise *christlichen* Humanität als „durch und durch modern[es]" theologisches Flickwerk,

---

443 La Baume: „Zur sogenannten Krisis im Deutschen Grosslogenbunde", in: Bundesblatt 8 (1910), S. 234–240, hier S. 239 [Herv. M. P.].

444 Vgl. u. a. Graf: Alter Geist, S. 196; Friedrich: Kirche, insbes. S. 195–211; Krech: Historisierung.

445 Neumann, Otto Philipp: „Erwiderung an das Mecklenburgische Logenblatt", in: Bauhütte 43 (1909), S. 337–339, hier S. 337.

446 Vgl. Neumann, Otto Philipp: „Weitere Betrachtungen über das Verhältnis des sogenannten christlichen Prinzips zum Humanitätsprinzip in der deutschen Freimaurerei", in: Freimaurer-Zeitung 15 (1907), S. 113–119, hier S. 114. Vgl. auch Neumann, Otto Philipp: „Welches sollen die Grundlagen der deutschen Freimaurerei sein?", in: Latomia 4, 5 (1910), S. 50–53 u. 68–73, hier z. B. S. 51: „Es ist nicht gleichgültig, ob man sich zum historischen Jesus bekennt oder zum Gotte Jesus." Vgl. zu den zeitgenössischen christologischen Debatten Groschopp: Dissidenten, S. 144–151.

447 Neumann, Otto Philipp: „Welches sollen die Grundlagen der deutschen Freimaurerei sein?", in: Latomia 4, 5 (1910), S. 50–53 u. 68–73, hier S. 68.

dilettantische Bibellektüre und bloßen „Phrasenbrei" ab, in dessen Windschatten tatsächlich ein bedauerlicher Dogmatismus blühe.[448]

Insbesondere dieser Dogmatismus zog immer wieder die Kritik auf sich. Nicht nur stünde er in offenkundigem Gegensatz zum freimaurerischen Anspruch der Dogmenlosigkeit, er vergifte auch das freimaurerische Gesprächsklima. Ein in der FREIMAURER-ZEITUNG abgedruckter Festvortrag bei der Großloge von Bayreuth warnte eindringlich vor jenen Eiferern, die „jede freie Meinungsäußerung als einen Greuel" empfänden, der sie „in ihren heiligsten Gefühlen, wie sie sagen, verletzt."[449] So würde man gerade diejenigen einflussreichen, charaktervollen und gebildeten Männer fernhalten und verjagen, deren Fehlen man sonst so gerne beklage.

Wie besonders das letzte Beispiel zeigt, waren die Auseinandersetzungen über die freimaurerische Religiosität also auch getrieben von der allgemeinen Sorge um die soziokulturelle Relevanz der Freimaurerei und sind auch in dieser Hinsicht als Antwortversuche auf die Herausforderungen der Jahrhundertwende zu verstehen. Das gegenseitige Unverständnis fußte in grundverschiedenen Reaktionen auf die kulturellen und gesellschaftlichen Veränderungen und in einer unterschiedlichen Rezeption und Rezeptionsbereitschaft gegenüber dem religiösen Wandel.

6.4. Deutsche Freimaurerei im Widerstreit ihrer Geschichtsbilder

Die freimaurerischen Selbstverständnis- und Reformdebatten waren von einer florierenden Eigengeschichtsschreibung begleitet. Die Argumentation mit der Geschichte gehörte schon seit den Anfängen der modernen Freimaurerei zu den wichtigsten Legitimationsstrategien bei der Konstruktion freimaurerischer Traditionen und Identitäten. Bereits James Andersons „Constitutions" hatten eine lange, halbmythische Ursprungsgeschichte beinhaltet und seit jenen Tagen war die Entwicklung der Freimaurerei stets von der Berufung auf die Vergangenheit begleitet und unterfüttert worden.[450]

Da Traditionen nicht einfach existieren, sondern legitimierungsbedürftige, sozial konstruierte Deutungen und Praktiken sind, diente die Autorität der Geschichte dabei sowohl zur Traditions*bildung* als auch zur Traditions*kritik*. Reformer und Konservative beriefen sich gleichermaßen auf die freimaurerische Geschichte, um ihre Visionen von der ‚Königlichen Kunst' durchzusetzen oder zu verteidigen. Mehr noch: bereits die (Selbst-)Zuschreibungen reformistisch oder konservativ sind Teil historisch argumentierender Legitimationsstrategien, da sie implizit einen überlieferten ‚richtigen' Zustand behaupten, der entweder wiederhergestellt oder bewahrt werden soll.[451]

---

448 Henke: Freimaurerei und Dogma, S. V.

449 Riegel, Jul.: „Freies Denken und Freimaurerei, unter besonderer Berücksichtigung der Religion", in: Freimaurer-Zeitung 10 (1909), S. 75–79, hier S. 78.

450 Vgl. Bogdan: Sociology; Berger: Hero-worship, S. 116 f.

451 Grundlegend Hobsbawm: Introduction, S. 1–14. Vgl. auch Wolgast: Reform, Reformation, insbes. S. 341–360.

Gerade wegen der somit stets kontroversen Frage nach der masonischen Geschichte und natürlich auch wegen der institutionellen Zerfaserung hatte der hohe Stellenwert der Eigengeschichtsschreibung nicht zu einer gemeinsamen Zeitschrift oder Forschungsgesellschaft geführt, obwohl Geschichtsvereine im Bürgertum des 19. Jahrhunderts hoch im Kurs standen.[452] Ab 1903 diskutierte der Großlogenbund zwar über die Herausgabe einer gemeinsamen Zeitschrift für maurerische Geschichtskunde mit dem Titel Acta Latomorum, in der erklärten Hoffnung, durch „Belebung des historischen Sinnes" das gegenwärtige Logenleben anzuregen und ein einigendes Band zwischen allen deutschen Logen zu knüpfen.[453] Doch aufgrund der in diesen Jahren deutlich zu Tage tretenden Differenzen wurde das Projekt schließlich als vorerst nicht durchführbar zurückgestellt und stattdessen die Förderung der (nichtfreimaurerischen) „Comenius-Gesellschaft" empfohlen.[454]

Diese war 1892 zum 300. Geburtsjahr des Theologen und Pädagogen Johann Amos Comenius gegründet worden und sollte, nach einem programmatischen Artikel in ihrer Verbandszeitschrift, eine Vereinigung zur Förderung eines „lebendigen religiösen, wissenschaftlichen und erziehlichen Interesses" sein.[455] Die schon seit 1891 angekündigte Gründung war von Beginn an von Freimaurern unterstützt worden, die auch im späteren Vorstand zahlreich vertreten waren.[456]

Das große Interesse der deutschen Brüder an der „Comenius-Gesellschaft" rührte nicht zuletzt daher, dass Comenius zu den geistigen Vätern der Freimaurerei gezählt wurde und man sich folglich von einer Gesellschaft in seinem Namen die Pflege freimaurerischer Gesinnung und ein Scharnier zwischen Loge und Gesellschaft erhoffte.[457] Vor allem aber füllte die „Comenius-Gesellschaft" schon kurz nach ihrer Gründung

452 Vgl. Kraus: Kultur, Bildung und Wissenschaft, S. 39.

453 „Acta Latomorum", in: Freimaurer-Zeitung 26 (1903), S. 202–204, hier S. 203. Vgl. auch „Bericht über die Verhandlungen des Deutschen Grosslogentages", in: Bauhütte 27 (1903), S. 209–212, hier S. 210 f.; „Zum Antrage", in: Bauhütte 27 (1903), S. 212–214.

454 Vgl. „Bericht über die Sitzung der Kommission zur Beratung von Vorschlägen für die Herausgabe einer wissenschaftlichen maurerischen Zeitschrift seitens des Grosslogenbundes am 5. April 1904", in: Bauhütte 21 (1904), S. 161–164; „Bericht über die Verhandlungen des 29. Deutschen Grosslogentages", in: Bauhütte 29 (1904), S. 225–228, hier S. 226 f.; „Bericht über die Verhandlungen des 30. Deutschen Grosslogentages", in: Bauhütte 27 (1905), S. 209–214, hier S. 213.

455 Keller, Ludwig: „Die Comenius-Gesellschaft. Geschichtliches und Grundsätzliches", in: Monatshefte der CG 1/2 (1893), S. 1–26, hier S. 6. Zur CG vgl. Korthaase: Comenius-Gesellschaft; Müller: Idealismus, S. 178 f.

456 Vgl. „Comenius-Gesellschaft", in: Allgemeines Handbuch (3. Aufl.), Bd. 1 (1900), S. 159 f. Der VdF folgte dem Großlogenbund 1908 mit der Empfehlung zur Unterstützung der CG, vgl. „46. Jahresversammlung des Vereins deutscher Freimaurer", in: Mitteilungen aus dem VdF (1908/09), S. 1–19, hier S. 14.

457 Vgl. z. B. „Comenius-Gesellschaft", in: Bauhütte 42 (1891), S. 335. Die Idee der geistigen Vaterschaft Comenius' scheint auf den Philosophen und Freimaurer Karl Christian Friedrich Krause zurückzugehen, der auch über die Geschichte und Reform der Freimaurerei schrieb, vgl. „Comenius", in: Allgemeines Handbuch (2. Aufl.), Bd. 1 (1863), S. 185–187.

die Lücke einer freimaurerischen historisch-wissenschaftlichen Kommission aus, wie sie beispielsweise in England seit 1886 mit der Forschungsloge „Quatuor Coronati" bestand.

Das war in erster Linie dem Gründer und langjährigen Vorsitzenden der „Comenius-Gesellschaft" geschuldet, dem Archivrat Ludwig Keller. 1895 nach Berlin versetzt, suchte er 1897 Anschluss an die Freimaurerei und stieg innerhalb kurzer Zeit in der Großen Loge von Preußen auf.[458] Sein Interesse an der Freimaurerei reichte aber weiter zurück. Schon seit den 1880er Jahren hatte Keller sich mit der Geschichte heterodoxer christlicher Bewegungen befasst, hatte etwa in seiner ersten großen Veröffentlichung „Die Reformation und die älteren Reformparteien" von 1885 ‚Ketzerbewegungen' wie die Waldenser und die Wiedertäufer einer ausgesprochen positiven Neubewertung unterzogen und im Laufe der Jahre immer weitläufigere Verbindungen zwischen antiker Philosophie, religiösen Reformbewegungen und neuzeitlichen Arkangesellschaften wie der Freimaurerei hergestellt. In diesen Verbindungen meinte er den Kern, in Bünden wie der Freimaurerei den Motor der abendländischen Kulturentwicklung vor sich zu haben. Dass bei Kellers unermüdlicher Arbeit an diesem Forschungsobjekt zunehmend die Wissenschaftlichkeit auf der Strecke blieb und durch Spekulation, abenteuerliche Analogieschlüsse und Pathos ersetzt wurde, tat seiner Popularität in Freimaurerkreisen keinen Abbruch.[459] Keller wurde vielmehr zu einem der bedeutendsten und produktivsten freimaurerischen Intellektuellen der Jahrhundertwende, dessen Expeditionen in die historischen „Irrgärten des geistigen Geheimbundwesens"[460] großen Einfluss auf freimaurerische Geschichtsbilder ausübte.

Wie ein Blick in zeitgenössische Konversationslexika verrät, hatte sich im 19. Jahrhundert weit über den Bruderkreis hinaus eine Art Geschichtsorthodoxie durchgesetzt, die die Freimaurerei aus den mittelalterlichen Bauhütten und Steinmetzbruderschaften herleitete.[461] Das korrelierte mit einem generell großen historischen Interesse an den zunehmend verschwindenden Handwerkstraditionen, aber lag nicht zuletzt auch an der alles andere als öffentlichkeitsscheuen Reformbewegung, die sich auf die dreigradige Johannisfreimaurerei und zu deren Legitimation auf die Werkmaurerthese stützte. Die Große Landesloge mit ihrer Gegenthese einer Herkunft aus den christlichen Ritterorden (insbesondere dem Templerorden) befand sich demgegenüber im Hintertreffen und bekam dies auch nach der von Kronprinz Friedrich Wilhelm angestoßenen Öffnung in

458 Zu Kellers Biographie vgl. „Keller, Ludwig", in: Internationales Freimaurerlexikon, Sp. 828–830; Peters: Berliner Freimaurer, S. 35; Wölfinger: Keller, 2 Bde.

459 Wölfinger nennt Keller einen „Meister des Pathos", der es verstand „inhaltlose Beziehungen farbenprächtig auszumalen", vgl. ebd., Bd. 2, S. 579. Zu Kellers zweifelhafter Methodik vgl. ebd., S. 598–657.

460 Korthaase: Comenius-Gesellschaft, S. 68.

461 Vgl. exemplarisch „Freimaurerei", in: Herders Conversations-Lexikon, Bd. 2 (1854), S. 795 f. sowie in: Neues Konversations-Lexikon für alle Stände, Bd. 6 (1857), S. 1157–1176.

den 1870er und frühen 1880er Jahren deutlich zu spüren.[462] Dass dann auch noch die eigenen Nachforschungen 1888 zur Aufgabe der Templertradition zwangen, verschlimmerte die Lage zusätzlich.

Da kamen neue Stimmen in der Freimaurergeschichtsschreibung gerade recht, die ab Mitte der 1880er Jahre den Werkmaurer-Konsens in Frage zu stellen begannen. Zum einen war das der genannte Ludwig Keller, der die Freimaurerei in die Tradition heterodoxer christlicher Bewegungen und uralter Weisheitslehren stellte.[463] Zum anderen trat der Mediziner Ferdinand Katsch, Mitglied einer Hamburger Tochterloge in Stuttgart, mit der (nicht ganz neuen) These auf, die Freimaurerei sei aus dem Rosenkreuzertum des 17. Jahrhunderts entstanden, während die Baukorporationen stets nur eine Fassade des religiös-mystischen inneren Ordens gewesen seien.[464]

Die Attraktivität und Anschlussfähigkeit für die Große Landesloge mit ihrem christlich-esoterischen Ordenssystem war offensichtlich. Ihr Ordensmeister Alexis Schmidt hielt schon im Erscheinungsjahr von Ludwig Kellers erster großer Veröffentlichung darauf basierende Instruktionsvorträge über die „Beziehungen zwischen dem Urchristentum, den altevangelischen Brüdergemeinden des Mittelalters, den Bauhütten und der Freimaurerei".[465] Auch in den Folgejahren riss die Bezugnahme auf Keller in Texten von Ordensgrößen nicht ab. Beinahe noch mehr konnten diese sich für Ferdinand Katsch begeistern. Obwohl er Angehöriger der Großen Loge von Hamburg war, wurde die Zirkelkorrespondenz sein Stammblatt, in dem er während der 1880er und 1890er Jahre zahlreiche Beiträge veröffentlichte. Sein umfangreiches Hauptwerk verdankte die posthume Veröffentlichung 1897 gar erst der Großen Landesloge, die sein Manuskript schon einige Jahre zuvor gekauft hatte.[466] Ein Nachruf in der Zirkelkorrespondenz 1896 attestierte ihm trotz Zugehörigkeit zur Großen Loge von Hamburg eine große Nähe zu den ordensfreimaurerischen Auffassungen.[467]

---

462 Vgl. Kap. 4.2, insbes. das dort auszugsweise zitierte Vorwort zu Nettelbladt: Geschichte, S. V–VIII, das verdeutlicht, wie sehr sich die GLL geschichtspolitisch in die Ecke gedrängt fühlte.

463 Vgl. Neugebauer-Wölk: Esoterik, insbes. S. 12–25.

464 Vgl. sein Hauptwerk, Katsch: Entstehung.

465 Vgl. Schmidt, Alexis: „Beziehungen zwischen dem Urchristentum, den altevangelischen Brüdergemeinden des Mittelalters, den Bauhütten und der Freimaurerei. Drei allgemeine Instruktionen", in: Zirkelkorrespondenz 4 (1885), S. 244–275.

466 Laut „Zur Erinnerung an Br. Ferdinand Katsch", in: Zirkelkorrespondenz 3 (1896), S. 217–223, hier S. 222 hatte Katsch sein Manuskript der GLL 1892 käuflich überlassen. Die Veröffentlichung war aber bereits 1888 in Schmidt, Alexis: „Stellung und Aufgabe der deutschen Freimaurerei in der Gegenwart", in: Zirkelkorrespondenz 4 (1888), S. 251–267, hier S. 261 angekündigt worden. Zum Zeitpunkt der Veröffentlichung waren die Thesen Katschs bereits weithin bekannt, da er sie in zahlreichen Aufsätzen, vornehmlich in der „Zirkelkorrespondenz", ausgebreitet hatte.

467 Vgl. „Zur Erinnerung an Br. Ferdinand Katsch", in: Zirkelkorrespondenz 3 (1896), S. 217–223, hier S. 217.

Nicht minder erwartbar als das Interesse der Großen Landesloge war der Widerspruch, den die neuerliche Verteidigung einer historischen Ordenstradition in Kreisen der Reformbewegung hervorrief. Der nie um eine spitze Formulierung verlegene Joseph Gabriel Findel kanzelte die Herausforderung der Geschichtsorthodoxie prompt als „rosenkreuzerische Faseleien“ und „Irrlehren“ ab.[468]

Den heftigsten Widerspruch erfuhren Keller und Katsch jedoch aus einer anderen Ecke. Der promovierte Philologe und Schuldirektor Wilhelm Begemann schrieb bis zu seinem Tod 1914 unermüdlich gegen die beiden an und ließ keine Gelegenheit aus, ihren Artikeln in den verschiedenen freimaurerischen Zeitschriften Repliken und Gegenschriften folgen zu lassen. Dass mit Begemann ausgerechnet ein hochdekorierter Bruder im höchsten Grad der Großen Landesloge, zeitweise sogar Provinzialgroßmeister und Mitglied im Ordensrat, als schärfster Kritiker jener unter Ordensmaurern eigentlich weithin begrüßten historischen Stimmen auftrat, ist erklärungsbedürftig.[469]

Die überwiegend positive, ja zuweilen begeisterte Aufnahme Kellers und Katschs durch die maßgeblichen Ordensoberen widerspricht deutlich der Annahme Monika Neugebauer-Wölks, dass die Große Landesloge derartige esoterische Geschichtsdeutungen ablehnte, um nicht unter Ketzereiverdacht und dadurch in Konflikt mit der Theologie und Amtskirche zu geraten. Ihre These, Begemann sei folglich in seiner Kritik an Keller als Exponent der Ordensmaurerei zu sehen, ist damit unhaltbar.[470] Tatsächlich hatte die Große Landesloge keinerlei Berührungsängste mit christlich-heterodoxen, insbesondere rosenkreuzerischen Traditionsbildungen. In der Eigenlogik der christlichen Religiosität der Großen Landesloge hätte ein Verdacht christlicher Ketzerei ohnehin wenig Platz gehabt, als doch stets betont wurde, ein Christentum jenseits orthodoxer Dogmatik zu pflegen.[471] Dass dieses undogmatische Christentum de facto protestantisch war, schmälert den Befund kaum, da dieser Protestantismus durchaus weit gefasst war – weit genug jedenfalls für das Rosenkreuzertum und die ‚älteren Reformparteien‘, mit denen sich Katsch und Keller befassten. Begemann erscheint in seinem Kreuzzug gegen die beiden nicht als ein Exponent, sondern als ein Außenseiter in seiner Großloge.

Begemanns scharfe aber stets sorgfältig begründete Kritik entstammte keiner offiziösen Linie der christlichen Freimaurerei, sondern vielmehr seiner eigenen Forschung, die auf anderen methodologischen und ideologischen Grundlagen zu anderen

468 [Findel]: „Gegen rosenkreuzerische Faseleien“, in: Bauhütte 1 (1885), S. 7; [ders.]: „Interessierte Irrlehren“, in: Bauhütte 4 (1888), S. 31.

469 Zur Biographie Begemanns vgl. „Trauerloge zum Gedächtnis des Brs. Wilhelm Begemann“, in: Zirkelkorrespondenz 16 (1914), S. 455–472.

470 Vgl. Neugebauer-Wölk: Esoterik, S. 22 f.

471 Vgl. dazu: Handbuch für die Brüder der Großen Landesloge der Freimaurer von Deutschland. Eine Übersicht ihrer Einrichtungen, Berlin ^{5}1910, S. 2: „Die Lehrart der Großen Landesloge ist auf das Christentum gegründet [...] Unter Christentum ist aber nicht die Zusammenfassung bestimmter Glaubensartikel und Satzungen zu verstehen, wie solche im Laufe der Zeiten von den einzelnen Konfessionskirchen aufgestellt sind, sondern die alleinige Lehre Christi, wie sie in der heiligen Schrift enthalten ist.“

Ergebnissen kam und die Ursprünge der Freimaurerei in den Werkmaurerlogen auf den britischen Inseln verortete. Mit der spekulativen, weitschweifige Kontinuitäten konstruierenden Methode eines Ludwig Keller wusste Begemann nicht viel anzufangen. Seine Herangehensweise war an der klassischen Philologie orientiert. Er setzte auf räumlich und zeitlich eng fokussierte Untersuchungen und eine strenge Quellenarbeit, die sich nahe an den Texten bewegte und diese akribisch auswertete. Das verlieh seinen Arbeiten und auch seiner Kritik den Ton strikter Wissenschaftlichkeit, äußerte sich aber in hohen Rezeptionshürden. Die Lesbarkeit seiner Bücher litt unter der „Brutalität“ seines trockenen, kleinteiligen und peniblen Stils.[472] Wie viel leserfreundlicher war dagegen Kellers mitreißendes Pathos, das sich nicht lange mit philologischen Spitzfindigkeiten aufhielt, sondern ein Feuerwerk eingängiger Bilder zündete.[473]

Zentral für Neugebauer-Wölks These, dass Begemann in seiner scharfen Ablehnung esoterischer Ursprungsgeschichten die Position seiner Großloge vertrat, ist eine Kontroverse von 1911. Sie entspann sich um Kellers freimaurerisches Hauptwerk „Die geistigen Grundlagen der Freimaurerei und das öffentliche Leben“, gegen das sich tatsächlich nicht nur Begemann, sondern auch die Leitung der Großen Landesloge wandte.

Kellers Buch, das im Weltanschauungsverlag Eugen Diederichs erschien, präsentierte eine auf die Freimaurerei zulaufende Synthese seiner Forschungen. In großen kultur- und geistesgeschichtlichen Bögen bahnte sich Keller den Weg durch die Jahrhunderte, dabei einem roten Faden folgend: einer antiken Weisheitslehre, die sich in einem unveränderten Kern vom klassischen Altertum über Jesus und die ersten Christen forttradiert habe. Im Mittelalter sei diese uralte Weisheitslehre dann aus Machtinteressen von der kirchlichen Theologie überformt und in einen verketzerten Untergrund abgedrängt worden. Erst in der Renaissance sei sie wiederaufgelebt und habe sich neue Kultgemeinschaften geschaffen, unter anderem die Freimaurerei. Diese sei somit Erbe und Bewahrer einer uralten Weisheitslehre und damit zugleich echt religiös, urchristlich und rein humanitär.[474]

Dass Begemann nicht stillhalten konnte und sich veranlasst sah, das Buch coram publico in der Deutschen Literaturzeitung einer vernichtenden Kritik zu unterziehen, kann angesichts der publizistischen Fehde der vorangegangenen Jahrzehnte nicht

472 Zum Verdikt der ‚Brutalität‘ vgl. Wolfstieg, A[ugust]: „Wesen und Methode der Geistesgeschichte und die Anfänge der Freimaurerei“, in: Preußische Jahrbücher 145 (1911), S. 532–540, hier S. 537. Ein ähnliches Urteil bei „Begemann, Wilhelm“, in: Internationales Freimaurerlexikon, Sp. 143.

473 Begemann und Keller wurden auch im Ausland wahrgenommen. Kellers „Geistige Grundlagen der Freimaurerei“ erfuhr 1914 Übersetzungen ins Holländische und Italienische. Übersetzungen ins Englische und Französische waren in Arbeit, als der Erste Weltkrieg die Veröffentlichung verhinderte. Die British Library listet das unveröff. Manuskript der von W. H. Counsell angefertigten Übersetzung unter dem Titel „The Elements of Freemasonry“, datiert auf 1915. Ähnlich erging es Begemann, dessen Hauptwerk „Vorgeschichte und Anfänge der Freimaurerei in England“ ebenfalls ins Englische übersetzt, aber in Folge des Krieges nie in dieser Übersetzung veröffentlicht wurde. Vgl. dazu Bernheim: Begemann.

474 Vgl. Keller: Grundlagen.

überraschen. Anders als in der Logenpresse war in der DEUTSCHEN LITERATURZEITUNG jedoch nur Platz für eine knappe Rezensionsnotiz, so dass Begemann auf seine üblicherweise ausführlichen Widerlegungen verzichten musste. Die Besprechung beschränkte sich folglich auf wenige Absätze, die dafür umso schärfer formuliert waren. Kellers Arbeit, so Begemann, sei ein „gemeingefährliches Buch“, dass sich „schwer an der geschichtlichen Wahrheit“ versündige und „zweifelsohne [Schaden] stiften wird.“[475]

Im Zuge der sich anschließenden Auseinandersetzung über Kellers Buch und Begemanns Kritik meldete sich auch der Landesgroßmeister der Großen Landesloge Stanislaus Graf zu Dohna zu Wort. In seiner Johannisfestansprache 1911 schloss er sich Begemann insofern an, als auch er deutlich Einspruch gegen Kellers Ausführungen erhob. Neugebauer-Wölk baut ihre These maßgeblich auf der Einmütigkeit Begemanns und Dohnas in der Ablehnung von Kellers Buch auf.[476]

Aber Begemann sah den durch das Buch verursachten Schaden *nicht* darin, dass das Buch die Freimaurerei in die Nähe zur Häresie und somit in einen Gegensatz zur Kirche rücke, sondern darin, dass es der *unkritischen „Masse* mit ihrer Sachunkenntnis [...] vollständig die Köpfe verwirren“ werde.[477] Und auch Dohnas Kritik wird missverstanden, wenn man sie als Abwehrreaktion gegen eine ‚ketzerchristliche‘ Traditionskonstruktion liest. Nicht gegen sie wandte sich der Landesgroßmeister, sondern gegen das von Keller mit seinem Buch verfolgte Anliegen, die Freimaurerei in einem für Außenarbeitszwecke geeigneten Humanitätsparadigma zu vereinen.

„Die geistigen Grundlagen der Freimaurerei und das öffentliche Leben“ war nämlich als Einsendung für ein VdF-Preisausschreiben entstanden, dessen Aufgabenstellung gelautet hatte, eine am Begriff der Humanität orientierte ideelle Ausgangsbasis für freimaurerische Außenarbeit zu formulieren.[478] In seiner Johannisfestrede wandte sich Dohna konsequent gegen jegliche Versuche, die Freimaurerei auf eine gemeinsame Weltanschauung herunterzubrechen, die dann zur Grundlage eines Wirkens in der profanen Welt werden könne: „Die Freimaurerei ist überhaupt kein *Denksystem*. Was wir die Ordens*lehre* nennen, ist eine *Methode*“, und die sei notwendigerweise auf den Innenraum der Logen beschränkt.[479]

---

475 Begemann, Wilhelm: Rezension zu: Keller: Grundlagen, in: Deutsche Literaturzeitung 36 (1911), Sp. 2247–2252, hier Sp. 2251 f.

476 Vgl. Neugebauer-Wölk: Esoterik, S. 20. Neugebauer-Wölks Gewährsperson hier, wie überhaupt für die Kontroverse um Kellers Buch, ist Wölfinger: Keller, Bd. 2, S. 639–645, die den innerfreimaurerischen Debattenkontext nicht ausreichend berücksichtigt und dadurch Neugebauer-Wölks Fehldeutung vorzeichnet. Zur masonischen Vita von Dohnas vgl. Peters: Berliner Freimaurer, S. 20.

477 Begemann, Wilhelm: Rezension zu: Keller: Grundlagen, in: Deutsche Literaturzeitung 36 (1911), Sp. 2247–2252, S. 2251 f. [Herv. M. P.]. Vgl. Neugebauer-Wölk: Esoterik, S. 22.

478 „Erläuterung zum Preisthema ‚Der Inhalt des freimaurerischen Humanitätsgedankens‘“, in: Freimaurer-Zeitung 50 (1908), S. 393 f.

479 „Johannisfest“, in: Amtliche Mitteilungen der GLL 4 (1911), S. 65–84, hier S. 70 [Herv. i. O.].

Nicht nur die Abwehr der Außenarbeitsbestrebungen unterfütterte Dohnas Kritik an Kellers Buch, sondern viel grundsätzlicher die Verteidigung der Eigenständigkeit der freimaurerischen Tradition der Großen Landesloge, die sich seit geraumer Zeit starken Angriffen aus der Einheits- und Reformbewegung ausgesetzt sah. Auch Ludwig Keller war so inzwischen in einen Gegensatz zur Großen Landesloge geraten. 1904 hatte er die alte These aufgegriffen, dass die freimaurerischen Rittergrade des 18. Jahrhunderts Versuche der katholischen Orthodoxie zur Unterwanderung der Freimaurerei gewesen seien, um deren freien Geist unter die Knute des ‚Klerikalismus' zu zwingen – eine These, die er 1906 explizit auf das Schwedische System der Großen Landesloge ausdehnte und die er auch fünf Jahre später in seinem umstrittenen Buch wiederholte.[480]

Wenn Dohna in seiner Johannisfestansprache 1911 davon sprach, Kellers Darstellung der freimaurerischen Idee würde die Anwendung des „Sektenbegriffs" rechtfertigen, dann zeigte sich darin nicht, wie Neugebauer-Wölk meint, die Angst vor der Verketzerung durch die Amtskirchen.[481] Vielmehr parierte es die teilweise explizit mit dem Vorwurf des Sektierertums operierenden Angriffe der Einheitsbewegung und Kellers Unterstellung des Klerikalismus.[482] Zusätzlich brandmarkte es Kellers Buch als Fehlschlag auf ganzer Linie, hatte es sich doch im Vorwort explizit als Antwort auf all jene Logengegner präsentiert, die die Freimaurerei als Sekte denunzierten.[483]

Was sich 1911 also abspielte, war – und das wurde vom angegriffenen Ludwig Keller auch so verstanden – eine „Scheidung der Geister" in Freunde und Widersacher einer humanitären Zweckbestimmung der Freimaurerei.[484] Mit Angst vor Verketzerung hatte es nichts zu tun. Die (protestantische) Theologie, bei der laut Neugebauer-Wölk Kellers Thesen auf Widerstand hatten stoßen müssen, nahm ohnehin kaum Notiz von Kellers Buch. Wo sie es doch tat, etwa 1914 in der liberalprotestantischen THEOLOGISCHEN LITERATURZEITUNG, da war ihr Urteil eher wohlwollend.[485]

---

480 Vgl. Keller, Ludwig: „Die Tempelherrn und die Freimaurer. Ein Beitrag zur Geistesgeschichte", in: Monatshefte der CG 4 (1904), S. 161–199. Im Folgejahr erschien der Aufsatz auch als eigenständige Schrift in Berlin, beantwortet durch eine Gegenschrift Begemanns, die wiederum beantwortet wurde in Keller, Ludwig: „Die Idee der Humanität und die Comenius-Gesellschaft. Stimmen der öffentlichen Meinung", in: Monatshefte der CG 5 (1906), S. 253–282, hier S. 273–282. Ebd., S. 276 auch der Verweis Kellers auf das „schwedische System". Darauf die Reaktion des damaligen Landesgroßmeisters Gartz, Karl: „Br. Ludwig Keller und das schwedische System", in: Zirkelkorrespondenz 1 (1907), S. 9–14. Zu Kellers These in seiner Preisschrift vgl. Keller: Grundlagen, S. 149.

481 „Johannisfest", in: Amtliche Mitteilungen der GLL 4 (1911), S. 65–84, hier S. 70.

482 Zum Sektenvorwurf gegen die GLL vgl. z. B. Corens, Matthias: „Freimaurerei und Christentum", in: Bauhütte 45 (1898), S. 353–355, hier S. 353; Neumann, Otto Philipp: „Welches sollen die Grundlagen der deutschen Freimaurerei sein?", in: Latomia 4, 5 (1910), S. 50–53, hier S. 53.

483 Vgl. Keller: Grundlagen, S. VIf.

484 Vgl. „Rundschau", in: Leuchte 12 (1911), S. 163 f., hier S. 164.

485 Vgl. Strunz, F[ranz]: Rezension zu: [u. a.] Keller: Grundlagen, in: Theologische Literaturzeitung 1 (1918), S. 14.

6.5. Inspiration und Konkurrenz jenseits des Tellerrands

Als Reaktion auf die Kulturkrise stürzten sich Teile des Bürgertums in der Jahrhundertwende in lebensweltliche Experimente. Neue Religionen, neue Lebensweisen und neue Gemeinschaftsformen wurden ausprobiert, die trotz einer oft dabei anzutreffenden Verklärung früherer Epochen nicht ausschließlich regressiv waren. Als Antidot zur schon zeitgenössisch mit dem Modewort ‚Moderne' bezeichneten Gegenwart drängte sich die Bezugnahme auf die Vergangenheit auf, auch wenn die „Flucht in den ‚romantischen Raum' "[486] tatsächlich eine Flucht nach vorne war.

So traten aller Orten neue Gesinnungsgemeinschaften in Erscheinung. Exotische und sich mit geheimnisvollem und elitärem Glanz umgebende Orden und Bünde blühten auf. Esoterische und spiritistische Zirkel versprachen eine neue Synthese von Wissen und Glauben – ein Versprechen, mit dem auf ihre Weise auch monistische Gemeinden und freidenkerische Gesellschaften lockten.[487] Teilweise eng mit ihnen verbunden waren eine Vielzahl kulturreformerischer Vereine, die Gerhard Kratzsch schon 1969 in einer Monographie untersucht und als Teil einer ‚Gebildeten-Reformbewegung' bezeichnet hat.[488] Mit ganz unterschiedlichen Antworten und Heilsversprechen suchten sie alle die ausufernde Sinnsuche zu bedienen und das Bedürfnis nach etwas zu befriedigen, was Zeitgenossen nunmehr „Weltanschauung" nannten – eine Synthese von Wissen und Meinen, welche als „subjektiver Systemversuch zur Weltbewältigung" erklärend und handlungsanleitend Orientierung zu bieten versprach.[489]

Einerseits wirkten diese neuen Mitbewerber auf dem Feld des weltanschaulichen Vereinswesens belebend für die innerfreimaurerischen Debatten, indem sie als Inspirationsquelle herangezogen oder als möglicher Wirkungsraum einer ins Profane verlängerten freimaurerischen Arbeit verstanden wurden.[490] Organisationen und Initiativen wie die „Gesellschaft für ethische Kultur", Moritz von Egidys „Einiges Christentum" und Vereine gegen ‚Schundliteratur' fanden verschiedentlich den Beifall von Brüdern und wurden als unterstützens- oder nachahmenswert vorgestellt.[491]

486 Heidbrink: Aufstand, S. 206. Vgl. auch Beßlich: Kulturkrieg, S. 18.

487 Vgl. u. a. Linse: Propheten; ders.: Geisterseher; Treitel: Science. Als Überblick zum Monismus vgl. Hübinger: Monistische Bewegung; Myers: Elite Class. Zur Freidenkerbewegung vgl. Groschopp: Dissidenten.

488 Vgl. Kratzsch: Kunstwart, S. 28 f.

489 Groschopp: Dissidenten, S. 45. Vgl. auch Bollenbeck: Bildung, S. 278.

490 Bereits 1889 war auf der Jahresversammlung des VdF angemahnt worden, die Brüder sollten sich im profanen Leben den vielerorts in Erscheinung tretenden Wohltätigkeitsvereinen anschließen, um so auch zur Bekanntheit und Wertschätzung der Freimaurerei beizutragen, vgl. „XXVII. Jahresversammlung des Vereins deutscher Freimaurer", in: Mitteilungen aus dem VdF (1889/90), S. 1–11, hier S. 2. Vgl. auch VdF (Hg.): Volkserziehung, S. 19–21 et passim.

491 Vgl. z. B. Schwab, Eugen: „Was können wir von der deutschen Gesellschaft für ethische Kultur lernen?", in: Bauhütte 12 (1893), S. 92–95; einen Aufruf zur Unterstützung des

Andererseits stellten die im unscharf umrissenen sozialen und kulturellen Wirkungsbereich der Freimaurerlogen auftretenden neuen Gruppen Rivalen dar, die die Notwendigkeit unterstrichen, sich als Freimaurerei ab- und hervorzuheben.[492] Insbesondere auf logenähnliche oder außerhalb der Anerkennung stehende, aber unter der Eigenbezeichnung ‚Freimaurerei' auftretende Assoziationen wurde mit Abgrenzungsbemühungen reagiert.

Druiden, Odd Fellows, B'nai B'rith

Schon seit den 1870er Jahren hatten die Freimaurerlogen neben sich die Odd Fellows und den Druiden-Orden dulden müssen. Beide Verbindungen weisen eine Familienähnlichkeit mit der Freimaurerei auf, sind beispielsweise ebenfalls in Logen organisiert, pflegen ebenfalls rituelle und symbolische Praktiken in einem mehrgliedrigen Gradsystem und haben ebenfalls ihre Wurzeln auf den britischen Inseln im 18. Jahrhundert.[493] Auch die Freimaurer sahen diese Parallelen und erkannten in den Konkurrenten entfernte Verwandte, auch was ihre Ziele und Ideale anging. Entsprechend großmütig war die Berichterstattung, die über Wesen und Zweck dieser Verbindungen sowie über aktuelle Entwicklungen und Veranstaltungen informierte. Nur zum 1882 in Deutschland eingeführten jüdischen B'nai B'rith-Orden erließ der Großlogenbund 1887 eine Unvereinbarkeitserklärung, die jedoch in den Folgejahren aufgrund ihrer teilweise als heuchlerisch empfundenen Begründung immer wieder offen in Frage gestellt wurde.[494] Dass man den jüdischen Verein als Geheimgesellschaft einstufte und ihm seine religiöse Exklusivität zum Vorwurf machte, war angesichts seines freimaurerähnlichen Aufbaus und der exklusiv-christlichen Großlogen mindestens befremdlich.

Infolge der Debatten der Jahrhundertwende kam die Stellung zu diesen Verbindungen erneut auch im Großlogenbund auf die Tagesordnung. Nach drei Jahren Prüfung und Debatte wurde 1906 schließlich der Unvereinbarkeitsbeschluss hinsichtlich des B'nai B'rith-Ordens umgewandelt. Fortan sollte es jeder Großloge freistehen, ob sie Doppelmitgliedschaften erlauben wolle oder nicht.[495]

Weimarer ‚Verein für Massenverbreitung guter Schriften' in: Dresdener Logenblatt 168 (1890), S. 1588; einen Bericht zu „Egidy und Freimaurerei", in: Bauhütte 11 (1894), S. 87.

492 Vgl. Walden, R.: „Mitbewerber der Freimaurerei", in: Latomia 24 (1892), S. 188–190 und Latomia 25 (1892), S. 193–197 sowie Cramer, [August Benvenuto]: „Die neuen Rivalen der Freimaurer", in: Mitteilungen aus dem VdF (1890/91), S. 64–74. Das Konkurrenzverhältnis zeigt sich ganz besonders auch in der Broschüre Schall: Welcher Loge soll ich angehören.

493 Vgl. zu diesen beiden „Druiden", in: Allgemeines Handbuch (3. Aufl.), Bd. 1 (1900), S. 210 f. u. „Odd Fellows", in: ebd. Band 2, S. 113–115.

494 Vgl. „Der deutsche Großlogentag in Frankfurt a. M.", in: Bauhütte 24 (1887), S. 185 f.; Hoffmann: Geselligkeit, S. 196 f. Zum B'nai B'rith in Deutschland vgl. Reinke: Sammlung; Seidler: Juden, S. 376–509.

495 Vgl. „Logenberichte und Vermischtes", in: Bauhütte 23 (1906), S. 183.

Theosophie, Anthroposophie, neureligiöse Gruppen

So sehr die freimaurerische Presse die alten Weggefährten der Freimaurerei umarmte, so wenig Aufmerksamkeit versuchte man den esoterischen und neureligiösen Konkurrenten zu schenken.[496] Waren sie auch in der freimaurerischen Diskussion über die eigenen religiösen Grundlagen stets implizit präsent, so unterblieb doch größtenteils eine inhaltliche Auseinandersetzung. Die Fürsprecher einer christlichen Grundlage der Freimaurerei konnten in derartigen Gruppen ohnehin überwiegend nichts als eine weitere Abfallerscheinung vom christlichen Glauben sehen.[497] Für die Befürworter einer humanitären Freimaurerei hingegen waren die Positionen der neureligiösen Zirkel nur insofern relevant, als ihre bloße Existenz die Diskussion zur freimaurerischen Religiosität befeuerte. Darüber hinaus interessierte man sich wenig für deren Lehren oder war sogar von deren Inferiorität gegenüber der Freimaurerei überzeugt.

So wurde etwa der Theosophie zugestanden, dass sie wie die Freimaurerei bestrebt sei, „Mittel zum höhern Zwecke" zu sein.[498] Zugleich wurden jedoch hämisch die „verworrenen und nach Jahrmarkt klingenden Titel" theosophischer Bücher abgekanzelt, die wohl ausreichend seien, um festzustellen, „wie unbedeutend und kindisch der Inhalt" sei.[499] Dem „denkenden Freimaurer" habe die theosophische Lehre jedenfalls nichts mitzuteilen, lautete das Gesamturteil, das nach dem Weltkrieg weitgehend unverändert auf Rudolf Steiners Anthroposophie übertragen wurde.[500]

Der Winkellogen-Boom

Große Wellen schlugen hingegen naturgemäß jene seit dem noch zu behandelnden Ende des preußischen Sprengelrechts Anfang der 1890er Jahre wild ins Kraut schießenden Gründungen, die sich eigenmächtig mit dem Label ‚Freimaurerei' versahen, ohne in Verbindung zu einer der anerkannten Großlogen zu stehen.

Aus deren Reihen wurde die ungebetene Konkurrenz überwiegend als unseriöse moderne Dekadenzerscheinung angesehen. Schnell war man mit abschätzigen Bemerkungen bei der Hand, wobei eine der modernen Warenproduktion entlehnte

---

496 Eine der sehr wenigen Ausnahmen ist eine knappe Meldung zu einer okkultistischen „freie[n] Vereinigung zum Studium der Metaphysik" um den theosophischen Verleger Paul Zillmann aus Groß-Lichterfelde bei Berlin, vgl. Meldung unter „Rundschau", in: Latomia 1 (1904), S. 8.

497 Das Bundesblatt zählte u. a. Okkultismus, Theosophie und Illuminatenwesen als gleichwertige Bedrohung neben den humanitären Bestrebungen auf, vgl. „Zum neuen Jahr", in: Bundesblatt 1 (1913), S. 3–9, hier S. 7.

498 Vgl. Schmidt, Walther: „Theosophie und Freimaurerei", in: Latomia 8 (1911), S. 113–117, hier S. 117.

499 Vgl. ebd., S. 115.

500 Ebd., S. 117. Zur Haltung gegenüber der Anthroposophie nach dem Weltkrieg vgl. z. B. [Kekulé von Stradonitz, Stephan]: „Rudolf Steiner Freimaurer?", in: Bundesblatt 12 (1927), S. 385.

Metaphorik wie beispielsweise „Industrieritter“[501], „Logenfabrik“[502] und „Winkellogenindustrie“[503] den Unterschied zur alten, ‚echten‘, organisch gewachsenen Freimaurerei unterstreichen sollte. Manche Brüder rangen jedoch auch um eine weniger polemische sprachliche Einordnung. Die etablierte Bezeichnung ‚Winkellogen‘ (analog zum Winkeladvokaten) für nicht rechtmäßig konstituierte Logen war zwar in aller Munde, geriet aber auch in die Kritik, und das nicht nur deshalb, weil sie ebenfalls eindeutig negativ besetzt war. Der Blick in die Geschichte der anerkannten Logen verriet, dass die Regeln gesetzmäßiger Konstitution alles andere als in Stein gemeißelt und stets auch von lokalen Bedingungen und Machtinteressen abhängig waren, so dass selbst das „Allgemeine Handbuch der Freimaurerei“ urteilte, kaum ein Wort in der Freimaurerei sei so willkürlich gebraucht worden, wie eben ‚Winkelloge‘.[504]

Von den Kritikern der pejorativen Bezeichnung wurde nach Alternativbegriffen gesucht, die den Unterschied zur althergebrachten Freimaurerei zwar nicht verwischten, aber den heterodoxen Neugründungen nicht mit „törichter Selbstüberhebung“[505] begegneten. Eine dieser Alternativen war die etwas sperrige Bezeichnung ‚Freimaurerlogen neueren Datums‘. Sie wurde unter anderem von Albert Paul Eberhardt verwendet, der 1914 versuchte, das unübersichtliche Durcheinander jener neuen Logen konzise und systematisch darzustellen und damit die „nötigen Aufklärungen über die besagten Logengründungen“ zu geben.[506] Eberhardt kam im Ganzen auf 25 solcher neuen Verbände mit über 300 Logen, wobei die genaue Bezifferung der neuen Logengründungen schwierig ist.[507] Einige wenige illustre Persönlichkeiten hatten dabei besonderen Anteil und waren im Verlauf mehrerer Jahre für eine Vielzahl an Logengründungen verantwortlich.

Zwei der umtriebigsten Gründer von ‚Freimaurerlogen neueren Datums‘ waren der Berliner Verlagsbuchhändler Otto Hemfler und der Berliner Weinhändler Nathan Perls. Ihren Anteil am Winkellogen-Boom genau zu beziffern, ist schwierig, aber über Letzteren hieß es 1914, er habe fast 50 Logen gegründet.[508] Selbst wenn diese Zahl stimmt, dürfte sie nur die Spitze des Eisbergs sein, denn die meisten der Gründungen Hemflers

---

501 Schauerhammer: „Die Winkellogen“, in: Am Reissbrette 7/8 (1906), S. 49–55, hier S. 54.

502 Eberhardt: Von den Winkellogen Deutschlands – Freimaurerlogen neueren Datums – im letzten Vierteljahrhundert, Leipzig 1914, S. 82.

503 Neumann: Gegner, S. 68.

504 „Winkelloge“, in: Allgemeines Handbuch (2. Aufl.), Bd. 3 (1867), S. 476–478, hier S. 476. Vgl. zur innerfreimaurerischen Kritik an der Bezeichnung z. B. Schauerhammer: „Die Winkellogen“, in: Am Reissbrette 7/8 (1906), S. 49–55, hier S. 52 f. Aus Gründen der Lesbarkeit wird hier fortan die pejorative Bezeichnung Winkellogen aus Perspektive der anerkannten deutschen Großlogen verwendet.

505 Schauerhammer: „Die Winkellogen“, in: Am Reissbrette 7/8 (1906), S. 49–55, hier S. 54.

506 Eberhardt: Winkellogen, S. IV.

507 Vgl. ebd., S. 156.

508 Vgl. Eberhardt, A. P.: „Von den Winkellogen“, in: Latomia 10 (1914), S. 145–149, hier S. 146. Zu Hemfler als Logengründer vgl. auch Endler/Schwarze: Freimaurerbestände, Bd. 1, S. 331 f.

und Perls' wuchsen ihren Stiftern nach einer Weile über den Kopf und entwickelten eine Eigendynamik, die vielfach Abspaltungen, Teilungen und Neugründungen zur Folge hatte. Eberhardt führte beispielsweise die meisten der für sein Buch ausgewerteten Winkellogen auf nur neun hauptsächliche Gründungen zurück.[509]

Genaue Angaben sind darüber hinaus auch deshalb schwierig, weil sich Winkellogen oft umbenannten. Das Namensregister von Eberhardts Buch listet allein 40 (Groß-) Logennamen auf und ist keineswegs vollständig.[510] Diese Namensänderungen waren häufig minimal und führten selbst aufmerksame Beobachter in die Irre. Mehr als einmal kam es vor, dass jemand die „Große Freimaurerloge *für* Deutschland" mit der „Großen Freimaurerloge *von* Deutschland" verwechselte, oder den „Bund freiarbeitender Johannislogen" und den „Bund unabhängiger St. Johannislogen" durcheinanderbrachte.[511] Mindestens manche der Namensgebungen dürften auch absichtlich eng an bestehende Logennamen angelehnt und eine Irreführung damit bewusst in Kauf genommen worden sein. So wurde beispielsweise die 1892 von Perls als „Unabhängiger Freimaurer-Orden der Humanisten" gegründete, ab 1895 kurzzeitig in manchen Quellen als „Unabhängiger Brüder-Orden" auftauchende und dann als „Unabhängiger Freimaurer-Orden" geführte Organisation Ende 1903 in „Große Freimaurer-Loge Kaiser Friedrich zur Duldsamkeit" umbenannt – eine kaum zufällige Nähe zur Großloge „Kaiser Friedrich zur Bundestreue".[512] Um die Verwirrung komplett zu machen, nahmen manche der Winkellogen nach Abspaltung einfach den Namen mit, so dass zum Beispiel zeitweise drei nichtanerkannte Großlogen mit dem Namen „Allgemeine Bürger-Loge" nebeneinander bestanden, eine in Berlin, eine in Leipzig und eine in Darmstadt.[513]

Die neuen Logengründungen erregten die Aufmerksamkeit der alteingesessenen Brüder nicht nur aufgrund des angemaßten Freimaurernamens, sondern auch, weil sie keine Scheu vor der Öffentlichkeit hatten. Vielmehr warben viele von ihnen durch Postwurfsendungen und Inserate in der Tagespresse, was die in Fragen der Öffentlichkeitsarbeit unentschiedenen anerkannten Logen in Zugzwang brachte, wollte man nicht der ‚neuen' Freimaurerei das Feld der öffentlichen Meinung überlassen.[514]

Überhaupt fällt ins Auge, dass sich zahlreiche der neuen Logengründungen in ihren Namen und Statuten oft explizit als eine reformierte Alternative zur ‚veralteten' Freimaurerei empfahlen. Namen wie „*Allgemeine* Bürger-Loge", „*Reformierter* Freimaurer-Orden" oder „*Unabhängige* St. Johannis-Logen" stellten zwar die Geselligkeit und das

---

509 Vgl. Eberhardt: Winkellogen, S. 1 f. Vgl. auch Mebes: Etablierung, S. 190, wo von 15 primären Winkellogengründungen die Rede ist.

510 Vgl. Eberhardt: Winkellogen, S. [158].

511 Vgl. Eberhardt, A. P.: „Von den Winkellogen", in: Latomia 10 (1914), S. 145–149, hier S. 147 f.

512 Zum UFO vgl. Eberhardt: Winkellogen, S. 10–25. Zur „Kaiser Friedrich zur Bundestreue" vgl. Kap. 7.1.

513 Vgl. das Kapitel zur Allgemeinen Bürger-Loge in Eberhardt: Winkellogen, S. 31–41.

514 Vgl. „Allgemeine Bürger-Loge", in: Latomia 17 (1896), S. 131 f. und Eberhardt: Winkellogen, S. 11 u. 32.

Prestige der Freimaurerei in Aussicht, signalisierten aber zugleich Abstand zum Elitismus, der als Hypothek für die Glaubwürdigkeit der freimaurerischen Menschheitsverbrüderung auf den Altlogen lastete.

Boten viele der neuen Gründungen in ihren Statuten auch inhaltlich letztlich nicht viel anderes, als was anerkannte Logen über sich preisgaben – gehobene Geselligkeit und Pflege humanitärer Gesinnung –, so wandten sie sich oft mit dem Versprechen zu gegenseitiger materieller Unterstützung und niedrigen Aufnahme- und Mitgliedschaftsgebühren an Angehörige des Kleinbürgertums und des neuen Mittelstands, die in anerkannten Logen häufig an den sozialen und materiellen Hürden scheiterten.[515]

Für die Brüder anerkannter Logen waren derartige materielle Versprechen mit einem Tabu belegt. Auch die ‚alte' Freimaurerei bedeutete für ihre Mitglieder durchaus soziales Kapital, das sich für Brüder im Kaufmannsstand auch in ökonomisches Kapital ummünzen ließ, und in profanen Kreisen galt es ohnehin als ausgemacht, dass die Freimaurer vor allem eine gegenseitige Unterstützungsanstalt bildeten.[516] Im Selbstverständnis der Brüder jedoch war diese Art „Geschäftsmaurerei" verpönt.[517]

Die Brüder der Altlogen wurden in ihrer ablehnenden Haltung durch die unseriösen Geschäftspraktiken und Bauernfängereien mancher neuen Logengründer bestärkt. Dass beispielsweise Hemflers „Allgemeine Bürger-Loge" eine Gründung zu rein „spekulativen Zwecken"[518] sei, sprich ein Versuch, mit dem Namen der Freimaurerei schnelles Geld zu machen, war nicht nur unter Freimaurern Konsens, sondern auch der Tenor der Berichterstattung im Berliner Tageblatt.[519] Und auch in der „Allgemeinen Bürger-Loge" selbst waren die Mitglieder schnell Hemflers kostspieliger ‚Großlogenverwaltung' überdrüssig. Bald kam es zur ersten Abspaltung und kurz darauf wurde Hemfler vom Großmeisterstuhl gestoßen.[520]

Zu Perls wiederum kursierten Anekdoten, die ihn als Hochstapler darstellten. So hieß es über ihn, dass er in einer seiner Logen einen älteren Herrn als angeblich hohen Würdenträger der englischen Freimaurerei vorgestellt habe, der sich später jedoch als sein eigener Schwiegervater entpuppte. Dass sich diese und ähnliche Geschichten in einem Gerichtsverfahren nicht erhärten ließen, konnte ihre Verbreitung nicht stoppen.[521]

---

515 Vgl. den programmatischen Artikel „Was will die A. B. L.?", in: Allgemeine Bürger-Loge. Verkündungsblatt der A. B. L. 1 (1898), [1]. Zur sozialen Basis der Winkellogen vgl. Hoffmann: Geselligkeit, S. 194 f. Zur Übereinstimmung der ideellen Ziele neuer und alter Freimaurerei vgl. auch „Winkellogen", in: Am Reissbrette 6 (1914), S. 53–57, hier S. 55.

516 Vgl. Wehrhan: Volksglauben, S. 4 f.; Hoffmann: Geselligkeit, S. 58–60; Burt: Wherever Dispersed; Beachy: Cosmopolitanism, S. 267.

517 Vgl. „Geschäftsmaurerei", in: Allgemeines Handbuch (3. Aufl.), Bd. 1 (1900), S. 353; Henne am Rhyn: Freimaurerei, S. 27.

518 Eberhardt: Winkellogen, S. 31.

519 Vgl. „Noch einmal A. B. L.", in: Berliner Tageblatt 270, 30.05.1897.

520 Vgl. Eberhardt: Winkellogen, S. 34 u. 37.

521 Die Anekdote kursierte in der profanen und freimaurerischen Presse, z. B. in einem Bericht in der „Breslauer Zeitung" vom 16.11.1912, wiedergegeben als „Aus dem Leben

Dennoch, mochten auch die Intentionen und Eigenschaften der ‚Logenunternehmer' zwielichtig erscheinen und daher leichte Ziele für die Kritik der anerkannten Freimaurer sein – auf die neuen Logen selbst angewandt griffen die Betrugsvorwürfe zu kurz, spätestens nachdem sie durch steigende Mitgliederzahl ein über ihre Stifter hinausreichendes Eigenleben entwickelt hatten.

Dass es beispielsweise den Brüdern der „Allgemeinen Bürger-Loge" durchaus ernst war mit freimaurerischen Idealen, zeigt eine Wortmeldung des Großsekretärs 1898. Unter der Überschrift „Recht auf Arbeit" schrieb er, er sei der Loge nicht aus materiellen Interessen beigetreten, „sondern um in der Gemeinschaft ehrenwerter Männer, die von edlem Streben beseelt sind, zuzunehmen an Erkenntnis und Tugend" und so „der Vollkommenheit näher [zu] rücken."[522] Diese und zahlreiche weitere Einlassungen gleichen Tenors entstanden in einer langjährigen internen Auseinandersetzung über das Brauchtum der „Allgemeinen Bürger-Loge", die anfangs weder ein Ritual noch eine Gradstruktur kannte.[523] Stattdessen erfolgte die Aufnahme zunächst nur durch Ablegen eines Eides und in manchen Fällen sogar nur durch postalische Mitteilung.[524] Bald schon aber wurden Forderungen nach einem Zeremoniell laut, was zu einem dauernden Zankapfel wurde und für mehrere Logen den Grund bot, aus dem Verband der „Allgemeinen Bürger-Loge" auszuscheiden und eigene Wege zu gehen.

Streitpunkt war, wie nahe man sich an der ‚alten' Freimaurerei orientieren solle. Ein Teil der Brüder wollte die Rituale der Johannisfreimaurerei einführen, die aus alten Verräterschriften wie dem 1892 in zehnter Auflage bei Brockhaus erscheinenden „Sarsena, oder der vollkommene Baumeister" allgemein verfügbar waren.[525] Ein anderer Teil hingegen wollte gerade das nicht, sondern pochte auf den Anspruch, eine reformierte Freimaurerei zu repräsentieren. „Verlieren wir nur nicht den Hauptzweck unseres Bundes durch Einführung von geheimnisvollem Krimskrams aus den Augen", mahnte ein Bruder 1898 in der Verbandszeitschrift, „komödienhafte, geheimnisvolle, symbolische Gebräuche, ähnlich denen der alten Freimaurerlogen" seien doch in der aufgeklärten Gegenwart nicht mehr von besonderem Wert.[526]

---

der Winkellogen", in: Freimaurer-Zeitung 17 (1913), S. 131 f. Zu dem von Perls wegen Beleidigung angestrengten Gerichtsverfahren, vgl. Eberhardt: Winkellogen, S. 20 f. Die Langlebigkeit der diffamierenden Behauptungen zeigt sich u. a. bei Hoffmann: Geselligkeit, S. 194 f., der sie unkritisch wiederholt.

522 Vesper, H.: „Das Recht auf Arbeit", in: Allgemeine Bürger-Loge. Verkündungsblatt der A. B. L. 12 (1898), [1 f.].

523 Diese Debatte ist nur teilweise aus der von Hemfler restriktiv redigierten Verbandszeitschrift nachzuvollziehen. Vgl. zur Einordnung auch Eberhardt: Winkellogen, S. 31–41, insbes. S. 37.

524 Vgl. ebd., S. 32–34.

525 Dass man sich in Kreisen der Befürworter des traditionellen Freimaurerrituals bei der „Allgemeinen Bürger-Loge" hauptsächlich auf „Sarsena" stützte, geht hervor aus Erklärungen im Artikel „Hauptloge Rheingold", in: Allgemeine Bürger-Loge. Verkündungsblatt der A. B. L. 10 (1898), [1 f.].

526 „Zeremoniell", in: Allgemeine Bürger-Loge. Verkündungsblatt der A. B. L. 5 (1898), [1].

Weniger konfliktreich war die Entwicklung in Perls' „Unabhängigem Freimaurer-Orden". Er kannte von Anfang an auch Rituale, die jenen des Odd Fellow-Ordens nachempfunden waren, da Perls einer Odd Fellow-Loge angehört hatte.[527] Nachdem der erste „Unabhängige Freimaurer-Orden", der noch den Namenszusatz „der Humanisten" trug, seines Gründers schnell überdrüssig geworden war, stiftete Perls kurzerhand einen neuen „Unabhängigen Freimaurer-Orden".[528] In diesem wurde die Anlehnung an das Brauchtum der Odd Fellows aufgegeben und stattdessen rituell nach der ‚alten' Freimaurerei gearbeitet.[529]

Auch in der „Allgemeinen Bürger-Loge" setzte sich mehr und mehr die Orientierung an den Altlogen durch, wenngleich die Ritualfrage ein Streitpunkt blieb. Insbesondere in den späteren Ausgaben der Verbandszeitschrift finden sich programmatische Artikel, die in Duktus und Inhalt von den Publikationen anerkannter Logen nicht zu unterscheiden sind.[530]

Die Intentionen und Absichten der Gründer determinierten also nicht die Entwicklung der Winkellogen, wenngleich sie hochwillkommene Steilvorlagen für die Gegner aus den anerkannten Logen boten. Doch nicht alle Logengründer der Jahrhundertwende waren Hemflers und Perls. Ein dritter, der in signifikanten Aspekten vom Beispiel der beiden ‚Logenunternehmer' abwich, war Theodor Reuß.

Der gebürtige Augsburger Theodor Reuß hatte zeitweise als Journalist in England gearbeitet und war dort 1876 in der Pilger-Loge/Pilgrim's Lodge aufgenommen worden, aus der er aber schon nach wenigen Jahren wieder ausgeschlossen wurde.[531] Die Pilger-Loge war eine in deutscher Sprache arbeitende anerkannte Freimaurerloge unter Obedienz der United Grand Lodge of England. Sie war 1779 von einem Vertrauten des Gründers der Großen Landesloge Zinnendorf gegründet worden und hatte die ersten 73 Jahre nach dessen System gearbeitet, war jedoch 1852 ins Schrödersche System gewechselt.[532]

Reuß' Interesse an Esoterik hatte ihn außerdem Anschluss an neureligiöse Zirkel, an die „Societas Rosicruciana in Anglia" und an Helena Petrowna Blavatskys Theosophische Gesellschaft suchen lassen, deren Lehren er vor der Jahrhundertwende auch in Deutschland zu verbreiten half.[533] Schon seit den 1880er Jahren hatte sich Reuß als Gründer esoterischer und okkulter Orden in Deutschland betätigt. Er kann mit Fug und Recht als eine Stellschraube der in Deutschland in diesen Jahren rasant wachsenden

---

527 Eberhardt: Winkellogen, S. 11 f.

528 Ebd.

529 Ebd., S. 12. Daneben ist eine ausgeprägte Rezeption von Lessings Freimaurergesprächen belegt, vgl. z. B. „Der Freimaurerbund", in: Der Unabhängige Freimaurer 1 (1897), S. 2 f.

530 „Was sind und was wollen wir?", in: Allgemeine Bürger-Logen-Zeitung 4 (1899), [1].

531 Zum Datum seines Ausschlusses kursieren verschiedene Angaben, vgl. z. B. Peters: Freimaurerei, S. 149 f. u. Zander: Anthroposophie, Bd. 2, S. 976.

532 Vgl. Wald, W[ilhelm]: „Zur Geschichte der Londoner Pilgerloge (No. 238)", in: Zirkelkorrespondenz 17 (1904), S. 473–476.

533 Vgl. zu Reuß insbes. Möller/Howe: Merlin.

okkultistischen Subkultur bezeichnet werden.[534] Ihn lediglich als Hochstapler zu charakterisieren, wie das etwa Stefan-Ludwig Hoffmann tut, wird ihm keineswegs gerecht, auch wenn ein Hang zu Großsprecherei nicht in Abrede zu stellen ist.[535]

Anders als Hemfler scheint Reuß nicht in erster Linie von finanziellen Motiven getrieben gewesen zu sein, und anders als Perls hatte Reuß tatsächlich die englische Freimaurerei von innen kennengelernt und war wohl zumindest in deren esoterischen Rändern vernetzt.[536] Ähnlich wie andere Winkellogengründungen der Jahrhundertwende wollte Reuß seine Logen als Wiederanknüpfung an die (vermeintlich) eigentlich authentische Freimaurerei verstanden wissen, die in den Altlogen aus dem Blick verloren worden sei.[537] Anders als für die meisten anderen Winkellogen, die damit auf größere soziale Öffnung zielten, bedeutete das für Reuß jedoch Anknüpfung an esoterische und okkult-magische Praktiken, wofür er auf sein umfangreiches Wissen und Netzwerk in diesen Gebieten zurückgriff.

Schon bei seiner ersten Gründung, einer vermeintlichen Reaktivierung des Mitte der 1780er Jahre verbotenen Illuminatenordens, konstruierte er eine Tradition, die von antiken Mysterien über den Stifter des alten Illuminatenordens Adam Weishaupt bis auf ihn reichte und die er später auch für weitere Ordensunternehmen nutzbar zu machen wusste. Eine Gründung legitimierte so die nächste.[538] Ab 1900 griff Reuß schließlich auch auf freimaurerische Patente aus dem Ausland zurück, die – anfänglich über die Mittelsmänner Gérard Encausse alias Papus und William Wynn Westcott – von John Yarker kamen.[539]

Yarker war ein weitgereister englischer Geschäftsmann, Freimaurer und Esoteriker mit besonderem Interesse an obskuren Hochgradsystemen, in denen er den esoterischen Kern der freimaurerischen Lehre vermittelt sah.[540] Von Geschäftsreisen nach Nordamerika und in die Karibik hatte er Patente zur Gründung verschiedener solcher Hochgradsysteme mitgebracht, unter anderem für den Swedenborg-Ritus, den Memphis- und Misraim-Ritus und für einen Ableger des Alten Angenommenen Schottischen Ritus, der von dessen Mutterorganisation in Charleston, South Carolina jedoch

---

534 Zum Okkultismus im deutschen Kaiserreich vgl. insbes. Treitel: Science; Staudenmaier: Esoteric Alternatives.

535 Vgl. Hoffmann: Geselligkeit, S. 195. Möller und Howe nennen ihn treffender einen „rührige[n] Organisator und Manager auf okkultem Gebiet", vgl. Möller/Howe: Merlin, S. 121.

536 Zu diesen Rändern vgl. Howe: Fringe Masonry.

537 Vgl. z. B. die Selbstdarstellung eines Reuß-Projekts vom 27.12.1903, abgedr. in: Historische Ausgabe der Oriflamme, S. 5–19 sowie die ebd., S. 20–29 abgedr. Logenpatente und das ebd., S. 31 abgedr. Manifest „Von den Geheimnissen der okkulten Hochgrade unseres Ordens".

538 Zu Reuß' Illuminaten-Orden vgl. Möller/Howe: Merlin, S. 90–98 et passim. Die Ordenstradition von Reuß wird dargestellt in der Broschüre [Reuß]: Illuminaten-Orden. Vgl. dazu Möller/Howe: Merlin, S. 95–98. Zur vom Illuminaten-Orden ‚legitimierten' Gründung weiterer Gruppen vgl. ebd., S. 123.

539 Vgl. ebd., S. 124–127.

540 Zu Yarker vgl. Hamill: Seeker.

nicht anerkannt wurde.[541] Auch die United Grand Lodge of England verweigerte den anfänglich unter englischen Brüdern auf Interesse stoßenden importierten Hochgradsystemen die Anerkennung, worüber es in den 1870er Jahren zum Bruch zwischen Yarker und der englischen Großloge kam.[542]

Die Patente für die Bearbeitung der von Yarker nach England gebrachten Hochgradsysteme taten für Reuß das, was zuvor eigene Legendenbildung hatte tun müssen: sie stellten ihn in eine innere und eine äußere Sukzession, also in eine inhaltliche Tradition esoterischer Arkanlehren und in eine organisatorische Tradition der entsprechenden Hochgradsysteme. Sie verschafften seinen Logen damit eine Legitimität, die Gründungen aus eigener Machtvollkommenheit weder vorweisen, noch durch Traditionsbildung ad hoc simulieren konnten. Wie überzeugend diese Legitimität im Zweifelsfall wirken konnte, zeigte zum Beispiel die durch Reuß‘ „Souveränes Sanktuarium des Schottischen-, Memphis- und Misraim-Ritus in Deutschland“ vorgenommene ‚Regularisierung‘ (das heißt in diesem Kontext Legitimierung durch Einverleibung) der deutlich größeren nichtanerkannten „Großen Freimaurerloge von Deutschland“ im Frühjahr 1904.[543]

Dennoch waren Reuß‘ Stiftungen zumindest freimaurerisch auf lange Sicht nur bedingt erfolgreicher als die von Hemfler oder Perls. Wie bei diesen kam es immer wieder zu Abspaltungen, Auflösungen, Neugründungen und Distanzierungen von ihrem Gründer.[544] Auch die genannte ‚Regularisierung‘ der „Großen Freimaurerloge von Deutschland“ muss letztlich im Kontext der hohen Fluktuation in der Winkellogen-Subkultur gesehen werden. Besonders erschwerend wirkten auch Skandale um Reuß‘ sexualmagische Ideen und Praktiken sowie Differenzen und Machtkämpfe in den okkultistischen und esoterischen Zirkeln, an die sich Reuß‘ Logengründungen, im Unterschied zu denen Hemflers oder Perls‘, ganz besonders richteten.[545]

Auf die anerkannte Freimaurerei in Deutschland hatte Reuß nur marginale Auswirkungen. Seine Bedeutung liegt eher im Bereich der Theosophie, Anthroposophie und anderer esoterischer und okkultistischer Gruppen. So war es Reuß, der den Begründer der Anthroposophie Rudolf Steiner mit der Freimaurerei bekannt machte und der darüber hinaus zwischen 1905 und 1910 zusammen mit anderen Okkultisten den „Ordo Templi Orientis“ gründete, der später durch Aleister Crowley zu einer der bedeutendsten okkultistischen Gruppen des 20. Jahrhunderts gemacht wurde.[546]

541 Vgl. Hamill: Seeker, S. 137

542 Vgl. ebd., S. 138–140.

543 Vgl. Möller/Howe: Merlin, S. 132 und Eberhardt: Winkellogen, S. 94.

544 Für einen Überblick vgl. das Kapitel zu den Reuß'schen Gründungen in Eberhardt: Winkellogen, S. 89–98.

545 Vgl. Möller/Howe: Merlin, S. 98 u. 145 f.

546 Zur Rolle Reuß' und seiner Freimaurerei für Rudolf Steiners Entwicklung vgl. Zander: Anthroposophie, Bd. 2, S. 975–981; Ullrich: Steiner, S. 60–62. Zu OTO, insbes. in Verbindung mit Reuß und Crowley, vgl. Bogdan/Starr: Introduction, S. 10 sowie zahlreiche weitere Erwähnungen in den Beiträgen desselben Sammelbandes; Giudice: Ordo Templi Orientis; Pasi: Ordo Templi Orientis.

Der Großlogenbund hingegen ließ Reuß' Selbstdarstellung als legitimer Stifter authentischer Freimaurersysteme nicht gelten, betrachtete seine Logengründungen als Winkellogen und hielt Distanz. Für diese abschlägige Haltung ohne Belang, aber doch in bemerkenswertem Widerspruch, standen Tuchfühlungen zwischen Brüdern anerkannter Logen und den Reußschen Gründungen. So wissen Helmut Möller und Ellic Howe etwa von einem Bruder Uhlmann der Großen Landesloge zu berichten, der auch in einer von Reuß' Logenorganisationen aktiv war.[547] 1903 war sogar der zugeordnete (das heißt stellvertretende) Landesgroßmeister der Großen Landesloge Otto Brendel gemeinsam mit Reuß zum Ehrenmitglied von Yarkers „Souveränem Sanktuarium des Memphis-Misraim-Ritus für Großbritannien und Irland" ernannt worden, was eine Verbindung auch mit dem deutschen Ableger vermuten lässt.[548]

Vergleichbares ist zu den Stiftungen Hemflers und Perls' oder auch zu anderen neuen Logengründungen der Jahrhundertwende nicht bekannt. Dort verlief die Bewegung nahezu ausschließlich in anderer Richtung. Die Nichtanerkennung durch den Großlogenbund und die dadurch eingeschränkten sozialen Vorteile der Logenmitgliedschaft gestalteten sich als schwere Hypothek für den weit überwiegenden Teil der Winkellogen. Diejenigen, die nicht ganz eingingen, begaben sich meist früher oder später auf einen Pfad der Annäherung an die anerkannten Logen, der zum Aufgeben ihrer Spezifika und Selbständigkeit sowie zum Aufgehen in der anerkannten Maurerei führte.[549]

Die einzige bedeutende Ausnahme hiervon war der „Freimaurerbund zur aufgehenden Sonne", der sich bis 1933 behaupten konnte, als er sich schließlich angesichts der nationalsozialistischen Machtübernahme selbst auflöste.[550] Seine Anfänge fallen in das Jahr 1905, als ein Dr. Erich Hein in der Zeitschrift Die Freien Glocken einen Aufruf zur Gründung eines „Allgemeinen Freimaurerbundes auf monistischer Weltanschauung" veröffentlicht hatte.[551] Hinter dem Pseudonym verbarg sich Karl Heinrich Loeberich, ein in Nürnberg ansässiger Versicherungskaufmann, der bis ins Jahr dieses Aufrufs einer Münchener Winkelloge angehört hatte. Weitere Schriften Loeberichs über die Freimaurerei folgten und 1906 hatte sich ein kleiner Kreis von Interessenten gefunden, der in Nürnberg eine ‚Reform-Freimaurerloge' aus der Taufe hob. Deren Vorstellung in den Freien Glocken lockte weitere Interessenten an, so dass aus diesem Nukleus am 27. Juli 1907 in Frankfurt am Main die Gründung des „Freimaurerbundes zur aufgehenden Sonne" (FzaS) erfolgte.[552]

547 Vgl. Möller/Howe: Merlin, S. 131.
548 Vgl. Meldung unter „Rundschau", in: Latomia 19 (1903), S. 150.
549 Vgl. Eberhardt: Winkellogen, S. 156; „Winkellogen", in: Am Reissbrette 6 (1914), S. 53–57, hier S. 56 f.
550 Zur Entwicklung während der Weimarer Republik vgl. Kap. 16.1.
551 Auszugsweise abgedr. in Mebes: Morgenröte, S. 63.
552 Vgl. Hein [= Loeberich]: 5 Jahre, S. 11–13. Mebes: Morgenröte, S. 63 nennt irrtümlich den 28.07.1907 als Gründungsdatum. Vgl. zum FzaS auch Endler/Schwarze: Freimaurerbestände, Bd. 1, S. 287–293.

Loeberich gab dem Bund in den ersten Jahren einen freidenkerischen, religionskritischen Anstrich, der sich auf den Monismus Ernst Haeckels berief. Der Mediziner und Zoologe Haeckel, der zu den wichtigsten Popularisierern der Darwinschen Evolutionstheorie in Deutschland gehörte, hatte auf Grundlage der modernen Naturwissenschaften die *Einheit* von Materie und Geist – eben *Mon*ismus, gegenüber *Dualismus* – konstatiert und daraus eine umfassende Weltanschauung abgeleitet, die er in seinem Hauptwerk „Die Welträtsel" von 1899 einem breiten Publikum präsentierte. Das Buch wurde zum Bestseller, Haeckel und der Monismus waren in aller Munde und wurden leidenschaftlich diskutiert. Aufsehen erregte insbesondere die heftige Kritik an Kirche und traditioneller Religion. Dabei verstand Haeckel den Monismus nicht als das Ende der Religion per se, sondern als deren zeitgemäße, auf den Ergebnissen der modernen Naturwissenschaften aufbauende Umformung, als eine Überwindung auch des Dualismus von Religion und Wissenschaft.[553] Die „gottlose Mystik"[554] von Haeckels Monismus war also religionskritisch, sofern sie sich gegen den Dualismus überkommener Gottesvorstellungen wandte. Sie war hingegen religiös, als in der halb pantheistischen, halb szientistischen „All-Eins-Lehre" Gott nicht ersatzlos getilgt wurde, sondern in der naturwissenschaftlich erklärbaren Welt aufging.[555] In einem Artikel der FzaS-Zeitschrift SONNENSTRAHLEN hieß es erklärend: „Hier ist kein Raum für eine Zweiteilung in Geschaffenes und Schöpfer [...]. Religion kann deshalb keine Gotteslehre sein".[556] Der Monismus gehört damit dem Ideenkreis der freigeistigen Kulturbewegung an, die Horst Groschopp eingehend untersucht hat und die er als religiöse Erneuerungsbewegung versteht – nicht obwohl, sondern gerade weil sie sich heftig gegen den konfessionell und theistisch geprägten Religionsbegriff wandte.[557]

Loeberich, der den monistischen (aus der Evolutionstheorie stammenden) Entwicklungsgedanken mit der freimaurerischen Lehre identifizierte, bei der es ja auch um die Entwicklung des Menschen, seiner Persönlichkeit und Sittlichkeit gehe,[558] wandte sich auf dieser religionskritischen Grundlage explizit gegen die anerkannte Freimaurerei. Schon im Aufruf von 1905 hatte es geheißen, die zu gründende Freidenkerloge solle „frei von Bibelglauben und frommen Sprüchen" sein und „die Freimaurerei wieder zu ihrem ursprünglichen Zweck zurückführen", was in den Augen Loeberichs bedeutete, „Zufluchtstätte aller religiös-freiheitlich gesinnten Männer" zu sein.[559] Die Altlogen

553 Vgl. das Kapitel „Unsere monistische Religion" in Haeckel: Welträtsel, S. 355–372 u. Stuckrad: Scientification of Religion, S. 76–80.
554 Vgl. Spörl: Gottlose Mystik, S. 97–112.
555 Vgl. Haeckel: Welträtsel, S. 308.
556 Hoeltzel, Max: „Religion", in: Sonnenstrahlen 7 (1910/11), S. 212–216, hier S. 213.
557 Vgl. Groschopp: Dissidenten, S. 71 f. Zum FzaS vgl. ebd., S. 299–302, wobei Groschopp ihn nur oberflächlich streift und ihm dabei mehrere Fehler unterlaufen.
558 Vgl. z. B. Loeberich, Karl Heinrich: „Die Zukunft unseres F. Z. A. S.", in: Sonnenstrahlen 1 (1910/11), S. 35–48, hier S. 39.
559 „Aufruf zur Beteiligung an der Gründung eines ‚Allgemeinen Freimaurerbundes auf monistischer Weltanschauung'", in: Freie Glocken 41, 08.10.1905, zit. n. Mebes: Morgenröte, S. 63.

hätten hingegen den Glauben an Gott zum Dogma erhoben und sich damit dem „geistige[n] Verfall" preisgegeben, was im Verlust des kulturellen Einflusses und im Ausbleiben von Interessenten aus den wissenschaftlich gebildeten Kreisen resultiere.[560] Angesichts dessen, so Loeberich, sei das Entstehen von Reformfreimaurerlogen notwendig geworden, die jedoch allesamt wieder verschwunden seien, wegen der „unheilbaren Seuche aller Reformlogen: ‚der Anerkennungssucht'."[561] Daher schrieb er dem FzaS ins Stammbuch, jeglichen Annäherungsversuch an den Großlogenbund oder die Altlogen auf das Strengste zu unterlassen.

Aber wie in den meisten der neuen Logen kam es auch im FzaS bald nach Gründung zu inneren Spannungen, insbesondere hinsichtlich der Programmatik und weltanschaulichen Grundlage. Mehr und mehr setzte sich dabei eine gemäßigte Richtung gegen Loeberich durch, die zwar die Ursprünge und Grundlage im monistischen und freidenkerischen Umfeld nicht verleugnete, aber sich nicht dogmatisch darauf festlegen lassen wollte. Dem neu sich durchsetzenden Selbstverständnis nach sprach der FzaS alle „wahrhaften Gottsucher" an, welcher Ansicht sie sonst auch seien.[562]

Reminiszenzen an den Monismus und die freidenkerische Religionskritik blieben dennoch erhalten. So hieß es weiterhin, dass der FzaS vor allem denjenigen einen Raum bieten wolle, „die das Göttliche nicht mehr in persönlicher, menschenähnlicher Gestalt zu begreifen suchen, sondern im engen Anschluß an die Natur und ihre ewigen Kräfte und Gesetze."[563] Eindeutig war hingegen das Abrücken von Loeberichs Dekret, den Kontakt zu anerkannten Logen unter allen Umständen zu vermeiden. Vielmehr formulierte der FzaS 1911 offen die Bereitschaft, „mit anderen Freimaurer-Bünden in Beziehung zu treten und sich der Weltmaurerei einzufügen, *wenn es ohne Preisgabe seiner starken Eigenart möglich ist.*"[564] Auch das anfänglich spärliche Zeremoniell wurde schon kurz nach Gründung ausgebaut, wobei man sich an der ‚alten' Freimaurerei orientierte.[565] Loeberich zeigte sich angesichts der Veränderungen verärgert, schrieb eine entsprechend bittere Abrechnung und verließ 1911 seine Gründung.[566]

Währenddessen hatte die anerkannte Freimaurerei versucht, dem FzaS nicht allzu viel Aufmerksamkeit zu schenken. Dabei war sie schon frühzeitig über seine Entstehung

560 Hein [= Loeberich]: F.Z.A.S., S. 1.
561 Ebd., S. 4.
562 Gerhard: Freimaurerbund zur aufgehenden Sonne, S. 9. Vgl. exemplarisch auch „Der Monismus und der F. Z. A. S.", in: Sonnenstrahlen 1 (1910/11), S. 5–10 u. Hoeltzel, Max: „Religion", in: Sonnenstrahlen 7 (1910/11), S. 212–216.
563 Handbuch für die Brr der Unabhängigen Großloge des Freimaurerbundes zur Aufgehenden Sonne F.Z.A.S. Nürnberg (e. V.), o. O. [1911], S. 12.
564 Ebd., S. 13 [Herv. M. P.].
565 Vgl. Drechsler: FZAS, S. 13 f. u. 19; Peters: Freimaurerei, S. 153–155; Mebes: Religionsverständnis; Endler/Schwarze: Freimaurerbestände, Bd. 1, S. 288.
566 Vgl. Loeberichs Abrechnung mit seinen internen Widersachern: Hein [= Loeberich]: F.Z.A.S. Vgl. auch Peters: Freimaurerei, S. 152.

im Bilde. Bereits 1906 hatten Meldungen über die Gründung von „Freidenker-Logen“ für Argwohn gesorgt.[567]

Die Selbststilisierung Loeberichs, nach der sein Auftreten und die Gründung des FzaS den Anstoß dafür gegeben hätten, dass man in den Altlogen „den freidenkenden Elementen gegenüber nachsichtiger wurde“, war allerdings nur das: Selbststilisierung.[568] Der FzaS platzte vielmehr mitten hinein in die bereits kontrovers geführte freimaurerische Religionsdiskussion. Lediglich eine verstärkte Auseinandersetzung mit dem Monismus lässt sich in der Freimaurerpresse für die Jahrgänge 1907 bis 1909 feststellen, was allerdings auch mit dem 1906 gegründeten Deutschen Monistenbund zu tun haben dürfte.[569]

Die Meinungen zum Monismus waren in der Freimaurerei – wie kaum anders zu erwarten – geteilt. Während etliche Brüder ihn für unvereinbar mit der Freimaurerei erklärten, zeigten sich andere interessiert oder zumindest nicht abgeneigt.[570] Die Trennlinie verlief dabei nicht unbedingt zwischen den Anhängern christlicher und jenen humanitärer Freimaurerei, selbst wenn in der Großen Landesloge mittels Instruktionsvorträgen klargestellt wurde, dass es sich beim Monismus um eine „frevelhafte Absetzung Gottes“ handle.[571] So tat sich auch Otto Philipp Neumann, ein Fürsprecher interreligiöser Freimaurerei, in der Kritik des Monismus hervor. Für ihn war Monismus nichts als der „Rest der zu Grabe gehenden materialistischen Anschauung“[572] und hatte „mit Religion überhaupt nichts zu tun.“[573] Dass Neumann darüber hinaus apodiktisch erklärte, die Freimaurerei müsse gegen den Monismus „Front machen“,[574] handelte ihm heftigen Widerspruch ein. Die Freimaurerei müsse „jede Stellungnahme für oder gegen eine bestimmte Weltanschauung streng vermeiden: Die Freimaurer können Christen, Juden, Freidenker oder Monisten sein, die Hauptsache ist, dass sie *gut* sind!“, hielt etwa

567 „Rundschau“, in: Latomia 14 (1906), S. 215. Vgl. auch „Logenberichte und Vermischtes“, in: Bauhütte 28 (1906), S. 222.

568 Loeberich: „Die Zukunft unseres F. Z. A. S.“, in: Sonnenstrahlen 1 (1910/11), S. 35–48, hier S. 37.

569 Vgl. z. B. die besonders umfangreiche Abhandlung Rheindorf, Jos[ef]: „Das Wesen des Monismus“, in: Bauhütte 37–41 (1907), S. 289–291, 297–300, 308–310, 314–317, 322–325. Rheindorf wurde infolge seines Eintretens für monistische Positionen aus der GLL ausgeschlossen, vgl. Mebes: Religionsverständnis, S. 59. Zur freimaurerischen Religionsdiskussion der Jahrhundertwende vgl. Kap. 6.3.

570 Vgl. z. B. die Zusammenstellung verschiedener Wortmeldungen in „Einigung im Geiste“, in: Freimaurer-Zeitung 35 (1908), S. 274–279.

571 Müllendorff, Eugen: „Der Monismus. Unterrichtsvortrag im I. Grad“, in: Zirkelkorrespondenz 8 (1912), S. 207–217, hier S. 208.

572 Neumann: „Weitere Betrachtungen über den Monismus“, in: Bauhütte 36 (1907), S. 281–283, hier S. 281.

573 Neumann: „Maurerische Betrachtungen über Monismus“, in: Bauhütte 35 (1907), S. 276–279, hier S. 277.

574 Neumann: „Erwiderung an Br F. S.“, in: Bauhütte 44 (1907), S. 347.

ein nur unter dem Kürzel F. S. schreibender Bruder dagegen.[575] Neumann ließ sich in eine öffentlich ausgetragene Auseinandersetzung mit „F. S." und weiteren Brüdern über den Monismus verwickeln, die sich über drei Jahrgänge der Bauhütte hinzog. Aber selbst Neumann räumte dabei bald ein: „Nirgends habe ich gesagt, dass jemand, der sich Monist nennt, nicht *Freimaurer* sein kann."[576]

Anders sah das – nicht nur für Neumann – mit einer monistischen Freimaurer*ei* aus. Gerade jene Brüder, die sich um die Kultivierung eines freieren, zeitgemäßen Religionsverständnisses bemühten, sahen sich mitunter besonders vom FzaS bedroht. Mit seinen Ursprüngen im Umfeld der monistischen und der Freidenkerbewegung, mit Loeberichs Dogmatismusvorwürfen aus den Anfangsjahren und der aus dem innerfreimaurerischen Krisendiskurs übernommenen Kritik der Altlogen kratzte die neue Großloge besonders am Selbstbild und Selbstbewusstsein dieser freisinnigen Brüder.[577]

Im Gegensatz zu den meisten anderen Winkellogen hatten die internen Querelen und der Abgang des Stifters nicht das Ende des FzaS signalisiert, sondern die Konsolidierung der bis 1910 bereits auf 45 Logen und Kränzchen im In- und Ausland sowie gut 1.000 Brüder angewachsenen Großloge bewirkt.[578] So zerstreuten sich die Hoffnungen der Altlogen, dass der FzaS ebenso kollabieren würde, wie die meisten anderen Winkellogengründungen.

1912 hielt es der Großlogenbund daher für nötig, mit der sonst geübten Zurückhaltung zu brechen und sich an die profane Öffentlichkeit zu wenden. Mit geeinter Stimme – auch das in jenen Jahren eine Seltenheit, die die Dringlichkeit unterstreicht – erklärte er in einer Verlautbarung, die in mehreren Zeitungen abgedruckt wurde, der FzaS habe keinerlei Verbindungen mit der anerkannten Freimaurerei, wie sie der Großlogenbund repräsentiere.[579]

Dem FzaS bereitete eine solche Verlautbarung indes kein Kopfzerbrechen. Freimütig erklärte er selbst, in keinerlei Verbindung zu den Altlogen zu stehen, hob das als Qualitätsmerkmal sogar selbstbewusst hervor und kam damit – anders als etwa Hemflers oder Perls' Gründungen – in der Presse mitunter gut an. Die Badischen Neuesten Nachrichten berichteten beispielsweise 1914 anlässlich des FzaS-Großlogentages in Mannheim: „Um sein Ziel ungehindert erreichen zu können, ist der F. Z. A. S. dem

575 F. S.: „In Sachen des Monismus an Br Neumann, Bromberg", in: Bauhütte 6 (1908), S. 43 f. [Herv. i. O.].

576 Neumann: „Der Monismus und seine Ideale", in: Bauhütte 40 (1908), S. 313–315, hier S. 313 [Herv. i. O.].

577 Vgl. zu der Selbstinszenierung des FzaS auch die zu Werbezwecken verwendete Schrift Kado: Regeneration, in der der FzaS als erfolgreiche Antwort auf die von den anerkannten Logen selbst konstatierten Mängel vorgestellt wurde.

578 Die Angaben zu den Mitgliedern schwanken leicht, vgl. Hein [= Loeberich]: F.Z.A.S., S. 14, wo für 1910 einerseits „ca. 930" Mitglieder, andererseits mit Verweis auf die Stammrolle „1107 Br[üde]r" angegeben werden. Vgl. Überblick der FzaS-Logen mit Gründungsdaten bei Eberhardt: Winkellogen, S. 133 f.

579 Die öffentliche Erklärung abgedr. in: Freimaurer-Zeitung 48 (1912), S. 381.

Deutschen Großlogenbunde nicht unterstellt und nicht angegliedert."[580] Auch sonst folgte die Zeitung weitgehend der Selbstdarstellung der Reformgroßloge, indem sie berichtete, dass diese „geistig hochstehende, frei und ideal gesinnte Männer, welche der Freimaurerei in den letzten Jahrzehnten ablehnend und interesselos gegenüberstanden", in ihren Reihen wisse.[581]

Tatsächlich konnte der FzaS einige bekannte Namen aus den Wissenschaften zu den Seinen zählen. So war etwa Professor Ludwig Plate, Leiter des Jenaer Haeckel-Museums, 1907 bis 1908 Großmeister des FzaS, trat aber 1911 wieder aus.[582] 1911 aufgenommen wurde hingegen Wilhelm Ostwald, Nobelpreisträger für Chemie und bekennender Monist. Zwei Jahre zuvor war ihm in einer der anerkannten Logen Leipzigs die Aufnahme wegen seines fehlenden Gottesglaubens verweigert worden.[583]

Ein früheres Beispiel positiver Presse für den FzaS schlug größere Wellen. 1912 hatte ein „H. Siemer" in der Neuen Hamburger Zeitung Ludwig Kellers Buch „Die geistigen Grundlagen der Freimaurerei und das öffentliche Leben" verrissen und mit einer beißenden Kritik an der überkommenen Freimaurerei verbunden. Dass er im letzten Absatz seiner Rezension den FzaS als eine positive neue Entwicklung in der Freimaurerei lobend erwähnte, veranlasste die Bauhütte dazu, eine Verbindung zwischen Siemer und dem Reformlogenbund zu unterstellen.[584]

Wenige Nummern später meldete sich der FzaS-Großmeister Karl Weigt mit einer Gegendarstellung zu Wort. Siemer stünde in keiner Beziehung zum FzaS und habe auch keine Anregung zur Abfassung seiner kritischen Rezension erhalten.[585] Erwiderungen und eine eingehende Befassung mit dem FzaS folgten, in deren Zuge sich dieser 1913 abermals zu Wort meldete, um die zuvor von Otto Philipp Neumann aufgeworfene Frage „Was glaubt der F. Z. a. S.? Was will er?"[586] mit dem schlichten Satz zu beantworten: „Der F. Z. A. S. glaubt gar nichts!"[587] Um dem von Neumann und anderen erhobenen Vorwurf des monistischen Dogmatismus zu begegnen, war außerdem das FzaS-Programm zum Abdruck in der Bauhütte beigelegt, verbunden mit der selbstbewussten Aufforderung, „mit dem schärfsten Seziermesser" daran zu gehen, um zu

580 Zit. n. „Rundschau", in: Latomia 17 (1914), S. 268.

581 Zit. n. ebd.

582 Vgl. Peters: Freimaurerei, S. 153. Dort auch noch weitere Beispiele.

583 Vgl. Mebes: Etablierung, S. 193.

584 Vgl. „Logenberichte und Vermischtes", in: Bauhütte 11 (1912), S. 86 f., wo auch Siemers Rezension wiedergegeben ist.

585 Vgl. „Logenberichte und Vermischtes", in: Bauhütte 14 (1912), S. 110 f.

586 Neumann, Otto Philipp: „Der F. Z. a. S. und seine Ziele", in: Bauhütte 24 (1913), S. 190 f., hier S. 190.

587 Hoeltzel, Max: „Der F. Z. A. S. und sein Programm!", in: Bauhütte 28 (1913), S. 220 f., hier S. 220. Kurz darauf folgte noch Hesse, Karl: „Vom Freimaurerbund ‚Zur aufgehenden Sonne' ", in: Bauhütte 30, 31 (1913), S. 233–235, 243–245, wo der FzaS-Generalsekretär auf einige von Neumanns Kritikpunkten einging.

sehen, ob sich darin ein monistisches Glaubensbekenntnis finden ließe.[588] Bereits einige Zeit zuvor hatte der FzaS, wie sein Großmeister Weigt an anderer Stelle erklärte, dieses Programm, das Ritualbuch und weitere Unterlagen an einzelne Altlogen-Brüder in exponierter Stellung übersandt, um „ein freundschaftliches Verhältnis zwischen den alten Großlogen und dem F. Z. A. S." zu befördern.[589] Eine Reaktion – zumindest eine publizistische – war damals ausgeblieben. Das war nun, mit Veröffentlichung in der BAUHÜTTE, nicht mehr möglich.

Mehrere Brüder meldeten sich zu Wort, um ihre Einschätzung des Programms und des FzaS abzugeben, darunter natürlich auch Neumann. Ohne näher auf das Programm einzugehen, hielt er an seiner negativen Einschätzung fest und ergänzte sie noch um den Vorwurf der Intoleranz, da der Reformbund in offiziellen Schriften auch erklärte: „Wer noch auf dem Boden des konfessionell-dogmatischen Kirchenglaubens steht, kann bei uns keine Aufnahme finden."[590] Einen anderen Weg schlug Johann Conrad Schwabe ein, der den Anspruch des FzaS, eine reformierte, bessere Freimaurerei zu repräsentieren, zu untergraben suchte. Eingehend prüfte er das überreichte Programm und gab an, darin „nichts Neues, nichts, was nicht auch im Programm unserer allerältesten Altlogen stehen könnte" gefunden zu haben.[591] Max Hoeltzel vom FzaS dankte es ihm, indem er aufgrund dieser Zeilen die „Frage der Anerkennung" für im positiven Sinne erledigt erklärte, und den Versuch, ein freundschaftliches Auskommen mit der anerkannten Freimaurerei zu erwirken gleich mit.[592] Auch die Redaktion der BAUHÜTTE schloss damit den in ihren Spalten geführten Schlagabtausch, wie man wenige Wochen später aus einer letzten nachgereichten Replik Schwabes erfuhr, dem nur noch blieb, gegen die Verzerrung seiner Aussagen durch Hoeltzel zu protestieren.[593] Was als Teil einer Charmeoffensive des FzaS begonnen hatte, hatte also vorerst mit einer klaren Frontziehung geendet.

Als einzige der ‚Freimaurerlogen neueren Datums' blieb der FzaS auch über die kommenden Jahre und Jahrzehnte ein Ärgernis für die anerkannten deutschen Freimaurerlogen. Obwohl auch aus seinen Reihen immer wieder Brüder ausscherten

---

588 Hoeltzel, Max: „Der F. Z. A. S. und sein Programm!", in: Bauhütte 28 (1913), S. 220 f., hier S. 220.

589 So ausgeführt von Weigt in der Zuschrift an die „Bauhütte", die auch die Richtigstellung zum Artikel aus der „Neuen Hamburger Zeitung" enthielt, vgl. „Logenberichte und Vermischtes", in: Bauhütte 14 (1912), S. 110 f., hier S. 111.

590 Vgl. Neumann: „Noch einmal der F. Z. A. S.", in: Bauhütte 31 (1913), S. 245 f. Das Zitat stammt aus Gerhard: Freimaurerbund, S. 14. Ähnlich hieß es im Handbuch für die Brr der Unabhängigen Großloge des Freimaurerbundes zur Aufgehenden Sonne F.Z.A.S. Nürnberg (e. V.), S. 7: „Für Männer, die sich an Glaubensdogmen gebunden erachten, ist im Bunde kein Raum". Der Passus war also im FzaS-Selbstverständnis gerade Ausdruck der Dogmenlosigkeit.

591 Schwabe, J. C.: „Zum Programm des Freimaurerbundes ‚Zur aufgehenden Sonne' ", in: Bauhütte 32 (1913), S. 253–255, hier S. 254.

592 Hoeltzel, Max: „Vom F. Z. A. S.", in: Bauhütte 35 (1913), S. 276–278, hier S. 277.

593 Schwabe, J. C.: „Berichtigung", in: Bauhütte 38 (1913), S. 300 f.

und Aufnahme in den anerkannten Logensystemen suchten, wuchs und gedieh der FzaS und zog in der Weimarer Republik vor allem durch seine unumwunden pazifistische und internationalistische Haltung den Unmut der anerkannten deutschen Logen auf sich.

Von der Ausnahme des FzaS abgesehen bedeuteten die Winkellogen der Jahrhundertwende für die etablierte Freimaurerei letzten Endes vor allem einen (statistisch jedoch nicht signifikanten) Schub neuer Mitglieder, die andernfalls vielleicht nie ihren Weg in die anerkannten Logen gefunden hätten. Nach der Freimaurerzeitschrift Am Reissbrette zeigten die anerkannten Großlogen dabei unterschiedlich große „Resorptionskraft": Die Große Loge von Hamburg wuchs durch Anschluss ehemaliger Winkellogen um 23, die Große Landesloge von Sachsen um elf, die Großloge von Frankfurt und die Große Loge von Preußen um je sieben und die Große Landesloge um vier Logen.[594] Eine wirkliche Bedrohung der Hegemonie des Großlogenbundes hatten die neuen Logen aufgrund ihrer Instabilität, vor allem aber wegen der Zahlenverhältnisse nie dargestellt.

Ihr Auftreten war jedoch – über das bloße ‚Ärgernis' hinaus – auch ein Faktor in den innerfreimaurerischen Debatten. Manch ein Bruder wollte in ihnen eine Folge der selbstkritisch diagnostizierten Probleme des anerkannten Logenwesens sehen und versuchte sie daher argumentativ für die Reformdiskussionen fruchtbar zu machen. So erkannte ein Leipziger Bruder 1906 den neuen Logen durchaus lautere Motive zu und wollte in ihrer Entstehung eine Antwort auf den sozial exklusiven Charakter der anerkannten Logen, auf die hohen Kosten einer Logenmitgliedschaft und auf die Verschlossenheit gegenüber der Öffentlichkeit erkennen.[595] „Alle jene Strömungen sind symptomatische Zeichen der Zeit und sollten uns zu denken geben", mahnte auch die Latomia in ihrem Jahresauftakt 1902.[596] Eine zeitgemäße Reform, so die schon im Vorjahr formulierte Hoffnung, würde den Winkellogen ganz von selbst ein Ende bereiten.[597] Insbesondere die reformorientierte Latomia mauserte sich so zu einem aufmerksam die neuen Logengründungen beobachtenden Organ. Spätestens ab der Jahrhundertwende nahmen zumindest die beständigeren unter den neuen Gründungen einen festen Platz in ihrer Rubrik „Rundschau" ein, während in eher konservativen Blättern bestenfalls abfällig und warnend über sie geschrieben wurde.

594 „Winkellogen", in: Am Reissbrette 6 (1914), S. 53–57, hier S. 57.
595 Vgl. Schauerhammer: „Die Winkellogen", in: Am Reissbrette 7/8 (1906), S. 49–55, hier S. 54.
596 „Allgemeine Rundschau", in: Latomia 1 (1902), S. 1–3, hier S. 2.
597 Vgl. „After-Freimaurertum", in: Latomia 26 (1901), S. 202 f.

7. Von der Einheit zum Dualismus

Nicht nur die deutschfreimaurerische Reformbewegung erlebte in den Jahren des Wilhelminismus eine Revitalisierung, sondern auch die Suche nach größerer institutioneller Einheit. Vor dem Hintergrund der kontroversen Debatten über das Wesen der Freimaurerei und ihre Rolle in einer im Umbruch befindlichen Welt traten jedoch auch die Differenzen stärker hervor. Alte Streitfragen und neue Problemlagen führten mehr und mehr zu Fraktionierung und zu einer Verhärtung der Fronten, die sich zunehmend überlappten und miteinander synchronisierten. So entstand eine mentale Ordnung, welche die deutsche Freimaurerei immer weniger als Einheit und immer mehr als Dualismus dachte. Die kreuz und quer durch die gesamte Bruderkette verlaufenden Bruchlinien wurden allmählich in das Korsett eines allumfassenden dichotomen Deutungsschemas gezwängt, das sich zunehmend auch entlang der Obedienzgrenzen ausrichtete.

7.1. Der Settegaststreit

Erheblichen Anteil an der Fraktionierung des Großlogenbundes hatte eine umstrittene Großlogengründung der 1890er Jahre, denn nicht jede neue Konkurrenz war so geduldet wie die Odd Fellows, so belächelt wie die Theosophie oder ließ sich so bequem von oben herab ignorieren wie die Winkellogen.

Herausforderung und Ende des preußischen Sprengelrechts

1892 erschien ein dünnes Büchlein mit dem Titel „Die deutsche Freimaurerei, ihr Wesen, ihre Ziele und Zukunft im Hinblick auf den freimaurerischen Nothstand in Preußen". In scharfen Worten kritisierte es auf knapp 60 Seiten die Berliner Großlogen, bezichtigte sie „der phantastischen Schwärmerei und des trüben Mysticismus"[598] und gab ihnen aufgrund des christlichen Prinzips und der Hochgrade die Hauptschuld an einem freimaurerischen Stillstand, der nur durch eine Einigung der Freimaurerei auf Grundlage des humanitären Prinzips – notgedrungen eben ohne die preußischen Großlogen – überwunden werden könne. Folglich sei es auch nötig, das von den Berlinern eifersüchtig verteidigte Monopol auf Logengründungen in Preußen, das (innerhalb Deutschlands) nur noch dort existierende sogenannte Sprengelrecht, zu Fall zu bringen.[599]

---

598 Settegast: Freimaurerei (1892), S. 42.

599 Ebd., S. 57–59. Zur masonischen Territorialität vgl. Berger: Regimes of Territoriality; Berger: Internationalismus, S. 561–565. Zur rechtlichen Lage in Preußen vgl. Kap. 10.1. Zum Sonderfall der GLvF, die sich ab 1866 infolge der preußischen Besetzung und Eingliederung Frankfurts plötzlich im preußischen Territorium befand und dennoch fortbestehen

Nichts von alledem war grundsätzlich neu oder inhaltlich außergewöhnlich. Auch nicht die Vorwürfe des Antisemitismus, die in dem Büchlein gegen die preußischen Großlogen erhoben wurden.[600] Neu war hingegen, von wem so schwere Anschuldigungen kamen. Der Autor war Hermann Settegast, emeritierter Professor an der Landwirtschaftlichen Hochschule Berlins und seit fast 50 Jahren Freimaurer. Er hatte alle drei preußischen Systeme von innen kennen gelernt, inklusive ihrer Hochgrade. Ab 1884 war er sogar zugeordneter Großmeister der Großen Loge von Preußen und nach Ableben des Großmeisters Ludwig Herrig 1889 dessen einstimmig gewählter Nachfolger gewesen.[601]

Als solcher hatte Settegast sich um Reformen in der Großen Loge von Preußen bemüht, insbesondere was die Machtstellung des Innersten Orients sowie die Auswahl Aufnahmesuchender anging. Bislang bot die traditionell anonyme Abstimmung über einen Interessenten mit weißen (zustimmenden) und schwarzen (ablehnenden) Kügelchen – die sogenannte Kugelung oder Ballotage – ein bequemes Mittel, die Logen auch nach offiziellem Abschied vom christlichen Prinzip 1872 weitgehend ‚judenrein' zu halten.[602]

Settegast wollte dies ändern, indem er sich an Bestimmungen der Großen Loge von Hamburg orientierte. Dort mussten schwarze Kugeln begründet werden. Geschah dies nicht oder verstieß die Begründung gegen die Satzung (also etwa Ablehnung aufgrund des religiösen Bekenntnisses), dann galten sie nicht.[603] Doch Settegast konnte sich mit seinen Vorschlägen nicht gegen den mächtigen Innersten Orient durchsetzen, dem es oblag, über die Lehrart der Großen Loge von Preußen zu wachen. Er zog für sich die Konsequenzen. Ende 1889 legte Settegast sein Amt als Großmeister nieder und trat 1891 aus der Großen Loge von Preußen aus, nachdem sich die Angelegenheit zu einem halböffentlichen Zerwürfnis mit August Flohr, dem Obersten Meister des Innersten Orients, ausgewachsen hatte.[604] Settegast wechselte zur Großen Loge von Hamburg, die jedoch aufgrund des Sprengelrechts keine eigenen Logen in Preußen unterhielt.

---

konnte (anders als etwa die Großloge von Hannover), vgl. Endler/Schwarze: Freimaurerbestände, Bd. 1, S. 230 f.

600 Vgl. Settegast: Freimaurerei (1892), S. 48.

601 Vgl. ebd., S. VIf. Zu Settegasts masonischer Vita vgl. auch „Settegast", in: Allgemeines Handbuch (3. Aufl.), Bd. 2 (1901), S. 399 f.; Peters: Berliner Freimaurer, S. 61.

602 Nach Stefan-Ludwig Hoffmann befanden sich 1892 unter den 499 Berliner Mitgliedern der GLvPr nur zwölf Juden, von denen der Großteil zwischen 1872 und 1877 aufgenommen worden war, vgl. Hoffmann: Geselligkeit, S. 185 f. Zur Haltung der GLvPr gegenüber Juden vgl. Seidler: Juden, S. 165–181.

603 Vgl. Settegast: Freimaurerei (1892), S. 49.

604 Settegast beschuldigte den Innersten Orient, eine den Hochgraden des 18. Jahrhunderts ähnliche Machtstellung einzunehmen und den Brüdern vorzuschreiben, was diese als echte freimaurerische Lehre zu verstehen hätten, vgl. „Zum Rücktritt des Ehrwsten Br. Settegast", in: Bundesblatt 6 (1890), S. 141–157, hier S. 144. Vgl. auch: Bericht über den Austritt des Br. Settegast aus der Grossen Loge von Preussen, gen. Royal York zur Freundschaft, Berlin [1894].

Neben dem prominenten und renommierten Verfasser war an Settegasts Büchlein des Weiteren die große Öffentlichkeit ein Novum. Settegast war beliebt und geachtet, sein Rücktritt vom Großmeisteramt hatte dementsprechend großes Aufsehen erregt. Dass er mit einer Begründung dieses Schritts zunächst hinter dem Berg hielt, fachte die Gerüchteküche an.[605] Von einem gegen ihn gerichteten internen Putsch auf höchster Ebene war die Rede, die sich mit scharfer Kritik einiger Tochterlogen an der „Zentralleitung" in Berlin verband.[606] Aber nicht so sehr das freimaurerische Interesse war das Neue, als vielmehr die Anteilnahme der profanen Öffentlichkeit. Schon von Settegasts Rück- und Austritt hatte die Tagespresse mitbekommen und zu berichten versucht – mangels Wissens und Einsicht in die inneren Angelegenheiten der Freimaurerei zwar mit sehr zweifelhaften Resultaten, aber offenkundig bestand ein Interesse der profanen Öffentlichkeit.[607] Settegast hatte seine Schrift denn auch nicht nur für Brüder verlegt, sondern sich an das breite Publikum gewandt. Innerhalb nicht einmal eines halben Jahres erschienen sechs Auflagen. Die Berliner Großmeister waren vor aller Welt düpiert.

Neu war schließlich eine unscheinbare Ankündigung auf dem Titelblatt, die die geforderte Überwindung des Sprengelrechts zu unterstreichen schien: „Der Ertrag ist zum Besten der Stiftung einer Bauhütte in Berlin bestimmt".[608] Und Settegast meinte es ernst. Nach seiner Affiliation bei der Großen Loge von Hamburg 1891 hatte er zunächst Pläne zur Gründung einer Hamburger Tochterloge in Berlin gefasst. Die anfangs nicht abgeneigte Hamburger Großloge entschied sich jedoch nach Rücksprache mit den preußischen Großlogen und deren Verweis auf die rechtliche Lage in Preußen gegen eine solche Gründung.[609] Daraufhin hatte Settegast sein Buch veröffentlicht und anschließend den Plan einer eigenen Logengründung unabhängig von Hamburg weiterverfolgt.

Im Sommer 1892 hob er dann einen Verein mit dem Namen „Große Loge von Preußen, genannt Kaiser Friedrich zur Bundestreue" aus der Taufe, woraufhin sich der Berliner Polizeipräsident einschaltete. Unter Berufung auf das „Edikt wegen Verhütung und Bestrafung geheimer Verbindungen" von 1798 – die rechtliche Grundlage der freimaurerischen Monopolstellung der Berliner Großlogen – verbot er Settegasts Verein

---

605 Vgl. z. B. Meldungen unter „Logenberichte und Vermischtes", in: Bauhütte 1 (1890), S. 7 und Bauhütte 3 (1890), S. 23.

606 Vgl. zwei Rundschreiben, die eine Reihe von GLvPr-Tochterlogen 1890 versandten, wiedergegeben in „Die Krisis der deutschen Mrei.", in: Bauhütte 6 (1890), S. 46–48. Gegen die „Zentralleitung" in Berlin wandte sich der Unmut nicht zuletzt, weil Settegasts Reformpläne im Innersten Orient ohne Wissen der Tochterlogen verhandelt und abgelehnt worden waren. Das entsprach zwar den Statuten, aber nicht dem gewachsenen und erwachten Selbstverständnis der Tochterlogen.

607 Vgl. z. B. die Presseschau unter „Logenberichte und Vermischtes", in: Bauhütte 48 (1891), S. 379.

608 Settegast: Freimaurerei (1892), Titelblatt.

609 Den letzten Ausschlag gab ein Schreiben des preußischen Innenministers Ernst Ludwig Herrfurth an die GLvH, das auf das „Edikt wegen Verhütung und Bestrafung geheimer Verbindungen" von 1798 verwies. Das Schreiben ist abgedr. in Settegast: Große Freimaurerloge, S. 5.

die Führung der Bezeichnungen „Freimaurerloge", „Großloge", „Bauhütte" oder ähnliches.[610] Settegast widersprach und die Sache landete vor Gericht, wo im November 1892 zugunsten Settegasts entschieden wurde. Auch ein Berufungsverfahren im April des Folgejahres, auf das die (nunmehr) *alt*preußischen Großlogen durch eine Denkschrift versuchten einzuwirken,[611] bestätigte nur dieses Urteil. Damit war eindeutig festgestellt: das Monopol, auf welchem sich die altpreußischen Großlogen ausgeruht und auf welches sich der Berliner Polizeipräsident gestützt hatte, hatte schon seit 1848 seine Rechtsgültigkeit verloren.[612] „Der Kampf ist aus", triumphierte Settegasts Anwalt Hugo Alexander-Katz.[613] Vom profan-rechtlichen Standpunkt aus war die Sache damit abgeschlossen. Auf einmal war der Weg in Preußen frei, nicht nur für die Großloge „Kaiser Friedrich zur Bundestreue" und die anerkannten nichtpreußischen Großlogen, sondern auch für die ‚Freimaurerlogen neueren Datums' des vorherigen Kapitels. Nicht abgeschlossen war die Angelegenheit jedoch vom freimaurerischen Standpunkt aus. Hier fing sie gerade erst an.

Deutsche Freimaurerei zwischen Abwehr und Anerkennung

Schon die Reaktionen auf Settegasts Büchlein waren in Freimaurerkreisen sehr unterschiedlich ausgefallen. Während die BAUHÜTTE sich voll des Lobes gezeigt hatte, hatte sich das BUNDESBLATT genötigt gesehen, den Vorwürfen in einer ausführlichen Buchbesprechung entschieden entgegenzutreten, Settegast für die öffentliche Erörterung zu verurteilen und ihn des Verstoßes gegen das Verschwiegenheitsgelübde zu bezichtigen.[614] Für die Große Landesloge hatte Otto Hieber eine Abwehrschrift veröffentlicht, die auf Settegasts Angriffe einging, insbesondere auf die als ehrverletzend empfundenen Antisemitismusvorwürfe. Der Großen Landesloge sei eine Aufnahme von Juden schlechterdings nicht *möglich*, was jedoch nichts mit Antisemitismus zu tun habe, sondern damit, dass die Ordenslehre „von ihrer ersten bis zur letzten Stufe von dem Geiste Christi durchweht" sei.[615] Die Aufnahme eines Juden käme somit „einer unfreiwilligen Konversion zum Christentum" gleich, „womit doch keinem Juden gedient sein könnte".[616]

---

610 Die Schreiben i. A. des Polizeipräsidenten, abgedr. in Settegast: Große Freimaurerloge, S. 5 f.

611 Die Denkschrift war offiziell von Polizeipräsident Bernhard von Richthofen angefordert worden. Das Schreiben von Richthofens, abgedr. in Freimaurer-Zeitung 28 (1893), S. 219. Die Denkschrift der altpreußischen Großlogen, abgedr. in Alexander-Katz: Edikt, S. 33–46.

612 Vgl. die Urteilsbegründung, abgedr. in ebd., S. 10–22, hier S. 20.

613 Ebd., S. 3. Zur masonischen Vita von Katz vgl. Peters: Berliner Freimaurer, S. 8.

614 Vgl. „Litterarische Besprechungen", in: Bauhütte 31 (1892), S. 247 f. und „Die deutsche Freimaurerei, ihr Wesen, ihre Ziele und Zukunft im Hinblick auf den freimaurerischen Nothstand in Preussen", in: Bundesblatt 15 (1892), S. 343–351, hier S. 346 f.

615 Hieber: Abwehr, S. 28 [Herv. i. O.].

616 Ebd., S. 28.

Ebenfalls wenig überraschend war die Ablehnung gewesen, mit welcher die altpreußischen Großlogenleitungen der von Settegast gegründeten Großloge entgegentraten. Schon im Oktober 1892 hatte beispielsweise das Bundesdirektorium der „Drei Weltkugeln" in einem Schreiben an alle ihre Bundeslogen den Umgang mit der „Kaiser Friedrich zur Bundestreue" verboten und diese als Winkelloge bezeichnet.[617] Zu diesem Zeitpunkt hatte jedoch noch die Hoffnung bestanden, dass sich das Problem durch das Eingreifen der staatlichen Stellen von selbst erledigen würde. Mit dem Urteil im Berufungsprozess im April 1893 zerstob diese Hoffnung, weswegen sich auch der am 21. Mai 1893 in Dresden stattfindende Großlogentag mit der Settegastangelegenheit befasste. Das Maurerrecht sollte nun greifen, wo das profane Recht versagt hatte.

Ohne große Umschweife beantragte Großmeister Karl Gerhardt von den „Drei Weltkugeln", der Großlogenbund möge feststellen, dass die „Kaiser Friedrich zur Bundestreue" außerhalb des deutschen Maurerrechts stehe und somit keine anerkannte Logenorganisation sei.[618] Unterstützung fand er bei den beiden anderen Berliner Großlogen sowie der Großen Landesloge von Sachsen und der Großloge von Darmstadt. Gegenwind kam hingegen von den Großlogen von Bayreuth, Hamburg und insbesondere Frankfurt. Letztere warnte vor einem überstürzten oder „feindselige[n] Vorgehen" und erinnerte an die Autonomie der Großlogen in Anerkennungsfragen.[619] Der Großlogenbund solle sich vor der Überheblichkeit hüten, das von ihm gesetzte Recht als maßgeblich für die Freimaurerei überhaupt anzusehen.[620] Die den Tagesordnungspunkt beschließende Abstimmung über den Antrag der „Drei Weltkugeln" fiel diesen Positionierungen entsprechend gespalten aus.[621]

In den maurerischen Blättern wurde die Kontroverse fortgesetzt. Wie schon auf dem Großlogentag drehte sich die Diskussion dabei vor allem um die Anwendbarkeit, den Stellenwert und die Auslegung des vom Großlogenbund geschaffenen maurerischen Rechts. Die schon in den 1880er Jahren von Findel und seinen Mitstreitern erhobenen Vorwürfe, die Freimaurerei werde von Gesetzemacherei und Machtstreitigkeiten über die Rechtsauslegung verdrängt, fanden erneut starken Anklang. So urteilte ein Beitrag in der Bauhütte, dass es beim Großlogenbund ganz offensichtlich nicht mehr um die Pflege der Freimaurerei gehe, sondern die „Logenbundes-Idee" zum Selbstzweck erstarrt sei.[622]

Auch die Argumente vom Großlogentag hinsichtlich der Überheblichkeit des Großlogenbundes und der Autonomie der Großlogen in Anerkennungsfragen wurden

617 Vgl. „An sämmtliche Bundeslogen", in: Bundesblatt 19 (1892), S. 433.

618 Vgl. „Die Verhandlungen des Deutschen Grosslogentages", in: Freimaurer-Zeitung 27 (1893), S. 209–212, hier S. 211 f.

619 „Die Verhandlungen des Deutschen Grosslogentages", in: Freimaurer-Zeitung 28 (1893), S. 217–223, hier S. 217.

620 Vgl. ebd., S. 217 f.

621 Ebd., S. 222.

622 Vgl. Kullmann, Georg: „Anerkannte Logen", in: Bauhütte 29 (1893), S. 225–228, hier S. 225.

wiederholt.[623] In dieses Horn stieß ganz besonders auch Hugo Alexander-Katz, Settegasts Anwalt aus den Gerichtsverfahren und Mitglied der „Kaiser Friedrich zur Bundestreue". Ganz der erfahrene Jurist, zerpflückte er mit deutscher Gründlichkeit die rechtlichen Argumente der Berliner Großmeister. Das „angebliche maurerische Recht Deutschlands", auf das diese sich beriefen, sei im einzigen deutschen Buch über Freimaurerrecht von Carl Heinrich von Groddeck und Otto Henne am Rhyn nicht zu finden und auch die Statuten des Großlogenbundes böten nicht die behauptete Grundlage. Sie regelten nach § 8 vielmehr eindeutig, dass Kompetenzen des Großlogenbunds nur in drei Fällen die Souveränität der Großlogen einschränkten: in der Anerkennung von Logen, die durch Bundesgroßlogen gegründet seien; im Verkehr mit ausländischen Großlogen; in der Entscheidung von Streitigkeiten der Bundesgroßlogen untereinander. Katz folgerte: dasjenige deutsche Maurerrecht, auf das sich die Berliner Großmeister beriefen, sei „eine glatte Erfindung ad hoc [...] gegen uns."[624]

Die altpreußischen Großlogen argumentierten aber nicht nur mit den Kompetenzen des Großlogenbundes, sondern sie stützten sich insbesondere auf § 4 des Großlogenbundstatuts, der als anerkannte deutsche Freimaurerverbände nur die acht Mitgliedsgroßlogen des Großlogenbundes und die fünf unabhängigen Logen aufzählte. Das alleine schließe bereits die Anerkennung der „Kaiser Friedrich zur Bundestreue" aus, argumentierte Großmeister Gerhardt von den „Drei Weltkugeln" im BUNDESBLATT.[625]

Neben Fragen der Anerkennung ging es in den Diskussionen insbesondere auch um die Frage des Besuchsrechts. Sollten Mitglieder der „Kaiser Friedrich zur Bundestreue" in anerkannten Logen als Brüder willkommen geheißen werden dürfen und umgekehrt, oder nicht? Für die Berliner Gegner der neuen Großloge war der Fall klar und Großmeister Gerhardts Antrag vom Großlogentag hatte dazu eine klare – verneinende – Position bezogen. Für jene, die der Settegastgründung indifferent oder gar mit Sympathien gegenüberstanden, gestaltete sich die Frage allerdings weniger eindeutig und sie verwiesen auf etabliertes und gewohnheitsmäßiges Maurerrecht, um der altpreußischen Position zu widersprechen.

Ein Präzedenzfall, auf den sie sich stützen konnten, war der Umgang mit Mitgliedern des Grand Orient de France, mit dem der Großlogenbund 1870 gebrochen hatte. 1875 hatte der Großlogentag bestimmt, dass französischen Brüdern dennoch weiterhin ihr volles Besuchsrecht zustehe.[626] Dass diese Entscheidung nach wie vor galt, hatte

623 Vgl. Kullmann, Georg: „Anerkannte Logen", in: Bauhütte 29 (1893), S. 225–228, hier S. 225 u. insbes. auch Kullmann, Georg: „Die Ächtung der Grossloge ‚Friedrich zur Bundestreue' auf dem Grosslogentag zu Dresden", in: Bauhütte 25 (1893), S. 193–195.

624 Alexander-Katz, Hugo: „Noch einmal: was nun?", in: Bausteine 4 (1894), S. 71–82, hier S. 73. Bei dem erwähnten Buch handelt es sich um Groddeck/Henne am Rhyn: Darstellung, das vom VdF in Auftrag gegeben worden war und durch Auswertung von über 60 freimaurerischen Satzungen und Statuten des In- und Auslandes eine Bestandsaufnahme des gebräuchlichen Maurerrechts unternahm.

625 Vgl. Gerhardt: „Zu § 4 des Statuts des Deutschen Grosslogenbundes", in: Bundesblatt 8 (1894), S. 189–211.

626 Vgl. „Deutscher Grosslogentag", in: Bauhütte 23 (1875), S. 177 f., hier S. 178.

die Große Loge von Preußen erst 1893 ihren Tochterlogen bestätigt.[627] Hinzu kam der Hinweis auf altes tradiertes Maurerrecht. Schon die Konstitution der weltweit ersten Großloge hatte den Fall geregelt. In Artikel acht der „General Regulations" vom 25. April 1723 hieß es, dass all jene, die in einer unrechtmäßig errichteten Loge zu Brüdern gemacht worden seien, dennoch in den rechtmäßigen Logen „mögen zugelassen werden."[628]

Solche Einwürfe berührten die altpreußischen Großlogen wenig. Für sie hatten „die sogenannten ‚alten Landmarken' ebenso wenig wie die ‚alten Pflichten' irgend welche bindende Kraft", wie das BUNDESBLATT dagegenhielt.[629] Was ausschließlich zähle, sei das selbstgesetzte Recht des Großlogenbundes. Daher prallte auch der Einwand ab, dass die etablierten Berliner Großlogen ebenso ohne gültiges Konstitutionspatent gegründet worden seien, wie nun die „Kaiser Friedrich zur Bundestreue". Das sei zwar „an sich richtig", lautete die Entgegnung, aber falle in eine Zeit vor der nunmehr entscheidenden Rechtssetzung durch den Großlogenbund.[630]

Die Diskussionen wurden nicht nur mit Blick auf den letzten, sondern auch auf den kommenden Großlogentag 1894 geführt, denn auch bei diesem nahm die Settegastangelegenheit wieder einen zentralen Platz ein. Die altpreußischen Großmeister versuchten diesmal, die Angelegenheit über Bande zu spielen, indem sie die Außenbeziehungen in den Fokus rückten.

Inzwischen hatten nämlich die Großlogen der Niederlande und Ungarns die „Kaiser Friedrich zur Bundestreue" offiziell als Großloge anerkannt, weshalb die Berliner Großmeister den Abbruch der Beziehungen zu ihnen beantragten. Auf diesem Wege erhofften sie all jene zu isolieren, die der neuen Großloge auch nur einen Funken Legitimität zuzugestehen bereit waren und so die Anerkennungsfrage auf indirektem Weg zu lösen: „Wir wollen Diejenigen nicht als Freunde ferner betrachten, welche *Gebilde* in Deutschland anerkennen, die wir selber noch nicht anerkannt haben."[631]

---

627 Vgl. die Meldung unter „Logenberichte und Vermischtes", in: Bauhütte 17 (1893), S. 126 und „Logenberichte und Vermischtes", in: Bauhütte 33 (1893), S. 264. Zu dem Schisma zwischen GOdF und UGLE vgl. Kap. 7.3.

628 Vgl. „Zur Frage der Anerkennung der Settegast'schen Grossloge", in: Bundesblatt 5 (1894), S. 110–122, hier S. 114. Der einschlägige Passus war nach Drucklegung der ersten Ausgabe verabschiedet worden und findet sich daher in der zweiten Ausgabe von 1738, hier zitiert aus deren deutscher Übersetzung von 1783, vgl. Anderson: Konstitutionenbuch, S. 451. Der Hinweis auf diesen Passus für den Umgang mit in unrechtmäßig konstituierten Logen aufgenommenen Brüdern findet sich auch „Verordnungen (allgemeine)", in: Allgemeines Handbuch (2. Aufl.), Bd. 3 (1867), S. 410–428, hier S. 419 f.

629 „Zur Frage der Anerkennung der Settegast'schen Grossloge", in: Bundesblatt 5 (1894), S. 110–122, hier S. 114.

630 Vgl. ebd., S. 115.

631 „Aus dem Bericht über die Verhandlungen des Deutschen Großlogentages am 13. Mai 1894 im Orient der Großen Loge von Hamburg in Hamburg", in: Bausteine 8/9 (1894), S. 145–154, hier S. 145 f. [Herv. i. O.].

Doch das Kalkül ging nicht auf. Außer den Berliner Großmeistern sah keiner der anwesenden Großlogenvertreter im Schritt der Ungarn und der Niederländer einen Verstoß gegen die freimaurerische Freundschaft. Stattdessen wurden die Berliner zur Nachsicht gemahnt und an die freimaurerischen Tugenden der Milde und Vergebung erinnert, wovon man bei diesen jedoch nichts hören wollte.[632] Auch sonst ging der Berliner Plan eher nach hinten los. Die offen eingestandene Hoffnung, durch Konzentration auf die Außenbeziehungen auch diejenigen Großlogen ins eigene Lager zu ziehen, die 1893 gegen die Verurteilung der Settegastgroßloge gestimmt hatten, erfüllte sich nicht.[633] Vielmehr erlaubte die Verschiebung des Fokus weg von der direkten Behandlung der „Kaiser Friedrich zur Bundestreue" auch jenen Großlogen, die im Jahr zuvor noch an der Seite der altpreußischen Großlogen gestanden hatten, von diesen abzurücken. So wurde der Antrag schließlich gegen die drei Berliner Stimmen abgelehnt.[634]

Auch die Anerkennungsfrage selbst kam am Großlogentag 1894 erneut zur Sprache. Nachdem Versuche, die separate Anerkennung durch die nichtpreußischen Großlogen zu erlangen, nicht gefruchtet hatten, hatte die „Kaiser Friedrich zur Bundestreue" einen entsprechenden Antrag an den Großlogenbund gestellt. Dazu hatte ihnen niemand geringeres als der geschäftsführende Großmeister des Großlogenbundes und Großmeister der Großen Loge von Hamburg Carl Wiebe geraten, auch wenn – worauf die „Kaiser Friedrich zur Bundestreue" Wiebe hinwies – eigentlich nur Mitglieder des Großlogenbundes antragsberechtig waren.[635] Da jedoch deswegen am Großlogentag die Diskussion über den Antrag abgelehnt wurde, sprang die Große Loge von Hamburg notgedrungen in die Bresche und beantragte, das Ersuchen der neuen Großloge in Erwägung zu ziehen und zu diesem Zweck – wie üblich – eine Prüfungskommission einzusetzen.[636]

Gegen die altpreußischen Stimmen, aber mit Unterstützung aller übrigen Bundesgroßlogen, wurde der Hamburger Antrag angenommen und die Arbeit in die Hände der Großlogen von Hamburg, Bayreuth und Frankfurt gelegt. Die Berliner Obedienzen hatten sich auch nach Annahme des Antrags strikt geweigert, sich an der Kommission zu beteiligen.[637]

---

632 Vgl. „Aus dem Bericht über die Verhandlungen des Deutschen Großlogentages am 13. Mai 1894 im Orient der Großen Loge von Hamburg in Hamburg", in: Bausteine 8/9 (1894), S. 145–154, hier S. 146 f.

633 Ebd., S. 146.

634 Vgl. ebd., S. 148.

635 Vgl. „Schreiben an die Großen Freimaurer-Logen Deutschlands außerhalb Altpreußens", in: Bausteine 5 (1894), S. 93 f. u. „Ein letztes Wort vor der Entscheidung auf dem Großlogentage in Hamburg", in: Bausteine 6 (1894), S. 105–108.

636 Vgl. „Aus den Verhandlungen des Grosslogentages in Hamburg am 13. Mai 1894", in: Freimaurer-Zeitung 22 (1894), S. 173–175, hier S. 174 u. ergänzend „Aus dem Bericht über die Verhandlungen des Deutschen Großlogentages am 13. Mai 1894 im Orient der Großen Loge von Hamburg in Hamburg", in: Bausteine 8/9 (1894), S. 145–154, hier S. 148 f.

637 Vgl. „Aus den Verhandlungen des Grosslogentages in Hamburg am 13. Mai 1894", in: Freimaurer-Zeitung 22 (1894), S. 173–175, hier S. 175.

Die strikte Verweigerungshaltung der Berliner sollte sich auszahlen. Das Gutachten der Prüfungskommission, das noch vor dem Großlogentag 1895 in der maurerischen Presse veröffentlicht wurde, kam zu dem Schluss, aufgrund der angespannten Lage im Großlogenbund keine Anerkennung empfehlen zu können.[638] Mit Ausnahme der Großloge von Frankfurt folgten denn auch alle Mitglieder des Großlogenbundes dieser Empfehlung und stimmten am Großlogentag 1895 gegen die Anerkennung.[639]

War das Gutachten somit auch in seiner Konsequenz ein Sieg der Gegner der Settegastgroßloge, so konnte doch nicht übersehen werden, dass es inhaltlich nichts gegen die Großlogengründung vorzubringen gewusst hatte. Im Gegenteil hatte es der „Kaiser Friedrich zur Bundestreue" ausdrücklich freimaurerische Prinzipientreue und Erfüllung aller im Großlogenbund üblichen Anerkennungsvoraussetzungen attestiert.[640]

Kein Wunder, dass die Bausteine, die Zeitschrift der „Kaiser Friedrich zur Bundestreue", die Niederlage in einen Triumph ummünzte, indem sie erklärte, dass mit dem Gutachten der Prüfungskommission die „Anerkennung *als gerechte und vollkommene Loge*", also als legitime freimaurerische Körperschaft, von Seiten des Großlogenbundes unzweideutig festgestellt sei.[641] Dass diese Anerkennung nicht zur Aufnahme offizieller Beziehungen mit dem Großlogenbund geführt habe, sei unerheblich, da es darum nie wirklich gegangen sei, schließlich erkenne die „Kaiser Friedrich zur Bundestreue" im „sogenannte[n] Großlogenbund" keine Institution, die zum Besten der Freimaurerei etwas Wesentliches beizutragen habe.[642]

So ganz konnte Settegast den geschmähten Großlogenbund allerdings wohl doch nicht sich selbst überlassen, denn schon 1896 meldete er sich erneut zu Wort. In einem Pamphlet mit dem programmatischen Titel „Was die deutsche Freimaurerei noch retten kann. Ideen und Plan zu einer Reform des deutschen Großlogenbundes" rief er zur Gründung eines explizit gegen die altpreußischen Großlogen gerichteten „Freimaurerbundes auf liberaler Grundlage" auf.[643] „Das sind in der That Reformvorschläge, wie sie nur ein dem realen Logenleben völlig entfremdeter Gelehrter in seinem stillen

---

638 Vgl. „Protokoll und Bericht der Pfingsten 1894 niedergesetzten Kommission zur Beratung der Frage der Anerkennung der Grossloge von Preussen, gen. Kaiser Friedrich zur Bundestreue in Berlin", in: Bauhütte 19 (1895), S. 145 f., hier S. 145.

639 Vgl. „Logenberichte und Vermischtes", in: Bauhütte 23 (1895), S. 183.

640 Vgl. „Protokoll und Bericht der Pfingsten 1894 niedergesetzten Kommission zur Beratung der Frage der Anerkennung der Grossloge von Preussen, gen. Kaiser Friedrich zur Bundestreue in Berlin", in: Bauhütte 19 (1895), S. 145 f., hier S. 145.

641 „Die Große Loge von Preußen genannt Kaiser Friedrich zur Bundestreue und ihre Gegner", in: Bausteine 1 (1896), S. 2–18, hier S. 2 [Herv. M. P.]. Diese Umdeutung findet sich auch im Ende 1895 erschienenen Settegast: Woher – wohin?, S. 21. „Gerecht und vollkommen [...] heisst eine Loge, wenn sie gesetzlich begründet und daher als zu Recht bestehend anerkannt ist", vgl. „Gerecht und vollkommen", in: Allgemeines Handbuch (3. Aufl.), Bd. 1 (1900), S. 350.

642 „Die Große Loge von Preußen genannt Kaiser Friedrich zur Bundestreue und ihre Gegner", in: Bausteine 1 (1896), S. 2–18, hier S. 3.

643 Settegast: Reform des deutschen Großlogenbundes, S. 7.

Kämmerlein auszudenken vermag“, giftete der Großmeister der „Drei Weltkugeln“ gegen diesen Angriff.[644] Aber auch der von Settegast erhoffte Zuspruch nichtpreußischer Logen und Großlogen blieb weitgehend aus.

Überhaupt hatte sich die Haltung auch der Großlogen von Hamburg und Frankfurt inzwischen zu wandeln begonnen. Beide hatten 1893 die Gunst der Stunde genutzt und nach dem Fall des preußischen Sprengelrechts eigene Tochterlogen in Berlin installiert. Nunmehr stellte die „Kaiser Friedrich zur Bundestreue“ institutionell eher eine Konkurrenz dar. Zum Verdruss der jungen Großloge begannen die Profiteure von Settegasts Gerichtsstreit nun, dessen Verdienst um die freimaurerische Öffnung Preußens kleinzureden, indem sie sich gegen die „Legendenbildung“ wandten, nach der ihnen „erst von anderer Seite die Wege geebnet“ hätten werden müssen.[645]

In Folge dieser freimaurerischen Erschließung Preußens blieb zudem der von der jungen Großloge erhoffte Übertritt unzufriedener altpreußischer Brüder weitgehend aus. Als exemplarisch kann das Verhalten der Loge „Georg zur gekrönten Säule“ (Große Loge von Preußen) in Clausthal-Zellerfeld gelten. Wie zahlreiche andere altpreußische Tochterlogen hatte diese mit deutlichen Unmutsbekundungen auf den Umgang ihrer Großloge mit dem ehemaligen Großmeister reagiert und sich im Rahmen ihrer Möglichkeiten gegen das entsprechende Vorgehen ihrer Großloge gestemmt.[646] Trotz dieser deutlichen Parteinahme für Settegast wechselte die „Georg zur gekrönten Säule“ nach dem unvermeidlichen Bruch mit der Großen Loge von Preußen nicht zur „Kaiser Friedrich zur Bundestreue“, sondern schloss sich der Großloge von Frankfurt an.[647]

Noch bedenklicher stimmten die Settegastgroßloge Abspaltungsbewegungen in den eigenen Reihen. All das mit rhetorischer Sicherheit vorgetragene Selbstverständnis als anerkannte Freimaurer-Großloge konnte die tatsächliche Ausgrenzung offenbar nicht aufwiegen. So entschied sich beispielsweise die Breslauer Tochterloge „Hermann zur Beständigkeit“ Ende 1896, den Wechsel zur Großloge von Frankfurt zu vollziehen,[648] was jedoch zu einer ernsten Belastungsprobe für die angespannten Beziehungen zwischen den anerkannten Großlogen werden sollte.

Denn anstatt ob dieser Sezessionsbewegung zufrieden zu sein, zeigten sich die drei altpreußischen Großlogen, die jede eine eigene Tochterloge in Breslau unterhielt, engherzig. Davon zeugte der bald schon ans Licht der freimaurerischen Öffentlichkeit getragene Briefwechsel, der sich im Vorfeld des Übertritts zwischen der Großloge von

644 Gerhardt: „Zur Förderung der Einigung in der Deutschen Freimaurerei“, in: Bundesblatt 15 (1896), S. 433—491, hier S. 439.

645 So der Stuhlmeister einer Frankfurter Tochterloge in Berlin im Oktober 1894, zit. n. „Verdienst?“, in: Bausteine 3 (1895), S. 58 f., hier S. 58.

646 Vgl. „Denkschrift der Loge Georg zur gekrönten Säule im Or. Clausthal-Zellerfeld betreffend den Uebertritt zur Großen Mutterloge des Eklektischen Bundes in Frankfurt am Main“, in: Bausteine 6/7 (1896), S. 96—109.

647 Vgl. die Meldung in Bausteine 6/7 (1896), S. 95 f.

648 Vgl. „Logenberichte und Vermischtes“, in: Bauhütte 51 (1896), S. 408.

Frankfurt und den Berliner Obedienzen entsponnen hatte.[649] Mal schmallippig, mal wortklauberisch setzten die Berliner alles daran, dem Logenübertritt maurerrechtliche Steine in den Weg zu legen. So beriefen sie sich etwa auf § 28 des 1883 vom Großlogenbund verabschiedeten Allgemeinen Aufnahmegesetzes, demzufolge bei einem Aufnahmegesuch zu prüfen sei, ob und gegebenenfalls weshalb der Interessent bereits zuvor in einer anderen Loge abgelehnt worden war.[650] Nach altpreußischen Angaben traf genau das auf mehrere Mitglieder der Breslauer ‚Vereinigung' zu (die Berliner vermieden es betont, von ‚Loge' zu sprechen).[651] In Übereinstimmung mit dem Allgemeinen Aufnahmegesetz prüfte Frankfurt die Angaben und stellte fest, dass von drei benannten Settegast-Brüdern nur einer tatsächlich zuvor von einer altpreußischen Loge zurückgewiesen worden war.[652]

So lief es hin und her: Die Berliner Großlogen beanstandeten, die Großloge von Frankfurt bemühte sich um Klärung, nur um sich einem neuen oder leicht abgewandelten Einwand gegenüber zu sehen.

Als all die Anstrengungen zu keiner Übereinkunft führten, nutzte Frankfurt eine verstrichene Antwortfrist und installierte die „Hermann zur Beständigkeit" kurzerhand als eigene Bundesloge. Die altpreußischen Groß- und ihre Breslauer Tochterlogen zogen daraufhin den letzten Trumpf, untersagten ihren Mitgliedern den Umgang mit der neuen Frankfurter Tochterloge und verweigerten ihr die Anerkennung. Der Grund: es habe gar keine Neukonstituierung stattgefunden, sondern widerrechtlich eine „Umwandlung" beziehungsweise „Annahme", die doch nur bereits anerkannten Logen und Brüdern vorbehalten sei.[653] Die Versicherung der Großloge von Frankfurt, alle gemachten Zusagen und die korrekte freimaurerische Form eingehalten zu haben, verhallte ungehört.[654] Ihr blieb nurmehr, die Angelegenheit in Form einer offiziellen Beschwerde gegen die drei altpreußischen Großlogen „wegen Verletzung des Statuts

649 Vgl. „Aktenmässige Darstellung der Vorgänge gelegentlich der Einsetzung der Loge Hermann zur Beständigkeit im Or. Breslau als eine ger. u. vollk. eklektische Bundesloge", in: Bauhütte 6 (1897), S. 41–48.

650 Das 1883 beschlossene Allgemeine Aufnahmegesetz harmonisierte die Formalitäten bei Aufnahmegesuchen, vgl. Allgemeines Aufnahme-Gesetz für die zum deutschen Grosslogenbunde gehörigen Logen, Berlin [1883].

651 „Aktenmässige Darstellung der Vorgänge gelegentlich der Einsetzung der Loge Hermann zur Beständigkeit im Or. Breslau als eine ger. u. vollk. eklektische Bundesloge", in: Bauhütte 6 (1897), S. 41–48, hier S. 42 f.

652 Vgl. ebd., S. 44.

653 Vgl. „Aktenmässige Darstellung der Vorgänge gelegentlich der Einsetzung der Loge Hermann zur Beständigkeit im Or. Breslau als eine ger. u. vollk. eklektische Bundesloge", in: Bauhütte 6 (1897), S. 41–48, hier S. 46 f.

654 Ebd., S. 47.

des deutschen Grosslogenbundes sowie wegen des [...] beleidigenden und verletzenden Vorgehens“ vor den Großlogenbund zu bringen.[655]

Dieser bemühte sich um einen Vergleich: Die Beilegung der Anerkennungsstreitigkeiten wurde in Aussicht gestellt, wenn Frankfurt dafür seine Beschwerde zurückziehe und auch eigene Fehler einräume.[656] Der Auseinandersetzung überdrüssig tat die Großloge von Frankfurt wie geheißen, musste jedoch feststellen, dass nicht alle Logen auf eine Lösung der Frage aus waren. Die Große Loge von Preußen hielt weiterhin an der Nichtanerkennung der neuen Frankfurter Tochterloge fest.[657] Angesichts dieser festgefahrenen Lage beschloss der Großlogenbund schließlich die Einsetzung eines Schiedsgerichts.[658] Unmissverständlich erklärte dieses im Folgejahr nach eingehender Prüfung der Akten, dass keine begründeten Einwände vorgebracht worden seien und deswegen die Loge „Hermann zur Beständigkeit“ fortan von allen Bundesgroßlogen als eine gerechte und vollkommene Loge anerkannt sei.[659]

Damit schien die leidige Breslauer Angelegenheit endlich einem klaren Ende zugeführt, nach mehrjährigem Zwist, der den Großlogenbund sichtlich auf die Probe gestellt hatte. Doch um welchen Preis? Das Verhältnis der Großlogen zueinander war zerrüttet, Misstrauen und Engherzigkeit hatten sich breit gemacht und das Maurerrecht, das Prestigeobjekt von Jahrzehnten der Großlogenbundarbeit, hatte sich als dünner Lack entpuppt, unter dem eine rücksichtslose Interessen- und Machtpolitik hervorschien.

Entsprechend harsch fielen die Kommentare der unabhängigen Logenpresse aus, die gegen „Juristische Maurer“ polemisierte und den Mangel an freimaurerischer Gesinnung kritisierte, die offenbar von einem dysfunktionalen Maurerrecht und Rechtsdünkel verdrängt worden sei.[660]

---

655 Das Großlogenbund-Statut sicherte den beteiligten Obedienzen das gegenseitige Besuchsrecht zu. Die die Beschwerde begründende Denkschrift, abgedr. unter „Zur Breslauer Frage“, in: Bauhütte 10 (1897), S. 73–74, hier S. 74.

656 Vgl. den Bericht vom extra dafür einberufenen außerordentlichen Großmeistertag unter „Logenberichte und Vermischtes“, in: Bauhütte 23 (1897), S. 183 f., hier S. 184.

657 Vgl. „Bericht über die Verhandlungen des Deutschen Grosslogentages“, in: Bauhütte 28 (1897), S. 217–219, hier S. 218 f. und Auszüge aus dem Rundschreiben des geschäftsführenden Großmeisters des Großlogenbundes, abgedr. unter „Logenberichte und Vermischtes“, in: Bauhütte 4 (1898), S. 31. Vgl. auch den Bericht zum Großlogentag, wie ihn die Freimaurer-Zeitung abdruckte: „Deutscher Grosslogentag“, in: Freimaurer-Zeitung 25 (1898), S. 197 f. sowie „Bericht über die Verhandlungen des Deutschen Grosslogentages“, in: Bauhütte 28 (1898), S. 217–221, hier S. 219.

658 Ebd., S. 219.

659 Schiedsspruch abgedr. unter „Logenberichte und Vermischtes“, in: Bauhütte 8 (1899), S. 63.

660 Lachmund: „Bestrebungen und Geist der deutschen Freimaurerei“, in: Bauhütte 21 (1898), S. 161–163, hier S. 162. Vgl. auch „Paragraphen und Bruderliebe“, in: Bauhütte 11 (1897), S. 81; „Form oder Sache?“, in: Latomia 18 (1898), S. 139.

Ende der Settegastgroßloge – kein Ende des Settegaststreits

Dass durch all die Unannehmlichkeiten weitere Settegastlogen von der Sezession abgehalten und somit der bequemste Weg zur Lösung des Problems „Kaiser Friedrich zur Bundestreue" verbaut worden sei, wie mitunter befürchtet wurde, sollte jedoch schon bald widerlegt werden, denn nur ein Jahr nach dem Schiedsspruch in der Breslauer Angelegenheit gelang der Großen Loge von Hamburg ein Coup. Durch Aufnahme von 202 Mitgliedern der Settegastgroßloge in den Verband der Großen Loge von Hamburg am 18. Oktober 1900 und Überführung der jungen Großloge in eine neu gegründete Hamburger Provinzialgroßloge in Berlin am 27. Oktober endete die eigenständige Geschichte des umstrittenen ‚Gebildes'.[661] Doch in einer anderen Sache sollten die Schwarzseher Recht behalten: dass der ‚Fluch der bösen Tat' auf der Settegastgründung lag.[662]

Die Berliner Reaktion auf den Hamburger Schritt ließ nicht lange auf sich warten und wirkte wie die Fortsetzung der Breslauer Angelegenheit. Erneut beanstandeten die altpreußischen Großmeister eine nach ihrer Meinung erfolgte Verletzung freimaurerischer Formen, was sich unter anderem schon darin zeige, dass die neue Hamburger Provinzialgroßloge den Namen der Settegastgroßloge behalten habe.[663] Ein Kampf um Worte, der fast als böswillige Absicht erscheinen wolle, urteilte die Latomia.[664]

Vertieft wurde der Graben noch durch weitergehende, auch persönliche Vorhaltungen. Die altpreußischen Großmeister warfen der Hamburger Großloge ein konspiratives Vorgehen an den übrigen Großlogen vorbei vor, was von dieser jedoch zurückgewiesen wurde. Schon seit dem Großlogentag an Pfingsten sei den dort Anwesenden bekannt gewesen, dass die Große Loge von Hamburg die endgültige Regelung der Settegastfrage in die Hand genommen habe.[665] Der Großmeister der „Drei Weltkugeln" schalt diese Behauptung eine Lüge, sah sich jedoch zur Zurücknahme dieser unbrüderlichen Anschuldigung gezwungen, als die Berliner Delegierten vom betreffenden Großlogentag die Hamburger Darstellung bestätigten.[666]

---

661 Vgl. „Logenberichte und Vermischtes", in: Bauhütte 46 (1900), S. 365–367; „Allgemeine maurerische Umschau", in: Freimaurer-Zeitung 47 (1900), S. 374. Abweichend „Berlin [Nachtrag]", in: Allgemeines Handbuch (3. Aufl.), Bd. 2 (1901), S. 593, wo das Datum 28.10.1900 genannt wird.

662 „Es ist, als wenn der von Anfang an begangene Fehler fortzeugend immer neue nach sich ziehen sollte", vgl. „Ein Grosslogen-Konflikt", in: Latomia 5 (1897), S. 37 f., hier S. 38.

663 Vgl. für die formalistische Argumentation: Urkunden der Grossen National-Mutterloge in den Preussischen Staaten genannt Zu den drei Weltkugeln über die Krisis in der Deutschen Freimaurerei, Berlin 1902, S. 6–10.

664 Vgl. „Der Übergang der sogen. Settegast-Logen in den Verband der Grossen Loge von Hamburg", in: Latomia 2 (1901), S. 11–13, hier S. 12. Vgl. differenzierter zu den Gründen der drei altpreußischen Großlogen auch den Jahresrückblick „Allgemeine Rundschau", in: Latomia 1 (1902), S. 1–3, hier S. 1 f.

665 Vgl. Urkunden (1902), S. 11.

666 Vgl. ebd., S. 11 f. Vgl. auch die Erklärung des GLvPr-Großmeister Wagner, in der er sich zur Kenntnis der Hamburger Pläne bekannte, abgedr. unter „Logenberichte und

Die Lehren aus dem nun zum Vorspiel verkommenen Breslauer Zwist wollten die Umgehung fruchtloser Verhandlungen und die Einberufung eines Schiedsgerichtes als besten Weg zu einer Lösung des neuen Konflikts erscheinen lassen.[667] Doch auch die altpreußischen Großmeister hatten ihre Lehren gezogen, verweigerten sich diesem Weg und forderten stattdessen die Etablierung eines ständigen Bundesgerichts, in dem sie als mitgliederstärkste Großlogen die Mehrheit der Richter stellen würden. Andernfalls hätte der Großlogenbund für sie keinen Wert mehr.[668] Dass diese kaum verhohlene Drohung ernst gemeint war, wurde dadurch unterstrichen, dass die altpreußischen Großlogen inzwischen offiziell ihre Beziehungen zur Großen Loge von Hamburg abgebrochen hatten und Großmeister Gerhardt von den „Drei Weltkugeln" sich entgegen seiner Verpflichtung als geschäftsführender Großmeister des Großlogenbundes weigerte, den Großlogentag einzuberufen.[669] So war der Großlogenbund nicht nur in seinen Ansichten gespalten, sondern de facto tatsächlich vorübergehend zerbrochen, was die Lösung des Konflikts weiter erschwerte.

Erst im April 1903 kam es auf unnachgiebiges Drängen der fünf nichtpreußischen Großmeister endlich zu einem außerordentlichen Großmeistertag in Eisenach, auf dem die Konfliktparteien direkt miteinander ins Gespräch kamen und damit begannen, den gordischen Knoten zu lösen. Die Große Loge von Hamburg gab offiziell die Erklärung ab, eine Kränkung der Berliner Großmeister nicht beabsichtigt zu haben und bekundete ihre Bereitschaft, den Unmut erregenden Namen ihrer Berliner Provinzialgroßloge aufzugeben. Großmeister Gerhardt von den „Drei Weltkugeln" erklärte sich seinerseits bereit, seine Arbeit als geschäftsführender Großmeister des Großlogenbundes wieder aufzunehmen und den Großlogentag einzuberufen.[670] Dort wurde dann gut einen Monat nach Eisenach die offizielle Aussöhnung zwischen der Großen Loge von Hamburg, den „Drei Weltkugeln" und der Großen Loge von Preußen besiegelt.[671]

Weiterhin unversöhnlich zeigte sich nur die Große Landesloge, deren Differenzen mit Hamburg inzwischen über die Settegastangelegenheit hinausgingen. Die Große Loge von Hamburg hatte nämlich 1901 eine Tochterloge in Kopenhagen gegründet,

---

Vermischtes", in: Bauhütte 45 (1901), S. 363 f., sowie Meldungen aus dem Sommer 1900 über den beabsichtigten Anschluss der GLKFzB an eine anerkannte Großloge, z. B. unter „Logenberichte und Vermischtes", in: Bauhütte 34 (1900), S. 270 f.

667 Vgl. das Protokoll der von den altpreußischen Großlogen nicht beschickten Großmeisterkonferenz 1901, abgedr. unter „Die Leipziger Grossmeisterkonferenz", in: Latomia 20 (1901), S. 154 f.

668 Vgl. „Antwort der 3 altpreussischen Grossmeister", in: Latomia 24 (1901), S. 188 f.

669 Vgl. für eine Zusammenfassung der Auseinandersetzung aus Sicht der 3WK: Urkunden (1902). Zum Abbruch der Beziehungen, vgl. ebd., S. 12. Für die als Notwehr entschuldigte Verletzung der Bundespflichten durch Nichteinberufung des Großlogentages, vgl. ebd., S. 31–33.

670 Vgl. das knappe Protokoll zum Treffen in Eisenach, abgedr. unter „Zur Lage", in: Bauhütte 20 (1903), S. 153 f.

671 Vgl. „Bericht über die Verhandlungen des Deutschen Grosslogentages", in: Bauhütte 26 (1903), S. 201–204, hier S. 202.

was von der dänischen Großloge als Verletzung ihres Sprengelrechts verstanden und mit dem Abbruch der Beziehungen beantwortet worden war.[672] Dem hatten sich auch die schwedische und die norwegische Großloge angeschlossen, und auch für die Große Landesloge spielte nun der vermeintliche Affront Hamburgs gegen Kopenhagen in die Erwägungen zur Wiederannäherung hinein.

Die Große Landesloge und die skandinavischen Großlogen waren eng verbunden durch ihre Geschichte und Tradition, nach der sich die einzelnen nach Schwedischem System arbeitenden nationalen Großlogen als regionale Abteilungen desselben Ordens verstanden (Deutschland galt als VII., Dänemark als VIII., Schweden als IX. und Norwegen als X. Ordensprovinz).[673] Es war auch nicht das erste Mal, dass dieses obedienzielle Band sich in den deutschen Angelegenheiten bemerkbar machte und die Verbundenheit der Großen Landesloge mit den deutschen Großlogen ausstach. So hatte sie sich Anfang der 1890er Jahre gegen eine Beschlussfassung des Großlogenbundes und internationale Einwände auf die Seite des Norwegischen Freimaurerordens gestellt, der sich seit seiner Gründung 1891 in einem Territorialkonflikt mit der Großloge von Bayreuth befand, die bereits seit den 1880er Jahren Tochterlogen in Trondheim und Lillehammer unterhielt.[674] Nun ging es also um die Große Loge von Hamburg und den Dänischen Freimaurerorden.

Zwar scheiterte die Große Landesloge 1904 mit ihrem Versuch, den Großlogenbund gegen die Gründung in Kopenhagen einzunehmen, aber ein prinzipieller Antrag konnte gegen die Stimmen der Großlogen von Hamburg, Frankfurt und Bayreuth durchgesetzt werden: fortan musste die Entscheidung des Großlogenbundes eingeholt werden, wenn eine ausländische Großloge der Gründung einer deutschen Tochterloge auf ‚ihrem' Gebiet widersprach.[675] Das genau 30 Jahre früher durch Großlogenbundbeschluss abgelehnte Konzept eines internationalen freimaurerischen Sprengelrechts war damit de facto eingeführt.[676]

---

672 Vgl. „Allgemeine Rundschau", in: Latomia 1 (1902), S. 1–3, hier S. 2.

673 Vgl. „Schwedisches System", in: Allgemeines Handbuch (2. Aufl.), Bd. 3 (1867), S. 215–217; „Schwedische Lehrart", in: Allgemeines Handbuch (3. Aufl.), Bd. 2 (1901), S. 378–383.

674 Vgl. „Bericht über die Verhandlungen des Deutschen Grosslogentages", in: Bauhütte 26 (1892), S. 201–206, hier S. 205; Meldung unter „Norwegen", in: Latomia 1 (1893), S. 8; „Logenberichte und Vermischtes", in: Bauhütte 20 (1893), S. 160; „Aus den Verhandlungen des Grosslogentages in Hamburg am 13. Mai 1894", in: Freimaurer-Zeitung 22 (1894), S. 173–175, hier S. 175. Zu den internationalen Einwänden vgl. einen auf den 27.08.1892 datierten Brief des zur schottischen Großloge gehörenden Redakteurs der „Nordisk Frimurertidende", abgedr. in: Bundesblatt 17 (1892), S. 397 f. Vgl. zu den GLvB-Logen in Norwegen auch „Norwegen", in: Allgemeines Handbuch (3. Aufl.), Bd. 2 (1901), S. 107 f.

675 Vgl. „29. Deutscher Grosslogentag", in: Latomia 13 (1904), S. 99 f. Zum Beschluss des Vorjahres über Verhandlungen mit der Großloge von Dänemark vgl. „Der Deutsche Grosslogentag", in: Latomia 13 (1903), S. 97–100, hier S. 98.

676 Großlogenbeschluss zur Sprengelrechtsfrage vom 24.05.1874, abgedr. in Fischer: Grosslogenbund, S. 9.

Wenigstens konnte es so im Frühjahr 1905 zu guter Letzt heißen: „Endlich Frieden in der deutschen Fr[ei]m[aure]rei!“[677] Die Große Landesloge hatte ihre freundschaftlichen Beziehungen zur Hamburger Großloge wieder aufgenommen, der Status quo ante im Großlogenbund war wiederhergestellt.

7.2. Die Rückkehr der Einheitsfrage

Der sich seit Ende der 1880er Jahre anbahnende deutschfreimaurerische Aufbruch zeigte sich auch in einem erneuten Aufblühen der Einheitsfrage, die noch unterstrichen wurde durch die freimaurerische Orientierungskrise. In einer Denkschrift zur Neubelebung des Bundes von 1891 hieß es: „Eintracht macht stark, und nur Einigkeit bringt uns das Ansehen wieder, dessen wir bedürfen, wenn wir die hohe Mission der deutschen Fr[ei]m[aure]-rei erfüllen wollen“.[678]

Versuche zum Umbau des Großlogenbundes

Der Großlogenbund hatte die anfänglich in ihn gesetzten Hoffnungen nicht erfüllt. Weder war aus ihm die deutsche Nationalgroßloge entstanden, noch hatte das ambitionierte Projekt eines gemeinsamen Maurerrechts zu größerer Einheit geführt.

Aus der Unzufriedenheit mit dem autoritären und auf der Stelle tretenden Bürokratismus des Großlogenbundes begann sich seit Mitte der 1880er Jahre eine Bewegung zu formieren, die auf eine größere Berücksichtigung der Johannislogen pochte, die Rolle und Macht der Großlogen hinterfragte und die Schwerfälligkeit und die starren Strukturen des Großlogenbundes nicht einfach weiter hinnehmen wollte. „Wir bedürfen nicht sowohl neuer Gesetze, als hauptsächlich zweckdienlicher den Erfolg sichernder zeitgemäßer Logeneinrichtungen“, hieß es etwa in der zuvor zitierten Denkschrift von 1891.[679]

Weder zweckdienlich, noch erfolgreich oder zeitgemäß erschienen vielen Brüdern die Einrichtungen des Großlogenbundes, also die Großlogentage, von denen die masonische Öffentlichkeit ausgeschlossen war. Teilnahmeberechtigt waren nur die Großmeister und je zwei Stellvertreter.[680] Die regenerierte Reformbewegung setzte den verkrusteten top-down-Strukturen des Großlogenbundes tatenhungrige Basisarbeit und demokratisches Pathos entgegen. „Wenn die Königin der Künste durch einen Tropfen demokratischen Oels gesalbt wird, wird sie sich jung und frisch erhalten“, schwärmte ein Bruder auf der VdF-Jahresversammlung 1890 in Kassel.[681]

---

677 „Endlich Frieden in der deutschen Frmrei!“, in: Latomia 7 (1905), S. 49 f.

678 Gerlach, Heinr[ich]: „Denkschrift“, in: Bauhütte 16 (1891), S. 121–123, hier S. 122. Vgl. auch Schroeter: „Zum deutschen Maurertage“, in: Bundesblatt 3 (1891), S. 75–80, hier S. 75 f.: „In der Einigung der deutschen Maurerei aber liegt [...] die unerlässliche Vorbedingung einer gedeihlichen Entwicklung derselben.“

679 Gerlach, Heinr[ich]: „Denkschrift“, in: Bauhütte 16 (1891), S. 121–123, hier S. 122.

680 Zur Kritik daran vgl. Cramer: Verein, S. 17.

681 Vgl. Heyne, [Moritz]: „Demokratische Strömungen in der deutschen Freimaurerei“, in: Mitteilungen aus dem VdF (1890/91), S. 57–63, hier S. 63.

Schon 1886 war so die Idee entstanden, die Großlogentage durch „eine lebhaftere Heranziehung der gesammten Brüderschaft“ in Form von parlamentarisch gedachten, aus den Johannislogen beschickten ‚Allgemeinen Maurertagen‘ zu ergänzen und somit die lange ersehnte Einheit von unten nach oben bauen zu helfen.[682] In einer Resolution erklärte im selben Jahr die Jahresversammlung des VdF eine „organische Einigung der deutschen Johannislogen [...] durch regelmässig zusammentretende allgemeine Maurertage“ zum notwendigen „Schlussglied“ des durch den Großlogenbund begonnenen Einigungswerks – eine Forderung, die von da ab nicht mehr aus dem Blickfeld des VdF verschwand.[683]

1890 zeigte sich dann auch der Großlogenbund offen für die Idee und nahm sie in nähere Beratung, distanzierte sich jedoch 1891 wieder von dem Projekt. Statt des zunächst vorgesehenen ‚Allgemeinen Maurertags‘ als eine Art zweiter Kammer des Großlogenbundes rückte die Idee eines Ausbaus des Großlogentages durch Ausweitung der Teilnehmerzahl in den Fokus.[684] Ein ausgearbeiteter Entwurf scheiterte jedoch zwei Jahre später an den Stimmen der Großlogenvertreter aus Bayreuth, Frankfurt, Hamburg und Sachsen.[685]

Nach einer durch den Settegaststreit bedingten Pause vom Reformwerk hob 1896 Großmeister Gerhardt von den „Drei Weltkugeln“ die Idee des Großlogenbundausbaus erneut auf die Tagesordnung des Großlogentags.[686] Das Echo war geteilt, aber letztlich ließen sich alle Anwesenden überzeugen, zumindest eine neue Beratungskommission einzusetzen. Doch auch diesem zweiten Anlauf war nach zwei weiteren Jahren eingehender Beratung das gleiche Schicksal beschieden, wie dem ersten.[687]

Einheit von unten – die Bewegung der Logengauverbände

Aber nicht nur der Großlogenbund hatte die parlamentarischen Impulse aufgenommen. Auch eine neue Graswurzelbewegung hatte sich der Idee einer Basisrepräsentation angenommen: die Logengauverbände. Sie waren regionale Zusammenschlüsse von Johannislogen, die sich ungeachtet der Großlogenzugehörigkeit zu dem Zweck formierten, „das Band der Freundschaft enger zu knüpfen und über die Verschiedenheit der Lehrarten und Grosslogen-Verhältnisse hinwegzuheben.“[688] Seit Ende der 1880er

---

682 Fischer: Grosslogenbund, S. 18.

683 Ebd., S. 30 f.

684 Vgl. „Die Umgestaltung des Grosslogentags“, in: Bauhütte 46 (1891), S. 361–363.

685 Vgl. „Bericht über die Verhandlungen des Deutschen Grosslogentages“, in: Bauhütte 23 (1893), S. 177–181, hier S. 178 f.

686 Vgl. „Bericht über die Verhandlungen des Deutschen Grosslogentages am 24. Mai 1896“, in: Bauhütte 29 (1896), S. 225–228, hier S. 226 f. Zum Settegaststreit vgl. Kap. 7.1.

687 Vgl. „Bericht über die Verhandlungen des Deutschen Grosslogentages“, in: Bauhütte 28 (1898), S. 217–221, hier S. 218.

688 „Logengauverbände“, in: Allgemeines Handbuch (3. Aufl.), Bd. 1 (1900), S. 626 f., hier S. 627. Vgl. zu den Gauverbänden auch Endler/Schwarze: Freimaurerbestände, Bd. 1, S. 135.

Jahre hatten sie immer mehr an Bedeutung gewonnen und auch der VdF hatte sie bereits in seiner Resolution von 1886 als Ausweichplan vorgesehen, sollte der Großlogentag sich gegenüber der Idee einer stärkeren Einbindung der Basis nicht empfänglich zeigen. In diesem Fall, so der Vorschlag des VdF, sollte durch einen weiteren Ausbau der Logengauverbände eine sukzessive Vereinigung von unten nach oben vorangetrieben werden.[689]

Nach Scheitern der Pläne des Großlogenbundes 1893 schien nun die Stunde der Logengauverbände gekommen. Um das Netz der deutschmaurerischen Einheit jedoch von unten weben zu können, mussten zunächst die bestehenden Gauverbände miteinander verknüpft werden. In der Freimaurer-Zeitung schlug Gotthold Kreyenberg daher eine Tagung aller deutschen Gauverbände vor, was begeistert aufgenommen wurde und ab 1895 Umsetzung fand.[690] 1897 freute sich die Latomia, dass der Strom der Gauverbände nicht mehr aufzuhalten sei: „er bricht sich selbst Bahn und befruchtet, wohin er dringt."[691] Seit 1890 waren zehn neue Gauverbände entstanden, so dass ihre Zahl inzwischen auf 19 angewachsen war.[692] Alle Systeme waren vertreten und auch geographisch war das ganze Reichsgebiet abgedeckt. Der Schwerpunkt lag im Norden, aber auch der Westen hatte mehrere sehr umtriebige Verbände, und selbst im Süden, wo die Gaubewegung die langsamsten Fortschritte machte, existierte inzwischen ein bayerischer und ein württembergischer Verband. Alles in allem waren nach Schätzung des Gauverbandstags 1897 circa 200 Johannislogen und damit beinahe die Hälfte aller in Deutschland bestehenden Bauhütten in Gauverbänden organisiert.[693]

Nachdem 1897 auf der Tagung in Coburg programmatische Thesen zur weiteren Annäherung und Vereinigung der Freimaurerei aufgestellt worden waren und 1898 der Ausbau des Großlogenbundes im zweiten Anlauf gescheitert war, schien endgültig die Zeit der Gaubewegung gekommen.[694] Auf Initiative des rheinisch-westfälischen Logenverbands wurde 1899 ein Ausschuss gebildet, der im Folgejahr einen Allgemeinen Deutschen Maurertag aus den deutschen Johannislogen konstituieren sollte.[695]

---

689 Vgl. Fischer: Grosslogenbund, S. 29 u. 31; Schillbach: „Die deutsche Loge", in: Freimaurer-Zeitung 34 (1886), S. 265–268, insbes. S. 266.

690 Kreyenberg: „Ein Vorschlag", in: Freimaurer-Zeitung 38 (1893), S. 299. Für die Berichte der Jahresversammlungen vgl. vor allem die Jahrgänge der „Latomia", die zum offiziellen Organ der Gaubewegung aufstieg.

691 „Die Gauverbände", in: Latomia 14 (1897), S. 115 f., hier S. 115.

692 Vgl. – auch für die folgenden Daten – die Aufzählung in „Die Gauverbände", in: Latomia 14 (1897), S. 115 f., hier S. 116. Zum Vergleich, siehe auch die zwei Jahre zuvor erschienene mehrteilige Reihe „Die deutschen Logengauverbände", in: Latomia 4, 5, 6, 12 (1895), S. 28–30, 35–38, 41–42 u. 92.

693 Vgl. „Dritte Versammlung der Vertreter deutscher Logen-Gauverbände am 18. September zu Coburg", in: Bundesblatt 19 (1897), S. 546–549, hier S. 547. Die Gesamtzahl von Logen, übernommen aus „Logenberichte und Vermischtes", in: Bauhütte 18 (1897), S. 142.

694 Vgl. „Koburger Thesen", in: Allgemeines Handbuch (3. Aufl.), Bd. 1 (1900), S. 550.

695 Vgl. „Der Allgemeine Deutsche Maurertag", in: Latomia 13 (1899), S. 98 und „Die Versammlung der deutschen Logengauverbände", in: Latomia 20 (1899), S. 153 f.

In mehreren Treffen im Winter 1899/1900 diskutierte dieser Ausschuss die Grundlinien der geplanten Vereinigung, die so die Formen einer Johannis-Großloge des Deutschen Reichs anzunehmen begann, innerhalb derer die bisherigen Großlogen nach föderalem Prinzip und ohne Antastung ihrer Eigenarten fortbestehen und zugleich die Johannislogen aller Systeme die institutionelle Einheit erlangen sollten.[696] Als gemeinsame freimaurerische Grundlage griff man auf die 1870 vom Großmeistertag aufgestellten „Allgemeinen Grundsätze" zurück, strich jedoch § 3 Absatz 2, der das Religionsbekenntnis für die Aufnahme in den Freimaurerbund für unerheblich erklärte und der bislang die Große Landesloge und die „Drei Weltkugeln" davon abgehalten hatte, die „Allgemeinen Grundsätze" anzuerkennen.[697]

Die hochfliegenden Träume der Gaubewegung wurden schließlich jäh durch den Großlogenbund beendet, an den sich der Ausschuss – seinem nicht-revolutionären Selbstverständnis folgend – mit seinem Entwurf gewandt hatte. Trotz entsprechenden Antrags von der Großen Loge von Hamburg weigerte sich der Großlogentag 1900, in Beratungen über den Entwurf des Gauverbandsausschusses einzutreten. Reihum beteuerten zwar die Großlogenvertreter ihre Sympathie für das Anliegen, doch wollte man sich zugleich nicht die Zügel aus der Hand nehmen lassen.[698]

Großmeister Gerhardt von den „Drei Weltkugeln" nutzte vielmehr die Gelegenheit, um auf das bereits in zwei Anläufen gescheiterte Unternehmen des Großlogenbundausbaus zurückzukommen. Die versammelten Großmeister einigten sich, diesbezüglich erneute Beratungen ins Auge zu fassen, die von der Großen Loge von Hamburg beantragte Hinzuziehung eines Mitglieds des Gauverbandsausschusses zu diesen Beratungen wurde hingegen abgelehnt.[699] In den engeren Kreisen der Gaubewegung verstand man den Fingerzeig des Großlogenbundes. Lakonisch kommentierte die Latomia: „Wir betrachten die Sache damit als endgültig begraben!"[700]

Die Entscheidung besiegelte auch das Ende der Logengauverbände, zumindest als eine miteinander vernetzte, über das ganze Reich sich erstreckende Graswurzelorganisation der Johannislogen. Schon an der ersten Gauverbandstagung nach dem Großlogentag im Oktober 1900 erschienen nur noch Vertreter von vier Verbänden. Innerhalb weniger Jahre waren viel mehr auch gar nicht mehr übrig. „Die deutschen Logengauverbände schmelzen zusammen",[701] seufzte die Latomia in einem Rückblick auf das

---

696 Vgl. „Einigungsbestrebungen", in: Bauhütte 5 (1900), S. 33 f.

697 Für die vollständige Wiedergabe der Allgemeinen Grundsätze vgl. Fischer: Grosslogenbund, S. 3 f. Erst beim Großlogentag 1897 war zuletzt ein Antrag gescheitert, der die „Alten Pflichten" und die Allgemeinen Grundsätze zum historischen Grundgesetz der deutschen Freimaurerei erklärt hätte. Vgl. „Bericht über die Verhandlungen des Deutschen Grosslogentages", in: Bauhütte 29 (1897), S. 226—228, hier S. 227.

698 Vgl. „Bericht über die Verhandlungen des deutschen Grosslogentages", in: Bauhütte 26 (1900), S. 201—204, hier S. 203 f.

699 Vl. ebd., hier S. 204.

700 „Die deutschen Einigungsbestrebungen", in: Latomia 13 (1900), S. 100 f., hier S. 101.

701 „Rundschau", in: Latomia 1 (1904), S. 1 f., hier S. 1.

Jahr 1903. Das etliche Jahre später erscheinende „Internationale Freimaurerlexikon" kannte nicht einmal mehr einen Eintrag unter dem entsprechenden Schlagwort.

Das Ende der Vereinigungsbestrebungen

Die weitverbreitete Skepsis angesichts der zum wiederholten Male ins Auge gefassten Pläne zum Ausbau des Großlogenbundes sollte sich bestätigen, als dem gemeinsamen Entschluss wegen der Zerwürfnisse in Folge der Settegastfrage keine weiteren Taten folgten. Erst 1906, nachdem sich die Wogen geglättet hatten, wartete Großmeister Gerhardt erneut mit einem Satzungsentwurf auf. Für den Fall, dass eine Aussprache darüber abgelehnt würde, beantragte er zudem in weiser Voraussicht die Einführung des Mehrheitsprinzips mit qualifizierender Dreiviertelmehrheit, in der Hoffnung, dass sich wenigstens dieser Punkt, ohne den Ballast eines umfassenderen Programms, verwirklichen ließe.[702] Doch vergebens. Beides scheiterte an der für legislative Beschlüsse erforderlichen Einstimmigkeit, wenngleich sich sieben der acht Großlogen bereit erklärten, weitere Ausgestaltungsmöglichkeiten in einer gemeinsamen Kommission auszuloten. Abseits stand nur die Große Landesloge.[703] Schon im Folgejahr waren allerdings auch diese separaten Sondierungen „wieder einmal auf dem toten Punkt angelangt", wie die LATOMIA kommentierte.[704]

Zu allgemeiner Überraschung – die FREIMAURER-ZEITUNG sprach von einem „freudige[n] Schauer"[705] der durch die Maurerwelt ging – trat dann auf dem Großlogentag 1907 die Große Landesloge mit umfassenden Reformvorschlägen in Gestalt eines Entwurfs für ein Grundgesetz des Großlogenbundes auf. Eine taktische Finte, um die beim letzten Großlogentag eingetretene Isolation zu überwinden? Keineswegs, versicherte Stanislaus Graf zu Dohna von der Großen Landesloge. Man wolle ernsthaft die brüderliche Hand zu gemeinsamer Arbeit reichen und sei auch bereit, über Einzelheiten des Entwurfs zu verhandeln.[706] Erst 16 Jahre später gestand Dohna in der ZIRKELKORRESPONDENZ, dass hinter der überraschenden Reformbereitschaft ein anderes Interesse stand, das „nicht wohl verlautbart werden konnte, ohne das Zustandekommen zu erschweren."[707] Tatsächlich habe er mit dem Satzungsentwurf in erster Linie beabsichtigt, „die Wirksamkeit des Vereins Deutscher Freimaurer lahmzulegen und ihm

702 Vgl. „Zum Grosslogentag 1906", in: Bauhütte 3 (1906), S. 17–19.

703 Vgl. „Frankfurt a. M. Deutscher Grosslogentag Pfingsten 1906", in: Bauhütte 23 (1906), S. 183.

704 „Die Einigungsverhandlungen innerhalb des Deutschen Großlogenbundes", in: Latomia 1 (1907), S. 6 f., hier S. 6.

705 Bachmann, Reinhold: „Schlag' zu, daß es bald Sonntag wird!", in: Freimaurer-Zeitung 7 (1908), S. 51–53, hier S. 51.

706 Vgl. „Bericht über die Verhandlungen des 32. Deutschen Grosslogentages", in: Bauhütte 35 (1907), S. 273–276.

707 Dohna, [Stanislaus] Graf zu: „Der Deutsche Großlogenbund und die drei Altpreußischen Großlogen", in: Zirkelkorrespondenz 1 (1923), S. 2–15, hier S. 7. Zum Kontext des Eingeständnisses vgl. Kap. 14.2.

womöglich zu beseitigen".[708] Für dieses Ziel war Dohna auch bereit, einen reformierten Großlogenbund als kleineres Übel hinzunehmen. Es ging also in erster Linie um die Frage, wer in der deutschen Freimaurerei die Repräsentationsbefugnis haben solle, die Großlogen oder der VdF, in dem Dohna nichts als einen „Staat im Staate" sah.[709]

Der Satzungsentwurf sah den Eintrag des Großlogenbundes ins Vereinsregister vor, wodurch er eine eigenständige und offizielle rechtliche Stellung mit Sitz in Berlin erhalten würde, ging aber ansonsten von föderalen Strukturen aus, die auch die Souveränität der Bundesgroßlogen zu wahren versprachen. In Rechtsangelegenheiten sah das neue Grundgesetz weiterhin Einstimmigkeit vor, in beratenden Angelegenheiten hingegen die einfache und in entscheidenden die Dreiviertelmehrheit (§ 17). Die Anerkennung ausländischer Großlogen durch den Großlogenbund sollte getrennt werden von der je souveränen Anerkennung durch die Mitgliedsgroßlogen (§ 7). Der jährliche Großlogentag sollte erhalten bleiben, daneben aber ein Bundesvorstand, eine Bundeskasse und vor allem ein Bundesamt mit Antragsrecht auf dem Großlogentag eingerichtet werden (§§ 6 und 21).[710]

Die Aufgaben des Bundesamts lasen sich überaschenderweise wie ein Wunschzettel der freimaurerischen Reformbewegung, was freilich angesichts der geheimen Absicht nicht weiter verwundert. Dazu gehörte eine Förderung freimaurerischer Innenarbeit und – laut Großer Landesloge noch „viel wichtiger" – die Entfaltung einer fruchtbaren Außenarbeit, um „deutlich sichtbare Wirkungen zur Förderung der geistigen und sittlichen Kultur hervorzubringen" und die Erziehungsmittel der Freimaurerei „auf möglichst weite Schichten des Volkes zu übertragen".[711] Die Besetzung des Bundesamts sollte gestaffelt die Mitgliederverhältnisse abbilden. Großlogen bis 6.000 Mitglieder würden je einen, bis 12.000 je zwei und darüber je drei Abgeordnete mit einer Amtsdauer von sechs Jahren stellen (§ 30). Das letzte Wort bei der Ernennung der Bundesamtsmitglieder sollte jedoch in einem komplizierten Wahlverfahren dem Großlogentag zustehen (§ 31).[712]

Das Versprechen einer aktiveren Außenarbeit war von der Großen Landesloge also nur unter Berücksichtigung der Mehrheiten zu haben, was ihr ein großes Gewicht bei der praktischen Lenkung dieser Arbeit einräumen würde. Das erregte den Widerspruch der übrigen Großlogen. In weiteren Beratungen modifizierten sie den Entwurf dahingehend, dass den drei Berliner Großlogen je zwei, den übrigen Großlogen und dem Bund der fünf unabhängigen Logen, den man am Bundesamt beteiligen wollte, je eine Stimme zukommen würde, so dass Stimmengleichheit zwischen preußischen und nichtpreußischen Großlogen herrsche – ein deutlicher Hinweis auf ein inzwischen eingezogenes preußisch/nichtpreußisches Lagerdenken.[713] Diese Änderung war die Große

708 Dohna, [Stanislaus] Graf zu: „Der Deutsche Großlogenbund und die drei Altpreußischen Großlogen", in: Zirkelkorrespondenz 1 (1923), S. 2–15, hier S. 7.

709 Ebd., S. 8.

710 Vgl. „Entwurf eines Grundgesetzes für den Deutschen Grosslogenbund", in: Bauhütte 21 (1907), S. 161–167.

711 Ebd., S. 161 f.

712 Vgl. ebd., S. 161–167.

713 Der überarbeitete Entwurf abgedr. in Bauhütte 5 (1908), S. 33–35.

Landesloge jedoch nicht bereit mitzutragen. So beharrte ihr Landesgroßmeister Karl Gartz am Großlogentag 1908 in diesem Punkt auf dem Entwurf seiner Großloge und erklärte, sie sei den anderen schon genug entgegengekommen. Es kam, wie es kommen musste: trotz der inständigen Bitten der übrigen vertretenen Großlogen scheiterte die Abstimmung über den ausgearbeiteten Reformentwurf an der Stimme der Großen Landesloge.[714]

Zur Folge hatte das eine weitere Vertiefung des Grabens zwischen der Großen Landesloge und den übrigen Großlogen, die nun näher zusammenrückten. Ohne die Große Landesloge und unabhängig vom Großlogenbund machten sich die sieben Großlogen nunmehr daran, eine nähere Verbindung zu schaffen. Ein Treffen im Bundeshaus der „Drei Weltkugeln" im Dezember 1908 konnte zwar noch keine konkreten organisatorischen Fortschritte vorweisen, aber man verständigte sich auf einige Leitsätze zum Aufbau einer gemeinsamen Vereinigung: insbesondere „eine angemessene Vertretung der deutschen Johannislogen" war Konsens, wobei die Abgeordneten nach Wahlbezirken, nicht nach Großlogen getrennt zu wählen seien, wodurch die Obedienzgrenzen in den Hintergrund treten würden.[715]

Die Große Landesloge zeigte sich empört. Sie warf den anderen Großlogen – insbesondere ihren preußischen Schwestern – vor, sie hintergangen zu haben.[716] Dabei hatte sie selbst bei den Verhandlungen 1908 betont, im Falle einer Nichteinigung eigene Wege gehen zu wollen.[717] Zu Pfingsten 1909, nachdem der neue Landesgroßmeister der Großen Landesloge Graf zu Dohna dieses ‚Missverständnis' des Vorjahres ausgeräumt hatte, kam ein von ihm ausgearbeiteter Abänderungsvorschlag des eigentlich schon tot geglaubten Grundgesetzentwurfs der Großen Landesloge auf die Tagesordnung, dessen Beratung jedoch auf den folgenden Großlogentag verschoben wurde.[718]

Bei diesem hatten sich nun aber die Umstände geändert. In der zeitgleich verhandelten Frage der Wiederanerkennung des Grand Orient de France waren die Berliner Großlogen von den übrigen Bundesgroßlogen überstimmt worden.[719] Infolge dessen besannen sich die so unterlegenen Großmeister auf ihre gemeinsamen Interessen und die Majoritätsfrage. Demonstrativ enthielten sich die „Drei Weltkugeln" und die Große Loge von Preußen bei der Abstimmung über den neuen Vorschlag der Großen Landesloge, um nicht mit den fünf nichtpreußischen Großlogen gegen ihn stimmen zu

714 Vgl. „Bericht über die Verhandlungen des Deutschen Grosslogenbundes", in: Bauhütte 34 (1908), S. 265–269, hier S. 267 f. Zur masonischen Vita von Karl Gartz vgl. Peters: Berliner Freimaurer, S. 27.

715 „Verhandelt zu Berlin im Bundeshause der Grossen National-Mutterloge ‚Zu den drei Weltkugeln' am 6. Dezember 1908", in: Bauhütte 3 (1909), S. 17 f., hier S. 17.

716 Vgl. „An unsere Leser", in: Zirkelkorrespondenz 2 (1909), S. 33–45, insbes. S. 40–44.

717 Vgl. „Bericht über die Beratungen der durch den deutschen Grosslogentag vom 19. Mai 1907 eingesetzten Kommission", in: Bauhütte 4 (1908), S. 25 f., hier S. 25.

718 Vgl. „Bericht über die Verhandlungen des 34. Deutschen Grosslogentages", in: Bauhütte 27 (1909), S. 209–213, hier S. 211. Der Abänderungsvorschlag ebd. S. 212 f.

719 Vgl. Kap. 7.3.

müssen.[720] Nachdem der Vorschlag somit nur an den nichtpreußischen Großmeistern scheiterte und nach weiteren ad-hoc-Vorschlägen, die Stimmverteilung im Großlogenbund betreffend, einigten sich die versammelten Großlogenvertreter schließlich einstimmig auf einen Kompromiss, der in geradezu symbolischer Weise die zwei heißen Eisen der letzten 15 Jahre verband: die Anerkennungs- und die Mehrheitenproblematik. Bei zukünftigen Anerkennungsfragen sollte das Prinzip der einfachen Mehrheit durch das der Dreiviertelmehrheit ersetzt werden.[721] Ein teuer erkaufter Kompromiss, doch auch ein vorläufiger Schlussakkord. Von weiteren Versuchen einer institutionellen Einigung nahm der Großlogenbund nunmehr Abstand.

7.3. Streitfall deutsch-französische Aussöhnung

Die Fallstricke des Maurerrechts, die Mehrheitenproblematik und die Differenzen zwischen verschiedenen freimaurerischen Selbstverständnissen beeinflussten nicht nur die ‚Innenpolitik' des Großlogenbundes, sondern machten sich auch in dessen ‚Außenpolitik' bemerkbar. Von besonderer Bedeutung war die Wiederannäherung an die französische Freimaurerei.

Die zerbrochene Kette – Frankreich, Deutschland, England

Die offiziellen Beziehungen zum Grand Orient de France lagen bereits seit 1870 auf Eis. Damals war im Zuge des Deutsch-Französischen Krieges von zehn Pariser Logen eine freimaurerische Ächtungserklärung gegen Wilhelm I. und seinen Sohn Friedrich Wilhelm ergangen, was von den deutschen Großlogen mit dem Abbruch der Beziehungen beantwortet worden war.[722] Seit 1878 hatte sich zu diesen politischen Gründen ein religiöses Schisma gesellt.

Anlass dafür war eine 1877 von Frédéric Desmons vorangetriebene Änderung der Verfassung des Grand Orient de France gewesen. Aus ihr war der Satz gestrichen worden, wonach die Freimaurerei den Glauben an die Existenz Gottes und die Unsterblichkeit der Seele voraussetze, um so den Widerspruch zum ebenfalls enthaltenen Postulat der Gewissensfreiheit aufzulösen, demzufolge niemand aufgrund seines Glaubens ausgeschlossen werden könne.[723]

720 Vgl. „Bericht über die Verhandlungen des 35. Deutschen Grosslogentages", in: Bauhütte 25 (1910), S. 193–196, hier S. 195.

721 Vgl. „Bericht über die Verhandlungen des 35. Deutschen Grosslogentages", in: Bauhütte 25 (1910), S. 193–196, hier S. 194 f.

722 Vgl. aus der damaligen freimaurerischen Berichterstattung z. B. „Der neueste freimaurerische Bannspruch aus Frankreich", in: Bauhütte 48 (1870), S. 381 f. Vgl. zum Überblick „Frankreich", in: Allgemeines Handbuch (3. Aufl.), Bd. 1 (1900), S. 307–314, hier S. 311 f.; Endler/Schwarze: Freimaurerbestände, Bd. 1, S. 132.

723 Vgl. zu diesem Vorgang vor allem Berger: Internationalismus, S. 355–360; Ligou: Desmons, S. 79–94. Vgl. auch Lemaire: Grand Architect, S. 295–298.

England reagierte auf diese Satzungsänderung mit einer Beratungskommission, die 1878 ihre Einschätzung vorlegte. Demnach sei der Glaube an den Allmächtigen Baumeister aller Welten die erste und wichtigste der ‚alten Landmarken', seine Streichung aus der Konstitution entsprechend eine unzulässige Neuerung, die mit den Überlieferungen und der Praxis der Freimaurerei im Widerspruch stehe. Die United Grand Lodge könne keine Brüder als Freimaurer anerkennen, die in Logen aufgenommen seien, welche den Glauben an den Allmächtigen Baumeister ablehnten oder ignorierten.[724]

In mehr als einer Hinsicht stand dieses Urteil auf wackeligen Beinen. Weder war die symbolische Formel des Weltenbaumeisters von der fraglichen Satzungsänderung berührt, noch der Glaube an Gott apodiktisch verworfen worden. Auch andere Inkonsistenzen fallen auf. Schon 1865 hatte der Grand Orient de France beschlossen, kein Glaubensbekenntnis mehr von Aufnahmekandidaten zu fordern.[725] Die Überarbeitung von 1877 bedeutete so gesehen nurmehr eine Anpassung der ohnehin erst seit 1849 bestehenden Verfassung. Dass es zuvor keine statutenmäßige Verpflichtung auf einen göttlichen Weltenbaumeister gegeben hatte, war von England ebenso wenig bemängelt worden wie der Beschluss von 1865.[726] Noch 1875 hatte die United Grand Lodge of England sogar den belgischen Großorient anerkannt, obwohl dieser drei Jahre zuvor den Allmächtigen Baumeister gestrichen hatte.[727] Der Grand Orient de France hatte also 1877 gute Gründe zu der Annahme gehabt, dass sein Beschluss keine unsichtbare Linie überschreiten würde.

Wie Joachim Berger überzeugend nachweisen konnte, wird die englische Reaktion von 1878 erst erklärlich, wenn man sie im Kontext innerbritischer, interobedienzieller und transnationaler Entwicklungen und Kontroversen der Vorjahre sieht.[728] Mit der konsequenten Anwendung tradierten Freimaurerrechts hatte sie nichts zu tun. Der englische Verweis auf die ‚alten Landmarken', der ebendies suggerieren wollte, war tatsächlich ein legalistischer Taschenspielertrick.

Erstmals erwähnt wurden die alten Landmarken 1723 in James Andersons „Constitutions of the Free-Masons". Dort hieß es als Abschluss der „General Regulations", dass die Großloge die Autorität habe, „to make new Regulations, or to alter these, for the real Benefit of this ancient Fraternity: Provided always that the old Land-Marks be carefully preserv'd".[729] Allerdings wurden diese Landmarken nirgends näher definiert oder

---

724 Vgl. Berger: Internationalismus, S. 185–187.

725 Vgl. aus der damaligen Berichterstattung z. B. „Der Maurertag zu Paris im Juni 1865", in: Bauhütte 29 (1865), S. 228–230, insbes. die dort wiedergegebene Erläuterung hinsichtlich Mitgliedschaft von Atheisten auf S. 229.

726 Vgl. Ligou: Desmons, S. 79 ; Jouaust: Histoire, S. 501; „Constitution du Grand Orient de France (1849 - 1877)", in: Dictionnaire universel de la franc-maçonnerie, Bd. 1, S. 325–327.

727 Vgl. Bernheim: Notes, S. 79. Die offiziellen Beziehungen hielten bis 1921, wie Alain Bernheim in einer Fußnote zu einem Vortrag vor der Manchester Association for Masonic Research vom 26.05.2011 anmerkt, vgl. Bernheim: Approach, Anm. 26.

728 Vgl. Berger: Internationalismus, S. 179–189.

729 Anderson: Constitutions, S. 70.

aufgelistet und so waren sie zu einem ständigen Diskussions- und Streitpunkt geworden. Im Verlauf der Jahrzehnte stellten zahlreiche freimaurerische Autoren die unterschiedlichsten Landmarkenkataloge auf. Einige davon enthielten explizit den Glauben an Gott, andere nicht.[730] Authentizität, allgemeine Zustimmung oder gar Verbindlichkeit konnte keiner dieser Kataloge für sich reklamieren. Auch die „Lodge of Promulgation", welche das Fundament für die Vereinigung der englischen Freimaurereien in der United Grand Lodge of England gelegt hatte, war nur von vier Landmarken ausgegangen, keine davon der Glaube an Gott.[731]

Die meisten Großlogen folgten 1878 nicht dem englischen Beispiel. Erst in den folgenden Jahrzehnten weitete sich der Dissens zu einem globalen freimaurerischen Schisma aus, das bis heute besteht. Ab Mitte der 1880er Jahre verstand die englische Großloge ihre Entscheidung von 1878 zunehmend – dann auch rückwirkend – als Aberkennung der freimaurerischen Legitimität.[732] Eingang in das kodifizierte englische Maurerrecht in Form eines Satzungsartikels fand die Entscheidung von 1878 erst ganze 35 Jahre später.[733]

Auch die deutsche Freimaurerei folgte der englischen 1878 nicht. Von den Spannungen zwischen England und Frankreich nahm man zwar Notiz, doch aufgrund des seit 1870 bestehenden Bruchs sah man keine Notwendigkeit zur Neubewertung der Haltung dem Grand Orient gegenüber. Eine 1878 erlassene Erklärung des Großlogenbundes, „dass eine atheistische Freimaurerei aufgehört habe, Freimaurerei zu sein",[734] bezog zwar Stellung zu der von England aufgeworfenen Frage, doch bedeutete sie keine Änderung im administrativen (Nicht-)Verhältnis zum Grand Orient. Auch das Besuchsrecht wurde, wie bereits ausgeführt, trotz abgebrochener Beziehungen der Großlogen weiterhin aufrechterhalten.[735]

So kam es im Südwesten des Reiches gegen Ende des 19. Jahrhunderts zu einer Zunahme des Besucherverkehrs zwischen französischen und deutschen Logen. Hier war es auch, wo um 1900 in Basisarbeit die Wiederannäherung der französischen und der deutschen Großlogen angebahnt worden war.[736]

730 Der Freimaurerforscher Roland Müller hat auf seiner Internetseite in Fleißarbeit eine Übersicht der verschiedenen Landmarkenkataloge aus dem Zeitraum 1809 bis 2013 zusammengestellt. Er kommt so auf insgesamt über 500 historisch konstatierte Landmarken, vgl. [Müller]: Freimaurerische Landmarken. Vgl. „Landmark", in: Dictionnaire universel de la franc-maçonnerie, Bd. 1, S. 733–735.

731 Vgl. Hunt: Landmarks, S. 27–30.

732 Vgl. Berger: Internationalismus, S. 188.

733 Vgl. „Der § 150 der Grundverfassung der Englischen Grossloge", in: Bundesblatt 16 (1913), S. 503–508.

734 [Beschluss vom 10. Juni 1878], u. a. abgedr. in u. hier zit. n. Grundverfassung des Bundes der Freimaurer der Grossen National-Mutterloge in den Preussischen Staaten genannt: zu den drei Weltkugeln, Berlin 1895, S. 40 f., hier S. 41.

735 Siehe Kap. 7.1.

736 Vgl. Hoffmann: Geselligkeit, S. 302–310 u. Kap. 8.3.

Tauziehen um die deutsch-französischen Beziehungen

1906 erfolgte dann auf dem Großlogentag in Frankfurt am Main ein erster offizieller Schritt, der noch von allen Großlogen mitgetragen wurde. In einstimmigem Votum sprachen sich die versammelten Großmeister dafür aus, den offiziellen Verkehr mit der 1894 gegründeten zweiten französischen Großloge, der Grande Loge de France, aufzunehmen.[737] Als jedoch im Folgejahr auch die Frage der Wiederanerkennung des Grand Orient de France auf dem Plan stand, zeichneten sich Unstimmigkeiten ab. Trotzdem gelangte das Thema 1909 auf Antrag der Großloge von Frankfurt zur Abstimmung, mit dem Ergebnis, dass sich die fünf nichtpreußischen Großlogen für die Wiederanknüpfung aussprachen und der Antrag somit gegen die drei Stimmen der Berliner Großlogen angenommen wurde.[738]

Der ganze Prozess der Annäherung war in der freimaurerischen Presse aufmerksam begleitet und heiß diskutiert worden. Im Mittelpunkt der Auseinandersetzungen stand dabei nicht mehr die Ächtungserklärung gegen Wilhelm I. und seinen Sohn, sondern die religiöse Frage, weswegen nun manch ein Gegner der Wiederannäherung bedauerte, 1878 nicht mit England gleichgezogen und den Abbruch der Beziehungen auf eine religionspolitische Grundlage gestellt zu haben.[739]

Seit Anerkennung der Grande Loge de France gerieten jedoch diejenigen, die sich aus religiösen Gründen gegen eine Anerkennung des Grand Orient aussprachen, mehr und mehr ins argumentative Hintertreffen. Schließlich hatte die Grande Loge schon seit Jahren erklärt, dass sie sich in der Religionsfrage ihrer Schwestergroßloge verbunden fühle, worauf nun auch in der innerdeutschen Diskussion nachdrücklich hingewiesen wurde. So veröffentlichte beispielsweise die LATOMIA einen ins Deutsche übersetzten Aufsatz Oswald Wirths. Darin erläuterte der Großbeamte der Grande Loge de France, dass beide französischen Großlogen in der religiösen Frage die Haltung der absoluten Gewissensfreiheit verbinde, was sie „im Grunde unendlich viel religiöser" mache als beispielsweise die englische Freimaurerei, denn „[e]in Baumeister verlangt von seinen Arbeitern, daß sie arbeiten, daß sie bauen, und nicht das Hersagen von Gebeten. Das ist unsere Auffassung, die wir von der Religion haben."[740] Die Befürworter einer Annäherung verteidigten die französische Position in Sachen Religion. Die in Deutschland und Frankreich unterschiedlichen Haltungen zur Gottesfrage ergäben sich daraus, dass „in einem streng katholischen Lande die Dinge anders liegen, wie in einem protestantischen."[741] In einem Land, wo Religion in erster Linie als Dogmenzwang

737 Vgl. „Frankfurt a. M. Deutscher Grosslogentag Pfingsten 1906", in: Bauhütte 23 (1906), S. 183.

738 [Bericht zum 34. Deutschen Grosslogentag], in: Bauhütte 23 (1909), S. 182 f., hier S. 183.

739 Vgl. Wald (Hg.): Geschichte der Großen Landesloge, Bd. 2, S. 100 f.

740 [Wirth, Oswald]: „Die angelsächsische Freimaurerei in ihrem Gegensatz zur französischen", in: Latomia 11 (1908), S. 165–167, hier S. 167.

741 Lissauer, Hugo: „Die Beziehungen zwischen Deutschland und Frankreich im freimaurerischen Lichte", in: Bauhütte 47 (1909), S. 373–375, hier S. 374.

und Unduldsamkeit in Erscheinung trete und politischen Einfluss nehme, in einem solchen Land wie Frankreich eben, sei das Beharren auf absoluter Gewissensfreiheit verständlich.

In gleicher Weise wurde auch das politische Engagement der französischen Freimaurer als Teil der republikanischen Kultur erklärt und als Erfüllung der freimaurerischen Pflicht, ein guter Staatsbürger zu sein. Dass in Frankreich „der Freimaurer ein geborener freidenkerischer und politischer Kämpfer sein muss, geht aus dem Zwang der Verhältnisse klar und beweiskräftig hervor".[742] Mit derselben Argumentation hatten die preußischen Großlogen in der Vergangenheit ihre Beziehungen zu den Großlogen Italiens und Belgiens verteidigt, die doch in gleicher Weise ‚politisch' waren wie der französische Grand Orient, was von den Befürwortern der deutsch-französischen Aussöhnung auch hervorgehoben wurde.[743]

Deutlich erkennbar wurde in der Anerkennungsfrage nicht nur das deutschfreimaurerische Außenverhältnis verhandelt, sondern mehr noch das eigene freimaurerische Selbstverständnis. Ein Artikel, der nach erfolgter Anerkennung des Grand Orient de France in den Zeitschriften der Großen Loge von Preußen und der „Drei Weltkugeln" veröffentlicht wurde, erklärte die Kontroverse zu einem Kampf, der „in seinen Konsequenzen das Wesen der Freimaurerei und ihre gesamten Grundlagen betrifft."[744] Dass entsprechend der Widerstand der Berliner Großlogen nicht in erster Linie um der Verhinderung persönlicher Beziehungen willen geführt wurde, unterstrich dies. Den Brüdern selbst habe man ja schon bisher „nichts in den Weg gelegt, tatsächlich freundschaftlich mit den Brüdern in Frankreich, auch mit denen des Grand Orient zu verkehren, denn der einzelne Bruder und die einzelne Loge ist nur sich selbst verantwortlich".[745] Das Problem sei vielmehr die Stellung der Großlogen und das Signal, das von der Anerkennung ausgehe. Großlogen müssten eben auch auf andere Fragen Rücksicht nehmen. „Sage mir, mit wem Du umgehst, und ich will Dir sagen, wer Du bist!"[746]

Daraus speiste sich bei manchen die Angst, durch die Anerkennung des Grand Orient de France selbst dem englischen Anathema zum Opfer zu fallen. „Beweise dafür liegen bereits vor", warnte etwa das BUNDESBLATT wenige Monate nach der Entscheidung des Großlogenbundes.[747] Ein Blick über die Alpen hätte indes genügt, um solche Befürchtungen zu zerstreuen. Die Schweizer Großloge „Alpina" unterhielt schon seit

742 Lissauer, Hugo: „Die Beziehungen zwischen Deutschland und Frankreich im freimaurerischen Lichte", in: Bauhütte 47 (1909), S. 373–375, hier S. 374.

743 Vgl. z. B. „Leo XIII über die Freimaurerei", in: Bundesblatt 1 (1893), S. 4–9, hier S. 8. Vgl. zum Vorwurf der Inkonsistenz Knippenberg, Erich/Rissmann, Paul: „Offener Brief an den Hochwürdigen Grossmeister der Grossen National-Mutterloge ‚Zu den drei Weltkugeln' ", in: Bauhütte 10 (1910), S.73 f., hier S. 74.

744 Vgl. „Zur gegenwärtigen Lage", in: Bundesblatt 9 (1910), S. 259–263, hier S. 260. Zugleich auch in Am rauhen Stein 5 (1910), S. 157–161.

745 Goldheim, Eugen: „Royal York und die französischen Grosslogen", in: Bundesblatt 3 (1911), S. 66–76, hier S. 67.

746 „Zur sogenannten Krisis im Deutschen Grosslogenbunde", in: Bundesblatt 8 (1910), S. 234–240, hier S. 239.

747 „Zum neuen Jahre", in: Bundesblatt 1 (1910), S. 3–8, hier S. 6.

langem offiziellen Kontakt zum französischen Grand Orient, ohne dass dies die Verbindung zur United Grand Lodge of England trübte.[748]

Auch an die seit Jahren geführten Diskussionen über die Stellung der deutschen Freimaurerei zu Religion und Gottesglauben knüpften die Befürchtungen der Kritiker an. Hugo Steinert etwa verwies auf Einzelstimmen, „die aus übertriebenem Toleranzeifer den A[llmächtigen] B[aumeister] A[ller] W[elten] aus unserer Bauhütte verbannt haben möchten,"[749] ganz so, wie es beim Grand Orient de France geschehen sei. Tatsächlich gab es Brüder, die dem französischen Bekenntnis zu unbedingter Gewissensfreiheit Anerkennung zollten. Ein Bruder der Nürnberger Loge „Zu den drei Pfeilen" sprach in einem Beitrag im Herold unverhohlen seine Bewunderung für die französischen Freimaurer aus, denen es gelungen sei, „an Stelle der Reaktion den Fortschritt zu setzen, während wir uns in unserem engeren wie weiteren Vaterlande bedauerlicher Weise auf rückschrittlicher Bahn befinden."[750] Und einige Absätze später: „Wenn wir offen und ehrlich es zugestehen wollen, wir suchen heute zu erreichen, was Frankreich vor 30 Jahren glücklich vollendete."[751]

Die kontroverse Debatte wurde auch durch den Großlogenbeschluss zur Anerkennung des Grand Orient de France nicht beendet. Nach gültigen Abstimmungsmodalitäten war damit zwar ein rechtmäßiger Beschluss gefasst, doch die altpreußischen Großlogen beharrten auf ihrer Haltung und klagten, einer „Majorisierung der Minorität" zum Opfer gefallen zu sein.[752] Untergraben wurden diese Klagen jedoch durch Stimmen aus den eigenen Tochterlogen, die versuchten, ihre Großlogen zur Anerkennung des Grand Orient zu bewegen und Zweifel an den Mehrheiten *innerhalb* der altpreußischen Bruderschaft weckten. Eine Johannisloge der „Drei Weltkugeln" richtete 1910 einen offenen Brief an ihren Großmeister, in dem sie sich nachdrücklich für den ‚humanitären' Standpunkt erklärte. Nach ihrer Schätzung seien „weit über die Hälfte" der Brüder der „Drei Weltkugeln" und der Großen Loge von Preußen „zu den ‚Humanitätsmaurern' zu rechnen" und seien nur durch historische Umstände wie das frühere Sprengelrecht unter Jurisdiktion der Berliner Großlogen.[753] Das war nicht der einzige Akt der offen geübten Kritik aus den eigenen Reihen. Der trotz aller Reformen noch immer zentralistische und hierarchische Apparat reagierte darauf autoritär, maßregelte und sanktionierte.[754] Mitunter trauten sich die internen Kritiker darum nur noch, unter Pseudonym zu publizieren, so zum Beispiel ein Mitglied der „Drei Weltkugeln", das

---

748 Vgl. „Ueber französische und deutsche Freimaurerei", in: Herold 22 (1908), S. 5.

749 Steinert, Hugo: „Die Gottesidee in der Loge", in: Freimaurer-Zeitung 42 (1909), S. 333–336, hier S. 333.

750 „Über französische Maurerei", in: Herold 45 (1908), S. 7–10, hier S. 8.

751 Ebd., S. 9.

752 Zit. n. der Antwort: „Erklärung [der Großmeister Klapp, Waldow, Gotthold, Schilling, Staudinger]", in: Bauhütte 7 (1910), S. 49 f., hier S. 49.

753 „Offener Brief an den Hochwürdigen Grossmeister der Grossen National-Mutterloge ‚Zu den drei Weltkugeln' ", in: Bauhütte 10 (1910), S. 73.

754 Vgl. z. B. Meldung in „Rundschau", in: Latomia 12 (1910), S. 186.

unter dem traditionell mit Herrschaftskritik assoziierten Pseudonym „Pierre Marteau" im Jahrgang 1905 und 1906 der Bauhütte eine Generalabrechnung über „Politik und Zustände in den 3 altpreussischen Grosslogen" verfasste, die anschließend auch als Buch erschien.[755]

Die Großmeister der nichtpreußischen Großlogen, die für die Aufnahme von Beziehungen zum Grand Orient gestimmt hatten, sahen jedenfalls keine Veranlassung, ihr Votum zurückzunehmen. In einer offiziellen gemeinsamen Erklärung erläuterten sie, lediglich in der Sache und nach eigener Überzeugung gestimmt und somit das ihnen zustehende Recht wahrgenommen zu haben, „ebenso [...] wie es die altpreussischen Grosslogen von ihrem Standpunkt aus zu tun pflegen".[756] Wäre die Abstimmung anders ausgefallen, hätte man sich gefügt, wie es im Großlogenbund üblich sei. Dass nun die altpreußischen Großlogen sich sträubten, dass sie „eine Entscheidung nur dann als gültig bestehen lassen wollen, wenn sie selbst ihr zugestimmt haben," sei hingegen befremdlich.[757]

Alles Lamentieren über den Ausgang der Abstimmung wie auch über die Weigerung, sich dem Beschluss zu fügen, half nichts. Erneut herrschte Patt im Großlogenbund, erneut ging es um Fragen der Mehrheiten und Großlogensouveränität und erneut war das vereinbarte Maurerrecht nicht das Papier wert, auf dem es geschrieben stand. Schließlich waren es die Berliner Großlogen, die einen Ausweg in den Grauzonen eben dieses Maurerrechts suchten, um sich nicht dem in ihren Augen untragbaren Beschluss fügen zu müssen.

Dabei adaptierten sie eine Position, gegen die sie im Streit um die Settegastgründung noch explizit argumentiert hatten: das Recht der einzelnen Großlogen, über Anerkennung fremder Großlogen souverän zu bestimmen. Noch 1893 hatte Karl Gartz von der Großen Landesloge in einem Beitrag für das Bundesblatt erklärt, dass bezüglich der Anerkennungsfrage „für auswärtige Logen ein Mehrheitsbeschluss genügt, *dieser aber auch die dissentirende Minderheit verbindet*".[758] 17 Jahre später versuchte das gleiche Blatt nun aus historischen Schriftwechseln zur Verhandlung über das Großlogenbund-Statut von 1871 das genaue Gegenteil zu begründen, nämlich dass ein Großlogenbundbeschluss über Anerkennung einer fremden Großloge „keine *Verpflichtung*, sondern nur eine *Befugnis*" für die Bundesgroßlogen bedeute.[759]

755 Vgl. Marteau: Politik und Zustände.

756 „Erklärung [der Großmeister Klapp, Waldow, Gotthold, Schilling, Staudinger]", in: Bauhütte 7 (1910), S. 49 f., hier S. 49.

757 Ebd., S. 50.

758 Gartz, [Karl]: „Die Anerkennung neuer deutscher Logen durch die im deutschen Grosslogenbunde vereinigten Grosslogen und Logen", in: Bundesblatt 15 (1893), S. 386–391, hier S. 390 [Herv. M. P.].

759 Vgl. „Zum § 6 Absatz I des Statuts des Deutschen Großlogenbundes: Darüber zu bestimmen, ob seitens der deutschen Großlogen neue Verbindungen mit außerdeutschen Großlogen anzuknüpfen oder bereits angeknüpfte wieder aufzulösen, ist lediglich Sache des Großlogenbundes", in: Bundesblatt 11 (1910), S. 353 [Herv. i. O.].

Die Gegenseite ließ sich um des Friedens willen auf die Argumentation ein, aber eine Einigung oder gar eine grundsätzliche Klärung war das nicht. Es erlaubte zwar allen Parteien, ihr Gesicht zu wahren und weiterhin im Großlogenbund zusammenzuarbeiten, aber letztlich nur um den Preis seiner weiteren Entkernung.

7.4. Der Aufstieg des Vereins deutscher Freimaurer

Durch die schlechte Figur, die der Großlogenbund in den Krisenjahren um 1900 abgab, büßte er massiv an Ansehen in der Bruderschaft ein. Wer ihm schon immer kritisch gegenübergestanden hatte, durfte sich bestätigt fühlen. Wer in ihm ein Mittel zur allmählichen Annäherung zwischen den Großlogen gesehen hatte, konnte nicht anders, als desillusioniert sein. Und wer ihn für die beste momentan erreichbare Form einer Einheit der deutschen Freimaurerei gehalten hatte, der musste angesichts der offen zu Tage getretenen Mängel dieser Einheit schwer enttäuscht sein.[760]

Die Schwäche des Großlogenbundes und der Vertrauensverlust in ihn kam anderen zu Gute. Der VdF, der sich konsequent aus den Streitigkeiten herausgehalten hatte, um seiner Rolle als ‚Bund für den Bund' jenseits der trennenden Systemgrenzen gerecht zu werden, bot weiterhin eine bewährte Vereinigungsgrundlage. Durch unbeirrte Fortführung seiner Aktivitäten und durch Aufrufe an die Johannislogen, die Fühlung untereinander auch in den stürmischen Zeiten nicht verlorenzugeben, demonstrierte er Besonnenheit und Einheitsgeist – jene Qualitäten, die im Großlogenbund so schmerzlich vermisst wurden.[761] So stieg der VdF in den Jahren um 1900 zum wesentlichen intellektuellen Zentrum und zum bedeutendsten Impulsgeber einer deutschen Freimaurerei jenseits der Obedienzgrenzen auf.

Aus allen Systemen strömten die Brüder zum VdF, der zwischen 1900 und 1910 von 2.640 auf 10.278 Mitglieder anschwoll.[762] Seinen vorläufigen Höchststand erreichte er Mitte August 1914, als er mit 16.594 Mitgliedern rund ein Viertel aller deutschen Freimaurer umfasste.[763] Selbst in der sonst recht distanzierten Großen Landesloge stieg der Anteil der VdF-Mitglieder zwischen 1899 und 1909 von 0,8 auf 1,4 Prozent.[764] Unter allen deutschen Großlogen waren das die niedrigsten Werte, sowohl in relativen, als auch in absoluten Zahlen, und das bei der zweitgrößten Obedienz. Mit einem Anteil

760 Vgl. z. B. Lachmund, A.: „Mrerische Betrachtungen nach dem Pfingstfeste 1901", in: Dresdener Logenblatt 270 (1901), S. 2893—2897, insbes. S. 2893 f.; „Der deutsche Grosslogentag", in: Latomia 12 (1899), S. 93 f.; [Knape]: Wert.

761 Vgl. „An die deutschen Johannislogen", in: Latomia 1 (1903), S. 4.

762 Vgl. Taute, Reinhold: „Der Mitgliederbestand des VdF von 1865 – 1911", in: Leuchte 9 (1911), S. 125.

763 VdF-Mitgliederzahl vom 15.08.1914, vgl. Schwabe, J. C.: „Bericht über die Tätigkeit des Arbeitsamtes im Jahre 1913/14", in: Mitteilungen aus dem VdF (1914/15), S. 66—70, hier S. 69.

764 Vgl. ausführlich Stetter, Konrad: „Tabellarische Darstellung der Mitglieder des VdF im Verhältnis zur Großlogen-Angehörigkeit, umfassend die Jahre 1899–1904–1909", in: Mitteilungen aus dem VdF (1909/10), S. 215.

von vier bis fünf Prozent des VdF-Mitgliederbestands überragten selbst die kleinste Großloge (Großloge von Darmstadt) und die fünf unabhängigen Logen die Große Landesloge noch um ein vielfaches.[765] Aber es war dennoch ein deutlicher Erfolg für den VdF, dass er die dicken Ordensmauern immer mehr durchbrach, die sich traditionell als Bollwerk gegen „freimaurerische Nebenbestrebungen" verstanden.[766]

Der Großteil der VdF-Mitglieder stammte 1909 aus Logen der „Drei Weltkugeln", was ob ihrer Größe wenig verwunderlich war, auch wenn der Anteil von „Drei Weltkugeln"-Brüdern an der VdF-Mitgliedschaft unter ihrem Anteil an der deutschen Gesamtfreimaurerei blieb.[767] Weit über der eigenen Gewichtsklasse spielten dagegen die deutlich kleineren Großlogen von Hamburg, Frankfurt, Bayreuth, die Große Landesloge von Sachsen und die Große Loge von Preußen.[768] Regional verteilten sich die Vereinsmitglieder 1908 auf 859 Orte, wobei mehr als die Hälfte in nur 29 Städten beheimatet war. Schwerpunkte der VdF-Aktivität bildeten Berlin (421 Mitglieder), Leipzig (318 Mitglieder), Breslau (263 Mitglieder) und acht weitere Städte im ganzen Reichsgebiet mit dreistelligen Mitgliederzahlen. Von Großstädten waren im selben Jahr nur Aachen, Danzig, Plauen, Altona, Kiel und Stettin weiße Flecken auf der VdF-Landkarte.[769]

Angesichts dieses rasanten Wachstums baute der VdF nach 1900 seine Struktur durchdacht und planmäßig aus. Vor allem geschah das durch Einziehung einer organisatorischen Ebene zwischen den Mitgliedern und dem Vereinsvorstand. Bezirks- und Ortsverbände wurden gegründet, die eigene Versammlungen durchführen und so der Hauptversammlung zuarbeiten konnten, Verbindungs- und Vertrauenspersonen – sogenannte „Obmänner" – stellten dabei das Verbindungsglied zwischen den örtlichen Strukturen und der Vereinsleitung dar, und ab 1910 gab der VdF zusätzlich zu seinen jährlichen Mitteilungen eine monatlich erscheinende Zeitschrift heraus, die Zwanglosen Mitteilungen aus dem VdF.[770] Gleichzeitig warb der VdF offensiv für sich und um weitere Mitglieder.[771]

---

765 Vgl. Stetter, Konrad: „Tabellarische Darstellung der Mitglieder des VdF im Verhältnis zur Großlogen-Angehörigkeit, umfassend die Jahre 1899–1904–1909", in: Mitteilungen aus dem VdF (1909/10), S. 215.

766 „Die Große Landesloge in Berlin und die Deutsche National-Loge. Nach Zirkelkorrespondenz 1877", in: Zirkelkorrespondenz Maiheft (1900), S. 231—242, hier S. 232.

767 Vgl. Stetter, Konrad: „Tabellarische Darstellung der Mitglieder des VdF im Verhältnis zur Großlogen-Angehörigkeit, umfassend die Jahre 1899–1904–1909", in: Mitteilungen aus dem VdF (1909/10), S. 215.

768 Vgl. ebd.

769 Vgl. Taute, R[einhold]: „Vergleichende Zusammenstellung des Mitgliederbestandes des Vereins deutscher Freimaurer, nach Anteilnahme der Städte, während des Zeitraumes von 1868 – 1908", in: Mitteilungen aus dem VdF (1908/09), S. 172—176, hier S. 175 f. Zur Einordnung: 1910 gab es 48 Städte über 100.000 Einwohner, vgl. Wehler: Gesellschaftsgeschichte, Bd. 3 (1995), S. 512.

770 Vgl. „Anleitung für Obmänner", in: Mitteilungen aus dem VdF (1907/08), S. 34—36.

771 Vgl. z. B. Clausen: Verein.

7.5. Die Dichotomisierung der deutschen Freimaurerei

Neben der Ernüchterung der Brüder durch die Vorgänge im Großlogenbund und dem korrelierenden Aufstieg des VdF hatten die Auseinandersetzungen um die Jahrhundertwende eine weitere, vor allem in ihrer Langzeitwirkung noch bedeutendere Folge. Unter dem Eindruck der stagnierenden und krisengebeutelten Entwicklung sedimentierte die Fraktionsbildung im Großlogenbund. Auf älteren Bruchlinien und traditionellen Näheverhältnissen aufsattelnd rückten die drei altpreußischen Großlogen auf der einen, die Großlogen von Hamburg, Frankfurt und Bayreuth auf der anderen Seite enger zusammen und formierten sich in der Selbst- und Fremdwahrnehmung zu freimaurerisch-weltanschaulichen Blöcken.

Im Falle der altpreußischen Großlogen war das insbesondere eine Folge der Herausforderung durch Settegast. In der davon ausgelösten Konfliktsituation begriffen und gerierten sich die altpreußischen Großlogen immer mehr als Block mit gemeinsamen Interessen und verwandten freimaurerischen Selbstverständnissen, die gegen jene der nichtpreußischen Großlogen zu verteidigen seien – umso mehr, da durch das Ende des preußischen Sprengelrechts nunmehr eine direkte Konkurrenzsituation auf preußischem Boden entstanden war. Schon 1894 konstatierte ein Bruder, dass sich die drei altpreußischen Großlogen durch die Settegastangelegenheit die Hände gereicht hätten wie kaum jemals zuvor.[772] Zusammengeschweißt durch die Vorwürfe Settegasts und das gemeinsame Interesse, die hegemoniale Stellung in Preußen zu verteidigen, stellten sie in jenen Jahren eine in den wesentlichen Fragen geschlossene Fraktion im Großlogenbund dar, deren institutioneller Ausdruck der preußische Großmeisterverein war.

Dieser konnte bereits auf mehrere Dekaden des Bestehens zurückblicken. Ein Gefühl tiefer innerer Verbundenheit war ihm jedoch abhandengekommen, seit der eng mit dem Wirken des Großmeistervereins verbundene Wilhelm I. seine freimaurerischen Aufgaben an den Sohn abgegeben hatte und der Deutsche Großlogenbund entstanden war.[773] Durch die handfeste Bedrohung von ‚außen' war nun dieses Gefühl innerer Verbundenheit wiederhergestellt und präsenter denn je.

Wesentlich war auch Settegasts unbarmherzige Diagnose des von den drei altpreußischen Großlogen geschaffenen freimaurerischen ‚Notstands'. Mit seiner Kritik wiederholte er zwar letztlich nur Punkte, die seit Jahrzehnten in der Reformbewegung ventiliert worden waren, doch fasste er diese Versatzstücke zu einem geschlossenen Cluster zusammen, welcher nunmehr zur Charakterisierung der ‚altpreußischen' Freimaurerei diente. Die Berliner Großlogen erschienen hierdurch als ein konservativer bis reaktionärer Block, zusammengehalten von Hochgradoligarchie, christlich verbrämtem Mystizismus und dem antisemitischen Ausschluss von Juden. Gerade der Rückgriff auf fest etablierte Bestandteile der freimaurerischen Selbstverständnisdebatten verlieh

772 „Die Versammlung des Westpreussisch-Pommerschen Logenverbandes zu Danzig am 20. Mai 1894", in: Bundesblatt 12 (1894), S. 305–319, hier S. 318.

773 Vgl. zum preußischen Großmeisterverein Knak: Führer, S. 97–101; „Grossmeisterverein", in: Allgemeines Handbuch (3. Aufl.), Bd. 1 (1900), S. 392.

der so konstruierten Kategorie ‚altpreußische Freimaurerei' eine innere Wahrheit, die nicht nur von eingefleischten Anhängern Settegasts akzeptiert wurde, sondern weit über diese Kreise hinaus ein plausibles und handliches Prisma vorgab, durch das sich die deutsche Freimaurerei besser erkennen und verstehen ließ.

Auch die Großlogen von Bayreuth, Frankfurt und Hamburg rückten enger zusammen, wenngleich mit gewisser zeitlicher Verzögerung. Größere Überschneidungen im freimaurerischen Selbstverständnis hatten sich zwar auch bei ihnen schon in der Settegastkrise und in den Diskussionen um die religiösen Grundlagen der Freimaurerei abgezeichnet, doch gaben hier vor allem die Einheitsbestrebungen den entscheidenden Anstoß.

Die Demokratisierungstendenzen hatten die Einheitsfrage mehr und mehr zu einer Frage der Mehrheiten werden lassen – eine Frage, bei der die mitgliederstarken Berliner Großlogen einen nicht einholbaren Vorsprung hatten, was in Teilen der Reformbewegung mit Sorge zur Kenntnis genommen wurde. Bereits 1890 gab es Warnungen vor einer „Hegemonie" der „Drei Weltkugeln" und der Großen Landesloge.[774]

Nach den Statuten des Großlogenbundes war für eine Änderung bestehenden oder die Schaffung neuen Rechts Einstimmigkeit unter den Bundesgroßlogen nötig, was sich seit seiner Gründung mehr und mehr als schwerfällige Bestimmung und als potenzielles Blockadeinstrument entpuppt hatte. Zugleich wahrte der Grundsatz der Einstimmigkeit aber auch die Gleichstellung und Eigenständigkeit aller beteiligten Großlogen. Dass diese Einstimmigkeit nach den Entwürfen zum Großlogenbundausbau durch eine Zweidrittelmehrheit abgelöst werden sollte – ein Quorum, das die altpreußischen Großlogen im geplanten erweiterten Großlogentag alleine erreicht hätten – dämpfte daher die Begeisterung der kleineren Großlogen.[775] Die Gefahr, überstimmt zu werden und den als Interessensgemeinschaft auftretenden Berlinern ausgeliefert zu sein, machte dabei nur einen Teil der Abneigung aus. Schwerer wog, dass sich die kleineren Großlogen durch die geplante Neuregelung überhaupt ihrer Eigenständigkeit und der Anerkennung ihrer Gleichwertigkeit beraubt fühlten. Daher konnte auch ein Entgegenkommen hinsichtlich des Quorums, für das 1897 die Dreiviertelmehrheit vorgeschlagen wurde,[776] das Veto nicht verhindern.

Dass bei einer äußeren institutionellen Einigung, wie sie vor allem von den „Drei Weltkugeln" verfolgt wurde, stets die Macht- und Souveränitätsfrage der Großlogen im Weg stünde, veranlasste zur Suche nach alternativen Lösungsansätzen. Verzicht auf ein weiteres Vereinigungswerk war einer davon. Vertreten wurde er zeitweise etwa

774 „Eine Versammlung süddeutscher Brr Frmr in Heidelberg", in: Bundesblatt 19 (1890), S. 486–502, hier S. 488. Ähnliche Befürchtungen auch bei Rothfels: „Freimaurerische Gauverbände", in: Latomia 22 (1890), S. 172 f.

775 Vgl. z. B. Maier, Gustav: „Maurertag oder erweiterter Grosslogentag?", in: Bauhütte 47 (1891), S. 369–371; „Vom deutschen Grosslogentage", in: Freimaurer-Zeitung 26 (1892), S. 204–207, hier insbes. S. 206 f.

776 Vgl. „Verhandlung der Kommission für Vorschläge zur weiteren Ausgestaltung des Deutschen Grosslogenbundes", in: Bauhütte 1 (1897), S. 1–3, hier S. 3.

von der Großen Landesloge, die trotz ihrer Mitgliederstärke Angst davor hatte, zur Preisgabe ihrer Eigenart gedrängt zu werden.[777] Ein anderer Ansatz, vornehmlich aus dem Reformlager und den kleinen Großlogen, forderte eine innere vor einer äußeren Einigung, das hieß eine ideelle Einigung auf gemeinsame freimaurerische Grundlagen vor der institutionellen Vereinigung. Stünden alle Obedienzen auf gleicher Basis, so der Leitgedanke, dann gäbe es gar keinen Grund, sich vor einer Majorisierung zu fürchten.[778] Als dann aber beim Einigungswerk der Logengauverbände aus den ‚Allgemeinen Grundsätzen' just der Paragraph zur konfessionellen Neutralität gestrichen wurde, schwand auch bei den Anhängern des humanitären Prinzips die in eine prinzipielle Einigung gesetzte Hoffnung.

Das humanitäre Reformlager sah sich zunehmend in eine Position gedrängt, in der es die eigenen Vorstellungen von Freimaurerei und freimaurerischer Einheit gegen die Berliner Schwergewichte verteidigen musste, die die Reformsemantik und Einheitsthematik aufgenommen und für eigene Vorstellungen adaptiert hatten und als Großlogen am längeren Hebel saßen.

Da kam es gerade recht, dass sich drei Großlogen auf die Seite der humanitären Reformbewegung schlugen und an ihre Spitze stellten. Am 14. März 1900 gründeten die Großlogen von Bayreuth, Frankfurt und Hamburg einen Großmeisterverein, um zunächst zwischen jenen Großlogen eine größere Einheit herzustellen, die ohnehin „durch Gemeinsamkeit in Anschauung, Zwecken und Mitteln verbunden sind".[779] Sie folgten damit letztlich dem Beispiel der Berliner Großlogen. Mehrfach hatten altpreußische Brüder und Amtsträger in den 1890er Jahren ihren Großmeisterverein als Vorbild gerade auch in Fragen der Einheit gepriesen.[780] An eine Gegenveranstaltung zum Berliner ‚Dreibund' war dabei gleichwohl nicht gedacht worden, wie die Reaktionen auf die Bayreuth-Frankfurt-Hamburger Gründung zeigten.[781]

Dieser neue Großmeisterverein verstand sich durchaus als ein Gegenstück zum altpreußischen Vorbild. Durch die engere Vereinigung, erläuterten die drei Großlogen, solle die humanitäre Freimaurerei eine solidere Basis für ihr weiteres Wirken für die freimaurerische Einheit erhalten – ähnlich wie es die altpreußischen Großlogen in *ihrem* Großmeisterverein für *ihre* freimaurerischen Vorstellungen erfolgreich

777 Vgl. z. B. Hieber, Otto: „Acht Antithesen zu den Coburger Thesen des Brs Fischer (Gera)", in: Bundesblatt 5 (1898), S. 94–103.

778 Vgl. z. B. „Einst und Jetzt", in: Bauhütte 17 (1890), S. 133–135, oder auch die von der GLvF vertretene Meinung in der „Verhandlung der Kommission für Vorschläge zur weiteren Ausgestaltung des Deutschen Grosslogenbundes", in: Bauhütte 1 (1897), S. 1–3, hier S. 1.

779 „Ein neuer Grossmeister-Verein", in: Latomia 12 (1900), S. 90 f., hier S. 90.

780 Vgl. z. B. „Zum deutschen Maurertage", in: Bundesblatt 4 (1891), S. 90–99, hier S. 96.

781 Vgl. z. B. „Aus dem Logenleben", in: Bundesblatt 18 (1900), S. 494 f. Vgl. auch die in der Freimaurer-Zeitung geführte Auseinandersetzung Müffelmann, L[udwig]: „Etwas über Gleichberechtigung", in: Freimaurer-Zeitung 52 (1900), S. 411 f.; Sandmann, Ernst: „Etwas über Gleichberechtigung", in: Freimaurer-Zeitung 2 (1901), S. 10–12; Müffelmann, L[udwig]: „Dem geliebten Br Sandmann", in: Freimaurer-Zeitung 5 (1901), S. 38 f.

vorführten.[782] In anderen Worten: Der neue Großmeisterverein plante, der altpreußischen Interessenkoalition des Berliner ‚Dreibundes' seine humanitäre Auffassung von Freimaurerei entgegenzusetzen.

Dieses Alternativangebot erläuterte der humanitäre Großmeisterverein in seiner Gründungsanzeige an die maurerische Presse wie folgt: Bislang sei die Einheit daran gescheitert, dass die Freimaurerei in zwei Hauptrichtungen gespalten sei. Deren Unterschiede gipfelten wiederum in zwei Punkten: erstens im Verständnis der Freimaurerei und zweitens in der historischen Grundlage. Die eine Richtung mache die Zugehörigkeit abhängig von der christlichen Konfession und betone eine historische Nähe zu christlichen Ritterorden; die andere Richtung hingegen verstehe unter Freimaurerei „eine Vereinigung von menschlich-brüderlich gleichgesinnten Männern des ganzen Erdenrundes ohne Rücksicht auf Stand, Nationalität, politische Partei und Religionsbekenntnis" und sehe als historisches Fundament James Andersons „Constitutions" von 1723.[783] Ziel des neuen Großmeistervereins sei es, einer weiteren Vereinigung im Sinne der zweiten, humanitären Richtung vorzuarbeiten. Noch unverblümter wurde das auf der Jahresversammlung der Großloge von Frankfurt am 20. Mai 1900 ausgeführt, wo explizit das humanitäre Prinzip zum *einzig* erfolgversprechenden Fundament einer weiteren Einigung erklärt wurde – „nicht etwa weil es das unsrige sei, sondern weil es das weitgehendste, das allumfassende sei."[784]

Der Gründung des Großmeistervereins folgte im Jahr darauf ein gemeinsamer Logentag aller Bayreuther, Frankfurter und Hamburger Tochterlogen in Eisenach. Der Versammlungsort unterstrich das reformistische Bekenntnis des neuen Bündnisses. Den Blick auf die Wartburg lenkend, wo Martin Luther gut 400 Jahre zuvor reformatorisch gewirkt hatte, erklärte Carl Wiebe, der Großmeister der Großen Loge von Hamburg: „In solchem Sinne möge auch unsere bescheidene Zusammenkunft wirken; das möge ihr Vorbild sein."[785]

Beinahe unmerklich hatten sich so im Zuge der Auseinandersetzungen um 1900 die aus der Reformsprache stammenden und in den verschiedenen Diskussionen der Jahrhundertwende wieder aufgegriffenen Diagnosen zu diametral entgegengesetzten Clustern formiert und auf die im Zwist liegenden Großlogen beziehungsweise die in der Krise gebildeten Fraktionen im Großlogenbund übertragen.

Neu war weder die Terminologie, noch dass verschiedene freimaurerische Selbstverständnisse und Interessen miteinander rangen. Neu war auch nicht die Neigung, diese Selbstverständnisse semantisch in Gegensatzpaare zu fassen oder sie situationsabhängig für oder wider die eine oder andere Großloge in Anschlag zu bringen. Neu war jedoch *erstens* die Zusammenfassung all dessen in eine allumfassende Dichotomie, die

782 Vgl. „Ein neuer Grossmeister-Verein", in: Latomia 12 (1900), S. 90 f.

783 Ebd., S. 90.

784 Bericht zur Jahresversammlung der GLvF unter „Maurerische Einigungsbestrebungen", in: Bundesblatt 17 (1900), S. 460–468, hier S. 461.

785 Protokoll des gemeinsamen Logentages der Grosslogen von Hamburg, Bayreuth, Frankfurt a/M zu Eisenach am 11. und 12. Mai 1901, Hamburg 1901, S. 3 f.

zweitens in der Form von Lagerbegriffen die Großlogen voneinander schied. „Humanitär“ bezeichnete nun nicht mehr in erster Linie bestimmte Aufnahmemodalitäten, sondern die Großlogen von Frankfurt, Bayreuth und Hamburg *sowie* eine mit ihnen identifizierte liberale, aufklärerische, für progressive Reformen und Außenarbeit offene, religiös indifferente beziehungsweise pluralistische, an demokratischen Bundesformen orientierte und auf Johannisgrade beschränkte Freimaurerei. Ihr Gegenstück waren die Berliner Großlogen *sowie* eine mit ihnen identifizierte konservative, auf Innenarbeit konzentrierte, explizit christliche und von hierarchischem Ordenscharakter und Hochgraden geprägte Freimaurerei. Bezeichnenderweise lautete der Lagerbegriff für Letztere nicht ‚christlich‘, was in der Reformsprache das begriffliche Gegenstück zu ‚humanitär‘ gewesen war, sondern ‚altpreußisch‘.

Der so formulierte Dualismus strukturierte die weitere Entwicklung der deutschen Freimaurerei, bis hin zum offenen Bruch entlang der so markierten Trennlinie in den 1920er Jahren. Aber auch darüber hinaus prägt er den Freimaurerdiskurs bis in die Gegenwart. Bis heute arbeiten die meisten Darstellungen zur deutschen Freimaurerei des 19. und 20. Jahrhunderts mit der impliziten Annahme einer dichotomen Ordnung der deutschen Freimaurerei, wenn nicht gar explizit die Kategorien ‚humanitäre‘ und ‚altpreußische‘ Freimaurerei übernommen werden, ohne sie angemessen zu historisieren. Nach wie vor dient das dichotome Modell als verführerisch eingängiges Raster, um des divergenten Phänomens ‚deutsche Freimaurerei‘ Herr zu werden.[786]

Die verräterischen Unschärfen, Brüche und Anachronismen des Modells werden dabei meist ausgeblendet. So bleibt meist ungeklärt, warum die Große Loge von Preußen zur altpreußischen Freimaurerei gerechnet wird, auch wenn sie statutengemäß zwischen 1872 und 1924 nach humanitärem Prinzip arbeitete. Auch die Einordnung der Großen Landesloge von Sachsen macht regelmäßig Probleme. Eher en passant wird sie oft dem humanitären Lager zugeschlagen, da sie schon rein geographisch nicht zu den Alt*preußen* gezählt werden kann.[787] Dass sie sich nach einem kurzzeitigen

786 Ein Scharnier, über das diese historische Wissensordnung in die Gegenwart transportiert wurde, ist das „Internationale Freimaurerlexikon“ von 1932, das durch Nachdrucke und Neuauflagen nach 1945 zum primären deutschsprachigen Nachschlagewerk zur Freimaurerei aufstieg. Auch Reinhold Doschs „Deutsches Freimaurerlexikon“ folgt – zumal in Einträgen zu humanitärer und altpreußischer Freimaurerei – den Aussagen des „Internationalen Freimaurerlexikons“. Der Einfluss des dichotomen Ordnungsschemas zeigt sich auch in den jüngeren Forschungsarbeiten Berger: Internationalismus, S. 133 f.; Hoffmann: Geselligkeit, S. 74 f.; Melzer: Konflikt, S. 23 f., die zwar bemüht sind, die Rede vom humanitären und altpreußischen Lager nicht einfach zu reproduzieren, jedoch eine konsequente Historisierung vermissen lassen und sich letztlich ebenfalls das dichotome Schema aufzwängen lassen. Guntram B. Seidler hat hingegen erkannt, dass die altpreußisch-humanitäre Dichotomie erst um die Jahrhundertwende ausgebildet wurde, reduziert sie jedoch auf den konfessionspolitischen Gegensatz und geht zu weit wenn er schreibt, dass das Wort ‚humanitär‘ erst um 1900 als Gegenstück zur christlichen Freimaurerei geprägt wurde, vgl. Seidler: Juden, S. 24.

787 Vgl. z. B. Böhl: Freimaurerei, S. 76.

Näheverhältnis zum humanitären Großmeisterverein tatsächlich stärker an den Berliner Großlogen orientierte, wird mitunter wenig überzeugend mit der Rede von einer „rechte[n] Fraktion“[788] der humanitären Freimaurerei übertüncht.

Solche Widersprüchlichkeiten untergraben den Anspruch des Ordnungsschemas auf definitorische Genauigkeit und klar konturierte Kategorien und verraten seinen historischen Entstehungszusammenhang in den Konflikten der Jahrhundertwende. ‚Humanitär‘ und ‚altpreußisch‘ waren keine Analyse-, sondern Lagerbegriffe im zwischen den Großlogen geführten Kampf um die freimaurerische Deutungshoheit in Deutschland. Das gilt es zu berücksichtigen, da der so konstruierte Dualismus den weiteren Verlauf der deutschfreimaurerischen Entwicklung beeinflusste.

---

788 Böhl: Freimaurerei, S. 76.

Zusammenfassung: Einheit und Reform

Das deutsche Bürgertum erlebte die Jahre um 1900 als fundamentale Krise seiner Kultur. Die Freimaurerei verortete sich selbst im Zentrum dieser Entwicklung, sowohl als Betroffene als auch als Berufene. Die erneut aufbrechenden Diskussionen der Reformbewegung vermischten sich mit diesem Krisenempfinden zu einer explosiven Mischung.

Die 1890er Jahre sahen so die Rückkehr der Religionsdiskussion, die mit neuer Schärfe geführt wurde. Hinzu kamen Auseinandersetzungen über die soziale Verantwortung der Freimaurerei und ihr Verhältnis zur Öffentlichkeit. Sie wurden angetrieben von der tiefsitzenden Angst, die Freimaurerei könnte sich schlicht überlebt haben. Neue Konkurrenten im Vereinswesen, die sich als Alternativen zur althergebrachten Freimaurerei anboten, befeuerten das Gefühl, den Anschluss an die Gegenwart zu verlieren.

Außerdem erlebten die 1890er Jahre eine erneute Diskussion über die nationale freimaurerische Einheit. Im Ringen mit der Logengaubewegung, die die Einheit von unten verwirklichen wollte, setzte sich zwar der Großlogenbund durch, doch scheiterte er mehrfach daran, die eigenen Strukturen weiter auszubauen. Im Gegenteil begannen diese Strukturen mehr und mehr zu erodieren. Die Herausforderungen durch eine von Hermann Settegast gegründete neue Großloge sowie die Wiederannäherung an die französische Freimaurerei belasteten das Verhältnis der Großlogen zueinander und hatten eine immer offensivere Macht- und Interessenpolitik zur Folge.

Vor dem Hintergrund dieser Entwicklungen kristallisierte sich um 1900 eine neue mentale Ordnung heraus, in welcher die deutsche Freimaurerei immer weniger als Einheit und immer mehr als Dualismus verstanden wurde. Die Fraktionsbildung im Großlogenbund sowie diverse Konfliktlinien der Debatten über Wesen und Zweck der Freimaurerei überlagerten sich, richteten sich aneinander aus und formierten sich so zu einer allumfassenden Dichotomie von humanitärer Freimaurerei auf der einen, altpreußischer Freimaurerei auf der anderen Seite.

Krieg und Frieden

„Die Weltmaurerei wird stets in die Bresche treten, wenn es sich darum handelt, den Weltfrieden zu verteidigen und zu fördern."[789]

„Dem Riesenkampfe der Verteidigung deutschen Landes und deutscher Art muß die Wiedereroberung der Welt folgen, und in ihm muß die Freimaurerei in der Front stehen."[790]

8. Pazifismus und Freimaurerei bis 1914

Der Kontrast hätte nicht größer sein können. Als im Sommer 1914 der Erste Weltkrieg ausbrach, befand sich die deutsche Freimaurerei gerade in einer intensiv geführten Debatte über Pazifismus. Schon seit den 1890er Jahren war die Friedensfrage immer wieder als eine jener aktuellen Zeitfragen ins Blickfeld der Brüder gerückt, deren Behandlung die Freimaurerei mit den Kulturbestrebungen der Gegenwart versöhnen sollte.

In diese Zeit fiel eine Hochphase des Pazifismus. Nach Roger Chickering waren die Jahrzehnte zwischen Deutsch-Französischem Krieg und Erstem Weltkrieg das ‚Goldene Zeitalter' des pazifistischen Internationalismus.[791] Verstärkt durch die spürbar werdende globale Vernetzung zum Ende des Jahrhunderts und angesichts der Rüstungsbemühungen in Europa und der kriegerischen Auseinandersetzungen an seinen kontinentalen und kolonialen Rändern suchten Menschen nach Mitteln und Wegen, den Frieden zu bewahren. Höhepunkt und zugleich Sinnbild der Grenzen dieser Bewegung waren die vom russischen Zaren initiierten Haager Friedenskonferenzen 1899 und 1907. Sie legten zwar mit der Haager Landkriegsordnung völkerrechtliche Grundlagen, scheiterten aber daran, ein verbindliches internationales Schiedsgerichtswesen zu etablieren, was das Herzstück pazifistischer Forderungen der Jahrhundertwende war.[792]

Getragen wurde der Pazifismus dieser Jahre vor allem von Vereinen, die mehr oder weniger stark international vernetzt waren. Erst Ende 1892 – verglichen mit Westeuropa

789 „Logenberichte und Vermischtes", in: Bauhütte 16 (1912), S. 127.

790 VdF (Hg.): Zukunftsaufgaben, S. 63.

791 Chickering: World Without War, S. 8. Zur Friedensbewegung im Kaiserreich vgl. auch Holl: Pazifismus, S. 41–102.

792 Vgl. ebd., S. 7; Schumann: Frieden, S. 141 f.

reichlich spät – gründete sich eine „Deutsche Friedensgesellschaft", die jedoch in ihren ersten Jahren ein Schattendasein führte, bis sich ihr Schwerpunkt von Berlin in den deutschen Südwesten verlagerte, wo der Linksliberalismus eine stärkere Basis hatte.[793]

Als eine weltweit verbreitete Gesellschaft erschien die Freimaurerei vielen prädestiniert, dieses pazifistisch-internationalistische Engagement zu unterstützen oder ihm als eine organisatorische Basis zu dienen. „Freimaurerei und Friedensbewegung sind nach meiner Meinung so gut wie identisch", lautete eine vor 1914 vor allem unter liberalen Brüdern durchaus weit verbreitete Ansicht.[794] Tatsächlich gab es in vielen Ländern – insbesondere in Frankreich – große personelle Konvergenzen zwischen den beiden Bewegungen.[795] Besonders das Spannungsverhältnis zwischen dem freimaurerischen Universalismus und dem nationalen beziehungsweise obedienziellen Partikularismus wurde dabei zugleich zum Motor und Bremsblock internationaler Verbrüderungsinitiativen. Einerseits drängte es zur Verständigung über die Grenzen hinweg, um das Ideal der Weltbruderkette mit der Realität der divergenten Ausprägungen der Freimaurerei zu versöhnen. Andererseits begrenzte es die Bereitschaft, aufeinander zuzugehen, da alle Großlogen versuchten, ihren partikularen Interessen und Selbstverständnissen nicht nur Gehör, sondern unter dem Banner universaler Ansprüche auch Geltung zu verschaffen.[796]

Das Resultat war eine Lagerbildung, welche sich in der freimaurerischen Welt in Folge des Bruchs zwischen England und Frankreich 1877/1878 schrittweise dadurch vollzog, dass sowohl der Grand Orient de France als auch die United Grand Lodge of England ihre freimaurerischen Überzeugungen mit ideellem und territorialem Hegemonieanspruch vertraten.[797] Auch wenn die meisten Großlogen 1878 *nicht* dem englischen Beispiel gefolgt waren und die Beziehungen zum französischen Grand Orient nicht abgebrochen hatten, und auch wenn die United Grand Lodge of England keineswegs jenen Großlogen die Anerkennung entzog, die weiterhin mit dem Grand Orient de France verkehrten,[798] bildeten sich nach und nach Cluster in den sich überlappenden Netzen bilateraler Anerkennung, die die Zeitgenossen bald schon von einem ‚romanischen' und einem ‚angelsächsischen' Lager sprechen ließen. Dabei handelte es sich – mehr noch als um Bezeichnungen solcher Cluster – um Verabredungsbegriffe. Ähnlich wie die Lagerbegriffe ‚altpreußisch' und ‚humanitär' in Deutschland signalisierten sie durch Selbst- oder Fremdzuschreibung eine ideelle Nähe zu einem der beiden Pole,

---

793 Schumann: Frieden, S. 141.

794 Maier, Gustav: „Der Haager Schiedsgerichtshof", in: Bauhütte 18 (1904), S. 137 f., hier S. 137.

795 Vgl. auch hierzu Chickering: World Without War, S. 130 f. et passim; Berger: Internationalismus, S. 417 Anm. 115.

796 Ausführlich am Beispiel der (mittel- und west-)europäischen Großlogen untersucht ebd., S. 190–263.

797 Ebd., S. 81 et passim.

798 Zum Bruch zwischen England und Frankreich vgl. ebd., S. 179–189 et passim, bei dem sich die Herausbildung des Schismas wie ein roter Faden durch die Untersuchung zieht, sowie Kap. 7.3.

Grand Orient de France oder United Grand Lodge of England. So wurde eine bipolare mentale Ordnung der weltweiten Freimaurerei formuliert. Tatsächlich waren die Lager längst nicht so statisch und homogen, wie die Zeitgenossen und die freimaurerische (Eigen-)Geschichtsschreibung es glauben machen wollen. Um den Schematismus dieser mentalen Ordnung aufzuzeigen, verweist etwa Joachim Berger zurecht auf die deutsche, die schweizerische und die niederländische Freimaurerei, die sich in keines der beiden Lager passgenau einfügten.[799]

In Deutschland lag das nicht zuletzt am Großlogen- und Systempluralismus. In den innerdeutschen Aushandlungs- und Einigungsprozessen, im Widerstreit von partikularen Ansprüchen und Einheitsideal, spiegeln sich viele der Dynamiken und einige der Themen, die auch auf internationaler Bühne die Entwicklung antrieben. Von Deutschland aus betrachtet ordnete sich die freimaurerische Welt jedenfalls nicht bipolar, sondern mindestens tripolar: ein wahlweise als atheistisch oder religiös-indifferent, vor allem aber als politisch-republikanisch charakterisiertes romanisches Lager um den Grand Orient de France; ein angelsächsisches Lager, das zwar als religiös, aber vor allem als karitativ, selbstgenügsam und auf Geselligkeit bedacht gesehen wurde; ein eigenständiges deutsches Lager, grundsätzlich apolitisch und von tief-innerlicher Religiosität und durchgeistigtem, idealistischem Streben angetrieben.[800] Das betraf die deutsche Freimaurerei, soweit sie sich als Einheit begriff. Die einzelnen Verbände jedoch gestalteten ihre eigenen, in den Jahren vor dem Weltkrieg zunehmend von Absprachen im Großlogenbund abgekoppelten auswärtigen Beziehungen. Das eröffnete Möglichkeiten zu einer differenzierten Positionierung im Beziehungs- und Konfliktgeflecht der ersten Hochphase des freimaurerischen Internationalismus, die Joachim Berger von 1885 bis 1914 reichen lässt.[801]

Berger unterscheidet hierbei drei interdependente Ebenen: erstens die bilateralen Beziehungen zwischen den einzelnen Großlogen, zweitens transnationale Initiativen zur Zusammenarbeit freimaurerischer Körperschaften und drittens internationale Initiativen aus der und für die freimaurerische Basis.[802] Diese drei Ebenen durchdrangen einander und wirkten aufeinander ein, teilweise sich unterstützend und erweiternd, teilweise sich unterminierend und gegensteuernd.

Die trans- und internationale Verbrüderung führte in der Jahrhundertwende zur Ausbildung eines lebhaften freimaurerischen Kongresswesens, dessen Nomenklatur schon unter zeitgenössischen Beobachtern mitunter für Verwirrung sorgte. So verschwammen die Grenzen zwischen den Freimaurer*kongressen* oder *-konferenzen*, an denen sich freimaurerische *Körperschaften* beteiligen konnten, und den Freimaurer*manifestationen* oder *-zusammenkünften*, die für die *Brüder selbst* gedacht waren.[803]

---

799 Vgl. Berger: Internationalismus, S. 62.

800 Vgl. exemplarisch Scholz: „Über Einigungsbestrebungen", in: Latomia 15 (1898), S. 113–116, hier S. 114.

801 Vgl. Berger: Internationalismus, S. 190–263.

802 Konzise dargelegt von Berger: Universal Values, S. 205–207.

803 Zur Nomenklatur vgl. auch Berger: Internationalismus, S. 194.

8.1. Der internationale „Schottische Ritus"

Wie Joachim Berger zeigen konnte, kommt dem „Alten und Angenommenen Schottischen Ritus" (AASR) eine Schlüsselrolle für den freimaurerischen Internationalismus zu.[804] Beim AASR handelt es sich um ein Freimaurersystem, das im Ganzen 33 Grade umfasst. In dieser Form war es Anfang des 19. Jahrhunderts in Charleston, South Carolina (USA) aus einem über die Karibik importierten kontinentaleuropäischen Hochgradsystem mit 25 Graden entstanden.[805] Anstelle von Großlogen bildete der sich rasch international ausbreitende AASR in den verschiedenen Ländern sogenannte Oberste Räte, die sich zwar als Ableger des gleichen Systems verstanden, jedoch voneinander unabhängig waren. Zwischen ihnen entwickelte sich in der zweiten Hälfte des 19. Jahrhunderts eine transnationale Zusammenarbeit, deren Impulse auch über den AASR hinauswirkten.

In Deutschland existierte jedoch bis 1930 kein Repräsentant dieses internationalen Ritus, der an dieser Zusammenarbeit hätte beteiligt werden und ihre Impulse in die deutsche Freimaurerei hätte tragen können. Der von Theodor Reuß gegründete Schottische Ritus war kein Ableger des aus Charleston stammenden AASR, sondern des von Charleston nicht anerkannten Cerneau-Ritus, und war daher nicht in das Netzwerk der Obersten Räte eingebunden.[806]

Nur punktuell hatte der AASR in den Jahren bis zum Ersten Weltkrieg auch für die deutsche Freimaurerei eine direkte Bedeutung erlangt. So hatte es 1908 vorübergehend geheißen: „Der schottische Ritus klopft an".[807] Der im Vorjahr in Brüssel tagende Weltkongress der Obersten Räte hatte sich mit der Möglichkeit befasst, den AASR auch in Deutschland zu etablieren und zu diesem Zweck an die Großloge von Bayreuth geschrieben. Unter Verweis auf die zum Missbrauch einladende Lücke – namentlich wurde Theodor Reuß' „Pseudom[aure]rei"[808] genannt – begründete der Brief sein Anliegen und versuchte die Bedenken der hochgradskeptischen deutschen Großlogen zu zerstreuen. Der Verweis auf eine vermeintlich aus der Feder Friedrichs des Großen stammende AASR-Charta sollte traditionelle Ansprüche unterstreichen und Sympathien wecken, doch schmälerte wohl eher die Chancen der Obersten Räte, da das Dokument schon etliche Jahre zuvor im BUNDESBLATT als dreiste Fälschung eingestuft worden war.[809] Die ablehnende deutsche Antwort auf das ‚schottische' Anklopfen war

---

804 Vgl. Berger: Internationalismus, S. 199 et passim.

805 Für einen grundlegenden Überblick zum AASR vgl. Hoyos: Rites.

806 Zu Reuß vgl. Kap. 6.5. Zum Schottischen Ritus nach Cerneau vgl. Frick: Licht und Finsternis, S. 110–114; Hoyos: Rites, S. 372 f.

807 Vgl. „Der schottische Ritus klopft an", in: Freimaurer-Zeitung (1908), S. 173 f.

808 „Der schottische Ritus klopft an", in: Freimaurer-Zeitung (1908), S. 173 f., hier S. 173. Falsch daher die Vermutung von Richert: Zweig, S. 64, dass man beim Kongress der Obersten Räte in Brüssel wahrscheinlich nichts von Reuß' Treiben wusste.

809 Vgl. „Der schottische Ritus klopft an", in: Freimaurer-Zeitung (1908), S. 173 f., hier S. 173 u. „Die Entstehung des Rite écossais ancien et accepté", in: Bundesblatt 1 (1893), S. 9–22. Es war weder das erste, noch das letzte Mal, dass um die Echtheit des friderizianischen

jedenfalls unmissverständlich. Weder die Aufnahme deutscher Brüder im Ausland noch ein Ausgreifen eines Obersten Rates nach Deutschland würde toleriert werden.[810]

Fünf Jahre später hieß es dann in Randnotizen deutscher und niederländischer Freimaurerblätter dennoch, dass der AASR einen Ableger in Deutschland plane.[811] Allerdings scheint sich dieser Plan, wenn er denn je mehr als eine Zeitungsente gewesen war, zumindest vor dem Weltkrieg nicht mehr manifestiert zu haben.

8.2. Freimaurerkongresse und die „Weltgeschäftsstelle“

Den Anstoß für das Kongresswesen der Jahrhundertwende hatte der Grand Orient de France gegeben, der 1889 das einhundertste Jubiläum der Französischen Revolution zum Anlass nahm, Großlogen zu einem Freimaurerkongress nach Paris einzuladen.[812] Fünf Jahre später, anlässlich der Weltausstellung in Antwerpen, knüpften die belgischen Brüder ihrerseits mit einem Kongress daran an. Ein Programm sah Aussprachen über das gemeinsame Ziel aller Freimaurerei, die Möglichkeiten einer internationalen Vereinigung, die Grenzen des freimaurerischen Arkanums und Felder internationaler freimaurerischer Wohltätigkeit vor.[813]

Erhofft gewesen war die Teilnahme aller freimaurerischen Systeme der Welt – von vornherein ein deutlich zu hoch gestecktes Ziel. Vor allem war die United Grand Lodge of England ferngeblieben, aber auch von den deutschen Großlogen waren nur die Großlogen von Frankfurt, Bayreuth und Darmstadt vertreten.[814] Aus den Berliner Großlogen kamen skeptische Töne. Das Bundesblatt etwa äußerte angesichts der Kongressberichte grundsätzliche Zweifel am Sinn solcher Treffen. Dass sie ein Weg seien, die Unterschiede zwischen den verschiedenen Systemen zu relativieren und womöglich zu überwinden, wie der Vorsitzende des Antwerpener Kongresses hoffnungsvoll erklärt hatte, wurde jedenfalls zurückgewiesen. „Diese Unterschiede sind vielmehr so bedeutend, dass man vergebens nach einem einheitlichen Grundgedanken“ suche.[815] Zwar möge so der persönliche Austausch der Brüder gefördert werden, „aber wir haben keinen Grund zu hoffen, dass es durch derartige internationale Kongresse gelingen werde, die im Laufe der Zeiten entstandenen Abweichungen in der Auffassung des freimaurerischen Gedankens zu beseitigen und eine gemeinsame Basis für die Ausübung der K[öniglichen] K[unst] zu gewinnen“, schloss der Beitrag.[816]

Patents gestritten wurde, vgl. „Schottischer Ritus“, in: Allgemeines Handbuch (3. Aufl.), Bd. 2 (1901), S. 171–184, hier S. 171.

810 Vgl. „Bericht über die Verhandlungen des Deutschen Grosslogenbundes“, in: Bauhütte 34 (1908), S. 265–269, hier S. 268.

811 Vgl. „Rundschau“, in: Leuchte 8 (1913), S. 111.

812 Vgl. „Der Freimaurercongress in Paris“, in: Freimaurer-Zeitung 43 (1889), S. 341–343.

813 Vgl. „Logenberichte und Vermischtes“, in: Bauhütte 17 (1894), S. 136.

814 Zur deutschen Teilnahme an den Kongressen vgl. Berger: Internationalismus, S. 139.

815 „Welches ist das Ziel, dem alle Freimaurer zustreben?“, in: Bundesblatt 16 (1895), S. 431–443, hier S. 440.

816 Ebd., S. 442 f.

Waren 1894 in Antwerpen dennoch immerhin 24 Verbände erschienen, so erwies sich die 1896 in Den Haag stattfindende Folgekonferenz als regelrechter Reinfall. Nur neun Verbände hatten Abordnungen geschickt, davon nur eine aus Deutschland, und die kam ausgerechnet von der zuhause noch um Anerkennung kämpfenden Settegastgroßloge.[817]

Die versammelten Brüder realisierten die Stagnation und knüpften ihre Hoffnungen einerseits an eine stärkere Einbindung der mit England und Deutschland freundschaftlich verbundenen Schweizer Großloge „Alpina", andererseits an die Aufstellung einer Geschäftsordnung, welche Abstinenz von politischen, konfessionellen und rituellen Diskussionen festschrieb. Dadurch, so die Idee, würde man auch die englische und alle deutschen Großlogen ins Boot holen können.[818] Diese Hoffnungen erfüllten sich jedoch nicht. Ein für 1898 geplanter Kongress musste wegen ausbleibender Resonanz ausfallen und ein Kongress, der anlässlich der Weltausstellung 1900 in Paris stattfand, hatte schon deswegen nur begrenzte Reichweite, weil der ausrichtende Grand Orient de France nur solche Großlogen einlud, mit denen er offizielle Beziehungen pflegte.

Der Pariser Kongress beschloss immerhin, nunmehr einen ständigen Ausschuss zur weiteren Ausrichtung der Kongresse einzusetzen und hierfür der Schweizer Großloge „Alpina" die volle Verantwortung zu übertragen.[819] Diese verfolgte schon seit 1898 eine „evolutionäre Strategie",[820] die vor das utopische Ziel eines internationalen Dachverbands aller Freimaurereien zunächst das realistischere und pragmatischere Ziel eines offenen Austauschs setzte. Auch sonst war die „Alpina" gut gewählt. Die Schweiz war freimaurerisch neutraler Boden, weder klar dem romanischen, noch eindeutig dem angelsächsischen Lager zuzurechnen. Dafür unterhielt sie feste Beziehungen in alle Lager und war somit als Knotenpunkt bestens geeignet. Zusätzlich hatte sie im eigenen Verband bereits Erfahrung mit Mehrsprachigkeit und Ritualvielfalt sowie mit der Organisation transnationaler Zusammenarbeit gesammelt.[821]

Die neue Herangehensweise schien sich beim Kongress in Genf 1902 bereits auszuzahlen. Mit 30 teilnehmenden Körperschaften stellte er den auch in den Folgejahren nicht mehr erreichten Höhepunkt des Kongresswesens dar. Aus Deutschland waren immerhin Vertreter der Großlogen von Hamburg und Bayreuth erschienen.

Vom Genfer Kongress ging auch der Versuch aus, eine inklusive Kompromissformel zur Wesensbestimmung der Freimaurerei zu finden, auf die sich alle Körperschaften der

---

817 Vgl. „Der 2. Internationale Freimaurerkongress im Haag", in: Latomia 19 (1896), S. 146–149, hier S. 146. Zu den Teilnehmerzahlen der Kongresse in der Jahrhundertwende vgl. Berger: Internationalismus, S. 193 f.

818 Vgl. den Bericht über die Beschlüsse und den Fortgang bis 1897 unter „Logenberichte und Vermischtes", in: Bauhütte 17 (1897), S. 135 f., wo auch die beschlossene Geschäftsordnung wiedergegeben ist.

819 Vgl. „Logenberichte und Vermischtes", in: Bauhütte 41 (1900), S. 327 f.

820 Berger: Internationalismus, S. 217.

821 1875 war die Konferenz der Obersten Räte des AASR in Lausanne abgehalten worden. Zur Strategie der „Alpina" und den für sie sprechenden Argumenten vgl. Berger: Internationalismus, S. 209 ff.

Welt würden einigen können, um so eine tragfähige Grundlage für die weitere transnationale Verbrüderung zu schaffen. Der belgische Bruder Pierre Tempels präsentierte 14 Thesen zur Weltfreimaurerei, die zur Diskussion gestellt und auch über den Kongress hinaus veröffentlicht wurden. Als Gemeinsamkeiten stellten sie besonders das Gefühl brüderlicher Verbundenheit aller Freimaurer, unabhängig von ihren sozialen, nationalen, religiösen oder politischen Differenzen, sowie die Loge als Ort moralischer und geistiger Kultur heraus. Darüber hinaus beinhalteten die Thesen ein Bekenntnis zur Souveränität der verschiedenen Körperschaften, insbesondere in der Gestaltung ihrer Rituale, wenngleich die historisch bedingten Gemeinsamkeiten der Johannisgrade als ein allen gemeinsamer Kern hervorgehoben wurden. Damit einher ging die Feststellung, dass der Meistergrad das freimaurerische Lehrgebäude abschließe und alle weiteren Grade nur methodische Zusätze zur Verinnerlichung der in den Johannisgraden vollständig enthaltenen Freimaurerei darstellten.[822] Gerade der letztere Punkt musste mit Blick auf Deutschland aber bereits die Grenzen von Tempels‘ Thesen aufzeigen, war doch noch nicht einmal innerhalb der deutschen Freimaurerei Einigkeit über dieses Axiom herzustellen. Hinzu kam, dass trotz bester Intentionen das Konzept einer inklusiven Ontologie des kleinsten gemeinsamen Nenners in prinzipiellem Widerspruch mit dem normativen und hegemonialen Anspruch der United Grand Lodge of England stand.[823] Trotz Besprechung in Genf und beim Folgekongress 1904 in Brüssel verfehlten somit auch Tempels‘ Thesen letztlich die erhoffte integrative und über die Kongressteilnehmer hinausweisende Wirkung.[824]

Dennoch war Genf 1902 auch eine Wegscheide. Mit Übernahme der Federführung durch die Schweizer hatte eine Konsolidierung der transnationalen Verbrüderungsarbeit begonnen, die zuvor aus den Kinderschuhen nicht herausgekommen war. Die United Grand Lodge of England blieb zwar weiterhin allen solchen Unternehmungen fern, bei denen sie auf den Grand Orient de France hätte treffen oder in die Defensive geraten können. Doch die in Genf beschlossene und im Januar 1903 durchgeführte Gründung eines „Bureau international de relations maçonniques“ (in deutschen Quellen meist „Weltgeschäftsstelle“) im schweizerischen Neuenburg/Neuchâtel gab der transnationalen Bewegung einen organisatorischen Ankerpunkt.[825] Leiter wurde Edouard Quartier-la-Tente, der zu dieser Zeit Großmeister der „Alpina“ war.

Die Weltgeschäftsstelle verstand sich nach ihren in mehreren Freimaurerzeitschriften vorgestellten Statuten vor allem als eine Vermittlerinstanz zwischen den weltweiten

---

822 Vgl. „Thesen von Br. Tempels zum Internationalen Freimaurer-Kongress in Genf, 1902“, in: Mitteilungen aus dem VdF (1903/04), S. 53–56.

823 Berger: Internationalismus, S. 600 f. macht die interessante Beobachtung, dass im Englischen – anders als im Französischen und Deutschen – um 1900 kein Plural von „freemasonry“ in Verwendung war.

824 Zur nochmaligen Besprechung der Thesen in Brüssel 1904 vgl. „Logenberichte und Vermischtes“, in: Bauhütte 30 (1904), S. 238 f.

825 Vgl. „Internationales Bureau für maurerische Beziehungen“, in: Bauhütte 20 (1903), S. 154–156. Peters: Freimaurerei, S. 159 f. verlegt fälschlicherweise die Gründung in das Jahr 1891.

maurerischen Körperschaften.[826] Diese Mittlerrolle drückte sich auch in den statutenmäßig verankerten Aufgaben aus: Austausch freimaurerischer Druckschriften und Mitgliederverzeichnisse, Unterstützung, Vorbereitung und Begleitung weiterer Kongresse und Aufbau einer Bibliothek und eines Archivs der internationalen Freimaurerei.[827] Darüber hinaus gab die Weltgeschäftsstelle mit dem mehrsprachigen BULLETIN seit 1904 ein eigenes Periodikum und seit 1907 mit dem (ebenfalls mehrsprachigen) ANNUAIRE DE LA MAÇONNERIE UNIVERSELLE ein Handbuch der Logenverbände der Welt heraus.[828] Die Finanzierung sollte durch Jahresbeiträge der beitretenden Großlogen gesichert werden, denen in den Statuten die volle Achtung ihrer Souveränität und Unabhängigkeit zugesichert wurde.[829] Bis Ende 1905 waren so 19 Verbände aus 14 Ländern Mitglied geworden und zu ihrem Höchststand umfasste die Weltgeschäftsstelle gut ein Fünftel aller Großlogen und ein Drittel aller Obersten Räte der Welt.[830]

Der Aufbau der Weltgeschäftsstelle bedingte zunächst ein vorübergehendes Ruhen der Kongresstätigkeit, an die erst 1910 in Brüssel wieder angeknüpft wurde. Dort einigte man sich, künftig im Zweijahresrhythmus Kongresse abzuhalten und setzte – als Ausnahme von dieser Regel – den nächsten für 1911 in Rom an, um ihn den Feierlichkeiten zur fünfzigjährigen Einigung Italiens angliedern zu können.[831] Der Kongress fand statt, trotz Ausbruchs der Cholera und interner Spaltung der italienischen Freimaurerei.[832] Es sollte jedoch der letzte vor Ausbruch des Weltkriegs sein.[833]

Die Veranstaltung von Kongressen ließ auch deswegen nach, weil die „Alpina" mehr und mehr von dem Format Abstand nahm, um nicht die integrative Wirkung zu gefährden, die sie sich von der Weltgeschäftsstelle versprach.[834] Die Gründung der Weltgeschäftsstelle hatte, wenn man so will, den Anfang vom (vorläufigen) Ende des transnationalen Kongresswesens eingeläutet.

Doch auch die Weltgeschäftsstelle blieb bestenfalls ein Teilerfolg. Auch wenn ihr BULLETIN in seiner Festnummer zum 200jährigen Bestehen der Freimaurerei 1917 stolz

---

826 Statuten abgedr. in „Internationales Bureau für maurerische Beziehungen", in: Bauhütte 20 (1903), S. 154–156, hier S. 155. Berger: Internationalismus, S. 218 charakterisiert den von der „Alpina" mit der Weltgeschäftsstelle umgesetzten Ansatz als kooperativen Multilateralismus.

827 Vgl. „Internationales Bureau für maurerische Beziehungen", in: Bauhütte 20 (1903), S. 154–156, hier S. 155.

828 Vgl. das Arbeitsprogramm der Weltgeschäftsstelle 1904 – 1906, das im Wesentlichen die Aufgabenbereiche des Art. 2 der Statuten umfasste und dazu auch das „Bulletin" zählte, abgedr. in: „Logenberichte und Vermischtes", in: Bauhütte 2 (1905), S. 14 f., hier S. 14. Zu „Bulletin" und „Annuaire" vgl. Berger: Internationalismus, S. 219.

829 Vgl. „Internationales Bureau für maurerische Beziehungen", in: Bauhütte 20 (1903), S. 154–156, hier S. 155.

830 Vgl. Berger: Internationalismus, S. 220 u. 225.

831 Vgl. „Logenberichte und Vermischtes", in: Bauhütte 47 (1910), S. 375.

832 Vgl. „Logenberichte und Vermischtes", in: Bauhütte 41 (1911), S. 332.

833 Vgl. „Masonic Events from 1717 to 1917", in: Bulletin [Jubilee Number] 45/46 (1917), S. 89–96.

834 Vgl. Berger: Internationalismus, S. 221–224.

verkündete, dass die Großlogen aller Länder „with the exception of 7 or 8“ ihre Jahresberichte nach Neuchâtel schickten – Mitglieder der Weltgeschäftsstelle waren die meisten dieser Großlogen nicht.[835] Die Differenzen zwischen den Großlogen in ihren Ansichten über die Freimaurerei und konkurrierende Hegemonieansprüche hinderten etliche daran, sich einer Initiative anzuschließen, die auf Verständigung und Verbrüderung über diese Gräben hinweg abzielte. Insbesondere die Engländer blieben weiterhin auf Abstand. Ein offizieller Bericht der Weltgeschäftsstelle hatte sich schon 1905 ob dieses fehlenden breiten Rückhalts enttäuscht geäußert:

> Es ist betrübend, sehen zu müssen, dass in einer Vereinigung, welche sich über unsere ganze Erde erstrecken, und in welcher brüderliche Gesinnung obwalten soll, so tiefgreifende Meinungsverschiedenheiten bestehen. Statt sich gegenseitig zu nähern, sehen wir, wie die einzelnen Gruppen sich befeinden oder über andersdenkende Männer und Brüder den Stab brechen. Taub gegen die Stimme der Vernunft, die ihnen anbefiehlt, zu untersuchen, zu prüfen und zu vergleichen, bevor sie verurteilen, gefallen sie sich in ihrer vermeintlichen Unfehlbarkeit.[836]

In Deutschland schien es hingegen nach Schaffung der Weltgeschäftsstelle endlich Bewegung zu geben. Auf dem Großlogentag 1903 stellte Großmeister Hugo Ficke, der für die Großloge von Bayreuth den Kongress in Genf besucht hatte, seinen Amtskollegen die Gründung in Neuchâtel vor und empfahl die Mitarbeit. Da Außenbeziehungen statutengemäß unter die Reservatrechte der einzelnen Großlogen fielen, beschloss der Großlogenbund, seinen Bundesgliedern die Beteiligung freizustellen. Als ausschlaggebend wurde ausdrücklich benannt, dass die Weltgeschäftsstelle in den Händen der „Alpina“ lag.[837] Dahinter fiel der Großlogenbund auch nicht zurück, als die Große Landesloge sich 1905 dafür stark machte, offiziell die Haltung zur Weltgeschäftsstelle zu revidieren.[838]

Trotz des Großlogenbundbeschlusses blieb eine breite Teilhabe der deutschen Großlogen freilich aus. Es ist bezeichnend, dass sich als erstes die nicht zum Großlogenbund gehörende freie Vereinigung der fünf unabhängigen Logen beteiligte, schließlich gefolgt von den Großlogen von Frankfurt und Bayreuth.[839] Die übrigen Großlogen schwankten zwischen distanziertem Interesse und offener Ablehnung, auch innerhalb ein und derselben Körperschaft. Berger zeichnet etwa den Wandel im Verhältnis der „Drei Weltkugeln“ zur Weltgeschäftsstelle nach, die sich von einer Haltung der Ablehnung über das Abonnement der Drucksachen bis hin zur finanziellen Unterstützung,

835 „The Activity of the Bureau“, in: Bulletin [Jubilee Number] 45/46 (1917), S. 85–87, hier S. 86. Mit den sieben oder acht erwähnten Ausnahmen waren vermutlich die deutschen Großlogen gemeint, die im Krieg jeglichen (auch informellen) Kontakt zur Weltgeschäftsstelle abgebrochen hatten.

836 „Logenberichte und Vermischtes“, Bauhütte (1905), S. 30–32, hier S. 30.

837 Vgl. „Der Deutsche Grosslogentag“, in: Latomia 13 (1903), S. 97–100, hier S. 99.

838 Vgl. Berger: Internationalismus, S. 151.

839 Vgl. „Rundschau“, in: Latomia 1 (1904), S. 1 f., hier S. 1 und Berger: Internationalismus, S. 140.

mit konjunkturellen Schwankungen zwischen diesen Wegmarken, bewegte.[840] Mitglied der Weltgeschäftsstelle wurde sie, wie auch die anderen Berliner Großlogen, nie.

Wie verhielt sich bei all dem der VdF? Dem Selbstverständnis nach war er der gesamten deutschen Bruderschaft verpflichtet und hielt sich von Großlogenangelegenheiten fern. Damit fiel er aber auch als Akteur für bilaterale oder transnationale Initiativen aus. Mehrfach lehnte er aus diesem Grund die aus seinem Mitgliederkreis lautgewordene Forderung ab, sich selbst direkt an den Freimaurerkongressen oder an der Weltgeschäftsstelle zu beteiligen.[841] Allerdings unterstützte er Letztere zeitweise finanziell, wenngleich nur mit verhältnismäßig kleinen Beträgen.[842] Denn achtlos vorübergehen konnte und wollte der VdF an den Impulsen des sich organisierenden freimaurerischen Internationalismus auch nicht, war er doch in den Augen seiner führenden Vertreter der Pionier ebenjenes Geistes, der sich nun auch außerhalb Deutschlands bemerkbar machte.[843] Nicht ohne Grund! Wenige Jahre nach seiner Gründung hatte der VdF sich 1867 an einem „Allgemeinen Grundgesetz des Freimaurerbundes“ versucht und darin den „Gesammtlogenverband der ganzen Erde (Universal-Grossloge)“ als Gedanken ausformuliert, „welcher seinen lebendigen Ausdruck durch die zu erstrebenden allgemeinen (internationalen) Maurercongresse“ finden sollte.[844]

Auch abgesehen von der Frage freimaurerischer Einheit konnte sich der VdF in den Programmpunkten der internationalen Kongresse durchaus wiederfinden. Der Themenkatalog der Konferenz in Den Haag 1896 liest sich beispielsweise wie ein Spiegelbild der in Deutschland zeitgleich maßgeblich vom VdF beworbenen freimaurerischen Außenarbeit. Unter anderem diskutierten die Haager Konferenzteilnehmer, welche internationalen humanitären Aufgaben die Freimaurerei in Angriff nehmen könne, mit welchen Mitteln sich die freimaurerischen Ideen in der Öffentlichkeit verbreiten ließen und wie die Freimaurerei soziale Spannungen abbauen helfen könne.[845] Nach dem Kongress in Genf 1902 nahm der VdF auch direkt die von dort ausgehenden Impulse auf, besprach Tempels‘ Thesen und übersandte seine Ergebnisse.[846]

---

840 Vgl. Berger: Internationalismus, S. 147–157.

841 Vgl. „Logenberichte und Vermischtes“, in: Bauhütte 30 (1911), S. 243.

842 Vgl. Taute, Reinhold: „Rechenschaftsbericht für 1907/08“, in: Mitteilungen aus dem VdF (1908/09), S. 23–38, hier S. 26. In diesem Geschäftsjahr hatte der VdF der Weltgeschäftsstelle beispielsweise 50 Mark zukommen lassen, halb so viel wie zeitgleich der CG.

843 Vgl. z. B. Fischer, Robert: „Geschäfts- und Kassenbericht auf das Vereinsjahr 1895/96“, in: Mitteilungen aus dem VdF (1896/97), S. 20–31, hier S. 22.

844 Findel, J. G./Seydel, Rudolf: „Entwurf zu einem allgemeinen Grundgesetz des Freimaurerbundes“, in: Bauhütte 21 (1867), S. 161–163, hier S. 162. Vgl. auch „Manifest, Wormser, des Vereins deutscher Freimaurer“, in: Internationales Freimaurerlexikon, Sp. 988 f.; Berger: Internationalismus, S. 173 f.

845 Vgl. „Der 2. Internationale Freimaurerkongress im Haag“, in: Latomia 19 (1896), S. 146–149, hier S. 147 f.

846 Vgl. Fischer, Robert: „Jahres- und Kassen-Bericht auf das Vereinsjahr 1903/04“, in: Mitteilungen aus dem VdF (1904/05), S. 10–18, hier S. 12.

Insbesondere in der Friedensfrage trafen sich die transnationalen Initiativen und der VdF. Die Verschränkung der Themen Internationalismus und Pazifismus hatte sich schon früh bei den Kongressen gezeigt.[847] So waren etwa 1896 in Den Haag „Mittel zur Beseitigung des Kriegs (internationale Schiedsgerichte)“ ein Diskussionsthema auf der Tagesordnung gewesen.[848] Auch die Weltgeschäftsstelle hatte sich der Friedensthematik angenommen, hatte etwa in ihrem Arbeitsprogramm 1904–1906 auch das Ziel verfolgt, den Jahrestag der ersten Haager Friedenskonferenz als regelmäßigen internationalen freimaurerischen Feiertag zu verbreiten.[849] Nicht viel anders im VdF. Auch hier spielte Friedensarbeit eine wichtige Rolle, was sich nicht zuletzt darin äußerte, dass die Unterstützung der Friedensvereine in den Debatten um Außenarbeit vorgeschlagen worden war.[850] Noch 1913 berührte Diedrich Bischoff in einer seiner ausufernden Ansprachen mehrfach den Pazifismus und den Internationalismus und rief den versammelten Brüdern unter anderem ins Gewissen, dass auch der VdF „zu der erwähnten Internationalisierung jener maurerischen Innen- und Außenarbeit, die der Klärung und Lösung des Friedensproblems zugute kommt“, beitragen müsse.[851]

8.3. Internationale Basisarbeit

Friedensarbeit, konkret eine deutsch-französische Völkerversöhnung als Mittel der Friedenssicherung, wurde ganz besonders in den Initiativen der internationalen freimaurerischen Graswurzelbewegung zu einem zentralen Thema. Unabhängiger von der diplomatischen Zurückhaltung, die bei den Kongressen aufgrund der Ausrichtung auf Großlogenebene erforderlich war, konnte auf Ebene der individuellen Brüder eher ein solches Thema mit gesellschaftspolitischen Implikationen aufgegriffen werden, wie sich an der Wende zum 20. Jahrhundert insbesondere im deutsch-französischen Grenzraum zeigte.

In den 1890er Jahren hatte der Besucherverkehr zwischen grenznahen deutschen und französischen Logen zugenommen. Einige Jahre später kam es auch auf transnationaler und bilateraler Ebene zu Kontaktaufnahmen, um Möglichkeiten einer offiziellen Wiederannäherung auszuloten. So berichtete der Großmeister der Großloge von Bayreuth Hugo Ficke 1903 dem Großlogentag nicht nur von der Weltgeschäftsstelle, sondern auch von Vertretern des Grand Orient de France, die ihm ihren Wunsch nach Wiederannäherung mitgeteilt hatten.[852] Auch beim Kongress in Brüssel 1904 war das

847 Vgl. hierzu den leider voller Flüchtigkeitsfehler steckenden Aufsatz Lubelski-Bernard: Freemasonry, S. 85–87.

848 „Der 2. Internationale Freimaurerkongress im Haag“, in: Latomia 19 (1896), S. 146–149, hier S. 148.

849 Vgl. „Logenberichte und Vermischtes“, in: Bauhütte 2 (1905), S. 14 f. und „Logenberichte und Vermischtes“, Bauhütte 11 (1906), S. 88.

850 Vgl. z. B. VdF (Hg.): Volkserziehung, S. 64.

851 [Bischoff]: „Begrüßungsansprache“, in: Mitteilungen aus dem VdF (1913/14), S. 122–178, hier S. 173.

852 Vgl. „Der Deutsche Grosslogentag“, in: Latomia 13 (1903), S. 97–100, hier S. 99.

sensible Thema angeschnitten worden. Heinrich Kraft, Meister vom Stuhl der Straßburger Loge „An Erwins Dom" (Großloge von Frankfurt) und einziger deutscher Teilnehmer in Brüssel, hatte sich dort sehr zur Freude der französischen Brüder warm für die deutsch-französische Annäherung ausgesprochen und eine schließlich begeistert angenommene Resolution formuliert, welche die Wiederaufnahme der brüderlichen Beziehungen zwischen Deutschland und Frankreich als die „derzeit vornehmste und erhabenste Aufgabe der internationalen Freimaurerei" bezeichnete.[853] Bemerkenswert war schließlich auch das Zusammentreffen des Landesgroßmeisters der Großen Landesloge Karl Gartz mit dem Großwürdenträger des Grand Orient de France Georges Bouley auf der Feier zum 75jährigen Bestehen des belgischen Großorients 1907, bei dem sich beide brüderlich umarmten und fortan korrespondierten.[854]

Um die Besuche im Grenzraum zur Grundlage einer solchen Annäherung auszubauen, wurde 1906 von deutschen, französischen, luxemburgischen und schweizerischen Freimaurern ein „Komitee für deutsch-französische Annäherung" gegründet, dem in führender Stellung Charles Bernardin aus Nancy, Heinrich Kraft aus Straßburg und Edouard Quartier-la-Tente aus Neuchâtel angehörten.[855] Im Juli 1907 fand schließlich eine demonstrative Zusammenkunft auf der damaligen deutsch-französischen Grenze in den Vogesen statt. Rund 400 versammelte Brüder beider Länder und fast aller in Frage kommender Großlogen schworen sich feierlich, fortan jährlich das Treffen zu wiederholen.[856] Beinahe lückenlos wurde der so beschlossene Jahresrhythmus in den Folgejahren durchgehalten. Nur 1910 fand kein Treffen statt, da es nach der (teilweisen) offiziellen Wiederaufnahme der deutsch-französischen maurerischen Beziehungen vorübergehend zu Unklarheit über die weitere Fortführung gekommen war.[857] Ab 1911 wurde das Eintreten für den internationalen Frieden zum neuen Anliegen der Zusammenkünfte, die fortan unter dem Namen „Internationale freimaurerische Manifestation (oder Kundgebung) für den Frieden" veranstaltet wurden. Zugleich internationalisierte sich das Publikum. Selbst englische Brüder waren nunmehr beteiligt.[858]

Insbesondere die Haager Manifestation 1913 stand ganz im Zeichen des Pazifismus. Bewusst war der Ort und die Zeit so gewählt worden, dass sich das freimaurerische

---

853 Kraft, Heinrich: „Der internationale Freimaurerkongress zu Brüssel vom 27.–30. August 1904", in: Bauhütte 38 (1904), S. 297–302, hier S. 301.

854 Vgl. Berger: Internationalismus, S. 235.

855 Vgl. „Komitee für deutsch-französische Annäherung", in: Internationales Freimaurerlexikon, Sp. 852 f.

856 Nur die GLvD war nicht vertreten. Vgl. die zweisprachige Publikation: Réunion frat.·. du 7 Juillet 1907 au Col de la Schlucht. Brüd.·. Zusammenkunft vom 7. Juli 1907 auf der Schlucht, Colmar 1907, S. 5 f.; Edighoffen, E.: „Das Verbrüderungsfest auf der deutsch-französischen Grenze am 7. Juli 1907", in: Bauhütte 31 (1907), S. 244–246.

857 Für die Daten der Zusammenkünfte vgl. den Rückblick unter „Rundschau", in: Leuchte 7 (1913), S. 97 f., hier S. 97. Zu 1910 vgl. Berger: Internationalismus, S. 240.

858 Zu den Manifestationen vgl. auch „Manifestationen, Freimaurerische", in: Internationales Freimaurerlexikon, Sp. 989 f. Zur Internationalisierung vgl. Berger: Internationalismus, S. 240–242.

Treffen an den XX. Weltfriedenskongress anschloss, der dementsprechend in der Freimaurerpresse mitbeworben wurde.[859] Die Manifestation mit hunderten Teilnehmern aus 14 Ländern empfahl denn auch in einer Kundgebung an die masonische Welt allen Brüdern das „ernsteste Studium der Friedensfrage".[860] Auch für das Folgejahr liefen bereits die Vorbereitungen. Frankfurt am Main sollte im August 1914 die friedensbewegten Brüder aus ganz Europa willkommen heißen – ein Ereignis, auf das ein dreiköpfiges deutsches Planungskomitee, besetzt mit Heinrich Kraft, Ludwig Bangel und Hans Friedemann, schon seit Sommer 1913 hinarbeitete.[861]

Noch eine zweite internationale freimaurerische Graswurzelbewegung verdient Erwähnung: die „Universala Framasona Ligo" (UFL), Esperanto für „Universelle/Allgemeine Freimaurerliga" (in der Freimaurerpresse vor dem Weltkrieg meist übersetzt als „Freimaurer-Weltbund").[862] Die Ursprünge der UFL reichen in das Jahr 1905 zurück. Damals hatte sich eine Gruppe von 25 Freimaurern auf dem ersten Esperantokongress in Boulogne-sur-Mer zusammengefunden und eine Gruppe namens „Esperanto Framasona" gegründet.[863] Sie verfolgten zunächst das Ziel, freimaurerische Anhänger des Esperantogedankens zusammenzuführen und diesem dadurch größere Bekanntheit und Verbreitung in Bruderkreisen zu verschaffen. Am Rande wurde in der französischen Esperanto-Zeitschrift L'Espérantiste zwar auch die Überwindung der Vorurteile zwischen den verschiedenen freimaurerischen Systemen als Aufgabe genannt, doch war das allgemein und im Sinne des Esperantogedankens gehalten, nicht – wie bei den transnationalen Initiativen – als Schritt zu einer festeren allumfassenden Struktur.[864]

Esperanto war eine in den 1880er Jahren von dem polnischen Arzt Ludwik Zamenhof entwickelte Plansprache. Ziel war von Anfang an nicht nur, eine leicht zu erlernende Universalsprache zu schaffen, sondern über dieses neutrale Vehikel auch zur Völkerverständigung und letztlich zum Frieden in der Welt beizutragen, womit sich Esperanto in die lange Liste utopistischer Bildungsprojekte der Jahrhundertwende einreiht.[865] Dass Zamenhof selbst Freimaurer war, ist nicht belegt. Allerdings gibt es Berichte, nach denen er 1906 beim Genfer Esperantokongress der im Vorjahr gegründeten Freimaurergruppe

---

859 Vgl. „Rundschau", in: Leuchte 8 (1913), S. 110.

860 Zit. n. Peters: Freimaurerei, S. 162. Fälschlicherweise verlegt Peters hier die Haager Zusammenkunft in das Jahr 1914. Vgl. auch „Logenberichte und Vermischtes", in: Bauhütte 36 (1913), S. 287 f.

861 Vgl. „Rundschau", in: Leuchte 7 (1913), S. 97 f., hier S. 97.

862 Zur UFL (meist jedoch mit Schwerpunkt auf die Zeit nach dem Ersten Weltkrieg) vgl. Lefebvre: League; Berger: Internationalismus, S. 317–329; „Universala Framasona Ligo", in: Dictionnaire universel de la franc-maçonnerie, Bd. 2, S. 1336 f.; Conti: Masonic International; Marti: Hérésies maçonniques. An späteren Eigendarstellungen liegen auf Deutsch vor Endres: Universelle Freimaurerei; Niederkleine: Arbeit.

863 Vgl. „Logenberichte und Vermischtes", in: Bauhütte 42 (1905), S. 335. Nicht 25, sondern nur 18 Brüder waren es nach Lefebvre: League, S. 45.

864 Vgl. „Espero Framasona", in: L'Espérantiste 10 (1905), S. 231.

865 Vgl. Krajewski: Globalisierungsprojekte.

einen Besuch abstattete.[866] Dass er in seinem Esperanto-Wörterbuch „Universala Vortaro" von 1905 Übersetzungen für die Wörter „Freimaurer" und „Loge" vorgab, weist womöglich auf Sympathien hin, wobei auch ein Zusammenhang mit der masonischen Gründung auf dem Boulogner Esperantokongress naheliegt.[867]

Der Esperantogedanke fand jedenfalls auch in Freimaurerkreisen zahlreiche begeisterte Anhänger. Zum Beispiel hatte Stephan Kekulé von Stradonitz als VdF-Wanderredner zeitweise einen Vortrag über „Die Bedeutung einer internationalen Hilfssprache (Esperanto) für die Freimaurer" im Repertoire.[868] Insbesondere die unabhängigen Freimaurerblätter widmeten der Welthilfssprache Aufmerksamkeit und informierten auch über Initiativen aus der Esperantobewegung. 1913 machte so beispielsweise die Meldung die Runde, dass in London die Etablierung einer mehrsprachigen Loge geplant sei, die unter anderem auf Esperanto arbeiten würde.[869] In Paris war im selben Jahr bereits vollbracht, was in London noch in Planung war. Am 16. Juni 1913 war dort die erste nur auf Esperanto arbeitende Loge eingeweiht worden.[870]

Nachdem die freimaurerische Esperantogruppe einige Jahre in weitgehender Abgeschiedenheit existiert hatte, trat sie 1913 als UFL an die masonische Öffentlichkeit.[871] In einem Aufruf an die Weltbruderkette wurde die Zerfaserung der Freimaurerei und die Erfolglosigkeit all jener Einigungsprojekte kritisiert, die sich auf die verschiedenen Körperschaften konzentrierten. Dem setzte die UFL ausdrücklich eine internationale Basisvernetzung entgegen.[872] Auch der Esperantogedanke blieb erhalten, indem die Plansprache zur offiziellen internen Verkehrssprache der UFL erklärt wurde und die konstituierende Sitzung während des IX. Internationalen Esperantokongresses in Bern stattfand.[873] Doch der ein Jahr später ausbrechende Weltkrieg sollte vorerst eine breitere Resonanz in der angesprochenen freimaurerischen Basis verhindern.

Dennoch ist die UFL und ihre Vorgängergruppe auch in ihrer schlecht dokumentierten und kaum erforschten Vorkriegsexistenz ein Beispiel für die Chancen, die im Konzept der Basisorganisation lagen. Den Esperanto-Freimaurern gelang, woran lange vorbereitete Kongresse mit ausgefeilten Programmen und organisatorischem Rückhalt – nicht zuletzt genau wegen dieser Faktoren – regelmäßig scheiterten: sie vereinten Brüder aus allen freimaurerischen Lagern, von England über Deutschland bis Frankreich. Der erste Vorstand der „Esperanto Framasona" hatte sich fast symbolträchtig

---

866 Vgl. Künzli: Zamenhof, S. 224 Anm. 6.

867 Vgl. ebd.

868 Vgl. „Logen-Wanderredner", in: Mitteilungen aus dem VdF (1909/10), S. 201–209, hier S. 206. Zur masonischen Vita von Stradonitz' vgl. Peters: Berliner Freimaurer, S. 35.

869 Vgl. „Rundschau", in: Leuchte 8 (1913), S. 111.

870 Vgl. ebd.

871 Vgl. ebd., S. 110 f. Laut Endres: Freimaurerei, S. 9 soll die Esperanto-Freimaurergruppe bis dahin bereits auf einige hundert Mitglieder angewachsen gewesen sein.

872 Vgl. „Rundschau", in: Leuchte 8 (1913), S. 110 f.

873 Vgl. „Universeller Freimaurerbund", in: Zwanglose Mitteilungen aus dem VdF 23 (1914), S. 183 f., hier S. 184.

aus einem Franzosen, einem Engländer und einem Deutschen zusammengesetzt, das Jahrestreffen 1907 war in einer Loge in Cambridge abgehalten worden.[874] Die angelsächsische Beteiligung setzte sich in der UFL fort, obwohl die englische Großloge erst 1929 offiziell ihre Zustimmung erteilte.[875] Die Konzentration auf Basisarbeit ermöglichte Konstellationen, die auf körperschaftlicher Ebene undenkbar waren.

Ähnliches lässt sich auch bezüglich der Freimaurerzusammenkünfte konstatieren, an denen nach ihrer Ausweitung ab 1911 ebenfalls englische Freimaurer beteiligt waren.[876] Auch hier lag der Schlüssel zum Erfolg in der direkten Ansprache der Brüder, unter Ausklammerung der Verbandsebene. Der bremsende Faktor ‚Großlogenpolitik' konnte auf Ebene der einzelnen Brüder zeitweise weitgehend ausgeschaltet, das Minenfeld widerstreitender partikularer Ansprüche so umgangen werden.

Daraus alleine erklärt sich bereits, weshalb die internationale Verbrüderungsarbeit von manchen Großlogen kritisch beäugt wurde. Die „Drei Weltkugeln" etwa gestattete ihren Mitgliedern zwar den Besuch der Friedensmanifestationen, aber ihren Tochterlogen verboten sie rechtzeitig vor der für 1914 geplanten Frankfurter Zusammenkunft jede Beteiligung.[877]

8.4. Bilaterale Annäherung an die englische Freimaurerei

Aber auch Großlogen, die sich zur trans- und internationalen Verbrüderung auf Distanz hielten, waren letztlich von ihr betroffen. Alleine schon das in Erscheinung treten von Kongresswesen und Weltgeschäftsstelle und die so in Bewegung geratenen internationalen freimaurerischen Beziehungen verlangten von den freimaurerischen Körperschaften Europas, dass sie sich zu diesen Entwicklungen verhielten. Für die deutschen, insbesondere die altpreußischen Großlogen wirkte sich das in den Jahren unmittelbar vor dem Ersten Weltkrieg in einer Annäherung an die United Grand Lodge of England aus.[878]

Diese pflegte traditionell eine isolationistische Haltung der Selbstgenügsamkeit. Ihrem Selbstverständnis nach war sie die Mutterloge der ganzen Welt, der Ursprung der Freimaurerei und die Bewahrerin dieses Erbes. Hieraus erwuchs eine passive Haltung in der Anknüpfung und Pflege bilateraler Beziehungen. Hinzu kam eine ablehnende

---

874 Vgl. „Logenberichte und Vermischtes", in: Bauhütte 42 (1905), S. 335; „Logenberichte und Vermischtes", in: Bauhütte 38 (1907), S. 303; Berger: Internationalismus, S. 319.

875 Vgl. ebd., S. 327.

876 Vgl. ebd., S. 241.

877 Vgl. Bangel, Ludwig: „Die internationalen maurerischen Beziehungen", in: Bauhütte 18 (1914), S. 137 f.

878 Diese nachfolgende Skizze stützt sich auf Berger: Internationalismus, S. 226–263 et passim, der die Dynamiken und die Rolle der UGLE und das „trilaterale Beziehungsgeflecht" (ebd., S. 226) zwischen englischer, deutscher und französischer Freimaurerei eingehend untersucht.

Haltung gegenüber transnationalen Initiativen, in denen sie eine Bedrohung ihres hegemonialen Anspruchs sah.[879]

Das isolationistische Selbstverständnis der United Grand Lodge of England wurde um die Jahrhundertwende zunehmend herausgefordert, einerseits durch die transnationale Zusammenarbeit, andererseits durch einen progressiven Flügel innerhalb der englischen Freimaurerei, der insbesondere seit Abschluss der ‚Entente Cordiale' mit Frankreich 1904 nach einer Rekalibrierung des Verhältnisses zur französischen Freimaurerei verlangte. Lord Ampthill, seit 1908 Pro-Großmeister der United Grand Lodge, nahm sich des heiklen Themas an und versuchte, die „splendid isolation" durch eine Stärkung der bilateralen Beziehungen zu kontinentaleuropäischen Großlogen zu überwinden. Geschickt navigierte er zwischen den progressiven Stimmen auf der einen und den Gegenstimmen auf der anderen Seite, die einen unüberwindbaren Gegensatz zur französischen Freimaurerei sahen und ihrer Position auch dadurch Ausdruck gaben, dass sie seit Anfang des 20. Jahrhunderts die Forderung nach einem Bekenntnis zum Allmächtigen Baumeister aller Welten zunehmend theistisch zuspitzten.[880]

Mit Blick auf Deutschland fiel es Ampthill leicht, passende Partner für seine Strategie des Bilateralismus zu finden. Seine erste Anlaufstelle waren die altpreußischen Großlogen, die ihrerseits großes Interesse daran hatten, den in ihren Augen suspekten transnationalen Zusammenschlüssen eine eigene, aktivere Außenpolitik entgegenzusetzen. Dies erschien umso drängender, als seit 1909 mit der durch die humanitären Großlogen erwirkten Wiederanerkennung des Grand Orient de France durch den Großlogenbund die romanische Freimaurerei bis in den eigenen Vorhof vorgerückt zu sein schien. Die „Drei Weltkugeln" hatte in Reaktion auf diesen Beschluss eine Orientierung in Richtung der „germanischen Logen" – gemeint war die Freimaurerei in Skandinavien, Nordamerika und England – als Leitlinie ausgegeben.[881]

Entsprechend trafen sich englische und altpreußische Freimaurerei in ihrer Ablehnung romanischer Freimaurerei. In einer Reihe gegenseitiger Besuche zwischen 1912 und 1914 wurden die Beziehungen vertieft und die gegenseitige Verbundenheit beschworen. So versicherte man sich der Gemeinsamkeiten und stellte sich gegenseitig aus, die echte Freimaurerei zu betreiben. Das „Brothering" untereinander baute auf dem „Othering" des romanischen Lagers auf.[882]

Aber nicht nur für altpreußische, auch für humanitäre Freimaurer war – trotz der teilweise vorhandenen, teilweise nur von Altpreußen unterstellten Sympathien für romanische Positionen – die englische ‚Allmutter' eine Bezugsgröße. Gerade in den Auseinandersetzungen um das humanitäre Prinzip diente ihnen der Verweis auf

879 Noch bestärkt wurde die UGLE in dieser Einschätzung durch negative Erfahrungen des Obersten Rates des AASR von England und Wales (dort unter dem Namen „Ancient and Accepted Rite"), der in der zweiten Hälfte des 19. Jahrhunderts aktiver in die transnationale Diplomatie des AASR eingebunden war, vgl. ebd., S. 67–76.

880 Vgl. Berger: Internationalismus, S. 258 u. 373–380.

881 Ebd., S. 240.

882 Vgl. ebd., S. 246–256, insbes. S. 251.

England als Argument gegen die exklusiv christliche Freimaurerei. Immerhin war im Mutterland der Freimaurerei der Zugang zu den Logen nicht konfessionell beschränkt. Die englische Großloge konnte somit aus deutscher Perspektive als humanitäre Großloge betrachtet werden. Es war dies auch eine Möglichkeit, sich die Zahlenverhältnisse in Deutschland schön zu reden. Hier mochte christliche Freimaurerei in der Mehrheit sein – im Vergleich mit England und der masonischen Welt stellte sie jedoch nur eine verschwindende Minderheit dar.[883]

Vor diesem Hintergrund musste es gerade den beiden christlichen Berliner Großlogen verlockend erscheinen, die Verbindung zur United Grand Lodge of England zu stärken und so auch ein Zeichen an die humanitäre Freimaurerei zu senden. Besonders der Landesgroßmeister der Großen Landesloge Graf zu Dohna betonte bei den gegenseitigen Besuchen 1912 und 1913, dass *deutsche* Freimaurerei letztlich *altpreußische* Freimaurerei bedeute. In seiner Ansprache an die englische Delegation erklärte er 1913, die drei altpreußischen Großlogen wollten je einen der Johannisgrade nach ihrem jeweiligen Ritualsystem vorführen, um so den Besuchern von der Themse „eine deutlichere Vorstellung von der Art zu geben, *wie man in Deutschland die Freimaurerei betreibt*".[884] Nicht zufällig unterstrich er anschließend die „weitgehende Uebereinstimmung" und wischte etwaige Unterschiede mit der Bemerkung beiseite, dass nur „ein sehr feines und in freimaurerischen Dingen geübtes Ohr" diese Nuancen überhaupt bemerke.[885] Sichtbarer seien da schon die Unterschiede zu den übrigen, humanitären Systemen, legte er nach, denn „es wäre töricht, leugnen zu wollen, dass Unterschiede nicht nur der Formen, sondern auch der Auffassungen bestehen."[886] Deutlicher wurde Dohna zwar nicht, jedoch lässt seine Ansprache zweifellos den Versuch erkennen, das „Othering" der romanischen Freimaurerei behutsam und subtil auf die humanitären Großlogen auszudehnen.

Ampthill biss jedoch nicht an. Er zielte mit seiner Vertiefung der bilateralen Beziehungen auf die ganze deutsche Freimaurerei. Die altpreußischen Großlogen waren für ihn vor allem wegen der Mehrheitsverhältnisse und der dynastischen Verbundenheit die ersten Ansprechpartner gewesen.[887] Bewusst suchte er dann jedoch auch den Kontakt zu den humanitären Großlogen. So wurden deren Großmeister beim englischen Deutschlandbesuch 1913 mit eingebunden und auf der Rückreise von Berlin fand noch ein weiteres Treffen mit ihnen in Hamburg statt.[888]

---

883 Vgl. z. B. Rosenberg, Ernst: „Das christliche Prinzip", in: Bauhütte (1898), S. 292–294, hier S. 292; „Ist die Aufnahme von Nichtchristen eine internationale Frage?", in: Latomia 23 (1899), S. 181 f.

884 Dohna, [Stanislaus] Graf zu: „Die Grosse Landesloge der Freimaurer von Deutschland und ihre Eigenart", in: Bauhütte 36 (1913), S. 281–284, hier S. 281 [Herv. M. P.].

885 Ebd.

886 Ebd.

887 Vgl. Berger: Internationalismus, S. 252 und zur dynastischen Komponente S. 250.

888 Vgl. ebd., S. 252.

Schon Ampthills Ansprache an die deutsche Abordnung beim Londonbesuch 1912 hatte gezeigt, dass das innerdeutsche Profilierungsbedürfnis der christlichen Großlogen sich nicht mit den Absichten des englischen Pro-Großmeisters deckte. Sie beinhaltete ein klares Bekenntnis zu dem, was er als die herausragende Besonderheit der deutschen Freimaurerei lobte: ihren Begriff von Humanität. Gerade hier könne sich die englische Freimaurerei ein Beispiel an der deutschen nehmen, da leider das Englische keinen so treffenden Begriff vom Ziel freimaurerischen Strebens habe.[889] Ampthill zeigte sich tief beeindruckt von Ludwig Kellers Arbeit zum freimaurerischen Humanitätsbegriff und bekannte sich darüber hinaus zur freimaurerischen Pflicht der sozialen Arbeit.[890] Beim Besuch in Berlin im Folgejahr bekräftigte Ampthill nochmals diese Punkte und wurde dafür im Gegenzug von Ludwig Keller umschmeichelt. Als Befürworter des humanitären Prinzips konnte Keller sich in seiner Antwort einen subtilen Seitenhieb auf die christliche Freimaurerei nicht verkneifen: „Sie zeigen uns, daß der Bund der Fr[ei]-m[aure]r dazu bestimmt ist, alle Rassen und alle Religionen gleichmäßig zu umschlingen und Sie halten an den alten unveränderlichen Landmarken der Freimaurerei ohne jedes Wanken fest."[891]

8.5. Freimaurer gegen pazifistischen Internationalismus

Nicht nur auf Großlogenebene haderte man mit den Fragen, die durch die internationale Bewegung aufgeworfen worden waren. Ebenso machten sich in der Publizistik neben offener Sympathie auch Skepsis und Antipathie bemerkbar.

Der Aufruf zur Unterstützung der Vorbereitungen für die Frankfurter Friedensmanifestation 1914 gab unter anderem dem Mecklenburgischen Logenblatt Anlass zu Spott, der an der grundsätzlichen Ablehnung solcher Unternehmungen keinen Zweifel ließ.[892] Der Friedensfreund und Freimaurer Wilhelm Unseld hatte schon 1898 geklagt: „Ja, ja, Sympathien [für den Pazifismus, M. P.] im innersten Herzen sind wohl vorhanden, aber die Vorsicht gebietet, möglichst wenig davon verlauten zu lassen."[893]

Das Gefühl, weltpolitisch isoliert und eingekreist zu sein, beförderte auch im Bruderbund den Militarismus. 1913 warnte ein Bruder in der Freimaurer-Zeitung davor, „daß das grauenhafte europäische Massenmorden höchst wahrscheinlich bald

---

889 Anlage A zu „Amtlicher Bericht der drei altpreussischen Grossmeister über Verlauf und Ergebnis ihres Besuchs bei der Grossloge von England vom 18. bis 22. Juni 1912", in: Am rauhen Stein 8 (1912), S. 251–253, hier S. 251. Vgl. auch Berger: Internationalismus, S. 255; Berger: œuvre.

890 Vgl. Anlage A zu „Amtlicher Bericht der drei altpreussischen Grossmeister über Verlauf und Ergebnis ihres Besuchs bei der Grossloge von England vom 18. bis 22. Juni 1912", in: Am rauhen Stein 8 (1912), S. 251–253, hier S. 252.

891 Kellers Rede ist wiedergegeben in: Ansprachen bei der Empfangsfeier für die englischen Freimaurer in der Großloge Royal York am 8. Mai 1913, Berlin 1913, S. 6–9, hier S. 8.

892 Die Bemerkungen des „Mecklenburgischen Logenblattes" sind wiedergegeben in: „Rundschau", in: Leuchte 7 (1913), S. 97 f.

893 Unseld, Wilhelm: „Eine bescheidene Anfrage", in: Bauhütte 53 (1898), S. 419 f., hier S. 419.

ausbrechen wird," und benannte schon vorab Ross und Reiter: Zum Krieg kommen werde es aufgrund der Revanchegelüste Frankreichs, der imperialistischen Bestrebungen Englands und des antigermanischen Hasses der Slawen.[894] Angesichts dessen empfahl er seinen Brüdern eindringlich die Unterstützung des „Deutschen Wehrvereins".[895] Erst 1912 gegründet, war dieser ein Spätankömmling im radikalnationalistischen Vereinswesen. Mit seiner völkischen Programmatik gelang es ihm dennoch, zum zweitstärksten unter den nationalen Verbänden aufzusteigen.[896]

Auch die Sprache hatte sich über die Jahre der Herrschaft Wilhelms II. militarisiert. 1913 war etwa den besuchenden englischen Brüdern in Berlin die deutsche Logenvielfalt als „Schlachtordnung" beschrieben worden.[897] Das war kein Einzelfall. Auch der VdF wählte 1911 das militärische Bild, um sich selbst als „Aufklärungstruppe" des freimaurerischen Gedankens zu beschreiben, zusammengesetzt „aus Offizieren und Mannschaften der verschiedenen, getrennt marschierenden maurerischen Truppenverbände."[898] In Fragen der maurerischen Einheit und Gegenwartsrelevanz wurde immer wieder davon gesprochen, die Brüder müssten als „geschlossene Phalanx"[899] auftreten und freimaurerisches Wirken wurde immer wieder metaphorisch als „Krieg"[900] bezeichnet.

Friedensbewegte und internationalistisch gesinnte Brüder und Initiativen hatten angesichts dessen nicht immer einen leichten Stand. Der VdF, der mit dem bewährten Mittel der Gutachtensammlung das Thema „Freimaurerei und Völkerfriede" ergründen wollte, musste noch vor Kriegsausbruch im Sommer 1914 richtigstellen, dass damit kein Votum *für* ein pazifistisches Engagement abgegeben werde. Vielmehr seien selbstverständlich auch kritische Gutachten willkommen.[901]

Den ablehnenden Stimmen zum Trotz war die Friedensfrage jedoch immerhin ein vieldiskutiertes Thema, insbesondere in Verbindung mit der Frage freimaurerischer Außenarbeit. Was in zahllosen Artikeln in den unabhängigen Blättern unter Titeln wie „Freimaurerei und Friedensfrage", „Friedensbewegung und Freimaurerei" oder „Freimaurerei und Völkerfriede" verhandelt wurde,[902] war vielfach nicht so sehr das

894 Steinke: „Unsere Pflichten gegen den Herrscher", in: Freimaurer-Zeitung 16, 17 (1913), S. 121–124 u. 130 f., hier S. 122.
895 Ebd., S. 130 f.
896 Vgl. Shevin-Coetzee: Germany Army League.
897 Dohnas Ansprache ist wiedergegeben in „Die Grosse Landesloge der Freimaurer von Deutschland und ihre Eigenart", in: Bauhütte 36 (1913), S. 281–284, hier S. 282.
898 „Verein und Großlogen", in: Zwanglose Mitteilungen aus dem VdF 12 (1911), S. 165–167, hier S. 165.
899 Wenck, A.: „Ist die Mrei noch zeitgemäß?", in: Freimaurer-Zeitung 41 (1905), S. 332 f., hier S. 333.
900 Vgl. z. B. Wenck: „Socialismus und Freimaurerei", in: Freimaurer-Zeitung 20 (1895), S. 153–158, hier S. 154.
901 Zur Ankündigung der Gutachtensammlung vgl. „Begrüßungsansprache", in: Mitteilungen aus dem VdF (1913/14), S. 122–178, hier S. 172 f. Zur Richtigstellung zum Anliegen dieser Gutachtensammlung vgl. z. B. „Mitteilungen", in: Am Reissbrette 7/8 (1914), S. 72.
902 So die Titel von Beiträgen in Bauhütte 21 u. 22 (1914).

‚ob' pazifistischer Gesinnung, sondern das ‚wie' freimaurerischen Engagements. Das konnte sich mitunter problemlos auch mit Rüstungs- oder Flottenbegeisterung verbinden, etwa wenn die „Friedensarbeit" der Freimaurerei rhetorisch auch auf die Vorbereitung für den „blutigen Ernst" ausgeweitet wurde.[903]

Größeren Anstoß und vielfache Besprechung erregte jedoch die Frage, ob es sich beim Pazifismus um eine politische Betätigung handle, von der sich die Freimaurerei traditionell fernzuhalten habe. Die drei altpreußischen Großlogen argumentierten in diesem Sinne und brachten dahingehend beim Großlogentag 1914 den Antrag ein, der Großlogenbund möge die freimaurerischen Körperschaften dazu auffordern, „sich eines Eintretens für den Pazifismus zu enthalten."[904] Wer die Friedensbewegung unterstützen wolle, dürfe das als Individuum tun, solle es dabei jedoch vermeiden, seine Zugehörigkeit zur Freimaurerei zu offenbaren. Der Antrag wurde an eine Kommission überwiesen, die bis ins Folgejahr darüber beraten und dann einen Bericht vorlegen sollte.[905]

Die Befürworter des pazifistischen Bekenntnisses nutzten die Zeit, um ihre Sicht der Dinge darzulegen. In verschiedenen Aufsätzen in der freimaurerischen Presse argumentierten sie, dass es sich bei der Friedensbewegung nicht um eine politische, sondern um eine Kulturbewegung handle.[906] Insbesondere Alfred Hermann Fried, Träger des Friedens-Nobelpreises 1911 und seit 1908 Freimaurer, versuchte gegen den altpreußischen Antrag Überzeugungsarbeit zu leisten. In mehreren Freimaurerzeitschriften veröffentlichte er Ende Mai 1914 einen Artikel, der den Pazifismus als sittliches Anliegen vorstellte und so vom Ruch des Politischen zu befreien versuchte.[907]

Gut zwei Monate später befand sich Deutschland an der Seite Österreich-Ungarns offiziell im Krieg. Über die Urheberschaft herrschte auch im Bruderkreis schnell Gewissheit. „England ist der Anstifter; Frankreich, von Rachegefühl verführt, stellt sich in Englands Gefolgschaft", lautete eine typische Ansicht darüber, wo die Kriegsverursacher zu finden seien.[908] Freimaurerischer Pazifismus und Internationalismus hatten sich damit fürs Erste erledigt. „Mit der sog[enannten] Friedensarbeit ist es ja z[ur] Z[ei]t

903 Probst, H.: „Vaterländische Gesinnung in der Maurerei", in: Bundesblatt 10 (1913), S. 265–279, hier S. 278.

904 „Bericht über die Verhandlungen des 39. Deutschen Grosslogentages", in: Bauhütte 27 (1914), S. 209–213, hier S. 211.

905 Vgl. ebd.

906 Vgl. Bangel, Ludwig: „Der Antrag der drei altpreussischen Grosslogen", in: Bauhütte 19 (1914), S. 147. Vgl. auch Zierler: „Freimaurerei und Völkerfriede", in: Bauhütte 22 (1914), S. 170–172.

907 Vgl. Fried, Alfred: „Friedensbewegung und Freimaurerei", in: Freimaurer-Zeitung 22 (1914), S. 172 f. Gleichlautend in Bauhütte 22 (1914), S. 169 u. Latomia 11 (1914), S. 170 f. Zur masonischen Vita Frieds vgl. Peters: Berliner Freimaurer, S. 26.

908 Wanner der Ältere, Heinrich: „Wie stehen wir zu unsren französischen und englischen Brüdern?", in: Bauhütte 2 (1915), S. 13–15, hier S. 13.

und für längere Zeit vorbei. Ich für meine Person habe sie nie sonderlich hoch eingeschätzt“, freute sich ein Bruder im BAYREUTHER BUNDESBLATT.[909]

Während diejenigen triumphierten, die schon vor dem Krieg Gegner der Friedensbewegung gewesen waren, deuteten die anderen, die sich zuvor zur masonischen Friedensarbeit bekannt hatten, nun den Krieg vielfach in ihrem Sinne um. „Der moderne Pazifist weiß recht gut, daß der Beste nicht in Frieden leben kann wenn es dem bösen Nachbar nicht gefällt“, brachte ein Bruder die in weiten Teilen der bürgerlichen Friedensbewegung verbreitete Haltung zum gegenwärtigen Krieg sinngefällig auf den Punkt.[910] Sogar der Nobelpreisträger Fried ließ sich 1915 in der FREIMAURER-ZEITUNG dazu hinreißen, den Krieg zur „Fortsetzung der Friedensarbeit, nur mit anderen Mitteln“ zu erklären.[911] Ein weiterer Bruder pflichtete im selben Blatt bei: Im Gegensatz zur gegnerischen ‚Entente Cordiale‘, die nur aus „häßliche[m] Neid und sinnlose[m] Haß“ kämpfe, trete Deutschland in diesem Krieg „für die höchsten Güter, die die Menschheit kennt“ ein.[912]

Der altpreußische Antrag gegen freimaurerischen Pazifismus war von der Entwicklung überholt worden. Beim Großlogentag 1915 war die Friedensthematik bereits so weit ins Abseits geraten, dass die Berliner Großmeister bedenkenlos ihren Antrag zurückziehen konnten.[913] Fast kleinlaut ließ auch der VdF 1915 durch die freimaurerische Presse verkünden, dass sich das Gutachtenprojekt zur Friedensfrage nunmehr erübrige. Es war nur ein einziges Gutachten eingegangen.[914]

Auch die Frankfurter Friedensmanifestation 1914 sollte nicht mehr stattfinden. Der Kriegsausbruch Anfang August machte ihr einen Strich durch die Rechnung. Die deutsch-französische Aufbauarbeit brach unter dem Donnern der Geschütze und des gerade auch in Freimaurerkreisen lautstarken Kriegsgeschreis nahezu geräuschlos in sich zusammen.[915]

---

909 Vgl. Frank: „Die deutsche Freimaurerei und der Krieg“, in: Bayreuther Bundesblatt 3 (1914/15), S. 76–89, hier S. 84.

910 Lippert, J.: „Freimaurerei und Friedensbestrebungen“, in: Bayreuther Bundesblatt 2 (1914/15), S. 50–53, hier S. 51. Zur bürgerlichen Friedensbewegung im Krieg vgl. Rohkrämer: Ideenkrieg, S. 386; Holl: Pazifismus, S. 103–137.

911 Fried, Alfred: „Der Krieg“, in: Freimaurer-Zeitung 15/16 (1915), S. 60 f., hier S. 60.

912 Seeberg, Reinhold: „Das sittliche Recht des Krieges“, in: Freimaurer-Zeitung 21/22 (1915), S. 84–86, hier S. 85.

913 Vgl. „Bericht über die Verhandlungen des 40. Deutschen Grosslogentages“, in: Bauhütte 24 (1915), S. 185–189, hier S. 188.

914 Vgl. „Mrisches aus nah und fern“, in: Freimaurer-Zeitung 27/28 (1915), S. 108 f., hier S. 109.

915 Vgl. die nur zwei Sätze umfassende Absage der Friedensmanifestation unter „Logenberichte und Vermischtes“, in: Bauhütte 34 (1914), S. 271.

9. Die deutsche Freimaurerei im Ersten Weltkrieg

Ein Monat nach dem erfolgreichen Attentat auf den österreichischen Thronfolger Erzherzog Franz Ferdinand in Sarajewo am 28. Juni 1914 durch serbische Nationalisten hatte Österreich-Ungarn dem Königreich Serbien den Krieg erklärt. Am 1. August 1914 war Deutschland an der Seite der Habsburgermonarchie in den Krieg eingetreten. Die hochpotenzierte Gespanntheit der Jahrhundertwende, das Gefühl, in einer Übergangsphase ungewissen Ausgangs zu leben, löste sich im Jubel der Augusttage auf. Längst ist in der Forschung jedoch der Nachweis erbracht, dass die Kriegsbegeisterung ein sehr begrenztes, spezifisch bürgerliches und urbanes Phänomen war, das absichtsvoll zu einem mythischen ‚Augusterlebnis' hochstilisiert wurde.[916] Die Erzählung von der nationalen Katharsis im Sommer 1914 war dabei nicht in erster Linie ein Produkt professioneller staatlicher Propaganda, sondern bildungsbürgerlicher Sinngebung, welche die Topoi der Kulturkritik in nationale Pathosformeln auflöste. Die Deutung des Weltkrieges als Kulturkrieg war somit die radikalisierte und externalisierte Form der Kulturkritik der Jahrhundertwende.[917]

Im Zentrum des Kulturkriegs stand der Verweis auf den ‚Geist von 1914', der in Folge des Kriegsausbruchs die Massen beseelt habe. Was dieser Geist konkret war, spielte dabei eine nachrangige Rolle. Wichtiger war, dass in ihm der radikale Bruch mit der empfundenen Krise der Vorkriegsjahre vollzogen war. Seine Kohärenz war keine der inneren Geschlossenheit, sondern eine der Negation, Abgrenzung und Überwindung. Die bürgerlichen Gebrechen der Jahrhundertwende wurden in der Rede vom ‚Geist von 1914' als fremde Überwucherungen des deutschen Wesens externalisiert und auf die gegnerischen Nationen projiziert.[918] Das im ‚Geist von 1914' wiedererwachte ‚deutsche Wesen' wurde dabei unter Anknüpfung an Versatzstücke des bürgerlichen Bildungs- und Wertekanons als selbstlos, treu, ehrlich und von tiefer innerlicher Religiosität beseelt gegen das – folglich – oberflächliche, egoistische und materialistische

---

916 Vgl. knapp zusammenfassend Kruse: Kriegsbegeisterung. Ausführlich Verhey: Spirit, insbes. S. 72–114. Vgl. auch die Literaturhinweise zu den zahlreichen Regionalstudien bei Wietschorke: Weltkrieg, S. 226 f. Anm. 5.

917 Vgl. Beßlich: Kulturkrieg, S. 15. Wenig überzeugend jedoch Beßlichs Argument, dass die nationale Aufladung erst durch den Krieg geschah und nurmehr akzidentiell gewesen sei. Vielmehr hatte sich die Krisendiagnostik schon lange vor dem Krieg mit Nationalismus und nationalen Feindbildern verbunden, vgl. u. a. Hübinger: Hingabe an die Nation; Merlio: Kulturkritik, insbes. S. 43–47.

918 Vgl. Beßlich: Kulturkrieg, S. 4. Für ausführliche und differenzierte Untersuchungen der Konstruktion des ‚Geistes von 1914' vgl. Verhey: Spirit, insbes. S. 115–135; Bruendel: Volksstaat, S. 29–141; Schöning: Eskalation.

Wesen der westlichen Kriegsgegner konstruiert.[919] Diese Selbststilisierung umfasste außerdem, was Hermann Lübbe treffend als „Deutschtumsmetaphysik" bezeichnet hat: eine Identifikation des deutschen Wesens mit dem Sinn und Verlauf der Weltgeschichte.[920] Die proklamierte innere Reinigung der deutschen Nation wurde somit nach außen gekehrt, als ideologische Unterfütterung des Krieges.

Dazu passend wurden die aus dem ‚Geist von 1914' abgeleiteten ‚Ideen von 1914' schon zeitgenössisch als deutsche Antwort auf die ‚Ideen von 1789' verstanden.[921] Dass auch diese ‚Ideen von 1914' keine systematische und einheitliche Ausformulierung fanden, sondern zunächst mehr assoziatives und situatives Jonglieren mit Schlagworten war, steigerte ihre Anschlussfähigkeit und hielt sie während des Kriegsverlaufs und schließlich auch darüber hinaus für die ideologische Verwertung verfügbar.[922]

Aus der kulturpessimistischen Selbstgeißelung wurde so die aggressiv nach außen gerichtete Angriffsposition geschmiedet. Der kulturoptimistische Tatendrang wurde in die Kriegsanstrengungen kanalisiert.

9.1. Die Freimaurerei als ‚geistiges Heer' des Deutschtums

Die Freimaurerei, eine überwiegend urbane, bürgerliche Organisation, gehörte im Sommer 1914 zu jenem Teil der deutschen Gesellschaft, der den Krieg begeistert begrüßte und als großen Aufbruch bejubelte. Die Zeitschriften quollen schon bald über vor einschlägigen Beiträgen, die in verschiedenen Variationen nur noch ein Thema kannten. In zahllosen Einsendungen aus allen Teilen des Reiches, in Einzelschriften und in Kriegsgedichten, einer der markantesten Erscheinungen der bildungsbürgerlichen Kriegsbegeisterung, wurde der Krieg von den Brüdern als „reinigendes Gewitter" begrüßt und zu einem metaphysischen nationalen Ringen verklärt.[923] Wie selbstverständlich

919 Vgl. u. a. Beßlich: Kulturkrieg, S. 8–11; Fries: Katharsis, Bd. 1 (1994), S. 191–195; Krumeich: Gott mit uns?; Kittsteiner: Idealismus, S. 177 f.

920 Lübbe: Politische Philosophie, S. 184 f. Vgl. auch Hoffmann: Volk, S. 133–148.

921 Vgl. u. a. Fries: Katharsis, Bd. 1 (1994), S. 209. 1789 als Jahr der Französischen Revolution wurde dabei nicht nur mit dem französischen Kriegsgegner, sondern überhaupt mit den westlichen Kriegsgegnern assoziiert, vgl. z. B. Kjellén: Ideen, S. 6; See: Freiheit und Gemeinschaft, insbes. S. 11–15.

922 Vgl. Fries: Katharsis, Bd. 1 (1994), S. 208. Vgl. auch Kjellén: Ideen, S. 3, der in seinem Vorwort einräumt, keine „systematische oder auch nur annähernd erschöpfende Untersuchung des wichtigen Gegenstandes" sein zu wollen, sondern „nur ein Glied im Kampfe gegen die verbrauchten Schlagwörter der französischen Revolution". Zur weiteren ideologischen Verwertung im Krieg vgl. Bruendel: Volksstaat, S. 143–313; Verhey: Spirit, S. 186–230.

923 Pösche, Gustav: „Was sagt uns Freimaurern dieser Krieg?", in: Am rauhen Stein 8 (1914), S. 253–257, hier S. 256. Zur Kriegsdichtung im Kulturkrieg vgl. Fries: Katharsis, Bd. 2 (1995), S. 2; Koch: Katharsis, S. 106 f.; Beßlich: Kulturkrieg, S. 3. Neben zahlreichen Kriegsgedichten in der Freimaurerpresse vgl. auch Thamhayn: Kriegslyrik.

erscholl auch bei Logenfesten der Ruf: „An deutschem Wesen soll einmal die Welt genesen!“[924]

Da es nach einmütigem Urteil der Brüder in diesem Krieg um nichts Geringeres ging als „um den Mutterboden heiligster europäischer Kulturwerte“, sahen sie die Freimaurerei besonders berufen, als Speerspitze und ‚geistiges Heer‘ des Deutschtums an vorderster Front mitzukämpfen und sich so als Kulturfaktor zu rehabilitieren.[925]

Geist von 1914 – Geist der Freimaurerei

Die Freimaurerei diente aber nicht lediglich als Echokammer für die populären Kriegsparolen, sondern produzierte ihr eigenes Kulturkriegsnarrativ, welches zwar Impulse und Motive seines profanen Äquivalents aufnahm, aber nicht lediglich dessen passiver Widerhall war. Die deutsche Freimaurerei sprach sich selbst eine Schlüsselrolle bei der Wiedererweckung des ‚deutschen Wesens‘ zu, die bis zur vollständigen Identifikation des ‚Geists von 1914‘ mit dem Geist der deutschen Freimaurerei ging.

Besonders eifrig versuchte Diedrich Bischoff dieses Selbstverständnis auch in der öffentlichen Diskussion zu verankern. In einer ganzen Reihe von Kriegsschriften für die profane Öffentlichkeit spulte der VdF-Vorsitzende ab 1914 die geläufigen Topoi des Kulturkrieges ab, nicht jedoch ohne dabei den Bogen zur Freimaurerei zu spannen. Schon im November 1914 erklärte er, dass der im August zum Durchbruch gelangte ‚deutsche Geist‘ nicht allein aus der „idealistischen Anlage deutschen Wesens“ entsprungen, sondern das Resultat planvoller Erziehungs- und Kulturbildungsarbeit sei, deren maßgebliches intellektuelles Machtzentrum Bischoff zunächst nur andeutete.[926] Nachdem er eine Untersuchung der Kriegsgründe und -schuld veröffentlicht hatte, die ganz der weitverbreiteten These vom deutschen Defensivkrieg verpflichtet war,[927] wurde Bischoff noch im selben Jahr deutlicher. In „Neuidealismus und Freimaurerei“ schlug er die Brücke zwischen der idealistischen deutschen Freimaurerei und Rudolf Euckens Ausführungen zum deutschen Idealismus als Kern der ‚Ideen von 1914‘.[928] In „Freimaurers Kriegsgedanken“ verquickte Bischoff schließlich offen das neu erwachte ‚deutsche Wesen‘ mit dem Wesen der deutschen Freimaurerei und stellte beides den Kriegsgegnern gegenüber. In der „deutschen Sache“ werde die „Sache der Menschheit“

924 Schwarzer, E.: „Rede zur Kriegsarbeit beim 111. Stiftungsfest der Loge ‚Zum bekränzten Kubus‘“, in: Bundesblatt 15 (1915), S. 365–371, hier S. 371.

925 Bühring: „Die große Zeit des Krieges 1914“, in: Mecklenburgisches Logenblatt 4 (1914/15), S. 30–33, hier S. 32. Für die Begriffsbildung und das Selbstverständnis als ‚geistiges Heer‘ vgl. Wrede, Richard: „Das innere Leben der Logen während des Krieges“, in: Freimaurer-Zeitung 7/8 (1915), S. 25–27, hier S. 25.

926 Bischoff: Deutsche Gesinnung, S. 16. Zu dieser Schrift vgl. auch Meier: Evangelische Kirche, S. 692.

927 Vgl. Bischoff: Wie kam's.

928 Vgl. Bischoff: Neuidealismus. Zu Euckens Beitrag zu den ‚Ideen von 1914‘ vgl. Fink: Innerlichkeit.

verteidigt, weshalb im „heiligen deutschen Kampfeswillen" auch „[h]öchste Maurerpflicht und gewaltiges Schaffen am Menschheitstempel" am Werke sei.[929]

Bischoff war zweifellos der produktivste freimaurerische Kulturkrieger. Er sollte sich bis in die unmittelbare Nachkriegszeit in nicht weniger als 30 Texten immer wieder diesem Thema zuwenden. 1917 wurde ihm sogar „in Anerkennung seiner hervorragenden schriftstellerischen Aufklärungsarbeit" vom König von Sachsen der Professorentitel verliehen.[930] Aber Bischoffs Ausführungen waren nur die Spitze der eifrigen freimaurerischen Auseinandersetzung mit dem Weltkrieg. Bernhard Beyers Ergänzungsband zur Freimaurerbibliographie von 1926 zählte 709 Schriften unter der entsprechenden Rubrik.[931]

Von Anfang an wurde dabei die Brücke zwischen neu erwachtem deutschem Wesen und deutscher Freimaurerei geschlagen. Der ‚Geist von 1914' wurde zu „Geist von unserm Geist"[932], das ‚Augusterlebnis' zum Ausdruck der „Freimaurernatur des deutschen Volkes"[933] erklärt, das sich nun, nach Besinnung auf sein deutsches, ergo freimaurerisches Wesen, als ‚einig Volk von Brüdern' begriff. „In jedem Deutschen steckt ein Freimaurer, ganz Deutschland ist heute ein Tempel der Humanität", ließ sich ein Mitglied einer Kulmbacher Loge im Bayreuther Bundesblatt begeistert vernehmen.[934] Manch ein Bruder erblickte gar einen „maurerisch geordneten Staat erfüllt mit einem maurerisch gerichteten Volke", einen wahren „Fr[ei]m[aure]r-Staate Deutschland".[935]

Auch das deutsche Militär wurde freimaurerisch aufgewertet, beispielsweise in den Schriften August Horneffers, der im Militarismus freimaurerischen Geist verwirklicht und „Meister Hindenburg durch kräftige Hammerschläge und rastlose Arbeit dem Lichte im Osten den Weg [bahnen]" sah.[936] Freimaurer war Generalfeldmarschall Paul von Hindenburg, zum Zeitpunkt dieser Verklärung Oberbefehlshaber Ost und später

929 Bischoff: Kriegsgedanken, S. 31 u. 36.

930 „Mrisches aus nah und fern", in: Freimaurer-Zeitung 15–18 (1917), S. 66.

931 Vgl. Beyer (Hg.): Bibliographie Ergänzungsband, S. 77–100. Dort auch Bischoffs Schriften.

932 Grethe, Karl: „Maurischer [sic!] Geist – deutscher Geist", in: Am rauhen Stein 9 (1915), S. 290–301, hier S. 290 f.

933 So der Titel einer 1920 veröffentlichten Schrift, die die Zusammenhänge von deutschem Geist und Freimaurerei darlegte, vgl. Wagler: Freimaurernatur.

934 Friderich, Willy: „Gedanken zum Völkerkrieg", in: Bayreuther Bundesblatt 8 (1914/15), S. 249–262, hier S. 262. Vgl. exemplarisch auch Levy, Alphonse: „Was kann der Weltkrieg der Maurerei bringen?", in: Freimaurer-Zeitung 23/24, 25/26 (1915), S. 90–92, 97–100, hier S. 97: „Im deutschen Volke haben sich in der schwersten Zeit maurerische Ideale verkörpert".

935 Bargmann: „Der deutsche Frmr und der große Krieg", in: Freimaurer-Zeitung 11/12 (1916), S. 42–44, hier S. 42.

936 Horneffer, August: „Die geplante Monatsschrift für die Oeffentlichkeit", in: Bauhütte 42 (1915), S. 329–331, hier S. 329. Vgl. auch ders.: „Was sagen wir Freimaurer zum deutschen Militarismus?", in: Bauhütte 1 (1915), S. 2–4; ders.: „Militärisches in der Freimaurerei", in: Zwanglose Mitteilungen aus dem VdF 28 (1915), S. 310 f. Zur masonischen Vita August Horneffers vgl. Peters: Berliner Freimaurer, S. 33.

Generalstabschef der Obersten Heeresleitung, zwar nicht, aber hoher deutscher Militär, und das war in den Augen etlicher Brüder inzwischen nahezu gleichbedeutend.

Die „diskursive Allianz" von Militarismus und Kulturkritik, die unter dem Schlagwort von der Vereinigung Potsdams und Weimars als höchster Ausdruck des deutschen Wesens gefeiert wurde, fand insbesondere auch Widerhall in den Zeitschriften der Großen Landesloge, wo hierfür an die eigene Ritterordenstradition erinnert und an nationalprotestantische Deutungen eines martialischen Jesus angeknüpft wurde.[937] Auch Wilhelm Ohr, Bruder der Großloge von Frankfurt und an der Westfront im Feld stehend, äußerte sich angetan über das „‚kriegerische' Ritual" der Großen Landesloge, in dem die Brüder mit einem Schwert beziehungsweise Degen ausgestattet wurden.[938] Ebenso beschworen andere Brüder in der Freimaurerpresse: „In der einen Hand die Kelle, in der anderen Hand das Schwert, deutsche Br[üde]r Freimaurer auf die Schanzen, Gott zur Ehre, der Erde zum Frieden und den Menschen allen zum Wohlgefallen!"[939] Noch nie habe es „einen Kampf gegeben, der nach freimaurerischer Weise gerechter und notwendiger gewesen wäre", noch „nie durfte deutsche Freimaurerei einen Kampf auf Leben und Tod so ganz als ihre eigenste Sache betrachten als den jetzigen Kampf".[940]

Diese Verschmelzung von deutscher Freimaurerei und deutschem Wesen konnte auf einem freimaurerischen Selbstbild aufbauen, das schon ein Jahr vor Kriegsausbruch ausformuliert und wirkmächtig inszeniert worden war.

Das Jahr 1913 hatte ganz im Zeichen des Gedenkens an die 100 Jahre zuvor geschlagene ‚Völkerschlacht' bei Leipzig gestanden. Nicht viel anders als in der profanen Öffentlichkeit war sie 1913 in der Freimaurerei als Höhepunkt der ‚Befreiungskriege' erinnert worden, in denen sich das deutsche Nationalbewusstsein geregt und gegen die französische Fremdherrschaft erhoben habe. Voller Stolz hatten die Brüder jener Freimaurer gedacht, die 1813 auf ‚deutscher' Seite (sprich gegen Napoleon) gekämpft hatten.[941] Nur August Wolfstieg hatte die freimaurerische Erinnerungseuphorie zeitweise durch seine Hinweise gedämpft, dass der Anteil der Logen am ‚Befreiungskrieg' tatsächlich ein eher geringer gewesen sei.[942]

---

937 Vgl. z. B. Schimming, Fritz: „Der Krieg im Lichte der Lehrart der Grossen Landesloge", in: Zirkelkorrespondenz 16 (1916), S. 452–457. Zur „diskursiven Allianz" vgl. Koch: Katharsis, S. 99; Bremm: Propaganda, S. 29. Als zeitgenössische Quelle stilprägend auch Sombart: Händler, S. 84 f.

938 So jedenfalls erinnerte sich August Horneffer in einem Nachruf auf den 1916 gefallenen Ohr, angefügt als Nachwort zu Ohr: Feldlogenarbeit, S. 71–78, hier S. 76. Zu Ohr vgl. Kap. 9.3.

939 Herfurth, Reinhold: „Das sittliche Recht des Weltkrieges für den deutschen Freimaurer", in: Latomia 26 (1914), S. 365–377, hier S. 377.

940 Bing: „Die Freimaurerei und der Krieg", in: Bayreuther Bundesblatt 2 (1914/15), S. 35–42, hier S. 37.

941 Vgl. z. B. Taute: Blücher. Zum Erinnerungskult um die Völkerschlacht und ihre geschichtspolitische Instrumentalisierung vgl. Puschner: Leipzig; ders.: Alldeutsche, Völkische und die Schlacht; Hermand: Traum, S. 92 f.

942 Vgl. Wolfstieg, August: „Der freimaurerische Gedanke in großer Zeit", in: Mitteilungen aus dem VdF (1913/14), S. 97–118.

Mehr als der praktische Beitrag war im freimaurerischen Gedenken jedoch ein ideeller hervorgehoben worden. Die „deutsche Erhebung" 1813 war zur „Betätigung freimaurerischen Geistes" umgedeutet worden, zu einer Tat, deren geistiges Fundament in Jahren stiller Arbeit durch die Logen gelegt worden sei.[943] Mehr oder minder subtil hatten sich die 1913 aktuellen Diskussionen mit der Deutung des masonischen 1813 verwoben, wobei je nach eingenommenem Standpunkt ganz unterschiedliche Positionen historisch legitimiert werden konnten. Dem einen war 1813 ein Beispiel zeitgemäßer Außenarbeit, dem anderen Beleg für den überzeitlichen Wert der freimaurerischen Innenarbeit.[944]

Höhepunkt im Festkalender war die Einweihung des Leipziger Völkerschlachtdenkmals im Oktober 1913 gewesen. Seine Errichtung war eng mit der Freimaurerei verbunden, da der hinter dem Denkmal stehende „Deutsche Patriotenbund" vom Leipziger Architekten und Freimaurer Clemens Thieme gegründet und ganz wesentlich von Brüdern getragen worden war.[945] Dass schließlich auf persönliche Einladung des Königs von Sachsen die Vertreter der deutschen Großlogen und des VdF bei der Einweihung des Denkmals Ehrenplätze auf der Tribüne hatten einnehmen dürfen, wurde als „Anerkennung freimaurerischen Wirkens" und „moralischer Erfolg" gefeiert, der auch durch das abschätzige Verhalten eines weiteren Ehrengasts, nämlich Kaiser Wilhelms II., nicht getrübt worden war.[946]

Bereits am Abend vor der offiziellen Einweihung hatten gut 600 Brüder aus ganz Deutschland auf Einladung der Leipziger Logen einen freimaurerischen Festakt im Gedenken an die ‚Völkerschlacht' begangen. Noch 50 Jahre zuvor hatte das unpolitische und friedfertige Selbstverständnis ihrer Freimaurerei die Leipziger Logen davon abgehalten, sich an Jubiläumsfeierlichkeiten für eine so gewaltige Schlacht zu beteiligen.[947] 1913 war diese Kluft dann durch den Meister vom Stuhl der Loge „Apollo" in einer später abgedruckten Ansprache überbrückt worden: „Der Krieg von 1813 war nicht nur [...] ein geschichtliches Ereignis, nein, es war eine sittliche Tat [...], ein Kreuzzug war's, es war ein heiliger Krieg. Handelte es sich doch um die idealen, heiligsten Güter der Nation."[948]

---

943 Minde-Pouet, Georg: „Der Geist der deutschen Freimaurerei 1813 und heute", in: Mitteilungen aus dem VdF (1913/14), S. 192–202, hier S. 195. Vgl. auch exemplarisch die Bücher Weiß: 1813; Haarhaus: Befreiungskriege.

944 Zu diesen Deutungen vgl. Schmid: Völkerschlachtdenkmal, insbes. S. 370–372.

945 Vgl. Hoffmann: Monumentalismus, S. 255; Poser: Scenerie, S. 337 f.; ders.: Patriotenbund, S. 543; Schötz: Freimaurer.

946 „Zum neuen Jahre", in: Bundesblatt 1 (1914), S. 3–7, hier S. 4. Vgl. auch Hoffmann: Monumentalismus, S. 258 u. 278.

947 Vgl. Schmid: Völkerschlachtdenkmal, S. 361.

948 „Festfeier der Leipziger Logen am 17. Oktober 1913 zur Weihe des Völkerschlachtdenkmals", in: Freimaurer-Zeitung 44 (1913), S. 345–348, hier S. 346. Vgl. auch „Eröffnungsrede des Vorsitzenden", in: Mitteilungen aus dem VdF (1913/14), S. 1–92, insbes. S. 2.

Im September 1914 sah dann der Herausgeber der Freimaurer-Zeitung Eugen Walther Schmidt diesen ‚Geist von 1813' im ‚Geist von 1914' erneut entflammt.[949] Die Latomia stimmte zu: „Wie vor 100 Jahren" stehe jetzt die deutsche Freimaurerei „einmütig im Kampfe für deutsche Freiheit, deutsches Recht und deutsche Macht."[950] Dass auch im profanen Kulturkrieg die ‚Befreiungskriege' zum vornehmlichen historischen Referenzpunkt wurden, erleichterte es der Freimaurerei, sich vollständig in ihm wiederzufinden und in ihn einzuschreiben.[951]

Abkehr von der Weltmaurerei

In dem Maße wie die nationale Kriegseuphorie in den Jahren 1914 bis 1918 in den Mittelpunkt der masonischen Identität rückte, traten kosmopolitische Vorstellungen zurück. Jetzt sei nicht die Zeit, „Menschheitsverbrüderungsideen zu träumen", vielmehr gelte es nun, „zu zeigen, dass wir wache, klar blickende deutsche Männer sind", lautete ein Appell 1914 in der Bauhütte.[952] Sogar der VdF erklärte sich rundheraus gegen jeden Internationalismus. Diedrich Bischoff verwies schon kurz nach Kriegsausbruch darauf, dass der VdF nie an den grenzübergreifenden Verbrüderungsfesten teilgenommen hatte.[953] Dass er das aufgrund seiner organisatorischen Stellung gar nicht hatte tun können wurde ebenso unterschlagen wie Bischoffs Bekenntnis zu Internationalismus und Pazifismus auf der Hauptversammlung des Vorjahres.

Anfänglich noch vereinzelt gedruckte Ermahnungen, nicht zu vergessen, dass nicht die ausländischen Freimaurer, sondern deren Regierungen und Wirtschaft diesen Krieg gewollt hätten, verschwanden immer mehr aus der Freimaurerpresse.[954] Die noch Mitte September 1914 formulierte Hoffnung, dass die Brüder in Frankreich und England „alle diesen Krieg nicht billigen"[955] würden, zerstob, als klar wurde, dass sie sich – nicht anders als die deutschen Brüder – in den Dienst ihres jeweiligen Vaterlandes stellten.

Als schließlich Charles Magnette, der Großmeister des belgischen Großorients in einem Brief vom 26. September 1914 seinem Amtskollegen der Großloge von Darmstadt die brüderliche Hand entgegenstreckte, um gemeinsam für eine humane Kriegsführung in den Grenzen des Völker- und Kriegsrechts zu werben, wurde dies brüsk ausgeschlagen. Ein solcher Aufruf an die deutschen Soldaten sei überflüssig, polterte

949 Vgl. Schmidt, Eugen Walther: „Was uns der Krieg nahm und brachte", in: Freimaurer-Zeitung 37 (1914), S. 257–259, hier S. 258.

950 „Die deutsche Freimaurerei und der Krieg", in: Latomia 17 (1914), S. 258 f., hier S. 258.

951 Vgl. Bruendel: Volksstaat, S. 61–65.

952 Adler, Oskar: „Freimaurerei und Vaterland", in: Bauhütte 37 (1914), S. 290 f., hier S. 290.

953 Vgl. Bischoff, Diedrich: „Unser Verein und der Krieg", in: Zwanglose Mitteilungen aus dem VdF 27 (1914), S. 297 f.

954 Wrede, R[ichard]: „Unsere englischen Verbrüderungs-Brüder", in: Bauhütte 38 (1914), S. 298 f.

955 Seller, Paul: „1917?", in: Bauhütte 38 (1914), S. 298.

der Darmstädter Großmeister Wilhelm Süß zurück. Sie seien schließlich Deutsche, „und Deutsche sind selbst im härtesten Kampf Menschen."[956]

Eine weitere gewichtige Stimme aus dem neutralen Ausland erfuhr eine ebenso harsche Zurückweisung. Edouard Quartier-la-Tente, die zentrale Persönlichkeit des freimaurerischen Internationalismus der Jahrhundertwende, hatte in der Zeitschrift der Schweizer Großloge „Alpina" der deutschen Kriegsführung Grausamkeit vorgeworfen und dafür heftige Kritik in der deutschen Freimaurerpresse erfahren. Selbst sein deutscher Schwiegersohn Willy Conrad distanzierte sich von ihm und legte sein Mandat als Vertreter der Weltgeschäftsstelle nieder.[957] Nachdem aus der Schweiz weitere Kritik an der deutschen Kriegsführung laut wurde, brachen die drei altpreußischen Großlogen ihre Beziehungen zur „Alpina" 1916 vollständig ab.[958] Die Großlogen von Hamburg und Bayreuth folgten ihrem Beispiel.[959]

Die Berichte von deutschen Gräueltaten beim völkerrechtswidrigen Durchmarsch durch das neutrale Belgien stießen in Deutschland auf taube Ohren und wurden mit dem Hinweis auf deutsche Kultur und deutsche Bildung als gegnerische Lügenmärchen abgetan. Massaker an Zivilisten konnten nur die Taten barbarischer Horden sein, nicht die von Söhnen der deutschen Kulturnation, wie der Theologe und Freimaurer Carl Bonhoff versicherte.[960] Ein Bremer VdF-Mitglied meinte gar, unter Verweis auf die hohe Alphabetisierungsrate die Unsinnigkeit solcher Vorwürfe beweisen zu können.[961]

In den Schatten gestellt wurden derartige Beweisführungen nur noch durch Versuche, die geschilderten Verbrechen zu relativieren. Bei der brutalen Zerstörung des flandrischen Louvain/Löwen habe „die Gerechtigkeit ihren Lauf genommen", nachdem von belgischer Seite „Grausamkeiten und Scheußlichkeiten" an deutschen Soldaten begangen worden seien, lautete ein häufig wiederholtes Verdikt in der masonischen Presse.[962] Diedrich Bischoff verwandelte diese Immunisierungsstrategie gar in einen sittlichen Imperativ: Es sei regelrecht Pflicht, „zur Rettung der höchsten Rechtsgüter [...] gewisse Vorschriften der äußeren Rechtsordnung" zu ignorieren.[963] Wo ein solches

956 Beide Briefe abgedr. unter „Ein Schreiben des Grossmeisters des Grand Orient de Belgique an die Grossloge ‚Zur Eintracht' in Darmstadt und die Antwort hierauf", in: Bauhütte 43 (1914), S. 337 f., hier S. 338.

957 Vgl. „Offener Brief von Br Willy Conrad an die Deutsche Freimaurerei", in: Bauhütte 48 (1914), S. 377. Vgl. auch Müffelmann, Ludwig: „Offener Brief an den Br Ed. Quartier-la-Tente", in: Bauhütte 46 (1914), S. 361 f. und „Qartier-la-Tente's [sic!] Anwürfe gegen Deutschland und eine Antwort hierauf", in: Bauhütte 48 (1914), S. 377–379. Vgl. auch „Die Schweizer Freimaurer", in: Latomia 24 (1914), S. 347–351.

958 Vgl. „Mitteilungen", in: Am Reissbrette 10 (1916), S. 79 f.

959 Vgl. „Zum neuen Jahre", in: Bundesblatt 1 (1918), S. 4–13, hier S. 12.

960 Vgl. Bonhoff, Carl: „Die Vaterlandsliebe des deutschen Freimaurers", in: Bauhütte 44 (1914), S. 345–349, hier S. 346.

961 Vgl. Seedorf, Henrich: „Nationale und Internationale Freimaurerei", in: Mitteilungen aus dem VdF (1915/16), S. 64–75, hier S. 69.

962 „Belgien", in: Latomia 23 (1914), S. 339 f., hier S. 340.

963 Bischoff: Kriegsgedanken, S. 33. Vgl. exemplarisch auch Seeberg, Reinhold: „Das sittliche Recht des Krieges", in: Freimaurer-Zeitung 21/22 (1915), S. 84–86.

höheres sittliches Recht als deutsches Eigentum reklamiert wurde, war kein Platz für die Erwägung profanen Rechts und dessen Bruch durch deutsche Soldaten. Genauso wenig Platz war für Zweifel an den Verlautbarungen der Heeresleitung. 1916 legte die FREIMAURER-ZEITUNG ihren Lesern zehn Gebote für die Daheimgebliebenen vor, von denen eines lautete: „Du sollst keinen anderen Nachrichten Glauben schenken als denen, die von berufener Stelle beglaubigt sind. Die deutsche Heeresleitung belügt dich nicht.“[964]

Die internationale Kritik wurde als Erfolg der Feindpropaganda abgetan. Hieraus leiteten die deutschen Brüder ab, dass auch sie sich propagandistisch zu betätigen hätten, um den Lügen der ‚Entente‘ die deutsche Wahrheit entgegenzusetzen. Der Leipziger Bruder Hans Georg Thenau schlug zu diesem Zweck schon Ende August 1914 vor, geeignete Berichte aus der deutschen Tagespresse mindestens wöchentlich an Logen im neutralen Ausland zu versenden.[965] Die „Wahrheit hinein in das Ausland“[966] zu tragen sei gar eine maurerische Pflicht, erklärten das BAYREUTHER BUNDESBLATT und der unabhängige HEROLD, und plädierten für eine „fortlaufende systematische Aufklärung der Brüder in den neutralen Ländern“.[967] Aus eigenem Antrieb stellte die Freimaurerei sich somit in den Dienst deutscher Auslandspropaganda, wurde Teil des „propagandistischen Wildwuchses“,[968] der sich schon im ersten Kriegshalbjahr ohne staatliche Koordination entwickelte.

Die Reaktionen auf diese ‚Aufklärungsarbeit‘ aus dem neutralen Ausland waren jedoch verhalten. Das Amsterdamer MAÇONNIEK WEEKBLAD verfasste Anfang 1915 einen offenen Brief, in dem sich die Niederländer dagegen wehrten, die Darstellung der deutschen Presse als ungetrübte Wahrheit vorgesetzt zu bekommen: „[M]eine Brüder, haben Sie soviel Vertrauen in unsrer [sic!] Unbefangenheit, daß Sie nicht von uns fordern, nur Ihre Wahrheit anzunehmen.“[969] Wie wenig erfolgreich die deutsche Propagandaoffensive war, zeigte die als Hoffnung formulierte – insofern diplomatische – aber unmissverständliche Ermahnung der Niederländer zur „praktische[n] Anwendung der freimaurerischen Prinzipien“ auch in Kriegszeiten.[970] Diedrich Bischoff vom VdF reagierte mit einer vielfach nachgedruckten Antwort, in der er sich gegen derartige Andeutungen verwahrte. Dass das allgemeinmenschliche Ziel aus dem Blickfeld der deutschen Freimaurerei verschwinden könne sei schon deswegen eine durch nichts

964 Ortmann, Reinhold: „Die zehn Gebote des Nichtkämpfers“, in: Freimaurer-Zeitung 27/28 (1916), S. 108 f., hier S. 109. Der Nichtkämpfer-Dekalog war übernommen aus den „Münchener Neuesten Nachrichten“.

965 Vgl. Thenau, Hans Georg: „Eile tut not!“, in: Freimaurer-Zeitung 35/36/37 (1914), S. 259.

966 „Vermischtes“, in: Bayreuther Bundesblatt 1 (1914/15), S. 25 f., hier S. 25.

967 Lay: „Sonderaufgaben der deutschen Freimaurer im weltgeschichtlichen Ereignis des Weltkriegs“, in: Bayreuther Bundesblatt 2 (1914/15), S. 42–44, hier S. 43.

968 Bremm: Propaganda, S. 75.

969 „Offener Brief der Redaktion des ‚Maçonniek Weekblad‘“, in: Bayreuther Bundesblatt 6 (1914/15), S. 192–196, hier S. 195.

970 Ebd., S. 196.

begründete Annahme, weil „engherzige[r] Nationalegoismus" dem deutschen Wesen widerstrebe.[971] Weitere Diskussion mit den Holländern erklärte Bischoff für zwecklos:

> Wenn neutrale Freimaurer meinen, sie kennten die sittlichen Pflichten und Rechte unseres Volkes besser als wir, wir hätten aus Wahn oder aus Eroberungssucht unser deutsches Schwert geschmiedet und stifteten damit Unsegen für die Menschheit, während die wahre kulturdienliche Sittlichkeit und Intelligenz auf Seiten unserer Feinde im Regiment sitze, soll uns das nicht stören. [...] [Aber sie dürfen] nicht verlangen, dass wir uns mit [ihnen] in dergleichen Anschauungen bei der Beurteilung der menschheitlichen Kulturfrage vereinigen.[972]

Keiner dieser Vorwürfe war im sichtlich um diplomatische Neutralität bemühten Brief der Maçonniek Weekblad gestanden, aber die Freund-Feind-Stimmung, in die sich die deutschen Brüder hineingesteigert hatten, ließ keinen Platz zwischen den Fronten.

Nur wenigen Stimmen bereitete die Ausweitung des freimaurerisch-kulturellen Schlachtfeldes auf die neutralen Glieder der Weltbruderkette Unbehagen. Eine dieser wenigen Ausnahmen war der Frankfurter Freimaurer Leopold Wolfgang, der noch Ende 1914 eindringlich vor einem solchen „Missgriff" gewarnt und sich sogar zu wundern gewagt hatte, warum man es dem englischen Pro-Großmeister Lord Ampthill verleide, dass er seine vaterländische Pflicht tue.[973] Zum Großteil jedoch versanken Verständnis und Nachsicht in den Fluten nationaler Kriegseuphorie. Voller Überzeugung klagte ein Bruder in der Bauhütte, es wäre die *Pflicht* der französischen und englischen Brüder gewesen, den Kriegszug gegen Deutschland zu verurteilen, aber „nichts dergleichen ist laut geworden."[974]

Im Gegenteil. Nicht viel anders als in der deutschen Freimaurerei hatte der Krieg auch in den Freimaurereien der anderen beteiligten Staaten ein jähes Anschwellen des Nationalismus zur Folge. Entsprechende Nachrichten und Äußerungen wurden auch in den deutschen Bruderkreisen vernommen und fachten hier wiederum die Flammen nationalistischen Hasses auf die Kriegsgegner weiter an. Für Empörung sorgte etwa der Antrag einer englischen Loge, alle Angehörigen der mit dem Vereinigten Königreich im Krieg stehenden Nationen aus der United Grand Lodge of England auszuschließen.[975] Nicht minder erregte man sich über Verlautbarungen des Grand Orient de France, der die deutsche Freimaurerei „eine der militärischen Kaste verschriebene unwürdige Sekte" nannte.[976]

971 Bischoff, Diedrich: „Eine Antwort", in: Bauhütte 23 (1915), S. 178–180, hier S. 178.

972 Ebd., S. 179.

973 Wolfgang, Leopold: „Die Aufgabe der Freimaurerei", in: Bauhütte 48 (1914), S. 380 f., hier S. 380.

974 Wanner d. Ält., Heinrich: „Wie stehen wir zu unsren französischen und englischen Brüdern?", in: Bauhütte 2 (1915), S. 13–15, hier S. 14.

975 Vgl. Müffelmann, Ludwig: „Der Cant in der englischen Freimaurerei", in: Herold 11/12 (1915), S. 41 f. Zu den gegen deutsche und deutschstämmige Freimaurer ergriffenen Maßnahmen der UGLE vgl. auch Berger: Internationalismus, S. 80 f.

976 „Mrisches aus nah und fern", in: Freimaurer-Zeitung 11/12 (1915), S. 46.

Als besonders verwerflich erschien den deutschen Brüdern das Verhalten der italienischen Freimaurerei. Schon im Spätsommer 1914 hatten Zweifel an der Zuverlässigkeit des im defensiven Dreibund mit Deutschland und Österreich-Ungarn verbündeten Italiens in Freimaurerzeitschriften die Runde gemacht.[977] Ebenso waren bereits im Herbst beunruhigende Meldungen durch die maurerische und profane Presse gegangen, die von einer Nähe zwischen italienischer und französischer Freimaurerei und von Sympathien der italienischen Brüder für die Kriegsgegner Deutschlands sprachen.[978] Als Italien schließlich 1915 auf Seiten der ‚Entente' in den Krieg gegen die Mittelmächte eintrat, wurde das weithin als Treuebruch Italiens, Verrat der italienischen Brüder und als das Werk französischer Freimaurerdiplomatie gesehen. Der Freimaurer Ludwig Müffelmann, der sich schon mit Quartier-la-Tente auseinandergesetzt hatte, unterzog den italienischen ‚Verrat' einer eingehenden Untersuchung, um den Nachweis zu führen, „daß die italienische Freimaurerei es recht eigentlich gewesen ist, die ihr Land und ihr Volk in den Krieg hineingetrieben hat".[979] Vor allem war es aber auch ein weiterer Fehlschlag der deutschen freimaurerischen Propaganda- und Einflussversuche. Was man den Franzosen vorwarf, man hatte es selbst – erfolglos – versucht. Seit den ersten bedenklich stimmenden Meldungen des Herbsts 1914 hatten deutsche Freimaurer die italienischen Brüder umworben, wie nach dem Seitenwechsel und Kriegseintritt Italiens jedoch nur noch verstohlen und am Rande eingestanden wurde.[980]

Über den Kriegseintritt Italiens hinaus stand für Freimaurer und Freimaurergegner in Deutschland bald „völlig einwandsfrei" fest, dass die romanische Freimaurerei am Kriegsausbruch „wesentlich mit schuld" sei.[981] Dem während des Weltkrieges hochkochenden Antimasonismus wird noch eingehend nachgegangen.[982] An dieser Stelle muss der Hinweis genügen, dass auch deutsche Freimaurer in den Logen des Auslands bald nur noch „Herde der deutsch-feindlichen Gesinnung" zu erblicken glaubten, die einen „großen Anteil an der Vorbereitung des Weltkomplotts gegen Deutschland" gehabt hätten.[983]

Das bezog sich nicht mehr nur auf die französischen und italienischen Logen, die in Deutschland schon lange den zweifelhaften Ruf genossen, politische Clubs zu sein,

---

977 Vgl. Wolfgang, Leopold: „Die Haltung der italienischen Freimaurerei während des deutsch-französischen Krieges von 1870/71", in: Bauhütte 39 (1914), S. 305–308.

978 Vgl. „Ein Dementi aus Rom", in: Bauhütte 47 (1914), S. 376.

979 Müffelmann: Italienische Freimaurerei, S. 8. Zur masonischen Vita Ludwig Müffelmanns vgl. Peters: Berliner Freimaurer, S. 48. Zur Rolle der italienischen Freimaurerei im Ersten Weltkrieg aus aktueller geschichtswissenschaftlicher Sicht vgl. Conti: Universalism. Auf Italienisch liegen außerdem eine Monographie von Marco Cuzzi und ein Sammelband von Aldo Alessandro Mola zu dem Thema vor.

980 Vgl. eine randständige Meldung in „Umschau", in: Herold 29/30 (1915), S. 117.

981 Richter, Max: „Die Freimaurerei und der Krieg", in: Freimaurer-Zeitung 33/34 (1916), S. 129–133, hier S. 129.

982 Vgl. Kap. 11.4.

983 „Zum neuen Jahr", in: Bundesblatt 1 (1917), S. 7–14, hier S. 13; „Freimaurerlogen und Kriegerheimstätten", in: Freimaurer-Zeitung 15–18 (1917), S. 63 f., hier S. 63.

sondern umfasste mehr und mehr auch die englische Freimaurerei. Häufig anzutreffen war etwa die Unterstellung, der Ausbau der freimaurerischen Beziehungen zwischen Deutschland und England vor dem Weltkrieg sei nur ein strategischer Schachzug in einem ausgeklügelten englischen Einkreisungsplan gewesen. Tatsächlich sei die englische Freimaurerei keineswegs ein apolitisches Gegenstück zur französischen, sondern vielmehr ein „Geheimbund für eine Kolonisation großen Stils".[984]

Selbst die Logen neutraler Länder waren, wie schon die Beispiele Belgiens, der Schweiz und der Niederlande gezeigt haben, nicht davor gefeit, der Freund-Feind-Unterscheidung zum Opfer zu fallen. Auch unter ihnen seien viele durchaus als „Zentralstellen des Hasses und der Verleumdung" anzusehen, hieß es beispielsweise 1917 in der Freimaurer-Zeitung.[985] Selbst wo sich die Freimaurerzeitschriften des neutralen Auslandes ausschwiegen, anstatt Stellung für Deutschland zu beziehen, wurde ihnen das zum Vorwurf gemacht: „Parteinahme ist ja nur dann unmaurerisch, wenn sie den Kampf gegen Gerechtes bedeutet."[986]

Je mehr sich deutsche Freimaurerei mit dem durch den Krieg hervorbrechenden ‚deutschen Wesen' identifizierte, desto mehr verlagerte sich auch die Abgrenzung von den ausländischen Brüdern in die Sphäre des freimaurerischen Selbstverständnisses. Ein Duisburger Bruder gab dem in einem Kriegsgedicht mit dem Titel „Deutscher Geist" Ausdruck:

> Und im Herzen tiefe Trauer,
> Müssen Deutsche Maurer sehn,
> Wie fast alle fremden Brüder
> Taumelnd in der Irre gehen!
> Wie mit schamlos frechem Spotte
> Durch den Gassenstaub geschleift
> Werden Güter, die als heilig
> Nur noch deutscher Geist begreift![987]

Dass nur noch deutscher Geist die Freimaurerei begreife, wenn nicht gar Freimaurerei und deutscher Geist wesensgleich waren, ließ für die meisten Brüder nur einen Schluss zu: Ausbau einer betont und bewusst *deutschen* Freimaurerei und Abkehr von einer „nur Phrase gewesenen ‚weltumspannenden Bruderkette' ".[988]

---

984 „Mitteilungen", in: Am Reissbrette 2 (1918), S. 14 f., hier S. 14. Vgl. auch Pistorius, Carl: „Der Krieg und seine Einwirkung auf die Freimaurerei", in: Freimaurer-Zeitung 11/12, 13/14 (1915), S. 41–46, 49–54, hier S. 42; Schmidt, Hugo: „Internationale Freimaurerei", in: Freimaurer-Zeitung 35/36 (1915), S. 137–140, hier S. 139 f.

985 „Freimaurerlogen und Kriegerheimstätten", in: Freimaurer-Zeitung 15–18 (1917), S. 63 f., hier S. 63.

986 „Mrisches aus nah und fern", in: Freimaurer-Zeitung 27/28 (1915), S. 110.

987 Auszug aus Schmitz, Fr. R.: „Deutscher Geist", in: Bauhütte 30 (1915), S. 236. Vgl. auch Bischoff, Diedrich: „Die Macht des Wahnes", in: Latomia 1, 2, 3 (1915), S. 5–12, 18–30, 38–50.

988 Boerner, Wilhelm: „Die Bruderkette, die die Welt umspannt?", in: Latomia 8 (1917), S. 89–92, hier S. 89.

Bereits Anfang 1915 war in weiten Teilen der Bruderschaft das Verlangen festzustellen, „diejenigen, die Verrat an unserer heiligen Sache geübt haben, kräftig und deutlich vor der ganzen Welt ab[zu]schütteln."[989] Beim ersten Großlogentag nach Kriegsausbruch am 29. Mai 1915 in Berlin vollzog der Großlogenbund zumindest teilweise den geforderten vollständigen Bruch. In einer öffentlichen Erklärung wurde jegliche Verbindung mit den italienischen und französischen Brüdern aufgekündigt.[990] Die Logenpresse dankte es. Ende Juni hieß es triumphierend in der BAUHÜTTE: „Die Weltmaurerei ist tot! Es lebe die deutsche Freimaurerei!"[991]

Die Identifikation von Deutschtum und Freimaurerei führte nahezu zwangsläufig dazu, den ausländischen Brüdern ihr Freimaurersein, wenn nicht gar die Befähigung dazu abzusprechen, wobei auf die Kategorien ‚Volk' und ‚Nation' zurückgegriffen und diese mitunter rassifiziert wurden. Im RAUHEN STEIN formulierte 1915 ein Bruder die folgenschwere Schlüsselfrage: „Ist nicht vielleicht der wahre maurerische Geist ein dem romanischen Volkscharakter wesensfremder Begriff – ist er vielleicht ein Bestandteil des spezifisch deutschen Geistes?"[992] Aber nicht nur zu ‚Romanen', auch zum vermeintlich „blutsverwandte[n]"[993] Volk der Engländer wurde die nationalfreimaurerische Grenze deutlich gezogen. ‚Fachmännisch' erläuterte zum Beispiel ein Bruder im BUNDESBLATT: „Die Engländer sind durchaus nicht reine Germanen, sie sind ein Mischvolk aus Kelten, Romanen und Germanen, so nahe verwandt, wie manche denken, sind sie uns also durchaus nicht".[994] Folgerichtig wurde auch den englischen Brüdern ihr Freimaurertum abgesprochen. Was England aus der Freimaurerei gemacht habe, erklärte Carl Pistorius 1915 in der FREIMAURER-ZEITUNG, sei ein „in Formelkram erstarrtes totes Gebilde".[995] Alleine noch „im Germanentum" sei die Freimaurerei „rein ethisch berechtigt".[996]

Einen ihrer Höhepunkte fand diese ‚Germanisierung' der Freimaurerei in Forderungen nach tiefgreifenden, ausdrücklich völkischen Reformen des Brauchtums. Solche Überlegungen waren nicht erst eine Folge des Weltkriegs, sondern hatten sich schon vor 1914 bemerkbar gemacht.[997] Im Krieg jedoch gelangten sie vollends zum Durchbruch.

---

989 Treusch: „Offener Brief an den Schriftleiter der Frmr-Zeitung", in: Freimaurer-Zeitung 5/6 (1915), S. 17 f., hier S. 18.

990 Vgl. „Bericht über die Verhandlungen des 40. Deutschen Grosslogentages", in: Bauhütte 24 (1915), S. 185–189, hier S. 186 f.

991 Krause, August Friedrich: „Der Krieg und die Freimaurerei", in: Bauhütte 26 (1915), S. 201–203, hier S. 201.

992 Grethe, Karl: „Maurischer [sic!] Geist – deutscher Geist", in: Am rauhen Stein 9 (1915), S. 290–301, hier S. 292.

993 Knippenberg, Erich: „Ueber den Krieg", in: Bauhütte 42 (1914), S. 329–332, hier S. 330.

994 Weber: „Wir und unsere Feinde vor und nach dem Kriege", in: Bundesblatt 10, 11 (1917), S. 247–256, 278–287, hier S. 278.

995 Pistorius, Carl: „Der Krieg und seine Einwirkung auf die Freimaurerei", in: Freimaurer-Zeitung 11/12, 13/14 (1915), S. 41–46, 49–54, hier S. 41.

996 Ebd.

997 Vgl. Kap. 10.4.

Nur noch vereinzelt gab es Stimmen, die ausdrücklich davor warnten, die deutsche Freimaurerei „auf einen fremdenfeindlichen Standpunkt [zu] stellen" oder eine „germanisch rituelle Loge deutschnationaler, blondgermanischer Rasse" anzustreben.[998]

Schon Ende Dezember 1914 hatte der Vermessungsingenieur Alfred Abendroth, zeitweise ein Mitglied der Hannoveraner Loge „Wilhelm zur deutschen Treue" („Drei Weltkugeln"), in der Bauhütte längere Ausführungen über „Deutschvölkische Zukunftsmaurerei" veröffentlicht, in denen er eine umfassende Überarbeitung des gesamten freimaurerischen Ritualwesens skizzierte und auf eine „Durchdringung des Rituals mit deutschgermanischen Begriffen" pochte.[999] Ebenfalls in diese Richtung argumentierte der Offenbacher Oberstabsarzt Max Volkenrath, der bis 1908 Bruder in der Frankfurter Loge „Carl zum aufgehenden Licht" (Großloge von Frankfurt) gewesen war, dann in die Mainzer Loge „Zum goldenen Rad" („Drei Weltkugeln") gewechselt hatte und nach dem Weltkrieg zumindest zeitweise in der Nürnberger Loge „Luginsland" (Große Landesloge) seine maurerische Heimat finden sollte.[1000] In einer kleinen eigenständigen Schrift mit dem Titel „Deutsche Freimaurerei als Ergebnis des Weltkrieges" regte er 1916 an, all jene Symbole und Bräuche auszumerzen, die von fremden Völkern und Glaubenslehren übernommen und daher „deutschem Wesen, deutschem Denken und deutschem Empfinden fremd" seien.[1001] Ersetzt würden sie durch „schöne deutsche Gebräuche und Sinnbilder [...], die wir gewiß in der germanischen und deutschen Geschichte und Religion in reicher Auswahl" finden könnten.[1002]

Um die gleiche Zeit träumte auch Otto Dreyer, ein Kaufmann aus Wolfenbüttel und dort zeitweise Mitglied einer Hamburger Tochterloge und des VdF, im Mecklenburgischen Logenblatt von einer „Germanenloge": „Welch ein Zukunftsgedanke liegt in diesem einen Wort", schwärmte er und umriss die Verheißung einer Welt unter kultureller Vorherrschaft der „germanischen Völkerfamilie, soweit sie sich des Ehrennamens ‚Germanen' noch würdig zeigt".[1003] Der deutschen Freimaurerei stehe eine strahlende Zukunft bevor, wenn sie lerne, „sich als kraftvolles völkisches Element und nicht länger

998 Nast, L[ouis]: „Die deutsche Freimaurerei nach dem Kriege", in: Mecklenburgisches Logenblatt 1 (1917/18), S. 5–8, hier S. 7.

999 Abendroth, Alfred: „Deutschvölkische Zukunftsmaurerei", in: Bauhütte 51 (1914), S. 401–406, hier S. 404. Zur Biographie Abendroths vgl. Brennecke: Abendroth-Obentraut. Zu seiner Logenzugehörigkeit vgl. Abendroth: Hilligenlei, Titelblatt. Danach nicht mehr feststellbar.

1000 Zu Volkenraths Logenzugehörigkeiten vgl. „Verzeichnis der Mitglieder des VdF. Ende 1908", Beilage zu: Mitteilungen aus dem VdF (1908/09), S. 54; „Verzeichnis der Mitglieder des VdF. Ende 1909", Beilage zu: Mitteilungen aus dem VdF (1909/10), S. 108; Melzer: Konflikt, S. 278 Anm. 23.

1001 Volkenrath: Deutsche Freimaurerei, S. 11.

1002 Ebd., S. 11 f.

1003 Dreyer, Otto: „Germanenloge", in: Mecklenburgisches Logenblatt 6 (1915/16), S. 55–58, hier S. 56 f. Zu Dreyers Logenmitgliedschaft, die sich bis 1911 über VdF-Mitgliederverzeichnisse nachvollziehen lässt, vgl. „Verzeichnis der Mitglieder des VdF. Ende 1911", Beilage zu: Mitteilungen aus dem VdF (1911/12), S. 228.

als ein internationales Zwittergeschöpf zu fühlen und zu führen."[1004] Was es dafür brauche, sei

> eine selbstsichere, leidenschaftliche, ja nötigenfalls der außerdeutschen Menschheit gegenüber rücksichtslose Vaterlandsliebe [...]. Vor den Tatsachen des Völkischen haben die Ideen des Menschlichen, wo sich beide nicht vereinigen lassen, unbedingt zurückzutreten.[1005]

Noch waren derartige Forderungen nach völkischer Reform Zukunftsmusik. Dennoch wurde der Bruch mit dem Ausland nicht nur formell und ideell, sondern teilweise auch symbolisch vollzogen. Seit Kriegsausbruch verlangte eine wachsende Anzahl von Brüdern in der Großen Loge von Preußen eine Namensänderung. Aus „Große Loge von Preußen genannt Royal York zur Freundschaft" sollte das englische „Royal York" verschwinden.[1006] Nicht einmal der hochgeschätzte August Wolfstieg, der aus historischen Gründen für die Beibehaltung des Namenszusatzes plädierte, konnte den einmal ins Rollen gebrachten Stein noch aufhalten.[1007] Der Großteil der Tochterlogen äußerte im Dezember 1914 seine Zustimmung zur Namensänderung und so strich die Große Loge von Preußen nach Einholung der landesherrlichen Genehmigung „Royal York" aus ihrem Namen.[1008]

Eine deutsche Geschichte der Freimaurerei

Einige ihrer buntesten Blüten trieb die ‚Germanisierung' der Freimaurerei auf dem Gebiet der Eigengeschichtsschreibung. Der Weltkrieg fiel in eine Phase erneuten starken Interesses an einer Historiographie der deutschen Freimaurerei, die um 1911 eingesetzt hatte.

Der geschichtsinteressierte Bayreuther Nervenarzt Bernhard Beyer hatte die Frage einer gemeinsamen deutschen Freimaurergeschichtsschreibung im VdF wieder auf die Tagesordnung gehoben und zusammen mit August Wolfstieg und Stephan Kekulé von Stradonitz 1912 für die Schaffung einer Fachzeitschrift nach dem Vorbild der englischen

---

1004 Dreyer, Otto: „Germanenloge", in: Mecklenburgisches Logenblatt 6 (1915/16), S. 55–58, hier S. 56.

1005 Dreyer, Otto: „Freimaurerische Kriegsziele", in: Mecklenburgisches Logenblatt 21 (1915/16), S. 201–211, hier S. 208 f.

1006 Die erste Erwähnung dieses Anliegens in „Aus der Grossloge", in: Am rauhen Stein 10 (1914), S. 340 f.

1007 Vgl. Wolfstieg, August: „Der Name Royal York", in: Am rauhen Stein 11 (1914), S. 355–363 und die Replik darauf: Schultz, Alexander: „Die Grosse Loge von Preussen und ihr englischer Beiname Royal York", in: Am rauhen Stein 1 (1915), S. 6–16, der auf den nachfolgenden Seiten noch ein Wortwechsel von Schultz und Wolfstieg folgte.

1008 Vgl. die diesbezüglich in der freimaurerischen Presse verbreiteten Meldungen, z. B. in: Am Reissbrette 5 (1915), S. 44 und Freimaurer-Zeitung 7/8 (1915), S. 30.

Ars Quatuor Coronatorum plädiert.[1009] Der VdF hatte sich von der Idee angetan gezeigt und sich mit Blick auf den Umfang der Unternehmung an den Großlogenbund gewandt, der ebenfalls Interesse zeigte und 1913 einen diesbezüglichen Beschluss fasste.[1010] Von da ab begannen jedoch die Probleme.

Auf der VdF-Bezirksversammlung in Hamburg am 25. Oktober 1913 wurde spontan eine „Gesellschaft zur Förderung freimaurerisch-wissenschaftlicher Forschung“ aus der Taufe gehoben, die sich in den folgenden Wochen vor einem Mitgliederansturm nicht retten konnte.[1011] Die Bauhütte berichtete von der enthusiastischen Beteiligung ganzer Logen und sogar Großlogen, die teilweise beträchtliche Geldsummen als Jahresbeitrag zusagten oder als Gründungsgeschenk übereigneten.[1012] Von diesem Zuspruch angespornt formulierte die neue Gesellschaft noch im November 1913 einen Aufruf an alle Logen, sich ihr anzuschließen.[1013] Das jedoch rief die Berliner Großlogen auf den Plan, die von der Entwicklung überrumpelt schienen und in dem Vorgehen einen Verstoß gegen die Absprachen im Großlogenbund sahen.[1014]

Offenbar war eine Reihe von Missverständnissen und unterschiedlichen Erwartungen sowie alte Fragen der Führerschaft und Ängste vor Übervorteilung aufgetreten, die nun erst geklärt werden mussten. So war im Großlogenbundbeschluss die Gründung einer gemeinsamen Zeitschrift mit keinem Wort vorgekommen. Vielmehr hatte sich der Großlogenbund vom VdF eine weitere Ausarbeitung des Plans gewünscht, was dann seitens des VdF an August Wolfstieg delegiert worden war. Wolfstieg wiederum empfahl zunächst eine Durchsicht der Archive und eine durchgehende Katalogisierung, analog der Vorarbeiten zur von ihm verantworteten Freimaurerbibliographie.[1015] Im Beschluss des Großlogenbunds hatte es außerdem geheißen, dass die historische Arbeit einer Kommission zu übertragen sein würde, „deren Zusammensetzung vorbehalten bleibt.“[1016] Das war sicherlich der neuralgischste Punkt, ging es dabei doch letztlich

---

1009 Vgl. Beyer, Bernhard: „Die Historische Kommission des Vereins deutscher Freimaurer und die neu zu gründende wissenschaftliche Zeitschrift“, in: Bauhütte 21 (1913), S. 161–165.

1010 Vgl. „Bericht über die Verhandlungen des 38. Deutschen Grosslogentages“, in: Bauhütte 23 (1913), S. 177–181, hier S. 181.

1011 Vgl. „Ein maurerisches Ereignis“, in: Bayreuther Bundesblatt 2 (1913/14), S. 45–49.

1012 Vgl. „Logenberichte und Vermischtes“, in: Bauhütte 51 (1913), S. 406.

1013 Vgl. „Deutsche Gesellschaft zur Förderung freimaurerisch-wissenschaftlicher Forschung. Hamburg“, in: Bayreuther Bundesblatt 4 (1913/14), S. 119.

1014 Vgl. Erlenmeyer, Albrecht: „Die Deutsche Gesellschaft zur Förderung freimaurerischer wissenschaftlicher Forschung und die altpreussischen Grosslogen“, in: Bauhütte 7 (1914), S. 54–56, hier S. 54.

1015 Vgl. „Bericht [über die Jahresversammlung 1913 des VdF]“, in: Mitteilungen aus dem VdF (1913/14), S. IV–XXXI, hier S. XVf.; Wolfstieg, August: „Bericht über die Angelegenheit der freimaurerisch-historischen Kommission“, in: Mitteilungen aus dem VdF (1913/14), S. 120 f.

1016 „Bericht über die Verhandlungen des 38. Deutschen Grosslogentages“, in: Bauhütte 23 (1913), S. 177–181, hier S. 181.

darum, wer die Kontrolle über die offiziöse Eigengeschichtsschreibung haben sollte. Nicht ohne Grund hatte der altpreußische Widerspruch gegen den Aufruf der neu gegründeten Gesellschaft das „selbständige Vorgehen einzelner Brüder" kritisiert.[1017]

Beyer hatte solche Probleme vorhergesehen und ausdrücklich davon abgeraten, eine personell begrenzte Kommission ins Werk zu setzen, da dadurch nur „allerlei Eifersüchteleien u[nd] ä[hnliches] entstehen könnten".[1018] Er hatte vielmehr empfohlen, auch in diesem Punkt dem englischen Vorbild zu folgen und eine Forschungsgemeinschaft zu gründen.[1019] Dass jedoch auch das nach hinten losgehen konnte, zeigte das Beispiel der „Gesellschaft zur Förderung freimaurerisch-wissenschaftlicher Forschung". Erst als diese aufklärte, dass sie sich nicht als Träger der Forschungsarbeiten, sondern nur als dessen Unterstützer sehe, der die kostspielige publizistische Arbeit finanziell ermöglichen sollte, begann sich langsam der Knoten zu lösen.[1020] Die erste Mitgliederversammlung konnte schließlich einen Vorstand wählen, in dem fünf der deutschen Großlogen sowie die freie Vereinigung der fünf unabhängigen Logen vertreten waren. Fern blieben nur die Berliner Große Landesloge, die Große Landesloge von Sachsen und die Großloge von Darmstadt.[1021]

Inzwischen herrschte jedoch Krieg. Der Klärungsprozess hatte über zwei Jahre in Anspruch genommen, die erwähnte erste Mitgliederversammlung hatte erst am 16. September 1916 stattgefunden und unterdessen waren zahlreiche Mitglieder schon wieder ausgetreten oder hatten kriegsbedingt um Stundung der Beitragszahlungen gebeten.[1022] Mit Mühe und Not konnte die Gesellschaft ab Mitte 1917 vierteljährlich ein Periodikum mit dem Titel QUELLEN ZUR GESCHICHTE DER FREIMAUREREI herausgeben. Die QUELLEN verstanden sich als Materialsammlung und Vorarbeit zur wissenschaftlichen Forschung und beschritten damit einen Mittelweg zwischen den Konzepten von Wolfstieg und Beyer.[1023] Schon nach ihrem sechsten Heft Ende 1918 stellten sie das Erscheinen wieder ein.

Auch einem parallelen Versuch, die Impulse der unmittelbaren Vorkriegsjahre in geordnete Bahnen zu lenken, war keine lange Lebensdauer beschieden. August Wolfstieg hatte sich mit dem Verleger Alfred Unger zusammengetan und 1917 einen Aufruf

---

1017 Zit. n. Erlenmeyer, Albrecht: „Die Deutsche Gesellschaft zur Förderung freimaurerischer wissenschaftlicher Forschung und die altpreussischen Grosslogen", in: Bauhütte 7 (1914), S. 54–56, hier S. 54.

1018 Beyer, Bernhard: „Die Historische Kommission des Vereins deutscher Freimaurer und die neu zu gründende wissenschaftliche Zeitschrift", in: Bauhütte 21 (1913), S. 161–165, hier S. 163.

1019 Vgl. ebd., S. 163 f.

1020 Vgl. „Deutsche Gesellschaft zur Förderung freimaurerisch-wissenschaftlicher Forschung", in: Bauhütte 9 (1914), S. 68–70.

1021 Vgl. „Mrisches aus nah und fern", in: Freimaurer-Zeitung 43/44 (1916), S. 174 f.

1022 Vgl. Zierler, F.: „Deutsche Gesellschaft zur Förderung freimaurerischer wissenschaftlicher Forschung", in: Bauhütte 39 (1917), S. 305 f., hier S. 306.

1023 Vgl. Zierler, Fr. E.: „Was wir wollen", in: Quellen zur Geschichte der Freimaurerei 1 (1917), S. 3–5, hier S. 4.

an die deutschen Brüder verfasst, in dem diese zur Unterstützung eines freimaurerischen Geschichtswerks nach dem Vorbild der mediävistischen Editionsreihe „Monumenta Germaniae" aufgerufen wurden.[1024] Nach nur zwei Bänden unter dem Reihentitel „Acta Latomiae" schlief auch dieses Unterfangen 1920 wieder ein.[1025] Die Zusammenarbeit zwischen Unger und Wolfstieg erwies sich dennoch als fruchtbar. Von 1920 bis 1922 erschien als deren Produkt Wolfstiegs fünfbändiges Monumentalwerk „Werden und Wesen der Freimaurerei" in Ungers Verlag.[1026]

Dass die historische Forschung in den Jahren vor dem Weltkrieg abermals zu einem Thema wurde, hing nicht nur mit der Initiative des historisch interessierten Bernhard Beyer zusammen. Das Zerwürfnis im Großlogenbund über die Anerkennung des Grand Orient de France 1909, das zugleich der Kulminationspunkt jahrzehntelanger Auseinandersetzungen über die Einheitsfrage gewesen war, hallte noch immer nach. So verband sich die Schaffung eines Organs zur Erforschung der *gemeinsamen* Geschichte erneut auch mit unbestimmten Hoffnungen auf eine Verbesserung des unbefriedigenden Ist-Zustands der deutschen Freimaurerei.[1027] Die „Comenius-Gesellschaft" schien nach der öffentlich ausgetragenen Auseinandersetzung Keller-Begemann nicht mehr als Ersatz für ein gemeinsames Forschungsunternehmen geeignet. Mit einer Zeitschrift, die – wie Beyer in Aussicht stellte – „gewissermassen von der ganzen deutschen Freimaurerei" getragen würde,[1028] konnte ein profaner Verein ohnehin nicht mithalten. Daran änderte auch ein Plädoyer Ludwig Kellers für seine „Comenius-Gesellschaft" 1913 im BUNDESBLATT nichts.[1029] Immerhin ging es bei freimaurerischer Geschichtsforschung seit jeher auch um die Identität und damit einen Einheitspunkt für die notorisch uneinige deutsche Freimaurerei.

Dieses Bedürfnis wuchs durch den Weltkrieg noch weiter an, auch wenn die „Gesellschaft zur Förderung freimaurerisch-wissenschaftlicher Forschung" daraus kaum Kapital schlagen konnte. Im Juni 1916 erklärte das Bundesdirektorium der „Drei Weltkugeln", dass eine genauere Kenntnis und dementsprechend neue, gründliche Erforschung der „geistigen Grundlagen" und der Geschichte der (nunmehr betont) *deutschen* Freimaurerei nötig sei, um dadurch die deutschen Brüder in die Lage zu versetzen, den Geist dieser Maurerei gegenüber dem der englischen und romanischen zur Geltung bringen zu können.[1030]

1024 Vgl. Unger, Alfred: „Eine neue Beilage der ‚Bauhütte' ", in: Bauhütte 12 (1928), S. 94 f., wo der Aufruf von 1917 wiedergegeben ist. Zur masonischen Vita Ungers vgl. Peters: Berliner Freimaurer, S. 67, zu jener Wolfstiegs vgl. Anm. 434.

1025 Vgl. Wolfstieg (Hg.): Acta Latomiae, 2 Bde.

1026 Wolfstieg: Werden und Wesen, 5 Bde.

1027 Vgl. z. B. „Deutsche Gesellschaft zur Förderung freimaurerisch-wissenschaftlicher Forschung", in: Bayreuther Bundesblatt 5 (1913/14), S. 148–152, hier S. 151.

1028 Beyer, Bernhard: „Die Historische Kommission des Vereins deutscher Freimaurer und die neu zu gründende wissenschaftliche Zeitschrift", in: Bauhütte 21 (1913), S. 161–165, hier S. 162.

1029 Vgl. Keller, Ludwig: „Die Freimaurerei und die Comenius-Gesellschaft", in: Bundesblatt 17 (1913), S. 539–541.

1030 „An sämtliche Bundeslogen", in: Bundesblatt 17 (1916), S. 490 f., hier S. 490 f.

Tatsächlich standen zu diesem Zeitpunkt die nationalistischen Deutungen der Freimaurergeschichte längst in voller Blüte. Beispielsweise war schon im Vorjahr im RAUHEN STEIN ausgeführt worden, dass wohl die *Form* der Freimaurerei aus England stamme, dass jedoch die *Idee* das Produkt deutscher Kulturentwicklung sei.[1031] Gewährsmänner waren dabei bemerkenswerterweise sowohl Wilhelm Begemann als auch Ludwig Keller, die beide kurz nach Kriegsausbruch verstorben waren. Ihre antithetischen Forschungen fanden eine Synthese in der nationalistischen Deutung der unmittelbaren Nachwelt. Begemann habe überzeugend die Anfänge des *Logentums* in England verorten können und dabei nachgewiesen, dass diese englische Logenfreimaurerei ursprünglich eine rein auf Pflege der Geselligkeit gründende Vereinigung ohne tieferes geistiges Leben und Streben gewesen sei.[1032] Keller habe hingegen schlüssig die geistes- und kulturgeschichtlichen Entwicklungslinien der *Freimaurerei* durch die Jahrhunderte nachgezeichnet, die erst in Deutschland zum Inhalt des Logentums geworden sei.[1033]

Die Denkfigur der aus England übernommenen „leere[n] Schale", die dann erst „der deutsche Verstand und das deutsche Gemüt" ausgebildet und mit Sinn befüllt habe,[1034] trat den Brüdern während des Weltkrieges in allen freimaurerischen Zeitschriften entgegen. Derlei geschichtspolitische Vereinnahmung fiel in der Bruderkette auf fruchtbaren Boden, hatten sich doch die Engländer durch den ihnen zur Last gelegten Krieg in den Augen einer großen Anzahl deutscher Brüder „von ihrer ehrwürdigen fr[ei]m[aure]rischen Erstgeburt selber entthront".[1035]

Teilweise wurde die Germanisierung der freimaurerischen Geschichte noch ausgeweitet, wobei nahtlos an das orthodoxe Geschichtsbild einer Genese aus den mitteleuropäischen Baukorporationen angeschlossen werden konnte. Nicht einmal das freimaurerische Brauchtum stammte demnach ursprünglich aus England, sondern sei lediglich ein Reimport der zuvor von den mittelalterlichen deutschen Steinmetzen auf die britischen Inseln gebrachten Zeremonien.[1036] „Englisches Original sind sie sicher nicht",[1037] zeigte sich jedenfalls August Wolfstieg gewiss. „All das sind *Deutsche Bräuche*, nicht etwa englische", meinte auch ein Bruder in AM REISSBRETTE und verwies beispielhaft auf St. Reinoldus, Stadtpatron Dortmunds und einen Steinmetz-Schutzheiligen,

---

1031 Vgl. Grethe, Karl: „Maurischer [sic!] Geist – deutscher Geist", in: Am rauhen Stein 9 (1915), S. 290–301.

1032 Vgl. ebd., S. 292 f.

1033 Vgl. ebd., S. 294–300.

1034 Kneisner, Fr.: „Die Herkunft der deutschen Freimaurerei", in: Mecklenburgisches Logenblatt 13 (1915/16), S. 127 f., hier S. 127.

1035 „Die Stellung der frmrischen Presse zum Krieg", in: Am Reissbrette 12 (1914), S. 102–114, hier S. 111. Zur Inszenierung Deutschlands als wahren Erben der europäischen Kultur im Kulturkrieg, vgl. Fries: Katharsis, Bd. 2 (1995), S. 68 f.

1036 Vgl. z. B. Levy, Alphonse: „Was kann der Weltkrieg der Maurerei bringen?", in: Freimaurer-Zeitung 23/24, 25/26 (1915), S. 90–92, 97–100, hier S. 100.

1037 Wolfstieg, August: „Allerlei", in: Bundesblatt 3 (1917), S. 68.

in dessen legendenhafter Vita er Parallelen zur Hiramslegende des Freimaurer-Meistergrades zu erkennen glaubte.[1038]

Die nationale Geschichtsklitterung erfolgte insbesondere mit Blick auf das 1917 anstehende 200. Jubiläum der weltweit ersten Großlogengründung in London. Was um die Jahrhundertwende noch manche Brüder zur Vorsicht gegenüber dem Winkellogenvorwurf gemahnt hatte – die ‚ungesetzmäßigen', weil erst nachträglich durch England beglaubigten Ursprünge der deutschen Großlogen –, wurde nun mitunter zum Qualitätsmerkmal erhoben: „Von den älteren Logen in Deutschland ist keine auf Grund eines englischen Patents ins Leben gerufen [...]. Es kann also nicht behauptet werden, daß die deutschen Logen ihre äußere Daseinsberechtigung von der Londoner Großloge herleiten müßten."[1039] Auch Stephan Kekulé von Stradonitz wandte sich gegen die Bedeutung des 24. Juni 1717 für die deutsche Freimaurerei und weitete das geschichtspolitische Kampffeld noch aus, indem er anregte, künftig nicht mehr das ‚englische' Johannisfest als höchsten Feiertag im freimaurerischen Jahreslauf zu begehen, sondern entweder den 6. Dezember (Gründungstag der ersten deutschen Loge 1737 in Hamburg) oder den 15. August (Tag der 1738 erfolgten Aufnahme Friedrichs des Großen in die Freimaurerei).[1040]

Andere verlagerten 1917 kurzerhand die Energien auf die Feier des Reformationsjubiläums.[1041] „Vor 400 Jahren die Reformation, 200 Jahre später, gewissermaßen als Siegel darauf, die Fr[ei]m[aure]rei,"[1042] brachte ein Bruder Ende 1917 eine nicht nur in christlichen Logen gepflegte Deutung des zweifachen Jubiläumsjahres auf eine griffige Formel. Ganz ähnlich eröffnete auch August Horneffer sein im selben Jahr erscheinendes Reclam-Bändchen zur Freimaurerei, nämlich mit der Suggestivfrage, ob Reformation und Freimaurerei nicht vielleicht in einem kulturgeschichtlichen Zusammenhang stünden.[1043] Einen solchen wollte auch August Jänisch sehen, der 1917 einen entsprechenden Aufsatz in den Mitteilungen des VdF unterbrachte. Natürlich zeige sich dieser Zusammenhang nicht in England, sondern erst nach Einzug der Freimaurerei in Deutschland, befand Jänisch und argumentierte auf dieser Grundlage seinerseits für die These, dass die Freimaurerei erst durch „deutsches Gut, deutsche Denkart und deutsche Lebensbetrachtung" – denn all das war seiner Ansicht nach die Reformation – zu dem wurde, was sie heute sei.[1044]

1038 Rudolph, G. A.: „Die Einrichtung der Bauhütte", in: Am Reissbrette 4 (1918), S. 25–30, hier S. 25, zu Reinoldus S. 30.

1039 Wrede, Richard: „Die Beziehungen der ältesten deutschen Logen zu der Londoner Loge 1717", in: Freimaurer-Zeitung 35–40 (1917), S. 124–127, hier S. 127.

1040 Vgl. Kekulé von Stradonitz, Stephan: „Rückblick und Ausblick", in: Herold 43/44 (1917), S. 163–165.

1041 Vgl. z. B. „Aus der Großloge und den Tochterlogen", in: Am rauhen Stein 11 (1917), S. 289 f.

1042 Kroll: „Über die Entstehung der Freimaurerei", in: Freimaurer-Zeitung 41–46 (1917), S. 133–140, hier S. 133.

1043 Horneffer: Freimaurerei (1917), S. 3.

1044 Jänisch, August: „Reformation und Freimaurerei", in: Mitteilungen aus dem VdF (1917/18), S. 1–10, hier S. 2.

Wie dieses Beispiel besonders deutlich zeigt, bedeutete das Einschreiben der Freimaurerei in die Wirkungsgeschichte der Reformation nicht nur eine Ablösung des masonischen Festjahrs 1917 von England. Es verankerte die deutsche Freimaurerei darüber hinaus auch im Deutschtum. Die lange vor 1914 bereits fest etablierte nationalprotestantische Identifikation von Christentum und Deutschtum und das entsprechende Geschichtsbild, welches eine gerade Linie zwischen der Reformation und dem „Heiligen evangelischen Reich deutscher Nation" (Adolf Stoecker) von 1871 sah, feierte während des Weltkriegs fröhliche Urstände, wie sich insbesondere an der Lutherrenaissance zeigte, die den Reformator als Symbolfigur des Deutschtums, als germanischen Helden und Ahnherren des deutschen Volkes inszenierte.[1045]

9.2. Kriegsaufgaben der deutschen Freimaurerei

Die vollständige Identifikation mit dem ‚Geist von 1914' warf auch die Frage auf, welche Aufgaben der Freimaurerei daraus erwüchsen und wie sie die masonisch verklärten deutschen Kriegsanstrengungen unterstützen könne. Schon wenige Tage nach dem deutschen Kriegseintritt versandten die Großlogen Rundschreiben an ihre Tochterlogen, die dazu aufriefen, sich der Maurerpflichten gegenüber dem Vaterland zu erinnern und zum Kriegserfolg beizutragen.[1046] Zahlreiche Initiativen auf allen Ebenen der Freimaurerei waren die Folge.

Etliche Logen wandelten ihre Logenhäuser in Kriegslazarette um, darunter beispielsweise die Große Landesloge, die in ihrem Stammhaus in Berlin rund 120 Krankenbetten und sogar einen Operationssaal beherbergte.[1047] In Berlin setzte sich ein „Freimaurerausschuss für Kriegsgefangene" ein, der als Informationsbüro für die Angehörigen von in Kriegsgefangenschaft geratenen Soldaten fungierte.[1048] Vom Großlogenbund ging 1915 ein Aufruf „zu einem gemeinsamen Werke der Bruderliebe" aus: eine Sammlung zugunsten der gemeinsamen Victoria-Stiftung, zum Aufbau eines zweiten Schwesternhauses für die Witwen und Töchter gefallener Soldaten.[1049] Und ab 1917 befasste sich

---

1045 Vgl. u. a. Greschat: Erste Weltkrieg, S. 11; Holzem: Erster Weltkrieg; Lehmann: Lutherdeutung; Maron: Luther 1917; Müller (Hg.): Die Deutschen und Luther, S. 159–193. Stoecker zit. n. Nipperdey: Religion und Gesellschaft, S. 13.

1046 Vgl. z. B. „An sämtliche Bundeslogen", in: Bundesblatt Sonderausgabe [10. August] (1914), S. 465 f., „Der Krieg und die Grossloge", in: Am rauhen Stein 8 (1914), S. 250 f.

1047 Das Berliner GLL-Lazarett allein umfasste 110 Betten und sogar einen Operationssaal. Etliche Logen aller Obedienzen wirkten in ähnlicher Weise. Vgl. „Das Vereinslazarett im Ordenshause", erschienen im November 1914 in der Zirkelkorrespondenz, nachgedruckt in: Ehrentafel, S. 51 f.

1048 Vgl. „Berliner Freimaurerausschuss für Kriegsgefangene", in: Am rauhen Stein 5 (1915), S. 164–167. Der Ausschuss berichtete in der Folge mehrfach in verschiedenen Freimaurerzeitschriften über seine Tätigkeit.

1049 „Aufruf des Deutschen Grosslogenbundes an alle Brr. Frmr.", in: Am rauhen Stein 10 (1915), S. 316–318, hier S. 316 f. Drei Jahre später fehlten jedoch noch immer zwei Drittel der auf 500.000 Mark veranschlagten Summe, vgl. „An sämtliche Johannislogen des Deutschen Grosslogenbundes", in: Bauhütte 11 (1918), S. 81 f.

der Großlogenbund auf Anregung der Großloge von Frankfurt auch mit der Frage, wie man am sinnvollsten den Kriegsgeschädigten helfen könne.[1050] Im selben Jahr verzeichnete „C. van Dalen's Kalender für Freimaurer" ein freimaurerisches Spendenaufkommen im Wert von beinahe einer halben Million Mark aus 239 Logen.[1051]

Unterdessen warben die Freimaurerzeitschriften für die Kriegsanleihen und reservierten Platz für Berichte von praktischer Unterstützungsarbeit, die zur Anregung und Selbstvergewisserung über den freimaurerischen Beitrag zum ‚Völkerringen' dienten. Besonders gewürdigt wurden in der Logenpresse die Brüder, die dem Ruf des Vaterlands gefolgt und in maurerischer Pflichterfüllung ins Feld gezogen waren. Regelmäßig wurden Feldpostbriefe, Nachrichten aus der Etappe und Meldungen über die Verleihung von Kriegsauszeichnungen an deutsche Brüder abgedruckt.

Deutsche Freimaurer als Kriegsteilnehmer

Verlässliche Angaben über die Zahl freimaurerischer Kriegsteilnehmer existieren nicht, aber schon angesichts der Altersstruktur kann angenommen werden, dass die große Mehrheit der rund 60.000 Brüder vom Kriegsdienst verschont blieb.[1052] Stefan-Ludwig Hoffmann hat für 1906 bei den Leipziger und Breslauer Logen ein Durchschnittsalter von 50 Jahren ermittelt, wobei über die Hälfte der Mitglieder zwischen 40 und 60 Jahre alt war.[1053] Diese Zahlen können über Breslau und Leipzig hinaus und auch für die Zeit des Ersten Weltkriegs als repräsentativ gelten und werden von Aufstellungen zu anderen Logen bestätigt.[1054] 1932 veröffentlichte die Große Landesloge Zahlen zum Kriegseinsatz ihrer Mitglieder, die beispielsweise für die Berliner Johanneslogen während des Weltkriegs ein Durchschnittsalter von 51,3 Jahren ausweisen.[1055]

Derselben Quelle zufolge hatten während des gesamten Kriegs 4.904 Brüder – beinahe ein Drittel – der Großen Landesloge Militärdienst geleistet.[1056] Die Zahlen werfen jedoch Fragen auf, insbesondere wenn sie mit anderen Angaben verglichen werden. „C. van Dalen's Kalender für Freimaurer" für das Jahr 1919 sprach von insgesamt nur

---

1050 Vgl. „Bericht über die Verhandlungen des 42. Deutschen Grosslogentages", in: Bauhütte 27 (1917), S. 209–219, hier S. 213 f.

1051 Vgl. C. van Dalen's Kalender für Freimaurer 1917, S. 247.

1052 Melzer: Konflikt, S. 61 spricht von durchschnittlich einem Prozent Mitgliederrückgang pro Großloge, was sich allerdings kaum in Aussagen über die Kriegsverluste übertragen lässt, da anderweitige Ab- und Zugänge ebenfalls in den Mitgliederrückgang hineinspielten. Dass von den während der Kriegsjahre sterbenden Brüdern nur ein Bruchteil ihr Leben auf den Schlachtfeldern ließen, legen die Totenlisten in den Mitteilungen aus dem VdF nahe. Vgl. z. B. „Totenliste", in: Mitteilungen aus dem VdF (1914/15), S. 54–59, wo von 185 verstorbenen Vereinsmitgliedern nur fünf als Kriegstote gelistet waren.

1053 Vgl. Tabelle 6.1 u. 6.3 in Hoffmann: Geselligkeit, S. 372 f.

1054 Vgl. auch Neuberger: Winkelmaß, S. 67, der für Ende des Weltkrieges in den Logen ein Durchschnittsalter von über 50 Jahren veranschlagt.

1055 Vgl. z. B. Ehrentafel, S. 29 und die Tabelle auf S. 31.

1056 Ebd., S. 29.

8.000 kriegsteilnehmenden deutschen Brüdern, was in etwa 13 Prozent der Gesamtmitgliedschaft entsprach.[1057] Dass deutlich mehr als die Hälfte der deutschfreimaurerischen Kriegsteilnehmer aus nur einer Großloge stammten, scheint wenig wahrscheinlich, selbst wenn man einen überdurchschnittlich hohen Anteil Offiziere in den Reihen der Großen Landesloge in Rechnung stellt.[1058] Sowohl die ungenauen Angaben im „Dalen“ als auch die Zahlen der Großen Landesloge, die 1932 zum Nachweis der eigenen nationalen Zuverlässigkeit veröffentlicht wurden, gemahnen zur Vorsicht. Auf dieser problematischen und löchrigen Quellengrundlage sind zuverlässige Aussagen über den Kriegsdienst deutscher Brüder nicht möglich. Eine gemeinsame Kriegschronik der deutschen Freimaurerei, die womöglich genaueren Aufschluss hätte geben können, kam trotz entsprechender Beschlussfassung des Großlogentags 1915 ebenso wenig zustande wie ein 1916 vom VdF ins Auge gefasstes Sammelwerk über den Krieg und die Freimaurerei.[1059]

Nationalfreimaurerische Außenarbeit

Ein Bereich, der vor dem Hintergrund der nationalfreimaurerischen Einmütigkeit neue Aufmerksamkeit erfuhr, war die Außenarbeit. Abermals fühlte sich hierbei insbesondere der VdF berufen, als Bewahrer und Förderer des deutschfreimaurerischen ‚Geists von 1914‘ zu wirken.

Im April 1915, als die Begeisterungswelle des vorjährigen Sommers längst verflogen und durch die Realität der Kriegsentwicklung eingeholt worden war, unterbreitete Hugo Cahn bei der VdF-Vorstandssitzung in Naumburg an der Saale den Vorschlag, einen „Bund von 1914“ zur Pflege und Bewahrung der geistigen Erneuerung Deutschlands zu gründen.[1060] „Die stark flutenden Quellen der Jahre 1914 und 1915 müssen gefaßt, müssen nach ihrer Triebkraft der Gemeinschaft und der Zukunft nutzbar gemacht werden“, führte Cahn zur Begründung in mehreren Zeitschriften aus.[1061]

Als mahnendes Beispiel dienten den Brüdern die Jahre nach 1813 und nach 1870, als beide Male der hervorgebrochene deutsche Geist den kulturfeindlichen Verlockungen nicht standgehalten habe und die in ihn gesetzten Hoffnungen enttäuscht worden

---

1057 Vgl. C. van Dalen's Kalender für Freimaurer 1919, S. 136. In den vorigen Jahrgängen fehlen entsprechende Angaben. Eine weitere Aufschlüsselung findet nicht statt und es wird keine Quelle für die Zahlen angegeben.

1058 Im Jahr 1900 hatte die GLL 3,9 % Offiziere gezählt und lag damit deutlich über deren Anteil an der Gesamtfreimaurerei (1,7 %). Zu diesen Angaben vgl. Dziergwa: Lessing, S. 40; Peters: Freimaurerei, S. 274.

1059 Vgl. „Bericht über die Verhandlungen des 40. Deutschen Grosslogentages“, in: Bauhütte 24 (1915), S. 185–189, hier S. 188; „Aus der letzten Vorstandssitzung“, in: Zwanglose Mitteilungen aus dem VdF 38 (1916), S. 401–403, hier S. 402.

1060 Vgl. „Aus der letzten Vorstandssitzung“, in: Zwanglose Mitteilungen aus dem VdF 29 (1915), S. 319 f.

1061 Cahn, Hugo: „Die Naumburger Beschlüsse“, in: Zwanglose Mitteilungen aus dem VdF 31 (1915), S. 331–333, hier S. 331.

seien. Damals sei es nicht gelungen, „‚den letzten Feind in ernster Geisterschlacht‘ zu bezwingen“.[1062] Diesmal sollte es anders sein. Nun gelte es, „zu erhalten, was der Krieg an erhebenden Kräften uns gegeben“, beschwor die FREIMAURER-ZEITUNG.[1063]

Auch in den verschiedenen Großlogen wurde das Anliegen offensiv vertreten. Ein 1915 in der ZIRKELKORRESPONDENZ abgedruckter Vortragstext lenkte beispielsweise den Blick auf ein „zweites Ringen“, das dem deutschen Volk nach dem Sieg bevorstünde: „Die anderen Menschen, die wir geworden sind, [...] die müssen bleiben, die dürfen nicht wieder zurückfallen in ihre alten undeutschen Gepflogenheiten.“[1064] Wer aber sollte dabei die Führung übernehmen? Der Text in der ZIRKELKORRESPONDENZ hatte darauf eine klare Antwort: „Niemand kann sich zu ihr berufener fühlen als wir!“[1065]

Nach Hugo Cahns VdF-Vorschlag bedeutete das vor allem, dass das Maurertum aus seiner Zurückgezogenheit heraustreten müsse.[1066] Es gehe darum, die freimaurerische „Erziehungsaufgabe so praktisch wie nur möglich“ zu gestalten.[1067] Das verwies auf die alten Topoi der Reformdiskussionen der Jahrhundertwende, auf Außenarbeit, Volksbildung und Öffnung der Freimaurerei. Bei der Beratung im VdF-Vorstand sah man das ähnlich. Von der Gründung einer neuen Organisation wollte man zwar absehen, aber dafür umso mehr an die Arbeit der Vorkriegsjahre anknüpfen.[1068]

Eine neue Gutachtensammlung sollte weiteren Aufschluss über die zukünftigen Aufgaben der Freimaurerei geben. Sie erschien 1917 und enthielt weitgehend formelhafte Beschwörungen des ‚Geists von 1914‘, der Besinnung auf das Deutschtum und der Eroberung der Welt für den deutschfreimaurerischen Gedanken. Konkrete Vorschläge kamen nur von Diedrich Bischoff und August Horneffer, und auch diese bewegten sich in altvertrauten Bahnen. Bischoff empfahl den Ausbau der publizistischen Arbeit, die Ausrichtung öffentlicher Vortragsabende und die Unterstützung von Volksbildungseinrichtungen.[1069] August Horneffer riet hingegen zu einem Konzept, das er und sein Bruder Ernst bereits vor dem Krieg erfolglos den Großlogen schmackhaft zu machen versucht hatten: an Logen angegliederte öffentliche Vereine mit eigens dafür

---

1062 Schwabe, J. C.: „Der Bund von 1914“, in: Bauhütte 6 (1915), S. 45–47, hier S. 46. Ganz ähnlich äußerte sich schon Bischoff: Deutsche Gesinnung, S. 1. Mit dem „letzten Feind in ernster Geisterschlacht“ zitierte Schwabe den Dichter und Freimaurer Max von Schenkendorf (1783 – 1817), der 1813 an der Völkerschlacht teilgenommen hatte, vgl. „Schenkendorf, Max v.“, in: Internationales Freimaurerlexikon, Sp. 1390.

1063 Welcker, Heinrich: „Die Aufgaben der deutschen Freimaurerei nach dem Kriege“, in: Freimaurer-Zeitung 15/16 (1916), S. 57–59, hier S. 59.

1064 Römer, W.: „Die Wiedergeburt des deutschen Geistes. Vortrag, gehalten am 13. Januar 1915“, in: Zirkelkorrespondenz 15 (1915), S. 441–448, hier S. 447.

1065 Ebd., S. 448.

1066 Vgl. Cahn, Hugo: „Die Naumburger Beschlüsse“, in: Zwanglose Mitteilungen aus dem VdF 31 (1915), S. 331–333, hier S. 331.

1067 Ebd.

1068 Vgl. Schwabe, J. C.: „Von den künftigen Richtlinien der Vereinsarbeit“, in: Latomia 21 (1915), S. 287 f., hier S. 288.

1069 Vgl. VdF (Hg.): Zukunftsaufgaben, S. 11 f.

geschaffenem rituellem Brauchtum, in denen Freimaurer und Profane gemeinsam im Sinne des freimaurerischen Gedankens arbeiten könnten.[1070]

Der VdF orientierte sich bei der Bestimmung seiner zukünftigen Aufgaben weitgehend an Bischoffs Vorschlägen, plante eine Neubearbeitung des vor nicht einmal 20 Jahren erst überarbeiteten „Allgemeinen Handbuchs der Freimaurerei", daneben eine Fortsetzung der „Bibliographie der freimaurerischen Literatur" und die Herausgabe weiterer Aufklärungsschriften.[1071] Ebenfalls in Angriff genommen wurde die Einrichtung einer Deutschen Freimaurerischen Bücherei, analog der 1912 gegründeten Deutschen Bücherei (die spätere Deutsche Nationalbibliothek).[1072]

Auch abseits der Gutachtensammlung wirkten die diskutierten Vorschläge zur Konsolidierung des deutschfreimaurerischen Wesens überwiegend wie eine Wiederholung der aus den Vorkriegsjahren noch erinnerten Reformideen. Insbesondere die weitere Öffnung der Freimaurerei, sei es durch Senkung der Beitrittsschwelle, sei es durch aktives freimaurerisches Wirken in der Öffentlichkeit, stand erneut hoch im Kurs.[1073]

Vorträge vor profanem Publikum über deutsche Freimaurerei und von Logen veranstaltete Kriegsabende mit nichtfreimaurerischen Gästen wurden bald auch wegen des bedenklich zunehmenden Antimasonismus als Notwendigkeit begriffen, hatten aber ihren Ursprung in der aufgewärmten Reformdiskussion.[1074] So veranstaltete etwa die Große Loge von Hamburg 1916 einen öffentlichen Vortrag über den Unterschied zwischen romanischer und deutscher Freimaurerei, gehalten von Bruder Ernst Horneffer, der als populärer Kulturphilosoph ein Name mit Zugkraft in bürgerlichen Kreisen war.[1075] Den vielleicht bedeutendsten Versuch, sich an die profane Welt zu wenden, stellte jedoch die schon seit vielen Jahrzehnten immer wieder geforderte, 1916 endlich

---

1070 Vgl. VdF (Hg): Zukunftsaufgaben, S. 46–51. Vor dem Krieg hatte das Konzept zu kontroversen Diskussionen und einer gemeinsamen Erklärung der drei altpreußischen Großmeister gegen Ernst Horneffer geführt, in denen die preußischen Tochterlogen angewiesen wurden, sich von dessen Bestrebungen fernzuhalten, vgl. „Erklärung der 3 altpreussischen Grossmeister betreffend die Bestrebungen des Brs Ernst Horneffer", in: Bauhütte 28 (1912), S. 222.

1071 Vgl. Schwabe, J. C.: „Jahresbericht 1917 – 18", in: Mitteilungen aus dem VdF (1918/19), S. 152–164, hier S. 158.

1072 Vgl. Seedorf, H.: „Eine Deutsche Freimaurerische Bücherei", in: Zwanglose Mitteilungen aus dem VdF 40 (1916), S. 426 f. sowie den vom VdF ausgegebenen Aufruf zur Gründung, unter „Mitteilungen", in: Am Reissbrette 12 (1916), S. 94. Vgl. auch als Zwischenbericht über das Vorhaben „Deutsche Freimaurerische Bücherei", in: Mitteilungen aus dem VdF (1918/19), S. 147–150.

1073 Vgl. z. B. Brettmann: „Das Logenwesen reformbedürftig!", in: Bauhütte 36, 37, 38 (1915), S. 281–284, 292–295, 300–303; Neumann: „Freimaurerei und Öffentlichkeit", in: Bauhütte 20 (1916), S. 157–159.

1074 Vgl. z. B. Schacht, Hjalmar: „Kriegsabende", in: Freimaurer-Zeitung 38/39 (1914), S. 267 f.; Selter, Paul: „Deutsche Freimaurer-Abende", in: Bauhütte 44 (1915), S. 345 f.

1075 Vgl. „Oeffentlicher Vortrag über Freimaurerei in Hamburg", in: Bauhütte 18 (1916), S. 137–139.

umgesetzte Gründung einer freimaurerischen Zeitschrift für die Öffentlichkeit dar. Auch diese ging nicht unmaßgeblich auf Ernst Horneffer zurück.

In einer Denkschrift hatte er 1915 den Brüdern ans Herz gelegt, die Gelegenheit zur Verbreitung des freimaurerischen Gedankens in der Öffentlichkeit nicht zu verpassen, und stellte dafür gleich das Konzept einer entsprechenden Zeitschrift vor.[1076] Der Vorstand des VdF hatte sich von der Idee angetan gezeigt und seine Hoffnung geäußert, eine solche Zeitschrift könne Brücken zur Außenwelt bauen und die „M[aure]rarbeit den Suchenden bekannt" machen.[1077] Der Unsichtbare Tempel, wie sich die ab Januar 1916 erscheinende Monatsschrift nannte, wurde entsprechend freudig begrüßt und an Bibliotheken und Lesehallen versandt.[1078] Als publizistische Plattform für die Zusammenarbeit von Freimaurern und Nichtfreimaurern schien sie in den ersten Jahren ihres Bestehens durchaus tragfähig und eine positive Wirkung in Form erhöhter Nachfrage nach der Freimaurerei blieb nicht aus.[1079]

Über die nächsten fünf Jahre bildete der Unsichtbare Tempel eine stark von ihren Herausgebern geprägte neoidealistische Kulturzeitschrift, bei der die freimaurerischen Bezüge mehr und mehr in den Hintergrund traten, auch wenn sie nie ganz verschwanden. Nach einem Verlagswechsel erschien sie ab 1921 unter dem Namen Deutscher Pfeiler, kämpfte jedoch spätestens ab diesem Zeitpunkt mit niedrigen Abonnentenzahlen und stellte schließlich im dritten Jahrgang nach Namenswechsel das Erscheinen ein.[1080]

Aber auch abseits des Unsichtbaren Tempels wurde während des Weltkriegs die publizistische Öffentlichkeit gesucht, wie die bereits erwähnten Kriegsschriften Diedrich Bischoffs zeigen. Auch August Horneffer war über den mit seinem Bruder gemeinsam redigierten Unsichtbaren Tempel hinaus für freimaurerische Öffentlichkeitsarbeit tätig. Nachdem er 1915 in einer Schrift den deutschen Kern der hiesigen Freimaurerei gegen die Negativfolie der ausländischen Freimaurereien herausgearbeitet hatte, veröffentlichte er 1917 im Reclam-Verlag eine handliche Einführung in Geschichte und Gedankenwelt des Bundes für ein interessiertes profanes Publikum.[1081] Auch bei diesem Band stand die Betonung des *Deutschen* in der deutschen Freimaurerei im Vordergrund.

Das Anknüpfen an die Reformdiskussionen der Vorkriegsjahre rief jedoch nicht nur freudige Erwartungen und eifrige Mitarbeit hervor. Insbesondere von den Berliner Großlogen, die vor dem Weltkrieg zunehmend eine antagonistische Haltung zur (dem

---

1076 Vgl. Horneffer: Schicksalsstunde.

1077 „Plan einer mrischen Zeitschrift für die Öffentlichkeit", in: Am Reissbrette 10 (1915), S. 81–83, hier S. 81. Vgl. auch Bischoff: Zukunftsberuf, S. 17 f.

1078 Vgl. Schwabe, J. C.: „Jahresbericht 1917 – 18", in: Mitteilungen aus dem VdF (1918/19), S. 152–164, hier S. 162.

1079 Vgl. ebd., S. 163.

1080 Zu den wirtschaftlichen Schwierigkeiten vgl. Eberhardt, Paul: „Betrifft den ‚Deutschen Pfeiler' und möchte gern gelesen sein!", in: Mitteilungen aus dem VdF 4 (1923), S. 99 f.

1081 Vgl. Horneffer: Freimaurerei (1917); ders.: Deutsche und ausländische Freimaurerei.

‚humanitären' Lager zugeschlagenen) Reformbewegung eingenommen hatten, kam Kritik. Ein Beitrag in der ZIRKELKORRESPONDENZ zeigte sich wenig angetan von der „Mode [...], den Büchermarkt mit sogenannten freimaurerischen Aufklärungsschriften zu überschwemmen" und auch das BUNDESBLATT der „Drei Weltkugeln" äußerte Bedenken.[1082]

Dennoch waren die Umstände für masonische Außenarbeit förderlicher als vor dem Krieg. Die Ansichten über die richtigen Wege konnten zwar noch immer auseinandergehen und nach wie vor gab es auch Stimmen wie die Otto Hiebers, der unermüdlich vor einer Profanierung der Freimaurerei warnte.[1083] Die grundsätzliche Ablehnung eines gesellschaftlichen Engagements der Freimaurerei war jedoch in der Identifikation mit den deutschen Kriegsanstrengungen überwunden worden. Selbst die Große Landesloge, die in ihrer Ablehnung organisierter freimaurerischer Außenarbeit am konsequentesten gewesen war und stets darauf gepocht hatte, dass profanes Engagement lediglich die persönliche Aufgabe jedes einzelnen Bruders sei, *nicht* die der Freimaurerei, formulierte im Sommer 1914 auch an ihre Tochterlogen eine deutliche Erwartungshaltung:

> Möge daher ein jeder unsrer Brüder [...] sich mit seiner Person und mit seinen Mitteln in den Dienst des Vaterlandes stellen [...]. Mögen aber auch unsre Logen als solche, soweit es irgend in ihren Kräften steht, durch Hergabe von Räumlichkeiten und Geldmitteln für patriotische Zwecke [...] dem Wohl des Ganzen dienen![1084]

‚Freimaurerisches Mitteleuropa' und deutsche Weltmaurerei

Auch jenseits von Aufrufen an ihre einzelnen Glieder suchten die Großlogen und der Großlogenbund nach einer Rolle in der nationalen Selbstbesinnung der deutschen Freimaurerei. Nach Stilllegung und Abbruch der meisten auswärtigen Beziehungen stellte sich auch auf dem Gebiet der bilateralen und internationalen Beziehungen die Frage nach dem angemessenen Weg vorwärts, zumal die deutsche Weltsendung als freimaurerischer Auftrag verstanden wurde. Wollte man also der ‚imperialistischen' Freimaurerei Englands und der ‚atheistisch-republikanischen' Freimaurerei Frankreichs auf der globalen Bühne etwas entgegensetzen, dann brauchte es neue Allianzen. Da war es naheliegend, engeren Kontakt zu den Kriegsverbündeten zu suchen.

In Österreich bestanden infolge einer ungünstigen Gesetzeslage keine Logen, dafür aber in Ungarn. Die wegen der Anerkennung der Settegastgroßloge zerbrochenen

1082 Dahms, Rudolf: „Freimaurerei und Öffentlichkeit", in: Zirkelkorrespondenz 1 (1916), S. 7–18, hier S. 11; „Zum neuen Jahre", in: Bundesblatt 1 (1918), S. 4–13, hier S. 7.

1083 Vgl. Hieber: Krieg. Teilweise gleichlautend auch mehrere Beiträge Hiebers in der Logenpresse, z. B. ders.: „Die Freimaurerei und der Krieg", in: Mecklenburgisches Logenblatt 12 (1915/16), S. 115–119.

1084 Vgl. „Rundschreiben der Großen Landesloge. Aufruf zur Mithilfe bei der Verteidigung des Vaterlandes. (Nachdruck aus Zirkelkorrespondenz 1914 Seiten 373–375)", in: Ehrentafel, S. 49 f., hier S. 49 [Herv. M. P.].

Beziehungen zwischen der Großloge von Ungarn und den Berliner Großlogen „Drei Weltkugeln“ und Große Landesloge wurden schon 1914 restauriert.[1085] Als nächstes stand die Herbeiführung maurerischer Beziehungen zur türkischen und bulgarischen Freimaurerei an. Wie der Historiker Reinhard Markner in einem Aufsatz dargelegt hat, stand bei dieser Annäherung auch das Auswärtige Amt Pate. 1915 hatte man dort die Idee entwickelt, die deutsch-türkische Waffenbrüderschaft auch durch eine freimaurerische Annäherung abzusichern. Ende September desselben Jahres wurden die Großwürdenträger der altpreußischen Großlogen ins Bild gesetzt, die wiederum bei einem außerordentlichen Treffen der deutschen Großmeister die Einsetzung einer Kommission zur Herbeiführung freimaurerischer Beziehungen mit der Türkei erwirkten.[1086]

Schon einige Jahre zuvor war der türkische Großorient an der Anerkennung des Deutschen Großlogenbundes interessiert gewesen, was jedoch seinerzeit nicht zustande gekommen war.[1087] Nun, unter dem Eindruck des Krieges, bestand von deutscher Seite Interesse. Aber die erschwerten Bedingungen verhinderten ein rasches Voranschreiten. Die Freimaurerzeitschriften berichteten zwar schon im Mai 1916, dass die türkischen Logen ihre Beziehungen zu den freimaurerischen Körperschaften der ‚Entente‘ abgebrochen hätten, aber erst der Kommissionsbericht von 1917 konnte schließlich mitteilen, dass die Angelegenheit nunmehr „im besten Flusse“ sei, wobei sich insbesondere Beziehungen von Hjalmar Schacht und Ernst Jäckh auszahlten.[1088]

Beide waren Mitglieder der Großen Loge von Preußen, hatten 1909 zusammen das Osmanische Reich bereist und saßen im Vorstand der „Deutsch-Türkischen Vereinigung“. Diese war 1914 zunächst zur Förderung wirtschaftlicher Zusammenarbeit und im Kontext einer Orientierung deutscher Außenpolitik nach Kleinasien und in den Nahen Osten gegründet worden. Während des Krieges diente sie jedoch vor allem auch zur Absicherung und Vertiefung des Bündnisses zwischen Deutschem und Osmanischem Reich.[1089] Jäckh galt darüber hinaus als einer der wichtigsten deutschen Türkeikenner, hatte schon seit Jahren einer aktiven Türkeipolitik das Wort geredet und stellte

---

1085 Vgl. „Logenberichte und Vermischtes“, in: Bauhütte 50 (1914), S. 400.

1086 Das außerordentliche Großmeistertreffen und die Einsetzung der Kommission fanden erst im Bericht des nächsten regulären Großlogentags Erwähnung, vgl. „Bericht über die Verhandlungen des 41. Deutschen Grosslogentages“, in: Bauhütte 32 (1916), S. 249–254, hier S. 252. Zur Zusammenarbeit mit dem Auswärtigen Amt vgl. Markner: Vers une franc-maçonnerie.

1087 Vgl. „Bericht über die Verhandlungen des 35. Deutschen Grosslogentages“, in: Bauhütte 25 (1910), S. 193–196, hier S. 196.

1088 „Bericht über die Verhandlungen des 42. Deutschen Grosslogentages“, in: Bauhütte 27 (1917), S. 209–214, hier S. 213. Zum Status von 1916 vgl. „Logenberichte und Vermischtes“, in: Bauhütte 20 (1916), S. 160.

1089 Vgl. Mangold-Will: Begrenzte Freundschaft, S. 247–268; Kloosterhuis: Imperialisten, T. 2, S. 595–657. Zur masonischen Vita Jäckhs und Schachts vgl. auch Peters: Berliner Freimaurer, S. 34 und 56.

während des Weltkriegs seine Expertise für die deutsche Politik der „revolutionären Infektion" (Herfried Münkler) im Nahen Osten zur Verfügung.[1090]

Die Suche nach freimaurerischen Bündnispartnern in Bulgarien hatte sich hingegen schwierig gestaltet. Nach dem Kommissionsbericht von 1917 bestand dort nur eine Loge in der Hauptstadt Sofia, die zudem unter Obedienz der Grande Loge de France arbeitete. Doch günstige Signale der Bulgaren gaben Anlass zu der Annahme, dass ein Bruch mit der französischen Großloge bevorstand.[1091]

Noch im September desselben Jahres ließ sich mit der offiziellen Anerkennung und der Anknüpfung von Beziehungen zum türkischen Großorient ein erster Erfolg verbuchen, dem im Folgejahr die nach Ausscheiden aus dem Verband der Grande Loge de France neu gegründete bulgarische Großloge folgte.[1092] Wenig später übernahm sie die Rituale der „Drei Weltkugeln".[1093]

Neben Schacht und Jäckh hatte sich auch die ungarische Großloge als Scharnier nach Südosteuropa und an den Bosporus betätigt. Im Januar 1917 reiste ein Abgeordneter der ungarischen Großloge nach Berlin, um dort seine Vermittlerdienste anzubieten und darüber hinaus eine nähere Vereinigung der freimaurerischen Mächte des Vierbundes vorzuschlagen. Das ungarische Ziel war eigentlich, über freimaurerische Kontakte die Möglichkeiten für einen schnellen Friedensschluss mit der ‚Entente' zu sondieren.[1094] Davon wollte man in Berlin jedoch nichts hören.

Die seit 1916 trotz Burgfriedens in der deutschen Gesellschaft immer öffentlicher geführte Auseinandersetzung zwischen Befürwortern eines Sieg- und jenen eines Verständigungsfriedens wurde offiziell vor der Logentür gehalten. Tatsächlich fanden aber mitunter unverblümte Bekenntnisse zum Siegfrieden Platz in Großlogenblättern. So schrieb beispielsweise ein Bruder 1917 im Bundesblatt der „Drei Weltkugeln": „Was aber nie und nimmer berechtigt ist, das ist der gedankenlose Wunsch: Nur Frieden!"[1095] Was dem Vaterland zu wünschen sei, sei eben „[k]eineswegs nur Frieden! Nicht der klägliche Allfried, sondern der strahlende Siegfried ist der Held der Deutschen!"[1096]

1090 Vgl. Münkler: Der Große Krieg, S. 545–562; Kröger: Revolution; Loth, Wilfried/Hanisch, Marc (Hg.): Erster Weltkrieg und Dschihad. Die Deutschen und die Revolutionierung des Orients, München 2014. Zu Jäckhs politischer Rolle bei der deutschen ‚Orientpolitik' während des Ersten Weltkrieges vgl. auch Schwanitz: Djihadisierung, S. 24 et passim.

1091 Vgl. „Bericht über die Verhandlungen des 42. Deutschen Grosslogentages", in: Bauhütte 27 (1917), S. 209–214, hier S. 213.

1092 Vgl. „Logenberichte und Vermischtes", in: Bauhütte 38 (1917), S. 304, „Logenberichte und Vermischtes", in: Bauhütte 10 (1918), S. 79 und „Logenberichte und Vermischtes", in: Bauhütte 20 (1918), S. 160.

1093 Vgl. „Logenberichte und Vermischtes", in: Bauhütte 31 (1918), S. 248.

1094 Vgl. den Rückblick in Wolfgang, Leopold: „Der engere Anschluss der freimaurerischen Mächte des Vierbundes", in: Bauhütte 29 (1918), S. 225 f., hier S. 225.

1095 Roeper: „Der rechte Frieden", in: Bundesblatt 16 (1917), S. 453–461, hier S. 454 [Herv. i. O.].

1096 Ebd., S. 461.

Fehlte es somit der ungarischen Idee einer freimaurerischen Friedensdiplomatie in Deutschland auch an einer tragfähigen Grundlage, so zeigte man sich hier umso interessierter an der Vorstellung eines engeren Zusammenschlusses der Großlogen des Vierbundes. Auf Einladung des deutschen Großlogenbundes fanden sich so vom 19. bis 22. Juli 1918 Vertreter der deutschen, ungarischen, bulgarischen und türkischen Großlogen in Berlin zu einer Konferenz ein.[1097]

Deutlich nahmen dort die altpreußischen Großmeister das Zepter in die Hand. Am ersten Tag der Zusammenkunft präsentierten sie stolz ihre ‚deutschen' Lehrarten, führten ihre Rituale vor und erläuterten deren Besonderheiten.[1098] Es blieb dem Großmeister der Großen Loge von Hamburg und der freimaurerischen Presse vorbehalten, sich angesäuert darüber zu äußern, dass die Kongressleitung nicht daran gedacht hatte, den humanitären Großlogen die gleichen Möglichkeiten einzuräumen. Die „Einseitigkeit des den Teilnehmern gebotenen Bildes über die Lehrarten in der deutschen Freimaurerei wäre hierdurch vermieden worden", lamentierte die Bauhütte.[1099]

Das Herzstück der Berliner Konferenz war jedoch eine gemeinsam erarbeitete Resolution, die zusammen mit einer Huldigungsadresse an den deutschen Kaiser, den ungarischen König, den türkischen Sultan und den bulgarischen Zaren gesandt wurde. Darin bekräftigten die Teilnehmer der Berliner Konferenz, was als spezifisch *eigenes* Verständnis der Freimaurerei reklamiert wurde: die Aufgabe der Veredelung und sittlichen Vervollkommnung der Mitglieder.[1100] Verbunden mit der Betonung, sich wie stets, so auch im Krieg von jeglicher Politik fernzuhalten, wurde die Resolution zu einer impliziten Spitze gegen die Freimaurerei(en) der Kriegsgegner. „Brothering" und „Othering" gingen auch 1918 in Berlin wieder Hand in Hand, auch wenn sich die Verbündeten und die ‚Anderen' (nicht so sehr jedoch die Art, wie sie als ‚anders' konstruiert wurden) geändert hatten.[1101]

Eine Audienz beim Protektor Friedrich Leopold von Preußen auf dem Jagdschloss in Klein-Glienicke rundete das großmeisterliche Zusammentreffen 1918 ab. Eine Folgekonferenz wurde für das kommende Jahr in Budapest angesetzt, fand jedoch aufgrund des Kriegsausgangs nie statt.[1102]

Wie Joachim Berger hervorhebt, war freimaurerischer Internationalismus stets auch „durch einen Widerstreit von Weltordnungskonzepten geprägt".[1103] Da diese jedoch größtenteils nicht „programmatisch ausgeführt wurden, sondern in der Regel aus der

1097 Vgl. den Bericht „Der Freimaurerkongress des Vierbundes", in: Bauhütte 32 (1918), S. 249–251.

1098 Vgl. „Der Freimaurerkongress des Vierbundes", in: Bauhütte 32 (1918), S. 249–251, hier S. 249 f.

1099 Ebd., S. 250. Dort auch zitiert das noch am Kongress geäußerte Bedauern des GLvH-Großmeisters.

1100 Vgl. „Der Freimaurerkongress des Vierbundes", in: Bauhütte 32 (1918), S. 249–251.

1101 Vgl. Kap. 8.4.

1102 Vgl. „Der Freimaurerkongress des Vierbundes", in: Bauhütte 32 (1918), S. 249–251, hier S. 250 f.

1103 Berger: Internationalismus, S. 584.

Praxis heraus zu erschließen sind",[1104] der freimaurerische Vierbund sich in Folge des Kriegsendes aber über die Berliner Konferenz hinaus nicht entwickelte, sind nur in sehr begrenztem Maße Aussagen über das von ihm verfolgte Konzept einer Neuordnung der Weltfreimaurerei möglich.

Dass der Vierbund in den Augen der deutschen Freimaurerei ein Schritt hin zu einer beanspruchten freimaurerischen Weltgeltung sein sollte, kann indes als sicher angenommen werden, insbesondere wenn man sich das – wohl nur wegen der weiteren Entwicklungen des Jahres 1918 so verhalten ausfallende – publizistische Echo ansieht. Johann Conrad Schwabe etwa rührte in seiner programmatisch betitelten Schrift „Die Neugestaltung der Weltmaurerei durch den Weltkrieg" kräftig die Werbetrommel für eine aktive globale Führungsrolle. Er bezeichnete es als verhängnisvollen Fehler, „wenn die deutsche Freimaurerei den Einfluß auf die Weltmaurerei, der ihr von Rechts wegen zukommt, preisgeben wollte", wodurch nach dem Krieg die Weltmaurerei nur wieder „zum Spielball vorwiegend romanischer und englischer Einflüsse" würde.[1105] In ähnlicher Weise äußerte Otto Kuntzemüller die Hoffnung, dass mit der Berliner Konferenz der „Anfang einer Erweiterung des Deutschen Großlogenbundes zu einem Mitteleuropäischen Großlogenbunde" gemacht sei.[1106] Die Resolution des Berliner Kongresses von 1918 hatte sich folgerichtig auch an die „Brüder anderer Völker" gewandt, die zur Mitarbeit eingeladen wurden, „*wenn sie sich zu den gleichen Grundsätzen bekennen*" – in anderen Worten: wenn sie sich dem Führungsanspruch des Vierbundes unterzuordnen bereit waren.[1107] Angeknüpft wurde also auch an eine geo- und kulturpolitische Tradition deutscher Mitteleuropakonzepte, die schon seit Jahrzehnten stets mit Vorstellungen deutscher Hegemonie verbunden waren und während des Krieges auch die profane Kriegszieldiskussion unterfütterten.[1108]

Der freimaurerische Vierbund kann letztlich als Versuch verstanden werden, die schon vor dem Krieg als unvollständig angesehene, nun aber durch die Allianz von England und Frankreich schlechterdings unzumutbar gewordene bipolare weltmaurerische Ordnung aufzubrechen. Die Berliner Konferenz war demnach der versuchte Eintritt eines ‚deutschen' Lagers in die freimaurerische ‚Weltpolitik'. Dass man diesen Eintritt anstrebte, entsprach auch der im Krieg vollends zum Durchbruch gekommenen Selbstidentifikation der deutschen Freimaurerei mit der deutschen Sendung in der Welt. Wie Schwabe in seiner bereits erwähnten Schrift erklärte: die Weltmaurerei aus der Umklammerung der Feindstaaten zu befreien, sei nichts weniger als „eine Menschheitsfrage."[1109]

1104 Berger: Internationalismus, S. 584.
1105 Schwabe: Neugestaltung, S. 6 f.
1106 Kuntzemüller: Freimaurerisches Mitteleuropa, S. 10.
1107 „Der Freimaurerkongress des Vierbundes", in: Bauhütte 32 (1918), S. 249–251, hier S. 250 [Herv. M. P.].
1108 Vgl. Mommsen: Weltkrieg, S. 94–117.
1109 Schwabe: Neugestaltung, S. 41.

In die gleiche Richtung zielte auch die in den letzten Kriegsjahren verstärkt erhobene Forderung nach „planmäßige[r] Gründung und Unterstützung von deutschen Auslandslogen".[1110] Die Logenpresse imaginierte sie als „Pflegestätten deutschen Geisteslebens und deutscher Interessen" in der ganzen Welt.[1111] Die offenkundige Nähe zu genau jener imperialistischen Logenpolitik, die man vor allem England vorwarf, wurde dabei mitunter umgedreht und in eine weitere antienglische Spitze verwandelt. So hieß es etwa in Am Reissbrette, dass die Auslandslogen „freilich nicht im Dienste plutokratischer Zwecke" stünden, sondern rein „in der Verbreitung deutschen Denkens und Fühlens ihre Aufgabe sehen."[1112]

Auslandslogen stellten somit das freimaurerische Pendant zum „Auslandsdeutschtum" des nationalistischen und imperialistischen Diskurses der Jahrhundertwende dar. Wie dieses als natürlicher Träger einer auswärtigen Kulturpolitik im Dienste deutschen Wesens gesehen wurde, für die der Historiker Jürgen Kloosterhuis die in Anführungszeichen gesetzte Bezeichnung „friedlicher Imperialismus" geprägt hat, wurden jene als Leuchttürme, Vorposten und Missionsstationen deutschfreimaurerischen Wesens in der Welt verstanden.[1113]

9.3. Nationalfreimaurerische Einheit

Angesichts der großen Aufgaben und der nationalen Gemeinschaftsideologie stellte sich während des Krieges auch die alte Frage nach der freimaurerischen Einheit neu. Das scheinbar alle Deutschen einende August- und Kriegserlebnis inspirierte die Brüder und ließ Hoffnungen wach werden. Beliebt war der Verweis auf die Worte Wilhelms II. von 1914, er kenne keine Parteien mehr, nur noch Deutsche. „Das Wort muß den deutschen M[aure]rn auch eine Mahnung sein [...]. ‚Wir kennen keine Großlogen verschiedenen Systems mehr, wir kennen nur noch eine Deutsche Großloge' ", beschwor unter anderem August Peters den ‚maurerischen Burgfrieden'.[1114]

1110 Schäfer, Adolf: „Zukunftsaufgaben der deutschen Freimaurerei", in: Am rauhen Stein 1 (1917), S. 20–31, hier S. 24.

1111 „Zum neuen Jahre", in: Bundesblatt 1 (1918), S. 4–13, hier S. 13.

1112 „Mitteilungen", in: Am Reissbrette 2 (1918), S. 14 f., hier S. 15.

1113 Vgl. hierzu Kloosterhuis: Imperialisten, T. 2 sowie das Kapitel zu „Auslandsdeutschtum" um 1900 in Barbarian: Kulturpolitik, S. 55–66. Zu den deutschen Auslandslogen vgl. auch Niemeyer: Orient.

1114 Peters, August: „Vom Worthalten im allgemeinen und in der Freimaurerei", in: Freimaurer-Zeitung 13/14 (1916), S. 49–54, hier S. 53. Auch die Rede vom ‚maurerischen Burgfrieden' entstammt den Quellen und lehnte sich an die Wortwahl der profanen Kriegspolitik an, vgl. z. B. Neumann, Otto Philipp: „Maurerischer Burgfriede", in: Bauhütte 42 (1915), S. 332 f. Wie das profane Pendant verwies es jedoch bereits auf die wiederaufbrechenden internen Konflikte. Der Burgfriedensappell hatte meist appellatorischen Charakter, vgl. dazu Bremm: Propaganda, S. 149.

Feldlogen als Labore der Einheit

Eine Erscheinung des Krieges, die innerhalb kürzester Zeit zum Hoffnungsträger der einheitshungrigen deutschen Brüder aufstieg, waren die Militär- beziehungsweise Feldlogen. Solche für die Zeit des Krieges von Brüdern in der Etappe gegründeten Logen hatten 1914 bereits eine lange Tradition, die in Deutschland bis in den Siebenjährigen Krieg (1756 – 1763) zurückreichte.[1115]

Die erste deutsche Feldloge des Weltkriegs entstand im Januar 1915 im belgischen Lüttich/Liège, gefolgt von weiteren Gründungen, so dass es Ende des Jahres bereits vier Militärlogen gab und eine weitere ihrer rituellen Einweihung harrte. Die ersten Gründungen erfolgten vor allem an der Westfront, doch in den folgenden Jahren überholten die Brüder im Osten, so dass schließlich von den insgesamt sechzehn während des Krieges entstehenden Feldlogen und -kränzchen neun im Osten, sechs im Westen und eine auf der deutschen Nordseeinsel Sylt angesiedelt waren.[1116] Ein Spezialfall – nicht Teil der vorherigen Aufzählung – war die Loge „In Ketten zum Licht!", die sich am 28. Januar 1918 im französischen Internierungslager auf der südlich von Brest gelegenen Île Longue aus Kriegsgefangenen verschiedener Länder, darunter auch Deutsche, bildete.[1117] Die letzte deutsche Feldloge des Weltkriegs wurde am 15. September 1918 im litauischen Białystok gegründet, keine zwei Monate vor dem Waffenstillstand von Compiègne, der die Tötungsmaschinerie nach über vier Jahren und zig Millionen Opfern zum Stillstand brachte.[1118] Die „Deutsche Säule in Litauen", wie die Białystoker Loge hieß, löste sich am 26. November wieder auf.[1119] Wie ihr ging es den meisten Feldlogen, sofern sie nicht schon zuvor aus anderen Gründen die Arbeiten hatten einstellen müssen. Mitunter zogen sich die Auflösungen bis ins Jahr 1919 hin. Einige der Feldlogen wandelten sich in der Heimat in reguläre Logen um oder es bildeten sich freimaurerische Vereinigungen aus den ehemaligen Feldlogenbrüdern.[1120]

Die Freimaurerzeitschriften widmeten sich während des Krieges mit großem Interesse den Feldlogen. Sie nahmen Meldungen von den soldatischen Gründungen begierig

---

1115 Vgl. „Militärlogen", in: Allgemeines Handbuch (3. Aufl.), Bd. 2 (1901), S. 41 f. und Knak: Führer, S. 84—86.

1116 Für eine vollständige Aufzählung vgl. Schulze, E.: „Feldlogen", in: Mecklenburgisches Logenblatt 1/2 (1922/23), S. 10—13, hier S. 11. Unvollständig und teilweise fehlerhaft hingegen die Listen bei Knak: Führer, S. 85 f.; „Feldlogen, Deutsche, im Weltkrieg", in: Internationales Freimaurerlexikon, Sp. 465. Zu den Feldlogen vgl. auch Runkel: Geschichte, Bd. 3, S. 135—156, wobei auch seine Aufzählung unvollständig ist.

1117 Das 3WK-Mitglied Titus Taeschner legte 1921 im Verlag des VdF einen persönlichen Bericht seiner Zeit auf der Île Longue vor, in dem er die Entwicklung dieser Kriegsgefangenenloge schilderte, vgl. Taeschner: Feldloge.

1118 Vgl. „Logenberichte und Vermischtes", in: Bauhütte 48 (1918), S. 383 und Runkel: Geschichte, Bd. 3, S. 153.

1119 Vgl. Runkel: Geschichte, Bd. 3, S. 153.

1120 Vgl. z. B. die entsprechenden Meldungen unter „Logenberichte und Vermischtes", in: Bauhütte 8, 23, 30 (1919), S. 63, 183 u. 239.

auf und richteten teilweise eigene Rubriken hierfür ein. Aber auch der Großlogenbund verfolgte die Feldlogen aufmerksam. Beim Großlogentag im Mai 1915 einigten sich die versammelten Großmeister auf Bestimmungen zur Gründung von Feldlogen, die sich in der Regel aus Brüdern verschiedener Obedienzen zusammensetzten.[1121]

Gleich in mehrfacher Hinsicht hatten Feldlogen für die deutschen Freimaurer einen großen, sowohl symbolischen als auch praktischen Wert. Den ins Feld gezogenen Brüdern waren sie ein Stück gewohnte Umgebung, seelische Erbauung und Normalität in der Zeit an der Front. Für die zu Hause gebliebenen waren sie wiederum greifbarer Ausdruck der Identifikation mit den Kriegsanstrengungen und der masonischen Deutschtumsmetaphysik. Die feierliche Gründung der Feldloge „Wilna zum flammenden Schwert“ am 13. Mai 1916 wurde in der Freimaurerpresse beispielsweise als „Akt der Verpflanzung kraftvollen Deutschtums in den verdunkelten Osten“ gefeiert.[1122] Dass sich durch die Feldlogen außerdem eine weitere masonische Traditionslinie zu den ‚Befreiungskriegen‘ ziehen ließ, in denen es ebenfalls bereits Feldlogen gegeben hatte, unterstrich diese Identifikation zusätzlich.

Wichtiger als all das war jedoch die in den Feldlogen erblickte, somit durch den Krieg verwirklichte, freimaurerische Einheit. In ihnen schienen sich der Systemstreit und all die Uneinigkeit der vergangenen Jahre aufzulösen. „Die Feldloge [...] steht weit über all den kleinlichen Zünfteleien und Meinungsverschiedenheiten“, hieß es in einer Erklärung der Feldloge „Zum aufgehenden Licht an der Somme“.[1123] Brüder aus allen deutschen Obedienzen kamen hier zusammen, nicht als Angehörige dieses oder jenes Systems, sondern als deutsche Freimaurer. Wenn dabei das Verbindende nicht in einer Verschmelzung der Systeme oder Selbstverständnisse gesucht wurde, sondern „in der durch den Krieg geoffenbarten gemeinsamen Gesinnung“,[1124] dann war das auf einer Linie mit gleichlautenden Beschwörungen in der Heimat. Schon seit 1914 wurde dort in maurerischen Blättern gepredigt: „Auch die schärfsten Gegensätze werden ihren Ausgleich und ihre Begrenzung finden vor der Grösse des vaterländischen Gedankens“.[1125]

Die Feldlogen wurden so zu Laboratorien der nationalfreimaurerischen Einheit und zu regelrechten Sehnsuchtsorten der heimischen Brüder – zu ‚Heterotopien‘, in denen sich durch den Krieg verwirklicht hatte, was zu Hause im Frieden stets gescheitert war.[1126] Dieser Feldlogenmythos formte sowohl die Berichterstattung als auch das

---

1121 Vgl. „Bericht über die Verhandlungen des 40. Deutschen Grosslogentages“, in: Bauhütte 24 (1915), S. 185–189, hier S. 189.

1122 „Feldlogen“, in: Freimaurer-Zeitung 37/38 (1916), S. 150.

1123 „Erklärung“, in: Freimaurer-Zeitung 47/48 (1915), S. 187 f., hier S. 187.

1124 „Aus Feldlogen“, in: Freimaurer-Zeitung 17/18 (1916), S. 69.

1125 Knippenberg, Erich: „Ueber den Krieg“, in: Bauhütte 42 (1914), S. 329–332, hier S. 331.

1126 ‚Heterotopie‘ ist ein von Michel Foucault entwickeltes Konzept, das z. B. von Kevin Hetherington auch Anwendung auf die Freimaurerei gefunden hat. Hetherington definiert Heterotopien als „spaces of alternate ordering. Heterotopia organize a bit of the social world in a way different to that which surrounds them. That alternate ordering [...] allows them to be seen as an example of an alternative way of doing things.“ Vgl. Hetherington: Badlands, S. viii.

Selbstbild der militärischen Gründungen. Der Wahlspruch der Feldloge „Stern von Brabant" in Brüssel lautete nicht ohne Grund „Nach den Feldlogen die deutsche Einheitsmaurerei",[1127] und Felix Witt-Hoë („Drei Weltkugeln", später Große Landesloge), Angehöriger der Feldloge „Zum aufgehenden Licht an der Somme" im französischen Saint-Quentin, kündigte 1917 in einer Schrift über den deutschen Einheitsgeist der Feldlogen an: „Ein Strom dieses Geistes aus dem Felde [...] wird durch die Brüder der Feldlogen in die Heimatlogen strömen."[1128]

Witt-Hoës Feldloge war die wohl eifrigste, was die Pflege des Kontakts mit der Heimat und die Propagierung des Feldlogenmythos anging. Während der ersten beiden Kriegsjahre war dabei ihr Meister vom Stuhl Wilhelm Ohr die wichtigste Stimme. Am 23. September 1877 in Wien geboren, hatte Ohr sich nach Studium und Promotion in Halle, Berlin und Leipzig 1904 in Tübingen mit einer Arbeit über die Kaiserkrönung Karls des Großen habilitiert.[1129] Er hatte in dieser Zeit auch Anschluss an jungliberale Kreise gefunden und gehörte zu den Gründern des „Nationalvereins für das liberale Deutschland", als dessen Generalsekretär er ab 1907 fungierte.[1130] 1913 wurde er in München in die Loge „Zum aufgehenden Licht an der Isar" (Großloge von Frankfurt) aufgenommen, wobei Ernst Horneffer sein Bürge war.[1131] 1913 verschlug es ihn als Privatdozenten an die Frankfurter Universität. Trotz Mitgliedschaft im Friedensverein und Beteiligung an der Vorbereitung der Frankfurter Manifestation für den Frieden meldete sich der Offizier der Reserve Ohr bei Ausbruch des Weltkrieges pflichtbewusst zum Militärdienst und gelangte so an die Westfront, wo er schließlich mit Felix Witt-Hoë und weiteren Brüdern zusammentraf und am 14. März 1915 die Feldloge „Zum aufgehenden Licht an der Somme" gründete.[1132]

In etlichen Beiträgen, die er von Frankreich aus für die heimischen Freimaurerzeitschriften verfasste, propagierte er den ‚Geist der Feldlogen' als Zukunftsideal für die deutsche Freimaurerei. „Die wunderbare Einheit, die uns hier verbindet, kann nach dem Kriege nicht ganz ohne Wirkung bleiben. Wir hoffen, daß von den Feldlogen her eine neue Einheitsbewegung die deutsche Maurerwelt erfassen wird",[1133] ließ er die Brüder in der Heimat 1915 wissen.

1127 Appel: Feldloge, S. 35.
1128 Witt-Hoë: Feldlogen, S. 6.
1129 Zur akademischen Vita Ohrs vgl. Hammerstein: Seminar, S. 21 f. Für weitere biographische Angaben vgl. „Ohr, Wilhelm", in: Internationales Freimaurerlexikon, Sp. 1146; den Nachruf „Br Wilhelm Ohr †", in: Zwanglose Mitteilungen aus dem VdF 39 (1916), S. 409–413; Wilhelm Ohr zum Gedächtnis, Gotha 1918. Darüber hinaus die nachfolgenden Anmerkungen.
1130 Vgl. Link: Nationalverein, S. 425 f.; Langewiesche: Liberalismus, S. 148.
1131 Vgl. den Nachruf auf Wilhelm Ohr aus der Feder August Horneffers in Ohr: Feldlogenarbeit, S. 71–78, hier S. 71. Im gleichen Jahr trat Ohr auch bereits in den VdF ein, vgl. Peschel (Hg.): Verzeichnis, S. 48.
1132 Zur Gründung vgl. „Logenberichte und Vermischtes", in: Bauhütte 13 (1915), S. 104. Zu Ohrs Mitgliedschaft im Friedensverein und seiner Mitarbeit an der Frankfurter Manifestation vgl. Ohr: Französischer Geist, S. X.
1133 Ohr, Wilhelm: „Der Geist der Feldloge", in: Latomia 17 (1915), S. 228–232, hier S. 231.

Im Hauptwerk seines kurzen aber intensiven freimaurerischen Schaffens befasste sich Wilhelm Ohr 1916 mit dem ‚französischen Geist' in der französischen Freimaurerei. Im Zuge seiner Untersuchung formulierte er – gewissermaßen als Gegenstück zu seinem Untersuchungsgegenstand – auch Betrachtungen über den in der deutschen Freimaurerei verwirklichten ‚deutschen Geist'. Dieser zeichne sich vor allem durch ein inneres Ringen um den idealistischen Kern der Dinge aus, der nicht in ein starres Korsett zwängbar sei.[1134] Dementsprechend sei gerade die Zerklüftung des deutschen Großlogenwesen ein Ausdruck dessen, was die deutsche Freimaurerei eigentlich vereine, die alte Hoffnung auf äußerliche Gleichförmigkeit der Institutionen und Rituale hingegen ein falsches Einheitsideal.[1135] Erst der Krieg habe der deutschen Freimaurerei diese Wahrheit vor Augen geführt, habe ihr das „Erlebnis der inneren Einheit" gebracht, „einer Einheit in sich selbst und einer Einheit mit dem deutschen Geiste", wie sie am reinsten in den Feldlogen verwirklicht sei, die das falsche Einheitsideal hinter sich gelassen hätten.[1136]

Von tiefergehender Bedeutung war es entsprechend dieser Konzeption deutschfreimaurerischer Einheit auch, dass sich Ohrs Feldloge kein Korsett aus Statuten, sondern einen „Grundriss" und „Bauplan" gegeben hatte. Dieser umfasste zwar auch grundlegende Bestimmungen über den organisatorischen Aufbau, aber demgegenüber traten „Arbeitsziele" in den Vordergrund.[1137] „[A]uch im Frieden an dem weiter zu arbeiten, was uns im Kriege durch Not und Dürftigkeit hindurch in Treue maurerisch vereinigt hat",[1138] lautete die explizite Selbstverpflichtung der Brüder der Feldloge „Zum aufgehenden Licht an der Somme". Noch deutlicher betonte Felix Witt-Hoë in seiner bereits zitierten Schrift über den ‚Feldlogengeist' diesen Auftrag an die Feldlogenbrüder (und alle die sich mit ihnen identifizierten) und rief regelrecht zum innerfreimaurerischen Kampf gegen das Systemwesen, den Parteigeist und die „hierarchischen Gewalten in der Heimat" auf.[1139]

Der ‚Feldlogengeist' war somit in erster Linie ein neuer Einheitsgeist, der das masonische Pendant des profanen Schützengrabengeistes darstellte, in dem das Selbsterleben der Soldaten als Schicksalsgemeinschaft mit dem verklärten ‚Geist von 1914' zusammenfiel und die Vorstellung der Volksgemeinschaft prägte. Die Einheitsmöglichkeit der Freimaurerei lag demnach also nicht mehr in ihren Institutionen und Selbstverständnissen, sondern im Geistigen und Nationalen.

Wilhelm Ohr fiel noch im Erscheinungsjahr seiner Hauptschrift am 23. Juli 1916 an der Somme, zwei Monate vor seinem 39. Geburtstag, wodurch er zum „Blutzeugen"

1134 Vgl. Ohr: Französischer Geist, S. 190.

1135 Vgl. ebd., S. 186 f.

1136 Ebd., S. 192. Ähnlich auch in „Erklärung [der Feldloge ‚Zum aufgehenden Licht an der Somme']", in: Freimaurer-Zeitung 47/48 (1915), S. 187 f., hier S. 187.

1137 Ohr, Wilhelm: „Grundriss und Bauplan der deutschen Feldloge zu St. Quentin", in: Bauhütte 29 (1915), S. 229 f., hier S. 229.

1138 Ebd., S. 230.

1139 Witt-Hoë: Feldlogen, S. 13.

dieses neu entdeckten „deutschen Maurergeistes" wurde, wie August Horneffer pathetisch in einem Nachruf schrieb.[1140] Der ‚Feldlogengeist' aber wirkte – maßgeblich befördert durch Ohrs Schaffen, das durch seinen ‚Heldentod' erst die höheren Weihen erfuhr – umso intensiver in die Freimaurerei zurück und inspirierte die Brüder an der ‚Heimatfront'. „Stehen wir in den deutschen Logen so fest zusammen, wie unsre Feldgrauen im Kriege, dann werden wir das erreichen, was dringend nötig ist, einen festeren Zusammenschluß der deutschen Maurerei", gab Alphonse Levy dieser Inspiration Ausdruck.[1141]

Der Großlogenbund und die Nationalgroßloge

Die Verlegung der nationalfreimaurerischen Einheit in das Reich des Geistes und der Gesinnung war auch eine Reaktion auf die Unzulänglichkeit der bestehenden gemeinsamen Institutionen und das Scheitern aller bisherigen Versuche, diese weiter auszubauen. In den ersten Monaten nach Kriegsbeginn hatte sich erneut Unmut über den Großlogenbund breit gemacht, da dieser vor allem durch Zurückhaltung und Passivität auffiel. Richard Wrede etwa machte seinem Ärger im November 1914 in der Freimaurer-Zeitung Luft: Würde der Großlogenbund auch nun wieder versagen, dann beweise er damit nicht nur seine Überflüssigkeit, sondern seine Schädlichkeit.[1142]

Tatsächlich war der Bund 1914 vor allem ein Opfer schlechten Timings. Traditionell hatte der Großlogentag zu Pfingsten stattgefunden, also nur wenige Wochen vor Kriegsausbruch. Ein außerordentliches Treffen der Großmeister kam erst im Januar 1915 zustande, bei dem dann nicht viel mehr zu tun blieb, als von jeder weiteren Zusammenarbeit mit der Weltgeschäftsstelle abzuraten und das von den Mitgliedsgroßlogen bereits erklärte Ruhen der Auslandsverbindungen zur gemeinsamen Bundesposition zu erheben.[1143]

Die Unwägbarkeiten des Sommers 1914 waren jedoch nicht der einzige Stolperstein für den Großlogenbund. Die implizite Erwartung, er möge sich angesichts der jüngsten Entwicklungen jetzt endlich als eine handlungsfähige Institution der geeinten deutschen Freimaurerei erweisen, war von Beginn an unerfüllbar gewesen. Wagenburgmentalität und masonischer Burgfrieden waren noch keine Lösung all der Probleme, die sich diesem Wunsch stets in den Weg gestellt hatten. Das war den meisten Brüdern nach den Auseinandersetzungen der Vorjahre nur zu bewusst.

Als Otto Philipp Neumann 1915 in der Latomia laut über die Möglichkeiten einer deutschen Nationalgroßloge nachdachte, erfuhr er deutliche Widerworte.[1144] Die Sache

---

1140 Horneffers Nachruf in Ohr: Feldlogenarbeit, S. 71–78, hier S. 71.

1141 Levy, Alphonse: „Was kann der Weltkrieg der Maurerei bringen?", in: Freimaurer-Zeitung 23/24, 25/26 (1915), S. 90–92, 97–100, hier S. 100.

1142 Vgl. Wrede, R[ichard]: „Die Freimaurerei und der Weltkrieg", in: Freimaurer-Zeitung 44/45 (1914), S. 289–291, hier S. 291.

1143 Vgl. den knappen Bericht zur Versammlung des Großlogenbundes in Eisenach am 10.01.1915 unter „Vermischtes", in: Freimaurer-Zeitung 15/16 (1915), S. 61 f.

1144 Vgl. Neumann, Otto Philipp: „Der Verein deutscher Freimaurer und die Deutsche Nationalgroßloge", in: Latomia 8 (1915), S. 105–109.

sei eine zu gefährliche Streitfrage für so angespannte Zeiten und überhaupt sei doch die Einheit in der Gesinnung viel wichtiger als eine institutionelle Einigung, wurde ihm in mehreren Repliken entgegengehalten.[1145] Vorsichtiger Zuspruch kam einzig von Heinrich Wanner dem Älteren, der in der aktuellen Stimmung die letzte Gelegenheit für die Sache einer gemeinsamen Großloge zu erblicken glaubte.[1146]

Ein weiteres Aufflackern erfuhr die Idee der Nationalgroßloge 1917. Als Zeichen vaterländischer Verbundenheit erlangte der Ordensmeister der Großen Landesloge und Protektor der altpreußischen Freimaurerei Friedrich Leopold von Preußen in diesem Jahr die Ehrenmitgliedschaft all jener Großlogen, die sie ihm nicht bereits gewährt hatten und wurde dadurch kurzzeitig zu einer Symbolfigur nationalfreimaurerischer Einmütigkeit. Hoffnungen darauf, nunmehr auch wirklich die Zusammenfassung der Großlogen zu erreichen, schlossen sich vereinzelt in der Freimaurerpresse an, wo Friedrich Leopold sogar als Protektor der deutschen statt nur der preußischen Logen gehandelt wurde.[1147]

Spätestens mit einer schriftlichen Kundgebung des Hohenzollern entpuppte sich diese Hoffnung jedoch als auf Sand gebaut. Friedrich Leopold bedankte sich darin für das Vertrauen und erklärte, wie er sich die weitere Entwicklung vorstellte. An die Selbständigkeit der verschiedenen Obedienzen wollte er nicht gerührt wissen. Stattdessen regte er an, dass die freimaurerischen Körperschaften ihm in regelmäßigen Abständen kurze briefliche Mitteilung über ihre innere Entwicklung machen mögen.[1148] In den Augen Friedrich Leopolds erschien das in seiner Person gegebene einigende Band also mehr wie eine lose Brieffreundschaft als wie die Grundlage für eine Nationalgroßloge. Er stellte zwar vage in Aussicht, gemeinsam einen weiteren „Bauplan" zu entwerfen, sobald die Bedingungen günstiger seien,[1149] doch dazu kam es nicht – wohl nicht nur wegen des Kriegsausgangs, sondern auch wegen des überdeutlichen Mangels an freimaurerischem Interesse seitens des Protektors.

Die geeinte deutsche Großloge blieb also ein Luftschloss, zudem eines, das gegenüber dem in den Vordergrund gerückten abstrakten Einheitspunkt ‚Deutschtum' an Strahlkraft verlor. Das hinderte die Großmeister indes nicht, das einige Jahre zuvor ad acta gelegte Projekt eines inneren Ausbaus des Großlogenbundes wieder anzupacken. 1916 wurde mit einstimmigem Beschluss eine Kommission eingesetzt, die die

---

1145 Vgl. Schwabe, J. C.: „Die Deutsche Nationalgroßloge und der Verein deutscher Freimaurer", in: Latomia 9 (1915), S. 113–118; Boerner, Wilhelm: „Die Deutsche Nationalgroßloge", in: Latomia 10 (1915), S. 126–129.

1146 Vgl. Wanner d. Ält., Heinrich: „Die Deutsche Großloge", in: Latomia 10 (1915), S. 130–132.

1147 Vgl. die Pressehinweise unter „Allgemeines", in: Freimaurer-Zeitung 47–52 (1917), S. 150. Entgegen der mitunter in der Literatur zu findenden Behauptung, war jedoch mit der Verleihung der Ehrenmitgliedschaften kein allgemeines deutschfreimaurerisches Protektorium verbunden. Vgl. auch Endler/Schwarze: Freimaurerbestände, Bd. 1, S. 89 f.

1148 „Kundgebung seiner Königlichen Hoheit des Durchlauchtigsten Protektors vom 6. November 1917", in: Latomia 2 (1918), S. 15–17.

1149 Ebd., S. 16.

Möglichkeiten für ein neues Grundgesetz des Großlogenbundes ausloten sollte.[1150] Sie orientierte sich dabei an dem wenige Jahre zuvor gescheiterten Entwurf der Großen Landesloge. Insbesondere von dem damals heiß umkämpften Bundesamt erhofften sich die Kommissionsmitglieder, dem Großlogenbund größere gemeinsame Handlungsfähigkeit nach außen zu sichern.[1151]

Die Vorstellung, dass der Großlogenbund sich die Autorität und damit auch Kontrolle über freimaurerisches Kulturschaffen sichern könnte, behagte indes nicht jedem. Kritik erhob sich insbesondere aus den reformorientierten Teilen der Basis und vom VdF. Die freimaurerische Geschichte beweise, dass die rein obrigkeitliche Organisation nicht genüge, um einen ruhigen, steten Fortschritt zu gewährleisten, meldete sich etwa Paul Selter zu Wort.[1152] Und Otto Philipp Neumann zog den nicht schmeichelhaften Vergleich zwischen dem VdF-Arbeitsamt, dessen Mitglied er war, und dem geplanten Bundesamt: „Dort die amtliche Fessel, hier die Freiheit, dort der Zwang, Vollstrecker fremden Willens, hier die unabhängige Forschungsarbeit."[1153]

Auch die anderen alten Fragen und Stolpersteine kehrten zurück. So rumorte es insbesondere in den kleineren nichtpreußischen Großlogen angesichts der wieder ins Blickfeld gerückten Mehrheitenproblematik. In der Großen Loge von Hamburg formierte sich eine lautstarke Gruppe von Kritikern um die einst aus der Settegastgründung hervorgegangene Provinzialgroßloge in Berlin. Sie erklärten den vorgelegte Entwurf für ein neues Grundgesetz in seinen Hauptpunkten für unannehmbar und präsentierten einen Alternativentwurf, der neben der Großmeisterversammlung und dem Bundesamt auch eine parlamentarische Vertretung der Johannislogen vorsah.[1154] Die Hamburger Brüder wollten das als Kompromiss und ausgestreckte Hand verstanden wissen, da in einem solchen parlamentarischen System auch die Mehrheitsverhältnisse fair abgebildet würden. *Diese* Majorität scheue man nicht, erklärten die Hamburger selbstbewusst, denn man sei sich sicher, „dass unsere grundsätzlichen Anschauungen über die Freimaurerei in den Kreisen der Altpreussischen Johannislogen viel weiter

1150 Vgl. „Bericht über die Verhandlungen der ausserordentlichen Versammlung des Deutschen Grosslogentages", in: Bauhütte 12 (1916), S. 89–91, hier S. 90.

1151 Vgl. „Entwurf der vom ausserordentlichen Deutschen Grosslogentage am 6. Februar 1916 eingesetzten Kommission. Grundgesetz des Deutschen Grosslogenbundes", in: Bauhütte 30 (1916), S. 233–236.

1152 Vgl. Selter, Paul: „Bundesamt oder Freimaurer-Kammer?!", in: Bauhütte 21 (1916), S. 165 f., hier S. 165.

1153 Neumann, Otto Philipp: „Bundesamt oder Arbeitsamt?", in: Bauhütte 52 (1916), S. 412–414, hier S. 414. Für weitere kritische Wortmeldungen vgl. z. B. Bischoff, Diedrich: „Das Bundesamt", in: Bauhütte 20, 21 (1916), S. 155–157 u. 161–163.

1154 Vgl. „Die Begründung der Provinzial-Grossloge von Hamburg in Berlin zu ihrem Entwurf eines neuen Grundgesetzes für den Deutschen Grosslogenbund", in: Bauhütte 16 (1917), S. 123 u. „Entwurf eines Grundgesetzes des Deutschen Grosslogenbundes", in: Bauhütte 7 (1917), S. 51–53.

verbreitet sind, als das durch die bisherige Einrichtung des Grosslogentages in die Erscheinung treten konnte."[1155]

Aber auch altpreußische Kreise äußerten Kritik. Die schärfsten Töne kamen dabei aus der Großen Landesloge. Ein Bruder Mattes erteilte beispielsweise im Mecklenburgischen Logenblatt gleich dem ganzen Großlogenbund eine Absage, indem er erläuterte: Die dem Großlogenbund zugrundeliegende Ansicht, dass die ganze Freimaurerei in den Johannisgraden enthalten sei, müsse aus Sicht der Großen Landesloge als falsch, wenn nicht gar als Angriff gewertet werden. Weil im Großlogenbund nur die Johannisfreimaurerei vertreten sei, die Große Landesloge aber ein unlösbares Ganzes aus Johannisloge, Andreasloge und Ordenskapitel bilde, sei sie de facto letztlich gar kein Mitglied des Großlogenbundes.[1156] So weit Mattes. Die Darstellung zum Großlogenbund entsprach keineswegs seinem tatsächlichen inneren Aufbau. In diesem waren ja gerade *nicht* die Johannislogen vertreten, alle diesbezüglichen Reformversuche der Jahrhundertwende waren gescheitert. Das änderte an der Botschaft jedoch nichts: Eine Rückkehr der Großen Landesloge zur Selbstisolation gegenüber den übrigen (insbesondere den humanitären) Großlogen sei notwendig zum Erhalt der ordensfreimaurerischen Besonderheiten und Würde. Weitere Wortmeldungen in den Organen der Großen Landesloge schlugen einen ähnlichen Ton an und gingen mitunter so weit, den humanitären Großlogen zu unterstellen, „auf dem Wege der Hintertür" eine einheitliche Johannisgroßloge verwirklichen zu wollen.[1157]

Unterdessen hatte die vom Großlogenbund eingesetzte Kommission weitergearbeitet. Anfang 1917 legte sie einen Entwurf für Richtlinien des Bundesamts vor, der versuchte, auf einige Kritikpunkte einzugehen. Der Entwurf sah nunmehr explizit vor, dass die Bundesamtsmitglieder ein freies Mandat hätten. Sie würden zwar von den Großlogen abgeordnet, seien diesen aber nicht verpflichtet. Weisungsbefugt sei ausschließlich der Großlogenbund als gemeinsames Organ der Großlogen.[1158]

Die Abstimmung über den Richtlinienentwurf beim Großlogentag 1917, gedacht als Feuerprobe für die Abstimmung über das Grundgesetz, erwies sich jedoch als Menetekel. Die kleineren Großlogen gaben sich zwar trotz anhaltender Bedenken vorerst mit den Bundesamtsrichtlinien zufrieden, aber die Große Landesloge erklärte, dem Entwurf in der vorliegenden Form die Zustimmung verweigern zu müssen.[1159] Abermals hatte sich der Großlogenbund über die Frage seines inneren Ausbaus in die Sackgasse

1155 „Die Begründung der Provinzial-Grossloge von Hamburg in Berlin zu ihrem Entwurf eines neuen Grundgesetzes für den Deutschen Grosslogenbund", in: Bauhütte 16 (1917), S. 123.

1156 Vgl. Mattes, E.: „Zeitgemäße Betrachtungen", in: Mecklenburgisches Logenblatt 1 (1916/17), S. 1–7, hier insbes. S. 3 f.

1157 „Deutscher Großlogenbund", in: Beilage zum Mecklenburgischen Logenblatt 21/22 (1917/18), S. 210.

1158 Vgl. „Entwurf von Richtlinien für das Bundesamt", in: Bauhütte 11 (1917), S. 81–84.

1159 Vgl. „Bericht über die Verhandlungen des 42. Deutschen Grosslogentages", in: Bauhütte 27 (1917), S. 209–214, hier S. 212.

manövriert. Ein Erfolg konnte 1917 dennoch verbucht werden: Der freien Vereinigung der fünf unabhängigen Logen wurde durch einstimmigen Beschluss die Aufnahme in den Großlogenbund gewährt. Die Große Landesloge von Sachsen, in deren Einzugsgebiet die fünf unabhängigen Logen fielen, hatte ihre seit Jahrzehnten gepflegte Opposition aufgegeben.[1160]

Doch Erleichterung seitens der grundsätzlichen Gegner eines Großlogenbund-Bundesamts konnte sich nur vorübergehend einstellen. Am 10. Februar 1918 gelang es den Großlogenvertretern, das Undenkbare doch noch zustande zu bringen. Zwei vom Großmeister der Großloge von Bayreuth eingebrachte, von den übrigen nichtpreußischen Großlogen unterstützte Anträge über eine Aufnahme der „Alten Pflichten" in das Grundgesetz und über eine beratende allgemeine Bundesversammlung wurden zwar von den geschlossen auftretenden altpreußischen Großlogen abgeschmettert.[1161] Davon abgesehen fand man aber zu einem Kompromissentwurf, der schließlich im September desselben Jahres als neues Grundgesetz des Großlogenbundes angenommen und bis Ende des Jahres von allen Bundesgliedern ratifiziert wurde.[1162]

Das Bundesamt fand in stark abgespeckter Form unter dem Namen ‚Arbeitsausschuss' Einzug in die neue Verfassung und umfasste zwölf Mitglieder, je zwei von den altpreußischen Großlogen und je eines von den übrigen Bundesgliedern. Eine inhaltliche Aufgabenbeschreibung für den Arbeitsausschuss fand sich im neuen Grundgesetz nicht mehr, dafür weiterhin die Bestimmung des freien Mandats. Sonst hatte sich gegenüber den alten Statuten nur wenig geändert. Das hauptsächliche Organ des Großlogenbundes blieb der Großlogentag, der nach wie vor aus den Großmeistern und je zwei Begleitern bestand. Jeder Großloge stand weiterhin eine Stimme zu, legislative Beschlüsse bedurften auch zukünftig der Einstimmigkeit und für sonstige Beschlüsse blieb die Dreiviertelmehrheit vorgeschrieben. Die einst umkämpfte Frage der Kompetenzen im Umgang mit fremden Großlogen wurde in § 5 dahingehend entschieden, dass sowohl Anerkennung als auch Aufhebung dieser Anerkennung lediglich Sache des gesamten Bundes sei, die Pflege von Verkehrsbeziehungen jedoch in den Händen der Großlogen liege. Diese konnten demnach zwar nicht am Großlogenbund vorbei Anerkennungen aus- oder absprechen, dafür aber ihre individuellen Beziehungen zu fremden Großlogen nach eigenem Ermessen gestalten – inklusive Abbruch oder Verweigerung bilateraler Beziehungen.[1163]

Das alte Werk eines Großlogenbundausbaus war damit endlich umgesetzt. Wirkliche Hochstimmung ob dieser Errungenschaft vermochte sich jedoch nirgends einzustellen.

1160 Vgl. „Bericht über die Verhandlungen des 42. Deutschen Grosslogentages", in: Bauhütte 27 (1917), S. 209–214, hier S. 212 f. Für einen Überblick der zuvor gescheiterten Versuche bis 1896 vgl. Gerhardt, Karl: „Zur Förderung der Einigung in der Deutschen Freimaurerei", in: Bundesblatt 15 (1896), S. 433–491, hier S. 456.

1161 Vgl. Entwurf zu einem Grundgesetz für den Deutschen Großlogen-Bund, S. 3–5.

1162 Vgl. „Logenberichte und Vermischtes", in: Bauhütte 51 (1918), S. 408.

1163 Vgl. Grundgesetz für den Deutschen Großlogenbund nebst Geschäftsordnung für seine Bundesorgane vom 22. September 1918, o. O. [1918].

Zu sehr trug das neue Grundgesetz die Züge eines unbefriedigenden Kompromisses. Überdies waren auch abseits der maurerrechtlichen Diskussionen längst wieder alte Gegensätze aufgebrochen und hatten sich in den Vordergrund geschoben.

Gegensätze brechen erneut auf

Trotz Burgfriedens nahmen während des Krieges inner- wie außerhalb der Freimaurerei die gesellschaftlichen Antagonismen zu.[1164] Teilweise schon länger gepflegte rassistische und antisemitische Ressentiments, die im freimaurerischen Kulturkrieg ein nach außen gerichtetes Ventil gefunden hatten, wirkten mit gewisser Zwangsläufigkeit in die Bruderkette zurück. Als exemplarisch kann der Fall August Wolfstieg gelten.

Wolfstieg hatte 1915 für Unfrieden im VdF gesorgt, indem er in einem Artikel in den Zwanglosen Mitteilungen eine jüdische Mitschuld am Kriegseintritt Italiens andeutete.[1165] Offene Briefe dechiffrierten den kaum versteckten Antisemitismus in Wolfstiegs Ausführungen und wiesen darüber hinaus peinliche faktische Fehler nach: Die von ihm namentlich angeführten italienischen ‚Juden' waren überhaupt keine.[1166] Der geforderten Wiederherstellung des inneren Vereinsfriedens entzog sich Wolfstieg durch Austritt aus dem VdF, ohne die in den Zuschriften verlangten Richtigstellungen und Erklärungen abgegeben zu haben. Aber auch der Vereinsvorstand entschied einstimmig, dass eine „formelle, entschiedene, unzweideutige Absage gegenüber der Ausdrucksweise und den Ausführungen des Wolfstiegschen Artikels" nicht notwendig sei und folglich nicht abgegeben würde.[1167] Vielmehr sah der Vorstand den inneren Vereinsfrieden vor allem von „eine[r] ganz gedankenlose[n] und unfr[ei]m[aure]r[ischen] Antisemitenriecherei" bedroht, nicht von antisemitischen Aussagen, worin er auch von mehreren Zuschriften unterstützt wurde, die den jüdischen Brüdern nunmehr den Austritt Wolfstiegs zur Last legten.[1168]

Auch die freimaurerischen Differenzen hatten sich schon wenige Monate nach Kriegsausbruch erneut zu manifestieren begonnen. Dass der gemeinsame rhetorische

---

1164 Vgl. z. B. die klassische Arbeit Kocka: Klassengesellschaft.

1165 Wolfstieg, August: „Die italienische Freimaurerei und der Weltkrieg", in: Zwanglose Mitteilungen aus dem VdF 30 (1915), S. 321–323, hier S. 323.

1166 Vgl. „Zum Aufsatz ‚Die italienische Freimaurerei und der Weltkrieg' ", in: Zwanglose Mitteilungen aus dem VdF 32 (1915), S. 342–344, hier S. 342 f.; „Zum Aufsatz ‚Die italienische Freimaurerei und der Weltkrieg' ", in: Zwanglose Mitteilungen aus dem VdF 33 (1915), S. 352–355.

1167 „Zum Aufsatz ‚Die italienische Freimaurerei und der Weltkrieg' ", in: Zwanglose Mitteilungen aus dem VdF 32 (1915), S. 342–344, hier S. 343. Bischoff hatte sich schon seit Beginn der Kontroverse hinter Wolfstieg gestellt, vgl. Bischoff, Diedrich: „Zur Aufklärung", in: Zwanglose Mitteilungen aus dem VdF 31 (1915), S. 329.

1168 „Zum Aufsatz ‚Die italienische Freimaurerei und der Weltkrieg' ", in: Zwanglose Mitteilungen aus dem VdF 32 (1915), S. 342–344, hier S. 344 u. „Zum Aufsatz ‚Die italienische Freimaurerei und der Weltkrieg' ", in: Zwanglose Mitteilungen aus dem VdF 33 (1915), S. 352–355, hier S. 352 f.

Fluchtpunkt ‚Deutschtum' zu unscharf war, um diese Differenzen zu überbrücken, hatte nur so lange kein Problem dargestellt, wie inbrünstige Bekenntnisse zur Nation, die schlagwortartige Beschwörung des ‚deutschen Wesens' und die aggressive Abgrenzung von der „entarteten Freimaurerei des Auslandes"[1169] zur Identitätsstiftung ausreichten. Als die ersten Wogen nationalen Überschwangs jedoch abzuebben begannen und die Diskussion über die weiteren nationalen Aufgaben der Freimaurerei einsetzte, verlor ‚deutsch' rasch den Status als Akklamationsformel und leerer Signifikant und wurde in die inhaltliche Reflexion und Auseinandersetzung einbezogen. Dabei begann sich nun die aufgepeitschte nationalistische Stimmung nach innen zu entladen, indem sie den eingeschliffenen innerfreimaurerischen Gegensätzen ein potentes Vokabular zur Differenzproduktion zur Verfügung stellte.

Seit 1915 wandten sich Artikel in der Logenpresse gegen solche Freimaurer, „die das Ideal einer allgemeinen Weltverbrüderung noch immer für ein zu erstrebendes Ziel, ja für eine Unerläßlichkeit und notwendige Grundlage" der ‚Königlichen Kunst' hielten.[1170] Otto Dreyer ging 1916 noch einen Schritt weiter und warnte: Sollte sich die Hoffnung auf eine wahrhaft *deutsche* Freimaurerei nicht erfüllen, weil „Fremdsucht, Parteigetriebe und die Lüge einer vom völkischen Boden losgelösten Humanitätsidee" in der Bruderkette weiterhin ihren Platz fänden, so gebe es nur ein Mittel: „reinliche Scheidung!"[1171] Es dürfe zukünftig keinem deutschen Freimaurer mehr zugemutet werden, mit Männern in der Bruderkette stehen zu müssen, „welchen weltmaurerische Völkerverbrüderungsideen und Weltfriedenschimären höher stehen, als die Kraft und die Macht, ja die Lebensnotwendigkeiten des eignen Volkes."[1172]

Das nationale Bekenntnis wurde also exklusiv gewendet und gegen einen vermeintlichen ‚Internationalismus' in Teilen der (dadurch eben *nicht*) deutschen Freimaurerei in Anschlag gebracht. Es wäre jedoch vorschnell, den Gegensatz von einem nationalen und einem internationalen Lager einfach aus Texten wie denen von Otto Dreyer zu übernehmen.

Zwar gingen einem Teil der deutschen Freimaurerei Pauschalabsagen an Humanität und Weltmaurerei tatsächlich entschieden zu weit, nicht jedoch, weil sie in ihrem Urteil über nichtdeutsche Freimaurerei milder oder selbst weniger nationalistisch waren. Vielmehr erschien ihnen die im Namen der ‚Humanität' über viele Jahre gepflegte Idee der Menschheitsverbrüderung als besonders – wenn nicht gar exklusiv – deutsches Gut. Der Herausgeber der FREIMAURER-ZEITUNG Eugen W. Schmidt, der 1915 wörtlich den „internationalen Geist" der Freimaurerei beschwor, erklärte diesen beispielsweise zu einer ausschließlich deutschen Eigenschaft, weswegen unter den kriegführenden Nationen nur Deutschland zur Freimaurerei fähig sei.[1173] Das war kein Internationalismus,

1169 Neumann, Otto Philipp: „Bemerkungen zur Geschichte der Freimaurerei", in: Freimaurer-Zeitung 3/4 (1916), S. 9–14, hier S. 14.

1170 Prager, Hermann: „Neue Ziele!", in: Am Reissbrette 5 (1915), S. 37–39, hier S. 37.

1171 Dreyer, Otto: „Freimaurerische Kriegsziele", in: Mecklenburgisches Logenblatt 21 (1915/16), S. 201–211, hier S. 211.

1172 Ebd., S. 211.

1173 Schmidt, Eugen W.: [Nachwort], in: Freimaurer-Zeitung 15/16 (1915), S. 60.

sondern die Übersetzung des nationalistischen Überlegenheitsgestus und der kulturkriegerischen Deutschtumsmetaphysik in die Sprache der humanitären Freimaurerei.

Die deutschfreimaurerische Suprematie und Sendung wurde also auch von jenen Brüdern, die nach wie vor an einer ‚humanitären' (im Sinne von gesamtmenschheitlichen) Bestimmung der Freimaurerei festhielten, nicht in Frage gestellt. Auch ihnen war die Nation ein „Letztwert"[1174] und das ‚deutsche Wesen' *die* Offenbarung des Krieges.

Folgerichtig war der so sich artikulierenden nationalhumanitären Freimaurerei auch martialischer Kriegspathos keineswegs so fremd, wie die abschätzige Rede von „Humanitätsdusel"[1175] implizierte. Vielleicht den Gipfel erreichte darin der bereits bekannte Wilhelm Ohr, der die gesamtmenschheitliche Aufgabe der Freimaurerei im Krieg unter anderem dadurch beschwor, dass er den Hass auf Frankreich und England als „Haß der Liebe" verklärte: Denn „es ist – mags noch so sonderbar klingen – das höchste und wahrste Interesse unserer Feinde, vom deutschen Volk besiegt und überwunden zu werden. Wer das nicht glauben kann, für den ist das humanitäre Ideal allerdings gestürzt."[1176]

Auch Rassismus und Antisemitismus waren mühelos in das nationalhumanitäre Selbstverständnis integrierbar. Die Latomia warnte zwar 1917 davor, „Haß und Verachtung für alles Nichtdeutsche" zu einem Grundpfeiler deutscher Freimaurerei zu machen.[1177] Aber schon im Folgejahr erläuterte der VdF-Funktionär Johann Conrad Schwabe, dass Humanität das Recht jeder einzelnen Rasse bedeute, sich nach ihrer „eingeborenen Eigenart" entwickeln zu können.[1178]

Die Rede von einem internationalen Lager führt also in die Irre. Vielmehr muss der Internationalismusvorwurf als ein rhetorisches Mittel im Kampf um die freimaurerische Deutungshoheit verstanden werden, bei dem sich alte Bruchlinien mit aktuellen Konstellationen verbanden und in der Sprache nationalistischer Feindbestimmung ausdrückten. Das Attribut ‚international' öffnete einen Bedeutungsraum, der von zahlreichen oft diffusen Ängsten und Abneigungen bevölkert war. Für Antisemiten verwies es auf Juden, für Protestanten auf Ultramontanisten, für Bürgerliche auf Sozialisten, für Militaristen auf Friedensbewegte und im Krieg vor allem auch auf ‚antideutsche' Sympathien mit der ‚Entente'.[1179] In der deutschen Freimaurerei verwies es zudem auf die desavouierten Brüder des feindlichen und neutralen Auslands sowie auf die Humanitätsidee, die über viele Jahre hinweg immer wieder kosmopolitisch aufgeladen und

1174 Langewiesche: Nation, S. 16.
1175 VdF (Hg.): Zukunftsaufgaben, S. 54. Vgl. auch Helfer: Humanitätsduselei.
1176 Ohr, Wilhelm: „Der humanitäre Gedanke und der Krieg", in: ders.: Aus einem Jahr Feldlogenarbeit, München 1916, S. 17–20, hier S. 19 f. Zuvor veröffentlicht in: Zwanglose Mitteilungen aus dem VdF 28 (1915), S. 305 f.
1177 „Zum Eintritt ins neue Jahr", in: Latomia 1 (1917), S. 2–8, hier S. 3 f.
1178 Schwabe: Neugestaltung, S. 27.
1179 Zu ‚international' als Kampfbegriff vgl. Friedemann/Hölscher: Internationale, International, Internationalismus, S. 384–388.

in die Nähe der romanischen Freimaurerei gerückt worden war.[1180] Das eröffnete ausreichend Anschlussmöglichkeiten für die Gegner humanitärer Freimaurerei, die diese auch nutzten. In der ZIRKELKORRESPONDENZ erklärte 1917 zum Beispiel ein Bruder, dass der vom Christentum gelöste Humanitätsbegriff der Kern des „moralischen Pathos" der Kriegsgegner sei.[1181] Ohne sie explizit zu nennen, hatte er damit die humanitäre Freimaurerei den Feinden Deutschlands zugeschlagen.

Was sich in der Rede von einem nationalen und einem internationalen Lager innerhalb der deutschen Freimaurerei somit letztlich bemerkbar machte, war der in der Jahrhundertwende konstruierte altpreußisch-humanitäre Gegensatz, wobei es den radikalnationalistischen Anhängern der altpreußischen Freimaurerei gelang, die tatsächlich nicht minder nationalistische humanitäre Freimaurerei in eine kaum zu verteidigende Defensivposition zu drängen.

1180 Vgl. neben dem subtilen „Othering" der humanitären Logen durch Graf zu Dohna beim englischen Berlinbesuch 1913 auch schon Meyer, Max: „Humanität und Nationalität", in: Bundesblatt 7 (1890), S. 169–176, insbes. S. 172–176.

1181 Hohmann, Ludwig: „Unser Humanitätsideal", in: Zirkelkorrespondenz 4 (1917), S. 101–107, hier S. 102.

Zusammenfassung: Krieg und Frieden

Die lange Jahrhundertwende war eine Hochphase des pazifistischen Internationalismus. Auch die Freimaurerei stand dabei nicht abseits, sondern trieb die grenzüberschreitende Verbrüderung voran, etwa in Form eines transnationalen Kongresswesens. Erfolgreicher als dieser Großlogen-Multilateralismus war jedoch die internationale Basisarbeit. Hier kam Deutschland zusammen mit Frankreich eine Vorreiterrolle zu, die zu Beginn des 20. Jahrhunderts einen Erfolg in Form der Wiederaufnahme der 1870 abgebrochenen freimaurerischen Beziehungen zwischen beiden Ländern zeitigte.

All das endete 1914 mit Ausbruch des Ersten Weltkriegs. Die deutsche Freimaurerei gehörte obedienzübergreifend zu jenem Teil des Bürgertums, das den Kriegsausbruch begrüßte und zu einem Kulturkrieg zwischen den westlichen „Ideen von 1789" und den deutschen „Ideen von 1914" hochstilisierte. Dabei schrieb sie sich selbstbewusst eine Schlüsselrolle in diesem Kampf zu, indem sie freimaurerisches Wesen und deutsches Wesen gleichsetzte und nichtdeutsche Freimaurerei somit zu einem Widerspruch in sich erklärte. Auf dieser Grundlage wurde die Neuordnung der internationalen freimaurerischen Verhältnisse angestrebt, indem rigoros die Brücken zu den Großlogen des feindlichen, teilweise auch des neutralen Auslands abgebrochen und zugleich systematisch die Verbindungen zu den verbündeten Mittelmächten ausgebaut wurden.

In Deutschland selbst schien der Krieg zunächst die lange ersehnte nationalfreimaurerische Einheit geschaffen zu haben. Hinter den Kriegsanstrengungen trat der Dissens der Vorjahre vorübergehend zurück. Ausdruck und zugleich Symbol dieser kriegsbedingten Einheit waren die deutschen Feldlogen, in denen Brüder ungeachtet ihrer obedienziellen Zugehörigkeit zusammenkamen. Der Feldlogengeist und der maurerische Burgfrieden vermochten jedoch nicht dauerhaft, die innerfreimaurerischen Differenzen zu überdecken. Noch während des Weltkrieges brachen sie erneut auf, verschärft durch die nunmehr auch nach innen gerichtete Rhetorik nationalistischer Feindbestimmung.

Untertanen und Verschwörer

„[Die] Hauptmacht des Unheiles ist die Organisation menschlicher Irrungen und Leidenschaften in dem Geheimbunde der Freimaurerei.“[1182]

„Die Freimaurer sind meine besten Untertanen.“[1183]

10. Die Politik des Unpolitischen

In der relevanten Forschungsliteratur wird immer wieder der Zäsurcharakter des Weltkriegs für die Politisierung der Freimaurerei hervorgehoben.[1184] Dieses Bild bedarf in doppelter Hinsicht einer Korrektur.

Zum einen muss auch für die Freimaurerei gelten, was für den deutschen Kulturkrieg 1914 – 1918 allgemein gilt, nämlich dass in ihm der letzte große Versuch zu sehen ist, „der Dominanz des Politischen und Gesellschaftlichen zu entgehen“.[1185] In den Schreibstuben deutscher Intellektueller vollzog sich, mit Klaus-Jürgen Bremm gesprochen, „die radikale Entpolitisierung des Krieges“.[1186] Indem ‚um's Ganze‘ gekämpft wurde, indem der Krieg zur Kulturmission und der Sieg zur sittlichen Notwendigkeit erklärt wurde, ließen sich die Zumutungen des Politischen ignorieren und beiseiteschieben. Das erleichterte es der an dieser Verklärung beteiligten Freimaurerei, sich trotz ihrer Politikferne vollständig mit den deutschen Kriegsanstrengungen zu identifizieren.

Zum anderen ist diese Politikferne der Freimaurerei für die Zeit vor dem Krieg in Perspektive zu rücken. Stefan-Ludwig Hoffmann und Joachim Berger haben in den vergangenen Jahren im Rahmen ihrer jeweiligen Arbeiten bereits damit begonnen, dieses freimaurerische Selbstbild zu relativieren.

Hoffmann hat für seine Arbeit zur deutschen Freimaurerei des 19. Jahrhunderts gar die „Politik der Geselligkeit“ als Titel gewählt. Überzeugend kann er darlegen, wie die Logen schon dadurch eine implizit politische Funktion hatten, dass sie als

---

1182 Pachtler: Krieg, S. V.

1183 Angeblich von Friedrich Wilhelm III. von Preußen auf dem Fürstenkongress zu Verona 1822 geäußert, hier zit. n. Settegast: Freimaurerei (1908), S. 57.

1184 So insbes. die ältere Forschung, vgl. z. B. Neuberger: Winkelmaß, S. 17—25. Aber auch Ralf Melzer, der längere Traditionslinien postuliert, nimmt den Ersten Weltkrieg als den Ausgangspunkt für „die Herausbildung der Idee einer völkischen Freimaurerei“, vgl. Melzer: Konflikt, S. 32.

1185 Fries: Katharsis, Bd. 2 (1995), S. 61.

1186 Bremm: Propaganda, S. 32.

Einübungsstätten von Bürgerlichkeit, also historisch wandelbaren Werten, Normen, Verhaltensweisen etc. fungierten. Der seinem Selbstverständnis nach unpolitische sittlich-moralische Raum wurde dadurch auch politisch wirksam und wollte es durch die ‚Veredelung der Persönlichkeit', die dann wieder in die Gesellschaft zurückwirken würde, sogar sein. Von einem ‚Eindringen' der Politik in die unpolitische Sphäre der Logen kann also nur bedingt die Rede sein, ebenso wie man nicht lediglich davon sprechen kann, dass sich in den Logen eben die Haltung des in ihnen versammelten Bürgertums *spiegelte*. Selbstverständlich beeinflussten die politischen Vorstellungen der Mitglieder und die sie umgebende politische Kultur die Logen, aber ebenso betätigten sich die Logen durch ihre Funktion als Einübungsstätten bürgerlicher Kultur auch als aktive Multiplikatoren bestimmter politischer und metapolitischer Wertvorstellungen. Nicht jeder Impuls und nicht jeder Interessierte drang in die Logen ein und in den Logen stieg nicht jeder Aufgenommene in Schlüsselpositionen auf. Die von den Logen errichteten Scheidewände und Filtermechanismen zwischen Innen und Außen waren ein implizites politisches Programm und beeinflussten zugleich die weitere politische Entwicklung der Freimaurerei. Nach Hoffmann erfolgte so bis zum Ersten Weltkrieg eine Ausrichtung hin auf nationalliberale bis nationalkonservative Positionen.[1187]

Berger wiederum hat gezeigt, wie sich alle wesentlichen Körperschaften der europäischen Freimaurerei in der Jahrhundertwende als staatstragend verstanden und daraus in ihren jeweiligen politischen Kulturen und Systemen unterschiedliche Modi politischen Verhaltens entwickelten. In Frankreich zum Beispiel hieß das, die Werte der Republik offensiv gegen ihre Gegner – Monarchisten und den katholischen Klerus – zu vertreten. In England bedeutete es hingegen, eine Stütze der Monarchie, des Empire und der anglikanischen Staatskirche zu sein. In politische und unpolitische Freimaurereien zu trennen, wie dies insbesondere in der freimaurerischen Eigengeschichtsschreibung und mit Blick auf das englisch-französische Schisma immer noch passiert, wird also dem tatsächlichen politischen Verhalten nicht gerecht, wie Berger zutreffend feststellt.[1188]

Die Grenzziehung zwischen politisch und unpolitisch unterlag also Wandlungs-, Auslegungs- und Aushandlungsprozessen und konnte sich je nach politischer Kultur unterscheiden. In Deutschland gab es diesbezüglich keine gemeinsame Linie. In manchen Fragen herrschte (zeitweilig) Einigkeit, in anderen kollidierten unterschiedliche Positionen. Bei aller Beweglichkeit in Fragen der politisch-unpolitischen Grenze war das staatstragende Bekenntnis in Form einer Orientierung an der Obrigkeit jedoch eine Konstante von nicht zu übersehender Bedeutung. Wie schon die „konservative Wende" in der Reichspolitik und die Sozialistengesetze in den Freimaurerlogen zu markigen Bekenntnissen zum Antisozialismus geführt hatten, spielten auch bei der Kehrtwende

1187 Vgl. Hoffmann: Geselligkeit, S. 283–324, wo Hoffmann eingehend beschreibt, wie sich die Nation auch in den freimaurerischen Ideen und Idealen als das unabdingbare Medium zwischen Individuum und Menschheit schob und schließlich mehr und mehr zur Erfüllung des Menschheitsideals verklärt wurde.

1188 Vgl. Berger: Internationalismus, S. 592.

in Sachen ‚sozialer Frage' um 1890 die vom Monarchen kommenden Signale eine nicht zu unterschätzende Rolle.

Diese als unpolitisch verklärte Orientierung an der Obrigkeit war kein unwandelbares freimaurerisches Axiom, im Gegenteil. Die „Alten Pflichten", aus denen das Gebot der Apolitie für gewöhnlich abgeleitet wurde, waren in Sachen Politik sehr viel kulanter als die Brüder der Jahrhundertwende. In ihrer ersten Fassung von 1723 erklärten sie bezüglich Politik lediglich, dass in der Loge kein Platz für „Streitigkeiten über [...] Staatsverwaltung (Staatenverfassung)" sei.[1189] Eine zweite Passage war völlig unvereinbar mit dem staatstragenden Bekenntnis der Brüder in der Jahrhundertwende. Unter Punkt zwei, der das Verhältnis zur Obrigkeit behandelte, erklärten die „Alten Pflichten" zwar, dass ein Freimaurer ein „friedfertiger Unterthan" sei, der „sich nie in Meuterei (Zusammenrottungen) oder Verschwörungen gegen den Frieden und die Wohlfarth der Nation" verwickeln lassen dürfe.[1190] Zugleich bestimmten sie aber auch, dass ein Bruder, der sich „gegen den Staat [auflehnt]", nicht dafür aus der Loge ausgeschlossen werden könne: „seine Verbindung (Verhältniss) zu ihr bleibt unauflöslich (unverbrüchlich, unveräusserlich)."[1191] Die bei Brüdern beliebte und zwischen 1876 und 1919 mehrfach wieder aufgelegte kommentierte Ausgabe der „Alten Pflichten" von Robert Fischer, aus denen die vorherigen Textstellen übernommen wurden, erklärten hierzu ausdrücklich: „Heutzutage gilt wohl allgemein, dass die Auflehnung gegen die Staatsgewalt maurerisch nicht nur nicht zu billigen, sondern sogar mit Exklusion zu bestrafen ist."[1192]

Unpolitisch zu sein bedeutete eben in großen Teilen der deutschen Freimaurerei der Jahrhundertwende gerade keine neutrale oder äquidistante Haltung zu politischen Fragen, sondern ein affirmatives Verhältnis zur Staatsmacht und ein an der Obrigkeit orientierter politischer Konformismus. Dieses Verständnis von Politikferne hatte in der deutschen Freimaurerei zwei hauptsächliche Wurzeln.

10.1. Die Freimaurerei als Schule der Untertanen

Ein Klassiker der Aufklärungsforschung, Reinhart Kosellecks „Kritik und Krise", deutete die Freimaurerei des 18. Jahrhunderts als nicht nur implizit politische, sondern gerade dadurch auch im Kontext ihrer Zeit als systemüberwindende Kraft. Durch ihre private, also dem direkten Zugriff des absolutistischen Staats entzogene (und nur in diesem Sinn im Wortgebrauch des 18. Jahrhunderts ‚geheime') Form der ständeübergreifenden Geselligkeit stellte sie, ohne direkt ein politisches Programm zu verfolgen,

1189 Fischer: Alte Pflichten, S. 36. Der entsprechende englische Text von 1723 lautet: „Quarrels about [...] State Policy". Vgl. Anderson: Constitutions, S. 54.

1190 Fischer: Alte Pflichten, S. 13. Englisch: „A Mason is a peaceable Subject to the Civil Powers [...] and is never to be concern'd in Plots and Conspiracies against the Peace and Welfare of the Nation". Vgl. Anderson: Constitutions, S. 50.

1191 Fischer: Alte Pflichten, S. 13. Englisch: „if a Brother should be a Rebel against the State [...] they cannot expel him from the Lodge, and his Relation to it remains indefeasible." Vgl. Anderson: Constitutions, S. 50.

1192 Vgl. Fischer: Alte Pflichten, S. 16 f.

die politische Ordnung indirekt in Frage: „Die Freiheit im geheimen wird zum Geheimnis der Freiheit".[1193]

Kosellecks in den 1950er Jahren entwickelte These ist im Laufe der Jahrzehnte vielfach kritisiert worden.[1194] Zu pauschal wurde hier ein so divergentes Phänomen wie die in verschiedenen Herrschaftsräumen und folglich unter verschiedenen Bedingungen sich ausbreitende Freimaurerei auf eine idealtypische Funktionsbestimmung reduziert, die zudem vielfach eher am Beispiel des Illuminatenordens und – mangels direkten Quellenzugangs – teilweise über den Umweg weltanschaulich gefärbter Literatur der NS-Gegnerforschung entwickelt worden ist.[1195]

Nicht von der Hand weisen lässt sich jedoch, dass die Ausbreitung und Entwicklung der Freimaurerei im 18. Jahrhundert mitunter eng mit ganz handfesten politischen Interessen und Vorgängen verknüpft war.[1196] Ebenso lässt sich nicht von der Hand weisen, dass frühzeitig aus Misstrauen gegenüber dem politischen Potenzial der neuen Geselligkeitsform mehrere Verbote in verschiedenen Territorien erfolgten – noch bevor sich die katholische Kirche an die Spitze der antimasonischen Agitation stellte.[1197]

Aber nicht nur durch Sanktionen versuchten Herrscher der politischen Gefahr des überregional organisierten Freimaurerbundes zu begegnen. Florian Maurice hat Kosellecks These von der „indirekten Gewalt im absolutistischen Staat"[1198] vom Kopf auf die Füße gestellt, indem er überzeugend argumentiert hat, dass die Freimaurerei auch in entgegengesetzter Laufrichtung als „Schule der Untertanen"[1199] fungieren konnte. Die Möglichkeit, die private Sphäre durch Beaufsichtigung der Freimaurerei unter staatliche Kontrolle zu bringen, hatte zum Beispiel die preußische Obrigkeit schon am Ende des 18. Jahrhunderts erkannt. Getrieben von der Angst vor einem Staat im Staate hatte sie sich durch eine „Taktik der repressiven Privilegierung"[1200] um die Anbindung der überall entstehenden Logen an den Staat und die Einbindung in die herrschaftlichen Loyalitätsstrukturen bemüht.

1193 Vgl. Koselleck: Kritik, S. 49–81, hier S. 60.

1194 Zur Kritik an Koselleck vgl. Dziergwa: Lessing, S. 53 Anm. 15–17; Hammermayer: Freimaurerei, S. 45 Anm. 114; Maurice: Freimaurerei, S. 84; Voges: Aufklärung, S. 12–18; La Vopa: Conceiving a Public, insbes. S. 89–98; Schindler: Illuminaten, S. 284 f.; Neugebauer-Wölk: Konzipierung der bürgerlichen Gesellschaft, S. 82; Gregory: Mysterienfieber, S. 97.

1195 Koselleck arbeitete unter anderem aus Adolf Roßbergs 1942 im Nordland-Verlag erschienener Arbeit „Freimaurerei und Politik im Zeitalter der Französischen Revolution". Vgl. hierzu Markner: Aufklärung, S. 75.

1196 So wird beispielsweise die im 18. Jahrhundert auf die Freimaurerei sich aufsattelnde sog. Strikte Observanz mit ihren Plänen zur Gründung von Ordenskolonien von Hermann Schüttler zurecht als „eine Organisation zur Verwirklichung einer politischen Utopie" bezeichnet, vgl. Schüttler: Verhältnis, S. 168. Vgl. auch Bauer/Müller: Strikte Observanz.

1197 Vgl. Kap. 11.2.

1198 Koselleck: Kritik, S. 55.

1199 Vgl. Maurice: Freimaurerei, S. 83–95.

1200 Ebd., S. 95.

Folge davon war das preußische königliche „Edikt wegen Verhütung und Bestrafung geheimer Verbindungen, welche der allgemeinen Sicherheit nachtheilig werden könnten" von 1798.[1201] Es verbot Geheimgesellschaften auf preußischem Boden, ausgenommen die drei Berliner Groß- und deren Tochterlogen (§§ 1–8), die nun aber durch eine Reihe von Bestimmungen reguliert und auf Staatstreue eingeschworen wurden. Die tolerierten Großlogen hatten nun die Pflicht (§§ 9–13), Mitgliederverzeichnisse anzulegen und jährlich einzureichen sowie die Orte der Zusammenkünfte anzumelden und das Aufnahmealter auf mindestens 25 Jahre festzusetzen. Außerdem seien die Tochterlogen hinsichtlich der Einhaltung des Edikts zu überwachen, Verstöße direkt anzuzeigen und die Zuwiderhandelnden auszuschließen. Im Gegenzug behielten sie ansonsten ihre Eigenständigkeit und eine Monopolstellung auf Logengründungen in Preußen. In Rechtsbegriffen bedeutete das ein Privilegium, das heißt eine „von der allgemeinen Rechtsregel abweichende, individuelle Normirung des Rechtsverhältnisses" zwischen den Logen und dem Staat.[1202] Das Privilegium unterstrich die durch das preußische Königshaus übernommenen Protektorien über die preußischen Freimaurerlogen.[1203]

Gerade diese persönliche Bindung an die Monarchie war für die preußischen Brüder von hoher symbolischer Bedeutung und wurde durch regelmäßige Feiern zu Ehren des Protektors und Huldigungen an die königliche Hoheit sowie durch ein Treuegelübde unterstrichen.[1204] Es war jedoch keine rein symbolische Formalie. Die beiden Protektoren Wilhelm I. und Friedrich III. waren eifrige Freimaurer, die zugleich ihren Einfluss in der Loge geltend machten und die Freimaurerei in ihrem Sinne zu prägen verstanden. So versicherte Wilhelm I. den Logenbrüdern mehrfach seine Verbundenheit. Das Treuebekenntnis hatte jedoch einen doppelten Boden. Es ließ hinter dem Zuckerbrot der versicherten Verbundenheit stets auch die Peitsche des Loyalitätsentzugs erkennen. Um dessen Gefahren zu unterstreichen, versäumte es Wilhelm I. nicht, regelmäßig auf antimasonische Angriffe und Verleumdungen hinzuweisen – eine Gefahr, die „auch nie vorübergehen" werde, wie er zum Beispiel 1852 in Magdeburg wissen ließ, weswegen die Freimaurerei stets seines Schutzes bedürfe.[1205] Diesen könne er freilich nur gewähren, wenn die Lehre rein gehalten würde – für Wilhelm bedeutete das christlich und

---

1201 Vgl. Edict, wegen Verhütung und Bestrafung geheimer Verbindungen, welche der allgemeinen Sicherheit nachtheilig werden könnten, Berlin 1798.

1202 Rosenthal: Stellung, S. 33.

1203 Vgl. Endler/Schwarze: Freimaurerbestände, Bd. 1, S. 87–90; „Protector" und „Protectorium" in: Allgemeines Handbuch (2. Aufl.), Bd. 2 (1865), S. 625 sowie Allgemeines Handbuch (3. Aufl.), Bd. 2 (1901), S. 203. Vergleichbare Rechts- und monarchische Näheverhältnisse gab es auch in anderen Staaten, u. a. in England, vgl. Prescott: Unlawful Societies Act; „England, Königshaus", in: Internationales Freimaurerlexikon, Sp. 435–440. Zum Rechtsbegriff „Protektorium" vgl. „Protektorium", in: DRW, Bd. 10 (2001), Sp. 1382.

1204 Vgl. Fitzner: Wilhelm I., S. 5.

1205 Ebd., S. 30.

königstreu.[1206] „Noch nicht lange vergangen sind die Zeiten, wo Wirren auch in unserem Vaterlande stattfanden, die auch unsere Bauhütten zum Theil nicht ganz unberührt gelassen haben, wo Mancher gewankt hat," erinnerte er an das Revolutionsjahr 1848, nur um zu der unmissverständlichen Aufforderung überzuleiten: „möge künftig kein Bruder wieder wanken. Das ist das Gelöbniss, das ich fordere."[1207] Die zu einem Appell überleitende Formulierung von Enttäuschung, immer verbunden mit der impliziten Drohung, die Freimaurerei den geschilderten Gefahren auszuliefern, war ein fester Bestandteil im rhetorischen Arsenal des Freimaurers Wilhelm I.

Politikferne hieß dementsprechend in preußischen Logen in erster Linie, sich von all jenen Äußerungen und Äußerungsformen fernzuhalten, die vom Herrscher als Untreue ausgelegt werden konnten. Umgekehrt wurde die Treue zur Monarchie und zu ihren politischen Leitlinien in den Logen zelebriert und von den Brüdern verlangt. 1861, inmitten der liberalen sogenannten Neuen Ära, verlangte der gerade im Konflikt mit dem Parlament stehende Wilhelm von ‚seinen' Logen ausdrücklich, „bei jeder entsprechenden Veranlassung auf die Verpflichtung hinzuweisen: diese Treue auch im äusseren Leben zu bethätigen."[1208] Ihn trieb erklärtermaßen die Besorgnis um, „dass die gewaltigen Bewegungen der neuesten Zeit und ihre Erfolge jenen Versicherungen [der Treue, M. P.] nicht überall genügend entsprechen" könnten.[1209]

Die Forschung hat diesbezüglich von einer ‚Politisierung von oben' gesprochen,[1210] die jedoch, so muss ergänzt werden, von unten angenommen und durch (Selbst-)Selektion monarchisch-konservativ gesinnter Mitglieder unterfüttert wurde.[1211] Zutreffender erscheint daher die Formel von der „reaktionären Elitenrekrutierung", die Fred E. Schrader schon 1996 vorgeschlagen hat.[1212] Denn dass auch ein Fürstenwort nicht *automatisch* Folgsamkeit bewirkte, hatte noch 1845 ein Appell Wilhelms als Kronprinz gezeigt, der die Mitglieder der vaterländischen Logen *dringend* dazu aufgerufen hatte, den Arbeitervereinen beizutreten.[1213] Der Aufruf, dessen Zweck die Durchdringung der Arbeitervereine mit politisch zuverlässigen Untertanen gewesen war, war damals nahezu ungehört verhallt.[1214]

1206 Vgl. Fitzner: Wilhelm I., S. 33. Zu anderer Gelegenheit erklärte Wilhelm: entferne sich die Freimaurerei von der reinen Lehre, dann würde sie „für Thron und Staat wirklich gefährlich" (ebd., S. 53).

1207 Ebd., S. 31.

1208 Ebd., S. 66.

1209 Ebd.

1210 Vgl. Hoffmann: Geselligkeit, S. 55.

1211 Vgl. ebd. und für ein Beispiel der Selektion vgl. ebd., S. 105, einen Fall aus Breslau 1863, wo die schon beinahe beschlossene Aufnahme eines Suchenden wegen dessen politischer Gesinnung und auf Druck konservativer Brüder hin nicht erfolgte.

1212 Schrader: Elitenproduktion, S. 133.

1213 Fitzner: Kaiser, S. 12.

1214 Vgl. „Arbeiterlogen", in: Internationales Freimaurerlexikon, Sp. 87 f.

10.2. Die politische Geographie der deutschen Freimaurerei

Als zahlenmäßig größte Gruppe war die staatsnahe preußische Freimaurerei von bedeutendem Einfluss auf die deutsche Freimaurerei als Ganzes, zumal seit 1871 der König von Preußen in Realunion auch Deutscher Kaiser war und Wilhelm I. und noch stärker Friedrich III. somit für alle deutschen Brüder eine Bezugsgröße darstellten. Daneben werden die übrigen Großlogen mitunter vergessen oder ungesagt unter die Erklärung des Konservatismus in den preußischen Logen subsumiert. Insbesondere im Südwesten gab es jedoch eine starke Prägung durch den bürgerlichen Liberalismus, die sich auch im Unterschied zwischen Bundes- und Ordensverständnis zeigte.[1215]

Schon Zeitgenossen konstatierten immer wieder einen Nord-Süd-Gegensatz, der sich an der Mainlinie brach. Diese hatte im Deutschen Bund die Einflussbereiche Preußens und Österreichs voneinander getrennt, galt aber auch im kleindeutschen Nationalstaat noch lange Zeit als bedeutende Kulturscheide, auch in der deutschen Freimaurerei.[1216] Ein plakatives Beispiel für diese ‚kognitive Landkarte'[1217] bietet das Begründungsschreiben des Stuhlmeisters der Colmarer Loge „Zur Treue" anlässlich des Wechsels seiner Loge von der Großen Loge von Preußen zur Großloge von Bayreuth. Darin heißt es in durchaus ernst gemeinter Zuspitzung und mit Blick auf die masonischen Unterschiede: „Der Süden ist demokratisch, der Norden ist es nicht. Der Süden strebt nach individueller Gestaltung der ihn interessierenden Lebensverhältnisse, der Norden nach historischer Treue und schöner Ein- und Unterordnung der Persönlichkeit unter altbewährte Rubriken."[1218] Im „reaktionären Stockpreußen" sei für „großzügige und weitherzige Führung der Logen im Sinne einer Gegenströmung gegen Auswüchse der geschichtlichen Begebenheiten kein Raum vorhanden".[1219]

Doch auch der bürgerliche Liberalismus wandelte sich im Kaiserreich und unterfütterte ein konservativ-obrigkeitliches Verständnis von freimaurerischer Politikferne.

10.3. Der ‚unpolitische' Bürger

Nach der Reichsgründung 1871, die gerade nicht von der bürgerlichen Nationalbewegung erstritten, sondern von ‚oben' verwirklicht worden war, hatte das Bürgertum sich in der so geschaffenen politischen Ordnung eingerichtet. Diese entsprach als „bürgerliche Klassengesellschaft mit stark feudalen Relikten"[1220] zwar nicht dem alten aufklärerischen Ideal

1215 Vgl. Hoffmann: Geselligkeit, S. 55 u. Kap. 4.2 in dieser Arbeit.

1216 Vgl. Jefferies: Imperial Culture, S. 12; Stern: Scheitern, S. 14 f.

1217 Zum Begriff ‚kognitive Karte' im Kontext der Geschichtswissenschaft vgl. Schenk: Mental Maps, Abschn. 2–9.

1218 Zit. n. einer Notiz in: Leuchte 12 (1911), S. 164.

1219 Ebd. Grund für die Unzufriedenheit war die Haltung der GLvPr zur Wiederannäherung an den GOdF und das Festhalten am christlichen Prinzip für die Erkenntnisstufen, vgl. „Logenberichte und Vermischtes", in: Bauhütte 2 (1912), S. 14 f.

1220 Nipperdey: Untertanen-Gesellschaft, S. 77.

einer klassenlosen Bürgergesellschaft, aber zu Recht erkannte das Bürgertum im neuen Staat auch die Erfüllung einiger seiner wesentlichen Grundforderungen: Rechtsstaatlichkeit, Gewaltenteilung, eine zwar nicht vollkommene, aber doch ausbaubare parlamentarische Repräsentation, um nur einige zu nennen – von der lange erstrebten (immerhin kleindeutschen) nationalen Einheit ganz zu schweigen. Zudem kamen im neuen Staat die sozialen, materiellen und kulturellen Interessen des Bürgertums weitgehend zur Geltung, auch wenn sein einst formulierter politischer Führungsanspruch unerfüllt blieb. Alles in allem konnte sich das Bürgertum als erfolgreich und zumindest ideell als Teilhaber an der Macht empfinden.[1221]

Auch der zunehmende politische Bedeutungsverlust der liberalen Parteien und schließlich die „konservative Wende" in der Reichspolitik Ende der 1870er Jahre konnten diese Empfindung kaum schwächen.[1222] Zu groß waren zugleich die Modernisierungsleistungen des Kaiserreichs einerseits, das als Bedrohung des Erreichten und des eigenen Status empfundene Herandrängen des Sozialismus andererseits.[1223]

Noch weiter gefördert wurde der politische Rückzug durch die bürgerliche Kulturfrömmigkeit, die sich unter anderem im Leitbild der Kulturnation ausdrückte.[1224] Wo unter Volk nicht so sehr die *citoyens,* sondern eine Sprach- und Kulturgemeinschaft verstanden wurde, konnte der direkte Anspruch auf politische Mitgestaltung hinter dem kulturhegemonialen Anspruch getrost zurücktreten. Kulturelle Teilhabe war entsprechend im Bürgertum höher geschätzt als politische, die Bildung einer ‚Geistesaristokratie' wurde dem Machtkampf mit der geburtsständischen Aristokratie vorgezogen.

Der „Substanzverlust des deutschen Liberalismus"[1225] würde missverstanden, sähe man in ihm den Ausdruck eines Mangels an Bürgerlichkeit, wie das die ältere deutsche Forschung lange Zeit tat.[1226] In den Augen des zeitgenössischen Bürgertums war es weniger eine grundsätzliche Abkehr von seinen politischen Leitlinien, als eine pragmatische Anpassung an die Bedingungen und Herausforderungen des jungen Staats und seiner wirtschaftlichen, sozialen und politischen Entwicklung.[1227] Nun galt es vor allem, die nationale Einheit und die erreichten Erfolge gegen die Bedrohung durch die ‚inneren Reichsfeinde' zu verteidigen, auch um den Preis des politischen Verzichts. Die Koalition mit den alten Eliten zur Bekämpfung des ‚Ultramontanismus' und des Sozialismus sind entsprechend nur von einem ahistorisch-idealtypischen Standpunkt

---

1221 Zusammenfassend zum Bürgertum im Kaiserreich vgl. Schäfer: Geschichte des Bürgertums, S. 131–178; Bieber: Bürgertum, S. 15–45.

1222 Zur ‚konservativen Wende' vgl. Ullmann: Politik, S. 21–23 u. 84 f.; Wehler: Gesellschaftsgeschichte, Bd. 3 (1995), S. 934–965.

1223 Vgl. ebd., S. 768.

1224 Vgl. ebd., S. 947 u. 952.

1225 Holz: Nationaler Antisemitismus, S. 168.

1226 Selbst Hans-Ulrich Wehler, dessen Kaiserreichdeutung der 1970er Jahre entscheidenden Anteil an dieser These hatte, sah sich veranlasst, in seiner monumentalen „Deutschen Gesellschaftsgeschichte" andere Töne anzuschlagen, vgl. Wehler: Gesellschaftsgeschichte, Bd. 3 (1995), S. 765 f. et passim.

1227 Vgl. Jones/Retallack: Conservatism, S. 14.

aus als Bruch mit dem bürgerlichen Liberalismus zu verstehen. Aus zeitgenössischer Perspektive erschien sie vielmehr als eine Notwendigkeit *im Interesse* des Liberalismus und wurde in weiten Kreisen daher keineswegs als Widerspruch empfunden.[1228]

Die Politikferne des Bürgertums war trotz aller Semantik des Unpolitischen also gerade keine Abstinenz von Politik, sondern vielmehr selbst eine politische Haltung, deren Kern Raimund von dem Bussche in einer Arbeit zur Geschichte des Konservatismus wie folgt bestimmt hat: „Das Wesen der unpolitischen Haltung ist [...] dadurch gekennzeichnet, daß sie politische Stellung nimmt, ohne sich dazu zu bekennen und ohne sich selbst als politisches Verhalten wahrnehmen zu wollen."[1229]

Das Bürgertum entzog sich durch den Gestus des Unpolitischen also der Infragestellung und Begründung seiner gesellschaftlichen Position in einer Ordnung, die es als natürlich und somit der politischen Gestaltung und Umwandlung entzogen ausgab und deren politische Absicherung es der Obrigkeit überließ. Die staatstreue und obrigkeitshörige Positionierung des Bürgertums im politischen Kosmos des Kaiserreichs war somit nicht bloß passive Reaktion auf einen „Konformitätsdruck"[1230] von oben, unter dem Hans-Ulrich Wehler in seiner Kaiserreichsdeutung der 1970er Jahre das Bürgertum buckeln sah, sondern war in gehörigem Maße bürgerliche Anpassungs*bereitschaft* und sogar Anpassungs*eifer*.[1231]

10.4. Der Maurer im Gewande des Volkstums – Freimaurerei und Nationalismus

Trifft also Helmut Neubergers Urteil zu, wonach die Freimaurerlogen vor dem Ersten Weltkrieg „bürgerlichen Monarchistenvereinigungen"[1232] glichen? Nein. Das Bild des nur kaisertreuen Untertans ist – selbst wenn man diesen nicht nur als passiv versteht – verkürzt. Neuberger berücksichtigt nicht ausreichend den Nationalismus des in den Logen versammelten Bürgertums sowie die Bewegungen im politischen Kosmos des Kaiserreichs gegen Ende des 19. Jahrhunderts.

So verschob sich das Gewicht immer stärker weg vom Kaiser, hin zur Nation als oberster Akklamationsinstanz. Beispielsweise wurde der alljährlich in vielen Logen gefeierte Kaisergeburtstag um die Jahrhundertwende immer mehr zu einer Feier der Nation, bei der der Kaiser nur noch pars pro toto für diese stand. Es gebe schließlich viele verehrungswürdige, „an Geist und Herz hervorragende Männer", meinte ein Redner bei einer dieser Feiern 1903, aber indem man den Kaiser ehre, ehre man eben

1228 Am Beispiel des Kulturkampfes behandelt bei Smith: German Nationalism, S. 37–41. Aufgegriffen bei Kaiser: Clericalism, S. 57 f. Vgl. auch Sheehan: German Liberalism, S. 195 f.

1229 Bussche: Konservatismus, S. 23. Vgl. auch bereits Stern: Scheitern, insbes. S. 41–61.

1230 Wehler: Kaiserreich, S. 129.

1231 Nipperdey: Bürgertum, S. 74 spricht von „freiwillig-unfreiwillig[er]" Politikfremdheit. Vgl. auch Nipperdey: Untertanen-Gesellschaft; Alter: Heinrich Manns Untertan.

1232 Neuberger: Winkelmaß, S. 16. Übernommen auch von Melzer: Konflikt, S. 27.

zugleich das Vaterland.[1233] Bei der gemeinsamen Feier der Bremer Logen im Folgejahr wurde sogar noch deutlicher zwischen dem Geburtstag Wilhelms II. als offiziellem *Anlass* und der Nation als dem tatsächlichen *Objekt* der feierlichen Verehrung unterschieden. Von „jenem sinnlosen Kaiserkultus“ alter Reiche wisse man sich frei, erklärte der Domprediger Bock, stattdessen trage der Festtag nicht nur einen persönlichen, sondern auch einen nationalen Charakter: „Das Kaisertum ist die Verkörperung [...] unserer nationalen Einheit“.[1234]

Der Grund für dieses zunehmende Primat der Nation lag einerseits in der Person Wilhelms II. selbst begründet. Er war nicht in die freimaurerischen Fußstapfen von Vater und Großvater getreten und zeigte sich auch sonst nicht als Freund der Logen. 1911 machte beispielsweise die Meldung in profanen und freimaurerischen Blättern die Runde, der Kaiser habe veranlasst, freimaurerische Motive bei der Berliner Neuinszenierung von Mozarts „Zauberflöte“ zu entfernen.[1235] Ein Dementi der Generalintendantur der Königlichen Schauspiele Berlins folgte, aber dass das Verhältnis zwischen Kaiser und Logen nicht mehr das war, das unter Wilhelm I. oder Friedrich III. geherrscht hatte, war unbestreitbar.[1236] Die Logen selbst, insbesondere natürlich die altpreußischen, die immerhin noch der wenig an Freimaurerei interessierte Friedrich Leopold mit dem Haus Hohenzollern verband, versuchten diesen Umstand so gut es ging zu überspielen. Das ging am besten, indem zum einen die Verehrung entpersonalisiert wurde, weg von der Person auf dem Thron, hin zum Thron selbst.[1237] Zum anderen verlagerte sich die Huldigung mehr und mehr auf die Nation, für die der Kaiser dann als Repräsentant gesehen wurde. Den christlichen Großlogen kam dabei auch der Nationalprotestantismus entgegen, der die klassische Allianz von ‚Thron und Altar‘ schon vor Wilhelms II. Regentschaft zur Trias ‚Thron – Altar – Nation‘ erweitert hatte, was seinen Niederschlag auch in der christlich-freimaurerischen Reflexion fand.[1238]

Der zweite Grund für die zunehmende Bedeutung der Nation im freimaurerischen Wertekosmos war die „fundamentale Neukonstituierung der politischen Nation“ zum

1233 Bahnson: „Ansprache am Geburtstage des Kaisers“, in: Bauhütte 13 (1903), S. 101–103, hier S. 101.

1234 Bock: „Festrede“, in: Bauhütte 11 (1904), S. 81–84, hier S. 81.

1235 Vgl. „Der Kaiser und die Freimaurer“, in: Freimaurer-Zeitung 7 (1911), S. 49 u. „Zentrum und Zauberflöte“, in: Freimaurer-Zeitung 7 (1911), S. 49 f.

1236 Das wurde eher noch durch die masonischen Reaktionen unterstrichen. So wies etwa die Freimaurer-Zeitung auf die preußischen Könige hin, die dem Bund angehört hatten – eine Liste, auf der Wilhelm II. natürlich fehlte, vgl. „Kaiser Wilhelm II. und die Freimaurer!“, in: Freimaurer-Zeitung 13 (1913), S. 100.

1237 Vgl. Schmid: Völkerschlachtdenkmal, S. 374.

1238 Vgl. z. B. Liesberg, Karl: „Gott, Kaiser, Vaterland!“, in: Zirkelkorrespondenz 2 (1914), S. 34–40. Zum Nationalprotestantismus vgl. Lehmann: Chosen People; Flasche: Kaiserreich; Hübinger: Sakralisierung der Nation; Walkenhorst: Nationalismus; Altgeld: Katholizismus, Protestantismus, Judentum, insbes. S. 47–76; Tilgner: Volk; Gailus/ Lehmann (Hg.): Mentalitäten.

Ende des 19. Jahrhunderts, in deren Zuge sich ein potenter radikaler Nationalismus mehr und mehr bemerkbar machte – auch in der Freimaurerei.[1239]

Die Logen pflegten schon länger nationale Gesinnung, war doch das Bürgertum der primäre Träger von beidem, Nationalismus und Freimaurerei. Einen Widerspruch zwischen der ‚unpolitischen' Haltung und dem Bekenntnis zur Nation bestand in den Augen der Brüder nicht. Die Nation wurde ja gerade nicht als nur politischer Zusammenschluss verstanden, sondern als gleichsam natürliche Einheit – ob man diese nun kulturalistisch als Sprach- und Kulturgemeinschaft, theologisch als Teil der göttlichen Schöpfungsordnung oder biologistisch als Blut- beziehungsweise Rassegemeinschaft verstand. Dass im Zuge der ‚inneren Reichsgründung' bestimmte Gruppen marginalisiert, zu ‚inneren Reichsfeinden' erklärt und von dieser ‚natürlichen' Gemeinschaft ausgeschlossen wurden, erschien folglich nicht als politische Handlung, sondern als Absicherung und innere Vollendung der bislang nur äußerlich errungenen Einheit.[1240]

Eine der prominenten Ausdrucksformen des Nationalismus im Kaiserreich waren Sprachreinigungsbewegungen, die seit den 1880er Jahren auch die Freimaurerei ergriffen, als eine der wenigen Reformfragen, bei denen sich alle Großlogen weitgehend einig waren.[1241] Die Große Loge von Preußen begann beispielsweise 1889 damit, Fremdwörter in ihren Statuten durch deutsche Ausdrücke zu ersetzen, und auch der humanitäre Großmeisterverein hatte schon in seinem zweiten Rundschreiben vom Oktober 1900 die „Aufstellung gemeinsamer deutscher Bezeichnungen für freimaurerische Funktionen und Begriffe" zu seinen ersten Aufgaben gerechnet.[1242] Beim ersten gemeinsamen Logentag der Großlogen von Bayreuth, Frankfurt und Hamburg im Folgejahr schritt man zur Tat und beriet über die Sprachreform. Der zugeordnete Hamburger Großmeister Johann Heinrich Wilhelm Harden, der ein Referat zu der Frage hielt, plädierte etwa für die Beibehaltung von „Archivar" anstelle des ungelenken „Urkundenwart", machte aber ansonsten eine Reihe von Vorschlägen, die vom bereits Geläufigen – „Kugelung" statt „Ballotage" – bis hin zum Kleinlichen – „[s]tändig Besuchender" statt „permanent Besuchender" – reichten.[1243]

Harden bezog sich in seinem Referat mehrfach auf Robert Fischer, der zwei Jahre zuvor bei der Jahresversammlung des VdF ähnliche Anregungen in seinem Vortrag „Die Reinheit und Einheit der Logensprache" gegeben hatte.[1244] Fischer hatte auf die

1239 Eley: Wilhelminismus, S. 174. Vgl. insbes. auch Walkenhorst: Nation – Volk – Rasse. Wichtig auch Jansen/Borggräfe: Nation, S. 33–37, wonach sich der radikale vom vormärzlichen Nationalismus nicht so sehr durch seine Inhalte unterschied, als vielmehr durch seine politische Potenz als Legitimationsideologie einer Großmacht im Zeitalter der Massenpolitik. Zur Begriffskritik vgl. auch Breuer: Völkische in Deutschland, S. 63 Anm. 35.

1240 Vgl. die konzisen Darstellungen ebd., S. 66–74; Wehler: Nationalismus, S. 76–81.

1241 Zum Sprachnationalismus des 19. Jahrhunderts vgl. Stukenbrock: Sprachnationalismus, S. 241–320. Für den völkischen Wirkungshorizont des Sprachnationalismus vgl. Puschner: Völkische Bewegung, S. 27–48.

1242 Rundschreiben abgedr. in: Protokoll des gemeinsamen Logentages, S. 17 f., hier S. 17. Zur GLvPr vgl. „Logenberichte und Vermischtes", in: Bauhütte 48 (1889), S. 383.

1243 Protokoll des gemeinsamen Logentages, S. 27–33, hier S. 29 u. 31.

1244 Vgl. Fischer, Robert: „Die Reinheit und Einheit der Logensprache", in: Mitteilungen aus dem VdF (1899/1900), S. 66–72.

einigende Wirkung einer gemeinsamen deutschen Logensprache abgehoben. Ebenso hatte er jedoch betont, dass eine Reinigung der Sprache noch tiefergehend wirke: „Wer deutsch spricht, denkt auch deutsch und fühlt deutsch. Und ich meine, wir Freimaurer haben alle Ursache, auch deutsche Gesinnung zu pflegen."[1245]

Wie auch im Sprachnationalismus der profanen Umwelt, wurde die Reinigung und Reinhaltung der deutschen Sprache in den Logen als notwendiger Schritt gegen die „uns überflutenden fremdländischen Elemente" gesehen,[1246] als ein Kampf gegen die im deutschen Wesen angeblich so starke „Auslandsmeierei, die in der Sprache das fremde Gewand höher schätzt, als das deutsche".[1247]

So wenig wie zwischen Politikferne und Nationalismus sah man einen Widerspruch zwischen nationaler Orientierung und freimaurerischem Kosmopolitismus. Schon Johann Gottlieb Fichte hatte schließlich in seiner „Philosophie der Maurerei" beide zueinander in Beziehung gesetzt. Im Gemüt des Freimaurers, schrieb Fichte, sei Vaterlandsliebe die Tat, Weltbürgersinn der Gedanke.[1248] Stefan-Ludwig Hoffmann hat eingehend dargelegt, wie das von den Freimaurern der Jahrhundertwende auf ihre Zeit übertragen wurde.[1249] Einige zeitgenössische Stimmen mögen veranschaulichen, wie sich Volk und Nation als scheinbar natürliches und notwendiges Medium zwischen Partikularismus und Universalismus einfügten: Das Vaterland wurde als der „natürliche Träger" für „alle maurerischen Bestrebungen" gesehen, da die Menschheit an sich nur ein „Idealgebilde der Phantasie" sei.[1250] Menschen leben „leibhaftig nur im Gewand des Volkstums", weswegen die „Liebe zum Volke [...] der Eck- und Grundpfeiler der kühnen Brücke [ist], durch welche die Völker des Erdkreises sich nähern".[1251] „Pflege, Ausbildung, Betonung unsrer nationalen Eigentümlichkeit" sei also freimaurerische Arbeit.[1252]

Das Bekenntnis zur Nation stand also nicht zwangsläufig im Widerspruch zu weltbürgerlicher Gesinnung.[1253] Der bürgerliche Kosmopolitismus setzte die Unterteilung in Völker beziehungsweise Nationen als natürliche Ordnung der Welt gewissermaßen voraus. Allerdings gab es eine wachsende Anzahl Brüder, die ein solches Weltbürgertum

---

1245 Fischer, Robert: „Die Reinheit und Einheit der Logensprache", in: Mitteilungen aus dem VdF (1899/1900), S. 66–72, hier S. 67.

1246 Steinke, Hugo: „Der Kaiser", in: Freimaurer-Zeitung 14 (1909), S. 105–110, hier S. 108.

1247 Probst, H.: „Vaterländische Gesinnung in der Maurerei", in: Bundesblatt 10 (1913), S. 265–279, hier S. 275.

1248 Vgl. Fichte: Philosophie, S. 82.

1249 Vgl. Hoffmann: Geselligkeit, S. 310–324.

1250 Probst, H.: „Vaterländische Gesinnung in der Maurerei", in: Bundesblatt 10 (1913), S. 265–279, hier S. 267; Hoffmann, F.: „Kosmopolitismus und Patriotismus in der Loge", in: Latomia 6 (1897), S. 42–44, hier S. 44.

1251 Scheibe: „Freimaurerei und Patriotismus", in: Freimaurer-Zeitung 31 (1907), S. 241–243, hier S. 242; Weiss: „Verhältniss der allgemeinen Menschenliebe und der Vaterlandsliebe zu einander", in: Schlesisches Logenblatt 5 (1895), S. 34–38, hier S. 38.

1252 Scheibe: „Freimaurerei und Patriotismus", in: Freimaurer-Zeitung 31 (1907), S. 241–243, hier S. 242.

1253 Das hoben kosmopolitisch gesinnte Brüder mitunter gegen Vorwürfe der Vaterlandslosigkeit selbst hervor, vgl. Hülter, Carl: „Weltbürgertum und Vaterlandsliebe", in: Leuchte 2 (1913), S. 13–19, hier S. 15 f.

scharf ablehnten, weil dieses nur zur Entfremdung vom eigenen Volk führe und die Freimaurerei in den Augen des nationalistischen, also des „besseren Theils unseres Volkes“ herabsetze.[1254]

Mit wachsender Beunruhigung beobachteten die Anhänger eines durch die Nation vermittelten Kosmopolitismus gegen Ende des 19. Jahrhunderts, wie sehr sich der Bezug auf die Nation verselbständigte und über den von der Weltbruderkette gespannten, universalmenschheitlichen Bezugsrahmen erhob. Vom Ideal der Nation als Brücke zur Welt sei man leider weit entfernt, meinte etwa ein Beitrag 1890 in der LATOMIA und ermahnte: „wir müssen zurück von der abschüssigen Bahn der Ueberspannung des Nationalitätsprinzips.“[1255] Auch in der BAUHÜTTE wurde bereits in den 1890er Jahren beklagt, dass der Patriotismus „vielfach zum Chauvinismus geworden“ sei.[1256] „Den internationalen, den kosmopolitischen Charakter hat die Freimaurerei schon längst eingebüßt“, lamentierte ein anderer Beitrag im selben Blatt.[1257]

Tatsächlich wurden zunehmend Stimmen laut, die nicht nur forderten, „Deutsch bis ins innerste Mark“ zu sein und dafür die „sogenannte Verbrüderung aller M[aure]r auf dem Erdenrunde“ zurückzustellen bereit waren, sondern die ihr Bekenntnis zur Nation mit einer klaren Absage an „Humanitätsduselei“ und „das Phantom eines fadenscheinigen Weltbürgertums“ verbanden.[1258]

Was sich um die Jahrhundertwende so in den Logen bemerkbar machte, war ein im späten Kaiserreich sich vollziehender politischer Wandel. In seiner Monographie „Reshaping the German Right“ legte Geoff Eley 1980 dar, wie sich die politische Rechte des wilhelminischen Kaiserreichs modernisierte und in sozialer wie auch ideologischer Hinsicht eine Abkehr von den alten Eliten und eine Hinwendung zu den sozioökonomisch unter Druck geratenen (klein-)bürgerlichen Schichten der Gesellschaft vollzog. Mit einem darauf abgestimmten populistisch-agitatorischen Stil konnte sich so eine radikale Rechte etablieren, die im Bürgertum große Resonanz fand. Die als Teil dieser Neuausrichtung sich formierende alldeutsche und völkische Bewegung und die zahlreichen entstehenden nationalen Verbände förderten bei aller ideologischen Inhomogenität einen radikalen Nationalismus in der Gesellschaft, mit der Folge, dass teilweise auch der Führungsanspruch der alten Eliten in Abrede gestellt wurde.[1259]

Zumindest Letzteres war in Freimaurerkreisen dann doch eher noch tabu. Direkte Kritik der Obrigkeit wäre als politisch ausgelegt worden. Aber dennoch kam es immer wieder auch zu subtilen Spitzen gegen Wilhelm II. Der bereits zitierte Bremer Bruder

---

1254 Steiner: „Maurerei und Patriotismus“, in: Bundesblatt 4 (1890), S. 83–88, hier S. 84.

1255 Meyer, Max: „Humanität und Nationalität“, in: Latomia 21 (1890), S. 166 f., hier S. 167.

1256 Unseld, Wilhelm: „Vaterlandsliebe und Patriotismus“, in: Bauhütte 8 (1894), S. 62 f., hier S. 62.

1257 Lachmund: „Bestrebungen und Geist der deutschen Freimaurerei“, in: Bauhütte 21 (1898), S. 161–163, hier S. 161.

1258 „Was wir wollen“, in: Freimaurer-Zeitung 32 (1908), S. 249–251, hier S. 250; Weiss: „Verhältniss der allgemeinen Menschenliebe und der Vaterlandsliebe zu einander“, in: Schlesisches Logenblatt 5 (1895), S. 34–38, hier S. 35; Probst, H.: „Vaterländische Gesinnung in der Maurerei“, in: Bundesblatt 10 (1913), S. 265–279, hier S. 266.

1259 Vgl. Eley: Reshaping u. Hermand: Traum, S. 62 f.

Domprediger Bock etwa sprach bei seiner Rede zur Kaisergeburtstagsfeier auch den Charakter des Kaisers an, attestierte ihm euphemistisch „ein stark ausgeprägtes, temperamentvolles und impulsives Wesen, oft fast *zu* lebhaft, *zu* aufgeregt, *zu* schnell, *zu* feurig, *zu* energisch im Aussprechen seiner Gedanken [...] oder seines heiss aufwallenden Zornes.“[1260] Solche Naturen seien „nicht immer konsequent und ausdauernd in der Verfolgung und Verwirklichung ihrer Pläne! Sie fassen vieles an, aber lassen es dann fehlen an der zähen Durchführung“.[1261]

Alles in allem: ideologische Interferenzen mit Positionen dieser neuen radikalen Rechten nahmen in deutschen Freimaurerkreisen zu, nicht nur als Privatmeinung einzelner Brüder, sondern auch als Teil der innerfreimaurerischen Selbstverständnisdebatten.

Ganz besonders ausgeprägt war in deutschen Bauhütten der Antisemitismus. Antijüdische Ressentiments in der Bruderkette waren nicht erst eine Erscheinung der Jahrhundertwende. Die Frage nach der Zulassung der Juden war, so Stefan-Ludwig Hoffmann, während des gesamten 19. Jahrhunderts eine Schlüsselfrage der Freimaurerei.[1262] Hoffmann sieht dabei zwei in den Logen wirkende, gegenläufige Dynamiken am Werk: einerseits einen universalistischen Anspruch, der die eigenen, bürgerlich-freimaurerischen Werte für allgemeinmenschheitliche ausgab und sie entsprechend propagierte; andererseits ein bürgerliches Bedürfnis nach gesellschaftlicher Distinktion. Zusammengenommen konstituierten diese beiden Dynamiken, was Hoffmann einen „double-bind“ für Juden nennt:

> Je mehr sich die allgemein-menschlichen Werte der Bürgerlichkeit im Laufe des 19. Jahrhunderts tatsächlich verallgemeinerten, und etwa die Juden sich ‚verbürgerlichten‘, desto mehr wurde der allgemein-menschliche Bedeutungsgehalt der Semantik der Bürgerlichkeit und die daran gebundene kulturelle Praxis exklusiv gewendet, um sie wieder unterscheidungsfähig zu machen.[1263]

Den in weiten Teilen der deutschen Logenwelt praktizierten Ausschluss von Juden sieht Hoffmann somit im Wesen der Bürgerlichkeit verankert, als Teil einer allgemeineren Dialektik aus Universalismus und Exklusivität.[1264] Zwar bringt Hoffmann das Anwachsen des Antisemitismus auch mit dem bürgerlichen Krisengefühl zu Ende des Jahrhunderts in Verbindung, insgesamt tritt bei ihm jedoch der Blick auf die Wandlungen

1260 Bock: „Festrede“, in: Bauhütte 11 (1904), S. 81–84, hier S. 82 [Herv. i. O.].

1261 Ebd.

1262 Vgl. Hoffmann: Geselligkeit, S. 120. Zum schwierigen Verhältnis der deutschen Freimaurerei zu den Juden vgl. insbes. auch Seidler: Juden, S. 70–258. Zum Antisemitismus als Element der völkischen Weltanschauung vgl. Puschner: Völkische Bewegung, S. 51–66; Bergmann: Völkischer Antisemitismus; Breuer: Völkische in Deutschland, S. 25–35; Ziege: Mythische Kohärenz.

1263 Hoffmann: Geselligkeit, S. 200. Die Bezeichnung „double-bind“, ebd., S. 120.

1264 Thomas Nipperdey hat von einer „Doppelheit von vereinheitlichenden Formen und trennenden Unterschieden“ in der bürgerlichen Kultur gesprochen, vgl. Nipperdey: Bürgerlich, S. 143. Vgl. auch Rahden: Eintracht, S. 21–24.

und Spezifika des antijüdischen Ressentiments hinter seinem eingängigen allgemeinen Modell zurück.[1265] Zudem versäumt Hoffmann, den Antisemitismus im Kontext der innerfreimaurerischen Aushandlungsprozesse und somit seine Rolle für die masonischen Selbstverständnisdebatten zu untersuchen.

Offiziell fand der in Folge der Reichsgründung 1871 aufwallende Judenhass die Verurteilung durch die Freimaurerei. 1881 forderte der Großlogenbund alle deutschen Brüder dazu auf, „der sog[enannten] antisemitischen Ausschreitung entschlossen und energisch entgegenzutreten."[1266] Das bezog sich auf antisemitische Krawalle und Gewalttaten, die sich kurz zuvor im Zusammenhang mit der sogenannten Antisemitenpetition ereignet hatten.[1267] Für einen solchen ‚Radauantisemitismus' war und blieb sich das Logenpublikum zu fein.[1268] Für den gelehrig daherkommenden und wissenschaftlich argumentierenden modernen Antisemitismus hingegen fand man von Seiten des Großlogenbundes keine Worte, hatte man kein Gespür und kein gemeinsames Problembewusstsein. Das gilt auch für andere freimaurerische Verurteilungen des Judenhasses, wie sie zum Beispiel im „Allgemeinen Handbuch der Freimaurerei" von 1900 zu finden sind.[1269]

Die freimaurerische Verurteilung des Antisemitismus sah in ihm in erster Linie einen mittelalterlichen Aberglauben und einen Rückfall in religiöse Intoleranz. So fügte sich der von Hermann Settegast gegen die christlichen Berliner Großlogen geschleuderte Antisemitismusvorwurf nahtlos in seine sonstige Kritik dieser Großlogen als mystifizierende und unzeitgemäße Institutionen ein.[1270] Und auch wo Anhänger des humanitären Prinzips die christliche Freimaurerei als antisemitisch kritisierten, hoben sie damit zumeist auf deren vor allem Juden ausschließende religiöse Exklusivität ab.[1271]

Eine weithin akzeptierte Ansicht war das, selbst unter humanitären Freimaurern, freilich nicht. Im Gegenteil: Antisemitismus wurde vielfach primär als Problem der humanitären Logen gesehen. Das „Allgemeine Handbuch der Freimaurerei" erklärte 1900, im statutenmäßigen Ausschluss von Nichtchristen liege kein Antisemitismus. Dieser sei in Logen erst dann vorhanden, wenn in ihnen trotz humanitären Prinzips „Juden gar nicht oder nur schwer Aufnahme finden. Solcher A[ntisemitismus] ist allerdings thatsächlich am Ende des 19. Jahrh[underts] bedauerlicherweise vorhanden."[1272]

1265 Vgl. Hoffmann: Geselligkeit, S. 183.

1266 Zit. n. „Antisemitismus", in: Allgemeines Handbuch (3. Aufl.), Bd. 1 (1900), S. 43 f., hier S. 44.

1267 Vgl. Kraus: Antisemitenpetition.

1268 Vgl. z. B. Toepel: „Zur Judenfrage. Instruktionsvortrag", in: Zirkelkorrespondenz 12 (1903), S. 389–403. Zum „Radauantisemitismus" vgl. Jahr: Radauantisemitismus; Walter: Kriminalität, S. 10.

1269 Vgl. „Antisemitismus", in: Allgemeines Handbuch (3. Aufl.), Bd. 1 (1900), S. 43 f., hier S. 44.

1270 Vgl. Kap. 7.1.

1271 Vgl. z. B. Gericke: „Über das Judentum", in: Bauhütte 26 (1897), S. 201–203, hier S. 201 [Herv. i. O.]: „Die christliche Freimaurerei schließt im Prinzip die Juden aus, ist also *an sich* antisemitisch".

1272 „Antisemitismus", in: Allgemeines Handbuch (3. Aufl.), Bd. 1 (1900), S. 43 f., hier S. 44.

Letzteres war unzweifelhaft wahr. Dass in humanitären Logen antijüdische Ressentiments grassierten, sei „ein öffentliches Geheimnis", gestand ein Mitglied einer Bayreuther Tochterloge 1897.[1273] Auch der 1890 ins Leben gerufene „Verein zur Abwehr des Antisemitismus" prangerte – noch bevor das Thema durch Hermann Settegast in die Öffentlichkeit getragen wurde – in seinen MITTEILUNGEN das Problem in der Freimaurerei an und wandte sich mit seiner Kritik explizit auch gegen solche Logen, die de jure Juden aufnahmen, wo dies jedoch de facto durch den Einfluss antisemitischer Mitglieder verhindert wurde.[1274]

Seit Durchsetzung des humanitären Aufnahmeprinzips in Teilen der deutschen Logenwelt wurde dort die tatsächliche Akzeptanz von Juden immer wieder an die Erwartung, wenn nicht gar die Voraussetzung einer vollständigen Assimilation geknüpft. Juden sollten ihr partikulares Jüdischsein aufgeben, um im vermeintlich universalen Freimaurer- beziehungsweise Menschsein aufzugehen.[1275] Noch 1892 legte August von Reinhardt – eigenem Bekunden nach kein ‚Judenfreund' – dar, dass es den „Kulturnationen" aus ihrer Geschichte der Unterdrückung der Juden als „Pflicht der Sühne" erwachse, „alle Mittel in Bewegung zu setzen, um ein Aufgehen des jüdischen Typus im deutschen Volke nach und nach in die Wege zu leiten."[1276] Dass die Assimilation dann Reinhardt zufolge letztlich „vor allem von den Juden selbst abhängt",[1277] ermöglichte jedoch weiterhin auch ihre Nichtaufnahme. Entsprechend wurde der Ausschluss von Juden immer wieder durch deren angebliches Verhalten, ihre vermeintliche Protzsucht oder ähnliche Behauptungen gerechtfertigt.[1278] Zwar wurden derartige ‚Argumente' schon von Zeitgenossen mitunter als die antisemitischen Feigenblätter kritisiert, die sie waren,[1279] doch es blieb dabei: jüdischen Aufnahmesuchenden blieben

1273 Gericke: „Über das Judentum", in: Bauhütte 26 (1897), S. 201–203, hier S. 201. Vgl. auch Lachmund: „Der Antisemitismus und die Freimaurerei", in: Bauhütte 34 (1893), S. 269–271, hier S. 271.

1274 Vgl. „Zum Artikel ‚Antisemitismus und Freimaurerthum' ", in: Mitteilungen aus dem Verein zur Abwehr des Antisemitismus 20 (1892), S. 175. Der Titel dieses Artikels verweist auf einen früheren Beitrag: „Antisemitismus und Freimaurerthum", in: Mitteilungen aus dem Verein zur Abwehr des Antisemitismus 18 (1892), S. 159. Dieser wiederum nahm Bezug auf „Die Loge und der Antisemitismus", in: Mitteilungen aus dem Verein zur Abwehr des Antisemitismus 6 (1891), S. 3 f. Zum „Abwehrverein" vgl. Zeiß-Horbach: Verein zur Abwehr, dort der Forschungsüberblick S. 21–23.

1275 Vgl. Hoffmann: Geselligkeit, S. 178 f.

1276 Reinhardt, August von: „Die Judenfrage und der Freimaurerbund", in: Bauhütte 15 (1892), S. 113–117, hier S. 114.

1277 Ebd.

1278 Vgl. z. B. „Zur Judenfrage", in: Freimaurer-Zeitung 46 (1893), S. 365 f., hier S. 366. Der Vorwurf der Protzerei findet sich z. B. bei Wenek, Ad. Wilh.: „Gedanken über moderne Maureraufgaben", in: Freimaurer-Zeitung 25 (1910), S. 193–197, hier S. 197. Mitunter wurden derartige ‚Argumente' jedoch auch als die antisemitischen Feigenblätter kritisiert, die sie waren, vgl. z. B. Unseld, Wilhelm: „Die Loge und der Antisemitismus", in: Bauhütte 45 (1891), S. 356 f., hier S. 357.

1279 Vgl. z. B. ebd.

die Logen auch nach der teilweisen freimaurerischen Judenemanzipation vielfach verschlossen. Mindestens wurden höhere soziale Maßstäbe angelegt als an christliche Interessierte, wie Hoffmann am Beispiel Breslaus nachweist.[1280]

Die assimilatorische ‚Lösung der Judenfrage' und August von Reinhardts exemplarische Argumentation entsprachen noch weitgehend dem Frühantisemitismus und der spätaufklärerischen Diskussion über die ‚bürgerliche Verbesserung der Juden'.[1281] Spätestens seit der Reichsgründung 1871 und der mit ihr verwirklichten vollständigen staatsbürgerlichen Gleichstellung der Juden hatte sich aber der Blick auf diese nachhaltig zu wandeln begonnen. Nunmehr trat verstärkt der sogenannte moderne Antisemitismus in den Vordergrund. Wie inzwischen vielfach herausgearbeitet wurde, hing dessen Entstehung vor allem mit dem Nationalismus zusammen, der nach erfolgter äußerer Reichsgründung zur inneren Nationswerdung drängte. Das Selbstverständnis des nationalen Kollektivs der Deutschen konstruierte sich als Gegensatz zu einem Bild der Juden und des Jüdischen, das viel mehr war, als nur eine Verdichtung älterer Vorurteile.[1282] Die ökonomischen, politischen, kulturellen und gesellschaftlichen Verwerfungen der Moderne wurden in der Figur des ‚Juden' gebündelt und externalisiert.[1283] Postemanzipatorischer, nationaler Antisemitismus forderte folglich nicht mehr das Aufgehen der Juden im deutschen Volk, sondern fürchtete und bekämpfte gerade dieses. Juden galten nicht mehr nur als Fremdkörper, der zumindest prinzipiell bei entsprechender Anpassung inkorporiert werden konnte, sondern als das ‚ganz Andere' zum nationalen Kollektiv, der ‚Antikörper', der die eigene nationale Identität bedrohte. Häufig, aber nicht notwendigerweise, äußerte sich das in rassistischer Semantik, ohne dass Antisemitismus sich darin erschöpfte oder auf die Kategorie der Rasse angewiesen war.[1284] Somit wurde moderner Antisemitismus zu einem zentralen Diskurselement des radikalen Nationalismus, der dessen heterogene Diskursteilnehmer zusammenkittete. Antisemitismus wurde zu einem ‚kulturellen Code' (Shulamit Volkov), welcher Zustimmung und Zugehörigkeit zum nationalen Lager signalisierte.[1285]

1280 Vgl. Hoffmann: Geselligkeit, S. 189.

1281 Vgl. Holz: Theorien, S. 316. „Über die bürgerliche Verbesserung der Juden" war der Titel einer erstmals 1781 erschienenen Schrift Christian Konrad Wilhelm von Dohms, in der dieser für die staatsbürgerliche Emanzipation der europäischen Juden argumentierte, vgl. Weigel: Dohm.

1282 Vgl. Alter/Bärsch/Berghoff (Hg.): Konstruktion; Holz: Nationaler Antisemitismus; Weyand: Wissenssoziologie. Für einen breiter gefassten Forschungsüberblick vgl. auch Wyrwa: Moderner Antisemitismus; Beyer: Theorien.

1283 Vgl. u. a. Haury: Antisemitismus, S. 22.

1284 Vgl. Wyrwa: Moderner Antisemitismus, S. 211. Modernen Antisemitismus und Rassenantisemitismus gleichzusetzen, wie dies z. B. auch in Benz: Was ist Antisemitismus, S. 83–115 geschieht, wird dem Phänomen daher nicht gerecht. Klaus Holz etwa versteht den Rassismus mit Bezug auf den nationalen Antisemitismus als nur einen Untertypus der Ethnisierung und damit der Konstruktion von Zugehörigkeit und Fremdheit, die dem nationalen Antisemitismus zugrunde liegt, vgl. Holz: Nationaler Antisemitismus, S. 163 u. 546.

1285 Vgl. Volkov: Antisemitismus als kultureller Code.

Dieser Entwicklung entsprechend bekamen diejenigen Brüder, die für die Aufnahme von Juden argumentierten insbesondere aus nationalistischen Logenkreisen Gegenwind. Mit antisemitischer Argumentation wandten sich Brüder gegen die – in ihren Augen – jüdische Korrumpierung freimaurerischer Humanität. So sah beispielsweise Franz Kießling, Meister vom Stuhl der Leipziger Loge „Apollo" (Große Landesloge von Sachsen), in der Agitation für die Aufnahme von Juden vor allem einen Versuch, „die deutsche Maurerwelt zu Gunsten des Judenthums zu terrorisiren".[1286] Ein Beitrag in der Freimaurer-Zeitung führte gar die Settegastbewegung auf das konspirative Wirken des jüdischen B'nai B'rith-Ordens zurück.[1287]

Besonders bemerkenswert war das Auftreten Joseph Gabriel Findels in den 1890er Jahren. Ausgerechnet der meinungsstarke alte Gegner des christlichen Prinzips, Vorkämpfer der Reformbewegung und „Ehren-Großmeister und General-Repräsentant" der afroamerikanischen Prince Hall Großloge von Boston,[1288] tat sich im Zuge des Settegaststreits in seinen Signalen für die deutsche Maurerwelt und in mehreren separaten Schriften als strammer Rassenantisemit hervor.

In seinem Buch „Die Juden als Freimaurer", das 1893 erstmals als Intervention im Settegaststreit erschien und bis 1901 viermal wieder aufgelegt wurde, wandte er sich gegen von ihm unterstellte „Versuche, die öffentliche Meinung innerhalb der deutschen Logenwelt zu Gunsten des Judentums zu terrorisieren".[1289] Unter Verweis auf Eugen Dühring und andere Größen der antisemitischen Bewegung erklärte Findel den augenscheinlichen Widerspruch zu seinem früheren Eintreten für das humanitäre Aufnahmeprinzip damit, dass es ihm nicht um Fragen der religiösen Aufnahmebestimmungen gehe, „sondern vielmehr um die Erkenntnis [...] des Judentums in seiner Volksart", denn „das Jüdische im Juden liegt nicht in der Lehre, im Bekenntnis, sondern im Blut".[1290] Der seit Jahren geführte „Kampf zwischen sog[enannter] christlicher und Humanitätsmaurerei" könne niemals zu einem glücklichen Ende geführt werden „so lange man nicht einsieht, dass es sich im Grunde weniger um einen Kampf für das Humanitätsprinzip

1286 Kiessling, Franz: „Zur Judenfrage", in: Freimaurer-Zeitung 1 (1894), S. 3–6, hier S. 6.

1287 „Der unabhängige Orden Bnai Brith", in: Freimaurer-Zeitung 9 (1894), S. 68 f., hier S. 69. In dem Artikel wird der B'nai B'rith-Orden außerdem als Zentrum einer internationalen jüdischen Verschwörung imaginiert, die über ungeheure Geldmittel, immensen Einfluss und Kontrolle über die Presse verfüge – allesamt klassische antisemitische Topoi. Gleichwohl erklärte die Redaktion der „Freimaurer-Zeitung" einige Wochen später mit Bezug auf diesen Artikel, dass sie darin keinen Antisemitismus erkennen könne, vgl. „Nachschrift der Redaktion", in: Freimaurer-Zeitung 14 (1894), S. 110.

1288 Vgl. Findels beeindruckendes Ämter-, Ehren- und Würdenverzeichnis, das er während seiner Zeit als Herausgeber stolz auf den Titelseiten der „Bauhütten"-Jahrgänge aufzählte, z. B. zu Jahrgang 1890, wo er 49 solche Titel nennt, die von seinem internationalen Wirken (Nord- und Südamerika waren in der Liste ebenso vertreten wie Afrika und natürlich alle Teile Europas) zeugen.

1289 Findel: Juden als Freimaurer, S. 1.

1290 Ebd., S. 6 f.

handelt, als vielmehr um einen Kampf für die Interessen und für die Machtstellung des Judentums."[1291]

Es wäre einfach, Findels antisemitische Ausfälle lediglich als Resultat von Frustration, als Ersatzkonflikt und Suche nach einem Sündenbock für das eigene Scheitern abzutun. Seine jahrelangen Bemühungen um eine Reform und Einigung der Freimaurerei hatten nicht gefruchtet, er hatte sich zunehmend ins Aus manövriert, sein Lessingbund war eingegangen und die BAUHÜTTE hatte er an eine Aktiengesellschaft veräußern müssen. Allerdings erklärt das nicht, warum sich Findel die Juden als Projektionsfläche aussuchte, nachdem er jahrelang gegen deren Ausschluss auf Grundlage des christlichen Prinzips gekämpft hatte. Gerade der Settegaststreit hätte sich ebenso gut dafür hergegeben, die von Findel perfektionierten Verbalinjurien gegen die christlichen Hochgradsysteme wieder aufzunehmen.

Hoffmann deutet Findels Konversion zum Antisemiten innerhalb seines dialektischen Modells nicht als Abwendung von der universalistischen Semantik der Bürgerlichkeit, sondern als deren Wendung gegen die Juden, als das im Inklusiven immer schon angelegte Exklusive.[1292] Ergänzt werden muss, dass dies bei Findel mit einer Hinwendung zur völkischen Bewegung einherging. So trat der Altliberale etwa als Autor für Theodor Fritschs Zeitschrift HAMMER in Erscheinung, *die* agitatorische Plattform der völkischen Bewegung.[1293]

Findels Einlassungen zur freimaurerischen ‚Judenfrage' wurden von den „Drei Weltkugeln" und der Großen Landesloge begeistert begrüßt.[1294] Das lag wohl nicht nur daran, dass mit ihm ein prominenter früherer Gegner den altpreußischen Großlogen in Sachen Settegast den Rücken stärkte. Vielmehr dürfte Findels antisemitische Argumentation Anklang gefunden haben, denn auch in den christlichen Logen gab es eine nicht auf religiöse Vorbehalte reduzierbare Abneigung gegen Juden. Dass diese nur aus vermeintlich unverfänglichen Gründen des Bekenntnisses keine Aufnahme fänden, wie etwa Otto Hieber zur Verteidigung gegen Hermann Settegast betonte, wurde vielmehr schon zeitgenössisch von vielen Brüdern bestritten.[1295] Das Vorstandsmitglied des VdF Reinhold Taute untersuchte 1913 eingehend die freimaurerische ‚Judenfrage' und kam nach Sichtung und Auswertung des dazu von ihm gesammelten Schriftguts zu dem Urteil: „Das überreich vorhandene Material lehrt, daß es sich bei der Frage wegen

---

1291 Findel: Juden als Freimaurer, S. 7.

1292 Vgl. Hoffmann: Geselligkeit, S. 182.

1293 Vgl. Findel, J. G.: „Religion oder Wahn?", in: Hammer 23 (1903), S. 278 f. Zum „Hammer" vgl. Puschner: Völkische Bewegung, S. 61 et passim; Bönisch: Hammer-Bewegung; Hufenreuter: Hammer. Zu Fritsch vgl. Albanis: Anleitung; Zumbini: Wurzeln, S. 321–422; Schäfer: Militarismus, S. 540 f.

1294 Vgl. Gartz, Karl: „Der freimaurerische Kampf für die Juden und die Settegastsche Großloge", in: Zirkelkorrespondenz 3 (1894), S. 220 und „Zur Einheitsbewegung in der deutschen Maurerei", in: Bauhütte 37 (1896), S. 293–295, hier S. 294.

1295 Vgl. Hieber: Abwehr, S. 28 f. Eine Gegenstimme: Rupprecht, C.: „Kann ein Antisemit Freimaurer sein?", in: Bauhütte 12 (1892), S. 92 f., hier S. 92.

Aufnahmefähigkeit von Israeliten weniger um religiöse Empfindungen als um die Verschiedenheit der Rasse und der Lebensanschauung handelt."[1296]

Berichte über antisemitische Vorträge in preußischen Logen im Stil des Berliner Hofpredigers Adolf Stoecker, der mit seiner christlich-sozialen Bewegung als einer der Väter des modernen Antisemitismus in Deutschland gilt, machten in den 1890er Jahren die Runde und unterhöhlten die offiziellen Begründungen der christlichen Großlogen.[1297] Diese, insbesondere die Große Landesloge, hatten ihre freimaurerische Identität an den Ausschluss von Nichtchristen – und das hieß de facto Juden – geknüpft. Das öffnete nicht nur Raum für traditionelle, religiös begründete antijüdische Stereotype. In dem Maß, wie sich das kollektive Selbstverständnis nationalisierte, wurde auch die christlich-freimaurerische Identität antisemitisch durchdrungen. Die nationalprotestantische Verschmelzung von Deutschtum und Christentum hob die theoretische Unterscheidung von ‚nur' religiösem Vorbehalt und antisemitischem Ressentiment auf.[1298] „Deutschtum und Christentum ist bei den Antisemiten identisch", brachte es der Freimaurer August Lachmund 1893 konzise auf den Punkt.[1299]

Wie sich Religion und zunehmend völkisch kodierter Nationalismus in der Argumentation untrennbar verbanden, zeigen beispielsweise Ausführungen des Redners der Loge „Zum hellen Licht" („Drei Weltkugeln") in Hamm in Westfalen. Dieser erklärte 1902, dass der jüdische „Volkscharakter" *prinzipiell* gar nicht in der Lage sei, „sich dem christlichen Ideale reinster Nächstenliebe voll hinzugeben", wodurch „Jude und Christ, Jude und Fr[ei]m[aure]r [...] unversöhnliche Gegensätze" würden.[1300] Am deutlichsten wurde jedoch der evangelische Pfarrer und Meister vom Stuhl der Berliner Loge „Zum Widder" (Große Landesloge) Ernst Diestel, der 1906 klarstellte, dass es nicht die Taufe, nicht das Bekenntnis, nicht der Glaube sei, der Juden und Christen trenne, sondern „die verschiedene Rasse, das verschiedene Blut."[1301]

Die Verschmelzung von nationaler, religiöser und antisemitischer Semantik zeigte sich auch in zahlreichen Wortbeiträgen von Angehörigen der (alt-)preußischen Großlogen zu den innerfreimaurerischen Reform- und Selbstverständnisdebatten. Das

---

1296 Taute: Juden, S. 3.

1297 Vgl. „Antisemitismus in preussischen Logen", in: Latomia 6 (1893), S. 46 f., hier S. 47. Zu Stoecker vgl. Bergmann: Stoecker; Holz: Nationaler Antisemitismus, S. 163 et passim; Zumbini: Wurzeln, S. 151–165.

1298 Hoffmann: Geselligkeit, S. 178 f. spricht hingegen von fließenden Übergängen zwischen religiösem und rassischem Antisemitismus, was jedoch zu ungenau ist und die Änderungen der religiösen Basissemantik nicht berücksichtigt. Es war eben kein fließender *Übergang* von einem zum anderen, sondern eine *Verschmelzung* beider Formen. Vgl. dazu auch Altgeld: Katholizismus, Protestantismus, Judentum, S. 52–61.

1299 Lachmund, [August]: „Der Antisemitismus und die Freimaurerei", in: Bauhütte 33 (1893), S. 260–263, hier S. 262.

1300 Blencke: „Freimaurerei und Christenthum!", in: Freimaurer-Zeitung 49 (1902), S. 385–387, hier S. 387.

1301 Diestel: „Einigkeitsbestrebungen in der deutschen Freimaurerei", in: Herold 41 (1906), S. 2 f., hier S. 2.

MECKLENBURGISCHE LOGENBLATT wertete etwa die Bestrebungen zur Einrichtung eines allgemeinen Maurertags als Vorstoß „zu Gunsten gewisser orientalischer Aspirationen".[1302] Und auch August Wolfstieg offenbarte sein antisemitisches Weltbild bereits lange bevor sein Beitrag zur Kriegsschulddiskussion eine Kontroverse auslöste und ihn zum Austritt aus dem VdF bewegte. Ergänzend zu seiner in den PREUSSISCHEN JAHRBÜCHERN öffentlich dargelegten Ablehnung einer Freimaurerei ohne christliches Fundament teilte er schon 1901 in der masonischen Presse mit, gegen welchen Gegner in seinen Augen das christliche Prinzip stehe: „wenn der geradezu ungeheuerliche Versuch gemacht werden sollte, unter dem Deckmantel der Humanität Judenthum und jüdische Weltanschauung der Fr[ei]m[aure]rei und weiterhin der christlichen Bevölkerung aufzudringen", dann sei der Zeitpunkt gekommen, zu dem die altpreußischen Großlogen „das Tischtuch zwischen sich und den sogenannten Humanitätslogen glattweg zerschneiden müssten."[1303]

Antisemitismus wurde also zu einer Triebfeder in den innerfreimaurerischen Aushandlungsprozessen und unterfütterte die dichotome Ordnung. Aber auch darüber hinaus machten sich starke Interferenzen zwischen radikalnationalistischer Rechter und Freimaurerei seit den 1890er Jahren immer mehr bemerkbar.

So nahm der Rassismus auch abgesehen von rassenantisemitischen Aussagen um die Jahrhundertwende stark zu. Ganze Aufsätze und Logenvorträge zu rassentheoretischen Grundlagen fanden ihren Weg in die Zeitschriften und auch Gemeinsamkeiten zwischen Rassenhygiene und Freimaurerei entlang der Maxime der ‚Veredelung' des Menschen wurden konstatiert.[1304] Dem Schlagwort der Humanität wurde mitunter mit Rassenhierarchien begegnet, bei denen „Kafferneger"[1305] und „Hottentotten"[1306] weit unterhalb von (‚weißen') Deutschen rangierten.

Mit am deutlichsten zeigten sich radikalnationalistisch-freimaurerische Interferenzen in der Ende des Jahrhunderts wieder verstärkt geführten Diskussion über die religiösen Fundamente der Freimaurerei. Nach völkischer Vorstellung hingen Religion und Rasse auf das Engste zusammen, wie der einflussreiche Alldeutsche, völkische Rassekundler und Bruder einer Frankfurter Loge Albrecht Wirth 1896 in der BAUHÜTTE erläuterte.[1307] Auf dieser gedanklichen Grundlage ließ sich nicht zuletzt ideal gegen

---

1302 Zit. n. „Aus der mrischen Presse", in: Bundesblatt 12 (1891), S. 292–294, hier S. 293.

1303 Wolfstieg, August: „Zur Abwehr", in: Freimaurer-Zeitung 13 (1901), S. 98–101, hier S. 100. Zu Wolfstiegs Einlassung in den Preußischen Jahrbüchern vgl. Kap. 6.3, zu seinem Austritt aus dem VdF Kap. 9.3.

1304 Vgl. „Die Abhängigkeit des Menschen von Rasse und Umgebung", in: Latomia 22 (1892), S. 174 f. u. Klien, R.: „Das freimaurerische Ideal der Vervollkommnung der Menschheit und die moderne Wissenschaft", in: Freimaurer-Zeitung 20, 21 (1910), S. 153–156, 161–163.

1305 Portig: „Humanität und Humanitätsmaurerei", in: Latomia 6 (1889), S. 41–45, hier S. 41.

1306 Weiss: „Verhältniss der allgemeinen Menschenliebe und der Vaterlandsliebe zu einander", in: Schlesisches Logenblatt 5 (1895), S. 34–38, hier S. 35.

1307 Wirth, Albrecht: „Religionen und Rassen", in: Bauhütte 8 (1896), S. 57–60. Vgl. auch ders.: „Rasse und Kultur", in: Bauhütte 44 (1898), S. 345–348 u. Bauhütte 3 (1899),

humanitäre Auffassungen von freimaurerischer Gewissensfreiheit argumentieren, da sich im Begriff ‚Humanität' der universal-menschheitliche Anspruch und die religiös-weltanschauliche Ausrichtung überkreuzten. Die Religion sei „ein unentbehrliches Band zwischen M[aure]rei und Volksthum", verteidigte denn auch ein Bruder in der Freimaurer-Zeitung das de facto in erster Linie gegen Juden gerichtete christliche Prinzip.[1308]

Aber auch humanitäre Brüder versuchten freimaurerische Religiosität und Deutschtum zu verknüpfen. So regte beispielsweise Otto Philipp Neumann an, sich darüber auszutauschen, ob nicht vielleicht die Freimaurerei „die gehoffte deutsche Religion" sein oder werden könnte.[1309] „Deutsche Religion" verwies auf die Suche nach einem spezifisch deutschen; ‚arteigenen' Glauben, die ein Schlüsselthema völkischer Weltanschauung war.[1310] Neumann bezog sich denn auch namentlich auf den Theologen, Orientalisten und wichtigen Ideengeber dieser völkischen Suche nach arteigener Religion Paul de Lagarde; aber auch der populäre völkische Kulturschriftsteller Houston Stewart Chamberlain wurde in den freimaurerischen Religionsdiskussionen immer wieder bemüht, beispielsweise um seine Ausführungen zum Germanenchristentum für die Klärung des freimaurerisch-christlichen Verhältnisses zu empfehlen.[1311]

Auch Alfred Abendroths völkisch-freimaurerisches Engagement, das während des Weltkriegs in der Bauhütte mit einem Plädoyer für ‚deutschvölkische Zukunftsmaurerei'[1312] zutage trat, lässt sich bis in die masonische Religionsdiskussion der Jahrhundertwende zurückverfolgen. Schon 1906 hatte er (im Verlag Joseph Gabriel Findels) ein Buch als Beitrag zu dieser Diskussion veröffentlicht, das sich im Titel wie auch im Inhalt eng an den studierten Theologen, langjährigen Pfarrer und völkischen Erfolgsschriftsteller

---

S. 19–22. Dort auch die Angabe von Wirths Mutterloge „Carl zum aufgehenden Licht" (GLvF). Zu Wirth vgl. Puschner: Völkische Bewegung, S. 73–75 et passim.

1308 Ziegler: „Giebt es keine gründliche Heilung für den Nothstand im deutschen Freimaurerthum!", in: Freimaurer-Zeitung 38 (1902), S. 297–302, hier S. 300.

1309 Neumann, Otto Philipp: „Zukunftsreligion", in: Freimaurer-Zeitung 21 (1909), S. 165–167, hier S. 167.

1310 Vgl. Puschner: Völkische Bewegung, S. 203–214; ders.: „Weltanschauung und Religion – Religion und Weltanschauung. Ideologie und Formen völkischer Religion", in: zeitenblicke 1 (2006), Online: <http://www.zeitenblicke.de/2006/1/Puschner/index.html> (zuletzt 02.03.2022); Ulbricht: Völkische Religiosität. Kritisch hingegen Breuer: Völkische in Deutschland, S. 10, wo jedoch reduktionistisch gegen die Bedeutung spezifischer völkischer Religionen argumentiert wird, nicht gegen das von Puschner hervorgehobene völkische *Streben* nach ‚arteigener' Religiosität.

1311 Vgl. z. B. „Einheitsbund deutscher Freimaurer", in: Freimaurer-Zeitung 42 (1900), S. 332–334, hier S. 333. Zu Chamberlain und Lagarde vgl. u. a. Bergmann: Chamberlain; Escher: Chamberlain; Lobenstein-Reichmann: Chamberlains Geschichtsphilosophie; Bermbach: Chamberlain; Fritz: Chamberlain; Lobenstein-Reichmann: Chamberlain; Paul: Lagarde (1996); Sieg: Sakralisierung; ders.: Bötticher; ders.: Prophet; Stern: Kulturpessimismus, S. 25–123; Meyers: Reformvorstellungen, S. 27–41 u. 58–72; Puschner: Völkische Bewegung, S. 17 f. et passim.

1312 Vgl. Kap. 9.1.

Gustav Frenssen anlehnte.[1313] Im „deutsch-christliche[n], reine[n] Menschentum“,[1314] welches der Kern des freimaurerischen Gedankens sei, hoffte Abendroth die Antwort auf die Trennungen und Spaltungen der deutschen Freimaurerei gefunden zu haben. „Pflege des ‚Deutsch-Nationalen‘ “, auch in religiöser Hinsicht, würde ihm zufolge ein „einigendes Bindeglied“ aller Systeme darstellen.[1315]

Von Einigung der Systeme keine Spur fand sich bei Otto Dreyer, der ebenfalls schon vor dem Weltkrieg seine völkischen Auffassungen von der Freimaurerei kundgetan hatte. Die Absage an humanitäre Vorstellungen der Völkerverbrüderung, die er 1916 zu einem der freimaurerischen Kriegsziele erklärte,[1316] fand sich schon 1912 voll ausformuliert in seinem Buch „Deutsches Logentum und weltbürgerliche Freimaurerei“. Ihm war betont *deutsche* Freimaurerei kein Einigungs-, sondern ein Reinigungsprojekt, das sich gegen „Weltbürgerei und Internationalismus, Fremdsucht und Schwäche des nationalen Bewußtseins, demokratische Nivellierungssucht, materialistische und naturalistische Weltanschauung, Menschheitsphrasen und Verbrüderungsphantasien“ richtete, die „unsere sonst so gesunde deutsche Bruderschaft zu verseuchen droht“.[1317] Ihren stärksten Rückhalt hätten diese von Dreyer als „[u]ndeutsch“ gebrandmarkten Verirrungen in den humanitären Logen, wie diese durch ihren Kampf für die Anerkennung des Grand Orient de France gezeigt hätten.[1318] Der „Romanismus“ aber sei das Gegenteil der im Germanentum wurzelnden Freimaurerei, sei „der Todfeind des Deutschtums und mithin auch des deutschen Logentums“.[1319]

Dreyers Ausführungen stehen einerseits im Kontext der sich verfestigenden altpreußisch-humanitären Dichotomie. Dass er selbst einer Tochterloge der Großen Loge von Hamburg angehörte, lässt indes erkennen, dass sich dieser Widerstreit auch *innerhalb* der Systeme bemerkbar machte, unabhängig davon, welchem Lager diese als Ganzes zugerechnet wurden. Andererseits stehen Dreyers Ausführungen auch im Kontext der innerfreimaurerischen Diskussionen über Rolle und Relevanz der ‚Königlichen Kunst‘ in der Gegenwart. Seine Forderung nach freimaurerischer (Rück-)Besinnung auf das Deutschtum wollte er als Teil einer „deutschen Renaissance“ verstanden wissen, die er allgegenwärtig beobachtete.[1320] Gemeint war damit eine Aufwertung der „Bedeutung

---

1313 Vgl. Abendroth: Hilligenlei. Der Titel und Inhalt nahm Bezug auf Gustav Frenssens Erfolgsroman „Hilligenlei“ von 1905. Zu Frenssen im Kontext der völkischen Bewegung vgl. Benz: Frenssen; Tourlamain: Völkisch Writers, S. 40–45 et passim; Dohnke: Völkische Literatur; Lächele: Protestantismus, S. 161; die Beiträge im Sammelband Dohnke/Stein (Hg.): Frenssen.

1314 Abendroth: Hilligenlei, S. 43.

1315 Ebd., S. 40.

1316 Dreyer, Otto: „Freimaurerische Kriegsziele“, in: Mecklenburgisches Logenblatt 21 (1915/16), S. 201–211, hier S. 211.

1317 Dreyer: Deutsches Logentum, S. 57.

1318 Ebd., S. 39.

1319 Ebd., S. 37.

1320 Ebd., S. 7.

des Rassentums" und entsprechende Reinigungsbestrebungen in Kunst, Kultur, Sprache und Religion, kurz: Dreyer bezog sich auf die völkische Bewegung.[1321]

Zentral firmierte auch bei Dreyer die Vorstellung einer rassifizierten ‚deutschen Religiosität', einer besonderen religiösen Veranlagung des „arisch-germanische[n] Menschenstamm[s]", die schon seit heidnischen Urzeiten das Verhältnis der Deutschen zu Gott bestimmt habe und die Grundlage wahrer Freimaurerei sei.[1322] Ein „Hort des Deutschtums innerhalb der deutschen Freimaurerei" tue not und niemand sei mehr dazu berufen, dieser Hort zu sein, als die preußische Freimaurerei „mit ihrem schon allein durch das christliche Prinzip bedingtem unabänderlichem Festhalten an der alten religiösen Grundlage".[1323]

Auch Germanenkult machte vor den Logentüren keinen Halt, wie nicht zuletzt Dreyer selbst belegt.[1324] Nicht nur konstatierte er mit der besonderen deutschen Religiosität eine bis in die „Zeit unserer heidnischen Altvordern"[1325] zurückgehende Anlage des Germanentums. Er meinte auch schon 1909 Altgermanisches in Ritual und Symbolik gefunden zu haben.[1326] Auch andere suchten und wurden fündig, etwa wenn es um das Werksymbol des Hammers ging, dem auch in völkischen Zirkeln als Insignie Thors eine große Bedeutung zukam.[1327] In mehreren Logen wurden Verbindungen zwischen freimaurerischem Johannisfest und germanischen Sonnwendfeiern hergestellt und auch die während des Weltkriegs überhand nehmenden Versuche, die freimaurerischen Ursprünge nach Deutschland zu verlegen, hatten hier ihre Vorläufer.[1328] Sowohl die Vorstellung, dass erst die „besten Nationaleigenschaften des germanischen Stammes"[1329] die von England übernommenen Formen mit Leben gefüllt hätten, als auch

1321 Dreyer: Deutsches Logentum, S. 8 f. Zu den heterogenen Verästelungen der völkischen Bewegung in den genannten Bereichen vgl. vor allem Puschner: Völkische Bewegung.

1322 Dreyer: Deutsches Logentum, S. 26. Vgl. auch seine kleine Schrift, die sich speziell mit der deutschen und freimaurerischen Religiosität befasste: Dreyer: Gott, Christus, Kirche und die Loge.

1323 Dreyer: Deutsches Logentum, S. 10 f.

1324 Zur Germanophilie des deutschen Nationalismus vgl. See: Barbar, Germane, Arier; Kipper: Vorfahren; Puschner: Germanenideologie; ders.: Germanen; Wiwjorra: Germanenmythos.

1325 Dreyer: Gott, Christus, Kirche und die Loge, S. 51.

1326 Vgl. Dreyer: Urbild der Loge.

1327 Vgl. z. B. „Der Hammer", in: Freimaurer-Zeitung 7 (1903), S. 52 f.; Grotewold, Chr.: „Die Vorgeschichte des Frmr-Ordens", in: Freimaurer-Zeitung 8 (1906), S. 57–62, hier S. 60. Zum Hammer als völkisches Symbol vgl. [Stillich]: Deutschvölkischer Katechismus, H. 1, S. 83 f.

1328 Vgl. Smitt, Willem: „Johannisfestrede", in: Freimaurer-Zeitung 30 (1900), S. 233–236, hier S. 234 und Henze, E.: „Das rechte Johannislicht und der rechte Johannisgeist", in: Freimaurer-Zeitung 48 (1902), S. 377–379, hier S. 377.

1329 Berger, Hermann: „Für Volkswohlfahrt, für deutsche Kultur, für eine freie, ungezwungene Denkart!", in: Freimaurer-Zeitung 14 (1907), S. 105–108, hier S. 107.

die weitergehende Behauptung, die Ursprünge auch dieser Formen seien deutsch oder germanisch, begegnen bereits im Jahrzehnt vor Kriegsausbruch.[1330]

Neben diesen inhaltlichen Interferenzen gab es immer wieder auch ganz offene Bezugnahmen auf Personen und Institutionen der völkischen Bewegung, wie in der freimaurerischen Religionsdiskussion auf Paul de Lagarde und Houston Stewart Chamberlain. Auf Chamberlain stützte sich auch ein Bruder, als er 1911 dafür plädierte, sich auf die germanische Rasse zu besinnen, anstatt an der Illusion von allseitiger Brüderlichkeit und angeborenen Menschenrechten festzuhalten.[1331] Die unter Pseudonym veröffentlichte programmatische Schrift „Wenn ich der Kaiser wär' " vom Vorsitzenden des „Alldeutschen Verbandes" (ADV) Heinrich Claß wurde in der masonischen Presse positiv rezensiert und zum Lesen empfohlen.[1332] Und die Freimaurer-Zeitung berichtete 1909 angetan von einer der zahlreichen germanentümelnden Kleingruppen, die unter dem Namen „Loge der Markomannen" in Dresden eine „altgermanische Sonnenwendfeier" durchgeführt hatte. Die Gesellschaft sei zwar keine Freimaurerloge, aber ihre Bestrebungen seien „hochpatriotisch und deshalb sehr anzuerkennen."[1333]

Wenn die Braunschweiger Logen-Correspondenz 1894 der „[i]nternationale[n] undeutsche[n] Verschwommenheit" ein „deutsches Selbstbewusstsein" entgegensetzen wollte,[1334] wenn im Bundesblatt drei Jahre später die „Drei Weltkugeln" als „Hort und Zufluchtsort für das Deutschthum" imaginiert wurde, sofern nur „alles Fremdartige, dem deutschen Wesen, der deutschen Anschauung und Empfindung, der deutschen Denk- und Handlungsweise Widerstrebende und Feindliche" ferngehalten und „nur deutschnationale und deutschgesinnte" Interessenten aufgenommen würden, dann waren das in dem geschilderten Kontext eindeutige Bekenntnisse zu völkischem Nationalismus.[1335] Ein Beitrag in der Freimaurer-Zeitung sprach es 1907 offen aus: Der kosmopolitische Ruf der Freimaurerei müsse überwunden werden, weil dieser mit der „derzeitigen lebhafteren Betonung des völkischen Gedankens" kollidiere und so wertvolle Männer von den Logen fernblieben.[1336]

Der ab Sommer 1914 in der deutschen Freimaurerei vorherrschende aggressive Kriegsnationalismus lässt sich nach all dem Gesagten kaum noch als Ausdruck einer urplötzlichen politischen Bewusstwerdung oder gar Kehrtwende sehen. Von den

---

1330 So z. B. die behaupteten Parallelen zwischen Hiram Abiff und St. Reinoldus, vgl. Rudolph, A.: „St. Reinoldus und Hiram", in: Am Reissbrette 10, 11 (1911), S. 99 f. u. 102 f.

1331 Schmidt, Walther: „Fortschritt und Entartung", in: Latomia 3 (1911), S. 35–39, hier S. 38.

1332 Vgl. „Literatur", in: Freimaurer-Zeitung 14 (1913), S. 110. Zu Claß und dem ADV vgl. Hering: Konstruierte Nation; Jackisch: Pan-German League; Chickering: Men; Hofmeister: Monarchy and Dictatorship; Leicht: Claß. Zum Claßschen Buch vgl. Lohalm: Wenn ich der Kaiser wär'; Zumbini: Wurzeln, S. 608 f.

1333 Vgl. „Mrisches aus nah und fern", in: Freimaurer-Zeitung 28 (1909), S. 223.

1334 Zit. n. „Aus der maurerischen Presse", in: Bundesblatt 22 (1894), S. 602.

1335 Schillbach: „Zur einigen deutschen Grossloge", in: Bundesblatt 17 (1897), S. 477–480, hier S. 480.

1336 Scheibe: „Freimaurerei und Patriotismus", in: Freimaurer-Zeitung 31 (1907), S. 241–243, hier S. 242.

Interferenzen und offen signalisierten Sympathien für die radikale Rechte des wilhelminischen Kaiserreichs zieht sich ein roter Faden hin zu entsprechenden Äußerungen im Weltkrieg. Ob rassistische und antisemitische Kriegsbetrachtungen oder Rufe nach völkischer Kulturreform durch Reinigung von „rassefremdem Geist und Elementen"[1337]; ob germanentümelnde Geschichtsdeutung oder Rezeption völkischer Schriftsteller und Ideologen[1338] – all das hatte seine Vorläufer lange vor Ausbruch des Weltkriegs. Dieser öffnete den bereits seit Jahren erklingenden Tönen nurmehr einen größeren Resonanzraum und ließ Gegenstimmen als dissonante ‚internationale' Klänge erscheinen. Wenn 1917 in der ZIRKELKORRESPONDENZ dazu aufgefordert wurde, deutscher Freimaurer „auch in deutsch-völkischem Sinne" zu sein,[1339] dann gründete das nicht so sehr im Weltkrieg, sondern hatte seine Wurzeln in den deutlich älteren Diskussionen um die deutschfreimaurerische Identität. Es war kein *Einbruch* eines völkisch kodierten Kriegsnationalismus in die Freimaurerei, sondern der *Durchbruch* eines schon seit einem Vierteljahrhundert an Zustimmung gewinnenden national-freimaurerischen Selbstverständnisses.

1337 Hackländer: „Das Deutschtum auf seiner Fahrt nach dem heiligen Gral", in: Bundesblatt 2 (1917), S. 28–39, hier S. 37.

1338 So z. B. Philipp Stauffs im Bundesblatt, vgl. Ertel: „Wo liegt die Wurzel der deutschen Freimaurerei?", in: Bundesblatt 22 (1914), S. 689–696. Stauff gehörte dem völkisch-esoterischen Germanenorden an. Zu seiner Person vgl. Hufenreuter: Stauff.

1339 Günther, R. F.: „Was müssen wir aus der eisernen Zeit lernen?", in: Zirkelkorrespondenz 17 (1917), S. 455–474, hier S. 457.

11. Antimasonismus bis 1918

Nach dem Weltkrieg sahen sich die deutschen Freimaurer verstärkt einer neuen Situation ausgesetzt: nicht mehr die Gleichgültigkeit der breiten Öffentlichkeit machte ihnen nun zu schaffen, sondern Misstrauen und offene Anfeindung. Bevor daher die Entwicklungen in der Weimarer Republik näher betrachtet werden können, muss der Geschichte dieser Anfeindungen nachgegangen werden.

11.1. Begriffsklärung: Theorie, Mythos, Ideologie?

In der jüngeren deutschen Forschungsliteratur hat sich für antifreimaurerisches Ressentiment in Anlehnung an englische und französische Terminologie das Wort Antimasonismus durchgesetzt.[1340] Claus Oberhauser versteht darunter „eine Ideologie, die sich gegen die Freimaurerei aus religiösen, strukturellen und/oder politisch-ideologischen Gründen richtet".[1341] Diese recht allgemein und unspezifisch gehaltene Definition nachschärfend lassen sich idealtypisch ein weiter und ein enger Begriff von Antimasonismus unterscheiden. Im weiteren Sinne umfasst Antimasonismus alle Arten von gegen die Freimaurerei gerichteten Vor- und Werturteilen. Im engeren Sinne jedoch bezeichnet Antimasonismus eine Argumentation, die – ähnlich dem strukturell, funktional und historisch verwandten modernen Antisemitismus – bestimmte Entwicklungen in der Welt oder den Gang der Geschichte als Ganzes als das Resultat einer freimaurerischen Verschwörung ablehnend deutet und erklärt.[1342]

Lange Zeit wurde Verschwörungstheorien von Seiten der Wissenschaft nur wenig Aufmerksamkeit geschenkt. Inzwischen liegen jedoch eine Reihe Forschungsarbeiten aus ganz unterschiedlichen Disziplinen vor. Die theoretische und begriffliche Vielfalt, die mittlerweile auf diesem Feld herrscht, ist ein Spiegelbild dieser regen Forschung, die hier nicht erschöpfend rekapituliert werden kann.[1343] Eine grundlegende begriffliche Klärung ist jedoch angezeigt, bevor über Verschwörungstheorien gesprochen werden kann.

1340 Im Englischen und Französischen ist „anti-masonry" bzw. „antimaçonnisme" schon seit langem Teil des Forschungsvokabulars. Für einige begriffsgeschichtliche Anmerkungen vgl. Oberhauser: Trias, S. 115 f.

1341 Oberhauser: Antimasonismus, S. 39.

1342 Vgl. dazu auch Taguieff: L'invention, S. 45, wo Antimasonismus als eine gegen die Moderne gerichtete Geschichtsphilosophie begriffen wird.

1343 Zur Einführung vgl. Byford: Conspiracy Theories; Butter/Knight (Hg.): Handbook; Graumann/Moscovici (Hg.): Changing Conceptions; Caumanns/Niendorf (Hg.): Verschwörungstheorien. Zur Theoriebildung vgl. außerdem Pfahl-Traughber: Funktionen; ders.: Typologie; ders.: Verschwörung/Verschwörungshypothese; ders.: Verschwörungsideologie, Verschwörungsmythos, Verschwörungstheorie; ders.: Bausteine; Dentith: Philosophy of Conspiracy Theories, S. 7–52.

Zur Beschreibung des Forschungsgegenstandes ist das aus der Alltagssprache stammende Wort ‚Verschwörungstheorie' am geläufigsten. Seinen Siegeszug trat es 1945 mit Karl Poppers Thesen zur „Verschwörungstheorie der Gesellschaft" in seinem politphilosophischen Hauptwerk „Die offene Gesellschaft und ihre Feinde" an, wo es erstmals zu einem analytischen Begriff aufgewertet wurde.[1344]

Seither ist das Kompositum ‚Verschwörungs*theorie*' jedoch vor allem in der deutschsprachigen Forschung vielfach kritisiert worden, da damit eine tatsächlich nicht gegebene Wissenschaftlichkeit impliziert werde.[1345] Unter anderem Armin Pfahl-Traughber schlug vor, stattdessen von Verschwörungs*mythos* zu sprechen, um die stereotype Form und die Funktionen von Verschwörungstheorien stärker zu betonen.[1346] Dagegen wendet sich Andreas Anton. Er hält der Kritik an Verschwörungs*theorie* entgegen, dass dabei ein zu enger Theoriebegriff zugrunde gelegt werde, tappt jedoch in die gleiche Denkfalle, indem er Mythos nur als wirklichkeitsfremde Narration verstanden wissen will und andere Begriffsbildungen, etwa der geschichts-, kultur- und politikwissenschaftlichen Mythenforschung, ignoriert.[1347]

Wolfgang Wippermann schließlich spricht von Verschwörungs*ideologien*, da es sich dabei um „vorgestellte und eingebildete (= *ideo*) Begriffe und Wörter (= *logien*), das heißt [...] gedankliche Konstrukte" handle.[1348] Unklar bleibt, welchen Vorteil diese Begriffsschöpfung gegenüber Verschwörungs*theorie* oder -*mythos* haben soll. Tatsächlich ist die Polysemie des Ideologiebegriffs eher geeignet, weitere Unklarheit zu schaffen, die durch eine schlichte Nominaldefinition kaum beseitigt wird.[1349] Auch Versuche Pfahl-Traughbers, sowohl Verschwörungs*ideologie* als auch Verschwörungs*mythos* zur Beschreibung von Verschwörungstheorien zu verwenden und konzeptionell voneinander abzugrenzen, können nicht überzeugen. Nach Pfahl-Traughber würden Verschwörungs*ideologien* sich auf reale Gruppen beziehen, während Verschwörungs*mythen* die konspirative Gruppe erfänden.[1350] Nicht nur tritt dabei der funktionale Mythosbegriff

---

1344 Vgl. Popper: Offene Gesellschaft, Bd. 2, S. 111 f.

1345 Vgl. Pfahl-Traughber: Der antisemitisch-antifreimaurerische Verschwörungsmythos, S. 127.

1346 Vgl. ebd., S. 119. Vgl. auch Rogalla von Bieberstein: Mythos.

1347 Vgl. Anton: Wirklichkeiten, S. 75 u. 82. Zu zutreffenderen Mythosbegriffen vgl. Hein-Kircher: Politische Mythen; Oberhauser: Hinter den Kulissen; Waechter: Mythos. Als Einführung in die Mythenforschung vgl. auch Segal: Myth. Erwähnenswert ist Cubitt: Conspiracy Myths and Conspiracy Theories, der zwischen beiden Begriffen zu vermitteln sucht. Ähnlich auch Groh: Verschwörungen, S. 14.

1348 Wippermann: Agenten, S. 7 [Herv. i. O.].

1349 Terry Eagleton listet etwa nicht weniger als 16 unterschiedliche geläufige Ideologiebegriffe auf, vgl. ders.: Ideologie, S. 7 f. Zur Schwierigkeit der Begriffsbestimmung und Unzulänglichkeit von Nominaldefinitionen vgl. auch Schnädelbach: Ideologie.

1350 Pfahl-Traughber: Verschwörungsideologie, Verschwörungsmythos, Verschwörungstheorie, S. 308 f. Pfahl-Traughber nahm diese Unterscheidung bereits 2003 in einem Aufsatz vor, vgl. ders.: Freimaurer und Juden, insbes. S. 197 f. Und schon in seiner Dissertation von 1992 bezeichnete er den Verschwörungsmythos als eine Ideologie, vgl. ders.: Verschwörungsmythos, S. 119 ff.

zugunsten einer problematischen Unterscheidung zwischen ‚wirklichen' ideologischen und ‚unwirklichen' mythischen Vorstellungen zurück, auch lässt sich diese fragwürdige Differenzierung nicht aufrechterhalten. Die Imaginiertheit von Verschwörungstheorien erstreckt sich stets auch auf die Akteure, wie Dieter Groh zu Recht betont:[1351] Der Antisemitismus konstruiert sich seinen ‚Juden', so wie der Antimasonismus sich seine ‚Freimaurerei' konstruiert.

Die großen Schwierigkeiten, das Phänomen Verschwörungstheorie begrifflich dingfest zu machen, sind in der jüngeren Forschung thematisiert und selbst als Merkmal des Untersuchungsgegenstands erkannt worden.[1352] Spätestens seit sich die Wissenssoziologie und die Epistemologie in die Fachdiskussion eingeschaltet und mit allzu naiven Wahrheits- und Realitätsbegriffen früherer Begriffsbildungen aufgeräumt haben, geht der Trend wieder zur Verwendung von ‚Verschwörungs*theorie*'.[1353] Theorie wird dabei als ein vereinfachtes Modell zur Beschreibung und Erklärung der Welt verstanden, das „aus einem System von Sätzen, die aufeinander verweisen und sich gegenseitig stützen und begründen" besteht.[1354] Über den epistemischen Wert oder Status von Verschwörungstheorien wird damit bewusst keine Aussage getroffen, weil diese nur kontextabhängig zu bestimmen sind.[1355] So plädiert etwa Andreas Anton für einen konsequent wissenssoziologischen Zugang, der die soziale und diskursive Konstruktion von (verschwörungstheoretischem) Wissen im jeweiligen historischen Kontext untersucht.[1356]

Ähnlich, wenngleich ohne den methodologischen Agnostizismus, hatte Hannah Arendt schon in ihrem Hauptwerk über die „Elemente und Ursprünge totalitärer Herrschaft" mit Blick auf die „Protokolle der Weisen von Zion" angemahnt, es müsse darum gehen, zu erklären, wie solche Vorstellungen massenwirksam werden konnten, nicht jedoch darum, „zum hundertsten Mal zu beweisen, was ohnehin alle Welt weiß, nämlich daß man es mit einer Fälschung zu tun hat."[1357] Daran orientieren sich auch die folgenden Ausführungen, die die Wandlung und Entwicklung antimasonischen Wissens und antimasonischer Wissensproduktion in den Blick nehmen. Dem bisher gesagten entsprechend wird dabei auch weiterhin von Verschwörungs*theorie* die Rede sein.

1351 Vgl. Groh: Verschwörungen, S. 17 f.

1352 Vgl. McKenzie-McHarg: Conceptual History, S. 16: „One of the striking features of the scholarship devoted to conspiracy theories is an acutely felt need to define the object of study."

1353 Vgl. Meyer: Konspirologisches Denken, S. 11 u. 75–81. Vgl. auch das anlässlich einer Diskussion zum Wort des Jahres 2020 auf „Zeit Online" vorgetragene Plädoyer von Butter: Nennt sie beim Namen!

1354 Hepfer: Verschwörungstheorien, S. 23.

1355 Coady: Philosophical Debate, S. 2.

1356 Vgl. Anton: Wirklichkeiten, S. 65; ders./Schetsche/Walter: Einleitung, S. 15 f. Vgl. auch Meyer: Konspirologisches Denken, S. 51.

1357 Arendt: Elemente, S. 9.

11.2. Von den Ursprüngen bis zur Reichsgründung

Antimasonismus im weiteren Sinn begleitete die Freimaurerei bereits in ihrer Ausbreitungsphase in der ersten Hälfte des 18. Jahrhunderts, wobei der jungen Vereinigung anfänglich weniger politische Verschwörung als vielmehr ‚unsittliche' Ausschweifungen unterstellt wurden. Seit den 1730er Jahren gingen geistliche und weltliche Obrigkeit in konfessionell wie politisch unterschiedlich verfassten Herrschaftsräumen mit Verboten und Einschränkungen gegen die sich rasch ausbreitende Freimaurerei vor.[1358] 1738 wurde schließlich unter dem Pontifikat Clemens' XII. die Bulle „In Eminenti Apostolatus Specula" erlassen, die die Freimaurerei unter Ketzereiverdacht stellte, was von Clemens' XII. Nachfolger Benedikt XIV. in der Bulle „Providas Romanorum Pontificium" von 1751 bestätigt wurde.[1359] Beide Bullen hatten – selbst innerhalb katholischer Gebiete – nur geringe Resonanz, doch begründeten sie die kirchenrechtliche Verurteilung, an die dann im 19. Jahrhundert angeknüpft wurde. Was die Sanktionen einte, war das Misstrauen gegen die freimaurerische Geheimnistuerei, der zeitgleich durch die ersten „Verräterschriften" zu Leibe gerückt wurde.[1360]

Erst in der zweiten Hälfte des 18. Jahrhunderts verlagerte sich das Gewicht endgültig weg von Unterstellungen sittengefährdenden Treibens unter dem Schutz des Logengeheimnisses, hin zu Vorwürfen der Pflege subversiver Ideen als dessen Inhalt und Zweck. Die Angst vor Unterwanderung und Schattenpolitik nahm nun deutlich zu, was sich auch in einer Unterscheidung zwischen den einzelnen Freimaurern als womöglich irregeleiteten Individuen einerseits, der Freimaurerei als Institution und ihren (vermeintlich) geheimen Anführern andererseits zeigte.[1361]

Solche Verschwörungstheorien gehören zur intellektuellen Signatur des 18. Jahrhunderts. Sie waren Teil eines modernen Verständnisses von politischer und sozialer Realität, das sich aus „the general presuppositions and conventions [...] of eighteenth-century culture" ergab.[1362]

Es waren vor allem zwei Quellströme, aus denen sich die Theorie einer Verschwörung der Freimaurer speiste. Der eine entsprang im gegenreformatorischen Diskurs in Frankreich, wo der theologische Häresievorwurf gegen den Protestantismus im

1358 Vgl. Dierickx: Freimaurerei, S. 61 f.; Dotzauer: Quellen, S. 44–46; „Verfolgungen", in: Allgemeines Handbuch (3. Aufl.), Bd. 2 (1901), S. 485–488.

1359 Vgl. Kottmann: Freimaurer, S. 150–156; Mathieu: Freimaurerei, S. 91–95.

1360 Zur Problematisierung des Geheimnisses im Antimasonismus vgl. Roberts: Mythology, S. 60 f.; Gregory: Mysterienfieber, S. 91–93; Theis: Diskretion, S. 82; Neugebauer-Wölk: Esoterische Bünde, S. 21; Oberhauser: Trias, S. 117 f.; „Antimaçonnisme", in: Dictionnaire universel de la franc-maçonnerie, Bd. 1, S. 60–63, hier S. 60. Zu Verräterschriften vgl. auch Snoek: Historische Entwicklung; Gregory: Mysterienfieber, S. 238.

1361 Vgl. Roberts: Mythology, S. 86–89.

1362 Wood: Conspiracy, S. 407. Vgl. auch Taguieff (Hg.): Protocoles, Bd. 1, S. 24; Horn: Gespenst, S. 12–14; Albrecht: Rolle deutscher Aufklärer; Klausnitzer: Formierung; ders.: Poesie und Konspiration, S. 179–321.

18. Jahrhundert mehr und mehr die Form einer Komplotttheorie angenommen und sich mit der katholischen Kritik an den aufklärerischen „philosophes“ verbunden hatte.[1363]

Der zweite Quellstrom floss vor allem im Heiligen Römischen Reich deutscher Nation. Auch hier waren es zum einen Gegner der Aufklärung, die eine Verschwörung der Philosophen postulierten.[1364] Zum anderen entwickelte sich das verschwörungstheoretische Narrativ aber auch inneraufklärerisch, aus dem Konflikt zwischen verschiedenen Strömungen, die um die Frage der ‚richtigen‘ Aufklärung stritten.

Bezeichnenderweise spielten sich diese Auseinandersetzungen gerade auch innerhalb der Freimaurerei selbst ab. Die Krisenjahre der kontinentalen Freimaurerei seit Ende der 1770er Jahre wirkten hier wie eine Treibladung. Der Zerfall des freimaurerischen Systems der Strikten Observanz ließ nunmehr unversöhnlich gegeneinanderstehende Strömungen um eine Erklärung des Scheiterns und um eine Zukunftsperspektive ringen. Gegenseitige Vorwürfe des obskurantistischen ‚Kryptokatholizismus‘ oder des radikalaufklärerischen ‚Philosophismus‘ waren die Folge und prägten sich in Verschwörungstheorien von Unterwanderung und geheimen Agenden aus, wie Steven Luckert in seiner Dissertation eingehend gezeigt hat. Luckert kann dadurch auch die vielfach beobachtete und auf den ersten Blick überraschend große Rolle erklären, die (Ex-)Freimaurer als Multiplikatoren der Theorie einer Geheimbundverschwörung spielten.[1365]

Zusätzlich befeuert wurde diese innere Dynamik durch äußere Umstände, indem einerseits die Enttarnung des Illuminatenordens 1784 politisch hohe Wellen schlug,[1366] indem andererseits der gegenaufklärerische Orden der Gold- und Rosenkreuzer versuchte, sich dem Ancien Régime als Kraft *gegen* derartige radikalaufklärerische Bedrohungen anzudienen und Kontrolle über die Freimaurerei zu gewinnen.[1367]

Die Theorie einer Geheimbundverschwörung, die zwangsläufig immer wieder auf die Freimaurerei als die „erfolgreichste geheime Gesellschaft des 18. Jahrhunderts“[1368] zurückfiel, lag also in ihren wesentlichen Grundzügen bereits vor, als die Französische

---

1363 Vgl. Hofman: Origins, S. 163–170. Ausführlicher in Hofmans Dissertation, vgl. ders.: Anatomy.

1364 Zu einer differenzierten Auseinandersetzung mit dem Begriff der „Gegenaufklärung“ in diesem Zusammenhang vgl. Oberhauser: Trias, S. 12 f. u. 282–284.

1365 Vgl. Luckert: Jesuits, Freemasons, Illuminati, and Jacobins, S. 15. Zur Rolle von ‚Renegaten‘ bei der Verbreitung der Verschwörungstheorie vgl. auch Byford: Conspiracy Theories, S. 83; Schildt: Konservatismus, S. 36. Die dialektische Verschränkung von Jesuiten- und Illuminatenverschwörung wird auch behandelt bei Albrecht/Weiß: Einleitende Bemerkungen, S. 21; Gregory: Fabrik. Vgl. für weitere Literaturhinweise auch den Literaturbericht Kraus: Gegenaufklärung. Dass auch in Frankreich innerfreimaurerische Konflikte die Entstehung der antimasonischen Verschwörungstheorie beförderten, zeigt Lemaire: Origines françaises.

1366 Vgl. für den hier behandelten Kontext u. a. Rogalla von Bieberstein: Mythos, S. 72–81; Reinalter: Illuminaten-Verschwörung; Epstein: Genesis, S. 87–104.

1367 Zum antiaufklärerischen Bündnis der Gold- und Rosenkreuzer mit der Obrigkeit vgl. Neugebauer-Wölk: Esoterische Bünde, S. 22 f.; Epstein: Genesis, S. 104–111.

1368 Neugebauer-Wölk: Esoterische Bünde, S. 5.

Revolution die schlimmsten Befürchtungen der Anhänger des Ancien Régime zu bestätigen schien. In ihrer Folge erlebten Verschwörungstheorien mit den 1790er Jahren eine Hochkonjunktur. Besonders drei teilweise durch Korrespondenznetzwerke miteinander verbundene Autoren prägten die verschwörungstheoretische Deutung der Revolution: der aus dem englischen Exil schreibende Jesuit Augustin Barruel, der schottische Naturwissenschaftler John Robison und der deutsche Theologe Johann August Starck – alle drei (Ex-)Freimaurer.[1369]

Hiervon ausgehend wurde die Verschwörungstheorie zu einem festen Bestandteil des antirevolutionären Diskurses der ersten Hälfte des 19. Jahrhunderts.[1370] Nachdem so auch den Revolutionen von 1848 eine Welle des Antimasonismus gefolgt war, bei der sich vor allem der protestantische Theologe Ernst Wilhelm Hengstenberg, der Dresdener Rechtsanwalt Eduard Emil Eckert und der pensionierte Berliner Schulvorsteher Karl Didler hervortaten, ebbte er jedoch zunehmend ab.[1371]

11.3. Entwicklung im Kaiserreich bis 1914

Auch im Kaiserreich war die Aufmerksamkeit für die Freimaurerei weiterhin rückläufig. Eine Wortsuche nach „Freimaurer" im Korpus des Deutschen Textarchivs zeigt einen deutlichen Rückgang der relativen Wortfrequenz von 1880 bis 1890 und für die nachfolgenden zwei Dekaden nahezu ein Stagnieren auf dem niedrigen Wert von 1,1 Treffern pro Million Tokens.[1372] Dieser Befund wird durch den Google Ngram Viewer gestützt und erscheint dort sogar als Fortsetzung eines seit Mitte der 1850er Jahre anhaltenden Trends.[1373] Doch gab es natürlich auch Ausnahmen von diesem Trend. Durch das von Rainer M. Lepsius in die Kaiserreichforschung eingeführte Prisma der sozialmoralischen Milieus lassen sich dabei deutliche Unterschiede erkennen.[1374]

1369 Zu diesen dreien, vgl. v. a. Oberhauser: Trias; Oberhauser: Freemasons, Illuminati and Jews.

1370 Vgl. Epstein: Genesis, S. 84–111 u. 503–546; Caruso: Nationalstaat, S. 67 f.; Lang: Verschwörungsideologien, insbes. S. 187–192.

1371 Vgl. Albrecht: Illuminatismus; Katz: Jews, S. 131–135; Hoffmann: Geselligkeit, S. 94–115 et passim.

1372 Vgl. Berlin-Brandenburgische Akademie der Wissenschaften (Hg.): Deutsches Textarchiv, Suchbegriff <Freimaurer>, Online: <http://www.deutschestextarchiv.de/search/plot/?query='Freimaurer'&mode = simple; window-simple =0&genres =0> (zuletzt 02.03.2022).

1373 Vgl. Google Ngram Viewer, Suchbegriff <Freimaurer> zwischen 1800 und 2000 im Korpus „German (2012)" mit statistischer Glättung von 3, Online: <https://books.google.com/ngrams/graph?content=Freimaurer&case_insensitive=on&year_start=1800&year_end=2000&corpus=20&smoothing=3&share=&direct_url=t1%3B%2CFreimaurer%3B%2Cc0#t1%3B%2CFreimaurer%3B%2Cc0> (zuletzt 02.03.2022).

1374 Sozialmoralische Milieus sind nach Lepsius „soziale Einheiten, die durch eine Koinzidenz mehrerer Strukturdimensionen wie Religion, regionale Tradition, wirtschaftliche Lage, kulturelle Orientierung und schichtspezifische Zusammensetzung der intermediären Gruppen, gebildet werden", vgl. Lepsius: Parteiensystem und Sozialstruktur,

Katholizismus und Freimaurerei

Besonders augenfällig ist die Abweichung von der rückläufigen Thematisierung der Freimaurerei im katholischen Milieu. Hier konnte sich Antimasonismus nicht nur weiterhin behaupten, sondern erlebte während des Kaiserreichs sogar eine Blüte. Die freimaurerische Presse, die sehr genau über das Schriftgut der Logengegner orientiert war und regelmäßig von entsprechenden Wortmeldungen berichtete, verzeichnete bis in die 1890er Jahre nahezu exklusiv katholische Angriffe, diese dafür in großer Fülle. Das war auch, aber eben nicht nur, einem Selektionsbias geschuldet, denn der katholische Antimasonismus fand seine Entsprechung in einem freimaurerischen Antikatholizismus. Beide, katholischer Antimasonismus und masonischer Antikatholizismus, standen in einem Rückkopplungsverhältnis zueinander und müssen daher als aufeinander bezogene, wenngleich nicht aufeinander reduzierbare Phänomene verstanden werden. Sie waren vor allem eine Erscheinung des Kulturkampfes, oder richtiger: der Kulturkämpfe.

In den letzten Jahrzehnten ist der alte Fokus der Kulturkampfforschung auf die preußische Politikgeschichte und die Person Bismarcks, und damit auch die überkommene Deutung des Kulturkampfes als ein Konflikt zwischen alter Kirche und modernem Staat überwunden worden. Das hat den Blick freigegeben für die gesamteuropäische Dimension eines Ringens um Antworten auf die Herausforderungen der Moderne.[1375]

Der Katholizismus durchlief in Auseinandersetzung mit diesen Herausforderungen einen Wandel. Seit Mitte des Jahrhunderts erlebte er ein populäres Revival, während er zugleich zentralistischer auf das kirchliche, vor allem das päpstliche Lehramt hin ausgerichtet wurde. Dieser ‚neue' Katholizismus definierte seine Identität gegen die Negativfolie des bürgerlichen Liberalismus, der stellvertretend für die traditions- und religionslose Moderne stand, in der nichts weniger als die Auflehnung gegen die göttliche Ordnung gesehen wurde.[1376] Als *die* institutionelle Verkörperung dieser Bürgerlichkeit geriet die Freimaurerei verstärkt ins Visier des Katholizismus.

An die kirchenrechtlichen Verurteilungen des 18. Jahrhunderts anknüpfend taten sich insbesondere die Päpste Pius IX. und sein Nachfolger Leo XIII. als eifrige Bekämpfer der Freimaurerei hervor.[1377] Bis zum Ende von Leos XIII. Pontifikat 1903 hatte es der Heilige Stuhl auf insgesamt 19 offizielle, implizit oder explizit gegen die Freimaurerei

---

S. 38. Lepsius unterscheidet im Kaiserreich vier sozialmoralische Milieus: ein katholisches, ein konservativ-protestantisches, ein liberal-protestantisches und ein sozialistisches bzw. sozialdemokratisches. Vgl. auch Hübinger: Sozialmoralisches Milieu; Ullmann: Politik, S. 79 f.

1375 Vgl. Clark/Kaiser: European culture wars u. die weiteren Beiträge in demselben Sammelband. Vgl. außerdem Lill: Einleitung; Gross: War, S. 21 f.; Borutta: Antikatholizismus, S. 13–26.

1376 Vgl. Clark: New Catholicism, insbes. S. 39–41; Nipperdey: Religion im Umbruch, S. 9–21; Schieder: Sozialgeschichte, S. 13 f.; Sperber: Popular Catholicism, S. 207–252, wo auch der kath. Antimasonismus behandelt wird.

1377 Vgl. Mathieu: Freimaurerei, S. 101–119; Kottmann: Freimaurer, S. 163–197.

gerichtete Verlautbarungen gebracht. Die Stoßrichtung der Anklagen verschob sich dabei vom Vorwurf der Ketzerei zu dem der Kirchenfeindlichkeit – eine Verschiebung, die auf die antirevolutionäre Verschwörungstheorie zurückging.[1378] Schon bei Barruel war es Hass auf das Christentum – das hieß auf den Katholizismus – gewesen, der die verschiedenen Teilhaber an der postulierten Verschwörung verband.[1379] Konsequent wies dann auch der Codex Iuris Canonici von 1917 die Freimaurer als eine die katholische Kirche bekämpfende Vereinigung aus.[1380]

Flankiert wurden diese kirchenrechtlichen Vorstöße und offiziellen Stellungnahmen des Heiligen Stuhls von einer Unmenge antimasonischer Schriften, zahllosen Artikeln in der katholischen Presse und einer nicht bezifferbaren Zahl antifreimaurerischer Äußerungen gesellschaftlicher Multiplikatoren im katholischen Milieu.[1381] Mit einer Mischung aus frei erfundenen und korrekt (wenn auch selektiv) wiedergegebenen antikatholischen Textstellen aus masonischem Schriftgut belegten sie die Behauptung vom „stille[n] Krieg des Geheimbundes gegen die katholische Kirche".[1382] Die gerade in Frankreich, Belgien und Italien oft geharnischten freimaurerischen Polemiken gegen Rom verliehen so auch eher grotesk erscheinenden Theorien wie dem „freimaurerische[n] Plan zur inneren Korrumpirung der Kirche durch einen freimaurerischen Papst" bei der eigenen Leserschaft größere Plausibilität.[1383]

Das Feindbild Freimaurerei verband sich im katholischen Antimasonismus der zweiten Hälfte des 19. Jahrhunderts zunehmend mit anderen katholischen Feindbildern, insbesondere mit dem Judentum. Antijüdische Anklänge in den gegen die Freimaurerei gerichteten Vorwürfen hatte schon das 18. Jahrhundert gekannt.[1384] Zu einem konspirativen Gesamtkomplex, den Helmut Neuberger als „Integrationstheorie" bezeichnet, wurde die angebliche Verschwörung von Juden und Freimaurern jedoch erst in der zweiten Hälfte des 19. Jahrhunderts ausgebaut.[1385] So knüpfte etwa der französische Monarchist und Katholik Henri-Roger Gougenot des Mousseaux in seinem 1869 erschienenen Buch „Le juif, le judaïsme et la judaïsation des peuples Chrétiens" an Barruel an, indem er auf den antichristlichen Hass hinwies, der Juden und Freimaurer vereine.[1386]

Eine zentrale Rolle kam auch einem Brief zu, den der angebliche florentinische Hauptmann Jean-Baptiste (Giovan Battista) Simonini 1806 an Barruel gesandt hatte,

1378 Vgl. Kottmann: Freimaurer, S. 302.

1379 Vgl. Hofman: Origins, S. 161.

1380 Vgl. Kottmann: Freimaurer, S. 200–215; Mathieu: Freimaurerei, S. 123–139.

1381 Vgl. insbes. Sperber: Popular Catholicism, S. 217–221.

1382 Pachtler: Krieg, S. 23.

1383 Ebd., S. 81.

1384 Vgl. Rogalla von Bieberstein: Mythos, S. 85 f.

1385 Vgl. den ausführlichen Überblick Taguieff: L'invention. Zur Wortschöpfung „Integrationstheorie" vgl. Neuberger: Winkelmaß, S. 141.

1386 Zu Mousseaux vgl. Rogalla von Bieberstein: Mythos, S. 201; Oberhauser: Trias, S. 273 f.; Katz: Jews, S. 153–157; Weigel: Gougenot des Mousseaux; Rohrbacher/Schmidt: Judenbilder, S. 208 f.

dessen Existenz jedoch erst 1878 durch Veröffentlichung in der französischen Zeitschrift Le Contemporain bekannt wurde.[1387] Simonini hatte darin behauptet, dass hinter den Freimaurern und ihrer Verschwörung tatsächlich die Juden stünden. Barruel hatte noch darauf verzichtet, die Gewichtung in seiner Verschwörungstheorie entsprechend abzuwandeln. Mit der Veröffentlichung 1878 jedoch wurde der Simonini-Brief zu einem Schlüsseldokument der nun schnell Fahrt aufnehmenden Integrationstheorie.[1388]

Sprachlichen Niederschlag fand sie in der Wortverbindung „jüdisch-freimaurerisch“, die im Deutschen in den 1870er Jahren zunächst noch in Verbindung mit weiteren katholischen Feindbildern auftauchte, so etwa 1873 in der österreichischen Tageszeitung Volksblatt für Stadt und Land als „jüdisch-freimaurerisch-liberal“.[1389] 1896 fiel es dem österreichischen Pfarrer und Antisemiten Joseph Deckert zu, diese Kombinationen auf die zwei Hauptbestandteile „jüdisch-freimaurerisch“ zu reduzieren.[1390]

Die so verschmolzenen Vorstellungen einer jüdischen und einer freimaurerischen Verschwörung erfüllten füreinander wichtige Funktionen: Indem die alten antijudaistischen Komplotttheorien mit der Freimaurerei in Zusammenhang gebracht wurden, erhielten sie zum einen eine systematischere Form.[1391] Zum anderen änderten sich so endgültig ihre metahistorischen Vorzeichen. War der mittelalterliche antijudaistische Vorwurf der jüdischen Verschwörung mit dem Antichristen noch im Koordinatensystem christlicher Eschatologie angesiedelt und ein notwendiger Teil der christlichen Heilsgeschichte gewesen, so verschob die antirevolutionäre Verschwörungstheorie rund um die Freimaurerei den Grundton hin zu einem menschlichen Aufbegehren gegen die göttliche Ordnung der Welt.[1392] Zugleich wurde die Freimaurerverschwörung

---

1387 Zu Simonini vgl. Oberhauser: Simoninis Brief (2012); ders.: Simoninis Brief (2013); ders.: Trias, S. 268–274; Taguieff: L’invention, S. 32 f.; Gregory: Fabrik, S. 54–57; Markner: Simonini. Eine deutsche Übersetzung des Briefs mit knappem Kommentar findet sich in Reinalter (Hg.): Verschwörungstheorien (2002), S. 161–163.

1388 Zur schnellen Verbreitung des Briefs nach seiner Erstveröffentlichung vgl. Oberhauser: Simoninis Brief (2012), S. 16 f.

1389 Vgl. „Es kracht weiter“, in: Volksblatt für Stadt und Land 135, 12.11.1873, S. 2 f., hier S. 2. Zu dem früher als im Deutschen schon im Französischen belegten „judéo-maçonnique“ vgl. Taguieff: L’invention, insbes. S. 31; „Judéo-maçonnerie“, in: Dictionnaire universel de la franc-maçonnerie, Bd. 1, S. 708 f.

1390 Vgl. Deckert: Weltbund. Zu Deckert vgl. Lichtblau: Deckert. Von Deckerts Traktat beeinflusst, wurde die Formulierung wenige Jahre später erneut in einer Publikation aus österreichischen katholischen Kreisen aufgegriffen, vgl. Hertl: Der jüdisch-freimaurerische Weltbund. Zu Deckert und Hertl vgl. auch die wenigen Anmerkungen bei Taguieff: L’invention, S. 55.

1391 Pfahl-Traughber: Der antisemitisch-antifreimaurerische Verschwörungsmythos, S. 10. Ähnlich Koenen: Russland-Komplex, S. 260. Vgl. außerdem Bronner: Gerücht, S. 63; Taguieff: L’invention, S. 30.

1392 Diese Verschiebung setzte im Antijudaismus jedoch schon früher ein, war also nicht erst Folge der Verbindung mit der antimasonischen Verschwörungstheorie, vgl. Heil: Gottesfeinde.

durch die Kombination mit alten antijudaistischen Verschwörungsvorstellungen apokalyptisch aufgeladen. Die so entstehende jüdisch-freimaurerische Verschwörungstheorie bot fortan eine umfassende Erklärung des modernen Aufbegehrens gegen die göttliche Ordnung, beziehungsweise eine Erklärung der Moderne selbst *als* ein solches Aufbegehren.[1393]

Die „religionsfeindliche Achse" der Verschwörer war aber auch nach der begrifflichen Fokussierung auf Juden und Freimaurer noch erweiterbar und inkorporierte weitere katholische Feindbilder, so zum Beispiel Protestantismus, Altkatholizismus, Liberalismus, Atheismus, Materialismus und vor allem auch Sozialismus.[1394] Wenn Pierre-André Taguieff also schreibt, die Integration der antisozialistischen Stoßrichtung in die Verschwörungstheorie sei die große Neuerung der 1920er und 1930er Jahre gewesen, dann übersieht er die Entwicklungen des vorausgegangenen halben Jahrhunderts.[1395] Georg Michael Pachtler, Mitbegründer der jesuitischen Kulturzeitschrift STIMMEN AUS MARIA-LAACH und katholischer ‚Freimaurerexperte', erläuterte etwa schon 1875 in seinem Buch „Der Götze der Humanität", dass die antichristliche Humanität der Freimaurer direkt zum Sozialismus führe.[1396]

Die revolutionäre Linke dem Kreis der Verschwörer zuzurechnen war letztlich nur konsequent, gehörte es doch zu den festen Überzeugungsbeständen der Integrationstheorie, dass sämtliche Revolutionen der Geschichte und Gegenwart auf das Konto der Juden und Freimaurer gingen. Dass in der ersten Hälfte des 19. Jahrhunderts tatsächlich etliche Revolutionäre und Frühsozialisten Freimaurer waren und sich revolutionäre Gruppen von Italien (Carbonari) bis Russland (Dekabristen) in freimaurerähnlichen Geheimgesellschaften zusammenfanden, schien die freimaurerisch-jüdisch-sozialistische Integrationstheorie nur zu bestätigen.[1397] Die Freimaurerei sei „der ursächliche und darum größte Feind", der Kampf gegen die Sozialdemokratie nur ungenügendes Stückwerk, wenn diese Tatsache nicht berücksichtigt werde, stellte der anonyme Verfasser einer zwischen 1891 und 1902 in insgesamt sechs laufend erweiterten Auflagen

1393 Vgl. Taguieff: L'invention, S. 41–45.

1394 Blaschke: Katholizismus, S. 54. Zu den antisozialistischen und antiliberalistischen Komponenten der Integrationstheorie vgl. Rogalla von Bieberstein: Sozialistisch-kommunistisch-jüdische Verschwörung, insbes. S. 102 f.; Sperber: Popular Catholicism, S. 219.

1395 Taguieff: L'invention, S. 27.

1396 Vgl. Pachtler: Götze, S. 31–35, 431, 613 f. et passim. Zu Pachtlers Beitrag zur Integrationstheorie vgl. auch Blaschke: Katholizismus, S. 54.

1397 Zu den revolutionären Geheimgesellschaften vgl. Hobsbawm: Rebels, insbes. S. 150–174; Evans: Das europäische Jahrhundert, S. 65 f. Vgl. auch Strube: Revolution. Zum liberalen Internationalismus des 19. Jahrhunderts und seinen Konvergenzen mit der Freimaurerei vgl. Hanschmidt: Internationalismus, insbes. S. 35–39.

erscheinenden Schrift aus dem Umfeld der katholischen DEUTSCHEN REICHSZEITUNG bereits im Vorwort klar.[1398]

Was sich so vor allem im katholischen Milieu ausbildete, lässt sich mit dem Politikwissenschaftler Michael Barkun als Theorie einer ‚Superverschwörung' klassifizieren. Barkun versteht darunter „constructs in which multiple conspiracies are believed to be linked together hierarchically".[1399] Die interne Hierarchie der jüdisch-freimaurerischen Verschwörung war dabei zunächst nicht in Stein gemeißelt. Lange Zeit war jedoch – implizit oder explizit – der Freimaurerei die Rolle des Primärverschwörers vorbehalten, während innerhalb der Freimaurerei selbst wiederum zwischen den in die Pläne eingeweihten Hochgraden und den nur dirigierten, wahlweise gänzlich irregeleiteten Johannisgraden unterschieden wurde.[1400] Mit dem Anwachsen des Antisemitismus gegen Ende des Jahrhunderts verschob sich die Gewichtung zunehmend und den Juden wurde immer deutlicher die Rolle der Primärverschwörer zugeschrieben. Neben dem Simonini-Brief wird dabei in der Forschung insbesondere dem Buch „La France juive" des Antisemiten Edouard Drumont von 1886 große Bedeutung zugesprochen. In Frankreich, für das der Antimasonismus vergleichsweise gut untersucht ist, hätten die Freimaurer erst mit Drumonts Buch begonnen, als Sekundärverschwörer hinter den Juden zurückzutreten.[1401] Inwiefern dieser Befund auf das deutsche Kaiserreich übertragbar ist, bleibt jedoch strittig. Der deutsche Katholizismus stand zwar in engem Austausch mit dem französischen, insbesondere was den Antimasonismus anging, und auch Drumonts Buch erschien schon 1886 in deutscher Übersetzung unter dem Titel „Das verjudete Frankreich", aber nach Olaf Blaschkes Auswertung des antisemitischen Schriftguts katholischer Provenienz firmierte die Freimaurerei hier schon vor Drumont eher in zweiter Reihe.[1402] Vor allem die Jesuiten, allen voran natürlich ‚Freimaurerexperten' wie Georg Michael Pachtler und Hermann Gruber, waren (und blieben) aber auch in Deutschland ganz auf die Logen fokussiert.[1403]

Wer auch immer wann die primäre Rolle in der jüdisch-freimaurerischen Superverschwörung spielte, eines blieb in der katholischen Integrationstheorie gleich, und

---

1398 Freimaurerei und Sozialdemokratie, S. IV. Zur Publikationsgeschichte vgl. Wolfstieg: Bibliographie, Bd. 2 (1912), S. 327 Registernummer 27931. Ebenfalls mit antisozialistischer Stoßrichtung vgl. Sigl: Schule.

1399 Vgl. Barkun: Culture, S. 6.

1400 Für eine kleinteilige Differenzierung der verschiedenen geläufigen (behaupteten) Beziehungen zwischen Judentum und Freimaurerei vgl. Taguieff: L'invention, S. 36–41.

1401 Vgl. Cubitt: Catholics versus Freemasons, S. 123; Blaschke: Katholizismus, S. 154; Wilson: Ideology, S. 169–178 u. 415–423. Vgl. auch Weigel: La France Juive.

1402 Vgl. Blaschke: Katholizismus, S. 208 Grafik 4. Womöglich ist dieses Ergebnis aber auch der Konzentration auf antisemitische Schriften geschuldet, in denen ein Fokus auf ‚die Juden' allemal zu erwarten ist.

1403 Vgl. ebd., S. 201. Zu Pachtler vgl. (trotz einiger polemischer Einwürfe) Frick: Satanismus, S. 81–84; Lauchert: Pachtler; Reinalter: Pachtler. Zu Gruber vgl. Frick: Satanismus, S. 86 f.; Bacht SJ: Gruber; „Gruber, Hermann, Pater S. J.", in: Internationales Freimaurerlexikon, Sp. 643–645.

das war die eigentliche Macht hinter den Verschwörern. Nach Barkun steht in Superverschwörungstheorien „a distant but all-powerful evil force manipulating lesser conspiratorial actors“ an der Spitze.[1404] Diese Macht war im katholischen Verschwörungsdiskurs der Teufel selbst. Dahinter stand eine theologische Geschichtsdeutung, welche die Welt in einem unaufhörlichen Kampf der Kräfte Gottes mit den Kräften Satans und die Moderne als einen Schlag des Letzteren sah.[1405] Ausformuliert fand sich dieser Dualismus in den zahlreichen päpstlichen Verlautbarungen und Rechtsakten, wie beispielsweise der Enzyklika „Humanum genus“ von 1884, die die Freimaurerei explizit zu den Kräften Satans rechnete.[1406]

Diese theologische Prämisse des katholischen Antimasonismus wurde auch zur Grundlage für einen seiner größten Skandale: den sogenannten Taxil-Schwindel. Léo Taxil, bürgerlich eigentlich Gabriel Jogand-Pagès, war ein französischer Journalist, der sich zunächst durch radikal antiklerikale Schriften einen Namen machte. Im April 1885 wurde er dann vom „Strahl der göttlichen Gnade“[1407] getroffen, entsagte seinen Irrwegen und bekannte sich zum Katholizismus. Der ehemalige Freimaurer Taxil – er hatte 1881 vorübergehend einer Loge angehört, war aus dieser jedoch noch vor Beförderung in den zweiten Grad ausgeschlossen worden – stellte sich direkt in den Dienst seiner Kirche und begann noch 1885 mit der Veröffentlichung einer mehrbändigen ‚Enthüllung‘ der Freimaurerei, die nach und nach deren Dämonisierung auf die Spitze trieb. Von der Darstellung der Logen als amoralische und nach politischer Macht strebende konspirative Clubs bewegte sich Taxil immer weiter auf das in katholischen Kreisen bereits kultivierte, hier nun aber ganz wörtlich genommene Bild der Logen als „Anti-Kirche Satans“[1408] zu, wo Teufelsbeschwörungen und -erscheinungen an der Tagesordnung seien und aktiv an der Zeugung des Antichristen gearbeitet würde.

Taxils Schriften stießen auf eine begierige Abnehmerschaft, die insbesondere in romanischen Ländern bis in höchste Kreise des katholischen Klerus reichte. Zugleich wuchs aber auch das Misstrauen, vor allem unter katholischen Würdenträgern in Deutschland. Der Jesuitenpater Hermann Gruber, der noch 1888 Taxils „Les frères

1404 Vgl. Barkun: Culture, S. 6.

1405 Vgl. Clark: New Catholicism, S. 39–41; Taguieff: L'invention, S. 25 f.; Blaschke: Katholizismus, S. 58–61; Introvigne: Satanism, S. 158–226.

1406 Vgl. hierzu beispielsweise auch die Erläuterung der Enzyklika: „Die päpstliche Encyklika ‚Humanum genus‘“, in: Stimmen aus Maria-Laach 27 (1884), S. 113–134. Zu „Humanum genus” im Kontext des Antimasonismus vgl. Mathieu: Freimaurerei, S. 108–114; Kottmann: Freimaurer, S. 178–183. Zum dualistischen Weltbild in „Humanum genus” und im Kulturkampf-Katholizismus vgl. auch Blaschke: Katholizismus, S. 58–61. Dort auch weitere Hinweise auf die katholische Verbindung von Antisemitismus und Antimasonismus.

1407 Gruber, H[ermann]: Rezension zu: Taxil: Drei-Punkte-Brüder, in: Stimmen aus Maria-Laach 34 (1888), S. 229–234, hier S. 230.

1408 Pachtler: Götze, S. VI. Darin hallen die Worte der päpstlichen Enzyklika „Etsi multa luctuosa“ von 1873 wider, in der Pius IX. die Freimaurerei als „Synagoge Satans“ bezeichnete, vgl. Mathieu: Freimaurerei, S. 106.

Trois-Points“ als sehr zuverlässigen Beitrag zur Entlarvung der Freimaurerei begrüßt und eine für die deutsche Leserschaft erweiterte Übersetzung der ersten beiden Bände angefertigt hatte,[1409] wandte sich bald offen gegen das immer fantastischere Possenspiel und erhielt dafür Schützenhilfe unter anderem durch die Kölnische Volkszeitung.[1410] Die Opposition aus Freimaurerkreisen war ohnehin selbstverständlich. Besonders tat sich hierbei Joseph Gabriel Findel durch eine Reihe von Schriften hervor, in denen er die angeblichen Enthüllungen als reine Fantasiegebilde entlarvte.[1411]

Taxils Erfolg tat der Gegenwind zunächst keinen Abbruch. Die Gründung einer internationalen Antifreimaurerliga und ein erster internationaler Antifreimaurerkongress vom 26. bis 30. September 1896 im damals habsburgischen Trient fanden im Fahrwasser Taxils und teilweise auf dessen eigenes Betreiben statt.[1412] Nachdem beim Trienter Kongress die Taxil-Kritiker ihre Argumente und Fragen vor großem Publikum vorgetragen und den Zweifeln damit Vorschub geleistet hatten, kam es schließlich 1897 zum großen Eklat. Bei einer von Taxil einberufenen Versammlung enthüllte er zum Entsetzen seiner Anhänger, dass alles nur Lug und Trug gewesen war, um die Leichtgläubigkeit des katholischen Klerus vorzuführen.[1413]

In Deutschland hatte die Selbstenttarnung Taxils keine allzu großen Auswirkungen, da sich hier bereits zuvor wichtige Multiplikatoren des Antimasonismus im katholischen Milieu gegen die unglaubhaften Schauermärchen des Franzosen gewendet hatten. Der Taxil-Schwindel hatte im Deutschen Reich entsprechend nicht die gleichen Ausmaße angenommen wie vor allem westlich des Rheins.[1414] Auch von Freimaurern war die ‚Taxiliade‘ überwiegend nur als eine weitere Episode der langen katholischen Feindschaft wahrgenommen und mit Polemiken abgetan worden, deren antikatholischer

---

1409 Gruber, H[ermann]: Rezension zu: Taxil: Drei-Punkte-Brüder, in: Stimmen aus Maria-Laach 34 (1888), S. 229–234, hier S. 233 f. Die von Gruber angefertigte Übersetzung erschien als Taxil: Drei-Punkte-Brüder.

1410 Vgl. Gerber [= Gruber]: Palladismus-Roman, wo Gruber auch ausgiebig aus seinen vorhergehenden Zeitungsartikeln in der katholischen Presse zitiert. Vgl. auch den Rückblick Cardauns: Fünfzig Jahre, S. 59–61.

1411 Findel: Katholischer Schwindel; ders.: Germania; ders.: Katholische Klerisei.

1412 Zum organisierten Antimasonismus vgl. vor allem Pierrard: Juifs, S. 151–166; Jarrige: L'Antimaçonnerie, S. 89–156.

1413 Diese stark verknappte Darstellung der gesamten Ereignisse um Taxil muss an dieser Stelle genügen. Ausführlich unter verschiedenen Gesichtspunkten aufgearbeitet ist der Schwindel in einer ganzen Reihe jüngerer und älterer Forschungsliteratur, vgl. u. a. Introvigne: Satanism, S. 158–226; Jones: Palladism; Jarrige: L'Antimaçonnerie, S. 59–87; Rogalla von Bieberstein: Mythos, S. 204; Reinalter: Taxil; Knorr: Metatrickster, S. 30–98; Frick: Satanismus, S. 30–92; Harvey: Lucifer; Doherty: Fanaticism, Part 1 u. 2; Ziegler: Satanism, S. 50–73; Luijk: Children of Lucifer, S. 207–280; Hieronimus: Taxil.

1414 Anders die Darstellung bei Rogalla von Bieberstein: Mythos, S. 204, der den Richtungswechsel in der deutschen katholischen Presse um 1890 unberücksichtigt lässt und nur zustimmende Urteile der 1880er Jahre zitiert. Zutreffender urteilt Frick: Satanismus, S. 81.

Unterton nicht nur als Reaktion auf die Anfeindungen, sondern als Teil bürgerlicher Kultur zu verstehen ist.[1415]

Der bürgerliche Liberalismus hatte sich nach den gescheiterten Revolutionen von 1848 neu sammeln müssen und zu diesem Zweck seinerseits seine Identität als fortschrittlich, vernünftig und modern gegen die Negativfolie des Katholizismus konsolidiert. Nach der Reichsgründung machte das nationalliberale Bürgertum diese Identität zum kulturellen Leitbild der Nation. Antikatholizismus wurde, wie unter anderem Michael B. Gross überzeugend dargelegt hat, somit ein integraler Bestandteil der bürgerlich-liberalen Semantik des Kaiserreichs.[1416] Auch die Freimaurerei pflegte diese kulturkämpferische antikatholische Pose, die zwar durch die katholische Anfeindung bestätigt und warmgehalten wurde, aber nicht bloß Reaktion auf sie war.

Die deutschen Freimaurer waren in der zweiten Hälfte des 19. Jahrhunderts kaum weniger kulturkämpferisch als ihre Brüder in romanischen Staaten, die in der Forschung zum bürgerlichen Antikatholizismus regelmäßig mehr Beachtung finden.[1417] Im konfessionell gespaltenen, mehrheitlich protestantischen deutschen Kaiserreich waren die Bedingungen und damit auch die Äußerungsformen des Antikatholizismus gleichwohl andere als in den katholischen Nachbarländern. War der Kulturkampf dort getragen von einem kirchenfeindlichen Säkularismus, so trat er im pietistischen Preußen-Deutschland betont bildungsbürgerlich-kulturprotestantisch auf.[1418] Ein Kampf um politische Macht wie in den romanischen Staaten blieb den deutschen Freimaurern erspart, wussten sie doch – insbesondere in den preußischen Logensystemen – den Staat an ihrer Seite. Wo die politische Macht den Katholizismus zum Reichsfeind erklärte und gegen ihn vorging, da musste das die (staatsnahe) Freimaurerei nicht tun, sondern konnte aus der vermeintlich unpolitischen Pose heraus auf den Katholizismus herabblicken. Stärker jedoch als in anderen protestantischen Staaten wie England oder Schweden war der deutsche Kulturkampf ein Konflikt mit einem durchaus gewichtigen Teil der Bevölkerung, bei dem es um das nationale – und im Fall der Logen auch um das masonische – Selbstbild ging.[1419]

1415 Vgl. z. B. „Ein internationaler Antifreimaurerkongress", in: Bundesblatt 16 (1895), S. 447 f.; „Das antimaurerische Banner", in: Bundesblatt 19 (1895), S. 532 f.; „Eine Welt-Liga gegen die Freimaurerei", in: Bundesblatt 2 (1896), S. 36—44.

1416 Vgl. Gross: War, insbes. S. 11—22; Kaiser: Clericalism, S. 57 f.; Borutta: Antikatholizismus, S. 26 f. u. 102—116; Drury: Anti-Catholicism, S. 112. Zum Antikatholizismus in europäischer Perspektive vgl. zudem Dittrich: Antiklerikalismus.

1417 Vgl. exemplarisch ebd., S. 85—88 et passim; Cubitt: Catholics versus Freemasons. Von dem einseitigen Fokus auf die romanische Freimaurerei abweichend Kaiser: Clericalism, S. 54—56, der stärker differenziert und entsprechend zögerlich mit einem Gesamturteil ist. Vgl. auch Zumbini: Wurzeln, S. 600, der die deutschen Freimaurer zutreffend als „erbitterte Kulturkämpfer" bezeichnet.

1418 Vgl. hierzu auch Hoffmann: Glaubenskrieger. Zur kulturprotestantischen Grundierung des bürgerlichen Antikatholizismus vgl. Borutta: Antikatholizismus, S. 353—357.

1419 Zum Zusammenhang von nationaler Identität und konfessionellen Konflikten im 19. Jahrhundert vgl. Smith: German Nationalism; Kuhlemann: Konfessionalisierung; Altgeld: Katholizismus, Protestantismus, Judentum. Siehe auch Anm. 1238.

Die katholischen Angriffe waren der Freimaurerei dabei hochwillkommen. Gelegentlich sahen sich deutsche Brüder zwar veranlasst, öffentlichen Protest gegen katholische Anfeindungen oder Behauptungen einzulegen, weit häufiger jedoch herrschte in den Freimaurerzeitschriften ein polemischer, regelrecht belustigter Ton vor, wenn das „niemals aufhörende Geplänkel" von „Römlingen" mitgeteilt wurde.[1420] Vor allem dienten sie aber der Selbstaffirmation, gaben sie den Brüdern doch das Gefühl, eine bedeutende kulturelle Macht gegen Unduldsamkeit, Dogmatismus und Fanatismus zu sein – also gegen all das, wofür in der bürgerlichen Imagination die Romkirche stand. Der Ultramontanismus würde die Logen „nicht so hartnäckig bekämpfen, wüßte er nicht, daß wir die Geistesmacht sind, die aus dem Dunkel in das Helle strebt", versicherte Otto Philipp Neumann 1910 den Lesern der Freimaurer-Zeitung.[1421] Schon 1884 hatte ein Bruder den gleichen Gedanken in der Bauhütte auf den Punkt gebracht: „Der Papst als Feind ist unser bester Freund", weil dadurch immerhin klar würde, wofür die Freimaurerei stehe.[1422]

Neben dem Papst war ganz besonders der Jesuitismus der erklärte Todfeind der deutschen Brüder.[1423] Die eingängige und suggestive Metaphorik von Finsternis, Schatten und Dunkelheit, mit der die Jesuiten belegt wurden, komplementierte geradezu perfekt die freimaurerische Lichtmetaphorik und veranschaulichte so den identitätsbildenden Gegensatz. Exemplarisch hieß es etwa 1900 in der Freimaurer-Zeitung: „Da haben wir den schneidendsten Gegensatz zwischen Finsterniss und Licht, Knechtschaft und Freiheit, Buchstaben und Geist, Verdummung und Aufklärung, Intoleranz und Toleranz."[1424]

Gerade durch den Antikatholizismus inszenierten die Brüder ihre Freimaurerei somit als Hort der Geistesfreiheit, der Gelehrsamkeit, des Fortschritts und des Anstands, kurz: der bürgerlichen Werte. Dem Katholizismus – mindestens dem „jesuitische[n] Ultramontanismus" – wurde hingegen nicht nur die Kompatibilität mit diesen Werten abgesprochen, sondern überhaupt Religion in irgendeinem freimaurerischen Sinne zu sein. Einerseits konnte man sich so gegen den naheliegenden Vorwurf der – als unfreimaurerisch geltenden – religiösen Intoleranz immunisieren. Otto Philipp Neumann erklärte etwa 1910, dass der „jesuitische Ultramontanismus" eben gerade keine Religion

1420 „Aus dem Lager unserer Gegner", in: Bundesblatt 14 (1894), S. 385—394, hier S. 385.

1421 Neumann, Otto Philipp: „Die päpstliche Enzyklika und die Freimaurerei", in: Freimaurer-Zeitung 26 (1910), S. 201—203, hier S. 203. Weiteres Beispiel vgl. „Die Grundlagen der Frmrei", in: Bundesblatt (1890), S. 6—16, insbes. S. 7.

1422 Conrad, M. G.: „Betrachtungen", in: Bauhütte 38 (1884), S. 297.

1423 Vgl. „Die Pflicht des Maurers, seine Loge zu decken", in: Freimaurer-Zeitung 11 (1900), S. 81—86, hier S. 82: „Zwischen ihm [d. h. dem Jesuitismus, M. P.] und uns besteht die grimmigste, ja Todfeindschaft." Zum Antijesuitismus und dem Wiederaufleben antijesuitischer Verschwörungstheorien in der Kulturkampfzeit vgl. Kaiser: Clericalism, S. 71—73; Healy: Jesuit Specter; Cubitt: Jesuit Myth; Borutta: Antikatholizismus, S. 54—56; Dittrich: Antiklerikalismus, S. 132.

1424 „Die Pflicht des Maurers, seine Loge zu decken", in: Freimaurer-Zeitung 11 (1900), S. 81—86, hier S. 82.

sei, die von der Freimaurerei im Sinne der Toleranz zu respektieren sei, sondern „der Vertreter des religiösen Rückschritts: er ist intolerant."[1425] Andererseits wurde so auf Kosten des Katholizismus die in den Logen gepflegte bürgerlich-kulturprotestantische Religiosität aufgewertet. Diese protestantische Färbung wurde dabei mitunter ganz unverhohlen betont. Ein geflügeltes Wort in Bruderkreisen der Jahrhundertwende lautete beispielsweise, die ‚Königliche Kunst' sei das ganz, was der Protestantismus nur halb sei.[1426] In solchen freimütigen Bekenntnissen lag nach dem Verständnis der Brüder kein Widerspruch zum freimaurerischen Versprechen der Dogmenlosigkeit und Interkonfessionalität. Der Protestantismus wurde vielmehr zur höchsten Form der Gewissensfreiheit erklärt.[1427] Wo er diesem Idealbild nicht gerecht wurde, etwa im zunehmend in die Kritik geratenden Staatskirchentum, da wurde das im Kulturkampf erprobte antikatholische Vokabular kurzerhand auf diese (un-)protestantischen ‚Mängelerscheinungen' übertragen.[1428] So erklärte etwa abermals Neumann im JAHRBUCH FÜR PROTESTANTISCHE KULTUR, dass die Kluft zwischen Freimaurerei und protestantischer Kirche umso größer sei, „[j]e orthodoxer, hierarchisch-papistischer das heutige offizielle evangelische Kirchenchristentum ist".[1429]

Innerhalb der zerfaserten Freimaurerei war der kulturkämpferische Antikatholizismus eines der wenigen Dinge, auf die man sich einigen konnte. Hinter der Negativfolie der unterstellten abergläubischen Rückständigkeit und Dogmengläubigkeit des Katholizismus konnten die unterschiedlichen freimaurerischen Selbstverständnisse zeitweise zurücktreten. Was immer man war – *das* war man nicht. Mitunter wurde regelrecht Hoffnung in den Konflikt mit der römisch-katholischen Kirche gesetzt. In der Begründung für einen – letztlich angenommenen – Antrag der Großloge von Bayreuth auf dem Großlogentag 1911, wonach der Großlogenbund gegen die Borromäus-Enzyklika und ihre Angriffe auf die Gewissensfreiheit Protest erlassen sollte, hieß es:

1425 Neumann, Otto Philipp: „Die päpstliche Enzyklika und die Freimaurerei", in: Freimaurer-Zeitung 26 (1910), S. 201–203, hier S. 202.

1426 Vgl. z. B. Neumann, Otto Philipp: „Frmrei und liberale Theologie", in: Freimaurer-Zeitung 23 (1907), S. 177–182, hier S. 179. Dort auch die Klassifizierung als maurerisches Sprichwort. Vgl. auch „Protestantismus", in: Allgemeines Handbuch (3. Aufl.), Bd. 2 (1901), S. 203 f.

1427 Neumann: „Freimaurerische Kulturzusammenhänge", in: Freimaurer-Zeitung 2 (1913), S. 9–12, hier S. 12.

1428 Das stützt also den Befund der jüngeren Forschung, dass die antikatholische Kulturkampfrhetorik auch bei intrakonfessionellen Konflikten Anwendung fand, vgl. Kaiser: Clericalism, S. 52 f.

1429 Neumann, Otto Philipp: „Freimaurerei und Protestantismus", in: Noris. Jahrbuch für protestantische Kultur 1912, S. 78–82, hier S. 79. Genau so urteilte auch „Protestantismus", in: Allgemeines Handbuch (3. Aufl.), Bd. 2 (1901), S. 203 f. Vgl. auch z. B. Richter, Max: „Zum Reformationsfeste", in: Freimaurer-Zeitung 43 (1911), S. 338–341, hier S. 338: „Leider wurde jene Gesinnungsgemeinschaft [d. h. der Protestantismus, M. P.], indem sie Staatssache wurde, zu sehr Kirche im alten Sinne, die den Inhalt ihrer Lehre in scharf umrissene Glaubenssätze faßte, von denen kein Abweichen gestattet war."

> Hier bietet sich für die deutsche Freimaurerei die seltene Gelegenheit, kleinliche Bedenken schwinden zu lassen, in Einmütigkeit gegen den gemeinsamen Erbfeind Front zu machen und ihm zu zeigen, dass die deutschen Freimaurer wie ein Mann zusammenstehen, wenn es gilt, die höchsten Kulturgüter zu verteidigen.[1430]

Indem sich so die antikatholische Frontstellung eng mit dem freimaurerischen Selbstbild verband, eröffnete sich jedoch immer wieder auch die Möglichkeit, die kulturkämpferische Sprache zur Profilierung in innerfreimaurerischen Auseinandersetzungen in Anschlag zu bringen. So ätzte beispielsweise Hugo Lissauer von der Großloge „Kaiser Friedrich zur Bundestreue" gegen die altpreußischen Großlogen, dass in ihnen noch mehr „Jesuitismus" am Werk sei als in der katholischen Kirche.[1431] Was nach außen gekehrt eine integrative Wirkung entfaltete, konnte so nach innen gewendet auch die Differenzen betonen und die Gräben nachziehen.

Liberales und konservatives protestantisches Milieu

Dass der Antimasonismus so eng mit dem katholischen Milieu verbunden war, machte ihn für große Teile der nichtkatholischen Bevölkerung unattraktiv. Die „Ekelschranken"[1432] zwischen den konfessionellen Milieus erschwerten ein Ausgreifen des Antimasonismus über die Milieugrenzen hinweg.

Deutlich wird der unterschiedliche Umgang mit der Freimaurerei in den einschlägigen Lexika. Während sie im katholischen „Staatslexikon der Görres-Gesellschaft" von dem bekannten Freimaurergegner Hermann Gruber behandelt wurde, kam im bürgerlich-liberalen Rotteck-Welckerschen „Staats-Lexikon" Hermann Schletter zu Wort, ein publizistisch erfahrener Freimaurer.[1433] Sichtbar war die antimasonische Adaptionshürde auch in der ersten Auflage des liberalprotestantischen Lexikons „Religion in Geschichte und Gegenwart" (1909–1913), dessen Eintrag zur Freimaurerei sich explizit und ausführlich gegen geläufige antimasonische Behauptungen wie die Mär von unbekannten Oberen und von kirchen- oder staatsfeindlichen Bestrebungen wandte: „In Wirklichkeit bekämpft [die Freimaurerei; M. P.] nur den Klerikalismus, den Dogmatismus und die fanatische Unduldsamkeit", weshalb die haltlosen Anschuldigungen auch „besonders von ultramontaner Seite" kämen.[1434] Schon gut ein halbes

---

1430 „Bericht über die Verhandlungen des 36. Deutschen Grosslogentages", in: Bauhütte 30 (1911), S. 237–242, hier S. 239.

1431 Vgl. Lissauer, Hugo: „Klerus und Freimaurerei", in: Bausteine 9/10 (1895), S. 149–153. Zur masonischen Vita Lissauers vgl. Peters: Berliner Freimaurer, S. 43.

1432 Langewiesche: Volksbildung, S. 110.

1433 Vgl. Gruber, Hermann: „Gesellschaften, geheime", in: Staatslexikon, Bd. 2 (1892), Sp. 1246–1297 u. Schletter, H[ermann]: „Freimaurerei im Verhältnis zu Staat und Gesellschaft", in: Staats-Lexikon, Bd. 5 (^{3}1861), S. 676–682. In den ersten beiden Auflagen hatte die Freimaurerei noch keinen eigenen Eintrag. Zu Schletter, der u. a. Herausgeber des „Allgemeinen Handbuchs der Freimaurerei" (2. Aufl.) war, vgl. „Schletter, Hermann, Theodor", in: Internationales Freimaurerlexikon, Sp. 1396.

1434 Battenberg: Freimaurerei, Sp. 1046 u. 1049.

Jahrhundert früher hatte die „Real-Encyklopädie für protestantische Theologie und Kirche“ die deutsche Freimaurerei als eine Gemeinschaft mit christlichem Fundament beschrieben und die zum Zeitpunkt der Veröffentlichung gerade aktuellen Anschuldigungen Eduard Emil Eckerts zurückgewiesen. Die Freimaurer seien weder Revolutionäre, noch für revolutionäre Propaganda anfällig. Man könne vielmehr annehmen, „daß der Liberalismus des Publikums, welches sich in der Freimaurerei vereinigt, da seine Grenze findet, wo die Sicherheit des Besitzes und des ruhigen, behäbigen Lebensgenusses zweifelhaft wird.“[1435]

Die seltenen protestantischen Ausnahmen von dieser antimasonischen Enthaltsamkeit kamen während des Kaiserreichs aus ultrakonservativer Richtung, die im Geiste Ernst Wilhelm Hengstenbergs die Freimaurerei als eine kirchenfeindliche Sekte diffamierten,[1436] so etwa Dietrich von Oertzens Buch „Was treiben die Freimaurer“ von 1881.[1437] Das waren jedoch, wie gesagt, eher die Ausnahmen. Der Freimaurer Otto Kuntzemüller meinte 1897, Oertzens Buch sei die einzige nennenswerte antimasonische Schrift aus Kreisen der „protestantische[n] Orthodoxie und [des] feudalen Junkerthum[s]“ während der Regentschaft der Kaiser Wilhelm I. und Friedrich III. gewesen.[1438] Selbst der Hofprediger Stoecker, ein Freund Oertzens und einer der wichtigsten Wegbereiter des modernen Antisemitismus in Deutschland, sprach sich 1886 in einer Reichstagsdebatte als Abgeordneter der Deutschkonservativen Partei gegen die Angewohnheit der katholischen Zentrumspartei aus, über die Freimaurerei herzuziehen.[1439]

Dass konservativer protestantischer Antimasonismus im Kaiserreich keine wirkliche publizistische Größe darstellte, lag aber auch an der historischen Nähe zwischen den zahlenmäßig starken preußischen Großlogen und dem preußischen Herrscherhaus der Hohenzollern.[1440] Diese mit wandelnder Intensität schon seit Friedrich II. bestehende Nähe hatte bereits auf dem Regensburger Reichstag 1794 und nochmals beim Veroneser Kongress der Heiligen Allianz 1822 zur Inschutznahme des Bundes gegen Vorwürfe und Verbotsinitiativen geführt.[1441] Die Schutzfunktion der Hohenzollern war

---

1435 Steitz: Freimaurer und Freimaurerei, S. 590.

1436 Vgl. die zeitgenössische freimaurerische Auseinandersetzung mit antimasonischen Angriffen von Neumann: Gegner, S. 13–18. Zum konservativen Protestantismus als eigenes Milieu vgl. Graf: Spaltung. In diesem Zusammenhang hebt Graf auch Hengstenberg hervor, der im Zuge der Aufklärungs- und Rationalismuskritik prominent an der Politisierung theologischer Vorstellungsgehalte mitwirkte, vgl. ebd., S. 170.

1437 Oertzen: Freimaurer. Zu von Oertzen liegt kaum Forschung vor. Einzelne Hinweise finden sich in Oertzen: Oertzen.

1438 Kuntzemüller: Freimaurerei und ihre Gegner, S. 24.

1439 Vgl. Stoecker, Adolf: Reden im Reichstag, Schwerin 1914, S. 69, zit. n. Rogalla von Bieberstein: Mythos, S. 205.

1440 Vgl. Kap. 10.1.

1441 Vgl. „Franz II.“, in: Internationales Freimaurer-Lexikon, Sp. 514 f. Zur österreichischen Verbotsinitiative auf dem Reichstag zu Regensburg, vgl. Fürnrohr: Reichstag, S. 217. Zur gegen die Freimaurerei gerichteten Denkschrift des Grafen Haugwitz auf dem Kongress von Verona 1822 vgl. Rogalla von Bieberstein: Kommentierte Quellentexte, S. 167 f.; „Haugwitz“, in: Internationales Freimaurer-Lexikon, Sp. 676 f.

auch im bundesstaatlich gegliederten Kaiserreich von beträchtlicher Wirkung. Die bloße Mitgliedschaft Wilhelms I. und seines Sohnes zum Freimaurerbund, dem sie in Bismarcks Worten mit einer „fast religiösen Treue“[1442] verbunden waren, vermochte, die Logen vor allzu offensichtlichen Verdächtigungen als Revolutionsherde zu bewahren und in ihrer Mitgliederbasis das konservative Element zu stärken.

Aber die Verbundenheit des Herrscherhauses mit der Freimaurerei machte Konservative nicht zwangsläufig zu Freunden der Logen. Einen Eindruck von der dennoch verbreiteten distanzierten Haltung zur Freimaurerei vermittelt das „Staats- und Gesellschaftslexikon“ Hermann Wageners, das zwischen 1859 und 1867 in 23 Bänden erschien und als „gewichtiges Zeugnis konservativen Denkens“ gilt.[1443]

Darin wird das Bild von der Freimaurerei als einer überschätzten, letztlich irrelevanten und überlebten Zeiterscheinung gezeichnet. Der unbekannte Verfasser des Eintrags räumte zwar ein, Hengstenberg und Eckert hätten wichtige Beiträge zur Beurteilung der Freimaurerei geliefert, der Vorwurf des Revoluzzertums wird jedoch mit Blick auf das in den Logen versammelte Publikum zurückgewiesen. Die Freimaurerei sei ein „Marasmus der bürgerlichen Aufklärung“, von dem „keine revolutionären Geniestreiche“ zu erwarten seien.[1444] Die Gefahr sei eher, dass die selbstgenügsamen Logenbrüder der Revolution nichts entgegensetzen würden. Am ehesten könne man am freimaurerischen Beitrag zur Geschichte sehen, wie die „bestehende Ordnung mit wohlgemeinten Stichworten und mit biedermännischem Händedruck im Kreise Gleichgesinnter in Vergessenheit“ gebracht und so ein nicht beabsichtigter Umsturz begünstigt werde.[1445]

Auch Bismarcks „Gedanken und Erinnerungen“ legen Zeugnis ab von der ablehnend-kritischen, aber nicht verschwörungstheoretischen Sichtweise preußischer Konservativer auf die Freimaurerei und von der Rolle, die hierbei der König spielte. Bismarck war 1869 in einer Personalfrage auf den entschiedenen Widerstand Wilhelms I. gestoßen, aufgrund der – wie Bismarck mutmaßte – Freimaurermitgliedschaft des von ihm kritisierten Grafen Usedom. Diesem attestierte Bismarck in seinen Erinnerungen zwar ein bewusst gepflegtes Image als „tief eingeweihter Verschwörer“, aber nur, um anschließend über diese Selbstinszenierung des „anekdotenerzählende[n] Höfling[s]“ Usedom zu spotten.[1446] Nicht ein im Freimaurerbund gepflegtes revolutionäres Gedankengut machte die Freimaurerei in Bismarcks Augen suspekt, sondern dass sie einem so „unbrauchbaren und bedenklichen Beamten“ als Karrieresprungbrett und Feigenblatt für seine offenkundige Untauglichkeit dienen konnte.[1447]

1442 Bismarck: Gedanken und Erinnerungen, Bd. 1, S. 204.

1443 Zu Wagener und seinem Lexikon vgl. Albrecht: Staats- und Gesellschaftslexikon, S. 273; Kraus: Wagener. Zur historischen Funktion und Bedeutung von Lexika vgl. Haltern: Politische Bildung, S. 74 ff.

1444 „Freimaurerei“, in: Staats- und Gesellschafts-Lexikon, Bd. 7 (1861), S. 669–685, hier S. 685.

1445 Ebd., S. 684.

1446 Bismarck: Gedanken und Erinnerungen, Bd. 1, S. 203 f.

1447 Ebd., S. 204.

Allerdings war das Deutungsmuster der Verschwörung nicht aus konservativen Zirkeln verschwunden. Hermann (gelegentlich auch Herrmann) Goedsche, der nach Tätigkeiten bei der Post und für die Preußische Geheimpolizei bei der KREUZZEITUNG und unter dem Pseudonym John Retcliffe als Schriftsteller arbeitete, bediente sich in seinen erfolgreichen „[h]istorisch-politischen Romanen aus der Gegenwart" ausgiebig verschwörungstheoretischer narrativer Muster.[1448] Zentral war in seiner Fiktion jedoch keine ausgesprochene Freimaurer-, sondern eine jüdische Verschwörung.[1449] Sein Roman „Biarritz" enthielt unter anderem die Szene eines konspirativen Treffens auf dem Judenfriedhof in Prag – ein Kapitel, das sich bald verselbständigen sollte. Es wurde als billige Druckschrift separat verlegt, wobei es zunehmend die (von Goedsche ohnehin bewusst niedrig errichtete) Schwelle von der Fiktion zur (vermeintlichen) Tatsachenbeschreibung überschritt und einige Jahrzehnte später in den „Protokollen der Weisen von Zion" adaptiert wurde, wo dann auch der antimasonische Brückenschlag vollzogen wurde.[1450] Bei Erscheinen von „Biarritz" 1868 war daran noch nicht zu denken gewesen.

Die auffällige antimasonische Zurückhaltung des Konservatismus im Kaiserreich sollte sich erstmals ändern, als Friedrich III. 1888 nach kurzer Herrschaft seinem Kehlkopfkrebs erlag. Konservative Kreise schnupperten Morgenluft und starteten eine antimasonische Kampagne, mit der sie – in den Worten einer freimaurerischen Verteidigungsschrift – versuchten, „sich an die Rockschöße des jungen Kaisers zu hängen"[1451] und ihn gegen die Logen einzunehmen.

Unmittelbarer Anlass war eine Randnotiz in der BAUHÜTTE. Dort hatte man nach dem Tode Wilhelms I. genau beobachtet, ob sich dessen Enkel, der junge Prinz Wilhelm, nicht doch noch zur Aufnahme in eine Loge hinreißen lasse. Schon Mitte März, eine gute Woche nach dem Dahinscheiden des alten Kaisers, machten in den preußischen Logen Gerüchte die Runde, nach denen Prinz Wilhelm dem Drängen seines Vaters Friedrich nachgegeben und einer Aufnahme in den Freimaurerbund zugestimmt hätte.[1452] Die BAUHÜTTE blieb indes skeptisch. Nur eine gute Woche nach Ableben des gerade erst zum Kaiser gekrönten Friedrich III. äußerte sie angesichts der nun ungewissen Zukunft des Protektoriums, dass „der Kronprinz [Wilhelm, M. P.] ein unbesiegbares Vorurteil gegen die Fr[ei]m[aure]rei zu haben scheint".[1453] Das wirkte in der konservativen Presselandschaft wie ein Treibmittel. Nicht nur die üblichen katholischen

---

1448 Vgl. Neuhaus: Sensationsroman, S. 139. Zur Person und Werk Goedsches vgl. ebd. S. 11–35.

1449 Zu Goedsches/Retcliffes verschwörungstheoretischem Erzählcode vgl. ebd., S. 88, 95–118, 139 et passim.

1450 Zu „Biarritz", dem Kapitel „Der Judenfriedhof in Prag" und dem zweiten Leben in Form der „Protokolle" vgl. Neuhaus: Sensationsroman, S. 42–45, 110–118, 192 f. Vgl. außerdem Eco: Protokolle, S. 178; Hagemeister: Judenkirchhof. Zu den „Protokollen" vgl. Kap. 11.4.

1451 Kaiser Wilhelm II. und die Freimaurerei, [Mainz] [1888], S. 1.

1452 Vgl. „Logenberichte und Vermischtes", in: Bauhütte 12 (1888), S. 100.

1453 „Logenberichte und Vermischtes", in: Bauhütte 26 (1888), S. 210.

Zeitungen, sondern auch konservative Blätter wie der Reichsbote, die sich zu Lebzeiten Kaiser Wilhelms I. und Kaiser Friedrichs III. mit Antimasonismus zurückgehalten hatten, bliesen nun zum Sturm auf die Logen. Die Befürchtungen, die die Bauhütte kurz nach dem Tod Friedrichs III. geäußert hatte, nämlich dass aus konservativen Kreisen noch „eine ernste Gefahr für die Maurerei in Deutschland erwachsen" könnte, wenn eine Zeit kommen sollte, „da die deutsche Maurerei des Protektoriums entbehren müsste",[1454] schienen sich zu bewahrheiten.

Die Gründe, weshalb Wilhelm II. nicht in die masonischen Fußstapfen des Vaters und Großvaters trat, sind bislang von der Forschung nicht explizit ausgeleuchtet worden. Die 1920 vom Freimaurer Paul Wagler geäußerte Vermutung, dass den jungen Kaiser der Gedanke abstieß, „nur Bruder" zu sein, hat einiges für sich.[1455] Wilhelms Verachtung für alles Zivile, Liberale und Jüdische mag seine Abneigung gegen den Eintritt in die (zumindest teilweise) so apostrophierte Freimaurerei mitbestimmt haben.[1456] Allerdings erkannte Wilhelm durchaus den Nutzen der traditionellen Verbindung zwischen Hohenzollernmonarchie und Freimaurerei, weswegen er seinen Schwager Prinz Friedrich Leopold von Preußen schließlich auch dazu anhielt, in den Bund einzutreten.[1457] Diese Nützlichkeitserwägung mit Wertschätzung zu verwechseln, wie es zeitgenössische Freimaurer als Abwehrreflex gegen antimasonische Angriffe taten, wäre jedoch verfehlt.[1458] Wilhelm II. ging davon aus, dass die Freimaurerei politisch eminent einflussreich sei und gerade deshalb an die Monarchie gebunden werden müsse.[1459] Es war mithin wohl eher das von Wilhelm in den Logen gesehene Gefahrenpotential, das ihn zugleich auf Distanz zu ihnen gehen und sie weiterhin an die Monarchie binden ließ.

Die von Wilhelm II. erwirkte Aufnahme seines Schwagers Friedrich Leopold in die Große Landesloge 1889 setzte vorübergehend einen Schlusspunkt unter die öffentlich geführte Debatte über Wilhelms Haltung zur Freimaurerei, ohne dass dieser konkret Stellung hatte beziehen müssen. 1893 und 1894 wurde Friedrich Leopold auch noch in die beiden anderen altpreußischen Großlogen eingeführt und ab 2. Februar 1894 übernahm er offiziell das Protektorium.[1460] Die traditionelle persönliche Bindung an das Herrscherhaus war somit vollumfänglich wiederhergestellt, wenngleich um den Preis einer deutlichen Prestigeeinbuße. Anstatt wie zuvor den Kaiser selbst als treuen und eifrigen Bruder zu wissen, musste man mit einem durch Negativschlagzeilen

1454 „Logenberichte und Vermischtes", in: Bauhütte 26 (1888), S. 211.
1455 Vgl. Wagler: Freimaurernatur, S. 19.
1456 Zu Wilhelms II. Wertegerüst vgl. die ausführliche dreibändige Biographie Röhl: Wilhelm II., insbes. Bd. 2 (2001), S. 159–168.
1457 Vgl. Röhl: Wilhelm II., Bd. 2 (2001), S. 167 f.
1458 Vgl. z. B. [Kuntzemüller]: Was sind die Freimaurer, S. 10 oder auch Kohut: Hohenzollern, S. 245.
1459 Vgl. Röhl: Wilhelm II., Bd. 2 (2001), S. 168.
1460 Vgl. Kohut: Hohenzollern, S. 250–258.

auffallenden Schwager als nicht gerade engagiertem Logenbruder Vorlieb nehmen.[1461] Entsprechend durchlässig wirkte nun auch der Schutzschild, den das Protektorium vor den Logen errichtete.

Unter den neuen, für antimasonische Agitation günstiger scheinenden Bedingungen wagte sich 1896 das Deutsche Adelsblatt mit mehreren Artikeln vor. Es war das Presseorgan der 1874 gegründeten „Deutschen Adelsgenossenschaft" (DAG). Ihr antimasonischer Vorstoß muss auch vor dem Hintergrund der in jenen Jahren unternommenen Versuche gesehen werden, das norddeutsch-protestantische Profil der DAG zu erweitern und den katholischen Adel Süddeutschlands zu inkorporieren.[1462] So schöpfte das Adelsblatt ausgiebig aus der Materialsammlung des katholischen Antimasonismus, berichtete über angeblich gotteslästerliche und umstürzlerische Umtriebe in französischen Logen und insinuierte schließlich, dass auch die deutschen Logen sich in diesem Fahrwasser bewegen würden.[1463]

Entgegen seiner üblichen Passivität reagierte Friedrich Leopold als Protektor der preußischen Logen und verfasste einen Brief an Wilhelm II., in dem er die öffentlich erhobenen Anschuldigungen deutlich zurückwies.[1464] Die Vossische Zeitung veröffentlichte das Schreiben, das dadurch ein nicht intendiertes Lauffeuer entfachte. Mehrere Zeitungen, darunter nicht nur die katholischen und konservativen, sondern auch die liberale Vossische Zeitung selbst, echauffierten sich über die fürstliche Geheimdiplomatie zugunsten der Freimaurerei. Die Reaktionen reichten über den Vorwurf, die kostbare Zeit des Kaisers werde hier mit Lappalien in Beschlag genommen, bis zur Warnung, Hinterzimmerabsprachen würden die Pressefreiheit bedrohen.[1465]

Das Adelsblatt sah mit Genugtuung die von ihm in Gang gesetzte Entwicklung und veröffentlichte munter weiter, zunächst über die verschiedenen Pressestimmen, die eifrig kommentiert wurden, dann auch über den Antifreimaurerkongress in Trient und schließlich eine Artikelserie unter dem Titel „Streifzüge durch das Reich der

1461 Obwohl Friedrich Leopold seit Dezember 1895 sogar als Ordensmeister der Großen Landesloge vorstand, fällt bei Durchsicht der „Zirkelkorrespondenz" vor allem auf, wie häufig er sich von offiziellen und festlichen Anlässen entschuldigen ließ. So fand sogar die Feier seines eigenen 25jährigen Maurerjubiläums 1914 ohne ihn statt, vgl. Naumann, Ernst: „Feier des fünfundzwanzigjährigen Maurerjubiläums Seiner Königlichen Hoheit des Brs. Friedrich Leopold Prinzen von Preußen", in: Zirkelkorrespondenz 5 (1914), S. 129–152. Zu Friedrich Leopolds Skandalen vor 1918 vgl. Röhl: Wilhelm II., Bd. 2 (2001), S. 737–740; Railton: Prince, S. 67–71.

1462 Vgl. Hoyningen-Huene: Adel, S. 55–74, insbes. S. 56; Reif: Adel, S. 33 f. u. 48. Generell zur DAG vgl. Fricke/Rößling: Adelsgenossenschaft.

1463 Vgl. „Welcher Schändlichkeit das Pariser Freimaurerthum fähig ist", in: Deutsches Adelsblatt 18 (1896), S. 356; „Freimaurerthum", in: Deutsches Adelsblatt 25 (1896), S. 488 f.

1464 Abgedr. u. a. in: Vossische Zeitung 369, 08.08.1896.

1465 Vgl. ebd. Eine Presseschau bot auch das Deutsche Adelsblatt: „Freimaurerei und ‚Deutsches Adelsblatt'", in: Deutsches Adelsblatt 33 (1896), S. 620–623 und „Die Presse über die Freimaurerfrage", in: Deutsches Adelsblatt 34 (1896), S. 636–639.

Freimaurerei", die 1897 als Separatdruck erschien. Darin wurden die im katholischen Antimasonismus geläufigen Topoi übernommen und die Freimaurerei als eine internationale Macht im Kampf gegen Thron und Altar präsentiert, deren Mitglieder zum Großteil selbst im Dunkeln über die wahren Machenschaften der – schon in den Zeitungsartikeln immer wieder als jüdisch markierten – geheimen Ordensoberen seien.[1466]

Nachdem sich die allgemeine Aufregung über den fürstlichen Interventionsversuch gelegt hatte, ließen auch im ADELSBLATT die antimasonischen Artikel nach. Nicht zuletzt die Selbstenttarnung Léo Taxils, auf den sich auch das ADELSBLATT gestützt hatte, ließ den Antimasonismus vorübergehend wieder aus den Spalten der nichtkatholischen Zeitungen verschwinden. Bis in den Ersten Weltkrieg hinein blieb Antimasonismus im engeren Sinne ganz überwiegend ein katholisches Unterfangen.

Sozialismus und Arbeiterbewegung

Ebenfalls ein gespaltenes Verhältnis zu den Logen, wenn auch anders als der Konservatismus, hatte die sozialistische Arbeiterbewegung. Mit ihrem universalistischen Anspruch und dem in der Rede von Brüderlichkeit angelegten Gleichheitsideal konnte ihr die Freimaurerei durchaus als historischer Referenzpunkt dienen.[1467] Niemand anderes als der junge Karl Marx hatte 1844 im Pariser VORWÄRTS einen gekürzten Abdruck von Lessings Freimaurergesprächen veranlasst.[1468] Johann Philipp Becker, ein Freund von Marx, eröffnete gut zwei Dekaden später das von ihm redigierte Organ der Internationalen Arbeiter-Assoziation mit einem Artikel, in dem er dazu aufrief: „laßt uns in der internationalen Genossenschaft die *Freimaurer der That* werden".[1469] Die Arbeiterbewegung sah sich also durchaus auch als Erbin der moralischen Vision der bürgerlichen Gesellschaft, angetreten, um die nur partiell (und dadurch ja gerade nicht) eingelösten Gleichheitsversprechen zu erkämpfen. Einerseits wurde die Freimaurerei also für ihre verlautbarten Ideale geschätzt, andererseits für die – daran gemessen heuchlerische – Praxis kritisiert.

Andere wurden in ihrer Kritik deutlicher, so etwa Bernhard Becker. Der Nachfolger Ferdinand Lasalles als Präsident des „Allgemeinen Deutschen Arbeitervereins" griff in einer erstmals 1872 veröffentlichten und mehrfach neu aufgelegten Schrift die deutsche Freimaurerei scharf an. Die Menschlichkeit, die sie fördere, die Gleichheit und Brüderlichkeit, die sie beschwöre, sie gelte nur in den Logen selbst. Als „preußische Kaiserpartei"[1470] und „preußisch-monarchische Hausknechte"[1471] stünde die Freimaurerei

---

1466 Vgl. „Der erste internationale Congreß gegen die Freimaurerei in Trient", in: Deutsches Adelsblatt 40 (1896), S. 741 f.; Streifzüge durch das Reich der Freimaurerei. Sonderabdruck aus dem ‚Deutschen Adelsblatte', Köln 1897.

1467 Vgl. auch Strube: Revolution.

1468 Vgl. Dziergwa: Lessing, S. 161.

1469 [Becker, Johann Philipp]: „Was wir wollen und sollen", in: Der Vorbote 1 (1866), S. 1–10, hier S. 9 [Herv. M. P.]. Vgl. auch Kriegel: Internationale Arbeiterassoziation, S. 188 f.

1470 Becker: Jesuitismus, S. 16.

1471 Ebd., S. 22.

vielmehr im Dienste der Hohenzollernmonarchie und sei „eine konservative, träge, reaktionäre Partei."[1472] Die Nähe zur preußischen Monarchie, die die Freimaurer vor konservativen Angriffen schützte, war also ein Grund für Angriffe aus dem sozialistischen Lager.

Zu Ende des Jahrhunderts verband der Arbeiter- und Gewerkschaftsführer Johannes Sassenbach beide Aspekte des sozialistischen Freimaurerbildes und präsentierte es in einem Buch und in mehreren Vorträgen in Arbeitervereinen in Berlin und Umgebung.[1473] Die Freimaurerei sei im 18. Jahrhundert durchaus eine progressive Kraft gewesen und habe einen Beitrag zu den bürgerlichen Revolutionen geleistet. Mittlerweile habe sie ihre revolutionären, emanzipatorischen Wurzeln allerdings verlassen. Diese Kritik diente Sassenbach dann als Sprungbrett zur Formulierung der politischen Ansprüche der Sozialdemokratie. Deutlich implizierte er, dass es nun an dieser sei, das emanzipatorische Projekt zu einem erfolgreichen Ende zu führen.[1474]

Für antimasonische Verschwörungstheorien hatte Sassenbach hingegen nur Spott übrig, nicht viel anders als der VORWÄRTS. Als etwa die katholische GERMANIA 1901 vor einer masonischen Unterwanderung der Armee warnte, reagierte das sozialdemokratische Zentralorgan mit Blick auf die bekannte Logenmitgliedschaft Wilhelms I. und Friedrichs III. mit der ironischen Bemerkung, dass sich sogar „‚oberste Kriegsherren' [...] häufig an jener Verschwörung in der Armee" beteiligten.[1475] Mehrfach erklärte der VORWÄRTS interessierten Leserzuschriften, dass die Freimaurerei tatsächlich in erster Linie ein „geheimthuender Bourgeoisverein" sei, dekadenter „Firlefanz" ohne tieferen Sinn, auf einer Stufe mit „Kartenlegerinnen und ähnliche[m] Schwindel".[1476]

Aber nicht nur VORWÄRTS-Leser, auch ein Leo Trotzki fragte sich, warum sich Angehörige der besitzenden Klasse in wunderliche Klamotte warfen, um die Riten vormoderner Handwerkerbünde nachzustellen, und wie der Marxismus das wohl erklären würde. Trotzkis Antwort: Die Freimaurerei war der Versuch, „jene Formen der sittlichen Disziplin zu konservieren, deren soziale Basis [...] der historische Prozeß längst untergraben hatte."[1477] Für Trotzki war damit die Sache klar: Die Freimaurerei war ein feudalaristokratisches Überbleibsel, konserviert als Instrument bourgeoiser Klasseninteressen.

1472 Becker: Jesuitismus, S. 19.

1473 Zu Sassenbach vgl. Münkel: Sassenbach.

1474 Vgl. Sassenbach: Freimaurerei, S. 4 f. et passim.

1475 „Eine Verschwörung in der Armee", in: Vorwärts 95, 24.04.1901.

1476 Vorwärts 228, 29.09.1892; Vorwärts 162, 13.07.1893; Vorwärts 184, 08.08.1893.

1477 Trotzki: Leben, S. 113. Trotzkis ausführliche Analyse, nach eigenen Angaben in einem eintausend Seiten umfassenden Heft handschriftlich niedergelegt, ist nicht erhalten. Nur die Ergebnisse sind in seiner Autobiographie wiedergegeben. Trotzki hatte seine Freimaurerstudien vom Gefängnis in Odessa, wo sie größtenteils entstanden waren, mit in die sibirische Verbannung und weiter ins europäische Exil genommen. Dort jedoch hatte er sie schließlich zurücklassen müssen – ein Verlust, den er ausdrücklich bedauerte. Vgl. ebd., S. 114.

Dennoch gab es in einigen Ländern durchaus ein Näheverhältnis zwischen Sozialismus und ‚Königlicher Kunst'. Anders als im deutschen Kaiserreich, wo die Freimaurerei strikt antisozialistisch war, waren etwa in Italien und Frankreich zahlreiche Brüder zugleich Mitglieder der sozialistischen Parteien. Schon der oben zitierte Bernhard Becker hatte eingeräumt, die französische Freimaurerei sei „mehr mit der Zeit fortgeschritten" und unterhalte auch „demokratische und sozialistische Logen, während man in Deutschland lauter krebsartig monarchische findet."[1478] Seit der Jahrhundertwende hatten diese Überschneidungen die französischen und italienischen Genossen immer wieder beschäftigt. Innerhalb der Parteien wurden zunehmend Stimmen laut, die die ‚Freimaurerfrage' forcierten und auf eine Unvereinbarkeitserklärung drängten.[1479] Auf ihrem Parteitag 1914 beschloss etwa die sozialistische Partei Italiens mit überwältigender Mehrheit den Ausschluss von Freimaurern. Unter den Rednern, die in diesem Sinne Stimmung gemacht hatten, war auch der damalige Chefredakteur der Parteizeitung, der wenige Monate später selbst ausgeschlossen werden sollte: Benito Mussolini.[1480]

Nach der Oktoberrevolution 1917 und mit dem sich bald formulierenden internationalen Führungsanspruch der russischen Bolschewiki radikalisierte sich die Haltung zur Freimaurerei in Teilen der Linken. Die 1919 in Moskau gegründete Kommunistische Internationale befasste sich ab ihrem dritten Kongress 1921 mit der Freimaurerei.[1481] Auf dem vierten Kongress 1922 wurde dann – gegen Widerstände – die Unvereinbarkeit von Sozialismus und Freimaurerei konstatiert, da Letztere ein kleinbürgerlich-reformistisches Werkzeug zur Unterdrückung des Klassenkampfes sei.[1482] Trotzki, der an dieser Beschlussfassung beteiligt war, untermauerte diese deutliche Abgrenzung noch durch eine Kampfansage in der Izwestija, die in Übersetzung auch in Deutschland veröffentlicht wurde. Die Freimaurerei sei „eine Pestbeule auf dem Körper des [...] Kommunismus, die mit glühendem Eisen ausgebrannt werden müsse".[1483]

Die Angst vor einer Art freimaurerischen Unterwanderung war der Linken also keineswegs fremd. Aber diese Angst war weit entfernt von den katholischen Theorien einer Superverschwörung. Die sozialistische und kommunistische Linke hatte mit

---

1478 Becker: Jesuitismus, S. 23.

1479 Zu Italien berichtete der Vorwärts mehrfach seit 1904 über solche Vorgänge, z. B.: „Eine Bewegung gegen die Freimaurer", in: Vorwärts 305, 29.12.1904; „Sozialdemokratie und Freimaurerei", in: Vorwärts 184, 09.08.1905. Zu Frankreich dann 1906: „Der Parteitag in Limoges", in: Vorwärts 256, 02.11.1906; „Parteitag der Franzosen", in: Vorwärts 260, 07.11.1906.

1480 Vgl. den Bericht „Der italienische Parteitag", in: Vorwärts 117, 30.04.1914.

1481 Vgl. Riddell (Hg.): Masses, S. 189–195 u. 356–358.

1482 Vgl. Riddell (Hg.): United Front, S. 994–998, 1006–1009 u. insbes. 1128–1130. Vgl. auch „Bolschewismus", in: Internationales Freimaurerlexikon, Sp. 204 f., wobei der dort zitierte Resolutionstext des vierten Kongresses der 3. Internationale nicht dem von Riddell edierten Wortlaut entspricht.

1483 Trotzki, Leo: „Kommunismus und Freimaurertum" in: Der Bolschewik 18, 28.11.1922, zit. n. „Trotzki gegen kommunistische Freimaurer", in: Vorwärts 576, 06.12.1922.

dem historischen Materialismus bereits ein Geschichts- und Welterklärungsmodell, das grundsätzlich ohne Geheimgesellschaften als Strippenzieher auskam.

Nationalistische Rechte und völkische Bewegung

Besondere Aufmerksamkeit verdient die gegen Ende des 19. Jahrhunderts entstehende radikalnationalistische deutsche Rechte. Sie sollte während der Weimarer Republik zum Hauptgegner der Freimaurerei werden, fiel aber vor dem Ersten Weltkrieg kaum durch Antimasonismus auf.

Ganz anders war das außerhalb Deutschlands, wo Antisemiten und Nationalisten schon im 19. Jahrhundert die Integrationstheorie von der jüdisch-freimaurerischen Verschwörung auf breiter Front übernommen hatten. Beim Ersten Internationalen Antijüdischen Kongress 1882 in Dresden wies beispielsweise der ungarische Parlamentsabgeordnete Istóczy Győző auf die Freimaurergefahr hin, worauf ihm von der deutschen Delegation jedoch entschieden widersprochen wurde.[1484] Für das gemeinsame „Manifest an die Regierungen und Völker der durch das Judenthum gefährdeten christlichen Staaten" einigte man sich auf eine Formulierung, die gerade noch Raum genug für die Möglichkeit einer nicht ‚verjudeten', daher ungefährlichen und unschuldigen Freimaurerei ließ: „Die Juden haben *in vielen Ländern* das Logenwesen *verfälscht*, seines Wesens entkleidet und dasselbe zu einem der gefährlichsten und erfolgreichsten Mittel der jüdischen Macht *erniedrigt*."[1485]

Zwar gab es auch in der deutschen Rechten um 1900 schon Logengegner sowie Insinuationen einer jüdisch-freimaurerischen Verschwörung, doch waren diese eher randständig. Wie an der Episode vom Dresdener Antijüdischen Kongress deutlich wird, wurden *mindestens* die deutschen Logen davon ausgenommen und häufig wurde sogar der Freimaurerei an sich mit einer neutralen bis positiven Grundhaltung begegnet. Das äußerte sich und hatte zugleich seine Grundlage in zahlreichen völkisch-freimaurerischen Interferenzen und Konvergenzen.

Ein bedeutendes Beispiel auf personeller Ebene ist Guido (von) List, der Begründer der Ariosophie, einer Form der völkischen Esoterik.[1486] List war nicht nur selbst Freimaurer, sondern lehnte sich auch in seiner pseudohistorischen ‚Beschreibung' des ‚Armanentums', eines angeblichen arisch-germanischen religiösen Geheimbundes, eng an freimaurerische Formen, Symbole und Strukturen an.[1487] Er begründete das damit,

---

1484 Vgl. Katz: Jews, S. 163.

1485 Manifest an die Regierungen und Völker der durch das Judenthum gefährdeten christlichen Staaten laut Beschlusses des Ersten Internationalen Antijüdischen Kongresses zu Dresden am 11. und 12. September 1882, Chemnitz 1882, S. 4 [Herv. M. P.]. Zu den Antisemitenkongressen der 1880er Jahre vgl. Wyrwa: Antisemitenkongresse; ders.: Antijüdische Kongresse; Wawrzinek: Antisemitenparteien, S. 50–54; Zumbini: Wurzeln, S. 254–264, zur Inschutznahme der Freimaurerei durch die deutsche Delegation S. 600 f.

1486 Zu List und Ariosophie vgl. Goodrick-Clarke: Wurzeln, S. 36–82; Puschner/Ulbricht: List; Wienfort: List; Pytlík: List; Meyers: Reformvorstellungen, S. 333–403.

1487 Vgl. List: Armanenschaft (1908), z. B. S. 34–41.

dass sich Spuren der (vermeintlichen) germanischen Geheimlehre durch die mittelalterlichen Dombauhütten in die Freimaurerei gerettet hätten.[1488]

Wegen dieser Kontinuitätsthese widmete Philipp Stauff, ein völkischer Netzwerker und Anhänger Lists, der Freimaurerei auch einige Seiten in seinem 1912 erschienenen „Deutschen Wehrbuch", das eine Art Überblick über die völkische Bewegung bieten wollte. Der gegenwärtigen Freimaurerei warf Stauff darin zwar vor, in Teilen ‚verjudet' zu sein, doch lägen ihre Ursprünge in der altgermanischen Weisheitslehre. In jüngster Zeit, so hob Stauff außerdem hervor, sei eine Art völkische Rückbesinnung unter Freimaurern nicht von der Hand zu weisen.[1489]

Weitere Anzeichen freimaurerisch-völkischer Interferenzen finden sich im völkischen Verbandswesen, wo um die Jahrhundertwende eine Faszination mit Geheimbund- und Ordensstrukturen um sich griff und immer wieder die Freimaurerei als Vorbild und Referenzpunkt herangezogen wurde. Erscheinungen wie der „Germanenorden" oder die „Thule-Gesellschaft" adaptierten freimaurerische Organisationsformen und Begrifflichkeiten und verbanden sie mit völkisch-esoterischer Rassenmystik.[1490] Vielfach diente dabei Guido von Lists freimaurerisch-inspiriertes Armanentum als Vorbild.

Die Jahre um 1900 waren überhaupt geprägt von der „folgenreiche[n] Entdeckung des Initiationsrituals und seines stammesgesellschaftlichen Trägers, des Männerbundes" durch die junge Wissenschaft der Soziologie, durch Kunst und Kultur, durch die Lebensreform-, die Jugend- sowie diverse religiöse und politische Suchbewegungen.[1491] Die Freimaurerei als bekanntestes Beispiel einer initiatischen ‚Geheimgesellschaft' dürfte dabei ganz ohne eigenes Zutun stilprägend gewirkt haben. In einigen Fällen lässt sich jedoch auch direkt die Handschrift von Freimaurern nachweisen, die in der völkischen Bewegung aktiv waren. So hatte beispielsweise Johannes Hering, ein völkischer Multifunktionär und Freimaurer seit 1894, in völkischen Zirkeln für die Gründung arischer Logen geworben.[1492] Er war denn auch eines der Gründungsmitglieder

---

1488 Vgl. List: Armanenschaft (1908), S. 65–68. Vgl. auch den als Anhang im zweiten Band enthaltenen Artikel List: Ursprung und Symbolik der Freimaurerei.

1489 Stauff: Wehrbuch, S. 178–183.

1490 Zu „Germanenorden" und „Thule-Gesellschaft" vgl. Goodrick-Clarke: Wurzeln, S. 112–135; Gilbhard: Thule-Gesellschaft; Götz von Olenhusen: Germanenorden; Götz von Olenhusen/Götz von Olenhusen/Jacob: Germanenorden; Weißbecker: Thule-Gesellschaft; Hufenreuter: Stauff, S. 150–160; Jacob: Thule-Gesellschaft; ders.: Geheimgesellschaften. Geschichte und Gegenwart, S. 80–93; Meyers: Reformvorstellungen, S. 382–388. Generell zu völkischen Orden und Bünden vgl. Breuer: Völkische in Deutschland, S. 84–97; Puschner: Völkische Bewegung, S. 384–387; Hermand: Werfenstein.

1491 Brunotte: Eros und Krieg, S. 13. Vgl. auch Widdig: Männerbünde u. Sombart: Männerbund, die beide die Bedeutung männerbündischer Konzepte für die politische Kultur Deutschlands in Kaiserreich und Nationalsozialismus hervorheben.

1492 Vgl. Goodrick-Clarke: Wurzeln, S. 112. Vgl. außerdem Ulbricht: Deutschchristliche, S. 502; Breuer: Völkische in Deutschland, S. 86 f., wo weitere Beispiele erwähnt werden. Zu Hering vgl. Hufenreuter: Stauff, S. 198.

sowie zeitweise Vorsitzender der „Thule-Gesellschaft“ und sprach viele Jahre später davon, dass sie nach „Freimaurerritus“ gearbeitet habe.[1493]

Vielsagend ist auch das Beispiel des „Deutschbundes“. Dieser war 1894 als eine „nach autoritären Prinzipien aufgebaute elitäre Gesinnungsgemeinschaft“ gegründet worden und gilt als eine der ersten und zugleich einflussreichsten ideologiebildenden Organisationen der völkischen Bewegung.[1494] Für die Zeit vor dem Ersten Weltkrieg davon zu sprechen, der „Deutschbund“ habe die Freimaurerei gefürchtet und verachtet, wie dies etwa Peter Pulzer tut, ist von den Quellen jedoch nicht gedeckt.[1495] Nicht nur sucht man in den 1911 vom „Deutschbund“ ausgewählten und empfohlenen 75 besten „Deutschschriften“ antimasonische Literatur vergeblich.[1496] Auch waren zahlreiche seiner Mitglieder Freimaurer und bekannten sich ganz offen dazu, ohne darüber in Erklärungsnot zu geraten. So beispielsweise der Berliner Ober-Postinspektor Hermann Ehrhard, der ab 1906 für mehrere Jahre die Schriftleitung der Verbandszeitschrift DEUTSCHBUND-BLÄTTER übernahm.[1497]

Genaue Zahlen über Freimaurer im „Deutschbund“ existieren nicht, was daran liegt, dass die ‚Freimaurerfrage‘ erst in den 1920er Jahren als Problem erkannt wurde. Erst 1924 wurden auf Antrag Adolf Bartels die Vorsitzenden der „Deutschbund-Gemeinden“ aufgefordert, über Freimaurer in ihren Reihen Auskunft zu geben.[1498] Nach vier Jahren wurden die Ergebnisse der Befragung veröffentlicht. Von 105 „Deutschbund-Gemeinden“ hatten 61 überhaupt nicht reagiert oder die Auskunft abgelehnt. Von den 44 Gemeinden die Angaben gemacht hatten, zählten immerhin zwei Drittel auch Freimaurer zu ihren Mitgliedern – im Durchschnitt gut zehn Prozent und überwiegend Angehörige altpreußischer Logen. Sechs Gemeinden wurden gar von Freimaurern geleitet.[1499]

Vor dem Weltkrieg hatte man die Freimaurerei im „Deutschbund“ aber nicht einfach übersehen. Schon ab 1907 war sie Jahr für Jahr aufs Neue thematisiert worden, jedoch nicht aus antimasonischen Beweggründen, sondern weil Stimmen im Bund

---

1493 „Unterredung mit Herrn Joh. Hering am 29.8.1951. (Mitbegründer des Germanenordens (Thule)“, IfZ ZS 67, S. 1, Online: <www.ifz-muenchen.de/archiv/zs/zs-0067.pdf> (zuletzt 02.03.2022).

1494 Fricke: Deutschbund, S. 328. Vgl. auch Puschner: Völkische Bewegung, S. 14 et passim.

1495 Vgl. Pulzer: Antisemitismus, S. 248.

1496 „Fünfundsiebzig der besten Deutschschriften“, in: Deutschbundblätter 10 [Beilage] (1911). Ebenso in Westerich (Hg.): Jugendgeleitbuch.

1497 Der genannte Ehrhard schrieb 1906, dass er selbst seit 19 Jahren Freimaurer sei. Im gleichen Absatz stellt er heraus, dass der Deutschbund gelegentlich mit der Freimaurerei verglichen werde, dass jener aber – bei aller „hohe[n] Achtung“ für ihr ideales Streben – leider der völkische Gedanke fehle, vgl. „Mehr Deutschbundgemeinden!“, in: Deutschbundblätter 2 (1906), S. 1 f.

1498 Vgl. „Bericht über die Tagung des Deutschbundes in Hildburghausen am 14., 15. und 16. Brachets [Juni] 1924“, in: Deutschbundblätter 7 (1924), S. 13 f., hier S. 14.

1499 Vgl. Blume, Heinrich: „Deutschbund und Freimaurerlogen“, in: Deutschbundblätter 3/4 (1928), S. 17–28, hier S. 18.

eine an die Freimaurerei angelehnte „logenmäßige Ausgestaltung" desselben forderten.[1500] Trotz mehrjährigen Beharrens konnten sich diese Stimmen nicht durchsetzen, was jedoch nichts mit Antimasonismus zu tun hatte. Entscheidend war laut Machtwort des „Deutschbund"-Bundeswarts 1911 vielmehr, dass man ein Brauchtum nicht einfach kopieren und forcieren wollte.[1501]

Auch abseits des „Deutschbundes" fällt in der völkischen Bewegung vor dem Weltkrieg das Fehlen eines ausgeprägten Antimasonismus auf. Das Insistieren vor allem katholischer ‚Freimaurerexperten', dass es nur *eine* Freimaurerei gebe, die überall die gleichen Ziele verfolge, lief in deutschnationalen und völkischen Kreisen nicht nur ins Leere, sondern wurde teilweise mit der Verteidigung der deutschen Freimaurerei gegen allzu pauschale Angriffe beantwortet.[1502]

In Theodor Fritschs schon erwähnter Zeitschrift Hammer wurde beispielsweise knapp 30 Jahre nach dem Dresdner Antisemitenkongress erneut eine ungarische Wortmeldung zum Anlass genommen, die ‚jüdischen' Logen Budapests zu einem *falschen* Freimaurertum zu erklären und sie von der anders gearteten deutschen Freimaurerei abzugrenzen.[1503] Auch im Heimdall, einer weiteren einflussreichen völkischen Zeitschrift, erschienen Artikel, die die deutsche Freimaurerei in Schutz nahmen. 1908 wurde sie etwa zur Bewahrerin altgermanischer Überlieferungen erklärt und von der Freimaurerei anderer Länder deutlich abgegrenzt.[1504] Selbst die deutsche Ausgabe des für die katholische Integrationstheorie so wichtigen Buchs von Edouard Drumont beinhaltete bereits in der Einleitung eine Fußnote des Übersetzers, die klarstellte: „Unter Freimaurer sind in diesem Buche stets nur die französischen verstanden."[1505]

Das Fehlen von Antimasonismus in völkischem Schriftgut fällt insbesondere dort auf, wo sich entsprechende Ausführungen oder Bemerkungen aufgedrängt hätte. Ein augenfälliges Beispiel liefert Jörg Lanz von Liebenfels (eigentlich Adolf Lanz), ein Anhänger Guido von Lists, Gründer des völkisch-religiösen „Ordo Novi Templi" und einer der Hauptvertreter einer christlich verbrämten Ariosophie.[1506] Er schrieb 1906 ein Buch zum Taxil-Schwindel, in dem er den nur wenige Jahre zurückliegenden Skandal

---

1500 „Der Bundestag in Hamburg am 25. Mai 1907", in: Deutschbundblätter 6 (1907), S. 63–71, hier S. 70 f. Vgl. auch „Bekanntmachungen", in: Deutschbundblätter 4 (1910), S. 36–38.

1501 „Meinungsäußerungen zum Bundestage", in: Deutschbundblätter 5 (1911), S. 41–45, hier S. 41 f.

1502 Als Beispiele für die katholische Pauschalisierung vgl. Pachtler: Götze, S. 329.

1503 Vgl. „Falsches Freimaurertum", in: Hammer 215 (1911), S. 301. Ähnlich auch „Das Judentum in den deutschen Freimaurer-Logen", in: Hammer 233 (1912), S. 123–125. Zum „Hammer" vgl. Anm. 1293.

1504 Vgl. Einhart: „Die Freimaurerei", in: Heimdall 1 (1908), S. 2 f., hier S. 2. Zum „Heimdall" vgl. Puschner: Völkische Bewegung, S. 14 et passim.

1505 Drumont: Frankreich, Bd. 1, S. V.

1506 Zu Liebenfels und dem Ordo Novi Templi vgl. Goodrick-Clarke: Wurzeln, S. 83–109; Hieronymus [= Hieronimus]: Lanz von Liebenfels; Hieronimus: Lebensspuren; Hieronimus: Bibliographie, S. 10–27; Kimmel: Lanz; Meyers: Reformvorstellungen, S. 367–382.

als burleskes Satyrspiel Revue passieren ließ, ohne dabei ein schlechtes Wort über die Freimaurerei zu verlieren. Stattdessen nutzte der ehemalige Zisterzienser das Thema für einen Frontalangriff auf Jesuiten und Papsttum: „Wenn irgendwo Teufel oder Hexen auftauchen, da sammeln sich sofort Jesuiten herum, so wie Fliegen um einen Honigtopf."[1507] Der wahre Teufel sei nicht in der vermeintlich satanischen Freimaurerei zu finden, sondern „Ultra montes".[1508]

Besonders anschaulich lässt sich die antimasonische Abstinenz der Völkischen vor dem Weltkrieg an Theodor Fritschs „Antisemiten-Katechismus" nachweisen, der von 1887 bis 1944 in insgesamt 49 regelmäßig aktualisierten Auflagen erschien und so auch den Umschlagspunkt sichtbar macht, ab dem die antimasonische Verschwörungstheorie ins Bewusstsein und den Fokus völkischer Schriftsteller rückte.[1509] In Fritschs „Antisemiten-Katechismus" tauchten zwar spätestens ab 1893 Geheimgesellschaften auf, aber das Beispiel, an dem Fritsch die ‚Zersetzungsarbeit' der Juden *in* (nicht durch) solchen Gesellschaften darstellte, war der fast sechs Jahrhunderte früher bereits aufgelöste Orden der Tempelritter.[1510] Zwar fand die Freimaurerei an anderer Stelle Erwähnung, nämlich in einer Fußnote zum französischen Politiker Adolphe Crémieux, der in seiner Funktion als Präsident der „Alliance Israélite Universelle" behandelt wurde, doch hatte dieser Hinweis rein illustrative Funktion.[1511] Während Crémieux im französischen Antimasonismus als Schlüssel- und Symbolfigur der Integrationstheorie dargestellt wurde,[1512] verzichtete Fritsch auf antimasonische Ausführungen.

Die Folgeauflage von 1907 – nun unter dem Titel „Handbuch der Judenfrage" – war zwar überarbeitet, aber nicht um Ausführungen zur Freimaurerei ergänzt worden. Vielmehr war sogar die erwähnte Fußnote zu Crémieux' Logenmitgliedschaft verschwunden, was die Beiläufigkeit der ursprünglichen Erwähnung unterstreicht.[1513]

1507 Lanz-Liebenfels: Taxil-Schwindel, S. 96.

1508 Vgl. ebd., S. 99 f.

1509 Zu Fritschs Antisemiten-Katechismus vgl. Bergmann: Handbuch der Judenfrage.

1510 Vgl. Fritsch: Katechismus, S. 282—286. Irreführend Rogalla von Bieberstein: Mythos, S. 214 u. Kitchen: Antisemite's Vade Mecum, S. 199, wo Inhalte späterer Auflagen rückprojiziert werden.

1511 Vgl. Fritsch: Katechismus (1893), S. 206. Schon Paul de Lagarde hatte 1881 die Freimaurerei als Vergleich herangezogen, um die internationale Verbreitung der „Alliance Israélite Universelle" zu veranschaulichen. Um deren konspirativen Charakter zu illustrieren griff Lagarde dann jedoch bezeichnenderweise auf das Beispiel des Jesuitenordens zurück, vgl. Lagarde: Stellung der Religionsgesellschaften, S. 27. All das, obwohl Lagarde ein Schüler des protestantischen Theologen Ernst Wilhelm Hengstenbergs war, der in den 1850er Jahren eine Reihe einflussreicher antimasonischer Schriften publizierte. Zur Verbindung zwischen Lagarde und Hengstenberg vgl. Paul: Lagarde (2020), S. 13. Zu Hengstenberg vgl. Kap. 11.2.

1512 So widmete etwa Drumont in seinem Hauptwerk Crémieux und der „Alliance" ein eigenes Kapitel, in dem auch die Freimaurerei prominent behandelt wird, vgl. Drumont: Frankreich, Bd. 2, S. 4 f.

1513 Vgl. Fritsch (Hg.): Handbuch der Judenfrage (1907), S. 286.

Erst 1919, in der ersten Auflage nach dem Weltkrieg, erschien ein Kapitel zu „Juden in der Freimaurerei", welches die früheren Ausführungen zum Templerorden ersetzte.[1514] Fritsch präsentierte die Freimaurerei darin als eine „ursprünglich gewiß auf ideal gerichteten humanitären Ideen" gegründete Gesellschaft, die inzwischen aber vom Judentum unterwandert worden sei, wobei insbesondere in den Hochgraden „der jüdische Einfluß maßgebend" sei.[1515]

Inzwischen hatte auch in völkischen Verbänden ein Umdenkungsprozess begonnen. So fühlte sich der Gründer der „Thule-Gesellschaft" Rudolf von Sebottendorf (eigentlich Rudolf Glauer) im Sommer 1918 in der Vereinszeitschrift Runen bemüßigt, seine Organisation von der Freimaurerei abzugrenzen.[1516] Was beide voneinander trenne, sei die „Weltanschauung": „Wir kennen keine internationale Brüderschaft, sondern nur völkische Belange, wir kennen nicht die Brüderschaft der Menschen, sondern nur die Blutsbrüderschaft."[1517]

Doch nach wie vor war die Differenzierung zwischen der deutschen und der ausländischen Freimaurerei weit verbreitet, wie abermals Theodor Fritschs erste Nachkriegsausgabe des „Handbuchs der Judenfrage" zeigte. Darin wurde zwar den romanischen Logen eine erhebliche Mitschuld am Kriegsausbruch zugesprochen (hier erschien nun auch wieder der Verweis auf Crémieux), die deutschen Logen nahm Fritsch jedoch weiterhin ausdrücklich von den Vorwürfen aus.[1518] Auch Alfred Roth, einer der wichtigsten Organisatoren der völkischen Bewegung jener Jahre, ließ 1919 in einer Schrift über den Weltkrieg überdeutlich nur die „romanisch-angelsächsische" Freimaurerei als Teil der jüdischen Verschwörung gegen Deutschland gelten.[1519]

Der Wendepunkt – wenn man angesichts dieser Beispiele wohlwollender Differenzierung überhaupt davon sprechen mag – war der Erste Weltkrieg, der daher genauer in den Blick genommen werden muss.

11.4. Antimasonismus im Ersten Weltkrieg

Nach der bis heute grundlegenden Arbeit Johannes Rogalla von Biebersteins über den „Mythos von der Verschwörung", tauchte die antimasonische Verschwörungstheorie des Weltkrieges, die diesen ganz oder in Teilen als Werk der Logen erklärte, erstmals 1915 im Artikel „Weltkrieg und Freimaurerei" in den Historisch-politischen

1514 Vgl. Fritsch (Hg.): Handbuch der Judenfrage (1919), S. 439 f. Hier taucht der Templerorden nurmehr als Nebensatz auf.

1515 Vgl. Fritsch (Hg.): Handbuch der Judenfrage (1919), S. 439.

1516 Das hinderte ihn freilich nicht, mit der Behauptung freimaurerischen Geheimwissens ein Geschäft zu machen, vgl. Sebottendorf: Praxis der alten türkischen Freimaurerei. Abgesehen vom Titel hatte es mit der Freimaurerei nichts zu tun. Zu Sebottendorf vgl. Anm. 1490; Götz von Olenhusen: Bürgerrat; Selig: Sebottendorff.

1517 Nachgedruckt wurde der Artikel in Sebottendorf: Bevor Hitler kam, S. 24–26, hier S. 24.

1518 Vgl. Fritsch (Hg.): Handbuch der Judenfrage (1919), S. 439 f.

1519 Roth: Geheime Fäden, S. 12. Zu Roth vgl. Wein: Antisemitismus, S. 105 Anm. 439 et passim; Kimmel: Roth; Lohalm/Ulmer: Roth.

Blättern für das katholische Deutschland auf.[1520] Diese hatten als eines der zentralen Organe des konservativen, großdeutsch gesinnten Katholizismus schon im 19. Jahrhundert zu den Kolporteuren des Antimasonismus gehört.[1521] In dem genannten Artikel wurde an klassische Argumentationsmuster der katholischen antimasonischen Tradition angeknüpft: die Freimaurerei als „unversöhnliche Hasserin des Christentums und des monarchischen Staatsgedankens" sei die letzte Ursache und eigentliche Anstifterin des Krieges, um dadurch das lange verfolgte Ziel, den Sturz von Thron und Altar, zu verwirklichen.[1522] Mit dem aktuellen Kriegsgeschehen, insbesondere dem Schicksal der Mittelmächte, wurde dieses Deutungsmuster dadurch verwoben, dass Deutschland und Österreich-Ungarn zum „Bollwerk des monarchischen Gedankens" und „Hort [...] des gläubigen Christentums" und somit zum primären Ziel des gegenwärtigen Logen-Krieges erklärt wurden.[1523] Diese Kombination aus traditionellem katholischem Antimasonismus und deutscher Kriegsideologie wurde zur bevorzugten Kriegsdeutung im katholischen Milieu Deutschlands. So beispielsweise auch für Hermann Gruber, der seit dem Tod Georg Michael Pachtlers 1889 der wichtigste katholische ‚Freimaurerexperte' war.[1524]

Tatsächlich waren die Historisch-politischen Blätter jedoch keineswegs die ersten, die den Krieg mit dem Treiben der Freimaurerei in Verbindung brachten. Sie selbst verwiesen für ihre antimasonische Deutung bereits auf frühere Zeitungsberichte, indem sie sichtlich erfreut schrieben, dass „selbst sozialdemokratische und freisinnige Zeitungen" inzwischen auf die zentrale Rolle der Freimaurerei beim „Judasverrat Italiens" hinwiesen.[1525] Bereits vor dem Kriegseintritt Italiens waren Presseberichte in verschiedenen Periodika zu lesen gewesen, die den sich in Rom abzeichnenden Stimmungswandel der subversiven Tätigkeit italienischer und französischer Freimaurerlogen anlasteten. Die Historisch-politischen Blätter selbst hatten bereits 1914 ihre Leser an den bedeutenden politischen Einfluss der Freimaurerei „unter Führung des ‚Grand Orient de France' " erinnert, um ihnen ein besseres Verständnis der italienischen Politik zu ermöglichen.[1526] Am 29. September 1914 meldete ein Korrespondent des

---

1520 „Weltkrieg und Freimaurerei", in: Historisch-politische Blätter für das katholische Deutschland 2 (1915), S. 65–71.

1521 Vgl. zu ihnen Weiß: Katholischer Konservatismus; Blaschke: Historisch-politische Blätter.

1522 „Weltkrieg und Freimaurerei", in: Historisch-politische Blätter für das katholische Deutschland 2 (1915), S. 65–71, hier S. 65.

1523 Ebd., S. 71.

1524 Vgl. z. B. Gruber, Hermann: „Kundgebungen der ausländischen Freimaurerei zum Weltkrieg als ‚Kulturkrieg' ", in: Stimmen der Zeit 89 (1915), S. 525–549; ders.: „Das Kulturideal der Großoriente von Frankreich und Italien", in: Stimmen der Zeit 90 (1916), S. 154–173; ders.: „Der freimaurerische Untergrund des Weltkrieges", in: Theologie und Glaube 7 (1915), S. 652–672; ders.: Freimaurerei, Weltkrieg und Weltfriede.

1525 „Weltkrieg und Freimaurerei", in: Historisch-politische Blätter für das katholische Deutschland 2 (1915), S. 65–71, hier S. 67 u. 70.

1526 „Die Politik Italiens", in: Historisch-politische Blätter für das katholische Deutschland 2 (1914), S. 739–750, hier S. 740.

Berliner Tageblatts aus Rom „einen angeblichen Geheimerlaß der Freimaurerei an die italienischen Brüder“, wonach diese „die öffentliche Meinung allenthalben im französischen und englischen Sinne“ zu beeinflussen hätten.[1527] Und die Presseschauen der Freimaurerzeitschriften verzeichneten im Oktober desselben Jahres weitere Artikel aus mehreren Blättern, in denen die „heimliche Macht“ der romanischen Freimaurerei für die ‚Entente‘-freundliche Stimmung in Italien verantwortlich gemacht wurde.[1528] Solche zunächst eher randständigen Meldungen wurden durch den italienischen ‚Treuebruch‘ schließlich erhärtet und von der katholischen Presse im Sinne ihres traditionellen Antimasonismus ausgedeutet, wie nicht nur die Historisch-politischen Blätter veranschaulichen.[1529]

Schnell meldete sich auch die nichtkatholische Presse zu Wort. Im Anschluss an die frühen Berichte aus Italien und deren katholische Ausdeutung, inkorporierte auch sie die Freimaurerei in ihre politische Kriegsberichterstattung. So beispielsweise die Süddeutschen Monatshefte, die im Juni 1915 einem Bericht über „Die Freimaurer in Italien“ ihre Spalten öffneten und die „Freimaurerfrage“ zu einem „wichtigen Gegenstand“ erklärten.[1530]

Berichte über die patriotische Agitation italienischer Freimaurerlogen, der Kriegseintritt Italiens auf der Seite der ‚Entente‘-Mächte und der katholische Antimasonismus trafen also aufeinander, verstärkten sich wechselseitig und fanden in der nationalistisch aufgeheizten Stimmung einen fruchtbaren Nährboden.

Deutsche Freimaurer und der Kriegsantimasonismus

Weiter potenziert wurde diese brisante Mischung zeitgleich durch Reaktionen aus der deutschen Freimaurerei. Zahlreiche Brüder, Logen und Großlogen beförderten und beeinflussten die öffentliche Debatte um den freimaurerischen Beitrag zum Weltkrieg durch Leserbriefe, Wortmeldungen und öffentliche Verlautbarungen – eine regelrechte „Flucht in die Oeffentlichkeit“,[1531] urteilte die Vossische Zeitung 1915.

Den Grundtenor bestimmte die lange schon gepflegte Abgrenzung unpolitisch-deutscher und politisch-romanischer Freimaurerei, die durch die Kriegsrhetorik noch eine Verschärfung erfuhr und bei der eine zuvor nicht gekannte Einmütigkeit herrschte.

1527 „Die Freimaurer gegen Italiens Neutralität?“, in: Berliner Tageblatt 494, 29.09.1914.

1528 Tiedje, Johannes: „Das große Not- und Hilfszeichen eines dreibundfreundlichen italienischen Diplomaten gegen die italienischen Freimaurer“, in: Freimaurer-Zeitung 40/41 (1914), S. 274–276, hier S. 275. Vgl. auch die Meldung „Die romanischen Freimaurer und der Krieg“, in: Freimaurer-Zeitung 40/41 (1914), S. 277.

1529 Vgl. z. B. auch „Der Krieg der Freimaurer“, in: Bayerischer Kurier 137, 06.06.1915 u. „Zum Kapitel: Romanische Freimaurerei und Weltkrieg“, in: Kölnische Volkszeitung 750, 13.09.1915.

1530 Anmerkung der Redaktion, nachgestellt dem Artikel Rennert, M.: „Die Freimaurer in Italien“, in: Süddeutsche Monatshefte, Juni 1915, S. 459–470, hier S. 470. Zu den „Süddeutschen Monatsheften“ vgl. Flemming: Zersetzung.

1531 „Wahre und falsche Freimaurerei“, in: Vossische Zeitung 282, 05.06.1915.

Ausführlich widmete sich Wilhelm Ohr 1916 in seiner Hauptschrift „Der französische Geist und die Freimaurerei" dem Nachweis, dass „französischer Geist und französisches Logenwesen [...] einander völlig durchdringen".[1532] Daher sei die politische Agitation Wesensbestandteil der romanischen Freimaurerei und für deren maßlose „Hetze gegen Deutschland"[1533] verantwortlich, während die deutsche Freimaurerei aus ‚deutschem Geist' notwendigerweise ganz anders sei.

Bereitwillig und proaktiv stimmten die deutschen Brüder also in den Chor antimasonischer Kriegsdeutungen ein, solange dieser sich gegen die Logen des Auslands richtete. Wie bereits eingehend behandelt, entsprang diese aggressive Abgrenzung nicht in erster Linie einer vorausschauenden Abwehr, sondern dem eigenen Identitätsbedürfnis.[1534] Rein reaktiv war die freimaurerische Abgrenzungs- und Verurteilungsmaschinerie nur in ihrem Schritt an die Öffentlichkeit und selbst da stand nicht immer die Aufklärung der profanen Welt über die Unterschiede zwischen deutscher und romanischer Freimaurerei im Vordergrund, sondern das zeitgleich intern diskutierte Verlangen, sich als Avantgarde des ‚Geistes von 1914' zu bewähren.[1535]

So waren es häufig Freimaurer, die den Diskurs wieder ‚auf Linie' brachten, wenn er von der (meta-)politischen Spur des Kulturkriegsnarrativs abzukommen und in überholten katholisch-theologischen Verästelungen zu versacken drohte. Beispielsweise schrieb ein Bruder im Oktober 1915 an die Süddeutschen Monatshefte, dass der in einem früheren Artikel gegen die italienische Freimaurerei erhobene Vorwurf der Götzenverehrung schon deswegen auszuschließen sei, weil die dortigen Logen für derartiges gar keine Zeit hätten: „Sie beschäftigen sich ausschließlich mit Politik."[1536]

Die Zustimmung der deutschen Freimaurerei zum nach außen gerichteten Antimasonismus zeigte sich auch in entsprechenden Rezensionen in Freimaurerzeitschriften. Was noch vor dem Krieg ganz unmöglich gewesen wäre, wurde nun durch den nationalistischen Hass auf die Freimaurerei der Kriegsgegner ermöglicht. So lobte etwa August Wolfstieg ausdrücklich einen Artikel Hermann Grubers aus den jesuitischen Stimmen der Zeit, weil dieser zeige, dass die „Narodna Odbrana", jene serbische Untergrundorganisation, die für das Attentat auf den Erzherzog Franz Ferdinand verantwortlich zeichnete, unter dem Einfluss der romanischen Freimaurerei gestanden habe.[1537]

Die große Gefahr, die von dem erstarkenden Antimasonismus über kurz oder lang auch für sie ausgehen könnte, wurde von den deutschen Brüdern überwiegend

---

1532 Ohr: Französischer Geist, S. IX. Zu Ohr vgl. Kap. 9.3.

1533 Ebd., S. VIII.

1534 Vgl. Kap. 9.

1535 Vgl. Kap. 9.2.

1536 „Briefe von deutschen Freimaurern", in: Süddeutsche Monatshefte, Oktober 1915, S. 112–120, hier S. 119. Siehe auch eine Notiz, welche die Freimaurer-Zeitung an die profane Tagespresse versandte, um als Reaktion auf den wachsenden Antimasonismus zu erklären, mit der politischen romanischen Freimaurerei, habe man nichts zu tun, vgl. „Der Krieg und seine Einwirkung auf die Frmrei", in: Freimaurer-Zeitung 25/26 (1915), S. 101 f.

1537 Vgl. Wolfstieg, August: „Verschiedenes", in: Am rauhen Stein 12 (1918), S. 353.

verkannt. Gutgläubig meinte die Freimaurerpresse noch 1918, als sich die Hetze bereits auch gegen die deutschen Logen richtete, dass das wohl von der Mehrheit der Deutschen, insbesondere den deutschen Soldaten, durchschaut und abgelehnt würde.[1538] Nur wenige realisierten, was sich da zusammenbraute. „Für die Freimaurerei kommt der Krieg nach dem Kriege“,[1539] unkte ein Bruder 1916 in der LATOMIA und das BUNDESBLATT informierte seine Leser zum Jahresauftakt 1917 unter Verweis auf die umfangreichen Pressebeobachtungen Johann Conrad Schwabes darüber, „wie ungeduldig unsere Gegner auf den Augenblick warten, um den Vernichtungskampf gegen uns aufzunehmen.“[1540] Einstweilen jedoch wollte man nicht selbst Unfrieden in die nationale Kriegsgemeinschaft bringen. Nach dem Sieg könne man sich dann um die Abwehr der Verunglimpfungen kümmern.[1541]

Von der eigenen Unterstützung und Verbreitung antimasonischer Kriegsdeutungen sah man daher auch weiterhin nicht ab, sondern betonte vielmehr nachdrücklich den deutschen masonischen ‚Sonderweg‘, so zum Beispiel Otto Philipp Neumann in einem Beitrag über den „Einfluß der Freimaurerei auf den Völkerkrieg“, den er im letzten Kriegsjahr in der offiziösen profanen Kriegschronik Casimir Hermann Baers unterbrachte. Unter Berufung auf Ohr und Müffelmann, aber auch auf Gruber und andere katholische Freimaurergegner, stellte Neumann dort die Existenz einer gegen Deutschland gerichteten „Entente cordiale masonique [sic!]“ als „einwandfrei bewiesen“ hin, was dem Weltkrieg erst „sein eigenartiges Gepräge“ als Kulturkrieg zwischen den Ideen von 1789 und jenen von 1914 gegeben habe.[1542]

Vom katholischen zum nationalen Antimasonismus

Dass die Brüder die Angriffe zumindest während des Krieges nicht allzu ernst nahmen, hatte auch mit dem Burgfrieden zu tun, der den Logen einen gewissen Schutz vor Attacken bot. Im Juli 1915 ließen etwa die Militärbehörden den Vertrieb einer Reihe antimasonischer Schriften verbieten, weil sie geeignet seien, „die deutsche Freimaurerei erheblich zu verletzen und den Burgfrieden zu stören“.[1543] Doch mit andauerndem Krieg begann dieser Burgfrieden spätestens ab 1916 zunehmend zu erodieren. Das spiegelte sich auch in der Entwicklung des Kriegsantimasonismus wider, der nun auch die

1538 Vgl. z. B. „Rundschau“, in: Latomia 4 (1918), S. 47 f. und „Auf Vorposten“, in: Bundesblatt 7 (1918), S. 151.

1539 Glahn, A.: „Der Ausbau des Großlogenbundes“, in: Latomia 21 (1916), S. 245 f., hier S. 245.

1540 „Zum neuen Jahr“, in: Bundesblatt 1 (1917), S. 7–14, hier S. 12. Schwabe veröffentlichte seine Pressebeobachtungen in den Logenblättern und ab 1916 als kommentierte Auswahl in letztlich drei Bänden, vgl. Schwabe: Presse, 3 Bde.

1541 Vgl. z. B. Bischoff, Diedrich: „Jahresschau“, in: Mitteilungen aus dem VdF (1915/16), S. 1–6, hier S. 3.

1542 Neumann: Einfluß, S. 6 f.

1543 „Ein Verbot der Verbreitung antifreimaurerischer Schriften“, in: Bauhütte 44 (1915), S. 350.

deutschen Logen ins Visier nahm. Gleichzeitig setzte er sich in den neu erschlossenen gesellschaftlichen Resonanzräumen fest, was sich nicht so sehr auf seine Argumentation, dafür aber auf seine ideologischen Fundamente auswirkte. Diese Entwicklung lässt sich anhand einiger zentraler Figuren und ihrer Texte nachvollziehen.

Vielsagend ist das Beispiel Heinz Brauweilers, der während des Weltkrieges als Chefredakteur der Westdeutschen Volkszeitung arbeitete, die der katholischen Zentrumspartei nahestand. Anfang 1916 veröffentlichte er zunächst das Buch „Die ∴ [Dreipunkte-, M. P.] Brüder im Weltkrieg", in dem er sich eingehend mit der ausländischen Freimaurerei auseinandersetzte, wobei er sich so sicher innerhalb des vom Burgfrieden eingehegten und von den deutschen Freimaurern mitgetragenen antimasonischen Rahmens bewegte, dass sogar die Bauhütte eine positive Rezension verfasste.[1544] Deren Enthusiasmus wurde auch dadurch nicht geschmälert, dass Brauweiler im Fazit von der „Unstatthaftigkeit" jeglicher Zusammenhänge zwischen deutschen und ausländischen Freimaurerlogen sprach.[1545]

Die Erklärung, es sei nicht „im Plane *dieser* Schrift" gelegen, „auch zu der deutschen Freimaurerei kritische Stellung zu nehmen",[1546] sollte sich jedoch als eine Ankündigung entpuppen, als Brauweiler binnen Jahresfrist ein zweites Buch vorlegte, diesmal über „Deutsche und romanische Freimaurerei". Darin erkannte er zwar durchaus an, dass es eine gemeinsame Oberleitung oder eine zentral organisierte Weltfreimaurerei nicht gebe und dass sich die deutschen Logen von der Freimaurerei der romanischen Länder deutlich distanziert hätten.[1547] Doch wollte er deswegen noch lange keine Entwarnung geben. „Das eigentliche freimaurerische ‚Geheimnis' und die eigentliche freimaurerische Gefahr erblicke ich in den geheimen, jedem politischen und persönlichen Ziel dienstbar zu machenden Zusammenhängen", warnte der Journalist.[1548] Darin nun unterscheide sich die deutsche aber gerade *nicht* von der englischen oder romanischen Freimaurerei. Allein *dass* hinter dem Schleier des von Eiden geschützten Geheimnisses auch dunkle Machenschaften die Oberhand gewinnen *könnten*, genüge für begründetes Misstrauen und Ablehnung.

Der Katholik Brauweiler verabschiedete sich damit eingestandenermaßen von jenen antimasonischen Vorwürfen, „die mehr von einem spekulativ-theologischen Standpunkte ausgehen".[1549] Dafür war sein Argument konfessionsunabhängig verfügbar und hing nicht mehr von weltanschaulichen Vorannahmen über den Inhalt der freimaurerischen Lehre ab.

In Brauweilers Argumentation zeigt sich mithin nicht nur das Aufweichen des Burgfriedens, sondern auch die Emanzipation des Antimasonismus von den

1544 Vgl. [Neumann, Otto Philipp: Rezension zu: Brauweiler: Brüder], in: Bauhütte 21 (1916), S. 168.

1545 Brauweiler: Brüder, S. 90 f.

1546 Ebd., S. 89 f. [Herv. M. P.].

1547 Vgl. Brauweiler: Freimaurerei, S. 70 f.

1548 Ebd., S. 69.

1549 Ebd.

kirchlich-kulturellen Grabenkämpfen des 19. Jahrhunderts. Nicht die Topoi oder die einzelnen Bausteine waren verschwunden, aber sie waren nun aus dem Koordinatensystem der Reaktion und des Kulturkampfes befreit und verfügbar zur Einbettung in neue Ordnungsvorstellungen und Überzeugungssysteme.

Besonderen Anklang fand das Thema „Freimaurerei und Weltkrieg" bald auch in antisemitischen und völkischen Zirkeln. Allen voran setzte sich dabei der Vorsitzende des „Verbands gegen die Überhebung des Judentums" Ludwig Müller von Hausen in seiner Zeitschrift Auf Vorposten als Freimaurerexperte in Szene.[1550] So reklamierte er später für sich, die „Freimaurerfrage in Deutschland wieder aufgerollt" zu haben, „nachdem Jahrzehnte hindurch alle Aufklärungsarbeiten über diesen internationalen Geheimorden unterblieben waren."[1551]

Angeregt durch eine Meldung aus der Kölnischen Volkszeitung stellte er seit dem Sommer 1917 in einer Reihe von Artikeln die Freimaurerei als eine hinter den Kulissen von Revolutionen, Kriegen und Attentaten die Fäden ziehende Kraft dar.[1552] Besonders betonte er die angeblich engen Verbindungen zum Judentum und argumentierte gegen die geläufige Unterscheidung zwischen deutscher und ausländischer Freimaurerei.[1553]

In den Auf Vorposten-Heften bereitete Müller von Hausen so den Boden für die radikalnationalistische Version des Antimasonismus, indem er gegen die bis dahin im nationalen Bürgertum vorherrschende Differenzierung zwischen deutscher und ausländischer Freimaurerei argumentierte und die jüdisch-freimaurerische Integrationstheorie popularisierte. Erst die Berücksichtigung der Logen würde „den Schlüssel zu vielen sonst ganz unverständlichen Geschehnissen der Weltgeschichte" liefern, empfahl er seine Schriften 1918 in einer Werbeanzeige im Hammer.[1554]

Dass Müller von Hausen selbst Freimaurer gewesen sei, wie Uwe Lohalm ohne Angabe von Quellen in seiner klassischen Studie über rechte Verbände in der Weimarer Republik schrieb, muss indes stark angezweifelt werden.[1555] Ein Artikel, in dem er Rechenschaft über sein Interesse an der ‚Freimaurerfrage' ablegte, erwähnte eine

---

1550 Zu Müller von Hausen (eigtl. Louis Eduard Julius Müller) vgl. Hagemeister: Protokolle vor Gericht, S. 552; Markner: Müller von Hausen; Kimmel: Müller von Hausen. Zu seinem Verband vgl. Zumbini: Wurzeln, S. 609 f.

1551 Müller von Hausen, Ludwig: „Die Hermannssöhne 2", in: Auf Vorposten 5/6 (1925), S. 89–94, hier S. 91.

1552 Vgl. „Die Freimaurer im Weltkriege", in: Auf Vorposten 11/12 (1917), S. 261–271; „Die Freimaurer im Weltkriege 2", in: Auf Vorposten 1 (1917), S. 309–326; „Die Freimaurer im Weltkriege 3", in: Auf Vorposten 2/3 (1917), S. 361–366; „Die Freimaurerei im Weltkriege 4", in: Auf Vorposten 4/5 (1917), S. 392–406; „Die Laus im Pelz", in: Auf Vorposten 9/10 (1918), S. 522–526. Vor dem Weltkrieg hatte es in „Auf Vorposten" keine antimasonischen Artikel gegeben.

1553 Vgl. „Die Freimaurer im Weltkriege 3", in: Auf Vorposten 2/3 (1917), S. 361–366, hier S. 362. Vgl. auch „Deutsch-aristokratische und jüdisch-demokratische Weltanschauung", in: Auf Vorposten 1–3 (1918), S. 46–52, hier S. 52.

1554 Werbeanzeige für „Auf Vorposten" auf der Umschlagrückseite von Hammer 384 (1918).

1555 Vgl. Lohalm: Radikalismus, S. 257.

Mitgliedschaft ebenso wenig wie die freimaurerische Presse, und 1920 bezeichente er sich selbst explizit als ‚Profanen'.[1556] Von einer bewussten Verschleierung seitens Müller von Hausens ist nicht auszugehen, da eine frühere Zugehörigkeit zum Freimaurerbund im Antimasonismus kein Nachteil, sondern ein wichtiger Authentizitätsmarker war. Vielmehr scheint es sich um eine Legendenbildung zu handeln, die posthum genau diesen Zweck der Authentifizierung und Verifizierung erfüllte. Wenige Jahre nach Müller von Hausens Tod 1926 tauchte die Behauptung seiner Logenmitgliedschaft in antimasonischen Texten auf, die sich auf ihn beriefen – zunächst nur im Modus des Andeutens und Vermutens, bald schon als Gewissheit, die weiter ausgeschmückt und untermauert wurde.[1557]

War Müller von Hausen auch in gewisser Hinsicht ein Pionier, so blieb es anderen überlassen, eine zusammenhängende verschwörungstheoretische Gesamtdeutung des Weltkrieges und seines Ausgangs vorzulegen. Die erfolgreichsten und in ihrer Langzeitwirkung wichtigsten Beispiele stammen von Friedrich Wichtl und Karl Heise.

Nach einem mäßig erfolgreichen Buch, in welchem er 1918 den jungtschechischen Politiker Karel Kramář der Anstiftung des Weltkriegs bezichtigt hatte,[1558] veröffentlichte der deutschnationale österreichische Nationalratsabgeordnete Dr. Friedrich Wichtl 1919 das Buch „Weltfreimaurerei, Weltrevolution, Weltrepublik", das weit über seinen Tod 1921 hinaus zum Bestseller und vielzitierten antimasonischen Standardwerk werden sollte. Darin wurde die Freimaurerei – auch die deutsche – als ein von Juden geleiteter, internationaler und revolutionärer Geheimbund dargestellt, dessen „Endziel überall die Republik"[1559] sei. Auf den internationalen Freimaurerkongressen der Jahrhundertwende sei der Plan gegen Deutschland und Österreich-Ungarn als Bollwerke monarchischer Ordnung gefasst worden, dem die „Einkreisung" und schließlich „die Schüsse der serbischen Freimaurer" auf Franz Ferdinand folgten.[1560] Der unerwartet lange Krieg sei schließlich durch „Verrat im Innern" der sich erfolgreich wehrenden Mittelmächte doch noch zugunsten der Logen entschieden worden, „und vor unseren Augen entstanden die von unseren Feinden so heiß ersehnten Republiken."[1561]

Nach 1930 entspann sich kurzzeitig eine Kontroverse über die Entstehung des Wichtlschen Buches. Der evangelische Theologe Carl Vogl berichtete in seinen Lebenserinnerungen, sein Freund Gustav Meyrink sei während des Weltkriegs vom deutschen Auswärtigen Amt mit der Abfassung eines die Freimaurerei inkriminierenden Romans beauftragt worden, der auf Englisch und Schwedisch erscheinen und so die Meinung im

1556 Vgl. Müller von Hausen, Ludwig: „Die Hermannssöhne 2", in: Auf Vorposten 5/6 (1925), S. 89—94, hier S. 90; „Weisheit, Schönheit, Stärke", in: Auf Vorposten 1/2 (1920), S. 8—13, hier S. 10.

1557 Vgl. z. B. Reinborn: Ich suchte, S. 3; Schneider/Wichtl: Weltfreimaurerei (1936), S. 312 f.; Ludendorff: Lebenserinnerungen, Bd. 1, S. 67 f.

1558 Wichtl: Kramarsch.

1559 Wichtl: Weltfreimaurerei (1919), S. 158.

1560 Ebd., S. 165.

1561 Ebd.

Ausland beeinflussen sollte. Die Zusammenarbeit mit Meyrink, einem bekannten Autoren esoterischer Fantastik-Romane, sei jedoch trotz bereits übermittelter Arbeitsrichtlinien bald wieder beendet worden, woraufhin der Auftrag an Wichtl gegangen sei.[1562]

Mindestens diese Übertragung des Auftrags an Wichtl muss indes angezweifelt werden. Weder war Wichtls Buch ein Roman, noch erschien es auf Englisch und Schwedisch. Auch wäre Wichtl, ein nationalkonservativer Österreicher von geringer Bekanntheit, ein denkbar schlechter Ersatz für Meyrink gewesen, der nach Vogls Darstellung explizit deswegen beauftragt worden sein soll, weil er als prominenter Schriftsteller über den Verdacht der propagandistischen Verzerrung erhaben war.[1563] Bemerkenswert ist jedoch, dass es durchaus belastbare Indizien für Pläne der deutschen Auslandspropaganda gibt, sich in Kooperation mit Meyrink des Antimasonismus zu bedienen. Reinhard Markner hat diese kürzlich in einem Aufsatz detailliert aufgearbeitet.[1564]

Wie Wichtls „Weltfreimaurerei“ versprach auch das Ende 1918 publizierte, aber auf 1919 vordatierte „Entente-Freimaurerei und Weltkrieg“ des Anthroposophen Karl Heise in seinem Untertitel einen „Beitrag zur Geschichte des Weltkrieges und zum Verständnis der wahren Freimaurerei“.[1565] Es war jedoch – insbesondere im direkten Vergleich zu Wichtls „Weltfreimaurerei“ – ein sehr eigenwilliges Buch, das zahlreiche Anspielungen auf die Brüche in der theosophischen Bewegung der Jahrhundertwende mit politischen Betrachtungen und esoterische Abhandlungen mit verschwörungstheoretischen Anschuldigungen verband.

Laut Heise war der Weltkrieg das Resultat einer Verschwörung zur Absicherung der Vorherrschaft Englands in der Welt, weil es dafür nötig geworden sei, das aufstrebende Deutschland in seine Schranken zu weisen.[1566] Diese Verschwörung sei maßgeblich das Werk der Freimaurerei, deren Wirken im größten Teil des Buches durch verschiedene Länder verfolgt wurde. Zusammengehalten werde diese Verschwörung durch eine zu politischen Gleichheitsparolen pervertierte, insofern fehlgeleitete Esoterik, die Heise der britischen Theosophin Annie Besant anlastete.[1567] *„Ideal* betrachtet“, vollzog er den antimasonischen Brückenschlag, „sind auch die Theosophisten und Spiritualisten den ‚Maurern‘ zuzuzählen“.[1568]

1562 Vgl. Vogl: Aufzeichnungen, S. 147–149.

1563 Vgl. ebd., S. 148.

1564 Vgl. Markner: Première Guerre Mondiale. An dieser Stelle sei Reinhard Markner herzlich für die Übersendung des noch unveröffentlichten Aufsatzes gedankt. Vgl. zu dem Komplex Wichtl-Meyrink-Auslandspropaganda auch bereits Kekulé von Stradonitz, Stephan: „Verborgene Fäden. Falsches und Wahres aus diplomatischen Quellen über die Freimaurerei“, in: Bundesblatt 9 (1932), S. 235–249.

1565 Vgl. Markner: Heise; Pfahl-Traughber: Der antisemitisch-antifreimaurerische Verschwörungsmythos, S. 31 f. et passim; Rogalla von Bieberstein: Mythos, S. 219–221, wobei in Letzterem fälschlicherweise von Friedrich [sic!] Heise die Rede ist.

1566 Vgl. Heise: Entente-Freimaurerei (2. Aufl.), S. 35 u. 69.

1567 Vgl. ebd., S. 22 f.

1568 Ebd., S. 9 [Herv. i. O.].

Die internationale Theosophische Gesellschaft war nach dem Tod ihrer Gründerin Helena Petrowna Blavatsky 1891 in regelrechten Diadochenkämpfen in verschiedene Strömungen und Organisationen zerfallen.[1569] Als eine Art Spätausläufer dieser Kämpfe um das theosophische Erbe kam es Anfang des 20. Jahrhunderts zu einem Auseinanderdriften der einflussreichen „Theosophischen Gesellschaft Adyar" unter Besant und der deutschen Sektion der „Theosophischen Gesellschaft" unter Rudolf Steiner, dem 1913 schließlich der offene Bruch folgte.[1570]

Wie bei Rudolf Steiner, der zu den Förderern von Heises Buch gehörte und sogar ein anonymes Vorwort beisteuerte, schillerte die Sprache von „Entente-Freimaurerei" zwischen Esoterik und Politik.[1571] Geschickt verwob Heise Schlagworte des deutschen Nationalismus mit theo- beziehungsweise anthroposophischem Ideengut – von den Deutschen als ‚junges Volk', dessen Zeit gekommen sei, bis zum ‚Weltengeist', der verschiedene ‚Kulturepochen' und ‚Wurzelrassen' als seine Träger sich evolutionär abwechseln lässt.[1572] Wenngleich Heise – ebenso wie Wichtl – den Weltkrieg somit als das Werk der internationalen Freimaurerei hinstellte, so war doch der esoterische Überbau ein Novum, zumal ein sehr eigensinniges. Der bedeutendste Unterschied zu Wichtl lag jedoch woanders: während dieser auch die deutsche Freimaurerei angriff, nahm Heise die deutschen Großlogen explizit von seinen Vorwürfen aus. Sie hätten sich von den schlechten Einflüssen einer theosophischen „Sumpfmaurerei" freigehalten, weswegen die deutsche Freimaurerei dann auch „bei Ausbruch des Weltkrieges völlig isoliert" dastand.[1573]

Diese Betonung der während des Krieges auch von den deutschen Brüdern hervorgehobenen Sonderstellung dankte man dem Verfasser in Freimaurerkreisen. Das Bundesblatt brachte eine Rezension, die zwar nicht alle Schlüsse Heises mitzutragen bereit, aber im Tenor durchweg positiv gehalten war und in einer klaren Leseempfehlung mündete.[1574] Und das Vorwort zur zweiten, im Umfang nahezu verdoppelten Auflage verriet, dass die Überarbeitung „auf Anregung aus Freimaurerkreisen hin" erfolgt war.[1575]

Keine Untersuchung der verschwörungstheoretischen Weltkriegsdeutung wäre komplett ohne die Erwähnung der sogenannten „Protokolle der Weisen von Zion", die nach 1918 weltweite Verbreitung fanden und nicht zu Unrecht als einer der, wenn nicht

1569 Vgl. Stuckrad: Esoterik, S. 209.

1570 Vgl. ebd., S. 209–215; Zander: Anthroposophie, Bd. 2, S. 108–172; Linse: Bruderschaft; Ullrich: Steiner, S. 53–59.

1571 Vgl. Staudenmaier: Occultism, S. 96; Zander: Anthroposophie, Bd. 2, S. 1265 Anm. 99.

1572 Zur politischen Dimension von Steiners Theo-/Anthroposophie vgl. Linse: Bruderschaft, S. 623–625; Zander: Anthroposophie, Bd. 2, S. 1253–1285; ders.: Rassentheorien; Staudenmaier: Race and Redemption; ders.: Occultism, S. 25–63; Wagner (Hg.): Dokumente, S. 93–117.

1573 Heise: Entente-Freimaurerei, S. 14.

1574 [Ohne Titel], in: Bundesblatt 5 (1919), S. 79 f. Auch abgedr. in Heise: Entente-Freimaurerei, S. 405.

1575 Ebd., ohne Seitenzahl [Vorrede zur zweiten Auflage].

überhaupt *der* kanonische Text verschwörungstheoretischen Wissens gelten.[1576] Als angeblich authentisches Dokument künden sie vom Plan einer mehrere Jahrhunderte überspannenden Verschwörung zur Errichtung einer jüdischen Weltherrschaft. Die „Protokolle" sind dementsprechend vor allem als antisemitische Hetzschrift bekannt. Sie tragen jedoch „deutlich die Spuren ihres Ursprungs aus dem synkretistischen Verschwörungsdiskurs um 1800" und stehen damit – teilweise explizit – in der Tradition des Antimasonismus.[1577]

Die Primärquellen der „Protokolle" sind längst kein Geheimnis mehr. Bereits kurz nach ihrer globalen Verbreitung wurde das wesentliche literarische Ausgangsmaterial festgestellt, aus dem die Erzählung von den ‚Zionsweisen' kompiliert worden war. Schon 1920 benannte ein anonymer Artikel in der Zeitschrift des „Centralvereins deutscher Staatsbürger jüdischen Glaubens" Hermann Goedsches „Biarritz" als Ursprung des Settings auf dem jüdischen Friedhof in Prag und klärte über die Ähnlichkeit zu weiteren, nicht namentlich genannten, französischen Schmähschriften auf.[1578] Im Jahr darauf folgte die Londoner Tageszeitung The Times mit der Enthüllung der hauptsächlichen Grundlage der „Protokolle": Maurice Jolys Politsatire „Dialogue aux Enfers entre Machiavel et Montesquieu" von 1864, auf die sich gut 40 Prozent des Texts der „Protokolle" zurückführen lassen.[1579] Die umfangreiche Forschung zu den „Protokollen" hat diese Befunde bestätigt und um einige wertvolle Hinweise erweitert, die auf die Kolportage- und Geheimbundliteratur der ersten Hälfte des 19. Jahrhunderts hinweisen.[1580]

In der Form, in der die „Protokolle" ab 1918 ihren Siegeszug durch die Welt antraten, waren sie also eine literarische Collage, entstanden um die Jahrhundertwende

---

1576 Für diese Einschätzung vgl. u. a. Bronner: Gerücht, S. 153.

1577 Horn: Gespenst, S. 11 f.; Rohrbacher/Schmidt: Judenbilder, S. 208 f. Zahlreiche Arbeiten über die „Protokolle" weisen auf die antimasonische Komponente hin, vgl. u. a. Cohn: Protokolle, S. 27 ff.; Benz: Protokolle, S. 16 f.; Meyer zu Uptrup: Weltverschwörung, S. 90; Pfahl-Traughber: Der antisemitisch-antifreimaurerische Verschwörungsmythos, S. 44; Melzer: Konflikt, S. 43–48; Oberhauser: Trias, S. 275–277; Evans: Hitler Conspiracies, S. 13–45; Dahlke: Protokolle. Die meisten dieser Untersuchungen tun den Antimasonismus jedoch als eine Unterform der antisemitischen Verschwörungstheorie ab. Hingegen urteilt Taguieff: L'invention, S. 27–29, dass der Antimasonismus als eigenständige Tradition verstanden werden muss, um seinen Anteil an der Integrationstheorie und schließlich seine motivische Funktion im Antisemitismus des 20. Jahrhunderts voll zu verstehen.

1578 Vgl. „‚Die Geheimnisse der Weisen von Zion.' Der Schwindelbericht eines russischen Spitzels.", in: Im Deutschen Reich. Zeitschrift des Centralvereins deutscher Staatsbürger jüdischen Glaubens 5 (1920), S. 146–153, hier S. 147 f.

1579 Vgl. Sammons (Hg.): Protokolle, S. 12.

1580 Vgl. Eco: Protokolle, S. 178 und das Schaubild zu den verschiedenen Vorlagen auf S. 181. Für eine umfassende Bibliographie der Forschung vgl. Hagemeister: Protokolle vor Gericht, S. 602–629. Zur Forschungsgeschichte vgl. ebd., S. 17–23. Zur Kritik der bisherigen Forschung und den offenen Fragen vgl. Hagemeister: Protocols; Horn/Hagemeister: Bestseller.

im russischen Kaiserreich. Zu dieser Zeit war in Kreisen der russischen Rechten eine eschatologische Naherwartung weit verbreitet. Ähnlich dem katholischen Antimasonismus verband sie sich mit der Vorstellung einer Unterhöhlung der Weltordnung durch Juden und Freimaurer als Agenten des Antichristen in dieser Welt.[1581] Von dieser religiös fundierten Superverschwörungstheorie wurde der russische Jurist Sergei Alexandrowitsch Nilus geprägt, der sich um 1900 als Autor religiös-mystischer Schriften zu betätigen begann.[1582] In der zweiten Auflage seines Hauptwerkes „Velikoe v malom" („Das Große im Kleinen") integrierte er 1905 einen erstmals zwei Jahre früher in einer rechtsextremen russischen Zeitung erschienenen Text, der dann in Nilus' Version als die „Protokolle" in zahlreiche Sprachen übersetzt werden sollte.[1583] Nach Deutschland kamen die „Protokolle" ab 1917, mitgebracht von Kriegsheimkehrern, vor allem aber von russischen Monarchisten, Adeligen und Weißarmisten, die infolge von Oktoberrevolution und Bürgerkrieg als Exilanten in deutschen Großstädten strandeten.[1584]

Besonders Müller von Hausen unterhielt gute Kontakte in die russischen Exilantenkreise, mit denen er sich ideologisch austauschte.[1585] Diesen Austausch rückdatierend schrieb er 1920 in Auf Vorposten: „Wer vor dem Kriege Gelegenheit fand, mit Russen [...] über die Judenfrage zu sprechen, dem fiel es auf, daß der Russe Juden und Freimaurer immer in einem Atem nannte".[1586] Folgerichtig war es Müller von Hausen, der Anfang 1920 (rückdatiert auf 1919) unter dem Pseudonym „Gottfried zur Beek" die erste offizielle deutsche Ausgabe der „Protokolle" unter dem Titel „Geheimnisse der Weisen von Zion" verlegte, die innerhalb des ersten Erscheinungsjahres bereits sechs Auflagen, bis 1933 dann 27 weitere sah.[1587]

1581 Vgl. ausführlich Kellogg: Roots, S. 33 f.; Laqueur: Schoß, S. 41–55 u. 56–74. Knappe Zusammenfassung und Verortung in der Geschichte des Verschwörungsdenkens bei Wippermann: Agenten, S. 74. Für Hinweise auf russische Forschungsliteratur vgl. Hagemeister: Zionistenkongreß, S. 257. Zum Einfluss der radikalen russischen Rechten der Jahrhundertwende auf den deutschen Antisemitismus der 1920er Jahre vgl. auch Ganelin: Schwartz-Bostunitsch, S. 202–205; Hagemeister: Zionistenkongreß, S. 266 Anm. 41.

1582 Zu Nilus vgl. Hagemeister: Nilus (1996); ders.: Nilus (2009).

1583 Die erste Veröffentlichung erfolgte 1903 in der Zeitschrift „Znamja", die erste Erwähnung der „Protokolle" findet sich im Vorjahr, vgl. Hagemeister: Protokolle vor Gericht, S. 40; Sammons (Hg.): Protokolle, S. 15. Zur Verbreitungs- und Rezeptionsgeschichte vgl. auch Hagemeister: Protokolle (2011). Eine Bibliographie der weltweiten Übersetzungen und Editionen findet sich bei Taguieff: Protocoles, Bd. 1, S. 365–381.

1584 Zum Weg der „Protokolle" nach Deutschland vgl. Hagemeister: Zionistenkongreß, S. 261 Anm. 28.

1585 Zu Müller von Hausens Kontakten in russische Exilantenkreise vgl. Kellogg: Roots, S. 64 f. et passim; Hagemeister: Protokolle vor Gericht, S. 552.

1586 Grant, Wolf: „Die Freimaurer und die Ukraine", in: Auf Vorposten 1/2 (1920), S. 41–45, hier S. 41.

1587 Inoffizielle Übersetzungen und Abschriften kursierten in rechten Kreisen Deutschlands schon etwa um die Jahreswende 1918/19, vgl. dazu Hagemeister: Protokolle vor Gericht, S. 48; Meyer zu Uptrup: Weltverschwörung, S. 109; Lohalm: Radikalismus,

Müller von Hausen ergänzte den Text der „Protokolle“ für seine Ausgabe um sogenannte Paratexte, also Zwischentitel, Kommentare und exegetische Aufsätze, wodurch er die Rezeption auf eine antisemitische *und* antimasonische Lesart festlegte.[1588] In der neueren Forschung ist solchen Paratexten viel Aufmerksamkeit zugekommen, da es vor allem derartige Editions- und Kommentierungsarbeit war, die aus den „Protokollen“ ein wirkmächtiges Instrument antisemitischer Agitation machte. Eva Horn argumentiert beispielsweise überzeugend, dass der Text der „Protokolle“ eine Art „argumentative[n] Hohlraum“ bildet, der erst durch rezeptionslenkende Editionsarbeit mit einem bestimmten Sinn gefüllt wird.[1589] Vor allem Paratexten würde hierbei die wichtige Aufgabe einer sinnbildenden Verständnishilfe zukommen. Horn spricht sogar von einer „Rezeption ohne Lektüre“, denn es sei anzunehmen, dass vielfach eher die Vorworte, Kommentare und Texte *über* die „Protokolle“ gelesen wurden, als deren sperriger, monotoner und oft widersinniger Text selbst.[1590] Die eigentlichen „Protokolle“ wurden so – in den Worten Michael Butters – zum „Appendix der Einleitung“.[1591] Von den 251 Seiten der deutschen Erstausgabe nahm der Text der „Protokolle“ gerade einmal 78 Seiten ein.

Insbesondere den erwähnten Zwischentiteln spricht Horn die Rolle einer regelrechten „Wunderwaffe“[1592] der „Protokolle“-Rezeption zu. Sie ermöglichten das schnelle Überfliegen des Textes oder das gezielte Auffinden einzelner Topoi, die dadurch besonders betont, wenn nicht gar erst dem Text untergelegt wurden. Von insgesamt 227 eingefügten Zwischentiteln nehmen in Müller von Hausens Ausgabe beispielsweise 29 direkten Bezug auf Freimaurerei und Logentum, auch wenn nur neun davon von Abschnitten gefolgt sind, in denen Freimaurer, Logen oder Geheimbünde tatsächlich erwähnt werden.

Noch deutlicher wird Müller von Hausens antimasonisches ‚Framing‘ in den Aufsätzen, die den Text der „Protokolle“ im wahrsten Sinne des Wortes einrahmten. So begann er seine Ausgabe mit einer elaborierten Vorgeschichte der „Protokolle“. Entstanden seien sie auf dem Zionistenkongress 1897, von wo sie zur „Judenloge“ nach Frankfurt am Main gebracht worden seien, wobei unterwegs eine hastige Abschrift angefertigt wurde.[1593] Bei dem nun veröffentlichten Text handele es sich um diese Abschrift. Müller von Hausen gab zusätzlich die abweichende Ursprungslegende von Sergei Nilus wieder, wonach die vorliegenden „Protokolle“ einem französischen Hochgradfreimaurer entwendet worden seien. Der Widerspruch zwischen beiden Ursprungsgeschichten wurde nicht aufgelöst. Müller von Hausen erklärte nur, ohne dies weiter zu begründen,

---

S. 394 Anm. 8. Zur Müller von Hausen-Ausgabe und ihren verschiedenen Auflagen vgl. Hagemeister: Protokolle vor Gericht, S. 48 f.; Sammons (Hg.): Protokolle, S. 20.

1588 Laut Sammons (Hg.): Protokolle, S. 19 orientierte sich Müller von Hausen bei den Zwischentiteln an Randbemerkungen Nilus‘.

1589 Horn: Gespenst, S. 20.

1590 Vgl. ebd., S. 19–25. Die Formulierung „Rezeption ohne Lektüre“, ebd. S. 23.

1591 Butter: Verschwörungstheorien, S. 165.

1592 Horn: Gespenst, S. 23.

1593 Beek [= Müller von Hausen] (Hg.): Geheimnisse, S. 8 f.

dass er seine Version für wahrscheinlicher halte.[1594] Knapp 150 Seiten später, nach dem so bereits als jüdisch-zionistisch-freimaurerisch eingeordneten Text der „Protokolle", folgte dann unter anderem noch ein Aufsatz über „Judentum und Freimaurertum", in dem Müller von Hausen auf zwei Dutzend Seiten vor der jüdisch-freimaurerischen Wühlarbeit warnte.[1595] Auch in den übrigen Rahmentexten ließ Müller von Hausen immer wieder auch die Freimaurerei in prominenter Rolle an der Seite des Judentums auftreten.

Deutlich wird die antimasonische Editionsarbeit Müller von Hausens auch im Vergleich mit Theodor Fritschs „Protokolle"-Ausgabe von 1924.[1596] Fritsch, der schon in der Nachkriegsausgabe des „Handbuchs der Judenfrage" signalisiert hatte, dass er in Sachen Freimaurerei eher konziliant war, minimierte hier die antimasonische Komponente deutlich gegenüber der Ausgabe Müller von Hausens. So erwähnte die Fritsch-Ausgabe die Freimaurerei nur als eine von den Juden unterwanderte und manipulierte Gesellschaft, hatte keine antimasonischen Zwischentitel und eine von Nilus und Müller von Hausen abweichende Ursprungslegende, die ohne Logen auskam.[1597]

Auf die Spitze getrieben wurde die rezeptionslenkende antimasonische Editionsarbeit hingegen von Alfred Rosenberg, dessen 1923 erschienenes Buch „Die Protokolle der Weisen von Zion und die jüdische Weltpolitik" nur noch ausgewählte Textstellen aus den „Protokollen" mit ausführlichen Erläuterungen bot. Rosenberg, der schon zwei Jahre zuvor mit „Das Verbrechen der Freimaurerei" ein antimasonisches Buch geschrieben und mit „Der Jude, das Judentum und die Verjudung der christlichen Völker" eine Übersetzung des für die Integrationstheorie so wichtigen Hauptwerks von Gougenot des Mousseaux herausgegeben hatte,[1598] widmete in seiner „Protokolle"-Exegese der Freimaurerei besondere Aufmerksamkeit. Ihr galt ein eigenes Kapitel, in dem die ‚Freimaurerfrage' zu „eine[m] der brennendsten Probleme der Gegenwart" erklärt wurde.[1599]

Anders als mitunter behauptet, waren antimasonische Paratexte nicht erst ein Addendum der Übersetzungen. Schon die verschiedenen russischen Ausgaben waren um freimaurerische Ursprungslegenden ergänzt worden. Bereits die erste Veröffentlichung von 1903 hatte den Text als Sitzungsprotokolle eines angeblichen französischen „Weltbundes der Freimaurer und Weisen von Zion" präsentiert.[1600] Auch Georgi Butmi, der dem rechtsextremen „Bund des russischen Volkes" angehörte, brachte in seinen zwischen 1905 und 1907 veröffentlichten Ausgaben die „Protokolle" mit dem

---

1594 Vgl. Beek [= Müller von Hausen] (Hg): Geheimnisse, S. 10.

1595 Vgl. ebd., S. 156–180.

1596 Vgl. Fritsch (Hg.): Protokolle. Diese Ausgabe erfuhr bis 1933 zwölf Auflagen, vgl. Hagemeister: Protokolle vor Gericht, S. 48 f.; Sammons (Hg.): Protokolle, S. 20, der jedoch irrtümlicherweise die erste Auflage auf 1920 datiert.

1597 Vgl. Fritsch (Hg.): Protokolle, S. 4.

1598 Vgl. Rosenberg: Verbrechen u. Gougenot des Mousseaux: Jude.

1599 Rosenberg: Protokolle, S. 56. Das Kapitel zur ‚Freimaurerfrage', ebd., S. 56–59.

1600 Vgl. Hagemeister: Protokolle vor Gericht, S. 40. Falsch daher Melzer: Konflikt, S. 44, wo Müller von Hausen für die antimasonische Dimension der „Protokolle" verantwortlich gemacht wird.

freimaurerischen Misraimritus in Zusammenhang.[1601] Nilus hatte seine Ausgabe schließlich um ein vermeintlich von Repräsentanten des 33. Grades unterzeichnetes Dokument ergänzt, das es auch in verschiedene Übersetzungen schaffte.[1602]

Nationaler Antimasonismus als Produkt des Weltkrieges

Die „Protokolle", Heises „Entente-Freimaurerei" und Wichtls „Weltfreimaurerei" waren die exponiertesten und bedeutendsten Schriften, die nach der Niederlage ein (antisemitisch-)antimasonisches Narrativ des Weltkriegs lieferten. Sie waren aber beileibe nicht die einzigen. Nach Kriegsende ergoss sich eine regelrechte Flut antimasonischer Schriften. In zahllosen Pamphleten und Artikeln, bei Vorträgen, in Flugschriften und in Büchern verbreiteten sich Versionen der freimaurerisch-jüdischen Verschwörungstheorie. Auch Heise und Wichtl veröffentlichten nach ihren Hauptwerken noch weitere antimasonische Texte. Keiner davon konnte jedoch in seiner Wirkung und seinem Erfolg an die Vorgänger anknüpfen, die zu vielzitierten Standardwerken des während der Weimarer Republik um sich und vor allem auf die nationalistische Rechte übergreifenden Antimasonismus wurden.[1603] Neben den „Protokollen", die wohl mehr als jede andere Schrift die jüdisch-freimaurerische Integrationstheorie zu einem Allgemeinplatz im rechtsnationalen Diskurs machten, wurde insbesondere Wichtls „Weltmaurerei" breit rezipiert und erfuhr bis 1943 ganze 14 stets erweiterte Neuauflagen. Alle nachfolgenden Texte des nationalen Antimasonismus bezogen sich direkt oder indirekt darauf. Heises „Entente-Freimaurerei" erfuhr hingegen nur drei Auflagen, konnte jedoch durch ein Näheverhältnis Heises zum Nationalsozialismus eine bedeutende Langzeitwirkung entfalten.[1604] Noch 1942 empfahl der NS-Freimaurerexperte Franz Alfred Six nicht nur Wichtl, sondern auch Heise zum Studium.[1605]

1601 Vgl. Hagemeister: Zionistenkongreß, S. 255.

1602 Zu Nilus' antimasonischem ‚Framing' vgl. Sammons (Hg.): Protokolle, S. 17; Hagemeister: Protokolle vor Gericht, S. 42. In der deutschen Ausgabe Müller von Hausens tauchte die angebliche Erklärung der Hochgradfreimaurer nicht als Teil der „Protokolle", sondern als Teil von Nilus' Ursprungsgeschichte auf, vgl. Beek (Hg.): Geheimnisse, S. 10.

1603 Vgl. Wichtl: Freimaurer-Morde, wovon im Folgejahr eine zweite, erweiterte Auflage in Regensburg erschien; Heise: Okkultes Logentum. Abweichend argumentiert Staudenmaier: Occultism, S. 222, dass Heises „Okkultes Logentum" auf lange Sicht großen Einfluss hatte, indem es die Grundlagen für das spätere Vorgehen der Nationalsozialisten gegen esoterische Gruppen gelegt habe.

1604 Alfred Rosenberg gewann Heise etwa 1926 für eine Ausgabe der Zeitschrift „Weltkampf" zum Thema Freimaurerei, vgl. Heise, Karl: „Der rote Faden in der Freimaurerpolitik der Gegenwart", in: Weltkampf 29 (1926), S. 1–10. Heises Beitrag nachgedruckt in Wagner (Hg.): Dokumente, S. 121–133. Zum Verhältnis Heises zum Nationalsozialismus vgl. mehrere verstreute Hinweise in Staudenmaier: Occultism; Werner: Anthroposophen.

1605 Vgl. Six: Studien, S. 302. Zu Wichtls Einfluss auf Six vgl. Hachmeister: Gegnerforscher, S. 121. Zu Six vgl. Kap. 19.2.

Dass dennoch Wichtls Buch das bedeutendere der beiden war, versucht Othmar Plöckinger durch dessen offensiveren Antisemitismus zu erklären.[1606] Allerdings ließ auch Heise kaum Zweifel an der konspirativen Rolle des Judentums, etwa wenn er von der „verjudete[n] Ententefreimaurerei"[1607] schrieb. So kommt auch Peter Staudenmaier in seiner Monographie zum Verhältnis von Anthroposophie und Nationalsozialismus zu dem eindeutigen Urteil, Heise hätte in „Entente-Freimaurerei" eine „full-fledged antisemitic conspiracy theory based squarely on anthroposophist premises" präsentiert.[1608] Die unterschiedliche Wirkungsgeschichte lässt sich wohl mehr durch die hohen Rezeptionshürden erklären, die Heises sperriger Stil und das große Gewicht auf den esoterischen Überbau errichteten. Dass Heise sich auch sonst eher in der deutschen Okkultszene bewegte, während der Deutschnationale Wichtl als Gastredner völkischer Verbände durch Deutschland zog und seine Verschwörungstheorie vor vollen Sälen zum Besten gab, passt ins Bild und flankiert diese Erklärung.[1609]

Warum aber griff nun die nationalistische Rechte den Antimasonismus auf, während sie sich doch vor dem Krieg kaum mit der Freimaurerei befasst, sie (zumindest die deutsche) teilweise sogar explizit in Schutz genommen hatte? Vor allem der Zeitpunkt der Veröffentlichung drängt sich hierbei als Erklärung auf. Das Erscheinen von Heises und Wichtls Büchern fiel mit dem Zusammenbruch des Deutschen Reichs, mit der Kriegsniederlage und der Novemberrevolution zusammen. Diese mussten als Bestätigung des während des Krieges zunächst nur mit Blick auf die ausländischen Logen hochkochenden Antimasonismus erscheinen. Ähnlich dem Katalysatoreffekt, den fast genau 130 Jahre früher die Französische Revolution für die antimasonische Verschwörungstheorie gehabt hatte, hatte nun die Novemberrevolution der antimasonischen Weltkriegsdeutung in die Hände gespielt. Gleiches galt für die „Protokolle", die schon vor ihrem weltweiten Erfolg eineinhalb Jahrzehnte Öffentlichkeitsarbeit im Dienste des Antisemitismus hinter sich hatten, ohne dabei prominent in Erscheinung getreten zu sein oder bemerkenswerte Wirkung erzielt zu haben.[1610] Das weitverbreitete Gefühl, um den Sieg betrogen worden zu sein, eine „Fälschung der Weltgeschichte" zu erleben, wie der Freimaurer Ernst Horneffer 1919 verbittert schrieb,[1611] eröffnete verschwörungstheoretischen Globaldeutungen einen Raum, den diese in verschiedenen Ausprägungen besetzten. Antisemitismus und Antimasonismus, die ohnehin ineinander übergingen und sich gegenseitig durchdrangen, feierten in der ‚Dolchstoßlegende'

1606 Vgl. Plöckinger: Unter Soldaten, S. 303.

1607 Heise: Entente-Freimaurerei, S. 262.

1608 Staudenmaier: Occultism, S. 96. Zu Heises Antisemitismus vgl. auch Markner: Heise, S. 131 f.

1609 Vgl. Lohalm: Radikalismus, S. 257 f., 294 u. 308; Pfahl-Traughber: Der antisemitisch-antifreimaurerische Verschwörungsmythos, S. 49.

1610 Vgl. Hagemeister: Protokolle vor Gericht, S. 45; ders.: Zionistenkongreß, S. 259.

1611 Horneffer: Erkenntnis, S. 207.

fröhliche Urstände, um das Undenkbare verstehbar zu machen, und vergifteten das innenpolitische und gesellschaftliche Klima nachhaltig.[1612]

Wichtls und Heises Hauptwerke erschienen also zum rechten Zeitpunkt. Zu ihrem Erfolg hat zudem beigetragen, dass sie keine Pionierwerke im engeren Sinne waren. Sie erfanden nichts Neues, sondern griffen antimasonische Versatzstücke auf, die während des Krieges Allgemeingut geworden waren. Sie standen somit nicht am Anfang einer antimasonischen Deutungstradition, sondern fest auf deren Untergrund. Den revolutionären, internationalen, eng mit dem Judentum verbundenen Charakter der Freimaurerei hatte man beispielsweise direkt dem katholischen Antimasonismus entnommen;[1613] ebenso die durch den Weltkrieg besondere Aktualität erlangenden Behauptungen, das freimaurerische ‚Große Not- und Hilfszeichen' würde im Feld immer wieder zum Treuebruch und zur Verbrüderung mit dem Feind genutzt, ohne die kaum eine Schrift des nationalen Antimasonismus auskam.[1614] Selbst die Deutung des Attentats von Sarajewo als Vollstreckung eines freimaurerischen Todesurteils ging auf die Revue internationale des sociétés secrètes des katholischen Priesters Ernest Jouin zurück, mit dem Müller von Hausen korrespondierte.[1615] Und der vermeintliche Nachweis der Logenmitgliedschaft der Attentäter durch die Protokolle des Gerichtsverfahrens stammte tatsächlich aus der Feder des unter dem Pseudonym „Pharos" schreibenden Jesuiten Anton Puntigam, der dem tödlich verwundeten Erzherzog die letzte Ölung gespendet hatte. Er hatte den Prozess gegen die Attentäter besucht und mitprotokolliert, dabei allerdings auch die Aussagen frisiert, um den – für ihn außer Frage stehenden – Anteil der Freimaurerei an dem Anschlag hervorzuheben.[1616] Erst 1931 konnte Stephan Kekulé von Stradonitz in einer Aufklärungsschrift des VdF auf Grundlage der im Vorjahr auf Französisch veröffentlichten Prozessdokumente die verfälschende Editionsarbeit Puntigams nachweisen.[1617] Zu diesem Zeitpunkt war der Glaube an einen freimaurerischen Anteil am Kriegsausbruch und -verlauf bereits Teil der orthodoxen Wissensordnung in Deutschland. Von der offiziösen „Zentralstelle für Erforschung der Kriegsursachen" bis zu bürgerlichen Intellektuellen wie Thomas Mann fand die

---

1612 Zur sog. „Dolchstoßlegende" vgl. Gaertringen: Dolchstoß; Groß: Ende; Barth: Dolchstoßlegenden; Sammet: Dolchstoß.

1613 Bemerkenswert ist auch das Beispiel Georgi: Freimaurerei. Obwohl ein Sonderdruck aus den „Nornen", die ein Organ der deutschgläubigen (also nichtchristlichen) völkisch-religiösen Teilbewegung war, übernahm der Text die katholisch-antimasonische Rhetorik vom antichristlichen Wirken der Freimaurerei in Gänze, erweitert nur um einen radikalen völkischen Antisemitismus.

1614 Für ein frühes Beispiel von 1918 vgl. [Hartig]: Wälsungen-Orden, S. 15. Im katholischen Antimasonismus aber bereits u. a. bei Pachtler: Krieg, S. 202–204 et passim.

1615 Zu Jouin und der „Revue internationale des sociétés secrètes" vgl. Pierrard: Juifs, S. 157–166 u. 241–245; Katz: Jews, S. 194; Hagemeister: Protokolle vor Gericht, S. 60 f. et passim; Jarrige: L'Antimaçonnerie, S. 691; Pierrard: L'entre-deux-guerres, S. 237–243.

1616 Vgl. Prof. Pharos [= Puntigam]: Prozeß. Dazu sowie zu Pharos/Puntigam, vgl. Würthle: Dokumente, S. 63–67.

1617 Vgl. Kekulé von Stradonitz: Sarajewo.

antimasonische Weltkriegsdeutung Anklang.[1618] Sogar Binjamin Segel, der einerseits 1924 eine umfassende Widerlegung der „Protokolle“ veröffentlichte, hielt es andererseits für gesichert, dass „geheime Gesellschaften [...] bei Verschwörungen und Handstreichen“ eine gewichtige Rolle spielen und namentlich die Freimaurerei wohl auch für den Kriegseintritt Italiens auf Seiten der Entente verantwortlich sei.[1619]

Die Konventionalität der antimasonischen Vorwürfe verlieh den Anschuldigungen im nationalistischen Lager mehr Glaubhaftigkeit, handelte es sich doch nicht um neue Vorwürfe, sondern – in den Augen der nun darauf aufmerksam gewordenen – um viel zu lange ignorierte. Die behandelten Exponenten des nationalen Antimasonismus bekannten sich ganz offen zu ihren katholischen Quellen. Bereits in seinem zweiten Freimaurerartikel 1917 im AUF VORPOSTEN-Juliheft bot Müller von Hausen eine Art antimasonische Quellenkunde, in der er besonders die jesuitischen Arbeiten zur ‚Freimaurerfrage‘ empfahl.[1620] Ebenso dominierte katholisches Schriftgut die umfangreichen Fußnotenapparate von Heise und Wichtl. Auch später noch wurde der Vorsprung, den der Antimasonismus in den katholischen Gebieten und Nachbarländern hatte hervorgehoben. Noch 1925 wies Müller von Hausen etwa darauf hin, dass „in Österreich erheblich mehr Kenntnisse über das eigentliche Wesen der Freimaurerei vorhanden sind als in Deutschland.“[1621]

Die Bedeutung Wichtls, Heises und Müller von Hausens besteht mithin vor allem darin, zum richtigen Zeitpunkt alte antimasonische Traditionen aufgegriffen und einer neuen Trägerschicht – dem nationalistischen, nichtkatholischen Bürgertum – zugänglich gemacht zu haben. Gleichwohl hatte die Übertragung vom katholischen in das nationalistische Koordinatensystem Auswirkungen auf den Antimasonismus. Nun stand nicht mehr die christlich-monarchische, sondern die nationale Ordnung im Fadenkreuz der Verschwörung, weshalb hier auch analog zu Klaus Holz‘ Begriff des *nationalen Antisemitismus* von *nationalem Antimasonismus* die Rede ist. Folgerichtig verschwand in diesem nationalen Antimasonismus Satan als der oberste Drahtzieher und an seine Stelle trat nunmehr das Judentum als das ‚ganz Andere‘ zur (deutschen) Nation.

Dieser neu konzeptualisierte Antimasonismus war weiterhin in der Lage, die handlungsanleitende und motivierende, über die bloße Welterklärung hinausgehende Funktion von Verschwörungstheorien zu erfüllen: Thron und Altar mochten gestürzt sein, aber noch war die Verschwörung nicht an ihrem Ziel. Die Nation lebte noch, wenn auch gebrochen und erniedrigt.

1618 Vgl. Mann: Betrachtungen, S. 69; Norman: Grand Orient. Zur „Zentralstelle“ und den „Berliner Monatsheften“ vgl. Heinemann: Niederlage, S. 95–119; Große Kracht: Kriegsschuldfrage, S. 69–71.

1619 Vgl. Segel: Protokolle, S. 100. Zur Prävalenz von Verschwörungstheorien in der Weimarer Republik vgl. auch Angele: Moderne, S. 144.

1620 Vgl. „Die Freimaurer im Weltkriege 2“, in: Auf Vorposten 1 (1917), S. 309–326.

1621 M[üller] v[on] H[ausen], [Ludwig]: „Die Taktik der Logenbrüder und ihrer Gefolgschaft“, in: Auf Vorposten 7/10 (1925), S. 138–146, hier S. 138.

11.5. Kriegsende und Neuanfang

Das steile Anwachsen des Antimasonismus durch den Kriegsverlauf und die Niederlage war keine gute Voraussetzung für die Aufklärungs- und Abwehrarbeit, die die Freimaurer sich für die Zeit nach dem Krieg vorgenommen hatten, aber unterstrich doch deren Notwendigkeit.

Noch vor Kriegsende machte sich das veränderte Klima auf politischer Bühne bemerkbar. Otto Fürst zu Salm-Horstmar erklärte am 9. Juli 1918 im Preußischen Herrenhaus nicht nur die Revolution in Russland, sondern auch die drohende Parlamentarisierung in Deutschland als Folge einer jüdisch-freimaurerischen Verschwörung.[1622]

Erntete Salm-Horstmar auch deutliche Widerworte, so zeigte sich doch, dass sich die Gewichte verschoben hatten. Antimasonismus in den Parlamenten war bislang der katholischen Zentrumspartei vorbehalten gewesen, die dafür von den anderen Fraktionen häufig Gelächter geerntet hatte.[1623] Nun aber kamen die Anschuldigungen aus neuer Richtung. Salm-Horstmar war Mitglied des ADV und der Deutschkonservativen Partei, hatte von 1901 bis 1908 dem „Deutschen Flottenverein" vorgestanden und sollte kurz nach seiner Rede im Preußischen Herrenhaus Müller von Hausens Veröffentlichung der „Protokolle der Weisen von Zion" fördern.[1624]

Mit dem Ende der Hohenzollernmonarchie verschwand dann endgültig der Schutzschild, den das fürstliche Protektorium geboten hatte. Nunmehr wurde sogar dieses Protektorium beziehungsweise der letzte Protektor zum Inhalt antimasonischer Verschwörungstheorien. Friedrich Leopold von Preußen hatte in den Tagen der Novemberrevolution eine rote Fahne über seinem Hauptsitz, dem Jagdschloss in Klein-Glienicke, hissen lassen. In den Augen der Verschwörungstheoretiker war das der Beweis: der ‚rote Prinz' bekenne sich trotz seiner geburtsständischen Stellung als ‚höchster Freimaurer' zur Revolution.[1625] Zusätzlich unterfüttert wurde diese Deutung dadurch, dass Friedrich Leopold die in der Revolution sich bietende Gelegenheit ergriff, seinen fürstlichen Obligationen und Privilegien entsagte und schon Anfang November aus freien Stücken zu einem einfachen Bürger wurde.[1626]

Aufgeschreckt von diesen und anderen Negativschlagzeilen des Prinzen bemühten sich die Großmeister der altpreußischen Großlogen um persönlichen Kontakt zu ihrem

1622 Die Rede Salm-Horstmars mit Kommentar abgedr. in Reinalter (Hg.): Verschwörungstheorien (2002), S. 177–179. Zur freimaurerischen Rezeption, die sich auf die Antworten an Salm-Horstmar im Herrenhaus konzentrierte, vgl. Kekulé von Stradonitz, Stephan: „Die Freimaurerei im Preußischen Herrenhaus", in: Bundesblatt 14 (1918), S. 290–296. Vgl. auch „Antisemitische Rede des Fürsten Salm im Herrenhause", in: Berliner Tageblatt 347, 10.07.1918.

1623 Vgl. z. B. den Bericht Arnold: „Die Angriffe auf die Loge im bayerischen Landtag 1894", in: Bauhütte 12 (1894), S. 92–94 sowie Hoffmann: Glaubenskrieger, S. 229.

1624 Zu Salm-Horstmar Cohn: Protokolle, S. 138; Eley: Reshaping, S. 337 f.

1625 Vgl. exemplarisch „Der rote Prinz", in: Auf Vorposten 1–3 (1918), S. 113–117.

1626 Vgl. die eingehende Untersuchung des Vorfalls und Friedrich Leopolds Verhalten bei Railton: Prince, insbes. S. 76–92. Vgl. darüber hinaus Heinig: Hohenzollern, S. 150–156.

Protektor, der sich jedoch weitgehend bedeckt hielt.[1627] In einem Brief an den Großmeister der Großen Landesloge Eugen Müllendorff vom 14. Dezember erklärte er lediglich, er erkenne in den neuen Verhältnissen „die Möglichkeit der Betätigung derjenigen freimütigen Gesinnung [...], welcher ich, von liberalen Regungen geleitet, schon seit langer Zeit gehuldigt [...] habe."[1628] Einer Aussprache verweigerte er sich und erklärte schließlich vier Tage später die Niederlegung seiner freimaurerischen Ämter und den Austritt aus dem Bund.[1629]

Die Reaktionen in der Freimaurerei waren gemischt. Die altpreußischen Großmeister quittierten den Austritt mit einem Dankesschreiben, das – zumindest in der veröffentlichten Form – ebenso knapp und förmlich gehalten war, wie des Prinzen Austrittserklärung.[1630] Die LEUCHTE und AM REISSBRETTE hingegen sprachen vom Ende des „unglückselige[n]" Protektoriums und kritisierten sowohl die Episode mit der roten Fahne über Klein-Glienicke als auch Friedrich Leopolds warme Worte für die bürgerliche Ordnung als Heuchelei, habe er doch im Ordenshaus der Großen Landesloge die Vorzüge privilegierter Behandlung stets in Anspruch genommen.[1631]

1627 Eine noch größere Rolle als die Berichte von der roten Fahne spielten für die altpreußischen Großmeister ein Gerichtsverfahren gegen Friedrich Leopold, angestrengt von einem früheren Angestellten, vgl. Railton: Prince, S. 73. Zu dem Verfahren vgl. auch Heinig: Hohenzollern, S. 151 f.

1628 Zit. n. Railton: Prince, S. 74. Zur masonischen Vita Müllendorfs vgl. Peters: Berliner Freimaurer, S. 48.

1629 Vgl. ebd., S. 75. Das Schreiben Friedrich Leopolds findet sich in Zirkelkorrespondenz 1 (1919), S. 1.

1630 Vgl. „An sämtliche Tochterlogen der drei altpreußischen Großlogen", in: Zirkelkorrespondenz 1 (1919), S. 1 f. Railton: Prince, S. 75 f. weiß jedoch – ohne Quellenangabe – von einer längeren Fassung zu berichten, die Trauer über die nunmehr zerbrochene Verbindung zum Haus Hohenzollern ausdrückte.

1631 Vgl. „Mitteilungen", in: Am Reissbrette 1 (1919), S. 5.

Zusammenfassung: Untertanen und Verschwörer

Nicht erst der Erste Weltkrieg hatte die deutsche Freimaurerei politisiert. Die traditionelle freimaurerische Apolitie war vielmehr selbst ein Modus des Politischen. Freimaurerische Politikferne bedeutete im deutschen Kaiserreich vielfach ein affirmatives Verhältnis zur Monarchie, der man sich – insbesondere in Preußen – eng verbunden und verpflichtet fühlte. Unter Wilhelm II. verschoben sich zunehmend die (a-)politischen Vorzeichen. Signifikante Teile der deutschen Freimaurerei vollzogen den Wandel der politischen Rechten jener Jahre mit, der mehr und mehr weg vom monarchistischen Konservatismus und hin zu einem sich radikalisierenden deutschen Nationalismus führte.

Im Widerspruch zu dem staatstragenden und unpolitischen Selbstverständnis der Freimaurerei standen die Verschwörungstheorien und Verdächtigungen, von denen die Freimaurerei schon seit ihren Anfangstagen begleitet wurde.

Im deutschen Kaiserreich kamen sie vor allem aus dem katholischen Milieu. Dieser katholische Antimasonismus fand sein Gegenstück in einem ausgeprägten masonischen Antikatholizismus. Alldeutsche, völkische und andere Radikalnationalisten äußerten sich hingegen bis zum Ersten Weltkrieg kaum freimaurerfeindlich. Vielmehr gab es bedeutsame personelle Überschneidungen und ideelle Interferenzen mit der deutschen Freimaurerei. Erst im Verlauf des Weltkriegs und vor allem durch dessen Ausgang, dem eine Flut antimasonischer Schriften folgte, geriet die Freimaurerei ins Fadenkreuz der radikalen Rechten. An dieser Entwicklung hatten die Brüder insofern einen Anteil, als sie sich während des Krieges proaktiv an nationalistischer Hetze gegen die Freimaurerei des feindlichen Auslands beteiligt und so mitgeholfen hatten, die Bekanntheit und Akzeptanz antimasonischer Verschwörungstheorien in ihrem eigenen sozialen Umfeld zu steigern.

Blüte und Krise

„Die Fr[ei]m[aure]rei [...] erweist sich als eine höchst zeitgemäße mit den tiefsten Wünschen der Gegenwart zusammenstimmende Einrichtung.“[1632]

„Die Freimaurerei, die ihrem ganzen Wesen nach zur Verwirklichung des Aufbaugedankens berufen ist, verbraucht die besten Kräfte im Ringen um Systeme.“[1633]

12. Krisenhafte Hochkonjunktur – die Mitgliederentwicklung in der Weimarer Republik

Die Jahre der Weimarer Republik waren für die Freimaurerei eine Zeit voller Widersprüche. Das spiegelt sich schon in der Mitgliederentwicklung. So profitierten die Logen zunächst von dem „Formierungsschub“,[1634] der nach Kriegsende das bürgerliche Milieu ergriff. In noch nie gekannter Zahl strömten neue Interessenten zur Freimaurerei, die zwischen Sommer 1918 und Sommer 1920 von 58.728 auf 63.212 Mitglieder anwuchs.[1635] Der Trend sollte sich danach trotz Inflation und politischer Instabilität nicht nur fortsetzen, sondern noch verstärken, bis im Jahr 1924 mit einem Zuwachs von über 10.000 neuen Brüdern ein danach nicht mehr erreichter Rekord aufgestellt wurde. 1925 zählten die deutschen Logen einen Höchststand von 82.194 Brüdern.[1636]

Nach 1925 wurde die Zuwachskurve flacher und flacher, unterschritt die Zahl der Abgänge und sorgte so für Nettoverluste, die jedoch zunächst nicht allzu gravierend waren und sowohl von Zeitgenossen als auch von der Forschung als ‚Gesundschrumpfung‘ interpretiert wurden.[1637] Ab 1927 jedoch stiegen die Verlustzahlen deutlich an, was vielfach auf Erich Ludendorffs antimasonische Tätigkeit zurückgeführt wurde und

1632 Horneffer: Zug der Zeit, S. 22.

1633 Ehrig: Festvortrag, S. 4.

1634 Vgl. Bösch: Militante Geselligkeit, S. 153–158.

1635 Zu 1918 vgl. „Statistische Uebersicht“, in: Bauhütte 43 (1919), S. 342; zu 1920 vgl. „Zahlenmässige Uebersicht“, in: Bauhütte 43/44 (1921), S. 206.

1636 Vgl. Neuberger: Winkelmaß, S. 51.

1637 Vgl. exemplarisch „Nachwuchs der Loge“, in: Hamburger Logenblatt 650 (1932/33), S. 66–69; Ehlermann, Otto: „Mitgliederbewegung in den deutschen Großlogen im Maurerjahr 1926/1927“, in: Am rauhen Stein 4 (1928), S. 110 f. sowie Neuberger: Winkelmaß, S. 57.

daher von Neuberger als „Ludendorff-Einbruch“ bezeichnet wird.[1638] Dass diese Formulierung den Einfluss Ludendorffs überschätzt, wird noch zu zeigen sein. Richtig ist jedoch die Beobachtung, dass der Mitgliederrückgang in der zweiten Hälfte der 1920er Jahre in Zusammenhang mit dem Antimasonismus stand, der den Pool an Interessenten verebben ließ. Ab 1929 kam dann noch die Wirtschaftskrise hinzu, die in finanzielle Not geratene Brüder zum Ausscheiden zwang und andere vom Aufnahmegesuch abgehalten haben mag.

Für eine schon seit Jahren von Überalterung gezeichnete Bruderkette drohte das Ausbleiben von maurerischem Nachwuchs zum drängenden Problem zu werden. Vor dem Krieg hatte es Versuche gegeben, in der Studentenschaft für die Freimaurerei zu werben.[1639] Nach 1918 entdeckten die Brüder die Jugend und die Jugendbewegung, deren Stellung zur ‚Königlichen Kunst‘ unter anderem auf der VdF-Hauptversammlung 1922 zur „Schicksalsfrage“ erhoben wurde.[1640] Noch sei in der Jugendbewegung vieles unausgegoren, aber im jugendlichen „Ringen um die Herrschaft des Geistes“, um „sittliche Reinheit“ und „gegen die individualistische Zerrissenheit des sozialen Lebens“ erkannten die Brüder freimaurerischen Geist und wertvolle Anknüpfungspunkte für eine aktive masonische Jugendarbeit.[1641]

Inspiration für eine solche holte man sich im Ausland. So veröffentlichten maurerische Zeitschriften 1924 Artikel über den wenige Jahre zuvor in den USA gegründeten De-Molay-Orden, eine freimaurerische ‚Vorhof-Institution‘ für Jugendliche.[1642] Vereinzelt begannen Logen mit der Gründung eigener Jugendvereinigungen, so zum Beispiel die Hamburger Tochterlogen in Berlin, die 1931 einen „Bund deutscher Freimaurerjugend“ ins Leben riefen.[1643] Die vielleicht erfolgreichste derartige Gründung war die seit 1926 bestehende „Gefolgschaft der Georgenknappen“. Sie emanzipierte sich zwar von der Freimaurerei, als ihr Gründer Ludwig Zangenberg wegen Differenzen über die Jugendarbeit aus der Großen Landesloge ausgeschlossen wurde. Die „Georgenknappen“ blieben aber finanziell weiterhin abhängig von der Unterstützung durch einige Dresdener Logen und die Großloge von Bayreuth, Zangenbergs neue freimaurerische Heimat.[1644]

1638 Neuberger: Winkelmaß, S. 57.

1639 Vgl. Kap. 6.2.

1640 Heitmann, Ludwig: „Jugendbewegung und Freimaurerei“, in: Bauhütte 37/38 (1922), S. 164.

1641 Ebd.

1642 Vgl. Kretschmer: „Zur Frage der Jugendbewegung im Bunde“, in: Mitteilungen aus dem VdF 12 (1924), S. 378–380, hier S. 378 und Münch, Robert: „Der Orden der De Molay-Jünglinge“, in: Zirkelkorrespondenz 18 (1924), S. 349–354.

1643 Vgl. „Versammlung der Großen Loge von Hamburg am Sonnabend, 5. Dezember 1931, im Logenhause Welckerstraße“, in: Hamburger Logenblatt 640 (1931/32), S. 57–59, hier S. 58. Schon 1926 hatte die 3WK-Loge „Techow zur Brudertreue“ in Berlin-Steglitz eine Jugendgruppe gegründet, vgl. „Freimaurerische Nachrichten aus aller Welt“, in: Mitteilungen aus dem VdF 27 (1926), S. 469.

1644 Vgl. „Maurerisches aus Nah und Fern“, in: Hamburger Logenblatt 650 (1932/33), S. 70. Vgl. auch „Georgenknappen, Gefolgschaft der“, in: Internationales Freimaurerlexikon,

Trotz solcher vereinzelten Ansätze zu systematischer Jugendarbeit konnte der Trend zur Vergreisung nicht aufgehalten werden. Paul Selter schlug 1929 in der Großloge von Bayreuth Alarm: Mehr als die Hälfte aller Mitglieder war über 50 Jahre alt, nur ein Prozent war unter 30.[1645] Noch schlechter war es um die Altersstruktur der Großen Loge von Preußen bestellt. Nach einer zeitgenössischen statistischen Auswertung waren 1930 nur 0,4 Prozent der Mitglieder unter 30, hingegen 64,6 Prozent über 50 Jahre alt.[1646] Nicht viel anders dürfte sich die Situation in den übrigen deutschen Großlogen dargestellt haben.

Ab etwa 1930 wurden Neuaufnahmen zu einer Seltenheit und der Mitgliederschwund setzte sich fort. Bis 1932 war die Bruderkette auf etwa 74.000 Brüder zusammengeschmolzen – eine nach wie vor beachtliche Zahl, die die Höchstwerte der Kaiserzeit noch immer weit in den Schatten stellte.[1647]

Sp. 591; Endler/Schwarze: Freimaurerbestände, Bd. 1, S. 211; Peters: Freimaurerei, S. 211, wo Zangenberg irrtümlich zu einem Bruder der GLLvS erklärt wird. Zu Zangenberg vgl. „Zangenberg, Christian Ludwig", in: Internationales Freimaurerlexikon, Sp. 1741 f.

1645 Vgl. „Überalterte Logen", in: Das neue Freimaurertum 12 (1929), S. 404.

1646 Vgl. „Statistisches über das Lebensalter der Freimaurer", in: Am rauhen Stein 5 (1932), S. 142 f.

1647 Vgl. Peters: Freimaurerei, S. 270. Hier nicht mitgezählt die Mitglieder der nichtanerkannten Logen.

13. Zwischen Neuanfang und Kontinuität

Die Niederlage im Weltkrieg und der Sturz der alten Ordnung stellten vorübergehend alles Altbekannte auf den Kopf. Der Kulturphilosoph Ernst Troeltsch fasste die unwirkliche Situation 1919 in der poetischen Wendung vom „Traumland der Waffenstillstandsperiode" zusammen, in der jeder denkbaren Zukunft die Türen kurzfristig offen zu stehen schienen.[1648]

13.1. Der Schock von Versailles

Eine Woche nach dem Waffenstillstand von Compiègne am 11. November sandte der Großlogenbund zwei Funksprüche in die masonische Welt, einen an die Großlogen von England und New York, einen an die Großlogen der Schweiz, der Niederlande, von Dänemark, Norwegen, Schweden, Spanien, Mexiko, Ungarn und Luxemburg. Gespickt mit Formulierungen aus der gemeinsamen Symbolsprache wurden die nun wieder als Brüder entdeckten ausländischen Freimaurer angefleht, sie mögen doch ihren Einfluss geltend machen, um die Friedensbedingungen möglichst milde zu gestalten.[1649] Ein dritter Hilferuf „[a]n die Br[üde]r Freimaurer der Welt" folgte am 7. Februar.[1650]

Wenn die Absender an diese Notrufe ernsthafte Hoffnungen geknüpft hatten, dann wurden diese binnen Jahresfrist bitter enttäuscht. Der Versailler Friedensvertrag machte nicht nur deutlich, wer im Krieg gesiegt hatte, sondern durch den Kriegsschuldparagraphen 231 auch, wo die Verantwortung für das vierjährige Massensterben verortet wurde. Die Reaktion in der Freimaurerei wie auch in der profanen bürgerlichen Öffentlichkeit war blankes Entsetzen. Der VdF bezeichnete den Friedensvertrag in einem öffentlichen Aufruf als „Henkersplan".[1651] Noch Monate nach seiner Unterzeichnung versammelten sich am 15. Februar 1920 im Garten des Logenhauses der „Drei Weltkugeln" in Berlin rund 1.200 Freimaurer zu einer Protestkundgebung gegen die „dem deutschen Volke angesonnene Schmach" und die „Auslieferung unserer Kriegshelden".[1652]

Schwer getroffen zeigte sich die deutsche Freimaurerei auch von den im Vertrag festgelegten Gebietsverlusten Deutschlands. Nach Angaben des HEROLD und der BAUHÜTTE waren nicht weniger als 45 Logen betroffen, die meisten davon in den deutschen Ostgebieten. Hinzu kamen zwei Koloniallogen in Deutsch-Südwestafrika.[1653] Besonders

1648 Troeltsch: Entscheidung, S. 131.

1649 Die Funksprüche, zusammen mit einer Nachricht des Großlogenbundvorsitzenden Wilhelm Süß an die deutsche Bruderkette, wurden auch in den meisten deutschen Freimaurerblättern abgedr., vgl. z. B. Freimaurer-Zeitung 45–48 (1918), S. 97 f.

1650 Abgedr. u. a. unter „Mitteilungen", in: Am Reissbrette 2 (1919), S. 13.

1651 „An die Deutschen!", in: Bauhütte 26 (1919), S. 205 f., hier S. 205.

1652 „Protestversammlung der Berliner Freimaurer", in: Am rauhen Stein 3 (1920), S. 69 f.

1653 Vgl. „Bedrängte Deutsche Logen", in: Bauhütte 2 (1920), S. 15.

schwer wog dabei der symbolische Verlust. Nichts konnte weiter entfernt sein von einem freimaurerischen Mitteleuropa unter deutscher Führung und von einem planmäßigen Ausbau deutscher Auslandslogen, als jetzt Logen zu verlieren.

Wenn August Horneffer im Februar 1920 die Errichtung einer Stelle für Auslandslogen beim Großlogenbund anregte, dann unterstrich das diese Kluft in markanter Weise und zeigt, wie sehr man sich einerseits dagegen sträubte, die Finalität des Versailler Vertrags anzuerkennen, wie feste man sich andererseits an das während des Krieges entwickelte Programm klammerte.[1654] Der Kampf gegen die ‚Kriegsschuldlüge' und den ‚Schandfrieden' blieb jedenfalls während der gesamten Dauer der Weimarer Republik ein zentraler Topos der deutschen Freimaurerei, regelmäßig in Erinnerung gerufen zu Jahrestagen, bei ‚Vaterländischen Feiern' oder wenn es um die Frage der Wiederaufnahme von Auslandsbeziehungen ging.[1655]

13.2. Von staatstragender Politikferne zur Systemopposition

Nicht erst die Reaktion auf den Versailler Vertrag vergiftete die freimaurerische Haltung zur Republik. Vielmehr sollte sich die Kontinuität nationalfreimaurerischer Selbstverständnisse als schwere Hypothek erweisen.

Hatte es noch im Mai 1918 im Bundesblatt apodiktisch geheißen, die deutsche Freimaurerei ruhe auf den „Grundpfeilern der Religion und der Monarchie", so war ein halbes Jahr später einer dieser Grundpfeiler weggebrochen.[1656] Die Desorientierung in Folge des Zusammenbruchs betraf somit auch die Freimaurerei ganz unmittelbar und bewirkte eine tiefe Verunsicherung der Brüder. Das Bundesdirektorium der „Drei Weltkugeln" hielt es Ende November 1918 für geboten, via Bundesblatt dazu aufzurufen, sich „unbekümmert um die politischen Vorgänge den von der neuen Volksregierung zum Wohle des Landes getroffenen Anordnungen unterzuordnen."[1657] Mit ähnlichen Worten wandte sich auch der Landesgroßmeister der Großen Landesloge an seine Brüder, da Zweifel darüber aufgekommen waren, „wie sich die Große Landesloge der neu geschaffenen politischen Lage gegenüber zu verhalten hat".[1658]

Allerdings wirkte die Verunsicherung keineswegs lähmend. Aus dem Selbstverständnis als Kulturträger speiste sich nach wie vor ein geradezu zweckoptimistischer Tatendrang, der den Umbruch als eine weitere Bewährungsprobe für die Freimaurerei verstand. Mehr denn je sei sie nun gefragt, sich „als mächtiger geistiger Kulturfaktor

1654 Vgl. Horneffer, August: „Die Bedeutung Deutscher Auslandslogen", in: Bauhütte 6, 7 (1920), S. 41–44 u. 50–52, hier S. 52.

1655 Vgl. z. B. eine offizielle Erklärung des 3WK-Bundesdirektoriums zum zehnten Jahrestag der Unterzeichnung: „Erklärung", in: Bundesblatt 7/8 (1929), S. 193 f., hier S. 194.

1656 Stieber, Paul: „Loge und Politik", in: Bundesblatt 10 (1918), S. 197–205, hier S. 200.

1657 „An sämtliche Bundeslogen", in: Bundesblatt 18 (1918), S. 350.

1658 „Amtliche Mitteilung", in: Zirkelkorrespondenz 18 (1918), [einseitige Beilage].

zu erweisen", appellierte beispielsweise das BUNDESBLATT an seine Leser.[1659] Was aber konnte oder sollte das nach der Niederlage und dem Zusammenbruch der Monarchie bedeuten? Die Suche nach Antworten auf diese Frage prägte insbesondere in den ersten Nachkriegsjahren der freimaurerischen Entwicklung ihren Stempel auf.

Ein Teil der Bruderschaft reagierte mit der Forderung nach Anpassung an die neuen Umstände, in denen manch einer sogar eine Gelegenheit für lang ersehnte Veränderungen auch in der Freimaurerei zu erkennen meinte. „Jede Revolution ist eine wohltätige Abkürzung der Reformation", brachte der inzwischen von den „Drei Weltkugeln" zur Großloge von Bayreuth gewechselte Otto Philipp Neumann in der BAUHÜTTE die hohen Erwartungen auf den Punkt.[1660]

Orientiert an Entwicklungen in der profanen Umwelt kehrte so beispielsweise die Frage nach Frauen- und Arbeiterlogen zurück.[1661] Vor allem aber fand die Parlamentarisierung der freimaurerischen Institutionen wieder ihren Weg auf die Tagesordnungen und vorübergehend war sogar das Luftschloss vergangener Einheitsdiskussionen, die Zusammenfassung der deutschen Freimaurerei in einer gemeinsamen Nationalgroßloge, zurück in den Spalten der Logenpresse.[1662] Auch an Perspektiven, sich im neuen Staat als Kulturfaktor zu erweisen, mangelte es nicht. Der Hamburger Provinzialgroßmeister und Schwiegersohn Hermann Settegasts Heinrich Möller nannte beispielsweise die „Stärkung [...] des Verständnisses und der Empfindung für Menschenrechte und -pflichten" sowie die Förderung der „politische[n] Reife" des Volkes als wichtige freimaurerische Aufgaben der Gegenwart und Zukunft, um so dem Gelingen der Demokratie zuzuarbeiten.[1663]

Nicht nur in den thematischen Schwerpunkten machte sich die Revolution bemerkbar, sondern mitunter auch in der Rhetorik. Nur wenige gingen jedoch so weit, wie ein Bruder Soehner aus München, der 1919 unter dem Pseudonym R. W. Hagbard einen aufwieglerischen Zwischenruf in der LEUCHTE veröffentlichte: „Ehern dröhnt der Schritt der Zeit. Längst morsches weicht jugendlicher Kraft. Mit Wucht schafft sich diese Kraft die Form, in der sie leben will. Sollte die neue Zeit, der neue Geist an den Toren unserer Tempel haltmachen?"[1664] In geharnischten Worten wandte sich Soehner/Hagbard gegen den „Treuhändler [sic!] des Cäsarenwahnsinns" und die „glänzendste Stütze der Junkerpolitik", das „Beherrschungssystem" des Großlogenbundes, das schon „seit einem halben Jahrhundert den geistigen Tod der Fr[ei]m[aure]rei" besiegelt

---

1659 „An unsere Brüder", in: Bundesblatt 18 (1918), S. 363 f., hier S. 364. Vgl. generell zur zweckoptimistischen Zukunftserwartung Graf: Zukunft, S. 83–133.

1660 Neumann, Otto Philipp: „Zur Einigkeitsfrage", in: Bauhütte 1 (1921), S. 2–4, hier S. 4. Über seinen Obedienzwechsel gibt eine Meldung von 1920 Auskunft, vgl. „Logenberichte und Vermischtes", in: Bauhütte 51/52 (1920), S. 340

1661 Vgl. z. B. „Außerordentliche Hauptversammlung des V. d. F.", in: Am Reissbrette 8 (1919), S. 57–62.

1662 Vgl. z. B. Paret: Großloge.

1663 Möller: Aufgaben, S. 131. Zu Möllers masonischer Vita vgl. Peters: Berliner Freimaurer, S. 46.

1664 Zit. n. „Freimaurerparlament", in: Am Reissbrette 5 (1919), S. 33–38, hier S. 35.

habe.[1665] Kurz: Soehner/Hagbard erklärte das Großlogensystem für „reif zum Sturze“ und plädierte für die konsequente Parlamentarisierung.[1666]

Der politische Umbruch ließ nicht nur erneut die Reformthematik aufleben, sondern erzwang außerdem eine Diskussion über die politische Identität der Freimaurerei. Mit der Monarchie war auch die Voraussetzung für das bisherige Verständnis von Politikferne weggebrochen. Auf einmal war schlechterdings alles politisch, schien Politik allgegenwärtig zu sein. In „machtgeschützter Innerlichkeit“ (Thomas Mann) beiseite zu stehen und sich aus dem Windschatten der Obrigkeit heraus als ‚unpolitischer‘ Kulturfaktor zu profilieren, war nach dem Sturz dieser Obrigkeit nicht mehr möglich.[1667]

Der dadurch bedingte Perspektivwechsel führte mitunter zu einer Infragestellung und Neubewertung der früheren politisch-unpolitischen Grenzziehung. So wurde etwa in den Mitteilungen aus dem VdF rückblickend konstatiert, dass auch Huldigungsadressen an den Kaiser und ähnliche monarchistische Ehrerbietungen schon immer politisch gewesen seien. Man habe sie bislang nur deswegen nicht als solches betrachtet, „weil die meisten, in den altpreußischen Großlogen wohl alle Br[üde]r [...] Anhänger der Monarchie waren.“[1668] Ein weithin beachteter und viel diskutierter Beitrag ging noch weiter. Auch die „scharfe Bekämpfung der romanischen Fr[ei]m[aure]rei, die Erörterung über den Ausbau der deutschen M[aure]rei nach dem Kriege und die Gründung eines mitteleuropäischen M[aure]rbundes“ gehörten ihm zufolge unzweifelhaft in den Bereich der Politik – und damit letztlich all die Themen, die die Identität der deutschen Freimaurerei über die letzten Jahre bestimmt hatten.[1669]

Selbst eine Neubewertung der Kriegsschuld durch den Bruder Leopold Wolfgang fand 1920 ihren Weg in die Logenpresse. Verantwortlich für den Kriegsausbruch, hieß es da, seien deutsche Weltherrschaftsträume gewesen. Mit seiner „furchtbare[n] Armee“ habe das Deutsche Reich den Krieg erst im Geheimen vorbereitet und schließlich, „indem es heuchlerisch Oesterreich-Ungarn [...] vorschob“, das unschuldige Belgien überfallen.[1670]

War das auch eine Einzelmeinung, so mehrten sich doch zumindest solche Stimmen, die auf eine schnellstmögliche Normalisierung der deutschen internationalen Beziehungen drängten. Die Haltung gegenüber dem Ausland wurde zu einem der wichtigsten Prüfsteine in der erzwungenen Reorientierung.

1665 „Freimaurerparlament“, in: Am Reissbrette 5 (1919), S. 33–38, hier S. 35.

1666 Ebd.

1667 Mann: Leiden, S. 419.

1668 Pritzbuer, Friedrich von: „Was kann und soll in der Loge besprochen werden?“, in: Mitteilungen aus dem VdF (1919/20), S. 30–41, hier S. 34.

1669 „Mitteilungen“, in: Am Reissbrette 1 (1919), S. 6 f. Vgl. zu der Diskussion auch Adler, Oscar: „Was darf und was muss in der Loge gesprochen werden?“, in: Bauhütte 26 (1919), S. 201–204.

1670 Wolfgang, Leopold: „Die internationalen Freimaurerkongresse des Jahres 1920“, in: Bauhütte 16 (1920), S. 121–124, hier S. 122.

Noch Ende 1918 fand die Idee eines Völkerbundes eine ganze Reihe Fürsprecher in der Bruderkette. Eine transnationale Vereinigung zur Annäherung der Nationen erschien manch einem als genuin freimaurerisches Projekt. Wie kein anderer sei die ‚Königliche Kunst' berufen, „den Gedanken eines Völkerbundes im idealen Sinne zu pflegen und zu verbreiten", erklärte beispielsweise die Frankfurter Tochterloge „Sokrates zur Standhaftigkeit" in einem 1919 abgedruckten Brief an ihre Großloge.[1671]

Anfänglich waren daher auch mehrere Freimaurer in der 1918 gegründeten „Deutschen Liga für Völkerbund" aktiv und formierten sich als eine Art masonischer Ableger derselben im „Bluntschli-Ausschuss".[1672] Als Aufgabe hatte dieser sich vorgenommen, „den mit der Freimaurerei so nahe verwandten Völkerbundsgedanken im Bruderkreis zu vertreten und zu verbreiten."[1673] Gründungsmitglieder waren unter anderen Ludwig Müffelmann und sein Sohn Leo, Ernst Jäckh, Hjalmar Schacht, der Verleger Alfred Unger und Hans Bluntschli, der Enkel des Namensgebers.[1674] Ihr Engagement in der Völkerbundsliga vermochte sogar, dass diese 1919 ein öffentliches Preisausschreiben zu dem Thema „Das Verhältnis der Grundlehren der Freimaurerei zu dem Völkerbundsgedanken" veranstaltete.[1675]

Neben der Forderung, die profanen Auslandsbeziehungen wiederzubeleben, wurde von Teilen der Bruderschaft bald auch nach der Wiederherstellung der internationalen *freimaurerischen* Beziehungen verlangt. Zum Beispiel verfasste Oscar Adler 1920 einen offenen Brief an den Großmeister der Großloge von Frankfurt, in dem er diesen dazu aufforderte, „die durch den Krieg zerrissenen Beziehungen zu den Grosslogen der übrigen Welt wieder anzuknüpfen".[1676] Anzeichen dafür, „dass die Brüderschaft in den Ländern unserer früheren Gegner [...] uns hierbei die Hände reichen" wolle, seien vorhanden, meinte auch Leopold Wolfgang.[1677] Man müsse sie nur erkennen und die Chance ergreifen, anstatt sich weiterhin abzukapseln.

Tatsächlich gab es solche Anzeichen. Nicht mehr leugnen ließen sie sich spätestens 1921, als die deutschen Großlogen zu einer Konferenz in die Schweiz eingeladen wurden, auf der an den Internationalismus der Vorkriegsjahre angeknüpft werden sollte.

1671 „Gegenwarts- und Zukunftsaufgaben der Deutschen Freimaurerei", in: Bauhütte 28 (1919), S. 220 f.

1672 Benannt nach dem Freimaurer und bedeutenden Staatsrechtler des 19. Jahrhunderts Johann Caspar (auch Kaspar) Bluntschli. Zu dessen freimaurerischer Vita vgl. Hartwig: Bluntschli; „Bluntschli, Johann Kaspar", in: Allgemeines Handbuch (3. Aufl.), Bd. 1 (1900), S. 111 f.; „Bluntschli, Johann Kaspar", in: Internationales Freimaurerlexikon, Sp. 192 f. Zum „Bluntschli-Ausschuss" vgl. „Bluntschli-Ausschuß der Deutschen Liga für Völkerbund", in: Internationales Freimaurerlexikon, Sp. 193 f.

1673 „Logenberichte und Vermischtes", in: Bauhütte 46 (1919), S. 367.

1674 Vgl. „Logenberichte und Vermischtes", in: Bauhütte 46 (1919), S. 367.

1675 Vgl. die halbseitige Anzeige hierzu in: Latomia 21/22 (1919), S. 183.

1676 Adler, Oscar: „Der Versöhnungsgedanke", in: Bauhütte 23/24 (1920), S. 169.

1677 Wolfgang, Leopold: „Welche Aufgaben hat die Freimaurerei auf nationalem und internationalem Gebiete nach Friedensschluss zu erfüllen?", in: Bauhütte 13 (1920), S. 97–101, hier S. 100.

Denn auch außerhalb Deutschlands hatte der Krieg vorübergehend zu einer Pause der transnationalen Arbeit geführt.[1678] Zugleich hatte die Waffenbrüderschaft Englands und Frankreichs in beiden Ländern Hoffnungen auf eine freimaurerische Aussöhnung wach werden lassen. Diese Hoffnungen wurden spätestens 1917 durchkreuzt, als die transnationale Perspektive und mit ihr das Schisma zurückkehrte. Auf einem französischen Maurerkongress in Paris und bei der Zweihundertjahrfeier der United Grand Lodge of England in London präformierten sich in jenem Jahr getrennt voneinander unterschiedliche Pläne für eine internationale freimaurerische Nachkriegsordnung.[1679]

Das kontinentale Projekt knüpfte an die Schweizer Weltgeschäftsstelle an. Diese hatte im Krieg über die Hälfte ihrer zahlenden Mitglieder verloren, aber anstatt sich aufzulösen, ging sie in der Ende 1921 gegründeten „Association maçonnique internationale" (AMI) auf, die sich am Völkerbund orientierte und auf kooperativen Multilateralismus setzte.[1680] Dem gegenüber stand das Konzept der United Grand Lodge of England, die aufgrund ihrer kompromisslosen Abschottung von allen abweichenden freimaurerischen Auffassungen mit dem betont integrativen Ansatz der AMI nichts anzufangen wusste und stattdessen ihren 1917 formulierten transnationalen Alternativentwurf verfolgte. Die „League of Masons" war – im Gegensatz zur AMI – als Hegemonieprojekt konzipiert, das den globalen freimaurerischen Führungsanspruch Englands unterstrich.[1681]

Es war nun das kontinentale Projekt, das die brüderliche Hand nach Deutschland ausstreckte.[1682] Dort zeigten sich die Großlogenleitungen jedoch solchen Versöhnungsangeboten und dem vereinzelten Drängen aus ihrem Mitgliederkreis gegenüber unzugänglich. Sie hielten an der nationalen Abschottung der Vorjahre fest. Hinter jeder ausgestreckten Hand wurde eine geballte Faust gewittert, die nur das antideutsche Vernichtungswerk vollenden wolle. Belege sah man in dem weithin als ‚Diktat' gescholtenen Vertragswerk von Versailles und ab 1923 in der Ruhrbesetzung.[1683] Mindestens so lange dieser vermeintlich fortgeführte ‚Vernichtungskrieg' gegen das deutsche Volk andauere, wurde jede Art der Wiederannäherung an die Freimaurereien der ehemaligen (und vielfach noch immer so bezeichneten) Feindstaaten, aber auch an jene Neutrale, deren Neutralität als deutschfeindlich ausgelegt wurde, ausgeschlossen.

1678 Vgl. hierzu Berger: Internationalismus, S. 256–281.

1679 Vgl. Ebd., S. 271–281; Combes: Maçonnerie française, S. 8–10.

1680 Zur AMI vgl. Berger: Internationalismus, S. 288–317; „Association Maçonnique Internationale 1921 – 1947 (A. M. I.)", in: Dictionnaire universel de la franc-maçonnerie, Bd. 1, S. 90 f.; „A. M. I. (Association Maçonnique Internationale)", in: Internationales Freimaurerlexikon, Sp. 57–61.

1681 Vgl. Berger: Internationalismus, S. 283–288.

1682 Vgl. z. B. Michel, F.: „Die neueste Phase auf dem Gebiete der internationalen Freimaurerei", in: Bauhütte 21 (1921), S. 99–101. Ausführlich aufgearbeitet wurden die Versuche, die deutsche Freimaurerei nach dem Weltkrieg wieder in die transnationalen Projekte einzubinden in Berger: Internationalismus, S. 293 f. et passim.

1683 Vgl. z. B. „Warum deutsche Frmr nicht nach Genf gehen", in: Mecklenburgisches Logenblatt 5/6 (1921/22), S. 42–44.

Entgegen dem Eindruck, den die zuvor wiedergegebenen Stimmen erweckt haben mögen, entsprach der unversöhnliche Standpunkt der Großlogen der Haltung einer Mehrheit der Brüder. So hatte beispielsweise die Völkerbundsbegeisterung von Beginn an auch deutliche Widerworte erfahren. Selbst Brüder, die sich für die *Idee* erwärmen konnten, waren skeptisch angesichts der *Realität* des im Entstehen begriffenen Völkerbundes. Dieser sei voraussichtlich nichts als „eine Spottgeburt von geheucheltem Versöhnungswillen und brutaler Raubgier“,[1684] warnte beispielsweise Oscar Adler, der gleichwohl die Völkerbunds*idee* als eine zweifellos echt freimaurerische bezeichnete.[1685] Ebenso wandte sich Otto Philipp Neumann, bei aller zugestandenen Nähe „in idealer Auffassung“, 1920 gegen ein Engagement für den inzwischen gegründeten Völkerbund, wie er sich real präsentiere.[1686]

Ein solches Engagement war inzwischen ohnehin deutlich erschwert. Großmeister Eberlein von der Großen Loge von Preußen hatte bei einem Treffen der deutschen Großmeister 1919 eindringlich vor einer Verquickung der Völkerbundsliga mit der Freimaurerei gewarnt, und so hatte der Großlogenbund den einzelnen Logen schließlich die Unterstützung des völkerbundfreundlichen „Bluntschli-Ausschusses“ verboten.[1687] 1920 verabschiedete der Großlogenbund außerdem einstimmig eine ausdrücklich gegen ‚Internationalismus‘ gerichtete Resolution, die bestimmte: „Die deutsche Freimaurerei steht auf nationalem Boden.“[1688] Im Hochsommer 1921 stellte der so marginalisierte „Bluntschli-Ausschuss“ schließlich seine Tätigkeit ein, offiziell wegen zu großer Arbeitsüberlastung.[1689]

Auch abgesehen von der Frage der Auslandsbeziehungen standen jene Stimmen, die auf eine An- und Einpassung der Freimaurerei in die neue Ordnung drängten, größtenteils auf verlorenem Posten. Die umstürzlerische Rhetorik einer Minderheit im Reformlager belastete sogar solche Projekte, die großmeisterliche Rückendeckung hatten, wie beispielsweise das alte Thema Parlamentarisierung, welches von der Großloge von Bayreuth unterstützt wurde.[1690] Keine der revolutionären beziehungsweise reformerischen Forderungen wurde letztlich umgesetzt. Frauen blieben vor den Tempeltüren der

1684 Adler, Oscar: „Was darf und was muss in der Loge gesprochen werden?“, in: Bauhütte 26 (1919), S. 201–204, hier S. 202.

1685 Vgl. ebd.

1686 Vgl. Neumann, Otto Philipp: „Freimaurerei und Völkerbund“, in: Bauhütte 12 (1920), S. 89 f., hier S. 89.

1687 Vgl. den Bericht zur Großmeisterversammlung vom 29.11.1919 unter „Mitteilungen“, in: Am Reißbrette 1 (1920), S. 5 f., hier S. 6. Zum Verbot vgl. Wolfgang, Leopold: „Welche Aufgaben hat die Freimaurerei auf nationalem und internationalem Gebiete nach Friedensschluss zu erfüllen?“, in: Bauhütte 13 (1920), S. 97–101, hier S. 101.

1688 „Bericht über die Verhandlungen des 44. Deutschen Grosslogentages“, in: Bauhütte 43/44 (1920), S. 291–293, hier S. 293.

1689 Vgl. „Deutsche Liga für Völkerbund“, in: Am rauhen Stein 6 (1921), S. 142.

1690 Zur Unterstützung der GLvB für die Parlamentarisierung des Großlogenbundes vgl. „Bericht über die Verhandlungen des 44. Deutschen Grosslogentages“, in: Bauhütte 42, 43/44 (1920), S. 281–283 u. 291–293, hier S. 291 f.

anerkannten Freimaurerei, eine gezielte Ansprache der Arbeiterschaft fand nicht statt und auch am Großlogensystem wurde nicht gerüttelt.

Als besonders schwere Hypothek für das freimaurerische Verhältnis zur Republik sollte sich die Frage der politischen Identität erweisen. Auch hier konnten die selbstkritisch auf eine Rekalibrierung pochenden Stimmen sich nicht durchsetzen.

Großen Teilen der Freimaurerei ging es mit dem Eindringen der Politik in ihren ‚unpolitischen' Kosmos nicht anders, als dem intellektuellen Schwergewicht Thomas Mann, der in seinen „Betrachtungen eines Unpolitischen" wortgewaltig klagte, dass die Demokratie das gesamte nationale Leben mit Politik verseuche.[1691] Nicht ohne Grund klangen die Bestandsaufnahmen in der Logenpresse mitunter nach feindlicher Übernahme, zum Beispiel wenn die Bauhütte 1919 schrieb: „Das politische Leben hat die einsamste Hütte, die einfachste Arbeitsstelle erreicht, es ist schon in die Küche gedrungen".[1692] Dass der vormals ‚unpolitische' Standpunkt auf einmal selbst als eine politische Position gelten sollte, bestätigte nur, was das konservative Bürgertum größtenteils ohnehin glaubte: dass die Republik undeutsch und ein Verrat an all dem war, wofür Deutschland über vier Jahre lang gekämpft hatte – und damit auch, wofür die deutsche Freimaurerei überhaupt stand. „[W]enn denn wirklich die Liebe zum Vaterland Parteipolitik sein soll, so sei sie es, uns ist sie nicht Partei-, sondern Herzenssache", verkündete die Leitung der Großen Landesloge trotzig.[1693]

Wie Mann leiteten auch zahlreiche Freimaurer aus dem demokratischen Politisierungsschub ab, dass man nur dann wahrhaft unpolitisch und damit wahrhaft deutsch sein könne, wenn man die Demokratie ablehne.[1694] Die fundamentale Systemopposition wurde somit in weiten Teilen der Freimaurerei zur einzig konsequenten freimaurerischen Haltung erhoben.

Sich freimaurerisch zu bewähren hieß vor diesem Hintergrund nicht, sich den neuen Gegebenheiten anzupassen, sondern am Selbstverständnis als Gralshüter des ‚Geistes von 1914' festzuhalten. Diese Kontinuität bestimmte auch den Blick auf die Gegenwart und die Perspektiven für die Zukunft.

So zeigte sich die große Mehrheit der Beiträge in der masonischen Publizistik überzeugt, dass nicht militärische Unterlegenheit oder politische Fehlentscheidungen, sondern ein seelisch-moralisches Versagen die eigentliche Ursache für den Ausgang des Krieges gewesen war. Eine innere Fäulnis habe nach den glorreichen Augusttagen

---

1691 Vgl. Mann: Betrachtungen, u. a. S. 285–288.

1692 Berent, Albert: „Freimaurerische Politik", in: Bauhütte 49 (1919), S. 385–388, hier S. 385.

1693 „Johannisfestgruß 1921 an die Ehrwürdigen Johannis-Logen der Großen Landesloge der Freimaurer von Deutschland", in: Zirkelkorrespondenz 11/12 (1921), S. 161–168, hier S. 163.

1694 Mit Blick darauf, inwiefern Mann als Beispiel für den bürgerlichen Konservatismus im Übergang von Kaiserreich zu Republik gelten kann, vgl. Bussche: Konservatismus, S. 24–31. Vgl. außerdem Ketelsen: Literatur, S. 55. Anders als große Teile der Freimaurerei wandelte sich Mann jedoch zum Befürworter der Republik.

1914 das Volk befallen und so die Niederlage herbeigeführt.[1695] Die Republik erschien durch solche Erklärungen als das äußere Symptom einer inneren Krankheit, als der gebrochene, zerfressene Leib, dem der rechte Geist abhandengekommen war.[1696] Kein wie auch immer geartetes Arrangement mit dieser leeren Hülle konnte folglich für die freimaurerische Bewährung in Frage kommen, sondern nur die Wiedererweckung des deutschen Geistes. Aufgabe der Freimaurerei sei es folglich, „an der moralischen Wiederaufrichtung des Volkes" mitzuwirken, wie der Landesgroßmeister der Großen Landesloge 1919 seinen Brüdern mitgab.[1697]

Nicht auf eine Restauration der Monarchie wurde also hingearbeitet oder gehofft, wie Neuberger irrtümlich meint, sondern auf die Wiedererweckung des deutschen ‚Geists von 1914' und damit die (vermeintliche Wieder-)Herstellung der deutschen Volksgemeinschaft.[1698]

Die Idee der Volksgemeinschaft hatte während des Weltkrieges durch die Erfahrung und ideologische Verklärung der Notgemeinschaft im Schützengraben und in der Heimat eine Hochkonjunktur erlebt und war in jenen Jahren auch von der Freimaurerei adaptiert worden.[1699] Als Verheißung einer konfliktfreien harmonischen Sozialordnung fand der Begriff in der Weimarer Republik – insbesondere in den turbulenten ersten Nachkriegsjahren – über das gesamte politische Spektrum eine gewisse Verbreitung.[1700] Doch seine Funktionalität für Demokraten erwies sich als begrenzt, da das Harmonieversprechen den politischen Grundbedingungen repräsentativer Demokratie – politische Parteien und Parteienstreit – zuwiderlief. Im Verlauf der Republik wurde ‚Volksgemeinschaft' so mehr und mehr zu einem Zentralbegriff der radikalen Rechten, die mit ihm nicht nur gegen das demokratische Parteiwesen, sondern auch für den Ausschluss angeblich ‚volksfremder' oder ‚volksschädigender' Bevölkerungsgruppen argumentieren konnte.

Auch in der Freimaurerei wurde die Volksgemeinschaftssemantik vornehmlich gegen die soziale und politische Ordnung der Republik in Anschlag gebracht. 1924 hieß es in den Mitteilungen aus dem VdF: „was wir zurzeit in Deutschland erleben, ist nicht Volksgemeinschaft, und wer nach ihr schreit *und sie parteiisch* verficht, ist ein Schädling am Volke".[1701] In der eigenen Verwendung des Begriffs wurde dieser durch

1695 Vgl. z. B. Wagler: Freimaurernatur, S. 32; Vetter-Thomas, H.: „In Ordnung, meine Brüder!", in: Bauhütte 43 (1919), S. 337 f., hier S. 338.

1696 Vgl. z. B. Spiethoff, Heinrich: „Volk oder Masse?", in: Bundesblatt 4 (1927), S. 137–141, hier S. 139, der vom „leblosen, der Verwesung überantworteten [Leib] unserer Volksgemeinschaft" sprach.

1697 Zit. n. „Rundschau", in: Wiener Freimaurer-Zeitung 1/3 (1919), S. 49 f., hier S. 49.

1698 Vgl. Neuberger: Winkelmaß, S. 73.

1699 Vgl. Wildt: Volksgemeinschaft (Docupedia); ders.: Volksgemeinschaft (2017), S. 321; Bruendel: Volksstaat, S. 219–299; Verhey: Spirit, S. 213–219; Bruendel: Geburt; Janka: Gesellschaft, S. 157–171, insbes. S. 163–167.

1700 Vgl. Retterath: Volk.

1701 Pinkow, Hans Wilhelm: „Volksgemeinschaft und Freimaurertum", in: Mitteilungen aus dem VdF 17 (1925), S. 588–594, hier S. 590 [Herv. M. P.].

Reminiszenzen an Ritual oder Symbolik mit freimaurerischer Bedeutung aufgeladen und des Politischen entkleidet. Insbesondere das Bild des Tempelbaus, eine zentrale Metapher der Freimaurerei, wurde immer wieder als Sinnbild für die Schaffung der Volksgemeinschaft bemüht, in der sich die göttliche Schöpfungsordnung erfülle. So erklärte der VdF 1919, in jedem Deutschen schlummere ein „heiliger Wille zum Volk", der einen „Dom [...] aus dem deutschen Leben" errichten wolle, ein „Bruderreich [...], in dem der Schöpfergeist sittlicher Weltordnung lebt und webt."[1702]

1702 „An die Deutschen!", in: Bauhütte 26 (1919), S. 205 f., hier S. 205. Vgl. auch Pfannkuche, August: „Das Volk als Tempelbau. Freimaurerische Gedanken zur völkischen Frage", in: Am rauhen Stein 2 (1927), S. 36–39.

14. Die deutschen Großlogen gehen getrennte Wege

Wenige Jahre nach Gründung der Republik sollte sich die in der Jahrhundertwende entstandene altpreußisch-humanitäre Dichotomie als Sollbruchstelle erweisen. Doch während die deutsche Freimaurerei in den 1920er Jahren als institutionelles Einheitsprojekt an ein Ende kam, erlebte sie als ideologisches Projekt eine unrühmliche Blüte.

14.1. Suche nach dem inneren Feind

Die Erzählung von der Zersetzung des ‚Geists von 1914' bot zwar eine Deutung der Niederlage und eine Zukunftsperspektive, warf jedoch auch Fragen auf und provozierte Selbstzweifel. Wieso war die deutsche Freimaurerei an ihrer Aufgabe gescheitert, diesen Geist zu pflegen und zu bewahren? Unter dem Eindruck der sich im Bürgertum rasch ausbreitenden Dolchstoßnarrative verengte sich diese Frage bald zu einer Suche nach Schuldigen, gerade auch in den eigenen Reihen. Vor allem die Große Landesloge übernahm dies in ihre Sprache. „Unser deutscher Tempelbau ist von außen und, seien wir aufrichtig und ehrlich, erst recht von innen ‚gänzlich zerstört'; äußerlich und innerlich durch finstere Mächte unterminiert und ausgehöhlt worden", hieß es beispielsweise 1919 in der Zirkelkorrespondenz.[1703]

Anzeichen für das Wirken dieses inneren freimaurerischen Feindes gab es in den Augen zahlreicher Brüder genug. Mit Argwohn bedachte man all jene Stimmen, die sich der Revolution, der Republik und dem Internationalismus zugetan zeigten. Insbesondere der Vorwurf des Internationalismus machte jedoch nicht bei jener Minderheit Halt, die tatsächlich für demokratische Reformen, eine Rückkehr in die Weltbruderkette und eine Rekalibrierung der freimaurerischen Apolitie plädierte, sondern wurde vor allem von der Großen Landesloge mehr und mehr auf die humanitäre Freimaurerei als solche ausgeweitet.

Die um 1900 herausgebildete altpreußisch-humanitäre Dichotomie war schon während des Weltkrieges nach einer kurzen Phase ‚maurerischen Burgfriedens' wieder aufgebrochen und in das Vokabular nationaler Feindbestimmung gefasst worden. Die dichotome Ordnung stellte sich seither aus altpreußischer Sicht auch als Gegensatz von nationaler (altpreußischer) und international(istisch)er (humanitärer) Freimaurerei dar.

Die verweigerte „kulturelle Demobilmachung" sorgte dafür, dass diese nationalistische Aufladung der Dichotomie sich über 1918 hinaus konservierte.[1704] Während die

1703 Ziese, Arnold: „Deutschlands Zukunft", in: Zirkelkorrespondenz 1 (1919), S. 2–6, hier S. 3. Zum ursächlichen Zusammenhang zwischen geistig verklärtem Augusterlebnis, metaphysisch verstandenem Zusammenbruch und Dolchstoßlegende vgl. auch Barth: Dolchstoßlegenden, S. 171.

1704 Zum Begriff „kulturelle Demobilmachung" vgl. Horne: Kulturelle Demobilmachung.

Berliner Großlogen weiterhin ihr an Reinheits- und Suprematiegedanken orientiertes nationalfreimaurerisches Selbstverständnis pflegten, hielten die humanitären Großlogen ihrerseits an der nationalhumanitären Wesensbestimmung der Freimaurerei fest. Ein Versuch, diese als durchaus national zu verteidigen, war so ungeschickt formuliert, dass er auch als Bestätigung des Internationalismusvorwurfs gelesen werden konnte. Wörtlich verlautbarten die humanitären Großlogen 1921: „Wir sind in erster Linie Deutsche, sind aber auch Menschen und wollen anderen Menschen menschlich gegenübertreten: Das ist unser *Internationalismus*."[1705] Im deutlichen Widerspruch dazu ließ der Landesgroßmeister der Großen Landesloge in seinem Johannisfestgruß im selben Jahr wissen, dass derartige Ideen der „Menschheitsverbrüderung" weder freimaurerisch noch christlich seien und sich nicht mit der „völkischen Gesinnung" seiner Großloge vertrügen.[1706]

Wie sehr ‚Internationalismus' zu Beginn der Weimarer Republik bereits zu einer politisierten Kampfformel gegen die humanitäre Freimaurerei geworden war, zeigte sich nicht zuletzt auch in den blinden Flecken dieses Vorwurfs. Die Große Landesloge war beispielsweise durchaus selektiv in ihrer Ablehnung *jeglicher* Auslandsbeziehungen. 1920 hatte sie eine Großlogenabordnung aus den Niederlanden empfangen und die traditionellen Kontakte zu den skandinavischen Freimaurerorden wurden wie bisher weiter gepflegt.[1707] ‚Internationalismus' sah sie – trotz gelegentlicher Vorwürfe der Heuchelei[1708] – darin nicht, denn durch das Prisma der freimaurerischen Dichotomie betrachtet, schien dieser unweigerlich mit humanitärer Freimaurerei verbunden.

Im Umkehrschluss erschien dann auch jeder Ruf nach Reform, Umsturz und Weltbruderkette als ein Ausfluss humanitärfreimaurerischer und anti-altpreußischer Gesinnung, auch wenn es ebenso in altpreußischen Logen Reformanhänger gab. Dass sich die humanitären Großlogen keineswegs mit den vereinzelten ‚Logenrevolutionären' gemein machten, änderte an den so wachsenden Gräben nichts, zumal das liberale Bundesmodell – sehr zum Verdruss der Berliner Großmeister – einem harten Durchgreifen gegen einzelne ‚Störenfriede' häufig im Wege stand.

Eine Episode von 1920, in der der Landesgroßmeister Eugen Müllendorff und der Bayreuther Großmeister August Paret ihre gegenseitigen Ehrenmitgliedschaften zurückgaben, veranschaulicht das Problem.[1709] Auslöser war Fritz Rackhorst gewesen, ein Mitglied einer Bayreuther Tochterloge. In der von ihm herausgegebenen progressiven Freimaurerzeitschrift LEUCHTE hatte er einen anonymen Brief veröffentlicht, welcher der Großen Landesloge eine auf den Weltkrieg datierende unfreimaurerische

1705 Bericht von der I. Vertreterversammlung der 5 humanitären Großlogen Deutschlands am 1. Mai in Weimar, unter „Rundschau", in: Latomia 7/8 (1921), S. 111 [Herv. M. P.].

1706 „Johannisfestgruß 1921 an die Ehrwürdigen Johannis-Logen der Großen Landesloge der Freimaurer von Deutschland", in: Zirkelkorrespondenz 11/12 (1921), S. 161–168, hier S. 163.

1707 Vgl. den Bericht „Aus fremden Logen", in: Am rauhen Stein 7 (19209, S. 165 f.

1708 Vgl. Bröse, Richard: „Erklärung", in: Hamburger Logenblatt 631 (1931/32), S. 126.

1709 Vgl. „Logenberichte und Vermischtes", in: Bauhütte 23/24 (1920), S. 175.

Indiskretion vorwarf. Angeblich hätte die Berliner Großlogenleitung einen Brief des belgischen Großmeisters Charles Magnette, in dem dieser um Unterstützung für seinen Protest gegen die Deportation belgischer Zivilisten bat, an die deutschen Militärbehörden weitergegeben, was Magnette eine kurze Haft- und Geldstrafe eingebracht hatte.[1710] Müllendorff wies diese Vorwürfe als Verleumdungen zurück und forderte von der Großloge von Bayreuth Genugtuung gegen Rackhorst. Er musste sich jedoch mit dem Hinweis zufriedengeben, dass die Bayreuther Großlogenverfassung nicht die gewünschte Handhabe biete, nicht zuletzt, da die LEUCHTE eine unabhängige Zeitschrift sei. Ein Ehrengerichtsverfahren gegen Rackhorst könne nur direkt bei dessen Loge beantragt werden.[1711]

Zentralistische Ordensstruktur und liberale Bundesstruktur prallten hier aufeinander, aber auch Fragen der nationalen und der internationalen freimaurerischen Solidarität. Doch vorerst konnte der Bruch noch einmal gekittet werden und die Rückgabe der Ehrenmitgliedschaften wurde zurückgenommen.[1712] Die Angelegenheit hatte dennoch zur Folge, dass Mülldendorffs ordensmaurerische Abneigung gegen die humanitäre Freimaurerei zunahm und dass er die unabhängige maurerische Presse als Problem erkannte. In warnenden Worten brachte er das Thema 1921 beim Großlogentag zur Sprache:

> Wenn die beteiligten Grosslogen nicht den Willen oder die Macht haben, jene Organe von sich abzuschütteln [...], so wird schliesslich die Vermutung nicht mehr von der Hand zu weisen sein, dass sie eine Spaltung der deutschen Freimaurerei nicht verhindern wollen oder gar können. Es kann der vaterländisch gesinnten deutschen Freimaurerei unmöglich länger zugemutet werden, das ganze Odium des von einem unverantwortlichen Teil der maurerischen Presse vertretenen antideutschen Internationalismus auf sich zu nehmen und in den Augen des deutsch gesinnten Teiles unseres Volkes ihren Ruf als Hüterin der Vaterlandsliebe zu opfern.[1713]

1710 Die Vorwürfe entstanden durch Übersetzung von Magnettes Brief ins Englische und die anschließende Verbreitung durch die Auslandspropaganda der ‚Entente'. Obwohl Magnette selbst die Vorwürfe für unbegründet erklärte, wurden sie sowohl außerhalb als auch innerhalb Deutschlands vielfach geglaubt. Vgl. Amara: Propagande belge, S. 194; Gotovitch: Franc-maçonnerie, S. 88 f.; „Magnette, Charles", in: Internationales Freimaurerlexikon, Sp. 982 f.

1711 In dem schließlich angestrengten Ehrengerichtsverfahren wurde Rackhorst einstimmig freigesprochen. Vgl. zu der ganzen Angelegenheit Pistorius, Carl Fr.: „Friede, Freude und Einigkeit!", in: Bauhütte 47/48 (1920), S. 314–316.

1712 Vgl. ebd., S. 316.

1713 „Bericht über die Verhandlungen des 45. Deutschen Grosslogentages", in: Bauhütte 41/42 (1921), S. 139–196, hier S. 195.

14.2. Der altpreußische Großlogenbundaustritt

Ein Jahr nach Müllendorffs eindringlicher Warnung von 1921 erfüllte sich, was sich damals bereits abgezeichnet hatte. Pünktlich zum fünfzigjährigen Bestehen des Großlogenbundes beschlossen die drei altpreußischen Großlogen im Frühsommer 1922 ihren Austritt aus selbigem.[1714]

Die Nachricht der Beschlüsse löste ungläubiges Erstaunen und Spekulationen aus, da die angekündigte Aufklärung über die Gründe zunächst auf sich warten ließ. Auch der Versuch des Großmeisters der Großen Loge von Hamburg, in persönlicher Aussprache die Einheit des Großlogenbundes zu retten, wie es ja rund zwanzig Jahre früher gelungen war, fruchtete nicht. Die drei Berliner Großmeister erschienen nicht zu der extra in Berlin anberaumten Besprechung, sondern schickten nur einen Boten, der das offizielle Austrittsschreiben überreichte.[1715]

Zur Begründung des Austritts wurde schließlich auf dem Wege der Logenpresse ein ganzes Bündel an Argumenten nachgereicht.[1716] Einerseits verwiesen die Berliner Großmeister auf das Versagen und die Handlungsunfähigkeit des Großlogenbundes, die sie maßgeblich auf zwei Ursachen zurückführten: erstens auf die Bundesstrukturen der humanitären Großlogen, die diesen kaum Handhabe über ihre Mitgliedslogen böten und die dazu geführt hätten, dass zu allem stets erst die einzelnen Logen hätten befragt werden müssen; zweitens auf den Zusammenschluss der humanitären Großlogen in Konkurrenz zum preußischen Großmeisterverein.[1717] Diesbezüglich hatte sich die Situation inzwischen in den Augen der Berliner Großmeister von einem Affront hin zu einer Unerträglichkeit entwickelt, da sich die fünf nichtpreußischen Großlogen am 28. Mai 1920 im Großlogenbund als „Vereinigung der humanitären Großlogen Deutschlands" zu einer Fraktion zusammengeschlossen hatten.[1718]

Wichtiger als diese äußeren waren laut Begründungsschreiben jedoch die inneren Gründe, nämlich die Unterschiede in der Auffassung von Freimaurerei. Die Altpreußen hoben hervor, dass sie „auf rein nationalem Standpunkt" stünden, weshalb sie die in den humanitären Großlogen vorhandenen „pazifistischen und kosmopolitischen

---

1714 Vgl. Melzer: Konflikt, S. 34.

1715 Vgl. „Der Austritt der Berliner Grosslogen aus dem Grosslogenbund", in: Bauhütte 26/27 (1922), S. 122.

1716 Das Begründungsschreiben wurde u. a. wiedergegeben unter „Amtliche Mitteilungen", in: Zirkelkorrespondenz 11/12 (1922), S. 162–165.

1717 Ebd., S. 162 f.

1718 Vgl. Berger: Internationalismus, S. 142. Schon 1912 waren die Großmeister der GLLvS und der GLvD dem humanitären Großmeisterverein beigetreten, was jedoch in der damaligen Freimaurerpresse keine hohen Wellen schlug. Im Zuge des unbefriedigenden Großlogenbundausbaus der Kriegsjahre reifte dann die Idee der engeren Vereinigung heran, die 1920 im humanitären Fünf- oder Johannisbund mündete. Zu dem Annäherungsprozess vgl. Großmeister-Beratung der Großlogen von Hamburg, Bayreuth, Frankfurt, Sachsen und Darmstadt, Weimar 1918; Endler/Schwarze: Freimaurerbestände, Bd. 1, S. 173.

Anschauungen" weder teilen noch gutheißen könnten.[1719] Auch dieses Problem wurde auf die Unterschiede zwischen zentralistischer Ordens- und liberaler Bundesstruktur rückbezogen, denn auch wenn die „Führer der andern Großlogen persönlich den gleichen Standpunkt einnehmen wie wir", so fehle ihnen doch „entweder der Wille oder die Macht", den Abweichlern in ihren Reihen Einhalt zu gebieten.[1720] Damit waren die durchaus auch von den humanitären Großlogen kommenden nationalen Bekenntnisse beiseite gewischt. Der Großlogenbund habe ja in der Vergangenheit ohnehin in erster Linie die Aufgabe gehabt, dem Ausland gegenüber eine gemeinsame Stellung einzunehmen und so die Auslandsbeziehungen zu erleichtern. Dafür bestünde jedoch bei einer rein nationalen Freimaurerei ohnehin kein Bedarf mehr.[1721] Als zweiter wichtiger innerer Grund wurde – ohne nähere Ausführungen – der christliche Grundsatz im Gegensatz zum humanitären genannt. Das Begründungsschreiben schloss:

> Wir sind der Überzeugung, daß die Freimaurerei viel dazu helfen kann, unser deutsches Volk wieder aufzurichten. Es kann das aber nur geschehen durch Erziehung zur Vaterlandsliebe, zum Nationalgefühl und zum Gemeinsinn sowie durch Förderung der Religiosität im Volke und der Abkehr vom Materialismus. Dafür müssen wir freie Bahn haben, und weil wir uns in der Arbeit für diese Ziele durch die Zugehörigkeit zum Großlogenbund beengt fühlten, mußten wir uns dazu entschließen, die Fessel zu brechen und unsere Freiheit wiederherzustellen.[1722]

In der Logenpresse wurde die Erklärung erwartungsgemäß heiß diskutiert und nachverhandelt. Während sich in altpreußischen Blättern begeisterte Stimmen zu Wort meldeten, die sich freuten, dass die „Zeit des ‚Lavierens, Paktierens, Kompromisseschließens' " endlich vorüber und nunmehr klare Fronten geschaffen seien,[1723] wollten die gescholtenen Humanitären die Vorwürfe nicht einfach auf sich sitzen lassen. Ausgiebig wurde das Begründungsschreiben seziert und kommentiert, wobei die von den Berlinern vorgebrachten Gründe vielfach auf diese zurückgespiegelt wurden. Nicht der humanitäre ‚Fünfbund', sondern der altpreußische Großmeisterverein wurde somit für die Probleme des Großlogenbundes verantwortlich gemacht.[1724] Nicht humanitäre Nachlässigkeit, nicht Internationalismus und Materialismus in den nichtpreußischen Großlogen, sondern der Antisemitismus und Autokratismus der christlichen Hochgradsysteme habe sich immer wieder als Belastung für die Einheit der deutschen

1719 „Amtliche Mitteilungen", in: Zirkelkorrespondenz 11/12 (1922), S. 162–165, hier S. 163 f.
1720 Ebd., S. 164.
1721 Ebd., S. 163 f. Berger misst der Frage der Auslandsbeziehungen für den altpreußischen Entschluss zum Austritt aus dem Großlogenbund größere Bedeutung bei, vgl. Berger: Internationalismus, S. 143.
1722 „Amtliche Mitteilungen", in: Zirkelkorrespondenz 11/12 (1922), S. 162–165, hier S. 165.
1723 „Der Zerfall des Deutschen Großlogenbundes", in: Mecklenburgisches Logenblatt 1/2 (1922/23), S. 1 f., hier S. 2.
1724 Vgl. z. B. Bangel, L[udwig]: „Zum Austritt der preussischen Grosslogen aus dem Grosslogenbund", in: Bauhütte 39/40 (1922), S. 169–171.

Freimaurerei erwiesen und nunmehr den Großlogenbund gesprengt.[1725] Vor allem der Großen Landesloge als treibender Kraft wurden Vorhaltungen gemacht. Sie habe schon seit 1905 absichtlich das produktive Arbeiten im Großlogenbund verhindert, so dass damals sogar Großbeamte der beiden anderen Berliner Großlogen Wege ins Auge gefasst hätten, die Große Landesloge ‚auszuschalten'.[1726] Insbesondere wurde den Berliner Großmeistern vorgeworfen, sich durch ihren Austritt nur den völkischen Verbänden anbiedern zu wollen – ein Vorwurf, für den es gute Gründe gab, denen noch eingehend nachgegangen wird.[1727]

Vor allem war der altpreußische Großlogenbundaustritt aber die Kulmination von Jahrzehnten aufgestauter Frustration, die seit den 1890er Jahren in die Form des altpreußisch-humanitären Dualismus gegossen worden war. Er markierte einen bedeutenden Einschnitt, auch wenn er nicht das Ende des Großlogenbundes bedeutete. Noch waren die fünf nichtpreußischen Großlogen und die Vereinigung der fünf unabhängigen Logen in ihm zusammengeschlossen, Letztere ab 1924 als neunte anerkannte deutsche Großloge mit dem Namen „Deutsche Bruderkette".[1728] Nach den Mitgliederzahlen dieser verbliebenen Bundesgroßlogen umfasste der Großlogenbund allerdings nur noch rund ein Drittel aller deutschen Freimaurer und kann daher mit Fug und Recht als Rumpfgebilde bezeichnet werden.[1729] Als ein solches hatte er aber letzten Endes entscheidend an Wert verloren, so dass es nur eine Frage der Zeit war, bis sich sein Zerfall fortsetzen würde. 1924 machte die Große Landesloge von Sachsen den Anfang und kehrte dem Rumpf-Großlogenbund den Rücken.[1730]

14.3. Rechtskurs der altpreußischen Großlogen

Mit dem Austritt aus dem Großlogenbund hatten die Berliner Großlogen in ihren eigenen Worten „freie Bahn" für ihre Vorstellungen von nationaler Freimaurerei.[1731] Folgerichtig wurde ab 1922 der altpreußische Ausbau einer *deutschen* Freimaurerei forciert vorangetrieben, die sich an völkischen Leitlinien orientierte und ihren Gegensatz zur internationalen (und das hieß nicht zuletzt humanitären) Freimaurerei betonte. Dazu gehörte etwa auch, dass die Berliner Großmeister 1925 in der FRANKFURTER ZEITUNG

1725 Vgl. z. B. „Zum Austritt der Berliner Grosslogen aus dem Grosslogenbund", in: Bauhütte 32/33 (1922), S. 145–149.

1726 Vgl. Bangel, L[udwig]: „Zum Austritt der preussischen Grosslogen aus dem Grosslogenbund", in: Bauhütte 39/40 (1922), S. 169–171, hier S. 169.

1727 Zum Vorwurf vgl. z. B. Neumann: „Den Manen des Deutschen Grosslogenbundes", in: Bauhütte 32/33 (1922), S. 149 f. Zur Stichhaltigkeit vgl. Kap. 17.

1728 Es ist nicht korrekt, dass die Großloge „Deutsche Bruderkette" von vornherein auf die Mitgliedschaft im Großlogenbund verzichtete, wie Neuberger: Winkelmaß, S. 93 schreibt.

1729 Vgl. z. B. Melzer: Konflikt, S. 106, wo von „Rumpfgroßlogenbund" die Rede ist.

1730 Vgl. Böhl: Freimaurerei, S. 78.

1731 „Amtliche Mitteilungen", in: Zirkelkorrespondenz 11/12 (1922), S. 162–165, hier S. 165.

gemeinsam erklärten, sich nie die „Alten Pflichten“, also die Grundsätze der internationalen Freimaurerei, zu eigen gemacht zu haben.[1732]

Anders als in der Großen Landesloge, wo in Übereinstimmung mit dem Ordensverständnis die Großlogenleitung dirigierend an der Spitze des – von den Mitgliedern freilich eifrig mitgetragenen – Prozesses stand,[1733] zeigte sich jedoch bei den „Drei Weltkugeln“ und in der Großen Loge von Preußen die Basis als proaktiver und teilweise sogar gegen die Großlogenleitungen agierender Faktor.

Die Ringbewegung

Insbesondere eine Reihe von Arbeitsgemeinschaften verdient dabei nähere Beachtung. Diese sogenannte ‚Ringbewegung‘ kann als genuin altpreußische und völkische Fortschreibung der Reformbewegung der Jahrhundertwende verstanden werden, die den Logen „aus der Sorge um die Zukunft der deutschen Freimaurerei“[1734] neue Impulse geben wollte.

Zunächst gab es zwei solcher Arbeitsgemeinschaften, die beide 1925 von süd-, west- und mitteldeutschen Tochterlogen der „Drei Weltkugeln“ gegründet wurden und nach dem Führerprinzip organisiert waren. Um die Wetzlarer Loge „Wilhelm zu den drei Helmen“ und ihren Meister vom Stuhl Jakob Heep bildete sich der „Wetzlarer Ring“, um die Bielefelder Loge „Freiherr zum Stein“ und ihren Meister vom Stuhl Erich Awe der „Bielefelder Ring altpreußischer Logen“.[1735]

Sie verfolgten eine konsequente Neuausrichtung der altpreußischen Freimaurerei und insbesondere der „Drei Weltkugeln“, um – in den Worten des Bielefelder Ringführers – „an der Wiederverwurzelung unseres deutschen Volkes im deutschen Boden und Kulturgut erfolgreich mitarbeiten zu können“.[1736] Der Wetzlarer Ring hatte schon bei seiner Gründung klar umrissen, welchen Maximen er zu diesem Zweck in der Freimaurerei zur Herrschaft verhelfen wollte: die Forderung unbedingter nationaler Gesinnung von den Mitgliedern, die Ablehnung jeglicher „Vermengung deutscher Freimaurerei mit allem, was nicht unbedingt reindeutsches Gepräge trägt“ und ein Arierparagraph zur Regelung der Mitgliedschaft.[1737] Nach wenigen Jahren wurden die Arbeitsfelder weiter präzisiert: „1. Hebung des geistigen Lebens in den Johannislogen; 2. Vertiefung

1732 Vgl. „Rundschau“, in: Leuchte 4 (1926), S. 44 f., hier S. 44.

1733 Vgl. Kap. 15.1.

1734 „Wetzlarer Ring“, in: Bundesblatt 6 (1929), S. 165–167, hier S. 165.

1735 Vgl. Freudenschuß: Ring; Schwartz: Drei Weltkugeln, Bd. 1, S. 153–217.

1736 Awe, Erich: „Bericht über die erste Schulungstagung des Bielefelder Ringes altpreuß. Logen am 8. und 9. Oktober 1927 in Bielefeld“, in: Bundesblatt 1 (1928), S. 9–20, hier S. 11.

1737 Das Gründungsprotokoll im vollständigen Wortlaut abgedruckt als ‚Dokument 10‘ bei Schwartz: Drei Weltkugeln, Bd. 3, S. 911–916, hier S. 914.

der K[öniglichen] K[unst] im deutschen und christlichen Sinne; 3. Stärkung der Stellung der altpreußischen Freimaurerei, besonders im Abwehrkampf."[1738]

Wie bei der Reformbewegung der Jahrhundertwende teilten sich die Aufgabenfelder der Ringe also in Innen- und Außenarbeit. Um die gesteckten Ziele zu erreichen, entfaltete die Ringbewegung eine rege publizistische Tätigkeit, ermöglichte die Vernetzung Gleichgesinnter und förderte den Austausch geeigneter Redner zwischen den Logen.[1739] Herzstück waren jedoch regelmäßige Tagungen zu dem Zweck, systematisch an der „Wiedergeburt der deutschen Fr[ei]m[aure]rei aus deutschem Geist" zu arbeiten, wie es anlässlich der Bielefelder Schulungstagung 1927 hieß.[1740]

Zunächst profilierten sich die Ringe in der Bekämpfung des mehr und mehr auch die altpreußischen Großlogen ins Visier nehmenden Antimasonismus, wobei sie einen aggressiveren Stil an den Tag legten, als er bis dahin üblich gewesen war. Angriffe wurden mit lauten Gegenangriffen beantwortet, die Angreifer in die ‚undeutsche' katholische Ecke gedrängt und unlauterer Motive bezichtigt.[1741]

Abwehrkampf meinte für die Ringbewegung aber nicht nur eine nach außen gerichtete Abwehr des Antimasonismus, sondern mehr noch einen innerfreimaurerischen Kampf gegen alles ‚undeutsche', insbesondere den „jüdischen Geist" und den „vom Westen übernommenen Rationalismus in der Freimaurerei" – kurz: gegen das, wofür in den Augen der Ringbewegung die humanitäre Freimaurerei stand.[1742] Dieser wurde eine Konzeption von Freimaurerei entgegengesetzt, die sich am Ideal der Rassereinheit orientierte.[1743]

Der Einfluss und die Bedeutung der Ringe nahm durch ihre eifrige Tätigkeit rasch zu und so stieg auch der Druck auf die Großlogenleitung der „Drei Weltkugeln", welche sich implizit und teilweise sogar explizit dem Vorwurf ausgesetzt sah, nicht genug für die deutschfreimaurerischen Belange einzutreten und den deutschen Geist in den Logen nicht ausreichend zu fördern.[1744] Spätestens 1929 hatte die Ringbewegung durch

---

1738 So laut Informationsblatt des Wetzlarer Rings, abgedr. in Baumbach: Zukunftsaufgabe, S. [22]. Zur Programmatik der Ringbewegung vgl. auch Schwartz: Drei Weltkugeln, Bd. 1, S. 153–155 u. 185 f.

1739 Vgl. „Wetzlarer Ring", in: Bundesblatt 6 (1929), S. 165–167, hier S. 166.

1740 „Bericht über die erste Schulungstagung des Bielefelder Ringes altpr. Logen am 8. und 9. Oktober 1927 in Bielefeld", in: Bundesblatt 1 (1928), S. 9–17, hier S. 13.

1741 Vgl. z. B. den publizistischen Schlagabtausch zwischen dem Bielefelder Ring und der Deutschen Adelsgenossenschaft: „Aus den altpreußischen Großlogen", in: Bundesblatt 7/8 (1926), S. 234–241; „Deutsche Adelsgenossenschaft und Freimaurerei", in: Bundesblatt 9 (1926), S. 275–278; „Erklärung", in: Bundesblatt 10 (1926), S. 299–302. Vgl. dazu auch Melzer: Konflikt, S. 102.

1742 „Erklärung", in: Bundesblatt 10 (1926), S. 299–302, hier S. 299; „Wetzlarer Ring", in: Bundesblatt 6 (1929), S. 165–167, hier S. 166.

1743 Vgl. Melzer: Konflikt, S. 106; Fenner/Schmitt-Sasse: Freimaurer als ‚nationale Kraft', S. 229.

1744 Vgl. z. B. die Aufforderung an die Großloge, eine aktivere Rolle zu übernehmen in Schmidt: Nationalbildung, S. 53 sowie in Jansen, Kurd: „Freimaurerei und Oeffentlichkeit", in: Bundesblatt 12 (1928), S. 332–335, hier S. 334.

ihre Basismobilisierung genug Renommee erlangt, dass es auch für die Großlogenleitung keinen Weg mehr an ihr vorbei gab. Seit diesem Jahr war das Bundesdirektorium der „Drei Weltkugeln" auf den Ringtagungen offiziell vertreten.[1745]

Auch über die Systemgrenzen hinweg nahm der Einfluss der Ringbewegung zu. 1929 öffnete der Wetzlarer Ring, der bis dahin ausschließlich Tochterlogen der „Drei Weltkugeln" offen gestanden hatte, seine Tagungen auch für Mitwirkung aus der Großen Loge von Preußen und der Großen Landesloge.[1746] Damit folgte er dem Bielefelder Ring, der sich schon seit seiner Gründung als deutschfreimaurerische Denkfabrik für alle altpreußischen Systeme verstand.[1747] Bei den Schulungstagungen beider Ringe in jenem Jahr war dann auch eine rege Beteiligung aus allen drei Berliner Großlogen zu verzeichnen.[1748]

Der Einfluss der Ringbewegung reichte sogar über den engeren Kreis der altpreußischen Systeme hinaus. Die Große Landesloge von Sachsen, die in der zweiten Hälfte der 1920er Jahre zunehmend die Nähe zu den Berliner Obedienzen suchte, nahm die Impulse der Ringbewegung auf und lud 1932 unter anderem Kurt Schmidt, den Nachfolger Jakob Heeps als Führer des Wetzlarer Rings, zu ihrer seit 1927 jährlich stattfindenden Rehefeldtagung ein. In der Ansprache zu deren Eröffnung bezog sich der Großmeister der Großen Landesloge von Sachsen ausdrücklich auf die geistige Vorarbeit der Ringbewegung.[1749]

Anfang der 1930er Jahre fand das Erfolgsmodell der Ringbewegung durch Gründung eines „Bayerischen Rings" und eines „Friesenrings" schließlich Nachahmung in der Großen Loge von Preußen.[1750] Die Große Landesloge sah hingegen keine Notwendigkeit, das Ringmodell zu emulieren. Bei ihr war Basisinitiative durch die entschiedene Führung auf Großlogenebene weder nötig, noch aufgrund der autoritären Ordensstruktur vorgesehen. Nicht zu Unrecht sah sich die Große Landesloge vielmehr als Vorreiter der von der Ringbewegung verfolgten freimaurerischen Neuausrichtung und hatte den Bielefelder Ring in seiner Anfangszeit sogar finanziell unterstützt.[1751] Zu den 1929 von der ersten offenen Schulungstagung des Wetzlarer Rings erarbeiteten

1745 Vgl. „Wetzlarer Ring", in: Bundesblatt 6 (1929), S. 165–167, hier S. 165.

1746 Vgl. ebd., S. 166.

1747 Vgl. Freudenschuß: Ring, S. 13.

1748 Vgl. Awe, Erich: „Bericht über die Tagung des Bielefelder Ringes altpr. Logen am 26. und 27. Januar 1929 in Bielefeld", in: Bundesblatt 7/8 (1929), S. 195–203, hier S. 196; „Wetzlarer Ring", in: Am rauhen Stein 10 (1929), S. 248–250.

1749 Vgl. Schmidt, Kurt: „Bericht des Brs Kurt Schmidt, Gotha, über die Rehefeld-Tagung 1932", in: Bundesblatt 11 (1932), S. 296–298, hier S. 297. Vgl. auch „Ringe, Freimaurerische", in: Internationales Freimaurerlexikon, Sp. 1314 f., hier Sp. 1315. Zu den Rehefeldtagungen generell vgl. Endler/Schwarze: Freimaurerbestände, Bd. 1, S. 211.

1750 Zu beiden liegt kaum Forschung vor, vgl. lediglich Niemeyer: Grand Lodge of Prussia, S. 92 f.; Niemeyer/Papenheim: Große Loge von Preußen, S. 232 f.; Pauli: Anspruch und Wirklichkeit, S. 276; Meyer: Bruder, S. 178.

1751 Vgl. Melzer: Konflikt, S. 102.

Positionen und Forderungen hieß es im Mecklenburgischen Logenblatt stolz, dass diese in der Großen Landesloge bereits erfüllt seien.[1752]

Bei den „Drei Weltkugeln" und der Großen Loge von Preußen kommt der Ringbewegung im Prozess der ideellen und institutionellen Herausbildung einer völkischen Freimaurerei hingegen eine bedeutende Rolle zu, die jedoch bislang mitunter missverstanden wurde. Wenn etwa Festschriften der „Drei Weltkugeln" seit einigen Jahrzehnten schreiben (und Neuberger ihnen darin folgt), dass die Ringe eine Fraktion völkischer Brüder in den altpreußischen Großlogen *geschaffen* hätten, „die mit festgelegter ideologischer Marschroute zu den Großlogenversammlungen erschienen und rechtsradikale Tendenzen aus der aktuellen Tagespolitik in die Logen *hineintrugen*", so ist das in doppelter Hinsicht irreführend.[1753]

Erstens musste die Ringbewegung nicht erst eine völkische Auffassung von Freimaurerei in die Logen hineintragen, sondern baute selbst bereits auf der weiten Verbreitung solcher Auffassungen auf. Ihre Gründung und ihr Erfolg basierten auf der Prävalenz radikalnationalistischer Überzeugungen in der altpreußischen Bruderkette, nicht umgekehrt.

Zweitens ist die Implikation falsch, dass erst das Wirken der Ringbewegung die Großlogen nach rechts bewegt hätte. Die Ringe förderten und beschleunigten zwar die institutionelle Durchsetzung völkisch-freimaurerischer Auffassungen, aber lancierten sie nicht erst. Mit dem Programm der „Vertiefung der K[öniglichen] K[unst] im deutschen und christlichen Sinne" nahmen sie nur auf, was schon seit Jahren als Wesenskern der altpreußischen deutschfreimaurerischen Identität proklamiert worden war.[1754] Mit dem Großlogenbundaustritt hatten die Großlogenleitungen die Marschrichtung vorgegeben, die Ringbewegung beschleunigte lediglich den Schritt. Indem sie den in der freimaurerischen Basis weit verbreiteten Ansichten einen organisatorischen Stützpfeiler gab, stärkte sie deren Bedeutung und Einfluss auf die Entwicklung der Großlogen.[1755] Die Ringbewegung, so lässt sich zusammenfassend sagen, wirkte als Transmissionsriemen zwischen den Überzeugungen an der Basis und der Großlogenpolitik.

Deutsche Freimaurerei als völkisches Projekt

Völkisches Gedankengut, das schon seit vielen Jahren Einzug in die Bruderkette gehalten hatte, wurde also im Verlauf der 1920er Jahre immer zentraler für die altpreußische deutschfreimaurerische Identität. Zutreffend spricht Ralf Melzer von der Konstituierung

1752 Vgl. „Neue Bücher", in: Mecklenburgisches Logenblatt 9 (1929/30), S. 176.

1753 Carelos/Röder (Hg.): 275 Jahre, S. 68 [Herv. M. P.], wortgleich aber bereits in den Festschriften zum 250jährigen und zum 225jährigen Jubiläum. Nach Letzterer wird die Einschätzung zustimmend zitiert bei Neuberger: Winkelmaß, S. 111.

1754 Götze: Schulungstagung, S. 1. Der Bericht erschien auch unter gleichem Titel in: Bundesblatt 12 (1929), S. 325–337.

1755 Zum Aspekt der Basismobilisierung gegen die Großlogenleitung vgl. Melzer: Konflikt, S. 101 f. sowie Freudenschuß: Ring, S. 12.

einer „eigenständige[n] Form völkischer Freimaurerei christlich-‚arischer' Prägung", was durchaus auch der Wortwahl der Berliner Großlogen jener Jahre entspricht.[1756]

Falsch ist hingegen Neubergers Behauptung, der Rechtsnationalismus der deutschen Freimaurerei in den 1920er Jahren habe sich von völkischem Rassismus ferngehalten.[1757] Unzählige Beispiele aus der masonischen Publizistik lassen sich dagegen anführen. So erklärte etwa Kurt Schmidt in mehreren Vorträgen und Veröffentlichungen des Wetzlarer Rings, das Erziehungsziel der deutschen Freimaurerei sei nicht „Menschheitsverbrüderung und unklare ‚Menschlichkeit' ", sondern nur „deutsches Edelmenschentum."[1758] Dem Erziehungsweg der Freimaurerei seien daher gewisse Schranken gesetzt, in erster Linie „in den natürlichen Bedingungen des Menschseins", also der „besondere[n] Artung eines Menschen – das, was wir in der übrigen Lebewelt ‚Rasse' nennen".[1759] Eine grundlegende Bedingung zur Verwirklichung der freimaurerischen Erziehungsaufgabe sei daher die „Abwehr alles Undeutschen" und „Fremdvölkische[n]".[1760]

Schon 1922, drei Jahre vor Gründung des Wetzlarer Rings, hatte Otto Dreyer im Mecklenburgischen Logenblatt vom „Idealdeutschen" als deutschfreimaurerischem Erziehungsziel gesprochen.[1761] Und noch ein Jahr früher, also 1921, hatte ein durchaus typischer Beitrag im selben Blatt den „Menschheitsgedanken", das heißt die Vorstellung einer Einheit des Menschengeschlechts, für überholt und durch die Rasseforschung widerlegt erklärt.[1762]

Die immer wiederkehrende Rede vom *deutschen* Edelmenschentum kann zudem als direkte Antwort auf humanitäre Versuche gelesen werden, eine masonische Brücke zwischen Volk und Menschheit zu bauen, etwa in einer Schrift mit dem Titel „Volkstum, Weltbürgertum, Freimaurerei". Dort hatte es 1920 geheißen, dass der Mensch zwar „durch Abstammung und Sprache in erster Linie Angehöriger seines Volkes" sei, dass aber die freimaurerische Humanitätserziehung über die so gesetzten Grenzen hinausweise: „Die Bestimmung des *Edelmenschen* geht über das Volk hinaus, der Menschheit zu dienen."[1763]

Zur freimaurerischen Rezeption (pseudo-)wissenschaftlicher Rassetheorien darf ein dünnes Buch nicht unerwähnt bleiben, das Heinrich Höpker, Mitglied einer Berliner

---

1756 Melzer: Konflikt, S. 106. Zum Selbstverständnis und zur Selbstdarstellung der altpreußischen Freimaurerei vgl. exemplarisch ein Flugblatt der GLL Anfang der 1930er Jahre, in dem diese sich selbst in fettgedruckten Lettern als christlich, national und völkisch bezeichnete, vgl. „Rundschau", in: Leuchte 6 (1932), S. 93.

1757 Vgl. Neuberger: Winkelmaß, S. 73.

1758 Schmidt: Nationalbildung, S. 30.

1759 Ebd., S. 35. Vgl. auch Schmidt: Weltanschauung, S. 9; Heep: Deutsches Ringen, S. 10.

1760 Ebd., S. 44.

1761 Dreyer, Otto: „Zurück zu einer aristokratischen Weltanschauung!", in: Mecklenburgisches Logenblatt 15/16 (1921/22), S. 119–125, hier S. 122.

1762 Hebestreit, B.: „Deutsche Maurerei", in: Mecklenburgisches Logenblatt 3/4 (1921/22), S. 17–19, hier S. 18.

1763 Reinhardt: Volkstum, S. 6 [Herv. M. P.].

Tochterloge der Großen Loge von Preußen, 1926 im Verlag des VdF veröffentlichte. Es war als Einführung in die aktuelle Rassen- und Vererbungslehre gedacht, da sich „auch in den Reihen der deutschen Brüderschaft der Gedanke an die Verschiedenartigkeit und auch verschiedene Bewertung der einzelnen menschlichen Rassen" mehr und mehr verbreite: „Immer stärker wird von vielen betont, daß die nordeuropäische Rasse [...] an Lebenswert und an Eigenschaften die anderen Rassen weit hinter sich läßt."[1764] Höpker merkte zwar an, dass diese Vorstellung ihre Herrschaft vor allem „ihrer suggestiven Kraft" verdanke, bestätigte aber grundsätzlich „die Ungleichheit der Rassen auch in seelischer und moralischer Beziehung" und erklärte diese für „einwandfrei" bewiesen.[1765] Dennoch hagelte es harsche Kritik in der Zirkelkorrespondenz – nicht, weil Höpker *zu* rassistisch war, sondern weil er das Ideal der Rassereinheit vom biologischen Standpunkt aus bemängelt und sogar Juden ein Aufgehen im deutschen Volk in kultureller *und* rassischer Hinsicht empfohlen hatte. „Es wird nicht allzu viele deutsche Freimaurer geben, die solchen Vorstellungen zu folgen geneigt sein werden", meinte der Rezensent.[1766]

Nicht immer wurde von Freimaurern mit einem biologistischen Rassebegriff operiert. 1927 erklärte etwa ein Artikel im Bundesblatt, dass Rasse über die „äußere Erscheinungsform" hinausgehe und auch „geistige und ganz besonders [...] seelische Rassebestandteile" umfasse.[1767] Ein Beitrag in Am rauhen Stein zwei Jahre zuvor hatte in die gleiche Richtung argumentiert. Der „Gehalt des inneren Menschen, die Anlage, Richtung und Ausprägung des Geistes und der Seele", flössen auch aus dem „Grundvermögen des germanischen Erbguts" und seien viel wichtiger, als eine rein biologische Identität von alten Germanen und modernen Deutschen.[1768]

Dass in freimaurerischen Beiträgen der Rassebegriff häufig nicht (nur) biologisch verstanden, sondern sittlich-idealistisch erweitert wurde und gelegentlich unscharf blieb, widerspricht nicht dem Befund des Rassismus, auch nicht dem des völkischen Rassismus. Biologistische Rassetheorien und -begriffe sind lediglich *eine* seiner Äußerungsformen, die überhaupt nur vor einem weiter gefassten Verständnis von Rassismus erklärbar sind.[1769] Rassismus ist nicht einfach eine durch biologistischen Essentialismus rationalisierte Diskriminierung, sondern vielmehr „eine selbstreflexive [...] Form der *Begründung* von Zugehörigkeit und Ausgrenzung", die *auch* biologistisch argumentieren kann, dies aber nicht zwangsläufig tut und sogar ohne den Begriff der ‚Rasse'

1764 Höpker: Vererbung, S. 3. Zur masonischen Vita Höpkers vgl. Peters: Berliner Freimaurer, S. 33.

1765 Höpker: Vererbung, S. 13 f.

1766 Vgl. Heinemann: „Heinrich Höpker: Vererbung, Rasse und Erziehung", in: Zirkelkorrespondenz 9 (1927), S. 235 f., hier S. 236.

1767 Lüdemann, Karl: „Das geistige Erlebnis des Weltkrieges und wir deutschen Freimaurer", in: Bundesblatt 12 (1927), S. 397–411, hier S. 399.

1768 Brinkmann: „Im deutschen Volkstum wurzeln", in: Am rauhen Stein 4 (1925), S. 82–86, hier S. 84 f.

1769 Vgl. Claussen: Rassismus, S. 203–222. Vgl. auch Hund: Rassismus, S. 62–64; Geulen: Rassismus, S. 13 f.

auszukommen vermag.[1770] Exemplarisch ist, was Otto Dreyer Anfang 1922 im Mecklenburgischen Logenblatt schrieb: „Mutter Natur" sondere die Menschheit „mit zwingender Gewalt in eine Reihe von Varietäten, *mögen wir sie nun Rassen, Stämme oder Völker nennen*, Namen, die, wissenschaftlich betrachtet, nicht dasselbe bedeuten, aber dem erdachten allgemeinen Menschentum gegenüber doch dasselbe besagen."[1771]

Es war daher auch bereits eine eindeutig rassistische Abgrenzung von der humanitären Freimaurerei, als die altpreußischen Großmeister am 16. Februar 1924 erklärten, dass sie von *ihren* Mitgliedern eine „im innersten Wesen begründete nationale deutsche Gesinnung" verlangen würden, weil es „kein allgemeines Menschheitsideal gibt" und „nur die unbedingte Liebe und Treue zu diesem [das heißt dem eigenen, M. P.] Stamme die Persönlichkeit zu entwickeln vermag."[1772]

Wie der Rassismus, so erlebte auch der Antisemitismus in den 1920er Jahren eine Blüte. Mit teilweise unverhohlener Radikalität wurde in den altpreußischen Großlogen gegen Juden gehetzt. Der Landesgroßmeister der Großen Landesloge Müllendorff etwa erklärte, dass sie ein „Fremdkörper im deutschen Volke" seien und zog als Beleg für diese Behauptung kurzerhand die Geschichte antijüdischer Pogrome seit dem Mittelalter heran.[1773] Ähnlich kompromisslos zeigte sich ein Bruder 1927 im Bundesblatt, in dem er ausführte, bei der „jüdischen Rasse" handle es sich um einen „Fremdstoff", der schon bei „verschwindend kleiner Menge" in der diametral entgegengesetzten „germanischen oder auch nordischen Rasse" eine „zersetzende Wirkung" entfalte.[1774]

Derartige Äußerungen waren die Spitze eines antisemitischen Eisbergs. Ihre an der Schwelle zum Vernichtungsantisemitismus stehende Argumentation war in ihrer Radikalität die (gleichwohl unwidersprochene) Ausnahme, doch das zugrundeliegende Ressentiment durchtränkte den altpreußischen Abgrenzungs- und Identitätsdiskurs. Vom Anti-Internationalismus ließ sich mühelos die Brücke zum Antisemitismus schlagen, wurde doch Internationalismus weithin sowieso als Chiffre für ‚internationales Judentum' verstanden. Mehr Eindeutigkeit war gar nicht nötig – wurde aber dennoch geliefert. So etwa in Eugen Müllendorffs erster Johannisfestansprache nach dem Großlogenbundaustritt. In dieser erklärte er, dass seit 1918 „[m]ehr denn je" der „humanitäre Ruf nach Pazifismus und Internationalismus" ertöne, der „sogar dem Zionismus [...] eine Verbeugung" mache.[1775] An die scharfen Religionsdiskussionen der Jahrhundertwende anknüpfend brandmarkte er die humanitäre Freimaurerei als ein gegen das

1770 Geulen: Wahlverwandte, S. 17 [Herv. i. O.]. Vgl. auch Geulen: Rassismus, S. 15 f. u. 111 f. Zur Kritik des Rassismus als bloßem Essentialismus vgl. Taguieff: Macht, insbes. S. 39.

1771 Dreyer, Otto: „Zurück zu einer aristokratischen Weltanschauung!", in: Mecklenburgisches Logenblatt 15/16 (1921/22), S. 119–124, hier S. 121 [Herv. M. P.].

1772 „Rundschau", in: Leuchte 4 (1924), S. 45.

1773 Müllendorff, Eugen: „Lehren der Geschichte", in: Zirkelkorrespondenz 13/14 (1929), S. 305–309, hier S. 306.

1774 Lüdemann, Karl: „Das geistige Erlebnis des Weltkrieges und wir deutschen Freimaurer", in: Bundesblatt 12 (1927), S. 397–411, hier S. 399 f.

1775 „Ansprache des Landes-Großmeisters Brs. Müllendorff bei der Feier des Johannisfestes am 24. Juni 1922", in: Zirkelkorrespondenz 13/14 (1922), S. 187–194, hier S. 192.

Christentum gerichtetes jüdisches Projekt und machte sie für das bisherige Scheitern *deutscher* Freimaurerei verantwortlich.[1776] In diesem Sinne meldete sich kurz darauf auch der ehemalige Landesgroßmeister Stanislaus Graf zu Dohna in der ZIRKELKORRESPONDENZ zu Wort. Er schrieb:

> Alle diese Machenschaften, Spannungen, Krisen und Streitigkeiten, unter denen die deutsche Freimaurerei von jeher gelitten hat und die die Tätigkeit des Großlogenbundes ein halbes Jahrhundert lang unfruchtbar und unerquicklich gemacht haben, entspringen [...] einer und derselben Wurzel: das ist die Feindseligkeit der deutschen Brüder jüdischen Glaubens gegen die Altpreußischen Großlogen [...]. Sie wollen volles Bürgerrecht in allen deutschen Logen haben, um dort nach und nach den Geist zur Herrschaft zu bringen, der sie selbst beseelt, den wir zur Genüge kennen und der nicht der unserige ist.[1777]

Dem erstarkenden Antisemitismus lag einmal mehr auch die Überzeugung zugrunde, den Krieg vor allem seelisch verloren zu haben. Auch abseits von Internationalismus wurde der nun herrschende ‚undeutsche Geist' mit Schlagworten umrissen, deren antisemitische Konnotation gewollt war und bisweilen sogar noch unterstrichen wurde. Dass etwa der „Materialismus [...] in der deutschen Republik zur herrschenden Macht geworden" sei,[1778] wie das MECKLENBURGISCHE LOGENBLATT klagte, mochte oberflächlich betrachtet noch harmlos genug klingen. Wenn jedoch eine im BUNDESBLATT wiedergegebene Johannisfestrede weiter ausführte, dass der „französische Materialismus" erst von Juden nach Deutschland gebracht worden sei, und mit ihm der Kampf gegen Thron und Altar, zu dem ganz besonders der in Paris weilende Karl Marx – natürlich „ebenfalls jüdischer Abkunft" – aufgestachelt habe,[1779] dann war die Botschaft eindeutig. Der freimaurerische Auftrag, den ‚deutschen Geist' wiederzuerwecken, ließ sich damit auch antisemitisch als Überwindung des ‚jüdischen Geistes' verstehen.

Dass zur Wiedererweckung des ‚deutschen Geistes' notwendigerweise auch eine Wiedererweckung einer spezifisch deutschen Religiosität gehöre, war eine in allen freimaurerischen Obedienzen vertretene Überzeugung. Für die Berliner Großlogen bedeutete das die Betonung ihrer christlichen Wesensgrundlage, die traditionell den Ausschluss von Juden begründete und in der schon im Kaiserreich der Brückenschlag zwischen religiösem Vorbehalt und antisemitischem Ressentiment vollzogen worden war.[1780] Die in der Begründung zum Großlogenbundaustritt als Gegensatz zur humanitären Freimaurerei besonders betonte christliche Religiosität der altpreußischen Großlogen umfasste also auch ganz wesentlich eine antisemitische Note.

1776 „Ansprache des Landes-Großmeisters Brs Müllendorff bei der Feier des Johannisfestes am 24 Juni 1922", in: Zirkelkorrespondenz 13/14 (1922), S. 187–194, hier S. 190.

1777 Dohna, [Stanislaus] Graf zu: „Der Deutsche Großlogenbund und die drei Altpreußischen Großlogen", in: Zirkelkorrespondenz 1 (1923), S. 2–15, hier S. 13 f.

1778 Lehmeyer: „Wirkung und Gegenwirkung. Festvortrag bei der vaterländischen Gedenkfeier", in: Mecklenburgisches Logenblatt 7/8 (1922/23), S. 51–56, hier S. 53.

1779 „Johannis-Festrede", in: Bundesblatt 10 (1925), S. 227–234, hier S. 233 [Herv. M. P.].

1780 Vgl. Kap. 10.4.

Überdeutlich wurde das 1924, als die Große Loge von Preußen den folgerichtigen Schritt vollzog und ihr seit 1872 gültiges ‚humanitäres' Aufnahmegesetz antisemitisch verschärfte. Unter anderem von August Horneffer wurde der Antrag hierzu in Am rauhen Stein als *Rückkehr* zum früheren ‚christlichen Prinzip' gelobt,[1781] was jedoch von einigen Zuschriften als Irreführung kritisiert wurde. „Das christliche Prinzip wollen wir annehmen? Das heißt doch, weniger verschämt ausgedrückt: Juden ausschließen", und zwar *nicht* in erster Linie wegen deren Religion, sondern weil sie „semitischen, statt arischen Geblüts" seien, „[w]elch ein Irrweg",[1782] schrieb etwa ein Bruder Julius Jaeckle. Er sah seine Großloge und die ganze deutsche Freimaurerei am Scheideweg: „Nationalismus und Antisemitismus ist die Strömung des Tages. Hüten wir uns vor beiden."[1783]

Tatsächlich hatte die antragstellende Münchener Loge in einer als Separatschrift veröffentlichten ausführlichen Begründung bereits im Titel deutlich gemacht, dass es ihr um die Schaffung einer völkischen Freimaurerei ging. Den Münchenern zufolge müsse sich die Freimaurerei zum „völkischen Gedanken" bekennen und dazu beitragen, die deutsche Volksgemeinschaft als „Blutsgemeinschaft" zu erhalten, weshalb nur noch solche Interessenten aufzunehmen seien, „die deutschen Blutes sind und sich zur deutschen Schicksals- und Kulturgemeinschaft sowie zur christlichen Weltanschauung bekennen."[1784]

Für Horneffer und viele andere stand das nicht im Widerspruch zum (religiösen) ‚christlichen Prinzip'. Am Ende einer viermonatigen Aussprache hielt er Jaeckle und einigen anderen Kritikern entgegen: „Religion und Volkstum sind untrennbar miteinander verwachsen", weswegen es sich bei der Frage nach den religiösen Grundlagen der Freimaurerei notwendigerweise *sowohl* um eine religiöse *als auch* um eine Rassenfrage handle.[1785] Die Frühjahrsversammlung der Großen Loge von Preußen am 1. Juni 1924 sah das genauso. Mit 80 gegen 7 Stimmen nahm sie den neuen Aufnahmepassus mit folgendem Wortlaut an: die Aufnahmekandidaten „müssen auf dem Boden christlicher Anschauung stehen und im deutschen Volkstum wurzeln."[1786] Verglichen mit dem Wortlaut des Münchner Antrags war das eine unverfängliche Wortwahl, gemeint war jedoch dasselbe.[1787]

1781 Horneffer, August: „Wohin des Wegs?", in: Am rauhen Stein 1 (1924), S. 2–4, hier S. 3 [Herv. M. P.]. Zu der Aussprache vgl. Grunwald: Freimaurer, S. 21–32.

1782 Jaeckle, Julius: „Die Freimaurerei am Scheidewege", in: Am rauhen Stein 1 (1924), S. 5 f., hier S. 5.

1783 Ebd., S. 6.

1784 Bühler: Völkische Freimaurerei, S. 1 u. 9.

1785 Horneffer, August: „Schlußwort", in: Am rauhen Stein 4 (1924), S. 60–64, hier S. 62.

1786 Der Wortlaut hier zit. n. „Einladung zur Frühjahrsversammlung", in: Am rauhen Stein 5 (1924), S. 65 f., hier S. 66. Für das Abstimmungsergebnis vgl. „Bericht über die Frühjahrsversammlung der Großen Loge von Preußen gen. Zur Freundschaft, am 1. Juni 1924", in: Am rauhen Stein 7 (1924), S. 100–104, hier S. 103.

1787 Dass es sich nur in der Wortwahl, nicht in der Intention und im Geist um eine Abkehr von dem ursprünglichen Vorschlag handelte, zeigt etwa der zur Klärung gedachte

Damit überbot die Große Loge von Preußen beispielsweise die „Drei Weltkugeln". Dort hatte man zwar zeitgleich über eine ähnliche rassenantisemitische Verschärfung der Aufnahmevoraussetzungen diskutiert, von einem solchen Schritt jedoch vorerst Abstand genommen.[1788] Allerdings hatten einzelne Tochterlogen der „Drei Weltkugeln" längst damit begonnen, ihre Haussatzungen um Abstammungsparagraphen zu ergänzen. So beispielsweise die 1923 als „Drei Weltkugeln"-Tochterloge in Berlin neu konstituierte ehemalige Feldloge „Stern von Brabant", die bestimmte, dass „nur Deutsche [...], gegen deren germanische Abstammung begründete Zweifel nicht vorhanden sind", aufgenommen werden könnten.[1789]

Auch über die Aufnahmebedingungen hinaus machte sich in Sachen Religion der Einfluss völkischer Ideen bemerkbar. So wurde die für die nationale Auferstehung als nötig erachtete religiöse Erneuerung mehr und mehr im Sinne einer „völkischen Frömmigkeit" verstanden, wie es August Pfannkuche, ein Pfarrer und Mitglied der Großen Loge von Preußen, Anfang 1926 formulierte.[1790]

Das Streben nach arteigener Religion war ein Kernbestandteil völkischer Weltanschauung und führte unter anderem zu ‚Rekonstruktionen' der angeblichen arisch-germanischen Urreligion, etwa in der sogenannten Ariosophie.[1791] Auf diese vermeintliche Religion der Ahnen wurde auch in der altpreußischen Freimaurerei immer wieder rekurriert, wenn es darum ging, das deutsche Wesen der Freimaurerei zu belegen. So meinte ein Bruder im Januar 1924 im Mecklenburgischen Logenblatt, die Freimaurerei stamme „aus deutschem Geiste, aus germanischem Geiste. Der Geist Odins, der Wotanismus durchbebt sie."[1792] Auch auf einer Tagung des Bielefelder Rings zeigte man sich sicher, dass die freimaurerischen Symbole „aus der schöpferischen Kraft des Ariertums stammen, und daß unsere K[önigliche] K[unst] aus dem uralten Streben des germanischen Menschen hervorgegangen ist, sich dem Göttlichen zu nähern."[1793]

Die Freimaurerei als arisch-germanischer Mysterienbund, der auf eine völkisch-religiöse „unio mystica"[1794] hin ausgerichtet sei, war nicht nur in der Ringbewegung eine weit verbreitete Auslegung. In die gleiche Kerbe schlug auch ein Bruder der Großen Landesloge, der 1925 schrieb, in der Freimaurerei tauche „die deutsche Volksseele

---

Artikel: Brinkmann: „Im deutschen Volkstum wurzeln", in: Am rauhen Stein 4 (1925), S. 82–86.

1788 Vgl. „Aus anderen Großlogen", in: Am rauhen Stein 1 (1925), S. 21 f.

1789 „Deutsches Logenleben", in: Mitteilungen aus dem VdF 8 (1924), S. 226.

1790 Pfannkuche, August: „Glaube und Volkstum", in: Mitteilungen aus dem VdF 22 (1926), S. 223–228, hier S. 223. Vgl. auch Meyer: Orden, insbes. S. 495–498.

1791 Vgl. Anm. 1310 der vorliegenden Arbeit. Zu nichtchristlichen Konzepten arteigener Religion vgl. Puschner: Völkische Bewegung, S. 222–262; Meyers: Reformvorstellungen, S. 185–403. Speziell zur Ariosophie vgl. Anm. 1486.

1792 Weiske, Hans: „Wotanismus und die deutsche Freimaurerei", in: Mecklenburgisches Logenblatt 13/15 (1923/24), S. 94–96, hier S. 94.

1793 Awe, Erich: „Bericht über die Tagung des Bielefelder Ringes altpr. Logen am 26. und 27. Januar 1929 in Bielefeld", in: Bundesblatt 7/8 (1929), S. 195–203, hier S. 206.

1794 „Unio mystica" bezeichnet in der christlichen Mystik das Einswerden der Seele mit Gott.

in ihren göttlichen Ursprung ein".[1795] Auch die völkisch-religiöse Bewegung orientierte sich unter anderem an der mittelalterlichen Mystik, insbesondere an Meister Eckhart, den auch die Freimaurer in den 1920er Jahren für sich entdeckten.[1796] Derartige Wesensbestimmungen bauten auf dem unter Brüdern populären Buch „Symbolik der Mysterienbünde" von August Horneffer auf, das 1924 eine zweite Auflage erlebte und die Freimaurerei als den einzig echten Mysterienbund der Gegenwart bezeichnete.[1797]

Die Vorstellung, die Freimaurerei fuße auf religiösen Mysterien oder esoterischem Wissen der Vorfahren, beförderte auch extravagante völkische Umdeutungen freimaurerischer Symbolik und Ritualistik. Um beispielsweise kabbalistische Bestandteile der Lehrart der Großen Landesloge zu arisieren, legte ein Bruder 1928 in der ZIRKELKORRESPONDENZ dar, dass es sich bei der Kabbala eigentlich um vedisches und daher arisches Geheimwissen handle, das von buddhistischen Mönchen in den Nahen Osten gebracht und dort erst vom Judentum übernommen worden sei.[1798]

Solche Umdeutungen nahmen ab 1927 stark zu. Der zeitliche Zusammenhang mit den noch näher zu behandelnden Angriffen Ludendorffs, der freimaurerische Ritualstellen publikumswirksam einer antisemitischen Exegese unterzog, ist nicht zu übersehen.[1799] Von den Brüdern waren diese Umdeutungen jedoch nicht zur äußeren Abwehr gedacht, sondern zur inneren Klärung und als Leitlinien für die freimaurerische Deutungspraxis, was sich nicht zuletzt darin zeigt, dass derartige Ausführungen auf die exklusiv für Bruderhände gedachte interne Publizistik beschränkt blieben.

Die Suche nach den arisch-germanischen Wurzeln der freimaurerischen Ritualistik und Symbolik förderte im Bruderkreis das Interesse an völkischer Frühgeschichtsforschung.[1800] Sie schien besonders geeignet, das Verständnis der Freimaurerei als Bewahrerin eines altgermanischen Mysterienkultes zu stützen. Das fast 700-seitige Buch „Hoch-Zeit der Menschheit" von Rudolf John Gorsleben wurde in AM RAUHEN STEIN beispielsweise als „Völkische Rechtfertigung des Freimaurertums" vorgestellt.[1801] Gorsleben, ein Veteran des Weltkrieges sowie Aktivist in zahlreichen völkischen Verbänden,

---

1795 Bubbe, F.: „Deutsches Volkstum und Deutsche Freimaurerei", in: Zirkelkorrespondenz 11 (1925), S. 246–250, hier S. 249.

1796 Vgl. Wagler, Paul: „Meister Eckhart, ein Freimaurer ohne Schurz vor 600 Jahren", in: Mitteilungen aus dem VdF 36 (1927), S. 12–16. Zu Meister Eckhart und der Wiederentdeckung der Mystik in der Moderne und im deutschen Nationalismus vgl. Meyers: Reformvorstellungen, S. 92–94; Wagner-Egelhaaf: Tradition u. die anderen Beiträge desselben Sammelbandes.

1797 Vgl. Horneffer: Mysterienbünde, S. 14.

1798 Vgl. Blasel, L. M.: „Von den wahren Quellen unserer Ordensweisheit", in: Zirkelkorrespondenz 9 (1928), S. 209–211, hier S. 209 f.

1799 Vgl. Kap. 17.4.

1800 Zu den ideologischen Ursprüngen und Verstrickungen der deutschen Vorgeschichtsforschung im 19. und 20. Jahrhundert bis zum Nationalsozialismus vgl. Wiwjorra: Vorgeschichtsforschung.

1801 Vgl. Horneffer, August: „Völkische Rechtfertigung des Freimaurertums", in: Am rauhen Stein 4 (1931), S. 98–105.

war begeisterter Ariosoph.[1802] In seinem monumentalen Hauptwerk ‚rekonstruierte' er eine vorzeitliche arische Hochkultur, die ihre Spuren in nordischer Mythologie, Folklore, Architektur und weiteren eklektisch zusammengeklaubten und frei interpretierten Kulturartefakten hinterlassen hatte – unter anderem auch in der Freimaurerei, deren Ursprung für Gorsleben in „arischen Geheimlehren" zu suchen sei.[1803] So meinte er etwa, bei dem römischen Geschichtsschreiber Tacitus die Beschreibung eines germanischen Initiationsrituals gefunden zu haben, das dem freimaurerischen Ritual zum Meistergrad gleiche, und auch der für die Freimaurerei bedeutende Erbauer des salomonischen Tempels Hiram Abiff wurde mit den für völkische ‚Forschung' üblichen fragwürdigen Etymologien auf Herman, Arman, Irmin und Salmann zurückgeführt – allesamt Verkörperungen arischer Weisheit.[1804] Das freimaurerische Ritual, so Gorsleben, sei also „nicht auf fremdem, rassejüdischem Boden erwachsen, sondern urdeutsch" und die Freimaurerei fuße „auf uralten ariogermanischen Vorstellungen und Gebräuchen".[1805]

Auch Alfred Abendroth, der schon zu Beginn des Weltkrieges eine völkische Reform der Freimaurerei angemahnt hatte, outete sich 1930 in der BAUHÜTTE als Anhänger Gorslebens.[1806] Bereits 1926 hatte Abendroth in seinem Buch „Werdandi und Freimaurerei" Tacitus als Beleg für den germanisch-religiösen Kern der Freimaurerei angeführt und daraus abgeleitet, dass der heutigen Freimaurerei – wie schon ihren germanischen Vorläufern – die Aufgabe der „Reinhaltung der Weltanschauung und des Volkes" zufalle.[1807] In groben Pinselstrichen skizzierte er, was das alles umfasse, unter anderem: Überwindung der „lebenverneinende[n] orientalisch-romanisch-jüdische[n] Priesterlehre", Bewahrung „völkischer Rassereinheit", überhaupt die völkische „Reinhaltung der leitenden Staats-, Kultur- und Machtorgane" und einen „national gerichteten deutschen Sozialismus", um das deutsche Volk „zu seinem alten inneren Glücke und zu äußerer Freiheit zu erheben".[1808]

Wie schon in seinem Kriegsartikel zur völkischen Reform der Freimaurerei nutzte Abendroth sein Buch auch für einen Angriff auf die altpreußischen Großlogenleitungen, die das Priestertum in die Freimaurerei gebracht hätten und damit Teil des Problems seien.[1809] Der Rezeption in den Blättern dieser Großlogen war derartiges Aufbegehren natürlich hinderlich.

1802 Zu Gorsleben vgl. Goodrick-Clarke: Wurzeln, S. 137—143; Meyers: Reformvorstellungen, S. 389—398.

1803 Gorsleben: Hoch-Zeit, S. 456.

1804 Vgl. ebd., S. 86 u. 645.

1805 Ebd., S. 86.

1806 Vgl. Abendroth, Alfred: „Das letzte Geheimnis", in: Bauhütte 9 (1930), S. 68—70, hier S. 69.

1807 Abendroth: Werdandi, S. 18. Trotz des Buchtitels konnte eine Verbindung zwischen Abendroth und dem 1907 in Berlin gegründeten völkischen Kulturverein „Werdandi-Bund" nicht festgestellt werden.

1808 Ebd., S. 158, 184, 193, 202.

1809 Ebd., S. 215.

In Am rauhen Stein wurde Abendroth komplett ignoriert. Dabei zeigte sich gerade diese Zeitschrift und ihr Schriftleiter August Horneffer besonders offen für völkische Frühgeschichtsschreibung und die gezogenen freimaurerischen Parallelen.[1810] Schon 1920, Jahre bevor solche Verweise ihren konjunkturellen Höhepunkt erreichten, hatte ein Bruder Adolf Harmsen hier einen ausführlichen Artikel über ‚ario-germanische Religion' auf Grundlage der ‚Forschungen' Guido von Lists veröffentlicht.[1811]

Ganz besonderer Beliebtheit erfreute sich in Freimaurerkreisen Herman Wirth. Der gebürtige Niederländer, promovierte Volkskundler und Weltkriegsfreiwillige auf Seiten des deutschen Reichs hatte sich Anfang der 1920er Jahre als Privatgelehrter in Marburg an der Lahn niedergelassen und sich der von ihm so getauften ‚Urgeistesgeschichte' gewidmet. Seine schon von der zeitgenössischen Fachwissenschaft überwiegend abgelehnten Arbeiten behaupteten die Existenz einer globalen prähistorischen Hochkultur atlantisch-nordischer Rasse.[1812] Seit Mitte der 1920er Jahre hatte Wirth Kontakte zum Nationalsozialismus und 1935 wurde er der erste Leiter der SS-Forschungsgemeinschaft „Ahnenerbe".[1813]

Seine erste große Veröffentlichung, „Der Aufgang der Menschheit. Untersuchungen zur Geschichte der Religion, Symbolik und Schrift der atlantisch-nordischen Rasse" von 1928, fand unter anderem in der Bauhütte Besprechung, wo sie von Alfred Unger als „tiefes, ernstes Buch" gelobt wurde.[1814] Mehrfach erschienen in den Folgejahren Artikel in Am rauhen Stein, in denen Herman Wirths ‚Erkenntnisse' referiert und zur Freimaurerei in Verbindung gesetzt wurden.[1815]

Die Ringbewegung ging noch weiter und suchte nicht nur gedanklich, sondern auch persönlich die Nähe zu Wirth. Dem Wetzlarer Ring gelang es 1932, Wirth als Referenten für eine seiner Tagungen zu gewinnen. Am 9. Oktober dieses Jahres präsentierte der als „wissenschaftliche[r] Pionier der nordischen Kultsymbolik" angekündigte Privatgelehrte den versammelten Brüdern seine „bahnbrechenden kultsymbolischen Forschungen", gefolgt von einem komplementären Lichtbildvortrag des Wirth-Verehrers und Ringvorsitzenden Kurt Schmidt über die „Frage des arischen Ursprungs unserer Lichtsymbolik".[1816] Als Ergebnis der Veranstaltung hielt ein Bericht anschließend fest, dass sich „altes völkisches Weistum" in Form der „Licht- und Wiedergeburtssymbolik

---

1810 Der katholische Theologe Erhard Schlund, der in den 1920er Jahren aufmerksam die völkisch-religiöse Bewegung beobachtete, bezeichnete Horneffer schon 1924 als „stark neugermanisch und deutschvölkisch gerichtet", vgl. Schlund: Neugermanisches Heidentum, S. 43.

1811 Vgl. Harmsen, Adolf: „Einiges über die Entwicklung der ario-germanischen Religion", in: Am rauhen Stein 7 (1920), S. 150–164. Zu List vgl. Kap. 11.3.

1812 Zu Wirth vgl. Finkenberger: Wirth; Wiwjorra: Wirth (1996); ders.: Wirth (2017); Winter: Urmonotheismustheorie; Löw: Gottessohn.

1813 Vgl. Kater: Ahnenerbe, S. 11–16. Vgl. zum „Ahnenerbe" auch Reitzenstein: SS-Ahnenerbe.

1814 „Literatur", in: Bauhütte 7 (1929), S. 55.

1815 Vgl. z. B. Schmidt, Kurt: „Herman Wirth und die urnordische Kultsymbolik des Stirb und Werde", in: Am rauhen Stein 11 (1932), S. 303–311.

1816 Siehe die Ankündigung der Tagung unter „Verschiedenes", in: Am rauhen Stein 10 (1932), S. 283. Laut Niemeyer/Papenheim: Große Loge von Preußen, S. 233, war Wirth 1932 auch auf der Herbsttagung des Friesenrings zu Gast.

[...] in der Freimaurerei in lebendiger Tradition erhalten hat", worin auch ihre zentrale Bedeutung „für die seelische Erneuerung unseres Volkstums in der Gegenwart" liege.[1817]

Einen weiteren Beleg für derlei germanisch-freimaurerische Kontinuitätsthesen fanden interessierte Brüder in den Externsteinen im Teutoburger Wald. Diese außergewöhnliche und im Mittelalter (höchstwahrscheinlich von christlichen Mönchen) bearbeitete Felsformation war schon im 19. Jahrhundert Objekt nationalistischer Projektion geworden. Germanophile Laienforscher meinten, in den Externsteinen ein vorchristliches germanisches Heiligtum vor sich zu haben – eine durch nichts belegte Spekulation, die ab den 1920er Jahren die Aufmerksamkeit völkischer und nationalsozialistischer Kreise auf sich zog.[1818]

Die Brüder Christian und Oskar Zetzsche, Meister vom Stuhl und Redner der Bad Pyrmonter Loge „Friedrich zu den drei Quellen" (Große Loge von Preußen), präsentierten seit 1932 die Externsteine als Beleg für die Kontinuität germanischer Mysterien in der Freimaurerei.[1819] Im April dieses Jahres organisierten sie erstmals eine Logentagung zu dem Thema. Ursprünglich war hierbei sogar die Teilnahme Herman Wirths geplant gewesen, doch hatte dieser auf nationalsozialistischen Druck hin absagen müssen. Stattdessen übersandte er nur einen wohlwollenden Brief.[1820] Sein Fehlen tat dem Erfolg der Tagung keinen Abbruch. 50 Brüder aus einem Umkreis von über 200 Kilometern reisten an, um sich von den Zetzsches in das freimaurerische Mysterium der Externsteine einweihen zu lassen.[1821] Weitere Veranstaltungen nach gleichem Muster folgten. Abordnungen mehrerer Logen besuchten die Pyrmonter Bauhütte der Zetzsches, um sich zu der einzigartigen Felsformation führen zu lassen. Im Mai 1933 fand schließlich die bedeutendste derartige Veranstaltung statt, denn diesmal wurde die „Pilgerung zu dem altgermanischen Kultheiligtum der Externsteine" von Vertretern der Ringbewegung sowie den Großlogenleitungen der Großen Loge von Preußen und der „Drei Weltkugeln" beschickt, die sich an Ort und Stelle von der „geschichtlich nachweisbare[n] Tatsache" des Zusammenhangs der „vorchristlichen, vorwodanistischen und altgermanischen Weltanschauung" mit der Freimaurerei überzeugen konnten.[1822] Es folgten begeisterte Berichte in der Logenpresse.[1823]

1817 „Verschiedenes", in: Am rauhen Stein 1 (1933), S. 28–30, hier S. 29 f.

1818 Vgl. Halle: Externsteine; Banghard: Ahnen, insbes. S. 70–73; Puschner: Externsteine.

1819 Vgl. z. B. Zetzsche, Oskar: „Eine germanische Kultstätte. Die Externsteine – und die Freimaurerei", in: Am rauhen Stein 5 (1932), S. 155–159. Zu den Zetzsches und ihrem Wirken vgl. Melzer: Konflikt, S. 100–105 sowie Zetzsche: 200 Jahre, wo auch ein Vortrag Oskar Zetzsches von 1933 über die freimaurerische Bedeutung der Externsteine abgedruckt ist.

1820 Zu den Vorgängen um Wirths Teilnahme vgl. Melzer: Konflikt, S. 105 sowie Zetzsche: 200 Jahre, S. 58 f., wo auch Wirths Brief abgedruckt ist.

1821 Zetzsche: 200 Jahre, S. 59.

1822 „Tagung in Bad Pyrmont mit Pilgerung zu dem altgermanischen Kultheiligtum der Externsteine", in: Der rauhe Stein 5 (1933), S. 141–150, hier S. 141. Vgl. auch Zetzsche: 200 Jahre, S. 60 f.

1823 Vgl. Horneffer, August: „Gemeinsame Wallfahrt zu den Externsteinen", in: Der rauhe Stein 6/7 (1933), S. 174–183; „Die Fahrt der Ordensgroßmeister zu den Externsteinen", in: Ordensblatt 2 (1933), S. 20 f.

So ausgeprägt das Interesse an der Religion der Ahnen auch war, so wenig verfolgten die Brüder damit eine (neu-)heidnische Substitution der christlichen Grundlagen ihrer Systeme. Die allenthalben entdeckten ‚Belege' für die Kontinuität einer vorchristlichen, arisch-germanischen Mysterienreligion in den Symbolen und Ritualen der Logen dienten der historischen Legitimation einer wesenhaft deutschen Freimaurerei, nicht als Argument gegen deren christlichen Charakter. Dass grundsätzlich am Christentum festzuhalten sei, wurde von keinem der an den Debatten beteiligten Brüder in Frage gestellt. Typisch war vielmehr, was der Theologe und Freimaurer Rudolf Baumbach in einer Veröffentlichung des Wetzlarer Rings schrieb: Für die Freimaurerei könne zwar manches aus dem „alten germanischen Mythos übernommen werden", aber in ihrer Gesamtheit sei die Religion der Altvorderen nicht als „Grundlage für eine ethisch-metaphysische Wiedergeburt des einzelnen wie des Volkes" in der Gegenwart geeignet.[1824] Darin stimmte die altpreußische Freimaurerei mit der überwiegenden Mehrheit der Völkischen überein, die grundsätzlich am Christentum festhielt.[1825] Der sogenannte ‚deutschchristliche' Teil der völkischen Bewegung strebte eine vollständige Germanisierung des Christentums an, die durch Ausmerzung aller jüdischen und römisch-katholischen Einflüsse den wahren religiösen Sinngehalt der christlichen Lehre zutage fördern sollte.[1826]

Die ideengeschichtlichen Wurzeln dieses Deutschchristentums lagen in der protestantischen Theologie des 19. Jahrhunderts, in den bildungsbürgerlichen Religionsdiskussionen und natürlich im völkischen Nationalismus der Jahrhundertwende.[1827] Eine Institutionalisierung erfolgte jedoch erst nach dem Ersten Weltkrieg, am bedeutendsten im 1921 gegründeten „Bund für Deutsche Kirche".[1828] Die organisationsgeschichtlichen Weichen waren 1917 gestellt worden. Ein Kreis von Theologen, Kirchenmännern und völkischen Publizisten nahm das Reformationsjubiläum zum Anlass, eine Schrift zu veröffentlichen, in der sie den deutschchristlichen Grundgedanken in 95 an Luther gemahnenden Thesen ausformulierten.[1829] Im deutschchristlichen Selbstverständnis war Luthers Reformation der Ausgangspunkt des völkisch-religiösen, wenn nicht gar des völkischen Gedankens überhaupt.[1830] Auch für die völkisch-religiöse Ausgestaltung der Freimaurerei war das Jahr des

1824 Baumbach: Zukunftsaufgabe, S. 19. Auch in der völkischen Bewegung ließen sich die christlichen Gruppen durchaus von den nichtchristlichen inspirieren, vgl. Puschner: Völkische Bewegung, S. 219 f.

1825 Zu den Mehrheitsverhältnissen vgl. Puschner: Völkische Bewegung, S. 214.

1826 Zum Deutschchristentum vgl. ebd., S. 214–222; Puschner: Deutschchristentum; Meyers: Reformvorstellungen, S. 89–184.

1827 Vgl. Radmüller: Germanisierung; König: Kulturprotestantismus, S. 75–200.

1828 Vgl. Gerstner/Hufenreuter/Puschner: Protestantismus; Buss: Andersen; Meyers: Reformvorstellungen, S. 109–123.

1829 Gerstner/Hufenreuter/Puschner: Protestantismus, S. 413. Vgl. auch Radmüller: Germanisierung, S. 8.

1830 Vgl. Puschner: Völkische Bewegung, S. 214 f.

Reformationsjubiläums eine bedeutende Wegmarke. Von da ab radikalisierte sich insbesondere der altpreußische Nationalprotestantismus weiter zu einem gegen die Weltmaurerei gerichteten, völkisch-nationalen Identitätsmarker. Verweise auf „unse-r[en] Luther“ durften fortan nicht mehr fehlen, wenn es um die Ontologie der spezifisch *deutschen* Freimaurerei ging.[1831]

Insbesondere evangelische Pfarrer und Theologen erwiesen sich als Triebkräfte deutschchristlicher religiöser Erneuerung – und zwar sowohl in der völkischen Bewegung, wo sie überrepräsentiert waren, als auch in den altpreußischen Großlogen, wo sie alleine in Berlin im Jahr 1930 rund 40 Brüder ausmachten und wichtige Schlüsselpositionen besetzten.[1832]

Vor allem ist hier Gustav Pösche zu nennen, der seit 1906 eine Pfarrstelle in der Petri-Gemeinde in Berlin innehatte.[1833] Seit 1915 war er außerdem Oberster Meister des Innersten Orients der Großen Loge von Preußen und als solcher für deren Lehrinhalte verantwortlich. Bei seiner Wahl hatte er sich gegen einen Mitbewerber durchgesetzt, dem die Fähigkeit zum zuverlässigen Wirken im Sinne des christlichen Kerns der Großen Loge von Preußen abgesprochen worden war, weil er getaufter Jude war.[1834] Bereits in seiner programmatischen Dankesrede nach der Wahl hatte Pösche die „Ausgestaltung und Vertiefung unserer besten völkischen Eigenart“ angemahnt und einer „Umbildung der Rituale“ zu diesem Zweck das Wort geredet.[1835] Anfang der 1930er Jahre wurde Pösche im Umfeld der „Glaubensbewegung Deutsche Christen“ aktiv, einer innerkirchlichen Strömung, die eine Synthese von Nationalsozialismus und Christentum anstrebte und damit zeitweise großen Einfluss – auch über ihre eigenen Reihen hinaus – entfalten konnte.[1836]

Eine weitere Pfarrstelle in der gleichen Gemeinde wie Pösche bekleidete seit 1905 auch der Großmeister der „Drei Weltkugeln“ Karl Habicht, der seiner Großloge in den Jahren der völkischen Neuausrichtung vorstand. Anders als Pösche blieb Habicht zwar deutlich auf Distanz zu den „Deutschen Christen“ und wurde allem Anschein nach

---

1831 Wolfstieg: Werden und Wesen, Bd. 5 (1922), S. 92. Zu 1917 in der deutschen Freimaurerei vgl. Kap. 9.1.

1832 Zu protestantischen Geistlichen und Theologen in der völkischen Bewegung vgl. Meyers: Reformvorstellungen, S. 99; Gerstner/Hufenreuter/Puschner: Protestantismus, S. 412; zur Zahlenangabe der Berliner Freimaurerpfarrer vgl. „Brief des E. National-Großmeisters Br Habicht“, in: Bundesblatt 7/8 (1930), S. 200–202, hier S. 200.

1833 Vgl. Gailus: Kirchengemeinden, S. 9.

1834 Pösche: 25 Jahre, S. 61.

1835 Die Rede im Wortlaut abgedr. ebd., S. 76–78, hier S. 77 f.

1836 Zu Pösches Engagement für die „Deutschen Christen“ vgl. Gailus: Kirchengemeinden, S. 9–11. Zu den „Deutschen Christen“ vgl. Gailus: Machtergreifung; Bergen: Christen; Gailus: Diskurse; Meyers: Reformvorstellungen, S. 141–160; Blaschke: Kirchen, S. 98–109. Zum Kirchenkampf speziell in Berlin vgl. Gailus: Protestantismus.

durch diese zur Pensionierung gedrängt, aber dennoch fällt die völkische und völkisch-religiöse Neuausrichtung der „Drei Weltkugeln“ in seine Amtszeit.[1837]

Auch Jakob Heep, der erste Führer des Wetzlarer Rings, war evangelischer Theologe, bekleidete seit 1912 eine Pfarrstelle im Wetzlarer Stadtteil Niedergirmes und war später bei den „Deutschen Christen“ aktiv.[1838]

Erwähnenswert ist schließlich auch der Pfarrer Julius Bode, der während des Weltkriegs reichsweit eine gewisse Bekanntheit mit seinen radikalnationalistischen Kriegspredigten erlangt hatte. Mit seinem Hauptwerk „Wodan und Jesus“ von 1920 gehörte er neben Arthur Bonus und Max Bewer zu den bedeutenden Ideengebern für die Germanisierung des Christentums.[1839] Als Redner der Bremer Loge „Friedrich Wilhelm zur Eintracht“ (Große Loge von Preußen) und durch sein Wirken im „Friesenring“ half er eifrig mit, dieses ‚germanische‘ Christentum in der altpreußischen Freimaurerei zu popularisieren.[1840] Eine Abkehr vom gepflegten freimaurerischen Selbstverständnis war dafür nicht nötig, konnte doch nahtlos an die nationalreligiösen Positionen der Jahrhundertwende angeknüpft werden. Das nationalprotestantische Christentum der altpreußischen Großlogen ließ sich ohne Bruch weiter ins Völkische verschieben, soweit das nicht bereits vor dem Krieg geschehen war.[1841]

Mehr und mehr glich sich das Christentum der altpreußischen Freimaurerei im Verlauf der 1920er Jahre den deutschchristlichen Anschauungen an. Schon 1922 hielt es ein Bruder in der Zirkelkorrespondenz nicht mehr für weiter erforderlich, „darüber Erwägungen anzustellen, ob das Christentum arischem Denken und Fühlen entsprossen ist; es ist einfach die Religion des Ariers“.[1842] Alttestamentliche Bezüge im Ritual kamen unter Beschuss und wer überhaupt noch wagte, in einer der Freimaurerzeitschriften öffentlich für deren Erhalt einzutreten, tat gut daran, zugleich seine antisemitische Zuverlässigkeit zu versichern.[1843] Im Bundesblatt wurde sogar das Gebot der Nächstenliebe zum Ausdruck des christlichen Rassebewusstseins umgedeutet: „Am nächsten stehen uns unter den Menschen des Erdballs aber diejenigen, die mit uns desselben Blutes, desselben Stammes, desselben Geistes, desselben Wollens sind: unsere deutschen Brüder“.[1844] Zwangsläufig erfuhr auch das freimaurerische Toleranzgebot eine entsprechende Anpassung. Es müsse „an der übergeordneten Verpflichtung, die

---

1837 Vgl. Gailus: Kirchengemeinden, S. 9. Zur masonischen Vita Habichts vgl. Peters: Berliner Freimaurer, S. 29.

1838 Vgl. Freudenschuß: Ring, S. 20.

1839 Vgl. dazu Lächele: Germanisierung, insbes. S. 178–181.

1840 Vgl. Meyer: Bruder, S. 178 f., dort auch weitere Beispiele.

1841 Vgl. Kap. 10.4.

1842 Leonhardt, E. E.: „Schicksalswende?“, in: Zirkelkorrespondenz 1 (1927), S. 2–9, hier S. 7.

1843 Vgl. z. B. Brückmann, R.: „Das alte Testament und die Freimaurerei“, in: Mecklenburgisches Logenblatt 2 (1925/26), S. 25–28, hier S. 25.

1844 Schmidt, Albert: „Warum muß der Freimaurer das Vaterland als das höchste irdische Gut betrachten?“, in: Bundesblatt 4 (1925), S. 111–117, hier S. 116.

Reinheit der eigenen Lehre zu allererst zu bewahren", seine Grenze finden, hieß es dazu 1927 in der ZIRKELKORRESPONDENZ.[1845]

Auch das Christusbild glich sich immer mehr deutschchristlichen Vorstellungen an. Die Christologie war für die Deutschchristen zentral. Sie gründete im Antisemitismus und konstatierte, dass Jesus von Nazareth nach Abstammung kein Jude gewesen sei, sondern Arier.[1846] Neben dem jüdischen erregte auch der leidende, sterbende Erlöser den Widerspruch der Deutschchristen. Ihre Christusgestalt war „eine heroische, tat- und opferbereite Kämpfer- und Führernatur", die zum Zwecke der Germanisierung mitunter auch mit Baldur, dem Lichtgott der germanischen Mythologie, identifiziert wurde.[1847] In Übereinstimmung mit solchen völkischen Christusbildern hieß es beispielsweise 1930 im BUNDESBLATT, dass Jesus der Herkunft nach womöglich Arier, ganz sicher aber „kein Jude von Rasse" gewesen sei.[1848]

Wie die Deutschchristen, stützten sich die Brüder für diese Christologie vor allem auf Houston Stewart Chamberlain.[1849] Insbesondere im BUNDESBLATT setzten sich Artikel mit dessen Schriften zur Religion auseinander, wobei sein arischer Jesus mehrfach als „freimaurerisches Christusbild" gewürdigt wurde.[1850] Anlässlich seines 70. Geburtstags schwärmte das MECKLENBURGISCHE LOGENBLATT, Chamberlain „führt uns in die Gefilde einer echten und wahren christlichen Weltanschauung".[1851] Die Huldigung mündete in einer klaren Kaufempfehlung für Chamberlains Werke. Als Chamberlain im Januar 1927 starb, folgten auch in Freimaurerzeitschriften Nachrufe. Einer davon ließ dem völkischen Vordenker die Auszeichnung eines „Maurers ohne Schurz" angedeihen – eine informelle freimaurerische Ehrenformel für Menschen, die zwar nicht in den Bund initiiert sind, denen aber wahrhaft freimaurerischer Geist attestiert wird.[1852] Auch hierbei konnte der Hinweis auf das „ebenso einfache wie erhabene Christusbild" Chamberlains nicht fehlen.[1853]

Als schließlich 1929 die Meldung in den altpreußischen Logenblättern die Runde machte, dass sich der „Bund für deutsche Kirche" dem Kampf gegen die deutschen

1845 Hauser, Karl: „Toleranz und Freimaurerei", in: Zirkelkorrespondenz 15/16 (1927), S. 347–350, hier S. 349–350.

1846 Vgl. Puschner: Völkische Bewegung, S. 217–219; Puschner: Deutschchristentum, S. 34 f. Zum arisierten Jesus vgl. auch Leutzsch: Karrieren; Head: Quest, S. 63–66.

1847 Puschner: Deutschchristentum, S. 35.

1848 Stieber, P.: „Die Wahrheit über Salomo und seinen Tempel. Eine kritische Betrachtung", in: Bundesblatt 12 (1930), S. 335–346, hier S. 338.

1849 Zu Chamberlain und seiner Rolle für die völkisch-religiöse Bewegung vgl. Puschner: Deutschchristentum, S. 34; Head: Quest, S. 64–66; Meyers: Reformvorstellungen, S. 58–72; Anm. 1311 der vorliegenden Arbeit.

1850 Exemplarisch anlässlich des Todes Chamberlains 1927 in „Die Beisetzung Houston Stewart Chamberlains", in: Bundesblatt 3 (1927), S. 102.

1851 „Ein Aufruf", in: Mecklenburgisches Logenblatt 5 (1925/26), S. 91.

1852 Spiethoff, Heinrich: „Houston Stewart Chamberlain", in: Bundesblatt 10, 11 (1927), S. 332–334 u. 363–365, hier S. 332.

1853 Ebd., S. 333.

Logen angeschlossen habe, fühlte sich mehr als ein Freimaurer persönlich getroffen. Ein Bruder Halke veröffentlichte im Juni des Folgejahres in Am rauhen Stein einen Briefwechsel mit der Schriftleitung der Verbandszeitschrift Die Deutschkirche, worin er dieser versicherte, seit Gründung des „Bunds für deutsche Kirche" ein treuer „Gesinnungsfreund in dem Kampfe für ein Deutsches Christentum" gewesen zu sein und „nirgends so dankbaren Boden für die völkischen Wahrheiten gefunden" zu haben, wie in der Freimaurerei.[1854]

Wie Halke ging es offenkundig mehreren Brüdern. Die Deutschkirche selbst berichtete in einem ihrer Artikel, dass sich die Beschwerden von Freimaurern über die neuerliche Ablehnung der Logenmitgliedschaft häuften.[1855] Obwohl diese Beschwerden keinen Erfolg zeitigten, ließen sich die Brüder in ihrer Sympathie nicht erschüttern. 1932 hieß es in Am rauhen Stein über den „Bund für deutsche Kirche", die altpreußische Freimaurerei habe tiefes Verständnis für den „Wahrheitsgehalt und die ringende Sehnsucht, die in der deutsch-kirchlichen Bewegung zum Ausdruck kommen" und arbeite ebenfalls schon seit langem in die gleiche Richtung.[1856] Das war mittlerweile tatsächlich unübersehbar.

Wohl inspiriert von der Großen Landesloge wurden seit etwa 1928 bei der Großen Loge von Preußen und der Großloge „Drei Weltkugeln" die Weichen in Richtung eines tiefgreifenderen Umbaus gestellt. 1931 diskutierte die Große Loge von Preußen sogar den Namenszusatz „deutschchristlich", den die Große Landesloge schon seit dem Vorjahr führte.[1857] Und in einem Bekenntnis zum christlich-freimaurerischen Ordenscharakter wurde 1932 im Bundesblatt beinahe neidvoll auf die Große Landesloge verwiesen, die den „Drei Weltkugeln" „in dieser Sinnerkenntnis unseres Logentums zuvorgekommen ist."[1858]

Schon in den 1920er Jahren war auch die Forderung nach einer Reform der Rituale laut geworden. Bei den „Drei Weltkugeln" war seit 1928 eine Kommission mit der Ritualüberarbeitung befasst, um in enger Fühlungnahme mit den Wünschen der Tochterlogen den nationalen und christlichen Charakter in ihnen stärker zu betonen.[1859]

1854 Halke: „Pfarrerstand und Freimaurertum. Ein Briefwechsel, veröffentlicht von Br. Halke", in: Am rauhen Stein 6 (1930), S. 208–221, hier S. 210 f. u. 221.

1855 Wiedergegeben ebd., S. 213–215.

1856 Halke, G.: „Von deutschem Christentum", in: Am rauhen Stein 12 (1932), S. 328–337, hier S. 336.

1857 „Bericht über die Frühjahrsversammlung der Großen Loge von Preußen gen. Zur Freundschaft", in: Am rauhen Stein 7 (1931), S. 200–205, hier S. 204 f.

1858 Behrend, Franz: „Ein Versuch zur Wesensbestimmung der Loge", in: Bundesblatt 6 (1932), S. 170–178, hier S. 174. Zu relativieren daher Endler/Schwarze: Freimaurerbestände, Bd. 1, S. 138, wo es heißt, die 3WK habe 1932 den Ordensgedanken noch abgelehnt.

1859 Vgl. „Jahresbericht der Großen National-Mutterloge ‚Zu den 3 Weltkugeln' Berlin, für das Maurerjahr 1928/29", in: Bundesblatt 9 (1929), S. 232–237, hier S. 233; „Auszug aus der Niederschrift der 1260. Sitzung der Großen National-Mutterloge ‚Zu den drei Weltkugeln' (Jahresversammlung)", in: Bundesblatt 7/8 (1930), S. 194–200, hier S. 194. Eine solche Überarbeitung war schon 1924 von der Münchener Tochterloge „Empor

Vier Jahre später waren die Rituale der Johannisgrade fertiggestellt. Ein Bruder der Mönchengladbacher Tochterloge „Vorwärts" freute sich in einem Vortrag, dass der Meistergrad nunmehr die Deutung des christlichen Sühneopfers am Kreuz ablehne und stattdessen „den Tod Christi als Folge unerschütterlicher Pflichttreue in Verfolgung höchsten idealen Strebens" nahelege.[1860] Spätestens 1932 war das „heroische Christentum"[1861] der völkischen Bewegung also in den Freimaurertempeln angekommen.

14.4. Rechtskurs der humanitären Großlogen

Der völkisch-nationalistische Kurs der Altpreußen richtete sich explizit auch gegen die humanitären Großlogen. Das darf nicht darüber hinwegtäuschen, dass sich in den 1920er Jahren auch bei diesen mehr und mehr ein offener Rechtskurs durchsetzte, der an die im Krieg umarmte nationalhumanitäre Identität anknüpfte und sie weiter radikalisierte.

Der altpreußische Großlogenbundaustritt hatte innerhalb der humanitären Großlogen für Unruhe gesorgt, da etliche Brüder die im Berliner Begründungsschreiben vorgebrachte Kritik am Internationalismus teilten und unglücklich waren über die laute kosmopolitische Minderheit, die in ihren Augen die humanitäre Freimaurerei in Misskredit brachte. Nicht wenige humanitäre Brüder wünschten sich von ihren Großlogen ein aktiveres Bekenntnis zur Nation und ein aggressiveres Vorgehen gegen kosmopolitische ‚Abweichler', ähnlich der altpreußischen Linie. Verstärkt wurde dieser humanitärfreimaurerische Antiinternationalismus durch antimasonische Diffamierungen und eine Woge des Nationalismus, die in Folge der Besetzung des Ruhrgebiets durch französische und belgische Truppen ab 1923 das Bürgertum erfasste.

Die Folge war eine Abwanderungsbewegung humanitärer Logen, die ihre Systeme verließen und zu den altpreußischen Großlogen übertraten. Eine Auswertung der Angaben zu den Freimaurerbeständen des Geheimen Staatsarchivs Preußischer Kulturbesitz ergab zwischen Ende des Ersten Weltkriegs und der Machtübergabe an die Nationalsozialisten 25 derartige Übertritte, der Großteil davon (21 Logen) in den Jahren 1923 bis 1927.[1862] Am meisten profitierte davon die Große Loge von Preußen, die mehr als die Hälfte der so erfassten ‚Überläufer' absorbierte, gefolgt von den „Drei Weltkugeln", die acht Logen aufnahm und schließlich der Großen Landesloge, welcher sich die restlichen vier anschlossen.

Mehr noch als der quantitative dürfte die humanitären Großlogen der symbolische Verlust geschmerzt haben. Einige der prestigeträchtigsten Tochterlogen kehrten der humanitären Freimaurerei demonstrativ den Rücken, darunter die Weimarer Loge „Amalia", in der einst Goethe das freimaurerische Licht erhalten hatte, sowie die

---

zum Licht" gefordert, jedoch trotz vielen Zuspruchs aus der Bruderkette damals noch vertagt worden, vgl. „Rundschau", in: Leuchte 1 (1924), S. 9.

1860 Müller: Bedeutung des Teppichs, S. 15.

1861 Puschner: Völkische Bewegung, S. 219.

1862 Vgl. Endler/Schwarze-Neuß: Freimaurerbestände, Bd. 2, S. 23–306. Vgl. auch Melzer: Konflikt, S. 66.

Nürnberger Logen „Zu den drei Pfeilen“ und „Joseph zur Einigkeit“, die zu den ältesten und aktivsten Förderern humanitärer Einheitsbestrebungen gehört hatten.[1863]

Die Abwanderungsbewegung war ein deutliches Votum gegen die humanitäre Konzeption von Freimaurerei oder doch zumindest gegen die bisherige humanitäre Großlogenpolitik. Sich aus der ‚internationalistischen‘ Ecke zu befreien wurde somit zu einer Frage, die den innersten Kern der Identität und die Integrität dieser Großlogen betraf.

Etliche von ihnen erlebten folglich ab Mitte der 1920er Jahre offene oder schwelende Richtungsstreitigkeiten, in deren Zuge auch sie sich deutlich nach rechts bewegten. Eine Akzentverschiebung betonte nunmehr verstärkt das Nationale am nationalhumanitären Selbstverständnis, ohne das Ideal der Menschheitsverbrüderung offiziell aufzugeben. In der Praxis bedeutete das vor allem eine Zunahme des Antisemitismus.

Die stärksten Turbulenzen erlebte die Große Loge von Hamburg, in der ein Streit um die angeblich „jüdisch beeinflussten“ ehemaligen Settegastlogen entbrannte.[1864] Die Folge war, dass die von diesen gebildete Provinzialgroßloge in Berlin aufgelöst und die Hamburger Großlogensatzung um ein Bekenntnis zum deutschen Volkstum ergänzt wurde.[1865] Einem radikalnationalistischen harten Kern war das jedoch nicht genug, was zu einem spürbaren Aderlass für die Hamburger Großloge führte. Zwölf der 25 Logen, die von einer humanitären zu einer altpreußischen Großloge wechselten, waren Hamburger Tochterlogen.[1866]

Auch in anderen Obedienzen kam es zu vergleichbaren Auseinandersetzungen und Maßnahmen. Inspiriert von den Satzungsänderungen der Großen Loge von Preußen wurde auch in der Großen Landesloge von Sachsen die Annahme des ‚christlichen Prinzips‘ diskutiert und von mehreren Tochterlogen in ihren eigenen Haussatzungen umgesetzt.[1867] In der Großloge „Deutsche Bruderkette“ wurde das Bekenntnis zum deutschen Volkstum eingeführt, was von etlichen Logen antisemitisch ausgelegt und in ihren Haussatzungen auch so vereindeutigt wurde.[1868] Ebenfalls als antisemitische Satzungsänderung muss gelten, dass die Großlogen von Bayreuth und Frankfurt zur Unvereinbarkeit von Freimaurerei und jüdischem Orden B'nai B'rith zurückkehrten.[1869] Davon, dass sich in den humanitären Großlogen Antisemitismus nicht habe durchsetzen können, wie jüngst noch Berger meinte, kann also nicht die Rede sein.[1870]

1863 Zum Wechsel der Loge Amalia vgl. Krehan (Hg.): Zu neuen Ufern. Zum Wechsel der beiden Nürnberger Logen vgl. Pauli: Anspruch, S. 267–274.

1864 Die antisemitische Einschätzung stammt aus einem Brief, den ein Wismarer Bruder am 04.06.1925 an die GLvH schrieb, zit. n. Schulz-Robinson: Richtungsstreit, S. 101.

1865 Vgl. Schulz-Robinson: Richtungsstreit, S. 102 u. „Die auf ewige Zeiten zerstörte Gemeinschaft“, in: Bauhütte 7 (1925), S. 54 f.

1866 Vgl. Endler/Schwarze-Neuß: Freimaurerbestände, Bd. 2, S. 23–306. Hinzu kamen zwei weitere GLvH-Tochterlogen, die 1924 und 1926 zur GLDB wechselten.

1867 Vgl. Böhl: Freimaurerei, S. 142 u. Bischoff: Humanitär.

1868 Vgl. Böhl: Freimaurerei, S. 142 f.

1869 Vgl. „Die Eklektische Großloge und der Orden der ‚Bnee Briss‘ “, in: Bauhütte 8 (1927), S. 77 f. Zum GLvB-Beschluss vgl. „Aus der Weltfreimaurerei“, in: Sonnenstrahlen 8 (1921/22), S. 211.

1870 Vgl. Berger: Internationalismus, S. 146.

Als Teil der nationalhumanitären Akzentverschiebung wandelte sich auch der Umgang der Großlogen mit ihrer kosmopolitisch gesinnten Minderheit. Orientiert am Berliner Begründungsschreiben zum Großlogenbundaustritt, das den humanitären Großmeistern das Gewährenlassen gegenüber diesen Brüdern zum Vorwurf gemacht hatte, wurden nunmehr die Zügel straffer angezogen. Mehr und mehr wandten sich die humanitären Großlogen so vom liberalen Bundesverständnis ab und einem autoritären Selbstverständnis zu.

Das zeigte sich etwa im Spätsommer 1924, als sich Ludwig Bangel, Hans Bluntschli und Ernst Klein, alle drei ehemalige Mitglieder des „Bluntschli-Ausschusses", mit einem für Völkerversöhnung, für die Republik und gegen Rassismus eintretenden Rundschreiben an die Bruderschaft wandten.[1871] Ihnen schlug nicht nur die erwartbare Ablehnung der altpreußischen Großlogen entgegen, sondern auch die der übrigen Obedienzen.[1872] Bluntschli erkannte darin einen grundlegenden Wandel, den er zwei Jahre später wie folgt zusammenfasste: Die Großlogen würden „mit Machtsprüchen, Verboten, Zensur und Maßregelungen nicht selten eine Autorität für sich fordern", die ihnen nach dem tradierten humanitären Verständnis von Freimaurerei nicht zukomme.[1873]

Selbst die Großloge von Bayreuth, die noch 1926 ihrem Ruf als liberalste Großloge durch eine neue, die Souveränität der Einzellogen stärkende Satzung alle Ehre gemacht hatte, schlug mit leichter Verzögerung den autoritären Weg ein. Im Herbst 1931 hieß es in ihrer Zeitschrift unter deutlicher Abkehr vom vormals liberalen Bundesverständnis, eine Großloge sei gerade *keine* „Summierung der in ihr zusammengeschlossenen Logen", sondern gleiche einer höchsten Behörde, weshalb ihr Großmeister auch in der Lage sein müsse, „autoritativ den Logen gegenüber auftreten zu können".[1874]

Wenngleich der autoritäre Kurs die Macht der Großlogenleitungen über die Basis stärkte, darf doch nicht übersehen werden, dass er von einem Großteil dieser Basis nicht nur mitgetragen, sondern eingefordert wurde. Schon Bluntschli hatte in seiner Nachlese zum Frankfurter Rundschreiben nicht nur den Wandel der Großlogenpolitik herausgestellt, sondern auch den in der Bruderkette weit verbreiteten nationalistischen Radikalismus, der sich in Form hasserfüllter Zuschriften geäußert und dem autoritären großmeisterlichen Gebaren den nötigen Rückhalt gegeben hatte.[1875] Auch bei der autoritären Wende der Großloge von Bayreuth war die Initiative nicht von ‚oben' ausgegangen, sondern von einigen Tochterlogen unter Wortführung der Heidelberger Loge „Ruprecht zu den fünf Rosen".[1876]

1871 Veröffentlicht u. a. als „An alle deutschen Brueder!", in: Leuchte 11 (1924), S. 121 f.

1872 Vgl. „Rundschau", in: Leuchte 12 (1924), S. 140 f.

1873 Bluntschli, Hans: „Grundsätzliches", in: Leuchte 1 (1926), S. 2 f., hier S. 2.

1874 Zit. n. „Maurerisches aus Nah und Fern", in: Hamburger Logenblatt 637 (1931/32), S. 15 f., hier S. 16. Vgl. zu den Wandlungen der GLvB in der Weimarer Republik auch Fenner/Schmitt-Sasse: Freimaurer als ‚nationale Kraft', S. 224.

1875 Bluntschli, Hans: „Erwiderung auf Aeusserungen zu dem Frankfurter Rundschreiben", in: Leuchte 1 (1925), S. 2–6, hier S. 4.

1876 Vgl. Bauhüttennot. Bonner Blaubuch. Eine Sammlung von Akten und Aufsätzen, Bonn 1931; Bergen, P[aul] L[eo] von den: „Das Ende der freisinnigsten Großloge", in: Leuchte 7/8 (1931), S. 103 f.; Melzer: Konflikt, S. 86 f.

Indem die Großmeister sich in ihrer autoritären Politik auf die radikalen Teile der Basis stützten, machten sie sich jedoch von diesen weiter abhängig. Die vermeintlich autoritative Stellung der Großmeister kam immer da an ihre Grenzen, wo die nunmehr unter Hoheit der radikalnationalistischen Stimmen stehende Diskursgemeinschaft Internationalismus witterte. Das schränkte nicht nur für die marginalisierten Kosmopoliten den Spielraum deutlich ein, wie sich besonders 1927 zeigen sollte.

Am 16. Februar dieses Jahres beging der Großmeister der Großloge von Frankfurt Ludwig Ries den ‚Fauxpas', sich mit Repräsentanten der französischen Freimaurerei zu treffen.[1877] Ries' Absicht war dabei explizit *nicht*, eine Wiederaufnahme freundschaftlicher Beziehungen anzubahnen. Im Gegenteil erklärte er seinen französischen Amtskollegen, dass er nicht gedenke, mit dem deutschen Konsens hinsichtlich der Auslandsbeziehungen zu brechen.[1878] Vielmehr forderte er von ihnen Stellungnahmen zur französischen Besetzung deutschen Gebiets und zum Versailler Kriegsschuldparagraphen, was die französischen Brüder sichtlich brüskierte.[1879]

Ries glaubte, mit seinem Umgang mit den Franzosen nationale Standhaftigkeit zu beweisen. Seine deutschen Amtskollegen hatte er im Vorfeld über die französische Einladung zum Gespräch informiert und seine Absichten erklärt.[1880] Aber Ries hatte sich verschätzt. Ein Sturm der Entrüstung brach los, noch befördert – aber nicht erst hervorgerufen – von Berichten der profanen Presse, die Wind von dem Treffen bekommen hatte und fälschlicherweise davon sprach, die Frankfurter Begegnung sei das Resultat von „seit Jahren zwischen den deutschen und den französischen Freimaurerlogen geführten Verhandlungen über die Wiederaufnahme der Beziehungen".[1881] Schon am 4. März, zwei Tage vor dieser Zeitungsmeldung, hatte die Großloge „Deutsche Bruderkette" aus Protest den Großlogenbund verlassen und damit dessen fünf Jahre zuvor begonnenen Zerfall fortgesetzt.[1882] Die nationale Zwangsjacke, die sich die humanitären Großmeister selbst geschneidert hatten, war inzwischen so eng gezogen, dass selbst für das keineswegs auf grenzüberschreitende Verbrüderung zielende Vorgehen von Ries keine Bewegungsfreiheit mehr vorhanden war.

1877 So Ries' Angabe, wiedergegeben unter „Verschiedenes", in: Am rauhen Stein 5 (1927), S. 124–127, hier S. 125. Abweichend die Angabe bei „Frankfurter Begegnung 1927", in: Internationales Freimaurerlexikon, Sp. 493 f., wo vom 27.02.1927 die Rede ist.

1878 Vgl. „Verschiedenes", in: Am rauhen Stein 5 (1927), S. 124–127, hier S. 125.

1879 Vgl. die Darstellung des Treffens in „An sämtliche Johannislogen!", in: Bundesblatt [Beilage] (1927). Eine ausführliche Darstellung der Frankfurter Begegnung findet sich auch bei Weinberg: Stiefkinder, S. 294–298.

1880 Vgl. „An sämtliche Johannislogen", in: Bundesblatt 3 (1927), S. 90 f.

1881 So ein Bericht in der Vossischen Zeitung vom 06.03.1927, zit. n. „Die französischen Großlogen und die deutsche Einigkeit", in: Bauhütte 3 (1927), S. 42–47, hier S. 43.

1882 Vgl. „Verschiedenes", in: Am rauhen Stein 4 (1927), S. 103 f. und „Eine amtliche Erklärung der jüngsten Deutschen Großloge", in: Bauhütte 5 (1927), S. 41.

15. Desintegration der deutschen Freimaurerei

Der altpreußische Großlogenbundaustritt 1922 war ein deutliches Anzeichen dafür, dass in der deutschen Freimaurerei inzwischen die Zentrifugalkräfte die integrativen Kräfte überwogen. Dieses Kräfteverhältnis zeigte sich auch abseits der Großlogenpolitik und führte zu einer fortschreitenden Desintegration der deutschen Freimaurerei.

15.1. Das Ende der deutschfreimaurerischen Geschichtsschreibung

Die Schwäche der integrativen Kräfte zeigt sich während der Weimarer Republik unter anderem auf dem Gebiet der Freimaurerforschung und Eigengeschichtsschreibung. Die stets vom Gedanken der *gemeinsamen* Identitätsfindung getragenen Projekte zur Etablierung einer Forschungsgesellschaft und -zeitschrift der gesamten deutschen Freimaurerei waren durch den Kriegsausgang eingeschlafen. In den auch für die Freimaurerei turbulenten und krisenhaften ersten Jahren der Republik stand das Thema nicht weit oben auf der Tagesordnung. Erst ab Mitte der 1920er Jahre erwachte wieder das Interesse daran auf breiterer Front. Inspirierend hatte abermals Bernhard Beyers Rastlosigkeit gewirkt.

Professionalisierung im Bayreuther Engbund

Der Bayreuther Nervenarzt Beyer hatte kurz vor Ausbruch des Weltkriegs die Betreuung der Masonica-Sammlung der Großloge von Bayreuth übernommen, die er bis 1930 zum weltweit drittgrößten Logenmuseum ausbauen sollte.[1883] Schon am 16. März 1921 hatte er eine ausgewählte Runde historisch interessierter Brüder nach Bayreuth geladen, um Einblick in die Sammlungsarbeit zu geben.[1884] Seinen ursprünglichen Plan zur Gründung einer Forschungsgesellschaft hatte Beyer zwar bereits im Vorfeld wieder verworfen, aber als sich der informelle Kreis schon ein gutes halbes Jahr später erneut traf, beschloss man, sich an Ort und Stelle als „Geschichtlichen Engbund des Bayreuther Freimaurer-Museums“[1885] zu konstituieren. Mit nur 42 ordentlichen und

1883 Vgl. Schneider/Hanke: Sammlungsgeschichte u. Brinkmann: Forschungsloge Quatuor Coronati, S. 8.

1884 Für die Gründungsgeschichte vgl. „Mitteilung des Geschichtlichen Engbundes des Bayreuther Freimaurer-Museums“, in: Latomia 1 (1927), S. 8–10.

1885 Nach dem Ende der Strikten Observanz wurden u. a. von den maurerischen Reformern I. A. Feßler und F. L. Schröder besondere Gruppen eingeführt, in denen ausgewählte Brüder zum Zweck der historischen Auseinandersetzung die nunmehr abgeschafften Hochgrade kennenlernen konnten. Daraus entwickelten sich sog. „Engbünde“, in denen dieses historische Interesse an freimaurerischen Graden, Ritualen und Systemen

18 korrespondierenden Mitgliedern gelang es diesem kleinen Kreis sogar, ab 1925 im Jahrestakt ein reich bebildertes Periodikum mit dem Titel Das Freimaurer-Museum. Archiv für freimaurerische Ritualkunde und Geschichtsforschung herauszugeben.[1886]

Diese positive Bilanz erklärt sich wohl vor allem durch die relative Exklusivität und die Anbindung an eine Institution. Dass nicht mehr die Konstruktion und Legitimation einer gesamtdeutschen freimaurerischen Identität im Zentrum des Unterfangens stand, sondern Nachforschungen zur Sammlung des Bayreuther Museums, begünstigte eine Professionalisierung und wirkte stabilisierend. Wie bedeutsam diese Gewichtsverschiebung für den Erfolg der Forschungsgesellschaft war, zeigt die Gegenüberstellung mit anderen Versuchen zur Institutionalisierung der Freimaurerforschung in den 1920er Jahren.

Gescheiterte Projekte zur Einheitsgeschichtsschreibung

Wohl angeregt von den Erfolgen des kleinen Kreises um Beyer versuchte beispielsweise Alfred Unger ab 1925, seine Pläne für eine Forschungszeitschrift wieder aufzunehmen. Nach der ersten diesbezüglichen Ankündigung in der Bauhütte, die auch die Gründung einer Forschungsgesellschaft in Aussicht stellte, dauerte es jedoch noch einmal vier Jahre, bis die Historischen Blätter 1929 endlich als Beilage zur Bauhütte zu erscheinen begannen.[1887]

Auch im VdF hatte sich Mitte der 1920er Jahre wieder Interesse an gemeinsamer deutscher Freimaurerforschung bemerkbar gemacht. In einem Vortrag auf der Hauptversammlung des Vereins im September 1926 prangerte der Hamburger Bruder Franz E. Zierler den Stillstand auf diesem Gebiet an und informierte, dass zur Behebung dieses Mangels im Vorjahr mit der Wiederaufrichtung der „Gesellschaft zur Förderung freimaurerisch-wissenschaftlicher Forschung" begonnen worden sei.[1888] Einer ihrer ersten Schritte war die Umbenennung gewesen. Nachdem verschiedene Vorschläge diskutiert worden waren, hatte man sich schließlich für „Wolfstieg-Gesellschaft" entschieden, nach dem 1922 verstorbenen August Wolfstieg.[1889] Ziel der „Wolfstieg-Gesellschaft" war

---

gepflegt wurde. Vgl. „Engbund oder historische Kenntnisstufe", in: Allgemeines Handbuch (3. Aufl.), Bd. 1 (1900), S. 224 f. Die Satzung des Engbundes des Freimaurermuseums findet sich in: Das Freimaurer-Museum 2 (1926), S. 313 f.

1886 Das Periodikum erschien bis 1932. Für die Mitgliederanzahl vgl. „Mitteilung des Geschichtlichen Engbundes des Bayreuther Freimaurer-Museums", in: Latomia 1 (1927), S. 8–10, hier S. 10.

1887 Die erste Ankündigung unter „Redaktionelles", in: Bauhütte 1/2 (1925), S. 13 f. Die Ankündigung der historischen Beilage für den Folgejahrgang unter Unger, Alfred: „Eine neue Beilage der ‚Bauhütte' ", in: Bauhütte 12 (1928), S. 94 f.

1888 Vgl. Zierler, Fr[anz] E.: „Ist eine exakt-wissenschaftliche Erforschung der Freimaurerei notwendig und wie kann sie gefördert werden?", in: Mitteilungen aus dem VdF 30 (1926), S. 99–105, hier S. 104 f.

1889 Vgl. ebd., S. 105.

es, die besondere „volks- und rasseneigentümliche Färbung“ der deutschen Freimaurerei besser zu verstehen und klarer herauszuarbeiten.[1890] 1929 konnte dann an die publizistische Tätigkeit der „Gesellschaft zur Förderung freimaurerisch-wissenschaftlicher Forschung“ angeknüpft werden.[1891]

Weder diese Wiederaufnahme der Reihe „Quellen zur Geschichte der Freimaurerei“, noch Ungers Historische Blätter kamen jedoch über ihr erstes Erscheinungsjahr 1929 hinaus. Ungers Pläne für eine um die Historischen Blätter sich formierende Forschungsgesellschaft blieben unverwirklicht und auch die „Wolfstieg-Gesellschaft“ schlief schon um 1930 wieder ein.[1892] Die integrierende Wirkung einer von der Einheitsidee getragenen Freimaurerforschung hatte gegen die Weltwirtschaftskrise, aber auch gegen die bereits weit fortgeschrittene Auflösung der ‚imagined community‘ verloren.

Freimaurerforschung als Distinktionsprojekt – das Beispiel der Großen Landesloge

Ein erfolgreiches Beispiel für Identitätsstiftung durch Freimaurerforschung bietet in den 1920er Jahren hingegen die Eigengeschichtsschreibung der Großen Landesloge, die jedoch gerade nicht auf deutschfreimaurerische Einheit, sondern ganz im Gegenteil auf Abgrenzung und Distinktion bedacht war.

Systematischer, konsequenter und frühzeitiger als ihre altpreußischen Schwestern verfolgte die Große Landesloge schon seit Anfang der 1920er Jahre den Plan, sich nicht nur von der internationalen Freimaurerei zu distanzieren, sondern ihrer „geschichtlich gewordenen Eigenart“[1893] – beziehungsweise dem, was sie nun darunter verstanden wissen wollte – wieder die Ehre zu geben. Hierbei kam der ordensinternen Eigengeschichtsschreibung die Rolle einer Legitimationswissenschaft zu.

Schon seit 1904 bestand in der Großen Landesloge eine „Wissenschaftliche Kommission“, die noch unter dem Vorsitz Wilhelm Begemanns ab 1912 eine Reihe Schriften veröffentlicht hatte. Große Aufmerksamkeit hatte sie damit nicht generieren können. In den 1920er Jahren versuchten Artikel in den Organen der Großen Landesloge Interesse für ihre Arbeit zu wecken, wobei – wie es explizit hieß – „weniger das reine Ergebnis freimaurerisch-wissenschaftlicher Forscherarbeit“ im Fokus stand, als vielmehr der Wunsch, eine deutlich von der internationalen humanitären Freimaurerei unterschiedene *Orden*stradition zu rekonstruieren.[1894] Historischer Orientierungspunkt

---

1890 Zierler, Fr[anz] E.: „Ist eine exakt-wissenschaftliche Erforschung der Freimaurerei notwendig und wie kann sie gefördert werden?“, in: Mitteilungen aus dem VdF 30 (1926), S. 99–105, hier S. 100.

1891 Vgl. „Streiflichter und Bemerkungen“, in: Latomia 9 (1929), S. 127.

1892 Vgl. dazu eine Anmerkung in „Weiße Salbe“, in: Latomia 7/8 (1932), S. 74–77, hier S. 76.

1893 Bolle, Friedrich: „Wie soll sich die Arbeit der Großen Landesloge in der Zukunft gestalten?“, in: Zirkelkorrespondenz 17 (1929), S. 363–368, hier S. 365.

1894 Leonhardt, E. E.: „Die Wissenschaftliche Kommission – ein Rück- und Umblick!“, in: Zirkelkorrespondenz 12 (1926), S. 280–286, hier S. 284.

war das christliche deutsche Mittelalter, das gegen die Aufklärung mit ihrer „falschen Humanitätsidee“ vom allgemeinen Menschentum in Anschlag gebracht wurde, um „der völkischen Idee das dieser von Natur und Geschichte wegen zukommende Recht“ in der Freimaurerei angedeihen zu lassen.[1895]

Diese Rückbesinnung unter völkischen Vorzeichen führte zu einer Wiederbelebung der Templertradition. Den offenen Widerspruch zur historischen Forschung vermeidend, mahnte Landesgroßmeister Müllendorff 1923 in der ZIRKELKORRESPONDENZ, man müsse sich hüten, „auch nur eine einzige Erzählung unserer Ordensdichtung auszumerzen, nur weil sie als historisch unhaltbar erwiesen sein sollte.“[1896] Ähnlich argumentierte auch ein Beitrag im Folgejahr, der dafür plädierte, dass die Bedeutung der Rittertradition höher zu gewichten sei als die blanke historische Faktizität.[1897]

Um 1927 war die (Rück-)Umwandlung in einen Ritterorden weitgehend vollzogen. Seit diesem Jahr war bei Feiern der Großen Landesloge eine Ordensflagge – rotes Tatzenkreuz auf weißem Grund – aufzuziehen, „um den Ordenscharakter im Gegensatz zum Logencharakter äußerlich hervorzuheben.“[1898] Den letzten Resten alter Verbundenheit mit der Gesamtheit der Freimaurerei wurde durch die Ordensleitung und die ZIRKELKORRESPONDENZ entgegengearbeitet. Sie forderten die Brüder beispielsweise explizit dazu auf, „den in den westlichen Ländern im 18. Jahrhundert entstandenen Begriff der Johannis-Freimaurerei zurückzustellen gegenüber dem Ordensbegriff“.[1899] Dass die Formen der ersten drei Grade der Großen Landesloge „manche oft weitgehende Ähnlichkeiten“ mit den Johannisgraden anderer Lehrarten besäßen, könne „nicht als Beweis für eine innere Zusammengehörigkeit angesehen werden“, schrieb auch der wenige Jahre später zum Ordensmeister aufsteigende Friedrich Bolle 1929 in der ZIRKELKORRESPONDENZ.[1900] Ebenso wurden die Mitglieder ermahnt, sich nicht mehr als ‚Logenbrüder‘, sondern als ‚Ordensbrüder‘ zu verstehen, was 1928 dann auch zur offiziellen Sprachregelung wurde.[1901] Im November 1930 nahm die Große Landesloge schließlich den Namenszusatz „Deutsch-Christlicher Orden“ an.[1902]

1895 Dreyer, Otto: „Zurück zu einer aristokratischen Weltanschauung!“, in: Mecklenburgisches Logenblatt 15/16 (1921/22), S. 119–125, hier S. 122.

1896 Müllendorff, Eugen: „Zum Gedächtnis des Brs. Eckleff“, in: Zirkelkorrespondenz 13/14 (1923), S. 190–195, hier S. 192.

1897 Vgl. Bojunga, Klaudius: „Maurertum und Rittertum“, in: Zirkelkorrespondenz 1/2 (1924), S. 1–7.

1898 Müllendorff, Eugen: „Amtliche Mitteilung“, in: Zirkelkorrespondenz 12 (1927), S. 290.

1899 Siegfried, Karl: „Weiß und Rot als Sinnbild zweier Weltanschauungen“, in: Zirkelkorrespondenz 22 (1927), S. 498–505, hier S. 499

1900 Bolle, Friedrich: „Wie soll sich die Arbeit der Großen Landesloge in der Zukunft gestalten?“, in: Zirkelkorrespondenz 17 (1929), S. 363–368, S. 366. Zur masonischen Vita Bolles vgl. Peters: Berliner Freimaurer, S. 13.

1901 Vgl. Kaufmann: „Logenbruder und Ordensbruder“, in: Zirkelkorrespondenz 24 (1927), S. 543–547, hier S. 544; Schulte: Orden, S. 36.

1902 Vgl. Schulte: Orden, S. 37.

Dass die Aufforderung an die ordensinterne Eigengeschichtsschreibung erhört, die historische Kritik den weltanschaulichen Leitlinien untergeordnet wurde, zeigte sich schließlich am prominentesten in Ferdinand Runkels dreibändiger „Geschichte der Freimaurerei" von 1932. Der promovierte Historiker Runkel, der als Journalist und Autor von Kriminalromanen seinen Lebensunterhalt bestritt, vermischte in dem Monumentalwerk quellenbasierte Darstellung mit Tendenzgeschichtsschreibung und einer völkisch-religiösen Wesensbestimmung der Freimaurerei.[1903]

Die Abstammung vom Templerorden wurde hier nun wieder als historische Tatsache hingestellt, wobei die Gegenargumente der Jahrhundertwende mit dem Einwand beiseite gewischt wurden, dass es *selbstverständlich* keine dokumentarischen Belege dafür gebe, da „die Verwandlung der Ordensritter in Maurerbrüder [...] vor den Augen der weltlichen Mächte verborgen bleiben" musste.[1904] Die Lossagung von der Templertradition 1888 sei ein Fehler gewesen, von da ab habe „der Bruderschaftsgedanke den alten Kern fast bis zur Unsichtbarkeit" überwuchert.[1905] Vollends ‚zertrümmert' worden sei die Ordensidee dann von Wilhelm Begemann, den Runkel als Kleingeist mit „wahrhaft diktatorische[r] Autorität" hinstellte.[1906] Auch das Wirken des Kronprinzen, nachmalig Kaiser Friedrich III. für eine Liberalisierung und Reformierung der Großen Landesloge wurde nun wieder in ein negatives Licht gerückt, wobei Runkel es vermied, dem Hohenzollern persönliche Schuld zuzusprechen. Er habe zu sehr unter dem Einfluss seiner Gemahlin gestanden, „die ganz Engländerin war" und damit ihrem Gatten eine mit der deutschen Freimaurerei nicht kompatible Mentalität eingeflößt hätte.[1907]

15.2. Der Verein deutscher Freimaurer in der Desintegration

Wann immer es in der Jahrhundertwende zwischen den Großlogen gekriselt hatte, war der VdF in die Bresche gesprungen, hatte sich als Hüter des Einheitsgedankens und als Keimzelle des deutschfreimaurerischen Zusammengehörigkeitsgefühls jenseits der Bruchlinien bewährt. Seinen Aufstieg zum Massenverein verdankte er gar erst dem ewigen Zwist zwischen den Großlogenleitungen. Die gegenwärtigen Probleme reichten jedoch tiefer. Es waren nicht mehr in erster Linie divergierende Machtinteressen der Großlogen, denen ein nach Betätigungsmöglichkeiten suchender Einheitswille der Basis entgegenstand, sondern eine politisch-ideologische Radikalisierung, die bis weit in die Bruderschaft hineinreichte und auch vor dem VdF keinen Halt machte.

1903 Zu Runkel und seiner „Geschichte der Freimaurerei" vgl. Oberhauser: Runkel; Grün: Geschichtsforschung; Peters: Berliner Freimaurer, S. 55.

1904 Runkel: Geschichte, Bd. 3, S. 301. Vgl. auch den ganzen Abschnitt mit der Überschrift „Die Wahrheit der Ordenslegende", ebd., S. 295–305.

1905 Ebd., S. 304.

1906 Ebd., S. 302 u. 304.

1907 Ebd., S. 369.

Im Gegenteil sah er sich schon 1919 selbst intern Vorwürfen von allen Seiten ausgesetzt. Eine Obmannschaft trat etwa geschlossen aus, da der Verein in ihren Augen zu sehr der humanitär-internationalistischen Auffassung zuneige.[1908] Da auch umgekehrt Vorwürfe von humanitärer Seite kamen und zugleich der Zustrom zur Freimaurerei auch dem VdF zugutekam,. schien jedoch kein Handlungsdruck gegeben.[1909] Während des Krieges war im Rahmen des kriegsbedingten allgemeinen Rückgangs die Mitgliederzahl leicht gesunken, aber schon 1919 wurde die 17.000er-Marke überschritten und damit die Höchstzahl vom August 1914 in den Schatten gestellt.[1910] Am 1. Juli 1924 umfasste der VdF sogar 26.628 Mitglieder und damit fast ein Drittel aller deutschen Freimaurer.[1911]

Zu Beginn der Weimarer Republik zeigte sich der VdF denn auch zunächst durchaus zuversichtlich und bemühte sich, an seine Vorkriegsaktivitäten in Sachen Innen- und Außenarbeit anzuschließen. Schon 1919 kam die Idee allgemeiner deutscher Freimaurertage und einer Freimaurerakademie auf, wo sich Brüder aller Systeme austauschen und voneinander lernen könnten.[1912] Richteten sich diese zwei Ansätze nach innen, so sollte nach Vorstellung Diedrich Bischoffs eine freimaurerische Volkshochschule den masonischen Bildungsauftrag für das profane Volk übernehmen.[1913] Dazu passend bot eine Volkshochschule in Chemnitz bereits im September 1919 einen neun Abende umfassenden Kurs über „Wesen und Geschichte der deutschen Freimaurerei“ an.[1914]

Zur Umsetzung der nach innen gerichteten Bildungsmaßnahmen suchte der VdF die Nähe zu den Großlogen. Die Kooperation resultierte in den Gemeinschaftstagen, die im Anschluss an die VdF-Hauptversammlung vom 27. bis 29. September 1920 in Nürnberg stattfanden. Offiziell ausgerichtet wurden sie vom Arbeitsausschuss des Großlogenbundes, der ein Programm mit mehreren Vorträgen und anschließender Diskussion aufgestellt hatte. Diedrich Bischoff dozierte über „Freimaurerei und Sozialismus“, August Horneffer über „Freimaurerei und Deutschtum“ und Gustav Pösche über „Freimaurerei und Religion“.[1915] Insgesamt besuchten rund 70 Brüder die dreitägige Veranstaltung und sorgten für einen regen Austausch über den präsentierten Stoff. Besonders hinsichtlich

1908 Vgl. Schwabe, Johann Conrad: „Jahresbericht 1918–1919“, in: Mitteilungen aus dem VdF (1919/20), S. 92–108, hier S. 106.

1909 Vgl. etwa „Von Magdeburg bis Magdeburg“, in: Bauhütte 41/42 (1922), S. 180–182.

1910 Vgl. „Mitgliederbestand“, in: Mitteilungen aus dem VdF (1919/20), S. [II], wo für Januar 1919 noch 16.385, für November desselben Jahrs dann 17.666 Mitglieder angegeben sind. Vgl. dazu „Mitgliederbestand“, in: Mitteilungen aus dem VdF (1914/15), S. [II], wo der Höchststand vom 15.08.1914 mit 16.594 Mitgliedern angegeben wird.

1911 Vgl. „55. Hauptversammlung des Vereins deutscher Freimaurer in Stuttgart, vom 12. bis 15. September 1924“, in: Mitteilungen aus dem VdF 10 (1924), S. 285–295, hier S. 285.

1912 Vgl. Bischoff, Diedrich: „Unser Kurs“, in: Mitteilungen aus dem VdF (1919/20), S. 87–92, hier S. 88 f.

1913 Vgl. ebd., S. 89 f.

1914 Vgl. „Rundschau“, in: Wiener Freimaurer-Zeitung 6/7 (1919), S. 28 f.

1915 „Logenberichte und Vermischtes“, in: Bauhütte 31/32 (1920), S. 224.

des von August Horneffer bearbeiteten Themas habe sich „eine erfreuliche Gemeinsamkeit“ gezeigt, wie es in einem späteren Bericht hieß.[1916]

Doch waren von Beginn an auch die Schatten der Desintegration über der Tagung gelegen. Die Große Landesloge hatte als einzige der deutschen Großlogen die Gemeinschaftstage nicht offiziell beschickt und eines ihrer Mitglieder, das privat teilgenommen hatte, kanzelte sie im Nachhinein ab: „Der Geist, der durch diese 3 Tage ging, war wenig von unserm Geiste.“[1917] In der Bauhütte wurde stellvertretend für den VdF der so hingeworfene Fehdehandschuh aufgenommen. Nein, in Nürnberg habe nicht Geist vom Geiste der schon immer gegen die freimaurerische Einmütigkeit schießenden Großen Landesloge geherrscht, sondern „schöner freimaurerischer Geist, [...] und wir bedauern alle die, welche sich zu einem solchen Geiste nicht empor zu schwingen vermögen.“[1918]

Der VdF selbst hielt sich mit offiziellen Reaktionen auf die Vorwürfe zurück, aber schon bei den zweiten Gemeinschaftstagen vom 9. bis 11. Juni 1921 in Potsdam zeigte sich eine deutlich geringere Beteiligung als noch im Vorjahr, worüber auch der optimistische Bericht in der Bauhütte nicht hinwegtäuschen konnte.[1919] Nach nur zwei Anläufen kamen die Gemeinschaftstage wieder an ihr Ende.

Mit dem Austritt der altpreußischen Großlogen aus dem Großlogenbund ließen sich die innerfreimaurerischen Differenzen auch im VdF nicht länger ignorieren. Auf seiner Hauptversammlung in Magdeburg Ende September 1922 verhinderte der Vereinsvorstand zwar gegen den Protest aus der Vereinsbasis eine Aussprache über den Großlogenbundaustritt,[1920] doch Anfang Oktober wandte sich eine Reihe von Obmännern mit einem Brandbrief an die Vereinsmitglieder. Das Rundschreiben kritisierte, die Magdeburger VdF-Jahresversammlung habe sich „von allen Fragen ferngehalten, die die Fr[ei]m[aure]rei bewegen“.[1921] Wenn der VdF keiner „Verkalkung“ anheimfallen wolle, dann sei es notwendig, ihm neues Leben einzuhauchen, wozu „in loser Form eine freie fortschrittliche freimaurerische Vereinigung“ innerhalb des VdF gebildet worden sei.[1922] Zu ihren Aufgabenbereichen zählten die Förderung aller Bestrebungen zur institutionellen

---

1916 „Nachrichten“, in: Mecklenburgisches Logenblatt 7/8 (1920/21), S. 63. Vgl. auch den Bericht „Nürnberger Gemeinschaftstage“, in: Bauhütte 46 (1920), S. 310 f.

1917 „Nachrichten“, in: Mecklenburgisches Logenblatt 7/8 (1920/21), S. 63.

1918 „Gegen den Verein deutscher Freimaurer“, in: Bauhütte 49 (1920), S. 326 f., hier S. 327.

1919 Vgl. „Arbeitsausschuss des Deutschen Grosslogenbundes“, in: Bauhütte 36/37 (1921), S. 172–174.

1920 Vgl. „Von der 54. Hauptversammlung in Magdeburg“, in: Mitteilungen aus dem VdF 2 (1922), S. 50–58, hier S. 51.

1921 Das Rundschreiben ist wiedergegeben in „Von der 54. Hauptversammlung in Magdeburg“, in: Mitteilungen aus dem VdF 2 (1922), S. 50–58, hier S. 51. Dort wird es auf den 05.10.1921 datiert, was jedoch ein Tippfehler sein muss, wie sich aus dem Inhalt und Kontext ergibt.

1922 „Von der 54. Hauptversammlung in Magdeburg“, in: Mitteilungen aus dem VdF 2 (1922), S. 50–58, hier S. 51.

Einigung der deutschen Freimaurerei, die Bekämpfung von Antisemitismus und Chauvinismus sowie die Pflege der Beziehungen zur Freimaurerei des Auslands.[1923]

Der Vorstand und Beirat des VdF zeigte sich wenig angetan und erklärte die Gründung einer solchen Zweckgemeinschaft innerhalb des VdF für unzulässig.[1924] So schon im Entstehen abgeblockt, kam sie anscheinend nie über das Rundschreiben hinaus und konnte keine Wirkung innerhalb des VdF entfalten. Die Frontlinie war jedoch aufgezeigt und wurde von Seiten des VdF-Vorstands mehrfach kräftig nachgezogen. So wandte sich der Vereinsvorsitzende Diedrich Bischoff noch 1922 in den Broschüren „Der Beruf des Vereins deutscher Freimaurer" und „Pazifismus und Freimaurerei" deutlich gegen die pazifistisch und internationalistisch gesinnten Vereinsmitglieder, deren Gebaren „unser Vereinswerk noch sehr wesentlich" behindere.[1925] Zwei Jahre später plädierte er unter dem Titel „Völkische Freimaurerei" dafür, die nationale als die göttliche Ordnung zu begreifen und zum Ausgangspunkt und Ziel der freimaurerischen „Ausbildung einer deutschen Menschlichkeit" zu machen.[1926] Damit hatte sich Bischoff weitgehend auf den Standpunkt der altpreußischen Großlogen begeben. Auch bei der längst wieder aufgenommenen Tätigkeit der Wanderredner standen vor allem Vorträge „über den Kampf um die deutsche Heimat, über Deutschlands geistige Erhebung, über die Bedeutung wahrer Freimaurerarbeit für den vaterländischen Aufbau und über ähnliche nationale Fragen und Aufgaben" hoch im Kurs.[1927]

Spätestens bei der Hauptversammlung Mitte September 1924 kochten die internen Spannungen erneut hoch. Ein Bonner Bruder wandte sich öffentlich gegen den Vorstand, da dieser den Verein immer weiter nach rechts verschiebe.[1928] Nach eineinhalbstündiger Aussprache erwirkten die Kritiker zwar August Horneffers Rücktritt vom Vorstand, da seine Stellungnahmen in Am rauhen Stein es „fraglich erscheinen [ließen], ob seine Tätigkeit geeignet sei, einigend zu wirken."[1929] Doch die Mehrheit hatten sie damit nicht hinter sich. Nur weil Horneffer selbst seinen Verbleib im Vorstand an weniger als fünf Gegenstimmen geknüpft hatte, war es der Minderheit von zehn zu 300 gelungen, den symbolischen Sieg davonzutragen.[1930]

In der liberalen profanen und freimaurerischen Presse wurden die Vorkommnisse der Hauptversammlung denn auch trotz des erwirkten Rücktritts Horneffers als

1923 Vgl. „Von der 54 Hauptversammlung in Magdeburg", in: Mitteilungen aus dem VdF 2 (1922), S. 50–58, hier S. 51 f.

1924 Ebd., S. 53.

1925 Bischoff: Beruf, S. 8; Bischoff: Pazifismus.

1926 Bischoff, Diedrich: „Völkische Freimaurerei", in: Mitteilungen aus dem VdF 8 (1924), S. 212–216, hier S. 212.

1927 „Von der Tätigkeit unserer Wanderredner", in: Mitteilungen aus dem VdF 6 (1923), S. 147 f., hier S. 147.

1928 Vgl. „55. Hauptversammlung des Vereins deutscher Freimaurer in Stuttgart, vom 12. bis 15. September 1924", in: Mitteilungen aus dem VdF 10 (1924), S. 285–295, hier S. 291.

1929 Ebd. Gemeint wohl Horneffers Einlassungen zum Ausschluss von Juden, vgl. dazu Kap. 14.3.

1930 Vgl. „55. Hauptversammlung des Vereins deutscher Freimaurer in Stuttgart, vom 12. bis 15. September 1924", in: Mitteilungen aus dem VdF 10 (1924), S. 285–295, hier S. 292.

‚Rechtsruck' wahrgenommen. Die linksliberale Breslauer Wochenzeitung Die freie Meinung urteilte unter der Schlagzeile „Zweifelhafte Wege der deutschen Freimaurerei", dass die Redner bei der VdF-Hauptversammlung darin gewetteifert hätten, „das nationalistische Moment in den Vordergrund zu schieben" und berichtete von Beschimpfungen, ja sogar Drohungen gegen jene Brüder, die es gewagt hatten, der internationalen Verbrüderung das Wort zu reden.[1931]

Wurde dem VdF somit einerseits vorgeworfen, er folge zu sehr der Berliner Linie, so zeigte sich bald, dass man das im Ordenshaus der Großen Landesloge ganz anders sah. Schon 1924 teilte deren Leitung ihren Mitgliedern mit, dass die Zugehörigkeit zum VdF nicht erwünscht sei.[1932] Da aber nur wenige daraufhin austraten, erfolgte 1925 das amtliche Verbot der Mitgliedschaft.[1933]

Eine Verteidigungsschrift Bischoffs setzte sich im Namen des VdF gegen die von der Großen Landesloge kommenden, antisemitisch grundierten Internationalismusvorwürfe zur Wehr, sollte den Unvereinbarkeitsbeschluss jedoch nicht umkehren.[1934] Sie hatte allerdings insofern Erfolg, als keine andere deutsche Großloge dem Beispiel der Großen Landesloge folgte und der befürchtete Dominoeffekt somit ausblieb. Im Gegenteil drückten sogar die beiden anderen Berliner Großlogen ihre Missbilligung des drastischen Schritts ihrer altpreußischen Schwester durch Solidaritätsadressen, Grußworte an die Hauptversammlung und Versicherungen der Treue zum VdF aus.[1935] Hätten sich weitere Großlogen zu dem geschlossenen Rückzug entschieden, dann wäre – so Bischoff in seiner Abwehrschrift – „das letzte gemeinsame Band zerstört, das die deutsche Brüderschaft zum Wirken über die Systemtrennungen hinweg vereint."[1936] Dass dieses Band bereits nur noch ein seidener Faden und das ‚allgemeine deutsche Maurerwesen', von dem Bischoff in seiner Schrift sprach, längst in Auflösung begriffen war, erkannte er nicht.

Der VdF bestand zwar fort, aber er verlor zunehmend die Bindekraft, die ihn nur wenige Jahrzehnte zuvor zu einer bedeutenden Größe hatte werden lassen. In der zweiten Hälfte der 1920er Jahre setzte auch im VdF ein Mitgliederrückgang ein. Die Angaben in den Mitteilungen aus dem VdF wurden in dieser Zeit rarer und vager. So war

---

1931 Zit. n. „Rundschau", in: Leuchte 11 (1924), S. 129.

1932 Vgl. Bischoff: Verein deutscher Freimaurer (1925), S. 9.

1933 Vgl. „Freimaurerische Nachrichten aus aller Welt", in: Mitteilungen aus dem VdF 19 (1925), S. 76. Vgl. dazu auch Dittrich: Verein, S. 60–62.

1934 Vgl. Bischoff: Verein deutscher Freimaurer (1925). Die Deutung Wolfgang Dittrichs, wonach die GLL sich in erster Linie gegen die vereinnahmende Öffentlichkeitsarbeit des VdF abgrenzte, lässt die – von ihm selbst zitierten – internen Vorwürfe und die politisch-weltanschaulichen Abgrenzungsbemühungen der GLL außer Acht, vgl. Dittrich: Verein, S. 60 f.

1935 Vgl. „56. Hauptversammlung des Vereins deutscher Freimaurer in Hannover, vom 10. bis 14. September 1925", in: Mitteilungen aus dem VdF 20 (1925), S. 98–106, hier S. 99 f. u. 103 f.

1936 Bischoff: Verein deutscher Freimaurer (1925), S. 39.

1927 nur noch von rund 23.000 Mitgliedern die Rede.[1937] Statt detailliert Aufschluss über die Zahlen zu geben, erfolgten nun verstärkt Aufrufe zur Werbung neuer Mitglieder, doch scheinbar ohne Erfolg. Bis 1930 war die Mitgliederzahl weiter gesunken, auf nurmehr 20.075 Brüder.[1938]

Inhaltlich blieb der VdF bis zu seinem Ende von den Auffassungen der beiden zu ihm haltenden altpreußischen Großlogen geprägt, die auch eine deutliche Mehrheit der Vorstandsmitglieder stellten.[1939] 1929 löste mit Heinrich Höpker sogar ein Mitglied der Großen Loge von Preußen Diedrich Bischoff im Amt des Vereinsvorsitzenden ab und später sollte der Großmeister der „Drei Weltkugeln" gegenüber der NSDAP angeben, man habe versucht, den VdF vollständig unter altpreußische Kontrolle zu bringen.[1940] Dennoch kam es weiterhin – insbesondere ab 1930 – auch zu Austritten von Brüdern, die nicht weiter mit Mitgliedern humanitärer Großlogen im selben Verein zusammenarbeiten wollten.[1941]

Bis zu seiner Selbstauflösung in der ersten Jahreshälfte 1933 bestand der VdF fort, ohne jedoch noch einmal an seine Hochzeiten als Manifestation einer deutschfreimaurerischen Einheitsidee anknüpfen zu können.[1942]

15.3. Krise und Desintegration der freimaurerischen Publizistik

Der Auflösungsprozess der deutschen Freimaurerei zeigte sich insbesondere auch dort, wo diese sich als Diskursgemeinschaft konstituiert hatte: in der masonischen Publizistik. Die Versäulung in immer unversöhnlicher neben- und gegeneinanderstehende Lager wurde dabei flankiert von Problemen, die sich aus der krisenhaften Wirtschaftsentwicklung ergaben.

Einschneidend war etwa ein heftiges und nachhaltiges Zerwürfnis, das sich 1924 zwischen der eingeschworenen Gemeinschaft freimaurerischer Verleger und Buchhändler einerseits und dem VdF andererseits abspielte. Letzterer war durch sein Wachstum

---

1937 Vgl. z. B. „58. Hauptversammlung des V.d.F. in Dresden", in: Mitteilungen aus dem VdF 37 (1927), S. 49–51, hier S. 50.

1938 Vgl. zur Mitgliederzahl Endler/Schwarze: Freimaurerbestände, Bd. 1, S. 403; zur Mitgliederwerbung „Werbt neue Mitglieder!", in: Mitteilungen aus dem VdF 33 (1927), S. 219 f.

1939 Vgl. Bischoff: Verein deutscher Freimaurer (1925), S. 33.

1940 Vgl. Melzer: Konflikt, S. 130, der ausführlich aus dem in Privatbesitz befindlichen Brief Otto Bordes' an die NSDAP-Parteileitung vom 12.04.1933 zitiert. Zu Höpkers Übernahme des VdF-Vorsitzes vgl. „Höpker, Heinrich", in: Internationales Freimaurerlexikon, Sp. 714. Nicht berücksichtigt und daher inkorrekt in der Liste der VdF-Vorsitzenden bei Endler/Schwarze: Freimaurerbestände, Bd. 1, S. 408 f.

1941 Vgl. z. B. „Maurerisches aus Nah und Fern", in: Hamburger Logenblatt 648/649 (1932/33), S. 44.

1942 Das genaue Datum der VdF-Selbstauflösung ist unbekannt, aber liegt vor Ende April 1933, vgl. Böhl: Freimaurerei, S. 343 f.; Melzer: Konflikt, S. 130.

und sein publizistisches Wirken zunehmend zu einer wirtschaftlichen Konkurrenz für die masonischen Kleinverlage geworden, die sich daraufhin organisierten und ihrem Ärger durch ein gegen den VdF gerichtetes Flugblatt und ein Protestschreiben an die Hauptversammlung Luft machten. Was so die Fichtebuchhandlung, der J. G. Findel Verlag, der Ed. Volkening Verlag, der Bruno Zechel Verlag, der M. Zille Verlag (alle in Leipzig) sowie der Alfred Unger Verlag in Berlin und der Verlag der Leuchte in Lennep dem VdF vorwarfen, war eine gewerbsmäßige Verlags- und Vertriebsarbeit unter dem Deckmantel und mit der ökonomischen Macht des Vereins, die neben sich kaum Platz für unabhängige Verlage lasse.[1943] Diedrich Bischoff wies als VdF-Vorsitzender die Vorwürfe zurück. Anstatt sich um Verständigung zu bemühen, erwiderte er auf der Hauptversammlung 1924, dass der VdF nicht nur keiner gewerbsmäßigen publizistischen Tätigkeit nachgehe, sondern dass er stets den Verlagen durch Besprechung und Hinweise auf ihre Veröffentlichungen zugearbeitet habe und auch weiterhin genauso wie bisher verfahren werde.[1944]

Noch einschneidender waren die Auswirkungen der ökonomischen Krisenlage auf das freimaurerische Zeitschriftenwesen. Den Weltkrieg hatten die meisten der Freimaurerblätter noch überstanden, auch wenn sich 1919 mit der FREIMAURER-ZEITUNG und AM REISSBRETTE zwei Traditionsblätter verabschiedeten.[1945] Die Geldentwertung Anfang der 1920er Jahre führte dann zunächst zu einer vielbeklagten Verteuerung, die sich bald bis zum Eingehen weiterer Zeitschriften steigerte. 1923 beendete der HEROLD seine Tätigkeit und im selben Jahr gab auch die BAUHÜTTE bekannt, dass aufgrund der wirtschaftlichen Schwierigkeiten mit dem laufenden Jahrgang das älteste noch bestehende Freimaurerblatt sein Erscheinen einstelle, mindestens bis sich die Verhältnisse gebessert hätten.[1946]

Schon zwei Jahre später schien diese Besserung eingetreten zu sein und die BAUHÜTTE meldete sich zurück, allerdings mit neuer Trägerschaft. In der Eingangsnummer teilte der bekannte freimaurerische Verleger Alfred Unger mit, dass durch Aufsichtsratsbeschluss vom 7. Januar 1925 das Blatt an ihn übergegangen sei. Er versicherte, die BAUHÜTTE im Sinne ihrer Tradition – „mit dem Gedanken an die geistige Einheit aller deutschen M[aure]rei, möge sie sich christlich oder humanistisch nennen“ – fortzuführen.[1947] Zusätzlich versuchte er, das Konzept der freimaurerischen Kulturzeitschrift auszuweiten und kündigte eine monatliche Beilage an, die als „Familienblatt“ gedacht und

1943 Vgl. das Protestschreiben, wiedergegeben in „55. Hauptversammlung des Vereins deutscher Freimaurer in Stuttgart, vom 12. bis 15. September 1924“, in: Mitteilungen aus dem VdF 10 (1924), S. 285–295, hier S. 292.

1944 Vgl. ebd.

1945 Vgl. die Bestandsaufnahme Pistorius, Carl Fr.: „Aus der freimaurerischen Presse“, in: Bauhütte 43/44 (1920), S. 289.

1946 Vgl. „An die Freunde unseres Blattes!“, in: Bauhütte 2 (1923), S. 9. Vgl. zum Blättersterben auch „Die Lage der deutschen freimaurerischen Zeitschriften“, in: Zirkelkorrespondenz 15/16 (1923), S. 236 f.

1947 [Unger, Alfred]: „Die Bauhütte“, in: Bauhütte [Eingangsnummer] (1925), S. 1–3, hier S. 2.

insbesondere an die Schwestern gerichtet war.[1948] Auch die Gründung einer „Gesellschaft für freimaurerische Literatur“ wurde kundgetan, um die vergangenen Schätze freimaurerisch-schriftstellerischen Wirkens zu bergen und für die Gegenwart fruchtbar zu machen.[1949]

Unger versuchte also in mehr als einem Punkt, an den auf Einheit drängenden Geist der Vorkriegszeit anzuknüpfen, musste jedoch bald feststellen, dass dieser Geist in der gegenwärtigen deutschen Bruderkette nur noch wenige Leser anlockte. Die heutigen Freimaurerblätter blieben zumeist innerhalb ihrer eigenen Systeme gefangen, klagte er 1927,[1950] und schob im gleichen Jahrgang noch verbitterter nach: „Die deutsche Fr[ei]-m[aure]rei als Gesamtheit besteht nicht mehr!“[1951]

Tatsächlich hatte sich die freimaurerische Publikationslandschaft inzwischen gewandelt. Das Blättersterben seit Kriegsende hatte vor allem die unabhängigen Zeitschriften betroffen, die gerade wegen ihrer fehlenden Großlogenaffiliation eher die Grundlage einer freimaurerischen Diskursgemeinschaft oberhalb der Systemgrenzen hatten bilden können. Auch das Konzept der freimaurerischen Kulturzeitschrift, das dieser Idee des weiten Blicks und des offenen Forums entsprach, hatte sich subtil zu verändern begonnen, hin in Richtung größerer Ausdifferenzierung und Zergliederung. Neben der körperschaftlichen Abgrenzung bedeutete das eine stärkere Trennung in weltanschauliche Lager, die auch die verbliebenen unabhängigen Zeitschriften erfasste. Die zunehmend an den Rand gedrängte linksliberale Minderheit in der deutschen Bruderschaft sammelte sich um die progressive Leuchte, die dafür von den sich zugleich immer radikaler nationalistisch äußernden Großlogenblättern geschnitten und verfemt wurde. Völkische Brüder sollten von einer 1924 neugegründeten Freimaurerzeitschrift mit dem Titel Der Deutsche Freimaurer angesprochen werden.[1952] Dem Unternehmen war jedoch kein längerfristiger Erfolg beschieden, wohl nicht zuletzt deshalb, weil die altpreußischen Großlogenblätter inzwischen die Marktlücke für völkisch-freimaurerische Abhandlungen erfolgreich besetzten und eine unabhängige Zeitschrift, selbst bei ideologischer Nähe, dem immer autoritäreren Führungsanspruch der Großlogenleitungen zuwiderlief.

Diese Entwicklungen machten auch – bei aller betonten Kontinuität – vor der neuen Bauhütte keinen Halt. Verglichen mit ihrer Vorgängerin schlug sie deutlich schärfere rechtsnationale Töne an, was ihr von linksliberalen Anhängern der alten Bauhütte

---

1948 [Unger, Alfred]: „Die Bauhütte“, in: Bauhütte [Eingangsnummer] (1925), S. 1–3, hier S. 1. Ähnliches versuchte der Verlag Bruno Zechel ab 1920 mit der Zeitschrift „Die Schwester“, vgl. dazu auch „Literarische Besprechungen“, in: Bauhütte 8 (1920), S. 64.

1949 [Unger, Alfred]: „Die Bauhütte“, in: Bauhütte [Eingangsnummer] (1925), S. 1–3, hier S. 2.

1950 Vgl. „Die französischen Großlogen und die deutsche Einigkeit“, in: Bauhütte 5 (1927), S. 42–47, hier S. 42.

1951 „An die deutschen Freimaurer aller Systeme“, in: Bauhütte 13/14 (1927), S. 117–121, hier S. 119.

1952 Herausgeber und Schriftleiter war ein Bruder Georg Schlöndorff aus Jena, die Geschäftsstelle lag bei Bruder E. Junkelmann in Jena, vgl. „Eine neue freimaurerische Zeitschrift“, in: Bundesblatt 7–9 (1924), S. 149.

bereits kurz nach ihrer Wiederbelebung zum Vorwurf gemacht wurde.[1953] Die Orientierung an den altpreußischen Großlogen nahm im Verlauf der 1920er Jahre trotz der Unzufriedenheit von Teilen der früheren Stammleserschaft eher noch zu, wobei auch persönliche Animositäten des Verlegers Alfred Unger eine Rolle spielten. Bezeichnend war etwa 1929 das Bekenntnis der Bauhütte-Schriftleitung, sie schätze die Große Landesloge weit höher als den VdF.[1954]

Die Desintegration der freimaurerischen Diskursgemeinschaft und der korrespondierenden publizistischen Sphäre zeigte sich schließlich auch ganz besonders im Schicksal jener Veröffentlichungen, die einst als prestigeträchtiger Ausdruck der deutschfreimaurerischen Einheit gegolten hatten und Spiegelbild einer gemeinsamen Wissensordnung gewesen waren.

Abnehmendes Interesse an einer solchen gemeinsamen Grundlage lässt sich etwa anhand der Weiterführung der Wolfstiegschen Bibliographie nachvollziehen. Nach einem von Bernhard Beyer erarbeiteten Ergänzungsband von 1926 bemühte sich der VdF durch Herausgabe regelmäßig erscheinender Bibliographischer Mitteilungen, das rund 20 Jahre zuvor begonnene Projekt auf aktuellem Stand zu halten. Doch bald schon bereitete die fehlende Resonanz Probleme. Noch während das dritte Heft im Druck war, warnte der VdF, dass die „Fortsetzung infolge Interesselosigkeit" in Gefahr sei.[1955] Gerade einmal 100 Abonnenten hätten sich gefunden, von denen nicht einmal alle aus Deutschland stammten.

Dieses Desinteresse wurde flankiert von explizit gegen die gemeinsame Publizistik gerichteten Beschlüssen der zweitgrößten Obedienz. Im Januar 1927 veröffentlichte die Große Landesloge eine Art Index freimaurerischer Bücher, die nicht auf ihrer weltanschaulichen Linie lagen und von deren weiterer Verwendung daher dringend abgeraten wurde. Die Liste umfasste neben spezifischen Titeln und Autoren auch eine Reihe Freimaurerzeitschriften sowie die vom VdF verlegten Schriften und schließlich mit Robert Fischers Katechismen und dem „Allgemeinen Handbuch der Freimaurerei" auch Bücher, die bis dato als Standardwerke der gesamtdeutschen Freimaurerei gegolten hatten.[1956]

Keine andere Großloge ging so weit wie die Große Landesloge, die sogar in Am rauhen Stein aufgefordert wurde, ihren innerfreimaurerischen „Abwehrkampf" behutsamer zu führen.[1957] Gleichwohl war man offenkundig auch in den anderen Großlogen der Meinung, dass die früheren Veröffentlichungen der gesamtdeutschen Freimaurerei überholt seien. Entsprechend begannen im Oktober 1930 die Vorarbeiten für eine neue Auflage des „Allgemeinen Handbuchs der Freimaurerei", die unter anderem von

1953 Vgl. „Nationale Frmrei ist aller Mrei Grundstein", in: Bauhütte 9 (1925), S. 69–71, wo Unger sich gegen derartige Vorwürfe mit einem Bekenntnis zum „kerndeutsche[n]" (ebd., S. 70) Standpunkt der neuen Bauhütte verteidigte.

1954 Vgl. „An die Zirkelkorrespondenz", in: Bauhütte 16 (1929), S. 119.

1955 „Ein freimaurerisches Kulturdenkmal in Gefahr! Ein Appell an alle Brüder", in: Mitteilungen aus dem VdF 36 (1927), S. 41 f.

1956 „Warnung", in: Zur Aufklärung 3 (1927), S. 37.

1957 Horneffer, August: „Verschiedenes", in: Am rauhen Stein 3 (1927), S. 79 f., hier S. 79.

den „Drei Weltkugeln" freudig begrüßt wurden, da man „in vielen Fragen heut einen andern Standpunkt" einnehme als noch 30 Jahre früher.[1958]

Das Projekt, an dem wieder alle Großlogen beteiligt werden sollten, konnte jedoch bezeichnenderweise nicht zum Abschluss geführt werden. Stattdessen erschien 1932 mit dem „Internationalen Freimaurerlexikon" ein von diesen Überlegungen unabhängiges neues deutschsprachiges Nachschlagewerk. Es war verfasst von Oskar Posner und Eugen Lennhoff, Angehörigen der zwei liberalen Großlogen „Lessing zu den drei Ringen" in der Tschechoslowakei und Großloge von Wien. Entsprechend negativ fiel das Urteil in der altpreußischen Logenpresse aus. In Am rauhen Stein erschien ein mehrseitiger Artikel, der die beiden Autoren antisemitisch verunglimpfte und ihnen das Recht absprach, „von *deutscher* Freimaurerei zu sprechen, die ihnen immer wesensfremd ist und bleiben muß."[1959]

Noch vor der Machtübergabe an die Nationalsozialisten war also die deutsche Freimaurerei als Diskursgemeinschaft und als ‚imagined community' zerbrochen. Der soeben zitierte Artikel in Am rauhen Stein, der sich am „Internationalen Freimaurerlexikon" und seinen Verfassern abarbeitete, schloss zutreffend: „es gibt keine Freimaurerei – es gibt nur Freimaurereien!"[1960]

1958 „Jahresbericht der Großen National-Mutterloge ‚Zu den drei Weltkugeln' über das Maurerjahr 1929/30", in: Bundesblatt 9 (1930), S. 226—232, hier S. 227.

1959 Mueller, R.: „Freimaurerei oder Freimaurereien?", in: Am rauhen Stein 10 (1932), S. 273—281, hier S. 281 [Herv. i. O.].

1960 Ebd.

16. Abgedrängt und ausgegrenzt – der freimaurerische Internationalismus nach dem Krieg

In keiner der deutschen Freimaurereien hatte der Gedanke an internationale Verbrüderung, an Weltbruderkette und transnationale Zusammenarbeit noch einen Platz, wie spätestens Mitte der 1920er Jahre deutlich wurde. Das hieß jedoch nicht, dass es keine Anhänger dieser Ideen mehr gab. Sie suchten und fanden ihren Platz an den Rändern oder jenseits der anerkannten Freimaurereien.

Auch die Auseinandersetzung mit diesen abgedrängten und ausgegrenzten Brüdern bot den anerkannten Freimaurereien reichlich Konfliktstoff, weil sie ihnen als Einfallstore für den schädlichen Einfluss der Weltfreimaurerei erschienen. Beleg dafür war insbesondere das Eindringen maurerrechtlicher Neuerungen, die ihren Ursprung im freimaurerischen Internationalismus hatten und die Autorität und Souveränität der anerkannten Großlogen implizit in Frage stellten.

Diese Neuerungen bündelten sich im Begriff der Regularität, der in der englisch- und französischsprachigen Freimaurerei traditionell die Rechtmäßigkeit einer freimaurerischen Körperschaft bezeichnete. Regularität war jedoch kein einheitlich festgelegter, sondern ein idiosynkratischer Begriff und unterlag historischen Wandlungsprozessen.[1961] Im 19. Jahrhundert hatte noch ein formales Regularitätsverständnis überwogen, das sich weitgehend auf die Einhaltung bestimmter Gründungsformalitäten beschränkte. Eine Loge konnte nur von einer festgelegten Anzahl rechtmäßig aufgenommener Freimaurer gegründet werden und erlangte ihre Regularität nur auf dem Weg der sogenannten Lichteinbringung durch eine reguläre Großloge; eine Großloge wiederum konnte nur von mehreren regulären Logen gegründet werden – ein immer wieder auf sich selbst rückverweisendes System, das so zumindest theoretisch maximale Kohärenz versprach.[1962] Daneben umfasste Regularität allerdings noch zusätzliche Legitimitätskriterien, die als „wert- und interessengebundene Kategorien" jedoch keineswegs einheitlich waren.[1963] Damit war Regularität ein „fluide[s] Konzept" ohne normierte Bedeutung im interobedienziellen Umgang.[1964] Erst der freimaurerische

1961 Vgl. Berger: Internationalismus, hier S. 17, aber insbes. auch S. 555–573. Von Berger abgesehen ist die spärliche (deutschsprachige) Literatur zum Konzept der Regularität wie auch zum Freimaurerrecht unzulänglich. Statt Historisierung finden sich Rückprojektionen gegenwärtiger Maßstäbe und Paradigmen, vgl. z. B. Vogeler: Regularität u. trotz des Titels auch Schmidt: Irregularität.

1962 Vgl. „Einsetzung (Installation)", in: Allgemeines Handbuch (3. Aufl.), Bd. 1 (1900), S. 221 f.; Groddeck/Henne am Rhyn: Versuch, S. 220 f. u. 294 f.; Fischer: Kurzgefaßte Darstellung, S. 73.

1963 Vgl. Berger: Internationalismus, S. 558–560, hier S. 558.

1964 Ebd., S. 53.

Internationalismus wurde diesbezüglich zur Triebfeder wichtiger Klärungsprozesse. Um sich nicht nur bilateral, sondern transnational zu organisieren, mussten allgemeinverbindliche Kriterien definiert und dafür Einigkeit über gemeinsame Grundlagen hergestellt werden. Im Laufe der 1920er Jahre kam es so nach und nach zu einer ideell-normativen Angleichung der Regularitätskriterien und zu einer internationalen Verrechtlichung der maurerischen Beziehungen.[1965]

Noch 1930 fragte sich jedoch die BAUHÜTTE, was genau ‚regulär' eigentlich bedeute.[1966] Diese Unklarheit lag einerseits darin begründet, dass Regularität im deutschen Maurerrecht ein kaum gebräuchliches Fremdwort war.[1967] Hier lautete der Schlüsselbegriff nach wie vor Anerkennung. Auch für diese war die Rechtmäßigkeit der Gründung sowie weitere, von der um Anerkennung gebetenen Großloge nach eigenem Ermessen bestimmte Kriterien die Voraussetzung. Jedoch standen im Rechtsbegriff der Anerkennung nicht diese Kriterien, sondern die autonome Entscheidung der anerkennenden souveränen Großloge im Mittelpunkt.

Andererseits rührte die Unklarheit daher, dass die deutsche Freimaurerei in den 1920er Jahren nicht in die internationalen Foren eingebunden war, in denen sich die Normierungsprozesse und Rechtsdebatten vollzogen. So war es auch nicht der nationalistische Kern der deutschen Freimaurerei, der Regularität nach Deutschland brachte, sondern die marginalisierte und ausgegrenzte kosmopolitische Minderheit.

16.1. Der „Freimaurerbund zur aufgehenden Sonne" zwischen Einbindung und Ausgrenzung

In den ersten Jahren des Weltkriegs hatte sich der FzaS zunächst nicht weniger bellizistisch gegeben als die anerkannten Logen. In der Verbandszeitschrift SONNENSTRAHLEN wurde die deutsche Weltsendung gefeiert, während man den Pazifismus abstreifte. Für „Humanitätsduselei"[1968] war kein Platz, so lange das „Germanentum [...] im aufgezwungenen Entscheidungskampfe gegen slawische Barbarei, gallische Rachsucht und englischen Krämergeist"[1969] stand.

1965 Vgl. Berger: Internationalismus, S. 312–317.

1966 Vgl. „Die zehnte Großloge", in: Bauhütte 16 (1930), S. 117 f., hier S. 118.

1967 Es scheint vor den 1920er Jahren fast ausschließlich in Zusammenhang mit Frankreich verwendet worden und somit als Übersetzung des französischen ‚régulier' in die deutsche Freimaurersprache gekommen zu sein, vgl. z. B. Groddeck/Henne am Rhyn: Versuch, S. 46. Das Allgemeine Handbuch (3. Aufl.), Bd. 2 (1901), S. 228 u. 231 kannte zumindest bereits das Schlagwort „Regularisieren" als Synonym für „Rektifizieren", also Eingliederung einer Winkelloge in eine anerkannte Körperschaft und damit Umwandlung in eine rechtmäßige Loge.

1968 Wegner, Julius: „Der Weltkrieg und die Freimaurerei", in: Sonnenstrahlen 3/4 (1914/15), S. 87–94, hier S. 88.

1969 Floericke, Kurt: „Ansprache an die zur Fahne einberufenen Brr.", in: Sonnenstrahlen 3/4 (1914/15), S. 82–86, hier S. 82.

Anders als die Blätter der Altlogen schwenkten die SONNENSTRAHLEN 1917 jedoch auf die Linie eines Verständigungsfriedens ein und nach Kriegsende fiel es dem FzaS deutlich leichter, sich mit der neuen sozialen und politischen Ordnung zu arrangieren, ja sie sogar zu begrüßen. Freimütig bekannte er sich zu Völkerbund und Völkerversöhnung, zu Internationalismus und Friedensidee.[1970] Das sprach nach dem verlustreichen Krieg insbesondere linksliberale und sozialdemokratische Kreise, Intellektuelle und Künstler an, die dem FzaS in den ersten Jahren der Republik zu einem starken Wachstum verhalfen. 1921 zählte er 2.124 Mitglieder, 1922 dann schon 2.419 und 1923 sogar 2.850.[1971] Es gab zwar intern auch Stimmen, die den internationalistischen Kurs kritisierten, aber sie konnten sich nicht durchsetzen, auch wenn sie zeitweise für Konflikte sorgten.[1972] Schmerzhaft war etwa der Fall einer Remscheider Tochterloge, die 1922 aus dem FzaS austrat.[1973] Was die Remscheider Brüder zu diesem Schritt bewog, war die Aufnahme internationaler freimaurerischer Beziehungen zu Beginn der 1920er Jahre.

Erste Kontakte zur Grande Loge de France hatten sich eher zufällig aus dem Aufeinandertreffen einzelner Mitglieder bei der Generalversammlung des Internationalen Bundes der Friedensvereine in Basel 1920 ergeben, waren von da an aber vertieft und gezielt ausgebaut worden.[1974] 1922 konnte der FzaS-Großmeister berichten, dass offizielle Beziehungen zu zwei französischen und einer spanischen Großloge aufgenommen seien und der FzaS in Verhandlungen mit weiteren Großlogen in Belgien, Luxemburg, der Niederlande, Portugal, Österreich und der Schweiz stünde.[1975]

Als besonderen Erfolg verbuchte man zunächst auch, dass der FzaS im Oktober 1921 am Freimaurerkongress in Genf hatte teilnehmen können, wo die Gründung der transnationalen AMI vollzogen worden war.[1976] „[D]ie ‚Anerkennungsfrage‘ hat ihren Giftstachel verloren“, triumphierte der FzaS-Großmeister Rudolf Penzig.[1977] Doch bald schon sollten sich diese Entwicklungen als schwere Belastungsprobe entpuppen und im FzaS eine „Regularisierungskrise“ auslösen, wie es 1932 rückblickend hieß.[1978]

1970 Vgl. Mebes: Friedensbemühungen.

1971 Zur Sozialstruktur des FzaS vgl. Melzer: Kräftefeld, S. 294. Zu den Mitgliederzahlen vgl. Lux H.: „XVI. Jahres-Bericht“, in: Sonnenstrahlen 1 (1922/23), S. 4–9, hier S. 6 (für 1921 und 1922) sowie Drechsler: FZAS, S. 18 (für 1923).

1972 Vgl. Bergmann: „Internationalismus und Pazifismus“, in: Sonnenstrahlen 5 (1923/24), S. 120–129, hier S. 127 f.

1973 Vgl. Lux, H.: „XVI. Jahres-Bericht“, in: Sonnenstrahlen 1 (1922/23), S. 4–9, hier S. 7.

1974 Vgl. Drechsler: FZAS, S. 20.

1975 Vgl. [Penzig, Rudolph]: „Unsere Beziehungen zu auswärtigen Großlogen“, in: Sonnenstrahlen 11/12 (1921/22), S. 277–279, hier S. 278.

1976 Vgl. Penzig, Rudolph: „Der Genfer internationale Freimaurerkongreß und sein Werk“, in: Sonnenstrahlen 8 (1921/22), S. 208–211. Zur AMI vgl. Kap. 13.2.

1977 [Penzig, Rudolph]: „Unsere Beziehungen zu auswärtigen Großlogen“, in: Sonnenstrahlen 11/12 (1921/22), S. 277–279, hier S. 278. Zur masonischen Vita Penzigs vgl. Peters: Berliner Freimaurer, S. 51.

1978 „25 Jahre FzaS“, in: Das neue Freimaurertum 5/6 (1932), S. 154–163, hier S. 160. Vgl. zu dieser Krise auch Endler/Schwarze: Freimaurerbestände, Bd. 1, S. 291 f.

Die von Großmeister Penzig treffend als Streben nach „begrifflicher und normativer Festsetzung des Typus ‚Freimaurerloge' " charakterisierte maurerrechtliche Diskussion in der AMI war von Beginn an auch mit der Infragestellung der Legitimität des FzaS verbunden.[1979] Dennoch wurde der Begriff der Regularität von den Reformfreimaurern zunächst vor allem begrüßt. Gerade wegen der darin sich vollziehenden Entkoppelung des Maurerrechts von der Willkür einzelner Großlogen schien Regularität in den Augen etlicher FzaS-Brüder potenziell einen Ausweg aus dem ausgrenzenden deutschen Anerkennungsparadigma zu bieten. Sie drängten daher auf Aneignung des neuen Rechtsbegriffs. Dass einige AMI-Mitglieder die Regularität des FzaS aufgrund seiner eigenmächtigen Gründung anzweifelten, spornte eher noch dazu an. So meinte ein Bruder Tschirn aus Wiesbaden, diese Kritik gründe in einer unglücklichen Begriffsverwirrung, die Anerkennung und Regularität miteinander verwechsele.[1980]

Verbreitet war die Hoffnung, an die Stelle „der verbürgt historischen Abstammung" könne schließlich der „Begriff der wahrhaft freimaurerischen Arbeit" treten.[1981] In diesem Sinn stand es den Reformbrüdern nämlich außer Zweifel, dass ihr FzaS von seiner Gründung an „ein regulärer, d[as] h[eißt] wirklicher, echter und gerechter Freimaurerbund hat sein wollen, ja daß er das historische, echte Freimaurerprinzip in reinerer Weise verkörpern will, als die Altlogen."[1982] Gesinnung statt Formalismus, Geist statt Form lautete das Mantra, mit dem zahllose Beiträge in den Sonnenstrahlen für die Regularität ihrer Großloge argumentierten.[1983]

Schwerer als der Vorwurf der unrechtmäßigen Gründung lastete auf den Reformbrüdern ohnehin die ebenfalls unter dem Banner der Regularität erhobene Forderung der Grand Lodge of New York und des Grootoosten der Nederlanden, sich zum Allmächtigen Baumeister aller Welten zu bekennen.[1984] „Die Frage der ‚unehelichen Geburt' läßt sich durch nachträgliche Anerkennung der Vaterschaft ja beseitigen [...]; aber unerträglich wäre für viele der alten Brüder der Gedanke, [...] daß wir im A[llmächtigen] B[aumeister] A[ller] W[elten] den ‚Geßlerhut' grüßen sollen", schimpfte ein Bruder und forderte, der AMI stattdessen lieber fern zu bleiben.[1985] Auch für andere war die als Kern ihrer freimaurerischen Identität verstandene religiöse Indifferenz nicht verhandelbar. So warnte auch ein nur mit Initialen zeichnender Bruder M. S. (womöglich

1979 Penzig, Rudolph: „Zur Anerkennungsfrage", in: Sonnenstrahlen 6 (1923/24), S. 145–151, hier S. 146. Vgl. auch Berger: Internationalismus, S. 300.

1980 Tschirn, G.: „Ueber die Zukunftsaufgaben der F.Z.A.S.", in: Sonnenstrahlen 11 (1923/24), S. 329–335, hier S. 329.

1981 M. S.: „Zur Regularitätsfrage", in: Sonnenstrahlen 7 (1923/24), S. 178–183, hier S. 179.

1982 Tschirn, G.: „Ueber die Zukunftsaufgaben der F.Z.A.S.", in: Sonnenstrahlen 11 (1923/24), S. 329–335, hier S. 330.

1983 Vgl. z. B. auch Cybulski, G.: „Regularität", in: Sonnenstrahlen 8 (1923/24), S. 209–213, hier S. 212.

1984 Vgl. Berger: Internationalismus, S. 300.

1985 „Zur Anerkennungsfrage", in: Sonnenstrahlen 8 (1923/24), S. 213–215, hier S. 213 f. „Den Gesslerhut grüßen" bedeutet sprichwörtlich, zu unterwürfigem Verhalten gezwungen zu werden.

Max Seber), lieber solle weiterhin auf die eigenen Reihen beschränkt „freimaurerisches Leben nach den uneingeengten Grundlagen der ‚Alten Pflichten‘“ gepflegt und damit die „freimaurerische *Idee*“ gerettet werden, als diese dem „internationalen Prinzip“ zu opfern.[1986] Die mahnenden Stimmen setzten sich durch, auch weil sich die Grand Lodge of New York und der Grootoosten der Nederlanden in der Gottesfrage nicht weniger unbeweglich zeigten als die deutschen Reformmaurer. Die Teilhabe des FzaS an der AMI war damit vom Tisch.

Der FzaS ließ das Thema ‚Regularität‘ jedoch nicht hinter sich, sondern bemühte sich ab Mitte der 1920er Jahre verstärkt darum, durch Verhandlungen mit auswärtigen Großlogen eine Möglichkeit zur Regularisierung ohne Preisgabe der eigenen Grundsätze zu finden.[1987] Dieser Spagat war jedoch zum Scheitern verurteilt. So erklärte die Großloge von Wien den Reformbrüdern, dass eine Regularisierung des FzaS nicht möglich sei, sondern lediglich die Aufnahme von Interessierten in eine reguläre Großloge auf dem üblichen Weg.[1988]

Das Scheitern der Regularisierungsbemühungen belastete den FzaS schwer. Seine Reihen lichteten sich mehr und mehr, da etliche Brüder die von der Großloge von Wien aufgezeigte Möglichkeit wahrnahmen. In den Jahren 1925 bis 1927 verließen gut 800 Brüder den kleinen Reformbund, darunter auch der ehemalige Großmeister Karl Weigt.[1989] Der Großteil schloss sich der Großloge von Bayreuth an, die schon seit Ende des Weltkriegs die Reformbrüder umworben, eine Anerkennung des FzaS jedoch ausgeschlossen hatte.[1990] Eine zweite große Austrittswelle erfolgte beim Großlogentag im Juni 1930 in Halle, wo es zu einer reinlichen Scheidung zwischen Gegnern und Befürwortern der Regularisierung kam, was den Austritt von rund 600 regularisierungswilligen Brüdern unter Führung des bis dahin amtierenden Großmeisters Peter Heinsen bedeutete.[1991] Heinsens Nachfolger Max Seber, der seit 1923 Schriftleiter der SONNENSTRAHLEN war, bestimmte durch Rundschreiben an die verbliebenen Bundesbrüder, dass „von allen weiteren Regularisierungsversuchen abzusehen“ sei.[1992]

1986 M. S.: „Zur Regularitätsfrage“, in: Sonnenstrahlen 7 (1923/24), S. 178–183, hier S. 180 f. [Herv. i. O.].

1987 Vgl. Lüdemann, Karl: „Die ‚Unabhängige Großloge‘ des sogenannten ‚Freimaurerbundes zur aufgehenden Sonne (F. Z. A. S.)‘“, in: Bundesblatt 3 (1930), S. 74–79, hier S. 75.

1988 Vgl. „Erklärung“, in: Wiener Freimaurer-Zeitung 12 (1926), S. 2 f.

1989 Vgl. Drechsler: FZAS, S. 18.

1990 Vgl. „Die Anerkennung“, in: Sonnenstrahlen 6 (1921/22), S. 163–165, hier S. 165; Beyer: Referat; Peters: Freimaurerei, S. 155.

1991 Vgl. Drechsler: FZAS, S. 18; Weinberg: Stiefkinder, S. 307 f., wo die Vorgänge des Großlogentags in Halle detailliert beschrieben sind. Weinberg gibt an, dass sich die Zahl der Austritte infolge des Großlogentags noch auf ca. 800 erhöhte. Vergleichbar hieß es 1932 in „25 Jahre FzaS“, in: Das neue Freimaurertum 5/6 (1932), S. 154–163, hier S. 161, dass die „Spaltung von Halle“ den Bund um „6–700 Mitglieder“ geschwächt habe.

1992 Schreiben wiedergegeben in Hintze: „Eine zehnte Großloge?“, in: Hamburger Logenblatt 627 (1930/31), S. 17–27, hier S. 18 f.

Trotz der herben Verluste konnte der FzaS 1932 sein 25jähriges Bestehen feiern. Aus den Worten des Großmeisters Seber zum Jubiläumsgroßlogentag sprach der Stolz, aber auch die Verbitterung über die vorangegangenen Jahre. Er hob hervor, dass der FzaS durch die zweieinhalb Dekaden des Bestehens geschafft habe, was vor ihm „noch keine sog[enannte] irreguläre Gründung“ erreicht hatte: Er habe „das Gründungsmonopol der Großlogen erfolgreich durchbrochen und allen Angriffen, inneren Krisen, dem Versagen mehrerer Großmeister getrotzt.“[1993]

16.2. Nationale Maurerei und internationales Maurerrecht

Die von der AMI ausgehenden maurerrechtlichen Impulse beschäftigten in erster Linie den FzaS. Das Gros der anerkannten deutschen Freimaurerei hingegen blieb von den internationalen Diskussionen weitgehend unberührt, alleine schon aufgrund der nationalistischen und isolationistischen Haltung. Die AMI und die von ihr ausgehenden Impulse wurden entweder nicht beachtet oder explizit als Organisation der romanischen Freimaurerei und als „ein Werkzeug in der Hand unserer Feinde“ verunglimpft und abgelehnt.[1994]

Auch die „Basic Principles for Grand Lodge Recognition“, 1929 von der United Grand Lodge of England als Gegenentwurf zu den maurerrechtlichen Entwürfen der AMI aufgestellt, wurden in den deutschen Logenblättern kaum rezipiert. Notwendigkeit bestand dafür ohnehin keine, da die Beziehungen zwischen deutscher und englischer Freimaurerei seit dem Weltkrieg unverändert ruhten und die „Basic Principles“ (obgleich sie einen impliziten maurerrechtlichen Hegemonieanspruch in sich trugen) de jure nichts weiter waren, als die von der United Grand Lodge of England für ihre eigene bilaterale Logendiplomatie beschlossenen Anerkennungskriterien.[1995] Wie man sich mindestens am äußersten rechten Rand der deutschen Bruderkette zur „englische[n] Auffassung von der Freimaurerei“ stellte, hatte die ZIRKELKORRESPONDENZ kurz vor Veröffentlichung der „Basic Principles“ klargestellt: „mag vielleicht die *englische* Freimaurerei ‚Personen von allerlei Glaubensbekenntnissen unter ihren Mitgliedern vereinigen‘; *wir* nehmen nur deutsche Männer christlichen Glaubens auf.“[1996]

1993 Zit. n. „Großlogentagung Nürnberg“, in: Das neue Freimaurertum 7/8 (1932), S. 186–195, hier S. 187.

1994 Müllendorff, Eugen: „Lehren der Geschichte“, in: Zirkelkorrespondenz 13/14 (1929), S. 305–309, hier S. 309.

1995 Zu den „Basic Principles“ vgl. Berger: Internationalismus, S. 570–573 et passim. Berger bezeichnet sie ebd., S. 573 als „universal und global gedachte ‚geopolitische Waffe‘ gegen die konkurrierende normative Instanz der A.M.I.“ Diese „Waffe“ erwies sich als effektiv. Gegenwärtig bilden die „Basic Principles“ die Grundlage freimaurerischer Regularität, auch wenn sie streng genommen Ausdruck des Anerkennungsparadigmas sind.

1996 „Über die englische Auffassung von der Freimaurerei“, in: Zirkelkorrespondenz 7 (1929), S. 168 [Herv. i. O.].

Einzige Ausnahme von dieser Nichtbeachtung der internationalen Normierungsdebatten in den 1920er Jahren war ein informelles Treffen, das Ende 1924 vom Grootoosten der Nederlanden in Den Haag ausgerichtet wurde und den Zweck hatte, sich über freimaurerische Grundsatzfragen auszutauschen. An dem Treffen hatte neben Freimaurern aus Dänemark, England, Italien und den Niederlanden auch Stephan Kekulé von Stradonitz von der Großloge „Drei Weltkugeln" teilgenommen. Das Treffen verlief harmonisch und hatte in Form einer gemeinsamen Erklärung über das Wesen der Freimaurerei sogar einen handfesten Erfolg vorzuweisen.[1997] Trotzdem blieb es international ohne Konsequenzen, da sich über die tatsächlich erzielte inhaltliche Annäherung von romanischem und angelsächsischem Lager die über den freimaurerischen Rechts- und Selbstverständnisfragen hängenden Macht- und Hegemoniefragen nicht einfach auflösten.[1998]

Die Rezeption in deutschen Freimaurerkreisen war gemischt.[1999] Die Große Landesloge und die Große Loge von Preußen distanzierten sich, obwohl Kekulé von Stradonitz seine Teilnahme damit rechtfertigte, dass es bei dem Treffen „keineswegs und in keiner Weise" um Annäherung gegangen sei, sondern im Gegenteil um die „rein wissenschaftliche Frage der fr[ei]m[aure]r[ischen] Verschiedenheit auf geistigem Gebiete".[2000] Das war keine Schutzbehauptung, sondern tatsächlich die Haltung, mit der er nach Den Haag gefahren war. Um seinen Standpunkt klarzustellen, hatte er den Veranstaltern sogar im Vorfeld schriftlich mitgeteilt, dass er von einem „zwischenstaatlichen, unmittelbaren Verkehr von Großloge zu Großloge und von Loge zu Loge, ja, sogar von Br[uder] zu Br[uder]" nichts halte, so lange das gegen Deutschland verübte Unrecht durch die Siegermächte fortbestehe.[2001] Unter keinen Umständen sollte die Teilhabe als Annäherung, Sympathie oder ausgestreckte Hand verstanden werden.

16.3. Aktivismus an den kosmopolitischen Rändern

Anders als das deutsche Freimaurer-Establishment nahmen hingegen die kosmopolitisch gesinnten Ränder der anerkannten deutschen Bruderkette in ihren kleiner werdenden Rückzugsräumen Anteil an den internationalen Debatten. In der unabhängigen Leuchte diskutierten sie zusammen mit Brüdern der Großloge von Wien und der tschechoslowakischen Großloge „Lessing zu den drei Ringen" die jüngsten Bewegungen im internationalen Maurerrecht und wie sich das Anerkennungs- und

1997 Wiedergegeben auf Englisch bei Berger: Internationalismus, S. 370, auf Deutsch bei Kekulé von Stradonitz, Stephan: „Ein ‚Aufruf an die Freimaurer-Brüderschaft'", in: Mitteilungen aus dem VdF 15 (1925), S. 508–510, hier S. 508.

1998 Vgl. Berger: Internationalismus, S. 302–304 u. 369–371.

1999 Vgl. hierzu ebd., S. 306.

2000 Kekulé von Stradonitz, Stephan: „Ein ‚Aufruf an die Freimaurer-Brüderschaft'", in: Mitteilungen aus dem VdF 15 (1925), S. 508–510, hier S. 509.

2001 Ebd.

das Regularitätsparadigma zueinander in Beziehung setzen und harmonisieren lassen könnten.[2002]

Auch in der Praxis suchten die reichsdeutschen kosmopolitisch gesinnten Freimaurer unter schlechter werdenden Bedingungen Wege, die Fühlung zur Weltbruderkette wiederherzustellen, wie das bereits besprochene Frankfurter Rundschreiben von 1924 zeigt.[2003] Aufgrund der unversöhnlichen Haltung der anerkannten deutschen Großlogen verlegte sich das Engagement dabei maßgeblich auf die internationale Graswurzelarbeit, die nach dem Weltkrieg wieder angelaufen war.

1925 wurde beispielsweise der Versuch unternommen, wieder an die freimaurerischen Friedensmanifestationen anzuknüpfen. Eine einmalig in Erscheinung tretende „Internationale Freimaurer-Liga" lud in jenem Jahr zu einer solchen nach Basel ein. Beteiligt an der Organisation waren mit Ludwig Bangel und Heinrich Kraft auch zwei deutsche Veteranen der internationalen Basisarbeit, die jedoch dafür von ihren Großlogen scharf zurechtgewiesen und schließlich zum Rückzug von der weiteren Mitarbeit gedrängt wurden.[2004] Das machte den Weg frei für den FzaS, der ab 1927 die deutsche Seite der Organisation weiterer internationaler Freimaurermanifestationen übernahm.[2005]

Noch schlimmer als Bangel und Kraft traf es Leo Müffelmann, Sohn des in Freimaurerkreisen hochgeachteten Ludwig Müffelmann und mit diesem zusammen einst Gründungsmitglied des „Bluntschli-Ausschusses". Er war 1926 nach Belgrad gereist, um an einem dort unter Schirmherrschaft der AMI stattfindenden internationalen Freimaurerkongress teilzunehmen. Zuvor hatte er sich bei seiner Großloge (Großloge von Bayreuth) rückversichert, dass ihm das erlaubt sei, was ihm bestätigt wurde, solange er deutlich mache, nicht in offizieller Funktion erschienen zu sein.[2006]

Als einziger deutscher Teilnehmer war Müffelmann in Belgrad besonders warm begrüßt worden und so hatte er sich zu einer kurzen Ansprache hinreißen lassen. In ihr stellte er zwar klar, dass er ausschließlich als Privatperson teilnehme, zugleich gab er aber zu verstehen, dass es in Deutschland noch viele weitere Brüder gebe, die Interesse an einer Wiederanknüpfung der internationalen Beziehungen hätten. An seine Rede anschließend hatte Müffelmann einem neben ihm platzierten Vertreter des Grand Orient de France brüderlich die Hand gereicht, was dieser mit einer Umarmung und dem Bruderkuss erwiderte.[2007]

2002 Vgl. exemplarisch für die große Anzahl der diesem Thema im Jahrgang 1924 gewidmeten Beiträge Posner, Oskar: „Regularität", in: Leuchte 1 (1924), S. 4–6; Helvetius: „Über ‚Regularität' und ‚Anerkennung'", in: Leuchte 2 (1924), S. 16–18; Bondy, Richard: „Regularität", in: Leuchte 3 (1924), S. 26–29.

2003 Vgl. Kap. 14.4.

2004 Vgl. Berger: Internationalismus, S. 323 f.

2005 Vgl. „Großlogentagung Nürnberg", in: Das neue Freimaurertum 7/8 (1932), S. 186–195, hier S. 187 sowie Drechsler: FZAS, S. 21; Berger: Internationalismus, S. 324.

2006 Schriftwechsel wiedergegeben bei Oelckers: Müffelmann, S. 41. Zur masonischen Vita Leo Müffelmanns vgl. auch Peters: Berliner Freimaurer, S. 48.

2007 Vgl. Müffelmann, Leo: „Belgrad und wieder Belgrad", in: Wiener Freimaurer-Zeitung 11 (1926), S. 30–33, hier S. 31 u. Oelckers: Müffelmann, S. 43.

Die Nachricht von Müffelmanns Teilnahme und dieser Verbrüderungsszene verbreitete sich in Deutschland wie ein Lauffeuer, sowohl in masonischen, als auch in antimasonischen Kreisen. Erstere sahen sich größtenteils verraten und kompromittiert durch Müffelmanns Auftreten, Letztere glaubten darin einen Beweis für die internationalen Verstrickungen der deutschen Freimaurerei zu haben.[2008] Dass Müffelmann betont nur als Privatmann gehandelt hatte, wurde ignoriert.

Die Belgrad-Episode sollte trotz der massiven Gegenreaktionen nur der Anfang von Müffelmanns freimaurerischem Dissidententum sein. In den Folgejahren wurde er eines der Zentren, um das sich kosmopolitisch gesinnte deutsche Brüder sammelten.

Ab Mitte der 1920er Jahre verstärkte auch die 1913 aus der freimaurerischen Esperantogruppe hervorgegangene UFL wieder ihre Aktivitäten. Als sie nach dem Weltkrieg ihre Arbeit wiederaufgenommen hatte, hatte sie sich zunächst erneut eng an die Esperantobewegung angelehnt.[2009] 1926/27 trat sie jedoch endgültig aus deren Schatten hervor, indem sie maßgeblich auf Betreiben des österreichischen Journalisten, Freimaurers und Herausgebers der WIENER FREIMAURER-ZEITUNG Eugen Lennhoff von Grund auf umgebaut wurde. Ab 1927 firmierte sie unter dem Namen „Allgemeine Freimaurer-Liga" (AFL) unter dem Schweizer Vorsitzenden Fritz Uhlmann und hatte eine Geschäftsstelle in der österreichischen Hauptstadt, die von Lennhoff geleitet wurde.[2010]

Teil der Neustrukturierung war auch die Einführung von Landesgruppen, die es innerhalb weniger Jahre in mehreren Staaten gab.[2011] Auch in Deutschland formierte sich auf Initiative des Berliner Freimaurers Raoul Koner eine AFL-Landesgruppe. Im Oktober 1927 übernahm Leo Müffelmann deren Vorsitz und ab 1928 begann die Landesgruppe ihre Werbetätigkeit zu entfalten, was – wie zu erwarten – in der deutschen Maurerwelt zu heftiger Gegenwehr führte.[2012]

2008 Vgl. die Presseschau zu dem Vorfall in „Aus Tageszeitungen und Zeitschriften", in: Mitteilungen aus dem VdF 30 (1926), S. 119–121. Vgl. auch „Eine Aufgabe für den Neuen Großlogenbund", in: Bauhütte 19 (1926), S. 195–197, wo nach Maßregelung Müffelmanns verlangt wurde.

2009 Beispielsweise traf sich die UFL im August 1923 in Nürnberg, anlässlich des zeitgleich dort stattfindenden XV. Internationalen Esperanto-Kongresses, vgl. „Freimaurerische Rundschau", in: Sonnenstrahlen 5 (1923/24), S. 136. Noch 1924 empfahl der UFL-Vorsitzende Fritz Uhlmann in einem Aufruf zur Unterstützung der UFL auch das Erlernen des Esperanto, vgl. Uhlmann, Fritz: „Aufruf an die Brüder aller Länder und Riten", in: Leuchte 1 (1924), S. 6 f., hier S. 7.

2010 Vgl. Lefebvre: League, S. 46–48; Richert: Landesgruppe, S. 142–144; Berger: Internationalismus, S. 322. Zu Lennhoff vgl. Pohl: Lennhoff.

2011 Richert: Landesgruppe, S. 153 nennt Deutschland, Österreich, die Schweiz, Frankreich, Belgien, Holland, die Tschechoslowakei, Jugoslawien, Rumänien, Spanien, Polen, Niederländisch-Indien, Palästina und einen Kontaktmann für Nordamerika.

2012 Vgl. exemplarisch „Eine Reichsdeutsche Landesgruppe der ‚Allgemeinen Freimaurer-Liga'", in: Bauhütte 9 (1928), S. 65–70. Zu den Anfängen der deutschen AFL-Landesgruppe vgl. Koner: Freimaurerleben, S. 14 f.

Insbesondere die Großlogen reagierten in Form von Restriktionen. Die meisten verboten explizit die Mitarbeit in der Landesgruppe und ähnlichen Organisationen und drohten bei Zuwiderhandlung mit dem Ausschluss.[2013] Unentschieden äußerte sich zunächst der (Rumpf-)Großlogenbund, der die Mitarbeit nur missbilligte, aber 1930 schließlich geschlossen auf die restriktive Linie der übrigen Großlogen einschwenkte.[2014]

Die Landesgruppe ließ sich von diesen Abwehrmaßnahmen jedoch nicht irritieren, sondern suchte nach Wegen, ihre Tätigkeit fortzuführen. Trotz der Verbote und Ausschlussdrohungen traten Brüder geheim der Landesgruppe bei und nach Angaben der Leuchte gab es zeitweise humanitäre Logen, die mehrheitlich von AFL-Mitgliedern bevölkert waren.[2015] Auch die Anfeindungen in der Logenpresse gingen unterdessen weiter und nur selten wagten sich Brüder – dann meist anonym –, ihre Sympathie für die AFL in Zuschriften an die Freimaurerblätter kundzutun.[2016] Einzige Ausnahme war die schon erwähnte Leuchte, die dafür bald als „‚F.z.a.S.'-Blatt" verunglimpft wurde.[2017]

Für die immer weiter eingeengten kosmopolitisch gesinnten deutschen Brüder wurde in jenen Jahren Wien zum freimaurerischen Zufluchtsort. Wie die Leuchte ihnen ein geistiges Asyl bot, so bot die Großloge von Wien ihnen ein institutionelles. Oft durch erheblichen Druck dazu gedrängt, kehrten sie den anerkannten deutschen Logen den Rücken und affiliierten sich – manchmal nach regelrechten System-Odysseen – als auswärtige, nicht am Ort der Loge weilende Brüder in Österreich. So verließ beispielsweise der Gründer der AFL-Landesgruppe Raoul Koner 1928 seine zur Großen Loge von Hamburg gehörige Bauhütte in Richtung Wien.[2018] Auch Fritz Rackhorst, der Herausgeber der Leuchte, der nach einem vermeintlich pro-französischen Artikel schon 1923 aus der Großloge von Bayreuth gedrängt worden war, fand nach einer mehrjährigen Zwischenstation in der Großloge von Frankfurt 1930 zur Wiener Loge „Labor", die so etwas wie das Zentrum der deutschen freimaurerischen inneren Emigration wurde.[2019]

2013 Vgl. z. B. „An sämtliche Johannislogen!", in: Bundesblatt 6 (1928), S. 170. Vgl. auch Berger: Internationalismus, S. 328; Richert: Landesgruppe, S. 147, wobei dieser irrtümlich schreibt, die GLvH hätte ihren Mitgliedern die Ligaarbeit erlaubt. Vgl. dahingegen das Verbot und die Sanktionsdrohung des GLvH-Großmeisters: „Der Großmeister der Großen Loge von Hamburg", in: Bauhütte 9 (1928), S. 65.

2014 Vgl. Berger: Internationalismus, S. 328 f. Zur Beschlusslage des Großlogenbundes von 1928 vgl. „Freimaurerische Nachrichten aus aller Welt", in: Mitteilungen aus dem VdF 44 (1928), S. 25 f.

2015 Vgl. Felsen, K. G.: „Krise?", in: Leuchte 1 (1931), S. 1—5, hier S. 4. Zum zeitweilig großen Zustrom zur AFL-Landesgruppe vgl. auch Koner: Freimaurerleben, S. 16.

2016 Vgl. exemplarisch „Zur Liga-Frage. Eine Zuschrift an die Schriftleitung", in: Bauhütte 1 (1930), S. 5 f.

2017 „Die zehnte Großloge", in: Bauhütte 18 (1930), S. 129—131, hier S. 130. Vgl. auch Oelckers: Müffelmann, S. 132.

2018 Vgl. Koner: Freimaurerleben, S. 17; Richert: Landesgruppe, S. 148; Oelckers: Müffelmann, S. 114. Zur masonischen Vita Koners vgl. Peters: Berliner Freimaurer, S. 37 f.

2019 Vgl. Kodek: Bausteine, S. 275; „Rackhorst, Fritz", in: Internationales Freimaurerlexikon, Sp. 1273. Zum (geistigen) Asyl deutscher Brüder in Wien vgl. Patka: Freimaurer, S. 21.

Das zeitgenössisch wohl am meisten beachtete Beispiel war Leo Müffelmann, der aufgrund seines internationalistischen Engagements im Juni 1928 aus der Großloge von Bayreuth gedrängt wurde und sich der Großloge von Wien anschloss.[2020] Fast alle Mitglieder der von Müffelmann bis dahin geleiteten Loge „Bluntschli zur reinen Erkenntnis“ solidarisierten sich und legten ihre Mitgliedschaft in der Großloge von Bayreuth nieder, wodurch die „Bluntschli“ als Johannisloge zu bestehen aufhörte.[2021] Kurz darauf machten Pläne zur Gründung einer Wiener Tochterloge in Berlin die Runde, wodurch den bedrängten kosmopolitischen Brüdern eine Heimstätte in ihrer eigenen Hauptstadt gegeben worden wäre. Die deutschen Freimaurerblätter brachten diese geplante „Invasion“[2022] der als internationalistisch verschrienen Großloge von Wien sofort mit Müffelmann in Verbindung und reagierten mit Kampfesstimmung auf die Pläne. Obwohl mit der Großen Landesloge eine deutsche Großloge umgekehrt in Wien zwei Tochterlogen unterhielt, verwies man auf das von den deutschen Großlogen reklamierte territoriale Vorrecht in Berlin und erreichte, dass die österreichische Großloge ihren Plan aufgab.[2023]

16.4. Einbruch in nationales Gelände – Schottischer Ritus und Symbolische Großloge

Da die ins obedienzielle Exil gedrängten deutschen Brüder als auswärtige Mitglieder nicht aktiv am Logenleben ihrer maurerischen Wahlheimat teilnehmen konnten, wuchs das Bedürfnis, auch in Deutschland wieder eine Heimstätte zu finden, ohne dafür auf die freimaurerische Anerkennung beziehungsweise Regularität verzichten zu müssen. Die bestehenden Großlogen kamen dafür nicht in Frage: der FzaS war ‚irregulär‘, den neun anerkannten Großlogen hatte man wegen ihrer nationalistischen Selbstisolation bewusst den Rücken gekehrt und ausländische Obedienzen würden sich, wie man gelernt hatte, nicht durch Gründung eigener Tochterlogen auf deutschem Reichsgebiet in direkten Gegensatz zu den anerkannten deutschen Großlogen bringen. In dieser Problemkonstellation begegneten sich 1929 drei Gruppen: kosmopolitisch gesinnte Brüder anerkannter Obedienzen, regularisierungswillige FzaS-Brüder und der internationale Alte und Angenommene Schottische Ritus (AASR), der schon seit Jahren immer wieder nach Wegen gesucht hatte, sich auch in Deutschland zu etablieren.[2024]

Im Frühjahr 1929 erging auf der IV. Internationalen Konferenz der Obersten Räte des AASR in Paris ein offizieller Auftrag zur Ausbreitung nach Deutschland an die Obersten Räte der Niederlande und der Schweiz. Angesichts der altbekannten ablehnenden

2020 Zu den Vorgängen um Müffelmanns AFL-Engagement vgl. die sehr ausführlich aus Quellen zitierende Arbeit Oelckers: Müffelmann, S. 90–116.

2021 Vgl. ebd., S. 107 f. u. 113–115.

2022 „Der Verein deutscher Studenten. Die Maurer-Ehre humanistischer Freimaurerei. Die Große Loge von Wien und Berlin“, in: Bauhütte 1 (1928), S. 143–145, hier S. 145.

2023 Vgl. „Keine Wiener Loge in Berlin“, in: Das neue Freimaurertum 2 (1929), S. 57.

2024 Vgl. Kap. 8.1. Zur Vorgeschichte vgl. auch Richert: Symbolische Großloge, S. 171; Bernheim: Nachforschungen, S. 6 f.

Haltung der deutschen Großlogen, sahen diese jedoch vorerst von konkreten Schritten ab.[2025]

Unabhängig voneinander und vom niederländischen und schweizerischen Obersten Rat wurden nun in der zweiten Jahreshälfte 1929 der Oberste Rat für Frankreich und der Oberste Rat für Österreich tätig. Ersterer ging an die Installation von sogenannten Ateliers (das AASR-Äquivalent zu einzelnen Logen) in Süddeutschland, Letzterer tat das gleiche in Berlin. Die süddeutschen Gründungen waren maßgeblich getragen von (ehemaligen) FzaS-Brüdern, die sich in der Grande Loge de France hatten regularisieren lassen. Die Mitglieder der Berliner Gründungen, darunter Leo Müffelmann und Raoul Koner, stammten hingegen aus anerkannten deutschen Logen und der Großloge von Wien und waren vielfach in der AFL aktiv, deren Geschäftsführer Lennhoff zugleich Souveräner Großkommandeur (das AASR-Äquivalent zum Großmeister) des Obersten Rats für Österreich war.[2026]

Beide Gründungsinitiativen, die süddeutsche und die norddeutsche, beabsichtigten, einen Obersten Rat für Deutschland auf den Weg zu bringen. Letztere war darin von beiden die schnellere. Am 10. Februar 1930 gründete sich aus ihr der Oberste Rat für Deutschland, der am 18. April vom Obersten Rat für die Niederlande das freimaurerische Licht erhielt.[2027] Souveräner Großkommandeur wurde Johannes (eigentlich Ede Janos) Bing, ein aus Ungarn geflohener Journalist mit Wohnsitz in Berlin, Mitglied der Wiener Loge „Labor“ und aktiv in der AFL. Sein Stellvertreter wurde Leo Müffelmann.[2028]

Bei Gründung des deutschen Obersten Rates waren alle Beteiligten peinlichst genau auf die Einhaltung der üblichen Gründungsformalitäten bedacht, um die Legitimität der Neugründung nicht zu gefährden. Aus dem gleichen Grund war schon bei den Ateliergründungen sowohl in Süd- als auch in Norddeutschland darauf geachtet worden, die Leitung in die Hände deutscher Staatsbürger zu legen.[2029] Man trug sich seitens des AASR noch mit der Hoffnung, sich nach der Gründung in gutes Einvernehmen mit den anerkannten deutschen Großlogen setzen zu können und, wie in anderen Ländern üblich, zu kooperieren – angesichts der vorangegangenen Erfahrungen mit den deutschen Großlogen eine illusorische Hoffnung. Vollends zerstört wurde sie dann jedoch am 26. und 27. Juli 1930, als Müffelmann und einige Mitstreiter in einem „Kabinettstück freimaurerischer Diplomatie“ die Gunst der Stunde und die freimaurerische Regularität des Obersten Rats nutzten, um in Hamburg eine weitere Großlogengründung zu legitimieren: die Symbolische Großloge von Deutschland.[2030]

2025 Vgl. Blabusch: Gründung, S. 105; Bernheim: Nachforschungen, S. 7 f.

2026 Pohl: Lennhoff, S. 157 spricht der AFL die Rolle einer „inoffiziellen Vermittlerin“ bei der Einführung des AASR in Deutschland zu.

2027 Vgl. Bernheim: Nachforschungen, S. 18–20; Richert: Mitglieder, S. 71, wo auch die 20 Gründungsmitglieder namentlich aufgeführt sind.

2028 Zu Bing vgl. Richert: Zweig, S. 67.

2029 Vgl. Blabusch: Gründung, S. 111 f.

2030 Vgl. zur SGL vor allem Richert: Symbolische Großloge, zur Gründung insbes. S. 174–178; Oelckers: Müffelmann, S. 120–225; Endler/Schwarze: Freimaurerbestände, Bd. 1,

Müffelmann, der das Amt des Großmeisters übernommen hatte und sich dafür von seinem Posten als stellvertretender Großkommandeur des Obersten Rats zurückziehen musste, begründete in der ersten Ausgabe der eigenen Logenzeitschrift Die alten Pflichten die Notwendigkeit einer weiteren Großloge insbesondere mit der nationalistischen Abschottung und Ausrichtung der Altlogen. An die Stelle der allgemeinen Bruderkette und des allgemeinen Menschentums nur die deutsche Bruderkette und das deutsche Menschentum zu setzen, sei mehr als nur eine „Akzent-Verschiebung" – es „negiert die Freimaurerei als solche."[2031]

Raoul Koner, der in der Symbolischen Großloge das Amt des Großsekretärs für Äußeres übernahm, fiel die Aufgabe zu, am 5. August mit einem Schreiben die übrigen anerkannten deutschen Großlogen über ihre neue Schwester zu informieren.[2032] Besonderes Anliegen des Schreibens war es, die Regularität der neuen Großloge herauszustellen. So wurde auf die Erfüllung der traditionellen Gründungsformalitäten hingewiesen und betont, dass alle an der Gründung beteiligten Brüder „regulär das freimaurerische Licht von regulären und anerkannten Obedienzen erhalten haben."[2033] Weiterhin hob Koner hervor, dass die Symbolische Großloge selbst ihr Licht vom Obersten Rat für Deutschland erhalten habe, einer regulären und vor allem deutschen Obedienz.[2034] Schließlich wurde auf die Haltung der Symbolischen Großloge in einigen Grundsatzfragen hingewiesen, um neben den Gründungsformalitäten auch in ihrer Praxis und ihrem Selbstverständnis Regularität nachzuweisen: Sie bekenne sich zum Symbol des Allmächtigen Baumeisters aller Welten, in dem sie „getrennt von irgendwelcher konkreter Vorstellung von Gottesglauben und Gottesbegriff das innere Wesen der Dinge faßt"; sie erkenne weiterhin die Bibel als eines der drei großen Lichter der Freimaurerei an; schließlich betone sie ausdrücklich die Liebe zum deutschen Vaterland, die sie nicht in einem Gegensatz zur allgemeinen Menschenliebe und zur weltweiten Bruderkette sehe.[2035]

Das deutsche Freimaurer-Establishment reagierte mit Überraschung und Verärgerung auf dieses Vorstellungsschreiben. Nicht nur war man von der Gründung einer zehnten Großloge völlig übertölpelt, man wusste auch nicht so recht, wo man den Obersten Rat für Deutschland einordnen sollte, der bis dahin noch nicht allgemein hervorgetreten war. Bald kam noch Verwunderung hinzu, als zunächst am 22. August ein Schreiben des Souveränen Großkommandeurs des Obersten Rats für Deutschland

---

S. 293–298. Die treffende Formulierung „Kabinettstück freimaurerischer Diplomatie" stammt von Weinberg: Stiefkinder, S. 300, der in seiner Darstellung ansonsten jedoch vielfach überholt ist. Für eine Auflistung der SGL-Tochterlogen vgl. Klasen: Geschichte, S. 31–33 oder Endler/Schwarze: Freimaurerbestände, Bd. 1, S. 313–315.

2031 Die alten Pflichten 1 (1930), zit. n. Oelckers: Müffelmann, S. 128. Zur Ämterbesetzung der SGL vgl. Richert: Symbolische Großloge, S. 174.

2032 Das Schreiben ist wiedergegeben in „Eine zehnte Großloge?", in: Hamburger Logenblatt 627 (1930/31), S. 17–27, hier S. 20 f.

2033 Ebd., S. 20.

2034 Ebd.

2035 Ebd., S. 21.

Johannes Bing einging, in dem die Symbolische Großloge als „eine irreguläre Organisation" bezeichnet wurde.[2036] Die Angelegenheit steigerte sich in den Augen der anerkannten Großlogen vollends zur Farce, als nur zwei Tage später ein weiteres Schreiben dieses Souveränen Großkommandeurs eintraf, das unter Verweis auf eine Sitzung des Obersten Rats am Vortag die Mitteilung aus dem Schreiben vom 22. August für ungültig erklärte und die Symbolische Großloge „nunmehr als vollkommen regulär" bezeichnete.[2037]

Tatsächlich war die Gründung der Symbolischen Großloge an Johannes Bing vorbei und gegen seinen ausdrücklichen Wunsch durch seinen Stellvertreter Müffelmann erfolgt, als Bing sich auf längerer Auslandsreise befand.[2038] Angesichts dieses intriganten und konspirativen Vorgehens und um Schadensbegrenzung bei den anerkannten deutschen Großlogen bemüht, hatte Bing das erste Schreiben vom 22. August abgesetzt. Am darauffolgenden Tag jedoch war er umgestimmt worden, woraufhin er das zweite Schreiben verfasst hatte. An den Brief anschließend trat Bing zurück und wenig später aus dem Obersten Rat für Deutschland aus.[2039]

Dieser verunglückte Start wurde in den Blättern der anerkannten deutschen Freimaurerei süffisant zur Kenntnis genommen und unter anderem als Ausdruck einer „grundsätzlichen Grundsatzlosigkeit" ins Lächerliche gezogen.[2040] An der Einschätzung beider Neuankömmlinge änderte der Widerruf des Widerrufs nichts. „Ist auch für uns die vollkommene und einwandfreie Gründung der Großloge über jeden Zweifel erhaben? Hierauf kann nur ein glattes Nein die Antwort sein", rückte das Hamburger Logenblatt die Darstellungen der Symbolischen Großloge und des Obersten Rats ins ‚rechte' Licht.[2041]

In der Tat waren sich die anerkannten deutschen Großlogen im Hinblick auf die als internationalistische Eindringlinge gesehenen Neugründungen bemerkenswert einig. Einer an die profane Presse übergebenen gemeinsamen Erklärung vom 26. Oktober fehlte nur die Unterschrift der Großen Landesloge, die jedoch ebenso jeden Verkehr mit den Neugründungen ablehnte und sie nicht als Freimaurerkörperschaften anerkannte.[2042] In der gemeinsamen Erklärung der acht Großmeister hieß es, die deutschen Großlogen „erheben feierlich Einspruch gegen diese undeutschen Gründungen, die sie auf das Entschiedenste ablehnen. Ihre freimaurerische Anerkennung ist wie für die Gegenwart, so auch für die Zukunft ausgeschlossen."[2043]

2036 Dieses Schreiben Bings ist wiedergegeben in ebd. sowie in F. G.: Dokumente, S. 19.

2037 Auch dieses Schreiben Bings ist wiedergegeben in „Eine zehnte Großloge?", in: Hamburger Logenblatt 627 (1930/31), S. 17–27, hier S. 23 sowie in F. G.: Dokumente, S. 20 f.

2038 Vgl. Richert: Symbolische Großloge, S. 177.

2039 Vgl. Bernheim: Nachforschungen, S. 22.

2040 „Symbolische Großloge von Deutschland", in: Mitteilungen der Großloge zur Sonne, Oktober 1930/31, S. 128 f., zit. n. F. G.: Dokumente, S. 22.

2041 „Eine zehnte Großloge?", in: Hamburger Logenblatt 627 (1930/31), S. 17–27, hier S. 25.

2042 Zur GLL vgl. „Amtliches", in: Mecklenburgisches Logenblatt 3 (1930/31), S. 51.

2043 Die Erklärung wurde an mehreren Stellen veröffentlicht. Hier wiedergegeben nach „Die Einigkeit der Deutschen Großlogen in Sachen der Winkelgründung und der Liga", in: Bauhütte 22 (1930), S. 166 f., hier S. 166.

Zwar bemühte sich Fritz Uhlmann, der neben dem Vorsitz der AFL auch einen Posten im Obersten Rat für die Schweiz innehatte, um Klärung und Nachweis der Regularität der Neugründungen, doch schon das fast doppelt so lange Nachwort der Schriftleitung der BAUHÜTTE, die seine Zuschrift abgedruckt hatte, ließ die Zwecklosigkeit dieses Unterfangens erkennen.[2044] Nur in jenen Kreisen, die sich nicht explizit von der Weltmaurerei abgewandt hatten, konnte die maurerrechtliche Absicherung des deutschen Obersten Rats und der Symbolischen Großloge von Deutschland auf Grundlage des fremden Konzepts der Regularität und der ausdrücklich dafür ins Feld geführten englischen „Basic Principles" etwas bedeuten.[2045] Dass etwa die Gründung des Obersten Rats „ohne jeden Zweifel und ohne jeden Mangel rite und regulär" gewesen sei, wie die LEUCHTE 1931 schrieb,[2046] wurde von den in nationaler und nationalistischer Abschottung sich haltenden deutschen Großlogen naturgemäß anders gesehen. Für sie war Regularität – und natürlich auch die beiden neuen Körperschaften – ein bedrohliches Ausgreifen des maurerischen Internationalismus auf die eigene Sphäre.

Schon in der ersten Notiz, die die BAUHÜTTE vom Obersten Rat für Deutschland und von der Symbolischen Großloge genommen hatte, hatte sie geklagt, deren Gründung sei eine „Durchbrechung" der letzten noch verbliebenen „deutschen Geschlossenheit", nämlich derjenigen, „die auf gegenseitiger Anerkennung beruht".[2047] Folgerichtig wurden auch im Nachwort zu Uhlmanns Zuschrift die Fürsprecher der Regularität beider Neugründungen als „Verachter unserer klaren Rechte" bezeichnet.[2048] In einem weiteren Artikel benannte die BAUHÜTTE Ross und Reiter: Oberster Rat und Symbolische Großloge seien das Werk „ausländische[r] Mächte, die ein kleines Gremium deutscher M[au]rer [...] mit für uns fiktiven Rechten bekleideten".[2049] In vergleichbarer Weise äußerten sich auch die Großlogenzeitschriften und -leitungen. Der Großmeister der Großen Loge von Hamburg Richard Bröse bezeichnete beispielsweise den Obersten Rat und die Symbolische Großloge als der deutschen Freimaurerei „wesensfremde" Organisationen unter Einfluss des masonischen Auslands.[2050]

2044 Vgl. Uhlmann, Fr[itz]: „Nochmals die zehnte Großloge", in: Bauhütte 18 (1930), S. 133–135.

2045 In diesem Zusammenhang wurde auch die weiter oben zitierte Frage gestellt, was denn ‚regulär' überhaupt bedeute, vgl. [Unger, Alfred]: „Die zehnte Großloge. Eine Abspaltung vom ‚F. z. a. S.'", in: Bauhütte 16 (1930), S. 117 f., hier S. 118. Zur Berufung der SGL auf die „Basic Principles of Grand Lodge Recognition" vgl. Symbolische Großloge von Deutschland (Hg.): Grundsätze, Satzung und Verordnungen der Symbolischen Großloge von Deutschland, [Hamburg] [1930], S. 7.

2046 „Rundschau", in: Leuchte 3 (1931), S. 44.

2047 „Die zehnte Großloge!", in: Bauhütte 15 (1930), S. 111.

2048 [Unger, Alfred]: [Entgegnung der Schriftleitung], in: Bauhütte 18 (1930), S. 133–135, hier S. 134.

2049 [Unger, Alfred]: „Die zehnte Großloge. Ein zweiter und hoffentlich letzter Artikel", in: Bauhütte 18 (1930), S. 129–131, hier S. 129.

2050 [Bröse, Richard]: „Bekanntmachung", in: Hamburger Logenblatt 627 (1930/31), S. 2–4, hier S. 2. Vgl. z. B. auch „Symbolische Großloge von Deutschland", in: Am rauhen Stein 8/9 (1930), S. 300 f.

Das deutsche Freimaurer-Establishment setzte in der Folge alles daran, die neuen Gründungen zu diskreditieren. Der konspirationistische Nationalismus, der in der Unterstellung von ausländischer Steuerung zutage trat, öffnete dabei die Tür zum Giftschrank des Antimasonismus, aus dem man sich unter anderem bediente. Besonders perfide war etwa eine von Alfred Unger mehrfach wiederholte Assoziation des Obersten Rats mit den (in diesem Fall auch noch ausländischen, wie betont wurde) ‚unbekannten Oberen' des antimasonischen Verschwörungsmythos.[2051] Das geläufigste Mittel der Diskreditierung war jedoch, die beiden Neugründungen nach deutschem Maurerrecht für illegitim zu erklären und so zugleich das fremde Konzept der Regularität zu delegitimieren. So urteilte etwa das Mitteilungsblatt der Großloge von Bayreuth, dass hinsichtlich des AASR (und implizit damit auch hinsichtlich der Symbolischen Großloge) gar kein Zweifel bestehen könne: Er sei das, was „wir Freimaurer als ‚Winkelgroßloge' zu bezeichnen pflegen".[2052] Bestätigung für dieses Urteil fand man immer wieder im Anteil ehemaliger FzaS-Brüder, deren Regularisierung in Frankreich nicht anerkannt wurde, sondern noch zusätzlich den internationalistischen Charakter der Neugründungen unterstrich.[2053] Und schließlich wurde auch eine Verbindung zwischen den neuen Gründungen und den Jahrzehnte zurückliegenden, damals ebenfalls unter den Wortmarken ‚Symbolische Großloge' und ‚Schottischer Ritus' auftretenden Gruppen von Theodor Reuß behauptet.[2054]

Die neuen Körperschaften behaupteten sich jedoch – trotz des massiven Gegenwinds. Der AASR konsolidierte sich nach der Belastungsprobe durch die konspirative Gründung der Symbolischen Großloge. Im April 1931 übergab der Oberste Rat für Frankreich die bis dahin noch unter seiner Obedienz arbeitenden süddeutschen Ateliers an den deutschen Obersten Rat, wodurch sich dessen Mitgliederzahl auf einen

2051 Vgl. [Unger, Alfred]: „Die zehnte Großloge. Ein zweiter und hoffentlich letzter Artikel", in: Bauhütte 18 (1930), S. 129—131, hier S. 130. Ebenso schon in [Unger, Alfred]: „Die zehnte Deutsche Großloge. Dokumente zu ihrer Gründung", in: Bauhütte 17 (1930), S. 121—124, hier S. 124 und wiederholt in [Unger, Alfred]: „Der ‚Oberste Rat für Deutschland'. Ein Nachtrag zu unserem Leitartikel", in: Bauhütte 20 (1930), S. 150 f., hier S. 150. Zum antimasonischen Topos der ‚unbekannten' oder ‚geheimen Oberen' vgl. „Geheime Obere", in: Internationales Freimaurerlexikon, Sp. 574 f.

2052 „Die Symbolische Großloge von Deutschland", in: Mitteilungen der Großloge zur Sonne, 1930/31, S. 101—105, zit. n. F. G.: Dokumente, S. 17—19, hier S. 18.

2053 Vgl. exemplarisch „Die Große Loge von Neuyork, die Symbolische Großloge von Deutschland und der A. A. S. R. in Deutschland", in: Hamburger Logenblatt 636 (1930/31), S. 305—307.

2054 Vgl. [Unger, Alfred]: „Die zehnte Großloge. Eine Abspaltung vom ‚F. z. a. S.'", in: Bauhütte 16 (1930), S. 117 f., hier S. 118. Zu Reuß' Gründungen vgl. Kap. 6.5. Auch das „Eklektische Bundesblatt" reagierte mit einem Artikel, der die Verbindung zwischen den Winkellogen der Jahrhundertwende und den neue Gründungen herstellte, vgl. Fluhrer, Wilhelm: „Das Winkellogentum in Deutschland – die neueste Entwicklung der irregulären Freimaurerei", in: Eklektisches Bundesblatt, Dez. 1930, S. 387—392, abgedr. in F. G.: Dokumente, S. 7—11.

Schlag mehr als verdoppelte, auf nunmehr 46 Brüder. Über die Hälfte davon waren ehemalige FzaS-Mitglieder, zwei gehörten altpreußischen Obedienzen an und der Rest war Mitglied in humanitären Logen (inklusive Symbolische Großloge und Großloge von Wien).[2055]

Von da an ging jedoch die Expansion eher schleppend voran, was vor allem an der ablehnenden Haltung der alten Großlogen lag. Dem Obersten Rat für Deutschland, der sich auf die ausschließliche Bearbeitung der Hochgrade zurückgezogen hatte, brach dadurch ein großer Teil der Rekrutierungsbasis in der deutschen Johannismaurerei fort. Das stärkte wiederum die ohnehin vorhandene Verbindung zur Symbolischen Großloge, die zum hauptsächlichen Reservoir hochgradinteressierter Brüder Meister wurde. Am 28. November 1931 schlossen die beiden Körperschaften ein Konkordat, das diese Bindung zu einer formalen Beziehung ausbaute, wie sie der AASR traditionell mit Johannisgroßlogen pflegt.[2056] Von den 209 Brüdern, die der Oberste Rat für Deutschland bis Ende 1932 in seine Hochgrade beförderte, gehörten rund drei Viertel der Symbolischen Großloge an.[2057] Umgekehrt war ein Großteil der Stuhlmeister von Tochterlogen der Symbolischen Großloge auch Mitglied im deutschen Ableger des AASR.[2058] Was Auslandsbeziehungen anging, war der Oberste Rat für Deutschland schon durch seine Vorgeschichte und Gründung von Beginn an in das europäische Netzwerk des AASR eingebunden.

Die Symbolische Großloge wiederum legte in den Monaten nach ihrer Gründung ein beachtliches Wachstum hin, was insbesondere auf die 1930 aus dem FzaS ausgetretenen regularisierungswilligen Brüder zurückging, aber auch auf Übertritte aus den humanitären Altlogen.[2059] Die zeitgenössischen Angaben über die Mitgliederzahlen sind jedoch widersprüchlich. Die LEUCHTE behauptete im Sommer 1932, die Symbolische Großloge umfasse 1.173 Brüder, während „C. van Dalen's Kalender" im Vorjahr von nur 800 gesprochen hatte.[2060] Niedriger als beide zeitgenössische Angaben sind Zahlen, die der Freimaurerforscher Thomas Richert präsentiert. Demnach sei die Symbolische Großloge bis zur Einstellung ihrer Tätigkeit in Deutschland am 28. März 1933 nie über 700 Brüder hinausgekommen, was nur knapp der Hälfte des geschrumpften FzaS und nicht einmal einem Prozent der Gesamtmitgliederzahl der Altlogen entsprach.[2061]

Die widersprüchlichen Angaben mögen zum Teil auf die unübersichtlichen Verhältnisse in der Symbolischen Großloge zurückführbar sein. Vergleichbare administrative Ungenauigkeiten zeigen sich in der Verteilung der Matrikelnummern an die insgesamt

2055 Vgl. Richert: Mitglieder, S. 82.
2056 Vgl. Oelckers: Müffelmann, S. 177 f.
2057 Vgl. Richert: Zweig, S. 70.
2058 Vgl. Richert: Mitglieder, S. 83.
2059 Vgl. Melzer: Konflikt, S. 164.
2060 Vgl. Endres, Franz Carl: „Zum Problem der Symbol. Großloge von Deutschland", in: Leuchte 5 (1932), S. 73–75, hier S. 74; C. van Dalen's Kalender für Freimaurer 1931, S. 239.
2061 Vgl. Richert: Symbolische Großloge, S. 189 f.

20 Tochterlogen, die sie (zusätzlich zu den acht Logen, aus denen sie sich 1930 konstituiert hatte) bis zur Einstellung ihrer Arbeit gründete.[2062] Hinzu kamen womöglich absichtliche Übertreibungen, etwa um der üblen Nachrede der Altlogen etwas entgegenzusetzen, die unaufhörlich versuchten, die Symbolische Großloge schlecht, arm und klein zu reden. Franz Carl Endres' LEUCHTE-Artikel von 1932, aus dem die vierstellige Angabe stammt, war beispielsweise explizit gegen die Attacken des deutschen Freimaurer-Establishments verfasst und konterte eine Reihe von dessen rhetorischen Spitzen.[2063]

Eindeutiger war der Erfolg für die Symbolische Großloge hingegen auf dem Gebiet der internationalen Beziehungen. Trotz einiger anfänglicher Unsicherheiten konnte sich die Symbolische Großloge durch geschickte Diplomatie und die Rückendeckung des AASR immer mehr Anerkennungen erwerben.[2064] 1932 verbuchte sie in ihrer Zeitschrift für sich, die deutsche Freimaurerei aus ihrer Isolation herausgeführt zu haben – sehr zum Unmut des FzaS, dessen diesbezügliches Engagement keinerlei Würdigung erfuhr.[2065] Allerdings spielte die Symbolische Großloge mit brüderlichen Beziehungen zu letztendlich 44 Großlogen unzweifelhaft in einer anderen Liga als der Reformbund.[2066] Der bedeutendste diesbezügliche Unterschied zwischen dem FzaS und der Symbolischen Großloge war wohl, dass Letztere 1932 von der AMI als reguläre Großloge anerkannt und extra für sie das Aufnahmeverfahren beschleunigt wurde, um ihr so ab 1933 die Mitgliedschaft anbieten zu können.[2067]

Die deutschen Altlogen reagierten auf die schnell sich häufenden Anerkennungen des Obersten Rates für Deutschland und der Symbolischen Großloge durch das freimaurerische Ausland zunächst mit einer weiteren Verschärfung ihrer Abschottung. Erstes Opfer wurde die Großloge von Wien, die schon länger ob ihrer internationalistischen und pazifistischen Ausrichtung kritisch beäugt worden war und nun wegen einer unterstellten Rolle bei der Etablierung des Obersten Rats für Deutschland und der Symbolische Großloge von Deutschland endgültig auf die Abschussliste der deutschen Großlogen geriet.[2068]

Den Anfang machten die altpreußischen Großlogen. Die Große Landesloge hatte bereits 1926 jegliche Beziehungen zur Großloge von Wien abgebrochen. Im Mai 1931 folgten ihr die beiden anderen Berliner Obedienzen.[2069] In der Großloge „Drei Weltkugeln“ war dieser Schritt schon länger systematisch durch den Wetzlarer Ring

2062 Vgl. Richert: Symbolische Großloge, S. 185.
2063 Vgl. Endres, Franz Carl: „Zum Problem der Symbol. Großloge von Deutschland“, in: Leuchte 5 (1932), S. 73–75.
2064 Vgl. Oelckers: Müffelmann, S. 143–179.
2065 Vgl. „Zwei Jahre ‚Symbolische Großloge von Deutschland‘ “, in: Das neue Freimaurertum 10 (1932), S. 263.
2066 Für eine Auflistung der 44 verbundenen Großlogen vgl. Klasen: Geschichte, S. 34.
2067 Vgl. „Rundschau“, in: Leuchte 6 (1932), S. 91; Melzer: Konflikt, S. 166 f.
2068 Tatsächlich hatte die GLvW als Körperschaft mit keiner der Gründungen direkt etwas zu tun gehabt.
2069 Vgl. „Maurerisches aus Nah und Fern“, in: Hamburger Logenblatt 636 (1930/31), S. 308.

vorbereitet worden. Bereits seit 1930 lag ein entsprechender ausgefertigter Antrag vor. Er stützte sich in seiner Argumentation in wesentlichen Teilen auf die antisemitisch-antimasonische Hetzschrift „Aus der Werkstatt der Juden und Freimaurer in Österreich" von Paul Heigl und machte den Wienern nicht nur ihr angebliches Ausgreifen auf deutsches Reichsgebiet, sondern auch ihren Internationalismus und ihre überwiegend jüdische Mitgliederbasis zum Vorwurf.[2070]

Die humanitären Großlogen hielten zu diesem Zeitpunkt noch an ihrem österreichischen Partner fest, wenngleich sich die Große Loge von Hamburg beeilte zu erklären, dass auch ihre Sympathie für die Wiener sich in Grenzen halte.[2071] Als jedoch im Oktober 1931 die Großloge von Wien den Beschluss fasste, die Symbolische Großloge anzuerkennen, sahen sich auch die humanitären Großlogen zum Handeln veranlasst. Anfang November erklärten sie die Beziehungen zunächst für ruhend, schon im Frühjahr 1932 dann für vollständig gelöst.[2072]

Einiges deutet darauf hin, dass man seitens der humanitären Großlogen die Einschläferung der Beziehungen im November zunächst als Warnschuss gemeint und auf ein Einlenken der Großloge von Wien gehofft hatte. Schon im Oktober 1930 war ein Rundschreiben an alle auswärtigen Großlogen ergangen, in dem die deutschen Großmeister für den Fall einer Anerkennung der Symbolischen Großloge mit Konsequenzen drohten.[2073] Auch im Umgang mit der Schweizer Großloge „Alpina" zeigt sich deutlich der Versuch, die ausländischen Großlogen durch diplomatischen Druck gegen die neue Großloge einzunehmen. Die „Alpina" hatte 1931 die Symbolische Großloge als regulär anerkannt und damit den brüderlichen Verkehr zwischen beiden Obedienzen freigegeben, woraufhin die Großloge von Frankfurt offen erklärte, man werde in der Schweiz zwischen Verkehr mit der Symbolischen Großloge oder Verkehr mit dem Großlogenbund zu wählen haben.[2074] Die „Alpina" ließ sich jedoch von diesem Nötigungsversuch ebenso wenig beeindrucken wie die Großloge von Wien. Der FzaS – selbst kein Freund der Symbolischen Großloge, die ihm wertvolle Kräfte entzogen hatte – feixte angesichts des offensichtlich in Kauf genommenen Bruchs mit den deutschen Altlogen: „die deutsche humanitäre Freimaurerei [wird] von den ausländischen Großlogen eben als nicht mehr bündnisfähig angesehen."[2075]

Dieses Urteil sollte sich jedoch schon bald als verfrüht herausstellen. Inzwischen hatten nämlich die Erfolge der AMI auf dem Gebiet des freimaurerischen

2070 Vgl. Hergeth [= Heigl]: Werkstatt. Zu dem ganzen Vorgang vgl. Oelckers: Müffelmann, S. 120 f.; Freudenschuß: Ring, S. 20 f.; Meier: Große National-Mutterloge, S. 86–89. Laut Patka: Freimaurer, S. 19 waren rund 70 bis 80 Prozent der GLvW-Mitglieder Juden.

2071 Vgl. „Maurerisches aus Nah und Fern", in: Hamburger Logenblatt 636 (1930/31), S. 308.

2072 Vgl. den Brief des Großlogenbundes an die GLvW, abgedr. in: Hamburger Logenblatt 639 (1931/32), S. 41 f. u. „Rundschau", in: Leuchte 6 (1932), S. 95.

2073 Vgl. [ohne Titel], in: Hamburger Logenblatt 639 (1931/32), S. 41 f., hier S. 41.

2074 Vgl. „Rundschau", in: Leuchte 11 (1931), S. 158 f., hier S. 158. Zu den Beziehungen zwischen „Alpina" und SGL vgl. auch Oelckers: Müffelmann, S. 162 f. u. 178.

2075 „Der deutsche Großlogenbund gegen die Wiener Großloge", in: Das neue Freimaurertum 12 (1931), S. 367 f., hier S. 368.

Internationalismus bei der United Grand Lodge of England zu einem Bewusstsein für die Notwendigkeit einer aktiven Außenpolitik geführt.[2076] Das äußerte sich in der Formulierung der bereits erwähnten „Basic Principles of Grand Lodge Recognition" und in der zielgerichteten Ansprache ausländischer Obedienzen. So hatten sich die Engländer schon 1929 brieflich an die Große Landesloge gewandt und vorgefühlt, wie es um eine Reaktivierung der freimaurerischen Beziehungen stünde. Die Antwort war allerdings ernüchternd gewesen, wurde doch von der Großen Landesloge vor Erwägung einer Wiederaufnahme der Beziehungen nicht weniger gefordert als die Aufhebung des Versailler Vertrags, die Wiedergutmachung alles am deutschen Volke begangenen Unrechts und die Abkehr von der ‚Kriegsschuldlüge'.[2077] Erst der nach dieser Absage eingeschlagene Weg über die humanitären Großlogen sollte für die englische Großloge schließlich zum Erfolg führen. 17 Jahre nach ihrer Einschläferung und fast 14 Jahre nach Kriegsende reaktivierten die Großlogen von Bayreuth, Frankfurt und Hamburg 1932 ihre Freundschaftsbande mit der United Grand Lodge of England.[2078] Doch der Sturm der Entrüstung folgte unmittelbar.

Die Symbolische Großloge witterte hinter der Erneuerung der deutsch-englischen Beziehungen einen zweckrationalen „Kuhhandel".[2079] Wenn die Anerkennung nur erfolge, um die Symbolische Großloge auszubooten, dann werde dadurch „die Idee der freimaurerischen Zusammenarbeit aufs Schwerste gefährdet."[2080] Noch schärfer waren die Reaktionen der anerkannten deutschen Obedienzen. Sie erblickten in dem Ausscheren der drei humanitären Großlogen überwiegend einen Verrat an der nationalen Freimaurerei. Die Großloge von Darmstadt trat aus Protest aus dem Großlogenbund aus, der damit nur noch die drei Großlogen von Bayreuth, Frankfurt und Hamburg umfasste.[2081] Die Große Landesloge nutzte die Gelegenheit, um den schon seit langem verfolgten vollständigen Abbruch der Beziehungen zu den humanitären Großlogen zu vollziehen und die beiden anderen altpreußischen Großlogen folgten ihr darin.[2082] Die Große Loge von Preußen widmete dem ganzen Vorgang eine besondere Beilage zu Am rauhen Stein, in der sie erklärte: „[W]ir wollen uns nicht mit englischen Freimaurern in deutschen Logen verbrüdern, wollen weder in Gedanken noch in der Wirklichkeit eine ‚Kette' mit ihnen bilden!", ja mehr noch: „*alle* Besuche nichtdeutscher Freimaurer in deutschen Logen [sind] unerwünscht".[2083]

Die Großloge von Bayreuth reagierte auf den heftigen Gegenwind durch Versendung einer Denkschrift, die um Verständnis werben sollte und darlegte, wie es zur

2076 Vgl. Berger: Internationalismus, S. 83–86.
2077 Vgl. „Eine deutsche Antwort", in: Zirkelkorrespondenz 22 (1929), S. 475 f.
2078 Vgl. die diesbezügliche Meldung in: Hamburger Logenblatt 642/643 (1931/32), S. 98 f.; Neuberger: Winkelmaß, S. 135.
2079 Zit. n. „Rundschau", in: Leuchte 5 (1932), S. 76 f., hier S. 77.
2080 Zit. n. ebd.
2081 Vgl. „Aus anderen Großlogen", in: Am rauhen Stein 6 (1932), S. 169.
2082 Vgl. auch hierzu die wörtlich wiedergegebenen Beschlüsse in ebd., S. 168 f.
2083 Ebd., S. 12 f. [Herv. i. O.].

Wiederaufnahme der Beziehungen gekommen war. Die Darstellung bestätigte die Kritik Müffelmanns in wesentlichen Punkten, indem sie einräumte, dass die Symbolische Großloge ein wichtiger Grund für die Wiederaufnahme der deutsch-englischen Beziehungen gewesen war. Die Anerkennung ihrer Regularität durch fast alle europäischen Obedienzen habe die humanitäre deutsche Freimaurerei unter Zugzwang gesetzt. In dieser Notlage sei im Jahr 1931 die ausgestreckte Hand Englands gerade recht gekommen und so habe man sich entschieden, sie zu ergreifen.[2084] Zusätzlich versuchte die Denkschrift der Kritik durch Verweis auf eine Großmeisterbesprechung vom Oktober 1930 das Wasser abzugraben, auf der außer der Großen Landesloge alle Großlogen vertreten gewesen waren. Schon damals sei – sogar auf Anregung der zwei anwesenden Berliner Obedienzen – die Frage der Wiederannäherung an England eingehend erörtert worden, ohne dass prinzipielle Bedenken laut geworden wären.[2085]

Insbesondere diese Darstellung der Großmeisterbesprechung von 1930 rief in den Folgemonaten mehrere Gegen-Denkschriften hervor, unter anderem von der Großloge von Darmstadt. Sie wies auf Grundlage eines damals angefertigten Protokolls nach, dass in der Frage der Wiederaufnahme freimaurerischer Beziehungen mit England keineswegs Konsens geherrscht hatte. Es habe vielmehr signifikanten Widerstand und sogar ausdrückliche Warnungen gegeben, nicht durch Beziehungen ins Ausland die „Trennung der deutschen Freimaurerei in zwei feindliche Lager" zu riskieren.[2086]

Genau das war mit der Wiederaufnahme der Beziehungen zu England nun geschehen. Freilich hatte diese Trennung in zwei feindliche Lager bereits deutlich früher begonnen. Im Jahr 1932 war sie lediglich zum Abchluss gebracht worden.

2084 Vgl. Beyer: Motive, S. 23.
2085 Vgl. Koelblin: Werdegang, S. 7–9; Beyer: Motive, S. 17.
2086 Trümpert: Steuer, S. 7.

Zusammenfassung: Blüte und Krise

Die Jahre der Weimarer Republik waren für die deutsche Freimauerei von großen Widersprüchen geprägt. Einerseits stand sie vor einem Scherbenhaufen. Der Krieg, an dem sie die vergangenen vier Jahre ihre gesamte freimaurerische Identität neu ausgerichtet hatte, hatte in einer schmachvollen Niederlage und mit dem Zusammenbruch der vertrauten Ordnung geendet. Andererseits war die Freimaurerei nach Kriegsende gefragt wie nie zuvor. Sie wuchs immens an und erreichte zur Mitte der 1920er Jahre geradezu astronomische Zuwachs- und Mitgliederzahlen.

Noch in anderer Hinsicht waren die Jahre der Republik von Ambivalenz geprägt. Einen unrühmlichen Höhepunkt erlebte die deutsche Freimaurerei in den 1920er und 1930er Jahren als radikalnationalistisches ideologisches Projekt. Mit einem explizit völkischen Selbstverständnis vermochten es die Berliner Großlogen, zahlreiche Brüder und Logen aus den anderen Großlogen abzuwerben, die ihrerseits antisemitische Satzungsänderungen vornahmen und kosmopolitische Stimmen ausgrenzten. Nur an den äußeren Rändern beziehungsweise jenseits der anerkannten Freimaurerei konnte sich in Deutschland eine Tradition des freimaurerischen Liberalismus und Internationalismus behaupten.

Auch wegen dieser Entwicklungen nahmen letztendlich die Fliehkräfte innerhalb der deutschen Freimaurerei überhand, was zu ihrer Desintegration als Diskursgemeinschaft und ‚imagined community' führte. Der Großlogenbund zerbrach, der VdF rieb sich auf, die Publizistik wurde zu einem Schatten ihrer selbst, kurz: das Einheitsprojekt deutsche Freimaurerei kam an ein Ende.

Angriff und Abwehr

„Deutsche Freimaurer! Wacht endlich auf aus dem Traume utopistischer Weltverbrüderung! [...] Laßt uns endlich der humanitären und antichristlichen Weltmaurerei eine deutsche christliche Freimaurerei gegenüberstellen."[2087]

„Die unglückselige alte Unterscheidung von ‚christlichen' und ‚humanitären' Großlogen hätte gerade in diesen Kampfzeiten aufgehoben oder zurückgestellt werden sollen, statt daß sie von den christlichen dem gemeinsamen Feinde gegenüber bewußt betont wird."[2088]

17. Suche nach einem Platz in der ‚nationalen Bewegung'

Wie bereits der 1922 gegen die altpreußischen Großlogen erhobene Vorwurf der Anbiederung an völkische Verbände sichtbar gemacht hat und wie darüber hinaus durch die weitere innere Entwicklung bestätigt wurde, hing die Desintegration der deutschen Freimaurerei eng mit ihrer Verortung im politischen Kräftefeld der Republik zusammen.[2089]

Dabei haben die vorhergehenden Ausführungen bereits gezeigt, dass die oft als ‚Rechtsruck' beschriebenen politischen Prozesse *nicht* in erster Linie als Resultat der von Neuberger postulierten defensiven „Anpassungsbestrebungen" an den Nationalsozialismus gesehen werden können, da sie dafür deutlich zu früh einsetzten.[2090] Aber auch die jüngst von Hans-Hermann Höhmann konzise zusammengefasste Gegenthese einer „zunehmende[n] konzeptionelle[n] Übereinstimmung mit völkischen Positionen"

2087 „Ansprache des Landes-Großmeisters Brs. Müllendorff bei der Feier des Johannisfestes am 24. Juni 1922", in: Zirkelkorrespondenz 13/14 (1922), S. 187–194, hier S. 193 f.

2088 „Weckruf an alle deutschen Frmr.", in: Latomia 9/10 (1932), S. 92.

2089 Vgl. Neumann: „Den Manen des Deutschen Grosslogenbundes", in: Bauhütte 32/33 (1922), S. 149 f.

2090 Neuberger: Winkelmaß, S. 10. Die Formulierung stammt aus Neubergers Vorwort zur Neuauflage von 2001 und ist explizit als Bekräftigung seiner These angesichts Melzers Kritik gedacht. Aber sogar Melzer spricht wörtlich von einem „Rechtsruck" der deutschen Großlogen, vgl. Melzer: Konflikt, S. 87.

im Verlauf der 1920er Jahre greift zu kurz,[2091] weil sie die längeren Traditionslinien und die im Weltkrieg daraus schöpfenden Prozesse nationalfreimaurerischer Identitätskonstruktion außer Acht lässt.[2092] Inwiefern angesichts der Ausgangslage nach Kriegsende überhaupt von einem Rechts*ruck* gesprochen werden kann, erscheint zumindest fraglich. Der seit Jahren im Bruderkreis an Zustimmung und Einfluss gewinnende, im Weltkrieg dann zur semioffiziellen Leitlinie mindestens der altpreußischen Großlogen gewordene völkische Nationalismus und schließlich die verweigerte kulturelle Demobilmachung stellten von Beginn der Republik an eine ideologische Nähe zur radikalen Rechten her, die von Freimaurerseite frühzeitig auch offensiv gesucht wurde.

Dadurch ergab sich ein reziprokes Austauschverhältnis zwischen Teilen der radikalen Rechten und Teilen der Freimaurerei. In der Forschung wurde bislang nur die eine Seite dieser Gleichung berücksichtigt, nämlich die freimaurerischen Reaktionen auf die Anfeindungen, deren Bedeutung für die innere Entwicklung der Freimaurerei von Marcus Meyer zugespitzt als „eine der wenigen wirklichen Kontroversen innerhalb der Freimaurer-Forschung" bezeichnet wurde.[2093] Dass aber auch umgekehrt der antimasonische Diskurs von Freimaurern mitgeprägt wurde, blieb bislang unbeachtet und kann neues Licht auf diese Kontroverse werfen.

Die schon seit Jahrzehnten bestehenden, unsystematischen personellen und ideellen Konvergenzen zwischen radikalnationalistischen Verbänden und Teilen der Freimaurerei spielten hierbei ebenso eine bedeutende Rolle wie die innerfreimaurerischen Abgrenzungsbestrebungen der altpreußischen von den humanitären Großlogen.

17.1. Altpreußisches Werben mit Hindernissen

Vor allem waren es Angehörige der Großen Landesloge und sogar die Großlogenleitung selbst, die schon 1919 gezielt die nationalistische Rechte ansprachen. Am 29. Oktober dieses Jahres war entsprechendes profanes Publikum zu einem Informationsabend ins Berliner Ordenshaus geladen. Der Landesgroßmeister Eugen Müllendorff persönlich hielt einen Vortrag über die altpreußische Freimaurerei, zu der – so wurde betont – Juden keinen Zugang hätten.[2094]

Inzwischen hatte jedoch der Antimasonismus in die nationalen Kreise Einzug gehalten. Um anti-antimasonische Aufklärungsarbeit ging es bei der Veranstaltung der Großen Landesloge allerdings nur insofern, als man sich als zuverlässigen Verbündeten empfehlen wollte. In der systemoppositionellen Rechten sah man im Berliner Ordenshaus keinen Gegner, sondern einen Pool Gleichgesinnter und potenzieller

2091 Höhmann: Identität und Gedächtnis, S. 12. Vgl. auch die konzise Forschungsübersicht ebd., S. 11–13 u. 110–120 und die Vorstudie ders.: Verlorener Friede.

2092 Vgl. dazu Kap. 10.

2093 Meyer: Bruder, S. 200.

2094 Müllendorff, Eugen: „Vortrag über Freimaurerei", in: Zirkelkorrespondenz 18 (1919), S. 399–407, hier S. 405 f. Müllendorff unterschlug, dass die GLvPr zu diesem Zeitpunkt noch de jure Juden in die Johannisgrade aufnahm.

Aufnahmekandidaten. Leider hätten „die Angriffe, denen die Freimaurerei zu allen Zeiten ausgesetzt war, neuerdings auch in Kreise Eingang gefunden [...], an deren Urteil uns als vaterlandsliebenden deutschen Männern gelegen sein muß", erläuterte der Landesgroßmeister den Hintergrund der Einladung.[2095]

Die Abwehr antimasonischer Angriffe, die wenige Jahre früher auf die Nachkriegszeit verschoben worden war, fand zwar 1919 und 1920 sowohl im Vorstand des VdF als auch im Großlogenbund Besprechung, doch blieben die Ergebnisse eher unspezifisch.[2096] Im Großen und Ganzen überließen die meisten Großkörperschaften es einzelnen Brüdern oder betroffenen Logen, auf die Angriffe zu reagieren.[2097] Immerhin einigte man sich am ersten regulären Großlogentag nach dem Krieg 1920 darauf, dem neuen Arbeitsausschuss unter anderem die Aufgabe der „Förderung des freimaurerischen Schriftentums" offiziell zu übertragen, was dieser dahingehend auslegte, *auch* Abwehr- und Aufklärungsschriften für die Öffentlichkeit zu fördern.[2098] In Folge des altpreußischen Austritts aus dem Großlogenbund schlief jedoch die Tätigkeit des Arbeitsausschusses nach der zweiten Tagung 1921 wieder ein. Stattdessen begannen um die Mitte der 1920er Jahre einzelne Großlogen damit, eigene Abwehrausschüsse einzurichten, so beispielsweise 1924 die „Drei Weltkugeln" und 1925 die Großloge von Bayreuth.[2099]

Die unentschiedene Reaktion auf den inzwischen hauptsächlich nationalen Antimasonismus lag vor allem daran, dass dieser überwiegend nicht als eine eigenständige Gefahr erkannt oder ernst genommen wurde. Antimasonismus, so waren sich zahlreiche Brüder sicher, war *eigentlich* ein katholisches, kein nationales Problem. So wurde auch der nationale Antimasonismus zu Antimasonismus *in der nationalen Bewegung* umgemünzt, in die er durch geschickte Manipulation und intrigantes Wirken der katholischen Kirche eingeflößt werde, um selbige Bewegung zu schwächen. Der Pfarrer Hermann Specht aus Lörrach, der sowohl Meister vom Stuhl einer Loge als auch langjähriges Mitglied im „Deutschbund" und in der Deutschvölkischen Partei war, warf beispielsweise schon Anfang 1918 dem AUF VORPOSTEN in einem Leserbrief vor, sich zum Sprachrohr der Klerikalen zu machen.[2100] 1919 versuchte auch die WIENER FREIMAURER-ZEITUNG Friedrich

2095 Müllendorff, Eugen: „Vortrag über Freimaurerei", in: Zirkelkorrespondenz 18 (1919), S. 399–407, hier S. 399.

2096 Vgl. Schwabe, J. C.: „Jahresbericht 1918–1919", in: [VdF] Jahrbuch 1919/20, S. 92–108, hier S. 103.

2097 Vgl. ebd.

2098 „Bericht über die Verhandlungen des 44. Deutschen Grosslogentages", in: Bauhütte 42, 43/44 (1920), S. 281–283 u. 291–293, hier S. 282.

2099 Vgl. „Auszug aus der Niederschrift der 1215. Sitzung der Großen National-Mutterloge ‚Zu den drei Weltkugeln' am 14. Juni 1924", in: Bundesblatt 7–9 (1924), S. 126 f., hier S. 127; zur GLvB vgl. „Freimaurerische Nachrichten aus aller Welt", in: Mitteilungen aus dem VdF 20 (1925), S. 132; zur Abwehrarbeit der GLLvS vgl. ausführlich Böhl: Freimaurerei, S. 169–203.

2100 Vgl. „Weisheit – Schönheit – Stärke 2", in: Auf Vorposten 7/8 (1918), S. 492–500, hier S. 492 f. Zu Specht vgl. Stammrolle des Deutschbundes, Friedrichroda 1912, S. 19.

Wichtl als einen „gesinnungslosen Skribenten" zu schelten, der „unter nationaler Deckflagge pfäffisch-reaktionäre Konterbande" führe.[2101] Dieses Muster, das den nationalen Antimasonismus von der nationalen Bewegung abspaltete und durch eine antikatholische Verschwörungstheorie erklärte, hielt sich bis in die späteren Jahre der Republik. Noch 1928 nannte zum Beispiel das BUNDESBLATT Ludendorff aufgrund der von ihm geführten antimasonischen Kampagne ein „Werkzeug der katholischen Gegnerschaft".[2102]

Tatsächlich war der katholische Antimasonismus zumindest in Relation zum nationalen stark zurückgetreten. Vielmehr zeigten sich Mitte der 1920er Jahre sogar Ansätze eines katholisch-freimaurerischen Klärungs- und Annäherungsprozesses. Seit 1925 stand Hermann Gruber, der führende ‚Freimaurerexperte' des deutschsprachigen Katholizismus, mit Freimaurern in einem Dialog, in dem sich beide Seiten bemühten, die alten Konfliktlinien zu entschärfen und zu versachlichen. 1925 veröffentlichte etwa Diedrich Bischoff seinen Briefwechsel mit dem Jesuitenpater in den MITTEILUNGEN AUS DEM VDF.[2103] Weiter noch ging der Dialog zwischen Gruber und Kurt Reichl, einem Bruder der Großloge von Wien. Ihre Annäherung gipfelte 1928 in einem Treffen zwischen Gruber, Reichl und zwei weiteren Freimaurern aus Österreich und den USA in der Jesuiten-Kommunität in Aachen.[2104] Bei Grubers Tod 1930 widmete ihm die BAUHÜTTE einen respektvollen Nachruf, der den früheren Gegner als „unbefangene[n] Beurteiler" würdigte.[2105]

Ungeachtet dieser vor allem in Österreich gemachten Fortschritte wurde in der deutschen Freimaurerei vielfach der Rückzug auf die alten Frontlinien der Kulturkampfzeit propagiert. „Hauptgegner der Fr[ei]m[aure]rei ist von Anfang an die katholische Kirche", stellte Stephan Kekulé von Stradonitz 1926 in den MITTEILUNGEN AUS DEM VDF fest und machte so in Auseinandersetzung mit einigen nationalen antimasonischen Angriffen klar, „woher der Wind weht."[2106] Schon zuvor war im selben Blatt vor einer „katholische[n] Kulturoffensive" gewarnt worden, die sich „die Wiedereroberung Deutschlands für den römischen Papst zum Ziel gesetzt" habe.[2107]

Die Renaissance der Kulturkampfrhetorik, die eine bequeme und vertraute Erklärung für den erstarkten Antimasonismus bot, hing mit den neuen konfessionspolitischen

---

2101 „Die Abwehr. Ein Schreiben an Herrn Dr. Friedrich Wichtl", in: Wiener Freimaurer-Zeitung 1/3 (1919), S. 56–58, hier S. 56.

2102 Flemming, W.: „Ludendorff, der ‚Vernichter der Freimaurerei', ein ahnungsloses Werkzeug der Katholischen Gegnerschaft", in: Bundesblatt 12 (1928), S. 337–350, hier S. 338.

2103 Vgl. Bischoff, Diedrich: „Ein Briefwechsel", in: Mitteilungen aus dem VdF 16 (1925), S. 533–540.

2104 Vgl. Patka: Konferenz; ders.: Freimaurer, S. 87 f.; Appel/Vorgrimler: Kirche, S. 51; Frick: Satanismus, S. 98. Vgl. auch die zeitnah verfassten Teilnehmerberichte Lennhoff: Freimaurer, S. 410–421; Reichl (Hg.): Blaubuch, S. 11–27. Vgl. auch Reiss: Österreichische Freimaurer, S. 37–41.

2105 Unger, Alfred: „P. Hermann Gruber †", in: Bauhütte 11/12 (1930), S. 90.

2106 Stradonitz, Stephan Kekulé von: „Die Gegner der Freimaurerei", in: Mitteilungen aus dem VdF 28 (1926), S. 41.

2107 Schenkel, G.: „Die katholische Kulturoffensive in Deutschland", in: Mitteilungen aus dem VdF 14 (1925), hier S. 450–453, hier S. 452.

Realitäten zusammen, denn auch auf religiösem Gebiet hatte der Systemwechsel für das protestantische Bürgertum die Verhältnisse auf den Kopf gestellt. Das Ende des Summepiskopats, der entstandene Flickenteppich evangelischer Landeskirchen und die weltanschauliche Neutralität der Republik führten trotz weiterhin bestehender gesellschaftlicher Dominanz des Protestantismus zum Gefühl einer religiösen Bedrängnis, welches durch die starke katholische Zentrumspartei und die zunehmenden Kirchenaustritte noch verstärkt wurde.[2108]

Eine andere zeitgenössische freimaurerische Deutung des nationalen Antimasonismus sah in ihm eine unbedarfte Pauschalisierung der (vermeintlich) berechtigten Urteile über die ‚internationale' Freimaurerei. Das machte vielfach blind für die Gefahren des nationalen Antimasonismus oder doch wenigstens naiv im Umgang mit ihm. Selbst für Friedrich Wichtls „Weltfreimaurerei" fand das Mecklenburgische Logenblatt auch lobende Worte, da der darin demonstrierte Zusammenhang von Freimaurerei, Weltrevolution, Weltkrieg und Weltrepublik zumindest auf die ‚Ententemaurerei' durchaus zutreffe.[2109] Auch die Freimaurer-Zeitung bewarb Wichtls Buch im Jahrgang 1919 mehrfach mit einer halbseitigen Verlegeranzeige, wie österreichische Brüder verwundert zur Kenntnis nahmen.[2110]

Dass im nationalen Antimasonismus also ein berechtigter, aber zu Unrecht auf die national zuverlässige deutsche Freimaurerei ausgedehnter Kern gesehen wurde, führte in den altpreußischen Großlogen zu einer Intensivierung der Abgrenzungsbemühungen gegenüber dem Internationalismus. Das Nachsinnen über die im Mecklenburgischen Logenblatt formulierte Frage, „wie solche Missverständnisse – denn solche sind es nur – entstehen konnten",[2111] ließ die Überzeugung wachsen, dass die humanitäre Rhetorik von Menschheitsverbrüderung eine Belastung für das altpreußische Verständnis von nationaler Freimaurerei darstelle.

Schon auf der Informationsveranstaltung Ende 1919 im Berliner Ordenshaus hatte Landesgroßmeister Müllendorff sich in seinem Vortrag weitgehend darauf beschränkt, über die Berliner Großlogen zu sprechen, die er dem Publikum als den „national-preußischen rechten Flügel der deutschen Freimaurerei" präsentierte.[2112] Bereits an diesem Abend wurden jedoch die Grenzen solch zielgerichteter Öffentlichkeitsarbeit deutlich. Der als Gast geladene Ludwig Müller von Hausen versuchte, die Veranstaltung als Bühne für sich zu nutzen und forderte den Landesgroßmeister, der auf derartige Angriffe bezeichnenderweise nicht vorbereitet war, mit antimasonischen Vorwürfen und Unterstellungen heraus.

2108 Für einen Überblick vgl. Blaschke: Kirchen, S. 43–48.

2109 Vgl. „Neue Bücher", in: Mecklenburgisches Logenblatt 10 (1919/20), S. 98 f.

2110 Vgl. „Das Wichtl-Buch und die deutsche freimaurer. Presse", in: Wiener Freimaurer-Zeitung 4/5 (1919), S. 22 f., wo noch weitere Beispiele deutschfreimaurerischen Wichtl-Lobs genannt und kommentiert werden.

2111 Dreyer, Otto: „Zurück zu einer aristokratischen Weltanschauung!", in: Mecklenburgisches Logenblatt 15/16 (1921/22), S. 119–124, hier S. 121.

2112 Müllendorff, Eugen: „Vortrag über Freimaurerei", in: Zirkelkorrespondenz 18 (1919), S. 399–407, hier S. 404.

Anschließend berichtete er in Auf Vorposten über den Abend, den er als Erfolg für sich verbuchte.[2113]

Solche Informationsveranstaltungen wurden in den Folgejahren von verschiedenen Logen immer wieder ausgerichtet und immer wieder machte man dabei dieselben Erfahrungen. Frustriert mussten die altpreußischen Brüder feststellen, „daß heute weite Kreise der Volksgemeinschaft, und darunter nicht die schlechtesten, unserem Bunde gleichgültig, wenn nicht direkt feindselig gegenüberstehen."[2114]

Tatsächlich war die nach rechts ausgestreckte Hand der altpreußischen Freimaurer jedoch mindestens in der ersten Hälfte der 1920er Jahre erfolgreicher, als solche pessimistischen Urteile erkennen wollten. Der Mitgliederzuwachs, den die Freimaurerei zunächst erlebte, war wohl auch zu einem Teil auf diese Werbearbeit zurückzuführen. Nicht ohne Grund profitierten die altpreußischen Großlogen am meisten, insbesondere in den Rekordjahren nach dem Großlogenbundaustritt.[2115] Im Bundesblatt hieß es jedenfalls 1924, dass immer wieder die Sehnsucht nach dem „Wiederaufbau des Vaterlandes“ von den Interessenten als Grund für ihr Anklopfen genannt werde.[2116]

Ein instruktives Beispiel sowohl dafür, wer sich nach 1918 zur Aufnahme meldete, als auch für das Entgegenkommen, das von Seiten der Logen gezeigt wurde, beschrieb der Meister vom Stuhl einer Tilsiter Tochterloge der Großen Landesloge 1920 im Mecklenburgischen Logenblatt. Dort hieß es, ein Interessent habe hinsichtlich der satzungsgemäß verankerten Treue gegenüber der Obrigkeit und den Staatsgesetzen Bedenken geäußert und freimütig erklärt, dass er der neuen Ordnung nur notgedrungen rein äußerlichen Gehorsam zolle und jeden Augenblick bereit sei, sich am Sturz der Regierung zu beteiligen.[2117] „Ich konnte ihn sehr bald in seinem Gewissensskrupel beruhigen“, fuhr der Bericht des Tilsiter Stuhlmeisters fort, da diese Regel aus einer Zeit vor der Republik stamme und sich nicht auf deren Ordnung beziehe.[2118]

17.2. Klärungsprozesse und Rückkopplungsschleifen

Dass es neben der beklagten Abneigung gegen die Freimaurerei also durchaus auch Interesse aus den umworbenen Kreisen gab, zeigt sich ebenso in Diskussionen in der

2113 Vgl. „Weisheit, Schönheit, Stärke“, in: Auf Vorposten 1/2 (1920), S. 8–13; „Nachklänge“, in: Auf Vorposten 1/2 (1920), S. 13–16. Auch Müllendorffs Vortrag wurde abgedr., vgl. „Vortrag über Freimaurerei“, in: Auf Vorposten 1/2 (1920), S. 17–25.

2114 „Wie und wo soll sich der Freimaurer außerhalb der Bauhütte im Sinne der K. K. betätigen?“, in: Bundesblatt 3 (1924), S. 34–39, hier S. 36.

2115 Vgl. Neuberger: Winkelmaß, S. 51 f.
„Wie und wo soll sich der Freimaurer außerhalb der Bauhütte im Sinne der K. K. betätigen?“, in: Bundesblatt 3 (1924), S. 34–39, hier S. 36.

2116 „Zum neuen Jahre!“, in: Bundesblatt 1 (1924), S. 6–10, hier S. 7.

2117 Vgl. Stobbe: „Staatsbürger und Freimaurer“, in: Beilage zum Mecklenburgischen Logenblatt 15/16 (1919/20), S. 142–144, hier S. 142.

2118 Stobbe: „Staatsbürger und Freimaurer“, in: Beilage zum Mecklenburgischen Logenblatt 15/16 (1919/20), S. 142–144, hier S. 142 f.

radikalen Rechten über die Einschätzung der deutschen Freimaurerei. Die ‚Enthüllungen' Müller von Hausens, Wichtls und anderer hatten zwar den Einfluss der internationalen Freimaurerei und ihre Verflechtung mit dem Judentum auf den Radar der Rechten gebracht, Probleme bereitete jedoch die Einschätzung der deutschen Freimaurerei. Dissens gab es über die Fragen, ob es neben der internationalen nicht auch eine nationale Freimaurerei gebe, beziehungsweise ob sich die deutsche Freimaurerei vom Einfluss internationaler Mächte freigehalten habe oder wieder freimachen könne.

Für die einen waren diese Fragen nur zu verneinen. Ihnen war die Freimaurerei eine wesenhaft internationale und daher jüdische und antivölkische Organisation. Gerade der für die nationale Aneignung des Antimasonismus bedeutsame Ludwig Müller von Hausen vertrat diese Position, die weder innerhalb der deutschen noch überhaupt der Freimaurerei eine Differenzierung zuließ: „Das Endziel *aller* Freimaurerei ist: Niederlegung der völkischen Schranken".[2119]

Für andere hingegen war die Freimaurerei ursprünglich eine durchaus wertvolle Einrichtung gewesen, die erst über die Jahre mehr und mehr vom Judentum unterwandert worden sei.[2120] Mit Theodor Fritsch stand eine der wichtigsten Figuren der völkischen Publizistik hinter dieser Ansicht, die er in der ersten Nachkriegsauflage seines „Handbuchs der Judenfrage", mit seiner „Protokolle"-Ausgabe und im HAMMER vertrat.[2121] Noch 1927 schrieb er:

> Wollen wir gerecht sein, so müssen wir bekennen: Es gibt zwei Arten von Freimaurerei: eine alte ehrliche, die es mit ihren sittlichen Zielen ernst nahm, und eine neue verfälschte, die auf Verdummung, Entsittlichung, Unterjochung und Ausbeutung der ehrlichen Menschheit ausgeht. Die alte Maurerei war arisch und christlich, die neue ist jüdisch.[2122]

Zumindest theoretisch war eine national zuverlässige Freimaurerei damit denkbar. Es war nicht nur die frühere Indifferenz, um nicht zu sagen Loyalität der Rechten gegenüber der deutschen Freimaurerei, die einer solchen Unterscheidung Vorschub leistete. In gehörigem Maße war es die altpreußische Freimaurerei, die ihre antihumanitäre Grenzziehung in den nationalen Antimasonismus der frühen 1920er Jahre einspeiste.

So stammte einer der Schlüsseltexte, der die freimaurerische Binnendifferenzierung in die radikale Rechte trug, von Paul Köthner, einem Chemiker, der bis 1918 als Privatdozent an der Universität Berlin gelehrt hatte und Mitglied in der Großen Landesloge

---

2119 „Weisheit – Schönheit – Stärke", in: Auf Vorposten 9/10 (1918), S. 539–541, hier S. 540 [Herv. M. P.].

2120 Vgl. z. B. Roderich-Stoltheim, F. [= Theodor Fritsch]: „Klärungen in der Freimaurerei", in: Hammer 521 (1924), S. 81–86, hier S. 81; und Fritsch: „Wesen und Geheimnis der Freimaurerei", in: Hammer 605 (1927), S. 433–439.

2121 Zur Freimaurerei im „Handbuch der Judenfrage" vgl. Kap. 11.3. Zu Fritschs „Protokolle"-Ausgabe Kap. 11.4.

2122 Fritsch: „Wesen und Geheimnis der Freimaurerei", in: Hammer 605 (1927), S. 433–439, hier S. 438.

war.[2123] Köthner war fest in der esoterischen Szene verwurzelt und bewegte sich spätestens ab 1918 auch in Kreisen der radikalen Rechten. Schon vor dem Krieg hatte er über Hermetik publiziert, danach kam auch völkische Weltanschauungsliteratur hinzu, teilweise unter dem Pseudonym Renatus Ram. Nach Angabe des Auf Vorposten leitete er zeitweise die deutsche Abteilung eines „Pan-arischen Bundes" und wirkte auch sonst in allerlei völkisch-religiösen Zirkeln mit, unter anderem im „Deutschen Schafferbund".[2124]

In einem Text mit dem Titel „Auf den Pfaden der internationalen Freimaurerei" schilderte Köthner 1919 Beobachtungen und Erfahrungen, die er nach eigenen Angaben etwa ab 1910 in Freimaurerkreisen gemacht hatte und die ihn davon überzeugt hätten, dass das Attentat auf den Erzherzog Franz Ferdinand und der folgende Weltkrieg das Werk einer Verschwörung der internationalen Freimaurerei gewesen sei. Köthner unterschied deutlich zwischen deutscher und nichtdeutscher Freimaurerei, stellte aber klar, dass es „auch in Deutschland nichtdeutsche Logen" gebe, die er mit jüdischem Wirken in Verbindung brachte.[2125]

Köthners Text war ursprünglich 1919 bis 1920 als mehrteiliger Artikel unter dem Pseudonym Ernst Freymann im Mecklenburgischen Logenblatt und anschließend als eigenständiger Sonderdruck erschienen. Damit war er zunächst Teil der innerfreimaurerischen Diskussion über die Abgrenzung von der internationalen Freimaurerei beziehungsweise der nationalen altpreußischen von der vermeintlich internationalistischen humanitären Freimaurerei gewesen. Schnell fand er jedoch auch Verbreitung in der radikalen Rechten, wo er – stets mit Verweis auf die Logenzugehörigkeit des Verfassers – als authentisches freimaurerisches Zeugnis für die Verschwörung der Weltmaurerei gesehen wurde und die altpreußische Perspektive der freimaurerischen Binnendifferenzierung zu verbreiten half.

Seit der siebten Auflage von Friedrich Wichtls „Weltfreimaurerei" 1920 wurde dort der Kronzeuge Köthner bemüht. Wichtl hatte nach eigenen Angaben den Sonderdruck aus dem Mecklenburgischen Logenblatt von „einem wirklich deutschen Freimaurer, einem Hochgradmaurer" erhalten, der ihn bat, „folgenden Grundgedanken

2123 Zu Köthner vgl. „Köthner, Paul", in: Internationales Freimaurerlexikon, Sp. 866 f. und Eberle: Köthner.

2124 Vgl. „Die Hermannssöhne", in: Auf Vorposten 3/4 (1925), S. 57–59, hier S. 57. Der „Deutsche Schafferbund", gegründet 1911 von Carl Weißleder, war ein völkisch-religiöser Reformbund. Zu ihm liegt kaum Forschung vor, vgl. daher neben Puschner: Völkische Bewegung, S. 240–242; Hermand: Traum, S. 80 f.; Pöhlmann: Spiegelbild, S. 287 Anm. 7; die zeitgenössischen katholischen Abwehrschriften Steiger: Der neudeutsche Heide, S. 251 f.; Schlund: Neugermanisches Heidentum, S. 53. Zu Köthners Wirken im „Deutschen Schafferbund" vgl. Hieronimus: Religiosität, S. 165.

2125 Hier zitiert aus einem Sonderdruck von 1931, herausgegeben und mit Vor- und Nachwort versehen durch den „Tannenbergbund", ansonsten aber der unveränderte Text eines Sonderdrucks aus dem Mecklenburgischen Logenblatt von 1919, vgl. Freymann [= Köthner]: Auf den Pfaden, S. 8. Für den Hinweis auf jüdisches Wirken vgl. ebd., S. 13.

weiteren Kreisen des deutschen Volkes bekannt zu machen: Es geht zur Zeit eine starke und mächtige Bewegung durch die deutsche Freimaurerei; ihr Ziel ist reinliche Scheidung: hie christlich-national, hie jüdisch-international!"[2126] Auch Theodor Fritsch verwendete Köthners Text 1920 für eine Artikelserie im HAMMER, die anschließend ebenfalls als mehrfach wieder aufgelegter Sonderdruck erschien.[2127] Ludwig Müller von Hausen rezipierte Köthners ‚Erlebnisbericht' ebenso, auch wenn er darin keinen Beleg für eine national zuverlässige deutsche Freimaurerei sehen wollte – nicht zuletzt, weil Köthner 1921 aus der Großen Landesloge ausschied.[2128]

Ab Mitte der 1920er Jahre tauchte Köthner dann im Umfeld des völkischen „Bundes der Guoten" auf. Mehrfach ließ er sich in dessen Zeitschrift DER FEMSTERN zu einer von Friedrich Wilhelm Graf von der Recke geführten antimasonischen Kampagne gegen den ehemaligen Landesgroßmeister der Großen Landesloge Graf zu Dohna ein.[2129] Köthners Artikel im FEMSTERN blieben nicht die einzige Intervention in dieser Sache. In einem vom ehemaligen Landesgroßmeister gegen von der Recke und einen Mitstreiter angestrengten Verfahren wegen Beleidigung wurde Köthner von der Verteidigung als Zeuge berufen. Seine Aussage sollte belegen, dass Dohna glaubhafte Warnungen vor einer freimaurerischen Verschwörung nicht an die Behörden weitergegeben habe. Doch Köthners Auftreten im Verfahren kam den Angeklagten nicht zugute. Das Gericht stufte ihn als „nervösen, gedächtnisschwachen, phantastischen" Wichtigtuer ein, dem schließlich auch noch ärztlich bescheinigt wurde, unter Paranoia zu leiden.[2130] Von der Recke wurde am 18. Juni 1927 zu einer Geldstrafe von 600 Mark verurteilt.[2131]

Ende der 1920er Jahre geriet Köthner in das Fahrwasser Erich Ludendorffs, was 1931 nochmals zu einem Sonderdruck von „Auf den Pfaden der internationalen Freimaurerei" führte, diesmal verlegt vom „Tannenbergbund". Zu diesem Zeitpunkt ging es in der antimasonischen Rezeption des Textes bereits nur noch um die Belege für die freimaurerische Mitschuld am Ausbruch des Weltkriegs. Die „Idee der 2 Freimaurereien" wurde

2126 Aus dem Vorwort zur siebenten Auflage, hier zitiert aus der achten Auflage: Wichtl: Weltfreimaurerei (1921), S. XVI.

2127 Vgl. Fritsch: „Die unterirdische Macht", in: Hammer 425, 426, 427/428 (1920), S. 81–85, 106–110, 129–132. Als Sonderdruck unter demselben Titel in der Reihe Hammer-Schriften, Nr. 24, Leipzig 1920.

2128 Vgl. [Müller von Hausen, Ludwig]: „Die Hermannssöhne", in: Auf Vorposten 3/4 (1925), S. 57–59, hier S. 58.

2129 Köthner, Paul: „Gerechtigkeit!", in: Femstern 8 (1925), S. 99–104, hier S. 100. Vgl. auch den vorausgehenden Artikel von Recke, [Friedrich Wilhelm] Graf von der: „Außergewöhnliche Verhältnisse rechtfertigen auch außergewöhnliche Mittel!", in: Femstern 6 (1925), S. 78–82 und Köthners Nachfolgeartikel Köthner, Paul: „Die Wahrheit über den vermeintlichen ‚Internationalismus' der Großen Landesloge", in: Femstern 2 (1926), S. 22–25, wo er Dohna und die GLL nochmals nachdrücklich in Schutz nahm.

2130 Die richterliche Würdigung des Zeugen Köthner und das ärztliche Gutachten wiedergegeben in „Kronzeuge Dr. Paul Köthner", in: Bundesblatt 11 (1928), S. 292–300, hier S. 299

2131 Vgl. „Kronzeuge Dr. Paul Köthner", in: Bundesblatt 11 (1928), S. 292–300, hier S. 293.

im Vorwort zur „Tannenbergbund"-Ausgabe hingegen als naiv abgetan und in einem ausführlichen Nachwort ‚widerlegt'.[2132]

Anders hatte das zu Beginn der 1920er Jahre ausgesehen, als sich noch bedeutende Teile der radikalen Rechten aufgeschlossen zeigten für die so in ihre Reihen getragene Differenzierung zwischen verschiedenen Freimaurerei*en*. Exemplarisch ist ein Heft mit dem Titel „Deutsches Volkstum und Freimaurertum", erschienen 1921 in einer Schriftenreihe des „Deutschvölkischen Schutz- und Trutzbundes" (DVSTB), der zu Beginn der Republik die Speerspitze des völkischen Radikalismus darstellte.[2133] Herausgegeben war es von dessen Hauptgeschäftsführer Alfred Roth, der in seinem Vorwort den Zweck der Schrift umriss. Er schrieb, dass die berechtigte Feindschaft gegen die Freimaurerei nicht blind machen dürfe für die auch in ihren Reihen auffindbare nationale Gesinnung, die nicht zuletzt durch die Mitarbeit von Freimaurern an dem Heft belegt würde. Roth versprach, mit dem Heft ein „maßgebendes Endurteil über die Freimaurerei" zu ermöglichen sowie „gangbare Wege zur wirklichen Bezwingung des zerstörenden Treibens der ‚deutsch-internationalen' Freimaurer" zu zeigen – und zwar nicht nur den Außenstehenden, sondern „vor allem den Freimaurern selbst, soweit sie ein deutsches Herz im Leibe haben".[2134]

Insbesondere ein enthaltener HAMMER-Artikel war in dieser Hinsicht bemerkenswert, da hier eine eingehende Auseinandersetzung mit dem Buch „Freimaurerei und Deutschtum" im Zentrum stand. „Freimaurerei und Deutschtum" war eine jener vom Großlogenbund geförderten Schriften, die zur Aufklärung der Öffentlichkeit gedacht waren.[2135] Verfasst hatte sie Diedrich Bischoff, der als Vorsitzender des VdF das Hauptaugenmerk der Schrift darauf legte, die *gesamte* deutsche Freimaurerei als wichtigen nationalen Kulturfaktor und somit als ein Antidot für die gegenwärtige Krise des Deutschtums zu präsentieren. Bischoffs Buch fand nun in dem Artikel in Teilen durchaus wohlwollende Aufnahme. So attestierte der Verfasser eine fast wörtliche Übereinstimmung der freimaurerischen mit den völkischen Urteilen über die Ursachen des deutschen Verfalls.[2136] Gemeinsamkeiten sah er auch hinsichtlich Bischoffs Ausführungen über das „unserem Volkstum gestellte Ziel: Herausarbeiten, Vertiefen, Läutern der eigenen Art".[2137]

Allerdings gab es auch Teile, die den völkischen Rezensenten bedenklich stimmten, so zum Beispiel Bischoffs Ablehnung der „überwältigenden Tatsachensammlung"

2132 Freymann [= Köthner]: Pfaden, S. 4 u. 129–144.
2133 Zum DVSTB vgl. Lohalm: Radikalismus; Breuer: Völkische in Deutschland, S. 150–160; Wein: Antisemitismus, S. 80 f.
2134 Roth: Zum Geleit, S. 4. Zu der Schriftenreihe vgl. auch die spätere Selbstdarstellung Roth: Kampfzeit, insbes. S. 21.
2135 Vgl. „Bericht über die Verhandlungen des 44. Deutschen Grosslogentages", in: Bauhütte 42 (1920), S. 281–283, hier S. 282; Bischoff: Deutschtum.
2136 Vgl. [Lehmann]: Freimaurerei, S. 11. Der Aufsatz erschien unter demselben Titel in: Hammer 441 (1920), S. 402–405.
2137 [Lehmann]: Freimaurerei, S. 13.

Wichtls zur Verschwörung der ausländischen Freimaurerei.[2138] Das dränge die Vermutung auf, einige Kreise in der deutschen Freimaurerei hätten die Gefahren der deutschfeindlichen Freimaurerinternationale noch immer nicht erkannt und wollten sich einen Weg zurück in die Weltbruderkette offenhalten.[2139] Zwei aus freimaurerischer Feder stammende Beiträge zum DVSTB-Heft bliesen in dasselbe Horn.[2140]

Nationaler Antimasonismus und nationale Freimaurerei bildeten also in den ersten Nachkriegsjahren eine Art Rückkopplungsschleife. Die genuin altpreußische Differenzierung zwischen sich selbst als nationaler und der humanitären als international(istisch)er Freimaurerei wurde von Freimaurern in die umworbenen ‚nationalen Kreise' getragen, um die eigene nationale Zuverlässigkeit zu unterstreichen. Dort wurde sie aufgegriffen, amplifiziert und schließlich zurückgespiegelt, so dass sich die altpreußischen Freimaurer wiederum bestärkt und weiter gefordert fühlen konnten. Das Resultat war eine kumulative Radikalisierung sowohl des Antimasonismus als auch der politisierten innerfreimaurerischen Abgrenzungsbemühungen. Die altpreußischen Großlogen waren dabei nicht Getriebene, sondern jagten dem selbst ins Rollen gebrachten Stein hinterher.

Nicht einmal die 1921 in Ernst Graf zu Reventlows Reichswart ganz unverblümt erhobene Forderung, die nationale Freimaurerei solle größere Klarheit schaffen und „rücksichtslos den Schnitt zwischen ihr und dem Internationalismus und volksfremden Elementen innerhalb und außerhalb Deutschlands" machen,[2141] musste von außen in die Berliner Obedienzen getragen werden. Zur Erinnerung: Schon 1901 hatte August Wolfstieg den Berliner Großlogen mit antisemitischer Begründung empfohlen, einen Bruch mit den humanitären Logen ins Auge zu fassen.[2142] Während des Weltkriegs hatte dann Otto Dreyer erneut den Ruf nach „reinliche[r] Scheidung" ertönen lassen, die zu erfolgen habe, sollten sich die Hoffnungen auf eine völkische Ausrichtung nach dem Krieg nicht in der gesamten Freimaurerei erfüllen.[2143]

Seit sich die altpreußische Freimaurerei mit ihrer Lesart der freimaurerischen Binnendifferenzierung der radikalen Rechten empfohlen hatte, war es nur noch eine Frage der Zeit, bis diese reinliche Scheidung in Form des Großlogenbundaustritts vollzogen wurde. Er war nur eine weitere Eskalationsstufe der Abgrenzungsbemühungen.

Schon 1921 hatte die Große Landesloge die Initiative ergriffen. Nachdem im selben Jahr offizielle Verbindungen zwischen dem nichtanerkannten FzaS und der französischen

2138 [Lehmann]: Freimaurerei, S. 11.

2139 Ebd., S. 11 f.

2140 Vgl. „Der Geist der Freimaurerei bei den verschiedenen Nationen", in: [Roth] (Hg.): Volkstum, S. 5–9; „Es gibt keine ‚deutsche' Freimaurerei!", in: [Roth] (Hg.): Volkstum, S. 14–16.

2141 „Deutsche Freimaurer", in: Reichswart 5 (1921), 29. Januar 1921, S. 1–3, hier S. 3. Zum „Reichswart" vgl. Schrader: Reichswart.

2142 Vgl. Wolfstieg, August: „Zur Abwehr", in: Freimaurer-Zeitung 13 (1901), S. 98–101, hier S. 100 und Kap. 10.4.

2143 Dreyer, Otto: „Freimaurerische Kriegsziele", in: Mecklenburgisches Logenblatt 21 (1915/16), S. 201–211, hier S. 211. Vgl. Kap. 9.3.

Freimaurerei aufgenommen worden waren, wandte sich die Große Landesloge direkt an die umworbenen ,nationalen Kreise' und veröffentlichte in der antirepublikanischen DEUTSCHEN TAGESZEITUNG einen Artikel, in dem sie der „gemeingefährliche[n]" Winkelgroßloge eine „an Landesverrat grenzende Handlungsweise" vorwarf und der „pazifistischen, internationalistischen" Gesinnung solcher „Vaterlandslosen" den Kampf ansagte.[2144] Damit kam die Große Landesloge einer gemeinsamen Resolution des Großlogenbundes zuvor, in der auch dieser gegen den vermeintlichen Mangel an „deutsche[m] Nationalgefühl" beim FzaS protestierte.[2145]

Der Alleingang der Großen Landesloge und die Wahl der publizistischen Plattform demonstrierte bereits deutlich sichtbar die politisch motivierte Distanz zum Großlogenbund. Deren Außenwirkung wurde noch zusätzlich durch eine (erfolglose) Beleidigungsklage des FzaS-Großmeisters Rudolf Penzig gesteigert.[2146] Währenddessen sah sich die Große Landesloge für ihr Vorgehen auch der Kritik aus humanitären Kreisen der anerkannten Freimaurerei ausgesetzt, was sie wohl nur noch darin bestärkte, auf Abstand zu gehen. Heinrich Möller wandte sich auf der Vertreterversammlung des humanitären Fünfbundes gegen den Artikel in der DEUTSCHEN TAGESZEITUNG, da dieser eine direkte Ansprache bestimmter politischer Kreise darstelle, zumal solcher, die sich in krassem Widerspruch zum freimaurerischen Humanitätsgedanken befänden[2147] – ein Tadel, der verkannte, dass es der Großen Landesloge genau darum ging. Das harsche und öffentlichkeitswirksame Auftreten hatte sich gegen die ausgegrenzte Winkelloge gerichtet, gemeint gewesen war aber das mit dieser in einen Topf geworfene ,internationalistische' Humanitätsprinzip überhaupt. Sichtbar wurde das wenige Monate später, als ein weiterer Alleingang der Großen Landesloge bekannt wurde.

Im April 1922 veröffentlichte DIE LEBENSSCHULE, Zeitschrift des völkischen „Deutschen Schafferbundes", einen Briefwechsel zwischen Alfred Roth und der Großen Landesloge. Der initiale Brief datierte schon auf den 20. Oktober 1921 und war von 43 namhaften Vertretern der völkischen Bewegung unterzeichnet, unter anderem von Theodor Fritsch und Artur Dinter.[2148] Die Unterzeichner erbaten sich Aufklärung über das Wesen der Großen Landesloge, die ihnen trotz der vaterländischen Töne wegen ihrer Verbundenheit mit den übrigen Großlogen suspekt erschien.[2149] Der Landesgroßmeister Müllendorff antwortete, erfreut darüber, „gewisse über uns verbreitete Irrtümer"

2144 Zit. n. „Logen und Winkellogen", in: Bauhütte 22/23 (1922), S. 117 f., hier S. 117, wo der Artikel in Auszügen wiedergegeben war. Zur Annäherung zwischen FzaS und französischer Freimaurerei vgl. Kap. 16.1.

2145 „Bericht über die Verhandlungen des 45. Deutschen Grosslogentages", in: Bauhütte 43/44 (1921), S. 204 f., hier S. 205.

2146 Vgl. Prozessbericht unter „Logen und Winkellogen", in: Bauhütte 22/23 (1922), S. 117 f.

2147 Möller: Aufgaben, S. 136.

2148 Der Briefwechsel wurde schließlich auch von der „Leuchte" und dem „Herold" öffentlich gemacht. Er ist außerdem wiedergegeben in Beyer: Ich klage an!, S. 4–13. Zum „Deutschen Schafferbund" vgl. Anm. 2124, zu Dinter vgl. Meyers: Reformvorstellungen, S. 161–184; Kimmel: Dinter.

2149 Vgl. Beyer: Ich klage an!, S. 4–9.

berichtigen zu können, und führte gegenüber Roth die „sogenannte Weltm[aure]rei" auf das „Humanitätsprinzip" zurück, welches im Gegensatz zu den christlichen Großlogen stehe.[2150]

In dieser Ansicht fühlte sich die Große Landesloge zur selben Zeit durch diverse Vorkommnisse bestätigt. So hatten sich die humanitären Großlogen nicht nur geweigert, ihre seit dem Weltkrieg ruhenden Auslandsbeziehungen vollständig zu lösen, sondern hatten etwa ihre Beziehungen zur Schweizer Großloge „Alpina" wieder teilweise normalisiert, was später in der altpreußischen Austrittsbegründung besonders gerügt wurde.[2151] Außerdem hatte mittlerweile der kleine, tatsächlich internationalistisch gesinnte Flügel der humanitären Großlogen damit begonnen, seinerseits Öffentlichkeitsarbeit zu betreiben. Leo Müffelmann hatte beispielsweise im Januar 1922 in der liberalen Vossischen Zeitung geschrieben, die Freimaurerei „muß international sein, und heute mehr denn je".[2152]

All das lief den Überzeugungen und Interessen der Berliner Obedienzen klar zuwider und verlangte einen deutlichen Bruch mit der humanitären Freimaurerei. Im Austrittsschreiben hieß es dann auch, derartige Anzeichen von Internationalismus brächten die drei altpreußischen Großlogen „unverdienterweise in Mißkredit, und zwar in Volkskreisen, auf deren Achtung und Wertschätzung sie besonders Gewicht legen müssen".[2153]

Besonders dringlich wurde der institutionelle Bruch mit der humanitären Freimaurerei schließlich durch Entwicklungen im nationalen Verbandswesen. Als 1920 die Freimaurerblätter berichtet hatten, dass der Berliner „Germanenorden" die Freimaurer in seinen Reihen zum Austritt auffordere, wurde das noch eher als Kuriosum wahrgenommen, auch wenn die Große Landesloge es für nötig hielt, ihren Mitgliedern wegen dieser Meldung von der Bewerbung um Aufnahme in den völkischen Orden abzuraten.[2154] Es sollte jedoch nicht lange dauern, bis auch andere Verbände aktiv wurden.

Die treibende Kraft hinter dem Versuch, einen antimasonischen Reinigungsprozess in den nationalen Verbänden loszutreten, war einmal mehr Ludwig Müller von Hausen. 1921 erklärte er freimütig, dass sich der Grundsatz durchsetzen müsse, „daß Freimaurer überhaupt nicht in völkische Verbände hinein gehören."[2155] Zwar gebe es in den

---

2150 Zit. n. Beyer: Ich klage an!, S. 10–14, hier S. 11 f. Wortgleich auch in Rosenberg: Ende, S. 10 Anm. 2.

2151 Vgl. „Amtliche Mitteilungen", in: Zirkelkorrespondenz 11/12 (1922), S. 162–165, hier S. 164. Ob hingegen die Verbindungen zu einigen an der AMI beteiligten Großlogen so ausschlaggebend waren, wie Berger: Internationalismus, S. 142 f. meint, erscheint fraglich, da sich auch der altpreußische Großmeisterverein laut Meldung der FzaS-Zeitschrift erst Ende der 1920er Jahre diesbezüglich zu einer gemeinsamen Position durchringen konnte, vgl. „Die Unversöhnlichen", in: Das neue Freimaurertum 4 (1929), S. 129 f.

2152 Müffelmann, Leo: „Der Aufbau der Freimaurerei", in: Vossische Zeitung Nr. 35, 21.01.1922 Morgenausgabe, S. 1–2, hier S. 2.

2153 „Amtliche Mitteilungen", in: Zirkelkorrespondenz 11/12 (1922), S. 162–165, hier S. 164.

2154 Vgl. „Nachrichten", in: Mecklenburgisches Logenblatt 17 (1919/20), S. 158; „Logenberichte und Vermischtes", in: Bauhütte 17 (1920), S. 135.

2155 Müller von Hausen, Ludwig: „National-Verband und Freimaurerei", in: Auf Vorposten 4/5 (1921), S. 90–93, hier S. 92.

altpreußischen Logen manche brauchbaren Männer, aber sie wären erst dann wirkliche Verbündete, wenn sie die „Schädlichkeit des Ordens erkannt und die Loge gedeckt haben".[2156]

Müller von Hausen hatte seit Kriegsende sein Hauptaugenmerk zunächst auf den DVSTB und den ADV gerichtet, dem mit Alfred Jacobsen ein Freimaurer der Großen Landesloge in führender Position angehörte.[2157] Eine neue Eskalationsstufe erreichte diese schwelende Auseinandersetzung, als Müller von Hausen Jacobsen 1921 vorwarf, „die völkischen Führer nach und nach im freimaurerischen Sinne zu beeinflussen."[2158] Besonders die 1919 federführend von Jacobsen – aber tatsächlich im Auftrag der ADV-Spitze – gegründete Organisation „Bund" mit ihrem logenartigen Aufbau erregte Müller von Hausens Misstrauen.[2159]

Durch die von Müller von Hausens Warnungen vor freimaurerischer Unterwanderung aufgeschreckte Leserschaft des Auf Vorposten gelangte das Thema schließlich auch auf die Agenda anderer Verbände. Am 16. Dezember 1921 schrieb ein Hauptmann a. D. Herbert von Obwurzer aus Wien an den „Nationalverband Deutscher Offiziere" (NDO), um unter Verweis auf Müller von Hausen Auskunft zu erbeten. Der NDO müsse als „Kampfverband zur Erreichung eines hohen nationalen Zieles [...] seinen Mitgliedern dafür volle Gewähr bieten, dass keinerlei Bindungen mit international orientierten Verbänden, Vereinigungen u[nd] s[o] w[eiter] bestehen".[2160]

Der NDO war einer jener militaristischen Wehrverbände, die nach dem Zusammenbruch des Reichs 1918 die politische und organisatorische Desintegration des Offizierskorps auffingen und in antirepublikanischem Geist vereinten.[2161] Er war am 16. Dezember 1918 aus dem erst kurz zuvor gegründeten „Deutschen Offiziersbund" hervorgegangen, da dieser in seiner Systemopposition für eine Gruppe von Offizieren nicht radikal genug war. Zu Recht schätzt die Forschung den NDO daher als den Verband der „aktivsten und reaktionärsten Flügel des alten Offizierskorps" ein.[2162] Obwohl er nie mehr als rund zehn Prozent (also gut 10.000 Mann) dieses alten Offizierskorps umfasste, konnte er sich durch seinen Radikalismus und geschickte Verbandspolitik großen Einfluss innerhalb der Rechten sichern.[2163]

Es sollte bis 1924 dauern, bis der NDO eine offizielle Haltung zur Freimaurerei einnahm. In der Zwischenzeit hatten die altpreußischen Großlogen durch ihren Austritt

---

2156 „Der Alldeutsche Verband und die Freimaurerei", in: Auf Vorposten 11/12 (1921), S. 229–244, hier S. 238.

2157 Vgl. ebd.; „In eigener Sache!", in: Alldeutsche Blätter 26 (1921); „Nochmals in eigener Sache", in: Alldeutsche Blätter 27 (1921). Zu Jacobsen vgl. Lohalm: Radikalismus, S. 86 f.

2158 „Deutsche und romanische Freimaurerei", in: Auf Vorposten 4/5 (1921), S. 128.

2159 Zum „Bund" vgl. Lohalm: Radikalismus, S. 86 f. und zur Auseinandersetzung mit Müller von Hausen S. 259 f.

2160 Brief von Herbert v. Obwurzer an NDO vom 16.12.1921, BArch, R 8048/432, fol. 47–54, hier fol. 47 u. Breuer: Völkische in Deutschland, S. 159.

2161 Vgl. zum folgenden Überblick Finker/Giersch: Offiziersverbände, insbes. S. 541–545.

2162 Ebd., S. 541.

2163 Vgl. ebd., S. 542.

aus dem Großlogenbund deutlich Abstand zur humanitären Freimaurerei geschaffen. Mit Blick auf die anstehende NDO-Vertreterversammlung wurde diese öffentlichkeitswirksame, aber schon wieder fast zwei Jahre zurückliegende Distanzierung Anfang 1924 durch offizielle altpreußische Erklärungen in der Tagespresse in Erinnerung gerufen.[2164] Außerdem hatte Felix Witt-Hoë von der Großen Landesloge die Offiziere unter den Brüdern der Berliner Großlogen um sich geschart und in einem gemeinsamen Schreiben an den NDO diesen beschworen, den Kampf gegen die altpreußische Freimaurerei, die doch „den gleichen vaterländischen Zielen" zustrebe, zu beenden.[2165]

Am 11. April 1924 beschloss die NDO-Vertreterversammlung in Berlin, dass Angehörige *humanitärer* Logen von der Mitgliedschaft ausgeschlossen seien. Zugleich wurde lobend von dem „völkischen Reinigungsprozesse" in den altpreußischen Großlogen gesprochen, die von dem Verbot ausgenommen waren. Auch wenn die in diesem Lob enthaltene Insinuation einer früher nicht vorhandenen völkischen Gesinnung im Bundesblatt zurückgewiesen wurde,[2166] so hatte sich doch sichtbar das Handeln der Berliner Obedienzen ausgezahlt.

Die humanitären Großlogen waren hingegen von der Binnendifferenzierung überrascht worden und zeigten sich bestürzt. Die Großloge von Frankfurt legte mit Rückendeckung des Großlogenbundes empört Verwahrung gegen den Beschluss ein und forderte entweder Belege für die vom NDO erhobenen Vorwürfe der Vaterlandslosigkeit oder die Rücknahme des Anathems.[2167] Ähnliche Töne kamen aus der Freien Vereinigung der fünf unabhängigen Logen, die sich auch gegen die durch den NDO-Beschluss unterstellte (und von den altpreußischen Großlogen propagierte) Differenzierung zwischen grundverschiedenen deutschen Freimaurereien verwahrte.[2168] Die Große Loge von Hamburg hielt sich mit solchen zum Scheitern verurteilten Einsprüchen nicht auf und formulierte stattdessen die klare Erwartungshaltung, dass jedes NDO-Mitglied in ihren Reihen den Wehrverband verlasse.[2169]

Der Beschluss des NDO sollte erst der Anfang sein. Ab Mitte der 1920er Jahre folgten weitere Verbände, die sich teilweise eng an dieser Entscheidung orientierten. So griff beispielsweise die DAG das Thema 1926 auf, nachdem Georg Graf von Lambsdorff im Sommer dieses Jahres die Freimaurerei in einer antimasonischen Denkschrift attackiert

---

2164 Abgedr. unter „Aus Tageszeitungen und Zeitschriften", in: Mitteilungen aus dem VdF 8 (1924), S. 234–238, hier S. 233 f.

2165 Erklärung abgedr. in Klefeker: Freimaurerei und Offizierkorps, S. 1 f. u. unter gleichem Titel in: Zirkelkorrespondenz 8 (1924), S. 122–132, hier S. 127. Abzüge des Schreibens zur Verteilung wurden vom Sekretariat der GLL zum Selbstkostenpreis angeboten.

2166 Vgl. Matschie: „Die Stellung des Nationalverbandes Deutscher Offiziere und des Grafen Reventlow zu unserem Bunde", in: Bundesblatt 5 (1924), S. 75–77, hier S. 75. Dort auch wiedergegeben der NDO-Beschluss mit der Rede vom „völkischen Reinigungsprozesse".

2167 Vgl. „Aus Tageszeitungen und Zeitschriften", in: Mitteilungen aus dem VdF 9 (1924), S. 266 f.

2168 Vgl. „Aus den übrigen deutschen Großlogen", in: Bundesblatt 6 (1924), S. 116 f.

2169 Vgl. „Aus freimaurerischen Zeitschriften", in: Bundesblatt 10 (1924), S. 173.

hatte.[2170] Die altpreußischen Großmeister reagierten geschickt. Sie erwirkten eine Audienz bei Paul von Hindenburg, der nicht nur seit 1925 das Amt des Reichspräsidenten innehatte, sondern auch Ehrenvorsitzender der DAG war und die vorstellig werdenden Brüder seiner Achtung vor der Freimaurerei versicherte, mit der ihn die eigene Familiengeschichte verband.[2171] Abermals zahlte sich das Handeln der Berliner Großmeister aus, als das Adelskapitel am 3. Dezember ein Verbot der Mitgliedschaft für Angehörige humanitärer Logen beschloss, während die Mitgliedschaft in altpreußischen Großlogen der individuellen Gewissensentscheidung überlassen wurde.[2172]

Im Mai 1927 folgte der „Stahlhelm. Bund der Frontsoldaten", der wörtlich den Beschluss der DAG übernahm.[2173] Ebenso entschied der „Johanniterorden" 1927 auf Ausschluss humanitärer Brüder.[2174]

Auch in den Kreisen der nationalen Studentenschaft rumorte es. Die „Deutsche Burschenschaft" begann schon 1922, sich mit der ‚Freimaurerfrage' zu befassen.[2175] Zwar riet der Verbandstag 1923 vom Beitritt in alle Freimaurerlogen ab, aber der zur Klärung der ‚Freimaurerfrage' eingesetzte Ausschuss erkannte – mit Abstrichen – den nationalen Charakter der altpreußischen Großlogen ausdrücklich an.[2176] 1924 schloss sich der „Kyffhäuser-Verband des Vereins deutscher Studenten" der Einschätzung der „Deutschen Burschenschaft" an, um dann im Jahr 1928 nach dem nun schon bekannten Muster festzulegen: Verbot der Mitgliedschaft in humanitären Logen, individuelle Gewissensentscheidung hinsichtlich der altpreußischen.[2177]

2170 Vgl. Lambsdorff: Adelsgenossenschaft. Zur völkischen Ausrichtung der DAG in den 1920ern vgl. [Stillich]: Deutschvölkischer Katechismus, H. 2, S. 174 f.; Malinowski: König, S. 321–357; Reif: Adel, S. 53 f.; Kleine: Adelsgenossenschaft; Wienfort: Adel, S. 48 f.

2171 Vgl. „Empfang der drei altpreußischen Großmeister beim Reichspräsidenten", in: Bundesblatt 9 (1926), S. 250. Hindenburgs beide Großväter und einer seiner Urgroßväter waren Freimaurer gewesen. Vgl. dazu auch „v. Hindenburgs Vorfahren und die Loge", in: Bundesblatt 11 (1927), S. 361–363. Zu Hindenburgs Ehrenvorsitz in der DAG vgl. Malinowski: König, S. 327.

2172 Vgl. „Deutsche Adelsgenossenschaft und Freimaurerei", in: Mitteilungen aus dem VdF 32 (1927), S. 205 f.

2173 Vgl. „Weitere gegnerische Maßnahmen gegen die deutschen Logen", in: Mitteilungen aus dem VdF 38 (1927), S. 130 f., hier S. 130. Vgl. auch Böhl: Freimaurerei, S. 264 f.

2174 Vgl. ebd., S. 130 f.

2175 Vgl. „Aus Tageszeitungen und Zeitschriften", in: Mitteilungen aus dem VdF 1 (1922), S. 26–29.

2176 „Aus Tageszeitungen und Zeitschriften", in: Mitteilungen aus dem VdF 5 (1923), S. 138 f., hier S. 139. Vgl. auch: Gutachten des Ausschusses für vaterländische Arbeit der deutschen Burschenschaft über die Freimaurerfrage, Erlangen/Berlin 1923.

2177 Vgl. „Die Freimaurerfrage im Verein deutscher Studenten", in Bundesblatt 10 (1928), S. 276–278.

17.3. Die Altpreußen geraten ins Visier

Trotz dieser Erfolge begann bald auch der Druck auf die Altpreußen zuzunehmen. Mehr und mehr fanden die radikaleren antimasonischen Stimmen Gehör, die die Differenzierung zwischen altpreußischer und humanitärer Freimaurerei in Frage stellten.

Dieser konsequent fortschreitende Antimasonismus war abermals nicht zuletzt auf Müller von Hausen zurückzuführen, der bis zu seinem Tod 1926 unermüdlich in diesem Sinne wirkte. In Reaktion auf den NDO-Beschluss hatte er noch 1924 zwei Bücher veröffentlicht. Sowohl mit „Die Altpreußischen Logen und der National-Verband Deutscher Offiziere" als auch mit „Die Hohenzollern und die Freimaurerei" wandte er sich explizit gegen die freimaurerische Binnendifferenzierung und die nationale Pose der Berliner Obedienzen.[2178]

Schützenhilfe erhielt er darin schon seit 1923 auch durch eine Stimme aus der Freimaurerei selbst: Robert F. Eskau, ein weitgereister Hamburger Kaufmann und Mitglied der Loge „Gudrun" (Große Loge von Hamburg). Durch Artur Dinters antisemitischen Roman „Die Sünde wider das Blut" von 1917 auf die ‚Judenfrage' aufmerksam geworden,[2179] begann Eskau Anfang der 1920er Jahre, sich öffentlich für eine völkische Reinigung und Reform der Freimaurerei zu engagieren. 1923 versandte er mit dem Hinweis auf seine Logenzugehörigkeit eine Neuauflage des auf Paul Köthners Schrift fußenden HAMMER-Sonderdrucks,[2180] gefolgt von weiteren, an die Bruderkette gerichteten antisemitischen Aufrufen, was ihm 1923 ein Ehrengerichtsverfahren und den Ausschluss aus seiner Loge einbrachte.[2181] Das spornte den von überbordendem Sendungsbewusstsein beseelten Eskau nur noch mehr an.

1924 trat er mit weiteren Flugschriften in Erscheinung. So warb er mit einer Schrift, die nach eigenen Angaben 34.000 Freimaurern und sämtlichen Logen zugestellt worden sei, für einen „Werkbund deutscher Freimaurer", welcher der ‚Königlichen Kunst' bei der „seelische[n] Wiedergeburt" unter dem „alt-arische[n] Heilszeichen" des Hakenkreuzes helfen wolle.[2182] Im selben Jahr folgte noch die „Johannis-Botschaft" des geheimnisvollen „Werkbundes", versehen mit einem Hakenkreuz auf dem Titelblatt und der Angabe, sie sei an 50.000 deutsche Freimaurer und sämtliche Logen gegangen.[2183] Auch in ihr warb Eskau für eine völkische Besinnung der Freimaurerei, auf dass sie eine „Schöpfstätte arischer Kultur und Weisheit" würde.[2184] Ein Jahr später erklärte Eskau

---

2178 Vgl. Müller von Hausen: Altpreußische Logen u. ders.: Hohenzollern.

2179 So die Angabe Alfred Jacobsens in einem Brief an Gertzlaff von Hertzberg vom 03.07.1925, BArch, R 8048/350, Bl. 32–34, hier Bl. 32. Zu Dinter vgl. Anm. 2148.

2180 Vgl. [Fritsch]: Verborgene Macht.

2181 Vgl. „Bericht über die Verhandlungen des 46. Grosslogentages am 10. Juni 1923 am Sitze der Grossen Mutterloge des Eklektischen Freimaurerbundes in Frankfurt a. M.", in: Bauhütte 7 (1923), S. 49 f., hier S. 50. Zum Urteil vgl. „Aus den übrigen deutschen Großlogen", in: Bundesblatt 4 (1924), S. 68.

2182 Eskau: Scheidewege, S. 15 f.

2183 Eskau: Johannis-Botschaft 1924, Titelblatt.

2184 Ebd., S. 13.

den „Werkbund" für aufgelöst. Seine Aufgabe, „den Rassenbegriff in die weitesten Kreise der Freimaurerei zu tragen", sei erfüllt.[2185] Stattdessen gab er in einer „Hermanns Botschaft", die von einer Abbildung des Hermannsdenkmals im Teutoburger Wald geschmückt war und behauptete, in einer Auflage von einer Million Stück erschienen zu sein, die Gründung der „Hermanns-Söhne" bekannt.[2186] Auch wenn Eskau diese als „Kampfgenossenschaft deutscher Männer" bezeichnete und den Eindruck zu erwecken suchte, als stünde eine große Gruppe hinter der Wortmarke, so ist für die „Hermanns-Söhne" anzunehmen, dass es sich – wie auch schon beim „Werkbund" – lediglich um ein Ein-Mann-Unternehmen handelte.

Die kontinuierlichen Angriffe brachten Eskau von der deutschen Freimaurerei wenig Gegenliebe ein. Das betraf gerade auch die Berliner Großlogen, die Eskau von seinen Schmähungen nicht ausnahm. Sie richteten ihre Kritik indes nicht gegen Eskaus offen zur Schau gestellten Rassismus und Antisemitismus. Im Gegenteil erklärte ein Artikel in Am rauhen Stein, dass Eskaus Schriften „sicherlich viel Richtiges und kaum zu Beanstandendes über die ausländische" Freimaurerei enthielten.[2187] Als „unerhört" zurückgewiesen wurde lediglich, dass Eskau die deutsche Freimaurerei mit der ausländischen auf die gleiche Stufe stellte und in ihrer Gesamtheit zur „stärkste[n] Stütze des Judentums" erklärte.[2188]

Eskaus Wirken stieß aber nicht nur der Freimaurerei sauer auf. Auch gegen Personen und Verbände der radikalen Rechten teilte er mit ätzendem Tonfall munter aus, was diese bald gegen ihn einnahm. Eskaus spalterisches Wirken wurde mitunter sogar als freimaurerisches Komplott interpretiert. So schrieb beispielsweise Alfred Roth 1925 in der Reichs-Sturmfahne: „[E]s sind Freimaurer, Jesuiten und Juden, denen eine solche Selbstzerfleischung der Völkischen allein zu paß käme, darum stimmen uns diese Art ‚Hermannsbriefe' so sehr bedenklich."[2189]

Der ADV, gegen den Eskau unter anderem geschossen hatte,[2190] befasste sich 1925 mit ihm und ließ sich von seinem Mitglied Alfred Jacobsen, selbst ein Hamburger Freimaurer, über den Störer aufklären. In einem Brief an Gertzlaff von Hertzberg, einen Vertrauten des ADV-Vorsitzenden Heinrich Claß, charakterisierte Jacobsen Eskau im Juli 1925 als überaus von sich selbst eingenommenen Mann. Er sei zwar tatsächlich weitgereist und international gut vernetzt. Sogar Verbindungen zum Ku Klux Klan sage man ihm nach und Eskau habe ihn – Jacobsen – auch schon mit führenden englischen

---

2185 Eskau: Hermanns Botschaft Ostern 1925, S. 9.

2186 Ebd., S. 30 f. sowie zur Auflage S. [2]. Zum Arminiusmythos des deutschen Nationalismus, an den Eskau hier anknüpft, vgl. Puschner: Hermann.

2187 Hartenstein: „Robert Eskau und sein ‚Werkbund' ", in: Am rauhen Stein 5 (1924), S. 67–74, hier S. 68.

2188 Ebd., S. 73. Vgl. auch „Aus den übrigen deutschen Großlogen", in: Bundesblatt 6 (1924), S. 117 f.

2189 Roth, Alfred: „‚Alldeutsche' und ‚Hermannssöhne' ", in: Reichs-Sturmfahne 34 (1925), BArch, R 8048/350, Bl. 13. Zur „Reichs-Sturmfahne" vgl. Thoma: Deutschvölkische Blätter, S. 150.

2190 Vgl. z. B. Eskau: Hermannssöhne, BArch, R 8048/350, Bl. 21 f.

Antisemiten persönlich bekannt gemacht. Eskau neige aber zur Großsprecherei und Blenderei. So seien beispielsweise die Angaben zu den Auflagenzahlen seiner Schriften keineswegs ernst zu nehmen. Eskau fühle sich „gewissermaßen als den Nabel der Welt“ und halte „*seinen* Kampf und die Form seines Kampfes für die allein berechtigten und die allein zum Ziele führenden.“[2191]

Man entschied sich, den Störenfried künftig einfach zu ignorieren – eine Strategie, die aufging, denn es war nicht Eskaus Kreuzzug, der nach 1925 plötzlich abebbte, wie das „Internationale Freimaurerlexikon“ behauptet,[2192] sondern die Aufmerksamkeit für den selbstgefälligen Ex-Freimaurer. Er veröffentlichte weiterhin unter der Marke „Hermanns-Söhne“ und suchte auch weiterhin den Kontakt zu völkischen ‚Führern‘ wie Ludendorff,[2193] ohne jedoch noch einmal an die Reichweite und Resonanz der Jahre 1923 bis 1925 anknüpfen zu können. So verliert sich zeitweise seine Spur.

Weiteren Aufschluss über Eskaus Wirken nach 1925 bietet ein Briefwechsel zwischen ihm und der SS-Forschungsgemeinschaft „Ahnenerbe“, bei der er am 27. Februar 1940 einen Aufnahmeantrag stellte und ausführlich Rechenschaft über seine völkische und freimaurerische Vergangenheit ablegte.[2194] Demzufolge sei er mehrfach wegen Verletzung des Republikschutzgesetzes angeklagt gewesen und drei Mal von Reichspräsident Hindenburg amnestiert worden. Außerdem sei er ab etwa 1927 in einen Gegensatz zum Nationalsozialismus geraten, was ihm im August 1933 sogar eine Hausdurchsuchung durch die Gestapo eingebracht habe. Inzwischen habe sich die NSDAP jedoch seinen Positionen angenähert, versicherte Eskau, der offensichtlich zwischen 1925 und 1940 nichts von seiner Selbstgefälligkeit verloren hatte.[2195] Beim „Ahnenerbe“ jedenfalls verfing die entwaffnende Ehrlichkeit und das forsche Auftreten. Am 4. Juni 1940 erhielt Eskau den Bescheid, fortan Mitglied der Forschungsgemeinschaft zu sein.[2196]

Obwohl Eskau sich also in den 1920er Jahren binnen kurzer Zeit selbst ins Abseits befördert hatte, wurde seine Botschaft hinsichtlich der deutschen Freimaurerei in der radikalen Rechten durchaus gehört und als authentischer Bericht der völkischen Mängel auch der altpreußischen Großlogen wahrgenommen. Das zeigte sich etwa in einer kleinen antimasonischen Tendenzschrift von 1927, die unter Verweis auf Eskau den

---

2191 Brief von Alfred Jacobsen an Gertzlaff von Hertzberg vom 03.07.1925, BArch, R 8048/350, Bl. 32–34, hier Bl. 32 f. [Herv. i. O.]. Die Auflagenzahlen wurden auch im „Vorposten“ angezweifelt, vgl. „Die Hermannssöhne“, in: Auf Vorposten 3/4 (1925), S. 57–59, hier S. 59. Hingegen folgen Neuberger: Winkelmaß, S. 108 f. u. Böhl: Freimaurerei, S. 141 weitgehend unkritisch den Angaben Eskaus.

2192 Vgl. „Eskau, Robert F.“, in: Internationales Freimaurerlexikon, Sp. 450.

2193 Vgl. z. B. einen offenen Brief von Robert F. Eskau an Erich Ludendorff vom 28.08.1931, BArch, R 8048/350, Bl. 80 f. Dort wird auch eine Pfingstbotschaft der Hermannssöhne aus dem Jahr 1930 erwähnt, was Eskaus publizistisches Wirken unter diesem Namen weit über 1925 hinaus nahelegt.

2194 Vgl. Brief von Robert F. Eskau an das „Ahnenerbe“ vom 27.02.1940, BArch, NS 21/303 (unpag.).

2195 Ebd.

2196 Brief des „Ahnenerbes“ an Robert F. Eskau vom 04.06.1940, BArch, NS 21/303 (unpag.).

altpreußischen Großlogen vorwarf, zu spät den Weg zur reinlichen Trennung beschritten zu haben.[2197] Wurde hier zumindest noch anerkannt, *dass* dieser Weg betreten worden war, zogen andere Autoren weitergehende Schlüsse. Der Verfasser einer „Mahnung an die aufbauenden Kräfte der Gegenwart" fällte etwa das Urteil, „daß sich in ihrem geheimen Wesen wie auch sonst die preußische Maurerei in nichts von der übrigen deutschen und außerdeutschen unterscheidet", und dass völkische Reinigungsversuche zum Scheitern verurteilt seien, „denn man kann nicht, wie Herr Eskau und seine Gesinnungsgenossen glauben, Volk *und* Freimaurerei retten, sondern nur Volk *oder* Freimaurerei."[2198]

Der Glaube an eine völkische Reform der ‚Königlichen Kunst' wurde so mehr und mehr abgedrängt. Theodor Fritsch, der noch 1927 daran festhielt, bekam das sogar aus berufenem Mund zu hören. In einer Zuschrift an den Hammer meldete sich in diesem Jahr Eskau selbst zu Wort: „Die Freimaurerei zu reformieren, ist zwecklos, wie es zwecklos ist, einen Schimmelpilz zu beseitigen, ohne ihm gleichzeitig seinen Nährboden zu entziehen."[2199] Sich treu bleibend leitete Eskau das daraus ab, dass niemand geringeres als er selbst mit dem „großzügigen Versuch zur Reformation der Freimaurerei auf artlicher Grundlage" gescheitert sei.[2200]

Der antimasonische Stimmungswandel zeichnete sich schon frühzeitig ab. Die Berliner Großlogen bekamen ihn schon kurz nach dem NDO-Beschluss von 1924 erstmals zu spüren, denn bereits 1925 rollte der Offiziersverband die ‚Freimaurerfrage' erneut auf. Bis zu einer im Folgejahr anvisierten endgültigen Klärung sollten keine weiteren Freimaurer aufgenommen werden. Es müsse darum gehen, den NDO „vor einer Beeinflussung und Durchsetzung mit uns wesensfremden Anschauungen zu schützen", erklärte der Hauptvorstand im August desselben Jahres.[2201] Doch die im NDO verbliebenen Freimaurer wollten sich nicht weiter gängeln lassen und versuchten den Hauptvorstand mit einem auf den 9. September datierten offenen Brief unter Druck zu setzen.[2202] Sie erreichten immerhin, dass Ende des Jahres ein paritätisch mit Logengegnern und -mitgliedern besetzter Ausschuss eingerichtet wurde, der sich nochmals eingehend mit dem Thema befassen sollte.[2203]

Auf fünf Tagungen zwischen 23. Januar und 18. März 1926 misslang es den daran beteiligten Freimaurern zwar, ihre Widersacher zu überzeugen, aber der Antrag auf Verbot jeglicher Doppelmitgliedschaft zwischen NDO und Freimaurerei verfehlte auf

---

2197 [Sonntag]: Freimaurerei, S. 36.

2198 Graved: Freimaurerei, S. 25 f. [Herv. i. O.]. Vgl. exemplarisch auch „Zum Thema: Freimaurertum und völkischer Gedanke", in: Reichswart 2 (1927), S. 3.

2199 Eskau, Robert F.: „Zur Freimaurer-Frage", in: Hammer 606 (1927), S. 482.

2200 Ebd.

2201 Zit. n. „An den Hauptvorstand des Nationalverbandes Deutscher Offiziere", in: Mitteilungen aus dem VdF 19 (1925), S. 90–93, hier S. 90.

2202 Abgedr. u. a. ebd., zusammen mit der Aufforderung an andere Freimaurer in den Reihen des NDO, sich dem Protest anzuschließen.

2203 Nachfolgende Darstellung folgt dem Abschlussbericht des NDO-Arbeitsausschusses, abgedr. als „Der Nationalverband deutscher Offiziere und die Freimaurer", in: Wiener Freimaurer-Zeitung 4/5 (1926), S. 23–27.

der NDO-Vertretertagung im April nach stundenlanger Aussprache die notwendige Zweidrittelmehrheit. Erst ein ad hoc formulierter Antrag, der nur jede *weitere* Aufnahme von Freimaurern verbot, nahm die Hürde, womit das Provisorium des Vorjahres fest etabliert war.[2204]

Erneut folgten nach und nach auch andere Verbände dem Beispiel des NDO. Die „Deutschvölkische Freiheitsbewegung“ schloss im Februar 1927 nicht nur die humanitären Freimaurer von der Mitgliedschaft aus, sondern verwehrte auch altpreußischen Brüdern fortan zumindest leitende Positionen.[2205] Ebenso griff die DAG im Herbst 1927 auf Antrag eines ihrer Landesverbände die ‚Freimaurerfrage‘ erneut auf und trat zur weiteren Klärung der Verhältnisse in den Berliner Großlogen unmittelbar mit diesen in Verbindung. Die Große Landesloge und die Große Loge von Preußen entsandten je einen Sprecher, der an den Verhandlungen der DAG-Kommission als Sachverständiger teilnehmen und Auskunft erteilen sollte, während man sich seitens der „Drei Weltkugeln“ gegen ein solches Entgegenkommen entschied.[2206] In dem resultierenden DAG-Beschluss 1928 wurde nunmehr zwischen der Großen Landesloge und den beiden anderen Berliner Großlogen differenziert. Nach der derzeitigen Sachlage gebe es gegen eine Mitgliedschaft in Ersterer nichts einzuwenden, während einige Bedenken gegen die beiden Letzteren noch nicht ausgeräumt seien. Da aber „mit der Möglichkeit der Veränderung der Lage noch zu rechnen“ sei, wurde kein explizites Verbot ausgesprochen, sondern angekündigt, binnen drei Jahren eine Neubewertung der Großen Loge von Preußen und der „Drei Weltkugeln“ vornehmen zu wollen.[2207]

Noch radikaler differenzierte der „Johanniterorden“, der im Februar 1928 festlegte, dass Zugehörigkeit und Beitritt zur Großen Landesloge nicht beanstandet würden, dass hingegen der Beitritt zu den „Drei Weltkugeln“ und zur Großen Loge von Preußen bis auf weiteres unzulässig sei, da diese beiden eine *vollständige* Trennung von den humanitären Logen noch nicht vollzogen hätten.[2208]

Dabei entsprach es keineswegs den Tatsachen, dass seitens der Großen Landesloge eine solche vollständige Trennung bestand. Nur zur Großloge von Bayreuth hatte sie am 4. April 1928 alle Beziehungen für gelöst erklärt, offiziell begründet mit deren Akzeptanz des ‚Weißen Buchs‘ anstelle der Bibel. Ironischerweise wurde aber auch dieser Bruch keine zwei Monate nach dem Beschluss des „Johanniterordens“ wieder gekittet, nachdem die Großloge von Bayreuth ihren Tochterlogen den seit 1865 offiziell erlaubten Gebrauch des ‚Weißen Buchs‘ verbot.[2209]

2204 Vgl. „Bericht über die Reichsvertretertagung des N.D.O. 1926“, in: Deutsche Treue 17 (1926), S. 3–5, hier S. 5.

2205 Vgl. „Aus Tageszeitungen und Zeitschriften“, in: Mitteilungen aus dem VdF 33 (1927), S. 246.

2206 Vgl. „Deutsche Adelsgenossenschaft und Freimaurerei“, in: Bundesblatt 3 (1929), S. 90 f., hier S. 90.

2207 Vgl. ebd., S. 90 f.

2208 Vgl. „Kampf und Abwehr“, in: Bundesblatt 7/8 (1929), S. 218 f., hier S. 219.

2209 Vgl. „Aus anderen Großlogen“, in: Am rauhen Stein 8/9 (1929), S. 209. Zum Weißen Buch in der GLvB vgl. Kap. 4.1.

Die Große Landesloge hatte sich jedoch früher, deutlicher und offensiver als ihre altpreußischen Schwestern um eine deutliche Abgrenzung zur humanitären Freimaurerei und um eine Annäherung an die Verbände der politischen Rechten bemüht, wie der Briefwechsel mit Alfred Roth bereits gezeigt hat. Nach dem Großlogenbundaustritt hatte sie tatsächlich auf einen vollständigen Abbruch der Beziehungen zu den nichtpreußischen Obedienzen hingearbeitet, war aber darin von den beiden verbündeten Berliner Großlogen immer wieder gebremst worden.[2210] 1926 hatte sie dafür jegliche Verbindungen zur Großloge von Wien und zur deutschsprachigen Großloge „Lessing zu den drei Ringen" in der Tschechoslowakei gelöst, die für ihren Internationalismus und Pazifismus bekannt waren.[2211]

Eindeutiger noch als die Logendiplomatie waren die markigen Töne, mit denen die Große Landesloge ihre antihumanitäre Rigidität nach außen kommunizierte und sich so auch von den beiden anderen Berliner Großlogen absetzte. Seit 1926 gab sie in zwangloser Folge eine Schriftenreihe mit dem Titel Zur Aufklärung heraus, die darauf zielte, die Angriffe und Bedenken rechter Kreise zu entkräften. Vornehmlich tat sie das dadurch, dass sie der Idee einer Einheit der deutschen Freimaurerei entgegentrat und sie als „große Lüge" humanitärer ‚Ideologen' verunglimpfte.[2212] Die Freimaurergegner wüssten wohl nicht,

> daß sie zwar in der internationalen, jüdisch beeinflußten, politisch orientierten romanischen und angelsächsischen, wie in der pazifistisch-internationalistischen ‚humanitären' Freimaurerei Deutschlands allein ihr Kampfobjekt zu suchen hätten, daß aber ein Streit gegen die Große Landesloge ein Kampf gegen ihre eigenen Interessen bedeute.[2213]

Insbesondere hinsichtlich der ‚Rassen-' und ‚Judenfrage' bemühte sich die Große Landesloge, ihre Übereinstimmung mit den Ansichten der radikalen Rechten zu betonen. So wurde schon in der ersten Ausgabe von Zur Aufklärung aus dem offiziellen Johannisfestgruß von 1926 zitiert, der als programmatischer Text an die Tochterlogen der Großen Landesloge gegangen war und wegen seiner völkischen Bekenntnisse in Teilen

---

2210 Vgl. Berger: Internationalismus, S. 153.

2211 Vgl. die Meldungen zum Abbruch der Beziehungen in „Rundschau", in: Leuchte 5 (1926), S. 59; „Rundschau", in: Leuchte 7 (1926), S. 83. Zum Pazifismus der GLvW vgl. Kummerer: Freimaurer; Patka: Freimaurer, insbes. S. 17–25. Die GLvW unterstützte auch die Paneuropa-Idee ihres Mitglieds Richard Coudenhove-Kalergi, vgl. „Die Großloge von Wien für Paneuropa", in: Wiener Freimaurer-Zeitung 7/8 (1925), S. 1 f. Zu Coudenhove-Kalergi vgl. Wyrwa: Coudenhove-Kalergi. Die deutschsprachige Großloge „Lessing zu den drei Ringen" ist hingegen bislang ein Desiderat der Forschung. Beide Großlogen waren in der Zwischenkriegszeit auch im freimaurerischen Internationalismus aktiv, vgl. Schmale: United States of Europe, insbes. S. 29–58.

2212 „Die Trennung der Geister", in: Zur Aufklärung 6 (1927), S. 69–72, hier S. 70. Als weiteres Beispiel vgl. auch „Über die Kampfmethoden unserer Gegner", in: Zur Aufklärung 6 (1927), S. 65–69, hier S. 68.

2213 „Der Evangelische Bund und die Freimaurerei", in: Zur Aufklärung 2 (1926), S. 17–20, hier S. 17.

der humanitären Freimaurerei und der liberalen Öffentlichkeit für Entsetzen gesorgt hatte.[2214] Darin hieß es, die Große Landesloge habe sich stets bemüht, der „Vermischung und Entartung“ von Kulturen, Rassen und Völkern „durch sorgsamste Auslese und Reinerhaltung [...] einen Damm entgegenzusetzen. [...] Die Verschiedenheit der Rassen, der Völker, der Religionen muß gewahrt und rein erhalten bleiben“.[2215] Auch sonst war die Große Landesloge mit ZUR AUFKLÄRUNG bemüht, ihren völkischen *Ordens*geist vom *Logen*geist der übrigen Freimaurerei abzugrenzen.[2216] Zur angeblichen ‚Verjudung‘, die auch den christlichen Logen vorgeworfen wurde, weil sie die ‚Judenfrage‘ vermeintlich nur als Konfessions-, nicht als Rasseproblem begriffen, hieß es: „Gegen den Zustrom getaufter Juden zu den christlichen Logen, von dem sich übrigens die Große Landesloge fast ganz reingehalten hat, ist eine Gegenströmung von wachsender Stärke entstanden, die schon jetzt die Gefahr der Verjudung beseitigt hat.“[2217]

Gerade an der in diesem Auszug betonten Rassereinheit *der Großen Landesloge* wird sichtbar, dass diese Werbe- und Abwehrmaßnahmen auch dazu beitrugen, die Zweifel an der Ernsthaftigkeit der völkischen Reinigungsbewegung in den beiden anderen altpreußischen Großlogen zu nähren. Ein Versehen war das nicht, wie ein Aufsatz aus dem März 1927 nahelegt. Er erwiderte Berichten von der Teilnahme zweier altpreußischer Freimaurer an einer internationalen Freimaurertagung in Basel, dass es sich bei diesen beiden „*wie zu erwarten*“ nicht um Angehörige der Großen Landesloge, sondern um Brüder der beiden anderen Berliner Obedienzen gehandelt habe.[2218]

17.4. Ludendorffs Kreuzzug gegen die ‚überstaatlichen Mächte‘

Einen Höhepunkt, zumindest was die publizistische Reichweite anging, erreichte die Radikalisierung des Antimasonismus und die Abkehr von jeglicher Binnendifferenzierung mit Erich Ludendorffs im August 1927 veröffentlichtem Buch „Vernichtung der Freimaurerei durch Enthüllung ihrer Geheimnisse.“[2219] Dabei bot es inhaltlich im Grunde kaum etwas Neues. Bestenfalls in der Schärfe des selbstherrlichen Tons und in der argumentativen Gewichtung unterschied es sich von seinen antimasonischen

---

2214 Vgl. z. B. „Politische Freimaurerei. Einiges aus der ‚Großen Landesloge der Freimaurer von Deutschland‘“, in: Berliner Tageblatt 260, 03.06.1927, S. 1 f.

2215 „Deutsche Adelsgenossenschaft und Freimaurerei“, in: Zur Aufklärung 1 (1926), S. 3–9, hier S. 7. Der gesamte Johannisfestgruß auch wiedergegeben unter „Rundschau“, in: Leuchte 7 (1926), S. 81 f. Zu den entsetzten Reaktionen in Teilen der Freimaurerei vgl. Klein, Ernst: „Bemerkungen zu einem Johannisfestgruß“, in: Wiener Freimaurer-Zeitung 7/9 (1926), S. 28–30.

2216 Vgl. „Die Trennung der Geister“, in: Zur Aufklärung 6 (1927), S. 69–72, hier S. 70.

2217 „Deutsche Adelsgenossenschaft und Freimaurerei“, in: Zur Aufklärung 1 (1926), S. 3–9, hier S. 9.

2218 „Die Basler Tagung“, in: Zur Aufklärung 5 (1927), S. 62 f., hier S. 63 [Herv. M. P.].

2219 Vgl. Ludendorff: Vernichtung. Zu Ludendorff und der Ludendorff-Bewegung vgl. Amm: Ludendorff-Bewegung (2006); Wegehaupt: Ludendorff; Breuer: Völkische in Deutschland, S. 252–259; Finker: Tannenberg-Bund.

Vorgängern, indem vor allem freimaurerische Symbolik und Ritualistik einer antisemitischen Exegese unterzogen wurden, um den angeblich jüdischen Kern der Freimaurerei aufzuzeigen – und das ausdrücklich anhand von Ritualtexten der christlichen Freimaurerei.[2220] Im nationalen Antimasonismus hatte bislang das Hauptaugenmerk eher auf den behaupteten jüdisch-internationalistischen Verstrickungen der Logenpolitik gelegen, einem Bereich, dem sich Ludendorff ausführlich erst im Nachfolger zu „Vernichtung der Freimaurerei", dem 1928 erscheinenden „Kriegshetze und Völkermorden in den letzten 150 Jahren" zuwandte.[2221]

Trotz seiner Selbstinszenierung als antimasonischer Pionier bewegte sich Ludendorff inhaltlich auf längst erschlossenem Terrain. Sein Antimasonismus bestand keineswegs aus originellen Einsichten oder neuen Erkenntnissen, sondern war lediglich ein Amalgam aus Ansichten und Behauptungen, die in seinem sozialen und ideologischen Umfeld verbreitet waren.[2222] Schon in seinen früheren Schriften, in denen er die Kriegsniederlage reflektierte, tauchten freimaurerfeindliche Passagen auf, die vor allem durch ihre Konventionalität auffallen. So reproduzierte Ludendorff 1919 die zu diesem Zeitpunkt geläufige Unterscheidung einer zuverlässigen nationalen von einer gefährlichen internationalen Freimaurerei.[2223] Noch 1923 war er sogar der Einladung einer Münchener Tochterloge der „Drei Weltkugeln" gefolgt, der er ein wohlwollendes Grußwort im Gästebuch hinterließ.[2224] Dass seine Veröffentlichungen ab 1927 keine derartige Differenzierung mehr zuließen, hatte nichts mit Originalität und alles mit den bereits beschriebenen Wandlungen des Antimasonismus zu tun.

2220 Ludendorff griff dafür in erster Linie auf ältere Verräterschriften zurück, vgl. hierzu Hinsch, H.: „Sarsena und Hephata als Quellen Ludendorffscher Weisheit", in: Am rauhen Stein 10 (1929), S. 242–248. Außerdem standen Ludendorff eigenen Angaben zufolge auch Otto Hiebers Lehrhefte über die Grade der GLL zur Verfügung, vgl. Ludendorff, [Erich]: Vom Feldherrn zum Weltrevolutionär und Wegbereiter Deutscher Volksschöpfung. Meine Lebenserinnerungen von 1926 bis 1933, Bd. 2, Stuttgart [3]1952, S. 69.

2221 Vgl. Ludendorff: Kriegshetze. Im gleichen Jahr erschien auch ein antimasonisches Buch von Ludendorffs Ehefrau, vgl. Ludendorff, M.: Frevel.

2222 Erwähnenswert insbes. Max Bauer, ein Vertrauter Ludendorffs aus Weltkriegstagen, die Deutschvölkischen Wilhelm Henning, Albrecht von Graefe und Reinhold Wulle, mit denen Ludendorff politisch verkehrte, und schließlich Ludendorffs zweite Ehefrau Mathilde geb. Kemnitz. Sie alle waren überzeugte Logengegner und dürften Ludendorff ideologisch beeinflusst haben. Zu Bauer vgl. Pfahl-Traughber: Der antisemitisch-antifreimaurerische Verschwörungsmythos, S. 30 f.; Kitchen: Militarism, S. 212; Vogt: Oberst, S. 156–198. Zu Henning, von Graefe und Wulle vgl. Jackisch: Pan-German League, S. 48 f. u. 57; Schrader: Graefe; dies.: Wulle; dies.: Part; Botsch/Kopke: Deutschvölkische Freiheitspartei; Breuer: Völkische in Deutschland, S. 185 f. u. 194–208. Zu Mathilde vgl. Spilker: Geschlecht, insbes. S. 205–231; Chickering: Loser, S. 168. Zu Entwicklung und Konventionalität von Ludendorffs Antimasonismus vgl. auch Lockenour: Dragonslayer, S. 124–130; Amm: Ludendorff-Bewegung (2006), S. 63; Thoss: Ludendorff-Kreis, S. 56.

2223 Ludendorff: Kriegserinnerungen, S. 289. Vgl. auch Ludendorff: Kriegführung, S. 88.

2224 Für einen späteren Bericht davon vgl. Flemming, W.: „Ludendorff, der ‚Vernichter der Freimaurerei', ein ahnungsloses Werkzeug der Katholischen Gegnerschaft", in: Bundesblatt 12 (1928), S. 337–350, hier S. 346.

Auch in seiner verzerrenden Ritualdeutung von 1927 baute Ludendorff auf einer etablierten antimasonischen Tradition auf. Müller von Hausen hatte beispielsweise schon 1918 das freimaurerische Brauchtum als Beleg dafür genannt, dass sogar die christliche Freimaurerei durch und durch jüdisch sei, hatte eine entsprechende Ritualexegese jedoch wegen der Offenkundigkeit dieser vermeintlichen Tatsache für uninteressant gehalten.[2225] Noch nicht einmal Ludendorffs plakative Wendung von den Freimaurern als ‚künstlichen Juden' war – anders als Neuberger und Melzer meinen – etwas Neues.[2226] Inhaltlich brachte sie nur die jüdisch-freimaurerische Integrationstheorie auf eine griffige Formel, die in dieser oder sehr ähnlicher Form bereits seit langem verbreitet war. Schon direkt nach Ende des Weltkriegs waren Texte im Umlauf, die Freimaurer als ‚unbeschnittene Juden' diffamierten.[2227] Friedrich Wichtl sprach spätestens ab der achten Auflage von „Weltfreimaurerei" 1921 davon, der Freimaurer sei ein „künstlicher Jude",[2228] und auch der völkische Geschichtsschreiber Heinrich Wolf verwendete den Ausdruck in seiner 1922 erschienenen „Weltgeschichte der Lüge".[2229]

Auch der Rest von „Vernichtung der Freimaurerei" bewegte sich – sowohl inhaltlich als auch hinsichtlich seiner Originalität – auf diesem Niveau. Ludendorffs Verdienst lag nicht darin, etwas Neues zum antimasonischen Diskurs beizutragen, sondern lediglich darin, aufgrund seiner schillernden Persönlichkeit ein großes Presseecho zu erzeugen. Hieße der Verfasser nicht Erich Ludendorff, so wäre die Schrift nicht der Rede wert, stellte schon ein zeitgenössischer Rezensent fest.[2230]

Zu dem bekannten Namen des Autors kam eine aggressive Vermarktung. Von den 6.000 Exemplaren der ersten Auflage ging ein signifikanter Teil an Verbandszeitschriften, Tageszeitungen, die Reichstagsfraktionen, die politischen Parteien, die Reichsminister, Vereine und religiöse Gemeinschaften, in der erklärten Absicht, von möglichst vielen dieser Akteure „eine klare Stellungnahme gegen die Freimaurerei zu erreichen".[2231] Zusätzlich publizierte der Weltkriegsgeneral fleißig in der DEUTSCHEN WOCHENSCHAU und ab 1929 in LUDENDORFFS VOLKSWARTE und bereiste zusammen mit seiner zweiten Ehefrau Mathilde die gesamte Republik, um in Vorträgen die gemeinsamen Theorien zu verbreiten.[2232] All das erzeugte Neugierde und setzte eine unglaubliche Nachfrage in Gang, die aus „Vernichtung der Freimaurerei" innerhalb kürzester Zeit *den* Bestseller des Antimasonismus machte. Noch vor Ende des ersten Erscheinungsjahres wurde eine Auflagenzahl von 100.000 Exemplaren überschritten.[2233]

2225 Vgl. „Weisheit – Schönheit – Stärke 2", in: Auf Vorposten 7/8 (1918), S. 492—500, hier S. 496. Vgl. auch Georgi: Freimaurerei, S. 9—13.

2226 Vgl. Ludendorff: Vernichtung, S. 27; Neuberger: Winkelmaß, S. 60; Melzer: Konflikt, S. 49.

2227 Vgl. z. B. Georgi: Freimaurerei, S. 8.

2228 Vgl. Wichtl: Weltfreimaurerei (1921), S. 54.

2229 Wolf: Weltgeschichte, S. 260. Zu Wolf vgl. Köck: Geschichte, S. 149—183.

2230 Vgl. Pinkow, Hans: „Ludendorff und die Freimaurerei", in: Kölnische Zeitung 554, 18.08.1927, zit. n. Kretschmer: Ludendorff, S. 7—14, hier S. 7.

2231 Ludendorff: Vernichtung (1927), S. 77.

2232 Vgl. Ludendorff: Lebenserinnerungen, Bd. 2, S. 131—135, 141—144, 180 f., 203 u. 207.

2233 Vgl. Pfahl-Traughber: Der antisemitisch-antifreimaurerische Verschwörungsmythos, S. 67.

Eine weitere Popularisierung des Antimasonismus über völkische Kreise hinaus wird somit nicht abzustreiten sein. Dennoch muss die große Bedeutung, die Ludendorffs Kreuzzug von der Forschung häufig beigemessen wird, relativiert werden. Schon seit Kriegsende war die Meinung, italienische und französische Logen hätten am Ausbruch und Verlauf des Weltkrieges entscheidenden Anteil gehabt, nahezu allgegenwärtig.[2234]

Bedurfte es also zum einen gar nicht erst Ludendorffs Zutun, um Antimasonismus in weite Teile der Gesellschaft zu tragen, so verfingen zum anderen seine 1927 vorgelegten antimasonischen Ausführungen trotz weiter Verbreitung nur bedingt beim Publikum. Dass Ludendorff als Garant für die Wahrheit der vorgebrachten Behauptungen gesehen worden sei, wie Jacob Katz 1970 meinte, deckt sich jedenfalls nicht mit den überwiegend negativen Reaktionen auf seinen Kreuzzug.[2235] Das Presseecho war beispielsweise vornehmlich von Hohn und Spott bestimmt. Die Vossische Zeitung urteilte, „Vernichtung der Freimaurerei" sei unmöglich irgendwie ernst zu nehmen und psychologisierte, Ludendorffs Ergüsse seien „aufgeplustert von der Phantasie eines Erwachsenen, der das Trauma seiner Pubertät nicht überwunden hat".[2236] Immer wieder wurden derartige laienpsychologische Deutungen und mehr oder weniger ernst gemeinte Zweifel an der Zurechnungsfähigkeit des Weltkriegsgenerals laut. Vielleicht die Krönung des Ganzen bildete das satirische Gedicht „Ludendorff oder der Verfolgungswahn", das Kurt Tucholsky – selbst Mitglied im FzaS und im Grand Orient de France – 1928 in der Weltbühne veröffentlichte.[2237]

Auch die radikale Rechte verdankte ihre antimasonische Radikalisierung nicht Ludendorff. Er war nicht deren Auslöser, sondern lediglich ein namhafter Multiplikator und wurde in nationalen Kreisen auch vor allem als ein solcher wahrgenommen. Entsprechend positiv wurde sein antimasonischer Frontalangriff hier zunächst beurteilt. „Vernichtung der Freimaurerei" wurde überwiegend als das aufgefasst, was es letzten Endes war: ein weiteres Buch auf dem wachsenden Markt antimasonischer Literatur, das diejenigen bestätigte, die ohnehin bereits von der Gefahr der Logen überzeugt waren. Wenig überraschend war etwa, dass man sich im NDO begeistert zeigte.[2238]

Von Ludendorff wurde diese Zustimmung wiederum in egozentrischer Weise als Votum für ihn und seinen Führungsanspruch verstanden – ein Führungsanspruch, den er mit mehreren Artikeln in der Deutschen Wochenschau unter dem Titel „Prüfsteine" zu untermauern und auszubauen versuchte. Darin ‚enttarnte' Ludendorff regelmäßig einzelne Verbände der radikalen Rechten als logenhörig, um so die „völlige

2234 Vgl. Kap. 11.4.

2235 Vgl. Katz: Jews, S. 188. Zum negativen Echo vgl. Pfahl-Traughber: Der antisemitisch-antifreimaurerische Verschwörungsmythos, S. 67; Amm: Ludendorff-Bewegung (2006), S. 152.

2236 Mahrholz, Werner: „Ludendorff ‚entlarvt' die Freimaurer", in: Vossische Zeitung, 04.06.1927, zit. n. Kretschmer: Ludendorff, S. 23–25, hier S. 23 f.

2237 Vgl. Tiger, Theobald [= Kurt Tucholsky]: „Ludendorff oder der Verfolgungswahn", in: Die Weltbühne 45 (1928), S. 700. Zu Tucholskys masonischer Vita vgl. Mebes: Tucholsky; Peters: Berliner Freimaurer, S. 65.

2238 Vgl. Boerster: „Kriegshetze und Völkermorden", in: Deutsche Treue 45 (1928), S. 5.

Verfreimaurerung unseres gesamten Lebens“ zu beweisen und die völkische Konkurrenz zu desavouieren.[2239] Immer wieder warf er allen möglichen Gruppen und Personen vor, unter dem Einfluss der ‚überstaatlichen Mächte‘ zu stehen.

Solche Behauptungen hatten schon seit Beginn der Republik zum Repertoire des nationalen Antimasonismus gehört, um sogenannte Novemberverbrecher und Erfüllungspolitiker zu diskreditieren. Nur in wenigen Fällen lagen diesen Anschuldigungen Tatsachen zugrunde. Eine der wenigen Ausnahmen war Gustav Stresemann, der insbesondere durch die unter seiner Außenamtsführung vollzogene Aufnahme Deutschlands in den Völkerbund den Hass der radikalen Rechten auf sich zog. Stresemann hatte sich schon seit seinem Studium für die Freimaurerei interessiert und 1923 durch Aufnahme in die Berliner Loge „Friedrich der Große“ („Drei Weltkugeln“) den Weg in die Bruderkette gefunden.[2240] Dort stand ihm der Großmeister der „Drei Weltkugeln“ Karl Habicht nahe, auch wenn der ‚Vernunftrepublikaner‘ Stresemann von zahlreichen altpreußischen Brüdern als Belastung empfunden wurde und er sich umgekehrt entsetzt zeigte über die teilweise radikale antirepublikanische Stimmung im Bund.[2241] Stresemanns Logenmitgliedschaft wurde der Öffentlichkeit bald bekannt und bildete ein immer wiederkehrendes Thema der nationalistischen Hetze gegen ihn. Dass er bei seiner Beitrittsrede vor dem Völkerbund unter anderem vom „göttliche[n] Baumeister der Erde“ sprach, war den Antimasonisten ein Beweis für das Wirken der Logen.[2242] Bald wurde das Auftreten vor dem Völkerbund von weiterer Legendenbildung überwölbt, etwa dass Stresemann bei seiner Rede das Zeichen des Lehrlingsgrades gegeben habe oder dass die Aufnahme in den Völkerbund nach freimaurerischem Ritus erfolgt sei.[2243]

Auch innerhalb der radikalen Rechten selbst waren Vorwürfe der Logenmitgliedschaft alles andere als neu, wie ja bereits Müller von Hausens Auseinandersetzung mit dem ADV Anfang der 1920er Jahre zeigte. Ludendorff jedoch stellte all das in den Schatten, indem er undifferenziert all jene mit dem Freimaurervorwurf überzog, die

2239 Vgl. Ludendorff: Lebenserinnerungen, Bd. 2, S. 149–153, hier S. 153. Vgl. auch Amm: Ludendorff-Bewegung (2006), S. 250.

2240 Beleg für Stresemanns frühes Interesse ist ein Aufsatz aus seiner Feder mit dem Titel „Maurertum und Menschheitsbau“, der sich mit der gleichnamigen Schrift Diedrich Bischoffs auseinandersetzt und 1900 in der „Allgemeinen Deutschen Universitäts-Zeitung“ erschien. Nachgedruckt findet er sich in Stresemann: Reden und Schriften, S. 318–323. Zur masonischen Vita Stresemanns vgl. „Br Stresemann zum Gedächtnisse“, in: Bundesblatt 11 (1929), S. 292–294; Bernhard: Stresemann; Markner: Stresemann; Reinalter: Stresemann; Pohl: Stresemann, S. 94–99; Peters: Berliner Freimaurer, S. 64.

2241 So hatten die Logenbrüder im Freimaurerausschuss des NDO ihr Missfallen über Stresemanns Logenmitgliedschaft deutlich gemacht, vgl. „Der Nationalverband deutscher Offiziere und die Freimaurer“, in: Wiener Freimaurer-Zeitung 4/5 (1926), S. 23–27, hier S. 26. Zu politischen Konflikten zwischen Stresemann und Brüdern vgl. Markner: Stresemann, S. 68; Pohl: Stresemann, S. 96 f.

2242 Rede abgedr. in Stresemann: Reden und Schriften, Bd. 2, S. 302–309, die Wendung vom göttlichen Baumeister S. 305.

2243 Vgl. z. B. Reventlow: Stresemann, S. 86 f.; Platon [= Winter]: Freimaurerei, S. 90.

sich ihm nicht bedingungslos anschlossen. Seine Hetze richtete sich gegen den „Stahlhelm" und den „Jungdeutschen Orden", aber auch gegen den inzwischen zum Reichspräsidenten gewählten früheren Weggefährten Paul von Hindenburg.[2244]

Zwar verfing diese Strategie der Denunziation in Teilen. So signalisierte beispielsweise der „Wehrwolf Bund deutscher Männer und Frontkrieger", sich Ludendorffs Kampf gegen die ‚überstaatlichen Mächte' anzuschließen.[2245] Im Großen und Ganzen jedoch verscherzte sich der General damit die anfänglichen Sympathien. Seine Verschwörungstheorien zogen immer weitere und abstrusere Kreise. Bald sah er nicht nur im freimaurerischen Ritual kabbalistische Geheimzeichen, sondern auch auf Pfennigstücken oder Kriegerdenkmälern und begann von freimaurerischen Anschlagsplänen und Morddrohungen zu fabulieren.[2246] Je paranoider Ludendorffs Verdächtigungen wurden, je mehr er damit die Kritik der liberalen Presse zu bestätigen schien, desto untragbarer erschien er vielen als Mitkämpfer oder gar Anführer im nationalen Kampf.[2247] Das zweckoptimistische Urteil, das der Freimaurer Wilhelm Fluhrer in seiner auf Ludendorff reagierenden Abwehrschrift 1927 fällte, erwies sich letzten Endes trotz einiger Rekrutierungserfolge des Generals als durchaus zutreffend: „Ludendorffs Schrift [...] ist für ihren Verfasser ein Harakiri."[2248]

Ludendorff bewirkte also keine „Renaissance" des antimasonischen Verschwörungsmythos, wie Pfahl-Traughber meint, sondern schwamm vielmehr selbst auf einer Welle des sich schon seit Jahren weiter radikalisierenden nationalen Antimasonismus, die er weder ausgelöst hatte, noch in die eigenen Bahnen zu lenken vermochte.[2249] Auch ein direkter Einfluss auf die zuvor umrissenen Satzungsänderungen nationaler Verbände kann ausgeschlossen werden, da sie vielfach vor Veröffentlichung von Ludendorffs Hetzschriften vorgenommen wurden. Und auch die DAG und der „Johanniterorden", die Ende 1928, Anfang 1929 erneut über die ‚Freimaurerfrage' entschieden, zeigten sich

---

2244 Vgl. z. B. „Sturm im Jungdeutschen Orden", in: Volk und Wehr 42, 14.10.1928; „Stahlhelm und Freimaurerei", in: Volk und Wehr 10, 10.03.1929; „Hindenburg Freimaurer?", in: Ludendorffs Volkswarte 25, 21.06.1931.

2245 Vgl. „Der Wehrwolf im Kampf gegen die überstaatlichen Mächte", in: Volk und Wehr 42, 14.10.1928.

2246 Vgl. z. B. „Judenhohn über die gefallenen Deutschen Helden! Das ‚Kriegerdenkmal' der 39er in Düsseldorf", in: Deutsche Wochenschau 41, 07.10.1928; „Mordpläne gegen Ludendorff", in: Deutsche Wochenschau 40, 30.09.1928; Ludendorff: Lebenserinnerungen, Bd. 2, S. 126 u. 175.

2247 Vgl. z. B. den Wandel, der sich im „Reichswart" zwischen 1927 und 1931 vollzog, von „Vernichtung der Freimaurerei durch Enthüllung ihrer Geheimnisse", in: Reichswart 34 (1927), S. 2 f. zu „Ludendorff und sein Schema", in: Reichswart 10 (1931), S. 1 f. Vgl. dazu auch Pfahl-Traughber: Der antisemitisch-antifreimaurerische Verschwörungsmythos, S. 67; Pulzer: Antisemitismus, S. 326; Barth: Dolchstoßlegenden, S. 338; Amm: Ludendorff-Bewegung (2006), S. 214.

2248 Fluhrer: Wer ist vernichtet?, S. 15.

2249 Vgl. Pfahl-Traughber: Der antisemitisch-antifreimaurerische Verschwörungsmythos, S. 64. Richtig urteilt hingegen Marcus Meyer, dass die Wirkung der Ludendorffschen Propaganda überschätzt wird, vgl. ders.: Volksgemeinschaft, S. 131.

mit ihrer Vorzugsbehandlung für die Große Landesloge in deutlichem Gegensatz zu den Forderungen Ludendorffs, worauf dessen Anhänger auch empört hinwiesen.[2250]

17.5. Eine brüchige Abwehrfront gegen Ludendorff

Die Angriffe Ludendorffs, die unterschiedslos der gesamten deutschen – ausdrücklich auch der altpreußischen – Freimaurerei galten, scheinen auf den ersten Blick vorübergehend zu innerfreimaurerischen Solidarisierungseffekten geführt zu haben. Die Forschung hat teilweise gemeint, hier ein spätes und singuläres Aufflackern freimaurerischer Einheit zu erblicken. Dieser Schein trügt jedoch.

Richtig ist, dass die deutsche Freimaurerei auf Ludendorffs Feldzug mit ungewohnter Entschiedenheit reagierte. Zahlreiche Brüder wehrten sich in Form offener Briefe in der profanen Tagespresse und auch der VdF gab auf seiner Hauptversammlung in Dresden eine klare Stellungnahme gegen die Verleumdungen ab.[2251] Hinzu kam eine Flut von Abwehrschriften – mehr als in allen vorausgegangenen Jahren der Republik.[2252] Die wohl bedeutendste darunter war das vom VdF herausgegebene, schon im Titel auf den Auslöser referierende Buch „Vernichtung der Unwahrheiten über die Freimaurerei" von 1928. Im Stil eines alphabetisch nach Schlagworten sortierten Frage-Antwort-Textes wurden hier zentrale Vorwürfe und Behauptungen übersichtlich und sachlich abgehandelt, vom „*Abbruch* der Beziehungen zu den freimaurerischen Körperschaften der Ententemächte" bis zur Frage nach den „*Ziele[n]* der Freimaurerei".[2253] Ein Verzeichnis weiterführender Literatur und ein sehr ausführlicher Personen- und Sachindex steigerten die Praktikabilität und rundeten das Buch ab, das vier laufend erweiterte Auflagen erleben sollte.[2254]

Einen gänzlich anderen Weg schlug der im VdF sehr aktive August Pfannkuche in seiner Abwehrschrift „Freimaurerei und völkische Frage" ein, die drei Auflagen erlebte und Besprechung in mehreren profanen Zeitungen fand.[2255] Laut seinem Schwiegersohn

---

2250 Vgl. z. B. die Streitschrift Bronsart von Schellendorff: Adel. Bronsart von Schellendorff war ein Jugendfreund Ludendorffs und seit 1926 offiziell Vorsitzender des „Tannenbergbundes", dessen Schirmherr Ludendorff war, vgl. Breuer: Völkische in Deutschland, S. 255; Finker: Tannenberg-Bund.

2251 Vgl. Kretschmer: Ludendorff; „58. Hauptversammlung des V. d. F. in Dresden", in: Mitteilungen aus dem VdF 37 (1927), S. 49–51, hier S. 50.

2252 Vgl. z. B. die Listen und Besprechungen in „Vom Büchermarkt", in: Bundesblatt 4 (1928), S. 124–127; „Kampf und Abwehr", in: Bundesblatt 12 (1930), S. 346 f.; Schwabe: Für und Wider.

2253 VdF (Hg.): Vernichtung der Unwahrheiten (1928), S. 7 u. 65 [Herv. i. O.].

2254 Die zweite und dritte Auflage folgte noch im ersten Erscheinungsjahr, die vierte dann 1929 in einer preisgünstigen ‚Volksausgabe'. Vgl. hierzu das Vorwort zur vierten Auflage VdF (Hg.): Vernichtung der Unwahrheiten (1929), S. 5. Falsch ist also, wenn Patka: Freimaurer, S. 16 angibt, es habe nicht mehr als zwei Auflagen gegeben.

2255 Zu Pfannkuches Biographie vgl. Kluge: Pfannkuche, dort u. a. auch wiedergegeben zwei Besprechungen der Abwehrschrift, S. 642–644. Mitte der 1920er Jahre war Pfannkuche

und Biographen Walter Kluge hatte Pfannkuche Ludendorff bis 1927 verehrt, war dann jedoch aufgrund der Angriffe auf die Freimaurerei von ihm abgerückt.[2256] Statt sich auf die absurden Vorwürfe des Weltkriegsgenerals einzulassen und sie durch eine sachliche Widerlegung erst zu würdigen, konzentrierte sich Pfannkuche darauf, den völkischen Wert der deutschen Freimaurerei darzulegen.[2257] Ludendorffs Feldzug gegen die Freimaurerei, so der argumentative Fluchtpunkt, gehöre in die gleiche Kategorie, wie sein Kampf gegen andere Verbände der nationalen Rechten.[2258]

Pfannkuche präsentierte die deutsche Freimaurerei als Pflegestätte „einer ausgeprägt deutsch-völkischen Weltanschauung", die längst den Bruch mit dem Ausland vollzogen habe.[2259] Ihr besonderer Wert bestehe darin, dass sie in der so bedeutenden Rassenfrage nicht dem auch in völkischen Kreisen weit verbreiteten „Rassenmaterialismus" anhänge, den Pfannkuche unter Rückgriff auf den völkischen Philosophen Max Wundt kritisierte.[2260] Die Reinerhaltung des nordischen Blutes sei zwar ein wichtiges Ziel der Erneuerungsarbeit, aber ohne die Pflege einer dazu passenden artgerechten Weltanschauung bleibe sie unvollständig. Genau das – deutsche Weltanschauung – sei nun aber das „ureigenste Gebiet" der deutschen Freimaurerei.[2261]

Der Verfasser schloss mit einem in jenen Jahren in Freimaurerkreisen vielbemühten Zitat Paul de Lagardes: „Gäbe es doch wenigstens Verschworene unter uns, einen heimlich offenen Bund, der für das große Morgen sänne und schaffte".[2262] Das war die Rolle, die Pfannkuche im ‚nationalen Erwachen' für die Freimaurerei sah und der er noch eine Folgeschrift widmete.[2263]

Pfannkuches Darstellung war zwar bemüht, die gesamte deutsche Freimaurerei als national zuverlässig darzustellen. Das Kernargument von der Freimaurerei als völkischem Bund war jedoch auf die altpreußischen Obedienzen bezogen, wie der Verweis auf die Übertritte von humanitären in altpreußische Systeme unterstrich, die Pfannkuche als Beleg für einen kontinuierlichen Zug zum Völkischen in der deutschen Freimaurerei darstellte.[2264]

---

als VdF-Wanderredner unter anderem mit einem Vortrag zu „Wir und die völkische Frage" aktiv, vgl. „Neuer Wanderredner", in: Mitteilungen aus dem VdF 26 (1926), S. 403.

2256 Vgl. Kluge: Pfannkuche, S. 631 f.

2257 Vgl. Pfannkuche: Freimaurerei.

2258 Vgl. ebd., S. 6–12.

2259 Ebd., S. 37.

2260 Ebd., S. 50 f. Zu Max Wundt vgl. Köck: Geschichte, S. 211–247; Hantke: Geistesdämmerung, S. 187–236 u. 396–438.

2261 Pfannkuche: Freimaurerei, S. 51.

2262 Ebd., S. 70. Das Zitat stammt aus Lagarde: Gegenwärtige Lage, S. 145. In einem Artikel in „Am rauhen Stein" zu Lagardes 100. Geburtstag ordnete Pfannkuche dasselbe Zitat wie folgt ein: „Es ist wie ein Schrei nach dem Freimaurerbunde, den er nicht kannte und der ihn, wenn er ihn gefunden hätte, aus seiner Einsamkeit hätte herausreißen können", vgl. Pfannkuche, August: „Das Ideal der Deutschen unserer Tage", in: Am rauhen Stein 11 (1927), S. 242–244, hier S. 243.

2263 Vgl. Pfannkuche: Geheimbund.

2264 Vgl. Pfannkuche: Freimaurerei, S. 40 f.

Noch deutlicher auf der freimaurerischen Binnendifferenzierung zwischen altpreußischer und humanitärer Freimaurerei beharrte die umfangreichste der auf Ludendorff reagierenden Aufklärungsschriften, „Ludendorff auf dem Kriegspfade gegen die deutsche Freimaurerei“ von 1928. Sie war herausgegeben vom Abwehrausschuss der „Drei Weltkugeln“ und stellte schon deswegen in besonderer Weise die altpreußischen Großlogen, ihre Ansichten und ihre Verlautbarungen in den Mittelpunkt. Konzeptionell gestaltete sich das Buch als eine Mischung aus Aufklärungs- und Abwehrschrift. Einerseits wurden Ludendorffs Quellen, Arbeitsweise und Behauptungen zurückgewiesen und argumentativ zerpflückt. Andererseits wurde – und hierauf lag das Hauptgewicht – das nationale Selbstverständnis der altpreußischen Freimaurerei dargelegt und den Behauptungen von einer internationalistischen Freimaurerei entgegengesetzt. Besonders betont wurde neben dem Austritt aus dem Großlogenbund, dass die Großlogenkontakte vom ‚Rassestandpunkt' bestimmt seien. So pflege man nur noch ausgewählte internationale Kontakte: zu den deutschen Logen im Ausland sowie zu jenen Großlogen, „die uns durch eine ähnliche Auffassung des Freimaurertums geistig und außerdem rassenmäßig am nächsten stehen, d[as] h[eißt] die *nordischen* Großlogen“.[2265] Die Ausführungen schlossen mit einer Darlegung der „Bedeutung der deutschen Freimaurerei für die deutsche Zukunft“, die sich weitgehend mit den Gedankengängen August Pfannkuches deckte.[2266]

Die publizistische Abwehrarbeit gegen Ludendorff zeigte also alles in allem ein gemischtes Bild. Neben dem tatsächlich obedienzübergreifenden Buch des VdF standen vor allem solche Schriften hoch im Kurs, die weniger ein Bild freimaurerischer Einheit zeichneten, als den völkischen Gestaltungswillen der Berliner Großlogen betonten und auf der Grenzziehung zwischen nationaler und internationaler Freimaurerei aufbauten, die explizit oder implizit immer auch die Grenzziehung zur humanitären Freimaurerei beinhaltete.

Eher den Eindruck einer geschlossenen freimaurerischen Front erweckt hingegen eine gemeinsame Erklärung aller neun deutschen Großmeister, die sich gegen Ludendorffs Unterstellungen verwahrte und nur knapp einen Monat nach Erscheinen von dessen Hetzschrift veröffentlicht wurde.[2267] Die bisherige Forschung hat die These vom temporären Zusammenrücken der deutschen Freimaurerei aus diesem geschlossenen Vorgehen der Großmeister abgeleitet. Demnach hätte es erst einen Gegner von der Bekanntheit Erich Ludendorffs gebraucht, um sich der gemeinsamen Interessen bewusst zu werden und eine entschiedene Abwehr auf die Beine zu stellen.[2268]

Bei genauem Hinsehen erweist sich die gemeinsame großmeisterliche Erklärung jedoch nicht als ein plötzliches Aufflammen freimaurerischen

2265 Ludendorff auf dem Kriegspfade gegen die deutsche Freimaurerei. Eine Aufklärungsschrift der Großen National-Mutterloge ‚Zu den drei Weltkugeln', Berlin 1928, S. 49 [Herv. i. O.].

2266 Vgl. ebd., S. 78–82.

2267 Vgl. „Erklärung“, in: Bauhütte 18 (1927), S. 161.

2268 Vgl. Pfahl-Traughber: Der antisemitisch-antifreimaurerische Verschwörungsmythos, S. 68; Melzer: Konflikt, S. 84.

Zusammengehörigkeitsgefühls, sondern letztlich nur als Nebenprodukt einer Großmeisteraussprache, die bereits im Frühjahr 1927 geplant worden war – also Monate vor der Buchveröffentlichung Ludendorffs im Spätsommer desselben Jahres.[2269] Die kurze Reaktionszeit erklärt sich somit auch nicht aus einer empfundenen Dringlichkeit, wie Pfahl-Traughber meint, sondern aus einer simplen zeitlichen Koinzidenz.[2270]

Die Großmeisteraussprache hatte tatsächlich der Besprechung einiger schwebender Fragen gegolten, die sich aus dem Großlogenbundaustritt ergeben hatten. Um eine Wiederannäherung oder gar um die Wiederherstellung des Großlogenbundes in seiner alten Form war es nie gegangen. Um jeglicher Spekulation darüber den Boden zu entziehen, war eine Erörterung dieses heiklen Themas im Vorfeld sogar explizit ausgeschlossen worden.[2271] Die dennoch von einigen Brüdern geäußerte Hoffnung, dass das „Bild der Zerrissenheit [...] hoffentlich bald der Vergangenheit" angehören könnte,[2272] wurde dann auch schnell enttäuscht, denn die Große Landesloge sah die Notwendigkeit, zu der gemeinsamen Erklärung der Großmeister noch zwei Sondererklärungen an die eigenen Tochterlogen abzugeben. Die eine empfahl, keine eigene Abwehr gegen die Ludendorffschen Angriffe vorzunehmen; die andere stellte klar, dass sich durch das punktuelle Zusammenwirken „an der Stellung unserer Großloge zu den übrigen Großlogen nicht das geringste" geändert habe.[2273]

Im Vorfeld hatte die Große Landesloge lange mit sich gehadert, ob sie an dem Treffen überhaupt teilnehmen solle. Der Ordensmeister Wilhelm Augustin Balthasar-Wolfradt hatte etwa zu bedenken gegeben, dass durch eine Teilnahme die Distanzierung von den humanitären Großlogen an Glaubwürdigkeit verlieren könnte.[2274] Dass die gemeinsame Erklärung der neun Großmeister von Logengegnern schließlich tatsächlich als Beleg dafür genommen wurde, dass der Bruch zwischen altpreußischer und humanitärer Freimaurerei nur Fassade gewesen sei, bestätigte diese Befürchtung im Nachhinein.[2275] Von weiteren gemeinsamen Aussprachen und Erklärungen blieb die Große Landesloge dann auch konsequenterweise als einzige Großloge fern.

Die gemeinsame Erklärung gegen Ludendorff muss somit eher als Teil des Auseinanderdriftens der deutschen Freimaurerei gesehen werden, denn als eine Rückbesinnung auf die Idee und das Ideal der Einheit.

2269 Vgl. Kretschmer, Ernst Paul: „Freimaurerische Nachrichten aus aller Welt", in: Mitteilungen aus dem VdF 39 (1927), S. 164.

2270 Vgl. Pfahl-Traughber: Der antisemitisch-antifreimaurerische Verschwörungsmythos, S. 68.

2271 Vgl. „Erklärung", in: Zirkelkorrespondenz 9 (1928), S. 194—196, hier S. 195.

2272 Kretschmer, Ernst Paul: „Freimaurerische Nachrichten aus aller Welt", in: Mitteilungen aus dem VdF 39 (1927), S. 164.

2273 „Anweisung an die Ordensbrüder der Großen Landesloge der Freimaurer von Deutschland", in: Zirkelkorrespondenz 19 (1927), S. 418; „Amtliche Mitteilungen", in: Zirkelkorrespondenz 19 (1927), S. 418 f., hier S. 418.

2274 Vgl. Melzer: Konflikt, S. 84, wo ein entsprechender Brief des Ordensmeisters an den Landesgroßmeister vom 28.07.1927 zitiert wird.

2275 Vgl. z. B. Reinborn: Ich suchte, S. 19 f.; Henning: Kontrolle, S. 7.

18. Der Aufstieg des Nationalsozialismus und die Freimaurerei

Von jahrzehntelangen, erfolglosen Versuchen zur Überbrückung der Differenzen geschwächt, zutiefst gespalten und zerstritten, sollte die Freimaurerei in Deutschland schließlich unter dem nationalsozialistischen Regime ihr einstweiliges Ende finden. Davor lagen jedoch die Jahre des auch von den Brüdern aufmerksam verfolgten Aufstiegs der NSDAP von einer völkischen Regionalpartei zur ideologisch diffusen rechten Sammlungsbewegung.

18.1. Der Antimasonismus der Nationalsozialisten

Antimasonismus hatte in der NSDAP schon seit ihren Anfängen eine Rolle gespielt.[2276] Wolfram Meyer zu Uptrup hat gezeigt, wie weit verbreitet er als Teil einer Integrationstheorie aus jüdischen Primär- und freimaurerischen Sekundärverschwörern sowohl unter Führungskadern als auch unter nachgeordneten Parteifunktionären war.[2277] Heinrich Himmler etwa gab sich tief beeindruckt von den Schriften Karl Heises und Friedrich Wichtls.[2278] Auch Adolf Hitler sprach schon 1922 bei einem Vortrag im Berliner „Nationalklub von 1919“ davon, dass die von ihm angestrebte nationale Diktatur nicht nur den Einfluss der Juden, sondern auch den der Freimaurer auszuschalten habe.[2279] Zwei Jahre später schrieb er in „Mein Kampf“, das Judentum habe in der ihm „vollständig verfallenen Freimaurerei ein vorzügliches Instrument“ zur Erreichung seiner Ziele.[2280]

Auch im nationalsozialistischen Publikationswesen wurde dem Thema einige Aufmerksamkeit gewidmet. Nationalsozialistische Buchhandlungen führten eine Reihe antimasonischer Titel und in der Parteipresse erschienen regelmäßig Artikel zur ‚Freimaurerfrage‘, so etwa eine Serie des ‚Chefideologen‘ Alfred Rosenberg im Frühjahr 1921 im Völkischen Beobachter.[2281]

2276 Der Parteigründer Anton Drexler hatte sich etwa 1919 als Logengegner zu erkennen gegeben, vgl. Drexler: Erwachen, S. 26–28.

2277 Vgl. Meyer zu Uptrup: Weltverschwörung, insbes. S. 201–205 et passim.

2278 Vgl. Ackermann: Himmler, S. 25 u. 34 sowie – auch zu weiteren Beispielen für Himmlers Antimasonismus – Longerich: Heinrich Himmler, S. 36 et passim. Vgl. auch Pfahl-Traughber: Der antisemitisch-antifreimaurerische Verschwörungsmythos, S. 57; Rogalla von Bieberstein: Mythos, S. 219.

2279 Vgl. Longerich: Hitler, S. 106. Zum Antimasonismus Hitlers in den frühen 1920er Jahren vgl. auch Meyer zu Uptrup: Weltverschwörung, S. 123.

2280 Hitler. Mein Kampf. Eine kritische Edition, Bd. 1, S. 823, entspricht S. 333 der Erstausgabe.

2281 Vgl. Rosenberg: Kampf, S. 20–30. Vgl. auch Meyer zu Uptrup: Weltverschwörung, S. 201 f. Zu Alfred Rosenberg vgl. Piper: Rosenberg. Zu antimasonischen Titeln im

Rosenberg befasste sich mehrfach mit dem Thema. 1922 erläuterte er beispielsweise unter Rückgriff auf Friedrich Wichtl, Karl Heise und Paul Köthner in einem Buch das jüdisch-freimaurerische Wirken hinter den Kulissen der Weltpolitik. Rosenberg nahm dabei zwar von den Unterschieden zwischen verschiedenen freimaurerischen Lagern Notiz, tat sie jedoch als unwesentlich ab, da die jüdischen Grundlagen überall dieselben seien.[2282]

Rosenberg war vielleicht der prominenteste, aber keineswegs der einzige nationalsozialistische ‚Freimaurerexperte'. Neben ihm einer der wichtigsten war Gregor Schwartz-Bostunitsch. 1883 in Kiew geboren, hatte er zunächst in seiner Heimat als Journalist, Anwalt und Verfasser zotiger Theaterstücke seinen Lebensunterhalt bestritten. Während des Weltkrieges hatte er russische Kriegspropaganda und nach der Februarrevolution Schriften gegen den Zaren produziert. Nach der Oktoberrevolution hatte er sich gegen die Bolschewiki gewandt und verschwörungstheoretische Pamphlete verfasst, in denen der Theosoph Schwartz-Bostunitsch sein Interesse an Esoterik mit Antisemitismus und Antimasonismus verband. Wie viele andere war er Anfang der 1920er Jahre aus seiner Heimat geflohen und 1922 in München gestrandet, wo er an seine Propagandatätigkeit anknüpfte und als Redner in völkischen Zirkeln auftrat. Ab 1923 war er für die NSDAP tätig, auch wenn er erst acht Jahre später reguläres Parteimitglied wurde. Er lernte Himmler und Hitler persönlich kennen, schrieb für Rosenbergs WELTKAMPF und den VÖLKISCHEN BEOBACHTER, führte ab 1927 die Bezeichnung „Reichsredner" und trat mit einem Professorentitel auf.[2283]

1928 veröffentlichte er sein Hauptwerk, das Buch „Die Freimaurerei. Ihr Ursprung, ihre Geheimnisse, ihr Wirken", das bis in den Zweiten Weltkrieg hinein acht ständig erweiterte Auflagen erfuhr und unter Nationalsozialisten als Standardwerk galt.[2284] Gewidmet war es Karl Heise, dem Verfasser von „Die Entente-Freimaurerei und der Weltkrieg", mit dem Schwartz-Bostunitsch das Interesse an Theo- und Anthroposophie teilte und dem er eine persönliche Bekanntschaft mit Rudolf Steiner verdankte.[2285]

Kanon der nationalsozialistischen Weltanschauungsliteratur der 1920er Jahre vgl. Meyer zu Uptrup: Weltverschwörung, S. 97.

2282 Rosenberg: Verbrechen, S. 86.

2283 Zur Biographie von Schwartz-Bostunitsch vgl. Ganelin: Schwartz-Bostunitsch; Hagemeister: Schwartz-Bostunitsch; Finkenberger: Schwartz-Bostunitsch. Finkenberger schätzt die Bedeutung Schwartz-Bostunitschs für den Nationalsozialismus als durchaus hoch ein, auch wenn er in den 1930er Jahre zunehmend ins Abseits gedrängt wurde. Ähnlich urteilen auch Staudenmeier: Occultism, S. 222 u. Meyer zu Uptrup: Weltverschwörung, S. 112.

2284 Vgl. Schwartz-Bostunitsch: Freimaurerei (1928). Vgl. dazu Finkenberger: Schwartz-Bostunitsch, S. 754; Hagemeister: Schwartz-Bostunitsch, S. 212.

2285 Vgl. die Widmung auf der Titelinnenseite von Schwartz-Bostunitsch: Freimaurerei (1928). Zur Vernetzung Schwartz-Bostunitschs in der anthroposophischen Bewegung, gegen welche er sich ab 1929 wandte, vgl. Hagemeister: Schwartz-Bostunitsch, S. 212–214; Staudenmaier: Occultism, S. 85 u. 220 f.; Werner: Anthroposophen, S. 41 f.

In seinem Buch bot Schwartz-Bostunitsch einen ausführlichen Überblick zu Ursprung, Geschichte, Aufbau und Symbolik der Freimaurerei, stets jedoch rückgebunden an die üblichen Behauptungen von internationaler Verstrickung und politischen Machenschaften in den Diensten von Liberalismus, Marxismus und – hinter allem stehend – Judentum. Anders als Rosenberg unterschied er dabei bis in die späteren Auflagen deutlich zwischen altpreußischer und humanitärer Freimaurerei. Erstere sei „vaterländisch gesinnt" und von jüdischen Einflüssen „so gut wie völlig frei", während Letztere ihre Weisungen aus dem Ausland empfange und „als ein Werkzeug der alljüdischen Propaganda betrachtet werden" müsse.[2286]

Wie an dieser wesentlichen Differenz zwischen Rosenberg und Schwartz-Bostunitsch erkennbar wird, vermied es der Nationalsozialismus, eine einheitliche antimasonische Parteilinie zu formulieren. Der Antimasonismus war für die Nationalsozialisten vor allem Teil eines kulturellen Codes der radikalnationalistischen Rechten. Der Anspruch innerer Konsistenz war dieser kommunikativen Funktion untergeordnet.[2287]

Auch in der ‚Freimaurerfrage' zeigt sich somit eine für die NSDAP ab Ende der 1920er Jahre typische ideologische Unschärfe. Ihr „konzeptionelle[r] Pluralismus und Polyzentrismus" spielte bei ihrem Erfolg als Sammlungsbewegung der politischen Rechten eine entscheidende Rolle, indem er die Gefahr von Abspaltungen minimierte, die Absorptionskraft hingegen maximierte.[2288] Pointiert fasst Stefan Breuer zusammen, „daß erst das Abrücken von den exaltierten Manifestationen völkischer Glaubensvorstellungen der NSDAP die volle Ausschöpfung des völkischen Wählerpotentials" ermöglichte.[2289]

Es waren folglich auch nicht inhaltliche Differenzen, die maßgebliche Nationalsozialisten zu Ludendorffs Antimasonismus auf Distanz gehen ließen, wie Meyer zu Uptrup irrtümlich meint, sondern vor allem parteitaktische und politstrategische Gründe.[2290] Als ‚Führer' und damit letzte Instanz einer Bewegung, die auf die Gewinnung der Massen setzte, lag eine Assoziation mit dem spalterischen Wirken des Generals nicht im Interesse Adolf Hitlers, von einer Unterordnung unter Ludendorffs Führungsanspruch

2286 Schwartz-Bostunitsch: Freimaurerei (1928), S. 291. Mit nur unwesentlichen Veränderungen und bereits im Präteritum fand sich dieser Abschnitt auch noch in späteren Auflagen nach Auflösung der Logen, vgl. Schwartz-Bostunitsch: Freimaurerei (1936), 270 f.

2287 Vgl. dazu auch Melzer: Freimaurerei im Nationalsozialismus, S. 296.

2288 Breuer: Völkische in Deutschland, S. 236–251, hier S. 236. Vgl. auch Schieder: NSDAP, S. 142; Lenk: Nationalsozialismus, S. 311, wo die NSDAP als „negative Integrationsbewegung" bezeichnet wird.

2289 Breuer: Völkische in Deutschland, S. 243. Zum Verhältnis des Nationalsozialismus zu den Völkischen vgl. neben Breuer auch Puschner: Völkische Bewegung, S. 9–13; Puschner/Vollnhals: Völkisch-religiöse Bewegung.

2290 Meyer zu Uptrup: Weltverschwörung, S. 203 f. Dass für den Antimasonismus der Nationalsozialisten Freimaurer nur dem Judentum nachgeordnete Sekundärverschwörer waren, wie Meyer zu Uptrup korrekterweise feststellt, unterschied ihn zudem gerade *nicht* von Ludendorff, der erklärte, dass das „Geheimnis der Freimaurerei [...] überall der Jude" sei, vgl. Ludendorff: Vernichtung (1927), S. 6.

ganz zu schweigen.[2291] Eher das Gegenteil war angezeigt, also Abgrenzung und Distanzierung. So bediente sich Hitler zeitweise selbst des Instruments der antimasonischen Verunglimpfung und bezichtigte Ludendorff, einer Hochgradloge anzugehören.[2292]

Das schlechte Reichstagswahlergebnis von 1928 unterstrich für die nationalsozialistische Parteiführung die Notwendigkeit, sich von weltanschaulichen Grabenkämpfen im Stile Ludendorffs fernzuhalten und so ihre Wählbarkeit in jenen Schichten der Gesellschaft zu steigern, die die NSDAP letztendlich von einer süddeutschen Kleinpartei zu einer „Volkspartei mit Mittelstandsbauch" machen sollten.[2293] So wird auch eine relative Mäßigung und ein Rückgang des Antimasonismus im politischen Arsenal der NSDAP nach 1928 erklärbar.[2294] Insbesondere Adolf Hitler, für dessen Stellung als zunehmend mythisch überhöhter ‚Führer' die Abstinenz von zu stark polarisierenden Ideologemen fundamental war, enthielt sich bei öffentlichen Auftritten nach 1929 jeglicher Aussage zur Freimaurerei.[2295] Ebenso war die vor der Negativfolie Erich Ludendorffs erfolgende Selbstinszenierung Rosenbergs als nüchterner und objektiver Kritiker der Freimaurerei Teil dieser strategischen Mäßigung.[2296]

Das Beispiel Rosenbergs zeigt aber auch, dass der Antimasonismus keineswegs aus dem Repertoire des Nationalsozialismus verschwand. In der Parteipresse und bei Propagandaveranstaltungen wurde das Thema weiterhin eingesetzt.[2297] 1931 sprach eine kleine nationalsozialistische Kampfschrift Hitler sogar das „unvergessene Verdienst" zu, „als Erster die nationalen Widerstände gegen die Volksvergiftung durch die Freimaurerei aufgerufen zu haben."[2298]

2291 Zum Verhältnis Hitler-Ludendorff, vgl. Buchheim: Entwicklung der Ludendorff-Bewegung, S. 363–367; Amm: Ludendorff-Bewegung (2012), S. 127–129; Breuer: Völkische in Deutschland, S. 252–259; Lockenour: Dragonslayer, S. 151–159, insbes. S. 156 f. und 160–181.

2292 Vgl. Pfannkuche: Freimaurerei, S. 12, der sich auf Presseberichte von einem Auftritt Hitlers in Regensburg 1927 stützt. Vgl. auch Meyer zu Uptrup: Weltverschwörung, S. 173.

2293 Falter: Hitlers Wähler, S. 413. Zu den signifikanten Veränderungen in der NSDAP nach 1928 vgl. auch Orlow: Nazi Party, S. 88–126; Nolzen: Durchbruch. Thamer: NSDAP, S. 33 f.

2294 Vgl. Pfahl-Traughber: Der antisemitisch-antifreimaurerische Verschwörungsmythos, S. 73 f.; Orlow: Nazi Party, S. 105; Meyer zu Uptrup: Weltverschwörung, S. 236–239; Schieder: NSDAP, S. 144.

2295 Hitlers letzte öffentliche Erwähnung der Freimaurerei vor Ernennung zum Reichskanzler ist aus dem Oktober 1929 überliefert, vgl. Dok. 83, in: Hitler. Reden, Bd. 3/2 (1994), S. 399–402, hier S. 402.

2296 Vgl. z. B. Rosenberg: Weltpolitik. Vgl. dazu auch Pfahl-Traughber: Verschwörungsmythos, S. 73.

2297 Ein Beispiel der fortgeführten Thematisierung ist etwa das Wirken Engelbert Hubers, der seit 1931 NSDAP-Mitglied war und ab 1932 im Gau Berlin als Freimaurerexperte auftrat. Zu ihm vgl. Hubers Karte in der NSDAP-Mitgliederkartei, BArch, R 9361-VIII/Kartei/12601582; Neuberger: Winkelmaß, S. 189; Uptrup: Weltverschwörung, S. 203 Anm. 419. Zu Hubers Tätigkeit nach 1933 vgl. Kap. 19.2.

2298 Dr. Custos [= Huber]: Freimaurer, S. 6.

Überdeutlich zeigten sich die Grenzen der Selbstverharmlosung ein Jahr später, als die liberale Presse halb spöttisch die Frage stellte, wann dem bürgerlichen Kurs der NSDAP wohl der Antimasonismus zum Opfer fallen würde. Die Pressestelle der NSDAP im Gau Hessen-Nassau-Süd antwortete mit einer unmissverständlichen, auch von der Logenpresse zur Kenntnis genommenen Erklärung: „Nationalsozialisten sind Gegner aller Logen! Sie werden es solange sein und bleiben, bis die Weltanschauung des 20. Jahrhunderts [gemeint: der Nationalsozialismus, M. P.] staatliche Ausprägung gefunden hat. Und dann gibt es keine Logen mehr!“[2299]

18.2. Deutsche Freimaurerei und Nationalsozialismus

In Freimaurerkreisen war die grundsätzliche Gegnerschaft der NSDAP spätestens Ende der 1920er Jahre allgemein bekannt, wurde doch regelmäßig in den Logenzeitschriften darüber berichtet. Das hinderte zahlreiche Brüder jedoch nicht daran, ihre Begeisterung für den Nationalsozialismus zu erklären, ihn freimaurerisch zu *ver*klären und die Nähe zur Hitlerpartei zu suchen. Der Ausgangspunkt für eine intensive Auseinandersetzung mit dem Nationalsozialismus waren die Reichstagswahlen 1930, bei denen die NSDAP zur zweitstärksten politischen Kraft wurde. Gegenüber der erst zwei Jahre zurückliegenden letzten Reichstagswahl hatte sie mehr als 15 Prozentpunkte hinzugewonnen, während die nur noch knapp vor ihr liegende SPD empfindliche Einbußen hatte hinnehmen müssen.

Der politische Erfolg erklärter Logengegner bewirkte in Freimaurerkreisen einerseits Sorge um die Zukunft der ‚Königlichen Kunst‘ in Deutschland. Wohin eine antimasonische Regierung führen konnte, hatte das Beispiel Italiens gezeigt, wo schon seit 1923 gewaltsam gegen Logen vorgegangen und schließlich 1925 die Freimaurerei verboten worden war.[2300] Insbesondere im Jahr dieses faschistischen Logenverbots war der Blick der deutschen Freimaurerzeitschriften immer wieder nach Italien geschweift und teilweise vor der Möglichkeit einer ähnlichen politischen Entwicklung auch in Deutschland gewarnt worden.[2301] Anfang der 1930er Jahre schien mit dem Aufstieg der NSDAP genau das einzutreten. Deren ‚Führer‘ Adolf Hitler hatte seine Bewunderung für den italienischen ‚Duce‘ – gerade auch in Sachen Antimasonismus – in der Vergangenheit mehrfach bekundet.[2302]

2299 Zit. n. „Kampf und Abwehr“, in: Bundesblatt 3 (1932), S. 90–92, hier S. 92. Auch im „Völkischen Beobachter“ wurde immer wieder betont, dass man „alles daran setzen [wird], die Logen zu schließen“, vgl. „Die Verschwörung der Freimaurerlogen gegen Dr. Frick“, in: Völkischer Beobachter 28, 26.04.1930, S. 1, zit. n. Uptrup: Weltverschwörung, S. 204.

2300 Für einen gerafften Überblick vgl. „Fascismus“, in: Internationales Freimaurerlexikon, Sp. 461–463. Ausführlicher und weitere Literaturangaben bei Vatri: Italian Freemasonry.

2301 Vgl. z. B. Wolfgang, Leopold: „Fascismus und Freimaurerei“, in: Bauhütte 3/4 (1925), S. 22 f.

2302 Vgl. z. B. eine Hitler-Rede von 1928, bei der er auf das italienische Beispiel einging: Dok. 242, in: Hitler. Reden, Bd. 2/2 (1992), S. 744–756, hier S. 753. Zu Hitlers Mussolinibewunderung der 1920er Jahre vgl. Schieder: Hitler, S. 7–63.

Andererseits überwog aber auch unter Freimaurern eine vorsichtig optimistische Erwartungshaltung. Schon Mussolinis rabiaten Umgang mit den italienischen Brüdern hatte man vielfach nicht beklagt, sondern begrüßt. Den brüderlichen Mahnern wurde Hysterie und ein defekter politischer Kompass vorgeworfen. August Horneffer fand 1925 in Am rauhen Stein regelrecht lobende Worte für Mussolinis Umgang mit der italienischen Freimaurerei, auf die ja die Vorwürfe politischer Konspiration durchaus zuträfen. Gegen ein staatliches Vorgehen gegen die italienischen Logen ließe sich folglich vom „freimaurerischen Standpunkte aus wirklich nicht viel" einwenden.[2303]

Auch in dem großen Wahlerfolg der Nationalsozialisten wollten etliche Brüder somit keine Gefahr erkennen. Sie fühlten sich sicher, da die antimasonischen Vorwürfe auf die deutsche Freimaurerei ja eben *nicht* zuträfen. Die Millionen Wähler – darunter nach Einschätzung des Bundesblatts „auch eine nicht geringe Zahl von Fr[ei]m[aure]rn" – hätten die NSDAP schließlich nicht aus Hass auf die deutschen Logen gewählt, sondern mit ihrer Stimme lediglich ein „Bekenntnis" zu einer politischen Kraft abgegeben, die das deutsche Volk „aus dem Elend und dem Sumpf" herausführen wolle.[2304]

Von der positiven Einstellung zum Nationalsozialismus ließ man sich auch angesichts immer wieder besprochener Beispiele für dessen Logenfeindlichkeit nicht abbringen. Überwiegend fühlte man sich schlicht missverstanden, Opfer schlechter Presse und jesuitischer Schauermärchen, die den nationalsozialistischen Blick auf die vielen Gemeinsamkeiten mit der Freimaurerei verdecken würden. Dabei predige der Nationalsozialismus nur, „was wir Fr[ei]m[aure]r über 200 Jahre in stiller Tempelarbeit als die Grundlage unsres Ordensgebäudes schon gehegt, gepflegt und gefestigt haben", versicherte nicht nur das Mecklenburgische Logenblatt, das zudem bedauerte, dass seitens einiger Nationalsozialisten Gegensätze behauptet würden, die überhaupt nicht bestünden.[2305]

Selbst deutliche Hinweise auf die Gefahren, die vom Nationalsozialismus für die Freimaurerei ausgingen, wurden nicht selten geleugnet. So reagierte die Schriftleitung von Am rauhen Stein 1931 ungläubig auf einen im sozialdemokratischen Braunschweiger Volksfreund veröffentlichten Geheimbefehl der NSDAP-Parteileitung, der die Ortsgruppen dazu aufforderte, Dossiers über lokale Freimaurerlogen, deren Aktivitäten und Mitglieder – inklusive Fotografien – anzulegen: „Wir wollen und können nicht glauben, daß dies Rundschreiben wirklich von der nationalsozialistischen Parteileitung stammt, denn es ist einer Partei, die sich die Erneuerung und Befreiung des deutschen Volkes zur Aufgabe gesetzt hat, durchaus unwürdig".[2306] Folgerichtig zeigte

2303 Horneffer, August: „Mussolini und die Freimaurerei", in: Am rauhen Stein 5 (1925), S. 97–104, hier S. 100. Ähnlich auch Pinkow, Hans: „Ludendorff und die Freimaurerei", in: Bundesblatt 9 (1927), S. 278–287, hier S. 281.

2304 Heinz, Bruno: „Die Zukunft unserer Logen", in: Bundesblatt 12 (1930), S. 326–334, hier S. 326.

2305 Schweiger, Friedrich Wilhelm: „Freimaurerei und Politik", in: Mecklenburgisches Logenblatt 7 (1930/31), S. 105–107, hier S. 105 f.

2306 „Hitler läßt photographieren!", in: Am rauhen Stein 11 (1931), S. 312. Dort auch Wiedergabe des Geheimbefehls, wie er vom „Volksfreund" veröffentlicht worden war.

man sich kurz darauf nur zu bereit, dem schwachen Dementi Alfred Rosenbergs Glauben zu schenken, der auf eine freimaurerische Anfrage hin erklärte, ihm sei von einem solchen Aufruf nichts bekannt.[2307]

Den direkten Kontakt zur NSDAP-Leitung suchte in Folge der Veröffentlichung des Geheimbefehls unter anderem auch Richard Bröse, der Großmeister der Großen Loge von Hamburg. In einem Brief vom 21. August 1931 wandte er sich direkt an Hitler, dem er Einsicht in das Großlogenarchiv anbot. Sollte sich darin ein Beleg dafür finden, dass die Große Loge von Hamburg in ihrer fast 200jährigen Geschichte zu irgendeinem Zeitpunkt nicht vaterländisch gehandelt habe, so würde er selbst sofort ihre Auflösung in die Wege leiten, bot Bröse an.[2308] Auf eine Antwort Hitlers wartete der Großmeister vergeblich. Dafür meldete sich eineinhalb Monate später Alfred Rosenberg, der sich vergleichsweise diplomatisch gab. Er versicherte Bröse, dass die NSDAP mitnichten in jedem Freimaurer einen Verräter erblicke, jedoch die freimaurerische Weltanschauung und ihr Ritual für überlebte Artefakte des 18. Jahrhunderts halte. Dass *alle* Angriffe auf die Freimaurerei unberechtigt seien, wollte der NS-Chefideologe dann aber doch nicht gelten lassen. Rosenberg schloss mit einem Hinweis auf seine jüngste antimasonische Veröffentlichung, woraufhin Bröse ihm zwei freimaurerische Aufklärungsschriften zusandte und nochmals die Prüfung des Großlogenarchivs anbot.[2309]

Von solchen erfolglosen Verständigungsversuchen unbeeinträchtigt fand zeitgleich in Teilen der masonischen Publizistik eine eingehende Beschäftigung mit dem Nationalsozialismus statt, die sichtlich von dem Bedürfnis getragen war, Gemeinsamkeiten zu finden. Die Auseinandersetzung wurde dabei zu einer Frage der grundsätzlichen weltanschaulichen Kompatibilität erhoben. Dadurch konnte nicht nur weiterhin die deutschfreimaurerische Politikferne betont werden, sondern auch jede antimasonische Regung seitens nationalsozialistischer Akteure als eine politische Verzerrung der weltanschaulichen Grundlagen des Nationalsozialismus beiseitegeschoben werden.

Eine Schrift des VdF von 1931 stellte schon auf den ersten Seiten klar, dass die nationalsozialistische Logengegnerschaft auf *politischen* Missverständnissen beruhe und daher *nicht* Kernpunkt der Abhandlung sei, da diese ausschließlich die *weltanschaulichen* Aspekte des Nationalsozialismus untersuchen wolle.[2310] Und auf diesem Gebiet ergaben sich nach Ansicht des Verfassers zahlreiche Gemeinsamkeiten.

Die wichtigste Überschneidung meinte er in der Gemeinschaftsidee zu erblicken, die sowohl bei der Freimaurerei als auch beim Nationalsozialismus im schärfsten Gegensatz

2307 Vgl. „Zu dem Photographier-Aufruf Hitlers", in: Am rauhen Stein 12 (1931), S. 344.

2308 Vgl. „Das geheime Rundschreiben der nationalsozialistischen Partei", in: Am rauhen Stein 2 (1932), S. 61–63, hier S. 61, wo der gesamte folgende Briefwechsel und ein weiterer, ähnlich verlaufender, zwischen einem Mitglied des 3WK-Bundesdirektoriums und dem NSDAP-Reichstagsabgeordneten Walter Buch wiedergegeben ist. Schon 1931 hatte der zugeordnete Großmeister der GLvB Bernhard Beyer dem oberfränkischen Gauleiter Hans Schemm Einblick in Archiv und Ritual der eigenen Großloge angeboten, jedoch keine Antwort erhalten, vgl. Melzer: Konflikt, S. 89.

2309 Vgl. ebd., S. 61 f.

2310 Vgl. Junker: Gedankenkreis, S. 3.

zur demokratischen Staatsform und zum „törichten Gleichheitsgedanken" stehe.[2311] Auch der nationalsozialistische Rassismus wurde nicht grundsätzlich kritisiert, sondern nur dafür, dass er zu materialistisch sei, wodurch die idealistischen Komponenten des Volkstums vernachlässigt würden.[2312] Hier sei die Freimaurerei deutlich konsequenter in ihrem Kampf gegen alle das deutsche Volkstum bedrohenden „Fermente der Dekomposition" – eine der geläufigsten antisemitischen Formeln jener Zeit.[2313] Somit zu „natürlichen Verbündeten" erklärt, meinte die Schrift folgerichtig, vor allem die einseitige Ausrichtung des Nationalsozialismus auf „Kampf und Negation" kritisieren zu müssen, die ihn blind mache für das „in seinem Sinne Positive um ihn herum".[2314] In anderen Worten: das Hauptproblem des Nationalsozialismus wurde darin gesehen, dass er die Freimaurerei nicht mit offenen Armen an seiner Seite willkommen hieß.

Zu den gleichen Schlüssen gelangte 1931 auch Diedrich Bischoff, der das in der deutschen Freimaurerei ruhende „Erbe unseres völkischen Idealismus" als die perfekte Ergänzung des nationalsozialistischen Kampfgeistes sah, um mit vereinten Kräften „unser Volkstum in seinen innersten Lebenswerten vor der Vernichtung" zu bewahren.[2315]

Auf die Spitze getrieben wurde die freimaurerische Verklärung des Nationalsozialismus von August Horneffer, der sich nach der ersten Reichstagswahl des Jahres 1932, aus der die NSDAP mit großem Abstand als stärkste Kraft hervorging, in AM RAUHEN STEIN über die freimaurerischen Erwartungen an den Nationalsozialismus Gedanken machte. Dabei überging Horneffer die Frage politischer Programmatik nicht einfach, sondern lobte den Nationalsozialismus gar als eine ‚Bewegung', die sich *nicht* in Politik verliere. Stattdessen herrsche in ihr ein bewundernswerter Tatendrang, der alle Energien der großen Aufgabe nationaler Gesundung zuführe. Dass das nach Horneffers eigener Einschätzung letztlich auf eine „Gewaltkur" hinauslief, löste keineswegs Bedenken in ihm aus.[2316] Vielmehr konstatierte auch er weitreichende Gemeinsamkeiten zwischen dem Nationalsozialismus und der (explizit: deutsch-christlichen) Freimaurerei.[2317]

Auf dieser Grundlage formulierte Horneffer eine Vision vom Verhältnis zwischen Freimaurerei und Nationalsozialismus, die beide nicht mehr nur Seite an Seite sah:

> Jede Bewegung steht und fällt mit ihrer Leitung und deren Rekrutierung. Eine Bewegung wie die Hitlers aber wird auf die Dauer nur dann gut geleitet sein, wenn die Leitenden ein ‚Armanentum', d[as] h[eißt] eine Art Orden, einen Lebensbund bilden, der lehrend und lernend die Güter der Bewegung wahrt und mehrt und jeder Verflachung, Verunreinigung und Verfälschung wehrt.[2318]

2311 Junker: Gedankenkreis, S. 31.
2312 Vgl. ebd., S. 12–16.
2313 Ebd., S. 3.
2314 Ebd., S. 32.
2315 Bischoff: Nationalsozialismus, S. 7 f.
2316 Horneffer, August: „Was erwarten wir vom Nationalsozialismus?", in: Am rauhen Stein 8/9 (1932), S. 226–236, hier S. 228.
2317 Ebd., S. 234–236.
2318 Ebd., S. 236.

Horneffer sah die Freimaurerei berufen, dieser Bund zu sein. Der ‚heimlich offene Bund' Lagardescher Imagination, der schon seit Jahren in den altpreußischen Großlogen als Leitbild für die Zukunft der Freimaurerei auserkoren worden war – im Zentrum des Nationalsozialismus sollte er seinen ihm zustehenden Platz einnehmen. Die Tragfähigkeit solcher Visionen sollte sich schon bald zeigen.

Noch musste sich Horneffer jedoch eine Reihe abschätziger Kritiken in den Spalten der unabhängigen Logenpresse gefallen lassen. Während sich die Besprechung in der LEUCHTE sichtlich schwer damit tat, angemessene Worte für Horneffers Traum einer nationalsozialistischen Ordensfreimaurerei zu finden, nahm sich die LATOMIA kein Blatt vor den Mund: „Will der Mann seine Vorprüfung zur Aufnahme in eine Irrenanstalt ablegen?"[2319]

Normalerweise war es andersherum: Die LEUCHTE war die Zeitschrift, die sich am deutlichsten gegen Nationalismus, Rassismus, Nationalsozialismus und die freimaurerischen Flirts mit diesen aussprach. Schon 1924 hatte sie gewarnt, dass „der Einfluß des Deutschvölkischen in manchen Logen sehr groß" sei.[2320] Anfang der 1930er Jahre war nun für jedermann erkennbar der Nationalsozialismus die aufstrebende Kraft – auch in den Logen. Immer wieder thematisierte die LEUCHTE diese Entwicklung, kritisierte die „überraschend wohlwollende" Haltung der Berliner Obedienzen zum Nationalsozialismus und warf den humanitären Großlogen vor, sich in dieser Hinsicht zu wenig von den altpreußischen Schwestern zu unterscheiden.[2321]

Tatsächlich waren die nichtpreußischen Großlogen vor allem darauf bedacht, den Graben zur altpreußischen Freimaurerei nicht noch größer werden zu lassen. Das lag an den Erfahrungen, die man nach dem altpreußischen Großlogenbundaustritt gemacht hatte, aber auch an dem alten Einheitsideal, das für die kleinen humanitären Großlogen gerade unter dem Eindruck massiv zunehmender Anfeindungen seinen Wert nicht ganz verlor. Sichtbar wurde das an den immer wieder an die Einheit gemahnenden oder die Zwietracht verdammenden Appellen in der humanitären Logenpresse.[2322]

Eine konsequente Ablehnung und deutliche Abgrenzung vom Nationalsozialismus blieb hingegen auch bei den humanitären Logen die Ausnahme. Als Mehrheitsmeinung, ja als offizielle Großlogenposition fand sie sich nur bei den ausgegrenzten, nichtanerkannten Körperschaften. Unzweideutig hieß es beispielsweise 1931 in der FzaS-Zeitschrift DAS NEUE FREIMAURERTUM: „Reformfreimaurertum läßt sich [...] *nicht* mit Sympathien für den Nationalsozialismus vereinigen."[2323]

2319 „Vom Büchertisch", in: Latomia 11/12 (1932), S. 107 f., hier S. 108 und „Rundschau", in: Leuchte 9 (1932), S. 127.

2320 Wolfgang, Leopold: „Warum hat die Freimaurerei so viele Gegner?", in: Leuchte 5 (1924), S. 49–51, hier S. 50.

2321 Felsen, K. G.: „Krise?", in: Leuchte 1 (1931), S. 1–5, hier S. 3.

2322 Vgl. z. B. „Versammlung der Großen Loge von Hamburg am Sonnabend, 19. September 1931", in: Hamburger Logenblatt 637 (1931/32), S. 1 f., hier S. 2.

2323 Berendsohn, Walter A.: „Die Zukunft unseres Bundes", in: Das neue Freimaurertum 5 (1931), S. 143–148, hier S. 146 [Herv. i. O.]. Zur SGL vgl. Melzer: Konflikt, S. 177.

19. NS-Staat und Freimaurerei

„Wie ein Frühlingssturm ist die nationale Erhebung über Deutschland dahingebraust" und hat den „Weg zur Freiheit und künftigen Größe Deutschlands" freigefegt.[2324] So kommentierte die Vierteljahresversammlung der „Drei Weltkugeln" einen Tag nach Verabschiedung des Ermächtigungsgesetzes geradezu euphorisch die Entwicklung der vorangegangenen Wochen seit Ernennung Adolf Hitlers zum Reichskanzler am 30. Januar 1933. Wenige Tage zuvor, anlässlich des effektvoll inszenierten ‚Tags von Potsdam', hatten die altpreußischen Großmeister Hitler bereits per Telegramm ihre und ihrer Großlogen „treueste Gefolgschaft" zugesichert.[2325] Erfreut zeigte sich auch August Horneffer. Er war der Überzeugung, dass der Aufstieg des Nationalsozialismus in Teilen ein Verdienst der altpreußischen Freimaurerei war. Sie habe „den Samen mit ausgestreut [...], den wir nun so herrlich aufgehen sehen".[2326]

19.1. Die staatspolitische Lösung der ‚Freimaurerfrage'

Trotz der vollmundigen Drohungen der Vorjahre erfolgte nach der Übertragung der Regierungsverantwortung an Adolf Hitler zunächst kein Logenverbot. Das änderte sich auch nicht, nachdem die NSDAP mit der sogenannten Reichstagsbrandverordnung vom 28. Februar die Verfolgung politischer Gegner einleitete, sich durch nurmehr halbfreie Reichstagsneuwahlen am 5. März ihrer Koalitionspartner entledigte und sich durch das Ermächtigungsgesetz vom 24. März vollumfängliche politische Machtbefugnisse sicherte.

Erst nach beinahe einem Jahr an der Macht begann der nationalsozialistische Staatsapparat am 8. Januar 1934, sich mit einem Runderlass Görings in seiner Funktion als preußischer Innenminister der Freimaurerei im staatspolitischen Sinn anzunehmen. Statt um Restriktionen und Sanktionen handelte es sich bei dem Erlass jedoch um eine „Auflösungshilfe".[2327] Durch Eingriff in ihre Haussatzungen und die Lockerung der Bindung an ihre Großlogen sollten die verbliebenen altpreußischen Logen auf den Weg der Selbstauflösung gedrängt werden, den die meisten nichtpreußischen Logen bereits beschritten hatten.[2328] Der ‚Göring-Erlass' vermied aber nicht nur die direkte

---

2324 [Kundgebung der Vierteljahresversammlung vom 25. März 1933], in: Ordensblatt 5 [eigtl. 1] (1933), S. 131–133, hier S. 131.

2325 [Telegramm an Reichskanzler Hitler vom 21.03.1933], in: Ordensblatt 5 [eigtl. 1] (1933), S. 131. Zu ähnlichen Telegrammen der GLLvS und der GLDB vgl. Böhl: Freimaurerei, S. 331

2326 Horneffer, August: „Frühling", in: Am rauhen Stein 4 (1933), S. 99–103, hier S. 100.

2327 Schuster: Freimaurer und Justiz, S. 102.

2328 Vgl. Kap. 19.3. Zu den Bestimmungen des ‚Göring-Erlasses' im Einzelnen vgl. Schuster: Freimaurer und Justiz, S. 102–104.

Androhung und Anwendung von Zwang, sondern auch eine ideologische Festlegung hinsichtlich der altpreußischen Freimaurerei. Im Einführungstext hieß es:

> Ohne zu der Frage Stellung zu nehmen, ob die 3 altpreußischen Großlogen und die ihnen angeschlossenen örtlichen Logen [...] als staats-gefährliche Vereinigungen anzusehen sind, kann ich bei der jetzigen, durch die nationale Bewegung geschaffenen Einheit des Deutschen Volkes jedenfalls keinerlei Bedürfnis mehr für die Erhaltung dieser Logen [...] erkennen.[2329]

Es herrscht in der Literatur keine Einigkeit darüber, wie groß der Erfolg des Runderlasses war.[2330] Sicher ist nur, dass der nationalsozialistische Staat im Sommer 1935 seine Strategie änderte. Durch relativ sanften Druck wurden die immerhin sechs noch bestehenden Großlogen zur Selbstauflösung genötigt. Am 17. August folgte noch ein Erlass des Reichsinnenministers Wilhelm Frick, der auf Grundlage der sogenannten Reichstagsbrandverordnung Logen zu staatsfeindlichen Organisationen erklärte.[2331] Tatsächlich war das nurmehr die legalistische Absicherung der kurz zuvor geschaffenen Tatsachen und bedeutete de facto das Verbot der Freimaurerei, wenige Tage nachdem die letzte Großloge ihre Selbstauflösung vollzogen hatte.

19.2. Antimasonische Arbeit des frühen NS-Staats

Wenngleich der staatspolitische Umgang mit den Logen also nach der Machtübernahme zunächst von Abwarten und Zurückhaltung bestimmt war, so blieb der Nationalsozialismus bis zum ‚Göring-Erlass' doch nicht passiv. Im Hintergrund begannen nationalsozialistische Parteidienststellen schon 1933 mit dem Auf- und Ausbau der antimasonischen Überwachungsarbeit, wobei sich schnell die SS als wichtigster Akteur durchsetzte. Sie hatte schon Ende der 1920er Jahre mit der Bespitzelung ‚weltanschaulicher Gegner' begonnen und verfügte mit dem Sicherheitsdienst (SD) unter Führung Reinhard Heydrichs seit 1932 über einen schlagkräftigen Nachrichtendienst, der bereits Expertise zur deutschen Freimaurerei gesammelt hatte.[2332] Schon vor dem Umzug der SD-Zentrale nach Berlin im Jahr 1934 bestand hier ein Freimaurerreferat, das – im Gegensatz zu ähnlichen Einrichtungen anderer Parteidienststellen – großen Arbeitseifer an den Tag legte. Auch bei den inneren Neustrukturierungen in Folge des Umzugs, der engen Verknüpfung mit der neu etablierten Geheimen Staatspolizei (Gestapo) und der Aufwertung zum einzigen Nachrichtendienst der NSDAP blieb das Arbeitsgebiet Freimaurerei stets berücksichtigt und wurde noch weiter ausgebaut.[2333]

2329 Runderlass des Ministeriums des Innern vom 08.01.1934, zit. n. Schuster: Freimaurer und Justiz, S. 103.

2330 Vgl. Melzer: Konflikt, S. 187; Schuster: Freimaurer und Justiz, S. 106.

2331 Vgl. Melzer: Konflikt, S. 149 f.; Barnewitz: Entschädigung, S. 37–39; Schuster: Freimaurer und Justiz, S. 107 f. Falsch hingegen die Angabe bei Böhl: Freimaurerei, S. 303, die irrtümlich vom 17. *Januar* 1935 spricht.

2332 Vgl. Neuberger: Winkelmaß, S. 183–185.

2333 Vgl. ausführlich Neuberger: Winkelmaß, S. 192–223; Melzer: Konflikt, S. 181.

Die stetem Wandel unterworfenen inneren Strukturen dieses antimasonischen Apparats sind bereits von Melzer und vor allem von Neuberger weitgehend erfasst und aufgeschlüsselt worden.[2334] Weniger diese Strukturen sind hier von Interesse, als die davon mitbedingten Wandlungen des Antimasonismus, die nur noch in ihren wesentlichen Grundzügen für die Jahre nach der nationalsozialistischen Machtübernahme behandelt werden sollen.

Die antimasonische Propaganda nach Januar 1933 zeichnete sich sowohl inhaltlich als auch personell vor allem durch ihre Kontinuität aus.[2335] Sie verblieb vorerst überwiegend in den Händen nichtstaatlicher Akteure wie dem Rechtsanwalt und ehemaligen Freimaurer Robert Schneider, der trotz seiner Nähe zum in Ungnade gefallenen Erich Ludendorff seine antifreimaurerische ‚Aufklärungsarbeit' fortsetzen konnte.[2336] Aber nicht alle vordergründig freischaffenden Logengegner waren tatsächlich unabhängig vom NS-Apparat. Im Geheimen bestanden häufig Verbindungen zu Parteidienststellen.

Ein Beispiel dafür ist Engelbert Huber. Er war schon vor 1933 als nationalsozialistischer Propagandaredner gegen die Freimaurerei aufgetreten und übernahm 1934 die Leitung einer „Zentralstelle zur Erforschung der Freimaurerei", die Teil der „Antikomintern" und offiziell von Staat und NSDAP unabhängig war. In Wirklichkeit zog jedoch im Hintergrund das Propagandaministerium die Fäden.[2337] Entstanden war die „Zentralstelle" aus einer „Forschungsstelle für Judentum, Freimaurerei und Liberalismus", die schon kurz nach ihrer Gründung 1934 in ein „Institut zur Erforschung der Judenfrage" und die besagte „Zentralstelle zur Erforschung der Freimaurerei" aufgeteilt worden war.[2338] Noch im Gründungsjahr erschien eine erste Veröffentlichung: Engelbert Hubers Buch „Freimaurerei. Die Weltmacht hinter den Kulissen", dessen Untertitel hinreichend den uninspirierten Inhalt zusammenfasst.[2339]

2334 Vgl. Neuberger: Winkelmaß, S. 157–223; Melzer: Konflikt, S. 180–196.

2335 Vgl. auch Neuberger: Winkelmaß, S. 185–191 und Böhl: Freimaurerei, S. 308–313 u. 318–320.

2336 Schneider war 1923 in die Karlsruher Loge „Leopold zur Treue" aufgenommen worden, hatte ihr aber 1929 unter dem Eindruck eines Ludendorff-Vortrags den Rücken gekehrt. Fortan trat er als antimasonischer Propagandaredner auf und war ab 1936 als Herausgeber und Überarbeiter für die 12.–14. Auflage von Friedrich Wichtls „Weltfreimaurerei" verantwortlich. Vgl. „Herr Rechtsanwalt Schneider in Karlsruhe. Dokumente und Mitteilungen", in: Am rauhen Stein 2 (1931), S. 45–53; Böhl: Freimaurerei, S. 109–113; Melzer: Konflikt, S. 241 f. Anm. 46; Neuberger: Winkelmaß, S. 337–341; Schneiders Selbstauskunft in Schneider: Gericht, S. 11 f.

2337 Vgl. interner Notenverkehr des Reichsministeriums für Propaganda vom 12.02.1934 u. 27.03.1934, BArch, R 55/371, Bl. 8–11.

2338 Die „Zentralstelle zur Erforschung der Freimaurerei" ist bislang ein blinder Fleck der Forschung. Mehr Aufmerksamkeit hat das anfänglich mit ihr verbundene Berliner „Institut zur Erforschung der Judenfrage" erfahren, vgl. Rupnow: Judenforschung, S. 63 f.; Finkenberger: Institut.

2339 Vgl. Huber: Freimaurerei.

Hubers Arbeit als Leiter der „Zentralstelle“ war nur von kurzer Dauer. Seine Tage waren gezählt, als er noch im ersten Jahr als deren Leiter aus der NSDAP ausgeschlossen wurde, da er sich – wie das Berliner Tageblatt berichtete – gegen die Auffassungen der Parteileitung gestellt habe.[2340] Sein Nachfolger wurde Friedrich Hasselbacher, der zum „erfolgreichsten antifreimaurerischen Publizisten“ im NS-Staat werden sollte.[2341] Auch Hasselbacher, der die Leitung der „Zentralstelle“ am 1. Februar 1935 ehrenamtlich übernahm, hatte zu diesem Zeitpunkt bereits eine Karriere als antisemitischer und antimasonischer Aktivist in verschiedenen völkischen Verbänden hinter sich.[2342] Mehrfach hatte er sich vor Gerichten der Republik verantworten müssen und war von diesen gut 30 mal verurteilt worden, wie das Vorwort zum ersten Band seines Opus Magnum „Entlarvte Freimaurerei“ stolz aufzählte.[2343]

„Entlarvte Freimaurerei“, das zwischen 1934 und 1939 erschien und mehrere Auflagen erfuhr, war ein umfassendes Kompendium des nationalen Antimasonismus, das dessen zahlreiche konspirationistische Verästelungen in vier Bänden (plus einem Ergänzungsband) mit insgesamt über 1.000 Seiten systematisch abarbeitete. Aber auch Hasselbachers Zusammenarbeit mit dem Propagandaministerium ging bereits im Jahr seiner Ernennung zum Leiter der „Zentralstelle“ wieder in die Brüche. Er führte daraufhin die „Zentralstelle“ kurzerhand in die Selbständigkeit und benannte sie in „Institut zum Studium der Freimaurerei“ um.[2344] In der Folgezeit ergab sich eine Kooperation mit der SS, deren Nordland-Verlag 1935 Hasselbachers zweite bedeutende Veröffentlichung publizierte: das Buch „Hoch- und Landesverrat der Feldlogen im Weltkriege“, das bis 1941 mit kleinen Titeländerungen sechs weitere Auflagen erlebte.[2345] Im Gegensatz zu „Entlarvte Freimaurerei“ waren die Rezeptionshürden bewusst niedrig errichtet. Auf nicht einmal 100 Seiten kamen in dem großformatigen Heft ganze 70 Abbildungen. Dazwischen wurde in reißerischer Aufmachung ein Best-of der in den 1920er Jahren ungemein populären Behauptungen von Verbrüderung mit dem Feind, Drückebergerei und dekadenten Ausschweifungen der Feldlogenbrüder geboten.

Auch zwischen Hasselbacher und der SS kam es schnell zu Reibungen. So war zeitweise sogar davon die Rede, ihm die Veröffentlichung des Feldlogenbuchs nur unter Pseudonym zu gestatten. Heinrich Himmler, der persönlich die Korrekturfahnen gelesen und teilweise überarbeitet hatte, gestattete schließlich – jedoch ausdrücklich zum

---

2340 Vgl. Berliner Tageblatt 505, 25.10.1934. Was genau das Missfallen erregt hatte, ist unbekannt.

2341 Pfahl-Traughber: Die freimaurerfeindliche Verschwörungsideologie, S. 40. Vgl. zu Hasselbachers Vortragstätigkeit in den 1930er Jahren Böhl: Freimaurerei, S. 313 f.

2342 Vgl. Personalbestand der Zentralstelle zur Erforschung der Freimaurerei, BArch, R 55/207, Bl. 28. Zu Hasselbacher vgl. Finkenberger: Hasselbacher.

2343 Hasselbacher: Entlarvte Freimaurerei, Bd. 1, S. 7.

2344 Vgl. Vertraulicher Bericht über das Institut zum Studium der Freimaurerei, Persönlicher Stab RSFF, BArch, NS 19/2978, Bl. 265 f. Die Namensgebung des Instituts variierte seither.

2345 Vgl. Hasselbacher: Hoch- und Landesverrat. Zum Nordland-Verlag vgl. Kopke: Nordland-Verlag.

letzten Mal im Nordland-Verlag – die Verwendung des Klarnamens.[2346] Nach der Veröffentlichung wurde auf eine weitere publizistische Zusammenarbeit verzichtet. 1936 musste Hasselbacher sogar sein „Institut“ schließen und wurde mit einem Redeverbot belegt, das jedoch zwei Jahre später wieder aufgehoben wurde, gegen Hasselbachers Verpflichtung, seine Manuskripte fortan dem SD zur Zensur vorzulegen.[2347]

Das Fehlen einer offiziellen Parteilinie zum Umgang mit der Freimaurerei und das diesbezügliche Schweigen der Reichsleitung schuf von Beginn der NS-Herrschaft an auch den Raum für militanten Aktionismus an der Parteibasis. Nach den Reichstagswahlen im März 1933, bei denen die NSDAP zwar stärkste Kraft wurde, aber die absolute Mehrheit verfehlte, kam es in mehreren Städten zur Besetzung von Logenhäusern. Im Juli und August folgte eine zweite und Anfang 1934 eine dritte Welle solch unkoordinierter Übergriffe.[2348] Sie waren nicht Ausdruck eines planvollen, von oben gesteuerten Vorgehens, sondern jener Dynamik, die Ian Kershaw auf die Formel ‚dem Führer entgegenarbeiten‘ gebracht hat.[2349] Lokale SA-Trupps und ‚Regionalfürsten‘ meinten im Siegestaumel, die über Jahre kultivierte ‚Freimaurerfrage‘ nun kurzerhand selbst lösen zu können.

Der Reichsleitung kamen diese wilden Aktionen, bei denen es nicht zuletzt um Machtfragen innerhalb der NSDAP ging, nicht eben gelegen. Anfang 1934 kam es sogar zu einem kleinen Machtkampf zwischen ihr und den lokalen Akteuren. Nicht einmal einem Machtwort Hitlers, das ausdrücklich jegliche Aktionen gegen die (verbliebenen) altpreußischen Logen untersagte und die Rückgabe entwendeten Eigentums verlangte, wurde allgemein Folge geleistet. Erst im April konnte sich die Reichsleitung durchsetzen.[2350]

Die ersten Ansätze eines von oben organisierten Vorgehens waren dahingegen deutlich zurückhaltender. Ein Führerbefehl vom 22. Juli 1933 hatte die Bearbeitung der ‚Freimaurerfrage‘ der SS übertragen, die in erster Linie ihre schon seit Jahren betriebene nachrichtendienstliche Aufklärung verstärkte.[2351] Die Aufmerksamkeit galt dabei zunächst vor allem den beiden offen ‚internationalistischen‘ Freimaurerkörperschaften. In Bayern, wo mit der Schaffung einer dem ‚Reichsführer SS‘ Heinrich Himmler unterstellten Politischen Polizei bereits die notwendigen Voraussetzungen gegeben waren, wurden Mitglieder des AASR und der Symbolischen Großloge im Sommer 1933 verhört.[2352] Auch in Preußen, wo sich mit der Gestapo eine geeignete Behörde mit Exekutivbefugnissen in nationalsozialistischer Hand befand, gerieten die Symbolische

---

2346 Vgl. Brief des Nordland-Verlags an SS-Hauptsturmführer Galke vom 19.09.1936, BArch, NS 21/747, Bl. 192. Zu Hasselbachers unstetem Verhältnis zu NSDAP und SS vgl. auch Finkenberger: Hasselbacher, S. 71 f.

2347 Vgl. Melzer: Konflikt, S. 195.

2348 Vgl. Neuberger: Winkelmaß, S. 158–162, 173–179 u. 325.

2349 Vgl. Kershaw: Hitler, Bd. 1 (1998), S. 663–667. Vgl. auch Neuberger: Winkelmaß, S. 161.

2350 Vgl. zu dem ganzen Vorgang Neuberger: Winkelmaß, S. 173–179.

2351 Vgl. ebd., S. 162.

2352 Vgl. ebd., S. 169 f.

Großloge und der AASR 1933 ins Visier. Anders als in Bayern kam es hier auch in Einzelfällen zur Verhängung von Schutzhaft. So wurden Raoul Koner, Fritz Bensch und Leo Müffelmann, drei führende Mitglieder in der Symbolischen Großloge und im AASR, im Spätsommer festgenommen, verhört und (bis auf Koner, der den Großteil seiner Haftzeit im Berliner Polizeigefängnis zubrachte) bis Mitte November ins Konzentrationslager Sonneburg verschafft. Als sie freikamen, waren Bensch und vor allem Müffelmann schwer gezeichnet von der Zwangsarbeit, den schlechten Haftbedingungen und körperlichen Misshandlungen.[2353]

Ebenfalls zur Informationsbeschaffung wurde Logeninventar aufgelöster und besetzter Logen beschlagnahmt und mit der Auswertung begonnen. Insbesondere in Bayern, wo die Politische Polizei personell mit der SS verbunden war und in der ‚Freimaurerfrage' als langer Arm des SD operierte, war diese Tätigkeit von großen Erfolgen wie der Beschlagnahmung der Sammlung des Bayreuther Freimaurermuseums gekrönt.[2354]

Von dieser Sammlungs- und Auswertungstätigkeit des SD zieht sich ein roter Faden zu der vielleicht erfolgreichsten antimasonischen Propagandaarbeit des ‚Dritten Reichs': den nationalsozialistischen Freimaurermuseen. Sie sind auch ein Beispiel dafür, wie trotz der fehlenden Koordination und Sanktionierung von oben das eigenmächtige Vorgehen lokaler Akteure die antimasonische Arbeit nachhaltig beeinflusste.

Bei der antimasonischen Welle im Sommer 1933 war auch in Erlangen das Logenhaus in der Universitätsstraße von lokalen NS-Verbänden besetzt worden, die es kurz darauf – wie es auch andernorts geschah – für die neugierigen Blicke der Bevölkerung öffneten. Unter Federführung des Erlanger Heimatforschers Dr. Ernst Deuerlein wurde bald damit begonnen, in den ehemaligen Logenräumen eine antimasonische Ausstellung einzurichten. Allein im ersten Jahr sollen 70.000 Besucher durch das so ausstaffierte Obergeschoss des Erlanger Logenhauses geführt worden sein.[2355]

Das Erlanger Beispiel machte bald reichsweit Schule. Ab 1935 entstanden ähnliche Ausstellungen in ehemaligen Logenhäusern in Düsseldorf, Chemnitz, Hannover und Nürnberg, wo 1938 das letzte nationalsozialistische Freimaurermuseum und laut Beiheft zur Ausstellung das „größte seiner Art in Deutschland und damit in der Welt" öffnete.[2356] Als Inventar diente das beschlagnahmte Eigentum der Logen, wofür mitunter auch vom SD ‚Nachschub' angefordert wurde.[2357] Dieser verfügte seit 1935 in den Räumen seines Berliner Hauptamts selbst über ein kleines nichtöffentliches Logenmuseum,

2353 Vgl. Neuberger: Winkelmaß, S. 166–168; Melzer: Konflikt, S. 127 f.; Richert: Symbolische Großloge, S. 190; Grunwald: Verfolgung, S. 37–39; Koner: Freimaurerleben, S. 41–48.

2354 Vgl. Neuberger: Winkelmaß, S. 170 f.

2355 Vgl. Fouse: Erlangen, S. 169; Ziegler: Nationalsozialismus in Erlangen, S. 591; Vereinigte Freimaurerloge Libanon zu den 3 Cedern: 250 Jahre, S. 19 u. 65; Neuberger: Winkelmaß, S. 325–329.

2356 Kaiser: Freimaurerlogen-Museum, S. 29. Eingehende Forschung zu den nationalsozialistischen Freimaurermuseen fehlt, die Angaben bei Neuberger sind unvollständig. Vgl. lediglich (insbes. zu Chemnitz) Knüpfer: Ausstellungen; ders.: Logenmuseum.

2357 Vgl. Neuberger: Winkelmaß, S. 326 f.

eingerichtet unter der ,fachmännischen' Betreuung von Gregor Schwartz-Bostunitsch und auf Anordnung des SD-Chefs Reinhard Heydrich, der als Sohn eines Freimaurers hochrangige Besucher gerne persönlich durch die Räume führte und über die ,verjudete' Freimaurerei dozierte.[2358]

Die Freimaurermuseen zeigen abermals, wie flexibel der Antimasonismus der Nationalsozialisten war. Die Ausstellungen gemahnten häufig eher an neuzeitliche Kuriositätenkabinette als an moderne Museen. Zentral war kein spezifisches antimasonisches Narrativ, sondern die auratische Wirkung der aus dem rituellen Kontext herausgelösten freimaurerischen Einrichtungs- und Ritualgegenstände, die durch generische Hinweise auf das konspirative Wirken der Weltfreimaurerei und des Weltjudentums abgerundet wurde. Die Schauobjekte waren so innerhalb eines antimasonischen Rahmens recht flexibel interpretierbar, als dekadenter Firlefanz eines ränkeschmiedenden Altherrenklubs ebenso wie als Kultgegenstände einer ,talmudischen' Geheimsekte.[2359]

Die reichsweite Einrichtung von Museen markierte auch einen Wandel im Umgang mit der Freimaurerthematik. Nach dem Ende der letzten verbliebenen Logen in Deutschland 1935 durch Verfügung des Reichsinnenministers schien selbst eingefleischten Logengegnern wie Heydrich die von der internationalen Freimaurerei ausgehende akute Gefahr vorerst unter Kontrolle.[2360] Nun sei, wie er 1936 in einem programmatischen Text ausführte, der Kampf auf die nächste Stufe zu heben und auch der ,getarnte Gegner' im Inneren zu überwinden, wofür er vor allem weltanschaulich verstanden werden müsse.[2361] Die Auswertung der beschlagnahmten und erbeuteten Logenbestände durch Heydrichs SD sollte das dafür notwendige Wissen produzieren. Zu diesem Zweck wurde die Beute inventarisiert und aus den Mitgliederlisten eine ,Freimaurer-Kartei' angelegt, unter anderem von dem hier seine SS-Karriere beginnenden Adolf Eichmann.[2362]

Die Professionalisierung und Versachlichung des weltanschaulichen Kampfes führte auch zu einem inhaltlichen Wandel, den der Historiker Reinhard Markner als „kritische Überprüfung der antimasonischen Traditionen [...] mit ,wissenschaftlichem Ernst', aber eben doch im Interesse eines fortwährenden ,Kampfes'" zutreffend charakterisiert hat.[2363] Alte antimasonische Recken, die dieser neuen Kampfesweise nicht entsprachen, wurden stillgelegt und durch eine junge akademische und technokratische Elite ersetzt, die sich mit der Freimaurerei im Rahmen einer bürokratisierten Gegnerforschung

2358 Vgl. Gerwarth: Hangman, S. 106 f. Zur Logenmitgliedschaft von Heydrichs Vater vgl. ebd., S. 19 f. Zu Schwartz-Bostunitschs Rolle am Aufbau des Museums vgl. u. a. Hagemeister: Schwartz-Bostunitsch, S. 215; Meyer zu Uptrup: Weltverschwörung, S. 112.

2359 Vgl. Neuberger: Winkelmaß, S. 325; Melzer: Konflikt, S. 192; Knüpfer: Ausstellungen, S. 46–51; ders.: Logenmuseum, S. 112–115.

2360 Vgl. Gerwarth: Hangman, S. 106.

2361 Vgl. Heydrich: Wandlungen, insbes. S. 17–20.

2362 Vgl. u. a. Hachmeister: Gegnerforscher, S. 157.

2363 Markner: Aufklärung, S. 82. Der Wandel im Umgang mit der Freimaurerei fügt sich in einen zweckrationalen Wandel im NS-Staat, vgl. dazu Breuer: Völkische in Deutschland, S. 248–251.

befasste. Dem fiel etwa Gregor Schwartz-Bostunitsch zum Opfer, aber auch die Auseinandersetzung mit Hasselbacher muss vor diesem Hintergrund gesehen werden:[2364] 1937 gab Reinhard Heydrich in einem Brief an das Oberste Parteigericht der NSDAP eine vernichtende Einschätzung von dessen ‚Expertise' ab. Er sei ein „Schwätzer" von „nahezu krankhafte[m] Geltungsbedürfnis", dabei hielten seine Arbeiten „im allgemeinen einer wissenschaftlichen Prüfung nicht [stand]".[2365]

Schon 1938 zeigte sich der SD durchaus zufrieden mit den so gemachten Fortschritten. In einem Lagebericht dieses Jahres hieß es, dass die „unsachliche, mehr auf Sensation aufgebaute ‚Aufklärung' über das Gegnergebiet" beseitigt worden sei.[2366] 1939/40 wurde die versachlichte Gegnerforschung dann in das neu entstandene Reichssicherheitshauptamt überführt, das mit seiner Verbindung polizeilicher und weltanschaulicher Aufgaben ideal geeignet war für die von Heydrich geforderte neue Phase des Kampfes. Das dort angesiedelte Amt II „Gegnerforschung" (ab 1941 Amt VII „Weltanschauliche Forschung") umfasste unter anderem ein Referat zur Freimaurerei. Geplant und aufgebaut hatte das Amt Franz Alfred Six, der ihm bis 1942 als Amtschef vorstand und gewissermaßen die Personifizierung des gewandelten Kampfes war.[2367]

Seine Karriere hatte der promovierte Zeitungswissenschaftler im SD begonnen, wo er schnell aufstieg. Seit spätestens 1938 befasste sich der „Idealtyp des SS-Intellektuellen"[2368] mit der Freimaurerei, zu der er bis 1942 drei Arbeiten vorlegte, die den Geist des ‚neuen Kampfes' atmeten: im Stil sachlich, in der Form an wissenschaftlichen Gepflogenheiten orientiert, in der ideologischen Ausrichtung gefestigt. In seinem letzten Buch gab Six einleitend Auskunft darüber, was den von seiner Gegnerforschung verfolgten Ansatz, die Freimaurerei als ‚geistesgeschichtliches Problem' zu untersuchen, von den früheren Formen der antimasonischen ‚Forschung' unterschied. Da die Aufgabe jeder künftigen deutschen Geistesgeschichte sei, die „völkische[n] Kulturtraditionen" auf der einen, die „fremdartigen Überlagerungen" auf der anderen Seite zu erforschen, dürfe sich die Untersuchung der Freimaurerei nicht – wie zuvor – „auf Ritual, Symbolik und romantisches Verschwörertum richten, sondern auf

2364 Vgl. Hagemeister: Schwartz-Bostunitsch, S. 215 f. Vgl. zum Generationswechsel auch Dierker: Glaubenskrieger, S. 62–64; Wildt: Generation, S. 14–29.

2365 Brief Heydrichs an das Oberste Parteigerichte NSDAP vom 01.02.1937, BArch, NS 21/747, Bl. 163–165.

2366 SDHA-Jahresbericht 1938, S. 11, zit. n. Pfahl-Traughber: Der antisemitisch-antifreimaurerische Verschwörungsmythos, S. 94. Als ein erstes Resultat der versachlichten Auseinandersetzung mit der ‚Freimaurerfrage' bezeichnet Pfahl-Traughber das dünne Heft Schwarz: Freimaurerei. Bei Dieter Schwarz handelte es sich um ein von der SD-Freimaurerforschung genutztes Kollektiv-Pseudonym, vgl. Hachmeister: Gegnerforscher, S. 170.

2367 Zur Gegnerforschung im RSHA vgl. Neuberger: Winkelmaß, S. 214–223; Melzer: Konflikt, S. 193 f.; Wildt: Generation, S. 364–377. Zu Six vgl. die Biographie Hachmeister: Gegnerforscher. Zu Six' Anfängen im SD vgl. auch Dierker: Glaubenskrieger, S. 246 f.

2368 Hachmeister: Gegnerforscher, S. 7.

die geistige Ursprungslage des Maurertums, sowie auf die geschichtlichen Konsequenzen, die sich von hier aus entwickeln."[2369] Auf Grundlage dieses Forschungsprogramms fügte Six die Freimaurerei in ein historisches Narrativ der Zersetzung des deutschen Volkstums durch die Ideen der Aufklärung ein, wobei ihr eine zweifache Schlüsselrolle zukam: einerseits bei der ‚Zersetzung des Bürgertums' durch die Ideen des Individualismus, des politischen Liberalismus und des Internationalismus, andererseits als Wegbereiter und Förderer der Judenemanzipation.[2370]

Trotz solcher und einiger weiterer ‚Erträge' der wissenschaftlichen Gegnerforschung verlor das Amt bereits kurz nach seiner Schaffung an Bedeutung. Der Krieg band Ressourcen und stellte bald Ansprüche, die mit einer geistesgeschichtlichen Tendenzforschung nicht in Einklang zu bringen waren.[2371] Six selbst begann 1940 eine militärische Ausbildung bei der SS und war später in tragender Funktion am Vernichtungskrieg im Osten beteiligt. Er überlebte den Krieg und machte Karriere als einer der führenden bundesdeutschen Marketingexperten.[2372]

19.3. Das einstweilige Ende der Freimaurerei in Deutschland

Obwohl sich die nationalsozialistische Reichsregierung in ihrer Behandlung der ‚Freimaurerfrage' vor allem durch Zurückhaltung und Abwarten hervortat, kamen schon im Frühjahr 1933 eine Reihe von Großlogen an ihr Ende. Mit ihnen stellten auch ihre Zeitschriften das Erscheinen ein. Ebenso erging es dem VdF und den verbliebenen unabhängigen Zeitschriften. Damit brachen nun auch die Zerfallsreste der desintegrierten freimaurerischen Diskursgemeinschaft weitgehend in sich zusammen. Es sollte jedoch noch bis in den Sommer 1935 dauern, bis die letzten Logen ihre Lichter löschten.

Auflösungen und Umwandlungen

Am konsequentesten beschritten den Weg zur Auflösung die von allen anerkannten deutschen Großlogen ausgegrenzten Obedienzen: der FzaS, die Symbolische Großloge und der AASR. Sie hatten aus ihrem Internationalismus und ihrer demokratischen Überzeugung nie ein Geheimnis gemacht, ebenso wenig aus ihrer Ablehnung des Nationalsozialismus, den sie als grundsätzlichen Gegner ihrer freimaurerischen Ideale und der Logen erkannt hatten. Spätestens als dieser Gegner im März 1933 zuerst mit der nur noch halbfreien Reichstagswahl, dann mit dem ‚Ermächtigungsgesetz' seine Macht immer weiter ausbaute, reifte bei ihnen die Einsicht, dass in diesem nationalsozialistischen Deutschland für freimaurerische Arbeit kein Platz mehr war. Alle drei

2369 Six: Studien, S. 7 f.

2370 Vgl. die Zusammenfassung seiner Thesen ebd., S. 9 f. sowie Hachmeister: Gegnerforscher, S. 116.

2371 Vgl. Wildt: Generation, S. 372–377; Hachmeister: Gegnerforscher, S. 145–150.

2372 Zu dieser Nachkriegskarriere vgl. ebd., S. 294–315.

Obedienzen entschieden sich Ende März für die Niederlegung der maurerischen Werkzeuge.

Beim FzaS kam das Ende relativ spontan. Nach einem von Jürgen Luckas ausfindig gemachten Brief des Stuhlmeisters einer Saarbrückener FzaS-Loge an den Grand Orient de France, datiert auf Mitte Mai 1933, war die Auflösung ad hoc am 28. März beschlossen worden, da man Wind von einer geplanten polizeilichen Aktion gegen den FzaS bekommen hatte.[2373]

Die Symbolische Großloge beschloss Ende März die Löschung im Vereinsregister, nicht aber ihre freimaurerrechtliche Auflösung, wodurch weiterhin eine Großlogenspitze bestand.[2374] Einerseits bot sich diese Lösung an, da seit 1930 in Saarbrücken und seit 1931 in Jerusalem Tochterlogen außerhalb des Reichsgebiets existierten, die so nicht ihres obedienziellen Obdachs beraubt wurden. Andererseits erhielt sich die Symbolische Großloge damit gewisse Handlungsspielräume, die im Sommer von Bedeutung wurden. Bei einem unter konspirativen Umständen im Juni 1933 stattfindenden Treffen beschloss die Großlogenleitung, die Großloge ins Exil zu verlegen. Großmeister Müffelmann reiste im April 1934 persönlich in das Britische Mandatsgebiet Palästina, um dort die Ende 1933 konstituierte Exilgroßloge feierlich einzusetzen.[2375] Großmeister wurde Emanuel Propper, der 1931 die Jerusalemer Tochterloge der Symbolischen Großloge „Zur Quelle Siloah" mitgegründet hatte. Müffelmann wurde zum Großmeister ad vitam erklärt. Obwohl sein Gesundheitszustand stark angeschlagen war und die politische Entwicklung in Deutschland nichts Gutes verheißen ließ, kehrte Müffelmann nach Hause zurück, wo er noch am 29. August starb. Die Brüder der Exilgroßloge ehrten ihn durch Gründung der Loge „Müffelmann zur Treue" in Tel Aviv.[2376]

Auch der Oberste Rat für Deutschland des AASR entschied sich Ende März 1933 für die Stilllegung der Arbeit, wobei noch bis in den Frühsommer hinein in einzelnen Ateliers die normale Tätigkeit fortgesetzt worden sein soll.[2377] Müffelmann, dem im Juni die kommissarische Leitung des deutschen Obersten Rats übertragen worden war, nutzte seine Palästinareise im Frühjahr 1934, um auch diesem durch Ateliergründungen im Mandatsgebiet ein Stützbein außerhalb des Reiches zu geben. Durch Müffelmann bevollmächtigt, setzte Emanuel Propper den aus Ungarn stammenden Andor Fodor, ebenfalls Mitglied einer Jerusalemer Tochterloge der Symbolischen Großloge, als Großkommandeur ein.[2378]

Anders als bei den in Deutschland nichtanerkannten beziehungsweise ausgegrenzten Obedienzen war der Weg in die Auflösung bei den anerkannten Großlogen meist

2373 Vgl. Luckas: Ausbruch, S. 89.

2374 Vgl. Richert: Symbolische Großloge, S. 188 f.; Neuberger: Winkelmaß, S. 226 f.; Melzer: Konflikt, S. 123; Oelckers: Müffelmann, S. 226–231.

2375 Vgl. Richert: Symbolische Großloge, S. 190–194; Melzer: Konflikt, S. 127, 171 f.; Oelckers: Müffelmann, S. 227, 245 f., 282; Fodor: Symbolische Großloge, S. 14–19.

2376 Vgl. Freimaurer Loge ‚Müffelmann zur Treue', S. 22.

2377 Vgl. Richert: Zweig, S. 71; Melzer: Konflikt, S. 123; Neuberger: Winkelmaß, S. 226.

2378 Vgl. Richert: Zweig, S. 74; Oelckers: Müffelmann, S. 281 f.; Melzer: Konflikt, S. 123 f.

verschlungener. Das heißt gleichwohl nicht, dass er bei einigen von ihnen weniger schnell verlief.

Nach der Ernennung Hitlers zum Reichskanzler kam es bei den anerkannten Großlogen zu einem rapiden Mitgliederschwund. Etliche Logen lösten sich aus Sorge um ihre Fortexistenz oder aus vorauseilendem Gehorsam selbst auf und manche gingen in das altpreußische Lager über, dem offenbar größere Überlebenschancen eingeräumt wurden. Die Großloge von Bayreuth verlor so bis April 1933 fast ein Drittel ihrer Tochterlogen.[2379] Die Großlogen mussten reagieren und die meisten taten das, indem sie ihre Satzungen durch die Aufnahme von Arierparagraphen an die neuen politischen Machtverhältnisse und durch die Betonung des Christentums an das (scheinbar) erfolgversprechende Modell der Berliner Obedienzen anzupassen versuchten.

Von vornherein nicht durchsetzen konnten sich derartige Bestrebungen nur in der Großloge von Frankfurt, aufgrund des Widerstands ihres Großmeisters. Stattdessen wurde auch hier schon Ende März die Großloge durch Beamtenratsbeschluss für aufgelöst erklärt, um den einzelnen Tochterlogen „ihre volle Handlungsfreiheit" zu geben.[2380] Einige von ihnen, darunter die Frankfurter Loge „Zur Einigkeit", schlossen sich altpreußischen Obedienzen an; andere versuchten, auf sich alleine gestellt fortzubestehen, was jedoch spätestens 1934 an ein Ende kam.[2381]

Die Großloge von Bayreuth verlor nach der ‚Machtergreifung' neben mehreren Tochterlogen auch ihren Großmeister, der von seinem Amt zurücktrat. Kommissarisch übernahm Bernhard Beyer, der im April sämtliche Beziehungen zu ausländischen Großlogen für gelöst erklärte, den Tochterlogen die Annahme eines Arierparagraphen empfahl und so auf die Möglichkeit zur ruhigen Fortführung der Arbeiten hoffte. Kurze Zeit später löste sich jedoch auch die Großloge von Bayreuth auf und entließ damit die nur noch 30 Tochterlogen in die Selbständigkeit, mit der Empfehlung, sich einer der altpreußischen Obedienzen anzuschließen.[2382] Nur wenige scheinen diesem Rat gefolgt zu sein, die meisten lösten sich bald auf, mindestens eine wandelte sich in einen nationalen Verein um.[2383] In Bayreuth selbst versuchte man, durch Gründung einer „Gesellschaft für Kultur und Wissen" wenigstens die Verfügungsgewalt über das Großlogeneigentum zu bewahren, scheiterte jedoch am Einspruch der Stadtverwaltung.[2384] Im September 1933 wurde das Eigentum der früheren Großloge von Bayreuth – inklusive der Masonica-Sammlung des Freimaurermuseums – durch die Bayerische Politische Polizei beschlagnahmt und nach München abtransportiert.[2385]

2379 Vgl. Neuberger: Winkelmaß, S. 229.

2380 Beschluss des Beamtenrats vom 20.03.1933, zit. n. „Maurerisches aus Nah und Fern", in: Hamburger Logenblatt 652/653 (1932/33), S. 112. Vgl. auch Melzer: Konflikt, S. 124 f.; Neuberger: Winkelmaß, S. 231; Endler/Schwarze: Freimaurerbestände, Bd. 1, S. 235 f.

2381 Vgl. Bohnacker: Eklektischer Bund, S. 280 f.; Eckerle/Koller: Loge zur Einigkeit, S. 151–157; Neuberger: Winkelmaß, S. 231.

2382 Vgl. „Maurerisches aus Nah und Fern", in: Hamburger Logenblatt 652/653 (1932/33), S. 112 sowie Melzer: Konflikt, S. 124; Neuberger: Winkelmaß, S. 231 f.

2383 Vgl. ebd., S. 232.

2384 Vgl. ebd.

2385 Vgl. ebd., S. 170 f.

Wie die Großloge von Bayreuth löste sich auch die Großloge von Darmstadt noch im April 1933 auf, obwohl kurz zuvor mit der Einführung eines Arierparagraphen und der Umwandlung in einen ausdrücklich nichtfreimaurerischen „Bruderbund zur Eintracht" Versuche zur Fortführung unternommen worden waren.[2386]

Ebenfalls zur Umwandlung in einen nichtfreimaurerischen Orden kam es in Hamburg. Richard Bröse hatte noch Ende März 1933 versucht, den Fortbestand der Großen Loge von Hamburg durch Kontaktaufnahme zu politischen Entscheidungsträgern zu sichern. Vom Bürgermeister der Stadt Hamburg wurde er an Reichsinnenminister Wilhelm Frick weiterverwiesen, dem Bröse in einem Brief vom 22. März die Bereitschaft versicherte, „diese oder jene Aenderung der Organisation" vorzunehmen, falls das gewünscht sei.[2387] Das Ausbleiben einer Antwort war ihm Antwort genug. Mitte April löste Bröse die Große Loge von Hamburg auf und ließ sich auf der anschließenden konstituierenden Versammlung des ‚Deutschen Ordens Hamburg e. V.' zu dessen Ordensgroßmeister wählen.[2388] Die Hamburger Auslandslogen in Chile wollten diesen Schritt nicht mitvollziehen und erhielten laut Neuberger die Genehmigung Böses, als Logen der Großen Loge von Hamburg bestehenzubleiben, was de facto einem Fortbestehen der Großen Loge von Hamburg im südamerikanischen Exil gleichkommt.[2389] Wenn in dieser Arbeit weiterhin von der Großen Loge von Hamburg die Rede ist, so sind damit nicht die chilenischen Logen gemeint, sondern die ehedem unter diesem Namen auftretende Körperschaft in Deutschland. Die nachfolgend dargestellten Namenswechsel werden in gleicher Weise behandelt.

Den Weg der Umwandlung gingen im April und Mai auch die Große Landesloge von Sachsen und die Großloge „Deutsche Bruderkette", nachdem sie je einen Monat zuvor bereits einen Arierparagraphen eingeführt hatten.[2390] Der ‚Deutsch-Christliche Orden Sachsen e. V.' (ehemals Große Landesloge von Sachsen) und der ‚Christliche Orden Deutscher Dom' (ehemals Großloge „Deutsche Bruderkette") arbeiteten in der Folgezeit eng zusammen und planten zeitweise sogar eine Vereinigung.[2391]

Bis Mai 1933 hatten sich somit von den anerkannten nichtpreußischen Großlogen drei komplett aufgelöst und drei in nichtfreimaurerische nationale Orden umgewandelt. Vorbild für diese Umwandlungen waren unverkennbar die drei altpreußischen Großlogen.

Schon im März 1933 hatten diese sich um eine Sonderstellung im neuen Staat bemüht, ähnlich der privilegierten Stellung, die sie früher in Preußen eingenommen hatten.[2392]

2386 Vgl. Melzer: Konflikt, S. 125.

2387 Bröses Briefe sind abgedr. in: Hamburger Logenblatt 652/653 (1932/33), S. 89–91, hier S. 90.

2388 Vgl. Melzer: Konflikt, S. 125; Neuberger: Winkelmaß, S. 230; Endler/Schwarze: Freimaurerbestände, Bd. 1, S. 258.

2389 Vgl. Melzer: Konflikt, S. 126; Neuberger: Winkelmaß, S. 231; Endler/Schwarze: Freimaurerbestände, Bd. 1, S. 258.

2390 Vgl. Böhl: Freimaurerei, S. 329–336.

2391 Vgl. ebd., S. 336–338; Neuberger: Winkelmaß, S. 246; Melzer: Konflikt, S. 126 f.

2392 Vgl. Steffens: Freimaurer, S. 378, der Bernhard Beyer mit der Mitteilung zitiert, der Landesgroßmeister der GLL habe an so etwas wie das preußische königliche Dekret

Am 7. April empfing Hermann Göring, zu diesem Zeitpunkt Preußischer Ministerpräsident und kommissarischer Preußischer Innenminister, den Landesgroßmeister der Großen Landesloge Kurt von Heeringen. Schon seit 1931 bestand ein diskontinuierlicher Kontakt zwischen den beiden, vermittelt durch den Freimaurer Friedrich Wilhelm Göring, einen Halbbruder des NS-Ministers.[2393] Doch anstatt nun bei dem Treffen im Frühjahr 1933 dem Wunsch der altpreußischen Obedienzen zu entsprechen oder auch nur Existenzgarantien abzugeben, erklärte Göring dem Landesgroßmeister unmissverständlich, dass in einem nationalsozialistischen Staat faschistischer Prägung kein Platz für Freimaurer sei.[2394]

Noch am selben Tag verfügte die Großlogenleitung die vollständige Lossagung von der Freimaurerei. Aus dem Namen wurde ‚Große Landesloge der Freimaurer' gestrichen und fortan nur noch das bereits einige Jahre früher angenommene ‚Deutsch-Christlicher Orden' verwendet.[2395]

In der Großloge „Drei Weltkugeln" hatte sich unterdessen ein Führungswechsel vollzogen, nachdem Großmeister Karl Habicht und mit ihm der alte Vorstand am 10. März zurückgetreten war. Nachfolger Habichts mit über zwei Dritteln der abgegebenen Stimmen wurde der Berliner Zahnarzt Otto Bordes, vormals Meister vom Stuhl der Loge „Stern von Brabant" und ein überzeugter Nationalsozialist, der behauptete, zum persönlichen Bekanntenkreis Hitlers zu gehören.[2396] Von der Umwandlung der Großen Landesloge am 7. April erfuhr die neue Leitung der „Drei Weltkugeln" erst drei Tage später, schlug dann aber umgehend denselben Weg ein und nahm den Namen ‚Nationaler Christlicher Orden Friedrich der Große' an.[2397]

Ebenso verfuhr schließlich die Große Loge von Preußen, die als letzte in der Reihe von den Veränderungen erfuhr und sich – nachdem kurzweilig der Name ‚Völkisch-christlicher Reichsorden zur Freundschaft' diskutiert worden war – ab 23. April 1933 ‚Deutsch-Christlicher Orden Zur Freundschaft' nannte.[2398]

---

von 1798 gedacht. Ähnlich hieß es in einem Brief der GLvPr an Reichsinnenminister Frick vom 11.04.1933, dass die altpreußischen Großlogen Hermann Göring gebeten hätten, das Protektorium zu erneuern, vgl. „An den Reichsminister des Innern Herrn Dr. Frick", in: Der rauhe Stein 5 (1933), S. 130 f., hier S. 130. Vgl. auch Neuberger: Winkelmaß, S. 242 f.

2393 Vgl. zu diesem Kontakt Melzer: Konflikt, S. 76 f. Zur masonischen Vita von Heeringens vgl. Peters: Berliner Freimaurer, S. 30.

2394 Vgl. Neuberger: Winkelmaß, S. 243; Melzer: Konflikt, S. 113.

2395 Zunächst waren noch die Namenszusätze „vom Gral" oder „der Tempelritter" im Gespräch, auf die jedoch schlussendlich verzichtet wurde, vgl. Melzer: Konflikt, S. 113 f. Vgl. zur Umwandlung auch Schulte: Orden, S. 38–40.

2396 Vgl. Neuberger: Winkelmaß, S. 241; Melzer: Konflikt, S. 112; Carelos/Röder: 275 Jahre, S. 68. Zur masonischen Vita Bordes vgl. auch Peters: Berliner Freimaurer, S. 13.

2397 Vgl. Melzer: Konflikt, S. 114; Neuberger: Winkelmaß, S. 244–246.

2398 Vgl. ebd., S. 246; Niemeyer/Papenheim: Große Loge von Preußen, S. 238 f.; Melzer: Konflikt, S. 114.

Bis Ende April hatten somit alle drei altpreußischen Großlogen nach eigenem Verständnis der Freimaurerei den Rücken gekehrt.[2399] Dabei blieb es nicht bei bloßen Namensänderungen. Mit der Umwandlung in nationale Orden wurden sämtliche offizielle Beziehungen zu allen *Freimaurer*logen gekappt, das Verschwiegenheitsgelübde aufgehoben, das Führerprinzip eingeführt und Arierparagraphen in die Großlogensatzungen aufgenommen, die sich an den Bestimmungen des Gesetzes zur Wiederherstellung des Berufsbeamtentums vom 7. April orientierten.[2400]

Die Abkehr von der Freimaurerei wurde schließlich durch Veränderungen der Rituale und eine Bereinigung des Symbolschatzes komplettiert, wobei die „Drei Weltkugeln" und die Große Loge von Preußen die Gelegenheit dazu nutzten, ihr Brauchtum zu vereinheitlichen.[2401] Um den vollständigen Bruch mit der Freimaurertradition zu markieren, wurde fortan beispielsweise auf die Ritualkleidung – den Schurz, den hohen Hut und die Handschuhe – verzichtet.[2402] Ebenso mussten jene handwerklichen Bezüge weichen, die eine Verbindung zwischen den nationalen Orden und der Freimaurerei herstellten.[2403] Der salomonische Tempel, das zentrale Symbol der Freimaurerei und auf den rituellen Arbeitstafeln prominent platziert, wurde durch einen deutschen Dom ersetzt, auf Abbildungen verkörpert durch das Straßburger Münster.[2404] Mit dem salomonischen Tempel wurden auch die im masonischen Brauchtum bedeutsamen Säulen in dessen Vorhof germanisiert. Statt unter ihren hebräischen Namen firmierten sie fortan als ‚Licht' und ‚Volk'.[2405]

Auch der Aufbau und Inhalt der Grade – jetzt ‚Ordensstufen' – wurde abgeändert. Der ehemalige Gesellengrad wurde fallengelassen, stattdessen der frühere Meistergrad vorgezogen. Die zuvor für das Ritual der Meistererhebung zentrale Legende um Hiram Abiff, den Erbauer des salomonischen Tempels, musste weichen. „Den Volksgenossen, die durch

---

2399 Vgl. exemplarisch „Beschluß der Ordensversammlung vom 23. April 1933", in: Der rauhe Stein 5 (1933), S. 131 f., hier S. 131: „Die Große Loge von Preußen hat aufgehört als ‚Freimaurerloge' zu bestehen". Bordes, [Otto]/Dorr, [Waldemar]: „Der Einbau unseres Bundes in den neuen deutschen Volksstaat", in: Ordensblatt 5 [eigtl. 1] (1933), S. 134–136, hier S. 134: „Unsere Große National-Mutterloge [...] hat sich von der Freimaurerei getrennt."

2400 Vgl. Kekulé von Stradonitz, Stephan: „Deutschstämmigkeit", in: Ordensblatt 5 [eigtl. 1] (1933), S. 136–141; Melzer: Konflikt, S. 118 f.

2401 Vgl. hierzu auch Luckas: Ritualänderungen; Melzer: Konflikt, S. 115–117. Im September 1934 legten sie auch ihre Zeitschriften im „Ordensblatt" zusammen und zeitweise war die Vereinigung der beiden nationalen Orden im Gespräch, vgl. Niemeyer/Papenheim: Große Loge von Preußen, S. 238.

2402 Vgl. Dorr, Waldemar: „Das neue Brauchtum", in: Ordensblatt 4/5 (1933), S. 71–78, hier S. 72. Die GLL hatte schon ein Jahr früher ihre Kleiderordnung modifiziert, vgl. „Maurerisches aus Nah und Fern", in: Hamburger Logenblatt 641 (1931/32), S. 92.

2403 Vgl. Dorr, Waldemar: „Das neue Brauchtum", in: Ordensblatt 4/5 (1933), S. 71–78, hier S. 72.

2404 Vgl. Niemeyer/Papenheim: Große Loge von Preußen, S. 238.

2405 Vgl. Neuberger: Winkelmaß, S. 245 f.

die Schrecken des Weltkrieges hindurchgegangen sind, erscheint der sagenhafte Hiram in seiner Passivität als ein zu mattes Vorbild. Und dazu kommt, daß die Legende jüdisch ist," hieß es im Ordensblatt (Nachfolger des Bundesblatts).[2406] Der schon seit dem Kaiserreich als Beleg für die deutsche Herkunft der Freimaurerei angeführte St. Reinoldus wurde als Ersatz für Hiram diskutiert, schließlich aber von Baldur, dem Lichtgott der nordischen Mythologie, ausgestochen, der zur zentralen Identifikationsfigur der zweiten Ordensstufe wurde.[2407] Daran schloss sich die ‚Stufe der Brüder des Glaubens' an, in der die zentrale Erzählung des früheren vierten Grades, bereinigt von ‚jüdischen' und ausstaffiert „mit völkischen Elementen", auftauchte.[2408] Nicht viel anders verfuhr man mit den beiden noch folgenden Ordensstufen.

Als „Lichtsymbol" fand auch das Hakenkreuz nunmehr Verwendung im Ordensbrauchtum und im Amtsabzeichen für die Führer der Ordensgruppen (das Äquivalent zum früheren Meister vom Stuhl).[2409] In Der rauhe Stein erläuterte Bruno Frank, ein ehemaliger Schüler des völkischen Prähistorikers Gustaf Kossinna, den freimaurerischen Sinn des Hakenkreuzes: Es sei ein arisches Symbol für das, was Freimaurer den Allmächtigen Baumeister aller Welten nennen, und wie die Freimaurerei durch den Buchstaben G auf diesen Weltenbaumeister verweise, so sei auch das Hakenkreuz als vierfaches G zu lesen.[2410]

Derartige Eingriffe in die tradierten Formen fügten sich nahtlos in die schon seit längerem betriebene völkische Vereindeutigung der altpreußischen Freimaurerei – eine Kontinuität, auf die bei der Vorstellung des neuen Brauchtums zu Recht hingewiesen wurde. So verwies der zugeordnete Großmeister der „Drei Weltkugeln" Waldemar Dorr im Ordensblatt darauf, dass es bereits 1910 und 1930 Überarbeitungen der Rituale gegeben habe, bei denen diese von jüdischem ‚Ballast' befreit worden seien.[2411] Der nunmehr erfolgte Umbau des Ordens sei daher nicht weiter schwergefallen, „denn wir waren schon lange auf dem Wege zu diesem Ziel."[2412] Als außerordentlich bedeutungsvolle Veränderung erschien Dorr nur noch die Aufgabe der Verschwiegenheitspflicht.

2406 Dorr, Waldemar: „Das neue Brauchtum", in: Ordensblatt 4/5 (1933), S. 71–78, hier S. 74.

2407 Vgl. ebd., S. 76.

2408 Ebd., S. 77.

2409 „An unsere Ordensgruppen", in: Der rauhe Stein 5 (1933), S. 132. Vgl. auch Melzer: Konflikt, S. 117 und die Abbildung des Amtsabzeichens ebd., S. 310 sowie Luckas: Freimaurerabzeichen, wo auch noch weitere Beispiele für Logenbijoux mit Hakenkreuzen besprochen werden.

2410 Vgl. Frank, Bruno: „Herkunft und Bedeutung des Hakenkreuzes", in: Der rauhe Stein 10/11 (1933), S. 241–246, hier S. 245. Der Hinweis auf Gustaf Kossinna ebd., S. 242. Vgl. zu diesem Wiwjorra: Kossinna; ders.: Vorgeschichtsforschung, insbes. S. 197–199; Grunwald: Kossinna.

2411 Vgl. Dorr, Waldemar: „Das neue Brauchtum", in: Ordensblatt 4/5 (1933), S. 71–78, hier S. 77. Vgl. auch Kap. 14.3. Falsch ist die Behauptung Schultes, dass die altpreußischen Großlogen sich vor 1933 nicht zu Ritualumbauten bereitgefunden hätten und nach der ‚Machtergreifung' nur Pragmatismus und Opportunismus zu derartigen ‚Konzessionen' geführt hätten, vgl. Schulte: Orden, S. 43.

2412 Dorr, Waldemar: „Abschied von der Freimaurerei", in: Ordensblatt 2 (1933), S. 16–20, hier S. 16.

Ein weiterer Versuch, konsequent an die völkisch-religiösen Wandlungen im altpreußischen Selbstverständnis anzuknüpfen, lief unterdessen ins Leere. Im Sommer 1933 wurde in allen drei altpreußischen Großlogen zeitweise ein Zusammengehen mit den „Deutschen Christen“ diskutiert und sogar bereits bei Reichsbischof Ludwig Müller und dem Reichsleiter der „Deutschen Christen“ vorgefühlt, doch letztlich ergebnislos.[2413]

Da das Arkanprinzip nicht mehr galt, konnten die „Drei Weltkugeln“ und die Große Loge von Preußen im Juni 1933 das neue gemeinsame Brauchtum bei dem nunmehr als Sonnwendfeier begangenen Johannisfest vor profanen Gästen feierlich einführen. In ihren Festansprachen betonten die Redner die Kontinuität der jüngeren Entwicklung und legitimierten ihr neues Wesen auch (pseudo-)historisch, als Rückkehr zu „alte[m] Germanenerbe“, das schon immer den Kern der deutschen Freimaurerei ausgemacht habe.[2414] Das war zugleich eine Antwort auf die abschlägigen Reaktionen seitens der zuständigen nationalsozialistischen Stellen, die den altpreußischen Großlogen ihren Bruch mit der Freimaurerei nicht abnahmen und darin eine Verschleierungstaktik sahen. Gegen den Vorwurf der Tarnung wehrte sich auch die Großloge „Drei Weltkugeln“, in deren Ordensblatt stattdessen von einer „freimachende[n] Tat“ und einem „offene[n] Bekenntnis zu unserm wahren Wesen“ die Rede war.[2415]

Im Selbstverständnis der Ordensbrüder entsprach das durchaus der Wahrheit, wie sich schon beim Versuch gezeigt hatte, die verlorengegangene privilegierte Stellung durch eine Art nationalsozialistisches Protektorium wiederzuerlangen. Sollte es nicht gelingen, so den Namen ‚Freimaurerei‘ exklusiv für die eigenen Vorstellungen zu vereinnahmen, so wurde schon damals der Verzicht auf die Bezeichnung ins Auge gefasst, um die grundsätzliche Verschiedenartigkeit der altpreußischen Tradition von dem aufzuzeigen, was daneben als Freimaurerei firmierte.[2416] Die Ablegung des Freimaurernamens war somit nurmehr ein letzter, konsequenter Schritt auf einem Weg, der viele Jahre früher eingeschlagen worden war und von Beginn an mit einer Abgrenzung von der humanitären und internationalen Freimaurerei einhergegangen war.

Im Hochsommer 1933 glaubten sich die altpreußischen Großlogen beinahe am Ziel dieses Weges. Was nur noch fehlte, war der offiziöse Einbau in den nationalsozialistischen Staat. Hoffnung schöpfte man unter anderem aus Helmut Nicolais Schrift „Grundlagen der kommenden Verfassung. Über den staatsrechtlichen Aufbau des Dritten Reiches“. Der Jurist Nicolai, der ab 1931 als Leiter der Innenpolitischen Abteilung

---

2413 Vgl. Melzer: Konflikt, S. 120–122.

2414 „Gemeinsame Feier des Sonnenwendfestes der beiden christlichen Orden ‚Friedrich der Große‘ und ‚Zur Freundschaft‘ am 24. Juni 1933“, in: Der rauhe Stein 8/9 (1933), S. 202–213, hier S. 208.

2415 Hollenbach, Erich: „Im Trommelfeuer der Schlagwörter“, in: Ordensblatt 4/5 (1933), S. 105–117, hier S. 111.

2416 Vgl. „Auszug aus der Niederschrift der 1280. Sitzung der Großen National-Mutterloge ‚Zu den drei Weltkugeln‘ “, in: Ordensblatt 2 (1933), S. 2–4, hier S. 4. Die Sitzung fand am 9. April 1933 statt, also *vor* Bekanntwerden des Resultats der Unterredung zwischen Göring und dem GLL-Landesgroßmeister. Unterstrichen wird das auch durch den Wortlaut, da noch auf die Wiederherstellung eines staatlichen Protektoriums gehofft wurde.

der NSDAP-Reichsleitung für die rechtstheoretische Untermauerung des angestrebten nationalsozialistischen Staates zuständig war, hatte darin auch die Idee eines Ordens als Hüter der nationalsozialistischen Weltanschauung entwickelt.[2417] DER RAUHE STEIN, dessen Schriftleiter August Horneffer schon 1932 den altpreußischen Traum einer völkischen Ordensfreimaurerei auf den Nationalsozialismus hin orientiert hatte, besprach ausführlich Nicolais ordensstaatliche Konzeption und die Chancen, die sich für die Freimaurerei daraus ergäben.[2418]

Der Kampf um Akzeptanz und Anerkennung

Die nationalsozialistische Partei- und Reichsleitung und damit die entscheidenden Stellen zeigten sich von den ideologischen Bekenntnissen wenig beeindruckt und erkannten die Umwandlungen nie an. Die ‚Orden' waren gezwungen, auf offiziellen Schriftstücken weiterhin ihre Großlogennamen zu führen.[2419]

Die Zurückweisung und Missbilligung seitens des Nationalsozialismus lähmte die altpreußischen Großlogen und hielt sie in einem Schwebezustand gefangen. Das seit 1919 ihre Großlogenpolitik maßgeblich bestimmende Ringen um Teilhabe und Akzeptanz im rechtsnationalen Lager war nunmehr von einer Identitäts- zur alles entscheidenden Existenzfrage geworden. Das gestörte Verhältnis zum Nationalsozialismus wurde somit zum bestimmenden Faktor der letzten Monate ihres Bestehens und zum allesbeherrschenden Thema der im Umfang stark geschrumpften Logenpresse.

In unzähligen Briefen, persönlichen Audienzen und Ausspracheangeboten versuchten die Brüder immer wieder, zu relevanten Stellen der NSDAP durchzudringen und diese vom Wert und von der national(sozialistisch)en Zuverlässigkeit der Orden zu überzeugen. Nichts wurde unversucht gelassen, um auf eine Verständigung mit Partei- und Regierungsstellen hinzuwirken. Mehrere Eingaben an Hitler blieben unbeantwortet, eine zweite Beratung zwischen Göring und von Heeringen im August 1933 brachte keine Ergebnisse und auch eine Mission der Großmeister Oskar Feistkorn und Otto Bordes ins ‚Braune Haus' nach München ließ keinen Wandel erkennen.[2420] Anfang 1934 schöpften die Brüder vorübergehend Hoffnung, als während einer antimasonischen Ausschreitungswelle der ‚Stellvertreter des Führers' Rudolf Heß auf Weisung Hitlers zum Schutz der Logen intervenierte.[2421] Doch am offiziellen Status der Orden änderte

---

2417 Vgl. Hensle: Nicolai, S. 582.

2418 „Der ‚Deutsche Orden' in dem Entwurf der kommenden Reichsverfassung", in: Der rauhe Stein 6/7 (1933), S. 184–192, hier S. 191 f.

2419 Vgl. Neuberger: Winkelmaß, S. 249; Melzer: Konflikt, S. 140; Böhl: Freimaurerei, S. 355; Barnewitz: Entschädigung, S. 26.

2420 Vgl. Melzer: Konflikt, S. 135; Neuberger: Winkelmaß, S. 249 f. Zu den ganz ähnlichen Versuchen der GLLvS und der GLDB vgl. Böhl: Freimaurerei, S. 356–360. Zur masonischen Vita Feistkorns vgl. Peters: Berliner Freimaurer, S. 23, zu jener von Bordes vgl. Anm. 2396.

2421 Vgl. „Mecklenburg", in: Ordensblatt 2 (1934), S. 60–63, hier S. 60. Vgl. auch Neuberger: Winkelmaß, S. 251; Melzer: Konflikt, S. 138 f.

sich dadurch nichts. Die Jahresversammlung der „Drei Weltkugeln", zu der als Gäste auch Vertreter der Großen Landesloge und der Großen Loge von Preußen erschienen waren, lieferte ein Bild der Frustration. Dass die NSDAP die Orden noch immer als Freimaurerlogen ansehe und ablehne, dass den Mitgliedern immer neue Steine in den Weg gelegt würden, dass an der Lauterkeit der nationalen Gesinnung der Orden und ihrer Mitglieder weiterhin gezweifelt werde, von all dem zeigte sich Großmeister Bordes ausdrücklich „schmerzlich enttäuscht".[2422] Keine einzige der Eingaben, Denkschriften und Telegrammsendungen sei beantwortet worden, stattdessen würde merklich der Druck erhöht, um die Logen zur Selbstauflösung zu bewegen.[2423]

Je länger der zermürbende Schwebezustand anhielt, desto größer wurde die Enttäuschung, desto größer wurden auch die Fliehkräfte, noch befördert durch die fortwährende soziale Ausgrenzung. Immer geringer schienen die Chancen, im Ansehen der Öffentlichkeit rehabilitiert zu werden – von einer Anerkennung der Orden als Glieder im NS-Staat ganz zu schweigen.

Dass die verbliebenen altpreußischen Brüder angesichts all dieser Rückschläge nicht kollektiv aufgaben, lag vor allem an ihrem festen Glauben an den ‚Führer'.[2424] Überdeutlich wird das etwa im Brief eines Logenbruders an Hitler, der anonym in der Dezembernummer 1933 von Der rauhe Stein veröffentlicht wurde. In flehentlichem Tonfall schilderte der Briefeschreiber die soziale Ausgrenzung, die er als Mitglied einer Loge erfahre. Die gegen die Logen erhobenen Vorwürfe „mögen begründet gewesen sein gegen die atheistischen und jüdisch durchsetzten Freimaurerlogen [...] aber nicht gegen die drei altpreußischen Großlogen."[2425] Der Verfasser, der angab, schon 1930 die NSDAP gewählt zu haben, bat den Reichskanzler inständig, die deutschen Freimaurer gegen Diffamierungen in Schutz zu nehmen. „Sie sind unser Führer. [...] Ich glaube an Sie. Sie werden auch mich anhören, das ist meine feste Zuversicht."[2426]

Jedes noch so kleine vermeintliche Anzeichen eines möglichen Wandels im Verhältnis der NSDAP zur Freimaurerei wurde triumphierend hochgehalten und in der Logenpresse breitgetreten. Als der Oberste Parteirichter der NSDAP Walter Buch etwa zur ‚Freimaurerfrage' mitteilte, dass die „Wahrung der nationalen und ethischen Güter des deutschen Volkes" in den Händen des ‚Führers' am besten aufgehoben und daher „eine Zusammenfassung deutscher Menschen in kleinere Gruppen zum gleichen Zweck" überflüssig sei, wollte das Ordensblatt das als Anerkennung der Geistesverwandtschaft von Nationalsozialismus und altpreußischem Ordensgeist verstanden wissen – immerhin war doch eindeutig vom „gleichen Zweck" die Rede.[2427]

2422 „Niederschrift", in: Ordensblatt 3 (1934), S. 65–79, hier S. 67.
2423 Vgl. ebd., S. 67 f.
2424 Vgl. dazu insbes. Kershaw: Hitler-Mythos, S. 80–89; Melzer: Konflikt, S. 142.
2425 „Ein Notschrei", in: Der rauhe Stein 12 (1933), S. 247–253, hier S. 248.
2426 Ebd., S. 247.
2427 „An alle Ordensgruppen des ‚Nationalen Christlichen Ordens Friedrich der Große' ", in: Ordensblatt 2 (1933), S. 4–6, hier S. 6. Weitere Beispiele bei Melzer: Konflikt, S. 134–136.

Auch Engelbert Hubers antimasonisches Buch von 1934 wurde kurzerhand zu einem Lichtblick umgedeutet, da es laut einer ausführlichen Rezension im Ordensblatt den „unbezweifelbaren Willen“ erkennen lasse, „der Freimaurerfrage gerecht zu werden“.[2428] Gemeint war damit Hubers Differenzierung zwischen altpreußischer Freimaurerei und humanitärer Weltfreimaurerei. Als besonders wertvoll wurde auch Hubers „Anerkennung der antijüdischen Einstellung der Altpreußen“ empfunden.[2429] Entsprechend verwundert zeigte sich der Rezensent zwei Monate später angesichts von Presseberichten über Hubers Vortragstätigkeit, in denen nur von den üblichen undifferenzierten antimasonischen Vorwürfen die Rede war. Offenbar kümmere es Huber nicht, was die Presse ihm in den Mund lege, hieß es in einem offenen Brief an ihn, verbunden mit der Aufforderung, als *der* nationalsozialistische Freimaurerexperte nicht länger solche Verzerrungen in der Presse hinzunehmen.[2430]

Das Ende der letzten Großlogen

Der Zweckoptimismus konnte nicht auf Dauer über die ausbleibenden Fortschritte und enger werdenden Fesseln hinwegtäuschen. Ab 1934 waren immer häufiger auch altpreußische Logen und Brüder von Durchsuchungen, Beschlagnahmungen und Verhören betroffen.[2431] Hinzu kamen die sozialen und beruflichen Nachteile, denen sich Freimaurer im Zuge der (Selbst-)Gleichschaltung von Berufs- und Standesverbänden ausgesetzt sahen. Je länger die ‚Freimaurerfrage‘ offiziell in der Schwebe hing, desto mehr Brüder kehrten den Logen den Rücken, was die ökonomischen Schwierigkeiten der Großlogen verschärfte.[2432] Eine Entscheidung musste her, am besten von oberster Stelle.

Einen letzten Versuch, eine solche Entscheidung herbeizuführen, unternahm Hjalmar Schacht. Er hatte bis 11. Februar 1933 einer Tochterloge der Großen Loge von Preußen angehört, bekannte sich aber darüber hinaus zur Freimaurerei.[2433] Seit 1932 unterstützte er offen Adolf Hitler und bekleidete seit 1933 das Amt des Reichsbankpräsidenten, seit 1934 außerdem das des Reichswirtschaftsministers. Wie die Große Loge von Preußen im Juni 1935 ihren Tochterlogen mitteilte, hatte Schacht im Frühjahr 1935 persönlich bei Hitler für die altpreußische Freimaurerei vorgesprochen. Hitler habe sich aufgeschlossen für die Versicherungen der nationalen Treue gezeigt, aber

2428 Rohmann, Ludwig: „Freimaurerei, die Weltmacht hinter den Kulissen“, in: Ordensblatt 1 (1934), S. 4–19, hier S. 5.

2429 Ebd., S. 12.

2430 Rohmann, Ludwig: „Offener Brief an Herrn Dr. E. Huber“, in: Ordensblatt 3 (1934), S. 80–91, hier S. 81.

2431 Vgl. Melzer: Konflikt, S. 141–145.

2432 Vgl. ebd., S. 129 f.

2433 Vgl. ebd., S. 148. Unbrauchbar hingegen Heussinger/Görner /Wilk /Quandt: Freimaurer, S. 105–141, das unkritisch der autobiographischen Selbstverharmlosung Schachts nach 1945 folgt und damit weit hinter der (im Literaturverzeichnis gleichwohl teilweise genannten) aktuellen Schacht-Forschung zurückbleibt.

gleichwohl deutlich gemacht, dass ein Fortbestehen der Logen mit dem Totalitätsanspruch der Partei und dem Ideal der Volksgemeinschaft nicht zu vereinbaren sei.[2434]

Das war nicht die erste so lautende Aussage über die Unvereinbarkeit von Freimaurerei und nationalsozialistischer Volksgemeinschaft, aber aus dem Mund des ‚Führers' hatten diese Worte ein eigenes Gewicht. Neuberger vermutet, dass direkt nach Bekanntwerden der Haltung Hitlers bei den Berliner Großlogen der Entschluss zur Auflösung gefasst wurde.[2435] Laut Melzer war eher eine Unterredung am 22. März 1935 zwischen Vertretern des Reichs- und Preußischen Innenministeriums, der Gestapo und des SD sowie den drei altpreußischen Großmeistern ausschlaggebend.[2436] Jedenfalls rangen sich Letztere im Frühjahr 1935 dazu durch, ihr Ausharren aufzugeben und eventuellen Zwangsmaßnahmen durch die Selbstauflösung zuvorzukommen. Als Entgegenkommen wurde ihnen dafür zugesichert, die Schlussfeiern – wenn auch unter Aufsicht – feierlich begehen zu dürfen, was dann auch im Juli desselben Jahres geschah.[2437]

Wie die Berliner, so kamen auch die anderen zu nationalen Orden umgewandelten Großlogen im Sommer 1935 an ein Ende. Die nationalsozialistische Reichsleitung war nach dem Einlenken der altpreußischen Großmeister entschlossen, die ‚Freimaurerfrage' endlich einer allgemeinen Lösung zuzuführen. Die Große Landesloge von Sachsen und die Großloge „Deutsche Bruderkette" wurden Mitte Juli ganz direkt zur Auflösung bis spätestens 10. August aufgefordert und feierten ihre Abschiede am 23. und 26. Juli. Ihre Tochterlogen folgten fristgerecht.[2438] Die letzte Großloge, die sich auflöste, war die Große Loge von Hamburg. Sie beging ihre Schlussfeier am 30. Juli.[2439]

Das lange Dahinsiechen endete mit einer Mischung aus Wehmut und Trotz, wobei bezeichnend ist, dass etwa bei der Hamburger Schlussfeier die Wehmut ausdrücklich weniger dem nationalen Orden galt, als der schon zwei Jahre früher aufgegebenen Freimaurerei, während die Große Landesloge nochmals trotzig ihr völkisches Ordensverständnis bekräftigte.[2440] Der bereits genannte Erlass des Reichsinnenministers Frick vom 17. August setzte durch ein Verbot der Freimaurerei als staatsfeindliche Organisation den Schlussstein auf das so erwirkte Ende. Auch wenn die Liquidationen der Großlogen und Logen sich teilweise noch bis 1941 hinzogen, war die Freimaurerei in Deutschland vorerst Geschichte.[2441]

2434 Vgl. Zetzsche: 200 Jahre, S. 80 f.; Neuberger: Winkelmaß, S. 257; Melzer: Konflikt, S. 147 f.

2435 Vgl. Neuberger: Winkelmaß, S. 259.

2436 Vgl. Melzer: Konflikt, S. 148.

2437 Vgl. ebd., S. 148 f.; Neuberger: Winkelmaß, S. 261.

2438 Vgl. Böhl: Freimaurerei, S. 384–389; Neuberger: Winkelmaß, S. 260–262.

2439 Vgl. ebd., S. 262.

2440 Vgl. Melzer: Konflikt, S. 149; Bericht über den bei der Auflösung des Deutschen Ordens und der vereinigten 5 Ordensämter abgehaltenen Convent am 30. Juli 1935, Hamburg 1935.

2441 Vgl. Melzer: Konflikt, S. 150–153; Neuberger: Winkelmaß, S. 264–272.

20. Ausblick: die ‚dunkle Zeit'

Nach dem Ende der Logen hielten sich vielerorts die Brüder die Treue. In Skat- und Kegelclubs oder bei Stammtischen kamen sie zusammen, um so zumindest lokal ihre zwischenmenschliche Verbundenheit weiterhin zu pflegen. Vom nationalsozialistischen Regime wurden solche Treffen skeptisch beäugt und überwacht, aber geduldet, so lange sie in öffentlichen Lokalitäten wie Gaststätten oder Bars stattfanden.[2442]

Natürlich gab es neben dieser Überwachung auch soziale und berufliche Benachteiligung, aber im Großen und Ganzen zeigte sich der NS-Staat im Umgang mit den (ehemaligen) Brüdern weniger repressiv als pragmatisch, stellenweise sogar konziliant.[2443] Bezeichnend ist etwa die Entwicklung der antimasonischen Bestimmungen über Mitgliedschaft in der Partei und den Parteigliederungen. Die klare Regelung des Obersten Parteigerichts der NSDAP vom 10. Januar 1933, wonach ehemalige Freimaurer keine Ämter in der Partei ausüben und überhaupt nur Aufnahme finden dürften, sofern sie vor dem 30. Januar 1933 ausgetreten waren, wurde zwar im Verlauf der folgenden Jahre zunächst weiter ausdifferenziert und nachgeschärft.[2444] Spätestens mit Auflösung der letzten Logen zeigte sich jedoch in der Praxis immer stärker eine Tendenz zur Relativierung dieser Einschränkungen. 1938 und 1939 kam es dann zu weitgehenden Amnestieerlassen durch Reichsinnenminister Frick und Hitler, die von etlichen Freimaurern freudig begrüßt und zur bereitwilligen Einordnung in den nationalsozialistischen Partei- und Staatsapparat genutzt wurden.[2445] Spätestens der Krieg und seine Erfordernisse zwangen schließlich dazu, die verbliebenen Ausgrenzungsbestimmungen und -mechanismen stillschweigend fallenzulassen.[2446]

Dem Historiker Chris Thomas zufolge, der diese Entwicklung detailliert nachgezeichnet hat, zeigt sich hier idealtypisch die reaktive und spontane Natur der NS-Bürokratie: „At every step along the way, ‚exceptions permitted' accompanied each new policy, paving the way for the next policy shift. What few restrictions remained (e. g. barring from office) were enforced so sporadically that ‚enforcement' is not even the right word."[2447] Ein weiterer Grund für die fehlende Stringenz war der Pragmatismus des NS-Regimes. Auf tausende erfahrener und hochqualifizierter Männer zu verzichten, sie gar zu ersetzen, war nicht gut möglich.[2448] „Nun, die Spitzenposten sind heute durchweg neu besetzt, aber die unzähligen Beamten, die Logenbrüder sind (oder

---

2442 Vgl. Melzer: Konflikt, S. 196 f.; Neuberger: Winkelmaß, S. 273–280; Bald: Widerstand, S. 112 f.

2443 Vgl. Melzer: Konflikt, S. 196–208; Neuberger: Winkelmaß, S. 281–310.

2444 Vgl. Thomas: Freemason; Barnewitz: Entschädigung, S. 23.

2445 Vgl. Thomas: Freemason, S. 593.

2446 Vgl. ebd., S. 597 f.

2447 Ebd., S. 600.

2448 Vgl. ebd., S. 588.

‚gewesen sind‘!), sind großenteils geblieben!“, machte der ehemalige deutschvölkische Reichstagsabgeordnete und antimasonische Vorkämpfer Wilhelm Henning schon 1934 seiner Enttäuschung über diese Laxheit des NS-Regimes Luft.[2449] Dabei sollte jedoch nicht übersehen werden, dass auch dem nationalsozialistischen Pragmatismus rassestaatliche Grenzen gesetzt waren. So lässt sich der nachgiebige Umgang mit den Freimaurern in letzter Konsequenz auf Besonderheiten des Nationalsozialismus und des Antimasonismus zurückführen.

Der Antimasonismus richtete sich seit seinen Anfängen im 18. Jahrhundert in erster Linie gegen die Freimaurer*ei*, nicht gegen die individuellen Freimaurer als Personen – so auch im Nationalsozialismus. Anders als ‚Judentum‘ war ‚Freimaurertum‘ in der nationalsozialistischen Imagination eben kein Rassebegriff. Es genügte, die Freimaurerei als Institution auszuschalten und dem ‚Judentum‘ damit ein Werkzeug seiner Macht zu entwinden. Die von der Freimaurerei ausgehende Gefahr betrachtete man mit ihrem Verbot zwar nicht als vollständig gebannt, aber doch zumindest als eingedämmt. Die Unterwanderung im Inneren – durch einen Staat im Staate oder eine Pflegestätte internationalistischer Weltanschauung – war abgewendet, solange das Verbot eingehalten und überwacht wurde. Die freimaurerische Bedrohung war nun wieder nach jenseits der Reichsgrenzen verbannt, wo ihr dann im Zuge der Eroberungs- und Besatzungspolitik auch wieder begegnet werden sollte.[2450]

Zu einer systematischen Verfolgung von Freimaurern *als Freimaurer* kam es in Deutschland nicht. Vom NS-Regime ermordete Freimaurer waren Juden, politische Gegner oder Widerstandskämpfer. Die überwältigende Mehrheit der deutschen Brüder fiel in keine dieser Kategorien.[2451]

Nur ein verschwindend kleiner Bruchteil – die meisten davon aus den nichtanerkannten Großlogen FzaS und Symbolische Großloge – zeigte oppositionelles Verhalten oder kann gar zum Widerstand gezählt werden. Zu nennen ist etwa die erst spät bekannt gewordene Robinsohn-Strassmann-Gruppe, an der unter anderem Hans Lachmund (Symbolische Großloge) und der spätere Bundesjustizminister Thomas Dehler (Großloge von Bayreuth) beteiligt waren.[2452] Weiterhin nicht unerwähnt bleiben darf der pazifistische Journalist Carl von Ossietzky (FzaS) sowie die beiden Sozialdemokraten Julius Leber (FzaS) und Wilhelm Leuschner (Großloge von Darmstadt).[2453]

2449 Henning: Freimaurer, S. 38. Zu Henning vgl. Wein: Antisemitismus, S. 104 Anm. 431 et passim; Schrader: Part.

2450 Vgl. Neuberger: Winkelmaß, S. 310–316 u. 380–403; Melzer: Konflikt, S. 208–213.

2451 Vgl. die Diskussion bei Melzer: Konflikt, S. 213–217 und insbes. Grunwald: Verfolgung.

2452 Zur Robinsohn-Strassmann-Gruppe und Hans Lachmunds Beteiligung vgl. Sassin: Liberale im Widerstand, S. 380 f. Zu Thomas Dehler als Freimaurer und Mitglied der Robinsohn-Strassmann-Gruppe vgl. Reinalter: Dehler; Wengst: Dehler, S. 43 f. u. 68–71; Melzer: Freimaurerei im Nationalsozialismus, S. 298; Bald: Widerstand, S. 100–103.

2453 Vgl. Grunwald: Verfolgung, S. 30–32. Zur masonischen Vita von Ossietzkys vgl. auch Peters: Berliner Freimaurer, S. 51.

Bezeichnend ist, dass bei den nationalsozialistischen Schauprozessen gegen die drei Letztgenannten ihre Logenmitgliedschaft keinerlei Erwähnung fand.[2454] Die Nationalsozialisten wussten aus eigener Erfahrung, aus der Auswertung der beschlagnahmten Logendokumente und aus der Überwachung der Logenstammtische, dass die deutschen Freimaurer überwiegend kreuzbrave Spießbürger waren, denen nichts ferner lag, als sich in offenen Widerspruch zum Nationalsozialismus zu begeben.

Im Gegenteil war ein weiterer Grund für den Wandel der NS-Politik gegenüber ehemaligen Logenmitgliedern der Eifer und die Beharrlichkeit, mit denen etliche von ihnen versuchten, sich dem Nationalsozialismus anzudienen. Jede Lockerung der Bestimmungen war von einer Flut von Aufnahmeanträgen der verschmähten Brüder gefolgt. Zwei ehemalige Mitglieder der Hofer Loge „Zum Morgenstern" (Großloge von Bayreuth) schätzten 1947, dass von den früheren rund 200 Logenmitgliedern nur etwa ein Viertel als unbelastet zu bezeichnen, ein Großteil mindestens Parteimitglied gewesen sei.[2455] Die Zuverlässigkeit jener Freimaurer, die es so nach und nach in den nationalsozialistischen Partei- und Staatsapparat schafften, beschleunigte die Abkehr von der strikten antimasonischen Ausgrenzungspolitik.[2456]

Mit sichtlicher Zufriedenheit hieß es etwa in einem durchaus exemplarischen SD-Lagebericht von 1939, dass selbst bei „eingefleischten Freimaurern" die Erinnerung an die Logen verblasst und stattdessen „begeisterte Zustimmung zur Politik des Führers" zu vernehmen sei.[2457] Einige Brüder sprächen „ganz offen aus, dass sie sich als neue Menschen fühlen, denen eine Loge in der Jetztzeit vollständig unmöglich erscheine".[2458]

Die Mitwirkung ehemaliger Freimaurer war auch keineswegs auf die – ohnehin nur scheinbar – unpolitische Staatsverwaltung beschränkt, sondern reichte bis in die SS. Aus Hameln ist die Anekdote überliefert, dass der Meister vom Stuhl der hiesigen Loge „Zur königlichen Eiche" Brandes die Schließung der eigenen Loge in seiner SS-Uniform vornahm.[2459] Ein anderer berüchtigter Fall ist der von Georg C. Frommholz, der trotz seiner Freimaurervergangenheit in der SS Karriere machte, nur um nach 1945 wieder Anschluss an die Freimaurerei zu finden und in den 1970er Jahren bis zum Landesgroßmeister der Großen Landesloge aufzusteigen.[2460] Erwähnenswert ist schließlich auch Heinrich Bütefisch, der trotz früherer Logenmitgliedschaft in der SS den Rang eines Obersturmbannführers erreichte und später für seine Arbeit im KZ

2454 Vgl. Grunwald: Verfolgung, S. 32.

2455 Bald: Widerstand, S. 112 f.

2456 Vgl. Thomas: Freemason, S. 591 f.; Melzer: Konflikt, S. 112.

2457 Lagebericht des 1. Vierteljahres 1939, Geheim, Mehrfertigung für die Außenstellenleiter und deren Stellvertreter. Sicherheitsdienst RFSS, Abschnitt Württ.-Hohenz., Stuttgart, den 1. April 1939, StA Ludwigsburg, K 110 Bü 45, Bl. 2., Online: <http://www.landesarchiv-bw.de/plink/?f=2-1113676-1> (zuletzt 02.03.2022).

2458 Ebd. Vgl. für zahlreiche weitere Beispiele Thomas: Freemason.

2459 Vgl. Zetzsche: 200 Jahre, S. 78; Neuberger: Winkelmaß, S. 258; Thomas: Freemason, S. 598.

2460 Vgl. Melzer: Konflikt, S. 221 f.

Auschwitz-Monowitz in einem der Nürnberger Nachfolgeprozesse verurteilt wurde.[2461] Der (Ex-)Freimaurer, der – neben Hjalmar Schacht – innerhalb des ‚Dritten Reichs‘ am weitesten aufstieg, war aber wohl Arthur Greiser. Dieser war nach seinem Einsatz als Freikorpskämpfer im Baltikum 1921 in die Freimaurerei aufgenommen worden und hatte dem Bund bis 1929 angehört. Anschließend hatte er in der NSDAP Karriere gemacht und schließlich als Gauleiter im Reichsgau Wartheland (Westpolen) ein brutales Besatzungsregime organisiert. Als Verantwortlicher für den Massenmord mittels Gaswagen im Vernichtungslager Chełmno fällt Greiser eine Schlüsselrolle im Genozid an den europäischen Juden zu, wofür er nach dem Krieg auch hingerichtet wurde.[2462]

Bei keinem dieser und zahlloser weiterer Brüder hatte die in den Logen betriebene freimaurerische Erziehung zur Menschlichkeit die aktive und bereitwillige Unterstützung des nationalsozialistischen Systems in all seiner Menschenverachtung verhindert.

2461 Vgl. Thomas: Freemason, S. 598. Zu Bütefisch vgl. Hörner: Auschwitz, S. 149–177.

2462 Vgl. Thomas: Freemason, S. 595 f.; Epstein: Model Nazi, insbes. S. 15–48, 188 f. et passim; „Greiser, Arthur“, in: Personenlexikon zum Dritten Reich, S. 199; Lehnstaedt: Kern, S. 31 f.

Zusammenfassung: Angriff und Abwehr

Seit Beginn der Republik bestand ein ideelles Näheverhältnis zwischen großen Teilen der deutschen Freimaurerei und der radikalen Rechten. Insbesondere die altpreußischen Großlogen bemühten sich spätestens seit 1919 verstärkt darum, dieses ideelle Näheverhältnis zu konkreten Koalitionen auszubauen. Dadurch ergab sich zu Beginn der Republik ein reges und gegenseitiges Austauschverhältnis zwischen der altpreußischen Freimaurerei und der radikalen Rechten, das sich zu einer Rückkopplungsschleife entwickelte, die zur beiderseitigen Radikalisierung erheblich beitrug.

Dieses Näheverhältnis und die durchaus aufrichtigen Bekenntnisse zum Radikalnationalismus konnten jedoch nicht verhindern, dass sich der Antimasonismus letzten Endes auch gegen die Berliner Großlogen selbst zu richten begann. Auch die um 1930 zur wichtigsten Kraft der politischen Rechten aufsteigende NSDAP ließ keinen Zweifel an ihrer grundsätzlichen Logenfeindlichkeit. Das hinderte bedeutende Segmente der deutschen Freimaurerei jedoch nicht daran, diesen Aufstieg gebannt zu verfolgen und teilweise herbeizusehnen.

Nach der Machtübergabe an die Nationalsozialisten zeigte sich die neue Regierung zunächst wenig interessiert an den Freimaurerlogen. Dennoch löste sich ein Teil von ihnen schon Ende März 1933 auf. Ein anderer Teil beschloss hingegen, den Weg der Selbstgleichschaltung zu beschreiten, sich von der Freimaurerei loszusagen und sich teilweise in völkischem Gewand neu zu präsentieren. Der mitunter erhoffte Einbau in den NS-Staat blieb ihnen jedoch verwehrt. 1935 wurden die letzten (Groß-)Logen durch sanften Druck zur Selbstauflösung gedrängt. Die ehemaligen Logenbrüder blieben nach dem Ende der Freimaurerei in Deutschland weitgehend unbehelligt, sofern sie keiner tatsächlich verfolgten Gruppe angehörten. Einige von ihnen konnten sogar bemerkenswerte Karrieren hinlegen. Eine systematische Verfolgung der deutschen Freimaurer *als Freimaurer* gab es nicht.

Resümee

„es gibt keine Freimaurerei – es gibt nur Freimaurereien!“[2463]

21. Neue Erkenntnisse und Perspektiven

Die bisherige Forschung zur Geschichte der deutschen Freimaurerei hat überwiegend einen Bogen um die lange Jahrhundertwende gemacht. Die vorliegende Arbeit schließt diese Lücke. Anders als bislang üblich, wurde dabei nicht von der selbstverständlichen Existenz eines Kollektivsingulars ‚deutsche Freimaurerei' ausgegangen oder dem Untersuchungsgegenstand aus heuristischen Gründen ein solcher übergestülpt. Stattdessen wurde untersucht, wie sich diese ‚deutsche Freimaurerei' historisch als Diskursgemeinschaft formierte.

Dabei hat sich gezeigt, dass sich hinter der Formel ‚deutsche Freimaurerei' ein laufendes Ringen um die freimaurerische Identität, um Gestaltungsmöglichkeiten und Deutungsmacht verbirgt, das für den Verlauf der freimaurerischen Geschichte in Deutschland von zentraler Bedeutung ist, aber bislang in seiner Komplexität nicht gewürdigt wurde. Indem dieses Ringen anhand der deutschsprachigen freimaurerischen Publizistik detailliert nachgezeichnet und untersucht wurde, konnte nicht nur eine überfällige Darstellung der freimaurerischen Geschichte Deutschlands in den Jahrzehnten um 1900 präsentiert, sondern konnten auch alte Forschungsergebnisse erweitert und teilweise revidiert werden. Die wesentlichen Erkenntnisse lassen sich in gebotener Kürze wie folgt festhalten:

Zur Mitte des 19. Jahrhunderts griffen Ideen des bürgerlichen Liberalismus und Nationalismus sowie der brüderlichen freimaurerischen Verbundenheit ineinander und resultierten in einer obedienzübergreifenden Mobilisierung der freimaurerischen Basis. Diese Basisbewegung schuf sich im großlogenunabhängigen „Verein deutscher Freimaurer“ und in einer schnell aufblühenden Publizistik eigene Räume außerhalb des zerfaserten Logen- und Großlogenwesens. Hier konnten sich die Freimaurer nicht mehr nur als Angehörige dieser oder jener Großloge, sondern als Brüder *einer* deutschen Freimaurerei erfahren und von einem extraobedienziellen Standpunkt aus den freimaurerischen Status quo kritisieren.

2463 Mueller, R.: „Freimaurerei oder Freimaurereien?“, in: Am rauhen Stein 10 (1932), S. 273–281, hier S. 281.

Die ganze lange Jahrhundertwende hindurch drängte diese deutschfreimaurerische ‚imagined community' nach weiterer Verwirklichung und suchte nach geeigneten ideellen und institutionellen Mitteln, Wegen und Mittelwegen, um Einheit und Einigkeit herzustellen – mit begrenztem Erfolg. Die Publizistik schuf zwar eine innerfreimaurerische Öffentlichkeit jenseits der Systemgrenzen, förderte aber vor allem lange, teilweise kontroverse Diskussionen und bot jenseits dieses Austauschs kaum Instrumente zur Einigung und Vereinigung der Freimaurerei.

1872 schien mit dem Deutschen Großlogenbund zunächst ein solches Instrument gefunden. Anders als bislang in der Forschung angenommen, war der Großlogenbund jedoch nicht in erster Linie ein Resultat freimaurerischer Reichsgründungseuphorie, sondern eine defensive Gründung der Großlogenleitungen. Diese waren bereits seit 1868 bemüht gewesen, die außerhalb der Großlogenstrukturen organisierte freimaurerische Basis einzuhegen. Mit dem Bund setzten sich die Großlogen an die Spitze der Einheitsbewegung, stellten die deutsche Freimaurerei auf die Grundlage der bestehenden institutionellen Strukturen und sicherten so ihre Autorität über die freimaurerische Basis ab.

Deutsche Freimaurerei wurde so von einer extraobedienziellen zu einer interobedienziellen Angelegenheit, womit auch die Macht-, Souveränitäts- und Autonomieansprüche der acht Großlogen zu Faktoren in den innerfreimaurerischen Aushandlungsprozessen wurden. Sichtbar wurde das insbesondere an den institutionellen Grenzen und Grenzziehungen.

Da Zugehörigkeit zur ‚imagined community' durch Aufnahme in eine Tochterloge der acht deutschen Großlogen erlangt wurde, kam diesen Großlogen in gewissem Sinne eine Torwächterfunktion zu. Ihre Aufnahme- und Mitgliedschaftsbestimmungen bestimmten die Grenze zwischen innen und außen. Das Vereinigungswerk des Großlogenbundes konzentrierte sich daher ab Ende der 1870er Jahre vor allem auf die Harmonisierung dieser Bestimmungen und die Schaffung eines allgemeinen deutschen Maurerrechts. Die Erfolge blieben indes überschaubar und waren auf Sand gebaut.

Die grundlegende Differenz zwischen exklusiv christlichen und interreligiösen Großlogen konnte nicht beseitigt werden und das Großprojekt eines deutschen Maurerrechts scheiterte nach langen Jahren im Spannungsfeld widerstreitender Interessen um 1900 an zwei Herausforderungen: einerseits am Auftreten von Logen- und Großlogengründungen außerhalb der etablierten freimaurerischen Strukturen, andererseits an der länderübergreifenden freimaurerischen Vernetzung. Insbesondere die Streitigkeiten um die von Hermann Settegast gegründete Großloge „Kaiser Friedrich zur Bundestreue" und die (Wieder-)Aufnahme freimaurerischer Beziehungen zum Grand Orient de France wurden zu Bewährungsproben, in denen sich das lückenhafte und fragile deutsche Maurerrecht als Papiertiger entpuppte und an denen es letztlich zerbrach. Es wurde von einer offensiveren Machtpolitik der Großlogen verdrängt, die sich ihre Autonomie im Entscheidungsfall nicht durch Jahre zuvor getroffene Vereinbarungen einschränken lassen wollten.

Neben dem Wechselspiel institutioneller Machtinteressen zeichnete sich die deutsche Freimaurerei generell durch die Vielfalt unterschiedlicher freimaurerischer Ansichten und Überzeugungen aus. Die unübersichtliche und nicht selten dissonante

Vielstimmigkeit des brüderlichen Austauschs über Wesen und Zweck der Freimaurerei verschaffte sich in einer immer weiter ausdifferenzierten und sehr regen Publizistik Geltung. Ab etwa Mitte der 1880er Jahre war deutsche Freimaurerei damit zu einem polyphonen Mehrebenenspiel geworden, in dem sich verschiedene Perspektiven, Interessen und Ansprüche überschnitten, sich gegenseitig befruchteten, aber auch in ihren Denk- und Handlungsmöglichkeiten einschränkten.

Stefan Ludwig Hoffmann hat mit seiner Studie „Die Politik der Geselligkeit" aus dem Jahr 2000 dargelegt, wie sehr Bürgerlichkeit und Logenkultur im Deutschland des 19. Jahrhunderts aufeinander bezogen waren. Auch in der vorliegenden Arbeit wurden einige dieser bürgerlich-freimaurerischen Konvergenzen identifiziert und detailliert untersucht, darunter ein ausgeprägter Antikatholizismus, ein idealistisch imprägniertes Bildungs- und Humanitätspathos, soziokulturelle Führungs- und Gestaltungsansprüche, die Geschichtsschreibung als identitätsstiftende Leitwissenschaft und eine starke (kultur-)protestantische Färbung. Dabei zeigte sich jedoch, dass in all diesen Vergesellschaftungskategorien immer wieder innerfreimaurerische Brüche und Differenzen zu Tage traten. Diese Verwerfungen wurden bislang zu wenig berücksichtigt, obwohl sie in das Zentrum der deutschen Freimaurerei führen und einer der maßgeblichen Motoren ihrer Geschichte sind.

Ein anschauliches Beispiel hierfür liefert das freimaurerische Verhältnis zur Religion. Ganz unterschiedliche Reaktionen auf den tiefgreifenden Wandel religiöser Kultur im 19. Jahrhundert standen einer grundsätzlichen Einigung im gesamten Untersuchungszeitraum im Wege und machten die religiöse ‚Gretchenfrage' zu einem andauernden Konfliktherd. Vorübergehend konnte mit „Humanität" zwar eine hinreichend flexible Konkordienformel gefunden werden, so dass der Dissens in dieser Sache zeitweilig zurücktrat, aber die integrative Wirkung verpuffte, als im Zuge eines weit verbreiteten bürgerlichen Krisenempfindens um 1900 die Frage nach den normativen Grundlagen der Kultur in den Fokus der Aufmerksamkeit rückte.

Die Untersuchung solcher Konflikte und Kontroversen hat es erlaubt, eines der geläufigsten heuristischen Mittel der bisherigen Freimaurerforschung zu problematisieren: die Unterscheidung zweier konträrer Strömungen der deutschen Freimaurerei, eine konservative ‚altpreußische' und eine liberale ‚humanitäre'. Sie stammt aus der Jahrhundertwende und ist ein Produkt des deutschfreimaurerischen Mehrebenenspiels.

Eine Vielzahl innerer und äußerer Herausforderungen führte ab 1890 im Großlogenbund zu einer Fraktionsbildung, welche die drei Berliner Großlogen auf der einen, die Großlogen von Bayreuth, Frankfurt und Hamburg (zeitweise auch die von Darmstadt und Sachsen) auf der anderen Seite zusammenrücken ließ. In der deutschfreimaurerischen Publizistik wurde im selben Zeitraum – befördert durch ein tiefes bürgerliches Krisenempfinden – verstärkt und kontrovers die Rolle und Relevanz der Freimaurerei im Kulturprozess und davon ausgehend die Notwendigkeit einer freimaurerischen Reform diskutiert. Beide Entwicklungen überlagerten und vermengten sich und führten schließlich zur Herausbildung einer deutschfreimaurerischen Dichotomie, gefasst in den griffigen Schlagworten ‚altpreußisch' und ‚humanitär'. Als Lagerbegriffe im Kampf um die Deutungshoheit prägten sie fortan die deutsche Freimaurerei.

Die bisherige Forschung hat weder diesen Entstehungskontext noch die diskursive Funktion der Lagerbegriffe berücksichtigt. Vielmehr hat sie diese oft unbekümmert übernommen und dadurch auch die zeitgenössischen Zuschreibungen reproduziert. Selbst in neueren Arbeiten, in denen kritisch auf ihren stark vereinfachenden Charakter hingewiesen wurde, unterblieb der Schritt hin zur konsequenten Historisierung. Altpreußische und humanitäre Freimaurerei sind aber Quellenbegriffe und auch als solche zu behandeln, *gerade weil* sie dem weiteren Gang der deutschen Freimaurerei ihren Stempel aufdrückten.

Vor allem mit Blick auf die Weimarer Republik hat sich die Perspektive und die Tiefenschärfe dieser Arbeit als gewinnbringend erwiesen. In den 1920er Jahren kam die deutsche Freimaurerei als Einheitsprojekt an ein Ende. Zugleich erlebte sie eine Blüte als ideologisches Projekt entlang explizit völkischer Leitlinien. Ältere Arbeiten haben diese Entwicklungen fast ausnahmslos in einem zeitlich auf die Weimarer Republik beschränkten Zuschnitt untersucht und überwiegend mit dem Ausgang des Ersten Weltkriegs und dem Aufstieg des Nationalsozialismus in Verbindung gebracht. Kontinuitäten sowie Wandlungen und Brüche in der Freimaurerei blieben dabei zwangsläufig unterbelichtet. Der Zuschnitt dieser Arbeit hat es auch wegen des größeren Untersuchungszeitraums erlaubt, hier ein differenzierteres Bild zu zeichnen, einige Streitpunkte aufzuklären und stellenweise Missverständnisse und Fehlinterpretationen zu korrigieren.

Das Zerbrechen des Großlogenbundes ab 1922 ließ sich so auf die Formierung der altpreußisch-humanitären Dichotomie im wilhelminischen Kaiserreich und ihre aggressiv-nationalistische Aufladung im Ersten Weltkrieg rückbeziehen und in den Kontext einer generellen Desintegration der deutschfreimaurerischen Diskursgemeinschaft stellen.

Ebenso konnte gezeigt werden, dass die Grundlagen für die politische Haltung der deutschen Freimaurerei(en) der 1920er und 1930er Jahre schon im Kaiserreich gelegt wurden, und zwar einerseits im freimaurerischen Konzept von Politikferne, andererseits in einer zunehmend nationalistischen Aufladung der Freimaurerei, die mit einem starken Anwachsen des Antisemitismus und schon in den 1890er Jahren auch mit völkisch-freimaurerischen Konvergenzen einherging.

Der ebenfalls starke freimaurerische Internationalismus verlor hingegen mit dem Kriegsausbruch 1914 abrupt an Rückhalt und wurde zur Negativfolie, vor der die kriegsbegeisterte deutsche Freimaurerei zeitweise zu einer ungewöhnlichen Einmütigkeit fand. Die vollständige Identifikation mit der deutschen Kriegsideologie ließ die nunmehr ins Gebiet des Geistigen verlegte deutschfreimaurerische Einheit als eine durch den Krieg gegebene Wirklichkeit erscheinen, die ihren manifesten Ausdruck in den Feldlogen fand und sogar Pläne für ein weltfreimaurerisches Hegemonieprojekt unter deutscher Führung zeitigte. Völkischer Nationalismus wurde dabei für große Teile der deutschen Freimaurerei zum ideellen Leitstern, was in den Entwicklungen der Weimarer Republik seine konsequente Fortsetzung fand. Von einem Rechts*ruck* in den 1920er Jahren kann also nur bedingt die Rede sein.

Zu der Frage nach dem Einfluss der Anfeindungen aus völkischem und nationalsozialistischem Lager auf die freimaurerischen Wandlungsprozesse war es lohnenswert, die Entwicklungen des Antimasonismus in der langen Jahrhundertwende detailliert nachzuzeichnen. Dabei ergab sich, dass die weit über die Freimaurerforschung hinaus verbreitete Ansicht, Antimasonismus habe schon lange vor dem Ersten Weltkrieg zum ideologischen Kern der radikalnationalistischen deutschen Rechten gehört, einer Revision bedarf. Tatsächlich herrschte überwiegend eine indifferente, nicht selten sogar wohlwollende Haltung gegenüber der deutschen Freimaurerei, mit der es bedeutende personelle Überschneidungen gab. Erst durch Entwicklungen während des Ersten Weltkriegs wurde die antimasonische Verschwörungstheorie von einer nahezu exklusiv katholischen zu einer nationalistischen Obsession, wodurch schrittweise auch die deutschen Logen und die in nationalen Verbänden aktiven Freimaurer ins Fadenkreuz gerieten.

Die deutsche Freimaurerei war an dieser Entwicklung nicht unbeteiligt, hatte sie sich doch während des Krieges an der antimasonischen Hetze gegen die Freimaurereien der Feindbundstaaten beteiligt. Nach Kriegsausgang verlagerte sich freimaurerseits die antimasonische Abgrenzung nach innen, indem sie von den Berliner Großlogen gegen die humanitäre Freimaurerei gewendet wurde. Sie empfahlen sich damit der nationalistischen Rechten, die zeitgleich ihr Verhältnis zur deutschen Freimaurerei rekalibrierte. Auf freimaurerische Initiative entstand so eine antimasonische Rückkopplungsschleife, die den Graben zwischen altpreußischer und humanitärer Freimaurerei zu einem unüberwindbaren Abgrund machte und sowohl zur völkischen Radikalisierung der Freimaurerei als auch zur antimasonischen Radikalisierung der politischen Rechten erheblich beitrug.

Zu relativieren ist die bislang überschätzte Bedeutung Erich Ludendorffs und die Rolle des Nationalsozialismus im Prozess der antimasonischen Radikalisierung. Antimasonismus war zwar schon seit der Gründung der NSDAP unter Parteifunktionären und in der Parteipublizistik verbreitet, aber im engeren Sinne ideologiebildend tätig war der Nationalsozialismus dabei nicht. Vielmehr zeichnete sich sein Antimasonismus – insbesondere ab der zweiten Hälfte der 1920er Jahre – durch hohe Konventionalität und Flexibilität aus. Gleichzeitig ließen maßgebliche nationalsozialistische Parteistellen zu keiner Zeit einen Zweifel an ihrer grundsätzlichen Gegnerschaft zur Freimaurerei aufkommen. Dass der Aufstieg der NSDAP auch in Freimaurerkreisen Hoffnungen weckte und mitunter Begeisterung auslöste, lag nicht daran, dass man die Partei falsch einschätzte, sondern dass viele Brüder sich politisch von ihr angesprochen fühlten und eine weltanschauliche Kompatibilität von Nationalsozialismus und Freimaurerei sahen.

Die ältere, bereits von Ralf Melzer und Hans-Hermann Höhmann kritisierte Deutung Helmut Neubergers, wonach es sich bei den Annäherungsversuchen der Freimaurerei an den Nationalsozialismus um eine Art vorauseilenden Gehorsam oder taktische Anpassung gehandelt habe, konnte widerlegt werden. Nicht nur entfaltete das radikalnationalistische freimaurerische Selbstverständnis schon lange vor dem Aufstieg der NSDAP seine Wirkung. Auch war völkische Freimaurerei vor allem eine konsequente Umsetzung aufrichtiger Überzeugungen, die in historischer Perspektive nicht als unfreimaurerische Devianz abgetan werden können, sondern sich innerhalb der Grenzen deutschfreimaurerischer Orthodoxie bewegten.

Anhang

Glossar freimaurerischer Begriffe

Allmächtiger Baumeister aller Welten	Freimaurerisches Symbol, häufig interpretiert als symbolische Repräsentation einer Gottesgestalt (auch: Großer Baumeister der Welt)
Alte Pflichten	Sechs Artikel über die Pflichten des Freimaurers, erstmals niedergelegt 1723 im Konstitutionenbuch der ersten Großloge
Altloge(n)	Gegenstück zu →Winkelloge(n), bezeichnet die alteingesessenen →(Groß-)Logen
Anerkennung, anerkannt	Bilaterales Verhältnis zwischen →(Groß-)Logen, die sich dadurch gegenseitig ihrer Souveränität versichern und freimaurerische Legitimität attestieren
Arkandisziplin	Geheimhaltung, Geheimhaltungspraxis
Arkanum	Geheimnis bzw. geheime Inhalte (z. B. Erkennungszeichen, rituelle Inhalte, etc.)
Atelier	AASR-Äquivalent zur →Loge
Bauhütte	→Loge
Beamter *einer Loge oder Großloge*	Inhaber eines freimaurerischen Amts, z. B. →Großmeister oder →Meister vom Stuhl
Besuchsrecht	Traditionelles Recht eines Freimaurers, die rituellen Versammlungen anderer Logen zu besuchen
Bruder	Anrede unter Freimaurern
Bruderkette	Gesamtheit aller Freimaurer
Bundesdirektorium	Leitungsgremium der 3WK
Feldloge	→Logen die zu Kriegszeiten von Armeeangehörigen ‚im Feld' (meist in der Etappe) gegründet und unterhalten werden
Gerecht und vollkommen	Bezeichnung für eine nach bestimmten tradierten Formen konstituierte →Loge

Grad	Rituelle Einweihungsstufe der Freimaurerei (→Johannisgrad; →Hochgrad)[a]
Großbeamter	→Beamter einer Großloge
Großes Not- und Hilfszeichen	Zeichen, mit dem ein Freimaurer in Notlagen andere Freimaurer um Hilfe bitten kann
(Souveräner) Großkommandeur	Vorsitzender eines →Obersten Rats
Großloge	Bezeichnung für (1) einen freimaurerischen Dachverband mehrerer →Logen; (2) die Führungsebene eines solchen Dachverbands
Großmeister	Vorsitzender einer →Großloge[b]
Hochgrad	Freimaurerischer →Grad jenseits der →Johannisgrade
Johannisfest	Traditionelles Fest der →Johannismaurerei am oder um den Johannistag. Markiert den Wechsel vom einen zum nächsten →Maurerjahr
Johannisgrade, Johannismaurerei	Die drei grundlegenden und in etlichen →Lehrarten erschöpfenden →Grade der Freimaurerei: Lehrling, Geselle, Meister
Königliche Kunst	Freimaurerei
Kränzchen	Eine Art Freimaurerstammtisch, oft Vorstufe zur Gründung einer Loge
Landesgroßmeister	Höchstes administratives Amt der Großen Landesloge und der Großen Landesloge von Sachsen, entspricht weitgehend dem Amt des →Großmeisters anderer →Systeme, ist jedoch bei Ersterer dem →Ordensmeister untergeordnet.
Lehrart	Bezeichnung für distinkte rituelle und ideelle Ausprägungen der Freimaurerei
Lichteinbringung	Rituelle Einweihung einer neu gegründeten Loge
Loge	(1) Versammlungsort von Freimaurern; (2) kleinste administrative Einheit der Institution Freimaurerei
Maurer	Freimaurer

Maurerjahr	Nach traditioneller maurerischer Zeitrechnung reicht ein Maurerjahr von →Johannisfest zu Johannisfest
Meister vom Stuhl	Vorsitzender einer →Loge
Obedienz	→Großloge
Oberster Meister	Höchstes Amt im Innersten Orient der GLvPr, der für die Überwachung und Fortbildung der Lehrart verantwortlich ist
Oberster Rat	AASR-Äquivalent zur →Großloge
Ordensmeister	Höchstes Ordensamt in der GLL, wacht über die Ordenslehre
Profan	Nichtfreimaurerisch, außerhalb der Freimaurerei
Protektorium	Persönliches Schutzverhältnis zwischen einem Monarchen und einer (Groß-)Loge
Provinzialgroßloge	Administrative Ebene zwischen →Großloge und →Loge
Regularität, regulär	Freimaurerische Rechtmäßigkeit bzw. Legitimität
Rittergrade	→Hochgrade, die motivisch Bezug auf mittelalterliche Ritterorden nehmen (insbes. den Templerorden)
Ritus	→Lehrart
Salomonischer Tempel	Zentrales freimaurerisches Symbol
Schottischer Ritus	Alter und Angenommener Schottischer Ritus
Schwedisches System	In Skandinavien verbreitetes christliches →System
Schwester	Ehefrau eines Freimaurers (in der exklusiv-männlichen Freimaurerei)
Sprengelrecht	Territorialer Alleinvertretungsanspruch einer freimaurerischen Körperschaft
Strikte Observanz	Einflussreiches freimaurerisches →Hochgrad-→System des 18. Jahrhunderts
Stuhlmeister	→Meister vom Stuhl

Suchender	Person, die sich um die Aufnahme in eine Loge bemüht
System	→Lehrart
Tempel	Raum für die rituellen Versammlungen der Freimaurer
Tochterloge	Bezeichnung für eine →Loge in Bezug zu ihrer →Großloge
Weltbruderkette	(ideelle) Gesamtheit aller Freimaurer der Welt
Werkmaurerei, Werkmaurergrade	→Johannisgrade
Winkelloge	Pejorative Bezeichnung für eine nichtanerkannte (Groß-)Logengründung (→Anerkennung; →Regularität)
Zugeordnet(er)	Stellvertretend(er)

a Vgl. den Überblick zur Gradstruktur im Anhang.

b Teilweise weicht die Bezeichnung leicht ab, etwa „National-Großmeister" bei der 3WK. In dieser Arbeit wird jedoch durchgehend von Großmeister gesprochen, mit Ausnahme des Landesgroßmeisters der GLL, um dessen eingeschränkte administrative Stellung im Gesamtsystem der GLL zu berücksichtigen.

Gradstruktur der Freimaurerei in Deutschland (1870 – 1933)

GLvB, GLvD, GLvF, GLvH, GLLvS, GLDB, GLKFzB, SGL	**Johannisloge** I.° Lehrling II.° Geselle III.° Meister					
3WK	**Johannisloge** I.°—III.°	**Allgemeine Altschottische Loge** IV.° Altschottischer Meister	**Innerer Orient** V.° Auserwählter Bruder VI.° Geweihter des Inneren Tempels VII.° Vertrauter der Vollendung			
GLvPr	**Johannisloge** I.°—III.°	**Innerer Orient** IV.° Erwählter Meister	**Innerster Orient** V.° Vertrauter Meister			
GLL	**Johannisloge** I.°—III.°	**Andreasloge** IV.° Andreaslehrling und -geselle V.° Andreas-Meister	**Ordenskapitel** VI.° Ritter vom Osten VII.° Ritter vom Westen VIII.° Vertrauter der Johannisloge IX.° Auserwählter des heiligen Andreas			
AASR	**Johannisloge** I.°—III.°	**Perfektionsloge** IV.° Geheimer Meister V.° Vollkommener Meister VI.° Geheimer Sekretär VII.° Vorgesetzter und Richter VIII.° Intendant der Gebäude IX.° Auserwählter Meister der Neun X.° Auserwählter Meister der Fünfzehn XI.° Erhabener Auserwählter Ritter XII.° Großmeister-Architekt XIII.° Royal Arch XIV.° Großer Auserwählter	**Kapitel** XV.° Ritter des Degens XVI.° Prinz von Jerusalem XVII.° Ritter vom Osten und Westen XVIII.° Ritter Rosenkreuzer	**Areopag** XIX.° Groß Pontifex XX.° Großmeister aller Symbolischen Logen XXI.° Noachite/Preußischer Ritter XXII.° Ritter der Königlichen Axt/Prinz von Libanon XXIII.° Chef des Tabernakels XXIV.° Prinz des Tabernakels XXV.° Ritter der ehernen Schlange XXVI.° Prinz der Gnade XXVII.° Ritter-Kommandeur des Tempels XXVIII.° Ritter der Sonne/Prinz-Adept XXIX.° Groß-Schotte des Heiligen Andreas von Schottland	**Konsistorium** XXX.° Ritter Kadosch XXXI.° Großinspektor -Inquisitor-Kommandeur XXXII.° Prinz des Königlichen Gewölbes	**Oberster Rat** XXXIII.° Souveräner General-Groß-inspektor

Zu einigen Graden gibt es leichte Namensvariationen, die hier nicht berücksichtigt sind.

Vgl. Fischer: Lehrarten, S. 66—69 u. 77—99; Knak: Führer, S. 32—84; Taute: Organisation, S. 8—25; Uhlmann: Werklehre, S. 24—81, 94—102, 110—114; „Schottischer Ritus (vom XXXIII. und letzten Grad), Alter und Angenommener“, in: Internationales Freimaurerlexikon, Sp. 1405—1411; „Johannisgrade“, in: Internationales Freimaurerlexikon, Sp. 783; „Schwedische Lehrart“, in: Internationales Freimaurerlexikon, Sp. 1434—1437.

Quellen- und Literaturverzeichnis

Ungedruckte Quellen

Institut für Zeitgeschichte

ZS 67 (Zeugenschrifttum).

Bundesarchiv

NS 19/2978 (Persönlicher Stab Reichsführer SS).

NS 21/303 (Forschungs- und Lehrgemeinschaft „Ahnenerbe").

NS 21/747 (Forschungs- und Lehrgemeinschaft „Ahnenerbe").

R 55/207 (Reichsministerium für Volksaufklärung und Propaganda).

R 55/371 (Reichsministerium für Volksaufklärung und Propaganda).

R 8048/350 (Alldeutscher Verband).

R 8048/432 (Alldeutscher Verband).

R 9361-VIII/Kartei/12601582 (NSDAP-Zentralkartei).

Staatsarchiv Ludwigsburg

K 110 Bü 45 (SD-Dienststellen in Württemberg und Hohenzollern).

Gedruckte Quellen

Periodische Schriften

(Einzelnachweise zu den ausgewerteten Periodika finden sich im Fußnotenapparat).

Alldeutsche Blätter. Mitteilungen des Alldeutschen Verbandes (Berlin, Jg. 1894 – 1925 [lückenhaft]).

Allgemeine Bürger-Loge. Verkündungsblatt der A. B. L. (Berlin, Jg. 1898 [lückenhaft]).

Allgemeine Bürger-Logen-Zeitung (Berlin, Jg. 1899 [lückenhaft]).

Am rauhen Stein. Maurerische Zeitschrift der Großen Loge von Preußen genannt Zur Freundschaft (Berlin, Jg. 1904 – 1933).

Am Reissbrette. Handschriftliche Mitteilungen aus den unabhängigen Logen (Leipzig, Jg. 1874 – 1920 [lückenhaft]).

Amtliche Mitteilungen der Großen Landesloge der Freimaurer von Deutschland. Beiblatt zur Zirkelkorrespondenz [siehe dort].

Asträa. Taschenbuch für Freimaurer (Sondershausen, Jg. 1843 – 1846).

Auf Vorposten. Monatsschrift des Verbandes gegen Ueberhebung des Judentums e. V. (Berlin, Jg. 1912 – 1926).

Bausteine. Mitteilungen der Großen Freimaurerloge von Preußen genannt Kaiser Friedrich zur Bundestreue (Berlin, Jg. 1894 – 1899 [lückenhaft]).

Bayerischer Kurier (München, Jg. 1915).

Bayreuther Bundesblatt. Freimaurer Zeitschrift der Groß-Loge ‚Zur Sonne' (Bayreuth, Jg. 1901 – 1923 [lückenhaft]).

Berliner Monatshefte für internationale Aufklärung: Die Kriegsschuldfrage (Berlin, Jg. 1931).

Berliner Tageblatt (Berlin, Jg. 1897, 1914, 1918, 1927, 1934)

Bibliographische Beilage zu den Mitteilungen aus dem Verein deutscher Freimaurer (Leipzig, Jg. 1926 – 1928).

Bulletin of the International Office for Masonic Intercourse (Bern, Jubilee Number 1917).

Bundesblatt der Großen National-Mutterloge „Zu den Drei Weltkugeln" (Berlin, Jg. 1887 – 1933 [lückenhaft]).

C. van Dalen's Kalender für Freimaurer (Leipzig, Jg. 1884 – 1931 [lückenhaft]).

Das Freimaurer-Museum. Archiv für freimaurerische Ritualkunde und Geschichtsforschung (Leipzig [später Zeulenroda], Jg. 1925 – 1932).

Das neue Freimaurertum. Zeitschrift des Freimaurerbundes zur Aufgehenden Sonne (Leipzig [später Hamburg], Jg. 1928 – 1932 [lückenhaft]).

Der Femstern. Monatsschrift des Bundes der Guoten (Königsberg, Jg. 1925 – 1926).

Der Herold. Wochenblatt für Bbr. Freimaurer (Berlin, Jg. 1905 – 1923 [lückenhaft]).

Der rauhe Stein. Monatsschrift des Deutsch-christlichen Ordens Zur Freundschaft (Berlin, Jg. 1933).

Der Unabhängige Freimaurer. Offizielles Organ des Unabhängigen Freimaurerordens (Berlin, Jg. 1897).

Der Unsichtbare Tempel. Monatsschrift zur Sammlung der Geister (München, Jg. 1916 – 1920 [lückenhaft]).

Der Vorbote. Zentralorgan der Sektionsgruppe Deutsche Sprache der Internationalen Arbeiterassoziation (Genf, Jg. 1866).

Der Weltkampf [wechselnder Untertitel] (München, Jg. 1926).

Deutschbund-Blätter (Berlin [u. a.], Jg. 1896 – 1935 [lückenhaft]).

Deutsche Literaturzeitung (Berlin, Jg. 1911).

Deutsche Treue. Zeitschrift des Nationalverbandes Deutscher Offiziere (Berlin, Jg. 1924 – 1931).

Deutsche Wochenschau (Berlin, Jg. 1926 – 1929 [lückenhaft]).

Deutscher Pfeiler. Monatsschrift zur Sammlung der Geister (Gotha, Jg. 1921 – 1923 [lückenhaft]).

Deutsches Adelsblatt. Zeitschrift der Deutschen Adelsgenossenschaft für die Aufgaben des christlichen Adels (Berlin, Jg. 1896 – 1897).

Die Bauhütte [wechselnder Untertitel] (Leipzig [später Frankfurt a. M., Berlin], Jg. 1858 – 1923, 1925 – 1932).

Die Frau. Monatsschrift für das gesamte Frauenleben unserer Zeit (Berlin, Jg. 1899/1900).

Die Leuchte. Unabhängige Monatsschrift für und über Freimaurerei (Lennep [später Stuttgart], Jg. 1910 – 1932 [lückenhaft]).

Die Reichs-Sturmfahne [wechselnder Untertitel] (Stuttgart, Jg. 1925).

Die Tat. Deutsche Monatsschrift (Jena, Jg. 1912).

Die Weltbühne. Wochenschrift für Politik, Kunst, Wirtschaft (Berlin, Jg. 1928).

Dresdener Logenblatt. Handschrift für die BBrMitglieder der FrMrLogen in Dresden (Dresden, Jg. 1886 – 1903 [lückenhaft]).

Freimaurer-Zeitung (Leipzig, Jg. 1847 – 1919).

Hamburger Logenblatt. Mitteilungsblatt der Großen Loge von Hamburg (Hamburg, Jg. 1904 – 1933 [lückenhaft]).

Hammer. Blätter für deutschen Sinn (Leipzig, Jg. 1902 – 1929 [lückenhaft]).

Heimdall. Zeitschrift für reines Deutschtum und All-Deutschtum (Berlin/Leipzig, Jg. 1896 – 1911).

Historisch-politische Blätter für das katholische Deutschland (München, Jg. 1914 – 1918).

Im Deutschen Reich. Zeitschrift des Centralvereins deutscher Staatsbürger jüdischen Glaubens (Berlin, Jg. 1895 – 1922).

Jahrbuch des Lessingbundes deutscher Freimaurer (Leipzig, Jg. 1884 – 1892, 1885 keines erschienen).

Kölnische Volkszeitung (Köln, Jg. 1915).

L'Espérantiste. Organe propagateur de la langue internationale „Espéranto" paraissant à la fin de chaque mois (Paris, Jg. 1905).

Latomia. Monatsschrift für Freimaurerei (Leipzig, Jg. 1878 – 1933).

Ludendorffs Volkswarte (München, Jg. 1929 – 1933 [lückenhaft]).

Mecklenburgisches Logenblatt (Rostock, Jg. 1878 – 1933 [lückenhaft]).

Mitteilungen aus dem Verein deutscher Freimaurer (Leipzig, Jg. 1862 – 1929 [lückenhaft]).

Mitteilungen aus dem Verein zur Abwehr des Antisemitismus (Berlin, Jg. 1891 – 1924).

Monatshefte der Comenius-Gesellschaft (Berlin [u. a.], Jg. 1892 – 1919 [lückenhaft]).

Noris. Jahrbuch für protestantische Kultur (Nürnberg, Jg. 1912).

Ordensblatt [ab 1934 UT: Monatsschrift der Großen National-Mutterloge ‚Zu den drei Weltkugeln' und der Großen Loge von Preußen gen. Zur Freundschaft in Berlin] (Berlin, Jg. 1933 – 1934).

Preußische Jahrbücher (Berlin, Jg. 1900, 1911).

Reichswart. Wochenschrift für nationale Unabhängigkeit u. dt. Sozialismus (Berlin, Jg. 1920 – 1936).

Schlesisches Logenblatt (Breslau, Jg. 1895 – 1898 [lückenhaft]).

Signale für die deutsche Maurerwelt (Leipzig, Jg. 1894 – 1906 [lückenhaft]).

Sonnenstrahlen. Zeitschrift der unabhängigen Grossloge des Freimaurerbundes zur Aufgehenden Sonne (Nürnberg [später Hamburg], Jg. 1908 – 1927 [lückenhaft]).

Stimmen aus Maria-Laach. Katholische Blätter (Freiburg i. Br., Jg. 1871 – 1914).

Stimmen der Zeit. Die Zeitschrift für christliche Kultur (Freiburg i. Br., Jg. 1914 – 1922).

Süddeutsche Monatshefte (München, Jg. 1914 – 1919 [lückenhaft]).

Theologie und Glaube (Münster, Jg. 1915).

Theologische Literaturzeitung (Leipzig, Jg. 1918).

Volk und Wehr [Beilage zu „Deutsche Wochenschau", siehe dort].

Volksblatt für Stadt und Land (Wien, Jg. 1873).

Vorwärts. Zentralorgan der Sozialdemokratischen Partei Deutschlands (Berlin, Jg. 1891 – 1933).

Vossische Zeitung [bis 1911 offiziell: Königlich privilegirte Berlinische Zeitung von Staats- und gelehrten Sachen] (Berlin, Jg. 1896, 1915, 1922, 1927).

Wiener Freimaurer-Zeitung (Wien, Jg. 1919 – 1926 [lückenhaft]).

Zirkelkorrespondenz [wechselnde Untertitel] (Berlin, Jg. 1872 – 1932).

Zur Aufklärung. Mitteilungen über die Angriffe gegen die Große Landesloge der Freimaurer von Deutschland und über ihre Abwehr (Berlin, Jg. 1926 – 1927).

Zwanglose Mitteilungen aus dem Verein deutscher Freimaurer (Leipzig, Jg. 1910 – 1922 [lückenhaft]).

Sonstige Schriften und Quelleneditionen

Abendroth, Alfred: Die Freimaurerei – ein ‚Hilligenlei'! Ein Beitrag zur deutschen Religionsfrage aus dem Leben eines Bruder Freimaurers, Leipzig 1906.

Abendroth, Alfred: Werdandi und Freimaurerei. Auseinandersetzungen zu einer neuen Weltanschauung auf humanitär-sozialer Grundlage, Berlin 1926.

Alexander-Katz, Hugo: Die Freimaurerei in Preußen und das Edikt vom 20. Oktober 1798. Aus dem Verwaltungsstreite der Großloge Kaiser Friedrich zur Bundestreue, Berlin 1893.

Allgemeines Aufnahme-Gesetz für die zum deutschen Grosslogenbunde gehörigen Logen, Berlin [1883].

Allgemeines Handbuch der Freimaurerei, hrsg. v. Hermann Schletter, Moritz Zille, 3 Bde., Leipzig ²1863 – 1867.

Allgemeines Handbuch der Freimaurerei, hrsg. v. VdF, 2 Bde., Leipzig ³1900 – 1901.

Anderson, Jakob [sic!]: Des verbesserten Konstitutionenbuchs der alten ehrwürdigen Brüderschaft der Freimaurer erster Theil, Frankfurt am Main ⁴1783.

Anderson, James: The Constitutions of the Free-Masons. Containing the History, Charges, Regulations, &c. of that most Ancient and Right Worshipful Fraternity, London 5723 [= 1723].

Ansprachen bei der Empfangsfeier für die englischen Freimaurer in der Großloge Royal York am 8. Mai 1913, Berlin 1913.

Appel, Wilhelm: Geschichte der Feldloge ‚Stern von Brabant' im Orient Brüssel, [Berlin] [1931].

Baer, C. H. (Hg.): Der Völkerkrieg. Eine Chronik der Ereignisse seit dem 1. Juli 1914. Mit sämtlichen amtlichen Kundgebungen der Mittelmächte, ergänzt durch alle wichtigeren Meldungen der Entente-Staaten und die wertvollsten zeitgenössischen Berichte, 28 Bde., Stuttgart 1914 – 1923.

Battenberg: „Freimaurerei", in: Schiele/Zscharnack (Hg.): Religion, Bd. 2 (1910), Sp. 1044–1051.

Bauhüttennot. Bonner Blaubuch. Eine Sammlung von Akten und Aufsätzen, Bonn 1931.

Baumbach, Rudolf: Die religiöse Zukunftsaufgabe der deutschen Freimaurerei, Gotha 1930.

Baumgart, Winfried (Hg.): Kaiser Friedrich III. Tagebücher 1866 – 1888, Paderborn 2012.

Becker, Bernhard: Der alte und der neue Jesuitismus, oder: Die Jesuiten und die Freimaurer. Eine Klostergefängnis-Arbeit, Braunschweig ³1873.

Beek, Gottfried zur [= Ludwig Müller von Hausen] (Hg.): Die Geheimnisse der Weisen von Zion, Charlottenburg ³1919.

Bericht über den Austritt des Br. Settegast aus der Grossen Loge von Preussen, gen. Royal York zur Freundschaft, Berlin [1894].

Bericht über den bei der Auflösung des Deutschen Ordens und der vereinigten 5 Ordensämter abgehaltenen Convent am 30. Juli 1935, Hamburg 1935.

Beyer, Bernhard (Hg.): Bibliographie der Freimaurerischen Literatur. Erster Ergänzungsband, Leipzig 1926.

Beyer, Bernhard: „Welche Motive leiteten uns?", in: Denkschrift der Großloge ‚Zur Sonne', S. 17–28.

Beyer, Bernhard: Referat über den Freimaurerbund zur aufgehenden Sonne in Nürnberg, dem Bundesrat der Grossloge ‚Zur Sonne' im Jahre 1918 erstattet, Bayreuth 1919.

Bischoff, Diedrich: Der Beruf des Vereins deutscher Freimaurer (= Sonderdruck aus den ‚Zwanglosen Mitteilungen' 73/IV, Nr. 11), Leipzig 1922.

Bischoff, Diedrich: Der sociale Gedanke der Freimaurerlehre, Leipzig 1899.

Bischoff, Diedrich: Der Verein deutscher Freimaurer und seine Gegner. Ein Wort zur Wehr und Lehr, Leipzig 1925.

Bischoff, Diedrich: Deutsche Gesinnung. Eine Gabe und ein Gebot großer Zeit (= Tat-Flugschriften 2), Jena 1914.

Bischoff, Diedrich: Echte und falsche Gerechtigkeit. Ein Wort wider den Socialismus, Leipzig 1898.

Bischoff, Diedrich: Freimaurerei und Deutschtum. Eine Auseinandersetzung zwischen Freimaurerei und Antisemitismus, Leipzig 1920.

Bischoff, Diedrich: Freimaurers Kriegsgedanken, Leipzig 1914.

Bischoff, Diedrich: ‚Humanitär' oder ‚christlich'?, Leipzig 1924.

Bischoff, Diedrich: Maurertum und Menschheitsbau. Freimaurerische Gedanken zur socialen Frage, Leipzig 1900.

Bischoff, Diedrich: Nationalsozialismus und Freimaurerei, Würzburg 1931.

Bischoff, Diedrich: Neuidealismus und Freimaurerei. Freimaurerische Betrachtungen über Rudolf Euckens Schrift ‚Zur Sammlung der Geister', Jena 1914.

Bischoff, Diedrich: Pazifismus und Freimaurerei, Leipzig 1922.

Bischoff, Diedrich: Vom Zukunftsberuf der deutschen Freimaurerei, Leipzig 1915.

Bischoff, Diedrich: Wie kam's und wohin geht's? Kriegsbetrachtungen, Leipzig 1914.

Bismarck, Otto von: Gedanken und Erinnerungen, 2 Bde., Stuttgart 1898.

Bode, Julius: Am Altar der Wahrheitssucher. Logenreden, Berlin 1913.

Boos, Heinrich: Geschichte der Freimaurerei. Ein Beitrag zur Kultur- und Literatur-Geschichte des 18. Jahrhunderts, Aarau ^{2}1906.

Boos, Heinrich: Katalog der Bibliothek der Loge zur Freundschaft und Beständigkeit in Basel. Neue Beiträge zur Bibliographie der Freimaurerei, Basel 1892.

Brauweiler, Heinz: Deutsche und romanische Freimaurerei (= Zeit- und Streitfragen der Gegenwart, Bd. 8), Köln 1916.

Brauweiler, Heinz: Die ∴ Brüder im Weltkrieg (= Zeit- und Streitfragen der Gegenwart, Bd. 6), Köln 1916.

Bronsart von Schellendorff, Friedrich: Deutscher Adel und Freimaurerei, Wismar ^{2}1930.

Bühler, Johannes: Völkische Freimaurerei. Ausführungen zu den Anträgen der Johannes-Loge Freundschaft im Hochland in München an die Große Loge von Preußen genannt zur Freundschaft in Berlin, [München] [1924].

Cardauns, Hermann: Fünfzig Jahre Kölnische Volkszeitung. Ein Rückblick zum goldenen Jubiläum der Zeitung am 1. April 1910, Köln 1910.

Clausen, Ernst: Ist der Verein deutscher Freimaurer eine natürliche Erscheinung freimaurerischer Entwicklung in Deutschland? (= Sonderabdruck aus Latomia Nr. 11 und 12 1912), Leipzig 1912.

Conradi, Hermann: „Ein Kandidat der Zukunft – Uebergangsmenschen" (1889), in: ders.: Schriften, Bd. 3, München/Leipzig 1911, S. 447—481.

Conradi, Hermann: Gesammelte Schriften, 3 Bde., München/Leipzig 1911.

Cramer, August Benvenuto: Der Verein deutscher Freimaurer und seine Bestrebungen zur Reform des Logenwesens. Eine Festschrift zum 25jährigen Bestehen des Vereins, Leipzig 1886.

Daiber, Albert Ludwig: Elf Jahre Freimaurer, Stuttgart 1906.

Das Freimaurerlogen-Museum in Nürnberg, München 1938.

Deckert, Joseph: Der neugeplante jüdisch-freimaurerische Weltbund. Eine Antwort an den jüdischen Herzl-Gegner Dr. Ludwig Ernst. Traktat für den I. internationalen Antifreimaurer-Kongreß, Wien 1896.

Denkschrift der Großloge ‚Zur Sonne' über die Wiederaufnahme der Beziehungen zur Großloge von England. Streng vertraulich!, Baden-Baden 1932.

Der freimaurerische Gedanke in der religiösen Krisis der Gegenwart. Vortrag zur 50. Jahresversammlung des Vereins deutscher Freimaurer, Leipzig [1911].

„Der Geist der Freimaurerei bei den verschiedenen Nationen", in: [Roth] (Hg.): Volkstum, S. 5—9.

Der Stern von Bethlehem. Kundgebungen des Einheitsbundes deutscher Freimaurer über Ursprung, Wesen und Ziel der Freimaurerei, Braunschweig 1899.

Die Victoria-Stiftung der deutschen Freimaurer 1883 – 1913, [Berlin] [1913].

Dirksen, Alfons (Hg.): Freimaurerische Ehrenhalle. Eine Geschichte der Freimaurerei in 50 Lebensbildern (= Concordia. Bibliothek für Freimaurer, Bd. 9/11), Berlin 1919.

Dirksen, Alfons: „Christian Karl Friedrich Wilhelm Freiherr von Nettelbladt", in: ders. (Hg.): Ehrenhalle, S. 236—240.

Dr. Custos [= Engelbert Huber]: Freimaurer, der Weltvampyr. Nach erstmals veröffentlichten geheimsten Logendokumenten, Berlin 1931.

Drexler, Anton: Mein politisches Erwachen. Aus dem Tagebuch eines deutschen sozialistischen Arbeiters, München ^{4}1937.

Dreyer, Otto: Das Urbild der Loge: altgermanisches in Ritual und Symbolik (= Sonderdruck aus: Hamburger Logenblatt 416, 1909), [Hamburg] [1909].

Dreyer, Otto: Deutsches Logentum und weltbürgerliche Freimaurerei. Ein Mahnwort an deutschdenkende deutsche Brüder, Wolfenbüttel [1912].

Dreyer, Otto: Gott, Christus, Kirche und die Loge. Gedanken zur ersten der alten freimaurerischen Pflichten, Wolfenbüttel [ca. 1912].

Drumont, Eduard: Das verjudete Frankreich. Versuch einer Tagesgeschichte, 2 Bde. Berlin ^{4}1886.

Eberhardt, A[lbert] P[aul]: Von den Winkellogen Deutschlands – Freimaurerlogen neueren Datums – im letzten Vierteljahrhundert, Leipzig 1914.

Edict, wegen Verhütung und Bestrafung geheimer Verbindungen, welche der allgemeinen Sicherheit nachtheilig werden könnten, Berlin 1798.

Ehrentafel für die im Weltkriege 1914 – 1918 für das Vaterland gefallenen und die ihren Wunden und durch den Kriegsdienst erlittenen Krankheiten erlegenen Ordensbrüder der Großen Landesloge der Freimaurer von Deutschland Deutsch-Christlichen Ordens, herausgegeben von der Wissenschaftl. Abteilung der Großen Landesloge der Freimaurer von Deutschland Deutsch-Christlichen Ordens, Berlin 1932.

Ehrig, Georg: Humanitär, christlich und deutsch! Festvortrag zur Feier des 150jährigen Bestehens der Loge Balduin zur Linde im Orient Leipzig, Leipzig 1926.

Encyclopädie der Freimaurerei, nebst Nachrichten über die damit in wirklicher oder vorgeblicher Beziehung stehenden geheimen Verbindungen, hrsg. v. C. Lenning (= Hesse), 3 Bde., Leipzig 1822 – 1828.

Entwurf zu einem Grundgesetz für den Deutschen Großlogen-Bund mit den Geschäftsordnungen für seine Organe auf Grund der Beratungen der Großmeisterversammlung in Eisenach am 10. Februar 1918, [Berlin] [1918].

„Es gibt keine ‚deutsche' Freimaurerei!", in: [Roth] (Hg.): Volkstum, S. 14–16.

Eskau, Robert F.: Die Freimaurerei am Scheidewege! Hie Hakenkreuz – hie Sowjetstern, Hamburg 1924.

Eskau, Robert F.: „Die Hermannssöhne". Hermannsbrief No. 1, o. O. [1925].

Eskau, Robert F.: Hermanns Botschaft Ostern 1925, Hamburg 1925.

Eskau, Robert F.: Johannis-Botschaft 1924. Ist die Freimaurerei überflüssig?, Hamburg 1924.

F. G.: Dokumente, Veröffentlichungen, Briefe zur Entstehung der Symbolischen Grossloge von Deutschland und des deutschen Obersten Rates des Alten und Angenommenen Schottischen Ritus (= Bayreuther Reihe, Nr. 6), Bad Kissingen o. J. [nach 1945].

Festschrift zum 80. Geburtstag des Brs. Prof. Dr. Heinrich Möller, Provinzial-Großmeister der Provinzial-Großloge von Hamburg in Berlin, 1841 – 1921, Breslau [1921].

Fichte, Johann Gottlieb: Philosophie der Maurerei. Briefe an Konstant, hrsg. v. Thomas Held, Düsseldorf/Bonn 1997.

Findel, Joseph Gabriel: Anti-Schiffmann oder, FrMr-Bund und Ritter-Orden, Leipzig 1870.

Findel, Joseph Gabriel: Der Humanismus, das Prinzip der Freimaurerei, Leipzig 1881.

Findel, Joseph Gabriel: Der Kampf wider die Sozialdemokratie u. d. Deutsche Fortschrittspartei. Ein ketzerisches Votum, Leipzig 1877.

Findel, Joseph Gabriel: Die Aftermaurerei und das Winkel-Logentum der Gr. Landesloge v. D. in Berlin, Leipzig ^{2}1903.

Findel, Joseph Gabriel: Die ‚Germania' und der Gockelhahn des Teufels Bitru. Eine Studie zu Nutz und Frommen des katholischen Volkes, Leipzig 1896.

Findel, Joseph Gabriel: Die Juden als Freimaurer. Zur Belehrung über die gegenwärtige Krisis des deutschen Maurertums, Leipzig [4]1901.

Findel, Joseph Gabriel: Die katholische Klerisei auf der Leimruthe oder die Notlage des Pabsttums, Leipzig 1897.

Findel, Joseph Gabriel: Die Schule der Hierarchie und des Absolutismus in Preußen. Eine Vertheidigung des Freimaurer-Bundes wider die Angriffe der ‚höchstleuchtenden' Großen Landesloge der Freimaurer von Deutschland, Leipzig 1870.

Findel, Joseph Gabriel: Dunkle Punkte im Maurerleben. Ein Beitrag zur Geschichte des Vereins deutscher Frmr, der Maur. Presse und der Gr.-L. Royal York z. Fr. in Berlin, Leipzig 1886.

Findel, Joseph Gabriel: Geschichte der Freimaurerei von der Zeit ihres Entstehens bis auf die Gegenwart, Leipzig [4]1878.

Findel, Joseph Gabriel: Geschichte der Freimaurerei. I. Teil: Das Zeitalter der Verirrungen (= J. G. Findel: Schriften über Freimaurerei, Bd. 2, T. 1), Leipzig [7]1907.

Findel, Joseph Gabriel: Katholischer Schwindel. Verteidigung des Freimaurerbundes wider Margiotta's „Enthüllungen", Leipzig 1896.

Fischer, Robert: Briefe über Freimaurerei, Gera 1875.

Fischer, Robert: Das Freimaurer-Gelübde, Gera 1877.

Fischer, Robert: Der deutsche Grosslogenbund und die deutschen Johannislogen. Ein Beitrag zur weiteren Einigung des deutschen Freimaurerbundes, o. O. 1886.

Fischer, Robert: Die Alten Pflichten in Text und Erläuterungen zur Belehrung für Brr Freimaurer, Leipzig 1876.

Fischer, Robert: Historisch-dogmatische Darstellung der hauptsächlichsten freimaurerischen Systeme, Leipzig [7]1901.

Fischer, Robert: Kurzgefaßte Darstellung der hauptsächlichsten freimaurerischen Lehrarten nach Geschichte und Lehrinhalt, Leipzig [12]1917.

Fischer, Robert: Praktische Winke zur Hebung des Logenlebens, Leipzig 1895.

Fitzner, August Joseph: Kaiser Wilhelm I. als Freimaurer in Wort und That, Hannover [5]1897.

Flohr, A[ugust]: Geschichte der Grossen Loge von Preussen genannte Royal York zur Freundschaft im Orient von Berlin. II. Theil. Geschichte der Grossen Loge von Preussen, gen. Royal York zur Freundschaft von ihrer Stiftung 1798 – 1898, Berlin [1898].

Flohr, A[ugust]: Grundsätze und Verfassung der Großen Loge von Preußen, gen. Royal York zur Freundschaft. Nach den verschiedenen Redaktionen der Statuten, Berlin 1889.

Fluhrer, Wilhelm: Wer ist vernichtet? Die Freimaurerei oder Ludendorff?, Wiesbaden 1927.

Fodor, Andor: Die Symbolische Großloge von Deutschland im Exil, Tel Aviv [1943].

Freimaurerei und Sozialdemokratie oder Ist außer der Sozialdemokratie auch die Freimaurerei nachweisbar religions-, staats- und gesellschaftsgefährlich? Ein Mahnruf an Fürsten und Völker von einem deutschen Patrioten, Stuttgart 41897.

Freimaurer-Lexicon. Nach vieljährigen Erfahrungen und den besten Hülfsmitteln ausgearbeitet, hrsg. v. Johann Christian Gädicke, Berlin 1818.

Freymann, Ernst [= Paul Köthner]: Auf den Pfaden der internationalen Freimaurerei. Beiträge zur Geschichte der Gegenwart, Wittingen (Hann.) 1931.

Fritsch, Theodor (Hg.): Die Zionistischen Protokolle. Das Programm der internationalen Geheim-Regierung, Leipzig 1924.

Fritsch, Theodor (Hg.): Handbuch der Judenfrage. Eine Zusammenstellung des wichtigsten Materials zur Beurteilung des jüdischen Volkes, Hamburg 261907.

Fritsch, Theodor (Hg.): Handbuch der Judenfrage. Eine Zusammenstellung des wichtigsten Materials zur Beurteilung des jüdischen Volkes, Hamburg 281919.

Fritsch, Theodor: Antisemiten-Katechismus. Eine Zusammenstellung des wichtigsten Materials zum Verständnis der Judenfrage, Leipzig 251893.

Fritsch, Theodor: Die unterirdische Macht (= Hammer-Schriften, Nr. 24), Leipzig 1920.

[Fritsch, Theodor]: Die verborgene Macht. Die Entente-Freimaurerei während des Weltkrieges, Leipzig 21923.

Georgi, Wilhelm: Die deutsche Freimaurerei und der Weltkrieg. Offener Brief an die deutschen Freimaurer (= Sonderdruck aus ‚Die Nornen'), Jena 1918.

Gerber, Hildebrand [= Hermann Gruber]: Leo Taxil's Palladismus-Roman. Oder: Die ‚Enthüllungen' Dr. ‚Bataille's', Margiota's und ‚Miß Vaughans' über Freimaurerei und Satanismus kritisch beleuchtet, Berlin 1897.

Gerhard, Franz: Was ist der Freimaurerbund zur aufgehenden Sonne, und was will er? Zur Aufklärung für diejenigen, welche sich für seine Bestrebungen interessieren, Posen 21913.

Gesetzbuch der Großen Landesloge der Freimaurer von Deutschland, Berlin 2[1925].

Gorsleben, Rudolf John: Hoch-Zeit der Menschheit, Leipzig 1930.

Götze, Otto: Schulungstagung des Wetzlarer Ringes. (Christentum und Freimaurerei), Gotha 1929.

Gougenot des Mousseaux, [Henri-]Roger: Der Jude, das Judentum und die Verjudung der christlichen Völker. Aus dem Französischen übersetzt von Alfred Rosenberg, München 1921.

Graved, O.: Die Freimaurerei eine politische Macht. Eine Mahnung an die aufbauenden Kräfte der Gegenwart, Berlin 2[1923].

Groddeck, Carl Heinrich von/Henne am Rhyn, Otto: Versuch einer Darstellung des Positiven, inneren Freimaurer-Rechts, Leipzig 1877.

Großmeister-Beratung der Großlogen von Hamburg, Bayreuth, Frankfurt, Sachsen und Darmstadt, Weimar 1918.

Gruber, Hermann: Freimaurerei, Weltkrieg und Weltfriede, Wien/Leipzig ²1917.

Grundgesetz für den Deutschen Großlogenbund nebst Geschäftsordnung für seine Bundesorgane vom 22. September 1918, o. O. [1918].

Grundverfassung des Bundes der Freimaurer der Grossen National-Mutterloge in den Preussischen Staaten genannt: zu den drei Weltkugeln, Berlin 1895.

Gutachten des Ausschusses für vaterländische Arbeit der deutschen Burschenschaft über die Freimaurerfrage, Erlangen/Berlin 1923.

Haarhaus, Julius R.: Deutsche Freimaurer zur Zeit der Befreiungskriege, Jena 1913.

Haeckel, Ernst: Die Welträtsel. Gemeinverständliche Studien über Monistische Philosophie, Leipzig ¹³1922.

Handbuch für die Brr der Unabhängigen Großloge des Freimaurerbundes zur Aufgehenden Sonne F.Z.A.S. Nürnberg (e. V.), o. O. [1911].

Handbuch für die Brüder der Großen Landesloge der Freimaurer von Deutschland. Eine Übersicht ihrer Einrichtungen, Berlin ⁵1910.

[Hartig, Paul]: Der Wälsungen-Orden. Sonderdruck aus „Die Nornen". Von der Ordensleitung, Jena 1918.

Hartwig, Rudolf: „Bluntschli, Johann Caspar", in: Dirksen: (Hg.): Ehrenhalle, S. 284–294.

Hasselbacher, Friedrich: Entlarvte Freimaurerei, 5 Bde., Berlin 1934 – 1939.

Hasselbacher, Friedrich: Hoch- und Landesverrat der Feldlogen im Weltkrieg (= Veröffentlichungen bisher unbekannter Dokumente zur Erforschung der Geheimbünde und volksfeindlicher Bewegungen, Bd. 1), Magdeburg 1935.

Heep, Jakob: Deutsches Ringen um die Seele der K. K. Wege zur Besinnung und Gestaltung, Wetzlar [1926].

Hein, Erich [= Karl Loeberich]: 5 Jahre F.Z.A.S. Ein Blick hinter die Kulissen, Nürnberg 1911.

Heinig, Kurt: Hohenzollern. Wilhelm II. und sein Haus. Der Kampf um den Kronbesitz, Berlin 1921.

Heise, Karl: Die Entente-Freimaurerei und der Weltkrieg. Ein Beitrag zur Geschichte des Weltkrieges und zum Verständnis der wahren Freimaurerei, Basel ²1920.

Heise, Karl: Okkultes Logentum (= Sonderdruck aus Zentralblatt des Okkultismus, Jhg. 14), Leipzig 1921.

Henke, Oskar: Freimaurerei und Dogma. Ein Beitrag zur Entscheidung der Frage: Ob christliche oder ob humanitäre Freimaurerei?, Leipzig 1906.

Henne am Rhyn, Otto: Die Freimaurerei in zehn Fragen und Antworten. Zur Aufklärung für das Volk und dessen Freunde, St. Gallen ⁴1870.

Henning, Wilhelm: Stellt die Freimaurer unter Kontrolle! Der Kampf der Freimaurer gegen Vaterland und Kirche, Danzig/Berlin/Leipzig [5]1934.

Herders Conversations-Lexikon, hrsg. v. Johannes Bumüller, 5 Bde., Freiburg i. Br. 1854 – 1857.

Hergeth, Friedrich [= Paul Heigl]: Aus der Werkstatt der Freimaurer und Juden im Oesterreich der Nachkriegszeit, Graz 1927.

Hertl, Paul: Der jüdisch-freimaurerische Weltbund. Ein Mahnwort in letzter Stunde, 2 Bde. (= Volksaufklärung. Kleine Hand-Bibliothek zur Lehr und Wehr für Freunde der Wahrheit, Nr. 102, 103/104), Klagenfurt [1907].

Heydrich, Reinhard: Wandlungen unseres Kampfes, München/Berlin 1936.

Hieber, Otto: Die Freimaurerei und der Krieg, Rostock 1916.

Hieber, Otto: Zur Abwehr. Eine Beleuchtung der Schrift des Prof. Dr. Settegast, Berlin 1892.

Hirsch, Samuel: Die Humanität als Religion, in Vorträgen, gehalten in der Loge zu Luxemburg, Trier 1854.

Historische Ausgabe der Oriflamme. Der Schottische, Memphis- und Misraim-Ritus der Freimaurerei, Berlin 1904.

Hitler. Mein Kampf. Eine kritische Edition, Bd. 1, hrsg. v. Christian Hartmann [u. a.] i. A. des IfZ, München/Berlin 2016.

Hitler. Reden, Schriften, Anordnungen. Februar 1925 bis Januar 1933, 6 Bde. in 17 Teilbdn., hrsg. v. IfZ, München [u. a.] 1992 – 2003.

Höpker, Heinrich: Vererbung, Rasse und Erziehung, Leipzig 1926.

Horneffer, August: Der Zug der Zeit zur Freimaurerei, Leipzig 1918.

Horneffer, August: Deutsche und ausländische Freimaurerei, München 1915.

Horneffer, August: Die Freimaurerei (= Reclams Universal-Bibliothek, Bd. 5930), Leipzig [1917].

Horneffer, August: Symbolik der Mysterienbünde, München 1916.

Horneffer, Ernst: Die Schicksalsstunde der deutschen Freimaurerei. Mit Anhang Plan einer maurerischen Zeitschrift für die Öffentlichkeit, München [1915].

Horneffer, Ernst: Erkenntnis. Die Tragödie des deutschen Volkes, Kassel [1919].

Huber, Engelbert: Freimaurerei. Die Weltmacht hinter den Kulissen, Stuttgart 1934.

Internationales Freimaurerlexikon, hrsg. v. Eugen Lennhoff, Oskar Posner, Wien 1932 (Nachdruck 1980).

Jouaust, Achille Godefroy: Histoire du Grand-Orient de France, Rennes/Paris 1865.

Junker, Heinrich: Der nationalsozialistische Gedankenkreis. Eine Aufklärung für Freimaurer, Leipzig 1931.

Kado, O.: Regeneration der Freimaurerei, Leipzig [2]1909.

Kaiser Wilhelm II. und die Freimaurerei, [Mainz] [1888].

Kaiser, Carl: „Das Nürnberger Freimaurerlogen-Museum“, in: Das Freimaurerlogen-Museum in Nürnberg, München 1938, S. 29–55.

Katsch, Ferdinand: Die Entstehung und der wahre Endzweck der Freimaurerei. Auf Grund der Originalquellen dargestellt, Berlin 1897.

Kekulé von Stradonitz, Stephan: Der Mord von Sarajewo. Eine Aufklärung, Leipzig 1931.

Keller, Ludwig: Die Freimaurerei. Eine Einführung in ihre Anschauungswelt und in ihre Geschichte (= Aus Natur und Geisteswelt. Sammlung wissenschaftlich-gemeinverständlicher Darstellungen, Bd. 463), Leipzig/Berlin [2]1918.

Keller, Ludwig: Die geistigen Grundlagen der Freimaurerei und das öffentliche Leben, Jena 1911.

Kjellén, Rudolf: Die Ideen von 1914. Eine weltgeschichtliche Perspektive, Leipzig 1915.

Klefeker, Siegfried: Freimaurerei und Offizierkorps, Berlin 1924.

Knak, Paul: Kleiner Führer durch die Geschichte und Verfassung der Freimaurerei im allgemeinen und der deutschen Großlogen im besonderen, Berlin [3]1918.

[Knape, Eduard]: Über den Wert des deutschen Großlogenbundes, Ratibor [2][1905].

Koelblin, Hermann: „Vom Werdegang der Dinge, von Kompetenzen, freimaurerischen und nationalen Belangen. Ein Ruf nach Einheit u. Geschlossenheit“, in: Denkschrift der Großloge ‚Zur Sonne‘, S. 5–14.

Kohut, Adolph: Die Hohenzollern und die Freimaurerei, Berlin 1909.

Koner, Raoul: Ein Freimaurerleben. Erlebnisse und Betrachtungen, Bielefeld 1976.

Krehan, Arno (Hg.): Zu neuen Ufern lockt ein neuer Tag. Festschrift zum 5. September 1926 dem Tag der Annahme der Loge Amalia zu Weimar durch die Große National-Mutterloge zu den drei Weltkugeln zu Berlin. Mit zehn Bildnissen und drei Faksimiles, Weimar 1926.

Kretschmer, Ernst Paul: Der Schriftsteller, der einstige General der Infanterie Erich Ludendorff als ‚Wahrheitssucher‘ im Lichte der deutschen Presse verschiedenster Richtung. Eine kleine Blütenlese, Leipzig 1927.

Kuntzemüller, Otto: Die Freimaurerei und ihre Gegner in sachlicher Darstellung und aktenmäßiger Beleuchtung, Hannover [1897].

Kuntzemüller, Otto: Freimaurerisches Mitteleuropa (= Sonderabdruck aus ‚Herold‘ 1918, Nr. 35–38), Leipzig 1918.

[Kuntzemüller, Otto]: Was sind die Freimaurer und was wollen sie? Ein Wort zur Wehr und Lehr über Ursprung, Wesen, Bedeutung und Ziele der Freimaurerei, Lissa i. P. [10]1906.

Lagarde, Paul de: Deutsche Schriften, Bd. 2, Göttingen 1881.

Lagarde, Paul de: „Die Stellung der Religionsgesellschaften im Staate“, in: ders.: Deutsche Schriften, Bd. 2, S. 17–36.

Lagarde, Paul de: Schriften für das deutsche Volk, Bd. 1, München 1924.

Lagarde, Paul de: „Über die gegenwärtige Lage des Deutschen Reichs. Ein Bericht [1875]“, in: Lagarde: Schriften für das deutsche Volk, Bd. 1, S. 114–194.

Lambsdorff, Georg Graf von: Deutsche Adelsgenossenschaft und Freimaurerei, Neubabelsberg 1926.

Lanz-Liebenfels, Jörg: Der Taxil-Schwindel. Ein welthistorischer Ulk, Frankfurt am Main [1906].

[Lehmann, Paul]: „Freimaurerei, Deutschtum, Judentum“, in: [Roth] (Hg.): Volkstum, S. 10–13.

Lennhoff, Eugen: Die Freimaurer, Wien/München 1981 (EA 1929).

Lessing, Gotthold Ephraim: Ernst und Falk. Gespräche für Freimaurer. Historisch-kritisch erläutert von Dr. J. F. L. Th. Merzdorf, Hannover 1855.

List, Guido: Die Armanenschaft der Ario-Germanen (= Guido-List-Bücherei, 1. Reihe: Forschungsergebnisse, Nr. 2), Wien/Leipzig 1908.

List, Guido: Die Armanenschaft der Ario-Germanen. Zweiter Teil (= Guido-List-Bücherei, 1. Reihe: Forschungsergebnisse, Nr. 2 A), Wien/Leipzig 1911.

List, Guido: „Ursprung und Symbolik der Freimaurerei“, in: List: Armanenschaft. Zweiter Teil (1911), S. 200–215.

Ludendorff auf dem Kriegspfade gegen die deutsche Freimaurerei. Eine Aufklärungsschrift der Großen National-Mutterloge ‚Zu den drei Weltkugeln‘, Berlin 1928.

Ludendorff, Erich: Kriegführung und Politik, Berlin 1922.

Ludendorff, Erich: Kriegshetze und Völkermorden in den letzten 150 Jahren, München 1928.

Ludendorff, Erich: Meine Kriegserinnerungen 1914 – 1918, Berlin 1919.

Ludendorff, Erich: Vernichtung der Freimaurerei durch Enthüllung ihrer Geheimnisse, [München] 1927.

Ludendorff, Erich: Vom Feldherrn zum Weltrevolutionär und Wegbereiter Deutscher Volksschöpfung. Meine Lebenserinnerungen, 3 Bde., München/Stuttgart 1940 – 1955.

Ludendorff, Mathilde: Der ungesühnte Frevel an Luther, Lessing und Schiller im Dienste des allmächtigen Baumeisters aller Welten, München 1928.

Maier, Gustav: Weltliche Freimaurerei. Ein Beitrag zur humanistischen Bewegung innerhalb des deutschen Maurerthums, Leipzig 1888.

Manifest an die Regierungen und Völker der durch das Judenthum gefährdeten christlichen Staaten laut Beschlusses des Ersten Internationalen Antijüdischen Kongresses zu Dresden am 11. und 12. September 1882, Chemnitz 1882.

Mann, Thomas: „Leiden und Größe Richard Wagners“, in: ders.: Reden und Aufsätze I, S. 363–426.

Mann, Thomas: Betrachtungen eines Unpolitischen (= Große kommentierte Frankfurter Ausgabe, Bd. 13.1), hrsg. v. Hermann Kurzke, Frankfurt am Main 2009.

Mann, Thomas: Essays II. 1914 – 1926 (= Große kommentierte Frankfurter Ausgabe, Bd. 15.1), hrsg. v. Hermann Kurzke, Frankfurt am Main 2002.

Mann, Thomas: Reden und Aufsätze I (= Gesammelte Werke in 13 Bänden, Bd. 9), Frankfurt am Main ²1974.

Marteau, Pierre: Politik und Zustände in den drei altpreussischen Grosslogen und der Kampf des christlichen mit dem humanistischen Prinzip. Kritische Studien zur Reform der Freimaurerei, Frankfurt am Main 1906.

Milim, Otto: 25 Jahre Freimaurer. Erlebnisse und Enttäuschungen eines alten Logenbruders, Berlin 1910.

Möller, Heinrich: „Die Aufgaben der Deutschen Freimaurerei in Gegenwart und Zukunft", in: Festschrift zum 80. Geburtstag des Brs. Prof. Dr. Heinrich Möller, S. 125–138.

Müffelmann, Ludwig: Die italienische Freimaurerei und ihr Wirken für die Teilnahme Italiens am Kriege, Berlin 1915.

Müller von Hausen, Ludwig: Die Altpreußischen Logen und der National-Verband Deutscher Offiziere, Berlin-Charlottenburg [1924].

Müller von Hausen, Ludwig: Die Hohenzollern und die Freimaurerei, Charlottenburg 1924.

Müller, A[ugust]: „Die Bedeutung des Teppichs. Vortrag, gehalten am 24.10.1932", in: Müller: Freimaurerei, S. 12–18.

Müller, A[ugust]: Die deutsche Freimaurerei in der Form der früheren drei altpreußischen Großlogen von Alters her ein deutschchristlicher Orden, sein Sinn, Wert und Zweck. Vorträge, gehalten in der Loge Vorwärts in Rheydt (jetzt Ordensgruppe des Nationalen Christlichen Ordens Friedrich der Große), Rheydt [1933].

Nettelbladt, C. C. F. W.: Geschichte Freimaurerischer Systeme in England, Frankreich und Deutschland. Vornehmlich auf Grund der Archivalien der Gr. Landesloge der Freimaurer von Deutschland, Berlin 1879.

Neues Konversations-Lexikon für alle Stände, hrsg. v. H[ermann] J[ulius] Mayer, 16 Bde., Hildburghausen/New York 1857 – 1861.

Neumann, Otto Philipp: 1717 – 1917. Gedanken über die Freimaurerei der Gegenwart mit einem kurzen Abriss ihrer Geschichte, Frankfurt am Main 1918.

Neumann, Otto Philipp: „Der Einfluß der Freimaurerei auf den Völkerkrieg", in: Baer (Hg.): Völkerkrieg, Bd. 18 (1918), S. 1–8.

Neumann, Otto Philipp: Die Gegner der Freimaurerei. Mit einem Anhang: Nicht anerkannte Logensysteme (= Bücherei für Freimaurer, Bd. 15), Berlin [1907].

Norman, C[larence] H[enry]: „‚Grand Orient'. Zwischenfälle, am Sonntag, dem 28. Juni 1914, in London", in: Berliner Monatshefte für internationale Aufklärung: Die Kriegsschuldfrage 2 (1931), S. 177–182.

Oertzen, Dietrich von: Was treiben die Freimaurer? Kurzer Wegweiser für Laien, Gütersloh 1881.

Ohr, Wilhelm: Aus einem Jahr Feldlogenarbeit, München 1916.

Ohr, Wilhelm: Der französische Geist und die Freimaurerei, Leipzig 1916.

Pachtler, Georg Michael: Der Götze der Humanität oder das Positive der Freimaurerei, Freiburg i. Br. 1875.

Pachtler, Georg Michael: Der stille Krieg gegen Thron und Altar oder Das Negative der Freimaurerei, Amberg [2]1876.

Paret, August: Die Großloge von Deutschland (= Sonder-Abdruck aus dem „Bayreuther Bundesblatt", XIX. Jahrgang Nr. 2/3 (Februar/März 1919)), o. O. 1919.

Peschel, F. (Hg.): Verzeichnis der Mitglieder des VdF. Nachtrag für das Jahr 1913, Leipzig 1914.

Pfannkuche, A[ugust]: Freimaurerei und völkische Frage. Ein Beitrag zum Verständnis unserer gegenwärtigen geistigen Lage zugleich eine Antwort an General Ludendorff, Berlin 1928.

Pfannkuche, A[ugust]: Warum Geheimbund? Ein Schlußwort zum Kampf Ludendorffs gegen die Freimaurerei, Berlin 1928.

Platon [= Gustav Winter]: Die Freimaurerei als Zerstörerin Deutschlands und Europas (= Sonderdruck der Artikelserie ‚Die letzte Festung' aus der Wochenschrift ‚Wahrheit und Recht' Leipzig), Leipzig [ca. 1930].

Portig, A.: „Humanität und Humanitätsmaurerei", in: Der Stern von Bethlehem. Kundgebungen des Einheitsbundes deutscher Freimaurer über Ursprung, Wesen und Ziel der Freimaurerei, Braunschweig 1899, S. 105–116.

Pösche, Gustav: 25 Jahre Freimaurer 1906 – 1931. Beitrag zur Geschichte der Großen Loge von Preußen genannt Zur Freundschaft, Berlin 1931.

Prof. Pharos [= Anton Puntigam]: Der Prozeß gegen die Attentäter von Sarajewo. Nach amtlichen Stenogrammen der Gerichtsverhandlung (= Sonderabdruck aus Archiv für Strafrecht und Strafprozeß), Berlin 1918.

Protokoll des gemeinsamen Logentages der Grosslogen von Hamburg, Bayreuth, Frankfurt a/M zu Eisenach am 11. und 12. Mai 1901, Hamburg 1901.

Rackhorst, Friedrich: Logenkarte von Deutschland, Leipzig 1900.

Real-Encyclopädie für protestantische Theologie und Kirche, hrsg. v. Johann Jakob Herzog, 22 Bde., Stuttgart [u. a.] 1854 – 1866.

Reichl, Kurt (Hg.): Das Blaubuch der Weltfreimaurerei. Jahrband 1933, Wien 1933.

Reinborn, Hans: Ich suchte, suche auch Du. Was haben wir auf die Vorwürfe gegen die Freimaurer-Logen zu antworten? Für Brüder u. Wahrheitssuchende. Ist die Freimaurerei eine Gefahr?, Erfurt 1929.

Reinhardt, Ernst: Volkstum, Weltbürgertum, Freimaurerei (= Am Bau, freimaurerische Flugschriften, H. 7), München 1920.

Reiss, Josef: Die Österreichischen Freimaurer, Wien/Leipzig [1932].

Reitzenstein, Albin Freiherr von: Fichte (= Maurerische Klassiker, Bd. I), Berlin [1907].

Reitzenstein, Albin Freiherr von: Herder (= Maurerische Klassiker, Bd. III), Berlin [1909].

Religion in Geschichte und Gegenwart. Handwörterbuch in gemeinverständlicher Darstellung, hrsg. v. Friedrich Michael Schiele, Leopold Zscharnack, 5 Bde., Tübingen 1909 – 1913.

Réunion frat.·. du 7 Juillet 1907 au Col de la Schlucht. Brüd.·. Zusammenkunft vom 7. Juli 1907 auf der Schlucht, Colmar 1907.

[Reuß, Theodor]: Geschichte des Illuminaten-Ordens, o. O. 1896.

Reventlow, Ernst Graf zu: Minister Stresemann als Staatsmann und Anwalt des Weltgewissens, München ^{9}1927.

Riddell, John (Hg.): To the Masses. Proceedings of the Third Congress of the Communist International, 1921 (= Historical Materialism Book Series, Bd. 91), Leiden/Boston 2015.

Riddell, John (Hg.): Toward the United Front. Proceedings of the Fourth Congress of the Communist International (= Historical Materialism Book Series, Bd. 34), Leiden/Boston 2012.

Rosenberg, Alfred: Das Verbrechen der Freimaurerei. Judentum, Jesuitismus, Deutsches Christentum, München 1921.

Rosenberg, Alfred: Die Protokolle der Weisen von Zion und die jüdische Weltpolitik, München 1923.

Rosenberg, Alfred: Freimaurerische Weltpolitik im Lichte der kritischen Forschung, München 1929.

Rosenberg, Alfred: Kampf um die Macht. Aufsätze von 1921 – 1932, München 1937.

Rosenberg, Paul: Das Ende des Preußischen Sprengelrechts. Eine neue Epoche in der deutschen Freimaurerei. Erinnerungsblatt zum 30. Stiftungsfeste der Loge Victoria. Handschrift für Brr Freimaurer, Berlin 1922.

Rosenthal, Heinrich: Die öffentlich-rechtliche Stellung der Freimaurerlogen in Preussen, Breslau 1878.

[Roth, Alfred] (Hg.): Deutsches Volkstum und Freimaurertum in drei Abhandlungen (= Hammer-Schläge, H. 26), Hamburg 1921.

Roth, Alfred: Aus der Kampfzeit des Deutschvölkischen Schutz- und Trutzbundes. Eine Erinnerungsschrift, Hamburg 1939.

Roth, Alfred: Geheime Fäden im Weltkriege (= Hammer-Schläge, H. 2), Hamburg 1919.

Roth, Alfred: „Zum Geleit“, in: [Roth] (Hg.): Volkstum, S. 3f.

Runkel, Ferdinand: Geschichte der Freimaurerei, 3 Bde., Königswinter 2006 (EA Berlin 1931 – 1932).

Sassenbach, Johannes: Die Freimaurerei. Ihre Geschichte, Thätigkeit und innere Einrichtung, Berlin [ca. 1896].

Schall, O.: Welcher Loge soll ich angehören? Freimaurer, Odd-Fellows, Druiden, Settegastianer, Unabhäng. Freimaurer, Bnai Brith, Berlin [1900].

Schiffmann, Gustav: Andreas Michael Ramsay. Eine Studie zur Geschichte der Freimaurerei, Leipzig 1878.

Schiffmann, Gustav: Die Entstehung der Rittergrade in der Freimaurerei um die Mitte des XVIII. Jahrhunderts, Leipzig 1882.

Schiffmann, Gustav: Die Freimaurerei in Frankreich in der ersten Hälfte des XVIII. Jahrhunderts, Leipzig 1878.

Schlund, Erhard: Neugermanisches Heidentum im heutigen Deutschland, München ^{2}1924.

Schmidt, Kurt: Die Freimaurerei im Dienste deutscher Nationalbildung. Ewigkeitsziele und Gegenwartsaufgaben der Königlichen Kunst, Wetzlar 1927.

Schmidt, Kurt: Völkische Weltanschauung und Freimaurerei, Gotha 1932.

Schneider, Robert/Wichtl, Friedrich: Weltfreimaurerei, Weltrevolution, Weltrepublik. Eine Untersuchung über Ursprung, Verlauf und Fortsetzung des Weltkrieges und über das Wirken des Freimaurerbundes in der Gegenwart, München/Berlin ^{13}1936.

Schneider, Robert: Die Freimaurerei vor Gericht. Neue Tatsachen über Weltfreimaurerei, deutsch-christliche Orden und geheime Hochgrade, München ^{3}1936.

Schottmüller, Konrad: Der Untergang des Templer-Ordens. Mit urkundlichen und kritischen Beiträgen, Berlin 1887.

Schultze, Ernst: Die Kulturaufgaben der Freimaurerei, Stuttgart/Berlin 1912.

Schwabe, Johann Conrad: Die Neugestaltung der Weltmaurerei durch den Weltkrieg, Berlin 1918.

Schwabe, Johann Conrad: Freimaurerei und Presse im Weltkriege, 3 Bde., Frankfurt am Main/Leipzig 1916 – 1926.

Schwabe, Johann Conrad: Für und Wider die Freimaurerei. Kleine Bibliographie der Angriffs- und Abwehrliteratur, Leipzig 1931.

Schwartz-Bostunitsch, Gregor: Die Freimaurerei. Ihr Ursprung, ihre Geheimnisse, ihr Wirken, Weimar 1928.

Schwartz-Bostunitsch, Gregor: Die Freimaurerei. Ihr Ursprung, ihre Geheimnisse, ihr Wirken, Weimar ^{4}1936.

Schwarz, Dieter: Die Freimaurerei. Weltanschauung, Organisation und Politik, Berlin 1938.

Sebottendorf, Rudolf von: Bevor Hitler kam. Urkundliches aus der Frühzeit der nationalsozialistischen Bewegung, München 1933.

Sebottendorf, Rudolf von: Die Praxis der alten türkischen Freimaurerei. Der Schlüssel zum Verständnis der Alchimie. Eine Darstellung des Rituals, der Lehre, der Erkennungszeichen orientalischer Freimaurer, Leipzig 1924.

Segel, Binjamin: Die Protokolle der Weisen von Zion kritisch beleuchtet. Eine Erledigung (Berlin 1924), hrsg. v. Franziska Krah, Wien 2017.

Settegast, Hermann: Die deutsche Freimaurerei, ihr Wesen, ihre Ziele und Zukunft im Hinblick auf den freimaurerischen Nothstand in Preußen, Berlin 1892.

Settegast, Hermann: Die Deutsche Freimaurerei, ihre Grundlagen, ihre Ziele, Berlin [8]1908.

Settegast, Hermann: Die Große Freimaurerloge von Preußen, genannt Kaiser Friedrich zur Bundestreue, Berlin 1893.

Settegast, Hermann: Was die deutsche Freimaurerei noch retten kann. Ideen und Plan zu einer Reform des deutschen Großlogenbundes, Berlin 1896.

Settegast, Hermann: Woher – wohin? Eine freimaurerische Betrachtung, Berlin 1895.

Sigl, J[ohann].: Die Schule des Verbrechens – die Loge. Ein milder Beitrag zur Charakteristik der Freimaurer (= Separat-Abdruck aus dem ‚Bayerischen Vaterland'), München 1879.

Six, Franz Alfred: Studien zur Geistesgeschichte der Freimaurerei, Hamburg [2]1942.

Smitt, Willem: Katechismus der Freimaurerei, Leipzig 1891.

Sombart, Werner: Händler und Helden, Leipzig 1915.

[Sonntag, Josef]: Die Freimaurerei im Spiegel deutschen Lebens (= Brennende Zeitfragen, Bd. 1), Berlin-Steglitz [1927].

Sperling, H. O. (Hg.): Adressbuch der Deutschen Zeitschriften und der hervorragenden politischen Tagesblätter. Hand- und Jahrbuch der deutschen Presse, Leipzig 1894.

Staats- und Gesellschafts-Lexikon, hrsg. v. Hermann Wagener, 23 Bde., Berlin 1859 – 1867.

Staatslexikon der Görres-Gesellschaft, hrsg. v. Adolf Bruder, Julius Bachem, 5 Bde., Freiburg i. Br. 1889 – 1897.

Staats-Lexikon. Encyklopädie der Staatswissenschaften für alle Stände, hrsg. v. Karl von Rotteck, Carl Welcker, 14 Bde., Leipzig [3]1856 – 1866.

Stammrolle des Deutschbundes, Friedrichroda 1912.

Statuten des Bundes der Freimaurer der Großen National-Mutterloge der Preussischen Staaten, genannt: zu den drei Weltkugeln, Berlin [1865].

Stauff, Philipp: Das Deutsche Wehrbuch, Wittenberg 1912.

Steiger, Alfons: Der neudeutsche Heide im Kampf gegen Christen und Juden, Berlin 1924.

Steitz, Georg Eduard: „Freimaurer und Freimaurerei", in: Real-Encyklopädie für protestantische Theologie und Kirche, Bd. 4 (1855), S. 570—591.

[Stillich, Oskar]: Deutschvölkischer Katechismus. Heft 1: Begriff und Wesen des Völkischen, Leipzig 1929.

[Stillich, Oskar]: Deutschvölkischer Katechismus. Heft 2: Völkische Organisationen, Leipzig 1931.

Streifzüge durch das Reich der Freimaurerei. Sonderabdruck aus dem ‚Deutschen Adelsblatte', Köln 1897.

Stresemann, Gustav: Reden und Schriften. Politik, Geschichte, Literatur, 1897 – 1926, Bd. 2, Dresden 1926.

Symbolische Großloge von Deutschland (Hg.): Grundsätze, Satzung und Verordnungen der Symbolischen Großloge von Deutschland, [Hamburg] [1930].

System der Freimaurerei der Loge ‚zur edlen Aussicht' in Freiburg im Breisgau. Einleitung und erster Grad, Freiburg i. Br. 1866.

Taeschner, T[itus]: Die Feldloge ‚In Ketten zum Licht!' und andere freimaur. Erinnerungen aus der Kriegsgefangenschaft, Leipzig 1921.

Taute, Reinhold: Die deutsche Freimaurer-Bibliographie. Eine kritische Übersicht, Leipzig [1897].

Taute, Reinhold: Die Juden in den Freimaurerlogen, Leipzig 1913.

Taute, Reinhold: Gebhard Leberecht von Blücher, der Held der Befreiungskriege, als Freimaurer (= Bücherei für Freimaurer, Bd. 28), Berlin [2]1913.

Taute, Reinhold: Maurerische Bücherkunde. Ein Wegweiser durch die Literatur der Freimaurerei mit literarisch-kritischen Notizen und zugleich ein Supplement zu Kloss' Bibliographie, Leipzig 1886.

Taute, Reinhold: Ordens- und Bundes-Romane. Ein Beitrag zur Bibliographie der Freimaurerei, Frankfurt am Main 1907.

Taute, Reinhold: Organisation und Grundgesetze der deutschen Grosslogen, Leipzig 1900.

Taxil, Leo: Die Drei-Punkte-Brüder. Vollständige Enthüllungen über die Freimaurerei, 2 Bde., Freiburg 1886–1887.

Thamhayn, Willy: Freimaurerische Gedanken im Spiegel der heutigen deutschen Kriegslyrik, Leipzig 1916.

Troeltsch, Ernst: „Nach der Entscheidung (Juli 1919)", in: ders.: Briefe, S. 125–132.

Troeltsch, Ernst: Spectator-Briefe und Berliner Briefe (1919 – 1922) (= Ernst Troeltsch. Kritische Gesamtausgabe, Bd. 14), hrsg. v. Gangolf Hübinger, Nikolai Wehrs, Berlin/Boston 2015.

Trotzki, Leo: Mein Leben. Versuch einer Autobiographie, Frankfurt am Main 1981.

Trümpert, A.: Zur Steuer der Wahrheit. Richtigstellung der in der Denkschrift der Großloge ‚Zur Sonne' gegebenen Darstellung über die Wiederaufnahme der Beziehungen zur Großloge von England, Darmstadt 1932.

Uhlmann, Fr[itz]: Die große Werklehre der Freimaurerei. Nach den Ritualen und Katechismen der verschiedenen Lehrarten (= Bücherreihe der Allg. Freim.-Liga, Nr. 6 d), Stuttgart 1931.

Urkunden der Grossen National-Mutterloge in den Preussischen Staaten genannt Zu den drei Weltkugeln über die Krisis in der Deutschen Freimaurerei, Berlin 1902.

VdF (Hg.): Der freimaurerische Gedanke, 4 Hefte, Jena 1912 – 1914.

VdF (Hg.): Die besonderen Aufgaben maurerischer Volksbildungsarbeit, Berlin 1910.

VdF (Hg.): Die Freimaurerei und das religiöse Bedürfnis unserer Zeit. Eine Gutachtensammlung, Berlin 1914.

VdF (Hg.): Die Vernichtung der Unwahrheiten über die Freimaurerei durch 116 Antworten auf 116 Fragen, Leipzig ²1928.

VdF (Hg.): Die Vernichtung der Unwahrheiten über die Freimaurerei, Leipzig ⁴1929.

VdF (Hg.): Logentum und Volkserziehung, Berlin 1908.

VdF (Hg.): Zukunftsaufgaben der deutschen Freimaurerei. Eine Gutachtensammlung, Berlin 1917.

Verfassung der am 21. Januar 1741 gestifteten Bundes- und Großloge „Zur Sonne" in Bayreuth, Bayreuth 1905.

Vogl, Carl: Aufzeichnungen und Bekenntnisse eines Pfarrers. Inmitten der Krisis, Wien/Berlin 1930.

Volkenrath, [Max]: Deutsche Freimaurerei als Ergebnis des Weltkrieges. Kriegsbetrachtungen eines deutschen Freimaurers im Felde, Leipzig 1916.

Wagler, Paul: Die Freimaurernatur des deutschen Volkes, Leipzig 1920.

Wald, Wilhelm (Hg.): Geschichte der Großen Landesloge der Freimaurer von Deutschland zu Berlin, 2 Bde., Berlin 1921.

Was will der Einheits-Bund Deutscher Freimaurer?, Braunschweig 1897.

Wehrhan, K[arl]: Die Freimaurerei im Volksglauben. Geschichten, Sagen und Erzählungen des Volkes über die Geheimnisse der Freimaurer und ihre Kunst, Berlin-Lankwitz 1919.

Weiß, Karl: Das Jahr 1813 und die Freimaurerei, Aachen 1913.

Westerich, Thomas (Hg.): Das Jugendgeleitbuch. Gedenke, daß du ein Deutscher bist, Leipzig 1914.

Wichtl, Friedrich: Dr. Karl Kramarsch, der Anstifter des Weltkrieges, München/Wien ⁵1918.

Wichtl, Friedrich: Freimaurer-Morde, Wien 1920.

Wichtl, Friedrich: Weltfreimaurerei, Weltrevolution, Weltrepublik. Eine Untersuchung über Ursprung und Endziele des Weltkrieges, München ⁸1921.

Wichtl, Friedrich: Weltfreimaurerei, Weltrevolution, Weltrepublik. Eine Untersuchung über Ursprung und Endziele des Weltkrieges, München 1919.

Wilhelm Ohr zum Gedächtnis, Gotha 1918.

Witt-Hoë, Felix: Vom Geiste der Feldlogen, Leipzig 1917.

Wolf, Heinrich: Weltgeschichte der Lüge, Leipzig 1922.

Wolfstieg, August (Hg.): Acta Latomiae. Einzelschriften zur Geschichte der Freimaurerei und verwandter Gebiete. Aus deutschen Logenarchiven, 2 Bde., Berlin 1919 – 1920.

Wolfstieg, August (Hg.): Bibliographie der Freimaurerischen Literatur, 3 Bde., Leipzig 1911 - 1913.

Wolfstieg, August: Werden und Wesen der Freimaurerei, 5 Bde., Berlin 1920 - 1922.

Zetzsche, Christian: 200 Jahre Freimaurerei in Pyrmont. Geschichte und Selbsterlebtes, Langenhagen 1975.

Forschungsliteratur

Ackermann, Josef: Heinrich Himmler als Ideologe, Göttingen/Zürich/Frankfurt am Main 1970.

Agard, Olivier/Beßlich, Barbara (Hg.): Kulturkritik zwischen Deutschland und Frankreich (1890 - 1933) (= Schriften zur politischen Kultur der Weimarer Republik, Bd. 18), Frankfurt am Main 2016.

Albanis, Elisabeth: „Anleitung zum Hass: Theodor Fritschs antisemitisches Geschichtsbild. Vorbilder, Zusammensetzung und Verbreitung", in: Bergmann/Sieg (Hg.): Geschichtsbilder, S. 167—191.

Albrecht, Henning/Boukrif, Gabriele/Bruns, Claudia/Heinsohn, Kirsten (Hg.): Politische Gesellschaftsgeschichte im 19. und 20. Jahrhundert, Hamburg 2006.

Albrecht, Henning: „Das ‚Staats- und Gesellschaftslexikon' von Hermann Wagener im Spiegel der Redaktionskorrespondenz", in: Albrecht [u. a.] (Hg.): Gesellschaftsgeschichte, S. 273—294.

Albrecht, Wolfgang/Schade, Richard E. (Hg.): Mit Lessing zur Moderne. Soziokulturelle Wirkungen des Aufklärers um 1900, Kamenz 2004.

Albrecht, Wolfgang/Weiß, Christoph (Hg.): Von ‚Obscuranten' und ‚Eudämonisten'. Gegenaufklärerische, konservative und antirevolutionäre Publizisten im späten 18. Jahrhundert (= Literatur im historischen Kontext. Studien und Quellen zur deutschen Literatur- und Kulturgeschichte vom 18. Jahrhundert bis zur Gegenwart, Bd. 1), St. Ingbert 1997.

Albrecht, Wolfgang/Weiß, Christoph: „Einleitende Bemerkungen zur Beantwortung der Frage: Was heißt Gegenaufklärung?", in: dies. (Hg.): Obscuranten, S. 7—35.

Albrecht, Wolfgang: „Illuminatismus redivivus? Revolutionsfeindliche Publizistik im Bann überkommener Verschwörungsphantasmen", in: Donnert (Hg.): Europa, Bd. 5, S. 91—97.

Albrecht, Wolfgang: „Tempelbau und Sozialwerk. Umstrittene Innovationsversuche des ‚Lessingbundes deutscher Freimaurer' im ausgehenden 19. Jahrhundert", in: ders./ Schade (Hg.): Lessing, S. 101—112.

Albrecht, Wolfgang: „Zur Rolle deutscher Aufklärer im Verschwörungsdenken vor Ausbruch der Französischen Revolution", in: Reinalter (Hg.): Typologien, S. 8—19.

Alexander, Gerhard/Fritsche, Johannes: „‚Religion' und ‚Religiosität' im 18. Jahrhundert. Eine Skizze zur Wortgeschichte", in: Gründer/Rengstorf (Hg.): Religionskritik, S. 11–24.

Alter, Peter/Bärsch, Claus-Ekkehard/Berghoff, Peter (Hg.): Die Konstruktion der Nation gegen die Juden, München 1999.

Alter, Reinhard: „Heinrich Manns Untertan: Prüfstein für die ‚Kaiserreich-Debatte'?", in: GG 3 (1991), S. 370–389.

Altgeld, Wolfgang: Katholizismus, Protestantismus, Judentum. Über religiös begründete Gegensätze und nationalreligiöse Ideen in der Geschichte des deutschen Nationalismus (= Veröffentlichungen der Kommission für Zeitgeschichte. Reihe B, Forschungen; Bd. 59), Mainz 1992.

Amara, Michaël: „La propagande belge et l'image de la Belgique aux Etats-Unis pendant la Première Guerre mondiale", in: RBHC 1/2 (2000), S. 173–226.

Amm, Bettina: „Die Ludendorff-Bewegung im Nationalsozialismus – Annäherung und Abgrenzungsversuche", in: Puschner/Vollnhals (Hg.): Völkisch-religiöse Bewegung, S. 127–147.

Amm, Bettina: Die Ludendorff-Bewegung. Zwischen nationalistischem Kampfbund und völkischer Weltanschauungssekte, Hamburg 2006.

Anderson, Benedict: Imagined Communities: Reflections on the Origin and Spread of Nationalism, London 1991 (EA 1983).

Angele, Michael: Die verfolgte Moderne. Männerbund, Geheimbund und Verschwörungstheorie in der deutschsprachigen Literatur der Zwischenkriegszeit, Dissertation, Freie Universität Berlin, 1999.

Anton, Andreas/Schetsche, Michael/Walter, Michael K. (Hg.): Konspiration. Soziologie des Verschwörungsdenkens, Wiesbaden 2014.

Anton, Andreas/Schetsche, Michael/Walter, Michael K.: „Einleitung: Wirklichkeitskonstruktion zwischen Orthodoxie und Heterodoxie – zur Wissenssoziologie von Verschwörungstheorien", in: dies. (Hg.): Konspiration, S. 9–25.

Anton, Andreas: Unwirkliche Wirklichkeiten. Zur Wissenssoziologie von Verschwörungstheorien (= PeriLog. Freiburger Beiträge zur Kultur- und Sozialforschung, Bd. 5), Berlin 2011.

Anz, Wilhelm: „Idealismus und Nachidealismus", in: Flückiger: Theologie, S. 99–212.

Appel, Rolf/Vorgrimler, Herbert: Kirche und Freimaurer im Dialog, Frankfurt am Main 1975.

Arendt, Hannah: Elemente und Ursprünge totaler Herrschaft, Frankfurt am Main 1955 (engl. 1951).

Aschmann, Birgit (Hg.): Durchbruch der Moderne? Neue Perspektiven auf das 19. Jahrhundert, Frankfurt am Main/New York 2019.

Assmann, Aleida/Assmann, Jan (Hg.): Schleier und Schwelle, Bd. 1: Geheimnis und Öffentlichkeit (= Archäologie der literarischen Kommunikation, Bd. V), München 1997.

Bacht SJ, Heinrich: „Gruber, Hermann", in: Neue Deutsche Biographie 7 (1966), S. 181f., Online: <https://www.deutsche-biographie.de/pnd116887168.html#ndbcontent> (zuletzt 02.03.2022).

Backes, Uwe (Hg.): Rechtsextreme Ideologien in Geschichte und Gegenwart (= Schriften des Hannah-Arendt-Instituts für Totalitarismusforschung, Bd. 23), Köln/Weimar/Wien 2003.

Back-Vega, Peter: Das Märchen von der Weltherrschaft, Wien 2013.

Balász, Eva H./Hammermayer, Ludwig/Wagner, Hans/Wojtowicz, Jerzy (Hg.): Beförderer der Aufklärung in Mittel- und Osteuropa. Freimaurer, Gesellschaften, Clubs (= Studien zur Geschichte der Kulturbeziehungen in Mittel- und Osteuropa, Bd. 5), Essen 1987.

Bald, Albrecht: Widerstand, Verweigerung und Emigration in Oberfranken. Das NS-Regime und seine Gegner 1933 – 1945. Ein Überblick (= Bayreuther Rekonstruktionen 3), Bayreuth 2015.

Baltrusch, Ernst/Hegewisch, Morten/Meyer, Michael/Puschner, Uwe/Wendt, Christian (Hg.): 2000 Jahre Varusschlacht. Geschichte – Archäologie – Legenden (= Topoi. Berlin Studies of the Ancient World, Bd. 7), Berlin/Boston 2012.

Banghard, Karl: „Geahnte Ahnen. ‚Germanische' Erinnerungsorte", in: Langebach/Sturm (Hg.): Erinnerungsorte, S. 61—77.

Barbarian, Nikolaus: Auswärtige Kulturpolitik und ‚Auslandsdeutsche' in Lateinamerika 1949 – 1973, Wiesbaden 2014.

Barkun, Michael: A Culture of Conspiracy. Apocalyptic Visions in Contemporary America (= Comparative Studies in Religion and Society, Bd. 15), Berkeley/Los Angeles/London 2003.

Barnewitz, Lars Chr.: Entschädigung der Freimaurerlogen nach 1945 und nach 1989 (= Juristische Zeitgeschichte. Abt. 5, Bd. 20), Berlin/Boston 2011.

Barth, Boris: Dolchstoßlegenden und politische Desintegration. Das Trauma der deutschen Niederlage im Ersten Weltkrieg 1914 – 1933 (=Schriften des Bundesarchivs, Bd. 61), Düsseldorf 2003.

Baßler, Moritz/Châtellier, Hildegard (Hg.): Mystik, Mystizismus und Moderne in Deutschland um 1900, Strasbourg 1998.

Bauer, Franz J.: Das „lange" 19. Jahrhundert, Stuttgart ^{3}2010.

Bauer, Joachim/Müller, Gerhard: „Die ‚Strikte Observanz' – freimaurerisches System oder politisches Instrument?", in: QC Jahrbuch 40 (2003), S. 33—42.

Bauer, Joachim/Müller, Gerhard: „Von Johnssen zu Cagliostro: Freimaurerische ‚Hochstapler' und arkanpolitische Machtakkumulation im 18. Jahrhundert", in: Aufklärung 15 (2003), S. 67—104.

Bauer, Roger (Hg.): Fin de siècle: zu Literatur und Kunst der Jahrhundertwende (= Studien zur Philosophie und Literatur des neunzehnten Jahrhunderts, Bd. 35), Frankfurt am Main 1977.

Baycroft, Tim: „Nationalism, National Identity and Freemasonry", in: JRFF 1 (2010), S. 10–22.

Beachy, Robert: „Recasting Cosmopolitanism. German Freemasonry and Regional Identity in the Early Nineteenth Century", in: Eighteenth-Century Studies 2 (2000), S. 266–274.

Becker, Ruth/Kortendiek, Beate (Hg.): Handbuch Frauen- und Geschlechterforschung. Theorie, Methoden, Empirie, (= Geschlecht & Gesellschaft, Bd. 35), Wiesbaden 2010.

Becker, Tobias: Inszenierte Moderne. Populäres Theater in Berlin und London, 1880 – 1930 (= Veröffentlichungen des Deutschen Historischen Instituts London, Bd. 47), München 2014.

Bédarida, François/Bruhat, Jean/Droz, Jacques/Kriegel, Annie: Sozialismus und Arbeiterbewegung bis zum Ende der I. Internationale (= Geschichte des Sozialismus. Von den Anfängen bis 1875, Bd. III), Frankfurt am Main/Berlin/Wien 1975.

Behmler, Heike/Gertzen, Thomas L./Witthuhn, Orell (Hg.): Der Nachlass Paul de Lagarde. Orientalistische Netzwerke und antisemitische Verflechtungen (= Europäisch-jüdische Studien. Beiträge, Bd. 46), Berlin/Boston 2020.

Benz, Wolfgang (Hg.): Handbuch des Antisemitismus. Judenfeindschaft in Geschichte und Gegenwart, 8 Bde., Berlin [u. a.] 2008 – 2015.

Benz, Wolfgang: Die Protokolle der Weisen von Zion. Die Legende von der jüdischen Weltverschwörung (= Beck'sche Reihe, Bd. 2413), München 2007.

Benz, Wolfgang: „Frenssen, Gustav", in: Benz (Hg.): Handbuch, Bd. 2/1 (2009), S. 248f.

Benz, Wolfgang: Was ist Antisemitismus? (= bpb Schriftenreihe, Bd. 455), Bonn 2008 (EA 2004).

Berdahl, Robert M. [u. a.] (Hg.): Klassen und Kultur. Sozialanthropologische Perspektiven in der Geschichtsschreibung, Frankfurt am Main 1982.

Bergen, Doris L.: „Die ‚Deutschen Christen' 1933 – 1945: ganz normale Gläubige und eifrige Komplizen?", in: GG 4 (2003), S. 542–574.

Berger, Joachim/Grün, Klaus-Jürgen (Hg.): Geheime Gesellschaft. Weimar und die deutsche Freimaurerei, München/Wien 2002.

Berger, Joachim: „Between Universal Values and National Ties: Western European Freemasonries Face the Challenge of ‚Europe' 1850 – 1930", in: JRFF 2 (2010), S. 205–226.

Berger, Joachim: „Local – national – transnational heroes? Hero-worship in Western European freemasonries (c. 1870 – 1914)", in: Oberhauser/Knapp (Hg.): Hinter den Kulissen, S. 115–128.

Berger, Joachim: Mit Gott, für Vaterland und Menschheit? Eine europäische Geschichte des freimaurerischen Internationalismus (1845 – 1935) (= Veröffentlichungen des Instituts für Europäische Geschichte Mainz, Bd. 259), Göttingen 2020.

Berger, Joachim: „Regimes of Territoriality. Overseas Conflicts and Inner-European Relations, c. 1870 – 1930“, in: JRFF 1 (2014), S. 101–115.

Berger, Joachim: „‚Une œuvre internationale d'un caractère humanitaire'. The Appeal to Humanity in International Masonic Relations“, in: Klose/Thulin (Hg.): Humanity, S. 231–248.

Bergmann, Werner/Sieg, Ulrich (Hg.): Antisemitische Geschichtsbilder (= Antisemitismus: Geschichte und Strukturen, Bd. 5), Essen 2009.

Bergmann, Werner: „Handbuch der Judenfrage (Theodor Fritsch, 1887)“, in: Benz (Hg.): Handbuch, Bd. 6 (2013), S. 257–262.

Bergmann, Werner: „Houston Stewart Chamberlain“, in: Puschner/Schmitz/Ulbricht (Hg.): Handbuch, S. 900.

Bergmann, Werner: „Stoecker, Adolf“, in: Benz (Hg.): Handbuch, Bd. 2/2 (2009), S. 798–802.

Bergmann, Werner: „Völkischer Antisemitismus im Kaiserreich“, in: Puschner/Schmitz/Ulbricht (Hg): Handbuch, S. 449–463.

Berlan, Aurélien: „Die Intensität der Kulturkritik in Deutschland. Ein komparativer Ansatz“, in: Agard/Beßlich (Hg.): Kulturkritik, S. 41–56.

Berlin-Brandenburgische Akademie der Wissenschaften (Hg.): Deutsches Textarchiv. Grundlage für ein Referenzkorpus der neuhochdeutschen Sprache, Berlin 2019, Suchbegriff <Freimaurer>, Online: <http://www.deutschestextarchiv.de/search/plot/?query='Freimaurer'&mode=simple;window-simple=0&genres=0> (zuletzt 02.03.2022).

Bermbach, Udo: Houston Stewart Chamberlain. Wagners Schwiegersohn – Hitlers Vordenker, Stuttgart 2015.

Bernhard, Henry: Gustav Stresemann. Ein Beitrag zur Geschichte der deutschen Freimaurerei, Krefeld [ca. 1948].

Bernheim, Alain: „Dr. W. Begemann vs. The English Masonic History Establishment: A Love-Hate Story“, in: Heredom 7 (1998), S. 247–256.

Bernheim, Alain: „My Approach to Masonic History – Manchester 2011“, Online: <http://www.freemasons-freemasonry.com/bernheim27.html> (zuletzt 02.03.2022).

Bernheim, Alain: Nachforschungen über die Geschichte des Alten und Angenommenen Schottischen Ritus in Deutschland (2. Fassung 1983), (unveröff. Manuskript im Besitz der Bibliothek des Deutschen Freimaurermuseums Bayreuth), als redigierte Version Online: <https://freimaurer-wiki.de/index.php/AASR_in_Deutschland> (zuletzt 02.03.2022).

Bernheim, Alain: „Notes on Early Freemasonry in Bordeaux (1732 – 1769)“, in: AQC 101 (1988), S. 33–131.

Beßlich, Barbara: Wege in den ‚Kulturkrieg'. Zivilisationskritik in Deutschland 1890 – 1914, Darmstadt 2000.

Besson, Waldemar/Hiller von Gaertringen, Friedrich (Hg.): Geschichte und Gegenwartsbewusstsein. Historische Betrachtungen und Untersuchungen, Göttingen 1963.

Bevir, Mark: The Logic of the History of Ideas, Cambridge 1999.

Bevir, Mark: „The Role of Contexts in Understanding and Explanation“, in: Bödeker (Hg.): Begriffsgeschichte, S. 159–208.

Beyer, Bernhard: Ich klage an! Der Abmarsch der 3 altpreussisch-christlichen Großlogen (Sitz Berlin) ins nationalsozialistische Lager, o. O. [zwischen 1945 und 1955] (unveröff. Manuskript im Besitz der Loge „Zur Wahrheit“, Nürnberg), Online: <https://freimaurer-wiki.de/index.php/Datei:Bernhard_Beyer_-_Ich_klage_an!.pdf> (zuletzt 02.03.2022).

Beyer, Heiko: „Theorien des Antisemitismus: Eine Systematisierung“, in: KZfSS 3 (2015), S. 573–589.

Bieber, Hans-Joachim: Bürgertum in der Revolution. Bürgerräte und Bürgerstreiks in Deutschland 1918 – 1920 (= Hamburger Beiträge zur Sozial- und Zeitgeschichte, Bd. XXVIII), Hamburg 1992.

Binder, Dieter A.: Die Freimaurer. Geschichte, Mythos und Symbole, Wiesbaden 2012.

Binkelmann, Christoph/Stolz, Violetta: „Briefe zur Beförderung der Humanität“, in: Greif/Heinz/Clairmont (Hg.): Herder Handbuch, S. 216–232.

Blabusch, Heiko: „Wie die Gründung des ersten Kapitels in Deutschland – ‚Goethe zum leuchtenden Stern‘ No. 602 – zur Gründung der Symbolischen Großloge und des Obersten Rates für Deutschland führte“, in: QC Jahrbuch 55 (2018), S. 111–134.

Blackbourn, David/Eley, Geoff: Mythen deutscher Geschichtsschreibung. Die gescheiterte bürgerliche Revolution von 1848, Frankfurt am Main [u. a.] 1980.

Blaschke, Olaf/Kuhlemann, Frank-Michael (Hg.): Religion im Kaiserreich. Milieus – Mentalitäten – Krisen (= Religiöse Kulturen der Moderne, Bd. 2), Gütersloh ^{2}2000.

Blaschke, Olaf: „Das 19. Jahrhundert. Ein Zweites Konfessionelles Zeitalter?“, in: GG 1 (2000), S. 38–75.

Blaschke, Olaf: Die Kirchen und der Nationalsozialismus (= Reclams Universal-Bibliothek, Nr. 19211), Stuttgart 2014.

Blaschke, Olaf: „Historisch-politische Blätter für das katholische Deutschland (1838 – 1923)“, in: Benz (Hg.): Handbuch, Bd. 6 (2013), S. 273f.

Blaschke, Olaf: Katholizismus und Antisemitismus im Deutschen Kaiserreich (= Kritische Studien zur Geschichtswissenschaft, Bd. 122), Göttingen 1997.

Bödeker, Hans Erich (Hg.): Begriffsgeschichte, Diskursgeschichte, Metapherngeschichte (= Göttinger Gespräche zur Geschichtswissenschaft, Bd. 14), Göttingen 2002.

Bödeker, Hans Erich: „Menschheit, Humanität, Humanismus“, in: Geschichtliche Grundbegriffe, Bd. 3 (1982), S. 1063–1128.

Bogdan, Henrik/Snoek, Jan A. M. (Hg.): Handbook of Freemasonry (= Brill Handbooks on Contemporary Religion, Bd. 8), Leiden 2014.

Bogdan, Henrik/Starr, Martin P. (Hg.): Aleister Crowley and Western Esotericism, Oxford 2012.

Bogdan, Henrik/Starr, Martin P.: „Introduction", in: dies. (Hg.): Aleister Crowley, S. 3–13.

Bogdan, Henrik: „An Introduction to the High Degrees of Freemasonry", in: Heredom 14 (2006), S. 9–46.

Bogdan, Henrik: „The Sociology of the Construct of Tradition and Import of Legitimacy in Freemasonry", in: Kilcher (Hg.): Tradition, S. 217–238.

Böhl, Franziska: Freimaurerei und Diktatur. Die sächsischen Großlogen nach 1918, Leipzig 2018.

Bohnacker, Erwin: „Der Eklektische Bund – sein Einfluss auf die deutsche Freimaurerei", in: QC Jahrbuch 41 (2004), S.273–287.

Bollenbeck, Georg: Bildung und Kultur. Glanz und Elend eines deutschen Deutungsmusters, Frankfurt am Main/Leipzig ²1994.

Bollenbeck, Georg: Eine Geschichte der Kulturkritik. Von Rousseau bis Günther Anders, München 2007.

Bönisch, Michael: „Die ‚Hammer-Bewegung' ", in: Puschner/Schmitz/Ulbricht (Hg.): Handbuch, S. 341–365.

Borissova, Natalia/Frank, Susi K./Kraft, Andreas (Hg.): Zwischen Apokalypse und Alltag. Kriegsnarrative des 20. und 21. Jahrhunderts, Bielefeld 2009.

Borutta, Manuel: Antikatholizismus. Deutschland und Italien im Zeitalter der europäischen Kulturkämpfe (= Bürgertum Neue Folge. Studien zur Zivilgesellschaft, Bd. 7), Göttingen 2010.

Borutta, Manuel: „Genealogie der Säkularisierungstheorie. Zur Historisierung einer großen Erzählung der Moderne", in: GG 3 (2010), S. 347–376.

Bösch, Frank: „Militante Geselligkeit. Formierungsformen der bürgerlichen Vereinswelt zwischen Revolution und Nationalsozialismus", in: Hardtwig (Hg.): Kulturgeschichte, S. 151–182.

Botsch, Gideon/Kopke, Christoph: „Deutschvölkische Freiheitspartei", in: Benz (Hg.): Handbuch, Bd. 5 (2012), S. 204–206.

Brachvogel, K. H. Wolfgang/Richert, Thomas/Wolter, Henning: Historische Beiträge zur Geschichte des A.: A.: S.: R.: sowie zur Entstehung des Deutschen Obersten Rates (= Der Schottische Ritus in Geschichte und Gegenwart, Heft II), Frankfurt am Main 1986.

Braun, Christian: Zur Sprache der Freimaurerei. Eine textsortenspezifische und lexikalisch-semantische Untersuchung (= Berliner Sprachwissenschaftliche Studien, Bd. 5), Berlin 2004.

Bremm, Klaus-Jürgen: Propaganda im Ersten Weltkrieg, Darmstadt 2013.

Brennecke, Erich: „Abendroth-Obentraut, Andreas Alfred von“ in: Neue Deutsche Biographie 1 (1953), S. 16–17, Online: <https://www.deutsche-biographie.de/pnd125808305.html#ndbcontent> (zuletzt 02.03.2022).

Breuer, Stefan: Die Völkischen in Deutschland. Kaiserreich und Weimarer Republik, Darmstadt 2008.

Brinkmann, Winfried: „60 Jahre Forschungsloge Quatuor Coronati“, in: QC Jahrbuch 49 (2012), S. 5–18.

Brockhoff, Evelyn/Heidenreich, Bernd/Maaser, Michael (Hg.): Frankfurter Historiker (= Schriftenreihe des Frankfurter Universitätsarchivs, Bd. 6), Frankfurt am Main 2008.

Bronner, Stephen Eric: Ein Gerücht über die Juden. Die ‚Protokolle der Weisen von Zion‘ und der alltägliche Antisemitismus, Berlin 1999.

Bruch, Rüdiger vom/Graf, Friedrich Wilhelm/Hübinger, Gangolf (Hg.): Kultur und Kulturwissenschaften um 1900, 2 Bde., Stuttgart 1989 – 1997.

Bruch, Rüdiger vom/Graf, Friedrich Wilhelm/Hübinger, Gangolf: „Einleitung: Kulturbegriff, Kulturkritik und Kulturwissenschaften um 1900“, in: Bruch/Graf/Hübinger (Hg.): Kultur, Bd. 1 (1989), S. 9–24.

Bruch, Rüdiger vom/Nitschke, August/Ritter, Gerhard A./Peukert, Detlev J. K. (Hg.): Jahrhundertwende. Der Aufbruch in die Moderne 1880 – 1930, 2 Bde., Hamburg 1990.

Bruch, Rüdiger vom: „‚Der Zug der Millionen‘. Massengesellschaft im Aufbruch“, in: Bruch [u. a.] (Hg.): Jahrhundertwende, Bd. 1, S. 92–120.

Bruch, Rüdiger vom: „Gesellschaftliche Funktionen und politische Rollen des Bildungsbürgertums im Wilhelminischen Reich. Zum Wandel von Milieu und politischer Kultur“, in: Koselleck (Hg.): Bildungsbürgertum, S. 146–179.

Bruendel, Steffen: „Die Geburt der ‚Volksgemeinschaft‘ aus dem ‚Geist von 1914‘. Entstehung und Wandel eines ‚sozialistischen‘ Gesellschaftsentwurfs“, in: Historisches Forum 3 (2004), S. 29–59.

Bruendel, Steffen: Volksgemeinschaft oder Volksstaat. Die ‚Ideen von 1914‘ und die Neuordnung Deutschlands im Ersten Weltkrieg, Berlin 2003.

Brunotte, Ulrike: Zwischen Eros und Krieg. Männerbund und Ritual in der Moderne (= Kleine kulturwissenschaftliche Bibliothek, Bd. 70), Berlin 2004.

Buchheim, Hans: „Die organisatorische Entwicklung der Ludendorff-Bewegung und ihr Verhältnis zum Nationalsozialismus“, in: Gutachten des Instituts für Zeitgeschichte 1 (1958), S. 356–370.

Buchholz, Marlis/Füllberg-Stolberg, Claus/Schmid, Hans-Dieter (Hg.): Nationalsozialismus und Region (= Hannoversche Schriften zur Regional- und Lokalgeschichte, Bd. 11), Bielefeld ^{2}1997.

Burt, Roger: „‚Wherever Dispersed‘ – The Travelling Mason in the Nineteenth Century“, in: REHMLAC+ 1 (2018), S. 1–34.

Buss, Hansjörg: „Friedrich Andersen und der ‚Bund für Deutsche Kirche' in der schleswig-holsteinischen Landeskirche", in: Schmidt [u. a.] (Hg.): Wegbereiter, S. 179–191.

Bussche, Raimund von dem: Konservatismus in der Weimarer Republik. Die Politisierung des Unpolitischen (= Heidelberger Abhandlungen zur Mittleren und Neueren Geschichte, Bd. 11), Heidelberg 1998.

Butter, Michael/Knight, Peter (Hg.): Routledge Handbook of Conspiracy Theories, London/New York 2020.

Butter, Michael: „Nennt sie beim Namen!", in: Zeit Online, 28.12.2020, Online: <https://www.zeit.de/gesellschaft/2020-12/verschwoerungstheorien-corona-krise-wort-des-jahres-2020/komplettansicht> (zuletzt 02.03.2022).

Butter, Michael: „Nichts ist wie es scheint". Über Verschwörungstheorien, Berlin 2018.

Byford, Jovan: Conspiracy Theories. A Critical Introduction, New York 2011.

Cancik, Hubert (Hg.): Religions- und Geistesgeschichte der Weimarer Republik, Düsseldorf 1982.

Carelos, Pantelis/Röder, Klaus (Hg.): 275 Jahre Große National-Mutterloge „Zu den drei Weltkugeln" 1740 – 2015, Berlin 2015.

Caruso, Amerigo: Nationalstaat als Telos. Der konservative Diskurs in Preußen und Sardinien-Piemont 1840 – 1870 (= Elitenwandel in der Moderne, Bd. 20), Berlin 2017.

Caumanns, Ute/Niendorf, Mathias (Hg.): Verschwörungstheorien. Anthropologische Konstanten – historische Varianten (= Einzelveröffentlichungen des Deutschen Historischen Instituts Warschau, Bd. 6), Osnabrück 2001.

Chatfield, Charles/Dungen, Peter van den (Hg.): Peace Movements and Political Cultures, Knoxville 1988.

Chickering, Roger/Forster, Stig/Mauch, Christof/Lazar, David (Hg.): The Shadows of Total War. Europe, East Asia, and the United States, 1919 – 1939, New York 2003.

Chickering, Roger: Imperial Germany and a World Without War. The Peace Movement and German Society, 1892 – 1914, Princeton 1975.

Chickering, Roger: „Sore Loser. Ludendorff's Total War", in: ders. [u. a.] (Hg.): Shadows, S. 151–178, hier S. 168.

Chickering, Roger: We Men Who Feel Most German. A Cultural Study of the Pan-German-League, 1886 – 1914 (= Routledge Library Editions. German History, Bd. 6), New York/London 2020 (EA 1984).

Ciccarini, Marina/Marcialis, Nicoletta/Ziffer, Giogrio (Hg.): Kesarevo Kesarju. Scritti in onore di Cesare G. De Michelis, Florenz 2014.

Clark, Christopher/Kaiser, Wolfram (Hg.): Culture Wars. Secular-Catholic Conflict in Nineteenth-Century Europe, Cambridge/New York 2003.

Clark, Christopher/Kaiser, Wolfram: „The European culture wars", in: dies. (Hg.): Culture Wars, S. 1–10.

Clark, Christopher: „The New Catholicism and the European Culture Wars“, in: ders./ Kaiser (Hg.): Culture Wars, S. 11–46.

Claussen, Detlev: Was heißt Rassismus?, Darmstadt 1994.

Coady, David (Hg.): Conspiracy Theories. The Philosophical Debate, Milton 2006.

Coady, David: „An Introduction to the Philosophical Debate about Conspiracy Theories“, in: ders. (Hg.): Conspiracy Theories, S. 1–11.

Cohn, Norman: ‚Die Protokolle der Weisen von Zion‘. Der Mythos der jüdischen Weltverschwörung, Baden-Baden/Zürich 1998 (EA 1969) (engl. 1967).

Combes, André: „La Maçonnerie française et la première guerre mondiale“, in: REHMLAC+ 6,2 (2014/2015), S. 4–11.

Conti, Fulvio: „From Universalism to Nationalism: Italian Freemasonry and the Great War“, in: Journal of Modern Italian Studies 5 (2015), S. 640–662.

Conti, Fulvio: „The Masonic International and the Peace Movement in the Nineteenth and Twentieth Centuries“, in: Olmstead (Hg.): Peace, S. 15–30.

Cubitt, Geoffrey: „Catholics versus Freemasons in Late Nineteenth-Century France“, in: Tallett/Atkin (Hg.): Religion, S. 121–136.

Cubitt, Geoffrey: „Conspiracy Myths and Conspiracy Theories“, in: JASO 1 (1989), S. 12–26.

Cubitt, Geoffrey: The Jesuit Myth. Conspiracy Theory and Politics in Nineteenth-Century France, Oxford 1993.

Cuzzi, Marco: Dal Risorgimento al Mondo nuovo: la massoneria italiana nella Prima guerra mondiale, Florenz 2017.

Dachez, Roger: „Le ‚non-événement‘ de 1717...“, in: Critica massonica 0 (2017), S. 85–90.

Dahlke, Wulf: „‚Die Protokolle der Weisen von Zion‘. Entstehungsgeschichtliche und inhaltliche Bezüge zur Freimaurerei“, in: Judaica. Beiträge zum Verstehen des Judentums 2/3 (2008), S. 183–210.

Dentith, Matthew R. X.: The Philosophy of Conspiracy Theories, Basingstoke/ New York 2014.

Deutsches Freimaurerlexikon, hrsg. v. Reinhold Dosch, Innsbruck [2]2011.

Deutsches Rechtswörterbuch. Wörterbuch der älteren deutschen Rechtssprache, 14 Bde., hrsg. v. Heidelberger Akademie der Wissenschaften, [Stuttgart] [u. a.] 1914 - 2022.

Dickinson, Edward Ross: „Not So Scary After All? Reform in Imperial and Weimar Germany“, in: Central European History 1 (2010), S. 149–172.

Dictionary of Gnosis & Western Esotericism, hrsg. v. Wouter J. Hanegraaff, Leiden/ Boston 2006.

Dictionnaire universel de la franc-maçonnerie, hrsg. v. Daniel Ligou, 2 Bde., Paris 1974.

Dierickx, Michael: Freimaurerei. Die große Unbekannte. Ein Versuch zu Einsicht und Würdigung (= Edition zum rauhen Stein, Bd. 1), Innsbruck 1999 (EA 1968).

Dierker, Wolfgang: Himmlers Glaubenskrieger. Der Sicherheitsdienst der SS und seine Religionspolitik 1933 - 1941 (= Veröffentlichungen der Kommission für Zeitgeschichte, Reihe B: Forschungen, Bd. 92), Paderborn [2]2003.

Dinzelbacher, Peter (Hg.): Handbuch der Religionsgeschichte im deutschsprachigen Raum, 6 Bde., Paderborn [u. a.] 2000 - 2016.

Dittrich, Lisa: Antiklerikalismus in Europa. Öffentlichkeit und Säkularisierung in Frankreich, Spanien und Deutschland (1848–1914), Göttingen 2014.

Dittrich, Wolfgang: „Der ‚Verein deutscher Freimaurer': Ziele, Tendenzen, Entwicklungen", in: QC Jahrbuch 42 (2005), S. 51–65.

Doerry, Martin: Übergangsmenschen. Die Mentalität der Wilhelminer und die Krise des Kaiserreichs, Weinheim/München 1986.

Doherty, Bernard: „Fanaticism, Frisson, and Fin de Siècle France: Catholics, Conspiracy Theory, and Léo Taxil's 'Mystification'. Part 1", in: Journal of the Australian Catholic Historical Society (2020), S. 105–118.

Doherty, Bernard: „Fanaticism, Frisson, and Fin de Siècle France: Catholics, Conspiracy Theory, and Léo Taxil's 'Mystification'. Part 2", in: Journal of the Australian Catholic Historical Society (2021), S. 51–68.

Dohnke, Kay/Stein, Dietrich (Hg.): Gustav Frenssen in seiner Zeit. Von der Massenliteratur im Kaiserreich zur Massenideologie im NS-Staat, Heide 1997.

Dohnke, Kay: „Völkische Literatur und Heimatliteratur 1870 - 1918", in: Puschner/Schmitz/Ulbricht (Hg.): Handbuch, S. 651–684.

Donnert, Erich (Hg.): Europa in der Frühen Neuzeit, Bd. 5: Aufklärung in Europa, Köln/Weimar/Wien 1999.

Dotzauer, Winfried: Quellen zur Geschichte der deutschen Freimaurerei im 18. Jahrhundert. Unter besonderer Berücksichtigung des Systems der Strikten Observanz (= Schriftenreihe der Internationalen Forschungsstelle Demokratische Bewegungen in Mitteleuropa 1770–1850, Bd. 3), Frankfurt am Main [u. a.] 1991.

Drechsler, Johannes: Die Brüder vom FZAS. Ein Streifzug durch die Geschichte des Freimaurerbundes Zur Aufgehenden Sonne (= Die ‚Blaue Reihe', H. 17), Hamburg 1971.

Drehsen, Volker/Sparn, Walter (Hg.): Vom Weltbildwandel zur Weltanschauungsanalyse. Krisenwahrnehmung und Krisenbewältigung um 1900, Berlin 1996.

Drehsen, Volker/Sparn, Walter: „Die Moderne: Kulturkrise und Konstruktionsgeist", in: dies. (Hg.): Weltbildwandel, S. 11–29.

Drury, Marjule Anne: „Anti-Catholicism in Germany, Britain, and the United States: A Review and Critique of Recent Scholarship", in: Church History 1 (2001), S. 98–131.

Dupeux, Louis/Hudemann, Rainer/Knipping, Franz (Hg.): Eliten in Deutschland und Frankreich im 19. und 20. Jahrhundert. Strukturen und Beziehungen, München 1996.

Dziergwa, Roman: Lessing und die Freimaurerei. Untersuchungen zur Rezeption von G. E. Lessings Spätwerk ‚Ernst und Falk. Gespräche für Freymäurer' in den freimaurerischen und antifreimaurerischen Schriften des 19. und 20. Jahrhunderts (bis 1933) (= Europäische Hochschulschriften. Reihe I, Bd. 1332), Frankfurt am Main [u. a.] 1992.

Eagleton, Terry: Ideologie. Eine Einführung, Stuttgart/Weimar 1993 (engl. 1991).

Eberle, Henrik: „Paul Köthner", in: Catalogus Professorum Halensis, Online: <https://www.catalogus-professorum-halensis.de/koethnerpaul.html> (zuletzt 02.03.2022).

Eckerle, Anne/Koller, Hans: „Die Loge zur Einigkeit und der Eklektische Bund zwischen 1900 und 1935. Zum Umgang mit der NS-Zeit", in: QC Jahrbuch 52 (2015), S. 103–165.

Eco, Umberto (Hg.): Im Wald der Fiktionen. Sechs Streifzüge durch die Literatur, Wien 1994 (ital. 1994).

Eco, Umberto: „Fiktive Protokolle", in: Eco (Hg.): Wald, S. 155–184.

Ecole française de Rome (Hg.): Les Internationales et le problème de la guerre au XXe siècle (= Collection de l'École française de Rome, Bd. 95), Mailand [u. a.] 1987.

Ehmer, Josef: Bevölkerungsgeschichte und historische Demographie 1800 – 2010 (= Enzyklopädie deutscher Geschichte, Bd. 71), München [2]2013.

Eikermann, Larissa/Haupt, Stefanie/Linde, Roland/Zelle, Michael (Hg.): Die Externsteine. Zwischen wissenschaftlicher Forschung und völkischer Deutung. Beiträge der Tagung am 6. und 7. März in Detmold (= Veröffentlichungen der Historischen Kommission für Westfalen. Neue Folge, Bd. 31), Münster 2018.

Eley, Geoff/Jenkins, Jennifer L./Matysik, Tracie (Hg.): German Modernities from Wilhelm to Weimar. A Contest of Futures, London/New York 2016.

Eley, Geoff/Jenkins, Jennifer L./Matysik, Tracie: „Introduction: German Modernities and the Contest of Futures", in: dies. (Hg.): Modernities, S. 1–30.

Eley, Geoff: Reshaping the German Right. Radical Nationalism and Political Change after Bismarck, New Haven/London 1980.

Eley, Geoff: Wilhelminismus, Nationalismus, Faschismus. Zur historischen Kontinuität in Deutschland, Münster 1991.

Endler, Renate/Schwarze, Elisabeth: Die Freimaurerbestände im Geheimen Staatsarchiv Preußischer Kulturbesitz, Bd. 1: Großlogen und Protektor. Freimaurerische Stiftungen und Vereinigungen (= Schriftenreihe der Internationalen Forschungsstelle „Demokratische Bewegungen in Mitteleuropa 1770 – 1850", Bd. 13), Frankfurt am Main 1994.

Endler, Renate/Schwarze-Neuß, Elisabeth: Die Freimaurerbestände im Geheimen Staatsarchiv Preußischer Kulturbesitz, Bd. 2: Tochterlogen (= Schriftenreihe der Internationalen Forschungsstelle „Demokratische Bewegungen in Mitteleuropa 1770 – 1850", Bd. 18), Frankfurt am Main 1996.

Endres, Franz Carl: Universelle Freimaurerei. Eine Übersicht, Hannover 1951.

Epstein, Catherine: Model Nazi. Arthur Greiser and the Occupation of Western Poland, Oxford 2012.

Epstein, Klaus: The Genesis of German Conservatism, Princeton 1966.

Erich-Mühsam-Gesellschaft (Hg.): Rassismus, Antisemitismus, politische Gewalt und Verfolgung. Wechselwirkungen und Widersprüche (= Schriften der Erich-Mühsam-Gesellschaft, H. 42), Lübeck 2017.

Escher, Clemens: „Chamberlain, Houston Stewart", in: Benz (Hg.): Handbuch, Bd. 2/1 (2009), S. 132–134.

Evans, Richard J. (Hg.): Society and Politics in Wilhelmine Germany, London 1978.

Evans, Richard J.: Das europäische Jahrhundert. Ein Kontinent im Umbruch 1815 – 1914, München 2016.

Evans, Richard J.: The Hitler Conspiracies. The Third Reich and the Paranoid Imagination, [London] 2020.

Fahlbusch, Michael/Haar, Ingo/Pinwinkler, Alexander (Hg.): Handbuch der völkischen Wissenschaften. Akteure, Netzwerke, Forschungsprogramme, Berlin/Boston [2]2017.

Falter, Jürgen W.: Hitlers Wähler. Die Anhänger der NSDAP 1924 – 1933, Frankfurt am Main/New York 2020 (EA 1991).

Fenner, Wolfgang/Schmitt-Sasse, Joachim: „Die Freimaurer als ‚nationale Kraft' vor 1933", in: Koebner (Hg.): Weimars Ende, S. 223–244.

Fink, Wolfgang: „‚Innerlichkeit' in Gefahr. Rudolf Eucken und die wirtschaftliche Modernisierung des Kaiserreichs", in: Puschner/Stange-Fayos/Wimmer (Hg.): Laboratorium, S. 75–89.

Finkenberger, Martin: „Hasselbacher, Friedrich", in: Benz (Hg.): Handbuch, Bd. 8 (2015), S. 70–72.

Finkenberger, Martin: „Institut zum Studium der Judenfrage (Berlin)", in: Benz (Hg.): Handbuch, Bd. 5 (2012), S. 325f.

Finkenberger, Martin: „Schwartz-Bostunitsch, Gregor", in: Benz (Hg.): Handbuch, Bd. 2/2 (2009), S. 754f.

Finkenberger, Martin: „Wirth, Herman Felix", in: Benz (Hg.): Handbuch, Bd. 2/2 (2009), S. 889–891.

Finker, Kurt/Giersch, Reinhard: „Offiziersverbände 1918 – 1940", in: Fricke [u. a.] (Hg.) Lexikon, Bd. 3 (1985), S. 538–547.

Finker, Kurt: „Tannenberg-Bund. Arbeitsgemeinschaft völkischer Frontkrieger- und Jugendverbände (TB) 1925 – 1933", in: Fricke [u. a.] (Hg.): Lexikon, Bd. 4 (1986), S. 180–183.

Flasche, Rainer: „Vom Deutschen Kaiserreich zum Dritten Reich. Nationalreligiöse Bewegungen in der ersten Hälfte des 20. Jahrhunderts in Deutschland", in: ZfR 2 (1993), S. 28–49.

Flemming, Jens: „‚Gegen die intellektualistische Zersetzung der alten moralischen Werte'. Die Süddeutschen Monatshefte zwischen Krieg und Nationalsozialismus", in: Grunewald/Puschner (Hg.): Intellektuellenmilieu, S. 165–201.

Flückiger, Felix: Die protestantische Theologie des 19. Jahrhunderts (= Die Kirche in ihrer Geschichte, Bd. 4), Göttingen 1975.

Foucault, Michel: Die Ordnung des Diskurses. Mit einem Essay von Ralf Konersmann, Frankfurt am Main 1991 (EA 1974) (frz. EA 1971).

Fouse, Gary C.: Erlangen. An American's History of a German Town, Lanham 2005.

François, Etienne/Schulze, Hagen (Hg.): Deutsche Erinnerungsorte, Bd. 1, München ^{4}2002.

Freimaurer Loge ‚Müffelmann zur Treue' i. Or. Tel-Aviv 1935 – 1985, [Tel Aviv] [1985].

Frenschkowski, Marco: Die Geheimbünde. Eine kulturgeschichtliche Analyse, Wiesbaden 2007.

Freudenschuß, Werner: „Der Wetzlarer Ring – völkische Tendenzen in der deutschen Freimaurerei nach dem 1. Weltkrieg", in: QC Jahrbuch 25 (1988), S. 9—23.

Frevert, Ute (Hg.): Das Neue Jahrhundert. Europäische Zeitdiagnosen und Zukunftsentwürfe um 1900 (= Geschichte und Gesellschaft. Zeitschrift für Historische Sozialwissenschaft, Sonderheft 18: Das Neue Jahrhundert), Göttingen 2000.

Frevert, Ute: „Die Zukunft der Geschlechterordnung. Diagnosen und Erwartungen an der Jahrhundertwende", in: Frevert (Hg.): Jahrhundert, S. 146—184.

Frevert, Ute: „Mann und Weib, und Weib und Mann". Geschlechter-Differenzen in der Moderne (= Beck'sche Reihe, Bd. 1100), München 1995, insbes. S. 133—165.

Frick, Karl R. H.: Die Erleuchteten. Gnostisch-theosophische und alchemistisch-rosenkreuzerische Geheimgesellschaften bis zum Ende des 18. Jahrhunderts, Wiesbaden 2005 (EA 1973).

Frick, Karl R. H.: Licht und Finsternis. Gnostisch-theosophische und freimaurerisch-okkulte Geheimgesellschaften bis zur Wende des 20. Jahrhunderts, 2 Bde., Wiesbaden 2005 (EA 1975/1978).

Frick, Karl R. H.: Satanismus und Freimaurerei. Eine Dokumentation bis zur Gegenwart (= Satan und die Satanisten, T. 3), Graz 1986 (NA 2006).

Fricke, Dieter [u. a.] (Hg.): Lexikon zur Parteiengeschichte. Die bürgerlichen und kleinbürgerlichen Parteien und Verbände in Deutschland (1789 – 1945), 4 Bde., Köln/Leipzig 1983 – 1986.

Fricke, Dieter/Rößling, Udo: „Deutsche Adelsgenossenschaft (DAg) 1874 – 1945", in: Fricke [u. a.] (Hg.) Lexikon, Bd. 1 (1983), S. 530—543.

Fricke, Dieter: „Der ‚Deutschbund' (Db) 1894 – etwa 1943", in: Puschner/Schmitz/Ulbricht (Hg.): Handbuch, S. 328—340.

Frie, Ewald: Das Deutsche Kaiserreich, Darmstadt 2004.

Friedemann, Peter/Hölscher, Lucian: „Internationale, International, Internationalismus“, in: Geschichtliche Grundbegriffe, Bd. 3 (1982), S. 367–397.

Friedrich, Martin: Kirche im gesellschaftlichen Umbruch. Das 19. Jahrhundert (= Zugänge zur Kirchengeschichte, Bd. 8), Göttingen 2006.

Fries, Helmut: Die große Katharsis. Der Erste Weltkrieg in der Sicht deutscher Dichter und Gelehrter, 2 Bde., Konstanz 1994 – 1995.

Fritz, Sven: Houston Stewart Chamberlain. Rassenwahn und Welterlösung, Paderborn 2022.

Fürnrohr, Walter: „Der Immerwährende Reichstag zu Regensburg. Das Parlament des alten Reiches“, in: Verhandlungen des Historischen Vereins für Oberpfalz und Regensburg 103 (1963), S. 165–252.

Gaertringen, Friedrich Freiherr Hiller von: „‚Dolchstoß‘-Diskussion und ‚Dolchstoß-Legende‘ im Wandel von vier Jahrzehnten“, in: Besson/Hiller von Gaertringen (Hg.): Geschichte, S. 122–160.

Gailus, Manfred (Hg.): Täter und Komplizen in Theologie und Kirchen 1933 – 1945, Göttingen ²2015.

Gailus, Manfred/Lehmann, Hartmut (Hg.): Nationalprotestantische Mentalitäten. Konturen, Entwicklungslinien und Umbrüche eines Weltbildes, Göttingen 2005.

Gailus, Manfred: „Die kirchliche Machtergreifung der ‚Glaubensbewegung Deutsche Christen‘ im Jahr 1933“, in: ders. (Hg.): Täter und Komplizen, S. 62–80.

Gailus, Manfred: „Die traditionsreichen Kirchengemeinden von Berlin-Mitte in der Zeit des Nationalsozialismus“ (unveröff. Vortragsmanuskript, April 2013), Online: <https://marienkirche-berlin.de/dev/wp-content/uploads/2017/06/VortragGailusInnenstadtgemeinden.pdf> (zuletzt 02.03.2022).

Gailus, Manfred: „Diskurse, Bewegungen, Praxis: Völkisches Denken und Handeln bei den ‚Deutschen Christen‘ “, in: Puschner/Vollnhals (Hg.): Völkisch-religiöse Bewegung, S. 233–248.

Gailus, Manfred: Protestantismus und Nationalsozialismus. Studien zur nationalsozialistischen Durchdringung des protestantischen Sozialmilieus in Berlin, Köln [u. a.] 2001.

Ganelin, Rafail Š.: „Das Leben des Gregor Schwartz-Bostunitsch (Grigorij V. Švarc-Bostunič) Teil 1“, in: Schlögel (Hg.): Emigration, S. 201–208.

Gantert, Klaus: Bibliothekarisches Grundwissen, Berlin/Boston ⁹2016.

Gerstner, Alexandra/Hufenreuter, Gregor/Puschner, Uwe: „Völkischer Protestantismus. Die Deutschkirche und der Bund für deutsche Kirche“, in: Grunewald/Puschner (Hg.): Krisenwahrnehmung, S. 409–435.

Gerwarth, Robert: Hitler's Hangman. The Life of Heydrich, New Haven/London 2011.

Geschichtliche Grundbegriffe. Historisches Lexikon zur politisch-sozialen Sprache in Deutschland, hrsg. v. Otto Brunner, Werner Conze, Reinhart Koselleck, 8 Bde., Stuttgart 1972 – 1997.

Geulen, Christian: Geschichte des Rassismus (= Beck'sche Reihe, Bd. 2424), München 2007.

Geulen, Christian: Wahlverwandte. Rassendiskurs und Nationalismus im späten 19. Jahrhundert, Hamburg 2004.

Gilbhard, Hermann: Die Thule-Gesellschaft. Vom okkulten Mummenschanz zum Hakenkreuz, München 1994.

Giudice, Christian: „Ordo Templi Orientis", in: Partridge (Hg.): World, S. 277–282.

Goodrick-Clarke, Nicholas: Die okkulten Wurzeln des Nationalsozialismus, Wiesbaden 2004 (EA 1997) (engl. 1985).

Google Ngram Viewer, Suchbegriff <Freimaurer> zwischen 1800 und 2000 im Korpus „German (2012)" mit statistischer Glättung von 3, Online: <https://books.google.com/ngrams/graph?content=Freimaurer&case_insensitive=on&year_start=1800&year_end=2000&corpus=20&smoothing=3&share=&direct_url=t1%3B%2CFreimaurer%3B%2Cc0#t1%3B%2CFreimaurer%3B%2Cc0> (zuletzt 02.03.2022).

Goschler, Constantin (Hg.): Wissenschaft und Öffentlichkeit in Berlin, 1870 – 1930, Stuttgart 2000.

Gotovitch, José: „Franc-maçonnerie, guerre et paix", in: Ecole française de Rome (Hg.): Les Internationales, S. 75–105.

Götz von Olenhusen, Albrecht/Barker, Nicolas/Francke, Herbert/Möller, Helmut (Hg.): Wege und Abwege. Beiträge zur europäischen Geistesgeschichte der Neuzeit, Freiburg 1990.

Götz von Olenhusen, Albrecht/Götz von Olenhusen, Irmtraud/Jacob, Frank: „Der Germanenorden 1912 – 1922", in: Jacob (Hg.): Geheimgesellschaften, S. 181–202.

Götz von Olenhusen, Albrecht: „Bürgerrat, Einwohnerwehr und Gegenrevolution Freiburg 1918 – 1920. Zugleich ein Beitrag zur Biographie des Rudolf Freiherr von Sebottendorf", in: ders. [u.a.] (Hg.): Wege, S. 115–134.

Götz von Olenhusen, Albrecht: „Vom Germanenorden bis zum NSU. Zur Entstehung rechtsextremer, antisemitischer und rassistischer Gruppen und ihr Übergang zum politischen Terror nach dem 1. und 2. Weltkrieg", in: Erich-Mühsam-Gesellschaft (Hg.): Rassismus, S. 154–162.

Gotzmann, Andreas/Liedtke, Rainer/Rahden, Till van (Hg.): Juden, Bürger, Deutsche. Zur Geschichte von Vielfalt und Differenz 1800 – 1933 (= Schriftenreihe wissenschaftlicher Abhandlungen des Leo Baeck Instituts, Bd. 63), Tübingen 2001.

Graf, Friedrich Wilhelm (Hg.): Intellektuellen-Götter. Das religiöse Laboratorium der klassischen Moderne (= Schriften des Historischen Kollegs. Kolloquien, Bd. 66), München 2009.

Graf, Friedrich Wilhelm/Müller, Hans Martin (Hg.): Der deutsche Protestantismus um 1900 (= Veröffentlichungen der Wissenschaftlichen Gesellschaft für Theologie, Bd. 9), Gütersloh 1996.

Graf, Friedrich Wilhelm: „Alter Geist und neuer Mensch. Religiöse Zukunftserwartungen um 1900“, in: Frevert (Hg.): Jahrhundert, S. 185–228.

Graf, Friedrich Wilhelm: „Die Spaltung des Protestantismus. Zum Verhältnis von evangelischer Kirche, Staat und ‚Gesellschaft‘ im frühen 19. Jahrhundert“, in: Schieder (Hg.): Religion, S. 157–190.

Graf, Friedrich Wilhelm: „Einleitung“, in: ders./Müller (Hg.): Protestantismus, S. 9–16.

Graf, Friedrich Wilhelm: „Zur Einführung“, in: ders. (Hg.): Intellektuellen-Götter, S. VII–XII.

Graf, Rüdiger: Die Zukunft der Weimarer Republik. Krisen und Zukunftsaneignungen in Deutschland 1918 – 1933, München 2008.

Graumann, Carl F./Moscovici, Serge (Hg.): Changing Conceptions of Conspiracy, New York 1987.

Gregory, Stephan: „Die Fabrik der Fiktionen. Verschwörungsproduktion um 1800“, in: Horn/Hagemeister (Hg.): Fiktion, S. 51–75.

Gregory, Stephan: Mysterienfieber. Das Geheimnis im Zeitalter der Freimaurerei, Wien 2012.

Greif, Stefan/Heinz, Marion/Clairmont, Heinrich (Hg.): Herder Handbuch, Paderborn 2016.

Greschat, Martin: Der Erste Weltkrieg und die Christenheit. Ein globaler Überblick, Stuttgart 2014.

Groh, Dieter: „Verschwörungen und kein Ende“, in: Kursbuch Verschwörungstheorien 124 (1996), S. 12–26.

Groschopp, Horst: Dissidenten. Freidenkerei und Kultur in Deutschland, Berlin 1997.

Groß, Gerhard P.: Das Ende des Ersten Weltkriegs und die Dolchstoßlegende, Ditzingen 2018.

Gross, Michael B.: The War Against Catholicism. Liberalism and the Anti-Catholic Imagination in Nineteenth-Century Germany, Michigan 2004.

Große Kracht, Klaus: „Kriegsschuldfrage und zeithistorische Forschung in Deutschland. Historiographische Nachwirkungen des Ersten Weltkriegs“, in: Historisches Forum 3 (2004), S. 61–81.

Großheim, Michael/Kluck, Steffen (Hg.): Phänomenologie und Kulturkritik. Über die Grenzen der Quantifizierung (= Neue Phänomenologie, Bd. 15), Freiburg 2010.

Grün, Klaus-Jürgen: „Freimaurerische Geschichtsforschung als Ideologie – Aspekte eines falschen Bewusstseins unter Freimaurern“, in: QC Jahrbuch 53 (2016), S. 85–106.

Gründer, Karlfried/Rengstorf, Karl Heinrich (Hg.): Religionskritik und Religiosität in der deutschen Aufklärung (= Wolfenbütteler Studien zur Aufklärung, Bd. 11), Heidelberg 1989.

Grunewald, Michel/Puschner, Uwe (Hg.): Das konservative Intellektuellenmilieu in Deutschland, seine Presse und seine Netzwerke (1890 – 1960) (= Convergences, Bd. 27), Bern 2003.

Grunewald, Michel/Puschner, Uwe (Hg.): Krisenwahrnehmungen in Deutschland um 1900. Zeitschriften als Foren der Umbruchszeit im Wilhelminischen Reich (= Convergences, Bd. 55), Bern 2010.

Grunwald, Arnold: Freimaurer auf dem Weg zum Nationalsozialismus. Eine quellenkritische Untersuchung zu August Horneffer als Schriftleiter, Leipzig 2014.

Grunwald, Arnold: „Zur Verfolgung deutscher Freimaurer in der NS-Zeit", in: TAU 2 (2014), S. 28–42.

Grunwald, Susanne: „Gustaf Kossinna", in: Fahlbusch/Haar/Pinwinkler (Hg.): Handbuch, S. 370–375.

Gumbrecht, Hans Ulrich: „‚Modern', ‚Moderne', ‚Modernität', in: Geschichtliche Grundbegriffe, Bd. 4 (1978), S. 93–131.

Haase, Ricarda: „Juden als Freimaurer. Die Loge ‚Zur aufgehenden Morgenröte [sic!]' ", in: Tribüne. Zeitschrift zum Verständnis des Judentums 195 (2010), S. 169–175.

Habermas, Rebekka: „Kulturkämpfer, Wundergläubige und Atheisten: Das lange 19. Jahrhundert und die Erfindung des Säkularen", in: Aschmann (Hg.) Durchbruch, S. 147–170.

Habermas, Rebekka: „Rituale des Gefühls. Die Frömmigkeit des protestantischen Bürgertums", in: Hettling/Hoffmann (Hg.): Wertehimmel, S. 169–191.

Hachmeister, Lutz: Der Gegnerforscher. Die Karriere des SS-Führers Franz Alfred Six, München 1998.

Hagemeister, Michael: „Auf dem Judenkirchhof in Prag", in: Benz (Hg.): Handbuch, Bd. 6 (2013), S. 40f.

Hagemeister, Michael: „Das Leben des Gregor Schwartz-Bostunitsch (Grigorij V. Švarc-Bostunič) Teil 2", in: Schlögel (Hg.): Emigration, S. 209–218.

Hagemeister, Michael: „Die ‚Protokolle der Weisen von Zion' und der Basler Zionistenkongreß von 1897", in: Haumann (Hg.): Traum, S. 250–273.

Hagemeister, Michael: Die ‚Protokolle der Weisen von Zion' vor Gericht. Der Berner Prozess 1933 – 1937 und die ‚antisemitische Internationale' (= Veröffentlichungen des Archivs für Zeitgeschichte des Instituts für Geschichte der ETH Zürich, Bd. 10), Zürich 2017.

Hagemeister, Michael: „Nilus, Sergej", in: Benz (Hg.): Handbuch, Bd. 2/2 (2009), S. 591f.

Hagemeister, Michael: „Protokolle der Weisen von Zion", in: Benz (Hg.): Handbuch, Bd. 4 (2011), S. 321–325.

Hagemeister, Michael: „Sergej Nilus und die Protokolle der Weisen von Zion. Überlegungen zur Forschungslage", in: JfA 5 (1996), S. 127–147.

Hagemeister, Michael: „The Protocols of the Elders of Zion. Between History and Fiction“, in: New German Critique 103 (2008), S. 83–95.

Hahn, Alois: „Soziologische Aspekte von Geheimnissen und ihren Äquivalenten“, in: Assmann/Assmann (Hg.): Schleier, Bd. 1 (1997), S. 23–39.

Halder, Winfrid: „Gemeinschaften“, in: Dinzelbacher (Hg.): Handbuch, Bd. 5 (2007), S. 429–461.

Halle, Uta: „Die Externsteine – Symbol germanophiler Interpretation“, in: Leube (Hg.): Prähistorie, S. 235–253.

Haltern, Utz: „Politische Bildung und bürgerlicher Liberalismus. Zur Rolle des Konversationslexikons in Deutschland“, in: HZ 1 (1976), S. 61–97.

Hamill, J. M.: „The Seeker of Truth: John Yarker 1833 – 1913“, in: Götz von Olenhusen [u. a.] (Hg.): Wege, S. 135–142.

Hammacher, Klaus: „Die deutsche Freimaurerei im 19. und in der ersten Hälfte des 20. Jahrhunderts“, in: Reinalter (Hg.): Geheimbünde, S. 87–126.

Hammermayer, Ludwig: „Zur Geschichte der europäischen Freimaurerei und der Geheimgesellschaften im 18. Jahrhundert“, in: Balász [u. a.] (Hg.): Beförderer, S. 9–68.

Hammerstein, Notker: „Das Historische Seminar der Frankfurter Universität“, in: Brockhoff/Heidenreich/Maaser (Hg.): Historiker, S. 15–58.

Hanschmidt, Alwin: Republikanisch-demokratischer Internationalismus im 19. Jahrhundert. Ideen – Formen – Organisierungsversuche (= Historische Studien, H. 430), Husum 1977.

Hänsel-Hohenhausen, Markus: Die deutschsprachigen Freimaurer-Zeitschriften des 18. und 19. Jahrhunderts. Bibliographie, Frankfurt am Main 1989.

Hantke, Manfred: Geistesdämmerung. Das philosophische Seminar an der Eberhard-Karls-Universität Tübingen 1918 – 1945, Dissertation, Eberhard Karls Universität Tübingen, 2015, Online: <http://hdl.handle.net/10900/63403> (zuletzt 02.03.2022).

Hardtwig, Wolfgang (Hg.): Politische Kulturgeschichte der Zwischenkriegszeit 1918 – 1939 (= Geschichte und Gesellschaft, Sonderheft 21), Göttingen 2005.

Harvey, David Allen: „Lucifer in the City of Light. The Palladium Hoax and ‘Diabolical Causality’ in Fin de Siècle France“, in: Magic, Ritual, and Witchcraft 1.2 (2006), S. 177–206.

Haumann, Heiko (Hg.): Der Traum von Israel. Die Ursprünge des modernen Zionismus, Weinheim 1998.

Haupt, Heinz-Gerhard/Langewiesche, Dieter (Hg.): Nation und Religion in der deutschen Geschichte, Frankfurt am Main/New York 2001.

Haupt, Heinz-Gerhardt/Langewiesche, Dieter (Hg.): Nation und Religion in Europa. Mehrkonfessionelle Gesellschaften im 19. und 20. Jahrhundert, Frankfurt am Main 2004.

Haury, Thomas: „Der moderne Antisemitismus“, in: Öchsner/Eichler (Hg.): Gesellschaft, S. 22–29.

Head, Peter M.: „The Nazi Quest for an Aryan Jesus“, in: JSHJ 1 (2004), S. 55–89.

Healy, Róisín: The Jesuit Specter in Imperial Germany, Boston 2003.

Heidbrink, Ludger: „Der Aufstand gegen die verwaltete Welt. Kulturkritik als Selbstreflexion des Liberalismus“, in: Großheim/Kluck (Hg.): Phänomenologie, S. 191–215.

Heidbrink, Ludger: Melancholie und Moderne. Zur Kritik der historischen Verzweiflung, München 1994.

Heidenreich, Bernd (Hg.): Politische Theorien des 19. Jahrhunderts. Konservatismus, Liberalismus, Sozialismus, Berlin ²2002.

Heidler, Irmgard: Der Verleger Eugen Diederichs und seine Welt (1896 – 1930) (= Mainzer Studien zur Buchwissenschaft, Bd. 8), Wiesbaden 1998.

Heil, Johannes: „Gottesfeinde“ – „Menschenfeinde“. Die Vorstellung von jüdischer Weltverschwörung (13. bis 16. Jahrhundert) (= Antisemitismus: Geschichte und Strukturen, Bd. 3), Essen 2006.

Heinemann, Ulrich: Die verdrängte Niederlage. Politische Öffentlichkeit und Kriegsschuldfrage in der Weimarer Republik (= Kritische Studien zur Geschichtswissenschaft, Bd. 59), Göttingen 1983.

Hein-Kircher, Heidi: „Politische Mythen“, in: APuZ 11 (2007), S. 26–31.

Helfer, Christian: „Humanitätsduselei – zur Geschichte eines Schlagworts“, in: ZRGG 2 (1964), S. 179–182.

Hensle, Michael P.: „Nicolai, Helmut“, in: Benz (Hg.): Handbuch, Bd. 2/2 (2009), S. 582f.

Hepfer, Karl: Verschwörungstheorien. Eine philosophische Kritik der Unvernunft (= bpb Schriftenreihe, Bd. 1701), Bonn 2016 (EA 2015).

Herbert, Ulrich: „Europe in High Modernity. Reflections on a Theory of the 20th Century“, in: JMEH 1 (2007), S. 5–21.

Hering, Rainer: Konstruierte Nation. Der Alldeutsche Verband 1890 bis 1939 (= Hamburger Beiträge zur Sozial- und Zeitgeschichte, Bd. 40), Hamburg 2003.

Hermand, Jost/Mödersheim, Sabine (Hg.): Deutsche Geheimgesellschaften. Von der Frühen Neuzeit bis zur Gegenwart, Köln/Weimar/Wien 2013.

Hermand, Jost: Der alte Traum vom neuen Reich. Völkische Utopien und Nationalsozialismus, Frankfurt am Main 1988.

Hermand, Jost: „Vom Werfenstein zur Wewelsburg. Die sogenannten arioheroischen Geheimbünde“, in: Hermand/Mödersheim (Hg.): Geheimgesellschaften, S. 141–161.

Hetherington, Kevin: The Badlands of Modernity. Heterotopia and Social Ordering, London 1997.

Hettling, Manfred/Hoffmann, Stefan-Ludwig (Hg.): Der bürgerliche Wertehimmel. Innenansichten des 19. Jahrhunderts, Göttingen 2000.

Heussinger, Werner H./Görner, Heike/Wilk, Ralph-Dieter/Quandt, Hans-Peter: Freimaurer in Deutschland zwischen den Weltkriegen. Verfolgt, verboten, wiederauferstanden, München 2021.

Hieronimus, Ekkehard: Lanz von Liebenfels. Eine Bibliographie (= Toppenstedter Reihe, Bd. 11), Toppenstedt 1991.

Hieronimus, Ekkehard: „Lanz von Liebenfels: ‚Lebensspuren' ", in: Götz von Olenhusen [u. a.] (Hg.): Wege, S. 157–171.

Hieronimus, Ekkehard: „Leo Taxil. Ein Beitrag zur Geschichte der Antifreimaurerei", in: QC Jahrbuch 13 (1976), S. 99–118.

Hieronimus, Ekkehard: „Zur Religiosität der völkischen Bewegung", in: Cancik (Hg.): Geistesgeschichte, S. 159–175.

Hieronymus [= Hieronimus], Ekkehard: „Jörg Lanz von Liebenfels", in: Puschner/Schmitz/Ulbricht (Hg.): Handbuch, S. 131–146.

Hildebrand, Klaus/Pommerin, Reiner (Hg.): Deutsche Frage und europäisches Gleichgewicht. Festschrift für Andreas Hillgruber zum 60. Geburtstag, Köln/Wien 1985.

Hobsbawm, Eric/Ranger, Terence (Hg.): The Invention of Tradition, Cambridge ^{21}2013.

Hobsbawm, Eric: „Introduction: Inventing Traditions", in: ders./Ranger (Hg.): Invention, S. 1–14.

Hobsbawm, Eric: Primitive Rebels. Studies in archaic forms of social movement in the 19th and 20th centuries, Manchester 1959.

Hoede, Roland: „‚Raum zur Selbstverwirklichung'? Zum Funktionswandel freimaurerischer Logenarbeit seit dem 18. Jahrhundert", in: Berger/Grün (Hg.): Geheime Gesellschaft, S. 122–126.

Hofbauer, Martin/Rink, Martin (Hg.): Die Völkerschlacht bei Leipzig. Verläufe, Folgen, Bedeutungen 1813 – 1913 – 2013 (= Beiträge zur Militärgeschichte, Bd. 77), Berlin 2017.

Hoffmann, Lutz: Das deutsche Volk und seine Feinde. Die völkische Droge – Aktualität und Entstehungsgeschichte (= Neue Kleine Bibliothek, Bd. 42), Köln 1994.

Hoffmann, Stefan-Ludwig: „Bürger oder Weltbürger? Juden und Freimaurer im 19. Jahrhundert", in: QC Jahrbuch 39 (2002), S. 89–104.

Hoffmann, Stefan-Ludwig: „Bürger zweier Welten? Juden und Freimaurer im 19. Jahrhundert", in: Gotzmann/Liedtke/Rahden (Hg.): Juden, S. 97–119.

Hoffmann, Stefan-Ludwig: „Die Glaubenskrieger. Freimaurer und Katholiken im 19. Jahrhundert", in: Berger/Grün (Hg.): Geheime Gesellschaft, S. 227–231.

Hoffmann, Stefan-Ludwig: Die Politik der Geselligkeit. Freimaurerlogen in der deutschen Bürgergesellschaft 1840 – 1918 (= Kritische Studien zur Geschichtswissenschaft, Bd. 141), Göttingen 2000.

Hoffmann, Stefan-Ludwig: „Sakraler Monumentalismus um 1900. Das Leipziger Völkerschlachtdenkmal", in: Koselleck/Jeismann (Hg.): Totenkult, S. 249–280.

Hoffmann, Stefan-Ludwig: „Unter Männern. Freundschaft und Logengeselligkeit im 19. Jahrhundert“, in: ders./Hettling (Hg.): Wertehimmel, S. 193–216.

Hofman, Amos: Anatomy of Conspiracy: The Origins of the Theory of the Philosophe Conspiracy 1750 – 1789, Dissertation, University of Chicago, 1986.

Hofman, Amos: „The Origins of the Theory of the Philosophe Conspiracy“, in: French History 2 (1988), S. 152–172.

Hofmeister, Björn: Between Monarchy and Dictatorship. Radical Nationalism and Social Mobilization of the Pan-German League, 1914 – 1939, Dissertation, Georgetown University, Washington DC, 2012.

Höhmann, Hans-Hermann: „Europas verlorener Friede, die national-völkische Orientierung innerhalb der deutschen Freimaurerei und die ‚freimaurerische Erinnerungspolitik‘ nach dem Zweiten Weltkrieg“, in: ders.: Analysen, S. 51– 87.

Höhmann, Hans-Hermann: Freimaurerei. Analysen, Überlegungen, Perspektiven, Bremen 2011.

Höhmann, Hans-Hermann: Identität und Gedächtnis. Die ‚völkische Freimaurerei‘ in Deutschland und wie man sich nach 1945 an sie erinnerte, Leipzig 2014.

Holl, Karl: Pazifismus in Deutschland, Frankfurt am Main 1988.

Hölscher, Lucian: „Bürgerliche Religiosität im protestantischen Deutschland des 19. Jahrhunderts“, in: Schieder (Hg.): Religion, S. 191–215.

Hölscher, Lucian: „Die Religion des Bürgers. Bürgerliche Frömmigkeit und Protestantische Kirche im 19. Jahrhundert“, in: HZ 3 (1990), S. 595–630.

Hölscher, Lucian: „Religiöse Begriffe im Widerspruch. Ein Versuch zur semantischen Struktur religiöser Sprache“, in: SZRKG 107 (2013), S. 367–387.

Hölscher, Lucian: „Säkularisierungsprozesse im deutschen Protestantismus des 19. Jahrhunderts“, in: Puhle (Hg.): Bürger, S. 238–258.

Holz, Klaus: Nationaler Antisemitismus. Wissenssoziologie einer Weltanschauung, Hamburg 2001.

Holz, Klaus: „Theorien des Antisemitismus“, in: Benz (Hg.): Handbuch, Bd. 3 (2010), S. 316–328.

Holzem, Andreas: „Erster Weltkrieg“, in: Dinzelbacher (Hg.): Handbuch, Bd. 6/1 (2015), S. 21–60.

Holzem, Andreas: „Personen der Überwelt“, in: Dinzelbacher (Hg.): Handbuch, Bd. 5 (2007), S. 239–285.

Honegger, Claudia: Die Ordnung der Geschlechter: die Wissenschaften vom Menschen und das Weib, 1750 – 1850, Frankfurt am Main [u. a.] 1991.

Hopp, Andrea: Jüdisches Bürgertum in Frankfurt am Main im 19. Jahrhundert (= Frankfurter Historische Abhandlungen, Bd. 38), Stuttgart 1997.

Horn, Eva/Hagemeister, Michael (Hg.): Die Fiktion von der jüdischen Weltverschwörung. Zu Text und Kontext der ‚Protokolle der Weisen von Zion‘, Göttingen 2012.

Horn, Eva/Hagemeister, Michael: „Ein Stoff für Bestseller“, in: Horn/Hagemeister (Hg.): Fiktion, S. VII–XXII.

Horn, Eva: „Das Gespenst der Arkana. Verschwörungsfiktion und Textstruktur der ‚Protokolle der Weisen von Zion‘“, in: Horn/Hagemeister (Hg.): Fiktion, S. 1–25.

Horne, John: „Kulturelle Demobilmachung 1919 – 1939. Ein sinnvoller historischer Begriff?“, in: Hardtwig (Hg.): Kulturgeschichte, S. 129–150.

Hörner, Stefan: „Die in Auschwitz sterben mussten, haben andere auf dem Gewissen…“. Projektion, Rezeption und Realität der I. G. Farbenindustrie AG im Nürnberger Prozeß, Dissertation, Freie Universität Berlin, 2010, Online: <https://refubium.fu-berlin.de/handle/fub188/4966> (zuletzt 02.03.2022).

Howe, Ellic: „Fringe Masonry in England 1870 – 85“, in: AQC 85 (1973), S. 242–280.

Hoyningen-Huene, Iris Freifrau von: Adel in der Weimarer Republik. Die rechtlich-soziale Situation des reichsdeutschen Adels 1918 – 1933 (= Aus dem deutschen Adelsarchiv, Bd. 10), Limburg an der Lahn 1992.

Hoyos, Arturo de: „Masonic Rites and Systems“, in: Bogdan/Snoek (Hg.): Handbook, S. 355–377.

Hübinger, Gangolf (Hg.): Versammlungsort moderner Geister. Der Eugen Diederichs Verlag – Aufbruch ins Jahrhundert der Extreme, München 1996.

Hübinger, Gangolf/Müller, Helen: „Politische, konfessionelle und weltanschauliche Verlage im Kaiserreich“, in: Jäger/Langewiesche/Siemann (Hg.): Geschichte, Bd. 1, S. 347–405.

Hübinger, Gangolf: „Der Verlag Eugen Diederichs in Jena: Wissenschaftskritik, Lebensreform und völkische Bewegung“, in: GG 1 (1996), S. 5–18.

Hübinger, Gangolf: „Die monistische Bewegung. Sozialingenieure und Kulturprediger“, in: Bruch/Graf/Hübinger (Hg.): Kultur, Bd. 2 (1997), S. 246–259.

Hübinger, Gangolf: „Hingabe an die Nation. Die Ideenkämpfe 1911 – 1914“, in: ZIG 2 (2014), S. 8–16.

Hübinger, Gangolf: „Ideenzirkulation und Buchmarkt. Ein Themenschwerpunkt zu neuen Konstellationen der Verlags- und Intellektuellengeschichte“, in: IASL 1 (2002), S. 116–126.

Hübinger, Gangolf: „Kulturkritik und Kulturpolitik des Eugen-Diederichs-Verlags im Wilhelminismus. Auswege aus der Krise der Moderne?“, in: Renz/Graf (Hg.): Moderne, S. 92–114.

Hübinger, Gangolf: „Kulturprotestantismus, Bürgerkirche und liberaler Revisionismus im wilhelminischen Deutschland“, in: Schieder (Hg.): Religion, S. 272–299.

Hübinger, Gangolf: Kulturprotestantismus und Politik. Zum Verhältnis von Liberalismus und Protestantismus im wilhelminischen Deutschland, Tübingen 1994.

Hübinger, Gangolf: „Sakralisierung der Nation und Formen des Nationalismus im deutschen Protestantismus“, in: Krumeich/Lehmann (Hg.): Gott, S. 233–247.

Hübinger, Gangolf: „‚Säkularisierung'. Ein umstrittenes Paradigma der Kulturgeschichte“, in: Schneider/Raphael (Hg.): Dimensionen, S. 93–106.

Hübinger, Gangolf: „‚Sozialmoralisches Milieu'. Ein Grundbegriff der deutschen Geschichte“, in: Sigmund [u. a.] (Hg.): Soziale Konstellation, S. 207–227.

Hufenreuter, Gregor: „Hammer (1902 – 1940)“, in: Benz (Hg.): Handbuch, Bd. 6 (2013), S. 254–256.

Hufenreuter, Gregor: Philipp Stauff. Ideologe, Agitator und Organisator im völkischen Netzwerk des Wilhelminischen Kaiserreichs. Zur Geschichte des Deutschvölkischen Schriftstellerverbandes, des Germanen-Ordens und der Guido-von-List-Gesellschaft, Frankfurt am Main 2011.

Hund, Wulf D.: Rassismus, Bielefeld 2007.

Hunt, Charles Clyde: The Landmarks of Freemasonry, Cedar Rapids 1943.

Introvigne, Massimo: Satanism. A Social History (= Texts and Studies in Western Esotericism, Bd. 21), Leiden/Boston 2016.

Jackisch, Barry A.: The Pan-German League and Radical Nationalist Politics in Interwar Germany, 1918 – 39, Farnham [u. a.] 2012.

Jacob, Frank (Hg.): Geheimgesellschaften. Kulturhistorische Sozialstudien, Würzburg 2013.

Jacob, Frank: Die Thule-Gesellschaft und die Kokuryûkai. Geheimgesellschaften im global-historischen Vergleich, Würzburg 2013.

Jacob, Frank: Geheimgesellschaften. Geschichte und Gegenwart verborgener Macht, Stuttgart 2005.

Jäger, Georg/Langewiesche, Dieter/Siemann, Wolfram (Hg.): Geschichte des Deutschen Buchhandels im 19. und 20. Jahrhundert. Band 1: Das Kaiserreich 1870 – 1918, Teil 1, Frankfurt am Main 2001.

Jahr, Christoph: „Radauantisemitismus“, in: Benz (Hg.): Handbuch, Bd. 3 (2010), S. 270–272.

Janka, Franz: Die braune Gesellschaft. Ein Volk wird formatiert, Stuttgart 1997.

Jansen, Christian/Borggräfe, Henning: Nation – Nationalität – Nationalismus (= Historische Einführungen, Bd. 1), Frankfurt am Main/New York 2007.

Jarrige, Michel: L'Antimaçonnerie en France à la Belle Époque. Personnalités, mentalités, structures et modes d'action des organisations antimaçonniques 1899 – 1914 (= Lumina, Bd. 4), Paris 2006.

Jefferies, Matthew: Imperial Culture in Germany, 1871 – 1918, New York 2003.

Jones, Larry Eugene/Retallack, James (Hg.): Between Reform, Reaction, and Resistance. Studies in the History of German Conservatism from 1789 to 1945, Providence/Oxford 1993.

Jones, Larry Eugene/Retallack, James: German Conservatism Reconsidered. Old Problems and New Directions, in: dies. (Hg.): Reform, S. 1–30.

Jones, W. R.: „Palladism and the Papacy: An Episode of French Anticlericalism in the Nineteenth Century“, in: Journal of Church and State 3 (1970), S. 453–473.

Julich, Horst: „Geschichte und Systematik der Grossen Landesloge der Freimaurer von Deutschland (Freimaurer-Orden)“, in: QC Jahrbuch 42 (2005), S. 271–281.

Kaiser, Wolfram: „‚Clericalism – that is our enemy!‘: European anticlericalism and the culture wars“, in: Clark/Kaiser (Hg.): Culture Wars, S. 47–76.

Kantzenbach, Friedrich Wilhelm: „Konturen eines neuen Herder-Bildes. Theologie und Zeitgeist an der Schwelle zum 19. Jahrhundert“, in: Schoeps (Hg.): Religion, S. 9–36.

Kater, Michael H.: Das „Ahnenerbe“ der SS 1935 – 1945 (= Studien zur Zeitgeschichte, Bd. 6), München [4]2006.

Katz, Jacob: „The Fight for Admission to Masonic Lodges“, in: Leo Baeck Institute Year Book 1966, S. 171–209.

Katz, Jacob: Jews and Freemasons in Europe, 1723 – 1939, Cambridge, Mass. 1970.

Keller, Susanne B. (Hg.): Königliche Kunst. Freimaurerei in Hamburg seit 1737, München/Hamburg 2009.

Kellogg, Michael: The Russian Roots of Nazism. White Émigrés and the Making of National Socialism, 1917 – 1945, Cambridge [u. a.] 2005.

Kershaw, Ian: Der Hitler-Mythos. Volksmeinung und Propaganda im Dritten Reich (= Schriftenreihe der Vierteljahreshefte für Zeitgeschichte, Nr. 41), Stuttgart 1980.

Kershaw, Ian: Hitler, 2 Bde., Stuttgart 1998 – 2000 (engl. 1998/2000).

Ketelsen, Uwe-Karsten: Völkisch-nationale und nationalsozialistische Literatur in Deutschland 1890 – 1945, Stuttgart 1976.

Kilcher, Andreas (Hg.): Constructing Tradition. Means and Myths of Transmission in Western Esotericism (= Aries Book Series, Bd. 11), Leiden 2010.

Kimmel, Elke: „Dinter, Artur“, in: Benz (Hg.): Handbuch, Bd. 2/1 (2009), S. 176f.

Kimmel, Elke: „Lanz, Josef Adolf“, in: Benz (Hg.): Handbuch, Bd. 2/2 (2009), S. 454f.

Kimmel, Elke: „Müller von Hausen, Ludwig“, in: Benz (Hg.): Handbuch, Bd. 2/2 (2009), S. 566f.

Kimmel, Elke: „Roth, Alfred“, in: Benz (Hg.): Handbuch, Bd. 2/2 (2009), S. 695f.

Kimmich, Dorothee/Lavorano, Stephanie/Bergmann, Franziska (Hg.): Was ist Rassismus? Kritische Texte (= Reclams Universal-Bibliothek, Bd. 19220), Stuttgart 2016.

Kipper, Rainer: „Vorfahren als Vorbilder. Politischer Germanismus im 19. Jahrhundert“, in: Landesverband Lippe (Hg.): Varusschlacht, Bd. 3, Stuttgart 2009, S. 210–216.

Kitchen, Martin: „Militarism and the Development of Fascist Ideology. The Political Ideas of Colonel Max Bauer, 1916–18“, in: Central European History 3 (1975), S. 199–220.

Kitchen, Martin: „The Antisemite's Vade Mecum. Theodor Fritsch's Handbuch der Judenfrage“, in: Antisemitism Studies 2 (2018), S. 199–234.

Kittsteiner, Heinz Dieter: „Deutscher Idealismus“, in: François/Schulze (Hg.): Deutsche Erinnerungsorte, Bd. 1, S. 170–186.

Klasen, Heinz: „Die Geschichte der Symbolischen Großloge von Deutschland (SGvD) 1930 - 1949“, in: TAU I/II (1986), S. 17–34.

Klausnitzer, Ralf: „Die Formierung des modernen Verschwörungsdenkens in der Aufklärung“, in: Im Dialog. Beiträge aus der Akademie der Diözese Rottenburg-Stuttgart 3 (2020), S. 59–76.

Klausnitzer, Ralf: Poesie und Konspiration. Beziehungssinn und Zeichenökonomie von Verschwörungsszenarien in Publizistik, Literatur und Wissenschaft 1750 - 1850 (= spectrum Literaturwissenschaft, Bd. 13), Berlin/New York 2007.

Kleine, Georg H.: „Adelsgenossenschaft und Nationalsozialismus“, in: VfZ 1 (1978), S. 100–143.

Kloosterhuis, Jürgen: ‚Friedliche Imperialisten‘. Deutsche Auslandsvereine und auswärtige Kulturpolitik 1906 - 1918 (= Europäische Hochschulschriften, Bd. 588), 2 Tle., Frankfurt am Main 1994.

Klose, Fabian/Thulin, Mirjam (Hg.): Humanity. A History of European Concepts in Practice From the Sixteenth Century to the Present (= Veröffentlichungen des Instituts für Europäische Geschichte Mainz, Suppl. 110), Göttingen 2016.

Kluge, Walter: August Pfannkuche. Sein Leben und Wirken. Dargestellt anhand seiner Briefe und Schriften, Mehlbergen 1982.

Knoblauch, Hubert: „Die Verflüchtigung der Religion ins Religiöse“, in: Luckmann: Religion, S. 7–41.

Knoll, Joachim H./Schoeps, Julius H. (Hg.): ‚Typisch Deutsch‘. Die Jugendbewegung. Beiträge zu einer Phänomengeschichte, Opladen 1988.

Knorr, Alexander: Metatrickster. Burton, Taxil, Gurdjieff, Backhouse, Crowley, Castaneda. Eine Interpretation von Leben, Werk und Wirken ausgesuchter historischer Persönlichkeiten, deren Wohlgelingen der Hilfe des Diskurses zur mythologischen Trickstergestalt bedurfte (= Alteritas. Münchner ethnologische Impressionen, Bd. 3), München 2004.

Knüpfer, Volker: „Antimasonische Ausstellungen im ‚Dritten Reich‘. Das ‚Sächsische Logenmuseum‘ in Chemnitz“, in: IF 19 (2008), S. 31–58.

Knüpfer, Volker: „Das ‚Sächsische Logenmuseum‘ in Chemnitz als Forum antifreimaurerischer NS-Propaganda“, in: QC Jahrbuch 42 (2005), S. 107–121.

Koch, Lars/Kaufmann, Stefan/Werber, Niels: „Der Erste Weltkrieg: Zäsuren und Kontinuitäten“, in: Werber/Kaufmann/Koch (Hg.): Weltkrieg, S. 1–4.

Koch, Lars: „Der Erste Weltkrieg als kulturelle Katharsis und literarisches Ereignis“, in: Werber/Kaufmann/Koch (Hg.): Weltkrieg, S. 97–141.

Köck, Julian: „Die Geschichte hat immer Recht“. Die Völkische Bewegung im Spiegel ihrer Geschichtsbilder (= Campus Historische Studien, Bd. 73), Frankfurt am Main/New York 2015.

Kocka, Jürgen (Hg.): Bürger und Bürgerlichkeit im 19. Jahrhundert, Göttingen 1987.

Kocka, Jürgen: Klassengesellschaft im Krieg. Deutsche Sozialgeschichte 1914 – 1918 (= Kritische Studien zur Geschichtswissenschaft, Bd. 8), Göttingen ^{2}1978.

Kodek, Günter K.: Unsere Bausteine sind die Menschen. Die Mitglieder der Wiener Freimaurer-Logen (1868 – 1938), Wien 2009.

Koebner, Thomas (Hg.): Weimars Ende. Prognosen und Diagnosen in der deutschen Literatur und politischen Publizistik 1930 – 1933 (= Suhrkamp Taschenbuch 2018), Frankfurt am Main 1982.

Koenen, Gerd: Der Russland-Komplex: die Deutschen und der Osten, 1900 – 1945, München 2005.

König, Christopher: Zwischen Kulturprotestantismus und völkischer Bewegung. Arthur Bonus (1864 – 1941) als religiöser Schriftsteller im wilhelminischen Kaiserreich (= Beiträge zur historischen Theologie, Bd. 185), Tübingen 2018.

Kopke, Christoph: „Nordland-Verlag (1933 – 1945)“, in: Benz (Hg.): Handbuch, Bd. 6 (2013), S. 503f.

Korthaase, Werner: Die Berliner internationale Comenius-Gesellschaft zur Pflege der Wissenschaft und Volkserziehung (1891 – 1934) (= Hefte zur Lebensbildung 4), Berlin 1993.

Koselleck, Reinhart (Hg.): Bildungsbürgertum im 19. Jahrhundert. Teil IV: Politischer Einfluß und gesellschaftliche Formation (= Industrielle Welt. Schriftenreihe des Arbeitskreises für moderne Sozialgeschichte, Bd. 48), Stuttgart 1989.

Koselleck, Reinhart/Jeismann, Michael (Hg.): Der politische Totenkult. Kriegerdenkmäler in der Moderne, München 1994.

Koselleck, Reinhart: Kritik und Krise. Eine Studie zur Pathogenese der bürgerlichen Welt (= suhrkamp taschenbuch wissenschaft, Bd. 36), Frankfurt am Main ^{8}1997.

Kottmann, Klaus: Die Freimaurer und die katholische Kirche. Vom geschichtlichen Überblick zur geltenden Rechtslage (= Adnotationes in Ius Canonicum, Bd. 45), Frankfurt am Main 2009.

Krajewski, Markus: „Globalisierungsprojekte: Sprache, Dienste, Wissen“, in: Werber/Kaufmann/Koch (Hg.): Weltkrieg, S. 51—84.

Kratzsch, Gerhard: Kunstwart und Dürerbund. Ein Beitrag zur Geschichte der Gebildeten im Zeitalter des Imperialismus, Göttingen 1969.

Kraus, Daniel: „Antisemitenpetition“, in: Benz (Hg.): Handbuch, Bd. 4 (2011), S. 7—9.

Kraus, Hans-Christof (Hg.): Konservative Zeitschriften zwischen Kaiserreich und Diktatur. Fünf Fallstudien, Berlin 2003.

Kraus, Hans-Christof: „Gegenaufklärung, Spätromantik, Konservatismus. Zu einigen neueren Veröffentlichungen“, in: HZ 2 (1999), S. 371—413.

Kraus, Hans-Christof: „Hermann Wagener (1815—1890)“, in: Heidenreich (Hg.): Theorien, S. 537—586.

Kraus, Hans-Christof: Kultur, Bildung und Wissenschaft im 19. Jahrhundert (= Enzyklopädie deutscher Geschichte, Bd. 82), München 2008, S. 3f.

Krebs, Diethart/Reulecke, Jürgen (Hg.): Handbuch der deutschen Reformbewegung 1880–1933, Wuppertal 1998.

Krech, Volkhard/Tyrell, Hartmann (Hg.): Religionssoziologie um 1900 (= Religion in der Gesellschaft, Bd. 1), Würzburg 1995.

Krech, Volkhard: „Zwischen Historisierung und Transformation von Religion: Diagnosen zur religiösen Lage um 1900 bei Max Weber, Georg Simmel und Ernst Troeltsch", in: ders./Tyrell (Hg.): Religionssoziologie, S. 313—349.

Kriegel, Annie: „Die Internationale Arbeiterassoziation (1864—1867)", in: Bédarida [u. a.]: Sozialismus, S. 185—223.

Kröger, Martin: „Revolution als Programm. Ziele und Realität deutscher Orientpolitik im Ersten Weltkrieg", in: Michalka (Hg.): Weltkrieg, S. 366—391.

Krumeich, Gerd/Lehmann, Hartmut (Hg.): ‚Gott mit uns'. Nation, Religion und Gewalt im 19. und frühen 20. Jahrhundert (= Veröffentlichungen des Max-Planck-Instituts für Geschichte, Bd. 162), Göttingen 2000.

Krumeich, Gerd: „‚Gott mit uns'? Der Erste Weltkrieg als Religionskrieg", in: Krumeich/Lehmann (Hg.): Gott, S. 273—283.

Kruse, Wolfgang (Hg.): Eine Welt von Feinden. Der Große Krieg 1914 – 1918, Frankfurt am Main 1997.

Kruse, Wolfgang: „Kriegsbegeisterung?", in: ders. (Hg.): Welt, S. 159—166.

Kuhlemann, Frank-Michael: „Konfessionalisierung der Nation? Deutschland im 19. und frühen 20. Jahrhundert", in: Haupt/Langewiesche (Hg.): Nation und Religion in Europa, S. 27—63.

Kummerer, Hans: „‚Die Österreichischen Freimaurer sind überzeugte Pazifisten' ", in: QC Jahrbuch 44 (2007), S. 137—148.

Künzli, Andreas: L. L. Zamenhof (1859 – 1917). Esperanto, Hillelismus (Homaranismus) und die ‚jüdische Frage' in Ost- und Westeuropa, Wiesbaden 2010.

Kurlander, Eric/Black, Monica (Hg.): Revisiting the „Nazi Occult". Histories, Realities, Legacies, Rochester 2015.

La Vopa, Anthony J.: „Conceiving a Public. Ideas and Society in Eighteenth-Century Europe", in: JMH 1 (1992), S. 79—116.

Lächele, Rainer: „Germanisierung des Christentums – Heroisierung Christi. Arthur Bonus – Max Bewer – Julius Bode", in: Schnurbein/Ulbricht (Hg.): Religion, S. 165—183.

Lächele, Rainer: „Protestantismus und völkische Religion im deutschen Kaiserreich", in: Puschner/Schmitz/Ulbricht (Hg.): Handbuch, S. 149—163.

Landesverband Lippe (Hg.): 2000 Jahre Varusschlacht, 3 Bde., Stuttgart 2009.

Landwehr, Achim: Geschichte des Sagbaren. Einführung in die historische Diskursanalyse (= Historische Einführungen, Bd. 8), Tübingen ^{2}2004.

Lang, Jürgen P.: „Verschwörungsideologien. Antiliberalismus und Totalitätsphantasie von Metternich bis zum modernen Extremismus", in: Liebold [u. a.] (Hg.): Demokratie, S. 185–194.

Langebach, Martin (Hg.): Germanenideologie. Einer völkischen Weltanschauung auf der Spur (= bpb Schriftenreihe, Bd. 10589), Bonn 2020.

Langebach, Martin/Sturm, Michael (Hg.): Erinnerungsorte der extremen Rechten, Wiesbaden 2015.

Langewiesche, Dieter: Liberalismus in Deutschland (= edition suhrkamp. Neue Folge, Bd. 286), Frankfurt am Main 1988.

Langewiesche, Dieter: Nation, Nationalismus, Nationalstaat in Deutschland und Europa, München 2000.

Langewiesche, Dieter: „‚Volksbildung' und ‚Leserlenkung' in Deutschland von der wilhelminischen Ära bis zur nationalsozialistischen Diktatur", in: IASL 1 (1989), S. 108–125.

Laqueur, Walter: Der Schoß ist fruchtbar noch. Der militante Nationalismus der russischen Rechten, München 1993.

Lauchert, Jakob: „Pachtler, Georg Michael", in: Allgemeine Deutsche Biographie 53 (1907), S. 166–167, Online: <https://www.deutsche-biographie.de/pnd121439453.html#adbcontent> (zuletzt 02.03.2022).

Leesch, Klaus: „Vorwärts" in „Die Neue Zeit". Die sozialdemokratische Presse im langen 19. Jahrhundert (= ilri Bibliothek Wissenschaft, Bd. 11), Leipzig/Weissenfels 2014.

Lefebvre, Denis: „The Universal League of Freemasons (ULF): A Little-Known History", in: Ritual, Secrecy, and Civil Society 2 (2018/2019), S. 45–63.

Lehmann, Hartmut: „‚Er ist wir selber: der ewige Deutsche'. Zur langanhaltenden Wirkung der Lutherdeutung von Heinrich von Treitschke", in: Krumeich/Lehmann (Hg.): Gott, S. 91–103.

Lehmann, Hartmut: „The Germans as a Chosen People. Old Testament Themes in German Nationalism", in: German Studies Review 2 (1991), S. 261–273.

Lehnstaedt, Stephan: Der Kern des Holocaust. Bełżec, Sobibór, Treblinka und die Aktion Reinhardt, München 2017.

Leicht, Johannes: Heinrich Claß 1868 – 1953. Die politische Biographie eines Alldeutschen, Paderborn [u. a.] 2012.

Lemaire, Jacques: „L'abandon du Grand Architect de l'Univers par le Grand Orient de Belgique", in: Porset (Hg.): Studia, S. 295–312.

Lemaire, Jacques: Les origines françaises de l'antimaçonnisme (1744 – 1797), Brüssel 1985.

Lenk, Kurt (Hg.): Rechts, wo die Mitte ist. Studien zur Ideologie: Rechtsextremismus, Nationalsozialismus, Konservatismus, Baden-Baden 1994.

Lenk, Kurt: „Warum der Nationalsozialismus so ankam", in: ders. (Hg.): Rechts, S. 309–317.

Lepsius, M. Rainer (Hg.): Demokratie in Deutschland. Soziologisch-historische Konstellationsanalysen. Ausgewählte Aufsätze (= Kritische Studien zur Geschichtswissenschaft, Bd. 100), Göttingen 1993.

Lepsius, M. Rainer: „Parteiensystem und Sozialstruktur. Zum Problem der Demokratisierung der deutschen Gesellschaft", in: ders. (Hg.): Demokratie, S. 25–50.

Leube, Achim (Hg.): Prähistorie und Nationalsozialismus. Die mittel- und osteuropäische Ur- und Frühgeschichtsforschung in den Jahren 1933 – 1945 (= Studien zur Wissenschafts- und Universitätsgeschichte, Bd. 2), Heidelberg 2002.

Leutzsch, Martin: „Karrieren des arischen Jesus zwischen 1918 und 1945", in: Puschner/Vollnhals (Hg.): Völkisch-religiöse Bewegung, S. 195–217.

Lichtblau, Albert: „Deckert, Joseph", in: Benz (Hg.): Handbuch, Bd. 2/1 (2009), S. 163f.

Liebold, Sebastian [u. a.] (Hg.): Demokratie in unruhigen Zeiten, Baden-Baden 2018.

Ligou, Daniel: Frédéric Desmons et la franc-maçonnerie sous la IIIe République, Paris 1966.

Lill, Rudolf (Hg.): Der Kulturkampf (= Beiträge zur Katholizismusforschung, Reihe A, Bd. 10), Paderborn [u. a.] 1997.

Lill, Rudolf: „Einleitung: Kulturkämpfe im 19. Jahrhundert", in: ders. (Hg.): Kulturkampf, S. 9–26.

Link, Werner: „Der Nationalverein für das liberale Deutschland (1907 – 1918)", in: PVS 4 (1964), S. 422–444.

Linse, Ulrich: Barfüßige Propheten. Erlöser der zwanziger Jahre, Berlin 1983.

Linse, Ulrich: Geisterseher und Wunderwirker. Heilssuche im Industriezeitalter (= Fischer-Taschenbücher, Bd. 60164), Frankfurt am Main 1996.

Linse, Ulrich: „‚Universale Bruderschaft' oder nationaler Rassenkrieg – die deutschen Theosophen im Ersten Weltkrieg", in: Haupt/Langewiesche (Hg.): Nation und Religion in Europa, S. 602–651.

Lobenstein-Reichmann, Anja: Houston Stewart Chamberlain. Zur textlichen Konstruktion einer Weltanschauung. Eine sprach-, diskurs- und ideologiegeschichtliche Analyse, Berlin 2008.

Lobenstein-Reichmann, Anja: „Houston Stewart Chamberlains rassentheoretische Geschichts-‚philosophie' ", in: Bergmann/Sieg (Hg.): Geschichtsbilder, S. 139–166.

Lockenour, Jay: Dragonslayer. The Legend of Erich Ludendorff in the Weimar Republic and Third Reich, Ithaca/London 2021.

Loewenstein, Bedrich: Der Fortschrittsglaube. Europäisches Geschichtsdenken zwischen Utopie und Ideologie, Darmstadt 2015 (EA 2009, abweichender Titel).

Lohalm, Uwe/Ulmer, Martin: „Alfred Roth und der Deutschvölkische Schutz- und Trutz-Bund. ‚Schrittmacher für das Dritte Reich'", in: Schmidt [u. a.] (Hg.): Wegbereiter, S. 21–35.

Lohalm, Uwe: Völkischer Radikalismus. Die Geschichte des Deutschvölkischen Schutz- und Trutz-Bundes 1919–1923 (= Hamburger Beiträge zur Zeitgeschichte Bd. VI), Hamburg 1970.

Lohalm, Uwe: „Wenn ich der Kaiser wär' (Heinrich Claß, 1912)", in: Benz (Hg.): Handbuch, Bd. 6 (2013), S. 763–766.

Longerich, Peter: Heinrich Himmler. Biographie, München ²2010.

Longerich, Peter: Hitler. Biographie, München 2015.

Loth, Wilfried/Hanisch, Marc (Hg.): Erster Weltkrieg und Dschihad. Die Deutschen und die Revolutionierung des Orients, München 2014.

Löw, Luitgard Sofie: Gottessohn und Mutter Erde auf bronzezeitlichen Felsbildern. Herman Wirth und die völkische Symbolforschung (= Zivilisation & Geschichte, Bd. 41), Frankfurt am Main 2016.

Lübbe, Hermann: Politische Philosophie in Deutschland. Studien zu ihrer Geschichte, Basel/Stuttgart 1963.

Lubelski-Bernard, Nadine: „Freemasonry and Peace in Europe, 1867 – 1914", in: Chatfield/Dungen (Hg.): Peace Movements, S. 81–94.

Luckas, Jürgen: „Ausbruch aus der Gleichschaltung. Gedanken kritischer Freimaurer vor und nach der Machtübernahme durch die Nationalsozialisten", in: QC Jahrbuch 40 (2003), S. 85–91.

Luckas, Jürgen: „Die Ritualänderungen der Altpreußischen Großlogen 1933 – 1935", in: TAU 1 (1996), S. 56–78.

Luckas, Jürgen: Freimaurerabzeichen mit Hakenkreuz (= Sonderdruck des Manuskripts für die Teilnehmer an der 44. Jahrestagung [der Forschungsloge Quator Coronati Nr. 808; M. P.] 6. – 9. Juli 1995 in Chur/Schweiz), Iserlohn 1995.

Luckert, Steven: Jesuits, Freemasons, Illuminati, and Jacobins: Conspiracy theories, secret societies, and politics in late eighteenth-century Germany, Dissertation, State University of New York at Binghamton, 1993.

Luckmann, Thomas: Die unsichtbare Religion (Suhrkamp-Taschenbuch Wissenschaft, Bd. 947), Frankfurt am Main 1991.

Luijk, Ruben van: Children of Lucifer. The Origins of Modern Religious Satanism, Oxford 2016.

Maase, Kaspar: Grenzenloses Vergnügen. Der Aufstieg der Massenkultur 1850 – 1970, Frankfurt am Main 1997.

Malinowski, Stephan: Vom König zum Führer. Deutscher Adel und Nationalsozialismus, Frankfurt am Main ³2010.

Mangold-Will, Sabine: Begrenzte Freundschaft. Deutschland und die Türkei 1918 – 1933 (= Moderne europäische Geschichte, Bd. 5), Göttingen 2013, S. 247–268.

Markner, Reinhard: „Aufklärung oder Propaganda? Die Verwissenschaftlichung der NS-Freimaurerforschung und ihre Grenzen", in: QC Jahrbuch 40 (2003), S. 75–84.

Markner, Reinhard: „Der Freimaurer Stresemann im Visier der Nationalsozialisten", in: QC Jahrbuch 42 (2005), S. 67–75.

Markner, Reinhard: „Giovanni Battista Simonini. Shards from the Disputed Life of an Italian Anti-Semite", in: Ciccarini/Marcialis/Ziffer (Hg.): Kesarevo, S. 311–319.

Markner, Reinhard: „Karl Heise (1872 – 1939)", in: Reinalter (Hg.): Handbuch der Verschwörungstheorien, S. 129–133.

Markner, Reinhard: „La Première Guerre Mondiale vue comme l'œuvre des francs-maçons. Friedrich Wichtl et son livre Weltfreimaurerei, Weltrevolution, Weltrepublik", 2016, unveröff. Manuskript.

Markner, Reinhard: „Ludwig Müller von Hausen (1851 – 1926)", in: Reinalter (Hg.): Handbuch der Verschwörungstheorien, S. 189–193.

Markner, Reinhard: „Vers une franc-maçonnerie des empires centraux. Le congrès de Berlin (1918)", in: Politica Hermetica 32 (2018), S. 168–181.

Maron, Gottfried: Luther 1917. Beobachtungen zur Literatur des 400. Reformationsjubiläums, in: ZKG 1 (1982), S. 177–221.

Marti, Théo: Des hérésies maçonniques à l'histoire de la Ligue Universelle de Francs-Maçons, Brüssel 1978.

Mathieu, Richard: Freimaurerei und katholische Kirche. Geschichte und kirchenrechtliche Einordnung eines 300-jährigen Streits, Leipzig 2015.

Maurice, Florian: Freimaurerei um 1800. Ignaz Aurelius Feßler und die Reform der Großloge Royal York in Berlin (= Hallesche Beiträge zur Europäischen Aufklärung, Bd. 5), Tübingen 1997.

McKenzie-McHarg, Andrew: „Conceptual History and Conspiracy Theory", in: Butter/Knight (Hg.): Handbook, S. 16–27.

Mebes, Hans-Detlef: „Die Etablierung des deutschen ‚Freimaurerbundes Zur aufgehenden Sonne' in der Stadt Basel im Jahre 1907. Teil I", in: Basler Zeitschrift für Geschichte und Altertumskunde 97 (1997), S. 183–201.

Mebes, Hans-Detlef: „Die Loge ‚Zur Morgenröte'. Reform-Freimaurerei im Wilhelminischen Berlin", in: Der Bär von Berlin. Jahrbuch des Vereins für die Geschichte Berlins 48 (1999), S. 63–82.

Mebes, Hans-Detlef: „Friedensbemühungen Mannheimer Brüder des Freimaurerbundes zur aufgehenden Sonne in der Weimarer Zeit und zeitgeschichtliche Folgeerscheinungen", in: TAU II (1993), S. 113–121.

Mebes, Hans-Detlef: „Tucholsky, Kurt (1890 – 1935)", in: Reinalter (Hg.): Persönlichkeiten, S. 159–162.

Mebes, Hans-Detlef: „Zum Religionsverständnis und Gründungsritual des Freimaurerbundes zur aufgehenden Sonne“, in: QC Jahrbuch 41 (2004), S. 55–75.

Meier, Christian: „Die Große National-Mutterloge ‚Zu den drei Weltkugeln‘ (GNML ‚3WK‘) und die Friedensfrage vor und nach den Angriffen Ludendorffs auf die deutsche Freimaurerei von 1927“, in: QC Jahrbuch 44 (2007), S. 77–90.

Meier, Kurt: „Evangelische Kirche und Erster Weltkrieg“, in: Michalka (Hg.): Weltkrieg, S. 691–724.

Melzer, Ralf: „Freimaurerei im Nationalsozialismus zwischen Verfolgung, Exil und Anpassung“, in: Berger/Grün (Hg.): Geheime Gesellschaft, S. 296–301.

Melzer, Ralf: „Freimaurerei im politischen Kräftefeld der Weimarer Republik“, in: Berger/Grün (Hg.): Geheime Gesellschaft, S. 291–296.

Melzer, Ralf: „Freimaurerei im Spannungsfeld von völkischer Bewegung und Nationalsozialismus. Forschungs- und Literaturbericht“, in: IF 6 (2001), S. 73–81.

Melzer, Ralf: Konflikt und Anpassung. Freimaurerei in der Weimarer Republik und im „Dritten Reich“ (= Vergleichende Gesellschaftsgeschichte und politische Ideengeschichte, Bd. 13), Wien/Berlin 1999.

Melzer, Ralf: „Völkische Freimaurerei im Spiegel der Historiographie“, in: Reinalter (Hg.): Historiographie, S. 27–37.

Merlio, Gilbert: „Kulturkritik um 1900“, in: Grunewald/Puschner (Hg.): Krisenwahrnehmungen, S. 25–52.

Meuter, Günter/Otten, Henrique (Hg.): Der Aufstand gegen den Bürger. Antibürgerliches Denken im 20. Jahrhundert, Würzburg 1999.

Meyer zu Uptrup, Wolfram: Kampf gegen die ‚jüdische Weltverschwörung‘. Propaganda und Antisemitismus der Nationalsozialisten 1919 - 1945 (= Reihe Dokumente, Texte, Materialien, Bd. 46), Berlin 2003.

Meyer, Andreas: „1896 - 1930: Der Verlagsgründer und seine Rolle als ‚Kulturverleger‘ “, in: Hübinger (Hg.): Versammlungsort, S. 26–89.

Meyer, Kim: Das konspirologische Denken. Zur gesellschaftlichen Dekonstruktion der Wirklichkeit, Weilerswist 2018.

Meyer, Marcus: Bruder und Bürger. Freimaurerei und Bürgerlichkeit in Bremen von der Aufklärung bis zum Wiederaufbau nach 1945, Bremen 2010.

Meyer, Marcus: „‚...dass der Orden ein völkischer werden muss‘. Anmerkungen zum Spannungsverhältnis von Freimaurerei, völkischer Bewegung und Nationalsozialismus“, in: Puschner/Vollnhals (Hg.): Völkisch-religiöse Bewegung, S. 491–507.

Meyer, Marcus: „Volksgemeinschaft oder Weltbruderkette? Freimaurer in der Weimarer Republik und im ‚Dritten Reich‘ “, in: Keller (Hg.): Königliche Kunst, S. 126–137.

Meyers, Jörn: Religiöse Reformvorstellungen als Krisensymptom? Ideologen, Gemeinschaften und Entwürfe ‚arteigener Religion‘ (1871 - 1945), Frankfurt am Main 2012.

Michalka, Wolfgang (Hg.): Der Erste Weltkrieg. Wirkung, Wahrnehmung, Analyse (= Serie Piper, Bd. 1927), München 1994.

Mola, Aldo Alessandro: La massoneria nella Grande Guerra, Roma 2016.

Möller, Helmut/Howe, Ellic: Merlin Peregrinus. Vom Untergrund des Abendlandes (= Quellen und Forschungen zur europäischen Ethnologie, Bd. 2), Würzburg 1986.

Mommsen, Hans: „Die Auflösung des Bürgertums seit dem späten 19. Jahrhundert", in: Kocka (Hg.): Bürgerlichkeit, S. 288–315.

Mommsen, Wolfgang J.: Bürgerliche Kultur und künstlerische Avantgarde. Kultur und Politik im deutschen Kaiserreich 1870 bis 1918, Frankfurt am Main/Berlin 1994.

Mommsen, Wolfgang J.: Der Erste Weltkrieg. Anfang vom Ende des bürgerlichen Zeitalters, Frankfurt am Main 2004.

Müller, Helen: „Idealismus und Markt. Der literarische Beirat Artur Buchenau und die Popularisierung idealistischer Weltbilder im frühen 20. Jahrhundert", in: Goschler (Hg.): Wissenschaft, S. 155–183.

Müller, Johann Baptist (Hg.): Die Deutschen und Luther. Texte zur Geschichte und Wirkung, Stuttgart 1983.

[Müller, Roland]: „Freimaurerische Landmarken", Online: <http://www.muellerscience.com/ESOTERIK/Freimaurerei_Geschichte/Landmarks_1809_2013.htm> (zuletzt 02.03.2022).

Mulsow, Martin/Mahler, Andreas (Hg.): Die Cambridge School der politischen Ideengeschichte, Frankfurt am Main 2010.

Münkel, Daniela: „Sassenbach, Johannes", in: Neue Deutsche Biographie 22 (2005), S. 442–443, Online: <https://www.deutsche-biographie.de/pnd118751395.html#ndbcontent> (zuletzt 02.03.2022).

Münkler, Herfried: Der Große Krieg. Die Welt 1914 bis 1918, Berlin 2013.

Myers, Perry: „An Elite Class of Thinkers: Monism between Science and the Spiritual in Wilhelmine Germany", in: Kurlander/Black (Hg.): Revisiting, S. 42–64.

Neuberger, Helmut: Winkelmaß und Hakenkreuz. Die Freimaurer und das Dritte Reich, München 2001 (EA 1980, abweichender Titel, 2 Bde.).

Neugebauer-Wölk, Monika/Saage, Richard (Hg.): Die Politisierung des Utopischen im 18. Jahrhundert. Vom utopischen Systementwurf zum Zeitalter der Revolution (= Hallesche Beiträge zur Europäischen Aufklärung, Bd. 4), Tübingen 1996.

Neugebauer-Wölk, Monika: „Esoterik als Element freimaurerischer Geschichte und Geschichtsforschung", in: QC Jahrbuch 40 (2003), S. 9–32.

Neugebauer-Wölk, Monika: Esoterische Bünde und Bürgerliche Gesellschaft. Entwicklungslinien zur modernen Welt im Geheimbundwesen des 18. Jahrhunderts (= Kleine Schriften zur Aufklärung, Bd. 8), Göttingen 1995.

Neugebauer-Wölk, Monika: „Zur Konzipierung der bürgerlichen Gesellschaft. Freimaurerei und Esoterik", in: Berger/Grün (Hg.): Geheime Gesellschaft, S. 80–89.

Neuhaus, Volker: Der zeitgeschichtliche Sensationsroman in Deutschland 1855 – 1878. ‚Sir John Retcliffe‘ und seine Schule, Berlin 1980.

Niederkleine, E.: Arbeit und Aufgabe der UFL, Hannover 1979.

Niemeyer, Dirk/Papenheim, Martin: „Die Große Loge von Preußen im Spannungsfeld der Politik (1918 – 1935)“, in: QC Jahrbuch 44 (2007), S. 227–251.

Niemeyer, Dirk: „Ein Orient am Ende der Welt – die Loge ‚Lessing‘ in Valparaiso während Kaiserzeit und Weimarer Republik im Spannungsfeld zwischen Universalismus und Nationalismus (1877 – 1933)“, in: QC Jahrbuch 54 (2017), S. 118–159.

Niemeyer, Dirk: „The Grand Lodge of Prussia (GLPr) and the ‚no-politics clause’ in the Weimar Republic and the early Third Reich“, in: Papenheim (Hg.): Italian and German freemasonry, S. 83–115.

Nipperdey, Thomas: „Kommentar: ‚Bürgerlich‘ als Kultur“, in: Kocka (Hg.): Bürgerlichkeit, S. 143–148.

Nipperdey, Thomas: Religion im Umbruch. Deutschland 1870 – 1918, München 1988.

Nipperdey, Thomas: Religion und Gesellschaft: Deutschland um 1900. Theodor-Schieder-Gedächtnisvorlesung (= Schriften des Historischen Kollegs. Dokumentation 5), München 1988.

Nipperdey, Thomas: „War die wilhelminische Gesellschaft eine Untertanen-Gesellschaft?“, in: Hildebrand/Pommerin (Hg.): Deutsche Frage, S. 67–82.

Nipperdey, Thomas: Wie das Bürgertum die Moderne fand, Berlin 1988.

Nolzen, Armin: „Der Durchbruch der NSDAP zur Massenbewegung seit 1929“, in: Thamer/Erpel (Hg.): Hitler, S. 44–49.

Nowak, Kurt: Geschichte des Christentums in Deutschland. Religion, Politik und Gesellschaft vom Ende der Aufklärung bis zur Mitte des 20. Jahrhunderts, München 1995.

Oberhauser, Claus/Knapp, Wolfgang (Hg.): Hinter den Kulissen. Beiträge zur historischen Mythenforschung, Innsbruck 2012.

Oberhauser, Claus: „Antimasonismus“, in: Reinalter (Hg.): Handbuch der Verschwörungstheorien, S. 39–46.

Oberhauser, Claus: Die verschwörungstheoretische Trias: Barruel – Robison – Starck (= Quellen und Darstellungen zur europäischen Freimaurerei, Bd. 15), Innsbruck/Wien/Bozen 2013.

Oberhauser, Claus: „Ferdinand Runkel (1856 – 1946?)“, in: Reinalter (Hg.): Freimaurerforscher, S. 167–177.

Oberhauser, Claus: „Freemasons, Illuminati and Jews. Conspiracy theories and the French Revolution“, in: Butter/Knight (Hg.): Handbook, S. 555–568.

Oberhauser, Claus: „Hinter den Kulissen. Beiträge zur historischen Mythenforschung“, in: Oberhauser/Knapp (Hg.): Kulissen, S. 13–30.

Oberhauser, Claus: „Simoninis Brief (1806)“, in: Benz (Hg.): Handbuch, Bd. 6 (2013), S. 645f.

Oberhauser, Claus: „Simoninis Brief oder die Wurzeln der angeblichen jüdisch-freimaurerischen Weltverschwörung“, in: Juden in Mitteleuropa (2012), S. 10–17.

Oberhauser, Claus: „Verschwörungstheorien, Macht und Gesellschaft“, in: IF 25 (2011), S. 31–51.

Öchsner, Florian/Eichler, Lutz (Hg.): In antisemitischer Gesellschaft. Reader zweier Veranstaltungsreihen 2005 – 2006 in Darmstadt, Erlangen und Frankfurt a. M., Erlangen/Frankfurt am Main 2006.

Oelckers, Karsten: Großmeister Leo Müffelmann 1881 – 1934. Richtungskämpfe innerhalb der deutschen Freimaurerei in den Jahren 1923 – 1934. Eine quellenkundliche Arbeit, Leipzig 2014.

Oertzen, Hans-Joachim von: „Oertzen, von“, in: Neue Deutsche Biographie 19 (1999), S. 452–455, Online: <https://www.deutsche-biographie.de/pnd135944597.html#ndbcontent> (zuletzt 02.03.2022).

Olmstead, Justin Quinn (Hg.): Reconsidering Peace and Patriotism during the First World War, Cham 2017.

Önnerfors, Andreas/Péter, Róbert (Hg.): Researching British Freemasonry 1717 – 2017 (= Sheffield Lectures in the History of Fraternalism, Bd. 3), Sheffield 2010.

Önnerfors, Andreas: Freemasonry. A Very Short Introduction, Oxford 2017.

Önnerfors, Andreas: „Institutionen, Initiativen, Projekte, Zeitschriften und Publikationen der gegenwärtigen Freimaurerforschung – Versuch einer Bestandsaufnahme“, in: IF 36 (2016), S. 25–48.

Orlow, Dietrich: The Nazi Party 1919 – 1945. A Complete History, New York 2008 (EA 1971/1973, abweichender Titel, 2 Bde.).

Papenheim, Martin (Hg.): Italian and German freemasonry in the time of fascism and national socialism. Four Essays and a Comparative Introduction (= European Masonic Papers, Bd. 1), Bayreuth 2012.

Partridge, Christopher (Hg.): The Occult World, Milton Park [u. a.] 2015.

Pasi, Marco: „Ordo Templi Orientis“, in: Dictionary of Gnosis, S. 898–906.

Patka, Marcus G.: „Die Konferenz von Aachen 1928 zwischen Freimaurern und Jesuiten. Teil 1: Der Weg nach Aachen und der Irrweg danach. Dokumentation einer Pressedebatte von 1925 bis 1937“, in: Wiener Jahrbuch für historische Freimaurer-Forschung 40 (2020), S. 313–450.

Patka, Marcus G.: Österreichische Freimaurer im Nationalsozialismus. Treue und Verrat, Wien/Köln/Weimar 2010.

Paul, Ina Ulrike: „Paul Anton de Lagarde“, in: Puschner/Schmitz/Ulbricht (Hg.): Handbuch, S. 45–93.

Paul, Ina Ulrike: „Paul Anton de Lagarde und ‚die Juden‘ “, in: Behmler [u. a.] (Hg.): Nachlass, S. 9–29, hier S. 13.

Pauli, Manuel: „Anspruch und Wirklichkeit. Die Nürnberger Freimaurerloge Zu den drei Pfeilen während der Weimarer Republik“, in: BFFK 39 (2016), S. 261–286.

Pendas, Devon O./Roseman, Mark/Wetzell, Richard F. (Hg.): Beyond the Racial State. Rethinking Nazi Germany, Cambridge 2017.

Personenlexikon zum Dritten Reich. Wer war was vor und nach 1945?, hrsg. v. Ernst Klee, Frankfurt am Main 2003.

Peters, Bruno: Berliner Freimaurer. Ein Beitrag zur Kulturgeschichte Berlins, Berlin 1980.

Peters, Bruno: Die Geschichte der Freimaurerei im Deutschen Reich 1870 – 1933, Berlin [um 1986].

Peukert, Detlev: Die Weimarer Republik. Krisenjahre der klassischen Moderne, Frankfurt am Main 1987.

Pfahl-Traughber, Armin: „‚Bausteine‘ zu einer Theorie über ‚Verschwörungstheorien‘: Definitionen, Erscheinungsformen, Funktionen und Ursachen“, in: Reinalter (Hg.): Verschwörungstheorien (2002), S. 30–44.

Pfahl-Traughber, Armin: Der antisemitisch-antifreimaurerische Verschwörungsmythos in der Weimarer Republik und im NS-Staat (= Vergleichende Gesellschaftsgeschichte und politische Ideengeschichte der Neuzeit, Bd. 9), Wien 1993.

Pfahl-Traughber, Armin: „Die freimaurerfeindliche Verschwörungsideologie der Nationalsozialisten. Bestandteile, Entwicklung und Verwendung in Bewegungs- und Systemphase“, in: Reinalter (Hg.): Faschismus, S. 32–51.

Pfahl-Traughber, Armin: „Freimaurer und Juden, Kapitalisten und Kommunisten als Feindbilder rechtsextremistischer Verschwörungsideologien vom Kaiserreich bis zur Gegenwart“, in: Backes (Hg.): Ideologien, S. 193–234.

Pfahl-Traughber, Armin: „Funktionen von Verschwörungsideologien“, in: Reinalter (Hg.): Handbuch der Verschwörungstheorien, S. 112–114.

Pfahl-Traughber, Armin: „Typologie von Verschwörungsideologien“, in: Reinalter (Hg.): Handbuch der Verschwörungstheorien, S. 294–297.

Pfahl-Traughber, Armin: „Verschwörung/Verschwörungshypothese“, in: Reinalter (Hg.): Handbuch der Verschwörungstheorien, S. 298–300.

Pfahl-Traughber, Armin: „Verschwörungsideologie, Verschwörungsmythos, Verschwörungstheorie“, in: Reinalter (Hg.): Handbuch der Verschwörungstheorien, S. 307–309.

Pierrard, Pierre: Juifs et catholiques français. De Drumont à Jules Isaac (1886–1945), Paris 1970.

Pierrard, Pierre: „L’entre-deux-guerres: les Protocoles des Sages de Sion et la dénonciation du ‚péril judéo-maçonnique‘“, in: Taguieff (Hg.): Protocoles, Bd. 2, S. 217–258.

Piper, Ernst: Alfred Rosenberg. Hitlers Chefideologe, München 2005.

Plöckinger, Othmar: Unter Soldaten und Agitatoren. Hitlers prägende Jahre im deutschen Militär 1918 – 1920, Paderborn [u. a.] 2013.

Pocock, J. G. A.: Political Thought and History. Essays on Theory and Method, Cambridge 2009.

Pocock, J. G. A.: Politics, Language and Time. Essays on Political Thought and History, New York 1971.

Pocock, J. G. A.: „Texts as Events: Reflections on the History of Political Thought (1987)", in: ders.: Political Thought, S. 106–119.

Pocock, J. G. A.: „The Concept of a Language and the *Metier d'Historien*: Some Considerations on Practice (1987), in: ders.: Political Thought, S. 87–105.

Pohl, Adi: „Eugen Lennhoff. Journalist, Schriftsteller, Freimaurer", in: QC Jahrbuch 39 (2002), S. 141–178.

Pohl, Karl Heinrich: Gustav Stresemann. Biografie eines Grenzgängers, Göttingen 2015.

Pöhlmann, Matthias: „‚Spiegelbild des neuen organischen, erdnahen und blutvollen Lebensgefühls'. Die völkisch-religiösen Strömungen aus Sicht der Apologetischen Centrale", in: Puschner/Vollnhals (Hg.): Völkisch-religiöse Bewegung, S. 285–298.

Popper, Karl R.: Die offene Gesellschaft und ihre Feinde (= UTB für Wissenschaft: Uni-Taschenbücher, Bd. 1725), 2 Bde., Tübingen [7]1992 (engl. 1945).

Porset, Charles (Hg.): Studia Latomorum & Historica. Mélanges offerts à Daniel Ligou, Paris 1998.

Poser, Steffen: „Deutscher Patriotenbund und Völkerschlachtdenkmal", in: Schötz (Hg.): Leipzig, Bd. 3 (2018), S. 541–547.

Poser, Steffen: „‚Trotz Mangel an landschaftlicher Scenerie'. Das Völkerschlachtdenkmal zu Leipzig", in: Hofbauer/Rink (Hg.): Völkerschlacht, S. 329–345.

Prescott, Andrew/Sommers, Susan Mitchell: „Searching for the Apple Tree: Revisiting the Earliest Years of Organized English Freemasonry", in: Wade (Hg.): Reflections, S. 681–704.

Prescott, Andrew: „A History of British Freemasonry 1425 – 2000", in: Önnerfors/Péter (Hg.): Researching, S. 9–40.

Prescott, Andrew: „The Unlawful Societies Act of 1799", in: Scanlan (Hg.): Social Impact, S. 116–134.

Puhle, Hans-Jürgen (Hg.): Bürger in der Gesellschaft der Neuzeit. Wirtschaft – Politik – Kultur, Göttingen 1991.

Pulzer, Peter G. J.: Die Entstehung des politischen Antisemitismus in Deutschland und Österreich 1867 bis 1914. Mit einem Forschungsbericht des Autors, Göttingen 2004 (EA 1966).

Puschner, Uwe/Schmitz, Walter/Ulbricht, Justus H. (Hg.): Handbuch zur ‚Völkischen Bewegung' 1871 – 1918, München/London/Paris 1996.

Puschner, Uwe/Stange-Fayos, Christina/Wimmer, Katja (Hg.): Laboratorium der Moderne. Ideenzirkulation im Wilhelminischen Reich (= Zivilisation & Geschichte, Bd. 31), Frankfurt am Main 2015.

Puschner, Uwe/Ulbricht, Justus H.: „Guido von List", in: Puschner/Schmitz/Ulbricht (Hg.): Handbuch, S. 916f.

Puschner, Uwe/Vollnhals, Clemens (Hg.): Die völkisch-religiöse Bewegung im Nationalsozialismus. Eine Beziehungs- und Konfliktgeschichte (= Schriften des Hannah-Arendt-Instituts für Totalitarismusforschung, Bd. 47), Göttingen 2012.

Puschner, Uwe/Vollnhals, Clemens: „Die völkisch-religiöse Bewegung im Nationalsozialismus. Forschungs- und problemgeschichtliche Perspektiven", in: dies. (Hg.): Völkisch-religiöse Bewegung, S. 13—28.

Puschner, Uwe: „Deutschchristentum. Entstehung – Ideologie – Organisation", in: Thull (Hg.): Christen, S. 31—41.

Puschner, Uwe: „Die Alldeutschen, die Völkischen und die Schlacht, 1913 – 1813", in: Hofbauer/Rink (Hg.): Völkerschlacht, S. 347—360.

Puschner, Uwe: „Die Germanen im völkischen Weltanschauungskosmos", in: Langebach (Hg.): Germanenideologie, S. 70—101.

Puschner, Uwe: „Die Germanenideologie im Kontext der völkischen Weltanschauung", in: Göttinger Forum für Altertumswissenschaft 4 (2001), S. 85—97.

Puschner, Uwe: Die völkische Bewegung im wilhelminischen Kaiserreich. Sprache – Rasse – Religion, Darmstadt 2001.

Puschner, Uwe: „‚Hermann, der erste Deutsche' oder: Germanenfürst mit politischem Auftrag. Der Arminius-Mythos im 19. und 20. Jahrhundert", in: Baltrusch [u. a.] (Hg.): Varusschlacht, S. 257—285.

Puschner, Uwe: „Leipzig, 16. bis 19. Oktober 1813. Die Leipziger Völkerschlacht in der deutschen Erinnerung und Politik", in: Jahrbuch für Europäische Geschichte 14 (2013), S. 39—60.

Puschner, Uwe: „Über völkische Weltanschauung und völkische Bewegung. Der Ort der Externsteine im völkischen Denken", in: Eikermann [u. a.] (Hg.): Externsteine-Tagung, S. 293—314.

Puschner, Uwe: „Weltanschauung und Religion – Religion und Weltanschauung. Ideologie und Formen völkischer Religion", in: zeitenblicke 1 (2006), Online: <http://www.zeitenblicke.de/2006/1/Puschner/index.html> (zuletzt 02.03.2022).

Pytlík, Petr: Guido List in Brünn, Dissertation, Masaryk Universität Brno, 2017, Online: <https://is.muni.cz/th/ndjh1/TEXT_DIZERTACE.PDF> (zuletzt 02.03.2022).

Radmüller, Angelo: „Zur Germanisierung des Christentums. Verflechtungen von Protestantismus und Nationalismus in Kaiserreich und Weimarer Republik", in: ZjR 7 (2012), S. 1—20.

Rahden, Till van: „Von der Eintracht zur Vielfalt: Juden in der Geschichte des deutschen Bürgertums", in: Gotzmann/Liedtke/Rahden (Hg.): Juden, S. 9—31.

Railton, Nicholas M.: „The ‚Red Prince‘ and Freemasonry. Scenes from the German Revolution of 1918“, in: JGMOD 1 (2012), S. 67–92.

Rasch, Wolfdietrich: „Fin de siècle als Ende und Neubeginn“, in: Bauer (Hg.): Fin de siècle, S. 30–49.

Reif, Heinz: Adel im 19. und 20. Jahrhundert (= Enzyklopädie deutscher Geschichte, Bd. 55), München [2]2012.

Reimers, Bettina Irina: „Volksbildungs- und Volkshochschulbewegung“, in: Krebs/Reulecke (Hg.): Handbuch, S. 355–368.

Reinalter, Helmut (Hg.): Deutsche und österreichische Freimaurerforscher (= Interdisziplinäre Forschungen, Bd. 28), Innsbruck 2016.

Reinalter, Helmut (Hg.): Freimaurer und Geheimbünde im 18. Jahrhundert in Mitteleuropa (= suhrkamp taschenbuch wissenschaft, Bd. 403), Frankfurt am Main [4]1993.

Reinalter, Helmut (Hg.): Freimaurerei und europäischer Faschismus (= Quellen und Darstellungen zur europäischen Freimaurerei, Bd. 10), Innsbruck/Wien/Bozen 2009.

Reinalter, Helmut (Hg.): Freimaurerische Historiographie im 19. und 20. Jahrhundert. Forschungsbilanz – Aspekte – Problemschwerpunkte, Bayreuth 1996.

Reinalter, Helmut (Hg.): Freimaurerische Persönlichkeiten in Europa (= Quellen und Darstellungen zur europäischen Freimaurerei, Bd. 16), Innsbruck/Wien/Bozen 2014.

Reinalter, Helmut (Hg.): Handbuch der freimaurerischen Grundbegriffe (= Quellen und Darstellungen zur europäischen Freimaurerei, Bd. 1), Innsbruck [u. a.] 2002.

Reinalter, Helmut (Hg.): Handbuch der Verschwörungstheorien, Leipzig 2018.

Reinalter, Helmut (Hg.): Typologien des Verschwörungsdenkens (= Quellen und Darstellungen zur europäischen Freimaurerei, Bd. 6), Innsbruck [u. a.] 2004.

Reinalter, Helmut (Hg.): Verschwörungstheorien. Theorie – Geschichte – Wirkung (= Quellen und Darstellungen zur europäischen Freimaurerei, Bd. 13), Innsbruck/Wien/Bozen 2002.

Reinalter, Helmut: „Dehler, Thomas (1897 – 1967)“, in: Reinalter (Hg.): Persönlichkeiten, S. 41.

Reinalter, Helmut: „Freimaurerei und Nationalsozialismus“, in: IF 9 (2003), S. 75–79.

Reinalter, Helmut: „Georg Michael Pachtler (1825–1889)“, in: Reinalter (Hg.): Handbuch der Verschwörungstheorien, S. 204f.

Reinalter, Helmut: „Hund und Altengrotkau, Karl Gotthelf Reichsfreiherr von“, in: ders. (Hg.): Persönlichkeiten, S. 84– 86.

Reinalter, Helmut: „Illuminaten-Verschwörung“, in: Reinalter (Hg.): Handbuch der Verschwörungstheorien, S. 145–149.

Reinalter, Helmut: „Internationale Verbreitung und deutsche Logenvielfalt vom 18. Jahrhundert bis heute“, in: Berger/Grün (Hg.): Geheime Gesellschaft, S. 44–51.

Reinalter, Helmut: „Léo Taxil (1854–1907)“, in: Reinalter (Hg.): Handbuch der Verschwörungstheorien, S. 272f.

Reinalter, Helmut: „Stresemann, Gustav (1878–1929)“, in: ders. (Hg.): Persönlichkeiten, S. 158f.

Reinke, Andreas: „‚Eine Sammlung des jüdischen Bürgertums‘: Der Unabhängige Orden B’nai B’rith in Deutschland“, in: Gotzmann/Liedtke/Rahden (Hg.): Juden, S. 315–340.

Reitzenstein, Julien: „SS-Ahnenerbe“, in: Fahlbusch/Haar/Pinwinkler (Hg.): Handbuch, S. 1995–2006.

Renz, Horst/Graf, Friedrich Wilhelm (Hg.): Umstrittene Moderne. Die Zukunft der Neuzeit im Urteil der Epoche Ernst Troeltschs (= Troeltsch-Studien, Bd. 4), Gütersloh 1987.

Retterath, Jörn: „Was ist das Volk?“ Volks und Gemeinschaftskonzepte der politischen Mitte in Deutschland 1917 – 1924 (= Quellen und Darstellungen zur Zeitgeschichte, Bd. 110), Berlin/Boston 2015.

Richert, Thomas: „Der deutsche Zweig des Schottischen Ritus“, in: Schmidt (Hg.): Oberster Rat, S. 61–94.

Richert, Thomas: „Die deutsche Landesgruppe der Allgemeinen Freimaurer-Liga von 1927 bis 1933“, in: QC Jahrbuch 23 (1986), S. 141–157.

Richert, Thomas: „Die Mitglieder des Alten und Angenommenen Schottischen Ritus in Deutschland bis 1933“, in: Brachvogel/Richert/Wolter: Beiträge, S. 65–88.

Richert, Thomas: „Die Symbolische Großloge von Deutschland“, in: QC Jahrbuch 52 (2015), S. 167–197.

Ringer, Fritz K.: Die Gelehrten. Der Niedergang der deutschen Mandarine, 1890 – 1933, München 1987.

Roberts, J. M.: The Mythology of the Secret Societies, London 1972.

Rogalla von Bieberstein, Johannes: Der Mythos von der Verschwörung. Philosophen, Freimaurer, Juden, Liberale und Sozialisten als Verschwörer gegen die Sozialordnung, Wiesbaden 2008 (EA 1968, abweichender Titel).

Rogalla von Bieberstein, Johannes: „Die demokratische und sozialistisch-kommunistisch-jüdische ‚Verschwörung‘ “, in: Reinalter (Hg.): Typologien, S. 100–114.

Rogalla von Bieberstein, Johannes: „Kommentierte Quellentexte (Auszüge)“, in: Reinalter (Hg.): Verschwörungstheorien (2002), S. 159–179.

Rohkrämer, Thomas: „Ideenkrieg: Sinnstiftungen des Sinnlosen“, in: Werber/Kaufmann/Koch (Hg.): Weltkrieg, S. 385–409.

Röhl, John C. G.: Wilhelm II., 3 Bde., München 1993 – 2008.

Rohrbacher, Stefan/Schmidt, Michael: Judenbilder. Kulturgeschichte antijüdischer Mythen und antisemitischer Vorurteile, Hamburg 1991.

Rupnow, Dirk: Judenforschung im Dritten Reich. Wissenschaft zwischen Politik, Propaganda und Ideologie, Baden-Baden 2011.

Sammet, Rainer: ‚Dolchstoß'. Deutschland und die Auseinandersetzung mit der Niederlage im Ersten Weltkrieg (1918–1933) (= Hochschulschriften Bd. 2), Berlin 2003.

Sammons, Jeffrey L. (Hg.): Die Protokolle der Weisen von Zion. Die Grundlage des modernen Antisemitismus – eine Fälschung. Text und Kommentar, Göttingen 1998.

Sandweg, Jürgen (Hg.): Erlangen. Von der Strumpfer- zur Siemens-Stadt, Erlangen 1982.

Sassin, Horst R.: Liberale im Widerstand. Die Robinsohn-Strassmann-Gruppe 1934 – 1942 (= Hamburger Beiträge zur Sozial- und Zeitgeschichte, Bd. 30), Hamburg 1993.

Scanlan, M. D. J. (Hg.): The Social Impact of Freemasonry on the Modern Western World (= The Canonbury Papers, Bd. I), London 2002.

Schäfer, Michael: Geschichte des Bürgertums. Eine Einführung, Köln/Weimar/Wien 2009.

Schäfer, Michael: „Militarismus – Nationalismus – Antisemitismus", in: Schötz (Hg.): Leipzig, Bd. 3 (2018), S. 532–541.

Schalk, Fritz: „Fin de Siècle", in: Bauer (Hg.): Fin de siècle, S. 3–15.

Schaser, Angelika: „Geschlecht strukturiert die Welt: Die Bedeutung des 19. Jahrhunderts für die Permanenz der Geschlechterhierarchie", in: Aschmann (Hg.): Durchbruch, S. 171–198.

Schenk, Frithjof Benjamin: „Mental Maps: Die kognitive Kartierung des Kontinents als Forschungsgegenstand der europäischen Geschichte", in: Leibniz-Institut für Europäische Geschichte (Hg.): Europäische Geschichte Online (EGO), Mainz 2013, Online: <http://www.ieg-ego.eu/schenkf-2013-de> (zuletzt 02.03.2022).

Schieder, Wolfgang (Hg.): Religion und Gesellschaft im 19. Jahrhundert (= Industrielle Welt, Bd. 54), Stuttgart 1993.

Schieder, Wolfgang: Adolf Hitler – Politischer Zauberlehrling Mussolinis, Berlin/Boston 2017.

Schieder, Wolfgang: „Die NSDAP vor 1933. Profil einer faschistischen Partei", in: GG 2 (1993), S. 141–154.

Schieder, Wolfgang: „Sozialgeschichte der Religion im 19. Jahrhundert. Bemerkungen zur Forschungslage", in: Schieder (Hg.): Religion, S. 11–28.

Schildt, Axel: Konservatismus in Deutschland. Von den Anfängen im 18. Jahrhundert bis zur Gegenwart, München 1998.

Schindler, Norbert: „Der Geheimbund der Illuminaten – Aufklärung, Geheimnis und Politik", in: Reinalter (Hg.): Geheimbünde, S. 284–318.

Schindler, Norbert: „Freimaurerkultur im 18. Jahrhundert. Zur sozialen Funktion des Geheimnisses in der entstehenden bürgerlichen Gesellschaft", in: Berdahl [u. a.] (Hg.): Klassen, S. 205–262.

Schlögel, Karl (Hg.): Russische Emigration in Deutschland 1918 bis 1941. Leben im europäischen Bürgerkrieg, Berlin 1995.

Schmale, Wolfgang: For a Democratic ‚United States of Europe' (1918 – 1951). Freemasons – Human Rights Leagues – Winston S. Churchill – Individual Citizens (= Studien zur Geschichte der europäischen Integration, Bd. 33), Stuttgart 2019.

Schmid, Hans-Dieter: „Völkerschlachtdenkmal, Völkerschlachtgedenken und deutsche Freimaurerei im Jubiläumsjahr 1913", in: Buchholz/Füllberg-Stolberg/Schmid (Hg.): Nationalsozialismus, S. 355–379.

Schmidt, Daniel/Sturm, Michael/Livi, Massimiliano (Hg.): Wegbereiter des Nationalsozialismus. Personen, Organisationen und Netzwerke der extremen Rechten zwischen 1918 und 1933 (= Schriftenreihe des Instituts für Stadtgeschichte. Beiträge, Bd. 19), Essen 2015.

Schmidt, Friedrich Wilhelm (Hg.): 75 Jahre Oberster Rat für Deutschland der Freimaurer des Alten und Angenommenen Schottischen Ritus. Eine Standortbestimmung, Berlin 2005.

Schmidt, Friedrich Wilhelm: „‚Irregularität' und ‚Regularität' – Bewertungsmaßstäbe im historischen Wandel", in: Berger/Grün (Hg.): Geheime Gesellschaft, S. 117–122.

Schmoll gen. Eisenwerth, J. A.: „Vorwort", in: Bauer (Hg.): Fin de siècle, S. IX–XIII.

Schnädelbach, Herbert: „Was ist Ideologie? Versuch einer Begriffsklärung", in: Das Argument 50 (1969), S. 71–92.

Schneider, Herbert/Hanke, Roland: „Sammlungsgeschichte des Freimaurermuseums in Bayreuth", Online: <https://www.freimaurermuseum.de/uber-das-museum> (zuletzt 02.03.2022).

Schneider, Ute/Raphael, Lutz (Hg.): Dimensionen der Moderne. Festschrift für Christof Dipper, Frankfurt am Main 2008.

Schnurbein, Stefanie von/Ulbricht, Justus H. (Hg.): Völkische Religion und Krisen der Moderne, Würzburg 2001.

Schoeps, Julius H. (Hg.): Religion und Zeitgeist im 19. Jahrhundert, Stuttgart/Bonn 1982.

Schöning, Matthias: „Eskalation eines Narrativs. Vier Idealtypen zur Entwicklung der ‚Ideen von 1914' ", in: Borissova/Frank/Kraft (Hg.): Apokalypse, S. 41–58.

Schöttler, Peter: „Historians and Discourse Analysis", in: History Workshop 27 (1989), S. 37–65.

Schöttler, Peter: „Wer hat Angst vor dem ‚linguistic turn'?", in: GG 1 (1997), S. 134–151.

Schötz, Susanne (Hg.): Geschichte der Stadt Leipzig, 4 Bde., Leipzig 2015 – 2019.

Schötz, Susanne: „Freimaurer und sittliche Erneuerung", in: dies. (Hg.): Leipzig, Bd. 3 (2018), S. 828–830.

Schrader, Fred E.: „Elitenproduktion und Logensoziabilität. Sozialgeschichtliche Aspekte der Freimaurerei in Deutschland und Frankreich 1780 – 1918", in: Dupeux/Hudemann/Knipping (Hg.): Eliten, S. 127–136.

Schrader, Stefanie: „Der Reichswart (1920 – 1944)", in: Benz (Hg.): Handbuch, Bd. 6 (2013), S. 592f.

Schrader, Stefanie: „Graefe, Albrecht von [Albrecht von Graefe-Goldebee]“, in: Benz (Hg.): Handbuch, Bd. 2/1 (2009), S. 304f.

Schrader, Stefanie: „Vom Part zum Widerpart. Die Deutschvölkische Freiheitspartei und ihr Wahlbündnis mit der NSDAP“, in: Schmidt [u. a.] (Hg.): Wegbereiter, S. 55–69.

Schrader, Stefanie: „Wulle, Reinhold“, in: Benz (Hg.): Handbuch, Bd. 2/2 (2009), S. 892f.

Schulte, Dietmar: „Der Deutsch-Christliche Orden. Eine Betrachtung seiner Vorgeschichte, seines Existenzkampfes und seines Scheiterns“, in: TAU II (1996), S. 35–44.

Schulz-Robinson, Kim: „Richtungsstreit und Logenübertritte: Die Große Loge von Hamburg am Rande der Spaltung (1924 – 1926)“, in: QC Jahrbuch 42 (2005), S. 99–105.

Schumann, Dirk: „Der brüchige Frieden. Kriegserinnerungen, Kriegsszenarien und Kriegsbereitschaft“, in: Frevert (Hg.): Jahrhundert, S. 113–145.

Schuster, Jochen: Freimaurer und Justiz in Norddeutschland unter dem Nationalsozialismus. Die beruflichen Folgen der Mitgliedschaft in Logen für Richter und Staatsanwälte (= Europäische Hochschulschriften. Reihe II. Rechtswissenschaft, Bd. 4516), Frankfurt am Main 2007.

Schüttler, Hermann: „Zum Verhältnis von Ideologie, Organisation und Auswanderungsplänen im System der Strikten Observanz“, in: Neugebauer-Wölk/Saage (Hg.): Politisierung, S. 143–168.

Schwanitz, Wolfgang G.: „Die Berliner Djihadisierung des Islam. Wie Max Oppenheimer die islamische Revolution schürte“, in: KAS-Auslandsinformationen 10 (2004), S. 17–37, Online:<https://www.kas.de/documents/252038/253252/7_dokument_dok_pdf_5678_1.pdf/074b3e82-7f9b-08c4-71d4-8b33567bcfd2?version=1.0&t=1539666397402> (zuletzt 02.03.2022).

Schwartz, Werner: Die Große National-Mutterloge der Preußischen Staaten, gen. ‚Zu den Drei Weltkugeln‘ 1933 – 2000. Versuch einer Standortbestimmung, 3 Bde., Berlin 2002.

See, Klaus von: Barbar, Germane, Arier. Die Suche nach der Identität der Deutschen, Heidelberg 1994.

See, Klaus von: Freiheit und Gemeinschaft. Völkisch-nationales Denken in Deutschland zwischen Französischer Revolution und Erstem Weltkrieg, Heidelberg 2001.

Segal, Robert A.: Myth. A Very Short Introduction, Oxford 2004.

Seidler, Guntram B.: Die Juden in den deutschen Logen, Leipzig 2016.

Seidler, Guntram B.: Frauen und Freimaurerei. Zur Geschichte der femininen Freimaurerei, Halle 2011.

Selig, Wolfram: „Sebottendorff, Rudolf von [auch Sebottendorf]“, in: Benz (Hg.): Handbuch, Bd. 2/2 (2009), S. 757f.

Shaftesley, John M.: „Jews in English Regular Freemasonry, 1717 – 1860“, in: Transactions & Miscellanies of the Jewish Historical Society of England 25 (1973 – 1975), S. 150–209.

Sheehan, James L.: German Liberalism in the Nineteenth Century, Chicago/London 1978.

Shevin-Coetzee, Marilyn: The Germany Army League. Popular Nationalism in Wilhelmine Germany, New York [u. a.] 1990.

Sieg, Ulrich: „Die Sakralisierung der Nation: Paul de Lagardes ‚Deutsche Schriften' ", in: Bergmann/Sieg (Hg.): Geschichtsbilder, S. 103–120.

Sieg, Ulrich: „Ein Prophet nationaler Religion. Paul de Lagarde und die völkische Bewegung", in: Graf (Hg.): Intellektuellen-Götter, S. 1–19.

Sieg, Ulrich: „Lagarde, Paul Anton de [Paul Anton Bötticher]", in: Benz (Hg.): Handbuch, Bd. 2/2 (2009), S. 447f.

Siegrist, Hannes: „Bürgerlichkeit und Antibürgerlichkeit in historischer Perspektive", in: Meuter/Otten (Hg.): Aufstand, S. 35–50.

Sigmund, Steffen/Albert, Gert/Bienfait, Agathe/Stachura, Mateusz (Hg.): Soziale Konstellation und historische Perspektive, Wiesbaden 2008.

Simmel, Georg: Soziologie. Untersuchungen über die Formen der Vergesellschaftung, Berlin [7]2013.

Smith, Helmut Walser: German Nationalism and Religious Conflict. Culture, Ideology, Politics, 1870 - 1914, Princeton 1995.

Snoek, Jan A. M.: „Die historische Entwicklung der Auffassungen über Geheimhaltung in der Freimaurerei", in: QC Jahrbuch 40 (2003), S. 51–59.

Sombart, Nicolaus: „Männerbund und politische Kultur in Deutschland", in: Knoll/Schoeps (Hg.): ‚Typisch Deutsch', S. 155–176.

Sperber, Jonathan: Popular Catholicism in Nineteenth-Century Germany, Princeton 1984.

Spilker, Annika: Geschlecht, Religion und völkischer Nationalismus. Die Ärztin und Antisemitin Mathilde von Kemnitz-Ludendorff (1877 - 1966) (= Geschichte und Geschlechter, Bd. 64), Frankfurt am Main 2013.

Spörl, Uwe: Gottlose Mystik in der deutschen Literatur um die Jahrhundertwende, München/Wien/Zürich 1997.

Stange-Fayos, Christina: Publizistik und Politisierung der Frauenbewegung in der wilhelminischen Epoche. Die Zeitschrift „Die Frau" (1893 - 1914). Diskurs und Rhetorik (= Zivilisation & Geschichte, Bd. 29), Frankfurt am Main [u. a.] 2014.

Staudenmaier, Peter: Between Occultism and Nazism. Anthroposophy and the Politics of Race in the Fascist Era (= Texts and Studies in Western Esotericism, Bd. 17), Leiden 2014.

Staudenmaier, Peter: „Esoteric Alternatives in Imperial Germany: Science, Spirit, and the Modern Occult Revival", in: Kurlander/Black (Hg.): Revisiting, S. 23–41.

Staudenmaier, Peter: „Race and Redemption: Racial and Ethnic Evolution in Rudolf Steiner's Anthroposophy", in: Nova Religio 3 (2008), S. 4–36.

Staudinger, Hugo: „Das Wilhelminische Deutschland in der Spannung zwischen Gottesgnadentum und wissenschaftlich-technischer Weltauffassung“, in: Schoeps (Hg.): Religion, S. 107–133.

Steffens, Manfred: Freimaurer in Deutschland. Bilanz eines Vierteljahrtausends, Flensburg 1964.

Stern, Fritz: Das Scheitern illiberaler Politik. Studien zur politischen Kultur Deutschlands im 19. und 20. Jahrhundert, Frankfurt am Main/Berlin/Wien 1974.

Stern, Fritz: Kulturpessimismus als politische Gefahr. Eine Analyse nationaler Ideologie in Deutschland, Bern/Stuttgart/Wien 1963 (NA 2018) (engl. 1961).

Stollberg-Rilinger, Barbara (Hg.): Ideengeschichte (= Basistexte Geschichte, Bd. 6), Stuttgart 2010.

Stollberg-Rilinger, Barbara: „Einleitung“, in: dies. (Hg.): Ideengeschichte, S. 7–42.

Strube, Julian: „Revolution, Illuminismus und Theosophie. Eine Genealogie der ‚häretischen‘ Historiographie des frühen französischen Sozialismus und Kommunismus“, in: HZ 1 (2017), S. 50–89.

Stuckrad, Kocku von: The Scientification of Religion. An Historical Study of Discursive Change, 1800 – 2000, Boston/Berlin 2014.

Stuckrad, Kocku von: Was ist Esoterik? Kleine Geschichte des geheimen Wissens, München 2004.

Stukenbrock, Anja: Sprachnationalismus. Sprachreflexion als Medium kollektiver Identitätsstiftung in Deutschland (1617 – 1945) (= Studia Linguistica Germanica, Bd. 74), Berlin 2005.

Taguieff, Pierre-André (Hg.): Les Protocoles des sages de sion, 2 Bde., Paris 1992.

Taguieff, Pierre-André: „Die Macht des Vorurteils“, in: Kimmich/Lavorano/Bergmann (Hg.): Rassismus, S. 32–48.

Taguieff, Pierre-André: „L'invention du ‚complot judéo-maçonnique‘. Avatars d'un mythe apocalyptique moderne“, in: Revue d'Histoire de la Shoah 198 (2013), S. 23–97.

Tallett, Frank/Atkin, Nicholas (Hg.): Religion, Society and Politics in France since 1789, London/Rio Grande 1991.

Taylor, Charles: Ein säkulares Zeitalter, Frankfurt am Main 2009 (engl. 2007).

Thamer, Hans-Ulrich/Erpel, Simone (Hg.): Hitler und die Deutschen. Volksgemeinschaft und Verbrechen, Dresden 2010.

Thamer, Hans-Ulrich: Die NSDAP. Von der Gründung bis zum Ende des Dritten Reiches (= C. H. Beck Wissen, Bd. 2911), München 2020.

Theis, Björn: Diskretion und Diffamie: Innensicht und Fremdbild am Beispiel der Freimaurerei (= Kölner Ethnologische Beiträge, H. 20), Köln 2006.

Thoma, Sebastian: „Deutschvölkische Blätter (1914 – 1923)“, in: Benz (Hg.): Handbuch, Bd. 6 (2013), S. 148–150.

Thomas, Chris: „Defining ‚Freemason‘: Compromise, Pragmatism, and German Lodge Members in the NSDAP“, in: German Studies Review 3 (2012), S. 587—605.

Thoss, Bruno: Der Ludendorff-Kreis 1919 - 1923. München als Zentrum der mitteleuropäischen Gegenrevolution zwischen Revolution und Hitler-Putsch (= Neue Schriftenreihe des Stadtarchivs München, Bd. 98), München 1978.

Thull, Philipp (Hg.): Christen im Dritten Reich, Darmstadt 2014.

Tilgner, Wolfgang: „Volk, Nation und Vaterland im protestantischen Denken zwischen Kaiserreich und Nationalsozialismus (ca. 1870 - 1933)“, in: Zilleßen (Hg.): Volk, S. 135—171.

Tourlamain, Guy: Völkisch Writers and National Socialism. A Study of Right-Wing Political Culture in Germany, 1890 - 1960 (= Cultural History and Literary Imagination, Bd. 21), Bern [u. a.] 2014.

Treitel, Corinna: A Science for the Soul. Occultism and the Genesis of the German Modern, Baltimore/London 2004.

Tully, James (Hg.): Meaning and Context. Quentin Skinner and His Critics, Cambridge 1988.

Ulbricht, Justus H./Werner, Meike G. (Hg.): Romantik, Revolution und Reform. Der Eugen Diederichs Verlag im Epochenkontext 1900 - 1949, Göttingen 1999.

Ulbricht, Justus H.: „Deutschchristliche und deutschgläubige Gruppierungen“, in: Krebs/Reulecke (Hg.): Handbuch, S. 499—511.

Ulbricht, Justus H.: „Völkische Religiosität“, in: Dinzelbacher (Hg.): Handbuch, Bd. 6/2 (2016), S. 122—138.

Ullmann, Hans-Peter: Politik im deutschen Kaiserreich 1871 - 1918 (= Enzyklopädie deutscher Geschichte, Bd. 52), München ²2010.

Ullrich, Heiner: Rudolf Steiner. Leben und Lehre, München 2011.

Vatri, Giuseppe M.: „Italian Freemasonry and Fascism: The search for a political relation from friendship to defence (1922 - 1923)“, in: Papenheim (Hg.): Italian and German freemasonry, S. 17—48.

Vereinigte Freimaurerloge Libanon zu den 3 Cedern e. V./Stadtmuseum Erlangen (Hg.): 250 Jahre Freimaurer in Erlangen 1757 - 2007, Erlangen 2007.

Verhey, Jeffrey: The Spirit of 1914. Militarism, Myth and Mobilization in Germany, Cambridge [u. a.] 2004.

Viehöfer, Erich: Der Verleger als Organisator. Eugen Diederichs und die bürgerlichen Reformbewegungen der Jahrhundertwende, Frankfurt am Main 1988.

Vogeler, Vox G.: „Regularität und Irregularität“, in: Reinalter (Hg.): Grundbegriffe, S. 30—35.

Voges, Michael: Aufklärung und Geheimnis. Untersuchungen zur Vermittlung von Literatur und Sozialgeschichte am Beispiel der Aneignung des Geheimbundmaterials im Roman des späten 18. Jahrhunderts, Tübingen 1987.

Vögler, Max: „Religion und Politik“, in: Dinzelbacher (Hg.): Handbuch, Bd. 5 (2007), S. 59–130.

Vogt, Adolf: Oberst Max Bauer. Generalstabsoffizier im Zwielicht, 1869 – 1929 (= Studien zur Militärgeschichte, Militärwissenschaft und Konfliktforschung, Bd. 6), Osnabrück 1974, zu seinem Beitrag zur Dolchstoß-Verschwörungstheorie insbes. S. 156–198.

Volkov, Shulamit: „Antisemitismus als kultureller Code“, in: dies.: Antisemitismus, S. 13–36 (engl. 1978).

Volkov, Shulamit: Antisemitismus als kultureller Code. Zehn Essays, München ^{2}2000.

Volkov, Shulamit: Die Juden in Deutschland 1780 – 1918 (= Enzyklopädie deutscher Geschichte, Bd. 16), München ^{2}2000.

Volkov, Shulamit: The Rise of Popular Antimodernism in Germany. The Urban Master Artisans 1873 – 1896, Princeton 1978.

Wade, John S. (Hg.): Reflections on 300 Years of Freemasonry: Papers from the QC Tercentenary Conference, London 2017.

Waechter, Matthias: „Mythos“, in: Docupedia-Zeitgeschichte, Online: <http://dx.doi.org/10.14765/zzf.dok.2.581.v1> (zuletzt 02.03.2022).

Wagner, Arfst (Hg.): Dokumente und Briefe zur Geschichte der anthroposophischen Bewegung und Gesellschaft in der Zeit des Nationalsozialismus (= Beiträge zur Dreigliederung des sozialen Organismus, Bd. IV. Die Christengemeinschaft Allgemeine Anthroposophie II), Rendsburg 1992.

Wagner-Egelhaaf, Martina: „Die mystische Tradition der Moderne. Ein unendliches Sprechen“, in: Baßler/Châtellier (Hg.): Mystik, S. 41–57.

Walkenhorst, Peter: „Nationalismus als ‚politische Religion‘? Zur religiösen Dimension nationalistischer Ideologie im Kaiserreich“, in: Blaschke/Kuhlemann (Hg.): Religion, S. 503–529.

Walkenhorst, Peter: Nation – Volk – Rasse. Radikaler Nationalismus im Deutschen Kaiserreich 1890–1914 (= Kritische Studien zur Geschichtswissenschaft, Bd. 176), Göttingen 2007.

Walter, Dirk: Antisemitische Kriminalität und Gewalt. Judenfeindschaft in der Weimarer Republik, Bonn 1999.

Wawrzinek, Kurt: Die Entstehung der deutschen Antisemitenparteien (1873 – 1890) (= Historische Studien, H. 168), Berlin 1927 (ND 1965).

Wegehaupt, Phillip: „Ludendorff, Erich“, in: Benz (Hg.): Handbuch, Bd. 2/2 (2009), S. 494–496.

Wehler, Hans-Ulrich: Das Deutsche Kaiserreich 1871 – 1918 (= Deutsche Geschichte, Bd. 9), Göttingen ^{3}1977.

Wehler, Hans-Ulrich: Deutsche Gesellschaftsgeschichte, 5 Bde., München 1987 – 2008.

Wehler, Hans-Ulrich: Nationalismus. Geschichte – Formen – Folgen, München ^{4}2011.

Weigel, Bjoern: „Dohm, Christian Konrad Wilhelm von“, in: Benz (Hg.): Handbuch, Bd. 2/1 (2009), S. 180f.

Weigel, Bjoern: „Gougenot des Mousseaux, Henri-Roger“, in: Benz (Hg.): Handbuch, Bd. 2/1 (2009), S. 302f.

Weigel, Bjoern: „La France Juive (Édouard Drumont, 1886)“, in: Benz (Hg.): Handbuch, Bd. 6 (2013), S. 215–217.

Wein, Susanne: Antisemitismus im Reichstag. Judenfeindliche Sprache in Politik und Gesellschaft der Weimarer Republik (= Zivilisation & Geschichte, Bd. 30), Frankfurt am Main 2014.

Weinberg, Fritz: „Zwei bahnbrechende ‚Stiefkinder‘ der deutschen Freimaurerei. Der Freimaurerbund ‚Zur aufgehenden Sonne‘. Die Symbolische Großloge von Deutschland“, in: QC Jahrbuch 22 (1985), S. 281–312.

Weir, Todd H.: „Säkularismus (Freireligiöse, Freidenker, Monisten, Ethiker, Humanisten)“, in: Dinzelbacher (Hg.): Handbuch, Bd. 6/2 (2016), S. 189–216.

Weir, Todd H.: Secularism and Religion in Nineteenth-Century Germany. The Rise of the Fourth Confession, New York 2014.

Weiß, Dieter J.: „Katholischer Konservatismus am Scheideweg. Die ‚Historisch-Politischen Blätter‘ und die ‚Gelben Hefte‘ “, in: Kraus (Hg.): Zeitschriften, S. 97–114.

Weißbecker, Manfred: „Thule-Gesellschaft (ThG) 1918 - 1933/34“, in: Fricke [u. a.] (Hg.) Lexikon, Bd. 4 (1986), S. 195–198.

Wengst, Udo: Thomas Dehler 1897 - 1967. Eine politische Biographie, München 1997.

Werber, Niels/Kaufmann, Stefan/Koch, Lars (Hg.): Erster Weltkrieg. Kulturwissenschaftliches Handbuch, Stuttgart 2014.

Werber, Niels: „Einleitung“, in: ders. (Hg.): Semantik, S. 5–12.

Werber, Niels: Semantik der Kulturkritik (= Zeitschrift für Literaturwissenschaft und Linguistik, H. 161), Stuttgart/Weimar 2011.

Werner, Uwe: Anthroposophen in der Zeit des Nationalsozialismus (1933 - 1945), München 1999.

Wetterer, Angelika: „Konstruktion von Geschlecht: Reproduktionsweisen der Zweigeschlechtlichkeit“, in: Becker/Kortendiek (Hg.): Handbuch, S. 126–136.

Weyand, Jan: Historische Wissenssoziologie des modernen Antisemitismus. Genese und Typologie einer Wissensformation am Beispiel des deutschsprachigen Diskurses, Göttingen 2016.

Widdig, Bernd: Männerbünde und Massen. Zur Krise der männlichen Identität in der Literatur der Moderne, Opladen 1992.

Wienfort, Monika: Der Adel in der Moderne, Göttingen 2006.

Wienfort, Monika: „List, Guido von“, in: Benz (Hg.): Handbuch, Bd. 2/2 (2009), S. 483–485.

Wietschorke, Jens: „Der Weltkrieg als ‚soziale Arbeitsgemeinschaft'. Eine Innenansicht bildungsbürgerlicher Kriegsdeutungen 1914 – 18", in: GG 2 (2008), S. 225–251.

Wietschorke, Jens: „‚Ins Volk gehen!' Zur kulturellen Logik der Volksfreundschaft im deutschen Bildungsbürgertum vor 1933", in: HA 1 (2010), S. 88–119.

Wildt, Michael: Generation des Unbedingten. Das Führungskorps des Reichssicherheitshauptamtes, Hamburg 2002.

Wildt, Michael: „Volksgemeinschaft", in: Docupedia-Zeitgeschichte, Online: <http://dx.doi.org/10.14765/zzf.dok.2.569.v1> (zuletzt 02.03.2022).

Wildt, Michael: „Volksgemeinschaft. A Controversy", in: Pendas/Roseman/Wetzell (Hg.): Racial State, S. 317–334, hier S. 321.

Wilson, Stephen: Ideology and Experience. Antisemitism in France at the Time of the Dreyfus Affair, Rutherford [u. a.] 1982.

Winter, Franz: „Die Urmonotheismustheorie im Dienst der nationalsozialistischen Rassenkunde. Herman Wirth im Kontext der religionswissenschaftlichen und ethnologischen Diskussion seiner Zeit", in: ZRGG 2 (2010), S. 157–174.

Wippermann, Wolfgang: Agenten des Bösen. Verschwörungstheorien von Luther bis heute, Berlin 2007.

Wiwjorra, Ingo: Der Germanenmythos. Konstruktion einer Weltanschauung in der Altertumsforschung des 19. Jahrhunderts, Darmstadt 2006.

Wiwjorra, Ingo: „Die deutsche Vorgeschichtsforschung und ihr Verhältnis zu Nationalismus und Rassismus", in: Puschner/Schmitz/Ulbricht (Hg.): Handbuch, S. 186–207.

Wiwjorra, Ingo: „Gustaf Kossinna", in: Puschner/Schmitz/Ulbricht (Hg.): Handbuch, S. 913f.

Wiwjorra, Ingo: „Herman Wirth", in: Fahlbusch/Haar/Pinwinkler (Hg.): Handbuch, S. 902–907.

Wiwjorra, Ingo: „Herman Wirth", in: Puschner/Schmitz/Ulbricht (Hg.): Handbuch, S. 932.

Wölfinger, Gisela: Ludwig Keller als Kirchenhistoriker, Freimaurer und Gründer der Comenius-Gesellschaft für Wissenschaft – Geisteskultur – Volkserziehung. Ein Beitrag zur Ideengeschichte des Bildungsbürgertums im Deutschen Kaiserreich, 2 Bde., München 1983.

Wolgast, Eike: „Reform, Reformation", in: Geschichtliche Grundbegriffe, Bd. 5 (1984), S. 313–360.

Wood, Gordon S.: „Conspiracy and the Paranoid Style: Causality and Deceit in the Eighteenth Century", in: The William and Mary Quarterly 3 (1982), S. 401–441.

Würthle, Friedrich: Dokumente zum Sarajevoprozess (= Mitteilungen des Österreichischen Staatsarchivs, Ergänzungsband 9), Wien 1978.

Wyrwa, Ulrich: „Antisemitenkongresse", in: Benz (Hg.): Handbuch, Bd. 4 (2011), S. 5–7.

Wyrwa, Ulrich: „Die Internationalen Antijüdischen Kongresse von 1882 und 1883 in Dresden und Chemnitz Zum Antisemitismus als europäischer Bewegung“, in: Themenportal Europäische Geschichte, 2009, Online: <http://www.europa.clio-online.de/essay/id/fdae-1481> (zuletzt 02.03.2022).

Wyrwa, Ulrich: „Moderner Antisemitismus“, in: Benz (Hg.): Handbuch, Bd. 3 (2010), S. 209–214.

Wyrwa, Ulrich: „Richard Nikolaus Coudenhove-Kalergi (1894 – 1972) und die Paneuropa-Bewegung in den zwanziger Jahren“, in: HZ 1 (2006), S. 103–122.

Zander, Helmut: Anthroposophie in Deutschland. Theosophische Weltanschauung und gesellschaftliche Praxis 1884–1945, 2 Bde., Göttingen ^{2}2007.

Zander, Helmut: „Sozialdarwinistische Rassentheorien aus dem okkulten Untergrund des Kaiserreichs“, in: Puschner/Schmitz/Ulbricht (Hg.): Handbuch, S. 224–251.

Zaremba, Michael: Johann Gottfried Herder. Prediger der Humanität. Eine Biografie, Köln [u. a.] 2002.

Zeiß-Horbach, Auguste: Der Verein zur Abwehr des Antisemitismus. Zum Verhältnis von Protestantismus und Judentum im Kaiserreich und in der Weimarer Republik, Leipzig 2008.

Ziege, Eva-Maria: Mythische Kohärenz. Diskursanalyse des völkischen Antisemitismus, Konstanz 2002.

Ziegler, Robert: Satanism, Magic and Mysticism in Fin-de-Siècle France, Basingstoke 2012.

Ziegler, Siegfried: „Nationalsozialismus in Erlangen. Jahre der Entscheidung und Anpassung 1932 – 1934“, in: Sandweg (Hg.): Erlangen, S. 541–632.

Ziemann, Benjamin: „Säkularisierung, Konfessionalisierung, Organisationsbildung. Aspekte der Sozialgeschichte der Religion im langen 19. Jahrhunder“, in: AfS 47 (2007), S. 485–508, insbes. S. 490–501.

Zilleßen, Horst (Hg.): Volk – Nation – Vaterland. Der deutsche Protestantismus und der Nationalismus (= Veröffentlichungen des Sozialwissenschaftlichen Instituts der evangelischen Kirchen in Deutschland, Bd. 2), Gütersloh 1970.

Zumbini, Massimo Ferrari: Die Wurzeln des Bösen. Gründerjahre des Antisemitismus: Von der Bismarckzeit zu Hitler (= Das Abendland. Neue Folge. Forschungen zur Geschichte europäischen Geisteslebens, Bd. 32), Frankfurt am Main 2003.

Logenverzeichnis

Personenverzeichnis

Zivilisationen & Geschichte / Civilizations & History / Civilisations & Histoire

Herausgegeben von / edited by / dirigée par Ina Ulrike Paul und / and / et Uwe Puschner

Bd. / Vol. 1 Ljiljana Heise: KZ-Aufseherinnen vor Gericht. Greta Bösel – „another of those brutal types of women"? 2009.

Bd. / Vol. 2 Ivonne Meybohm: Erziehung zum Zionismus. Der Jüdische Wanderbund Blau-Weiß als Versuch einer praktischen Umsetzung des Programms der Jüdischen Renaissance. 2009.

Bd. / Vol. 3 Tamara Or: Vorkämpferinnen und Mütter des Zionismus. Die deutsch-zionistischen Frauenorganisationen (1897-1938). 2009.

Bd. / Vol. 4 Sonja Knopp: „Wir lebten mitten im Tod". Das „Sonderkommando" in Auschwitz in schriftlichen und mündlichen Häftlingserinnerungen. 2010.

Bd. / Vol. 5 Vera Kallenberg: Von „liederlichen Land-Läuffern" zum „asiatischen Volk". Die Repräsentation der ‚Zigeuner' in deutschsprachigen Lexika und Enzyklopädien zwischen 1700 und 1850. Eine wissensgeschichtliche Untersuchung. 2010.

Bd. / Vol. 6 Stefan Gerbing: Afrodeutscher Aktivismus. Interventionen von Kolonisierten am Wendepunkt der Dekolonisierung Deutschlands 1919. 2010.

Bd. / Vol. 7 Karena Kalmbach: Tschernobyl und Frankreich. Die Debatte um die Auswirkungen des Reaktorunfalls im Kontext der französischen Atompolitik und Elitenkultur. 2011.

Bd. / Vol. 8 Monika Brockhaus: „Ein Ereignis von weltgeschichtlicher Bedeutung". Die Balfour-Deklaration in der veröffentlichten Meinung. 2011.

Bd. / Vol. 9 Klaus Geus (Hrsg.): Utopien, Zukunftsvorstellungen, Gedankenexperimente. Literarische Konzepte von einer „anderen" Welt im abendländischen Denken von der Antike bis zur Gegenwart. 2011.

Bd. / Vol. 10 Gregor Hufenreuter: Philipp Stauff. Zur Geschichte des Deutschvölkischen Schriftstellerverbandes, des Germanen-Ordens und der Guido-von-List-Gesellschaft. Ideologe, Agitator und Organisator im völkischen Netzwerk des Wilhelminischen Kaiserreichs. 2011.

Bd. / Vol. 11 Ghazal Ahmadi: Iran als Spielball der Mächte? Die internationalen Verflechtungen des Iran unter Reza Schah und die anglo-sowjetische Invasion 1941. 2011.

Bd. / Vol. 12 Thomas Brünner: Public Diplomacy im Westen. Die Presseagentur *Panorama DDR* informiert das Ausland. 2011.

Bd. / Vol. 13 Jonas Kleindienst: Die Wilden Cliquen Berlins. „Wild und frei" trotz Krieg und Krise. Geschichte einer Jugendkultur. 2011.

Bd. / Vol. 14 Anne Katherine Kohlrausch: Literarische Selbstverortung als historische Handlung. *The Travels of Dean Mahomet*, 1794. 2011.

Bd. / Vol. 15 Reinhard Blänkner: „Absolutismus". Eine begriffsgeschichtliche Studie zur politischen Theorie und zur Geschichtswissenschaft in Deutschland, 1830-1870. 2011.

Bd. / Vol. 16 Jens Flemming, Klaus Saul, Peter-Christian Witt (Hrsg.), unter Mitarbeit von Simona Lavaud: Lebenswelten im Ausnahmezustand. Die Deutschen, der Alltag und der Krieg, 1914-1918. 2011.

Bd. / Vol. 17 Philipp Küsgens: Horizonte nationaler Musik. Musiziergesellschaften in Süddeutschland und der Deutschschweiz 1847-1891. 2012.

Bd. / Vol. 18 Anette Dietrich / Ljiljana Heise (Hrsg.): Männlichkeitskonstruktionen im Nationalsozialismus. Formen, Funktionen und Wirkungsmacht von Geschlechterkonstruktionen im Nationalsozialismus und ihre Reflexion in der pädagogischen Praxis. 2013.

Bd. / Vol. 19 David Hamann: Gunther Ipsen in Leipzig. Die wissenschaftliche Biographie eines „Deutschen Soziologen" 1919-1933. 2013.

Bd. / Vol. 20 Richard Faber / Uwe Puschner (Hrsg.): Intellektuelle und Antiintellektuelle im 20. Jahrhundert. 2013.

Bd. / Vol. 21 Nicola Kristin Karcher / Anders G. Kjøstvedt (eds.): Movements and Ideas of the Extreme Right in Europe. Positions and Continuities. 2013.

Bd. / Vol. 22 Klaus Geus / Elisabeth Irwin / Thomas Poiss (Hrsg.): Herodots Wege des Erzählens. Logos und Topos in den *Historien*. 2013.

Bd. / Vol. 23 Alina Soroceanu: Niceta von Remesiana. Seelsorge und Kirchenpolitik im spätantiken unteren Donauraum. 2013.

Bd. / Vol. 24 Horst Junginger / Andreas Åkerlund (eds.): Nordic Ideology between Religion and Scholarship. 2013.

Bd. / Vol. 25 Richard Faber (Hrsg.): Totale Erziehung in europäischer und amerikanischer Literatur. 2013.

Bd. / Vol. 26 Silke Segler-Meßner / Isabella von Treskow (éd.): Génocide, enfance et adolescence dans la littérature, le dessin et au cinéma. 2014.

Bd./Vol. 27 Michael Meyer : Symbolarme Republik? Das politische Zeremoniell der Weimarer Republik in den Staatsbesuchen zwischen 1920 und 1933. 2014.

Bd./Vol. 28 Enno Schwanke: Die Landesheil- und Pflegeanstalt Tiegenhof. Die nationalsozialistische *Euthanasie* in Polen während des Zweiten Weltkrieges. 2014.

Bd./Vol. 29 Christina Stange-Fayos: Publizistik und Politisierung der Frauenbewegung in der wilhelminischen Epoche. Die Zeitschrift *Die Frau* (1893–1914). Diskurs und Rhetorik. 2014.

Bd./Vol. 30 Susanne Wein: Antisemitismus im Reichstag Judenfeindliche Sprache in Politik und Gesellschaft der Weimarer Republik. 2014.

Bd./Vol. 31 Uwe Puschner / Christina Stange-Fayos / Katja Wimmer (Hrsg.): Laboratorium der Moderne. Ideenzirkulation im Wilhelminischen Reich / Laboratoire de la modernité. Circulation des idées à l'ère wilhelminienne. 2015.

Bd./Vol. 32 Simona Lavaud: Gleichberechtigung und Gleichwertigkeit? Jüdische Wohlfahrt in der Weimarer Republik zwischen privaten Initiativen und öffentlichem Engagement am Beispiel der Berliner Gemeinde. 2015.

Bd./Vol. 33 Annika Haß: Der Verleger Johann Friedrich Cotta (1764-1832) als Kulturvermittler zwischen Deutschland und Frankreich. Frankreichbezüge, Koeditionen und Übersetzungen. Mit einem Vorwort von Hans-Jürgen Lüsebrink. 2015.

Bd./Vol. 34 Joris Corin Heyder / Christine Seidel (eds.): Re-Inventing Traditions. On the Transmission of Artistic Patterns in Late Medieval Manuscript Illumination. 2015.

Bd./Vol. 35 Tetyana Pavlush: Kirche nach Auschwitz zwischen Theologie und Vergangenheitspolitik. Die Auseinandersetzung der evangelischen Kirchen beider deutscher Staaten mit der Judenvernichtung im „Dritten Reich" im politisch-gesellschaftlichen Kontext. 2015.

Bd./Vol. 36 Luiz Estevam de Oliveira Fernandes / Luísa Rauter Pereira / Sérgio da Mata (eds.): Contributions to Theory and Comparative History of Historiography. German and Brazilian Perspectives. 2015.

Bd./Vol. 37 Alexandra Ludewig: Zwischen Korallenriff und Stacheldraht. Interniert auf Rottnest Island, 1914-1915. 2015.

Bd./Vol. 38 Michel Lefèvre / Katharina Mucha-Tummuseit / Rainer Hünecke (Hrsg.): Rhetorik und Kulturen. 2016.

Bd./Vol. 39 Ursula Konnertz / Sibylle Mühleisen (Hrsg.): Bildung und Schlüsselqualifikationen. Zur Rolle der Schlüsselqualifikationen an den Universitäten. 2016.

Bd./Vol. 40 Ernst Baltrusch / Uwe Puschner (Hrsg.): Jüdische Lebenswelten. Von der Antike bis zur Gegenwart. 2016.

Bd./Vol. 41 Luitgard Sofie Löw: Gottessohn und Mutter Erde auf bronzezeitlichen Felsbildern. Herman Wirth und die völkische Symbolforschung. 2016.

Bd./Vol. 42 Johanna Heinen: Ein „jüdisches" Mäzenatentum für moderne französische Kunst? Das Fallbeispiel der Nationalgalerie im Berlin der wilhelminischen Ära (1882-1911). Eine kultur- und sozialhistorische Studie. 2016.

Bd./Vol. 43 Matthias Loeber: Völkische Bewegung zwischen Weser und Ems. Richard von Hoff und die Nordische Gesellschaft in Bremen und Nordwestdeutschland. 2016.

Bd./Vol. 44 Barbara von Hindenburg: Die Abgeordneten des Preußischen Landtags. Biographie – Herkunft – Geschlecht. 2017.

Bd./Vol. 45 Barbara von Hindenburg (Hrsg. und Bearb.): Biographisches Handbuch der Abgeordneten des Preußischen Landtags. Verfassunggebende Preußische Landesversammlung und Preußischer Landtag 1919-1933. 2017.

Bd./Vol. 46 Dirk Hainbuch: Das Reichsministerium für Wiederaufbau. Die Abwicklung des Ersten Weltkrieges: Reparationen, Kriegsschäden-Beseitigung, Opferentschädigung und der Wiederaufbau der deutschen Handelsflotte 1919 bis 1924. 2016.

Bd./Vol. 47 Alexandra Esche: Hitlers «völkische Vorkämpfer»: Die Entwicklung nationalsozialistischer Kultur- und Rassenpolitik in der Baum-Frick-Regierung 1930-1931. 2017.

Bd./Vol. 48 Mirjam Neusius: Herrschaftslegitimation und Kulturtransfer in der habsburgischen Lombardei. Die Zeitschrift «Biblioteca italiana» und die deutsche Kultur (1815–1830). 2017.

Bd./Vol. 49 Peter L. Münch-Heubner: Sanfter Paternalismus. Entstehung, Geschichte und Gegenwart des Sozial- und Interventionsstaates in Australien. 2017.

Bd./Vol. 50 Richard Faber / Uwe Puschner (Hrsg.): Luther – zeitgenössisch, historisch, kontrovers. 2017.

Bd./Vol. 51 Florian Krobb: Vorkoloniale Afrika-Penetrationen. Diskursive Vorstöße ins «Herz des großen Continents» in der deutschen Reiseliteratur (ca. 1850-1890). 2017.

Bd./Vol. 52 Winfried Mogge: Wilhelm Branco (1844-1928). 2018.

Bd./Vol. 53 Etienne Dubslaff: Oser plus de social-démocratie. La recréation et l'établissement du Parti social-démocrate en RDA (1989–1990). 2019.

Bd./Vol. 54 Markus Bierkoch: Völkische Werbung in den USA. Die Ortsgruppe New York des Alldeutschen Verbandes in den ersten beiden Jahrzehnten des 20. Jahrhunderts. 2019.

Bd./Vol. 55 Ina Ulrike Paul / Sylvia Schraut (Hrsg.): Rassismus in Geschichte und Gegenwart. Eine interdisziplinäre Analyse. 2019.

Bd./Vol. 56 Bérénice Zunino: Die Mobilmachung der Kinder im Ersten Weltkrieg. Kriegskultur und illustrierte Kriegskinderliteratur im Deutschen Kaiserreich (1911–1918). 2019.

Bd./Vol. 57 Stefan Noack / Christine de Gemeaux / Uwe Puschner (Hrsg.): Deutsch-Ostafrika. Dynamiken europäischer Kulturkontakte und Erfahrungshorizonte im kolonialen Raum. 2019.

Bd./Vol. 58 Lisa Sophie Gebhard / David Hamann (Hrsg.): Deutschsprachige Zionismen. Verfechter, Kritiker und Gegner, Organisationen und Medien (1890–1938). 2019.

Bd./Vol. 59 Catherine Mazellier-Lajarrige / Ina Ulrike Paul / Christina Stange-Fayos (Hrsg./éds.): Geschichte ordnen – L'Histoire mise en ordre. Interdisziplinäre Fallstudien zum Begriff „Generation" – Études de cas interdisciplinaires sur la notion de « génération ». 2019.

Bd./Vol. 60 Claudius Kiene: Karl Spiecker, die Weimarer Rechte und der Nationalsozialismus. Eine andere Geschichte der christlichen Demokratie. 2020.

Bd./Vol. 61 David Bordiehn / Christian Köhler / Stefan Noack / Susanne Wein (Hrsg.): Ausgrenzende politische Ideologien. Akteure, Organisationen und Programmatiken. Festschrift zu Ehren von Uwe Puschner. Unter Mitarbeit von Marit Bergner, Markus Börner, Etta Grotrian, Henning Holsten, Katja Kaiser, Sonja Knopp, Manuel Pauli, Katrin Riedel, Johannes Zechner, Eva Zimmermann sowie Tamara Or und Felix Wiedemann. 2020.

Bd./Vol. 62 Annette Grohmann-Nogarède: L'hebdomadaire *Die Zukunft* (1938-1940) et ses auteurs (1899-1979) : Penser l'Europe et le monde au XXe siècle. 2020.

Bd./Vol. 63 Isabell Scheele: Les relations transimpériales. L'exemple du Togo allemand et du Dahomey français à l'apogée de l'impérialisme européen. Mit einer ausführlich deutschen Zusammenfassung. 2021.

Bd./Vol. 64 Luise Dumas: Automobile et cinéma : un long-métrage. Une étude du motif de l'automobile à l'exemple du cinéma allemand. 2021.

Bd./Vol. 65 Jens Flemming: Arbeit am Geist der Zeit: Journalisten, Schriftsteller, Professoren. Zur geistigen Physiognomie Deutschlands zwischen Kaiserreich und Bundesrepublik. 2021.

Bd./Vol. 66 Katja Kaiser: Wirtschaft, Wissenschaft und Weltgeltung. Die Botanische Zentralstelle für die deutschen Kolonien am Botanischen Garten und Museum Berlin (1891–1920). 2021.

Bd./Vol. 67 Laurent Dedryvère / Patrick Farges / Indravati Félicité / Elisa Goudin (Hrsg./éd.): Transimpérialités contemporaines / Moderne Transimperialitäten. Rivalités, contacts, émulation / Rivalitäten, Kontakte, Wetteifer. 2021.

Bd./Vol. 68 Theresa Angenlahr: Der Kölner Lischka-Prozess. NS-Verbrechen und Erinnerungskultur in der Bundesrepublik Deutschland und in Frankreich. 2021.

Bd./Vol. 69 Michel Grunewald: Das „Dritte Reich" im Visier. Interpretationen, Urteile, Strategien der Action française, 1933-1945. 2021.

Bd./Vol. 70 Françoise Lartillot / Ina Ulrike Paul (Hrsg./éds.): Der Erste Weltkrieg in Literatur, Künsten und Wissenschaft – La Première Guerre mondiale dans la littérature, les arts et les sciences. Kriegserfahrung und intellektuelle Gegenwehr – Expérience de la guerre et résistance intellectuelle. 2022.

Bd./Vol. 71 David Bordiehn: Manfred Gerlach, LDP(D) – Eine politische Biographie. 2022.

Bd./Vol. 72 Stefan Rindlisbacher: Lebensreform in der Schweiz (1850–1950). Vegetarisch essen, nackt baden und im Grünen wohnen. 2022.

Bd./Vol. 73 Claire Aslangul-Rallo / Bérénice Zunino (dir./Hrsg.): La presse et ses images / Die Presse und ihre Bilder. Sources – réseaux – imaginaires – méthodes / Quellen – Netzwerke – Imaginäre – Methoden. 2022.

Bd./Vol. 74 Ulrich Linse: Völkisch – Nationalsozialistisch – Rechtsradikal. Weltanschauung und Lebenswelt einer Jugendbewegten. Eine deutsche Biographie im 20. Jahrhundert – Teil 1. 2022.

Bd./Vol. 75 Ulrich Linse: Völkisch – Nationalsozialistisch – Rechtsradikal. Weltanschauung und Lebenswelt einer Jugendbewegten. Eine deutsche Biographie im 20. Jahrhundert – Teil 2. 2022.

Bd./Vol. 76 Manuel Pauli: Die deutsche Freimaurerei in der langen Jahrhundertwende (1860 – 1935). 2022.

www.peterlang.com